조선 3대 유서의
형성과 특성

類書
조선 3대 유서의
형성과 특성

강민구

보고사

서문

　어디서나 재미를 추구하는 세상에서, 내가 전공하는 한문학이 재미 있는 것이라고 선뜻 말할 자신이 없다. 외부 강의나 대중서 집필을 의뢰 받을 때 듣는 말이 "재미있게 해주세요!"이다. 재미의 추구가 연구자와 무관한 대중 영합이라고 무시하고 말 일이 아니다. 그것은 사실 인문학 연구자로서 "내가 정말 가치 있는 연구를 하고 있는지?"라고 언제나 하 던 반문과도 관계가 있기 때문이다. 그런데 유서는 그와 같은 회의를 해소해 주었고 반문에 대답을 해주었다.

　나는 조재삼의 『송남잡지』를 우리말로 옮기면서, 힘든 만큼 큰 보람 과 재미를 느꼈다. 『송남잡지』 완역 이후 우리나라 유서의 맥락을 파악 하기 위하여 『지봉유설』과 『성호사설』 연구에 착수하였다. 이들 유서 를 읽노라면 문집을 읽을 때와 전혀 다른 재미와 현장감을 느낄 수 있 다. 또 그와 같이 방대한 유서를 만들기 위해 고심하였던 이수광, 이익, 조재삼의 지적 야심과 욕망도 느낄 수 있다. 나는 『송남잡지』를 번역하 면서 조재삼의 서재를 복원할 수 있었다. 이후 조선 중세의 대표적 지성 인 이수광의 서재와 이익의 서재가 궁금해졌다. 그리고 이 책을 집필하 면서 그들의 서재도 어느 정도 짐작할 수 있는 정도가 되었다. 이제 그들 3대 유서에 대한 연구가 마무리되면 조선 지식인들의 전형적인 서재를 구현할 수 있을 것이다. 또 조선 지식인들의 지적 지향과 욕망도 밝혀낼 수 있을 것이다.

　유서의 가장 기본적 편찬 동인은 박물학적 지적 욕구의 대응이라고 할 수 있는데, 방대한 유서의 독서와 연구는 나의 지적 갈증과 욕구를 해소해 주었다. 이제는 유서 공부로 박물군자가 될 수도 있겠다는 생각을 해본다.

　이 책에는 필자가 유서에 대하여 쓴 12편의 논문이 포함되어 있는데, 논문 집필 당시 생각하지 못했던 미비한 점을 보완하고 발견하지 못하였던 오류를 수정하는 등 개고를 하였다.

　끝이 날 것 같지 않던 이 책은 Paris에서 탈고되었다. 일 년간 나와 같이 공부하고, 나의 연구에 항상 진지한 관심을 보여주고, 이국에서 편안히 지낼 수 있도록 도와준 Kevin Jasmin 군에게 진심으로 감사드린다. 또 언제나 보잘것없는 나의 연구 성과를 내치지 않고 세상에 내놓을 수 있도록 도와주는 보고사 김흥국 대표님, 박현정 편집장님, 황효은 과장님께도 감사드린다.

2016년 6월 15일
Paris Passy에서 저자 씀

목차

조선 3대 유서의 형성과 특성

類書

I.
서론

　유서(類書)는 같거나 비슷한 사물을 모으고 일정한 기준과 방법에 의하여 부문(部門)을 나누어 분류 배열하여 검색·이해·기억 등에 편의를 제공하기 위하여 만든 책이다. 그 내용은 천문·지리·역사의 사적(事跡)·인물의 행적·사물의 기원·행정 제도·문학·학문·성어전고(成語典故)·의술·점복(占卜)·기술·동 식물 등, 수집 분류가 가능한 지식을 망라한다. 이러한 점에서 유서는 당대 지식의 총화라고 할 수 있다. 따라서 유서는 당대의 지식수준을 측정할 수 있는 객관적 자료라고 하겠다. 이 때문에 연구자들뿐만 아니라 일반 독자들에게 유서에 대한 관심은 여타 전적과 비교할 수 없을 정도로 높다.

　일반적으로 유서를 '옛날 백과사전' 정도로 설명하고 있는데, 이것은 편의상 어쩔 수 없는 일이지만, 유서의 본질을 왜곡할 우려가 있다. 물론 유서는 검색에 편리한 체제를 갖추고 있다. 이점은 백과사전과 동일하다. 그러나 항목의 배열순서부터 찬자의 주관이 개입되는 방식까지 백과사전과 상이하다. 백과사전은 알파벳순으로 어휘가 배열된다. 이는 지식 간에는 어떠한 차등도 없다는 의식이 저변에 깔려 있으며 백과사전은 검색이 중요하다는 기능적 측면이 우선하기 때문이다. 그러나 조선의 유서는 나름대로 검색의 편의를 도모하기는 하였지만 지식 간에 차등을 두었다. 또 정도의 차이는 있지만, 단독 저자에 의해 편찬되는 것이 많기에 책 전체가 유기적 성격을 갖는다. 그리고 찬자는 내용에 깊숙이 개입한다. 자신의 평론을 중간 중간에 개입시키는 것은 물론이거니와, 항목이나 어휘와 관련된 자신의 시를 집어넣기도 한다. 또 자신이 중요하다고 생각하는 주제는 몇 차례에 걸쳐 중복 기술되기도 한다. 이것이 유서를 검색용 도서로 단순화시켜서는 안 되며 보다 다각적이고 심층적인 연구가 필요한 이유이다.

조선의 유서들은 대체로 한 사람의 손으로 만들어졌다. 이것이 취약점이기도 하지만 집체적 작업의 결과물에서 발생하는 문제점이 발생하지 않는 장점이 되기도 한다. 그런데, 그토록 방대한 분량의 유서가 어떻게 한사람의 손으로 만들어질 수 있는지 궁금하지 않을 수 없다.

유서의 찬자는 다양한 경로를 통하여 수집된 정보를 특유의 체계에 의하여 구성한다. 이때 찬자의 사회적 처지·의식·성향이 역사적·문화적·사회적 상황과 결합하여 독자적 유서를 만들어 낸다. 이러한 점에서 조선의 유서는 하나의 유기체로서, 다른 문헌에서 지식을 인용하여 재구성·나열한 총집과 변별된다.

유서는 1970년대부터 국역본(國譯本)이 출간되어,[1] 연구의 편의를 돕고 일반인들에게 교양 독서물로 제공되었다. 이에 힘입어 개별 유서의 연구가 1980년대부터 시작되었으나 연구의 결과물이 많지는 않다.[2] 유서의 종합적 연구는 2000년에 들어와서야 본격적으로 시작되었다. 역

1   남만성 역(1978, 1982), 『국역 지봉유설』 2권, 을유문화사; 김철희 외 역(1976~1986), 『국역 성호사설』 12권, 민족문화추진회; 강민구 역(2008), 『교감 국역 송남잡지』 13권, 소명출판사.
2   최은숙(1991), 『지봉유설의 서지학적 연구』, 이화여자대학교 도서관학과 석사학위논문.

대의 서목 분석을 통하여 서지적 측면에서 접근한 연구 결과가 제출되었으며,[3] 우리나라의 유서를 기능별로 구분하고 유서의 사적(史的) 발전 양상을 규명하려는 시도도 지속적으로 진행되고 있다.[4] 최근에는 개별 유서가 수용하고 있는 지식의 형성과정에 대한 연구 결과도 제출되었다.[5] 그러나 한국 유서가 갖는 고유의 특질에 대한 규명은 요원한 수준이다.

유서의 편찬자들이 어떠한 참고문헌을 어떻게 활용하였는지, 자신의 견해와 관찰·실험·변증을 통한 검증은 얼마만큼, 어느 수준으로 적용하였는지, 지식에 대한 관념과 의식은 어떠했는지, 유서간의 사적 맥락은 어떠한지, 그것이 한국의 지성사에 어떠한 위상을 차지하는지, 규명해야 할 문제가 산적해 있다.

우리나라 최초의 백과전서적 유서는 광해군 때 이수광(李睟光, 1563~1628)이 편찬한 『지봉유설(芝峰類說)』이다. 이후에 다양한 유서가 출현하였는데, 그중 주목할 만한 것으로 영조 때 이익(李瀷)이 편찬한 『성호사설(星湖僿說)』, 철종 때 조재삼(趙在三, 1808~1866)이 편찬한 『송남잡지(松南雜識)』가 있다. 『지봉유설』은 20권 10책, 25부문(部門) 182세목(細目) 3,405조목으로 구성되어 있다. 『성호사설』은 이익이 40세[1720년] 전후에 편찬한 유서로, 총30책 30권이며 5문(門) 3,057칙(則)으로

---

3 김영선(2003), 『한국 유서의 서지학적 연구』, 중앙대학교 문헌정보학과, 자료조직 전공 박사학위논문.
4 최환(2003), 「한국유서의 종합적 연구(Ⅰ)」, 『중어중문학』 제32집, 한국중어중문학회; 심경호(2007), 「한국유서의 종류와 발달」, 『민족문화연구』 제47호, 민족문화연구원.
5 강민구(2008), 「조선 후기 유서의 『강희자전』과 『운부군옥』의 인용 양상 – 『송남잡지』의 경우」, 『한문교육연구』 제31집, 한국한문교육학회; 강민구(2008), 「조선 후기 유서의 오류 양상」, 『한문학보』 제19집, 우리한문학회; 강민구(2009), 「조선 후기 유서의 변개 양상 – 송남잡지의 경우」, 『동방한문학』 제38집, 동방한문학회.

구성되어 있다. 그리고『송남잡지』는 조재삼이 1855년에 6책 14권으로 편찬한 유서인데, 총33류 4,432칙으로 구성되어 있다.

본서에는 이들 조선 3종 유서의 형성 과정과 내용의 특질을 다각적 측면에서 고찰해 보았다.

조선 3대 유서의 편찬 의식

1. 지식의 제공과 확산

조선의 3대 유서에는 모두 찬자의 서문이 있는데, 여기에서 그들의 편찬 의식을 볼 수 있다. 이수광이 『지봉유설』을 편찬한 이유를 일언이 폐지한다면 '사실과 정보의 기록에 대한 지식인의 사명감'이라고 할 수 있다. 이수광은 「지봉유설자서」에서 "『지봉유설』이 견문을 넓히는 데 도움이 되고 옛 일을 입증할 수 있는 효용적 가치가 있다."고 밝히고 있다.[6] 그리고 이수광은 『지봉유설』로 고려조의 『보한집(補閑集)』·『역옹패설(櫟翁稗說)』, 조선조의 『필원잡기(筆苑雜記)』·『용재총화(慵齋叢話)』를 잇겠다는 생각을 하고 있었던 것으로 보인다.[7] 주지하다시피 『보한집』·『역옹패설』·『필원잡기』·『용재총화』는 편의상 시화류로 분류

---

6 我東方以禮義聞於中國, 博雅之士殆接迹焉, 而傳記多闕, 文獻鮮徵, 豈不惜哉? 夫歷代之有小說諸書, 所以資多聞證故實, 亦不可少也.

7 如前朝補閑集·櫟翁稗說, 我朝筆苑雜記·慵齋叢話等編, 不過十數家而止, 其間事蹟之可傳於世者, 率皆泯泯焉. 余以款啓劣識, 何敢妄擬於述作之林, 略記一二, 以備遺忘, 寔余志也.

하고 있다. 이는『지봉유설』의 서지적 범주를 신중하게 설정해야 한다는 것을 시사한다. 이수광이『지봉유설』을 편찬하면서 다수의 중국 유서를 참조·인용하였지만, 그가 조선판 유서를 편찬하려는 의도를 갖고 있었던 것은 아니다. 따라서 이수광이『지봉유설』에서 기록하고 확산시키려고 하였던 '지식'이 과연 무엇인지 따지고 들 때, 좀 더 정밀한 논의가 필요하다. 특히『지봉유설』이 시화의 기록에 상당한 비중을 두었다는 점에 주목해야만 한다. 이것이 뒤에 출현한『성호사설』이나『송남잡지』와 다른 점이다. 그렇지만『지봉유설』이 '지식의 기록'을 목적으로 하는 서적이라는 점은 부인할 수 없다.

이익은「성호사설자서」에서『성호사설』은 "희필(戱筆)에 불과할 뿐 특별한 편찬 의도는 없다."[8]고 밝혔다. 다만 이익이『성호사설』의 편찬 과정에 대하여 '처음에는 비망(備忘)을 위해 기록했던 것을 뒤에 분류 정리하여 책으로 만들고 이름을 붙였다.'[9]라고 한 말로 미루어 볼 때,『성호사설』은 처음부터 특정한 목적 하에 기획 편찬된 책이 아니라 일종의 독서비망기에서부터 출발했다는 사실을 알 수 있다. 이익이 자신의 저작을 '사설(僿說)'이라고 겸칭하였지만, "이 글을 잘 보고 채택한다면 어찌 백에 하나라도 쓸 것이 없겠는가?"[10]라고 반문한 것을 본다면,『성호사설』은『지봉유설』보다 지식의 제공에 더욱 중점을 두고 있다는 사실을 알 수 있다.

그러면 조재삼이『송남잡지』의 서문에서 밝힌 편찬 의식은 어떠한가? 조재삼은『송남잡지』의「자서(自序)」에서 자신의 책은 '만물의 기록'

---

8 僿說者, 星湖翁之戱筆也, 翁之作是說也何意? 直無意.
9 始也爲其排忘錄之卷, 旣又爲之目列於端, 目又不可以徧閱, 乃分門類入, 遂成卷帙, 又不可無名, 名之以僿說.
10 此書者善觀者朶之, 亦安知不有百無一收也哉?

이라고 규정하고 있다. 그는 세상에 존재하는 만물이 문자의 기록을 통하여 비로소 형체를 갖출 수 있다고 생각하였다. 굳이 consilience의 논리를 빌자면 자연의 모든 현상과 존재는 인문학적 방법과 수단으로 형상·인지될 수 있다는 것이 『송남잡지』의 편찬 의식이다. 조재삼이 『송남잡지』로 두 아들을 가르쳤다고 한 말로 본다면 그 역시 이 책의 편찬 목적을 지식의 전파에 두고 있었음을 알 수 있다.[11]

조선 3대 유서의 찬자들이 공통적으로 지식의 제공과 확산이라는 편찬 의식을 갖게 된 동인은 조선의 열악한 지적 수준에 대한 각성이다.

이수광은 조선의 지식인들이 자체(字體)가 유사한 글자를 구분하지 못할 정도로 지적 수준이 한심하다고 개탄하였다.[12] 그는 또 전문 분야의 지식수준도 그다지 높지 못하다고 생각하였다. 예를 들면, 의술은 사람의 생명과 직결된 것이기에 의학적 지식은 여타 분야보다 정확하여야 한다. 그럼에도 불구하고 이 역시 무지함으로 인한 폐해가 많다고 여겼다.

> 보골지(補骨脂)는 일명 호구자(胡韭子)라고도 한다. 『본초강목』을 상고해보면, "이것은 광남(廣南)과 페르시아에서 생산된다."라고 하였는

---

11 太平無象, 記之則有象, 萬物有形, 不記之則無形. 人於萬物之衆, 獨任太平之責者. 況我東古稱太平之域, 而萬物之衆, 居天下之半焉. 此松南翁以作書, 用訓其二子豊鎬·履鎬曰, 於萬物, 覩而不記其象, 聞而不記其形, 則可謂燈下不明, 睫上不見矣. 何與論萬物之理而知太平之樂哉? 古之人著述者, 寓經綸於文字, 寓文字於義理, 放而散之, 則飛潛動植, 各遂其形, 卷而懷之, 則簡冊字畫, 盡圖其象. 顧我謏聞寡識, 敢窃取焉. 屏居墓所, 略記聞見, 歷數箇月, 而輯三十三篇, 始以太平, 終以太平, 廣我東太平之記, 於是乎祿以識之.

12 당시 과거(科擧)에서 '練을 판다'는 과제(科題)가 난 적이 있었다. 이때 가장 뛰어난 답안을 제출한 응시생이 정언눌(鄭彦訥)이었는데, 그는 선비들 중에서 박학다식한 사람으로 알려져 있었다. 그런데 그조차도 '익히다'라는 의미의 '練(련)'자와 '거친 베'라는 의미의 '練(소)'자를 구분하지 못했다고 한다.(『芝峯類說』〈服用部〉「綵幣」)

데, 이 말이 와전되어 파고지(破故紙)가 되었다. 옛날에 우리나라의 의원들이 이를 '오래 묵은 휴지(休紙)'로 잘못 알고 약에 넣던 것이 지금까지 이르고 있으니, 우스운 일이다.[13]

위의 글에서 이수광은 우리나라 의원들이 예전부터 콩과에 속하는 보골지의 씨앗을 오래 묵은 휴지로 잘못 알고 약에 집어넣을 정도로 무지하다는 실상을 말하고 있다. 지금까지도 어지간한 사전에 파고지(破故紙)가 보골지(補骨脂)의 이칭(異稱)으로 등재되어 있는 실정이다. 명망 있는 사대부의 지적 수준이 한심하고 전문적 지식이 요구되는 의약(醫藥) 분야에서도 무지가 일반화되어 있는 실정에서 일반 대중들의 지적 오류는 말할 것도 없다. 한 가지 예를 들어 보자. 이수광은 우리나라 사람들이 '황미(黃米)'가 찹쌀을 가리키는 것인 줄 모르고 '황주(黃州)에서 생산된 쌀'로 알고 있다고 하였다. 이러한 오인은 의방(醫方)의 천궁(川芎)·천귀(川歸)·진초(秦椒)·파두(巴豆)·천련자(川練子)·천우슬(川牛膝)·월치(越梔)·회국(淮麴)·무궁(撫芎)·진사(辰砂) 등과 같은 약 이름이 모두 그 산출지를 앞에 붙여 명명한 것과 같으리라고 짐작한 데서 연유한다고 하였다.[14]

이익은 우리나라의 지적 수준이 열악한 상황에 대해서 이수광보다도 한결 더 심각하게 인식하였다. 이익이 파악하고 있는 우리나라의 지적 오류는 역사적 지식부터 사물에 대한 지식에 이르기까지 광범위하였다. 그는 「금주학래(琴奏鶴來)」에서 현학금이 신라에서 만들어졌고 현학금을 연주하자 학이 날아와서 춤을 추었다는 역사적 지식의 오류를 지적하였다. 현학금과 관련된 기록은 『삼국사기』에 있다.[15] 그렇지만 이미 『사기』〈악서(樂書)〉에 현학금과 관련된 기사가 있으니,[16] 현학금이 신라에서 처음 만들어졌다고 하는 주장은 오류라는 것이다. 이익이 비록 『삼국사기』라고 바로 지목하지는 않았지만, 그는 『삼국사기』의 편자 역시 지식이 주밀하지 못하여 실수를 면하지 못했다고 비판한 것이다.

특히 이익은 조선 사람들이 사물의 이름을 정확하게 모르는 것을 안타깝게 생각하였다. 그는 비록 자질구레한 물건이라고 할지라도 지식인이라고 한다면 그것의 명칭을 정확하게 알아야 한다고 생각하였다.[17] 그는 우리나라 사람들이 특히 짐승의 이름에 대하여 무지하다고 생각하였다.

우리나라에서는 조수(鳥獸), 충어(蟲魚)에 대한 글자의 뜻을 대부분

---

15 현금(玄琴)의 제작에 대해서 『신라고기(新羅古記)』에서는 "처음 진(晉)나라 사람이 칠현금(七絃琴)을 고구려에 보냈더니 고구려 사람은 비록 그것이 악기인 줄은 알았으나, 그 소리와 음곡, 연주법을 알지 못하여, 나라 사람으로서 그 음곡을 알아서 탈 수 있는 이를 구하여 후히 상을 주기로 했다. 그때에 제이상(第二相) 왕산악(王山岳)은 그 본모양을 그대로 두고 그 구조를 고쳐서, 이것을 만들고는 다시 1백여 곡을 지어 연주했다. 이때에 검은 학이 날아와서 춤을 추었기에 마침내 이름을 현학금(玄鶴琴)이라 했는데 후에는 다만 현금(玄琴)이라고 했다."[新羅古記云: "初晉人以七絃琴, 送高句麗, 麗人雖知其爲樂器而不知其聲音及鼓之之法, 購國人能識其音而鼓之者, 厚賞, 時, 第二相王山岳存其本樣, 頗改易其法制而造之, 兼制一百餘曲以奏之, 於是玄鶴來舞, 遂名玄鶴琴, 後但云玄琴."]

16 『史記』〈樂書〉에 "師曠不得已援琴而鼓之. 一奏之, 有玄鶴二八, 集乎廊門, 再奏之, 延頸而鳴, 舒翼而舞."라는 기록이 있다.

17 此雖細事, 用物而不知其名, 君子恥之, 故錄之.[이는 비록 자질구레한 일이긴 하지만 어떤 물건을 쓰면서도 그 이름이 무엇인지 모르는 것은 군자로서 부끄럽게 여기는 까닭에 기록해 둔다.](『星湖僿說』〈萬物門〉「倭刀」)

몰랐다. 임진년 난리 때 명나라 장수가 편지를 보내서 가이마를 구해
달라고 요청을 하였는데, 우리나라에서는 그 가이마가 가리합(嘉里蛤)
인 줄 모르고 다만 "우리나라에는 이런 물건이 생산되지 않는다."라고
대답을 하였기에 명나라 장수는 자기를 속인다고 몹시 성을 내기까지
하였다.[18]

   사물의 한자 이름은 중국에서도 이칭과 별칭이 많기에 종종 황당한
상황이 발생한다. 하물며 말이 다른 중국과 우리나라에서 같은 사물을
서로 다르게 부르는 것은 이상한 일이 아니다. 그렇지만 한자를 문자
생활의 수단으로 삼았던 조선의 지식인들이 사물의 한자 명칭을 올바
로 알지 못한다면 무지하다고 할 수밖에 없다.
   그러면 조선의 3대 유서를 편찬한 작가들은 누구에게 어떤 내용을
제공하고 확산시키려고 하였는가? 유서는 말할 것도 없이 박물학적 욕
구에 대응하여 산생한 것이다. 여기에 조선의 3대 유서는 문학 창작에
도움을 주는 공구서의 성격이 강하다. 따라서 주독자도 지식인, 문인(文
人)이 될 것이다. 이와 같은 양대 특질을 차치하고 조선의 3대 유서에서
두드러지는 몇 가지 면모, 그중에서도 그때나 지금이나 유용하다고 판
단되는 지식을 중심으로 살펴보도록 한다.
   첫째, 조선의 3대 유서를 편찬한 저자들은 일반인들에게 의약(醫藥)
지식을 제공하려고 한 점이 두드러진다. 『지봉유설』은 〈식물부(食物
部)〉 아래 「약(藥)」이라는 항목을 두어 의약에 대한 정보를 제공하고 있
으며 〈식물부〉의 기타 항목에서도 의약 지식을 분산적으로 제공하고
있다. 또 명의(名醫)의 이름을 〈기예부(技藝部)〉 「방술(方術)」에 기록하

---

18 我國多不解鳥獸虫魚字. 壬辰之亂, 天將遺書求蟶, 殊不知蟶是嘉里蛤, 而但云: "土産無
   此物." 天將以爲紿言, 至發怒.(『星湖僿說』〈萬物門〉「蟶八梢鮫鱧」)

였다. 『성호사설』은 〈만물문(萬物門)〉에서 의약과 관련된 내용을 다루었다. 한편 『송남잡지』는 다른 유서보다 의약·의료 지식을 더욱 풍부하게 제공하고 있다. 『송남잡지』는 약(藥)에 대한 지식을 〈화약류(花藥類)〉에서 다루었고, 의술(醫術)은 〈기술류(技術類)〉에서 별도로 서술하였다. 이처럼 의학적 지식은 유서에서 매우 중요하게 취급되었다.

이수광은 '새끼 쥐가 뱀에게 물렸을 때 어미 쥐가 콩잎을 씹어 물린 곳에 발라주면 살아나고, 꿩이나 숭어는 상처가 생겼을 때 송진을 상처에 붙여서 치료할 줄 아는데 만물 중에 가장 신령스럽다는 사람이 약을 쓸 줄 몰라서는 안 된다'며 의약 지식의 중요성을 강조하였다.[19]

『지봉유설』에서 제공하고 있는 의약 지식은 상식적인 수준에서부터 전문적인 수준까지 다양하다. 예를 들면 "가장 치명적인 중독은 알코올 중독이며 해독제는 반드시 차갑게 복용해야 한다."[20]는 등의 상식에 가까운 내용부터, "토사자(兎絲子)는 전쟁과 기근에 대용식으로 먹을 수 있는데 기운을 보(補)할 수 있다.", "금은화(金銀花)는 등에 난 종기를 치료할 수 있다."는 등의 지식처럼 일반인들이 손쉽게 구할 수 있는 약재의 복용법과 효능에 대해서도 상세하게 제공하고 있다.[21]

『지봉유설』에서 제공하는 의약 지식 중 하나의 유형은 '하지 말아야 할 것에 대한 주의 사항'이다.

---

19 鼠子爲蛇所傷, 母鼠嚼葉嚼而傅之皆活. 又有人言眚雉及秀魚被傷, 皆以松脂傅其瘡處, 尤可怪也. 夫以鳥獸蟲物, 猶知解毒, 況最靈之人而不知藥性何耶?(『芝峯類說』〈食物部〉「藥」)

20 醫方曰: "凡中諸毒, 從酒得者難治." 言酒性行諸血脈, 遍身體故也. 因食得者易治, 言食與藥但入於胃, 或出大便泄出, 毒氣未流於血脈故也. 又曰, 諸藥汁解毒者, 皆不可熱飮, 能使毒氣愈甚, 宜冷服之乃效云, 此不可不知也.(『芝峯類說』〈食物部〉「酒」)

21 有村民患風疾, 不能出戶, 癸巳年間, 因兵荒, 收得兎絲子數斛, 作飯常服之, 舊疾頓愈, 氣力壯健, 勝於未病之前. 又一人少服兎絲子, 飮食倍常, 氣血充盛, 而忽得背疽, 飮金銀花汁, 兩日至數斤, 腫卽消盡, 蓋兎絲子能補氣故也.(『芝峯類說』〈食物部〉「藥」)

   사문(斯文) 노경린(盧慶麟)이 쇳물을 1년 넘도록 먹었더니 정신이 흐
려지고 이내 죽었다. 참판 유대정(兪大禎)은 송진을 여러 해 동안 먹었
다. 여성위(礪城尉) 송인(宋寅), 참의 이해수(李海壽)는 항상 하수오(何
首烏)를 먹었고, 동지(同知) 송영구(宋英耇)는 솔잎을 먹었는데, 모두
등창이 나서 죽었다. 그러니 약을 먹는 자는 마땅히 경계할 줄 알아야
한다.[22]

   위의 글에서 이수광은 구체적 사례를 들어가며 당시 유포되어 있던
민간요법의 무지함과 위험성을 밝히고 있다. 노경린(盧慶麟, 1516~1568)
·유대정(兪大禎, 1552~1616)·송인(宋寅, 1516~1584)·이해수(李海壽, 1536
~1598)·송영구(宋英耇, 1556~1620)는 모두 장생불사하겠다는 생각으로
신선술을 행하였던 것으로 보인다. 그래서 중금속이나 독성이 있는 약
재를 장복하다가 사망하고 말았다. 명문 벌열의 사대부들이 이처럼 어
이없는 섭생을 하다가 죽고 말았으니 그 이하의 사람들은 말할 필요도
없다. 이는 당시의 열악한 의학 수준을 반영하는 것인데, 이수광은 무
지의 소산으로 보고 있다. 그런데 위에서 예시한 내용은 지식 제공의
일반적 형식과는 성격이 다르다. 의약과 관련된 지식 제공의 일반적
형식은 '어떤 병에는 어떤 약이 효능이 있다.'는 식이다. 그런데 위의
글은 반대로 '어떤 것을 먹으면 죽음에 이르게 된다.'는 금기를 주 내용
으로 하고 있다. 이로부터 잘못된 지식을 바로 잡는 것이 유서의 편찬
목적 가운데 하나임을 알 수 있다.
   의약 지식과 함께 식이(食餌) 지식은 섭생을 위하여 중시되었기에 이
역시 유용한 지식의 하나로 간주되었다. 『지봉유설』에서는 〈식물부(食

---

22 盧斯文慶麟服鐵液踰年, 精神頓耗乃死, 兪參判大禎服松脂累年, 礪城尉宋寅, 李參議海
    壽常服何首烏, 宋同知英耇服松葉, 皆疽發而殂, 服藥者宜知戒哉?(『芝峯類說』〈食物部〉
    「藥」)

物部)〉를 두어 식이에 대한 지식을 제공하고 있고 『성호사설』에서는 〈만물문(萬物門)〉에서, 『송남잡지』에서는 〈의식류(衣食類)〉에서 주로 식이에 대한 지식을 제공하고 있다.

『지봉유설』의 경우 「식이」에서 가장 먼저 소개한 음식은 소고기이다. 식이는 질병의 예방과 치료를 통하여 무병장수의 영위를 목적으로 하기 때문에 이수광은 장수에 가장 좋은 음식을 제일 앞에 포치한 것이다. 그리고 원혼(元混, 1505~1588)과 이헌국(李憲國, 1525~1602)이 소고기를 먹고 장수하였다는 사례를 들어 신뢰도를 제고하였다.[23]

둘째, 조선의 3대 유서들은 생산자에게 유용한 생산기술을 제공하려는 의식을 보인다.

의식적 측면에서 볼 때 『성호사설』은 다른 유서보다 경세제민(經世濟民)의 특성이 강하다고 할 수 있다. 「회(灰)」에서 시비법(施肥法)을 기술하면서, 목화 생산자는 목회(木灰)의 성질과 사용법을 잘 알아야 한다고 강조한 것이 그 일례이다. 또 「원잠(原蠶)」에서 『주례』의 "원잠(原蠶)을 금한다."는 의미를 문헌과 자신의 영농경험에 토대하여 풀이하였다. 그리고 누에를 키우는 농민들을 특정(特定)하여 욕심을 내서 누에를 1년에 2차례나 키우는 것은 뽕나무에 해가 되기 때문에 장기적 계책이 될 수 없다고 주장하였다. 이치에 어두운 양잠농이 1년에 2번씩 누에를 치다가 도리어 뽕나무 농사를 망치게 되는 것을 경계하기 위하여 자신의 영농 경험과 경전의 구절을 근거로 제시한 것이다. 이익은 이외에도

---

23 牛肉最益人, 元判府混, 平生常喫, 享壽九十餘. 又牛喂生草則有毒, 故李議政憲國, 自四月至八月不喫, 亦得年八十. 攝生者宜知之. [쇠고기는 사람에게 가장 유익하다. 판중추부사 원혼(元混)은 평생 이것을 항상 먹어서 90세까지 장수하였다. 또 소가 날 풀을 먹으면 독이 있다. 그런 까닭에 정승 이헌국(李憲國)은 4월부터 8월까지는 쇠고기를 먹지 않았는데, 그 역시 80세까지 살 수 있었다. 섭생(攝生)하는 자는 마땅히 이것을 알아야 할 것이다.](『芝峯類說』〈食物部〉「食餌」)

자신의 양봉(養蜂) 경험을 토대로 양봉 농가에 유용한 지식을 제공하기도 했다.[24]

『지봉유설』이나 『송남잡지』 등도 생산기술과 관련된 지식을 제공하고 있지만, 『성호사설』과 같이 그 대상을 특정하지는 않았다. 『성호사설』은 생산기술 외에도 백성을 다스리는데 필요한 지식이나 군대 운영과 관련된 기술에 있어서도 대상을 특정하고 있다. 「토리횡수(土理橫竪)」에서 증언과 문헌 기록을 근거로 제시하면서 "땅의 결에는 가로로 된 것과 세로로 된 것이 있는데, 세로로 된 것은 물이 새어 버리기 때문에 벼를 심을 수 없다."는 지식을 수리(水利) 담당 관리에게 제공하면서 "수리를 맡아 다스리는 자로서 마땅히 알아야 할 것이다."[25]라고 강조한 것이 그 일례이다. 그리고 「저포(猪脬)」에서는 어민들이 물에서 박을 사용하고, 명나라 때에도 저포를 사용하여 작전에 성공하였다는 기록을 제시하면서 "용병(用兵)할 때 마땅히 알아야 한다."[26]라고 강조하였다. 이익은 특히 부국강병(富國強兵)에 대한 의식이 강하였다. 부국강병에 대한 의식은 여타 유서에서도 동일하게 보이지만, 이는 『성호사설』의 특징적 면모 중 하나라고 할 수 있다. 예를 들면 『성호사설』의 여러 곳에서 좋은 말을 키우고 조련하는 방법·무기의 제조와 개량법 등에 관한 내용이 중복 기술되어 있다. 이는 유서의 내적 구조의 측면에서 볼 때는 단점이 되지만 부국강병에 대한 성호의 의식이 얼마나 절실하고 강렬했는지 짐작할 수 있는 근거이기도 하다.

『송남잡지』는 박물학적 욕구의 대응과 문학 공구서의 편찬에 초점이

---

24 『星湖僿說』〈萬物門〉「蜂史」
25 治水利者, 宜知.(『星湖僿說』〈萬物門〉「土理橫竪」)
26 用師之所當知也.(『星湖僿說』〈萬物門〉「猪脬」)

맞추어져 있다. 따라서 『지봉유설』이나 『성호사설』만큼 지식의 제공을
표면적으로 특정하고 있지 않다. 그러나 『송남잡지』에서도 〈농정류(農
政類)〉, 〈어렵류(漁獵類)〉 등을 별도로 마련하여 농경과 어렵 기술에 대
한 지식을 서술하는 등 생산과 산업에 유용한 지식의 제공을 염두에
두고 있다. 생산 기술과 관련된 내용의 양을 본다면 『송남잡지』가 가장
많다.

이상에서 살펴본 바와 같이 조선의 3대 유서는 찬자의 박물학적 지식
을 기록하여 지적 욕구를 지닌 독자들에게 제공하려는 목적을 갖는다.
여기에 문학 창작을 위한 참고용 도서로 활용하도록 만들기 위하여 풍
부한 어휘와 용사(用事)를 수록하였다. 그러나 의학이나 생산·정치·용
병 등 생활과 경세에 반드시 필요한 지식을 제공하겠다는 의식도 강렬
하였다.

2. 지식의 계승과 수용

조선의 유서는 현재의 독자를 감탄하게 만들지만 당황하게도 만든
다. 현재의 독자들은 유서를 당대 지식의 총화로 여기지만 그 내용을
하나하나 모조리 읽는다는 것은 상당한 인내를 요한다. 이 말은 백과사
전의 모든 항목을 읽는 사람이 드물다는 것을 연상하게 만들지도 모른
다. 연구자들은 유서를 알기 쉽게 설명하기 위하여 그것이 백과사전과
유사하다고 너무나도 쉽게 말해 왔기 때문이다. 유서의 연구자들은 유
서와 실학의 관계를 입증하고 진보적 성향이 실학의 가장 큰 특성이라
는 사실을 부각시키기 위하여 노력하였다. 이 점에 대해서 이견을 제기
하고 싶지는 않다. 다만 조선의 유서가 수용하고 있는 지식의 층위를

좀 더 사실적으로 파악할 시점이 되었다는 것을 환기하고 싶다.

유서의 저자들은 유서를 편찬할 때 나름의 선별 의식을 지니고 있었지만 모든 지식에 개방적인 태도를 견지하였다. 그들은 종래의 지식을 편견 없이 수용하였기에, 그중에는 현재적 관점에서 비현실적으로 보이는 내용도 있다. 이것이 유서의 독자를 당황하게 만든다. 이수광은 『지봉유설』의 서문에서 "일이 신비하거나 괴이한 것에 미치면 일체 기록하지 않았다."[27]라고 분명히 밝히고 있다. 그런데『지봉유설』에는 참으로 신비하고 괴이한 이야기가 많이 실려 있다.『성호사설』은 어떠한가? 실학자의 저술이기에 괴력난신(怪力亂神)과 관련된 이야기가 없으리라는 기대는 편견에 불과하다.『성호사설』에는『지봉유설』보다 신비하고 괴이한 이야기가 더 많다.[28] 또『송남잡지』는 어떠한가? 이 책에는 두 종의 유서보다도 신괴(神怪)한 이야기가 더욱 많다. 실학의 선구자라고 평가되는 이수광, 조선 후기 실학의 전개에 큰 영향을 주었다는 이익, 그들의 정신을 계승한 조재삼은 왜 다량의 신괴한 이야기를 자신의 저작에 수록하였을까? 이는 연구자들을 혼란에 빠뜨린다. 특히 '유서-지식-실용-실학'이라는 도식에서 볼 때 그들의 신괴한 이야기에 대한 처리 문제는 난감할 수밖에 없다.

『성호사설』이나『송남잡지』와 비교한다면『지봉유설』은 신괴한 이야기가 적은 편이다. 그러나 이수광은『지봉유설』의「방술(方術)」에 신괴한 이야기들을 소복이 모아놓고 있다. 예를 들면, 그는 고대에 새의

---

27 若事涉神怪者, 一切不錄.

28 기존 연구에서 "성호는 육경, 자사 이외에 소소한 만록에 이르기까지 구할 수 있는 책이면 읽지 않은 것이 없었으나, 이단에 속하는 불서, 도가서나 소기(小技)에 속한 책, 패관잡설 세 가지에는 관심을 두지 않았다."(이성무,「성호 이익의 생애와 사상」,『조선시대사학보』, 조선시대사학회, 1987.)라고 한 것은『성호사설』의 특성을 간과한 것이다.

말을 알아듣는 사람들이 있었다고 하면서 그 이름을 구체적으로 나열
하였다. 단순한 정보의 기록 차원이 아니라 이수광은 그 존재를 믿고
있었다. 그는 『주례』의 "새의 말을 맡았던 이예(夷隷)가 있고 짐승의 말
을 담당하였던 맥예(貉隷)가 있었다."[29]는 기록을 믿음의 근거로 제시하
였다.[30] 이수광은 그 뿐만 아니라 용이나 기린·봉황과 같은 상상의 동
물에 대해서도 의심하지 않았다. 이수광은 그러한 동물들을 비롯하여
기이한 물건들을 지금은 볼 수 없지만 옛날에는 많았으니 기이하게 여
길 필요가 없다고 단언하였다.[31] 그러나 이수광은 초자연적 존재나 현
상 외에도 당시의 자연과학 수준으로는 설명할 수 없는 자연현상에 대
해서도 곤혹스러워하였다. 예를 들면 "물고기는 다닐 때 양(陽)을 따른
다. 봄과 여름에는 물 위에 떠서 물을 따라 올라가고, 가을과 겨울에는
물속에 잠겨 물을 따라 내려간다."[32]라는 설에 대해서 이수광도 "물고기
는 물에 잠기는 물건이니, 기운에 따라서 올라가고 내려가는 것은 이치
상 당연하다."고 생각하였다. 그런데 그는 은어나 청어가 겨울이면 바
닷가에 나는 현상을 논리적으로 이해할 수 없었다. 그래서 그는 "한 가
지 이치만을 가지고 미루어 짐작할 수는 없다."는 결론을 내렸다.[33]

　이익은 괴이한 이야기를 배격하는 견해에 대해서 "이 넓은 천하와
오랜 역사에 무엇이든지 없는 사실이 없는데, 요즘 사람들은 자신이

---

[29] 이 말은 명나라의 동사장(董斯張)이 편찬한 『광박물지(廣博物志)』〈조수(鳥獸)〉에서 인
용한 것으로 보인다.("夷貊掌鳥言, 貉貊掌獸言. 周禮")

[30] 按周禮, 夷隷掌鳥言, 貉隷掌獸言, 蓋古制如此.(『芝峯類說』〈技藝部〉「方術」)

[31] 如麟鳳奇異之産, 古多有而今絶無, 何足怪哉?(『芝峯類說』〈服用部〉「金寶」)

[32] 이 말은 원나라의 도종의(陶宗儀)가 편찬한 『설부(說郛)』〈후산담총(後山談叢)〉에서 인
용한 것으로 보인다.("魚行隨陽, 春夏浮而遡流, 秋冬沒而順流.")

[33] 小說曰: "魚行隨陽, 春夏浮而遡流, 秋冬沒而順流." 余謂魚潛物也, 隨氣升降, 理固然矣.
但今銀魚靑魚冬時出於海邊, 未可以一理推也.(『芝峯類說』〈禽蟲部〉「鱗介」)

직접 보고 기억하고 있는 것이 아니면 눈을 휘둥그레 뜨고 놀라서 모두 의심을 하니 웃을 만하다.”[34]라고 비판하였다. 넓은 공간과 장구한 시간에는 인간이 모두 경험할 수 없는 존재와 현상이 있다. 그런데 그것들을 직접 보고 듣지 못했다고 해서 의심해서는 안 된다는 주장이다. 일례로 이익은 정위(精衛)라는 새가 목석(木石)을 물어 날라서 바다를 메운 이야기를 기록하면서, 이것을 의심하면 안 된다고 하였다. 그리고 그것을 증명하기 위하여 두 가지 유사한 예를 근거로 제시하였다.[35] 이익은 “이는 귀신과 도깨비가 하는 짓이지 새가 무슨 영(靈)이 있어 그렇게 하는 것은 아니다. 옛날이건 지금이건 일상적이지 않은 모든 일을 이로써 궁구해 본다면, 다시 의심할 것이 없겠다.”[36]라고 신이한 현상에 대한 자신의 생각을 밝혔다. 이로 본다면『성호사설』에 수록되어 있는 다량의 신이담은 이익이 단순한 수집의 차원에서 기록한 것이 아님을 알 수 있다. 실제로 이익은 귀신과 도깨비의 존재를 믿었다. 그는「호복(虎僕)」에서 “호복이니 창귀(倀鬼)니 하는 말을 옛사람은 혹 허망한 말로 여기기도 했으나, 나는 이런 이치가 있다고 본다. 도사가 귀신을 부리는 술법이 있다면 귀신도 진실로 두렵게 여기고 복종하는 것이 있으리라.

---

34 四海之廣, 今古之久, 盖無事不有, 今人觀記之外, 瞠然皆疑, 可哂.(『星湖僿說』〈萬物門〉「精衛」)

35 첫째 근거는 한나라의 임강왕(臨江王)이 억울하게 죽은 뒤에 그를 남전(藍田)에 장사지낼 때, 제비 수만 마리가 흙을 물고 날아와서 그 무덤 위에 붙여 놓았다는 것인데, 이 이야기는『한서』에 보인다고 하였다. 그리고 두 번째 근거로 “당나라 정원(貞元) 무렵에도 전서(田緖)와 이납(李納)이 살고 있는 곳 부근에 까마귀들이 나뭇가지를 물어다가 성을 쌓았는데, 높이가 서너 자쯤 되고 길이는 10리가 넘었다. 사람들이 이를 이상하게 여겨 불태워 버렸으나, 며칠 후에 보면 또 여전히 쌓아 놓는데, 모든 까마귀 부리에서 피가 흘렀다. 그 성 이름은 오성(烏城)이라고 하였다 한다.”라는 이야기를『유양잡조(酉陽雜俎)』에서 인용하였다.

36 此盖鬼魅爲之, 非禽鳥之有靈. 凡古今事之不常者, 以此究之, 更無所疑耳.(『星湖僿說』〈萬物門〉「精衛」)

우리나라에도 옛날부터 도깨비라는 것이 있었다. 지금 사문(赦文)에 아직도 '(도깨비처럼 속인 죄수는) 대사령(大赦令)에 포함시키지 않는다.'라고 쓰니, 그 일이 그리 오래된 것이 아니다."라고 하였다.[37] 이익은 나름의 이론적 기반 위에서 도깨비와 귀신의 존재를 믿었다. 그는 귀신이란 천지의 기가 뭉쳐서 이루어진 것이라고 보았다. 천지의 기가 순간적으로 응집되었다 분산되듯이 귀신도 모습을 나타내기는 해도 일정한 존재가 없기에 변화가 자유롭다는 것이다. 그리고 이것은 옛날의 사실을 잘 알고 못가는 곳이 없는 까닭에 세상의 물정을 잘 살필 수 있다고 주장하였다.[38] 이익은 이 이론으로 절굿공이 귀신·빗자루 귀신·쓰레받기 귀신 등의 존재를 설명할 수 있었다.[39]

그러나 이익이 실존하다고 믿었던 수많은 초자연적 존재와 현상들은 기론(氣論)만으로 설명하기 힘든 것들이었다. 예를 들면 '물귀신'과 같은 것은 그도 논리적으로 설명할 도리가 없었다.[40] 그러나 이익은 보이지 않고 증명할 수 없다고 하여 존재를 믿지 않는 것을 어리석다고 생각하였다. 일례를 든다면 "오릉(吳綾)이란 천으로 만든 치마를 어두운 방에서 힘껏 잡고서 손으로 얼마쯤 문지르면 화성(火星)이 곧 나타나고 이것으로 옷을 만들어 입으면 몸이 찌는 듯 열이 난다는 말이 있는데

37 虎僕悵鬼之說, 古人或歸誕妄, 余謂有是理, 道士有役鬼之術, 見鬼固有慴服者矣. 我國舊有驅魅. 今赦文尙云: "不得與於赦令." 則其事不遠也.(『星湖僿說』〈萬物門〉「虎僕」)

38 鬼神者, 氣之凝聚也. 形焉而無質. 形能幻化, 無微不入, 無質故也. 氣有聚散, 亦有聚久不散者. 久能有形, 形具則必有知覺. 久故能識古事, 微故能察物情.(『星湖僿說』〈萬物門〉「神仙二酉」)

39 今世人家, 鬼變甚多, 或猝急驚散, 現其本相, 則必是箒杵等陳舊之物. 意者, 風氣所聚, 初無形像, 必須襯得人氣多者, 如箕箒之物然後, 方能作怪, 故曰箕仙也.(『星湖僿說』〈萬物門〉「箕仙」)

40 溺水死者之魂, 亦曰悵鬼, 與被虎噬者同, 多見人或溺死後, 其族親若有鬼招而赴水者, 往往有之, 可怪.(『星湖僿說』〈萬物門〉「悵鬼」)

이것은 그럴 법하다."고 하였다. 그는 "고양이털에서도 열이 난다."는 것을 그 근거로 들면서 "이와 같이 신기한 물건도 있으니, 천하에는 없는 물건이 없는 줄을 비로소 알겠다."라고 하였다. 더불어 불에 타지 않는 섬유인 화완포(火浣布)도 있다고 하였다. 따라서 이러한 존재를 믿지 않는 자는 미련하고 어리석다고 단언하였다.[41]

　이상에서 살펴 본 바와 같이 『지봉유설』과 『성호사설』에 실린 기이한 이야기는 모두 편찬자의 믿음을 토대로 하고 있다. 그러면 이수광과 이익이 그와 같은 이야기를 믿고 기록으로 전하려고 한 의식의 저변은 무엇이며 우리는 그것을 어떻게 이해해야 할까?

　이수광·이익·조재삼은 유학적 현실주의를 의식의 토대로 삼으면서 실학을 지향한 지식인들이다. 그런데 우리가 주의하여야 할 점이 하나 있다. 그들이 살았던 조선의 대중들은 신괴한 존재와 현상에 대하여 강한 믿음을 갖고 있었다는 사실이다. 신괴한 존재와 현상은 무지한 민중의 입으로 전해지던 전설과 민담 속에나 있다고 치부하고 말 일이 아니라는 것을 유서가 대변해주고 있다. 이수광과 이익, 조재삼은 당대의 가치 있는 지식을 기록으로 남기려고 하였다. 그들이 살고 있는 공간과 시간까지 전해 내려온 지식들에 대하여 그들은 어떠한 편견도 배제하였다. 이익은 신괴한 현상과 존재를 논리적으로 설명하려고 노력한 반면 조재삼은 가능한 많은 항목을 마련하여 지식으로 구성하고 확산시키려고 하였다. 이것은 지식인으로서 매우 중요한 태도라고 할 수 있다.

　'지식이란 무엇인가?'라는 원론적 논쟁을 이 자리에서 재연하는 것은

---

41 吳綾爲裳, 暗室中力持以手摩之, 良久火星直出. 盖吳綾, 俗號爲油段子, 工家又多以脂發光潤, 人服之, 體氣蒸鬱, 宜其致火也. 以猫毛生火者 推之, 固有是理, 始知天下無物不有, 其不信火浣布者, 益覺呆獃.(『星湖僿說』 〈萬物門〉 「吳綾出火」)

적절하지 않지만, 지금 우리가 유서 속의 기괴한 이야기를 지식으로
선뜻 받아들이기는 쉽지 않다. 그것은 객관적·보편적·일반적이지 않
기 때문이다. 그러나 유서의 찬자들이 살았던 시간과 공간에서 그것은
생명력 있는 지식이었다. 다만 그것들은 눈으로 볼 수 없다고 생각하였
을 뿐이다. 유서의 찬자들은 세상의 모든 지식을 수용하려고 하였다.
과거의 모든 지식도 편견 없이 받아들일 수 있었기에 새로운 지식도
거부감 없이 수용할 수 있었다. 반면 조선의 교조적 성리학자들은 눈으
로 볼 수 없는 것은 말하지도, 믿지도 않았기에 신괴한 것을 말하지도,
믿지도 않았다. 그러나 그들에게 새로운 지식과 새로운 질서, 새로운
세상 역시 직접 목격하지 못하였고 기억 속에 있지 않았기에 괴력난신
에 불과할 뿐이었다.

　유서의 찬자들은 신괴한 이야기를 무비판적으로 수용하지 않았다.
그들은 그것을 논리적으로 설명하거나 현실적 의미로 재해석하기 위하
여 노력하였다. 신선사상에 대한 기술이 좋은 예이다. 신선사상의 핵심
인 장생불사에 대한 믿음은 당시의 비현실적 의식 중 대표적인 것이다.
『지봉유설』에서는 〈외도부(外道部)〉「선도(仙道)」를 마련하여 신선에
대한 이야기를 기록하고 있는데, 이수광은 그것의 의의를 다음과 같이
합리적으로 설명하고 있다.

　　노자가 "대부분의 사람들은 크게 말해도 나는 조그맣게 말하고, 대부
　분의 사람들이 번다하더라도 나는 조금만 기억하고, 대부분의 사람들이
　억세고 사나워도 나는 노여워하지 않는다. 사람의 일로 내 뜻에 누가
　되지 않게 하여 담연(淡然)하게, 하는 일 없이 내 신기(神氣)가 스스로
　만족하면 불사약이 된다."라고 하였다. 내가 생각하기에, 노자가 말한
　불사약은 이런 것인데, 진·한 이후로 방술사(方術士)들이 망령되게 삼
　신산(三神山)에 불사약이 있다고 말하고 세상 사람들은 이것을 캐먹고

오래 살려고 하니 어찌 의혹된 일이 아닌가.[42]

위의 글에서 이수광은 합리적 양생법을 송의 장군방(張君房)이 편찬한 도가서 『운급칠첨(雲笈七籤)』에서 인용하고 있다.[43] 이수광은 명나라 왕세정(王世貞)이 편찬한 〈완위여편(宛委餘編)〉에서 "옛날부터 문장을 하는 선비로서 신선이 되어서 갔다고 일컬어지는 자는 이치상 있을 법도 하다. 천지의 빼어나고 특별한 기운을 유독 많이 받아서 선천적으로 타고나고, 세상에 나가서 훌륭한 일을 하나니 갈 때도 돌아갈 곳이 있는 것은 참으로 마땅하다."[44]라는 말을 인용하면서 신선의 존재를 인정해야만 하는 논리적 근거를 밝히고 있다. 이수광은 선약(仙藥)의 복용이 신선이 되는 방법 중 하나라는 것을 부정하지 않았지만, 신선이 되어 장생불사하는 것보다 마음을 편하게 하여 무병장수하는 방법이 더욱 현실적이라는 생각을 설파하고 싶었다.

이익은 "저 신선이란 있는지 없는지 나로서는 모르겠으나, 있다면 진애(塵埃) 속에 머리를 묻고 발꿈치를 빠뜨리는 자보다는 조금 나을 것이다."[45]라고 하였으니, 그는 신선의 존재를 절대적으로 믿지는 않았

---

42 老子曰, 衆人大言而我小語, 衆人多煩而我少記, 衆人悖暴而我不怒, 不以人事累意, 淡然無爲, 神氣自滿, 以爲不死之藥云. 余謂老氏所言不死之藥如此, 而秦漢以來, 方士妄言三神山有不死藥, 世人蘄得以長生, 豈非惑哉.(『芝峯類說』〈外道部〉「仙道」)

43 『지봉유설』에는 『노자』에서 인용한 것으로 명기하였지만, 『노자』에는 없는 내용이다. 『지봉유설』이 『雲笈七籤』에서 "老子曰, 人生大期百年爲限, 節護之者, 可至千歲, 如膏之用, 小炷與大耳. 衆人大言, 而我小語, 衆人多煩, 而我少記, 衆人悖暴, 而我不怒, 不以人事累意, 不修君臣之義, 淡然無爲, 神氣自滿, 以爲不死之藥."이라는 글을 인용하면서 그 오류까지 답습한 것이다.

44 宛委餘編曰: "自古文章之士, 稱以仙去者, 理或有之. 蓋天地冲美秀特之氣, 見予獨多, 生有所自, 出有所爲, 則去有所歸, 固其宜耳."(『芝峯類說』〈外道部〉「仙道」)

45 彼神仙有無, 吾未之知也. 有則定稍勝於塺埃中, 埋頂沒踵者矣.(『星湖僿說』〈萬物門〉「塵」)

다. 그러나 "태식(胎息)하는 신선은 몸 안에 기를 가둬두고 새게 하지
않기에 수명을 더욱 연장시킨다."[46]라고 하여 신선의 존재에 대한 논리
적 근거를 세우고 있다.

조재삼은 『송남잡지』에 〈선불류(仙佛類)〉를 두어 신선에 대한 지식을
어떤 유서보다도 풍부하게 기록하였다. 그런데 『설문해자』에서 "仙(선)
은 山 사람[人]이다."[47]라고 한 말을 인용한 뒤에 그야말로 신선이 아닌
산사람들의 이야기를 나열하였다. 따라서 조재삼 역시 신선에 대한 합
리적 해석을 두고 고민했던 것으로 보인다.

이수광과 이익은 신괴한 존재에 대한 믿음을 갖고 있었지만 미신의
차원은 아니었다. 예를 들면 이수광은 복서(卜筮)에 대한 자신의 견해를
밝히면서 "의약(醫藥)과 복서는 함께 일컬어진다. 의원은 죽는 사람을
구하고 산 사람을 구제한다. 점쟁이는 흉한 것을 피하고 길(吉)한 데로
나가게 한다. 그 시초는 모두 성인(聖人)에게서 나왔으니 진실로 사소한
것이라고 여겨서는 안 된다."[48]라고 하여 그것의 효용적 가치를 인정하
였으니, 이는 미신의 차원과는 다르다. 또 "무당은 간악함을 지니고 있
기에 한번 사람의 문에 올라오면 요괴스러운 것이 따라오게 마련이다.
그러니 마땅히 이것을 배척하여 끊어버려야 한다."[49]는 말을 인용하면
서 "지금 우리나라에서는 무당귀신을 보고 '탐재귀(貪財鬼)'라고 한다.
남의 재물을 보면 반드시 이것을 얻으려 하여 그 사람에게 해를 끼치기

---

46 胎息之仙, 閉氣不泄, 益長壽耈.(『星湖僿說』〈萬物門〉「蓬實」)

47 說文曰, 仙者山人.(『松南雜識』〈仙佛類〉「山人謂仙」)

48 醫藥與卜筮並稱, 而醫者救死濟生, 卜者避凶趨吉, 其初皆出於聖人, 固不可小之也.(『芝
   峯類說』〈技藝部〉「方術」)

49 巫覡挾邪, 一登人門, 妖怪隨至, 當斥絶之.(『芝峯類說』〈技藝部〉「巫覡」)
   이 말은 『說郛』「巫覡致妖」의 "吉嶺地近甌粤, 其俗右鬼, 父老言, 巫覡挾邪, 以登人門,
   妖怪隨至, 當令絶之."를 인용한 것이다.

때문이다. 또 '지심귀(知心鬼)'라고도 한다. 이는 그들이 묻는 사람의 마음을 잘 짐작해 말하는데, 간혹 맞을 때도 있기 때문이다. 이치를 아는 군자가 그 요망한 것을 살펴서 의혹되지 않는다면 이상적일 것이다. '誣(무)'는 '巫(무)'자와 '言(언)'자로 구성된 글자이니, 역시 의미가 있다."[50]라고 무당이 혹세무민(惑世誣民)한다는 견해를 밝혔다.

이익도 '미약(媚藥)'을 이용한 방중술(房中術)[51], 무당의 굿[52] 따위를 미신으로 일축하였다. 그의 신이한 현상에 대한 합리적 사유는 「유재무상(有災無祥)」·「재상(災祥)」 등에서 상세히 볼 수 있다. 이와 같이 현실주의적 의식과 신비주의적 의식이 크게 모순을 일으키거나 충돌하지 않고 공존하는 것이 조선 3대 유서의 일양상이라고 할 수 있다. 이는 조선 3대 유서의 찬자들이 존재와 현상의 다원성을 인정할 수 있는 인식의 유연성과 개방성을 갖추고 있었으며, 비록 중세적 한계가 있지만, 논리적 토대를 마련하여 설명해 낼 수 있었기에 가능한 것이다.

조선 3대 유서의 찬자들은 종래의 지식을 편견 없이 계승하였듯이 새로운 지식도 적극적으로 수용하였다. 새로운 지식이란 당시 조선에서 생소한 기술이나 새로운 세상에 대한 정보이다. 저간의 연구자들은 이것이야말로 실학파의 진면목이라고 생각하였다.[53]

『지봉유설』에는 새로운 농업 기술이나 새로운 물건에 대한 지식이

---

50 今俗謂巫鬼爲貪財鬼, 以見人之財, 必欲得之, 加害於人也. 又謂知心鬼, 以其善揣問者之心, 而言或符合也. 識理君子, 審其妖妄, 而不爲所惑則幾矣. 誣字從巫言, 亦有旨哉!(『芝峯類說』〈技藝部〉「巫覡」)

51 但候其交時, 竝取二物, 爲媚藥, 用之房中術云云, 此甚可異也. 余謂是不過呪祝之類.(『星湖僿說』〈萬物門〉「蟲螽蚯蚓」)

52 『星湖僿說』〈萬物門〉「翰音」

53 이익의 과학적 지식에 초점을 맞춘 연구 결과로는 박성래(1985)의 「『성호사설』 속의 서양과학」(『진단학보』 59집, 진단학회), 구만옥(2000)의 「성호 이익의 과학사상 —과학적 자연인식」(『민족과 문학』 9집, 한양대학교 민족문학연구소)과 같은 것이 있다.

기술되어 있다. 예를 들면 과실수에 접붙이는 방법과 같은 농업 기술[54]
이나 담배·안경·자명종·서양포(西洋布)와 같이 새로 전래된 물건, 대
포 등 서양의 무기에 대한 견문이 기록되어 있다.[55]

『성호사설』은 새로운 지식의 소개에 더욱 적극적이었다.

「육약한(陸若漢)」에서는 망원경·총·대포 등을 언급하였고 「애체(靉
靆)」에서는 안경에 대해서 상세히 기술하였으며, 「화상요돌(畫像坳突)」
에서는 서양화의 기법을 기술하였다. 또 「용화(龍華)」에서는 서양의 정
수(淨水) 기술을 소개하면서 "이로 보아 서양 사람의 경험이 매우 익숙
하다는 것을 비로소 알겠다."[56]라고 하였으니, 이익이 서양의 기술을
신뢰하였다는 사실을 알 수 있다. 또 그는 부국강병과 군국기무(軍國機
務)의 차원에서 말의 종자 개량과 사육·조련에 대하여 그 어떤 유서보
다도 많은 지면을 할애하였다.[57] 그는 조선이 말을 잘못 관리하는 문제
점을 지적하는 동시에 중국과 서양에서 본받을만한 지식을 소개하였
다. 예를 들면 그는 말에게 콩을 먹여서는 안 된다고 누누이 강조하고,
서양에서는 "말에게 보리를 먹일지언정 콩은 먹이지 않는다."[58]는 이야
기를 인용함으로써 자신의 견해와 서양의 경우가 일치한다는 것을 보
였다. 군국기무에 대한 이익의 의식은 매우 강하였기에 서양의 무기에
지대한 관심을 보였다. 특히 그는 홍이포(紅夷砲)처럼 성능이 뛰어난 신
무기에 관심을 갖고 있었기에 그 포탄의 제조 방법까지 소개하였고,[59]

---

54 『芝峯類說』〈食物部〉「果」
55 담배는 〈食物部〉「藥」, 안경은 〈服用部〉「器用」, 자명종은 〈服用部〉「金寶」, 대포와 서
　 양포(西洋布)는 〈諸國部〉「外國」에 실려 있다.
56 始信西國之人經驗甚熟.(『星湖僿說』〈萬物門〉「龍華」)
57 「果下馬」·「人馬一心」·「養馬」·「牧場」·「馬政」·「耽羅牧場」·「馬步」·「馬形色」·「濟馬」·
　 「千里馬」·「馬價貴」·「馬蹄」
58 余聞西洋之言, 餵馬寧麥無菽.(『星湖僿說』〈萬物門〉「耽羅牧場」)

또 확성기도 소개하였다.[60]

『송남잡지』에는 서양의 문물에 대한 기록이 더 풍부하고 다채롭다. 조재삼은 서양의 역법(曆法)이나 종교에 대한 지식을『송남잡지』에서 기술하였다.[61] 또 서양인의 존재뿐만 아니라 아프리카 흑인에 대해서도 인지하고 있었다. 그리고 서양에서 유입된 물건도 소개하고 있다. 예를 들면 양도(洋稻)라고 불리는 모화(牟禾)와 한보재(翰寶齋) 바늘·안경·서양포·대포·기뢰(機雷) 등에 대한 견문과 같은 것이다.[62] 또 당시 민심을 흉흉하게 만들었던 이양선(異樣船)에 대한 정보도 기술되어 있다.[63]

조선의 유서들은 이와 같이 서양의 신문물에 대한 지식과 정보를 적극적으로 수용하고 있지만 그 찬자들이 신뢰할 만한 자료를 보지 못하고 주로 견문에 의지한 결과, 유서에는 잘못된 내용이 상당수 있다. 또 잘못된 정보는 주로 서양의 무기와 그것을 사용한 서양인의 전투 능력과 관련된 것이 많다. 이는 조선 말기에 그들과 수차례 무력 충돌을 하면서 만들어진 것이다.

『성호사설』에 "서양 의대리국(意大里國)에서 만들어낸 큰 거울은, 햇빛에 비춰 적의 선박에 그 광선이 닿게 하면 바로 불이 일어나서 수척이나 되는 선박도 일시에 다 타버린다고 한다. 이는 화경(火鏡)의 이치를 연구해서 만든 것인데 역시 교묘하다."[64]라고 한 내용이 있는 것으

---

59 『星湖僿說』〈萬物門〉「火箭」
60 『星湖僿說』〈萬物門〉「火箭」
61 〈歲時類〉「萬歲曆法」,〈仙佛類〉「耶蘇基督」,〈仙佛類〉「天主女」
62 모화(牟禾)는〈農政類〉「牟禾」에서, 한보재(翰寶齋) 바늘은〈衣食類〉「翰寶齋」에서, 안경·서양포·대포는〈衣食類〉「西洋布」에서, 기뢰는〈外國類〉「古俚國」에서 기술하고 있다.
63 『松南雜識』〈武備類〉「佛狼機」
64 西方意大里國鑄巨鏡, 暎日注射賊艘, 光炤火發, 數艘一時燒盡, 以火鏡推之意, 亦巧矣.(『星湖僿說』〈萬物門〉「火具」)

로 보아, 당시에 서양의 무기에 대하여 실제보다 과장된 정보가 유포되어 있었음을 알 수 있다. 이와 같은 현상은 19세기로 들어오면 더 증폭된다.

『송남잡지』에서 서양의 무기와 물건에 대하여 기술한 몇 가지 예를 보면 다음과 같다.

> • 근래에 듣자 하니 서양 사람들은 수전(水戰)에 능파말(凌波襪)을 신고 황하를 걸어서 건넌다고 한다. 그들은 단어(丹魚)의 피를 발에 바랐는가?[65]
>
> • 호인국(互人國)은 서쪽 바다 너머에 있는데, 흰 흙으로 성을 쌓아 귀신이 감히 들어오지 못한다. 세상에 귀신이 없는 곳이 없지만 오직 이 나라만 없다고 한다.[66]
>
> • 흑귀자국(黑鬼子國) 사람들은 키가 크고 형체가 검으며 몸 한 면에 털이 나고 힘이 세니, 흑노(黑奴)라고 한다. 그 종족은 4만여 명인데, 불랑기국(佛狼機國) 사람들이 사서 노예로 삼은 경우가 많다. 밭두둑으로 몰아 소나 말처럼 부리니 바로 곤륜노(崑崙奴)이다. 함풍(咸豊) 경신년[1860]에 서양의 비적들이 그들을 모집하여 중국으로 쳐들어오니 당해 낼 수 있는 이가 없었다. 그 사람들은 물속에 들어가 자기도 하고 불 속에 들어가 살기도 하며 총알·화살·창도 그들의 몸을 뚫고 들어가지 못하지만 돌로 치고 마가목(馬價木)으로 때리자 죽었다고 한다.[67]
>
> • 옛날에는 이 약[아편담배]이 없었다. 서양 사람들은 앵속각(罌粟角)에 사람의 정액을 섞어 만든다. 담배처럼 들이마시는데, 전생의 일이

---

65 近聞洋人水戰着凌波襪, 步渡黃河, 其塗丹血耶?(『松南雜識』〈衣食類〉「凌波襪」)

66 在西洋外, 白土爲城, 鬼不敢入, 天下無處無鬼, 獨此國無云.(『松南雜識』〈外國類〉「互人國」)

67 其人長而形黑, 偏體毛生多力, 謂黑奴. 其種四萬餘口, 佛人多買爲奴. 驅之壟畝如牛馬, 卽崑崙奴也. 咸豊庚申, 洋匪募來中原, 莫有抗者. 其人入水宿, 入火居, 銃矢槍不入, 而以石擊之, 以馬價木打之, 死云.(『松南雜識』〈外國類〉「黑鬼子國」)

모두 기억나고 두 배로 총명해지며 기력이 용솟음친다고 한다. 그러나 3년 동안 들이마시지 않으면 죽는다고 한다.[68]

이상의 예를 보면 서양의 무기와 물건, 흑인이나 서양인의 신체적 구조와 능력 등에 대한 정보가 대단히 과장되어 있다. 이는 당시 서양인과 서양 문물, 특히 그들의 무력에 대한 공포심이 반영된 현상이다.

새로운 문물에 대한 지식의 양은 『송남잡지』가 가장 풍부하고 『지봉유설』이 가장 적다. 이에 비례하여 잘못된 정보의 양도 『송남잡지』가 많고 『지봉유설』은 비교적 적다. 그리고 유서의 신문물에 대한 부정확한 지식의 기록은 문헌 자료의 부족과 정보의 대중적 공유가 정확하지 못한 데 기인한다.

3. 진위와 시비의 분별

지식의 가장 중요한 역할은 참과 거짓, 옳고 그름을 구분해 내는 것이다. 지식의 총화라고 하는 유서도 진위와 시비를 분별하는 지침서로서 기능을 한다.

유서의 찬자들은 참된 앎을 중요하게 생각하였다. 이수광은 '참됨의 왜곡과 상실'을 비판함으로써 참됨의 중요성을 강조한 바 있으며,[69] 이익 역시 "알지 못하는 것을 알지 못한다고 하는 것이 아는 것이다. 당초에 마음을 써서 섭렵하지도 않고 망령스레 말로만 지껄이는 것이 옳겠

---

68 古無此藥. 西洋人以罌粟角和人精製之. 吸似烟茶而前生事盡記憶. 又聰明氣力倍湧, 然三年不吸則死云.(『松南雜識』〈花藥類〉「鴉片烟」)
69 『芝峯類說』〈技藝部〉「畫」

는가?"[70]라고 하여 학문에 토대하지 않고 근거 없는 언론을 극구 비판하
였다.

지식에서 가장 중요한 것은 진짜와 가짜를 구별해 내는 일이다. 『지봉
유설』에는 당시에 유통되던 물건 중에서 가짜를 분별하는 내용이 있다.

> 소설에서 "남번(南蕃)의 큰 바다 속에서 난다. 어떤 물고기가 있는데
> 머리뼈가 핏빛처럼 붉다. 이 물고기를 학어(鶴魚)라 하며 그 머리뼈로
> 만든 빗을 학정소(鶴頂梳)라고 한다."[71]라고 하였다. 또 『오학편(吾學
> 編)』에서, "삼불제국(三佛齊國)에 학정조(鶴頂鳥)가 난다. 머리뼈의 두
> 께는 한 치가 넘고, 겉이 노랗고 속은 빨간 것이 선명하고 고와서 아낄
> 만하다."라고 했다. 지금 말하는 학정금대(鶴頂金帶)는 가짜로 만든 것
> 이다.[72]

'학정금대(鶴頂金帶)'는 종이품의 관료가 관복이나 조복(朝服)에 띠던
띠로 가장자리는 황금으로 만들고 가운데는 학정(鶴頂)을 붙여 만든 호
사품이다. 당시 고관대작들은 자신들이 착용하던 띠가 학정으로 장식
한 것이라고 믿었다. 그렇지만 이수광은 '학정'이라는 것이 먼 지방에서
나는 희귀한 물건이기에 당시에 유통되는 물건은 가짜라고 단언하였
다. 또 팔진미(八珍味) 중에서 용의 간과 봉의 골이라고 하는 음식도 존
재하지 않는 물건이라고 하였다.[73]

---

70 不知爲不知, 是知也. 初無留心涉獵而妄言, 可乎?(『星湖僿說』〈萬物門〉「篝燈製管」)
71 명나라 조소(曹昭)가 편찬한 『격고요론(格古要論)』에 나오는 말이다.("格古要論 撰出南
　　蕃大海中, 有魚頂中魷紅如血, 故名鶴魚, 今用龜筒夾鶴魚魷爲梳, 故名鶴頂梳."「鶴頂」)
72 小說曰: "南蕃大海中, 有魚頂中魷紅如血, 故名鶴魚, 用其魷爲梳, 名鶴頂梳." 又吾學編
　　曰: "三佛齊國, 産鶴頂鳥, 腦骨厚寸餘, 外黃內赤, 鮮麗可愛"云. 今所謂鶴頂金帶, 乃假
　　造者耳.(『芝峯類說』〈禽蟲部〉「鱗介」)
73 禮所謂八珍, 一淳熬·二淳毋·三炮豚擣珍·四漬·五熬·六糝·七肝膋·八炮牂, 皆製飮食

『지봉유설』에는 사물의 성상(性狀)과 효능에 대한 지식의 시비와 진위를 판정한 것이 다수 있으며 그중에는 약의 효능과 같이 대중에게 매우 유용한 지식이 포함되어 있다.

> 채정선(蔡禎先)이 일찍이 "꿀은 굳은 것을 부드럽게 하는 것이지 보약이 아니다. 이것을 항상 먹어서는 안 된다."라고 했는데, 이 말이 옳다고 하는 사람도 있다. 그런데 굳은 것을 부드럽게 해준다고 한 말은 옳지만, 그것이 보(補)해 주는 효능이 있다는 사실을 미처 모르고 한 말이다.[74]

위의 글은 음식이나 약에 대한 항간의 잘못된 지식을 반박 정정하는 내용이다. 당시에 채정선이 꿀에 대해서 한 말을 옳다고 여기는 사람도 있지만 이수광은 옳지 않다고 반박한 것이다.

『지봉유설』에는 항간의 잘못된 민간요법을 반박 정정하되, 그 근거로 문헌을 제시하여 신뢰도를 제고하는 유형도 있다.

> 민간에서 "부종(浮腫)을 앓는 사람은 오래된 들기름을 먹으면 가장 효험이 있다."고 한다. 그러나 어떤 사람은 혹 이것을 먹고 설사가 멈추지 않아 죽은 일도 있다. 『연수서(延壽書)』에서 "병든 사람은 오래 묵은 기름은 먹지 말아야 한다."라고 했는데, 하물며 이것을 많이 먹어서 되겠는가?[75]

之法也. 宛委餘編曰: "後世所稱八珍. 龍肝·鳳髓·兎胎·鯉尾·鶚炙·猩脣·熊掌·酥酪蟬, 酥酪蟬以羊脂爲之. 余謂龍肝鳳髓, 非世所有, 未知指何物也. 抑只是夸大之言耶.(『芝峯類說』〈食物部〉「食餌」)

[74] 蔡禎先嘗言: "蜜能軟堅, 非補益之藥, 不宜常食." 人或以此言爲然. 蓋所謂軟堅是矣, 而未知有補養之功者也.(『芝峯類說』〈食物部〉「食餌」)

[75] 俗言 "患浮腫人, 服年久法油, 最有效." 然人或服之而洞泄以死. 延壽書曰: "病人不宜陳油飲食" 況可多服乎?(『芝峯類說』〈食物部〉「藥」)

위의 글은 '부종의 치료에 오래된 들기름이 좋다'는 민간요법이 옳지 못하다고 반박한 것이다. 이수광은 민간요법의 잘못을 반박하기 위하여 수집한 사례와 문헌의 기록을 근거로 제시하였다.

『지봉유설』에서 진위와 시비를 분별하는 유형 중 또 하나는 잘못 알려져 있는 사물의 이름을 바로 잡는 것이다. 운서에서 두견화(杜鵑花)를 영산홍(映山紅)이라고 한 설명이 틀리다고 지적한 것이나,[76] 우리나라에서 말하는 잣나무는 중국의 해송(海松)이고 진짜 잣나무가 아니라고 밝힌 것이 그 예이다.[77] 또 "공자가 행단(杏壇)에 앉다."[78]는 기록에서 '행(杏)'을 은행나무라고 하지만, 『사문유취(事文類聚)』에서 "행(杏)은 홍행[紅杏: 붉은 꽃이 피는 살구나무]이다."라고 한 기록과 강희맹(姜希孟, 1424~1483)의 시에서 "단 위의 붉은 살구 꽃송이가 반은 떨어졌다[壇上杏花半落紅]"라고 한 것을 근거로, '행(杏)'이 살구나무라는 사실을 조심스럽게 입증하려고 하였다.[79]

『지봉유설』에서 진위와 시비를 분별하는 또 하나의 유형은 문헌의 진위와 문헌 기록의 시비(是非)를 대상으로 하는 것이다.

첫째는 문헌의 진위와 관계된 것이다.

이수광은 『장자』의 〈양왕(讓王)〉 이하 4편[80]에 대해서 소식(蘇軾)이 위작(僞作)이라고 하였고 주희도 "이 몇 편은 매우 상스럽고 속되다."[81]

---

76 映山紅木名, 開花後於杜鵑, 早於躑躅, 木如躑躅而喬木, 今南方多有之. 韻書以杜鵑花爲映山紅者, 非矣.(『芝峯類說』〈卉木部〉「花」)

77 我國所謂栢, 乃中朝之海松, 非眞栢也.(『芝峯類說』〈食物部〉「果」)

78 孔子, 遊乎緇帷之林, 休坐乎杏壇之上, 弟子讀書, 孔子弦歌鼓琴, 奏曲未半.(『莊子』〈漁父〉)

79 孔子坐杏壇之上, 按事文類聚以爲紅杏, 必有所據. 姜希孟詩, "壇上杏花紅半落"是也. 或者疑爲銀杏非也.(『芝峯類說』〈經書部 二〉「諸子」)

80 〈讓王〉·〈盜跖〉·〈說劍〉·〈漁夫〉

81 『朱子語類』, 〈論文〉

라고 한 말을 근거로 제시하면서 그것이 위작이라는 의혹을 제기하였다. 특히 〈도척(盜跖)〉에서 전긍(田恆)을 전성자상(田成子常)이라고 한 것을 보면 결코 선진 사람이 한 것이 아니며, 한인(漢人)의 위찬(僞撰)으로 판단된다."고 하였다.[82]

둘째는 문헌의 내용과 관련된 것이다.

『사기』에서 "무왕(武王)이 금도끼로 주(紂)의 머리를 베어서 순백(純白)의 기(旗)에 달았다."[83]라고 하였는데, 이를 믿을 수 없다는 방효유(方孝孺)와 양신(楊愼)[84]의 견해를 인용하는 한편, 『사기』의 윗글에서 "주가 주옥(珠玉)으로 꾸민 옷을 입고 스스로 불에 타죽었다."[85]라고 하였고, 아래 글에서는 "주의 머리를 베었다."라고 하였으니, 그 몸이 이미 불이 되어버렸을 터인데, 어떻게 또 머리를 베어서 달아놓을 수 있겠는가?"[86]라며 논리적 오류를 지적하였다. 또 『사기』에서 "위문후(魏文侯)가 복자하(卜子夏)를 스승으로 삼다."[87]라고 한 기록도 잘못된 것이라고 하였다. 그는 "자하는 공자보다 44세가 젊고, 공자가 죽었을 때 그의 나이는 28세였으니, 문후(文侯)가 처음으로 후(侯)가 되던 해에 자하는 103세가 된다."고 하면서 믿을 수 없는 기록이라고 하였다.[88]

---

82 莊子讓王以下四篇, 東坡以爲非莊子所作, 朱子亦以爲此數篇甚鄙俚. 今按盜跖篇, 以田恒爲田成子常, 決非先秦人所爲, 疑漢人僞撰也.(『芝峯類說』〈經書部 二〉「諸子」)

83 以黃鉞斬紂頭, 縣太白之旗.(『史記』〈周本紀〉)

84 명나라 진요문(陳耀文)의 착오로 보임.("賈子言紂死棄玉門之外, 觀者, 皆進蹴之, 武王使人帷而守之, 猶不止也. 此近于事理矣, 太史公之輕信汲冢書誤之也."『正楊』)

85 紂走反入登于鹿臺之上, 蒙衣其珠玉, 自燔于火而死.(『史記』〈周本紀〉)

86 史記, 武王以黃鉞斬紂頭, 縣太白之旗. 按方孝孺以爲"戰國之妄言, 遷信而紀之謬矣". 楊愼以爲"賈子言紂死棄玉門之外, 觀者皆進蹴之. 武王使人帷而守之, 猶不止也, 此近事理"云. 余謂史記上言紂衣珠玉自燔死, 下言斬紂頭云云, 旣曰燔死則其身已火化矣, 豈得又斬而縣之耶?(『芝峯類說』〈經書部 二〉「諸史」)

87 魏成子, 以食祿千鍾什九在外, 什一在內, 是以東得卜子夏·田子方·段干木, 此三人者君皆師之.(『史記』〈魏世家〉)

셋째는 주해(註解)의 오류와 관련된 것이다.

이수광은 "『장자』에서 티끌을 야마(野馬)라고 풀이하는데, 오융(吳融)
의 부(賦)에서 '양간(樑間)의 야마(野馬)가 움직인다.'라고 한 예에서 보
아 알 수 있듯이 야마는 전야(田野)에 떠있는 기체(氣體)이다."라고 하였
다.[88] 또 『장자』에서 "유(類)가 스스로 자웅(雌雄)이 된다. 그런 까닭에
풍화(風化)라고 한다."[90]라고 하였는데 그 주석에서 유(類)를 물류(物類)
의 유(類)로 해석한 것[91]은 옳지 않다며 유는 짐승의 이름이라고 하였다.
그리고 근거로는 『산해경』에서 "단원산(亶爰山)에 짐승이 있는데, 이름
을 유라고 한다. 제 스스로 암컷이 되고 수컷이 되기도 한다."[92]는 내용
을 제시하였다.[93] 또 "정나라 사람이 말하기를, '공자는 상가(喪家)의 개
같다'고 하였다."[94]라고 하였는데 그 주석에서 '상(喪)은 평성이다. 초상
난 집에서는 주인이 정신이 없어서 개가 음식을 얻어먹지 못하기 때문
에 파리한 것이다.'라고 한 말에 대해서 "내 생각으로는 상(喪)은 '망실

88 史記, 魏文侯以卜子夏爲師, 按子夏少孔子四十四歲, 孔子卒時, 子夏年二十八矣, 去文侯
 始侯之年, 子夏爲百三歲, 是可疑也.(『芝峯類說』〈經書部 二〉「諸史」)
 송나라 홍매(洪邁)가 편찬한 『용재속필(容齋續筆)』에 이와 동일한 내용이 있다.
89 莊子言: "野馬也塵埃也." 按野馬, 田野間浮氣耳. 吳融賦曰: "動樑間之野馬." 以塵爲野
 馬則非矣.(『芝峯類說』〈經書部 二〉「諸子」)
 『夢溪筆談』・『通雅』・『說畧』 등에 이와 동일한 내용이 있음.
90 類自爲雌雄, 故風化.(『莊子』〈天運〉)
91 或說云: 方之物類, 猶如草木異種, 而同類也.(『莊子注』, 晉 郭象 注.)
92 東四百里曰亶爰之山, 多水無草木, 不可以上, 有獸焉, 其狀如貍, 而有髦, 其名曰類, 自
 爲牝牡, 食者不妬.(『山海經』〈南山經〉)
93 莊子曰: "類自爲雌雄, 故風化." 註者以物類之類釋之, 恐未是. 按山海經云: "亶爰山有
 獸, 名曰類, 自爲牝牡." 疑卽此也.(『芝峯類說』〈經書部 二〉「諸子」)
 *『지봉유설』에 기록된 내용은 『장자주(莊子注)』에서 곽상(郭象)의 주석을 전재한 것으
 로 보임.
94 鄭人或謂子貢曰: "東門有人, 其顙似堯, 其項類皋陶, 其肩類子産, 然自要以下,不及禹三
 寸, 纍纍若喪家之狗."(『史記』〈孔子世家〉)

(亡失)'로 풀이해야 한다. 집을 잃은 개라면 몹시 마른 것이 당연하다. 상(喪)을 거성으로 읽어도 무방할 것 같다."라고 하여 주석의 내용을 반박하였다.[95]

이수광은 예술에 대한 관심이 지대하였고 『지봉유설』은 시화적 성격이 강한 책이다. 그렇기 때문에 『지봉유설』에는 예술작품과 관련된 이야기나 문학작품에 사용된 문자의 시비를 주제로 삼은 것이 많다. 이것이 『지봉유설』에서 진위 시비를 분변한 또 하나의 유형이다.

『성호사설』에도 사물의 진위에 대하여 논한 내용이 다수 있으니, 이것이 가장 기본적인 유형이다.

예를 들면 『성호사설』에서는 당시 희귀한 약재로 취급되던 공청(空靑)의 진위를 판정할 수 있는 지식을 가진 사람이 없어서 위조품이 대궐에까지 들어가게 된 사실을 말하고 있다.[96] 또 허목(許穆)이 소장하고 있다는 신라금(新羅琴)의 진위에 대한 의혹도 제기하였다.[97] 그리고 일본도 (日本刀)의 가품을 구별할 수 있는 방법에 대해서도 서술하고 있다.[98]

『성호사설』에서 진위 시비를 분별하는 유형의 하나는 주석의 타당성

---

95 鄭人謂孔子若喪家之狗, 註喪平聲, 主人荒迷, 不見飮食, 故瘦瘠也. 余意以爲喪, 亡也, 失家之狗, 其瘠宜甚, 作去聲讀, 恐亦無妨.(『芝峯類說』〈經書部 二〉「諸子」)

96 余聞之曰, 壽萬可罪, 空靑僞也. 朝臣可恥也. 向者求之, 亦太勞費而寂無聞, 及空靑至國, 國人見而知其狀然後, 始有能採者, 何也? 自古採之者, 一未有, 相土而知之, 今僧能得千古未有之術, 此理之所無. …… 朝廷不能致其僧而驗其眞僞, 徑試於不敢之地, 可謂智矣.(『星湖僿說』〈萬物門〉「空靑」)

97 眉叟許先生有新羅古琴, 萬曆間鶴林公子遊關東, 得新羅敬順王琴, 傳其制, 卒歸於許氏云. …… 王之降高麗也, 封樂浪王, 政丞除國爲慶州爲食邑, 審知副戶長以下官職等事, 王則必留居故國矣. 時王子哭泣辭入皆骨山, 倚巖爲屋麻衣草食終其身. …… 新羅之亡, 當後唐淸泰二年, 至萬曆間, 幾八百年, 爲公子所遇, 亦異矣.(『星湖僿說』〈萬物門〉「新羅琴」)

98 倭人多爲起花爲物形, 磨而不去, 起花者用金絲礬, 礬之其花則見, 而打磨光淨, 其假造者, 是黑花云.(『星湖僿說』〈萬物門〉「倭刀」)

을 대상으로 한 것이다.

　하나의 예를 들어보면, 이익은『사기』「역이기전(酈食其傳)」의 "집이 가난하고 환경이 낙백(落魄)하여 의식(衣食)조차 해결할 수가 없었다."[99] 라는 문장 중에서 '낙백'의 주석에 대한 시비를 논변한 것이 있다. '낙백' 의 풀이를 응소(應劭)는, '의지와 행동이 쇠약한 모습'이라고 하였고, 진 작(晉灼)은 '낙박(落薄)·낙탁(落託)과 같은 뜻'[100]이라고 하였다. 그런데 이익은 이들의 풀이에 대하여 "본뜻으로써 헤아려 보면 역이기(酈食其) 는 의지가 쇠약한 자가 아니었으니, 이 두 가지 해설은 옳지 않다."라고 하였다. 또 자서에서 "뜻을 얻지 못한 모습이다."라고 한 풀이도 타당하 지 않다고 하였다. 그는 이백의 시와 진안경(陳安卿)의 「자의론(字義論)」 에서 '낙백'의 사용례를 들어 그 의미를 '추솔한 그대로 맵시를 내지 않 는 모습'이라고 단정하였다.[101]

　『송남잡지』는 박물학적 지식과 문학 창작에 유용한 자료를 제공하는 것을 주목적으로 하는 유서이기에 물명(物名)이나 어휘의 진위 시비와 관련된 것이 많다. 그리고 물명에 대한 서술 중 다음의 예와 같이 복식 제도의 시비에 대하여 분변한 것이 있다.

　　　• 지금의 풍속은 도리어 처음 벼슬하는 사람들이 석모(蓆帽)를 쓰니
　　　잘못된 일이다.[102]

---

99 酈生食其者, 陳留高陽人也, 好讀書, 家貧落魄, 無以爲衣食業.(『史記』〈酈生陸賈列傳〉)

100 集解. 應劭曰: "落魄志行衰惡之貌也." 晉灼曰: "落薄落託義同."(『史記集解』〈酈生陸賈 列傳〉, 宋 裴駰 撰)

101 酈食其傳家貧落魄, 無以爲衣食業. 應劭曰: "落魄志行衰惡貌." 晉灼曰: "落薄落託義 同." 以意度之, 食其非志衰者, 其說恐不是. 字書謂: "不得志貌." 然李白詩, "少年不得 意, 落魄無安居." 旣云: "不得意." 又云: "落魄恐意疊." 陳安卿字義論, 蕭敬之容云, 如 坐而傾倒衣冠落魄, 便是不敬, 商其意, 似是謂粗率不檢飭也.(『星湖僿說』〈經史門〉「落 魄」)

• 심의(深衣)의 그림을 보니 모두 방령(方領)이니 지금의 원령(圓領)
은 잘못된 것이다.[103]

『송남잡지』에는 주로 어휘의 시비에 대한 판별을 대상으로 한 것이
많다. 이는 조재삼이 다른 유서의 찬자보다 어휘적 지식에 지대한 관심
을 갖고 있었던 데 그 원인이 있다. 실제로 『송남잡지』가 수록하고 있는
어휘수는 다른 유서의 어휘수를 압도한다.

　다음은 『송남잡지』에서 어휘의 와전과 오용에 대해 언급한 것들인
데, 의미의 와전, 독음의 와전, 글자의 와전으로 분류할 수 있다.

3-1. 의미의 와전

▌어휘의 와전

• 화랑은 본래 신라의 남자 화랑에서 유래한 말인데, 무당을 화랑[화
랑이]이라고 하는 것은 잘못이다.[104]
• 행리(行李)는 본래 사자(使者)의 의미인데, 행장(行裝)의 의미로 와
전되었다.[105]
• 이익을 얻는 것이 '간(乾)'이고, 이익을 잃는 것이 '몰(沒)'인데, '간몰
(乾沒)'이 돈을 잃는다는 의미로 와전되었다.[106]
• 취병(翠屏)은 본래 푸른 산을 의미하는데, 서리서리 얽힌 노송(老松)
의 의미로 와전되었다.[107]

---

102 今俗反以初仕爲着蓆帽者, 誤矣.(『松南雜識』〈衣食類〉「蓆帽」)
103 余見古畫深衣, 皆方領而今圓領者, 非也.(『松南雜識』〈衣食類〉「深衣」)
104 羅史眞聖王取美男子粧飾之, …… 男巫爲花郎非也.(『松南雜識』〈技術類〉「花郎」)
105 行李之往來, 無一利焉. …… 今誤謂行裝.(『松南雜識』〈方言類〉「行李」)
106 得利爲乾, 失利爲沒, 今誤以失錢爲乾沒.(『松南雜識』〈方言類〉「乾沒」)
107 柳文靑山爲屏風也, 今盤結老松爲翠屏者訛也.(『松南雜識』〈草木類〉「老松」)

• 목수(木手)는 본래 나무손이라는 의미인데 나무 다루는 장인의 의미로 와전되었다.[108]

▌속담의 와전

• 옛날에 해(蟹)라는 이름을 가진 사람의 아내가 남편의 친구 중에 용모가 뛰어난 굴억(屈億)을 사모하여 해를 독살하였는데 굴억도 자결하고 말았다. 그래서 해의 아내는 두 사람을 모두 잃었다. 이것이 '게[蟹]도 잃고 구럭[網]도 잃다.'로 와전되었다.[109]

• 몽고의 달달족(㺚狙族)이 우리나라의 국경을 침입하자 신령한 중이 몽둥이를 가지고 그들을 쫓으니, 몽고달달(蒙古㺚狙)이 두려워 절을 하고 떠났다고 한다. 이것이 와전되어 몽달귀신(蒙㺚鬼神)이 되었다.[110]

• 횡설수설(橫說竪說)은 본래 『고려사』에서 "정몽주(鄭夢周)가 경전을 종횡(縱橫)으로 강론(講論)하여 그 마땅함을 다 얻었다."라고 한 말에서 연유하였는데, 이것이 '말이 정선(精選)되지 않는 것'으로 와전되었다.[111]

• 연산군이 운평(運平)과 악공(樂工)을 설치하고 각 도(道)의 창기(娼妓)를 모아, 천과(天科)·지과(地科)·흥청(興靑)이란 이름으로 불렀는데, 이것이 '기방(妓房)에 들어가 노는 사람'을 일컫는 말로 와전되었다.[112]

• 어떤 부유한 상인이 창녀에게 정신이 나가서 알거지가 되었다. 그리

---

108 李彬爲中尉, 以木手擊罪人脅, 今誤以治木匠謂木手.(『松南雜識』〈方言類〉「木手」)

109 諺傳古有人名蟹者, 其友有名屈億者相善, 蟹之妻悅屈億之美, 而欲爲夫藥殺蟹, 則屈億曰:"士爲知己者死." 卽自決, 乃蟹妻兩失, 而今誤謂蟹網俱失.(『松南雜識』〈方言類〉「蟹網俱失」)

110 蒙古㺚狙入我境,……有神僧持棍逐之, 蒙㺚畏而拜去,故今交市有蒙㺚軍, 俗訛爲蒙㺚鬼神者卽此也.(『松南雜識』〈方言類〉「蒙㺚軍」)

111 麗史圃隱論經橫竪, 皆得其宜, 而今訛爲語不精擇之謂.(『松南雜識』〈方言類〉「橫說竪說」)

112 燕山置運平樂工, 聚各道娼妓, 有天科地科興靑之號, 今誤入遊妓房者之稱也.(『松南雜識』〈方言類〉「興靑」)

고 수십 년 동안 그 창녀의 하인으로 일을 하였는데, 창녀가 박대하자 떠나가겠다고 하였다. 그러나 기생은 그에게 돈 한 푼 주지 않고 올공금(兀孔金)을 주었는데, 의외로 이것이 천하의 보물이었다. 그런데 낭패한 일을 올공금팔자(兀孔金八字)라고 하는 말로 와전되었다.[113]

• 종실(宗室) 한천도정(漢川都正)은 탐욕스럽고 야비해서 번번이 물건을 샀다가 물렸다. 심지어 생선으로 국을 끓였다가도 입맛에 맞지 않으면 물려달라고 하였다. 그래서 다른 사람을 욕할 때 '치치한천(恥恥漢川)'이라고 하는데, 이것이 '지지하천(至至下賤)'으로 와전되었다.[114]

▌독음의 완전

• 급마(笈馬)가 우리나라에서는 길마(吉馬)로 와전되었다.[115]
• 서울의 보은단동(報恩緞洞)은 홍순언(洪純彦, 1530~1598)이 살던 곳인데, 곤당동(袞堂洞)으로 와전되었다.[116]
• 서소문(西小門) 밖 조가동(曺家洞)은 조한영(曺漢英, 1608~1670)이 살던 곳인데, 합동(蛤洞)으로 와전되었다.[117]
• 신부가 미간(眉間)에 찍는 붉은 점인 곤지는 고지(固脂)의 와전이다. 고(固)가 곤(坤)으로 와전된 것이다.[118]
• 초나라 왕이 처음으로 그물을 만들었기에 초왕망(楚王網)이라고 하는데 이것이 조왕망(曹王網)으로 와전되었다.[119]

---

113 有富商爲娼女所惑, 破産赤立, 反爲其娼傭, 屢十年娼待之薄, 乃告去, 娼無一錢之給, 以破瑟兀孔金與之, 持將賒酒, 有人見曰: "此烏金." 卽賣致富云. 今誤以良貝事言兀孔金八字.(『松南雜識』〈方言類〉「兀孔金」)
114 宗室漢川都正性貪鄙, 市肆賣買每多追還, 至以生鮮羹不合於性, 卽還索價, 故今詈人爲恥恥漢川, 而訛謂至至下賤云.(『松南雜識』〈方言類〉「恥恥漢川」)
115 俗訛笈馬爲吉馬也.(『松南雜識』〈武備類〉「車服馱鞍」)
116 今京城報恩緞洞卽其居訛爲袞堂洞.(『松南雜識』〈地理類〉「報恩緞洞」)
117 西小門外曺家洞, 以晦谷曹氏所居, 今訛蛤洞.(『松南雜識』〈地理類〉「報恩緞洞」)
118 今新婦眉紅點謂固脂而固訛坤也.(『松南雜識』〈嫁娶類〉「花鈿」)
119 楚王始爲網, 似囊投之水乘船曳之, 今訛曹王網.(『松南雜識』〈漁獵類〉「楚王網」)

• 주의[周衣: 두루마기]는 수갈(短褐)의 와전이다.[120]

• 중의(中衣)[121]는 준의(繛衣)의 와전이다.[122]

• 조카[族兒]는 종아(從兒)의 와전이다.[123]

• 수라는 수아(需雅)의 와전이다.[124]

• 애잔(哀殘)은 아잔(阿殘)의 와전이다. 진한(辰韓)에서는 낙랑인(樂浪人)을 아잔(阿殘)이라 부른다. 우리나라 사람들은 '나'를 아(阿)라고 하니, 낙랑인은 본래 그 잔존한 사람이라는 의미이다. 이것이 애잔(哀殘)으로 와전되었다.[125]

• 백정(白丁)은 박장(剝匠)의 와전이다.[126]

• 강정(絳釘)은 물건이 비어있는 것을 의미하는 강랑(𥡴䆉)의 와전이다.[127]

• 조기(朝起)는 종(鯼)의 와전이다.[128]

• 도선(道詵)이 중이 되자 그의 어머니 최씨의 제사를 받들 사람이 없기에 큰 들의 밭에 장사를 지냈다. 훗날 거지가 묘 곁의 밭을 빌어 농사를 짓다가 우연히 점심들밥으로 제사를 지냈더니 현달한 사람이 되었다. 민간의 천한 사람들이 밥을 먹을 때에는 반드시 음식을 조금 던지면서 '고씨[高氏: 고수레]!'라고 부르는 것은 '최씨'의 와전이다.[129]

---

120 盖北方寒, 故短褐禦之. 今訛謂周衣.(『松南雜識』〈衣食類〉「短衣」)

121 중의(中衣): 제복(祭服)이나 조복(朝服) 안에 입는 내의.

122 說文曰, 薉貉中, 女子無袴, 以帛爲脛空, 用絮補核, 名曰繛衣, 狀如襜褕. 急就篇, 襌衣蔽膝布母縛. 註, 江東, 謂鴟鵃, 爲布母, 布母縛, 小衣也, 猶犢鼻. 今訛中衣.(『松南雜識』〈衣食類〉「繛衣」)

123 姪謂族兒者, 亦從兒之訛也.(『松南雜識』〈方言類〉「阿兒」)

124 按水剌是需雅之訛.(『松南雜識』〈方言類〉「水剌薛里」)

125 辰韓, 名樂浪人爲阿殘, 東方人, 名我爲阿, 謂樂浪人本其殘餘之人也. 今訛爲哀殘.(『松南雜識』〈方言類〉「阿殘」)

126 今白丁者, 似剝匠之訛也.(『奎章閣本 松南雜識』〈方言類〉「白丁」)

127 集韻曰, 𥡴䆉, 宮室空貌. 又凡物空者, 皆曰𥡴䆉. 字彙, 澂江有魚濆, 人呼爲𥡴䆉魚, 以其乾而中空也. 今中空絳釘之說似𥡴䆉之訛.(『松南雜識』〈方言類〉「中空爲𥡴䆉」)

128 朝起者鯼之音訛也.(『松南雜識』〈魚鳥類〉「石首錦鱗」)

129 道詵旣僧, 其母崔氏無香火者, 葬於大野田中, 後丐人借墓傍田, 爲農偶以午饁祭之, 乃

▌글자의 와전

- 남편(男偏)·여편(女偏)은 남변(男邊)·여변(女邊)의 와전이다.[130]
- 모흥혈(毛興穴)은 삼흥혈(三興穴)의 와전이다. 毛(모)자는 三(삼)자의 고자(古字)이다.[131]
- 명일(明日)을 철조(喆朝)라고 하는데, 우리나라에서는 잘못하여 '힐조(詰朝)'로 쓴다.[132]
- 단골(單骨)은 주고(主顧)의 와전이다.[133]
- 연계(軟鷄)는 연계(健鷄)의 와전이다. 연(健)은 아직 어미닭이 되지 않은 것을 이른다.[134]
- 효령대군(孝寧大君)이 산사에서 종일 북을 두드리니, 북 가죽에 보풀이 일었다. 유약하여 힘이 없는 물건을 '효령대군고피(孝寧大君鼓皮)'라고 하는데, '고(鼓)'가 '낭(囊)'으로 와전되었다.[135]
- 견문발검(見蚊拔劍)은 견승발검(見繩拔劍)의 와전이다.[136]

이상에서 살펴본 바와 같이 조선의 3대 유서는 그들이 제공하는 지식이 진위와 시비를 분별하는 지침으로 사용되는 것을 하나의 목표로 삼았다. 그 대상은 물건에서부터 문헌의 내용, 일상생활에서 사용되는 어

爲長者. 故俗賤人食時, 必以少許投之, 呼高氏者, 乃崔氏之訛.(『松南雜識』〈拘忌類〉「高登」)

130 男便女偏, 卽邊之訛也.(『松南雜識』〈方言類〉「稼産兒」)

131 按高氏譜曰: "毛興穴卽品字形, 三神人, 各出一穴, 而毛字古三字, 卽三興穴. 今訛毛爲毛髮之毛字.(『松南雜識』〈地理類〉「耽羅島」)

132 明日爲喆朝, 俗譌作詰.(『松南雜識』〈歲時類〉「明月」)

133 俗訛爲單骨, 卽酒單顧巫單顧, 是也.(『松南雜識』〈方言類〉「主顧」)

134 爾雅, 未成鷄曰健, 絶有力曰奮. 今訛健爲軟鷄.(『松南雜識』〈魚鳥類〉「菢窩噎蛋」)

135 孝寧嘗至山寺, 以兩手, 打一鼓終日, 鼓皮盡鬆. 俗稱物之柔而無力者, 謂孝寧大君鼓皮, 今訛鼓爲囊.(『松南雜識』〈方言類〉「孝寧大君鼓皮」)

136 王思性急, 方書有蠅飛在筆端, 去復來, 思怒拔劍逐之, 若千勻之弩爲鼷鼠發矣. 今訛爲見蚊拔劍.(『松南雜識』〈方言類〉「見蚊拔劍」)

휘, 속담에 이르기까지 문화의 전 영역을 포괄한다고 할 수 있다.

조선 유서의 편찬 의식을 규명하기 위하여 『지봉유설』·『성호사설』·『송남잡지』를 분석한 결과 다음과 같은 결론을 도출하였다.

첫째, 조선 3대 유서의 편찬은 조선의 열악한 지적 수준에 대한 문제의식과 관련이 있다. 유서의 찬자들은 조선 지식인들의 지적 수준뿐아니라 의학과 같은 전문 지식 분야의 지적 수준에 대해서도 심각한우려를 표명하였다. 따라서 지식의 제공에 있어서도 잘못된 상식이나지식에 대한 언급이 많다.

둘째, 조선의 유서들은 의약(醫藥)·생산·군사 등 실용적 지식을 전파하려는 의도가 강하다. 이는 경세제민(經世濟民)·부국강병(富國强兵)의의지가 강하였던 『성호사설』에서 특히 두드러지는 면모로, 지식의 습득 대상을 특정한 형식의 문장으로 표출하였다.

셋째, 조선의 3대 유서는 기존의 지식을 충실히 계승하는 한편 새로운 지식을 적극적으로 수용하고 있다. 그런데 주목할 점은 유서의 찬자들이 기존의 괴이한 존재와 현상도 지식으로 인정하고 있을 뿐만 아니라 그것을 논리적으로 이해할 수 있는 근거를 제시하고 있다는 사실이다. 이와 같은 유연성과 개방성이 새로운 지식을 적극적으로 수용하도록 만들었다.

넷째, 조선의 3대 유서 중 새로운 지식의 수록양은 『송남잡지』가 가장 많다. 이에 비례하여 오류도 많다. 그중 상당수는 서양인과 그들의무기에 대한 것이다. 이러한 오류는 신뢰할만한 문헌을 보지 못하고주로 전문(傳聞)에 의존하였기 때문에 생긴 것이다. 또한 서양인들과의무력 충돌에서 형성된 공포심과도 깊은 관련이 있다.

다섯째, 조선의 3대 유서가 담고 있는 지식은 진위와 시비를 분별할수 있는 지침으로 기능한다. 진위와 시비에 대한 지식은 가품 분별에서부터 이론과 논리의 시비, 문헌의 진위, 문헌 기록의 시비, 어휘의 시비 등에 이르기까지 생활과 문화 전반을 포괄한다.

4. 오류의 변증과 주류 지식에 대한 회의
　－『송남잡지』〈계고류(稽古類)〉를 중심으로

4-1. 지식과 계고(稽古)

　지식이 상식과 변별되는 가장 중요한 본질적 가치는 타당성과 정확성이라고 할 수 있다. 특히 정확성이 결여된 지식은 '인식'과 '이해'라는 기능을 수행할 수 없으며 오히려 혼란과 왜곡 등의 부작용을 야기한다. 유서가 지향하는 주요 목적 중 하나는 '정확한 지식'의 기록과 확산에 있는데, '정확한 지식'에 가장 근접한 전통적 개념은 '계고(稽古)'라고 하겠다. 본래 '계고'는 『서경』〈요전(堯典)〉의 '曰若稽古'에서 유래한 말로 '옛일을 고찰한다.'는 의미이다. 『한서』에서 문제(文帝)와 경제(景帝)를 평가하면서, 그들 제왕이 "백성을 잘 살게 하는 정치에 주안점을 두었지만 계고(稽古)와 예문(禮文)에는 오히려 부족한 점이 많았다."고 하였는데, 여기에서 계고는 역사적 사실에 대한 지식으로 사용되었음을 알 수 있다.[137]

　우리 문헌으로 계고(稽古)가 처음 보이는 것은 최치원(崔致遠)의 『계원필경집(桂苑筆耕集)』이다. 최치원은 중국에 있을 때 지은 시에서

---

137 贊曰, 漢承百王之弊, 高祖撥亂反正, 文景務在養民, 至于稽古禮文之事, 猶多闕焉.(『前漢書』〈武帝紀〉)

| 도를 지키고 오로지 계고만 하니 | 守道唯稽古 |
| 사귀는 정이 가난하다 싫어하리 | 交情豈憚貧[138] |

라고 하여 지식인으로서 견지하여야 할 두 가지 덕목으로 '수도(修道)'
와 '계고(稽古)'를 제시하였다. 조선 시대에 퇴계는 계고를 옛 제도나
사실에 대한 고찰의 의미로 사용하였으며[139] 율곡도 전례(典禮)의 문헌
적 사실에 대한 고찰로 계고를 사용하였다.[140] 한편 계고는 관료문인의
지적 능력 내지는 덕목으로 인식되었다. 예를 들면 정조가 서명응(徐命
膺)의 치제문(致祭文)에서

| 경(卿)의 평생 자취는 | 蹟卿平生 |
| 계고(稽古)의 힘이네 | 稽古之力[141] |

라고 하였으니 문관(文官)에게 '계고의 힘'은 최고의 찬사임을 알 수 있
다. 원래 '계고의 힘'은 한나라 환영(桓榮)의 고사에서 나온 말로 '옛 일
에 대한 지식의 힘'을 의미한다. 이는 문관으로 진출하는 가장 중요한
능력일 뿐만 아니라 문관을 평가하는 주요 항목으로 간주되었다.

조선 중기 이후 계고의 의미는 좀 더 체계화·세분화된다.

이식(李植, 1584~1647)은 학문의 종류를 경학·사학·문학으로 삼분하
고, 사학은 계고를 주 내용으로 한다고 밝혔다.[142] 홍양호(洪良浩, 1724~
1802)는 「계고당기(稽古堂記)」에서 계고의 범주에 도학·문장·사공(事

---

138 『東文選』「長安旅舍與于愼微長官接隣有寄」
139 『高峯集』「明彦拜復奇佐郎侍史」
140 『石潭日記』〈萬曆五年, 丁丑〉
141 『弘齋全書』
142 經以明道, 史以稽古, 詩文以纂言, 是皆聖賢進德修業之資, 固不爲科試設也.(『澤堂集』
「斗室記」)

功)·제자백가에 대한 탐구가 포괄된다고 주장하였다. 그는 비록 도학이 가장 상위의 가치를 지니고 있으며 문장 이하의 것들은 그 다음의 위치에 놓인다고 하였지만, '계고'를 체계적으로 논의하고 여러 가지 지식의 분야에 객관적 가치를 부여하였다는 점에서 특기할만하다. 여기에서 한 걸음 더 나아가 최한기(崔漢綺, 1803~1877)는 지식과 그것의 담당자를 세분하였다. 그는 지식인을 전례가(典禮家)·전주가(傳注家)·입언자(立言者)·문장가(文章家)·시율가(詩律家)로 대별하고 그중에서 전례가의 주 임무는 계고에 있다고 하였다.[143]

이상에서 살펴 본 바와 같이 계고는 원래 전례(典禮)에 대한 문헌적 지식을 의미하며 지식인으로서 반드시 갖추어야 할 능력 혹은 덕목으로 인식되었다.

4-2. 오류와 와전(訛傳)에 대한 변증

『송남잡지』가 기존의 유서들과 다른 점이 있다면 〈계고류(稽古類)〉가 하나의 유로 설정되어 있다는 것이다. 『송남잡지』는 모두 33류로 구성되어 있는데 〈계고류〉는 〈방언류〉 다음으로 이 책에서 많은 분량을 차지한다.

'계고'는 조재삼이 유서를 편찬하면서 견지한 원칙과 방법론이었으며 동시에 별도의 유를 마련할 정도로 비중이 있는 것이었다. 〈계고류〉는 총407항목인데, 그 상당수는 제시된 표제어의 유래와 의미의 변증으로 이루어져 있다. 〈계고류〉의 편차에 대해서는 별도의 기록이 없으나 「1. 태극(太極)」·「2. 삼황오제(三皇五帝)」·「3. 헌원황제사황창힐(軒轅黃

---

143 『氣測體義』

帝史皇倉頡)」과 같은 우주와 천지의 창조, 그리고 그와 관련된 신화의 변증 및 규모가 큰 내용을 앞머리에 두고 있다.[144] 그 뒤는 「4.오패(五霸)」·「5.삼선(三宣)」·「6.고밀도전(高密道展)」·「7.뇌경(儡罃)」·「8.몽부열(夢傅說)」과 같이 역사와 관련된 변증으로 구성하였다. 그리고 제일 뒤에 「402.칠략유흠소주(七畧劉歆所奏)」·「403.소설(小說)」·「404.우물저서(寓物著書)」·「405.수명탁적(垂名托蹟)」·「406.가목훼다(呵木毁茶)」·「407.문집간행(文集刊行)」 등 주로 저작에 대한 사실을 비교적 단순한 수준으로 나열한 항목을 편차하였다. 이처럼 〈계고류〉내의 항목들은 저자의 가치관에 의하여 주제의 서열이 정해지고 항목 간 상호 관련성이 있지만 그것들 간의 구속력이 강하다고 볼 정도는 아니다.

〈계고류〉의 주된 내용은 대체로 어휘에 관한 것이다. 현재 우리가 흔히 알고 있는 어휘 몇 가지를 예로 든다면 「23.골계(滑稽)」·「84.남녀부동석(男女不同席)」·「90.고식(姑息)」·「158.장군(將軍)」과 같은 것들인데, 그 유래와 원래의 의미, 변화된 의미를 비롯하여 그것이 사용된 문장이나 시를 예시하고 있다. 이와 같은 단순 정보의 제공보다 좀 더 진전된 형태는 사실의 진위와 시비의 판정에 대한 것이다.

▌사실의 변증

「3.헌원황제사황창힐(軒轅黃帝史皇倉頡)」은 중국 고대 신화의 대표적 인물인 황제(黃帝)와 창힐(倉頡)에 대한 논변이다.

나필(羅泌)이 〈선통기(禪通紀)〉에서 수레를 만든 헌원씨(軒轅氏)와 헌원구(軒轅丘)를 낳은 황제(黃帝)를 사마천과 반고가 '황제헌원(黃帝軒

---

144 표제어 앞의 일련번호는 필자가 서술의 편의를 도모하기 위하여 붙인 것이다.

轅)'이라고 잘못 기록하였다고 하였다. 또 사황씨(史皇氏)의 성은 후강
(侯岡)이고 이름은 힐(頡)이라고 하며 처음으로 문자를 만들었다하니,
황제 때의 사관인 창힐(倉頡)과 잘못해서 동일인으로 만들었다.[145]

고대신화는 사실을 토대로 하지 않기에 기록에 따라 내용상 차이가
있을 수밖에 없다. 그런데 조재삼은 사가(史家)의 금과옥조인『사기』와
『한서』의 내용을 부정하고 나필의 견해를 채택하고 있다. 사마천은 "황
제(黃帝)의 성은 공손(公孫)이고 이름은 헌원(軒轅)"[146]이라고 하였으며
이는 반고에게도 그대로 수용되었다.[147] 그러나 신화에 역사적 체계성
을 부여한 송의 나필은 "황제(黃帝)를 헌원과 동일인으로 간주하는 것은
오류이며 그 책임은 사마천에게 있다."고 하였다.[148] 그런데 위의 기록
에서 특기할 만한 것은 조재삼의 서술 방식이다. 서술의 형식은『노사
(路史)』의 해당 내용을 그대로 인용한 것처럼 보이지만 원문을 대조해보
면 자신의 견해를 용해해 넣었음을 알 수 있다. 나필이『노사』에서 언급
한 것은 "헌원씨와 황제는 동일인이 아니며 그 오류의 원천은 사마천에
게 있다."는 정도이다.[149] 따라서 "황제가 헌원구를 낳았다."는 말과 "오
류의 책임이 반고에게도 있다."는 내용이『노사』에는 없다. 사황씨(史皇
氏)에 대한 변증도『노사』에서는 성과 이름 정도를 인용하였을 뿐인
데,[150] 〈계고류〉는 이 내용을 근거로 사황씨와 창힐은 동일인이 아니라

---

145 軒轅黃帝史皇倉頡. 羅泌曰, 禪通紀, 作車乘之軒轅氏與生軒轅丘之黃帝, 遷固誤作黃帝
　　軒轅, 史皇氏姓侯岡名頡, 始創文字, 與黃帝時史官倉頡, 亦誤爲一.
146 黃帝者, 姓公孫, 名曰軒轅.(『史記』〈五帝本紀〉)
147 『前漢書』〈律歷志〉
148 軒轅黃帝史皇倉頡. 封禪文識, 有軒轅氏, 而又有黃帝氏, 則軒轅自爲古帝, 信矣. 後世,
　　惟見史遷紀黃帝名軒轅, 更弗復攷于古, 失之.(『路史』〈禪通紀〉「軒轅」)
149 『路史』〈禪通紀〉「軒轅氏」의 내용과 상이함.
150 『路史』〈禪通紀〉「史皇氏」

고 단정하였다.

「3.헌원황제사황창힐」이 문헌을 근거로 한 사실의 변증이라고 한다면 「166.섭족부이(躡足附耳)」는 논리를 방법론으로 사용한 사실의 변증이라고 할 수 있다.

> 한나라 역사에 한신(韓信)의 사자가 한왕(漢王)의 앞에 있는데 장량(張良)과 진평(陳平)이 한왕의 발을 밟고 한왕의 귀에 대고 이야기를 하였다고 하니 한신의 사자가 어찌 보고서 알지 못하겠는가? 어떤 이는 한왕의 발을 밟아 한왕을 저지하고, 장량과 진평이 서로 귀에 대고 이야기를 하여 한왕이 듣도록 한 것이라고 해석한다.[151]

『사기』「회음후열전(淮陰侯列傳)」에 나오는 "張良陳平, 躡漢王足, 因附耳語."라는 구절은 일반적으로 "장량과 진평이 한왕의 발을 밟고 그의 귀에 대고 이야기를 하였다."로 풀이한다. 한신이 한왕에게 사신을 보내 자신이 제나라의 왕이 되겠다는 말을 전하자 한왕이 극도로 흥분하여 욕을 하였는데 장량과 진평이 그를 진정시키려고 한 행동으로 보는 것이다. 그러나 〈계고류〉에서는 발을 밟는 것은 한신의 사자가 알아채지 못하도록 하는 행동인데, 왕의 귀에 대고 말을 한다는 것은 논리적이지 못하다는 것이다. 그러므로 장량과 진평이 서로 귀에 대고 이야기한 것으로 해석을 해야 옳다는 독특한 견해를 제시하였다.

---

151 躡足附耳. 漢史, 韓信使在漢王前, 良平躡漢王足附漢王耳, 則信使豈不見知乎? 或解躡漢王足止之, 良平相附耳語, 使漢王聞之也.

▌ 자형(字形)과 자음(字音)의 변증

자형의 유사에 기인한 오류의 변증

문헌에서 가장 많이 보이는 오류의 유형 중 하나는 모양이 서로 유사한 글자를 혼동하는 것이다. 〈계고류〉에는 자형의 유사로 인해 발생한 오류에 대하여 서술한 항목이 상당수 있는데 다음에서 그 대표적인 예를 몇 가지 제시한다.

> 14. 범저(范雎)
> 『운옥(韻玉)』에서 "범저(范雎)의 雎는 바로 「관저(關雎)」의 雎이니 자휴(恣睢)의 睢가 아니다."라고 하였다. 이는 마치 진(晉)나라 가아(賈疋)는 바로 아송(雅頌)의 疋(아)인데 포필(布疋)의 필(疋)로 잘못 읽은 것과 같다. 疋는 雅(아)의 고자다.[152]

전국 시대 위(魏)나라의 인물인 范雎의 독음은 '범저'인데 지금도 '범휴'로 표기하는 출판물이 많다. 이는 '雎'와 '睢'의 자형이 매우 흡사해서 발생한 오류이다. 또 서진의 인물인 賈疋의 독음은 '가아'인데 '가필'로 잘못 읽으니 '疋'과 雅의 고자인 '疋'의 형태가 구분하기 힘들 정도로 유사하기 때문이다.[153] 이들은 인명에 사용된 한자이기에 비록 오독을 하더라도 문맥의 의미상 오류를 야기하지는 않는다. 그러나 다음의 「165. 목후이관(沐猴而冠)」은 문맥의 의미상 차이를 초래하는 예이다.

---

152 范雎. 韻玉曰, 范雎之雎, 乃關雎之雎, 非恣睢之睢. 猶晉賈疋, 卽雅頌之疋, 誤讀布疋之疋也. 疋古雅字.
153 대표적 인명사전의 하나인 『中國歷代人名大辭典』(上海古籍出版社, 1999)에도 價疋로 표기되어 있다.

『운옥(韻玉)』에서 "초나라 사람들이 호손(胡孫)[154]을 목후(沐猴)라고 한다."고 하였다. 『사기』「항우본기(項羽本紀)」의 주석에서 "목후(沐猴)는 원숭이의 이름이다. 성격이 가볍고 조급하여 오래 참지 못한다."고 하였다. 어떤 이는 "沐은 沭(술)의 오자로 동완(東莞)의 지명이다. 이곳의 원숭이는 더더욱 오래 참지 못한다."고 하였다.[155]

『사기』「항우본기」의 "楚人沐猴而冠耳, 果然."이라는 문장의 '목후(沐猴)'는 일반적으로 "원숭이를 목욕시켜서"라고 풀이한다. 그런데 〈계고류〉에서는 '술후(沭猴)'가 '목후(沐猴)'로 잘못 표기되었으니 '술산(沭産)의 (성질 급한) 원숭이'로 풀이해야 한다고 지적하였다.

「137.조격시황(狙擊始皇)」 역시 자형이 서로 유사해서 생긴 와전의 예이다.

안사고(顏師古)의 주석에서 "伹(조)는 몰래 엿본다는 의미이다. 본래 '覰(처)'로 썼다."고 하였으니 뒤에 '狙(저)'로 와전되었다.[156]

장량이 진시황을 암살하려고 했던 사건에서 유래한 '저격(狙擊)'이라는 단어의 어원은 원숭이가 엎드려서 엿보는 속성에 있다는 것이 일반적인 견해이며,[157] 『사기』나 『통감』과 같은 대표적 사서(史書)에도 '저격(狙擊)'으로 표기되어 있는 경우가 많다. 그런데 〈계고류〉에서는 『전한

---

154 호손(胡孫): 원숭이의 별칭.
155 沐猴而冠. 韻玉曰, 楚人謂胡孫曰沐猴. 羽本註, 沐猴猴名也. 性輕窕, 不耐久. 或云, 沐卽沭之誤, 東莞地名. 此地猴尤不耐久云.
156 伹擊始皇. 師古註, 伹謂密伺之也. 本作覰, 後譌作狙.
157 • 應劭曰, 狙七預反, 伺也. 徐廣曰, 伺候. 應劭曰, 狙伺也. 一云, 狙伏伺也, 謂狙之伺物, 必伏而候之故. 今云, 狙猴. 是也.(『史記』〈留侯世家〉)
• 狙獷屬, 狙伺物, 必伏而候之, 故凡伏而擊者, 爲狙擊.(『御批歷代通鑑輯覽』〈秦, 始皇帝〉)

서』「장진왕주전(張陳王周傳)」에서 안사고(顔師古)가 '狙'를 엿본다는 의미로 주석한 것을 근거로 '狙(저)'는 '徂(조)'의 와전이라고 단정하였다.[158] 이 역시 자형의 유사에서 비롯된 오류이다.

「393.도도평장아(都都平丈我)」역시 자형의 유사에서 기인한 오류를 주제로 한 글인데 자못 해학적이고 풍자적이다.

조원총(曹元寵)이 「촌학당도(村學堂圖)」에

이 늙은이가 막 이를 문질러 죽이니	此老方捫虱
서캐들이 불에 탄다	衆雛爭附火
가르치는 그 때를 생각해보니	想當訓誨間
모두 나를 어른으로 대우했네	都都平丈我

라고 썼다. 대개 항주(杭州)의 속담에 "'都都平丈我!'라고 가르치니 학생들에 학당에 가득하고, '郁郁乎文哉!'라고 가르치니 학생들이 전혀 오지 않는다."고 하였다.[159]

조원총이 「촌학당도」에 쓴 위의 시는 촌 학당의 선생이 학생들에게 『논어』의 "郁郁乎文哉"를 "都都平丈我"로 잘못 가르쳤는데도 학생들은 그대로 믿고 따라 배웠으며, 어느 날 학문이 뛰어난 선비가 이 마을에 와서 바로 잡아 주었지만 오히려 학생들은 모두 놀라 도망갔다는 이야기를 소재로 한 것이다.[160] 촌학구(村學究)가 『논어』의 평범한 구절을,

---

158 『전한서』에는 "師古曰, 狙謂密伺之, 音千豫反, 字本作覷."으로 되어 있는 반면 『송남잡지』에는 "師古注, 狙謂密伺之也, 字本作覷."로 되어 있다. 이는 『강희자전』「覷」의 내용과 동일한 바, 『강희자전』을 전재한 것으로 보인다.

159 都都平丈我. 曹元寵題村學堂圖云, 此老方捫虱, 衆雛爭附火, 想當訓誨間, 都都平丈我. 蓋杭諺都都平丈我, 學生滿坐, 郁郁乎文哉, 學生都不來.

그것도 5자씩이나 모두 유사한 글자로 잘못 읽고 학생들을 가르치건만
이에 길들어진 학동들은 오히려 사실을 믿지 않는다는 이야기이다. 조
재삼은 자형의 유사로 인해 생긴 우스꽝스러운 상황을 제시하는 동시
에 무지하고 위선적인 지식인과 그것을 맹목적으로 추종하는 우중(愚
衆)의 모습을 냉소하였다.

「394.뇌람(雷覽)」은 자형의 유사로 인해 종종 혼동하는 글자들을 나
열한 항목이다.

> 지봉 이수광이 『황화집(皇華集)』에서 '雷覽(뇌람)'이라는 두 글자를
> 많이 쓰고 있는데 '雷(뢰)'는 '電(전)'의 오자다. 중국 사람의 간첩(簡帖)
> 에 그 말이 있으니, 대체로 일별(一瞥)한다는 뜻이다."라고 하였다. 살펴
> 보건대, 魚와 魯, 豕와 亥, 帝와 虎, 芋와 羊, 漬와 淸, 陶와 陰, 杖와
> 杖, 獐과 璋, 臘과 獵, 根과 銀, 菟와 菀, 鱣과 鱧, 挏과 桐, 芧와 芧,
> 睢와 睢, 畫와 盡, 綿과 線, 萬와 萬, 溫과 媼, 閨[161]와 閏 따위가 매우
> 많기에 모두 기록할 수 없다.[162]

'어로불변(魚魯不辨)'은 '아주 무식한 사람'을 비유하는 성어이지만,
자형이 비슷하고 표면적 문맥이 통할 경우 글자를 바꾸어 쓰는 착오가
왕왕 발생한다. 이러한 착오는 원의미를 손상시키는 대표적 유형의 하

---

160 曹元寵題村學堂圖云, '此老方捫虱, 衆雛爭附火, 想當訓誨間, 都都平丈我'語, 雖調笑而
曲盡社師之狀, 杭諺言, 社師讀論語郁郁乎文哉, 訛爲都都平丈我, 委巷之童, 習而不悟,
一日宿儒到社中爲正其訛, 學童皆駭散, 時人爲之語云, 都都平丈我, 學生滿堂坐, 郁郁
乎文哉, 學生都不來, 曹詩, 蓋取此也.(명 田汝成의『西湖遊覽志餘』〈委巷叢談〉)
161 『송남잡지』에는 '門'으로 되어 있으나 '閏'과 형태가 유사한 글자가 아니므로 '閨'로 수
정하였음.
162 雷覽. 芝峯曰, 皇華集中, 多用雷覽二字, 雷是電之訛. 華人簡帖有之. 盖瞥看之義也. 按
魚魯豕亥帝虎芋羊漬淸陶陰杖杖獐璋臘獵根銀菟菀鱣鱧挏桐杼芧睢睢畫盡綿線萬萬溫
媼閨閏之類甚多, 不可殫記.

나라고 할 수 있다. 따라서 〈계고류〉는 그러한 예를 수집하여 제시한
것이다.

▌약자(略字)의 착오에 기인한 오류의 변증

한자에는 표준이 되는 자체(字體) 이외에도 약자(略字)·합자(合字)·고
자(古字)·속자(俗字)·와자(訛字) 등의 변체자(變體字)가 있다. 이들은 모
두 정확하지 않거나 생소한 형태로 착오를 유발할 수 있는 요인을 지니
고 있다. 〈계고류〉에서는 이 중에서 약자의 형태에 대한 착오로 오류가
발생하는 예를 몇 가지 제시하였다.

> 396. 충충(虫蟲)
> 운서에서 '虫'의 음을 '훼'라고 하였으니 어패류의 총칭이다. 지금은
> 잘못해서 사훼(蛇虫)의 '虫(훼)'자와 충치(蟲豸)의 '蟲(충)'자를 통용한
> 다. '蚕'의 음은 '천'이니 지렁이다. 그런데 역시 잠견(蠶繭)의 '蠶'자를
> 천인(蚕蚓)의 '蚕'자로 쓴다.[163]

〈계고류〉에서 '虫(훼)'는 본래 어패류의 총칭이고 '蟲(충)'은 '벌레'라
는 의미로 서로 다른 글자임에도 불구하고 '虫(훼)'를 '蟲(충)'의 약자로
사용하는 잘못을 지적하였다. 이는 『강희자전』에서 '蟲'자의 생략형으
로 '虫'자를 사용하는 것은 큰 오류라고 지적한 바와 동일하다.[164] 또
'蚕(천)'은 지렁이라는 의미의 글자이건만 누에를 의미하는 '蠶(잠)'의 약
자로 사용한다. 현재 출간되어 있는 어지간한 자전에도 '蚕'을 蠶'의 약

---

163 虫蟲. 韻書曰, 虫音虺, 鱗介總名. 今誤以蛇虫之虫, 通蟲豸之蟲也. 蚕音賤, 寒蚓也. 亦
　　誤以蠶繭之蠶, 爲蚕蚓之蚕也.
164 蛇虫之虫, 爲蟲豸非是.(『康熙字典』「虫部」)

자로 소개하고 있는 형편이다. 그러나 이는 『강희자전』 외에도, 『증수호주예부운략(增修互註禮部韻略)』·『홍무정운(洪武正韻)』·『흠정음운술미(欽定音韻述微)』 등의 운서에서 통용해서는 안 된다고 명시하고 있다.[165] 「397.호(好)와 간(姦)」도 동일한 유형이다.

> 자전에서 "고려에서는 중국의 글자를 쓸 때 유독 '姦(간)'자를 '好(호)'자로 쓰고 '好'자를 '姦'자로 쓴다."라고 하였으니, 姦의 반자(半字)인 '奸(간)'과 비슷하기 때문인데, 바로 '好'의 오자이다.[166]

『강희자전』에서는 우리나라에서 '姦(간)'과 '好(호)'를 혼동하는 현상에 대해서만 기록하였고[167] 그 이유는 언급하지 않았다. 그런데 〈계고류〉에서는 '姦'과 '好'가 혼동되는 이유는 그 사이에 '奸(간)'자가 있기 때문이라고 밝혔다. 즉 '奸'이 '姦'의 약자이고 이것이 '好'와 자형이 유사하기에, 최종적으로는 '姦'이 '好'와 혼동되어 사용된다는 것이다.

▌자음(字音)의 유사에 기인한 와전의 변증

자형의 유사에 기인한 오류에 못지않게 많은 것이 자음이 서로 비슷하여 형태가 완전히 다른 글자로 와전되는 유형이다. 「207.양구(良久)」가 그 대표적인 예이다.

> 『한서』의 주석에서 "良(량)자는 본래 '略(략)'으로 약소(略少)의 의미인데 음이 와전되어 '良(량)'이 되었다."라고 하였다.[168]

---

165 俗用爲蠱字非.
166 好姦. 字典曰, 高麗用中國書, 獨以姦爲好字, 好爲姦字, 似姦半字用奸, 卽好字之訛.
167 又高麗用中國書, 獨以姦爲好字, 好爲姦字見正字通.

'양구(良久)'는 얼마간의 시간이 경과함을 의미하는 어휘로 본래 '良(량)'과는 무관하다. 그런데 '略(략)'과 '良(량)'의 음이 유사하여 '약구(略久)'가 전혀 다른 '양구(良久)'로 와전되었다는 것이다.

「201. 치치(瓻癡)」는 좀 더 복잡한 유형으로, 글자가 와전되어 의미도 와전되는 일련의 과정을 보여준다.

> 『문견후록(聞見後錄)』에 다음과 같은 기록이 있다.
> 속어(俗語)에 "책 빌리는데 술 한 병, 책 돌려주는데 술 한 병.[借書一瓻, 還書一瓻]"이라고 하였다. '瓻(치)'는 '鴟(치)'와 통하고 '술병'이란 뜻인데 '癡(치)'로 와전되었다.[169]

'借書一瓻, 還書一瓻.'는 원래 '책 빌리는데 술 한 병, 책 돌려주는데 술 한 병.'이라는 의미인데, 이에 대한 해석으로 통상 두 가지 설이 있다. 하나는 고대에는 문건(文件)을 책으로 장정하지 않았기에 분실을 우려해 빌려올 때 단지에 넣어 오고 돌려 줄 때도 단지에 넣어 갔다는 해석이며, 또 하나는 책 주인의 기분을 좋게 한 후 책을 빌리기 위해 책 한 권에 술 한 병을 선물로 주고 반납할 때도 사례로 술 한 병을 준다는 해석이다. 그런데 이 말이 '책을 빌려주는 사람도 바보, 돌려주는 사람도 바보.'라는 말로 와전되었다. 조재삼은 이러한 '의미의 연변 과정'으로 '술단지'라는 의미의 瓻(치)'가 '말가죽 부대'라는 의미의 '鴟(치)'와 통하고 이것이 동음인 '癡(치)'로 와전되었다고 밝히고 있다. 그는 이 글을 송나라 소박(邵博)의 『문견후록(聞見後錄)』에서 인용하였다고 밝히고 있다. 그렇지만 정작 『문견후록』에는 그러한 연변의 과정에

---

168 良久. 漢書註, 良字本略, 言略少也. 音轉訛爲良.
169 瓻癡. 聞見錄云, 俗語, 借書一瓻, 還書一瓻, 瓻與鴟同, 酒瓶也. 訛爲癡.

대한 언급이 없다. 연변의 과정에 대한 내용은 명나라 주영(周嬰)의 『치림(巵林)』 등에서 보이니, 조재삼은 『문견후록』의 내용을 중심으로 삼고 몇 가지 자료를 원용하여 새로운 내용의 글로 만들었다.

▌파자(破字)에 기인한 와전의 변증

대다수의 한자는 합체자(合體字)이기에 역으로 여러 개의 글자로 분해가 가능하다. 또 반대로 여러 개의 글자를 조합하여 하나의 글자를 새롭게 만들어 낼 수도 있다. 이를 '파자(破字)'라고 하는데, 수수께끼와 같은 오락의 수단이나 암호의 기능으로 사용되었다.

〈계고류〉의 「259. 불토무언(不土無言)」·「260. 약천도서(藥泉圖書)」·「261. 화어동대(華語東對)」가 파자에 대한 흥미로운 내용을 소개한 것이라면, 「258. 길협무개인(吉挾無改印)」은 파자로 인한 와전을 변증한 예이다.

> 『어우야담(於于野談)』에 다음과 같은 기록이 있다.
> 우리나라의 서울 아전 주협(周挾)이라는 사람은 호수(戶數)를 아주 잘 기억하였다. 당시에 주협에게 조사를 받은 자들은 신표(信標)의 증거로 삼고 고치지 않았다. 지금 서울이나 지방이나 호적을 상준(相準)한 말미에 '길협무개인(吉挾無改印)'을 먹물로 찍어서 신표로 삼는데 '周(주)'자의 '冂'을 길게 늘여 다섯 자를 외곽처럼 감쌌기 때문에 '길협(吉挾)'이라고 잘못 이르게 되었다.[170]

위의 글은 『어우야담』에서 인용한 것으로 '길협(吉挾)'의 유래에 대한

---

170 吉挾無改印. 於于野譚曰, 我國京兆吏周挾, 善强記戶數, 其周挾披考者, 爲信迹不改, 今京鄉戶籍相準末, 以吉挾無改印, 墨打爲標而周字外圍長包五字, 似爲輪郭, 故誤爲吉挾云.

고증이다. 현재 통용되는 국어사전이나 한자사전 등에는 '길협(吉挾)'이라는 표제어가 등재되어 있지 않고 '주협(周挾)'에 대해서만 "예전에, 호적을 만들 때 붉은 글씨로 난의 밖이나 본란(本欄)의 옆에 쓰던 글. 난의 밖에 쓰는 것을 '周' 본란의 옆에 쓰는 것은 '挾'이라고 한다."고 설명하고 있다. 〈계고류〉에서 길협(吉挾)은 주협(周挾)의 와전이라고 말한 것처럼 고문헌에는 주로 '길협'이라는 어휘가 더 많이 사용된 것으로 확인된다. 그러나 '주협(周挾)'도 아주 없는 것은 아니다. 예를 들면 『국역조선왕조실록』에서는 '주협(周挾)'을 '두르고 끼우고'[171]라고 축자(逐字) 풀이한 예가 보인다. 또 '길협(吉挾)'은 『국역홍재전서』에서 "수정하는 도장"으로 풀이하였다.[172] 이로 본다면 '길협'이 되었든, '주협'이 되었든 간에 그 정확한 의미의 파악에 혼선을 겪고 있음을 알 수 있다. 위의 기록에 따른다면 '길협'은 본래 호수를 기억하는 능력이 뛰어난 주협이라는 서울의 아전 이름에서 유래한 것이다. 그리고 호적을 상준(相準)한 말미에 인증으로 '길협무개인(吉挾無改印)'을 찍는데 '周'자의 '冂'을 길게 늘여 다섯 자를 외곽처럼 감쌌는데, 이것이 '吉挾'으로 와전되었다는 것이다. '周'자를 '吉'과 '冂'으로 파자하여 사용한 것이 아예 '吉'자로 와전된 예인데, 앞에 들었던 오류나 와전과는 달리 우리나라에서만 보이는 현상이라는 점이 특징적이고 재미있다.

▌벽자(僻字)에 기인한 오류의 변증

〈계고류〉에서는 자형이 기이하거나 난삽하여 제대로 읽지 못하거

---

171 세종 21년 기미, 9월 18일(계해)의 기사.
172 『弘齋全書』, 「예조가 홍천의 업유(業儒) 조진풍(趙鎭豊)의 상언(上言)을 시행하지 말라고 아뢴 것에 대한 비답[禮曹洪川業儒趙鎭豊上言勿施啓批]」

나 잘못 쓰는 것을 하나의 유형으로 제시하고 있다.

> 78. 두두(毦斗)
>
> 운서에서 "예기(禮器)로 가(斝)의 등속이다."라고 하였다. 『석경모시
> (石經毛詩)』에서 "酌以大毦[큰말로 떠서]"라고 하였는데, 『금문시경(今
> 文詩經)』에서는 '毦'를 '斗'로 썼으며 본음도 두이다. 『주례』에는 '豆'라
> 고 썼으니 모두 이 글자의 오자이다. 대개 옛날의 술그릇인데 두승(斗升)
> 의 '斗'로 잘못 썼다. 『주례』에 "계인(鷄人)은 …… 밤에 '아침!'이라고
> 소리쳐 백관을 부르는 일을 담당한다."라고 하였다. 그 주석에서 "譚는
> 號이고 毦는 叫이다."라고 하였으니 吹는 歃로 쓰고 漁는 獻로 쓰고 和는
> 龢로 쓰고 戾는 鰲로 쓴다. 拜는 捔로 쓰고 草는 艸로 쓰고 槁는 薨로
> 쓰고 弼은 敫로 쓰고 栗은 槖로 쓰고 法은 瀺으로 쓰는 따위가 많다.[173]

일반적으로 사용되지 않아서 눈에 익숙하지 않은 글자는 오독이나
오기의 가능성이 매우 크다. 「78.두두(毦斗)」에서는 기자(奇字)가 눈에
익숙한 글자로 와전되는 현상에 대하여 변증하였다. 아울러 고자(古字)
등 기자가 많이 사용된 『주례』에서 예를 뽑아 나열하였다. 「72.주례기
자(周禮奇字)」에서 기괴한 고자의 나열을 인용한 것은 이와 맥락을 같
이 한다.

4-3. 경전의 주류적 해석에 대한 회의

『송남잡지』〈계고류〉가 주목되는 점은 기존의 '계고(稽古)'라는 개념

---

173 毦斗. 韻書, 禮器斝屬. 石經毛詩, 酌以大毦, 今文作斗, 本音亦斗. 周禮作豆, 皆此字之
訛. 盖古酒器而誤爲斗升之斗矣. 又周禮, 鷄人掌夜譚旦, 毦百官. 註譚號字, 毦叫字,
而吹爲歃, 漁爲獻, 和爲龢, 戾爲鰲, 拜爲捔, 草爲艸, 槁爲薨, 弼爲敫, 栗爲槖, 法爲瀺
之類多.

이 갖는 국한성을 뛰어넘었다는 데 있다. 즉 기존의 계고는 기본적으로 역사와 전례에 대한 사실의 인지를 위한 방법으로 기능하였다. 그러나 『송남잡지』〈계고류〉는 공식화·공인화된 지식에 대하여 회의하고 있다. 이는 경전과 문학 작품에 대한 새로운 해석에서 두드러진다. 그리고 흥미로운 점은 이언적(李彦迪, 1491~1553)이나 박세당(朴世堂, 1629~1703) 등과 같이 조선에서 새로운 경학적 견해를 개진한 경학가의 이론을 제시하고 있을 뿐만 아니라 '어떤 사람'을 주체로 표방한 이론을 제시하고 있다는 것이다. 사실의 근거를 가장 중시하는 계고에서 '어떤 사람'이라는 애매한 표현은 납득하기 힘들다. 그러나 '어떤 사람'의 이론에 작자 자신의 견해가 상당수 포함되었을 개연성이 있다.

조재삼의 경전 해석에서 가장 두드러지는 특징은 주자의 해석이나 주류적 해석에 반하는 이론의 제시이다.

▮『대학』 해석의 변증

『대학』에 대한 대표적 쟁점은 격물치지(格物致知)와 보망장(補亡章)을 주제로 한 것이다. 〈계고류〉에서는 이 두 가지 중대한 문제를 모두 언급하고 있어서 주목된다.

> 108. 격물치지(格物致知)
> 사마광(司馬光)은 "외물을 막아서 내가 앎의 경지에 이름"이라고 하였고 어떤 사람은 "만물을 막아서 나의 지식을 지극히 하여 궁구함"이라고 하였다.[174]

---

174 格物致知. 溫公曰, 捍格外物, 致吾之知, 或曰, 格支萬物致吾知而窮之.

주자는『대학』의 제일의(第一義)를 격물(格物)에 두어 물리(物理)에 대한 궁리(窮理)를 중시하였다. 그는『대학장구』에서 "이른바 지식을 지극히 함이 사물의 이치를 궁구함에 있다는 것은, 나의 지식을 지극히 하고자 한다면 사물에 나아가 그 이치를 궁구함에 있음을 말한 것이다."[175] 라고 하였다. 격물치지(格物致知)에서 가장 큰 논쟁거리는 '格(격)'에 대한 해석이다.

한나라 정현(鄭玄, 127~200)은 "格을 옮[來]"이라고 하여, 지각의 객체가 주체로 다가올 때 인식이 이루어지는 것으로 해석하였다. 또 송나라의 호안국(胡安國, 1074~1138)은 "格을 헤아림[度]"이라고 하여, 주체의 인식 기능으로 보았다. 한편 명나라의 왕수인(王守仁, 1472~1529)은 "格을 바로잡음[正]"이라고 하였다. 그런데 〈계고류〉에서는 송나라 사마광(司馬光, 1019~1086)이 격물(格物)을 '한격외물(捍格外物)'이라고 해석한 견해를 소개하고 있다. 그는 '物'은 '외물(外物)'로 보고 '格'은 '막는다'는 의미로 파악하였으니 주자의 해석과 차이가 있다.[176] 그리고 '格'을 '격지(格支)'로, '物'을 '만물'(萬物)로 풀이한 혹자의 견해를 덧붙였는데, 이는 사마광의 풀이보다 구체적으로 보인다.

> 109. 보망장(補亡章)
> 회재(晦齋) 이언적(李彦迪)이 말하였다.
> "이것을 일러 지식이 극진하다고 하는 것이다."는 두 번 쓴 것이니 연문(衍文)이 아니고 결론이다.[177] 별도로 보망장(補亡章)을 지으니 그 뜻

---

175 所謂致知在格物者, 言欲致吾之知, 在卽物而窮其理也.

176 象山曰, 格至也, 研磨考索, 以求其至, 朱子因言窮至事物之理, 溫公曰, 扞格外物, 以物至爲外, 非合內外之道, 黃潤玉曰, 格正也, 義取格其非心, 心正矣, 奚用誠意致知爲哉? (『明儒學案』, 黃宗羲.)

177 정이(程頤)는『대학』4장 끝의 "此爲知本"을 연문이라고 하였다. 그런데 이언적은 그것

이 편벽되고 주밀하지 못하다.[178]

주희는 당시 『대학』 본문의 "此謂知之至也."앞에 결락이 있다고 보고 자신이 128자를 만들어 보충하였다. 이것을 '격물치지보망장(格物致知補亡章)'·'주자보망장(朱子補亡章)'·'보망장(補亡章)'이라고 일컫기도 하는데, 기존의 본문 6자와 합쳐 전체가 134자이다. 이 '격물치지보망장'이 '격물치지설(格物致知說)'과 함께 주자학의 핵심을 차지한다. 정이(程頤, 1033~1107)는 『대학』 4장 끝의 "此爲知本"을 연문(衍文)이라고 하였고 이러한 생각은 주희에게 그대로 계승되었다. 그런데 이언적은 『대학장구보유(大學章句補遺)』에서 주희의 보망장 없이도 격물치지장의 내용을 『대학』의 첫머리에서 찾을 수 있다고 하였다. 따라서 『대학』 5장 「석격물치지(釋格物致知)」의 서두에 나오는 "此謂知之至也"를 두 번 쓴 것이라고 하였다.[179]

▌『논어』 해석의 변증

〈계고류〉에서는 『논어』에서 논쟁이 되는 구절을 주로 변증의 대상으로 설정하고 있는데, 대체로 주자의 견해에 반하는 해석을 제시하고 있다.

이 『대학』 5장 〈釋格物致知〉의 서두에 나오는 "此謂知之至也"를 두 번 쓴 것이라고 하였다.

178 補亡章. 晦齋曰, 此之謂知之至也, 疊書, 非衍文, 乃結辭也, 別作補亡章, 其意, 偏而不周也.

179 이는 『여유당전서(與猶堂全書)』에 "陸鏡泓曰, 此謂知本句, 非衍文, 此謂知之至也句上, 亦無闕文."라는 내용이 있으니 정약용(丁若鏞)에게도 수용된 것으로 보인다.

93. 재여주침(宰予晝寢)

『한창려어해(韓昌黎語解)』에서 "주침(晝寢)은 의당 화침(畫寢)의 오자로 보아야 한다."고 하였다.[180]

『논어』〈공야장(公冶長)〉에 "宰予晝寢, 子曰: 朽木, 不可雕也, 糞土之墻, 不可杇也, 於予與, 何誅?"라는 문장이 있는데 주자는 이를 "재여가 낮잠을 자자, 공자께서 '썩은 나무는 조각할 수 없고, 썩은 흙으로 쌓은 담장은 흙손질 할 수 없다. 내가 재여를 꾸짖을 수 있겠는가?'라고 하셨다."라고 해석을 하였다. 이 문장에서 문제가 되는 것은 '주침(晝寢)'의 풀이이다. 당나라의 한유(韓愈)와 이고(李翶)가 편찬한 『논어필해(論語筆解)』에는 "'晝(주)'자는 의당 '畫(화)'자의 오자로 보아야 한다. 재여는 사과십철(四科十哲)의 일원인데 어떻게 낮잠을 자다가 혼이 나는 일이 있을 수 있겠는가? 설사 누워서 휴식을 취했다고 한들 심하게 꾸짖을 일은 아니다."[181]라고 하였다. 즉 주자는 '주침(晝寢)'을 '낮잠을 잔다.'는 의미로 풀이한 반면 한유는 '晝'를 그와 자형이 흡사한 '畫'의 오자로 보았고 '寢'은 '침실'로 보아 '침실에 그림을 그렸다.'로 해석하였다. 그래서 공자가 그 사치스러운 행위를 나무랐다고 풀이한 것이다. 이는 모기령(毛奇齡)·정방곤(鄭方坤)·여소객(余蕭客)·정대중(程大中)·주이존(朱彝尊) 등 주로 청나라의 경학가들에 의하여 지지되었다. 이 설은 주이존을 비롯한 여러 경학자가 지적한 바와 같이 양무제가 처음 제시한 해석임에도 불구하고 일반적으로 한유의 독특한 해석으로 잘 알려져 있다. 〈계고류〉에서는 한유의 해석을 제시함으로써 '晝寢'을 '畫寢'으로 보는 견해를 지지하고 있는 셈이다.

---

180 宰予晝寢. 韓昌黎語解云, 當作畫寢之誤.
181 韓曰, 晝當爲畫字之誤也. 宰予, 四科十哲, 安得有晝寢之責乎? 假或偃息, 亦未深誅.

94. 상인문마(傷人問馬)

서계(西溪) 박세당(朴世堂)이 "이미 사람이 다쳤는지 묻고 또 말이 다
쳤는지 물으니 마구간이기 때문이다."라고 하였다.[182]

『논어』〈향당(鄉黨)〉에 "廏焚, 子退朝曰 : '傷人乎? 不問馬.'"라는 문
장이 있는데 이것을 주자는 "마구간에 불이 났는데, 공자께서 퇴조(退
朝)하여 '사람이 상했느냐?'라고 물어 보시고 말에 대해서는 묻지 않으
셨다."라고 풀이하였다. 〈계고류〉에서는 주자의 해석에 반하는 박세당
의 해석을 제시하였다. 박세당의 견해는 "傷人乎不? 問馬."라고 구두를
끊어야 한다는 것이다. 이 문장은 『논어』의 논쟁거리 중 하나로 여러
가지 해석이 제시되어 있다. 당나라의 이광예(李匡乂)는 『자가집(資暇
集)』에서 "육덕명(陸德明)과 한유가 '傷人乎不? 問馬.'라고 구두를 끊고
'不'를 '否'로 해석하였는데, 이럴 경우에는 조사 '乎'와 연결하는 것이
부자연스럽다."는 견해를 제시하였다. 그리고 "'傷人乎? 不. 問馬'로 구
두를 끊고 '사람이 다쳤느냐?'라고 물으니 '아닙니다.'라고 대답하자
'말이 상하였는지 물으셨다.'라고 풀이하는 것이 좋겠다."는 자신의 의
견을 제시하였다.[183] 박세당은 육덕명과 한유의 풀이에 의견을 같이 한
것으로 보인다. 〈계고류〉는 주자의 해석에 반하는 독자적 해석을 제시
하여 파란을 야기한 박세당의 견해를 수용하였다는 점에서 경학사적
의의가 있다고 할 수 있다.[184]

---

182 傷人問馬. 朴西溪以爲旣問人, 又問馬, 馬廏故也.

183 媚奧媚竈. 問馬傷人乎不問馬, 今亦爲韓文公讀不爲否, 言仁者, 聖之亞, 聖人, 豈仁於
人, 不仁於馬, 故貴人所以前問, 賤畜所以後問, 然而乎字下, 豈更有助詞? 斯亦曲矣.
況又非韓公所訓, 按陸氏釋文已云, 一讀至不字句絶, 則知以不爲否, 其來尚矣. 誠以不
爲否, 則宜至乎字句絶, 不字自爲一句. 何者? 夫子問傷人乎? 乃對曰否. 旣不傷人然後
問馬, 又別爲一讀, 豈不愈於陸云乎?

96. 미오미조(媚奧媚竈)

어떤 사람이 "오(奧)는 주부(主婦)이고 조(竈)는 여자 조리사[竈婢]이다."라고 하였다. 속담에 "차라리 상전에게 미움 받을지언정 반아(伴娥)에게 미움 받아서는 안 된다."고 하였다. 『예기』에서 "조(竈)는 노부(老婦)의 제사"라고 하였다.[185]

『논어』〈팔일(八佾)〉의 "王孫賈問曰: 與其媚於奧, 寧媚於竈, 何謂也?"를 주자는 "왕손가가 물었다. '아랫목 신에게 잘 보이기보다는 차라리 부엌 신에게 잘 보이라.' 하니, 무슨 말입니까?"로 풀이하였다. 〈계고류〉에서 문제 삼은 것은 '奧(오)'자와 '竈(조)'자에 대한 해석이다. 주자는 '奧'를 방의 서남쪽 모퉁이로 보고 '竈'는 다섯 제사[五祀]의 하나로 여름에 제사하는 곳이라고 하였다.[186] 그런데 〈계고류〉에서는 '奧'는 '주부(主婦)', '竈'는 '여자 조리사[竈婢]'로 보았다. 그리고 이 문장과 근사한 속담을 인용하였으니, 奧는 상전에, 竈는 반아(伴娥)에 비유할 수 있다고 하였다. 이 역시 '어떤 이의 말'이라는 형식을 빌린 독창적 견해라고 하겠다.

98. 식부판자(式負版者)

『노론(魯論)』의 주석에서 "호구판적(戶口板籍=戶籍)"이라고 하였는데, 어떤 사람은 "상복을 입고 널을 진 사람"이라고 하였다.[187]

위의 글은 『논어』〈향당(鄕黨)〉에 "凶服者, 式之, 式負版者."라는 문

---

184 이 밖에도 『논어』에 대한 박세당의 해석으로 「97.井有人」이 있다.

185 或謂, 奧主婦也, 竈竈婢也. 俗語, 寧見惡於上典, 不可見惡於伴娥. 禮記曰, 奧者, 老婦之祭也.

186 室西南隅爲奧, 竈者, 五祀之一, 夏所祭也.

187 式負版者. 魯論注, 戶口板籍, 或曰, 喪服負板.

장에서 '式負版者'를 문제로 설정한 것이다. 한나라의 공안국(孔安國)이 '부판자(負版者)'를 '持邦國之圖籍'이라고 한 주석을 주자는 그대로 수용하였다. 그런데 〈계고류〉에서는 이러한 해석이 앞의 '凶服者, 式之'와 어색하게 연결된다고 생각하였는지, '상복을 입고 널을 진 사람'이라는 해석을 제시하였다. 그러므로 전체 문장이, 두 가지 사실을 말하는 것이 아니라 상사(喪事)를 당한 사람에게 공경을 표한다는 의미로 되었다. 이는『논어』의 문장 해석에 일관된 맥락을 부여하자는 방법론이 투영된 독자적 해석의 일례이다.

> 99. 공호이단(攻乎異端)
> 횡거(橫渠) 장재(張載)는 "괴물(怪物)은 분변할 필요가 없고 이단은 공격할 필요가 없다."고 하였으며 명 태조는 "공(攻)은 '성을 공격(攻擊)한다.'고 할 때의 공(攻)이다."라고 하였다.[188]

주자는『논어집주』에서 "子曰: "攻乎異端, 斯害也已"에 대한 주석으로 '攻(공)'을 '전치(專治)'라고 한 송나라 범조우(范祖禹, 1041~1098)의 해석을 전재하였다.[189] 또『사서혹문(四書或問)』에서도 범조우와 같은 견해를 피력한 정이와 윤돈(尹焞)의 해석이 옳으며 장재(張載)·여여숙(呂與叔)·사량좌(謝良佐)·주돈이(周敦頤)·양시(楊時)가 '공격(攻擊)'의 의미로 해석한 것이 잘못되었다고 하였다.[190]
〈계고류〉에서는 주자가 비판한 장재의 견해[191]와 명 태조의 견해[192]를

---

188 攻乎異端. 張橫渠云, 物怪不須辨, 異端不必攻. 明太祖曰, 攻是攻城之攻.
189 范氏曰, 攻專治也. 故治木石金玉之工曰攻. 異端, 非聖人之道.
190 攻乎異端之說. 曰程子范尹之言正矣, 自張子呂謝楊周氏, 皆誤以攻爲攻擊之攻, 而其所以爲說者, 亦不同也.
191『張子全書』「答范巽之書」

인용하여 '공(攻)'의 의미는 '전공(專攻)'이 아니라 '공격(攻擊)'이라고 하
였다.

　이상이 『논어』의 주자 해석에 대한 회의였다면 「100. 불철강식(不撤薑
食)」과 「95. 무개부지도(無改父之道)」는 『논어』의 내용 자체를 대상으로
한 것이다.

　　100. 불철강식(不撤薑食)
　　양생서(養生書)에서 "생강은 많이 먹어서는 안 되니 많이 먹으면 기를
　손상시킨다."고 하였다.[193]

　『논어』〈향당(鄕黨)〉에 "不撤薑食."이라는 말이 있는데 〈계고류〉에
서는 생강을 많이 먹는 것이 건강에 좋지 않다는 점을 지적하였다. 이는
비록 『논어』의 문장이라도 그대로 맹신해서는 안 된다는 생각을 피력
한 일례라고 하겠다.

　　95. 무개부지도(無改父之道)
　　한나라 역사에 장제(章帝)가 모융(牟瀜)·포욱(鮑昱)의 건의를 듣지
않고 명제가 흉노를 정벌하고 국경에 주둔하여 방어한 일을 고쳤기에
한나라의 도(道)가 완성되고 융성하였다. 송나라 역사에서 철종이 장채
(章蔡)의 "선대의 위업을 계승하여야 한다."는 상주를 따라 신종(神宗)의
신법인 청묘법(靑苗法)을 고치지 않아서 송나라의 국운이 끝을 잘 맺었
다. 대개 단주(丹朱)와 균(均)은 의당 요·순의 도를 고치지 않아야 하고
선왕(宣王)과 평왕(平王)은 여왕(厲王)과 유왕(幽王)이 한 일을 고쳐야
효라고 할 수 있다. 사마광은 "모개자지설(母改子之說)과 왕안석(王安

192 『明太祖文集』「解攻乎異端章說」
193 不撤薑食. 養生書曰, 薑不可多食, 多食損氣.

石)의 재소당개지론(在所當改之論) 모두 거문고의 기러기발을 아교로 고정시킨 격이니 후세에 다시 거문고를 타지 못할 것"이라고 하였다.[194]

『논어』〈학이(學而)〉에 "子曰: 父在, 觀其志, 父沒, 觀其行, 三年, 無改於父之道, 可謂孝矣."라는 문장이 있다. 그러나 『송남잡지』에서는 이에 대해서 어떤 경우에라도 지켜야 하는 것은 아니라고 하였다. 즉 아버지의 행적이 계승할만하다면 그대로 따르고 고치지 말아야 하지만, 그렇지 못하다면 고쳐야 마땅한 일이다. 〈계고류〉에서는 역사에서 그 예를 들고 있다. 후한의 제3대 황제인 장제(章帝)가 선황(先皇) 명제의 정책을 수정하여 서역경략(西域經略)에 성공한 것이 대표적인 것이라고 하였다.

▌『맹자』 해석의 변증

〈계고류〉의 『맹자』 주해에 대한 변증은 『논어』와 마찬가지로 자신의 독자적 견해를 개진하거나 주자의 해석과 반하는 해석을 개진한 경학가의 견해를 인용하는 방법을 주로 구사하였다.

104. 분기전이부족(糞其田而不足)
『맹자』 주에서 "분(糞)은 옹(壅)이다."라고 하였다. 어떤 사람은 말하기를 "'선생을 위해 소제한다는[先生糞]'고 할 때의 '糞'이니 비록 그 밭을 잘 소제하더라도 부족하다는 의미이다."라고 하였다.[195]

---

194 無改父之道. 漢史, 章帝不聽牟瀜鮑昱之議, 而改明帝征伐屯戍之役, 漢道全盛. 宋史哲宗從章蔡紹述之奏, 而不改神宗新法青苗之政, 宋祚遂終. 盖朱均, 當不改堯舜之道, 宣平卽改幽厲王之爲, 可謂孝矣. 溫公以母改子之說王氏在所當改之論, 皆膠柱爲後世不更張之瑟矣.
195 糞其田而不足. 注糞壞也. 或曰, 糞是先生糞之糞, 雖糞掃其田而不足.

"糞其田而不足"은『맹자』〈등문공(滕文公)〉에 나오는 구절인데 '糞'의 해석이 문제가 된다. 주자는 '糞'을 '북돋는다'는 의미로 보아서 "그 밭을 북돋기도 부족하거늘"이라고 풀이하였다. 그런데 〈계고류〉에서는 '糞'을 소제한다는 의미로 해석하였다. 이는 전례를 찾기 힘든 독자적 풀이라고 하겠다.

> 101. 위장자절지(爲長者折枝)
> 『맹자』 소(疏)에서 "손마디를 주무르고 꺾어서 피로한 사지를 풀어주는 것."이라고 하였다. 「광절교론(廣絶交論)」의 "관절을 꺾어주고 치질을 빨아준다."의 주석에서 '절지(折枝)'는 손발을 안마해 주는 것"이라고 하였다.[196]

위의 글은 별도의 언급이 없지만, 『지봉유설』〈경서부(經書部)〉「맹자」와 동일한 내용이므로『지봉유설』을 전재한 것으로 보인다. '절지(折枝)'는『맹자』〈양혜왕(梁惠王)〉에 나오는 구절인데 '절지'에 대하여 대체로 두 가지 해석이 있다. 하나는 한나라의 조기(趙岐)가 '안마(按摩)'라고 풀이한 것이고, 또 다른 하나는 당나라의 육선경(陸善經)이 '초목의 가지를 꺾는 것[折草樹枝]'으로 풀이한 것이다. 주자는 육선경의 풀이를 따랐는데, 청의 정대중(程大中)이 '爲長者'와 의미가 연결되지 않는 해석이라고 비판한 바와 같이 그 풀이가 어색한 것이 사실이다.[197]『지봉유설』에서는 주자의 해석보다 조기의 해석이 타당하다고 보았고 그것을 논증하기 위하여 양나라 유효표(劉孝標)의 「광절교론(廣絶交論)」에 대한『문선』의 주석에서 절지(折枝)를 '안마수족(按摩手足)'이라고 한 풀

---

196 爲長者折枝. 疏曰, 摩折手節解罷枝也. 廣絶交論云, 折枝舐痔按摩手足.
197 折枝. 折枝, 陸氏善經謂, 折草樹枝, 集註從之, 與爲長者, 意殊不屬, 趙氏註, 按摩折手節解罷枝也, 亦費力, 陸筠云, 枝肢古通用, 謂罄折腰肢揖也.(『四書逸箋』〈孟子〉)

이를 인용하였다. 〈계고류〉에서는 이수광의 견해가 옳다고 생각한 것이다.

〈계고류〉는 『맹자』의 문장 그 자체에 대해서도 회의하고 있다.

> 103. 계돈구체(鷄豚狗彘)
> 지봉 이수광이 말하였다.
> '돈(豚)'과 '체(彘)'는 동일한 동물인데 나란히 말하였다. 또 염소와 양을 언급하지 않았으니 아마도 오류가 있는 듯하다.[198]

위의 글은 『지봉유설』의 내용을 전재한 것이다. 『맹자』〈양혜왕〉에 "鷄豚狗彘之畜, 無失其時, 七十者可以食肉矣."라는 문장이 있다. 이 문장에서 문제가 되는 것이 '체(彘)'다. 돼지를 의미하는 '돈(豚)'을 이미 썼음에도 불구하고 동일한 의미의 '彘'가 반복되었기 때문이다. 주자는 이에 대하여 별도의 언급을 하지 않았으니 글자 그대로 보아도 무방하다는 견해이다. 그런데 〈계고류〉에서는 가축들을 나열하면서 돼지를 의미하는 글자를 두 번이나 쓰면서 주요 가축인 염소나 양을 누락하였으니, '彘' 대신 '고(羔)'나 '양(羊)'을 쓰는 것이 타당하다는 『지봉유설』의 견해를 인용 소개하였다. 이는 『맹자』 본문을 회의의 대상으로 삼은 예라고 할 수 있다.

■ 『시경』 해석의 변증

『시경』은 다른 경전에 비해 해석이 분분하고 주자의 주해를 비판할 수 있는 여지도 크다. 따라서 〈계고류〉의 경전 해석에 대한 언급 중에

---

198 鷄豚狗彘. 芝峯曰, 豚與彘, 是一物, 竝言, 又不及羔羊, 疑有誤也.

서 가장 많은 양을 차지하고 있다.

47. 현천지매(俔天之妹)

『시경』의 주석과 『한시외전(韓詩外傳)』, 『설문해자』에서 모두 '현(俔)'은 '경(磬)'의 의미라고 하였다. 공영달(孔穎達)이 "마치 지금 속어에서 사물을 비유할 때 '경작연(磬作然)'이라고 하는 것과 같다."고 하였다. 대개 경쇠는 천연적인 것이고 사람이 만든 것이 아니니 또한 '천연적'이라는 말이다.[199]

『시경』〈대아〉「대명(大明)」의 "俔天之妹."에서 문제가 되는 것은 '현(俔)'의 해석이다. 주자의 『시경집전』에서는 『한시외전』, 『설문해자』, 공영달이 '현(俔)'은 '경(磬)'이고 '磬'은 '비(譬)'와 통한다고 말한 설을 수용하여 "俔天之妹."를 "하늘에 비길만한 여인이로다."로 풀이하였다. 주자뿐 아니라 소철(蘇轍, 1039~1112) 등 대부분의 경학가들도 이와 같은 해석에 의견을 같이한다. 〈계고류〉에서도 '俔'을 '磬'과 같다고 보았다. 그러나 '磬'은 글자 그대로 '경쇠'의 의미라고 하면서 이로부터 '자연적'·'천연적'이라는 의미가 파생된다고 하였다. 조재삼은 '俔天之妹'에 대해서, 주자를 비롯한 기존의 일반적 풀이와는 달리 "천연스러운 여인이로다."로 해석한 것이다.

49. 악불위위(鄂不韡韡)

정현(鄭玄)의 전(箋)에서 "꽃을 받치는 것이 '악(鄂)'이다."라고 하였다. 정초(鄭樵)는 "不은 꽃받침의 모양을 형상하였으니 柎와 통한다."고 하였다. 운서에서 "萼은 鄂과 통용한다."고 하였으니 바로 꽃받침이다.

---

199 俔天之妹. 詩註韓詩說文俱云, 俔磬也. 孔氏曰, 如今俗語譬喩物曰磬作然也. 盖磬也, 天作, 非人爲矣, 亦天然之說也.

당 현종의 "花萼相輝之樓"와 당시에 "산앵도나무꽃 받침과 이어져 빛나
도다."라고 한 것이 그 예로 모두 꽃받침이 있는 꽃의 의미인데, '不'도
'跗'의 오자라고 하는 사람도 있다.[200]

『시경』〈소아〉「상체(常棣)」의 "鄂不韡韡."를 주자는 『시경집전』에서
"악(鄂)은 악연(鄂然)히 밖으로 드러나는 모양이다. '不'은 '기불(豈不)'과
같다. '위위(韡韡)'는 밝게 빛나는 모양이다."[201]라고 주해하였다. 주자
의 주해를 따른다면 "鄂不韡韡."는 "악연(鄂然)히 아름답지 않겠는가?"
로 풀이된다. 그런데 〈계고류〉에서는 '鄂'을 꽃받침으로 보고 '不'도 꽃
받침으로 보았다. 그러므로 그는 이 시구를 주자의 해석과는 전혀 다른
"꽃받침이 아름답도다."로 풀이하였다.

이 시구에 대한 〈계고류〉의 해석에서 기본 논거로 삼은 정현(鄭玄)과
정초(鄭樵)의 견해가 『강희자전』의 내용과 일치하는 것으로 보아 이 책
을 전재한 것으로 보인다.

51. 면만황조(緜蠻黃鳥)

자전에는 "鶛鸎鵤鳥"라고 되어 있다. 이황(鸝鸎)은 새의 이름이다. 또
진로(振鷺)의 진(振)은 鵖[진: 백로]이다.[202]

『시경』〈소아〉「면만(緜蠻)」의 "緜蠻黃鳥"에서 문제가 되는 것은 '면
만(緜蠻)'이다. 공영달은 '작은 모양'이라고 하였고 육덕명(陸德明)과 소

---

200 鄂不韡韡. 鄭箋曰, 承華者鄂也. 鄭樵曰, 不象鄂蒂形, 與專通. 韻書曰, 蒂通作鄂, 卽花
 跗也. 唐玄宗花萼相輝之樓, 唐詩棠棣輝輝聯跗蒂, 是也. 卽幷蒂花之意, 而不字, 或謂
 跗字之誤.
201 鄂, 鄂然外見之貌, 不, 猶豈不也, 韡韡, 光明貌.
202 字典作鶛鸎鵤鳥鸝鸎, 鳥名. 又振鷺之振作鵖.

철(蘇轍)은 '작은 새의 모양'이라고 하였다. 송나라 범처의(范處義)는 '작은 새의 모양'이라는 해석과 함께 '작은 새 울음소리'라는 일설을 제시하였으며[203] 주자는 『시경집전』에서 '새 울음소리'로 풀이하였다. 반면 〈계고류〉에서는 '새의 이름'이라고 하였다.

또 『시경』〈주송(周頌)〉「진로(振鷺)」의 '진(振)'은 모씨(毛氏)가 '새가 떼지어나는 모양'이라고 풀이한 이래 주자 역시 견해를 같이 하였다. 그러나 〈계고류〉에서는 이 역시 새의 이름이라고 풀이하였다.

52. 삭월신묘(朔月辛卯)

"시월의 해와 달이 만나는 삭일신묘(朔日辛卯)에 일식(日食)이 있으니"라고 하였는데 『운옥(韻玉)』에는 '삭월(朔月)'로 되어 있다.[204]

"朔日辛卯."는 『시경』〈소아〉「시월지교(十月之交)」에 나오는 시구로 『시경집전』에서는 '月'을 '日'의 오자로 보았다. 이 문제에 대해서 범처의는 "『시경』에서 하력(夏曆)에서는 '月'이라고 쓰고 주력(周曆)에서는 '日'이라고 쓰기 때문에 '삭월(朔月)'이라고 하지 않고 '삭일(朔日)'이라고 썼다."고 주장하였다.[205] 반면 송나라의 임지기(林之奇)는 '삭월(朔月)'이 옳다고 하였으며,[206] 명나라의 하해(何楷)는 『전한서』·『후한서』·『주전독시기(朱傳讀詩記)』·『소자요본대학연의(蘇子繇本大學衍義)』·『시대전(詩大全)』에 모두 '月'이 '日'로 잘못 전사되어 있다고 구체적으로 지

---

203 鷥鷥, 小鳥貌. 或曰聲也. 於聲言鷥鷥, 亦鳥之方雛, 故聽其聲鷥鷥細弱不可辨, 盖黃鳥之尚小者, 未能高飛升於喬木則其聲鷥鷥.(『詩補傳』)

204 朔月辛卯. 朔日辛卯, 日有食之, 韻玉曰, 朔月.

205 詩人, 於夏正, 皆以月言, 於周正則以日言, 故不曰朔月, 而曰朔日也.(『詩補傳』)

206 月正卽正月也. 李校書曰, 月朔或謂之朔月, 詩所謂朔月辛卯, 是也. 月吉, 或謂之吉月.(『尚書全解』)

적하였다.[207] 또 청나라의 진계원(陳啓源)은 "삭일(朔日)은 삭월(朔月)이
전사 과정에서 잘못된 것으로, 『예기』와 『논어』의 예에서 보는 바와
같이 월삭(月朔)의 도치."라고 주장하였다.[208] 〈계고류〉에서는 주자의
견해에 반하여 '삭월(朔月)'이 되어야 한다는 견해를 제시한 것이다.

53. 개풍자남(凱風自南)

도잠(陶潛)이 지은 「외조부 맹가(孟嘉)의 유사(遺事)」에서 "개풍(凱
風)의 심정이 있다."고 하였는데 주자는 전주(箋註)에서 "음탕한 시"라고
하였으니, 대개 고금의 『시경』 해석이 다르다.[209]

『시경』 〈패풍(邶風)〉 「개풍(凱風)」을 모시서(毛詩序)에서 음시(淫詩)로
지목하여 "일곱 형제를 둔 어머니가 부정한 행위를 하는데도 그의 아들
들이 효성을 다하는 것을 노래한 시."[210]라고 해석한 이래로 음시설(淫詩
說)을 자신의 시경 이론의 하나로 구축한 주자뿐 아니라, 소철(蘇轍)도
「개풍(凱風)」을 음시로 단정하였다.[211] 반면 정현은 "「개풍」은 관인(寬
仁)한 어머니를 비유하고 '극(棘)'은 일곱 형제를 비유하므로 어린 형제
들을 자애로운 어머니가 키우느라 고생이 심한 것을 노래하였다."라고

---

207 前漢書後漢書朱傳讀詩記蘇子縣本大學衍義詩大全, 俱作日.(『詩經世本古義』)
208 朔月, 辛卯朔月, 猶月朔也. 今本集傳, 作朔日, 當是傳寫之誤. 案禮記玉藻凡月朔, 皆稱
　　朔月, 論語亦以月吉爲吉月, 多用倒語, 無足異也.(『毛詩稽古編』)
209 凱風自南. 陶淵明, 作外祖孟嘉遺事, 曰有凱風之懷. 朱子箋註, 凱風淫奔之詩, 盖古今
　　註解之異也.
210 凱風美孝子也. 衛之淫風流行, 雖有七子之母, 猶不能安其室, 故美七子能盡其孝道, 以
　　慰其母心而成其志爾.
211 ○衛之淫風流行, 雖有七子之母, 猶不能安其室, 故其作此詩, 以凱風比母, 棘心比子之
　　幼時, 蓋曰母生衆子幼而育之, 其劬勞甚矣.(『詩經集傳』)
　　○衛之淫風流行, 雖有七子之母, 猶不能安其室, 子欲止之而不忍言也. 故深自責而已.
　　凱風, 南風也, 棘, 難長之木也. 風之吹棘心, 而至於夭夭也勞矣. 母之於子, 其勞如是風
　　也, 而不能使留焉則子之過也.(『詩集傳』)

풀이하였다. 명나라의 계본(季本)은 "「개풍」을 음시로 단정한 『모시』 이래의 해석은 잘못된 것"이라고 비판하였다.[212] 그런데, 〈계고류〉에서 「개풍」은 음시가 아닐 수 있다는 견해를 제시하였으니, 이는 주자의 주요 시경 해석 이론인 음시설에 회의를 표명한 것이다.

54. 척피저의(陟彼砠矣)

『고금운회거요(古今韻會擧要)』에서 "저(砠)는 돌을 인 흙산이니 길을 가는 자가 고되게 여긴다. 그렇기 때문에 말이 병들고 마부가 병이 든다고 하였다. 『모시전』에는 "흙을 인 돌산"이라고 하였으니 틀리다.[213]

『시경』〈주남(周南)〉「권이(卷耳)」에 "陟彼砠矣."라는 시구가 있는데 그중 '저(砠)'의 풀이를 두고 '돌을 이고 있는 흙산'인지, 아니면 '흙을 이고 있는 돌산'인지 의견이 분분하다. 『모시』에서 '石山戴土'라고 풀이한 뒤로 소철·주자 등이 이를 수용하였다. 원나라의 유근(劉瑾)은 『이아』에서 '石山戴土'를 '최외(崔嵬)'라고 하고 '土山戴石'을 '저(砠)'라고 한 기록을 논거로 제시하면서 『시경집전』이 『이아』를 따르지 않고 『모시』의 잘못된 기록을 따르는 것은 『모시』가 『이아』보다 늦게 나왔기 때문이라고 하였다.[214] 명의 계본도 『이아』의 기록을 따라 "土山戴石"이라고 풀이하였다.[215] 〈계고류〉에서는 원나라 황공소(黃公紹) 『고금운회거요』의 내용을 인용 전재하여[216] 『모시』의 풀이에 회의를 제기하였

---

212 衛有七子, 不能安其母之心, 故作此詩, 以自責無怨言也. 孟子曰, 親之過小而怨, 是不可磯也. 所謂過小, 必奉養, 有闕而其母慍怒, 諸子欲自勞苦耳. 非謂衛之淫風盛行, 而其母欲嫁也, 如此, 尙得爲小過哉. 自小序以後, 說詩者, 盖皆失之矣.(『詩說解頤』)

213 陟彼砠矣, 韻會云, 土山戴石, 行者以爲苦, 故云馬瘏僕痛. 毛傳石山戴土, 誤矣.

214 爾雅, 石山戴土謂崔嵬, 土山戴石謂砠, 今集傳從毛氏, 而不從爾雅者, 豈以其書後出也歟?(『詩傳通釋』)

215 砠爾雅以爲土山戴石, 盖言其高處之險阻也.(『詩說解頤』)

다. 이는 결국 『모시』의 풀이를 따른 주자의 견해를 반박하는 것이
된다.

> 55. 일거월저(日居月諸)
> 『유편(類編)』에서 "渚는 諸와 통용하니 '달이 간다.'는 의미이다."라고
> 하였다.[217]

『시경』〈패풍(邶風)〉「일월(日月)」의 "日居月諸"에서는 '거(居)'와 '저
(諸)'의 풀이가 문제가 된다. 『모시주소』와 『시경집전』에서는 '거(居)'와
'저(諸)'를 모두 어조사로 풀이하였다. 당 성백여(成伯璵)·송 범처의·원
유근·명 계본·청 진계원 등 주요 경학가도 이견이 없다. 그런데 『강희
자전』은 '저(諸)'를 '간다'는 의미로 풀이한 『유편(類編)』의 기록을 인용
하는데, 〈계고류〉는 이것을 다시 전재함으로써, 주류적 풀이에 이의를
제기하였다.

> 57. 작소구거(鵲巢鳩居)
> 『설문해자』에서 "사람의 짝은 '구(仇)'라고 하고 새의 짝은 '구(鳩)'라
> 고 한다."고 하였다. 어떤 사람은 '군자호구(君子好仇)'는 사람을 새의
> 짝에 비유한 것이라고 한다.[218]

『시경』〈소남(召南)〉「작소(鵲巢)」에 "維鵲有巢, 維鳩居之."라는 시구
가 있는데, 위 인용문에서 문제로 지목한 글자는 '구(鳩)'이다. 『모시』에
서 '구(鳩)'자를 '뻐꾸기[鳲鳩]'로 풀이하였고, 『시경집전』에서는 글자 그

---

[216] 이 내용은 『강희자전』에도 동일하게 실려 있는 바, 『강희자전』에서 인용 전재하였을
가능성이 크다.

[217] 日居月諸. 類編云渚通作諸, 月行也.

[218] 鵲巢鳩居. 說文曰, 人之耦曰仇, 鳥之耦曰鳩, 或曰君子好仇, 以譬鳥之鳩.

대로 비둘기로 보았다.[219] 여타 경학가들도 예외 없이 '구(鳩)'를 새의
이름으로 보았다. 그런데 〈계고류〉에서는 '새의 짝'으로 해석하였다.
따라서 〈계고류〉에서는 『시경집전』에서 "까치가 둥지를 두니 비둘기가
살도다."라고 한 풀이 대신 "까치가 둥지를 두니 새 한 쌍이 살도다."라
는 전혀 다른 해석을 제시한 것이다.

> 58. 재험헐교(載獫歇驕)
> 남창(南窓) 김현성(金玄成)이 "일찍이 잡서(雜書)를 보니 '그 험(獫)을
> 싣고 그 교(驕)를 쉬게 한다.'고 하였다. 여섯 자짜리 말을 '교(驕)'라고
> 한다."고 하였다.[220]

『시경』〈진풍(秦風)〉「사철(駟驖)」에 "載獫歇驕."라는 시구가 있다.
『모시주소』와 『시집전』·『시경집전』 등에서는 "獫·歇·驕(험·헐·교)는
모두 사냥개의 이름이니 주둥이가 긴 것을 험(獫)이라 하고, 주둥이가
짧은 것을 헐교(歇驕)라 한다."[221]고 주석하고 이에 의거하여 "載獫歇驕"
를 "험(獫)과 헐교(歇驕)를 싣고 가도다."로 풀이하였다. 범처의는 주둥
이가 짧은 개는 아예 사냥개로 사용하지 않는다는 점을 들어 '헐교(歇
驕)'를 주둥이가 짧은 사냥개로 보는 해석을 비판하였다. 그는 개의 성
질이 교일(驕逸)하기 때문에 이놈을 수레에 태워 교일을 그치게 한다고
해석하였다.[222] 그런데 〈계고류〉에서는 '교(驕)'를 6척짜리 말이라고 하

---

219 鵲鳩皆鳥名, 鵲善爲巢, 其巢最爲完固, 鳩性拙, 不能爲巢, 或有居鵲之成巢者.
220 載獫歇驕. 南窓金玄成曰, 嘗見雜書, 有載其獫, 歇其驕云. 馬六斥曰驕.
221 獫歇驕, 皆田犬名, 長喙曰獫, 短喙曰歇驕.
222 今乃載犬於車, 皆田獵之餘也. 爾雅釋獸謂犬長喙曰獫, 短喙曰歇獢, 今田犬長喙, 誠然
     短喙, 非田犬也. 意爾雅因毛氏之說, 故改歇驕, 皆從犬, 以合之, 改字, 何所不可? 要之,
     不若謂犬性驕逸, 以車載之, 所以歇其驕逸也. 韓愈畫記, 有擁田犬者, 說者取之, 謂以

고 '헐(歇)'은 본래의 의미로 보아 "6척짜리 말을 쉬게 한다."로 해석한 김현성(金玄成, 1542~1621)의 견해를 소개하였다. 조재삼이 우리나라의 독자적 경학에도 주목하였음을 알 수 있다.

59. 상서유체(相鼠有體)
『본초강목』에서 "다람쥐를 예서(禮鼠)라고 하니, 날씨가 따뜻하면 굴 입구에 나와 앉았다가 사람을 보면 읍을 하는 모양으로 목에 앞다리를 교차시켜 마주잡고 섰다가 굴로 달아난다."고 하였다. 『회남자』에서 "다람쥐를 본떠서 예를 만들었다."²²³고 하는 말이 그 예이다. 한유의 시에 "예서가 앞다리를 마주잡고 섰다."고 하니 "쥐를 보건대 사지가 있으니 사람으로서 예가 없단 말인가?"²²⁴라고 한 것이 그 예이다.²²⁵

모시서에서는 『시경』〈용풍(鄘風)〉「상서(相鼠)」의 주제를 "무례한 신하들에 대한 풍자."라고 하였다. 즉 사람들에게 천대받는 하찮은 쥐라도 위의(威儀)를 갖추고 있건만 벼슬자리를 차지하고 있는 신하들은 그렇지 못함을 위문공(衛文公)이 풍자하였다는 것이다.²²⁶ 이후 주자 등은 '서(鼠)'를 글자 그대로 혐오스러운 '쥐'로 보았다.²²⁷ 그 밖에, 위(魏)의 손염(孫炎) 같은 이는 상주(相州)에서 나오는 큰 쥐로 보기도 하였다.²²⁸

車載犬, 蓋以休其足力, 則歇驕不得爲短喙矣.(『詩補傳』)
223 『關尹子』〈三極篇〉에 나오는 말이나, 『欽定續通志』 등에는 『淮南子』를 출전으로 기록하였음.
224 『詩經』〈鄘風〉「相鼠」
225 相鼠有體. 本草曰, 軀鼠卽禮鼠, 時暖則出坐穴口, 見人則交前兩足於頸, 拱立如揖, 乃竄入穴, 淮南子謂, 聖人師拱鼠制禮, 是也. 韓退之詩, 禮鼠拱而立, 卽相鼠有體, 人而無禮, 是也.
226 相鼠, 刺無禮也. 衛文公能正其羣臣, 而刺在位承先君之化無禮儀也.
227 鼠蟲之可賤惡者.
228 『詩傳名物集覽』(淸 陳大章 撰.)

그러나 鼠를 다람쥐로 보는 견해도 상당수 존재하였다. 육기(陸璣)가 鼠는 쥐의 일종인 다람쥐라는 견해를 제시한 이래 송의 왕질(王質)이 그와 의견을 같이 하였다. 또 '상(相)'도 '공(拱)'자가 변한 것일 수 있다는 견해를 표명하였다.[229] 송의 여조겸(呂祖謙)과 단창무(段昌武) 역시 鼠가 다람쥐일 수 있다는 주석을 부기하였다.[230] 〈계고류〉에서는 다양한 문헌의 기록을 근거로 鼠가 다람쥐라는 견해를 지지하고 있다.

　　60. 우차추우(吁嗟騶虞)
　　가의(賈誼)와 『설부(說郛)』 모두 "추우(騶虞)는 관직명이고 짐승의 이름이 아니다."라고 하였다.[231]

　『시경』 〈소남(召南)〉 「추우(騶虞)」의 "于嗟乎騶虞."라는 시구 중 '추우(騶虞)'에 대하여 대체로 몇 가지 풀이가 존재한다.

　하나는 짐승의 이름이라는 견해이다. 『모시주소』에서 정현이 "추우(騶虞)는 의로운 동물이다. 흰 호랑이의 모습에 검은 무늬가 있다. 살아있는 생명체를 먹지 않는다. 지극히 신실한 덕이 있으면 이에 응하여 나타난다."[232]고 한 이래로 육기·소철·주자·유근 등이 이를 지지하였다.

　다른 한 가지는 한나라 가의(賈誼)가 주장한 설로, '추(騶)'는 '천자의

---

229 鼠穴虫之總名也. 一種見人, 則交其前足而拱, 謂之禮鼠, 亦謂之拱鼠, 相或爲拱字變. 韓氏所謂禮鼠拱而立者也.(『詩總聞』)
230 ○韓愈聯句云, 禮鼠拱而立, 山陰陸氏曰, 今一種鼠, 見人則交其前兩足而拱, 謂之禮鼠, 亦或謂之拱鼠.(『呂氏家塾讀詩記』)
　　○韓愈聯句云, 禮鼠拱而立, 陸曰, 今一種鼠, 見人則交其前兩足而拱, 謂之禮鼠, 亦或謂之拱鼠.(『毛詩集解』)
231 吁嗟騶虞. 賈誼與說郛俱云, 官名, 非獸名也.
232 騶虞義獸也. 白虎黑文, 不食生物, 有至信之德, 則應之.

정원'이고 '우(虞)'는 '정원의 짐승을 담당하는 관리'라는 풀이인데[233] 구양수와 왕응린(王應麟)·범처의 등이 이것을 지지하였다.

또 하나는 송의 엄찬(嚴粲)이 '추어(騶御)'과 '우인(虞人)'이라고 주장한 설인데[234] 계본 등이 이를 지지하였다.[235]

그리고 두 가지 설을 모두 제시한 것은 〈계고류〉에서 예시한 원 도종의(陶宗儀)의 『설부(說郛)』 「추우(騶虞)」 기록이다. 이는 명청의 시경학에 영향을 주었으니, 명의 풍부경(馮復京)과 청의 주학령(朱鶴齡)·진대장(陳大章)이 동일한 내용을 소개하였다.[236] 〈계고류〉에서도 추우(騶虞)를 관직명으로 보는 견해를 지지한 것이다.

    61. 피류자차(彼留子嗟)
    『모시전』에서 "유(留)는 대부의 씨(氏)이고 자차(子嗟)는 자(字)이다."라고 하였다.[237]

「모시서」에서 "「구중유마(丘中有麻)」는 현인을 생각한 시이다. 장왕(莊王)이 현명하지 못하여 어진 이가 축출되자 나라 사람들이 그를 생각하여 이 시를 지었다."[238]라고 하였다. 반면 주자는 이 시를 음분자(淫奔者)의 노래로 규정하고 모시서의 설명이 틀리다고 반박하였다.[239] 이 시의 "彼留子嗟."라는 시구의 '유(留)'를 두고 두 가지 해석이 존재한다.

---

233 騶虞騶者, 天子之囿也. 虞者, 囿之司獸者也.(『新書』)
234 騶虞者, 騶御及虞人也.(『詩緝』)
235 騶, 騶從也. 虞, 虞官卽周禮山虞澤虞非獸也.(『詩說解頤』)
236 馮復京의 『六家詩名物疏』 「騶虞」, 朱鶴齡의 『詩經通義』와 陳大章의 『詩傳名物集覽』에 『설부』의 내용과 동일한 騶虞에 대한 두 가지 해석이 상세하게 기록되어 있다.
237 彼留子嗟. 傳曰, 留大夫氏, 子嗟字也.
238 序丘中有麻, 思賢也. 莊王不明, 賢人放逐, 國人思之, 而作是詩也.
239 此亦淫奔者之詞, 其篇上屬大車, 而語意不莊, 非望賢之意, 序亦誤矣.(『詩序』)

하나는 『모시전』에서 "유(留)는 대부(大夫)의 씨(氏)이고 자차(子嗟)는
자(字)이다."[240]라고 풀이한 것으로 소철·여조겸·단창무·엄찬을 비롯
한 대다수의 경학가들이 이 견해를 수용 부연하였으며, 『강희자전』과
『태평어람』에도 이 설이 채택되어 있다.

또 하나는 주자와 같이 '유(留)'를 '만류하다'의 의미로 보는 견해이
다. 구양수가 『시본의(詩本義)』에서 모씨가 잘못 풀이하였고 정현이 그
것을 추종하였다고 비판하였으며, 송의 대계(戴溪)도 『속여씨가숙독시
기(續呂氏家塾讀詩記)』에서 동일한 주장을 하고 있다.

〈계고류〉에서는 '유(留)'에 대한 주자의 해석에 회의를 품고 『모시전』
의 풀이를 지지하였다. 이러한 견해는 「구중유마(丘中有麻)」를 음분자
의 시로 보는 시각에 대해서도 회의를 한 셈이다. 이와 같이 『모시전』의
견해를 수용한 것으로 「64. 식야지평(食野之萍)」·「65. 대립치촬(臺笠緇
撮)」이 있다.

▮『서경』 해석의 변증

『서경』의 해석에 대한 변증은 다른 경전에 비해 많지 않으니, 「70. 납
우대록(納于大麓)」 정도가 특기할 만하다.

> 70. 납우대록(納于大麓)
> 공안국(孔安國)의 『상서전(尙書傳)』에서 "麓은 錄이다. 요 임금이 순
> 임금을 받아들여 왕의 여러 가지 정사를 크게 기록하게 하였다."고 하
> 였다.[241]

---

240 留大夫氏, 子嗟字也.
241 納于大麓. 傳, 麓錄也. 納舜使大錄萬機之政.

"납우대록(納于大麓)"은 『서경』 〈우서(虞書)〉 「순전(舜典)」에 나오는 구절인데, 한의 공안국은 『상서주소(尙書注疏)』에서 '麓'을 '錄'으로 보아 이 구절을 "정사를 크게 기록하게 하다."로 풀이하였다. 이러한 견해는 고염무(顧炎武, 1613~1682) 등에 의하여 수용되었다. 고염무는 『한서』에 "萬方之事, 大錄於君."이라는 기록이 있는 것을 근거로 한나라 때 '麓'을 '錄'으로 보는 설이 존재하였음을 증명하였다.[242]

'麓'에 대한 또 하나의 설은 글자의 원의(原義)인 '산기슭'으로 해석하는 것이다. 이는 소식의 『서전』에서 '麓'의 의미로 제시된 세 가지 설 중 하나이다. 소식은 "麓을 '기록'이라고 하는 것은, 麓의 고자와 錄자를 혼동했기 때문."이라고 하였다. 그는 또 "대록(大麓)을 태산록(太山麓)으로 보는 견해가 있는데, 이 역시 근거할 만한 사실이 없다."고 비판하였다. 나머지 하나는 글자 그대로 산록(山麓)으로 풀이하는 것인데, 소식은 이 풀이가 옳다고 하였다.

우리나라에서 가장 권위 있는 『서경』 주석서로 인정되는 것은 송나라 채침(蔡沈, 1167~1230)의 『서경집전(書經集傳)』이다. 채침은 이 책에서 '麓'을 산기슭으로 보아 "納于大麓"을 "큰 산기슭에 들어가게 하니"로 풀이하였으며, 『사기』의 "堯使舜入山林川澤"과 소식의 설을 그 근거로 삼았다.[243] 명나라의 원인(袁仁, 1479~1546) 등이 그의 설을 지지하였으니, 『상서폄채편(尙書砭蔡編)』에서 공안국의 설을 억설이라고 비판하고 채침이 『사기』의 설을 따랐다고 하였다. 이 밖에 송의 임지기(林之

---

242 萬方之事, 大錄于君. 按今所傳, 王肅註, 舜典納于大麓曰麓錄也. 納舜使大錄萬機之政, 蓋西京時, 已有此解, 故詔書用之.(『日知錄』 「漢人註經」)

243 麓山足也. 烈迅迷錯也. 史記曰, 堯使舜入山林川澤, 暴風雷雨, 舜行不迷. 蘇氏曰, 洪水爲害, 堯使舜入山林, 相視原隰, 雷雨大至, 衆懼失常, 而舜不迷, 其度量有絶人者, 而天地鬼神, 亦或有以相之歟!(『書經集傳』)

崙, 1112~1176)는 『상서전해(尙書全解)』에서 소식이 말한 세 가지 설에 한 가지 해석을 더하였으니, 麓을 지명이라고 하는 것이다. 그런데 〈계고류〉는 우리나라에서 채침의 설에 가려진 공안국의 설을 부각시켰다는 데 의의가 있다.

조선 사인들에게 '계고'는 지식의 정확성을 확보하는 방법론이었으며 지식을 축적하는 목적이었다. 그러므로 '계고'는 조선 사인들의 지식의 깊이와 넓이를 측정하는 하나의 방법으로 활용할 수 있을 것이다.

〈계고류〉의 대체적 특징은 어휘의 의미를 설명하는 것이다. 그것은 통상 어원과 문학적 활용의 실례(實例)를 포괄한다. 이로써 일상생활에서뿐만 아니라 문학 창작활동에서도 적확한 어휘를 사용하게 하려는 의식이 내재되어 있음을 알 수 있다. 문학 창작에 어휘적 지식을 적용하는 것은 〈계고류〉가 지향하는 가장 중요한 목적 가운데 하나라고 할 수 있다. 절묘한 대구를 내용으로 하는 항목이 〈계고류〉에서 상당한 양을 차지하는 것이 그 증표라고 하겠다.

〈계고류〉의 가장 중요한 특징 가운데 하나로 오류와 와전(訛傳)에 대한 변증을 들 수 있다. 그것은 사실과 글자, 어휘의 오류와 와전에 대한 변증으로 나누어진다. 〈계고류〉에서 포착한 사실에 대한 변증은 주로 사료의 정확한 해독에 초점이 맞추어져 있다. 그리고 그 방법으로 문헌 간의 대조를 통한 사실의 입증과 논리적 문맥 해독이 제시되었다.

지식의 부정확성을 초래하는 기본적 원인은 기록의 최소단위인 글자에 있다. 〈계고류〉 항목의 상당수는 이 점에 주목하였다. 그리고 글자의 오류와 와전이 발생하는 가장 주된 원인은 자형의 유사에 있다. 그 다음이 자음의 유사인데, 이는 자형의 유사로 인한 오류보다는 다소 복잡한 과정이 개재된다. 이외에도 특수한 용도로 사용하기 위한 파자가 그대로 굳어진 채 와전된 유형이 있으며, 생소한 벽자가 야기한 오류의 유형도 〈계고류〉에서 심도 있게 서술되었다.

참된 지식의 동력은 회의에 있는데 〈계고류〉는 확정적 속성이 강한 경전 해석의 주류적 이론에 회의를 품고 대안적 이론과 해석을 다수 제시하였다. 〈계고류〉에서는 대부분의 경전을 대상으로 변증이 이루어지고 있는데, 본 장에서는 그중 이론적 예각(銳角)이 있는 것만 취하였다. 따라서 『대학』·『논어』·『맹자』·『시경』·『서경』을 분석의 대상으로 설정하였다. 기타 경전을 변증의 대상으로 설정한 항목에 대해서는 별도의 연구가 필요하다.

19세기에 접어들어서도 조선의 경학 해석에 특기할 만한 이론적 전환이 없었던 상황을 감안한다면 조재삼의 경전 해석은 비록 단편적인 한계가 있지만 충분한 가치를 부여할 수 있다고 본다. 주자, 그리고 그 사승 관계에 있는 송대 경학가들의 해석에 침잠해 있었던 조선의 경학 현실에서, 조재삼은 그것에 강한 회의를 품고 그들을 대체할 수 있는 다수의 해석을 제시하였다. 그리고 경학가의 해석에서 진일보하여 경전 문장의 부정확성에 대해서도 문제를 제기하는 과감성을 보였다.

물론, 그의 이론 중 상당수는 중국 경학에 토대하고 있다. 그러나 청나라 경학가들과 일치하는 상당수 이론을 제시하였다는 점은 매우 흥미롭고 진전된 가치가 있다. 또 조재삼은 경학계 뿐만 아니라 정치적 문제로까지 비화된 조선 경학가의 이론을 소개하기도 하였다. 그리고 출처를 '혹자(或者)'로 위장한 자신의 참신한 이론도 상당수 있다. '혹자'가 출처로 된 것은 대부분 전례를 찾을 수 없는 독자적 이론이다. 이와 같은 〈계고류〉의 변증은 조선의 학문을 상당 수준으로 견인하였다는 가치를 갖는다.

이상에서 살펴본 바와 같은 〈계고류〉의 서술 의식이 유서의 편찬 의식을 파악하는 중요한 지표가 될 것이다.

III.
조선 3대 유서의
자연과학과 군국기무 의식

1. 유서에 나타난 조선 지식인의 화훼(花卉)에 대한 인식

인류가 자연의 일부로 살아가면서 조수와 초목에 대한 지식의 습득
은 결코 소홀히 할 수 없는 것이다. 더욱이 공자가 시(詩) 학습의 효용
가운데 하나로 "多識於鳥獸草木之名."이라고 언명한 이래 조선의 지식
인들에게 조수와 초목에 대한 지식은 매우 중요한 것이었다. 그렇다면
그들의 조수와 초목에 대한 의식의 수준은 어떠할까? 또 그들이 조수와
초목에 대하여 축적한 지식의 양은 어느 정도였으며 얼마나 정확하였
을까? 이는 조선 지식인의 자연과학적 인식의 규명을 위한 연구의 초보
적 문제의식이다. 이에 본 장에서는 조선의 유서들이 수록한 화훼에
대한 내용을 분석함으로써 조선 지식인들의 자연과학적 의식의 일단을
규명해 보고자 한다.

본 장에서는 그들 유서에서 화훼를 어떤 기준에 의하여 분류하고 있
는지 살펴보고자 한다. 식물의 분류는 식물학에서 가장 기초적이고도

중요한 연구 주제라고 할 수 있다. 그리고 유서에서 다루고 있는 화훼의 종류는 무엇인지, 화훼에 대한 지식의 시각과 구성 양식은 어떠한지 살펴보고자 한다.

1-1. 『지봉유설』에 나타난 화훼에 대한 인식

『지봉유설』 권20에 편차되어 있는 〈훼목부(卉木部)〉는 「화(花)」·「초(草)」·「죽(竹)」·「목(木)」의 하위 항목으로 구성되어 있다. 〈훼목부〉에서 식물을 초본 식물과 목본 식물로 크게 분류하되, 꽃이 피는 식물과 꽃이 피지 않는 식물, 대나무와 나무로 다시 구분한 것에서 이수광의 식물 분류 의식을 엿볼 수 있다. 물론 꽃이 피는 식물과 꽃이 피지 않는 식물의 구분 기준은 현재의 식물학적 기준과는 상이하다. 그리고 대나무는 현재 식물학에서도 나무에 소속시키지 않고 외떡잎식물 벼목의 풀로 분류하는데, 이수광 역시 나무에 소속시킬 수 없다고 생각하였음을 알 수 있다.

〈훼목부〉는 『지봉유설』의 총25부 중 24번째 부에 편차되어 있다. 가치의 중요도에 따라 부를 편차한 조선 유서의 특성에 비추어 본다면 식물이나 동물에 대한 이야기는 낮은 순위의 범주로 인식되었다고 하겠다. 『지봉유설』의 체제가 그러하듯이 〈훼목부〉 「화(花)」에도 별도의 목차를 붙여 하위 항목을 표시하지는 않았지만 아래의 표에서 정리한 바와 같이 12개의 하위 항목으로 구성되어 있다. 그리고 그들 하위 항목에서 기술하고 있는 화훼는 매화·목단·장미·연꽃·국화·동백꽃·치자·영산홍·봉선화의 9종으로 그 종수가 많지 않다. 이는 이수광이 자신의 주변에서 접할 수 있는 화훼만을 기술의 주대상으로 삼았기 때문인 것으로 짐작된다.

연번	주제	내용
1	강매(江梅)란 무엇인가?	두보의 「강매(江梅)」 시의 주석에서 "강매(江梅)는 강변에 있는 매화다. 고개 마루에 있으면 영매(嶺梅)라고 하고 들에 있으면 야매(野梅)라고 하고 관청 안에 있으면 관매(官梅)라고 하는 것과 같다."라고 했다. 범성대(范成大)의 『매보(梅譜)』에서 "매화 씨가 떨어져 들에 나서 재배하거나 접붙이지 않은 것을 강매라고 한다."라고 하였다. 동지 전에 피는 것을 조매(早梅)라고 하고 그 가지가 구부러지고 푸른 이끼가 끼고 비늘 같은 껍질이 주름진 것을 고매(古梅)라고 한다. 꽃이 강매에 비해서 살구처럼 색이 엷은 것을 '행매(杏梅)'라 한다. 두보 시의 주석은 오류인 듯하다.[244]
		문헌변증
2	납매(蠟梅)란 무엇인가?	범성대의 『매보』에서 "납매(蠟梅)는 본래 매화의 종류가 아니다. 매화와 같은 때에 꽃이 피지만 그 색이 밀랍과 비슷하기 때문에 그렇게 이름을 지은 것이다."라고 했다. 지금 말하는 황매(黃梅)가 이것인 듯한데 세상에서 가짜 매화를 납매라고 한다면 틀리다.[245]
		문헌변증
3	덩굴로 자라는 목단	함경북도 경흥(慶興) 지역에 덩굴로 자라는 목단이 있는데, 세상에서 전하는 말로 '송나라 화석강(花石綱)의 식물'이라고 한다. 휘종(徽宗)이 천하의 기이한 화초들을 간악(艮嶽)에 모아들였는데 금이 송을 함락시키자, 그것들을 가지고 북쪽으로 돌아갔고, 오랑캐 땅에서부터 여기에 옮겨 심었다고 한다. 대개 우리나라 북쪽 변방은 원나라 이전에는 오랑캐 땅이었다. 오국성(五國城)은 회령(會寧)에서 또한 얼마 멀지 않다고 한다.[246]
		변증

244 老杜江梅詩註, 江梅江邊梅也, 如在嶺曰嶺梅, 在野曰野梅, 官中所種曰官梅. 按范至能梅譜云, 遺核野生, 不經栽接者爲江梅, 冬至前開者爲早梅, 其枝樛曲, 蒼蘚鱗皴者爲古梅, 花比江梅, 色微淡似杏者爲杏梅, 老杜註似誤.
245 范石湖梅譜曰, 蠟梅本非梅類, 以與梅同時, 色似蜜脾故名云. 今所稱黃梅恐是, 世以假梅爲蠟梅則謬矣.

4	중국에서 말하는 장미는 모두 붉은빛이고 덩굴로 난다.	중국에서 말하는 장미는 모두 붉은빛이고 덩굴로 난다. 그렇기 때문에 당시에서 "한 시렁 긴 가지가 만 떨기 꽃인데, 연붉은 꽃 짙푸른 잎 작은 창가에 퍼졌네."라고 했다. 또 "작은 뜰 절반에 붉은 장미 심었더니 한 시렁의 장미 꽃동산 가득 향기롭네."라고 했다. 이것은 우리나라에도 있지만 몹시 드물다. 지금 노란 장미가 곳곳에 있지만 문헌기록에 실려 있지 않으니 아마도 중국에는 드문 꽃인 듯하다.[247]
		문헌변증
5	평지에서 나는 연꽃	내가 안변부사(安邊府使)로 있을 때, 하루는 땅에서 연꽃 한 송이가 났는데 매우 무성했다. 그것에 대해 물었더니 "봉래(蓬萊) 양사언(楊士彦)이 부사로 있을 때 못을 파고 연꽃을 심은 일이 있습니다. 지금 그 연못이 없어진 지 수십 년이 되었는데도 그때 떨어졌던 씨가 난 듯합니다." 라고 했다. 민간에서 말하기를 "연꽃 씨는 백 년이 지나도 썩지 않는다."고 한다. 또 연뿌리는 땅 속에 있으면서 죽지 않는다. 그러므로 강릉(江陵)에 함담지(菡萏池)가 있는데 1년을 걸러서 한 번씩 연꽃이 난다고 하니 괴이하게 여길만하다.[248]
		체험
6	이름을 알 수 없는 자생 국화	내가 어렸을 때 집에 국화 한 떨기가 처마 밑 음지에서 나서 가을이 되면 꽃이 피었는데, 샛노란 색이 사랑할 만하였다. 감국(甘菊)과 비슷하지만 그보다는 조금 작은데 그 국화 이름을 알지 못했다. 대개 모든 풀이나 나무는 심지 않았어도 저절로 나는 것이 많다.[249]
		체험
7	국화의 종류	『본초강목』에서 "국화는 두 종류가 있다. 자주빛 줄기에 향기롭고 맛이 달며, 잎은 국을 끓여 먹을 수 있는 것을 진국(眞菊)이라고 한다. 푸른 줄기에 키가 크고 쑥 냄새가 나고 맛이 써서 먹을 수 없는 것은 '의(薏)'라고 하니 진국이 아니다."라고 했다. 『국보(菊譜)』에서 "신라국(新羅菊)은 '옥매(玉梅)'라고 한다. 9월 말에 천 개의 잎에 순백색의 꽃이 핀다."라고 했으니, 지금의 백국(白菊)이 바로 이것이다.[250]
		문헌변증

8	동백꽃	동백나무는 남쪽 지방 바닷가에서 난다. 잎은 겨울에도 푸르고 10월 이후에 꽃이 핀다. 꽃의 색은 진홍빛이고 오래 되도록 시들지 않으니 옛날에 말하던 산다화(山茶花)인 듯하다. 꽃이 필 때마다 파랑새가 날아와서 그 꽃술을 먹으며 밤에는 그 나무 사이에 깃들기도 한다. 최원우(崔元祐)가 무진(茂珍) 객사에서 지은 시에 "긴 대나무 집집에서 비취새가 우네."라고 한 것이 그 예이다. 상고하건대 유사형(劉士亨)이 산다(山茶)를 읊은 시에 "조그만 동산 아직 춥고 따뜻하지 못할 때, 해홍화(海紅花) 피어나니 해가 오래도 가는구나."라고 했다. 양신(楊愼)은 "해홍(海紅)이 바로 산다(山茶)이다."라고 했다. 또 "큰 것은 산다라 하고 작은 것을 해홍이라 한다."라고 했다.[251]
		문헌변증
9	치자(梔子)	치자(梔子)는 『한서』에 나온다. 『본초강목』에서는 '지자(支子)'라 했고 '목단(木丹)'이라고도 했다. 꽃은 흰색으로 6갈래로 나오는데 매우 향기롭다. 불서(佛書)에서 말하는 담복(薝蔔)이 이것이다. 지금 약으로 사용하는 산치자(山梔子)가 바로 월치(越梔)다. 소식의 시에서 "여섯 갈래 꽃 담복 숲 사이 부처이고."라고 했다. 증조(曾慥)는 치자꽃을 '선우(禪友)'라고 했다.[252]
		문헌변증
10	영산홍(映山紅)	영산홍(映山紅)은 나무의 이름이다. 꽃은 두견(杜鵑)보다 뒤, 철쭉보다 앞에 핀다. 그리고 나무는 철쭉 같지만 그보다 높고 크다. 지금 남쪽 지방에 많이 있다. 운서에서 두견화를 영산홍이라고 한 것은 잘못이다.[253]
		변증
11	백목단(白牡丹)	주일용(周日用)이 "백목단(白牡丹)을 다섯 가지 빛깔의 변종으로 만들 수 있다. 모두 그 뿌리에 자줏빛 풀의 즙을 부으면 자주색으로 변하고 붉은 꽃의 즙을 부으면 붉은빛으로 변한다."라고 했다. 또 소설에서 "연꽃 씨를 일 년간 파란 염료가 든 단지 속에 담궈 두었다가 심으면 파란 연꽃이 나온다."라고 하니 이러한 이치가 없다고 할 수 없다.[254]
		문헌변증

12	봉선화(鳳仙花)	봉선화(鳳仙花)를 송나라 사람들은 금봉화(金鳳花)라고 부른다. 살펴보건대, 소설에서 "봉선화는 홍색·백색·자주색 등 몇 가지가 있다. 강남 풍속에 부인들이 이 꽃으로 손가락에 물을 들인다."라고 했다. 또 철쭉에는 붉은 색과 흰 색의 두 종류가 있다. 지금 남쪽 지방에도 이것이 있다. 선인의 시에서 "흰 철쭉이 붉은 철쭉과 섞여 있네."라고 한 것이 그 예이다.[255]
		문헌변증

위의 표를 통해서 알 수 있는 사실은 다음과 같다.

---

246 北道慶興地, 有蔓生牡丹, 世傳宋花石綱物也. 徽宗聚天下奇花異卉於艮嶽, 及金陷宋, 取以北歸, 自虜中移植于此. 蓋我國北邊, 在元以前, 爲胡地. 五國城, 去會寧亦不遠云.

247 中朝所謂薔薇, 皆紅色蔓生, 故唐詩曰, 一架長條萬朶春, 嫩紅深綠小窓勻. 又曰, 小庭半折紅薔薇, 又一架薔薇滿院香, 此則我國亦有之而甚罕. 今黃薔薇在在有之, 而不載於傳記, 疑中國所罕耳.

248 余爲安邊時, 一日平地生荷花一朶甚盛, 詢問則楊蓬萊士彦爲府使時, 鑿池種芙蓉, 今廢者數十年, 疑那時落種而生矣. 俗言蓮子經百年不壞. 又藕根在地不死, 故江陵有菡萏池, 間一年一出云, 可怪.

249 余少時, 家有菊一朶生簷下陰地, 及秋開花, 鮮黃可愛, 似甘菊而差少, 莫識其名. 蓋凡草木不種而生者多矣.

250 本草曰, 菊有兩種, 紫莖氣香而味甘, 葉可作羹爲菊. 青莖而大, 作蒿艾氣, 味苦不堪食者名薏, 非眞菊也. 菊譜曰, 新羅菊名玉梅, 開花以九月末, 千葉純白, 今白菊是也.

251 冬栢樹生南方海邊, 葉冬青, 十月以後開花, 色深紅, 耐久不凋, 蓋古所謂山茶花也. 每花開時, 有翠鳥來食木花蘂, 夜或棲止樹間. 崔元祐詠茂珍客舍詩, 脩竹家家翠翠啼是矣. 按劉士亨詠山茶詩曰, 小院猶寒未暖時, 海紅花發景遲遲. 楊愼云, 海紅卽山茶也. 又云大曰山茶, 小曰海紅.

252 梔子出漢書. 本草作支子, 一名木丹. 花白色六出, 甚芬香. 佛書所謂簷蔔是也. 今藥用山梔子, 卽越梔也. 東坡詩曰, 六花簷蔔林間佛. 曾端伯謂梔子花爲禪友.

253 映山紅木名, 開花後於杜鵑, 早於躑躅. 木如躑躅而喬木. 今南方多有之. 韻書以杜鵑花爲映山紅者, 非矣.

254 周日用曰, 變白牡丹爲五色, 皆沃其根以紫草汁則變紫, 紅花汁則變紅. 又小說曰, 蓮子經年藏靛甕中種之, 則生青蓮花云, 不可謂無此理也.

255 鳳仙花, 宋人號爲金鳳花. 按小說, 鳳仙花有紅白紫數種. 江南俗, 婦人以花染指云. 又躑躅有紅白二種, 今南方亦有之. 前輩有詩曰, 白躑躅交紅躑躅是也.

• 화훼의 이름과 성상에 대한 변증

『지봉유설』〈훼목부〉의 내용은 주로 화훼의 이름과 성상에 대한 변증으로 이루어져 있다. 이수광은 각종 문헌의 대조를 통하여 화훼의 이름과 성상에 대한 정보의 진위를 변증하고 있다. 이는 정확한 지식의 수록을 목적으로 하는 유서 편찬 의식의 발로라고 할 수 있다.

• 화훼에 대한 체험의 기록

이수광은 자신이 직접 관찰하고 목도하였거나 전해들은 화훼 관련 지식을 수록하고 있다. 경험이 제한적이기에, 〈훼목부〉에 수록된 꽃의 종류도 제한적일 수밖에 없다.

• 화훼와 관련 있는 문학 작품의 제시

〈훼목부〉에는 해당 항목의 화훼가 소재나 주제, 혹은 시어로 사용된 작품을 제시하고 있다. 이는『지봉유설』이 갖는 시화적 성격에 기인한 특성이라고 할 수 있다.

• 화훼와 관련된 신이한 이야기의 수록

〈훼목부〉에는 과학적이지 못한 이야기가 수록되어 있다. ‘평지에서 나는 연꽃’, ‘백목단’이 그 예이다. 이수광은 신이한 이야기를 단순히 수록하는 수준에서 그친 것이 아니라, 그것 역시 “이치가 없다고 할 수 없다.”고 인정하였다. 이를 통하여 조선 지식인의 자연과학적 인식의 수준을 볼 수 있다.

1-2. 『성호사설』에 나타난 화훼에 대한 인식

『성호사설』은 〈천지문(天地門)〉·〈만물문(萬物門)〉·〈인사문(人事門)〉·
〈경사문(經史門)〉·〈시문문(詩文門)〉의 5개 문으로 구성되어 있기 때문
에 화훼를 별도의 범주에서 다루고 있지 않다. 다만 〈만물문〉에서 화훼
와 관련 있는 내용 몇 가지를 찾을 수 있을 정도다. 항목명은 「도심매(倒
心梅)」·「목단무향(牧丹無香)」·「옥매(玉梅)」·「목단(牧丹)」·「출장어류(黜
墻御留)」의 4개 항이다. 그리고 화훼의 종류로는 매화와 목단, 해당(海
棠)의 3종에 불과하다. 그 내용을 다음의 표에서 제시하였다.

연번	항목명	내용
1	도심매(倒心梅)	매화 중에 도심(倒心)이란 이름을 가진 것이 있는데, 꽃이 모두 거꾸로 드리운다. 일찍이 본적은 없지만 절품(絶品)이리라. 두보의 시에서 "강가에 한 그루 매화 드리워 피었는데, 조석(朝夕)으로 사람 재촉해 절로 흰머리 나게하네."라고 했으니, 도심매(倒心梅)를 가리킨 듯하다. 퇴계의 「도산방매(陶山訪梅)」한 구절에서도 "한 봉오리만 거꾸로 피어도 오히려 의아하건만, 어찌하여 드리워져 모조리 거꾸로 피었나. 다행히도 꽃 아래에서 올려다 보니, 고개를 들면 한 송이 한 송이 꽃심이 보인다네."라 했는데, 여기에 "이것은 중엽(重葉)이다."라고 자주(自註)를 달았다. 중엽(重葉)이면서 도심(倒心)이니 또 이것은 기품(奇品)이다. 이것은 범성대의 『매보』에 보충할 만하다.[256]

256 梅花, 有倒心之名, 花皆倒垂, 曾未之見, 蓋絶品也. 杜詩云, 江邊一樹垂垂發, 朝夕催
人自白頭, 疑卽指此. 退溪陶山訪梅一絶云, 一花纔背尙堪猜, 胡奈垂垂盡倒開, 賴是我
從花下看, 昂頭一一見心來. 自註云, 重葉也, 重葉而倒心, 又是奇品, 此可以補范至能
梅譜.
257 新羅善德女主, 見牧丹圖, 知其無香曰, 絶艷而無蜂蝶也. 余驗之未必然, 但無蜜蜂, 花
艷而氣惡故也. 余賞賦蜜蜂云, 殉國忘身卽至誠, 勞心事上獵羣英, 牧丹叢裏何曾到, 應
避花中富貴名, 博物者考焉.

2	목단무향 (牧丹無香)	신라 선덕여왕(善德女王)이 목단도(牧丹圖)를 보고 목단에 향기가 없다는 것을 알고 "몹시 곱지만 벌과 나비가 찾아오지 않겠다."라고 말했다. 그러나 내가 징험해 보니 꼭 그렇지만도 않다. 다만 꿀벌이 없는 이유는 꽃은 곱지만 냄새가 나쁘기 때문이다. 나는 일찍이 「밀봉(蜜蜂)」 시를 지어 "나라 위해 몸 바치니 지극한 충성이라, 노심초사 임금을 섬기려고 뭇 꽃들에서 꿀을 모은다네. 목단 속에 어찌 한 번이라고 이른 적 있나, 의당 '부귀한 꽃'이라는 이름을 피해야지."라고 했다. 박물군자(博物君子)가 살펴볼 일이다.²⁵⁷
3	옥매(玉梅)	『이상국집(李相國集)』에 「옥매(玉梅)」라는 한 수의 절구가 있는데 "누가 옥매화라 이름을 지어 전했는가, 묵묵히 섣달에 피고 싶은 마음 없다네. 눈 속에 싸늘하게 피어나기를 꺼리다가, 봄철이 되어서야 한결같이 고운 모습으로 핀다네."라고 했다. 이는 잎이 무수히 많고 꽃이 매우 많이 피는 촉칠(蜀漆)이란 것이다. 촉칠은 상산묘(常山苗)이니 뿌리를 상산(常山)이라고 하고 싹을 촉칠(蜀漆)이라고 한다. 그 꽃은 조그맣지만 매우 많이 핀다. 옥매는 바로 촉칠의 별종이다.²⁵⁸

258 李相國集中, 有玉梅一絶云, 何人呼作玉梅傳, 脉脉無心趁臘天. 應忌雪中開冷淡, 一春方作一般妍, 此則蜀漆之千葉繁花者也. 蜀漆者, 是常山苗, 根曰常山, 苗曰蜀漆, 花細而甚繁, 玉梅者卽其別種也.

259 艷墻花, 靑柯黃花, 人家園圃間徃徃有之, 不見於花譜. 李奎報詩中所謂地棠者, 是也. 小序云, 昔君王之選花, 帝所留者曰御留, 時此花見艷故名艷墻, 高麗時已有此諺. 不知御留又是何物, 其御留花詩云, 把底嬌姿被御留, 餘花見斥得無羞, 楊妃一笑六宮泪, 寵辱由來不自謀, 疑是今俗所謂海棠也. 地棠詩又云, 御留紅淡一時零, 不及濃黃竟夏開. 據花譜海棠紫綿色淡紅者也. 今俗指多刺深紅者爲海棠, 非也. 此花中賤品不足觀. 意者, 海棠我國古有而今無歟.

260 濂溪云, 牧丹花之富貴者也, 以其悅目最盛也. 余看牧丹花之易謝者也. 朝盛艷而夕摧殘, 可喩富貴之難持, 貌雖華而臭惡不堪近, 可喩富貴之無眞賞也. 濂溪之意, 未必在此, 而偶有所思聊發騷家話柄. 又有一奇事, 惟蜜蜂不採其藥. 余有咏蜂詩云, 牧丹花上何曾到, 應避花中富貴名.

| 4 | 출장어류
(黜墻御留) | 출장화(黜墻花)는 푸른 가지에 노란 꽃이 피는데 인가의 원포(園圃) 사이에 왕왕 있지만 『화보(花譜)』에는 보이지 않았다. 이규보의 시 가운데 소위 지당(地棠)이란 것이 출장(黜墻)이다. 그 소서(小序)에서 "옛날에 임금이 꽃을 고르실 때 임금이 남겨 두게 하신 것을 어류화(御留花)라고 했다. 그때 이 꽃은 버림을 받았기 때문에 출장(黜墻)이라고 이름을 붙였다."라고 했으니, 고려 시대에 이미 그런 전설이 있었다. 어류(御留)가 또 무슨 꽃인지 알 수 없으나 그의 「어류화(御留花)」 시에서 "아리따운 자태로 임금 곁에 남겨지니, 다른 꽃들은 버림을 받아서 부끄럽지 않겠나. 양귀비의 한 웃음에 육궁(六宮)이 막히니, 총애 받고 욕된 것을 자신이 어찌 할 수 없다네."라고 했으니, 아마도 이것이 지금 민간에서 이른바 해당(海棠)인 듯하다. 「지당(地棠)」 시에서 또 "어류화가 연분홍으로 피었다가 일시에 떨어지니, 샛노랗게 여름 내내 피는 꽃만 못하다."라고 했다. 『화보(花譜)』에 근거해보면, 해당은 자면색(紫綿色)의 불그스름한 것이다. 지금 민간에서 대부분 가지에 가시가 많고 꽃이 짙붉은 것을 가리켜 해당이라고 하니, 틀리다. 이것은 꽃 중에도 천품(賤品)으로 볼만한 것이 없다. 생각건대, 해당은 우리나라에도 옛날에는 있었는데 지금 와서 없어진 듯하다.[259] |
| 5 | 목단(牧丹) | 염계(濂溪) 주돈이(周敦頤)가 "목단은 꽃 중에 부귀한 것이다."라고 했으니, 그것이 사람의 눈을 가장 기쁘게 하기 때문이다. 그러나 내가 보기에 목단은 꽃 중에서도 가장 잘 시드는 것이다. 아침에 화려하게 피었다가 저녁에 시드니, 부귀는 유지하기 어렵다는 것을 비유할만하고 모양은 비록 화려하나 냄새가 나빠서 가까이 할 수 없으니, 부귀는 또 참다운 상(賞)이 될 수 없다는 것을 비유할 만하다. 주렴계의 뜻은 꼭 여기에 있지 않고 우연히 생각한 바가 있어서 애오라지 글 짓는 사람의 이야깃거리를 적어 놓은 것이다.
또 한 가지 이상한 일이 있는데, 오직 꿀벌은 목단에서 꿀을 채취하지 않는다. 나의 「영봉(咏蜂)」 시에서 "목단 꽃 속에 어찌 한 번이라고 이른 적 있나? 의당 '부귀한 꽃'이라는 이름을 피해야지."라고 했다.[260] |

위의 표를 본다면, 이익은 다양한 지식에 관심을 갖고 있었지만 화훼

에 대해서는 큰 관심을 갖고 있지 않았음을 알 수 있다. 이는 이익이 민생과 관련하여 식용 식물에 대해서 큰 관심을 갖고 있었던 것과 상관성이 있다.

식물에 대한 서술은 일반적으로 명칭이나 성상 등에 주안점을 둔다. 그러나 『성호사설』의 화훼 관련 항목은 매화 중에서도 특이하게 꽃이 거꾸로 피는 것, 목단이 향이 없다고 알려져 있지만 실험해 본 결과 그렇지 않다는 사실, 고려 시대의 출장화(黜墻花)과 어류화(御留花)란 무엇인지 밝히는 것 등 대부분 지적 호기심의 발로에 의한 내용으로 구성되어 있다.

1-3. 『송남잡지』에 나타난 화훼에 대한 인식

『송남잡지』에서 화훼에 대한 내용은 〈화약류(花藥類)〉에 들어 있다. 〈화약류〉는 『송남잡지』 33류 중 30번째에 편차되어 있다. 그리고 〈초목류(草木類)〉가 〈화약류〉의 바로 뒤에 편차되어 있으니 『송남잡지』는 화훼와 초목을 상이한 범주로 의식하였던 것이 분명하다. 또 『송남잡지』가 〈천문류〉에서 시작하여 〈충수류(蟲獸類)〉, 〈어조류(魚鳥類)〉로 마무리된 것을 본다면 『지봉유설』에서 적용된 유서 편찬의 가치 의식이 『송남잡지』에도 대체로 계승되었다고 하겠다.

〈화약류〉는 다음과 같이 모두 181개 항목으로 구성되어 있다.

매화(梅花)·납매(蠟梅)·정당매(政堂梅)·목단(牡丹)·만생목단(蔓生牡丹)·보춘추(補春秋)·감국(甘菊)·자국(紫菊)·목근(木槿)·대명홍(大明紅)·담복(薝蔔)·파초(芭蕉)·해당(海棠)·사당(沙棠)·장미(薔薇)·도미(酴醾)·산반(山礬)·수선화(水仙花)·금사화(禁蛇花)·설토화(雪吐

花)·옥잠화(玉簪花)·옥전패(玉篆牌)·촉규화(蜀葵花)·향일화(向日花)·
옥예화(玉蘂花)·소형화(素馨花)·경화(瓊花)·금전화(金錢花)·말리화
(茉莉花)·함태화(含胎花)·서향화(瑞香花)·여춘(麗春)·양공화(亮功
花)·삼화수(三花樹)·선비화수(仙飛花樹)·북향화(北向花)·청빙릉(靑
冰菱)·마름과 가시연[능검(菱芡)]·부용화(芙蓉花)·목부용(木芙蓉)·육
련(陸蓮)·금련(金蓮)·병체화(幷蒂花)·체화(棣花)·관동화(款冬花)·불
상(佛桑)·능소화(凌宵花)·여뀌[요화(蓼花)]·신이화(辛夷花)·영산홍
(暎山紅)·백일홍(百日紅)·봉선화(鳳仙花)·연화(楝花)·나가(那伽)·승
화(僧花)·작약(芍藥)·원지(遠志)와 당귀(當歸)[원지당귀(遠志當歸)]·
감초[감(芣)]·사탕수수[자당(蔗糖)]·여정실(女貞實)·소합환(蘇合丸)·
인삼(人蔘)·보두(寶豆)·우여량(禹餘糧)·아위(阿魏)·빈랑(檳榔)·토사
(兔絲)·오가피(五加皮)·오미자(五味子)·구기(枸杞)·축여(祝餘)·묵응
이(墨應耳)·경수(瓊樹)·영지(靈芝)와 목이(木耳)[지이(芝栭)]·지초(芝
草)·용봉지(龍鳳芝)·대두황권(大豆黃卷)·육계(肉桂)·표소(蠛蛸)·패
모(貝母)·지황(地黃)·부자(附子)·창출(蒼朮)·백지(白芷)·황정(黃精)·
복령(茯苓)·방(梛)·다(茶)·황다(黃茶)·황매다(黃梅茶)·선장다(僊掌
茶)·작설다(雀舌茶)·우황(牛黃)·석웅황(石雄黃)·파란 귤껍질[청피(靑
皮)]·삼칠(三七)·인언(人言)·칡은 짐새의 독을 푼다[갈해짐독(葛解鴆
毒)]·청첩산(靑黏散)·육을니(六乙泥)·팔요단(八瑤丹)·공청(空靑)·석
담(石礑)·석종유(石鐘乳)·죽유(竹乳)·해석(海石)·밀타승(密陀僧)·보
골지(補骨脂)·생골석(生骨石)·흡독석(吸毒石)·먹구렁이와 흰뱀[오백
사(烏白蛇)]·첩석교(黏石膠)·난석초(爛石草)·천구(天灸)·상산(常山)·
구절초(九節草)·금등초(金燈草)·백합(百合)·차전자(車前子)·석명자
(菥蓂子)·예지자(預知子)·합환(合歡)·제휴(帝休)·송방(松肪)·하수오
(何首烏)·불사초(不死草)·불사약(不死藥)·반혼수(返魂樹)·비자(榧
子)·고수풀[호유(胡荽)]·해로(薤露)·율무[의이(薏苡)]·마가목(馬價
木)·모과(木瓜)·용염(龍鹽)·호골(虎骨)·반모(班茅)·음양곽(淫羊藿)·
올눌제(膃肭臍)·거북이 오줌[귀뇨(龜溺)]·사답(唓答)·자하거(紫河車)·
사상(蛇狀)·육지(肉芝)·옥지(玉芝)·아편담배[아편연(鴉片烟)]·저미

고(猪尾膏)·웅담(熊膽)·녹용(鹿茸)·당용(糖茸)·복약(服藥)·남약혼약 (藍藥菌藥)·무약무병(無藥無病)·미무(蘪蕪)·용연(龍涎)·용뇌(龍腦)· 침향(沈香)·계설향(鷄舌香)·훈육향(薰陸香)·정향(丁香)·운향(芸香)· 자단향(紫檀香)·백단향(白檀香)·안식향(安息香)·전무향(荃蕪香)·영 릉향(零陵香)·성성향(猩猩香)·뇌자(腦子)·장미수(薔薇水)·택란향(澤 蘭香)·도기불수향(塗肌拂手香)·울금향(鬱金香)·풍향(楓香)·사향(麝 香)·목사향(木麝香)·수사향(水麝香)·자고반(鷓鴣班)·나갑향(螺甲香)· 파율향(婆律香)·천보향(千步香)·별제향(鼈齊香)

〈화약류〉는 그 유(類)의 이름만 본다면 약용(藥用)할 수 있는 화훼에 대한 내용을 모아놓은 것이다. 그러나 위의 항목명을 살펴보면 「원지당 귀(遠志當歸)」 이상의 항목까지만 화훼로 분류될 수 있고 그 이하는 약 재에 속하는 식물뿐 아니라 광물·동물·아편·향(香)까지 망라되어 있 다. 따라서 〈화약류〉는 꽃을 비롯한 약재에 대한 항목을 모은 유(類)라 는 것을 알 수 있다. 이중 화훼로 분류할 수 있는 항목과 그 내용을 아래의 표에서 정리한다.

연번	항목명	내용
1	매(梅)	**매화의 명칭과 종류, 성상:** ·매화는 '녹악(綠蕚)'이라고도 한다. ·두 개의 꽃받침이 줄기에 이어져 있는 것을 '원앙매(鴛鴦梅)'라 고 한다. ·매화에는 홍매(紅梅)와 백매(白梅) 두 종류가 있는데, 긴 가지로 접붙이면 꽃받침이 작고 푸른 잎이 나니 이것을 '청대(靑蔓)'라 고 한다. ·옥매(玉梅)·산매(山梅)의 종류도 많다. **문학 속의 매화:** ·임포(林逋)의 「산원소매(山園小梅)」에 대한 자신과 소식의 비평 ·조선 이광려(李匡呂)의 「매(梅)」는 운(韻)이 청신(淸新)하다.

2	납매(蠟梅)	**문학 속의 납매:** · 소식의 「납매일수증조경황(臘梅一首贈趙景貺)」 · 조선 유순선(柳順善)의 「가매(假梅)」 * 어떤 설명도 없이 시 두 구절을 제시하여 납매(蠟梅)의 성상을 드러냄.
3	정당매 (政堂梅)	**정당매와 관련 있는 일화:** · 조선 강회백(姜淮伯)이 젊은 시절 단속사(斷俗寺)에서 독서를 할 때 뜰에 매화를 심고 '정당매(政堂梅)'라고 했는데, 강회백이 지은 매화시를 조식(曺植)이 화운하여 기롱했다. · 조재삼 자신의 시도 소개.
4	목단(牡丹)	**목단의 이칭과 이름의 변증:** ·『본초강목』에서 "목단(牡丹)은 일양금(一兩金)·서고(鼠姑)·녹구(鹿韭)·목작약(木芍藥)이라고도 한다."라고 했다. · 양신(楊愼)이 "장월(牡月)은 8월이니 온갖 곡식이 무성하게 잘 자라는 달이다. 장(牡)이 모(牝)로, 월(月)이 단(丹)으로 와전되어 지금 목단(牧丹)이라고 하니 역시 모(牡)가 와전된 것이다."라고 하였다. **목단과 관련된 중국의 이야기:** ·『개원천보유사(開元天寶遺事)』의 목작약(木芍藥) 이야기 **목단과 관련된 우리나라의 이야기:** · 신라 선덕여왕(善德女王)과 목단. · 설총(薛聰)의 「화왕계(花王戒)」
5	만생목단 (蔓生牧丹)	**만생목단의 성상:** 『지봉유설』에서 "지금 경흥(慶興) 땅에 넝쿨로 뻗어 자라는 목단(牧丹)이 있다. 세상에 전하는 말로는 송나라 화석강(花石綱)의 식물이라고 한다."라고 했다.
6	보춘추 (補春秋)	**난초의 이칭과 성상:** ·『유양잡조』에서 "무의초(無義草)는 세상에서 이른바 '꽃과 잎이 서로 보지 않는다.'라고 한 말이 이것이다. ·『향보(香譜)』에서 "난초는 세상에서 '연미향(燕尾香)'이라고 한다."라고 했다. · 황정견이 "한 줄기에 한 송이 꽃이 피고 향기가 오래 남는 것을 난(蘭)이라 하고, 한 줄기에 몇 송이 꽃이 피고 그다지 향기가 없는 것을 혜(蕙)라고 한다."라고 했다. · 우리나라에는 난(蘭)이 없고 오직 혜(蕙)만 있을 뿐이니, 당시에 "바람이 당겨 혜초가 비스듬하네."라고 한 말이 이것이다.

		· 난(蘭)은 봄에 잎이 나서 여름에 마른다. 가을이 되면 빈 땅에서 줄기가 나고 꽃이 피는데 꽃이 6번 피어나는 것을 '보춘추(補春秋)'라고 한다.
7	감국(甘菊)	**국화의 종류와 성상:** · 유몽(劉蒙)의 『유씨국보(劉氏菊譜)』에서 "신라에 옥매(玉梅)라는 것이 있다. 또 능국(陵菊)은 잎이 천 개나 되고 순백색이며 길이가 들쭉날쭉하니 어쩌면 본래 신라에서 나온 것이 아니겠는가?"라고 했다. · 범성대가 "국화는 황국(黃菊)과 백국(白菊)의 두 종류가 있는데 황국을 정색(正色)으로 친다."라고 했다. **문학 속의 황국:** · 고경명(高敬命)의 「영황백이국(詠黃白二菊)」 **국화의 효능:** · 『이아』에서 "국화는 일명 일정(日精)이라고 한다."라고 했으니, 복용하면 병이 치유되고 수명을 연장시킨다. · 『풍속통(風俗通)』에서 "남양(南陽)의 감곡(甘谷)에 대국(大菊)이 있는데, 그 낙수(落水)를 마신 자는 장수한다."라고 했다.
8	자국(紫菊)	**국화의 종류와 이칭:** 『이아』에 "마란(馬蘭)이 자국(紫菊)이고 구맥(瞿麥)이 소국(小菊)이며 조탁묘(鳥啄苗)가 원앙국(鴛鴦菊)이며 선복화(旋覆花)가 애국(艾菊)이다."라고 했으니 지금 산국(山菊)·당국(唐菊)·가국(假菊)의 종류이다.
9	목근(木槿)	**무궁화의 이칭:** · 『장자』에서 "아침의 무궁화[균(菌)]는 그믐과 초하루를 모른다."라고 했는데, 그 주석에서 "균(菌)은 근(槿)이다. 또 순(橓)이라고도 한다."라고 했다. · 『시경』에서 "얼굴이 무궁화 꽃[순화(舜華)]같네."라고 했다. · 무궁화를 '일급(日及)'이라고 하니 육기(陸機)의 부(賦)에서 "일급(日及)이 가지에 있네."라고 했다. **무궁화와 우리나라의 풍토:** 목근(木槿)은 우리나라의 풍토에 가장 알맞다. 우리나라에서는 무궁화(無窮花)라고 부른다.
10	대명홍 (大明紅)	**대명홍의 유래와 성상:** 대보단(大報壇)을 쌓자 해마다 꽃이 그 위에 절로 피어났다. 두견화(杜鵑花)와 비슷하지만 꽃받침이 크고 척촉화(躑躅花) 같지만 색이 선명하다. 해마다 제철보다 일찍 피어서 2월이면 흐드러지

		건만, 이름붙이지 못하여 어지거로 '대명홍(大明紅)'이라고 했다. 어떤 사람은 '당석죽화(唐石竹花)'라고도 하는데, 그렇지 않다. 석죽화는 우리나라에서 '패랭이꽃[평양자화(平陽子花)]'이라고 한다.
11	담복(簷蔔)	**담복의 이칭과 성상:** • 『본초강목』에서 "담복(簷蔔)은 목단(木丹)이다. 또 외자(梔子)라고도 한다. 촉에 홍외자(紅梔子)가 있다."라고 했다. • 「사마상여전(司馬相如傳)」에서 "선지(鮮支)와 황력(黃礫)"이라고 했는데, 그 주석에서 "선지(鮮支)는 치자나무[외자수(梔子樹)]다."라고 했다. • '임란(林蘭)'이라고 하니, 사령운(謝靈運)의 부(賦)에서 "임란(林蘭)이 눈[雪]을 가까이 하면서도 뻗어났네."라고 했다. • 망기자(望氣者)와 점집의 누런 기운은 바로 치자이다. 불서(佛書)에서 "치자나무 숲에 들어가면 치자꽃 향기만 나고 다른 향기는 나지 않는 것과 같다."라고 했다. **문학 속의 담복:** • 소식(蘇軾)의 「상주태평사담복정(常州太平寺簷蔔亭)」 – 꽃잎이 5개 피는 것은 양기에 감응한 것이고 6개 피는 것은 음기에 감응한 것이다.
12	파초(芭蕉)	**파초의 이칭, 종류와 성상:** • 파저(芭苴)라고 부른다. 꽃받침이 붉은 것을 홍초(紅蕉), 흰 것을 수초(水蕉)라고 한다. 민(閩) 지방 사람들은 그것으로 베를 만드니, '초갈(蕉葛)'이다. 꽃은 크기가 술잔만 하다. 꿀이 든 것을 '감초(甘蕉)'라고 하니, 영외(嶺外) 지방에서는 과일로 여긴다. 씨의 크기가 대추만한 것을 '양각초(羊角蕉)'라고 하고, 계란만하고 우유 같은 것을 '우유초(牛乳蕉)'라고 한다. • 지금의 파초는 회소(懷素)가 글씨 쓸 때 종이 대신 사용한 것이다. **문학 속의 파초:** 노덕연(路德延)의 「항자경초석도병제(項子京蕉石圖幷題)」
13	해당(海棠)	**해당의 성상:** • 팽연재(彭淵材)는 해당화가 향기가 없는 것을 한스러워 했다. • 『비요(備要)』에서 "해당화 중에 색이 있고 향기도 있는 것은 오직 촉 지방 창주(昌州)의 종자만 그러하다."라고 했다. • 지금 인가에서 떨기나무의 형태로 나는 것은 당리(棠梨)인데, 본래는 들장미이니 민간에서는 '매괴화(玫瑰花)'라고 한다. • 수사해당(垂絲海棠)은 가지가 부드럽게 늘어지고 가시가 길며, 꽃은 엷은 홍색을 띤다.

		문학 속의 해당화: 양만리(楊萬里)의 「수사해당(垂絲海棠)」 **우리나라의 해당화:** 장연(長淵)의 해당화는 명사(鳴沙)에 덩굴로 많이 퍼져 있으니, 크기가 술잔만하고 점점이 붉은 딸기로 피어 있는 것이 진품이다. **우리 문학 속의 해당화:** 고려의 중 상탄(祥坦)의 시.
14	사당(沙棠)	**문학 속의 사당:** 이백의 시 「강상음(江上吟)」 **사당의 성상과 효용:** 『유설(類說)』에서 "월 지방 사람들은 수전(水戰) 할 때, 해구주(海鷗舟)라는 것이 있는데, 어류(魚流)를 뚫고 가고 급한 물결이나 파도를 뒤집어써도 빠지지 않으니 당로(棠櫓)가 있기 때문이다."라고 했다. 소설에서 "곤륜산에 사당목이 있는데, 노란 꽃이 피고 붉은 열매가 맺는다. 배를 만들면 가라앉지 않고 그 열매를 먹으면 물에 빠지지 않는다."라고 했다.
15	장미(薔薇)	**장미의 이칭:** 『운부군옥』에서 "장미는 자미(紫薇)니, 속명은 '백상(伯庠)' 또는 '후자탈(猴刺脫)'이다. 관청에 이 꽃을 심은 지 오래되었다. 당나라에서는 중서성(中書省)을 '자미성(紫薇星)'이라고 개명했다. **문학 속의 장미:** 백거이의 시 "紫薇花伴紫薇郎." **장미의 주술적 효능:** 『습유기(拾遺記)』에서 "원희(元熙) 초년에 민간의 정원에 모두 자미(紫薇)를 심어 압승(壓勝) 하도록 조서를 내렸다."라고 했다. **장미의 종류:** 황색과 백색 두 종류가 있는데, 지금 화전(花煎)에 사용하는 꽃이다.
16	도미(酴醾)	**도미의 이칭과 성상:** ·酴醾(도미)는 荼蘼(도미)라고도 한다. 하나의 이삭에 세 잎이 난다. ·증조(曾慥)는 '운우(韻友)'라고 했다. 당나라의 재상들이 한식(寒食) 연회에 사용했던 도미주가 이것이다. ·일 년 만에 무성하게 자란다. 그래서 유사영(劉士英)에 대해서 사량좌(謝良佐)가 대답하면서 뜰 앞의 도미화(荼蘼花)를 가리켰다.

		문학 속의 도미: 황정견의 「見諸人唱和酴醾詩輒次韻戱詠」, 「觀王主簿家酴醾」
17	산반(山礬)	산반의 이칭: · 황정견 시의 주석에 "야인(野人)들은 정화(鄭花)라고 한다. 왕안석(王安石)은 그것으로 시를 짓고 싶었지만 그 이름을 비루하게 생각했다."라고 했다. · 『운회거요(韻會擧要)』에서 "옥예화(玉蘂花)라고도 한다."라고 했다. 산반의 유래와 효용: '산반화(山礬花)'라고 이름 붙인 것은 염색할 수 있기 때문이다. 문학 속의 산반: 황정견의 "山礬是弟梅是兄."
18	수선화 (水仙花)	수선화의 이칭과 성상: 『화보(花譜)』에서 "잎이 하나인 것을 '금잔은반(金盞銀盤)'이라고 부르는데, 꽃술이 진한 황색이다. 꽃잎이 천 개인 것도 있는데, 꽃 조각이 주름지게 말려 있고 빽빽하게 뭉쳐져 있으며 아래는 연황색이고 위는 옅은 백색이라야 진짜 수선화다."라고 했다. 수선화의 완상: 부귀한 집안에서는 중국에서 은을 주고 사다가 동짓달에 주발의 물에 담아서 홍매(紅梅)와 백매(白梅) 곁에 두는데 푸른 것도 그렇게 한다. 우리나라의 수선화: 제주도 해변에도 수선화가 있는데, 모양이 마늘[산(蒜)]같기 때문에 '수산화(水蒜花)'라고 한다.
19	금사화 (禁蛇花)	금사화의 이칭과 성상: · 우리나라에서는 '양귀비(楊貴妃)'라고 한다. · '석웅황화(石雄黃花)'라고 하는데 색깔과 냄새가 석웅황(石雄黃)과 유사하기 때문이다. · '금사화(禁蛇花)'라고도 한다.
20	설토화 (雪吐花)	조재삼 자신의 시를 통한 설토화의 성상: 석 달 겨울의 눈을 배불리 먹고, 묵은 그루터기에 의지한 몇 가지. 봄바람 부는 날 울긋불긋한 속에서, 흰색을 토해 내서 꽃을 만들었네.
21	옥잠화 (玉簪花)	문학 속의 옥잠화: 이개(李塏)의 「옥잠화(玉簪花)」

		옥잠화의 효용: 옥잠화의 뿌리를 씹으면 앓던 이가 빠진다고 한다.
22	옥전패 (玉篆牌)	**옥전패의 이름:** 『화보』에서 "당나라 왕원보(王元寶)의 꽃 이름이다."라고 했다.
23	촉규화 (蜀葵花)	**촉규화의 이칭과 성상:** ・『이아』에서 "견(菺)은 융규(戎葵)다."라고 했는데, 그 주석에서 지금의 촉규화(蜀葵花)다."라고 했다. ・『화보』에서 "꽃은 무궁화 같고, 흰색·황색·홍색·자주색 꽃이 모두 있다. 붉은 것은 '일장홍(一丈紅)'이라고 부른다. '금규(錦葵)'는 '융규(戎葵)'니, 꽃이 작고 잎이 둥글다. '전규(錢葵)'는 총생(叢生)이며 키가 작다. 어떤 종류는 꽃잎이 천 개여서 사랑할 만하다."라고 했다.
24	향일화 (向日花)	**경전에 보이는 해바라기:** 『춘추좌전』, 성공(成公) 17년. **문학 속의 해바라기:** 조식(曹植)의 「구통친친표(求通親親表)」 **해바라기의 효용과 일화:** 근래에 어떤 종자가 중국에서 들어 왔으니 '당해바라기[당향일화(唐向日花)]'라고 한다. 그 꽃으로 물들이면 송화색(松花色)이 되고, 그 잎으로 물들이면 초록색이 되고 그 씨를 볶아서 물들이면 검향색(黔香色)이 된다. 오배자(五倍子)를 넣으면 당홍색(唐紅色)이 되고 검금(黔金)을 넣어서 양색단(兩色緞)을 만들고 백반(白礬)에 섞은 식초를 넣어서 자주색(紫紬色)을 만든다. 당청화(唐靑花)의 뿌리로 물들이면 궁초색(宮綃色)이 되고 상청화(常靑花)의 뿌리로 물들이면 황단색(黃段色)이 된다. 바싹 볶고 백반을 많이 넣으면 아청색(鴉靑色)이 된다. 칼을 간 숫돌의 찌꺼기를 넣으면 회색이 되고 양색단을 물들인 후에 사람 오줌을 넣으면 목람(木藍) 옥색(玉色)이 된다. 기미년 9월에 괴질이 퍼졌을 때, 이 꽃 때문이라고 와전되어 모두 뽑아 버렸으니, 염색집에서 팔아먹지 못했기 때문인 듯하다. 그 씨를 닭이 먹고 그 닭을 사람이 먹으면 죽는다고 하니, 독성도 매우 강하다.
25	옥예화 (玉蘂花)	**옥예화의 성상:** 주필대(周必大)의 「제옥예화(題玉蘂花)」에서 "모양은 도미화(荼蘼花) 같고, 수염은 흰 실과 같다. 위에는 좁쌀 같은 것이 줄줄이 달려 있으며 화심(花心)에는 호리병 같은 푸른 통이 있다. 그 속에

		서 한 떨기 꽃이 꽃술 위로 솟으며, 위로 퍼드러져서 십여 개의 꽃술이 되니 마치 옥을 깎아 놓은 듯하다."라고 하였다. **문학 속의 옥예화:** 정송창(鄭松窓)의 시 "孤熖仍懸玉胆瓶." **옥예화와 관련된 이야기:** 강병(康騈)의 『극담록(劇談錄)』에서 "당창관(唐昌觀)에 이 꽃이 있다. 원화(元和) 연간에 어떤 여자가 말을 타고 가면서 종자에게 꽃을 꺾어 오게 했는데, 잠시 뒤에 허공에 떠 올랐다. 그것을 구경하던 사람들은 그제야 그것이 신선의 유람이라는 것을 깨달았는데, 남은 향기가 몇 달 동안 사라지지 않았다고 한다."라고 했다.
26	소형화 (素馨花)	**소형화의 이칭과 성상:** 옛 이름은 '나실명(那悉茗)'이다. 화판(花瓣)이 4장이며 황색과 백색이 있다. 몸체는 덩굴로 되어 있고 잎이 작다. **소형화의 유래:** 『구산지(龜山志)』에서 "옛날 유씨(劉氏) 집안에 소형(素馨)이라는 시녀가 있었는데, 그녀의 무덤 위에 이 꽃이 피었기 때문에 그런 이름이 붙었다고 한다."라고 했다.
27	경화(瓊花)	**경화와 관련된 이야기:** · 양주(揚州)의 후토신(后土神) 사당에 이 꽃이 있다. · 당나라 때부터 이 꽃을 심었다. · 소흥(紹興) 신사년[1161]에 오랑캐가 그 뿌리를 걸어두고 갔는데, 이듬해 2월 한밤중에 우레가 치고 비가 오더니 다음날 아침에 싹 3개가 났다.
28	금전화 (金錢花)	**금전화와 관련된 이야기:** · 『유양잡조』에서 "양나라 예주(豫州)의 아전들이 돈내기 쌍륙(雙六) 놀이를 하다가 돈이 떨어지면 금전화(金錢花)로 충당했기에, 어홍(魚弘)이 '꽃을 얻는 것이 돈을 얻는 것보다 낫네.'라고 말하였다."라고 했다. · 『백씨집시(百氏集詩)』에서 "금전화로 도리어 빈곤을 구제할 수 있지 않을까?"라고 했다. · 『오대사』에서 "정지(淀池)의 한금화(旱金花)는 크기가 손바닥만하다."라고 했다. **금전화의 이칭과 성상:** 지금 '인동화(忍冬花)'를 '금은화(金銀花)'라고 하는데, 색깔이 금빛 같기도 하고 은빛 같기도 하기 때문이다.

29	말리화 (茉莉花)	**말리화의 유래:** 『옥편』에서 "말리화(茉莉花)와 소형화(素馨花)는 모두 호인(胡人)들이 서국(西國)에서 들여와 남해에 옮겨 심은 것이다."라고 했다. **문학 속의 말리화:** ·육가(陸賈)의 기(記) ·소식의 시 "暗麝著人簪茉莉." ·두보의 시 "庭中紅茉莉, 冬月始葳蕤."
30	함태화 (含胎花)	**함태화의 이칭과 성상:** ·운서에서 "두관초(豆蔲草)는 본래 월남에서 난다."라고 했다. ·『본초강목』에서 "산강화(山薑花) 중에서 두관화와 비슷하면서 꽃이 피지 않는 것을 '함태화(含胎花)'라고 한다."라고 했다. **문학 속의 함태화:** ·옛사람들은 시에서 '두관(豆蔲) 가지 끝'이라는 말을 소녀에 비유했다. ·두목(杜牧)의 「증별(贈別)」
31	서향화 (瑞香花)	**서향화의 유래:** 『청이록(清異錄)』에서 "여산(廬山)의 어떤 중이 돌 위에서 낮잠을 자다가 꿈속에서 꽃향기를 맡았다. 잠을 깨고 향기 나는 곳을 찾다가 이 꽃을 찾았다. 그래서 '수향(睡香)'이라고 이름을 붙였다. 사방에서 기이하게 여겨서 꽃 중에서 상서(祥瑞)로운 것이라고 하여 마침내 '수(睡)'자를 '서(瑞)'자로 바꾸었다." **서향화의 성상:** 운서에서 "잎과 꽃에 따라 몇 종류가 있는데, 비파 모양의 잎을 한 것은 열매를 맺는다. 황색과 자색 두 종류가 있다. 증조(曾慥)가 '수우(殊友)'라고 부른 꽃이 이것이다. 송나라 초기에 처음으로 여산(廬山)에서 나왔는데 눈 속에서 꽃이 피며 높이는 서너 자이며 꽃술에서 진한 향기가 난다."라고 했다. **문학 속의 서향화:** ·양만리(楊萬里)의 「서향화신문(瑞香花新聞)」 ·장효상(張孝祥)의 「서향(瑞香)」
32	여춘(麗春)	**여춘의 이칭과 성상:** 유구언(游九言)이 "금릉춘(金陵春)이니, 앵속(罌粟)의 별종이다. 홍색·자색·백색·황색이 모두 있고 강소성과 절강성에서 모두 나는데, 유독 금릉춘(金陵春)만은 다르다고 한다."라고 했다.

33	양공화 (亮功花)	**양공화와 관련된 이야기:** 당·송의 교체기에 어떤 사람이 양공화를 심었다. 그 꽃이 갑자기 시들어 죽자 그 사람이 멀리 귀양을 갔으며, 꽃이 갑자기 다시 피자 사면을 받았다. 그래서 지금 복직되는 것을 '양공화가 다시 붉어졌다.'라고 한다.
34	삼화수 (三花樹)	**삼화수의 이칭, 용도, 성상:** ·『수진기(修眞記)』에서 "한나라의 도사(道士)가 외국에서 패다 (貝多)의 씨를 가져다가 숭산(嵩山) 아래에 심었다. 1년에 3번 꽃이 피는데, 흰색이고 향기가 아름답다."라고 했다. ·서역에서는 경전을 대부분 패다 잎에 쓴다. ·『유양잡조』에서 "마가타국(摩伽他國)에서 나며 겨울을 지나도 록 시들지 않으니 그 잎을 따서 글씨를 쓴다. 또 '사유수(思惟樹)' 라고도 하니, 어떤 사람이 패다수(棋多樹) 아래에 앉아서 생각 [사유(思惟)]했기 때문에 그렇게 이름을 붙였다."라고 했다. ·남인도 건나보라(建那補羅) 북쪽에 다라수(多羅樹)가 30여리에 뻗쳐 있다. 그 잎은 길고 넓으며 그 색은 광택이 난다. 여러 나라 에서 글씨를 쓸 때 따서 사용한다. **문학 속의 삼화수:** 형사도(邢似道)의 시 "頭巾早掛三花樹."
35	선비화수 (仙飛花樹)	**선비화수와 관련된 이야기:** ·문천(文川)의 도창사(道昌寺)에 큰 나무가 있는데, 무진년 [1388]에 말랐다가 신미년[1391]과 임신년[1392]에 다시 가지가 뻗고 무성하게 자랐다. 이것은 한나라 때 말라 죽었던 버드나무 가 다시 살아난 것과 일치했다. 당시 사람들이 조선이 개국할 조짐이라고 여겼다. ·『택리지』에서 "의상대사(義相大師)가 부석사(浮石寺)의 불당 앞 마른 섬돌에 짚고 다니던 말라 죽은 나무 지팡이를 꽂아두고 떠나면서 '만약 내가 죽는다면 이 나무도 살지 못할 것이다.'라고 했다. 그 해에 잎이 났는데 자라지도 않고 더 커지지도 않았다. 사철 늘 봄처럼 꽃이 피어 있는데 남령초(南靈草)와 같았다. 광 해군 때에 정조(鄭造)가 경상감사가 되어 이곳에 왔다가 그것으 로 지팡이를 만들려고 했다. 중들이 간절히 빌었지만, 정조는 '선인(仙人)이 짚던 것이니, 나도 짚어야겠다.'고 말했다. 나무 를 베자 곧 줄기가 예전처럼 뻗어 나왔고, 정조는 그 뒤에 죽음을 당했다."라고 했다.
36	북향화 (北向花)	**북향화의 성상:** 선암사(仙巖寺)에 북향화(北向花)라는 나무가 있는데, 그 꽃은 자

		주색이고 반드시 북쪽을 향하여 핀다. **북향화와 관련된 이야기:** 『대당신화(大唐新話)』에서 "현장법사(玄奘法師)가 불경을 가지러 서역으로 갈 때, 영암사(靈岩寺)의 소나무를 어루만지며 '내가 서역으로 떠나니, 너는 서쪽으로 자라다가 내가 돌아올 것 같으면 동쪽을 향해야 한다.'라고 했다. 법사가 떠날 때 그 가지가 서쪽으로 향하더니, 어느 날 갑자기 동쪽을 향하자, 제자들이 '우리 법사님이 돌아오시는구나!'라고 했다. 이 나무를 마정송(摩頂松)이라 부른다."라고 했다.
37	청빙릉 (靑冰菱)	**청빙릉의 성상:** 『동명기(洞冥記)』에서 "영지(靈池)에 뿌리가 물에 뜨는 마름이 있는데, 뿌리는 물 위로 나오고 잎은 가라앉아 아래에 있다."라고 했다.
38	능(菱)· 검(芡) [마름과 가시연]	**마름과 가시연의 성상:** • 이수광이 "모두 수생식물인데, 마름꽃은 해를 등지기 때문에 차갑고 가시연꽃은 해를 향하기 때문에 따뜻하다."라고 했다. • 『무릉기(武陵記)』에서 "뿔이 4개, 혹은 3개인 것을 기(芰)라 하고 뿔이 2개인 것을 능(菱)이라 한다. 꽃은 자주색으로, 낮에는 오므라들었다가 저녁에 피는데, 달을 따라 옮겨간다."라고 했다. **마름과 가시연의 이칭과 효능:** • 운서에서 "가시연을 남초(南楚)에서는 계두(鷄頭)라 하고 북연(北燕)에서는 역(莜)이라 하고 서주(徐州)와 회수(淮水) 사이에서는 검(芡)이라 한다. • 『손공담포(孫公談圃)』에서 수류황(水硫黃)이라고 했다. • 『본초강목』에는 안두(雁頭)라고 했다. • 『장자』에서 "마름과 연뿌리를 합하여 약을 만들어 먹고 수명을 늘린다."고 했다. • 『설문해자』에 "능(菱)은 바로 기(芰)다."라고 했으니, 굴도(屈到)가 좋아하던 것이다. • 『운회거요(韻會擧要)』에서 결명채(決明采)라 했고 『양서(梁書)』에서는 "흉년에 능(菱)을 채소로 삼았다."라고 했다. • 『이아익(爾雅翼)』에서 "그것의 열매를 먹으면 곡물을 먹지 않아도 된다.", "공수(龔遂)가 발해(渤海)의 백성에게 마름과 가시연을 길러 흉년에 대비하도록 권장했다."라고 했다. **문학 속의 마름과 가시연:** • 양만리(楊萬里)의 「식릉(食菱)」 • 매요신(梅堯臣)의 「채검(采芡)」

		・황정견(黃庭堅)의 「동전지중반적전전유문관사(同錢志仲飯耤田錢孺文官舍)」
39	부용화 (芙蓉花)	**문학 속의 부용화:** 이백의 「첩박명(妾薄命)」 **부용화 이름의 유래와 성상:** 단장초(斷腸草)는 그 꽃이 대단히 좋기에 '부용(芙蓉)'이라고 한다. 그 뿌리는 먹을 수 없으니, 먹으면 창자가 끊어진다.
40	목부용 (木芙蓉)	**목부용의 이칭:** 『본초강목』에서 "목부용은 일명 화(枊)다."라고 했다. **문학 속의 목부용:** ・『초사』에서 "나무 끝에서 부용을 채취하네.[搴芙蓉於木末]"라고 했다. ・왕유(王維)의 「신이오(辛夷塢)」 ・백거이(白居易)의 「목부용화하초객음(木芙蓉花下招客飮)」
41	육련(陸蓮)	**육련과 관련된 이야기:** 관문지기 윤희(尹喜)의 집에는 땅에서 연(蓮)이 났다. 땅에서 자라는 연은 도가의 신이한 상서. 지금 연풍(延豊)의 상암(上庵)에 그것이 있다. **육련의 효용:** ・한련(旱蓮)은 도자기 화분에 심는데, 그 꽃으로 김치를 담그면 맛이 좋고 향기가 진하다. ・『당서』에서 "강무(姜撫)가 '종남산(終南山)의 한우(旱藕)를 복용하면 장수할 수 있다.'고 말했다."라고 했다.
42	금련(金蓮)	**연의 종류와 성상:** ・『유마경(維摩經)』에서 "고원(高原)과 육지에는 연꽃이 나지 않고 낮고 습한 진흙이라야 난다."라고 했다. ・마고단(麻姑壇)의 연은 붉은색이 푸른색으로 변했는데, 지금은 또 희다고 한다. ・『신경기(神境記)』에 "구의산(九疑山) 냇가에 황연(黃蓮)이 있다."라고 했다. **연과 관련된 이야기:** ・어떤 사람이 호주(湖州) 법화산(法華山)에서 푸른 연꽃 한 가지를 얻었기에, 그 땅을 파니 돌 상자에 동자 한 명이 들어 있었는데, 설근(舌根)이 무너지지 않았고 꽃이 혀에서 나왔다. 이 사람이 『법화경(法華經)』을 외워 여기에서 승과(勝果)를 이루었기에 그대로 산의 이름이 되었다.

		·『유양잡조』에서 "수련(睡蓮)은 아침 해가 뜨는 새벽녘에 피고 밤에 고개 숙여 물에 들어간다."라고 했다. **연의 효용:** · 한류지(漢柳池)의 자부용(紫芙蓉)은 크기가 말[斗] 만하고 잎은 달아서 먹을 수 있으며 열매는 구슬 같다고 한다. · 창주(滄洲) 금련화(金蓮花)는 갈면 진흙처럼 되는데, 비단에 채색하면 진짜 금과 차이가 없다. · 세상에서 전하는 말에 "칡을 연이 자라는 연못에 담궈두면 연근이 저절로 녹아버린다."라고 했다. 연의 꽃술은 두진(痘疹)을 치료하는 약이 된다. · 연안(延安)의 남대지(南大池)에서는 관(官)에서 연밥에 세금을 매기기에, 이덕무(李德懋)의 시에 "연못의 연밥 쓸 만하니 도리어 세금 매기고"라고 했다.
43	병체화 (幷蔕花)	**역사서에 나타난 병체화:** 『송서』에서 "원가(元嘉) 연간에 천연지(天淵池)에서 한 줄기에 3송이의 연꽃이 피었다."라고 했고, "태시(泰始) 연간에 이연(鯉淵)에서 하나의 꽃받침에 2송이의 연꽃이 피었으니, 곧 쌍두연(雙頭蓮)으로, 2송이 연꽃이 나란히 나와 씨방이 2개가 되어 2송이로 나뉘어서 그렇게 된다."라고 했다. **병체화의 유래:** 『강호기문(江湖記聞)』에서 "송나라 때 남녀가 서로 사랑하여 사통하다가 부모에게 발각되자 함께 물에 빠져 죽었다. 물속에서 마침내 하나의 꽃받침에 2송이 연꽃이 피어나니, 사람들이 정분에 감응한 것이라 여겼다."라고 했다. **문학 속의 병체화:** 왕발(王勃)의 「채련곡(採蓮曲)」
44	체화(棣花)	**체화의 이칭과 성상:** ·『이아』에서 "체화는 당체(棠棣)다. 백양(白楊)과 비슷한데, 강동에서는 부체(夫栘)라고 부른다."라고 했다. · 육전(陸佃)이 "그 꽃은 뒤집어졌다가 합쳐진다."라고 했다. ·『시경』에 "당체꽃, 팔랑팔랑 펄럭이네."라고 했으니, 모든 나무의 꽃은 먼저 합해졌다가 뒤에 피는데, 유독 이 꽃은 피었다가 뒤에 합해진다.
45	관동화 (款冬花)	**관동화의 성상과 이칭:** 동중서(董仲舒)가 "냉이는 한여름에 죽고 관동은 한겨울에 꽃이 핀다."라고 했는데, 그 주석에서 "款冬은 바로 款凍이다. 또 款凍

		이라고도 하는데, 추위를 무릅쓰고 얼음을 뚫고 나오기 때문에 이런 이름이 붙었다."라고 했다.
46	불상(佛桑)	**불상의 성상:** 『영표록이(嶺表錄異)』에서 "주근(朱槿)과 비슷하다. 줄기와 잎이 뽕나무와 같기 때문에 그렇게 이름했다. 2월에 꽃이 피어 동지까지 간다."라고 했다. **문학 속의 불상:** 소식의 시「우여수객야보(偶與數客野步)……」
47	능소화 (凌宵花)	**능소화의 성상:** 『육을시집(六乙詩集)』에서 "고목을 능소화가 빌린다."라고 했는데, 그 주석에 "덩굴로 자라 나무를 휘감는다."라고 했다. **능소화의 효능:** ·『거가필용(居家必用)』에서 "부인(婦人)이 그 향기를 맡으면 잉태를 하지 못한다."라고 했다. ·『산해경』에서 "파몽산(蟠蒙山)에 골용(菁容)이란 풀이 있는데, 꽃이 검고 열매가 없다."라고 했다. 그래서 『옥편』에서 "열매 맺지 않는 풀이니 먹으면 사람이 임신하지 못한다."고 했다. · 지금 황무지에서 자란 풀을 세상에서는 '진동찰(陳同札)'이라고 한다. 갑자기 잉태하지 못하는 아녀자에게, 의원이 그 씨앗을 채취하여 그늘에서 말리고 가루로 만들어 술과 물에 타서 복용하게 하면 곧 다시 잉태한다고 한다.
48	요화(蓼花)	**문학 속의 요화:** · 백거이의「죽지사(竹枝詞)」
49	신이화 (辛夷花)	**신이화의 이칭:** 『화보』에서 "신이화(辛夷花)는 바로 산다화(山茶花)니, 남촉(南蜀)의 좋은 나무다."라고 했다. **문학 속의 신이화:** · 소식의 시「화자유류호구학(和子由柳湖久涸) ……」 · 양만리(楊萬里)의 시「산다(山茶)」 **신이화의 종류와 효용:** · 홍신이(紅辛夷)와 백합(白合)이라고 하는 백신이(白辛夷)의 종류가 있으니 피로를 치료하는 약이다. · 황신이(黃辛夷)는 꽃잎이 4개 나니, 담복(薝蔔)의 종류인 듯한데, 본래는 모두 목필화(木筆花)이다. · 운서에서 "목필화(木筆花)의 '필(筆)'은 필연(筆硯)의 필(筆)이니, 대나무에 속한다."라고 했다.

50	영산홍 (暎山紅)	**영산홍과 유사한 꽃의 구분:** ·『화보』에서 "두견화(杜鵑花)·석류(石榴)·산척촉(山躑躅)을 통틀어 영산홍(暎山紅)이라고 한다."라고 했지만, 그 종류는 모두 다르다. 또 왜철쭉도 다르다. 『정자통』에서 "영산홍은 황두견(黃杜鵑)이다."라고 하였는데, 그 주석에서 "독초(毒草)다."라고 했다. 또 백두견(白杜鵑)은 홍도화(紅桃花)·벽도화(碧桃花)와 같지만 다르다."라고 했다. ·한유는 시에서 "철쭉이 산을 이루어 셀 수 없이 피었네."라고 했다. ·우리나라 조정철(趙貞喆)이 순찰사가 되어 연풍(延豐)에 도착했을 때 '산마다 산철쭉, 물마다 수단화.'라는 시를 지었는데, 그 지방 사람이 웃으며 "산철쭉과 수단화는 원래 같은 꽃입니다."라고 했다.
51	백일홍 (百日紅)	**문학 속의 백일홍:** 조선 익조(翼祖)의 "知有人間春九十, 如何添得一旬紅." **백일홍의 이칭:** 초백일홍(草百日紅)을 우리나라에서는 '면계관화(麵鷄冠花)'라고 하니,『풍창소독(楓窓小牘)』에서 "계관화(鷄冠花)를 변(汴) 지방 사람은 '세수화(洗手花)'라고 부른다."라고 했다.
52	봉선화 (鳳仙花)	**문학 속의 봉선화:** ·유기보(劉圻父)의 「금봉화(金鳳花)」 ·소식의 「영부인대경염지화미(詠婦人對鏡染指畫眉)」
53	연화(棟花)	**연화의 성상과 이칭:** 당시에서 "24번의 꽃소식 바람"이라고 했는데, 연화(棟花)가 그중에서 마지막이다. 지금 '고련(苦棟)'을 또 '금령자(金鈴子)'라고 하는데, 원추새가 그 열매를 먹는다. **연화와 관련된 이야기:** 『속제해기(續齊諧記)』에 이른바 "구회(歐回)가 굴원(屈原)을 만나 그의 말을 들으니, '교룡이 통 속의 쌀을 훔쳐 먹는 것이 고달프다.'라고 했다. 그래서 연화(棟花) 잎으로 통을 막고 비단 실로 묶으니, 두 가지 물건은 교룡이 두려워하는 것이다."라고 했다.
54	나가(那伽)	**나가의 성상과 효용:** 『유양잡조』에 "나가(那伽)는 꽃 모양이 삼척(三脊)과 같고 잎이 없다. 꽃은 흰색인데, 꽃심이 노랗고 꽃잎이 6개이며 박상(舶上)이라는 약재가 난다."라고 했다.

55	승화(僧花)	**승화의 성상과 효능:** · 『본초강목』에는 없다. 지금 북향 언덕의 암석에서 난다. 꽃은 중의 고깔과 같으며 담홍색이다. 음양풍담(陰陽風痰)·조열증(燥熱症)에 술을 만들어 복용한다. · 의원의 말에 "승화가 세상에 퍼진 것이 벌써 오래되었으니, 만병초(萬病草)·쌍각초(雙脚草)가 나오고 또 뒤에 녹음방초(綠陰芳草)가 나왔다."라고 한다.
56	작약(芍藥)	**작약의 이칭과 성상:** · 『본초강목』에 '흑견이(黑牽夷)'라고 했다. · 『광아(廣雅)』에서 "천하에 이름이 난 것은 오로지 낙양의 목단(牧丹)과 광릉(廣陵)의 작약(芍藥)뿐이다. 꽃잎이 붉고 허리가 노랗기에 '금대위(金帶圍)'라고도 한다."라고 했다. · 『후산담총(後山談叢)』에서 "자복사(資福寺)의 흰 작약은 아주 둥글기에 '옥반우(玉盤盂)'라고 한다."라고 했다. · 『고금주(古今注)』에서 "일명 '가리(可離)'이기 때문에 이별할 때 서로 준다."라고 했다. **경전과 문학 속의 작약:** · 『시경』의 「진유(溱洧)」 · 「남도부(南都賦)」 **작약의 효용:** · 『서계총어(西溪叢語)』에서 "작약은 생선살에 섞어 식혜(食醢)를 만드는 식물이다."라고 했다. · 한유의 시에서 "오정(五鼎)의 맛난 음식에 작약으로 조미한다."고 했는데, 그 주석에서 "뿌리는 주로 장(臟)을 조화롭게 한다. 또 독기를 제거하기 때문에 난계(蘭桂)와 섞어서 여러 음식에 조미한다."라고 했다. · 이수광이 "음식의 독을 다스리기 때문에 유독 '약(藥)'이란 이름이 붙었다."라고 했다.

위의 표를 통해서 알 수 있는 사실은 다음과 같다.

· 〈화약류(花藥類)〉의 구성

〈화약류〉 181개 항목 중에서 화훼(花卉)로 분류할 수 있는 항목은 「매(梅)」부터 「작약(芍藥)」까지 모두 56개항이며, 매화·목단·난·국화·무궁화·대명홍(大明紅)·담복(薝蔔)·파초·해당·사당(沙棠)·장미·도미(酴醾)·산반(山礬)·수선화·금사화(禁蛇花)·설토화(雪吐花)·옥잠화(玉簪花)·옥전패(玉篆牌)·촉규화(蜀葵花)·향일화(向日花)·옥예화(玉蘂花)·소형화(素馨花)·경화(瓊花)·금전화(金錢花)·말리화(茉莉花)·함태화(含胎花)·서향화(瑞香花)·여춘(麗春)·양공화(亮功花)·삼화수(三花樹)·선비화수(仙飛花樹)·북향화(北向花)·청빙릉(靑冰菱)·마름·가시연·연꽃·병체화(幷蔕花)·체화(棣花)·관동화(款冬花)·불상(佛桑)·능소화(凌宵花)·여뀌·신이화(辛夷花)·영산홍(暎山紅)·백일홍(百日紅)·봉선화(鳳仙花)·연화(楝花)·나가(那伽)·승화(僧花)·작약(芍藥)의 50종 화훼에 대한 내용이 수록되어 있다.

〈화약류〉의 항목 편차는 매화·목단·국화 등의 순서로 이루어져 있다. 이는 '매란국죽(梅蘭菊竹)'으로 시작되는 가치 관념이 적용된 것이다. 매화와 관련된 항목은 매(梅)·납매(蠟梅)·정당매(政堂梅) 3개 항이다. 매화를 가장 가치 있는 화훼로 인식하고 비중 있게 다룬 것이다. 국화도 감국(甘菊)과 자국(紫菊)의 2개 항에서 비교적 상세한 서술을 하고 있다. 다만 목단(牧丹)을 두 번째 항에 편차하였다는 점이 특이하며 난초에 해당하는 항목의 이름을 '보춘추(補春秋)'로 설정하였다는 점도 특기할 만한 사항이다.

• 화훼의 대한 관점과 인식

〈화약류〉중 화훼에 속하는 56개의 항목 수는 여타의 유서와 비교해 본다면 압도적으로 많다. 그러나 그것이 식물학적 지식을 기반으로 한다고 볼 수는 없다. 예를 들자면, 사당(沙棠) 등 몇 종의 목본식물 등은 꽃이 피기에 광의의 화훼로 편입시킬 수 있겠지만, 식물학적 관점으로 본다면 배제하는 것이 타당하다. 더욱이 존재하지 않는 전설상의 식물인 청빙릉(靑冰菱), 병체화(幷蔕花) 등을 수록한 것은 자연과학적 인식과 거리가 멀다. 심지어는 죽은 사람을 살린다는 불사초(不死草), 죽은 혼을 되돌릴 수 있다는 반혼수(返魂樹) 등 신이한 식물에 대한 내용도 포함되어 있다. 이와 같은 것을 본다면 〈화약류〉는 식물학적 지식의 기록물로 한정할 수 없다. 오히려 화훼와 관련된 문학적 지식의 기록 및 제공물로 보는 것이 타당하기에 식물학적 관점으로 〈화약류〉의 과학성과 합리성을 추단하면 안 될 일이다.

• 〈화약류〉 화훼 항목의 내용

화훼의 명칭 : 〈화약류〉의 화훼 항목에서 가장 비중 있게 다루어진 것은 화훼의 명칭에 대한 기술과 변증이다. 화훼의 이름이 어디에서 유래하였는지, 달리 부르는 이름은 무엇인지, 우리나라에서 불리는 이름은 무엇인지 기술하고 있다. 또 꽃의 이름에 대한 변증도 있다.

꽃 이름의 유래에 대한 기술로는 소형화(素馨花)·금전화(金錢花)·서향화(瑞香花)·병체화(幷蔕花)·관동화(款冬花) 등에 대한 것이 있다.

화훼의 우리나라 이름을 소개한 것으로는 「목근(木槿)」(=무궁화), 「대명홍(大明紅)」(=패랭이꽃), 「금사화(禁蛇花)」(=양귀비), 「백일홍(百日紅)」(=면계관화(麵鷄冠花)), 「수선화(水仙花)」(=수산화) 등이 있다.

화훼의 이름에 대한 변증은 목단(牡丹)[목단(牡丹)은 장월(牡月)이 와전된 것이다.], 영산홍(暎山紅)[『화보』에서 "두견화·석류·산척촉을 통틀어 영산홍이라고 한다."라고 하였지만, 그 종류는 모두 다르다. 또 왜철쭉도 다르다.]과 같은 것이 있다.

화훼의 종류 : 상당수의 항목에서 화훼의 상위 종과 하위 종에 대하여 상세하게 기술하고 있다. 화훼의 이름과 종류에 대한 상세한 기술은 화훼를 정확하게 인지하고 분류하려는 의식에 기인한다.

화훼의 성상 : 예외적인 몇 항목을 제외하고 대부분의 항목에서 화훼의 성상에 대하여 기술하고 있다. 대체로 화훼의 생김새·색깔·냄새·구조·개화 시기·재배적지(栽培適地) 등에 대하여 기술하고 있다. 다만 관찰을 통해 습득한 지식은 비교적 많지 않고 주로 문헌을 통해 얻은 지식을 기반으로 하고 있기에 화훼의 성상에 대한 묘사적 기술이 드물다.

문학 작품 속의 화훼 : 조선 유서의 특성을 가장 잘 보여주는 것이라고 할 수 있다. 화훼를 식물학적 관점이 아닌 문학적 관점에서 보고 있다. 따라서 대부분의 항목에서 해당 화훼가 주제나 소재로 쓰인 작품을 소개하고 있는데, 어떤 경우는 글의 맥락을 흩트리는 역기능을 하기도 한다. 문학작품은 대부분 중국의 시를 제시하고 있는데, 우리나라 작가의 시도 가급적 제시하려는 의도가 포착된다. 예를 들면 이광려(李匡呂)의 「매(梅)」, 유순선(柳順善)의 「가매(假梅)」, 고경명(高敬命)의 「영황백이국(詠黃白二菊)」 상탄(祥坦)의 시 등이 그것이다. 또 「정당매(政堂梅)」, 「설토화(雪吐花)」에서는 자신의 시를 제시하고 있다. 특히 「설토화(雪吐花)」에서는 아무런 기술도 없이 자신의 시 한 편으로 설토화(雪吐花)의 성상을 표현하였다.

〈화약류〉가 갖는 문학적 특성은 화훼와 관련된 이야기를 대폭 수록한 점에서 더욱 분명해진다. 「북향화(北向花)」·「육련(陸蓮)」·「금련(金蓮)」·「연화(棟花)」에서는 중국의 이야기를 수록하였고, 「정당매(政堂梅)」·「목단(牧丹)」·「선비화수(仙飛花樹)」·「영산홍(暎山紅)」에서는 우리나라의 이야기를 수록하였다.

화훼의 쓰임새와 효능 : 〈화약류〉 화훼 항목에는 화훼의 쓰임새나 효용·효능에 대한 내용이 간간이 들어 있다. 〈화약류〉라는 유의 명칭으로 본다면, 〈화약류〉에는 의당 약용 식물들이 수록되어 있을 것 같지만, 정작 〈화약류〉 화훼 항목에서 약재로서의 효능을 소개한 것은 그리 많지 않다. 화훼의 쓰임새와 효능은 약재·식재료·염료·관상·문구·신이한 효능 등으로 다양하다.

　약재로서의 효능 :

　· 복용하면 병을 그치고 수명을 연장시킨다.(「甘菊」)

　· 옥잠화의 뿌리를 씹으면 앓던 이가 빠진다고 한다.(「玉簪花」)

　· 부인(婦人)이 그 향기를 맡으면 잉태를 하지 못한다.(「凌宵花」)

　· 홍신이(紅辛夷)·백신이(白辛夷)는 피로를 치료하는 약이다.(「辛夷花」)

　· 박상(舶上)이라는 약재가 난다.(「那伽」)

　· 음양풍담(陰陽風痰)·조열증(燥熱症)에 술을 만들어 복용한다.(「僧花」)

　식재료로서의 쓰임새 :

　· 한련(旱蓮)의 꽃으로 김치를 담그면 맛이 좋고 향기가 진하다.(「陸蓮」)

　· 작약은 생선살에 섞어 식혜를 만드는 식물이다.(「芍藥」)

　염료로서의 쓰임새 :

　· 산반화(山礬花)라고 이름 붙인 것은 염색할 수 있기 때문이다.(「山礬」)

　· 당해바라기로 송화색·검향색·당홍색·양색단·자주색·궁초색·황단색·아청색·회색·목람 옥색을 만들 수 있다.(「向日花」)

　완상물로서의 쓰임새 :

　· 부귀한 집에서는 중국에서 은을 주고 사다가 동짓달에 주발 물에 담아서 홍매와 백매 곁에 두는데 푸른 것도 그렇게 한다.(「水仙花」)

　문구로서의 쓰임새 :

　· 여러 나라에서 글씨를 쓸 때 이 꽃을 따서 사용한다.(「三花樹」)

　신이한 효능 :

　· 원희 초년에 민간의 정원에 모두 자미(紫薇)를 심어 압승(壓勝)하도록 조서를 내렸다.(「薔薇」)

· 사당(沙棠)으로 배를 만들면 가라앉지 않고 그 열매를 먹으면 물에 빠지지 않는다.(「沙棠」)

본 장에서는 『지봉유설』·『성호사설』·『송남잡지』의 분석을 통하여 조선 지식인의 화훼에 대한 인식을 고찰해 보았다. 그 결과 다음과 같은 사실을 알 수 있었다.

식물 분류의 의식:

『지봉유설』은 〈훼목부〉에 식물에 대한 지식을 수록하였는데, 〈훼목부〉를 다시 「화(花)」·「초(草)」·「죽(竹)」·「목(木)」으로 나누고 화훼에 대한 지식은 「화(花)」에 수록하였다. 이로 볼 때 『지봉유설』은 3종의 유서 가운데 유일하게 식물분류 의식을 갖고 있었다고 하겠다. 『성호사설』은 〈천지문〉·〈만물문〉·〈인사문〉·〈경사문〉·〈시문문〉의 5개 문으로 구성되어 있기 때문에 애당초 화훼가 들어갈 수 있는 범주가 마련되어 있지 않다. 그나마 〈만물문〉이 화훼가 들어갈 수 있는 범주이지만 화훼 관련 항목은 5개 항에 불과하다. 따라서 『성호사설』에서는 식물의 분류 의식을 찾아 볼 수 없다.

『송남잡지』에서 화훼에 대한 내용은 〈화약류(花藥類)〉에 들어 있다. 그리고 〈초목류(草木類)〉가 〈화약류〉의 바로 뒤에 편차되어 있으니, 『송남잡지』는 식물을 화훼와 초목으로 구분하려는 의식을 갖고 있었다고 하겠다. 그러나 〈화약류〉에는 화훼뿐만 아니라 약재로 사용할 수 있는 식물·광물·동물·아편·향까지 망라되어 있다. 그나마 그것들을 뒤섞지 않고 각각 모아서 편차한 것으로 보아 화훼에 대한 구분 의식은 존재한 것으로 평가할 수 있다.

수록 화훼의 수와 종류:

『지봉유설』〈훼목부〉「화(花)」는 12개의 항목에서, 매화·목단·장미

·연꽃·국화·동백꽃·치자·영산홍·봉선화 9종에 대한 내용을 수록하였다. 『성호사설』〈만물문〉은 「문도심매(門倒心梅)」·「목단무향(牧丹無香)」·「옥매(玉梅)」·「목단」·「출장어류(黜墻御留)」의 5개 항목에서 매화와 목단·해당 3종에 대한 내용을 수록하였다. 『송남잡지』〈화약류〉 중 화훼에 속하는 56개의 항목 수는 여타의 유서와 비교해 본다면 압도적으로 많다. 여기에 수록된 화훼는 50종이다. 다만 『송남잡지』〈화약류〉에는 초본 식물과 목본 식물이 혼재되어 있고 실존하지 않는 전설상의 식물도 들어 있다.

『지봉유설』과 『성호사설』에 수록된 화훼의 수가 많지 않은 이유는, 이수광의 경우 자신의 주변에서 목도한 화훼만 주로 수록하려 하였고, 이익의 경우는 민생과 무관한 화훼에는 큰 관심이 없었기 때문이다. 반면 『송남잡지』에 수록된 화훼 관련 내용이 풍부하면서도 비과학적 내용이 혼재된 이유는, 조재삼이 자연과학적 의식을 토대로 하기 보다는 문학과 박물학적 의식을 기반으로 삼았기 때문이다.

수록 화훼에 대한 지식의 구성 방식:

『지봉유설』〈훼목부〉「화」의 내용은 화훼의 이름과 성상에 대한 변증, 화훼에 대한 체험의 기록, 화훼와 관련된 신이한 이야기로 구성되어 있다. 식물에 대한 서술은 일반적으로 명칭이나 성상 등에 주안점을 두지만 『성호사설』의 화훼 관련 항목은 매화 중에서도 특이하게 꽃이 거꾸로 피는 것, 목단이 향이 없다고 알려져 있지만 실험해 본 결과 그렇지 않다는 사실, 고려 시대의 출장화(黜墻花)과 어류화(御留花)란 무엇인지 밝히는 것 등 대부분 지적 호기심의 발로에 의한 내용들로 구성되어 있다. 『송남잡지』〈화약류〉 화훼 항목은 화훼의 명칭·화훼의 종류·화훼의 성상·문학 작품 속의 화훼·화훼의 쓰임새와 효능으로 내용이 구성되어 있으니, 여타의 유서에 비하여 그 내용도 압도적으로 풍부하다고 할 수 있다.

　화훼에 대한 의식의 수준:

　이수광은 주로 문인적 시각과 의식에 입각하여 화훼에 대한 내용을 서술하였다. 그의 화훼에 대한 지식의 원천은 문헌이지만 관찰과 전문(轉聞)으로 수집된 정보도 수록하고 있다. 그러나 자연과학적 사실과 맞지 않는 내용도 일부 믿고 있는 것에서 이수광의 식물 지식의 수준을 짐작해 볼 수 있다.

　『성호사설』은 화훼에 관한 내용이 지극히 작은데, 이익이 민생의 문제에 지대한 관심을 갖고 있었기에 식용 식물 이외의 화훼에 대해서는 큰 관심을 보이지 않았기 때문이다.

　『송남잡지』는 화훼에 대한 내용이 매우 풍부하게 수록되어 있지만 자연과학적 사실과 배치되는 내용이 상당수 섞여 있다. 또 화훼에 대한 지식의 원천은 대부분 문헌이며『지봉유설』이나『성호사설』에서 볼 수 있는 관찰과 실험이 보이지 않는다.

　이상에서 살펴본 바와 같이 조선의 지식인들은 나름의 식물분류의식을 지니고 있었고 식물에 대하여 관찰하고 실험하고 변증하였다. 그들의 화훼에 대한 지식은 여전히 문헌을 기반으로 하고 있지만, 이전에 훈고학적 차원에서 화훼를 연구하였던 것과는 차원을 달리한다는 점에서 큰 의의가 있다.

2. 유서에 나타난 조선 지식인의 동물(動物)에 대한 인식
– 뱀에 대한 의식을 중심으로

　동물 중에서도 뱀은 인간의 문화에서 매우 다채롭게 인식되고 표현

되었기에 유서의 뱀 관련 기록의 분석은 동물에 대한 인식의 일단이
될 것이다.

　우리나라의 뱀에 대한 기록은 『삼국유사』에서부터 보인다. 신라의
48대 임금인 경문왕(景文王)은 '임금님 귀는 당나귀 귀' 설화의 주인공
으로도 널리 알려져 있지만 그에 못지않게 뱀에 관한 일화 역시 유명하
다. 그는 신라의 43대 왕인 희강왕(僖康王)의 손자로 전대의 왕인 헌안
왕(憲安王)에게 아들이 없자 뛰어난 품성으로 헌안왕의 딸과 결혼하여
왕위에 올랐다. 그가 등극할 무렵의 신라 하대는 정치적으로 대단히
혼란한 시기였다. 제38대 원성왕(元聖王) 사후에 왕위를 놓고 중앙의
진골 귀족 간에는 피비린내 나는 정쟁과 골육상쟁의 참상이 벌어졌는
데, 소성왕(昭聖王)부터 헌안왕까지 9대 60여 년 동안 세 명의 왕이 살
해될 정도였다. 이러한 혼란기에 제왕의 재목으로 물망에 올랐던 그가
느낀 신변의 위협은 결코 가볍지 않았을 것이다. 『삼국유사』에 의하면,
경문왕이 등극하기 전에 그의 침실에는 밤마다 뱀들이 몰려와서 그가
잘 때 언제나 혀를 내밀어 온 가슴을 덮어 보호해 주었다고 한다.[261]
이 뱀들에 대해서는 경문왕의 재위 기간까지 늘 이어졌던 반역 세력의
위협으로부터 왕을 수호하는 집단이 문학적으로 형상화 된 것으로 보
기도 한다.

　『고려사』에도 뱀에 대한 기록이 보인다. 중원부(中原府)와 수금동(水
金洞)의 여자가 뱀을 낳았다는 기록이 있다.[262] 수금동 여자는 사람 머리

261　王之寢殿, 每日暮, 無數衆蛇俱集, 宮人驚怖, 將驅遣之, 王曰: "寡人若無蛇, 不得安寢,
　　宜無禁." 每寢, 吐舌滿胸, 鋪之.(『三國遺事』, 〈紀異〉「景文大王」)
262　○高宗七年四月丙子, 中原府有女, 身長三尺, 凡三産, 皆非人, 或蟾或蛇或蛙, 人以謂
　　妖女.(『高麗史』〈五行志〉1220년 4월 17일.)
　　○十年正月辛亥, 水金洞有女生兒, 人首蛇身.(『高麗史』〈五行志〉)

에 뱀의 몸통을 가진 아이를 낳았는데, 고대 신화에서는 그러한 형상이 신성성을 가졌던 것과 달리 고려 시대에는 기이한 일화로만 취급되고 있다는 차이가 있다. 특히『고려사』의 고종 45년, 1258년 5월 조의 기록이 주목된다.

> 고종 45년 5월에 북쪽 변방의 위도(葦島)에 누런 뱀이 나타났는데 크기가 기둥만하고 가산(假山)의 구멍 안에서 살았다. 목동 두 명이 그곳을 지나가는데 부르는 소리가 들렸다. 사방을 둘러보니 아무도 없었는데 다시 자세히 보니 바로 뱀이었다. 뱀이 사람의 소리로 말하기를, "이 섬 사람들이 반드시 곧 난을 일으킬 것이다. 돌아가서 감창(監倉)에게 고하되 반드시 신중히 하라."라고 하였다. 감창사(監倉使) 이승진(李承璡)이 소문을 듣고 목동을 불러서 물으니 목동들이 사실대로 대답하였다. 이승진이 그 일을 괴이하게 여겨 비밀로 하였는데 과연 5월이 되자 고을 사람들이 반란을 일으켜 몽고에 투항하였다.[263]

『고려사절요(高麗史節要)』에 이 사건의 전말이 자세히 소개되어 있다. 북계지병마사(北界知兵馬使) 홍희(洪熙)가 여색을 좋아하고 정사를 게을리 하자 평북 박주(博州)의 민심이 이반되어 사람들이 위도(葦島)로 들어갔다. 이를 알게 된 국가에서 최예(崔乂) 등을 보내어, 별초를 거느리고 진무하게 하였다. 그러자 박주 사람들이 반란을 일으켜 최예·윤겸(尹謙)·이승진을 죽이고 갈대 속에 숨었던 최예의 군사마저 모조리 찾아 죽이고 몽고로 달아났다.[264] 이 사건에서 가산의 구멍 속에 살고

---

[263] 高宗四十五年五月, 北界葦島, 有黃蛇, 大如柱, 穴於假山. 有二樵童過歸, 聞有喚聲. 四顧無人, 就視之, 則乃蛇也. 人語謂曰: "此島之人, 近必亂, 歸告監倉, 切須愼之." 監倉使李承璡, 聞而召問, 童以狀對, 怪之而秘. 至是, 州人果叛, 投蒙古.(『高麗史』〈五行志〉)

[264] 博州人, 避兵入保葦島. 國家遣都領郞將崔乂等, 率別抄, 鎭撫之. 州人叛, 殺乂及指諭

있던 뱀은 변란을 알려주는 신령한 존재로 묘사된다.

이 외에 『고려사』에는 공민왕 16년 1367년 6월 3일에 큰 뱀이 침전의 어상(御床)에 나타났다는 기록이 보인다.[265]

다음 『조선왕조실록』의 기록을 보면, 당시 사람들은 뱀의 출현을 하늘의 견책으로 인식하고 있었다.[266]

> 임금이 말하기를, "내가 강녕전(康寧殿)에 나아갔더니, 밤에 한 시녀가 고하기를, '뱀이 궁전 안으로 들어와 기둥을 안고 재삼 오르내리더니 홀연 숨어버렸습니다.'라고 하기에, 내가 몹시 괴상히 여겨 내시와 시녀로 하여금 함께 뱀을 찾게 하였으나 발견하지 못했는지라, 내 더욱 놀라 일어나 궁전 문밖으로 나와 사람을 시켜 불을 밝혀 찾게 하니, 그 뱀이 책상 위에 숨어 있었다. 내가 곰곰이 생각해보니, 금년에는 한기(旱氣)가 너무 심하고 재변이 누차 나타나니, 반드시 하늘의 견책이 있으리라. 옛사람은 방위를 피하여 화를 면한 법이 있었으니, 나는 진양대군(晉陽大君)의 집으로 거처를 옮기려 한다."라고 하였다.[267]

뱀이 국왕의 처소에까지 출현했다는 내용으로 보건대, 15~16세기에는 사람들이 살아가는 대부분의 공간에서 쉽게 뱀을 볼 수 있었으며

尹謙, 監倉李承璉. 父所領兵, 皆逃匿蘆葦間, 跡而盡殺之, 遂投蒙古. 唯校尉申輔周, 乘小舟逃來, 告於兵馬使. 卽遺兵追之, 取婦女幼弱而還, 遺將軍朴堅, 郞將金君錫, 宣諭葦島. ○北界知兵馬事洪熙免, 以判秘書省事金之岱代之. 熙耽嗜女色, 不恤國事, 一方離心.(『高麗史節要』〈高宗安孝大王〉)

265 恭愍王十六年六月戊申, 大蛇, 見于寢殿御床.(『高麗史』〈五行志〉)

266 이하 『조선왕조실록』의 뱀에 관한 내용은, 김동진의 「15~16세기 한국인의 일상생활과 뱀의 양면성」(『역사민속학』, vol. 41, 2013, 102~136쪽.)을 주로 참조하였음.

267 上曰: "予御康寧殿, 夜有一侍女告曰: '蛇入殿中, 繞柱上下再三, 俄而忽隱.' 予甚怪之, 使內竪與侍女共求而未得見, 予尤驚駭, 起出殿門外, 使人明火尋之, 蛇在書案上矣. 予詳思之, 今年旱氣太甚, 災變屢見, 必有天譴, 古人有避方免禍之法, 予欲移御于晋陽大君第."(『世宗實錄』, 18년[1436], 윤6월 27일.)

뱀이 더 이상 신화적인 존재가 아니었다. 이는 앞서 신라 경문왕이 잠잘 때 뱀들이 혀를 내밀어 그의 가슴을 덮어 보호해 주었다는 신이적인 내용과는 현격한 차이를 보인다. 다만 뱀의 출현을 하늘이 보내는 경고로 보는 의식 정도는 남아 있었다. 또 뱀이 가진 신령한 힘에 대한 의식은 여전히 존재하고 있었다. 세종 11년[1429]에 세자빈 김씨가 세자 시절의 문종의 사랑을 얻기 위해 시녀인 호초(胡椒)에게 두 가지 압승술(壓勝術)을 배워 시행하다 발각된 일이 있었다.[268] 또 뱀 그림을 음식에 넣어 저주하는 사람에게 먹여 뱀이 뱃속에서 살아 움직여 복통을 일으키게 하는 주술도 민간에 존재하였다.[269]

『지봉유설』·『성호사설』·『송남잡지』에는 뱀에 대한 다양한 이야기가 실려 있다. 뱀의 성상에 대한 탐색이 있는가 하면, 상상의 소산물도 있다. 본 장에서는 조선 유서에 실린 뱀 관련 이야기를 통하여 조선 중기부터 후기까지 지식인들의 생물학적 인식의 일단을 살펴보고자 한다.

2-1. 17세기, 이수광의 뱀에 대한 인식

『지봉유설』에서 뱀에 대한 본격적 기술은 이 책의 가장 마지막인 권 20의 〈충치(蟲豸)〉에서 볼 수 있지만, 그 밖에도 권1의 〈시령부(時令部)〉「세시(歲時)」와 〈재이부(災異部)〉「인이(人異)」·「물이(物異)」, 권7 〈문자부(文字部)〉「문의(文義)」 등에서도 뱀에 대한 기술을 볼 수 있다.

---

268 兩蛇交接所泄精氣, 拭以巾而佩之, 當得男子之昵愛矣.(『世宗實錄』, 11년[1429], 7월 20일.)

269 道內各官住咀呪人內一女呪以蛇像置食中, 以食一男, 男腹痛, 乃煎雄蔬根服之, 三蛇出自腹中, 殺其二蛇, 以一蛇與犬, 犬食之, 三日死, 剖犬腹視之, 其蛇生矣.(『世宗實錄』, 13년[1431], 5월 13일.)

이수광의 동물에 대한 인식의 일단을 다음의 글에서 볼 수 있다.

> 십이진(十二辰)에서 자(子)는 쥐, 축(丑)은 소, 인(寅)은 호랑이, 묘
> (卯)는 토끼, 진(辰)은 용, 사(巳)는 뱀, 오(午)는 말, 미(未)는 양, 신(申)
> 은 원숭이, 유(酉)는 닭, 술(戌)은 개, 해(亥)는 돼지다. 살펴보건대, 『설
> 부(說郛)』에서 "자·인·진·오·신·술은 모두 양(陽)이기 때문에 기수(奇
> 數)를 가진 동물을 인용하여 이름을 붙인 것이다. 즉 쥐·범·용은 모두
> 발가락이 다섯 개씩이고, 말은 통굽이며, 원숭이·개도 발가락이 다섯
> 개씩이다. 축·묘·사·미·유·해는 모두 음(陰)이기 때문에 우수(偶數)를
> 가진 동물을 인용하여 이름을 붙였다. 즉 소는 발굽이 둘로 갈라져 있고,
> 토끼는 입술이 갈라졌으며, 뱀은 혀가 두 갈래이고, 양과 닭과 돼지는
> 모두 발톱이 네 개다."[270]라고 하였다. 그 설이 이치가 있는 듯하다.[271]

위의 글은 〈시령부〉「세시」에 들어 있는 것에서 짐작할 수 있듯이
동물에 대한 본격적 기술이라기보다는 십이지에 대한 기술이라고 할
수 있다. 위의 글은 십이진을 12동물에 배속시킨 이유에 대한 논증으
로, 이수광은 자신의 견해가 아니라 도종의(陶宗儀)의 『설부(說郛)』에서
인용하였다고 밝히고 있다. 『설부』에 실린 위의 글은 송나라 홍손의
『양곡만록(暘谷漫錄)』을 수록한 것인데, 십이지에 동물을 배속시킨 이
유로서 설득력을 가진다고 인정되어 종종 인용된다. 홍손의 견해는 음

---

[270] 子鼠丑牛寅虎卯兔辰龍巳蛇午馬未羊申猴酉鷄戌犬亥猪, 爲十二相屬, 前輩具未有明所
以取義者. 余嘗日見家塵公選云, 子寅辰午申戌, 俱陽, 故取相屬之奇數以爲名, 鼠五指,
虎五指, 龍五指, 馬單蹄, 猴五指, 狗五指, 丑卯巳未酉亥, 俱陰, 故取相屬之偶數以爲
名, 牛四爪, 兔兩爪, 蛇兩舌, 羊四爪, 鷄四爪, 猪四爪, 其說極有理, 必有所據.(『說郛』
〈暘谷漫錄〉)

[271] 十二辰, 子鼠丑牛寅虎卯兔辰龍巳蛇午馬未羊申猴酉鷄戌狗亥猪也. 按說郛云: "子寅辰
午申戌, 俱陽, 故取奇數爲名, 鼠虎龍, 皆五指, 馬單蹄, 猴狗, 亦五指也, 丑卯巳未酉亥,
俱陰, 故取偶數爲名. 牛兩蹄兔缺脣蛇雙舌羊鷄猪, 皆四爪也."其說似有理.(『芝峯類說』
〈時令部〉「歲時」)

양론에 근거를 두고 있다. 일단 십이진을 음과 양으로 양분하고 음의 특징을 지닌 동물은 음에 배속시키고 양의 속성을 지닌 동물은 양에 배속시키는 이론이다. 이수광도 일리가 있다고 인정한 바와 같이 동물을 음양론에 의거하여 분류하는 방법은 조선의 지식인들에게 무난히 수용되었다. 발가락·발톱·발굽·입술·혀의 모양이 홀수인지, 짝수인지에 따라서 양과 음으로 구분하는 발상은 동물의 성상에 근거하여 동물을 분류하는 것이다. 이처럼 조선 지식인의 동물에 대한 인식은 생물학보다는 철학적 관점이 우위를 점하였다고 할 수 있다.

『지봉유설』의 편차에 따라 볼 때, 〈재이부(災異部)〉는 〈시령부(時令部)〉의 뒤에 편찬되어 있고 〈재이부〉는 「재생(災眚)」·「기황(饑荒)」·「인이(人異)」·「물이(物異)」로 구성되어 있는데, 「인이」·「물이」에서 뱀에 대한 기록을 볼 수 있다. 그 이름에서 알 수 있듯이 〈재이부〉는 통념에서 벗어나는 현상에 대한 기록이다.

> 새의 큰 것을 붕(鵬)이라 하고 물고기의 큰 것을 고래라고 하며 뱀의 큰 것을 탄상(呑象)이라 하고 게의 큰 것을 여산(如山)이라고 한다. 지렁이의 큰 것은 길이가 70척이나 되니 『고려사』에 있는 이야기다. 동물이 이와 같으니 사람도 마땅히 그러할 것이다. 예를 들면 방풍씨(防風氏)는 몸이 가로로 구묘(九畝)나 된다고 하니 어찌 의심하겠는가?[272]

위의 글은 우임금의 제후 회합에 늦게 도착해 처형당한 전설적 거인 방풍씨(防風氏)의 존재에 대한 기술이다. 방풍씨는 그 뼈가 수레 한 대를 가득 채울 정도의 거인이었다고 한다.[273] 이렇게 큰 거인의 존재를

---

272 鳥之大者曰鵬, 魚之大者曰鯨, 蛇之大者呑象, 蟹之大者如山, 蚯蚓之大者長至七十尺, 在高麗史. 物有如此, 人亦宜然. 如防風氏身橫九畝, 何足疑乎?(『芝峯類說』〈災異部〉「人異」)

믿기는 힘들지만 완전히 부정할 수만도 없다는 것이 이수광의 생각이다. 붕(鵬)이라는 거대한 새가 있고 탄상(呑象)이라는 거대한 뱀이 있으며 여산(如山)이라는 거대한 게도 있다. 심지어는 70척이나 되는 지렁이도 있다. 대부분의 동물이 통념을 뛰어 넘어 거대한 것이 존재하므로 거인의 존재를 부정할 수 없다는 것이다. 이 글 속에 보이는 탄상(呑象)은 파사(巴蛇)라는 것으로 코끼리도 통째로 삼킬 수 있을 정도로 거대한 뱀이다. 파사는 『산해경』에서 소개된 상상의 동물이지만 『산해경』에 기술된 여타 동물들보다는 허황한 정도가 심하지 않기에 그 존재를 믿는 사람이 많았던 듯하다.

「물이」에는 현재의 생물학적 관점에서는 도저히 받아들이기 힘든 기록이 있다.

> 모든 곤충이든 우화(羽化)하는 것은 본래 그러하지만, 조류가 수족(水族)으로 변하고 수족이 사슴으로 변하는 것은 무슨 이치인가? 두더지가 메추라기로 되고 개구리가 메추라기로 되고 게로 되며 잉어나 다랑어가 용이 되고 닭이 뱀으로 되며 참새가 조개로 변하고 꿩이 조개로 되며 뱀이 꿩으로 변하고 두꺼비가 복어로 되니 괴이하다. 사람도 변화하여 범이 되고 소가 되고 노루가 되고 물고기가 되고 자라가 되고 새가 되기도 하니 또한 무슨 이치인가? 고사리와 당귀는 식물인데 또한 변하여 뱀이 되니 이 이치는 더욱 알 수 없는 것이다. 대저 12종류의 생물들이 하늘과 땅 사이에 가득 차서 나고 또 나고, 변화하고 또 변화하여 어수선하니 조물주는 정말 장난이 심하구나![274]

---

273 仲尼曰: "丘聞之, 昔禹致群神於會稽之山, 防風氏後至, 禹殺而戮之, 其骨節專車, 此爲大矣."(『國語』〈魯語〉)

274 昆蟲無不羽化, 固也, 羽蟲而化鱗物, 鱗物而化麇鹿, 何理也? 田鼠爲駕, 蝦蟆爲鶉爲蟹, 鯉鮪爲龍, 雞爲蛇, 雀爲蛤, 雉爲蜃, 蟾蜍爲河豚, 怪矣! 人有化爲虎爲牛爲獐爲魚鼈禽鳥, 亦何理耶? 蕨與當歸, 乃植物而亦變爲蛇, 此理之尤不可知者. 夫十二類之生,

이수광은 "모든 곤충은 날개가 달려 날아가는 것으로 변하는 현상이 당연한 이치이지만 조류가 수족(水族)으로 변하고 수족이 사슴으로 변하는 이치는 어떻게 설명할 수 있는가?"라고 의문을 표하고 있다. 동물이 다른 유로 변한다는 생각은『예기』〈월령〉에서 유래한다. 이 글의 "전서위여(田鼠爲鴽)"가 그것이다. 〈월령〉은 고대인의 자연의 법칙성에 대한 인식을 기반으로 한 것이므로 두더지가 메추리로 변한다는 것은 괴이한 일이 아니라, "오동나무의 꽃이 이때 이르러 비로소 피는 것"과 함께 음력 3월이 되었음을 알 수 있는 자연의 주요 현상이라고 생각하였다.[275] 이러한 생각은 환경에 따라 동물이 이종(異種)으로 변할 수 있다는 환상적 색채가 강화되는 방향으로 진행된다. 위의 글에서 보듯이, 특히 뱀은 다른 동물보다도 이종으로의 변화가 더욱 다양하다고 믿어졌다. 닭이 뱀으로 변할 뿐만 아니라 뱀이 꿩으로 변한다고 믿었다. 심지어 고사리나 당귀와 같은 식물이 뱀으로 변한다는 이야기까지 만들어 진다. 식물이 뱀으로 변하고 뱀이 또 다른 동물로 변한다는 이야기는 송나라 유경숙(劉敬叔)의『이원(異苑)』에서 소개된 이후로 송나라 이방(李昉) 등의『태평광기(太平廣記)』, 명나라 동사장(董斯張)의『광박물지(廣博物志)』등으로 전파되었다.[276] 뱀이 다른 동물들보다 변화의 속성이 강하다고 믿었음을 알 수 있다. 이러한 생각은 이종 간의 교접도 뱀이 다른 동물보다 훨씬 다양하다고 믿게 하였다.

　　뱀은 꿩과 교접하는데, 혹 거북이나 농어와도 교합하니, 나귀나 말이

充滿天地間, 生生化化, 擾擾夣夣, 造物眞戱劇也哉!(『芝峯類說』〈災異部〉「物異」)

275　桐始華, 田鼠化爲鴽.

276　晉太元中, 汝南人, 入山伐竹, 見一竹中, 蛇形已成, 上枝葉如故. 又吳郡桐廬人, 常伐餘, 遺竹, 見一竹竿雉頭, 頸盡就身, 猶未變, 此亦竹爲蛇, 蛇爲雉也.(『異苑』)

소와 교접하는 것과 같다. 두 동물은 사악하고 음란하며 바르지 못한 기운을 타고 났기 때문인 듯하다. 또 옛 책에서 "거북과 자라는 수컷이 없고 뱀과 교접한다."[277]고 하였다.[278]

송나라 육전(陸佃)은 "뱀이 거북이와 교접하면 거북이를 낳고 꿩과 교접하면 이무기를 낳는다.", "거북과 자라는 수컷이 없기 때문에 뱀과 교접한다."는 재미있는 견해를 제시하였다.[279] 그런데 이수광은 육전의 견해를 토대로 거북이가 교접하는 대상을 꿩·거북이·농어·자라 등이라고 하였다. 그리고 이종 간에 교접을 하는 것은 사악하고 음란하기 때문이라고 하였다. 여기에서 이수광의 뱀에 대한 관점이 '사악·음란'이었음을 알 수 있다.

중세의 지식인들이 뱀에 대하여 가장 궁금하게 생각했던 것은 발이 없는 뱀이 기어가는 원리였다.

> 용은 뿔로 들으니, 진짜 귀머거리가 아니다. 이는 뿔로 귀를 삼은 것이다. 소는 코로 들으니, 귀가 없는 것이 아니다. 이는 코로 귀를 삼은 것이다. 용은 날개가 없어도 날 수 있으니 이는 날개 아닌 것으로 날개를 삼은 것이다. 뱀은 발이 없어도 가니, 이는 발 없는 것으로 발을 삼은 것이다.[280]

---

277 龜, 舊也, 外骨內肉, 腸屬于首, 廣肩無雄, 與蛇爲匹, 故龜與蛇合, 謂之玄武.(『埤雅』, 陸佃)

278 蛇與雉交, 或與龜與鱧魚合, 猶驢與馬與牛交也, 蓋二物稟邪淫不正之氣故耳. 又古書曰: "龜鼈無雄, 與蛇爲匹."(『芝峯類說』〈禽蟲部〉「獸」)

279 陸佃云: "蛇交龜則生龜, 交雉則生蜃." 類書, "蛇與雉交而生子曰蝮, 似蛇四足."(『通雅』, 方以智)

280 龍聽以角, 非眞聾也. 是以角爲耳者也. 牛聽以鼻, 非無耳也, 是以鼻爲耳者也. 龍不翼而飛, 是以不翼爲翼也. 蛇無足而行, 是以無足爲足也.(『芝峯類說』〈災異部〉「物異」)

위의 글을 본다면 이수광은 뱀은 발이 없지만 특유의 이동 방법이
있다고 생각하였다. 다만 그것이 무엇인지는 알 수 없다고 밝히고 있
다.[281] 그런데 뱀이 발이 없어도 기어갈 수 있다는 논리는 매우 재미있
고도 독특하다. 그 근거로 "소리의 감각 기관이 반드시 귀만은 아니다."
라는 것을 들었다. 용은 뿔로 소리를 듣고 소는 코로 소리를 듣는다는
것이다. 용이야 상상의 동물이기에 그것의 감각기관과 감각방법을 어
떻게 말하듯 시비할 여지가 없지만, 늘 보는 소는 멀쩡하게 귀가 있건만
왜 엉뚱하게 코로 소리를 듣는다고 생각하였을까? 소가 뿔로 소리를
듣는다는 생각은 용이 뿔로 소리를 듣고 뱀이 발이 없이도 간다는 생각
과 함께 명나라 왕세정 등에 의해 제시된 견해다.[282] 다만 그 이유에
대한 설명이 없었기에 이익은 "옛말에 '소는 코로 듣는다.'고 하더니,
징험해보니 과연 그렇다. 소는 비록 귀가 있지만 귓속이 전부 막혀서
소리가 통할만한 구멍이 없으니, 귀로 듣지 않는다는 것은 분명하다.
이[齒]가 이미 밖으로 나타나서 뿔이 되었으니, 소리가 도리어 내려가
코로 통하는 것도 괴이할 일이 없다. 코는 기(氣)가 통하는 구멍이다.
사람 중에 혹 재채기 병을 앓는 자가, 코가 막히고 기가 격(激)하면 기가
귀로 통하니, 기가 통한다면 소리도 혹 통할 이치가 있다. 또 일찍이
징험해 보니 소가 풀을 씹을 때는 코로 냄새를 맡는 듯한데, 이것은
이해할 수 없다."[283]라고 나름의 이유에 대하여 설명하였다.

281 현재 생물학에서는 뱀이 이동하는 방법으로 측선물결운동, 직선운동, 아코디언 식 운
동, 사이드 와인딩 운동이 있다고 설명하고 있다.(백남극, 심재한, 『뱀-지성자연사박
물관』, 지성사, 1999.)

282 兎絲無根而生, 蛇無足而行, 魚無耳而聽, 蟬無口而鳴, 龍聽以角, 牛聽以鼻.(『弇州四部
稿』, 王世貞.)

283 古云: "牛聽以鼻." 驗之果然. 牛雖有耳. 其中全塞, 無隙竅可通, 則聽不以耳者, 明矣.
齒旣外形而爲角, 則聲反下通于鼻, 亦無足怪. 鼻者, 氣竅也. 人或病䶵嚔者, 鼻塞而氣

　그리고 뱀이 발 없이 이동하는 원리도 중세의 지식인들에게는 매우
궁금한 현상 중 하나였음을 잘 알 수 있다.
　다음으로 뱀과 인간의 생활에 대한 의식을 살펴보도록 하겠다.

> 　옛사람들은 '무양(無恙)'이나 '무타(無他)'라고 칭하였다. 살펴보건대,
> '양(恙)'은 응소(應劭)의 『풍속통(風俗通)』에서 "독충이 사람을 잘 무는
> 데, 옛사람들은 풀 속에 살면서 노숙했기 때문에 서로 안부를 물을 때
> '무양(無恙)'이라고 했다."[284]라고 하였다. '양(恙)'은 『이아』와 『설문해
> 자』에서 모두 '근심'이라고 하였다. '타(他)'는 『설문해자』에서 '뱀'이라
> 고 하였다. 상고에는 뱀을 근심하여 서로 안부를 물을 때 "뱀에게 물리지
> 는 않았는가?[得無他乎]"라고 한듯하다. 지금 민간에서 편지의 첫머리
> 에 '무타(無他)'라고 쓰는 말이 이것이다.[285]

　'무양(無恙)'이나 '무타(無他)'는 '안녕하세요?'라는 인사말에 해당하
는데, 이것은 모두 뱀과 관련이 있다는 것이다. 이수광은 응소의 『풍속
통』·『이아』·『설문해자』 등의 기록을 근거로 '양(恙)'은 '뱀에게 물려 해
를 당하는 근심', '타(他)'는 '뱀'이라고 설명하였다. 즉, '무양'과 '무타'
는 모두 뱀에게 물려서 해를 당하지 않았는지 묻는 인사말인 셈이다.
이로 볼 때 뱀은 인간에게 가장 위협적인 동물 중 하나였음을 알 수
있다. 따라서 뱀을 퇴치하는 방법, 뱀에게 물렸을 때에 치료할 수 있는

激, 則氣與耳通, 氣通則聲或有可通之理, 亦嘗驗之, 牛之齕草, 似若鼻嗅然者, 是未可
曉.(『星湖僿說』 〈萬物門〉「牛聽」)

284　無恙. 恙, 毒蟲也, 喜傷人, 古人草居露宿, 故相勞問, 必曰無恙.(『類說』 〈風俗通〉, 曾
慥.)

285　古人稱無恙無他. 按恙, 應劭風俗通曰: "毒蟲能噬人, 古人草居露宿, 故相勞問."云. 爾
雅說文皆曰憂也. 他, 說文云, "蛇也." 蓋上古患蛇而相問得無他乎? 今俗文書首稱無他
者, 此也.(『芝峯類說』 〈文字部〉「文義」)

방법도 여러 가지로 궁리하지 않을 수 없었다.

> 진도(珍島) 벽파정(碧波亭)에 큰 구렁이가 나와서 대들보를 타 넘어가
> 는데, 그 크기가 서까래만 했다. 갑자기 흰 기운이 누판(樓板) 밑에서
> 나와 큰 구렁이를 곧바로 쏘니 구렁이가 바로 문드러져 죽고 빈 껍질만
> 남았다. 사람들이 괴상히 여겨서 판자를 떼고 보니, 그 밑에 큰 지렁이가
> 서려 있는데, 그 길이는 몇 자가 넘었다고 한다. 지금 사람들이 소주를
> 뱀에 부으면 역시 문드러지니 서로 제어하기 때문인 듯하다.[286]

위의 글에서 진도의 벽파정에서 있었던 일이라고 밝히고 있는데, 커
다란 구렁이를 거대한 지렁이가 빛을 쏘아 태워 죽였다는 이야기이다.
또 뱀에 소주를 부으면 뱀이 문드러져 죽는다고 하였으니, 소주가 뱀을
퇴치하는 좋은 수단이라고 생각하였음을 알 수 있다.

다음 글은 우리나라에서 전해지는 뱀에게 물린 상처의 치료법인 동
시에 뱀 퇴치법이다.

> 민간에 전하기를, 뱀에게 물린 상처에는 정월 첫 해일(亥日)에 짠 참기
> 름을 저울 추 구멍에 바른 후에 상처에 떨어지게 하면 금방 나을 뿐 아니
> 라, 문 뱀이 죽는다고 한다. 진사(進士) 김확(金矱)이 말하기를 "시골에
> 있을 때 첫 해일에 짠 참기름을 가지고 여러 번 시험해 보았다. 혹은
> 이것을 조금 먹이고 혹은 상처에 바르게 했더니, 그 자리에서 낫지 않은
> 적이 없었다."라고 했다. 역시 이상하다.[287]

---

286 珍島碧波亭, 有巨蟒出而跨梁, 其大如椽, 俄而白氣自樓板下直射巨蟒, 輒消爛而斃, 只
餘空殼. 人怪之, 去板見之, 有大蚯蚓蟠結於下, 其長過數尺云. 今人以燒酒灌蛇則亦即
消爛, 蓋能相制故也.(『芝峯類說』〈禽蟲部〉「蟲豸」)
287 俗傳蛇咬傷, 用正月上亥日所取生眞油, 於貼錘子孔中, 滴傷處, 則非唯立差, 所蛟蛇立
死云. 此說怪矣. 金進士矱言, 居鄉, 屢用上亥日生油試之, 或飲小許, 或塗傷處, 無不立

위의 글은 이수광도 그 이치를 알 수 없다고 한 민간요법이다. 참기름이 뱀에게 물린 상처를 치료할 수 있다는 것인데, 그 조건이 몹시 주술적이다. '정월 첫 해일에 참기름을 추출할 것', '저울 추 구멍을 통해 상처에 떨어뜨릴 것'이라는 조건이 만족되어야 효과가 있다. 그런데 더욱 신기한 것은 이렇게 하면 뱀에게 물린 상처를 치료할 수 있을 뿐만 아니라 사람을 물었던 뱀도 동시에 죽일 수 있다는 이야기다. 이 허황하기 짝이 없는 이야기에 신뢰성을 더해 준 사람이 진사 김확(金㦿)이다. 김확 같은 당시의 명망 있는 인사가 '직접 실험을 해보니 조금도 틀리지 않더라.'라고 말한 것이다. 당시에 뱀에게 물려 다치거나 죽는 사람이 꽤나 많았을 터인데, 민간에서 손쉽게 구할 수 있는 것으로 치료할 수 있는 방법을 찾을 수밖에 없었던 안타까운 사정을 짐작해 볼 수 있다.

　이수광은 뱀이 인간에게 해악을 끼친다고 해서 그것을 무조건 증오의 대상으로 삼고 무분별하게 죽여서는 안 된다고 생각하였다.

　　　유생 금각(琴恪)이라는 자는 어려서부터 글재주가 있었다. 일찍이 산사에서 글을 읽는데, 하루는 뱀이 섬돌 사이에서 나오므로 금생(琴生)이 지팡이로 때려 죽였다. 얼마 뒤에 뱀이 또 오기에 즉시 때려 죽였다. 죽이면 또 오고, 오면 죽이고, 이렇게 하기를 하루에 수십 번을 했는데도 그치지 않았다. 금생이 이것을 미워해서 피해 갔더니 그 요물이 나타나지 않았다. 금생은 나이 20세가 되지 못해서 요절하였다. 어떤 이는 뱀을 죽인 응보일지도 모르겠다고 한다. 그러나 나는 꼭 뱀을 죽인 응보는 아니라고 생각한다. 사람에게 다른 생물을 해치는 마음이 있는 것은 옳지 않다. 옛날 손숙오(孫叔敖)가 머리가 둘 달린 뱀을 죽인 일로 음덕을 받은 까닭은 그가 살생에는 뜻이 없고 사람을 다치게 할까 두려워하는

　愈云, 亦異哉.(『芝峯類說』〈禽蟲部〉「蟲豸」)

마음이 있었기 때문이다.[288] 죽인 것은 비록 같지만 죽인 까닭은 서로
다르다. 하나의 생각이 착하고 악한 사이에 화를 받고 복을 받는 것이
이와 같으니, 경계하지 않을 수 있으랴?[289]

금각은 1569년에 태어나 1586년에 요절하였다. 그는 폐결핵으로 사
망한 것으로 알려져 있다.[290] 그런데 그의 요절은 뱀과 관련 있다는 이
야기가 당시에 유포되어 있었던 것으로 보인다. 금각이 뱀을 증오하여
뱀을 너무 많이 때려 죽였기에 그 응보로 요절하였다는 것이다. 이수광
은 이와 같은 이야기에 대해서 수긍하지 않았지만, 그렇다고 해서 뱀을
남살하는 것은 반대하였다. 손숙오가 양두사(兩頭蛇)를 죽인 일화를 예
로 들면서 비록 뱀을 죽인 행위만 두고 본다면, 금각이나 손숙오나 모두
같지만, 그 목적은 전혀 다르다고 하였다. 인간에게 해를 주지 않는다
면 필요 없이 뱀을 죽여서는 안 된다는 것이다.

다음 글은 뱀에 대한 또 다른 층위의 인식을 보여주는 것이다.

옛날에 연경에 가는 사신이 바닷길로 왕래하는데, 어떤 관리 하나가
병이 나서 거의 죽게 되었기에 무인도에 여막(廬幕)을 치고 살게 하고
배가 돌아올 때 태워 돌아가기로 약속했다. 그 사람이 섬 속에 있으면서

---

288 춘추 시대 초나라의 명망 높은 관리인 손숙오(孫叔敖)가 어릴 적에 밖에 나가 놀다가
   한번 본 사람은 틀림없이 죽는다는 양두사(兩頭蛇)를 보고, 자기는 이미 보았으므로
   어쩔 수 없이 죽더라도 또 다른 사람이 보지 않게 하자는 생각에서 양두사를 죽여서
   땅에 파묻었다고 한다.

289 琴生恪者, 少有文藝, 嘗讀書山寺, 一日有蛇出階間, 生以杖擊之而斃. 俄而蛇又至, 卽
   擊斃之, 斃而又至, 至而斃之, 如是者日數十而不止. 生惡之避去, 其妖乃絶, 生年未弱
   冠而夭. 或者, 疑爲殺蛇之報云. 余謂殺蛇之報未必是, 而大抵人有害物之心, 不可也.
   昔孫叔敖以殺兩頭蛇爲陰德者, 以其無意於殺生, 而有恐傷人之念故也. 所殺雖同, 而其
   所以殺之則異, 一念善惡之間, 禍福之應如此, 可不戒哉.(『芝峯類說』〈禽蟲部〉「蟲豸」)

290 심경호(2009), 『내면기행』, 이가서, 37~43쪽.

매일 밤 비바람 소리가 산골짜기를 울리면서 산에서 내려왔다가 새벽이
면 다시 바다에서 산으로 올라가는 것을 들었다. 그 사람은 마음속으로
이상히 여겼다. 병이 조금 낫자, 가서 보니 길 하나가 산에서 시작하여
바다에 닿았는데, 깎여서 다닌 자취가 나 있었으니 커다란 동물이 와서
바닷물을 마시기 때문이었다. 이에 나무를 깎아 못을 만들어 그것이 다
니는 곳에 창을 벌여 세운 것처럼 꽂아 놓았더니 그 날 밤 그 동물이
아래로 내려가는 소리가 났는데 다시 올라가지는 않는다. 이튿날 보니
큰 구렁이가 찢겨 죽어 있었는데 뱀의 몸속에서 큰 구슬이 여러 말이나
흘러내려 오기에 이것을 자루 속에 거두어 담았다. 여러 달이 지나 돌아
오는 사신을 만나 마침내 사례를 하고 귀국하였다. 뒤에 페르시아 상인
이 그것을 보더니, "이것은 모두 야광주(夜光珠)다."라며 비싼 값을 주고
사갔기에 재물 수 만 냥을 벌었다.[291]

이수광은 위의 글에서 연경으로 가던 사신이 병에 걸려 무인도에 있
다가 커다란 뱀을 죽였는데, 그 뱀의 뱃속에서 진기한 야광주를 몇 말이
나 얻었고, 그것을 비싼 값에 팔아 많은 재물을 얻게 되었다는 이야기를
소개하고 있다. 뱀이 뜻하지 않은 재물을 얻을 수 있는 수단이 될 수도
있다는 의식을 기반으로 한 이야기라고 할 수 있다.

이상에서 살펴 본 바와 같이 이수광의 뱀에 대한 의식은 여러 가지
층위를 보이고 있다. 동물을 크게 구분할 때 음에 속하며 그 성질은
사악하고 음란하다고 생각하였다. 그렇기 때문에 여러 이종과 교배를
한다고 생각하였다. 다른 동물이나 식물이 변하여 뱀이 될 뿐만 아니라

---

291 昔趙京使臣從海路往來, 有員役一人病殆死, 於海島無人處, 結幕以居之, 約回舟載去.
其人在島中, 每夜聞若風雨聲振山谷, 自山而下, 曉則又自海而上, 心異之. 病稍已, 往
見則有一道從山抵海, 鑿而成迹, 蓋巨物就飮海水故也. 乃斫木爲釘, 植其行處, 若攢戟
焉. 卽夜聞其聲下而不復上. 翌日見巨蟒潰裂而斃, 流下大珠數斗, 乃收貯于橐中, 旣累
月遇使回, 遂賫以還國. 後商胡見之曰: "此皆夜光珠也." 厚酬其直, 得財累巨萬.(『芝峯
類說』〈禽蟲部〉「蟲豸」)

뱀이 변하여 다른 동물이 된다고도 생각하였다. 이는 뱀이 환경의 영향
에 민감한 동물이며, 급격한 변화가 가능한 동물이라는 의식에 기반
한다. 또 민간에서 쉽게 구할 수 있는 재료로 뱀을 퇴치하거나 치료할
수 있는 방법에 대해서도 궁리하였는데, 이수광은 주로 실험을 통하여
검증이 되었다고 하는 방법을 소개하고 있다.

2-2. 18세기, 이익의 뱀에 대한 인식

이익의 뱀에 대한 기술은 주로 『성호사설』〈만물문(萬物門)〉에서 볼
수 있다. 『성호사설』이라는 책의 특징이 그러하듯이, 뱀과 관련된 기술
도 통념에 대한 논박이 주를 이루고 있다.

> 『안씨가훈(顔氏家訓)』에서 『한비자』를 인용하여 "(한비자에서) '벌레
> 중에 회(蟡)란 것이 있는데, 몸 하나에 입이 두 개 달려서 먹을 것을 다투
> 며 서로 물어뜯다가 마침내 서로를 죽인다.'라고 하였는데, 뒤에 『고금
> 자고(古今字詁)』를 보니, 이것은 바로 옛날의 虺자다."[292]라고 하였다.
> 또 『초사(楚辭)』 「천문(天問)」에 "머리 아홉 개가 달린 수놈 독사."라고
> 하였으니, 입이 두 개 있어서 서로 죽인다는 증거는 볼 수 없었다. 그러므
> 로 '회(蟡)'는 반드시 다른 한 종류가 있을 것이다.[293]

위의 글은 '蟡가 虺와 같다.'는 통념에 대한 반박과 논증이다. 이익은

---

292 吾初讀莊子蟡二首, 韓非子曰, "虫有蟡者, 一身兩口, 爭食相齕, 逐相殺也." 茫然不識此
字何音, 逢人輒問, 了無解者, 案爾雅諸書, 蠹蛹名蟡, 又非二首兩口貪害之物. 後見古
今字譜, 此亦古之虺字音漬.(『顔氏家訓』〈勉學篇〉)
293 顔氏家訓引韓非子曰: "虫有蟡者, 一身兩口, 爭食相齕, 逐相殺也'. 後見古今字詁, 此卽
古之虺字." 按天問云: "雄虺九首." 未見有兩口相殺之證. 然則蟡必有一物耳.(『星湖僿
說』〈萬物門〉「蟡類」)

『한비자』에서 말한 魁가 장읍(張揖)의 『고금자고』에서 말한 虺와 동일하다는 『안씨가훈』의 견해를 반박하였다. 虺는 입이 두 개가 아니고 하나인 동물이기에 魁와 같을 수 없다는 것이다. 그 근거로 「천문」에서 虺는 머리가 아홉 개인 수뱀으로 표현되어 있다는 예와 그것의 입이 두 개여서 서로 죽인다는 기록이 없다는 것을 확인하고 "魁와 虺는 다른 것이다."는 결론을 도출하였다.

위의 글을 본다면 이익은 뱀을 자연과학적 차원에서 접근하기보다는 학문적 차원에서 하나의 탐구 대상으로 생각하고 있다는 사실을 알 수 있다. 따라서 문헌 조사가 주된 연구 방법으로 사용되고 있다.

다음의 글도 이익이 '양두사(兩頭蛇)'에 대한 통념을 반박한 것이다.

> 세상에 손숙오(孫叔敖)가 뱀을 죽여 묻은 일이 전해진다. 그러나 후세에는 머리가 둘 달린 뱀이 있다는 말을 전혀 듣지 못했으며, 그런 뱀을 보면 해악을 입게 된다는 말도 일리가 없다.[294]

이익은 인구에 회자되는 손숙오의 양두사(兩頭蛇) 일화를 두 가지 측면에서 비판한다. 첫째는 문헌학적 차원에서 손숙오가 살던 춘추시대 이후의 기록에서 머리가 둘 달린 뱀의 존재가 확인되지 않는다는 사실을 근거로 손숙오 일화에 나타나는 양두사의 존재를 부정하였다. 둘째는 뱀 중독에 관한 상식에 근거하여 뱀에게 물리거나 뱀을 만지지도 않고 눈으로 보는 것만으로 중독된다는 이야기를 부정하였다.

> 내가 장뢰(張耒)의 『명도잡지(明道雜志)』를 보니, "황주(黃州)에 작

---

[294] 世傳孫叔敖埋蛇事, 後世絶不聞蛇有兩頭而見卽中毒, 亦理之所無.(『星湖僿說』〈萬物門〉「兩頭蛇」)

은 뱀이 있는데 머리와 꼬리가 비슷하게 생겨서 모두들 '양두사(兩頭蛇)'라고 한다. 그러나 내가 보기에는 그 꼬리가 머리와 비슷할 뿐이지, 참으로 양두사는 아니다. 그 지방 사람들이, '이것은 오래 묵은 지렁이가 변해서 뱀이 되었으니, 아주 큰 놈은 없고 기어 다니는 모습도 뱀과 비슷하지 않고 구불구불 아주 느리게 기어간다. 또 산지렁이[山蚓]라고도 한다."[295]라고 하였다. 황주는 바로 초나라 땅이니, 손숙오가 보았다는 것이 혹 이 동물인 듯하지만, 생김새가 이상했기에 당시의 어리석은 속인들이 "뱀을 본 사람은 반드시 죽는다."고 잘못 말한 것이고, 사실이 아니다. 심괄(沈括)의 『몽계필담(夢溪筆談)』에서 "선주(宣州)에 양두사가 많은데, 길이는 한 자쯤 된다. 그런데 두 개의 머리 중에서 한 개에는 비늘이 거슬려 났다. 인가의 뜰이나 우리 사이에 수십 마리씩 한 구멍에서 움직이는데, 대략 지렁이 같다."[296]라고 하였으니 역시 산지렁이[山蚓]의 종류일 뿐이다. 그러나 손숙오의 경우는 그의 심덕(心德)이 취할 만하니, 다시 그 뱀의 유무에 대해선 따질 필요가 없겠다.[297]

위의 글에서 이익은 객관적 문헌자료를 근거로 삼되 자신의 견해를 더하여 속인들의 어리석은 생각을 비판하였다. 한편 논의의 방향을 바꾸어 양두사의 존재 유무보다 중요한 손숙오의 심덕(心德)의 가치를 일깨우고 있다. 이것과 비슷하지만 다소 변형된 그의 인식 태도는 「어무

295　黃州有小蛇, 首尾相類, 因謂兩頭蛇. 余視之, 其尾端蓋類首而非也. 土人言, 此蛇老蚯蚓所化, 無甚大者, 其大不過如大蚓, 行不類蛇, 宛轉甚鈍, 又謂之山蚓.(『說郛』〈續明道雜志〉)

296　宣州寧國縣, 多枳首蛇, 其長盈尺, 黑鱗白章, 兩首文彩同, 但一首逆鱗耳, 人家庭檻間, 動有數十同穴, 畧如蚯蚓.(『夢溪筆談』〈雜誌〉)

297　余見張未明道雜志云: "黃州有小蛇, 首尾相類, 因謂兩頭蛇. 視之則其尾蓋類首而實非也. 土人言, 此老蚯蚓所化, 無甚大者, 行不類蛇, 宛轉甚鈍, 又謂之山蚓." 黃州卽楚地, 叔敖所見, 或者此物, 而以其形貌, 異常. 故當時愚俗謬謂, 見者必死, 其實否也." 沈氏筆談: "宣州多歧首蛇, 其長盈尺. 但一首逆鱗. 人家庭檻間, 動有數十同穴, 略如蚯蚓." 亦山蚓之類耳." 然在叔敖心德, 可以取焉, 則又不必究到蛇之有無耳.(『星湖僿說』〈萬物門〉「兩頭蛇」)

이(魚無耳)」에서 볼 수 있다. "새삼[兎絲]은 뿌리가 없이도 나고 뱀은 발 없이도 다닌다."는 『회남자』의 기록을 그는 자신의 경험을 근거로 비판하였다.

> 『회남자』에 "새삼[兎絲]은 뿌리가 없이도 나고 뱀은 발이 없이도 다니고 물고기는 귀가 없이도 듣고 매미는 입이 없이도 마신다."[298]라고 하였다. 그러나 내가 경험해 보니 자못 그렇지 않았다. 새삼도 처음에는 뿌리가 땅에 붙어서 났다가 다른 물건에 붙으면서 뿌리가 저절로 말라 끊어지고 딴 물건을 뿌리로 삼는다. 뱀도 두 발이 꼬리 근처에 있어서 불로 지지면 당장 드러난다. 또 나무에 올라갈 때 보면 발 있는 꼬리 근처가 나무에 꼭 붙어서 떨어지지 않는다.[299]

이익도 이수광과 마찬가지로 뱀이 발 없이 갈 수 있다는 것이 신기하였다. 그러나 이익은 이수광과 달리 뱀이 발 없이 갈 수는 없다고 생각하고 뱀도 발이 있다는 사실을 증명하려 하였다. 뱀에게 발이 없다는 통념에 대하여 그는 실험과 관찰을 통한 구체적 반박을 하였다. 뱀의 꼬리 부분을 불로 지져 보면 뱀의 발이 꼬리 부분에 위치하고 있음을 확인할 수 있다는 것이다. 또 뱀이 나무에 올라가는 모습을 관찰하면 뱀의 발이 있는 꼬리 근처가 나무에 붙어 떨어지지 않는 것을 알 수 있다고 하였다. 당시의 생물학적 수준으로는 뱀이 발 없이 가는 현상을 설명하기 힘들었다. 물론 뱀에게 발이 있다는 이익의 견해는 옳지 않

---

298 兎絲無根而生, 蛇無足而行, 魚無耳而聽, 蟬無口而鳴, 有然之者也.(『淮南鴻烈解』〈說林訓〉)

299 淮南子曰: "兎絲無根而生, 蛇無足而行, 魚無耳而聽, 蟬無口而飮." 以余驗之, 殆不然也. 兎絲, 初亦根著地而生, 旣附他物, 則根便枯絶, 以他物爲根也. 蛇有兩足, 在近尾處, 以火爛之卽露出. 又嘗驗其緣木, 其有足處, 牢著木, 不脫也.(『星湖僿說』〈萬物門〉「魚無耳」)

다. 그러나 뱀이 발 없이도 가는 현상을 실험과 관찰에 의거하여 설명하려는 태도는 관념적 차원에서 설명하려는 태도보다 진일보한 것이라고 평가할 수 있다.

이상에서 보듯이 이익은 뱀에 대한 다양한 사실과 정보를 기록하기보다는 그것에 대한 허구적, 비합리적 통념을 깨려고 노력하였다. 그는 논증의 객관성을 확보하기 위하여 권위 있는 문헌을 제시하였으며, 관찰과 실험의 방법을 사용하였다.

2-3. 19세기, 조재삼의 뱀에 대한 인식

조재삼의『송남잡지』는 총33류로 구성되어 있는데, 뱀에 관련된 내용은 32번째인 〈충수류(蟲獸類)〉에서 볼 수 있다. 다음 글을 보면 조재삼이 생각하는 뱀의 범주는 상당히 넓다는 것을 알 수 있다.

> 『강희자전』에서 "숙신씨(肅愼氏)의 나라에 어떤 짐승이 있는데, 짐승의 머리에 뱀의 몸을 하고 있다. 곽박(郭璞)이 '뱀의 일종이다.'라고 말하였다."라고 하였으니, 역시 또 짐승 중에 '괴재(怪哉)'인가보다. 운서에서 "한 무제가 길에서 어떤 벌레를 만났는데, 붉은 색에 이목구비를 다 갖추고 있었다. 동방삭이 '이것의 이름은 괴재입니다.'고 했다."라고 하였다.[300]

위의 글은 금충(琴忠)이라는 상상의 동물에 대한 것이다. 금충은 짐승의 머리에 뱀의 몸을 하고 있다고 하였으니, 뱀이라고 하기는 힘들 것이

---

300 字典曰: "肅愼氏國有虫, 獸首蛇身." 郭璞曰: "蛇類也. 亦蟲之怪哉." 韻書云: "漢武帝道逢蟲, 赤色具耳口鼻." 東方朔曰: "此名怪哉." (『松南雜識』「琴忠」)

다. 이로 본다면, 조재삼이 뱀의 범주를 대단히 넓게 설정하고 있다는
것을 알 수 있다.

『이아』에서 "중주(中州)에 기사(岐蛇)가 있다."[301]라고 하였는데, 주석
에서 "기사(岐蛇)는 머리가 둘인 뱀이다."[302]라고 하였으니, 바로 손숙오
가 죽여서 음덕을 행하였던 뱀으로, 머리가 두 개에 꼬리는 하나다. 『손
자』에서 "상산(常山)에 솔연(率然)이라는 뱀이 있는데, 하나의 몸에 머
리가 둘이다. 머리 하나를 치면 나머지 머리 하나가 공격하고 몸의 중간
을 치면 머리 두 개가 함께 공격한다."[303]라고 하였다. 지금 깊은 골짜기
에 간혹 양쪽에 머리만 있고 꼬리가 없는 뱀이 있는데, 기어갈 때는 몸을
구부려서 머리를 나란히 하는 놈이다. 『유편(類篇)』[304]에서 "위(蝟)는 냇
물을 말려버리는 정령이다."[305]라고 하였다. 머리 하나에 몸이 둘이며
길이는 세 길인데, 항상 있지는 않는 동물인 듯하다. 함풍(咸豐) 정사년
[1857] 7월에 한양에 이 뱀이 출현하였다.

운서에서 "거저(蜛蝫)는 바로 당저(蟷蝫)다. 곽박(郭璞)의 「강부(江
賦)」에서 '거저가 축 늘어져 날개를 드리우고 있네.'라고 하였다. 『남월
지(南越志)』에서 '거저는 하나의 머리에 꼬리가 여러 가닥이다. 왼쪽과
오른쪽에 다리가 있는데, 모양이 누에 같으며 먹을 수 있다.'고 했다."라
고 하였다.[306]

---

301 中有跂首蛇焉.(『爾雅注疏』〈釋地〉)

302 岐頭蛇也.(『爾雅注疏』〈釋地〉 '跂首蛇'에 대한 주석.)

303 故嘗用兵者, 譬如率然, 率然者, 常山之蛇也, 擊其首則尾至, 擊其尾則首至, 擊其中則
   首尾俱至.(『孫子』, 九地.)

304 『松南雜識』에는 '類苑'으로 오기되어 있음.

305 蝟.[涸水之精曰蝟.](『類篇』, 司馬光.)

306 爾雅, "中州有岐蛇."註, "兩頭蛇也." 卽孫叔敖殺之爲陰德者, 乃兩頭一尾也. 孫子曰:
   "常山蛇, 率然, 一身而兩頭, 擊其一頭則一頭至, 擊其中則兩頭俱至." 今深峽, 或有兩
   端, 有頭無尾, 行時曲身竝頭者. 類苑曰: "蝟, 涸水之精." 一頭兩身, 長三丈, 盖不常有
   之物, 而咸豐丁巳七月, 漢城有之. 韻書, "蜛蝫, 卽蟷蝫. 江賦云: '蜛蝫森衰以垂翹.' 南

위의 글에서는 뱀의 변종에 대하여 소개하고 있다.『이아』와『손자』
에는 몸 하나에 머리가 둘인 기사(岐蛇)와 솔연(率然)이라는 뱀 이야기가
있으며, 반대로『유편(類篇)』에는 머리 하나에 몸이 둘인 뱀인 위(蝛)가
나온다고 한다. 그리고「강부(江賦)」와『남월지(南越志)』에는 날개가 달
리고 여러 가닥의 꼬리가 달린 거저(蜛蠩)라는 뱀이 나온다고 한다. 이
것들은 구체적 문헌을 기반으로 하고 있지만 모두 상상의 소산물이다.

> 『장자』에서 "들에 방황(彷徨)이 있네."[307]라고 하였는데, 그 주석에서
> "뱀 모양에 머리가 두 개이며, 오색 무늬가 있다."라고 하였다. 또『집운
> (集韻)』에서 "蜇의 음은 '지'이니 도마뱀과 비슷하다. 사람을 잡아먹으며
> 잘 숨는다."라고 하였다.[308]

위의 글에서는 양두사의 일종인 '방황(彷徨)'이라는 뱀에 대하여 소개
하고 있다. 또 '지(蜇)'라는 뱀은 앞서 소개한 것과 달리 사람을 잡아먹
는다고 하니 인간에게는 매우 두려운 동물이 아닐 수 없다.

> 『산해경』에서 "흑수(黑水)와 청수(淸水)의 사이에 붉은 뱀이 있는데,
> 나무 위에서 살며 이름은 윤사(螾蛇)이니, 나무를 주식으로 한다."라고
> 하였다.[309]

위의 글은 윤사(螾蛇)라는 뱀에 대한 기술인데, 비록『산해경』에 나오
는 것이지만, 앞서 소개한 상상의 뱀들보다 현실성이 있다.

越志云: '蜛蠩一頭, 尾數條, 左右有脚, 如蠶, 可食.'"(『松南雜識』「蝛身·蠩尾」)

[307] 野有彷徨.(『莊子』〈達生〉)

[308] 莊子曰: "野有彷徨." 註, "狀如蛇, 兩頭五采文." 又集韻, "蜇音支, 似蜥蜴, 食人而善
藏."(『松南雜識』「彷徨」)

[309] 山海經曰: "黑水青水之間, 有赤蛇在木上, 名曰螾蛇, 木食."(『松南雜識』「螾蛇」)

다음의 글은 뱀에게 물린 상처의 치료법에 대한 것이다.

『유양잡조(酉陽雜俎)』에서 "남사(藍蛇)는 머리에 독이 있으나 그 꼬리로 해독할 수 있다. 남방 사람들은 머리를 약에 넣고 그것을 남약(藍藥)이라 부른다."라고 하였다.[310]

위의 글은 남사(藍蛇)라는 뱀의 꼬리가 해독제로 쓰인다는 일종의 처방이다. 19세기에도 여전히 뱀에게 물려 중독되었을 때 치료할 수 있는 방법을 찾기 어려웠던 사정을 알 수 있다.

다음은 「사귀(蛇鬼)」라는 글인데, 뱀에 대한 여러 가지 이야기를 모은 것이다.

영월군(寧越郡) 동쪽에 어라사(於羅寺) 연못이 있다. 조선 세종 13년 [1431]에 큰 뱀이 있었는데, 못에서 뛰놀기도 하고 물가를 꿈틀거리며 기어 다니기도 하였다. 이놈이 하루는 돌무더기 위에 허물을 벗어 놓았는데, 길이가 수십 자이고 비늘은 동전 같았다. 고을 사람들이 왕에게 보고하였더니, 왕이 권극화(權克和)를 보내어 조사하게 하였다. 그래서 권극화가 못 가운데에 배를 띄웠더니 폭풍이 갑자기 일어나 결국 그 종적을 찾을 수 없었다. 이후로 뱀 역시 다시는 볼 수 없었다.[311]

운서에서 "현무숙(玄武宿)은 등사(騰蛇)이다."라고 하였다. 「귀책열전(龜策列傳)」에서 "등사(騰蛇) 귀신은 즉저(蝍蛆)에게 위협을 받는다."라고 하였는데, 그 주석에서 "등사(騰蛇)는 용의 족속이다. 즉저는 누리와 비슷하다."라고 하였다. 한편 『장자』에서 "지네는 작은 뱀을 맛있어

---

310 酉陽曰: "首有毒, 尾能解毒, 南人以首合藥, 謂之藍藥."(『松南雜識』 「藍蛇」)
311 在郡東巨山里, 我世宗十三年, 有大蛇或游躍于淵或蜿蜒于渚, 一日遺蛻於石磧上, 長數十尺, 鱗甲如錢, 有兩耳, 邑人拾鱗以聞, 遣權克和驗之, 克和泛舟中淵, 暴風忽作, 竟莫得其迹, 後蛇亦不復見.(『新增東國輿地勝覽』〈江原道, 寧越郡〉「於羅寺淵」)

한다.[蝍且甘帶]"[312]라고 하였으니, 여기에서 '즉저(蝍且)'는 지네를 의미한다. 『이아』에서 "강수(江水)·회수(淮水) 이남 지역에서는 '복(蝮)'이라 부르고, 이북에서는 '훼(虺)'라고 부른다."[313]라고 하였다.

『동국여지승람』에서 "제주도 풍속에 뱀을 두려워하여 잿빛 뱀을 보면 사귀(蛇鬼)의 신이라 여기고 제사를 지낸다."라고 하였다.

『북제서(北齊書)』에서 말하기를 "육법화(陸法和)의 제자가 장난으로 뱀 머리를 자른 후 법화에게 나아갔다. 그런데 법화(法和)가 '너는 무슨 생각으로 뱀을 죽였더냐?'라고 말하며 손가락으로 가리켜서 보게 하였다. 제자는 뱀 머리가 자신의 바지를 물고 떨어지지 않는 것을 보았다. 이에 참회하도록 하였다."[314]라고 하였다. 지금의 뱀을 죽이면 앙갚음을 받는다는 말은 오래 전부터 있었던 듯하다.

『쇄록(瑣錄)』에서 "나무꾼이 보아하니, 뱀이 구멍으로 들어갈 때면 반드시 곁에 있는 작은 돌을 핥는 것이었다. 그 후에도 뱀은 그처럼 하였다. 나무꾼이 그 돌은 어떤 맛이 날까 궁금하여 핥아 보았다. 그런데 집에 돌아오자 벙어리처럼 말이 나오지 않았고, 그 이듬해 계칩(啓蟄)이 되어서야 말을 할 수 있었다."[315]라고 하였다.

우리나라에서 '배암[百嚴]'이라고 하니 '백 번을 보아도 엄(嚴)하다.'는 의미이다.

연산군이 뱀을 구해서 침상 아래에 두고 그 위에서 음란한 짓을 하니, 온전한 인성이 아니다. 그에게 진상할 뱀을 실은 배가 아산포(牙山浦)에 이르렀을 때, 중종반정이 일어났기에 뱀을 그대로 풀어주니, 지금의 뱀밭[蛇田]이 그곳이다. 지금 뱀침[蛇針]으로 사람에게 침을 놓는데, 그

---

312 蝍且甘帶.(『莊子』〈齊物論〉)

313 江淮以南曰蝮, 江淮以北曰虺.(『爾雅注疏』〈釋魚〉의 "蝮虺博三寸首大如擘."에 대한 주석.)

314 弟子戲截蛇頭, 來詣法和. 法和曰: "汝何意殺蛇?" 因指以示之. 弟子乃見蛇頭齚袴襠而不落. 法和使懺悔, 爲蛇作功德.(『北齊書』「陸法和傳」)

315 有一樵者, 登高山, 見一蛇入穴, 必舐穴傍小石面而去, 後蛇來亦如之, 樵者以爲有何味, 試以舌舐之, 及到家, 瘖不能言, 至明年啓蟄, 乃發語.(『海東雜錄』〈本朝〉「曺伸」)

독이 뱀에게 물린 상처보다도 심하다고 한다.[316]

첫 번째는 조선 세종 때 커다란 뱀이 출현하여 국가에서 직접 조사하였다는 일화이다. 두 번째는 용의 일종이라는 등사(騰蛇)에 대한 이야기다. 세 번째는 제주도에서는 뱀을 두려워하며, 특히 잿빛 뱀을 신으로여긴다는 이야기다. 네 번째에서는, 이와 같이 뱀을 신으로 여기는 이유는 뱀을 죽이면 그것이 앙갚음을 하기 때문이라고 하면서 옛 문헌기록에서 예시 하나를 들었다. 다섯 번째는 우리나라 문헌에서 뱀독에혀가 마비되었던 사람의 이야기를 인용하였고 여섯 번째에서는 연산군이 뱀을 이용하여 음란한 짓을 하였던 이야기를 기록하였다. 그리고마지막으로 뱀침에 대하여 소개하고 있다.

> 『당서』에서 "광주(廣州)의 토공물(土貢物)은 자라 등껍질과 염사(蚺蛇)다"[317]라고 하였다.
> 『산해경』에서 "파사(巴蛇)는 코끼리를 먹은 지 삼 년 후에 그 뼈를배설하는데, 군자가 그 뼈를 지니면 심장과 뱃속의 질병이 생기지 않는다. 그 뱀은 청색·적색·황색·흑색이 섞여 있는데, 일설에는 푸른색 대가리의 검은 뱀이라고도 한다."라고 하였다. 『비아(埤雅)』에서 말하기를

---

316 寧越於羅寺淵, 在郡東, 而我世宗十三年, 有大蛇或遊躍于淵或蜿蜒于渚, 一日遺蛻於石磧上, 長數十尺, 鱗甲如錢, 邑人拾鱗以聞, 遣權克和驗之, 克和泛舟中淵, 暴風忽作, 竟莫得其迹, 後蛇亦不復見. 韻書曰: "玄武宿, 騰蛇." 龜筴傳, "騰蛇之神, 始於蚰蛆." 註, "騰蛇龍屬, 蚰蛆似蝗." 莊子, "卽且甘帶." 是也. 爾雅曰: "江淮以南爲蝮, 以北爲虺." 輿覽曰: "濟州俗畏蛇, 見灰色蛇, 以爲蛇鬼之神, 祭之." 北齊史, "陸法和弟子戲截蛇頭. 法和曰: '何意殺?'因指示之, 弟子見蛇頭斷袴襠不落, 乃使懺悔." 今殺蛇有報之說, 舊矣. 瑣錄云: "樵者, 見蛇入穴, 必舐穴傍小石, 後蛇如之, 樵者以爲有何味, 試舐之, 及到家, 瘖不言, 至明年啓蟄, 乃發語."云. 俗謂百嚴, 言百見而嚴也. 燕山求蛇置床下, 淫戲其上, 非人性之宜者, 蛇船, 至牙山浦而反正, 乃放之, 今蛇田, 是也. 今以蛇針, 針人, 其針, 甚於蛇傷云.(『松南雜識』「蛇鬼」)
317 廣州, 南海郡中都督府, 土貢, 銀藤簟竹席荔支龜皮鼈甲蚺蛇.(『唐書』〈地理志〉)

"『은평군보(恩平郡譜)』에서 '뱀을 와(訛)라고 한다.'고 하였다."라고 하
였다.[318]

　　전설에 의하면, 우리나라의 국의(國醫)가 이무기 일곱 마리를 구하여
임금의 약을 만들려 하였다. 밤이 되어 문의(文義)[319]의 객사에 묵었는
데, 갑자기 한 마리가 대들보 틈으로 달아났다. 그 후로 이무기 종자는
문의에만 있고, 잡기도 매우 어렵다고 한다.[320]

　위의 글에서는 염사(蚒蛇)·파사(巴蛇)·이무기에 대하여 소개하고 있
다. 염사(蚒蛇)는『당서』에 기재되어 있는 광주의 토산물이므로 실존하
는 뱀이다. 그러나 파사(巴蛇)는 출전이『산해경』인 것에서 짐작할 수
있듯이 뱀도 삼킨다는 상상의 뱀이다. 마지막으로 우리나라에서 충청
도 문의(文義)에서만 이무기가 난다는 전설을 소개하고 있다. 이 역시
뱀에 대한 여러 가지 이야기를 소개한 글이다.

　다음은 손색없는 귀신 이야기다.

　　대개 남자가 여자를 사랑하는 것은 '화산기(華山畿)'[321] 따위와 같아서
그 몸이 비록 죽더라도 정신은 사라지지 않고 화하여 음물(淫物)이 되니,

---

318 恩平郡譜云: "鰲謂之蚒, 蝦謂之籠, 蚌謂之衫, 蛇謂之訛."(『坤雅』〈釋魚〉「鰲」)

319 문의(文義): 현재 충청북도 청원군(淸原郡) 문의면(文義面) 지역.

320 唐書曰: "廣州土貢, 鼊甲蚒蛇." 山海經云: "巴蛇食象, 三歲而出其骨, 君子服之, 無心腹
之疾, 其爲蛇靑赤黑, 一曰黑蛇靑首." 坤雅曰: "恩平郡譜, '蛇謂之訛.'" 諺傳, 我國國醫
求蝸蛇七箇, 將爲御藥, 夜宿文義客舍, 忽一逃樑隙, 厥後蝸種, 獨在文義, 捕亦甚難云.
(『松南雜識』「蝸蛇」)

321 화산기(華山畿): 악부 오성가곡(吳聲歌曲)의 이름. 남녀 간의 애정을 다룬 내용. 남서
(南徐)의 한 선비가 화산(華山) 땅을 지나 운양(雲陽)으로 갔는데, 여관에서 18,9세 되는
여자를 보고 상사병에 걸려 죽고 말았다. 그의 장례 때 관을 실은 수레가 여자의 집
문 앞에 이르자 수레를 끌던 소가 나아가려 하지 않았다. 그러자 여자는 목욕 단장하고
나와서 노래를 불렀다. 그 노래에 맞추어 관이 열렸고 여자는 관 속으로 들어가 죽었다
고 한다.

이것을 '상사사(相思蛇)'라고 한다. 이것은 의원과 무당도 고칠 수 없다.
오직 거울을 보면 그 형상이 나타나는데, 의심하고 질투하여 문득 잊으
면 정(情)이 거울을 휘감으니 이때 그것을 불태워버린다.[322]

위의 글을 통해 볼 때 상사사(相思蛇)는 상사병이 걸린 사람의 영혼을
의미하는 것으로 보인다. 이 상사사가 들씌우면 의원이나 무당도 고칠
수 없다고 하면서 그 치료법을 소개하고 있다. 재미있는 사실은 이러한
미신이 1920년대까지 민간에서 널리 믿어졌다는 것이다.

> 상사사(相思蛇)는 희세(稀世)의 귀태(鬼胎)
> 평양에 류행하는 그괴한 풍셜
> 여자의 몸에 배암이 감겻다고
> 근일 평양부내(平壤府內)에는 엇던 절문 녀자가 소위 상사배암이란
> 것이 몸에 감기여 생명이 위태한 경우에 이르럿스며 이것을 치료키 위하
> 야 평양자혜의원(平壤慈惠醫院)에 입원하얏다는 풍셜이 류행되야 모르
> 난 사람이 업스리만치 되엿다. 동시에 자혜의원 시료부에는 매일 일부러
> 더운 땀을 흘녀가면서 구경차로 가는 사람이 뒤를 이을 디경이라는대
> 일본 녀자는 강아지 색기를 나은 일이 잇다고 떠드는 시대이지마는 얼마
> 되지 안는 거리를 두고 한 부내에서 이와 갓튼 풍셜이 잠시 동안 명말
> 갓치 세력을 어덧든 것은 참으로 괴괴한 일이다. 이제 그 풍셜이 류행된
> 원인을 잠간 말하건대 평양부(平壤府) 본정(本町) 삼십 오번디 송두덕
> (宋斗德) 당년 삼십륙 세 된 녀자가 약 일 주일 전 전긔 자혜의원에 입원
> 한 일이 잇섯는대 이 녀자는 본년 삼월 경부터 월경이 끈어지고 배가
> 점점 불너옴으로 이것이 필시 아해를 배인 것이라고만 생각하얏는대 근
> 자에 이르러는 배만 부를뿐 외라 일신이 전부 붓고 월경이 다시 시작됨으

---

322 蓋男悅女, 似華山畿之類也, 其身雖死, 其神不滅, 化爲淫物, 是謂相思蛇, 醫巫莫治, 惟
對鏡則見形, 疑妬忽忘, 情纏鏡, 乃焚之.(『松南雜識』「相思蛇」)

로 비로소 병이 생긴 줄을 깨달은 동시에 인력거를 타고 자혜병원 압헤
니르러 돌연히 하문으로 붉은 피를 흘니며 결국 포도(葡萄) 송이 갓흔
것이 한 되 가량이나 나왓는대 이것은 병명으로 포도장귀태(葡萄醬歸
胎)란 생식긔병이며 병중에 가장 희귀한 병으로 의학계에서는 한 번 맛
나 보기를 원하든 병이라, 인하야 동병원에 입원을 식킨 일이 잇섯는대,
이 말이 점점 전파되야 처음에는 엇던 녀자가 자혜병원 문 압에서 '배암'
의 색기를 무수하게 나앗다고 하고 그 다음에는 엇던 녀자가 대동강(大
同江)에서 빨내를 하다가 큰 배암이 빨내 광주리에 들어 잇슴으로 이것
을 복사(福蛇)라고 하면서 광주리에 담어 가지고 오다가 중간에서 배암
이 그 녀자의 몸에 감기엿슴으로 자혜병원에 가서 엇던 독약을 먹이여
배암을 떠이고자 하얏스나 그 배암은 그 녀자가 먹는 음식이라야만 먹음
으로 약도 먹이지 못하고 생명이 위태하다고 하얏스며 최근에는 그 배암
의 몸을 잘너 죽이여서 문밧 엇던 곳에 던지엿다고 또한 그곳으로 구경가
는 사람이 무수한 동시에 실제 그 배암을 보앗다는 자까지 잇서서 크게
야단을 하고 목하 한 리야기 거리가 되야 상금도 반신반의 중에 잇는
사람도 적지 아니한 중이라더라.[평양][323]

   위의 기사를 통하여 상사사(相思蛇)에 대하여 구체적으로 알 수 있다.
당시에 포도장귀태(葡萄醬歸胎)라는 생식기병을 상사사로 오인하여 한
바탕 소동이 일어 신문에까지 대서특별 되었던 것이다. 당시 사람들은
여자가 상사사에 들씌워 뱀의 새끼를 무수히 낳았다는 소문을 유포하
였다. 또 다른 소문은 여자가 빨래 광주리에 들어간 뱀을 복사(福蛇)라
고 여겨 가지고 오다가 해를 당했다는 것이다. 이처럼 20세기에 이르도
록 뱀은 공포의 대상이었고 동시에 기복의 대상이었으나, 그것의 구분
이 다소 애매했음을 알 수 있다. 또 혐오나 공포가 행운으로 바뀌고

---

323 동아일보, 3면 사회 기사, 「相思蛇는 稀世의 鬼胎」, 1922. 7. 29.

반대로 행운이 혐오나 공포로 바뀔 수도 있는 대상이 바로 뱀이라는 것을 알 수 있다.

이상에서 보았듯이 『송남잡지』는 뱀과 관련된 정보를 가능하면 많이 수록하기 위하여 노력하였다. 그 결과 비과학적인 내용이 상당수 수록되었다. 또 그것의 사실 여부에 대한 자신의 견해 제시도 자제하고 있다. 조재삼은 뱀에 대한 이야기를 기록할 때 주로 흥미로운 것을 수록하기 위해 노력하였지, 그것의 사실성에는 크게 주목하지 않았음을 알 수 있다. 흥미로운 이야기를 추구하였기 때문에 사실성으로부터 더욱 먼 내용의 기록이 대대수를 차지하지 않을 수 없다. 그와 같은 연유로 분류나 구성에 있어서도 엄밀하고 정연한 형식을 고민하지 않았던 듯하다.

인간이 가장 혐오하는 동물 중 하나는 뱀이다. 반대로 뱀은 숭배와 기복의 대상이 되기도 한다. 뱀에 대한 극단적 혐오나 숭배는 뱀의 속성에서 기인하지만, 뱀에 대한 생물학적 이해가 정확하지 못한 것도 하나의 큰 원인이 된다. 뱀에 대한 지나친 혐오나 숭배는 뱀과 관련된 신비하고 환상적인 믿음을 만들어 내게 하였다. 따라서 뱀에 대한 인식의 정도는 생물학적 수준의 척도라고도 할 수 있다.

본 장에서는 17~19세기 조선 지식인의 뱀에 대한 인식을 고찰하기 위하여 이수광의 『지봉유설』, 이익의 『성호사설』, 조재삼의 『송남잡지』를 살펴보았다.

이수광의 뱀에 대한 의식은 여러 가지 의식의 층위를 보이고 있다. 동물을 크게 구분할 때 음(陰)에 속하며 그 성질은 사악하고 음란하다고 생각하였다. 그렇기 때문에 여러 이종과도 교배를 한다고 생각하였다. 다른 동물이나 식물이 변하여 뱀이 될 뿐만 아니라 뱀이 변하여 다른 동물이 된다고도 생각하였다. 이는 뱀이 환경의 영향에 민감한 동물이라는 의식에 기반한다. 또 민간에서 쉽게 구할 수 있는 재료로 뱀을 퇴치하거나 치료할 수 있는 방법에 대해서도 궁리하였는데, 이수광은 주로 실험을 통하여 검증이 되었다고 하는 방법을 소개하고 있다. 이는 실용적인 지식을 제공하고자 하는 이수광의 의식이 작용한 것으로 보인다.

이익은 뱀에 대한 다양한 사실과 정보를 기록하기보다는 그것에 대한 허구적, 비합리적 통념을 깨려고 노력하였다. 그는 논증의 객관성을 확보하기 위하여 권위 있는 문헌을 제시하였으며, 관찰과 실험의 방법을 사용하였다. 이익은 학문적 차원에서 뱀에 대한 이야기를 다루고 있음을 알 수 있다. 그러나 아쉽게도 그것이 생물학적 차원으로는 진입하지 못하였다. 다만, 관찰과 실험을 하나의 방법으로 사용하고 있기에, 이전 시기의 관념적·문헌학적 연구의 차원에서 상당히 벗어났다고 평가할 수 있다.

『송남잡지』는 뱀과 관련된 정보를 가능하면 많이 수록하기 위하여 노력하였다. 그 결과 비과학적인 내용이 상당수 수록되었다. 또 그것의 사실 여부에 대한 자신의 견해 제시도 자제하고 있다. 이는 흥미롭고 다채로운 이야기를 수집하고 제공하려는 조재삼의 의식이 강하게 작용하였기 때문이다. 사실성이나 과학성을 염두에 둔다면 흥미로운 이야기의 추구란 원천적으로 불가능하다. 그러므로 『송남잡지』의 기록을 통하여 당시까지 뱀에 대한 의식과 관념의 전반적 양태를 잘 파악할 수 있다.

3. 유서에 나타난 조선 지식인의 의약(醫藥)에 대한 인식
- 『성호사설』을 중심으로

조선 시대에는 다양한 지식에 대한 관심이 점차로 증폭되었는데 그와 같은 요구에 부응하여 유서라는 형태의 결과물이 출현한다. 본 장에서 검토하고자 하는 『성호사설』은 중국의 유서로부터 일정한 영향을 받고 출현하였지만 중국의 유서와 같이 지식의 나열을 목적에 둔 것으로 보이지는 않는다. 그렇기 때문에 『성호사설』은 여타 조선의 유서들과도 다른 면모를 지닌다. 우선 체제를 두고 볼 때, 앞 시기의 『지봉유설』이 20권 10책, 25부문 182세목으로 구성된 반면, 『성호사설』은 30권 30책, 5문 3,057칙으로 구성되어 있다. 『성호사설』을 구성하는 5개의 문은 유서로서 상당히 적은 분류의 범주라고 하겠다. 이것은 가급적 다양한 지식을 수집하고 정리하려는 목적성을 지닌 유서와는 성격을 달리하는 특징이다.

『성호사설』은 책의 제목이 표방하는 바와 같이 변증성(辨證性)이 강하다. 물론 『성호사설』이 담고 있는 지식의 양이 적다는 의미는 아니다. 이익은 『성호사설』을 통하여 독자에게 단순한 정보 수준의 지식을 제공하는 차원에 그치지 않고 가치 판단이 부여된 정보를 제공하고자하였다. 주지하다시피 이익은 지식의 실용성에 지대한 관심을 갖고 있었다. 그렇다면 이익이 생각하였던 가장 실용적인 지식이란 무엇일까? 그것은 말할 것도 없이 인간의 삶에 유용한 것이다. 그중에서도 예나 지금이나 인간의 삶에 도움이 되는 지식 중에서도 가장 유용하다고 생각되는 것은 의학적 지식이다. 따라서 본 장에서는 조선 사인의 지적 수준을 파악하는 작업의 일환으로 『성호사설』의 의약(醫藥)과 관련된 내용을 중점적으로 검토하고자 한다. 『성호사설』에서 의약과 관련된 내용은 크게 의약에 대한 인식, 의원(醫員)에 대한 견해, 의서(醫書)에 대한 견해, 병의 발생에 대한 견해, 병의 치료법, 약물에 대한 견해로 나누어 볼 수 있다. 『성호사설』에서 질병과 치료에 대한 내용은 대부분 〈인사문〉에 편재되어 있다. 그러나 음식물 중 약으로 사용되는 것은 〈만물문〉에 소속시켰으며, 인체의 구조와 질병의 발생을 경학적 관점에서 논증한 내용은 〈경사문〉에 소속시켰다. 이로 본다면 이익은 『성호사설』에서 의약에 대한 의식과 견해를 체계적으로 서술하려는 목적을 가진 것으로 보이지는 않는다. 다만 질병의 발생 원인을 궁구하고 규명하며 질병을 효과적으로 치료하기 위한 방법을 알리기 위한 서술 의식은 분명하였던 것으로 보인다.

3-1. 의약(醫藥)에 대한 의식

　의료의 수준이 낮고 대다수가 의료로부터 소외된 사회에서는 의료에 대한 불신이 강하고 그것은 운명론과 표리를 이룬다. 이익은 「의약(醫藥)」에서 '사람의 생명이 본래 정해져 있는 것인데 병이 걸렸을 때 약을 먹는 등의 치료를 할 필요가 있는가?'라는 당시 사람들의 운명론에 대한 변증을 한다.

　　사람들은 항상 말하기를 "사람에게는 하늘이 정해준 수명이 있어서 질병이 아무리 괴롭힌다 하더라도 수명을 줄여 놓을 수 없다."고 하는데, 이는 고질을 앓으면서도 죽지 않고 오랜 세월을 연명하는 사람이 있는가 하면, 아무 병이 없는데도 갑자기 죽는 사람이 있는 것을 보고 정해진 수명으로 여기는 것이다. 그러므로 "약이 사람을 살릴 수 없고 병이 사람을 죽일 수 없다."고 한다. 약이 과연 도움이 된다면 천자·제후·귀족은 명의와 좋은 약이 옆에 있으며 약을 갈고 달여 집사가 서둘러 올리니

낫지 않을 병이 없을 듯하다. 심지어 궁벽한 시골의 가난한 백성은 침질
과 뜸질을 알지 못하고 음식도 제 때에 먹지 못하며 오래 묵은 약재가
밭에 있는데도 달여 먹는 방법을 모르니, 마땅히 나을 병도 낫지 않을
듯하다. 그러나 필경 살기도 하고 죽기도 하여 장수하는 사람과 요절하
는 사람의 수가 비슷하니 이것이 '사람의 수명이 정해져 있다'는 설이
먹혀들어가는 이유다.[324]

'사람의 수명이 본래 정해져 있다.'는 운명론의 근거는 양질의 의술
과 약을 언제든지 공급 받을 수 있는 왕이나 귀족이라고 해서 병을 모두
치유할 수 있는 것이 아니며 반대로 의료 혜택을 받지 못할 뿐만 아니라
의료 지식이 없어서 옆에 약초를 두고도 약으로 쓸 줄 모르는 촌사람들
이라고 해서 모두 병에 걸려 죽는 것도 아니라는 데 있다. 그래서 사람
들은 장수하는 사람과 요절하는 사람의 총수가 서로 엇비슷한 것을 보
고 운명론을 믿게 된다는 것이다. 이와 같은 주장은 의약을 신뢰하지
않게 만들 뿐 아니라 극단적인 의약무용론의 근거가 된다.

> 내가 일찍이 알고 있던 명의가 있는데, 그가 말하기를 "좋은 약이 사람
> 을 살릴 수 없고 함부로 쓰는 약도 사람을 죽일 수 없다. 어째서인가?
> 돌팔이 의원의 엉터리 처방이 허실을 잘못 진단하여 인삼과 부자(附子)
> 로 열증(熱症)을 치료하고 망초(芒硝)와 대황(大黃)으로 한증(寒症)을
> 치료하는 것을 흔히 볼 수 있으나, 반드시 다 죽지는 않는다. 이로써
> 명(命)에는 정해진 연한이 있다는 것을 알겠다."라고 하였다.[325]

---

324 人之恒言曰: "人有大命, 疾恙雖攻, 命非可移." 此見人或貞疾不死必延過歲年, 又或無
疾遽殞, 以爲定限也. 故曰: "藥不能生人, 疾不能殺人." 藥果有裨, 則王公大人, 名醫在
前, 良藥在傍, 若碨若罐, 執事走趨以供之, 疑若無疾不愈矣. 至於遐陬僻鄕, 篳戶貧竈,
鍼焫不知, 飮食不時, 陳根在田, 炒煮無術者, 疑若有當穌不穌者, 然而畢竟或生或死,
壽夭齊等, 此任數之說, 所以售也.(『星湖僿說』〈人事門〉「醫藥」)

'사람의 수명이 본래 정해져 있다.'는 생각은 일반 사람들의 믿음에 국한되지 않는다. 이익은 그와 같은 생각을 자신이 진작부터 알고 지내던 명의에게도 들었다고 하였다. 명의의 이야기에 의하면 '돌팔이 의원이 엉터리 처방으로 치명적인 약을 투여해도 환자가 죽지 않는 경우가 있다.'고 한다. 이것으로 본다면 인간의 수명은 정해진 연한이 있고 의약은 필요하지 않다는 결론에 도달하게 된다. 그러나 이익은 운명론과 표리가 되는 의약무용론에 찬동하지 않는다. 이익은 '약을 엉뚱하게 처방해도 죽지 않는 경우도 있다.'는 명의의 말을 다음과 같이 논증하였다.

> 근래에 어떤 사람이 변방으로부터 돌아와서 나에게 말하기를 "삼(蔘)을 캐는 사람들이 삼을 캐면 반드시 먼저 삶은 뒤에 말리는데, 삼을 삶으면 반드시 자신이 그 물을 마시고 버리는 법이 없다. 그러나 그 사람들은 열이 더 나지 않는데, 서울의 사대부들이 매양 '삼을 잘못 먹고서 죽었다.'고 말하는 것은 무슨 이유인지 알 수 없다."라고 하였다.[326]

똑같은 약을 먹고도 어떤 사람은 아무 탈도 나지 않지만 어떤 사람은 심각한 부작용이 날 수도 있다. 이익은 그 예증으로 '삼을 캐는 사람들은 삼을 삶은 물을 마셔도 열이 나는 등의 부작용이 없지만 서울 사람들은 삼을 잘못 먹고 죽는 등의 부작용이 나타난다.'는 것을 제시하였다. 그리고 그 이유를 다음과 같이 설명하였다.

---

325 余曾有所識名醫, 其言曰: "不特良藥不能生人, 亦且妄藥不能殺人, 何也? 多見庸醫謬方, 虛實錯診, 蔘附以攻熱, 硝黃以治寒, 然而未必皆死. 以是, 知命有大限也."

326 近有人從邊塞歸謂余曰: "採蔘人, 採必先瀹而後曝, 瀹必自飮無棄水, 然而不助熱, 不知京裡士大夫每云, 以誤進蔘損命者, 何故也?"

나는 곧 말한다.

"만약 사람의 운명이 모두 일정하다면 성인은 무엇 때문에『역경』을 만들어서 사람들이 화를 피하고 길한 데로 나아가도록 하였으며 또 무엇 때문에 의약(醫藥)을 만들어서 병을 치료하고 목숨을 건지게 했겠는가? 이치는 크고 작은 것이 없으니, 만약 병이 치료할 수 있는 것이라면 어찌 생사에 대해서만 방법이 없겠는가? 질병에는 경중이 있고 기혈(氣血)에도 경중이 있으며 약이(藥餌)에도 경중이 있어서 각각 분수가 다른 것이 있다. 기혈이 10분 완전하다면 외감(外感)이 들어올 틈이 없거니와 혹 기혈이 10분 완전하지 못하고 다만 7~8분 정도인데 10분의 혹독한 병을 만난다면 문득 10분의 질병을 당해내지 못한다. 또 혹 병이 7~8분인데 화타나 편작이 10분의 치료를 한다면 기사회생할 것이며 병증이 6~7분인데 치료가 2~3분에 불과할 뿐이라면 끝내 살아나지 못하고 죽을 것이다. 엉터리 처방으로 잘못 치료하는 경우에도 명(命)이 중하고 병의 감염 정도가 경미하면 죽음을 면할 수 있다. 심지어 비상이나 야갈(野葛)을 먹고도 중독되거나 죽지 않는 것에서 증험할 수 있다. 바닷가에 사는 사람에게는 소금 맛으로 대증(對症)할 수 없고 평소 고기를 많이 먹는 사람에게는 고기 조각으로 몸을 보(補)하게 할 수 없으니, 이는 소금과 고기가 효험이 없는 것이 아니지만 저들의 경우는 평소에 그것을 항상 먹기 때문에 효험이 없다. 삼이 많은 고장에서는 삼 삶은 물을 마치 나물 국처럼 보아서 한 모금 두 모금 마시는 것을 다반사처럼 여길 뿐이다. 이로써 미루어본다면 병의 공격이 아무리 위중하나 타고난 명이 또한 완전한 사람은 버티고 살아 나갈 수 있지만 속이 허하고 병이 심각한 사람은 바로 죽을 수 있으니 마치 칼로 찌르면 엎어지지 않는 사람이 없는 것과 같다."[327]

---

[327] 余卽曰: "苟命皆一定, 則聖人作易, 指人避趨之路, 何也? 又爲之醫藥, 俾有濟活, 何哉? 理無大小, 苟疾恙之可救, 何獨乏力於死生乎? 疾病有輕重, 氣血亦有輕重, 藥餌亦有輕重, 各有分數之不同, 氣血十分克完, 則外感無隙可抵, 或不能十分, 止於七分八分, 而疾疫之毒, 値其十分, 則便爲十分所勝也. 又或病在七八分, 而和扁却下十分之治, 則其死可起也. 症在六七分, 而治不過二三分者, 終亦不生而死矣. 其謬方錯攻者, 或命重而

이익은 『역경』이 재앙을 피하고 길(吉)한 방향을 제시하기 위해 만들어졌다고 하였다. 그는 『역경』을 운명론에 토대한 점술서로 보는 소극적 관점에서 탈피하여, 운명을 진취적으로 개척해 나가는데 도움을 주는 책이라고 하였다. 그와 같은 적극적 관점의 확장선상에서 이익은 '인간의 수명이 정해진 것이라면 의약은 애당초 만들어질 필요도 없었다.'라고 주장한다. 의약이 병을 치료하고 사람의 목숨을 건진다는 것은 분명한 사실이다. 그렇다면 의약무용론의 근거가 되는 약을 먹어도 살지 못하는 경우나 약을 잘못 먹고도 살아나는 경우는 어떻게 설명할 수 있는가? 이익은 그것을 질병·체질·의료의 상관성으로 논증하였다. 평소 체질이 건강하다면 병에 잘 감염되지 않는다. 그러나 반대의 경우라면 병에 감염될 가능성이 더 높고 치료를 하지 않는다면 병을 이겨낼 수도 없다. 병에 감염되었을 때는 치료를 받아야 한다. 또 명의에게 충분한 치료를 받으면 치유가 되지만 치료의 수준과 정도가 미흡하면 살아날 수 없다. 건강한 체질이라면 엉터리 처방에 의한 약을 먹어도 죽는 지경까지는 가지 않을 수도 있다. 심지어 비상이나 야갈과 같은 치명적 독극물을 먹어도 중독조차 되지 않을 수도 있다. 이익은 여기에 식습관이라는 한 가지 조건을 더하였다. 그 예로, 소금은 약재로 사용되지만 평소 짠 음식을 먹는 바닷가 사람에게는 소용이 없다. 또 고기는 체력을 보강하는데 좋은 음식이지만 평소 육식을 즐기는 사람에게 소량의 고기 조각은 도움이 되지 않는다. 따라서 '서울 사람들은 삼을 잘못 먹고 탈이 나는 일이 많은데, 어째서 삼을 캐는 사람은 삼 삶은 물을 마시고

攻輕, 則可免矣. 至於信礵野葛, 鮮有遇毒不死, 則可以驗矣. 夫居海浦者, 不可以鹹味對症, 飫蒭豢者, 不可以臠肉滋補, 此非不靈, 彼固安常也. 設有多蔘之鄕, 視若菜羹, 一吃二吃, 亦將與茶飯等耳. 以此推之, 疾攻雖重, 命稟亦完者, 可以撐度日月, 內虛而疾暴者, 亦可以立殞, 如剚刃而未有不仆也."

도 부작용이 없는가?'라는 물음에 대하여 '그들은 삼 삶은 물을 다반사로 마시기 때문이다.'라고 대답할 수 있다. 이와 같이 약은 환경·식습관·체질·체력 등에 의하여 효과의 유무가 갈릴 수 있기에 의약무용론을 주장해서는 안 된다는 것이다. 그러나 이익이 의약무용론에 찬동하지는 않았지만 수명이 정해져 있다는 운명론을 완전히 부정한 것으로 보이지는 않는다.

> 혹자가 말하기를 "주색(酒色)에 절제가 없으며 한서(寒暑)를 피하지 않고도 장수하는 자가 있으며 음식 대하기를 적처럼 여기고 바람 두려워하기를 화살처럼 여기되 요절을 모면하지 못하는 사람이 있는 것은 어째서인가?"라고 한다. 이도 타고난 명과 외적인 섭양(攝養)이 서로 경중(輕重)이 되어서 그러한 것이다. 속에 10분의 명(命)이 있으면 외상(外傷)이 명을 감소시킬 수 없다. 그렇지 못한 사람은 몸 관리를 조심하면 오히려 생명을 조금 연장시킬 수 있지만 오래 살 수는 없다.[328]

여색이나 음주에 절제심이 없고 추위나 더위 등 날씨도 조심하지 않는 사람이 별 탈 없이 장수하는 경우가 있는가 하면 아무 음식이나 함부로 먹지 않고 바람에 노출되는 것도 꺼릴 정도로 섭생에 조심하는 사람이 요절하는 경우는 어떻게 설명할 수 있을까? 이익은 명이 긴 사람은 외상(外傷)을 당한다고 해서 요절하지 않고, 명이 짧은 사람은 아무리 조심해도 장수하기 힘들다고 말하였다. 이로 본다면 이익은 '수명이 정해져 있다.'는 논리를 어느 정도 인정했다고 할 수 있다. 다만 수명에 후천적 요인이 개입할 수 없다는 논리를 그대로 인정한 것이 아니기에

---

[328] 或曰: "有酒色無節, 寒暑不避, 而能壽考者, 有對食若敵, 畏風如箭, 而不逭於短折者, 何也?" 此亦命分外養, 互爲輕重而然也. 內有十分之命, 外傷不能加損, 不然者, 戰兢自持, 猶可以少延, 而不可以久存矣.

단순한 운명론과 구분된다.

> 공자께서 "잠자리를 무시로 하고 음식을 조절하지 않으며 노고와 안일
> 이 도에 지나치면 병이 한꺼번에 몰려와서 죽인다."라고 말씀하셨다. '잠
> 자리'는 심신을 해치는 흉기이니, 성인께서 어찌 모르고서 그렇게 말씀
> 하셨겠는가? 이 세 가지 중에서 사람을 죽이는 것으로는 여색이 더욱
> 심하다. 늙은 홀아비치고 건강하지 않은 사람이 없으니, 이로써 품명(稟
> 命)의 연한을 채우는 사람이 드물다는 것을 알겠다.[329]

　이익은 무절제하고 무분별한 남녀 관계·음식 섭취, 지나친 피로와
안일이 발병의 원인이라는 공자의 말[330]을 인용하면서 그중에서 무절제
한 남녀관계가 심신의 건강에 가장 좋지 못하다고 하였다. 이익은 그
근거로 늙도록 홀아비로 사는 사람은 모두 건강하다는 것을 제시하면
서 사람들이 절제된 생활을 하지 않기 때문에 타고난 수명을 온전히
채우기 힘들다고 하였다. 결국 이익의 양생론은 금욕적인 생활의 강조
로 귀결된다고 하겠다.

　의약론에서 가장 중요한 것은 말할 것도 없이 약과 의사다. 그렇다면
이익은 약에 대하여 어떤 생각을 가지고 있었을까? 이익은 「의(醫)」에
서 약에 대한 자신의 견해를 상세하게 피력하고 있다. 그는 '병이 사람
을 죽이지 못하고 약이 사람을 살리지 못한다.'는 운명론적 관점이나
의약무용론을 거부한다. 그는 기본적으로 의약에 대한 믿음을 갖고 있
었기 때문이다. 그러나 약을 맹목적으로 신뢰하지도 않았다.

---

329 子曰: "寢處不時, 飮食不節, 勞逸過度者, 疾共殺之." 寢處謂伐性之斧也. 聖人豈不知而
　　云然哉? 三者之中, 其殺人, 女色爲尤甚. 老而鰥者, 未有不康寧. 以是, 知人之能滿稟命
　　之限者, 蓋寡矣.
330 夫寢處不時, 飮食不節, 逸勞過度者, 疾共殺之.(『孔子家語』〈五儀解〉)

시속에서 항상 하는 말에 "병이 사람을 죽이지 못하고 약이 사람을 살리지 못한다."고 한다. 그러나 실상은 병이 사람을 죽이고 약이 사람을 살린다. 그렇지 않다면 '병을 조심하라'는 경계와 의약으로 치료하는 처방이 어디로부터 생겼겠는가?

무릇 서울은 의술이 모여 있는 곳이다. 병이 들면 바로 의원을 찾아가고 의원을 찾아가면 바로 약을 쓰는데, 효과가 없으면 병을 탓하고 효과가 있으면 의술의 덕이라고 하여 차도가 있을 때에는 '이 약이 아니었다면 아마도 죽었을 것이다.'라고 생각한다. 시골의 실정을 체험해 보면 병의 경중을 막론하고 한결같이 모두 수수방관할 뿐이니, '의당 살아날 사람도 약을 쓰지 않았기 때문에 죽었다.'고 의심하는 자가 많다.[331]

이익은 극단적인 의약무용론을 인정하지 않았다. 흥미로운 점은 이익이 '근질지계(謹疾之戒)', 즉 공자가 재계·전쟁·질병을 조심했다는『논어』의 기록을 근거로 들고 있다는 것이다.[332] 이익은 '병을 조심한다.'는 말은 '병에 감염되지 않도록 노력한다는 의미'라고 적극적 관점에서 해석하였다. 또 인류는 질병의 고통으로부터 벗어나기 위하여 끊임없이 의약을 개발해 왔고 그 혜택을 보았다. 그렇기 때문에 운명론에 집착하여 의약이 소용없다고 주장하는 극단적 논리는 설득력이 없다는 것이다. 그렇다고 반대로 의약의 효능에 맹목적으로 집착해서도 안 된다고 하였다. 약을 쓰기 쉬운 서울 사람들은 약을 써서 병이 치료되면 약의 효능이라고 믿는다. 한편 약의 효능을 보지 못하였을 경우에는 병이 위중하기 때문이라 생각하고 약에 대해서는 의심을 하지 않는다.

---

331 時俗每言: "病不能殺人, 藥不能生人." 然其實病能殺人, 藥能生人. 不然謹疾之戒, 醫療之方, 何從而有此哉? 夫京師是醫方所萃之地. 有疾輒訪醫, 有訪輒用藥, 無效歸之疾, 有效歸之術. 其於有效, 疑若非此, 則幾於危亡矣. 驗之鄉閭, 無論症之劇歇, 一皆坐視而已, 又疑宜生而入死者衆矣.(『星湖僿說』〈人事門〉「醫」)
332 子之所愼, 齊戰疾.(『論語』〈述而〉)

반대로 의료에서 소외된 시골 사람들은 병이 들어도 약을 쓰지 못하고
환자를 방치하는데, 그러다가 환자가 죽으면 약을 쓰지 않았기 때문이
라고 믿는다. 이는 의약무용론과 상반되는 의약맹신론이다.

> 그러나 필경 서울에 장수하는 자가 꼭 많은 것도 아니고 시골에 죽는
> 자가 꼭 많은 것도 아니다. 그 가운데에는 방치한 자가 무사하고 치료에
> 힘쓴 자가 죽는 일이 있으니, 이는 의약이 도움이 되지 못할 뿐만 아니라
> 가끔 명을 재촉하게 하는 일도 허다하므로 치료하지 않고 그대로 두는
> 것이 중간 정도의 치료에 해당한다. 이것은 다름이 아니다. 병에 깊고
> 얕음이 있고 약에 우열이 있으며 의술이 그 요점을 잃었기 때문이다.
> 열기(熱氣)가 극도에 이르면 한기(寒氣)와 같고 한기가 극도에 이르면
> 열기와 같건만, 이런 이치를 알지 못하고 함부로 시험하면 약도 도리어
> 사람을 죽일 수 있다.[333]

만약 약이 치료에 절대적 수단이라면 약을 많이 쓰는 서울 사람들은
장수하고 그렇지 못한 시골 사람들은 단명해야 하건만 그렇지도 않다.
어떠한 치료도 하지 않고 방치했던 사람이 살아나고 치료에 힘썼건만
죽는 경우도 있다. 그래서 약을 잘못 쓰다가 죽느니 차라리 치료를 하
지 않고 그대로 두는 편이 중간 수준의 의원에게 치료를 받는 것과 같
다. 그러나 치료할 수 없을 정도로 병이 깊으면 아무리 약을 쓰더라도
소생시킬 수 없다. 또 약의 질이 좋지 못하거나 치료법이 적절하지 않
으면 환자를 살려 낼 수 없다. 그리고 병의 근원을 올바로 파악하지
못하고 육안으로 보이는 증세에만 맞춰 약을 사용하면 환자를 죽게 만

---

333 然畢竟京師未必多壽考, 鄕間夫必多死亡. 又或坐視者無事, 而務醫者罹患, 此不但醫之
不能益, 往往多促命, 所以不治爲中醫也. 此無他, 疾有淺深, 藥有優劣, 方術失其要也.
熱極似寒, 寒極似熱, 迷而妄試, 則藥亦可以反殺人矣.

들 수도 있다.

그 요점을 아는 자의 말에 "애당초의 화제(和劑)는 세 가지 처방에
지나지 않았다. 기(氣)에는 사군자탕(四君子湯)을 쓰고 혈(血)에는 사물
탕(四物湯)을 쓰고 담(痰)에는 이진탕(二陳湯)을 썼는데, 모두 한 처방
에 네 가지 약이 들어 있다. 그런데 후인들이 군신좌사(君臣佐使)[334]를
가감하여 비중이 가볍고 비중이 무거운 약재를 허다히 쓸 뿐, 진찰을
정밀히 하지 않고 사용하는 약의 재료를 잘 살피지 않는다. 그래서 약재
를 조합하는 것은 많고 가리는 것은 적으며 근본을 버리고 겉으로 드러난
것을 치료하기에 열에 여덟, 아홉은 허망될 따름이다. 이는 온 들판에
그물을 넓게 펼쳐놓고 토끼 한 마리를 잡는 것과 무엇이 다르겠는가?"라
고 하였다. 나는 전적이 많아지면서 유도(儒道)가 쇠퇴하고 의서(醫書)
가 번잡해지면서 방술이 미혹되었다고 생각한다. 잘 살피거나 가리지
못하고서 의술이 무익하다고 하는 것은 물이 불을 이기지 못한다고 말하
는 것과 같다.[335]

이익은 "약은 기본적으로 어떤 병이든 4가지 이상의 약재를 배합하
면 안 된다."고 하였다. 예를 들면 원기를 보충하는 사군자탕(四君子湯)
은 인삼·백출·백복령·감초의 4가지 약재로 만든다. 그리고 보혈(補血)
작용을 하여 부인병 치료에 쓰는 사물탕(四物湯)은 숙지황·백작약·천
궁·당귀의 4가지 약재로 만든다. 또 담(痰)의 치료제인 이진탕(二陳湯)

---

[334] 군신좌사(君臣佐使): 한약 처방을 할 때에 구성 약재의 작용에 따라 4가지로 갈라놓은
　　것을 통틀어 이르는 말. 가장 주된 약을 군약(君藥)이라 하고 보조약을 신약(臣藥)·
　　좌약(佐藥)·사약(使藥)으로 구분하여 말한다.

[335] 知其要者之言曰: "藥劑之起, 不過三方. 氣用四君子, 血用四物, 痰用二陳, 皆一方四料,
　　後人增損佐使, 有許多輕重之劑, 診視不精, 用料不審, 多合而少擇, 舍本而治標, 八九
　　是妄耳, 何異於廣絡原野冀獲一兎耶?" 余謂典籍廣而儒道衰, 醫家繁而方術迷, 不能審
　　擇, 以醫爲無益者, 是謂水不能勝火者也.

은 반하(半夏) · 귤피(橘皮) · 적복령 · 감초의 4가지 약재로 만든다. 그런
데 후대로 올수록 여러 가지 약을 배합하여 만드는 복잡한 처방이 생겨
났다. 그러면서도 정작 환자를 정밀하게 진찰하고 꼭 필요한 약재를
선별하는 노력은 게을리한다. 환자의 병에 적확한 약재가 무엇인지 알
지 못하기 때문에 수많은 약재를 조합한 약을 만들고 그중 요행히 한
가지라도 병증에 맞기를 바란다는 것이다. 이는 마치 토끼 한 마리를
잡자고 넓디넓은 평원에 그물을 펼치는 짓과 같다고 비유하였다.

홍미로운 점은 이익이 이와 같은 주장을 하였던 동시기 유럽에서도
유사한 주장이 대두되었다는 것이다. 1774년 영국의 의사 존 프링글
(John Pringle, 1707~1782)은 "내 생각에는, 여러 개의 단일 약재를 섞으
면 여러 개의 적응증(適應症: 어떤 약재나 수술 따위에 의하여 치료효과가
기대 되는 병이나 증상)에 즉시 부응할 수 있다거나 단일 약재로 만들어진
약의 효력에 필적할 수 있다는 편견을 완전히 극복하지 않은듯하다."라
고 하였다.[336] 이 말은 이익이 주장하는 바와 배경을 달리하지만, 18세
기 영국에서 이루어진 약전(藥典)의 개혁과 단순화의 배경 중 하나가
단일 약재의 진정한 효능을 찾아내기 위한 것이라는 점에서 이익의 주
장과 맥락을 일부 같이 한다.

이익은 의술을 올바로 사용하지 못해서 병이 낫지 않거나 죽음에 이
르는 것이지 의술 자체가 소용없는 것은 아니라고 하였다. 그는 의술이
소용없다고 하는 논리는 '물이 불을 이길 수 없다.'고 하는 말과 같다고
비유하였다.

의약에 대한 불신은 따지고 보면 의약에 있는 것이 아니라 의료의
주체인 의사에게 있다. 이익은 돌팔이 의원이 사람을 죽인다는 생각을

---

[336] 존 쿨 등 저 · 여인석 역(2010), 『의학, 놀라운 치유의 역사』, 네모북스, 171쪽.

「용의살인(庸醫殺人)」에서 피력하고 있다.

> 성인(聖人)이 의약(醫藥)을 만들어서 요절하는 자를 살리니 백성에
> 게 의술은 대단한 것이다. 그러므로 옛사람 중에는 의사가 되기를 원하
> 는 자가 있었다. 그런데 지금 의술을 업으로 삼는 자는 요절하는 사람
> 을 살려내는 일에는 전념하지 않고 이익이 되는 일만 엿보아, 반드시
> 먼저 인삼·부자 같이 대단히 더운 약제로 시험을 해보고 효과가 없으
> 면 다시 망초(芒硝)·대황(大黃) 같이 극도로 찬 물건을 투약한다. 그리
> 하여 그 사람이 살아나면 자기의 능력을 과시하고 죽더라도 죄로 여기
> 지 않고 "정해진 수명은 어찌할 도리가 없다."고 말하여 이로써 무단히
> 사람의 목숨을 해치니, 약이 사람을 살리는 일은 적고 사람을 죽이는
> 일이 많다.[337]

의술은 죽어가는 사람을 살려 낼 수 있는 기술이기에 인간의 삶에서
그것이 차지하는 비중이 대단히 크다. 그래서 의술은 성인(聖人)이 만든
것이라고 믿었으며, 송나라의 범중엄(范仲淹)은 재상이 되지 못한다면
차라리 명의가 되게 해달라고 신에게 빌었다.[338] 그러나 요즘의 의원은
의술을 업으로 삼기에 인명을 구원하기보다는 이익이 되는 일에만 전
념한다는 것이다. 그러나 그보다 더 큰 문제는 그들의 엉터리 의학 지식
이다. 엉터리 의원들은 어떤 환자든지 먼저 극도로 더운 약재를 투약하
여 시험해보고 효과가 없으면 다시 극도로 차가운 약재를 투약해 시험

---

337 聖人爲之醫藥, 以濟其夭死, 醫之於生民大矣. 故古人有願爲醫師者, 今之業醫, 不以濟
      夭爲心專, 窺爲利, 必先試以蔘附大熱之劑, 不效則更投之以硝黃極寒之物, 彼其人生,
      則矜爲己能, 死亦不以爲罪, 謂大命無可奈何, 以此枉害人命, 藥餌之生人少而殺人多
      也.(『星湖僿說』〈人事門〉「庸醫殺人」)
338 范文正公, 微時, 嘗詣靈祠求禱曰:"他時, 得位相乎?"不許. 復禱之曰:"不然, 願爲良
      醫."亦不許.(『能改齋漫錄』「文正公願爲良醫」, 吳曾)

해 본다. 그러다가 환자가 살아나면 자신의 의술 덕이라고 자랑하고 환자가 죽으면 '명이 다해서 죽었다.'고 책임을 회피한다. 의원의 수준이 이와 같이 형편없기 때문에 약을 먹고 살아나는 환자보다 오히려 죽는 사람이 더 많다고 하는 것이다. 이러한 상황은 조선에서만 벌어지는 것이 아니었다.

    옛날에 정이천(程伊川) 선생이 사수(謝帥=謝景溫)에게 서한을 올려 말하기를 "엎드려 율문(律文)을 보니, '어떤 의사든 사람을 위하여 약을 조제할 때 잘못해서 본래의 처방과 같지 않게 하여 사람을 죽인 자는 2년 반의 도형(徒刑)에 처하며 고의로 본래의 처방과 같지 않게 하여 사람을 살상한 자는 고살상(故殺傷)으로 논죄하며 비록 사람을 상해하지 않았어도 곤장 60대를 때린다.'고 하였습니다. 옛사람이 법률을 만든 의도는 다만 죄 없이 죽은 자를 불쌍히 여겨서만 아니라, 또한 돌팔이 의사에게 경계심과 두려움을 주어서 감히 경망하게 사람의 목숨을 해치지 못하게 한 것입니다. 세상사람 중에는 비록 자기 부모가 본래 죽을병이 아닌데 의사에게 죽음을 당했을지라도 참고 따지지 않는 자가 많으니 우둔하여 너무도 생각을 못하는 짓입니다. 내 조카 아무개가 예천령(醴泉令)이 되었는데 음증(陰症)으로 상한병(傷寒病)을 앓자 그 고을의 의사란 자가 크게 쏟아 내리게 하고 또 세심산(洗心散)을 투여하여 마침내 원통하게 죽게 만들었기에 그 집안에서 지금 소장(訴狀)을 제출하게 되었습니다."[339]라고 했다.[340]

---

339 『二程文集』「上謝帥師直書」

340 昔程伊川先生上謝帥書云: "伏覩律文, 諸醫爲人合藥誤不如本方殺人者, 徒二年半, 故不如本方殺傷人者, 以故殺傷論, 雖不傷人, 杖六十. 古人造律之意, 非特矜死者之無辜, 亦以警懼庸醫, 使不敢輕妄致害人命也. 世之人, 雖其父母, 本非死疾, 爲醫所殺, 隱忍而不辨者, 多矣. 愚惑不思之甚也. 姪子某爲令醴泉, 有病陰證傷寒, 而邑之醫者, 乃大下之, 又與洗心散, 遂至寃死, 其家有狀投訴."云云.

이익은 정이천이 사경온(謝景溫)에게 보낸 서한을 예시하면서 의료사고에 대한 처벌을 거론하였다. 의료사고로 사망한 정이천의 조카가 앓았다는 음증(陰症)은 한성(寒性)이기에 열성(熱性) 또는 온성(溫性)인 약제를 알맞게 배합한 처방을 쓴다. 이 병의 치료에서 주의할 점은 음증인데도 허열(虛熱)을 느끼기에 이를 실열(實熱)로 잘못 알고 다루면 안 된다는 것이다. 그런데 의원은 엉뚱하게 세심산(洗心散)을 처방하여 결국 환자를 죽게 만들었다. 세심산은 머리가 무겁고 눈이 어지러우며 목구멍이 붓고 아프며 입안과 혀가 헐고 가슴과 손발바닥이 뜨거우며 대소변이 잘 나오지 않는 병을 치료하는 처방이다. 정이천은 의료 사고를 일으킨 의원에 대한 처벌 조항이 명문(明文)으로 존재하며 의원의 잘못으로 환자가 사망한 것을 분명히 인지하였는데도 의료 사고를 당한 유가족들이 참고, 문제로 삼지 않는 세태에 대해서도 우려 섞인 한탄을 하였다.

> 무릇 약은 쓰지 않을 수 없지만 또 경솔히 써서도 안 되니, 장차 무엇을 따라야 하는가? 나는 병으로 누운 자를 보면, 대단한 열증이 한증과 유사한 경우도 있고 대단한 한증이 열증과 유사한 경우도 있는데, 의사란 자가 허열(虛熱)이라 여기어 인삼·부자를 투약하기도 하고 은열(隱熱)이라 여기어 망초·대황으로 시험하기도 하여 문득 특효를 보는 수도 있다. 그러나 만약 그것이 그렇지 않으면 어찌 사망하지 않겠는가? 또 한증 같아도 진짜 한증이 아니며 열증 같아도 진짜 열증이 아니라는 것을 어찌 알겠는가? 만약 정말로 진짜 한증·진짜 열증이라면 또한 사망하지 않는 자가 있지 않을 것이다. 예로부터 의사란 병의 증세를 살피는 일이 어렵다고 하는데, 그 신지(神指)와 묘안(妙按)을 어찌 책망할 수 있겠는가? 형편없도다. 그 효과를 본 것은 우연히 맞았을 따름이다. 아! 우연히 맞는 것에 희망을 걸 바에는 차라리 쓰지 않는 편이 낫겠다.[341]

열중과 한증은 겉으로 나타나는 증상만 보고 파악해서는 안 된다. 그럼에도 불구하고 의원들은 병의 근원을 알지 못하지 때문에 눈에 보이는 증상에 따라 처방을 한다. 의약에 대한 지식이 없는 의원이 약을 조제하고 그와 같은 엉터리 약을 먹고 환자가 사망하기 때문에 결국은 약을 먹어도 죽고 약을 먹지 않아도 죽게 되는 것이다.

당시 시골에서는 약을 구할 수조차 없었다. 또 명색 의원이 있다고 해도 그들은 돈 버는 일에만 혈안일 뿐 의술에 대한 사명감이 없었다. 게다가 아무 약이나 마구잡이로 먹일 정도로 무지하였다. 이와 같은 상황에서 의약무용론이 팽배하게 되는 것은 당연한 현상이라고 하겠다.

3-2. 의서(醫書)에 대한 견해

조선은 국가적 차원에서 의학적 수준을 높이기 위하여 노력하였다. 중국으로부터 의서를 수입하기 위하여 노력하였을 뿐만 아니라 우리나라의 실정에 맞는 의서의 간행과 보급에도 적극적이었다. 이와 같은 시대적 분위기 속에서 이익은 의서를 통하여 본초학과 의학적 지식을 습득하였을 뿐만 아니라 의서의 장단점을 분석하는 단계까지 나아갔다. 이익은 다음의 「본초(本草)」에서 의서의 문제점에 대한 자신의 견해를 피력하고 있다.

신농씨(神農氏)의 『본초(本草)』는 풀의 맛을 보고 만든 것이다. 만물

---

341 夫藥不可不用, 而又不可輕用也, 將何適從? 余觀臥病者, 有時乎大熱似寒, 大寒似熱, 醫者, 或以爲虛熱, 而投之以參附, 或以爲隱熱, 而試之以硝黃, 而便得奇效, 使其不爾, 豈不危死乎? 又安知似寒之非眞寒, 似熱之非眞熱? 若果眞也, 則亦未有不危死者也. 自古, 醫者, 審症爲難, 神指妙按, 何可以責之? 庸俗哉! 其得效者, 偶中耳. 嗚呼! 與其庶幾於偶中, 寧不用爲愈.

은 마침내는 먹고 마시는 것이므로 그 맛이 중요하다. 그러나 초목의
뿌리·싹·꽃·잎은 모양과 색깔이 각기 다르므로 구별할 수 있다. 뒤에
도은거(陶隱居=陶弘景)가 신농씨를 계승하여 충어(蟲魚)와 금석(金石)
등의 성분을 따로 가려내었는데 한 가지 재료의 용도가 여러 갈래로 나뉘
니 사람들이 무엇을 좇아 참과 거짓을 가려내겠는가? 그러기에 나는 이
를 깊이 믿지 않는다. 후대에는 주진형(朱震亨)·공현(龔賢)의 무리가
가장 뛰어난 양의(良醫)로 일컬어지는데, 벌려놓은 여러 처방들이 점차
로 번다한 데 이르니, 비유하자면 마치 말이 간결하지 못하면 더욱 애매
하다는 것을 깨닫게 되니 들판에 올가미를 넓게 펼쳐 놓고 겨우 토끼
한 마리를 잡는 것과 같은 실수가 있다. 내가 일찍이 의사의 말을 들으니
"옛날의 처방은 모두 간결하여 보혈(補血)에는 사물탕(四物湯)을 주로
하고 보기(補氣)에는 사군자탕(四君子湯)을 주로 하며 담(痰)에는 이진
탕(二陳湯)을 주로 한다."고 하였다. 그런데 처방이 점점 더 첨가되어
더욱 많아질수록 더욱 어지러워지니, 의가(醫家)들은 마땅히 먼저 이
점을 알아야만 증거할 곳이 있을 것이다. 또한 병의 증세는 잘 진찰하였
더라도 병이 오래되면 증세가 혼란스러우므로 그런 증세를 따라 이리저
리 섞어 치료하다가는 도리어 근본을 손상시킬 수 있으니, 어찌 효과를
바랄 수 있겠는가?[342]

   본초학은 조선의 의학에서 가장 중시되는 분야의 하나다. 조선인들
은 『본초(本草)』가 초목(草木)·금석(金石)·조수(鳥獸)·충어(蟲魚) 등 약
재가 될 만한 것을 거의 수록하고 있는 의가(醫家)의 기본서이기에 의학

---

342 神農本草, 嘗其味, 萬物, 終是飮食之道, 故味爲重, 然根苗花葉, 形色各殊, 所以能別
    也. 後陶隱居得神農之遺意, 別撰虫魚金石之性, 其一材之用, 有許多沠別, 人何從而辨
    出眞僞? 故余未之深信也. 後來朱震亨龔賢之屬, 最稱折肱, 其鋪列衆方, 漸至繁多, 比
    如言辭之不簡, 遂覺迷亂, 有廣絡獲兎之失也. 吾嘗聞之, 醫師曰: "古初之方皆簡, 血主
    四物, 氣主四君子, 痰主二陳." 漸益添增, 逾多而逾亂, 醫家, 宜先知此義方, 有可據.
    診症雖得, 病久則症混, 隨症雜治, 反傷原本, 何以責效?(『星湖僿說』〈人事門〉「本草」)

을 배우는 자가 가장 먼저 익혀야 할 필독서이자 의과(醫科) 취재(取才)의 필수과목으로 생각하였다.[343] 이익은 『본초』가 중요한 문헌이라고 전제하면서, 도홍경(陶弘景)이 약재의 사용법을 복잡하게 만든 단초를 열었다고 부정적으로 평가하였다. 이는 이익이 복합약재의 사용을 부정적으로 보았기 때문이다.

> 시골 같은 데는 전혀 의술이 없으므로 어떤 물건으로 어떤 병을 다스린다는 말만 들으면 한 가지 재료를 가지고 전일하게 치료하여 왕왕 효험을 보는 경우가 많으니, 이는 약의 힘이 전일하기 때문이다. 근자에 백합꽃 한 종류가 나왔다. 꽃은 흰 색깔이고 모양은 작은 병과 같으며 한여름 가물 때에 꽃이 활짝 피는데, 의원이 목구멍병에 이것을 써서 효과가 있었다고 한다. 그래서 의서를 살펴보았지만 이 말은 없었다. 다만 백합은 바로 지렁이라고 하였는데, 이것이 목구멍병의 치료제였다. 이에 이것으로 미루어 어린아이의 거위배앓이를 치료하려고 사람들이 모두 와서 구하고 좋은 처방이라고 여기니, 이런 따위도 살펴보지 않을 수 없다. 또 월수(月水)가 열을 다스리고 미역이 산부(産婦)의 성약(聖藥)이니 이런 것은 우리나라 민간의 중요한 처방인데, 의서에는 나타나지 않으니 이는 반드시 저쪽에는 빠지고 이쪽에는 전해질 따름이다.[344]

이익은 중국에서 편찬 간행된 『본초』류의 의약서적이 매우 중요하다는 점을 인정하였지만 그것의 한계도 분명히 인식하고 있었다. 첫 번째 한계는 우리나라 사람들이 중국에서 편찬 간행된 『본초』류의 내용을

---

343 『太宗實錄』, 15년(1415) 3월 15일.

344 如鄉村, 絶無醫術, 只聞某物之治某病, 單料專攻, 往往多驗, 藥力專也. 近有百合一種, 花白色狀如小壺, 夏旱時方盛. 有醫者, 用於喉病而輒效, 考諸方書, 無此說, 但云, 百合爲蚯蚓也. 此其所以治喉病也. 於是, 因此推之, 治小兒虬疾, 人皆來求, 以爲良方, 此類不可不察也. 又如月水爲治熱, 海藿爲産婦聖藥, 東俗要方, 而醫書不見, 是必彼漏而此傳耳.

올바로 이해하지 못한다는 점이다. 그는 당시 백합이 목구멍병의 특효약으로 사용되고 있기에 의서를 찾아보았지만 그런 내용이 없었고 백합은 바로 지렁이라는 내용을 발견하였다는 것을 일례로 들었다. 실제로 『설부(說郛)』 등의 문헌에는 "지렁이가 백합으로 변한다."고 되어 있다.[345] 따라서 목구멍병의 치료제는 백합이 아니라 지렁이였던 것이다.

두 번째 한계는 『본초』류에 실려 있지 않은 처방이다. 우리나라에서만 사용되는 민방(民方)이 의서에는 실려 있지 않지만, 그 역시 의학적 처방으로 인정되어야 한다는 견해다. 예를 들면 초경(初經)을 의미하는 월수(月水)가 열을 다스리는 약으로 사용되고 미역이 산부의 특효약으로 사용되는 것 등이다.

이익이 지적한 바와 같은 의서의 문제점을 해결하기 위하여 조선은 국가적 차원에서 우리나라의 실정에 맞으며 수준이 높은 본초서의 간행을 위하여 힘썼다. 구체적으로 예를 들면 성종 때 병조참판 김순명(金順命)이 "세조 때 찬집된 『구급방(救急方)』[346]에 수록된 약재 중에 중국에서 나는 것을 일반 백성이 쉽게 구할 수 없다."는 이유를 들어 향약(鄕藥)의 의방(醫方)을 찬집하여 민간에 유포하기를 청하자, 승지 이경동(李瓊仝)은 "『향약집성방(鄕藥集成方)』이 전에 찬집되었으나 『화제방(和劑方)』[347]을 즐겨 쓰기에 잘 이용되지 않으며 우리나라 사람이 찬집한 『본초(本草)』에는 그 이름만을 적고 그 형상을 그리지 않아 사람들이 알 수 없다."는 이유를 들어 중국본을 따라 다시 찬집할 것을 청한 일이

---

345 蚯蚓爲百合, 乃自有知爲無知, 麥之爲蛾, 乃自無知爲有知.
346 구급방(救急方): 조선 세조 때 간행된 작자 미상의 의학서. 2권 2책. 응급조치를 해야 할 위급환자의 병명과 그 치료법을 36개 항목에 걸쳐 수록하고 있다.
347 화제방(和劑方): 송나라 때 진사문(陳士文) 등이 황제의 명에 따라 지은 의서. 조선 시대에 의과(醫科) 시험 교재로 사용되었다. 본래의 이름은 『태평광민화제국방(太平廣民和劑局方)』이다.

있다.[348]『동의보감』의 편찬 간행도 그와 같은 요구의 결과물이다. 그런
데 이익은『동의보감』에 대해서도 냉정한 관점으로 평가를 하였다.

　　근세에 의관 허준(許浚)이『동의보감(東醫寶鑑)』을 지었는데, 먼저
『내경(內經)』·『영추(靈樞)』따위를 드러내서『소학』의 첫머리 두 편과
같이 하고 다음은 단계(丹溪)·하간(河間)[349] 등의 설을 드러내어『소학』
의 〈가언편(嘉言篇)〉과 같이 하며 맨 뒤에는 병을 다스리는 실제 및 여러
약방문을 실어『소학』의 〈계고편(稽古篇)〉·〈선행편(善行篇)〉과 같이
하였으니, 규모는 잘 되었다. 다만 내용을 많게 하기에 힘을 쓰고 뜻이
소략하므로 사람들이 또한 그것을 부족한 점으로 여긴다. 중국의 사신들
이 와서 이 책을 많이 싸가지고 귀국한다고 들었으니, 중국 사람들 또한
이 책을 반드시 살펴볼 것이다.[350]

　　1610년에 허준이 편찬한『동의보감』은 서(序)와 총목(總目) 등을 포함
하여 25권 25책 5편으로 구성되어 있다. 5편은「내경편(內景篇)」·「외형
편(外形篇)」·「잡병편(雜病篇)」·「탕액편(湯液篇)」·「침구편(鍼灸篇)」이다.
그런데 이익은 유가의 기본 수신서로서 중시되던『소학』에『동의보감』
을 비견하였으니,『동의보감』을 긍정적으로 평가하였다고 할 수 있다.
또 이익은 조선 의학의 과제였던 중국 의학의 수용과 이해라는 측면에
서『동의보감』이 기여한 바와 이론과 치료의 실제가 수록되었다는 특

---

348 『成宗實錄』, 10년(1479) 2월 13일.
349 단계(丹溪)·하간(河間): 중국 의학의 발전기인 금원시대의 저명한 의원인 단계(丹溪)
　　주진형(朱震亨, 1281~1358)과 하간(河間) 유완소(劉完素, 1110~?), 자화(子和) 장종정
　　(張從政), 동원(東垣) 이과(李果, 1180~1251)와 함께 '금원사대가(金元四大家)'로 칭해
　　진다.
350 近世醫官許浚作醫鑑, 先著內經靈樞之類, 如小學首二篇, 次著丹溪河間等說, 如小學之
　　嘉言, 後載治病之實及諸方, 如小學之稽古善行, 規模則得矣. 但務多而義略, 人又病之.
　　聞北使之至, 多齎以還, 上國人, 亦必審之矣.(『星湖僿說』〈詩文門〉「武經經傳」)

징도 인정하였다.

조선은 『향약집성방(鄕藥集成方)』과 『의방유취(醫方類聚)』[351] 등을 간행하여 중국에서 수입한 의학 이론을 집대성할 수 있었다. 그러나 그것들은 체계적이지 못할 뿐만 아니라 이론을 임상에 적용하기에도 매우 불편하였다. 이에 반해 『동의보감』은 각 병증의 항(項)과 목(目)이 주로 증상 중심으로 구성된 특징이 있다. 『동의보감』의 이러한 특징을 이익도 장점으로 인정한 것이다. 다만 이익은 『동의보감』의 단점으로 내용이 풍부하지만 뜻이 소략하다는 것을 지적하였다.

『동의보감』은 편찬 당시에는 필사본의 형태로 제작된 것이 문제가 되었다. 『동의보감』을 간행할 당시의 『광해군일기』를 살펴보면, "이 책은 본책(本冊)이 없이 필사본의 형태로 한 부를 간행한 것이어서 두 줄로 소주(小註)를 써 놓은 부분은 글자가 너무 작아 새기기가 매우 어렵고 그에 따라 판각 과정의 착오로 인한 약명(藥名)과 처방의 오류가 있으면 환자의 목숨이 위태로울 수 있다."는 우려가 제기되었다.[352] 또 조선 후기에는 이익이 제기한 바와 동일한 문제점이 제기되고 있음을 확인할 수 있다. 『정조실록』에서 "『향약집성방』이 간행된 이래의 의학 서적 중에 허준의 『동의보감』이 가장 상세하다고 하지만 그 문장이 번거롭고 내용이 중복되거나 소홀히 하여 빠뜨린 부분이 많다."고 지적하였다. 그래서 정조의 명령으로 『동의보감』을 교정하고 범례를 붙여 『수민묘전(壽民妙詮)』 9권을 만든 다음 다시 내의원에 명하여 여러 처방들을 채집해서 번잡스러운 것은 삭제하고 요점만 취하게 한 뒤 경험

---

351 의방유취(醫方類聚): 조선 세종 27년(1445)에 김순의(金循義), 김유지(金有智) 등이 편찬한 의학 백과사전. 266권.

352 『光海君日記』, 3년(1611) 11월 21일.

방(經驗方)을 첨부해서 세상에 유행시킬 수 있는 책으로『제중신편(濟衆新編)』을 편집 간행하게 하였다.[353] 따라서 이익이『동의보감』에 대하여 지적한 문제점은 상당히 객관적이라고 할 수 있다.

이익은 중국 사람들이『동의보감』을 많이 수입해 가는데 그들이 그와 같은 문제를 지적할까 우려하고 있다. 실제로 당시에 중국의 사신들이 조선에 나왔다가 귀국할 때『동의보감』을 가지고 갔다는 기록이 다수 보인다.『조선왕조실록』의 기록을 검토해 본 결과 경종·영조 연간에 중국의 사신들이『동의보감』을 수입하여 간 사실을 확인할 수 있었다. 경종 1년[1721]에 호조판서 민진원(閔鎭遠)이 중국에서 온 칙사가『동의보감』등을 요청하였다고 보고하자 경종이 허락하였고,[354] 영조 14년[1738]에도 중국에서 온 사신이『동의보감』과 청심환 50환을 구하여 갔다.[355]

이익은 서양인의 의학에 대해서도 관심을 갖고 있었다.

> 오약망(鄔若望)은 서양 사람으로 천계(天啓: 명 희종의 연호) 연간에 중국에 들어온 명의다. 그는 중국의 본초(本草) 8천여 종을 연구했는데 애석하게도 번역을 하지 못하였다. 이 책에는 반드시 기이한 처방과 특이한 약재가 있어서 사람이 사는데 크게 도움이 될 텐데 후세에 전해지지 못하고 사라졌으니, 이상하다 할만하다.[356]

오약망(鄔若望: Jean Uremon: ?~1621)은 유고슬라비아의 예수회 선교

353『正祖實錄』, 23년(1799) 12월 11일.

354『景宗實錄』, 1년(1721) 4월 25일.

355『英祖實錄』卷47, 14년(1738) 2월 21일.

356 鄔若望者, 西洋人, 天啓間至中國善醫, 究中國本草八千餘種, 惜未翻譯. 此必有奇方異材, 大益人生, 不能傳後而泯焉, 可異.(『星湖僿說』〈人事門〉「鄔若望」)

사로 1616년 마카오에 도착하여 기독교가 박해 받는 와중에서 청년 예수회원들에게 과학을 가르쳤고 1620년 남창(南昌)으로 갔으나 건강 악화로 이듬해 사망했다는 것 정도만 알려져 있다.

18세기까지 서양의학에 대한 조선인의 인식은 거의 전무하다고 할 수 있다. 이러한 사정은 중국도 예외가 아니었다. 그러나 일본에서는 그들의 의학 수준을 혁명적으로 끌어올리게 해준 『해체신서(解體新書)』가 1771년에 간행되었다. 이 책은 독일 의사 쿨무스의 『Anatomische Tabellen』을 네덜란드어로 번역한 『Ontleedkundige Tafelen』을 저본으로 삼아 스키타 겐파쿠[杉田玄白] 등이 한역한 것이다. 당시 조선과 중국에서 서양의학에 대한 인식이 거의 없었던 것을 감안한다면, 이 책의 간행은 가히 일대 사건이라고 할 수 있다.[357] 따라서 이익이 서양인의 의학에 주목했다는 것은 그의 의학에 대한 지적 욕구가 상당히 강했음을 잘 보여준다. 의학적 지식에 대한 욕망은 이익에게만 국한된 것이 아니었다.

조선 정부는 건국 초기부터 의서의 수집, 편찬에 상당한 열의를 보였을 뿐만 아니라 의원의 취재에도 다양한 의서를 이용하였다. 『태종실록』에 의하면, 사관 김상직(金尙直)이 올린 서목에 『소아소씨병원후론(小兒巢氏病源候論)』·『오장육부도(五臟六腑圖)』·『신조보동비요(新彫保童秘要)』·『광제방(廣濟方)』을 비롯하여 『신농본초도(神農本草圖)』·『본초요괄(本草要括)』·『맥결구의변오(脈訣口義辯誤)』·『황제소문(黃帝素問)』 등의 의서가 포함되어 있었다.[358] 또 세종 때, 의원 취재에 『의학직지(醫學直指)』·『맥찬도(脈纂圖)』·『맥직지방(脈直指方)』·『화제방(和劑方)』·

---

357 이종각(2013), 『일본 난학의 개척자 스키타 겐파쿠』, 서해문집.
358 『太宗實錄』 卷24, 12년(1412) 8월 7일 2번째 기사.

『상한유서(傷寒類書)』·『화제지남(和劑指南)』·『의방집성(醫方集成)』·『어약원방(御藥院方)』·『제생방(濟生方)』·『제생발수방(濟生拔粹方)』·『쌍종처사활인서(雙鍾處士活人書)』·『연의본초(衍義本草)』·『향약집성방(鄕藥集成方)』·『침구경(針灸經)』·『보주동인경(補註銅人經)』·『난경(難經)』·『소문(素問)』·『괄성제총록(括聖濟摠錄)』·『위씨득효방(危氏得効方)』·『두씨전영(竇氏全嬰)』·『부인대전(婦人大全)』·『서죽당방(瑞竹堂方)』·『백일선방(百一選方)』·『천금익방(千金翼方)』 등의 의서를 참고하였다.[359] 세조 때에는 예조에서 의원을 취재할 때 강해야 하는 서적으로『소문』·『장자화방(張子和方)』·『소아약증(小兒藥證)』·『직결창진집(直決瘡疹集)』·『상한유서』·『외과정요(外科精要)』·『부인대전』·『산서(産書)』·『직지방(直指方)』·『동인경(銅人經)』·『대전본초(大全本草)』가 들어 있었고 『찬도맥경(纂圖脈經)』은 배강(背講)을 하게 하였으며 30세 이하의 사람들은 모두『동인경』을 배강하게 하였다.[360] 성종 때에는 봄가을에 행해지는 의원의 취재 과정에서 고강(考講)해야 할 의서로, 『소문』·『본초』·『직지방』·『찬도맥』·『외과정요』·『창진집』·『장자화방』·『득효방(得効方)』·『부인대전』·『상한유서』·『자생경(資生經)』·『화제방(和劑方)』 등이 제시되어 있다.[361]

이와 같이 조선 초기부터 다수의 중국 의서들이 수입되어 있었고 그것들에 대한 사인들의 관심과 인식도 상당한 수준에 도달한 결과 그 장단점을 따져 우리 실정에 맞는 의서를 편찬 발행할 수 있게 되었다. 이익의 의서에 대한 관심과 인식은 그와 같은 시대적 상황에서 형

---

359 『世宗實錄』卷47, 12년(1430) 3월 18일 2번째 기사.
360 『世祖實錄』卷33, 10년(1464) 5월 15일 1번째 기사.
361 『成宗實錄』卷10, 2년(1471) 5월 25일 12번째 기사.

성된 것이다.

3-3. 의학과 윤리의 관계에 대한 인식

이익은 윤리 도덕 관념이 전제되지 않은 의학의 발전에 동의하지 않
았다. 의학을 포함한 과학과 윤리 도덕의 상관성이 현재도 큰 논쟁거리
임을 상기한다면 양자에 대한 이익의 견해는 주목할 만한 것이다. 이익
은 의학의 발전을 위해 필수적 요소라고 하는 해부학과 관련된 일화를
중심으로 의학과 윤리의 관계에 대한 견해를 피력하고 있다.

> 옛날에 어떤 형편없는 남자가 있었는데, 그의 누이동생이 병을 앓다가
> 다량의 앵도(櫻桃)를 씨까지 같이 먹고 드디어 완치되었다. 그 남자는
> "누이동생 하나를 죽여서 천만 명의 목숨을 살려야겠다."라고 생각하고
> 는 누이동생을 죽여서 배를 갈라 보니 간과 격막이 썩었는데, 앵도 씨가
> 엉켜 붙어 살이 돋아났다. 그는 마침내 간을 보호하는 처방은 얻었으나
> 그 천만 인을 살린다는 공덕이 한 누이동생을 죽인 잘못을 속죄하기에는
> 부족하다.[362]

변변한 치료도 받지 못하고 죽어가던 어떤 여인이 다량의 앵도를 씨
와 함께 먹고 기사회생했다. 이를 신기하게 여긴 그의 오빠가 치료의
이치를 알아서 만인을 이롭게 하겠다는 욕심에 누이동생의 배를 갈라
보고 결국 처방을 얻어냈다고 한다. 현재의 공리주의적 관점에서 볼
때도 그의 행동은 큰 논쟁거리가 된다. 최대 다수의 사람에게 최선의

---

[362] 昔有不肖男子, 有妹而病, 多取櫻桃和核而啖, 遂良已. 男子謂殺一妹生千萬人, 屠而視
之, 肝膈腐壞, 而櫻核凝定生肉也. 遂傳保肝之方, 其生千萬人之功, 不足贖殺一妹之罪
也.(『星湖僿說』〈人事門〉「五臟圖」)

결과를 가져올 행위를 선택한다는 보편적 행위 공리주의의 관점에서 본다면 그는 숭고한 선택을 했다고 할 수 있다. 그러나 환자를 죽였으므로 환자 중심의 공리주의와 어긋난 행동이다. 더욱이 이익은 유가의 윤리적 가치관에 토대하여 타인을 살리겠다는 명분으로 가족을 죽인 행동을 속죄할 수 없는 범죄로 단정하고 있다.

　　송나라 숭녕(崇寧=휘종의 연호) 연간에 사천(泗川)에서 도적을 저자에서 처형할 때 군수 이이간(李夷簡)이 의원과 화공을 보내어 격막을 가르고 고황(膏肓)을 적출하여 상세히 그림을 그리게 하였다. 사람의 장기를 소상히 그렸기에 의가(醫家)에 도움이 되었다. 또 경력(慶曆=인종의 연호) 연간에 두기(杜杞)가 광남(廣南)의 도둑 구희범(歐希範)을 잡아 배를 가르고 창자를 해부하여 낱낱이 그림을 그리니 지금 세상에 전해오는 「오장도(五臟圖)」가 그것이다. 처음에 두기가 구희범을 회유하여 투항케 하고 그를 죽여서 그 공적으로 대제(待制)에 승진되었는데, 등조(登朝)하지도 못해서 변소에 갔다가 갑자기 변소 안에서 쓰러져 입과 코에서 피를 흘리며 가느다란 목소리로 "구희범이 주먹으로 때린다." 고 말하더니 3일 만에 마침내 죽었다. 구양공(歐陽公=歐陽脩)이 지은 그의 묘지(墓誌)에서 "무릇 항복한 자를 죽이는 것도 의리가 아니거늘 하물며 그 무리를 모조리 죽임에 있어서랴!"라고 하였다. 옛사람이 의방(醫方)을 만들어 제 명대로 살지 못하는 사람을 살리니, 그 뜻이 매우 합당하지 않은 것은 아니나 어찌 일찍이 죽은 시체까지 해부한 일이 있었던가? 이렇게 하는 자는 잔인한 사람일 따름이다. 왕망(王莽)이 걸핏하면 성인을 인용하여 자신을 비유했는데, 적의(翟義)의 도당 왕손경(王孫慶)을 잡아 솜씨 좋은 백정을 시켜 배를 가른 후 오장을 자로 재고 혈맥을 대쪽으로 관통시켜 경락(經絡)의 시작하는 곳과 끝나는 곳을 알아냈으니, 그 속셈을 여기에서도 알 수 있다. 우리나라에서는 참판 전유형(全有亨)[363]이 평소 의술에 밝았고 의서까지 저술하여 후세 사람에게 길이 혜택을 주었으니, 그 활인(活人)한 공적이 얼마나 큰가? 그런데도 갑자년

이괄(李适)의 난리에 참형을 당하니 허물이 없는데도 재앙을 면하지 못
하였다. 사람들은 "그가 임진왜란 때 길거리에서 세 구의 시체를 해부해
본 후로 그의 의술이 더욱 정통해졌지만 그가 비명횡사한 것은 이로 말미
암아 당한 앙화다."라고 말한다. 내 생각으로는 의서에 정경(正經) 12맥
(脈) 이외에도 기경(奇經) 8맥이 있으니 이는 또한 후세에 와서 더욱 세
밀해진 것인데, 사람을 해부하지 않으면 알 도리가 없었으니 누가 또
이 꾀를 처음으로 생각해 냈는지 모르겠다.[364]

　이익은 해부학의 발전에 결정적으로 기여한 구체적 일화를 몇 가지
예시하였다. 첫 번째는 송나라의 이이간(李夷簡)이 사형수를 해부하여
정교한 해부도를 그려 의학의 발전에 크게 공헌했다는 일화다. 두 번
째는 송나라 때 두기(杜杞)가 투항한 도둑 구희범(歐希範)을 해부하여
「오장도(五臟圖)」를 만들었다는 일화인데, 지금도 이용되고 있는 「오장

---

363 전유형(全有亨): 조선의 문신. 본관은 평강(平康), 자는 숙가(叔嘉), 호는 학송(鶴松),
시호는 의민(義敏). 괴산(槐山)의 유생으로 임진왜란이 일어나자 조헌(趙憲)과 함께
의병을 일으켜 전공을 세우고 1594년 청안현감(淸安縣監)이 되었다. 1605년 정시문과
에 장원, 이듬해 감찰에 발탁되었다. 이때 명나라에서 쌀 10만석을 요구하자 특차사
(特差使)로 명나라에 가서 감량(減量)시켰다. 광해군 때 형조참판을 지냈다. 1624년
이괄의 난이 일어나자 반란군과 내통한다는 무고를 받아 성철(成哲) 등 37명과 함께
참형을 당하였다. 의술에도 능하여 「오장도(五臟圖)」를 그렸다. 저서로『학송집』(1권)
이 전한다.

364 宋崇寧間泗川刑賊於市, 郡守李夷簡遣醫幷畫工, 決膜摘膏肓, 曲折圖之, 畫得臟腑纖
悉, 有益於醫家. 又慶曆間杜杞執廣南賊歐希範, 剖腹刳腸, 一一圖成, 今世傳五臟圖,
是也. 初杞誘降而殺之, 以功遷待制, 未登幾園, 忽仆於園中, 口鼻流血, 微言希範拳擊,
後三日竟卒. 歐陽公誌其墓, "夫殺降非義, 況竝其徒皆殺耶?" 古人作爲醫方, 以濟妖死,
其意, 非不切至, 而何曾戮其死屍耶? 爲此者, 忍人而已矣. 王莽, 動引聖人, 而捕翟義黨
王孫慶, 使巧屠刳剝之, 量度五臟, 以竹筳導其脈, 知所始終, 其胸中所存, 於此, 亦可見
也. 我國全參判有亨素曉醫方. 至有撰著成書, 以利後人於無窮, 活人之功爲如何, 而甲
子之亂斬, 亦以非辜不免, 人謂全當壬辰倭亂行道間, 三屠死屍, 然後其術益精通, 然其
橫命之死, 亦坐此爲殃云爾. 余謂正經十二之外, 又有奇經八脈, 此亦後來愈加細密者,
而非屠人, 不能得也. 又不知誰刱此智也.

도」가 바로 그것으로, 이덕무에 의하면 구희범을 포함하여 30인을 해부하였다고 한다.[365] 세 번째는 한나라의 왕망(王莽)이 반역자 적의(翟義)의 도당인 왕손경(王孫慶)을 해부하여 오장과 혈맥을 정교하게 관찰하였다는 일화다. 그리고 마지막 일화는 조선의 전유형(全有亨)이 임진왜란 때 길가의 시체 3구를 해부해 본 이후로 그의 의술이 더욱 정통해졌다는 것이다. 이익은 인체 해부와 관련된 일화를 예시하면서 해부학이 의학의 발전에 필수적이라는 사실을 인정하였다. 그러나 이익은 사형수·범죄자·반역자라 할지라도 인간을 해부하는 비윤리적 행위를 하면 자신도 비명횡사하는 대가를 치르게 된다고 경계하였다. 뿐만 아니라 죽은 시체를 해부하는 행위도 대가를 치를 만큼 비윤리적인 행위로 보았다.

　이익의 의학과 윤리에 대한 견해를 볼 수 있는 또 하나의 글은 「규과(刲胯)」다.

　　한퇴지(韓退之＝韓愈)가 「호인대(鄠人對)」를 지었는데, 탁영(濯纓) 김일손(金馹孫)이 그 글을 비난하여 "가령 양의(良醫)가 의서를 끌어 대어 '인육(人肉)을 약에 조제하지 않으면 치료할 수 없다.'고 말한다면 장차 그 말을 허황하게 여기고 어머니가 죽어가는 것을 수수방관하면서 그 말을 좇지 않겠는가?"라고 하였다. 퇴계가 율곡에게 답한 편지에서 "'지극히 긴박한 처지에서는 남에게 취할 수 없다면 권도(權道)로써 조처하지 않을 수 없다.'는 것은 이 밖에 또 다른 도리가 없으니, 차라리 내 몸을 베어내어 어버이의 목숨을 구원하는 일은 또한 자식의 지극히 애통한 심정입니다."라고 하였다. 추연(秋淵) 우성전(禹性傳)이 다시 이 말을 들어 질문하기를, "인육을 써서 사람의 질병을 치료한다 하니 어찌 이런

이치가 있겠습니까? 참으로 양의가 있다면 반드시 이런 말은 하지 않을
것입니다."라고 하니, 퇴계가 "뒤에 생각해 보니 결국 온당치 못한 점이
있다는 것을 깨달았습니다. 의당 창려(昌黎=韓愈)의 말을 정론으로 삼
아야 합니다."라고 대답하였다.

나는 생각하건대, 추연(秋淵)이 "주자의 '근사하다.'고 한 말은 만약
성심으로 이런 일을 한다면 명예를 구하려고 이런 일을 하는 자보다는
오히려 낫다고 한 것에 불과할 따름이지 이를 옳다고 한 말이 아닙니다."
라고 했으니, 이 논설이 참으로 마땅하다.[366]

「호인대(鄠人對)」는 섬서성(陝西省) 호현(鄠縣)에 사는 어떤 사람이 어
머니의 병을 고치기 위하여 자신의 다리 살을 베어 약으로 바친 데 대하
여 한유가 비판한 글이다.[367] 한유는 부모가 아프면 일반적인 약물을
쓰는 정도에 그칠 따름이지 생명을 위협할 정도로 자신의 몸을 훼손시
켜 약으로 쓰는 것은 도리어 극심한 불효가 된다고 하였다. 그런데 한유
의 이와 같은 논리는 조선의 지식계에서 한바탕 논쟁거리가 되었다.
김일손(金馹孫, 1464~1498)은 「비호인대(非鄠人對)」라는 글을 지어 "부모
를 살릴 수 있다면 다리 살을 베어내는 것쯤이야 무슨 문제가 되겠는
가?"라며 「호인대(鄠人對)」의 논리를 반박하였으며, 심지어 "「호인대」
는 한유의 글이 아니라는 의심까지 든다."라고 하였다.[368] 율곡은 이 문
제를 퇴계에게 질의하였고, 퇴계는 "부득이하다면 권도로 그렇게 할 수

366 韓退之作鄠人對, 而金濯纓馹孫非之曰: "就令善醫引方書, 以爲非人肉合藥, 無良云爾,
將以彼爲誕, 坐視其母之死而不從耶?" 退溪答栗谷書云: "迫切之極, 旣不可取他人, 則
容有不得不權以處之者, 蓋外此, 更無他道理, 寧毁體而救親命, 亦人子至痛之情." 禹秋
淵性傳, 復擧此質之曰: "用人肉而治人病, 寧有是理? 苟有善醫者, 必不爲此言." 退溪
答: "後來思之, 終覺未安, 當以昌黎爲正." 愚按, 秋淵謂: "朱子庶幾之言, 不過曰若誠心
爲之, 猶勝於此, 以要譽者云爾, 非以此爲是." 此說固當.
367 『東雅堂昌黎外集註』「鄠人對」
368 『濯纓集』「非鄠人對」

있다."는 취지의 답변을 하였다. 이에 대하여 퇴계의 문인인 우성전(禹
性傳)[369]이 다시 이의를 제기하였다. 우성전은 "할고(割股)의 봉양은 말
할 것도 없고, 인육을 치료제로 사용하다는 것 자체가 있을 수 없는
일."이라고 퇴계에게 질정하였다.[370] 결국 퇴계는 자신의 견해를 수정하
여 한유의 손을 들어 주었다.

> 그러나 인육으로 질병을 치료하는 것은, 또한 그 이치가 아주 없지
> 않은 듯하다. 온갖 가지 물건이 모두 질병을 치료할 수 있기에 왕왕 단지
> (斷指)한 피로 목숨을 구원하는 자가 있는데, 만약 그런 이치가 없다고
> 말할 뿐이라면 사람들이 장차 의심하고 믿지 않을 것이다. 무릇 사람이
> 굶주리면 죽고 음식을 먹으면 사는데, 혹 난리를 만나 장차 굶주려 죽는
> 지경이 되면 그 아들이 도둑질이든 살인이든 가릴 것 없이 자행하리니,
> 오직 그 아비의 목숨을 구하는 데에만 급급하겠는가? 그 한 몸의 이해는
> 비록 돌아볼 겨를이 없다 하더라도 아비 된 자의 도리에 있어서는 또한
> 결코 의리가 아닌 일을 하게 하여 살기를 탐할 수 없다. 옛날에 도은거(陶
> 隱居)가 본초(本草)를 연구하여, 약재로 벌레와 물고기 등속을 많이 채
> 취했는데, 그에 대하여 말하는 자가 "도홍경(陶弘景)은 이 때문에 신선
> 이 되지 못하였다."라고 하였다. 이는 비록 반드시 그렇다고 할 수는 없
> 으나 요컨대 또한 혈기 있는 미물도 차마 죽이지 못하는데 하물며 아들의
> 살을 가지고 부모의 병을 고치겠는가? 만약 아들이 이 때문에 목숨을
> 잃는다면 그 부모는 장차 어찌할 것인가? 효자는 부모의 마음으로 자기
> 마음을 삼는 것이니, 천리와 인정은 이로써 단안을 내리는 것이 옳으리
> 라. 주자가 "효도는 본래 당연한 법칙이 있으니 미치지 못하는 것은 참으
> 로 잘못이지만 만약 지나치게 한다면 반드시 다리 살을 베어내는 폐단이

---

369 우성전(禹性傳): 조선 중기의 문신·의병장(1542~1593). 본관은 단양(丹陽), 자는 경선
(景善), 호는 추연(秋淵)·연암(淵庵), 이황의 문인.
370 『退溪集』「答禹景善問目」

있다."[371]라고 했으니 이것이 정론이다.[372]

　이익은 우성전이 제기하였던 '인육이 치료제로 쓰일 수 없다'는 말은 인정하지 않았다. 세상의 모든 사물은 약으로 사용할 수 있고 단지(斷指)한 피로 인명을 구한 사례가 있는 것을 본다면 인육도 약이 될 수 있다고 하였다. 그러나 약이 된다고 인육을 사용하는 것과 자식이 자신의 생명을 걸고 신체를 훼손하여 부모의 약으로 사용하는 것은 별개의 사안으로 보았다. 보편적 가치의 관점에서 볼 때 신체를 훼손하여 부모를 봉양하는 행위를 효라고 할 수 없다는 것이다.

　이상에서 살펴본 바와 같이 이익은 의술이 비록 인간을 질병의 고통으로부터 구제하고 생명을 연장하게 하는 중요한 기술이지만 그것이 윤리 도덕과 모순을 일으킬 경우에는 윤리 도덕을 우선시해야 한다고 하였다. 그러나 어떤 상황이라도 윤리 도덕을 우선시 하는 원리 주의도 반대하였다. 윤리 도덕과 보편적·통상적 가치가 모순 충돌할 경우에는 보편적이고 통상적인 가치를 기준으로 삼아 판단해야 한다고 주장하였다.

　조선은 개국 후 정국이 어느 정도 안정되자 실용적 지식의 수집·정리와 보급에 노력하였다. 그중 대표적인 것이 의학이었다. 조선은 국가적 차원에서 중국의 의학을 수입하고 그것을 토대로 삼아 우리나라의 형편에 맞는 의서를 간행하고 우수한 의생(醫生)을 양성하기 위하여 취

---

371 『朱子語類』

372 然人肉治病, 恐亦非無其理者. 凡百物, 皆可以療疾, 而往往有血指救命者, 若但曰無其理, 則人將疑而不信矣. 夫人飢則死, 得食便生, 或值流離禍亂之際, 至於將死, 則其子將盜竊劫殺, 無所不至, 惟救父命之爲急耶? 一身利害, 雖不暇顧, 而在父亦不可非義而貪生也決矣. 昔陶隱居治本草, 多採蟲魚之屬, 說者謂, "陶所以不仙以此也." 此雖未必然, 要亦不忍於有血氣者殘割也, 況子肉而救父耶? 設或子因此致命, 父將奈何? 孝子以父母之心爲心, 天理人情, 以此爲斷, 斯得矣. 朱子曰: "孝自有當然之則, 不及固不是, 若過其則必有刲胯之事." 此爲定論耳.(『星湖僿說』〈人事門〉「刲胯」)

재(取才) 제도를 강화하였다. 그 결과 조선의 의술은 전에 없는 비약적 발전을 하게 되었다. 이에 따라 지적 욕구가 강한 사인들은 의약 지식에 지대한 관심을 갖게 되었다. 이와 같은 시대적 상황과 요구에 의해 지식의 총화인 유서에는 의학에 대한 지식이 상당수 수록되었다. 이익의 『성호사설』도 의학에 대한 의식을 소상하게 피력하였다.

조선의 의료는 당시의 낮은 생산 수준과 밀접한 관련이 있다. 이익에 의하면 서울 사람들은 의료 혜택을 받기에 용이하지만 시골 사람들은 병자들을 방치할 뿐이라고 하였다. 그러나 서울 사람들이라고 해서 치료를 받고 소생하는 것도 아니었다. 만약 서울 사람들이 치료를 받아 살아나고 시골 사람들이 치료를 받지 못해서 죽는다면, 서울 사람들은 모두 장수하고 시골 사람들은 모두 병에 걸려 죽어야 한다. 그러나 서울이나 시골이나 생존자의 수가 엇비슷한 이유는 무엇인가? 그것은 의원의 수준이 형편없이 낮기 때문이다. 이익에 의하면 의원의 상당수는 의술에 대한 사명감이 없이 이익만 추구할 뿐이며, 매우 무식하여 환자의 병증을 올바로 파악하지 못하고 약제도 제대로 처방하지 못하여, 병을 고친다는 것이 오히려 병자를 죽이게 된다고 하였다. 국가적 차원에서 의학적 수준을 높이고 질 높은 의생을 양성하고 있었지만 민간에서는 돌팔이 의원이 판을 쳤던 것이다. 이와 같은 사회에서는 의료허무주의가 팽배할 수밖에 없다. 따라서 당시에는 '약을 먹어도 죽고 약을 먹지 않아도 죽는다.'는 의약무용론이 일반론이 되었다. 의약무용론은 인간의 수명은 본래 정해진 것이라는 운명론이 논리를 제공한다. 이익은 「의약(醫藥)」·「의(醫)」·「용의살인(庸醫殺人)」이라는 글에서 약을 먹어도 죽고 약을 먹지 않아도 죽는 것은 인간의 수명이 정해져 있기 때문이 아니라, 약을 올바로 쓰지 못하는 돌팔이 의원에게 주된 원인이 있다고 설명하였다. 돌팔이 의원들은 병의 근원을 진단하지 못하고 육안으로 보이는 증상에 따라 처방을 하며, 그조차 적확한 처방을 모르기에 수많은 약재를 섞은 약을 투여하여 요행히 그중에서 아무 것이나 맞기를 바랄 정도로 무지하다고 하였다. 그런데 의약무용론의 근거가 되는 또 하나의 논리는 '약을 먹지 않고 방치해도 죽지 않는 경우가 있고 심지어 치명적인 독약을 잘못 먹어도 죽지 않는 경우가 있으므로 아예 약을 먹을 필요가 없다.'는 것이다. 이익은 이러한 주장에 대해서도 약은 환경·식습관·체질·체력 등에 의하여 효과가 있을 수도 있고 없을 수도 있기에 의약무용론을 주장해서는 안 된다고 주장하였다. 이익은 의약이 인간을 질병의 고통으로 해방시킬 수 있을 것이라는 믿음을 가지고 있었다.

　이익은 의서를 통하여 본초학과 의학적 지식을 습득하였을 뿐만 아니라 의서의 장단점까지 분석하는 단계까지 나아갔다. 이익은 「본초(本草)」에서 의서의 문제점에 대한 자신의 견해를 피력하였다. 이익은 『본초』류의 처방이 점점 복잡해지는 현상에 대하여 우려하였는데 불필요한 복합처방을 부정적으로 보았기 때문이다. 이는 요즘 문제가 되고 있는 의료계의 과잉진료와 맥락을 같이 한다. 또 우리나라의 가장 우수한 의서로 손꼽히는 『동의보감』의 장단점에 대해서도 냉정한 평가를 하였다. 그는 『동의보감』은 내용이 풍부하지만 뜻이 소략하다고 지적하였다. 또 그는 서양인의 의학에 대해서도 관심을 갖고 있었다.

　이익은 윤리 도덕 관념이 전제되지 않은 의학의 발전에는 동의하지 않았다. 그는 윤리 도덕과 의학의 발전이 모순 충돌할 때 어떤 선택을 해야 하는지 논증하기 위하여 의학의 발전에 필수적인 해부학과 관련된 일화 몇 가지를 예시하였다. 비록 의술을 발전시키기 위한 목적이라고 할지라도, 또 해부의 대상이 사형수·범죄자·반역자, 심지어 전쟁통에 죽은 길가의 사체라 하더라도 훼손을 해서는 안 된다고 하였다.

　조선 전기에는 효자의 할고(割股) 봉양을 두고 일대 논란이 일었는데 이에 대하여 이익은 비록 효가 절대적 가치일지라도 자신의 신체를 훼손하는 일에 대하여 분명히 반대하였다.

　이익은 의술이 인간을 질병의 고통으로부터 구제하고 생명을 연장하게 하는 중요한 기술이지만 그것이 윤리 도덕과 모순을 일으킬 때는 윤리 도덕을 우선시해야 한다고 하였다. 그러나 어떤 경우라도 윤리 도덕을 우선시 하는 원리 주의도 반대하였다. 윤리 도덕과 보편적·통상적 가치가 모순 충돌할 경우에는 보편적·통상적 가치를 기준으로 삼아 판단해야 한다고 주장하였다.

4. 유서에 나타난 조선 지식인의 군국기무에 대한 인식
- 무기와 방어구에 대한 기록과 그 의미를 중심으로

　조선은 숭문(崇文)의 기조를 유지하면서도 겸무(兼武)를 망각하지 않았다. 따라서 군국기무(軍國機務), 특히 무기와 방어구에 대한 정보는 매우 유용한 것으로 간주되었기에 유서에서도 매우 비중에게 다루고 있다.

　이수광은 30세가 되던 해인 1592년에 임진왜란을 직접 경험하였다. 따라서 이수광은 자신의 군국기무에 대한 관심을 『지봉유설』의 〈병정부(兵政部)〉에서 비중 있게 다루었다.

　이익은 『성호사설』에서 무비(武備)에 대한 별도의 부문(部門)을 마련하지는 않았지만 군국기무에 대한 그의 지대한 관심이 반영된 기록을 주로 〈만물문〉에서 볼 수 있다. 이익은 비록 전쟁을 경험하지 않았지만 『성호사설』에는 임진왜란의 참상이 생생하게 기록되어 있다. 이익은

전쟁의 비참함과 조선 병력의 열악한 수준을 정확히 알고 있었기에 무
비(武備)의 중요성을 역설하였다. 『성호사설』의 무비에 대한 기록은 여
타의 기록물이 따라오기 힘든 가치를 지닌다.

　조재삼의 『송남잡지』는 〈무비류(武備類)〉라는 별도의 유를 마련하고
상당 분량의 내용을 기록하고 있다. 조재삼은 조선의 운명이 풍전등화
와 같은 상황에 처해 있다는 것을 잘 알고 있었다. 그와 같은 위기의식
이 무비에 대한 기록에 치력하도록 만들었다.

4-1. 『지봉유설』의 무기·방어구에 대한 기록과 그 의미

　『지봉유설』에서 군국기무와 관련 있는 내용은 〈병정부〉에 들어 있
다. 〈병정부〉는 「정벌(征伐)」·「병기(兵器)」·「병제(兵制)」·「구적(寇賊)」·
「민호(民戶)」의 5항목으로 구성되어 있으며 무기·방어구와 관련 있는
내용은 「병기」에 실려 있다.

　유서의 주요 내용적 특징 중 하나는 사물의 기원을 밝히는 것이기에,
『지봉유설』〈병정부〉「병기」에도 무기의 기원에 대한 항목이 가장 앞
에 놓여 있다.

　　『역경』의 계사(繫辭)에서 "나무에 시위를 매어 활을 만들고 나무를
　깎아 화살을 만든다."라고 하였으며 『좌전』에서는 "복숭아나무로 만든
　활과 가시나무로 만든 화살을 진공(進貢)하였다."라고 하였다. 대체로
　옛날에는 활과 화살에 모두 나무를 사용하였다. 『열녀전(列女傳)』에서
　"활에는 연나라 소의 뿔을 사용한다."라고 하였고 좌사(左思)의 부(賦)에
　서 "연호(燕弧)가 창고에 가득하니 견고하고 기마(冀馬)가 마구에 가득
　하니 건장하다."[373]라고 하였는데, 그 주석에서 "연각호(燕角弧)는 유연
　(幽燕) 지역에서 생산된다."라고 하였다. "기창(紀昌)이 연각(燕角)으로

만든 활로 이[蝨]를 쏴서 관통시켰다."[374]라고 한 말이 이것이다.

우세남(虞世南)의 시에서 "기마(冀馬) 탄 누란(樓蘭)의 장수, 연서(燕
犀)[375] 입은 상곡(上谷)의 병사."[376]라고 하니 연우(燕牛)를 연서(燕犀)라
고 한 것 같다.[377]

지봉은 『역경』과 『춘추좌전』에 기록되어 있는 활과 화살에 대한 내
용을 제시함으로써 그것들의 기원을 밝히고 있다. 또 『열녀전』, 좌사의
「위도부(魏都賦)」, 『열자』, 당나라 우세남(虞世南)의 「종군행(從軍行)」 등
에 나오는 활 관련 기록을 다양하게 제시하였다. 이것이 무기의 시원에
대한 역사 문헌적 근거의 제시라면 다음의 내용은 신화에 근거한 무기
의 시원에 대한 서술이다.

『여씨춘추』에서 "치우(蚩尤)가 다섯 가지 무기를 만들었다."라고 하였
다. 다섯 가지 무기란 과(戈)·극(戟)·수(殳)·추모(酋矛)·이모(夷矛)다.
『관자(管子)』에서 "갈로산(葛盧山)에서 황금을 캐서 치우가 투구를 만들
었다."라고 하였으니, 이것이 병기와 투구의 시초다. 한고조가 군대를
일으킬 때 뜰에서 치우를 제사하였으니 치우가 처음으로 무기를 제작하
였기 때문인 듯하다.[378]

373 「魏都賦」
374 紀昌者, 又學射於飛衛 …… 昌以氂懸蝨於牖, 南面而望之, 旬日之間, 浸大也, 三年之後, 如車輪焉, 以睹餘物, 皆丘山也, 乃以燕角之弧, 朔蓬之簳射之, 貫蝨之心而懸不絶.(『列子』〈湯問〉)
375 연서(燕犀): 연 지역의 무소가죽으로 만든 갑옷.
376 「從軍行」
377 易繫辭曰: "弦木爲弧, 剡木爲矢." 左傳曰: "桃弧棘矢, 以供禦王事." 蓋古者弓矢, 皆用木矣. 列女傳云: "傅弓以燕牛之角." 左思賦曰: "燕弧盈庫而委勁, 冀馬塡廄而駔駿." 註, "燕角弧出幽燕地." 紀昌以燕角之弧貫蝨, 是也. 虞世南詩, "冀馬樓蘭將, 燕犀上谷兵." 此蓋以燕牛爲燕犀也.(『芝峯類說』)
378 呂氏春秋曰: "蚩尤作五兵." 五兵者, 戈戟殳酋矛夷矛也. 管子曰: "葛盧之山, 發黃金, 蚩

황제(黃帝) 때부터 무기 쓰기를 익혀서 치우를 베었고 순임금 때엔 삼묘(三苗)를 정벌했고 우임금 때엔 방풍(防風)을 주륙한 일이 있다. 이후로 반란이 계속되니 백성의 불행이, 아! 심하도다.[379]

지봉은 『여씨춘추』와 『관자』 등의 문헌 기록을 근거로 하여 '고대의 대표적 살상 무기인 과·극·수·추모·이모와 방어구인 투구는 치우가 만들었다.'고 하였다. 그래서 치우를 전쟁의 신으로 받들어 출정할 때 제사까지 드린다. 그런데 위에서 지봉은 인류의 역사에서 무기가 만들어지고 사용되면서 불행이 시작되었다고 탄식하였다.

유서의 특징 중 하나는 어원에 대한 논증이다. 지봉은 무비(武備) 중에서 어원의 탐색이 필요한 것을 대상으로 논증을 전개하였다.

패사(稗史)에서 "사슴은 경계하는 성질이 있기에 무지지어 있을 때에는 그 뿔을 둘러서 진을 친 것처럼 둥글게 둘러싸서 사람이나 짐승의 침해를 방어한다. 그런 까닭에 군중(軍中)의 울짱은 나무를 밖으로 향하도록 묻으며 녹각(鹿角)이라고 한다."라고 하였다. 그렇다면 군중에서 녹각을 만들어 쓴 것은 또한 오래된 일이다.[380]

위의 글은 방어 도구인 '녹각(鹿角)'의 어원에 대한 서술이다. 지봉은 녹각의 어원에 대한 출전을 '패사(稗史)'라고 범칭하였는데, 이는 아마도 『삼여췌필(三餘贅筆)』을 지칭하는 듯하다.[381] '녹각(鹿角)'이라는 어휘뿐

尤以爲鎧." 此兵革之始也, 漢高起兵時, 祭蚩尤於庭, 豈以始制兵革故歟.(『芝峯類說』)

379 自黃帝習用干戈, 以誅蚩尤, 而舜有三苗之征, 禹有防風之戮, 嗣是以後, 叛亂相尋, 生民之不幸, 噫其甚矣!(『芝峯類說』)

380 稗史言: "鹿性警, 群居則環其角, 圓圍如陣, 以防人物之害, 故軍中寨柵, 埋樹木向外, 名曰鹿角." 然則軍中鹿角之制, 亦久矣.(『芝峯類說』)

381 三餘贅筆, 今官府衙門, 列木於外, 謂之鹿角, 蓋鹿性警, 羣居則環其角, 圓圍如陣, 以防

만 아니라 이미 채(寨)나 책(柵) 등의 글자가 존재하므로 상당히 오래전
부터 울짱이 사용되었다고 볼 수 있다는 것이다. 이와 같이 사물의 어원
에 대한 문헌적 고찰은 사물의 시원에 대한 연구의 방법으로 사용된다.
이상의 항목이 무기·방어구의 시원과 어원에 대한 고찰이었다면 이하
의 항목은 무기의 사용과 관련 있는 구체적 내용으로 이루어져 있다.

> 병법을 말하는 자들은 허다히 전차를 전투에 사용하는 것이 이롭다고
> 한다. 수레는 가고자 하면 가고 정지하고자 하면 정지할 수 있기 때문에
> '다리가 있는 성(城)'이라고 한다. 위청(衛靑)은 무강차(武剛車)로 승리
> 를 얻었고 마융(馬隆)·가서한(哥舒翰)·마수(馬燧)도 다 이것을 사용하
> 여 적을 깨뜨렸다. 대체로 그 안에 군마(軍馬)와 양곡과 마초(馬草)를
> 감출 수 있고 적의 기마가 공격해 올 수 없고 화살이 들어올 수 없다.
> 만약 적병이 가까이 다가오면 화포를 일제히 발사하고 기병(奇兵)이 이
> 어 출격하니 야전에서 승리를 거둘 수 있는 좋은 전술이다.[382]

위의 글에서 지봉은 전쟁에서 수레를 사용하는 것이 유리하다는 견
해를 피력하고 있다. 평원에서 주로 전투를 하는 중국과 달리 산악 지형
이 많은 우리나라는 전투에 전차를 잘 사용하지 않는다. 그런데 지봉은
중국 역사에서 전차를 이용하여 승리한 예와 전차 사용의 이로운 점을
구체적으로 열거하였다. 이익도 전차의 개발과 사용을 역설하였으니,
전차의 운용에 대한 검토는 지속적으로 존재하였던 것으로 보인다.

人物之害, 軍中寨柵, 埋樹木外向, 亦名曰鹿角.(『藝林彙考棟宇篇』「府署類」, 沈自南
撰.)

[382] 言兵者多言車戰之利, 以其欲行則行, 欲止則止, 謂之有脚之城, 衛靑以武剛車取勝, 馬
隆·哥舒翰·馬燧, 皆用此破敵, 蓋內藏軍馬糧草, 使敵馬不得衝, 箭不得入, 敵若近前,
火砲齊發, 奇兵繼出, 乃野戰制勝之長策也.(『芝峯類說』)

'砲'자에는 '石'이 붙어 있는데 '礮'라고 쓰기도 한다. 대체로 옛날에는 기계를 사용하여 돌을 날려 보냈다. 원나라 때 이르러 처음으로 화포(火砲)가 있게 되었는데, 화포를 가지고 국외를 횡행하니 가는 곳마다 이것을 당해내는 자가 없었다. 지금 서쪽과 북쪽의 두 오랑캐는 포(砲)를 사용할 줄 모르니 어찌 생민의 복이 아니겠는가?[383]

위의 항목은 대포에 대한 것이다. 화포는 당시에 가장 위력 있는 무기였다. '砲'자에 '石'자가 붙어 있는 것에서 알 수 있듯이 대포는 원래 돌을 날려 보내는 무기였는데, 원나라 이후로 화포가 사용되었다고 하였다. 화포는 그것을 사용한 원나라를 최강의 나라로 만들 정도로 가공할만한 무기인데, 그나마 서쪽과 북쪽의 오랑캐가 화포를 사용하지 못하는 것이 다행스러운 일이라고 하였다.

우리나라의 화포는 고려 말기에 시작되었으니, 판사(判事) 최무선(崔茂宣)이라는 자가 원나라의 염소장(焰焇匠)에게서 배웠다고 한다. 고려 때에 화포장(火砲匠) 지수(池壽)라는 사람이 있었는데, 경원(慶源)에서 성이 함락되었을 때에 오랑캐에게 포로가 되었다. 오랑캐들이 그에게 대포 쏘는 방법을 가르쳐달라 하고 지켜보고 있었다. 지수는 일부러 보는 자들을 한쪽 가로 모이도록 하고 화포를 발사하여 맞춰 죽이니 오랑캐가 성내어 그의 사지를 찢어 죽였다. 아! 장렬하도다.[384]

지봉은 또 별도의 항목에서 우리나라의 화포 도입과 운용에 관한 내

---

[383] 砲字從石, 一作礮, 蓋古者用機以飛石, 至元始有火砲, 橫行域外, 所向無當者此也. 今西北二虜, 不解習砲, 豈非生民之福乎?(『芝峯類說』)
[384] 我國火砲, 始於麗末, 有判事崔茂宣者學得於元焰焇匠云. 先王朝, 有火砲匠池壽, 慶源陷城時, 被擄胡中, 胡人使習砲而觀之, 壽故令觀者, 聚於一邊, 以火砲中殺之, 胡人怒而支解, 嗚呼烈哉!(『芝峯類說』)

용을 기록하였다. 그는 고려 말에 최무선이 원나라로부터 화포의 사용
법을 배워오면서부터 우리나라에도 화포가 사용되었다는 것과 고려의
화포장 지수가 오랑캐에게 포로로 잡혀가 장렬하게 전사하였다는 이야
기를 간략하게 소개하고 있다.

> 조총(鳥銃)은 서역에서 나왔다. 그것을 가지고 참새를 잡았다. 그런데
> 왜노가 그 제도를 여송국(呂宋國)에서 배워 임진란 때 처음 병기로 만들
> 었다. 우리나라 사람들은 그것을 갑자기 보고 조우하면 문득 죽으니,
> 어찌 놀라 달아나지 않았겠는가? 왜노가 비록 전투에 익숙하고 신속히
> 진군하지만 그들이 승리를 얻은 이유는 실로 이것 때문이다.[385]

위의 항목은 조총에 대한 기록이다. 임진왜란 이후 가장 주목을 받은
무기는 조총이다. 지봉이 위에서 언급한 바와 같이 임진왜란 때 신무기
로 등장한 조총은 조선에 막대한 피해를 주었다. 지봉은 임진왜란 때
왜노가 신속히 승리할 수 있었던 이유는 조총 때문이었다고 단정하였다.

> 우리나라의 전함은 제도가 매우 굉장하기에 사람들은 "왜선 수십 척이
> 우리나라의 전선 한 척을 당하지 못한다."라고 한다. 이순신(李舜臣)이
> 전라좌수사가 되었을 때에 새로운 배를 만들었다. 위에는 판자 뚜껑을
> 만들어 덮으니 그 형상이 엎드린 거북이 같기에 거북선이라고 하였다.
> 임진년에 이르러 거북선을 사용하여 승리를 거두니, 대체로 이 승리는
> 전선의 유리함에 힘입은 것이다. 그러나 원균(元均)이 이순신을 대신하
> 자 백여 척의 전함이 파괴되어 남은 것이 없었다. 이순신이 원균을 대신
> 하여 13척의 전선을 가지고 바다를 가득 덮은 6백여 척의 적선을 깨뜨리
> 니 역시 훌륭한 사람을 장수로 얻는데 전쟁의 승패가 달려 있다.[386]

---

385 鳥銃出於西域, 用以捕雀, 而倭奴學得其制於呂宋之國. 壬辰之變, 始爲兵器, 我國人驟
　　見而遇之輒死, 寧不駭散? 倭奴雖慣戰輕進, 其取勝實在於此.(『芝峯類說』)

위의 글은 전함에 대한 것이다. 지봉은 우리나라의 전함은 원래 우수
하여 일본의 전선 수십 척이 우리나라의 전선 한 척을 당해 내지 못할
정도라고 하였다. 그런데 이순신이 거북선을 만들어 큰 전공을 세웠을
뿐만 아니라 불과 13척의 전선으로 왜선 6백 척을 격파한 사실에 대하
여 기록하고 있다.

이수광은 유서에서 갖추어야 할 요건에 맞추어 무기·방어구와 관련
된 항목을 『지봉유설』 안에 배치하였다. 『지봉유설』〈병정부〉「병기」
는 주로 무기와 방어구의 시원, 당시 가장 주목되는 무기인 화포, 조총
에 대한 항목들로 구성되어 있다. 또 우리나라에서 잘 사용되지 않던
전차의 필요성에 대한 의견도 제시하였다. 그리고 임진왜란을 승리로
이끈 이순신의 거북선과 함선에 대해서도 간략하게 기술하였다.

4-2. 『성호사설』의 무기·방어구에 대한 기록과 그 의미

『성호사설』은 부문을 세분하지 않았기에 『지봉유설』이나 『송남잡지』
와 같이 별도의 부문에서 무기·방어구와 관련된 내용을 다루고 있지는
않다. 그러나 성호는 전쟁의 참혹함에 대하여 잘 알고 있고 국방의 중요
성에 대하여 심각하게 인식하고 있었기에 군국기무에 다수의 지면을
할당하였다. 『성호사설』에서 무기·방어구와 관련된 내용은 주로 〈만
물문〉에 실려 있으며 일부는 〈인사문〉에도 산재되어 있다.

성호는 「병기」라는 글에서 병기에 대한 자신의 견해를 개괄적으로

---

386 我國戰艦, 制甚宏壯, 人言倭船數十不能當我國一戰船, 李舜臣爲全羅左水使, 創智造
船, 上設板蓋, 形如伏龜, 謂之龜船, 至壬辰, 用以制勝, 蓋賴於舟楫之利也. 然元均代舜
臣, 則以百餘戰船, 敗衄無餘, 舜臣代元均, 則以十三戰船, 摧破六百艘蔽海之賊, 亦在
乎將得其人而已.(『芝峯類說』)

피력하였다.

병기(兵器)

병기는 성인이 신중히 여긴 것이니, 병기가 편리하고 날카롭지 않으면 전쟁할 때에 그 군사를 적에게 그냥 넘겨주는 격이 되기 때문이다. 『주례』〈동관(冬官)〉이라는 한 편에는 대개 군사에 쓰이는 기구가 많이 기록되어 있다. 수레·갑옷·창·화살 따위와 재료의 좋고 나쁜 것과 제작법과 모양에서 길이와 무게·두께·강도·휘어진 정도·굵기에 대해서 치수를 따지고 세밀한 것까지 살펴서 상세하고 신중히 기록하였다. 그런데도 오히려 실제 사용할 때 문제가 생길까 두려워하니, 그 뜻이 지극하고도 깊었다. 그런데 지금 우리나라는 각 고을은 논할 것도 없고 서울의 무기고에 쌓아둔 병기 중에도 쓸 만한 것이 하나 없다.

시험 삼아 화살의 제작법에 대해 말해 보겠다. 평상시 활쏘기를 연습할 때에 모두 촉이 없는 화살을 사용하고 집집마다 많이 간수하니, 좋은 대나무만 허비하는 셈이다. 이는 옛날에 없던 것이니, 너무나 애석하다. 또는 유엽전(柳葉箭)이란 화살이 있는데 모두 대나무 줄기를 불에 달궈 껍질을 벗겨 버리기에 갑자기 비나 이슬을 맞으면 쓸 수 없다. 심지어 군중(軍中)의 호창(虎氅)이란 물건은 독수리 날개로 꾸민 것으로 대우전(大羽箭)이라 하는데, 이것의 값은 보통 화살의 10배나 가지만 아무리 멀리 쏜다 해도 백 보 거리에도 못 미친다. 이런 물건은 과연 무엇을 하려고 귀한 돈만 허비해서 만드는가? 태조도 동정(東亭)과 황산(荒山)에서 왜를 공격할 때 모두 대우전을 사용하였다. 살펴보건대 「용비어천가(龍飛御天歌)」에서 "태조는 대초명적(大哨鳴鏑) 쏘기를 좋아하였다. 이는 싸리나무로 화살대를 만들고 학의 날개로 넓고 길게 깃을 달았으며 사슴뿔로 초(哨)를 만들었는데 크기가 배[梨]만 했다. 화살촉이 무겁고 대가 길어 보통 화살과 같지 않다."라고 하였으니, 이는 힘과 용맹이 뛰어난 사람만이 썼던 것이고 통상적인 형태는 아닌 듯하다. 무릇 화살이란 깃을 많이 달면 느리게 나가고 깃을 적게 달면 빨리 나간다. 이러므로 화살을 이리저리 흔들어서 깃털의 적절한 양을 관찰한다. 그러나 옛날과

지금은 풍속이 다르고 사람의 기술이 점점 솜씨가 좋아져서 싸리나무로
만든 화살과 돌로 만든 촉도 지금은 하등품이 되었으니, 이런 이치는
깨달을 수 없다. 무신으로 하여금 재료를 가리고 장인을 살펴서 나쁜
것은 버리고 날카로운 것만 취해 쓰도록 해야 한다. 옛 서적을 참고하여
〈고공기(考工記)〉의 말처럼 별도로 한 편의 글을 만들어서 왕부(王府)에
보관하여 보게 한다면 분명 들어서 표준으로 삼을 수 있을 것이다. 그
밖의 쓸모없는 병기는 법령을 정해서 제작을 금지하면 어찌 국가에 도움
이 되지 않겠는가?[387]

성호는 "병기는 성인이 신중히 여긴 것이다."라고 하여 무기는 필수
불가결한 것이라는 생각을 분명하게 밝히고 있다. 또 고대의 문헌인
『주례』에서도 무기에 대하여 상세하게 기록하고 있는 것을 본다면, 무
기가 국가를 유지하는데 얼마나 중요한 수단인지 잘 알 수 있다고 하였
다. 병기는 유사시에 대비하여 편리하고 날카로운 상태로 준비되어 있
어야 하건만 우리나라는 각 고을은 말할 것도 없고 서울의 무기고조차
쓸 만한 무기가 없다고 개탄하였다. 성호는 무기 중에서도 화살을 예로
들어 우리나라가 얼마나 무기 관리에 허술한지 지적하였다. 성호가 무

---

387 兵者, 聖人之所愼, 器不便利, 以其卒與敵也. 周禮冬官一篇, 大抵多軍旅之需, 車甲矛
戟弓矢之類, 其用材之苦良, 制度之長短輕重厚薄, 鴻殺倨句細大, 較其分寸, 察其微密,
詳錄而謹書, 惟恐其或失於實用, 意至深也. 今我國則州縣勿論, 只京師武庫之儲者, 無
一可用. 試以矢制言, 平時習射, 皆用無鏃, 家家多藏, 虛費良竹, 此古所無者也. 已甚可
惜, 而又有桺葉矢者, 皆火鍛竹幹, 剝去其皮, 至暴露雨露則不可用, 至軍中虎鞁之需,
鷲翎彩飾, 爲大羽箭, 價重十倍, 而遠不及百步, 此物果何爲而費錢造成乎? 太祖東亭及
荒山之擊倭, 皆用大羽箭, 按龍飛御天歌, "太祖好用大哨鳴鏑, 以楛爲幹, 羽之以鶴翎,
濶而長, 㸑角爲哨, 大如梨, 鏃重而幹長, 不類常矢."此恐神勇所用, 不可以常規例之.
凡矢羽豊則遲, 羽殺則趏, 是以夾而搖之, 以視其豊殺之節. 然古今殊俗, 人功漸巧,
楛矢石弩, 於今爲下, 是未可曉也. 宜令武臣, 擇材善工, 舍鈍取利, 參互古書, 別爲文
字, 如考工記之說, 藏之王府, 閱視則必擧以爲準, 其他無用之器, 有法禁絶, 豈不有補
乎?(『星湖僿說』〈萬物門〉「兵器」)

기 중에서 가장 큰 관심을 갖은 것은 화살이었다. 그는 유엽전(柳葉箭), 호창(虎韔=大羽箭), 초명적(哨鳴鏑)과 같은 화살의 종류를 구체적으로 언급하면서 그 특징을 논하였다. 그는 「고시석노(楛矢石砮)」이라는 글에서 문헌상의 고시(楛矢)와 석노(石砮)에 대해 치밀하게 고증할 정도로 활에 대하여 상당한 지식을 지니고 있다. 다음의 「극적궁(克敵弓)」은 활에 대한 글이다.

극적궁(克敵弓)

홍호(洪皓)의 아들 형제는 한세충(韓世忠)의 옛 군사를 만나, 극적궁(克敵弓)이 신비궁(神臂弓)이라는 것을 알았다고 한다. 유기(劉錡)는 순창(順昌) 싸움에서 파적궁(破敵弓)을 사용하고 신비궁과 강노(強弩)를 좌우로 쏘도록 했다고 하니, 이 파적궁이란 활은 신비궁과는 다른 것이었다. 숙주(宿州) 싸움에서 이현충(李顯忠)은 극적궁으로 적을 물리쳤다고 하니, 이로 본다면 파적궁 이외에 다른 극적궁은 없었던 듯하나, 그 생김새가 어떻다는 말은 듣지 못했다. 살펴보건대, 오린(吳璘)의 첩진법(疊陳法)에서 "장쟁(長鎗)을 든 군사는 맨 앞에다 세우고 다음은 강궁(強弓), 또 그 다음은 강노(強弩), 맨 뒤에는 신비궁을 갖고 모두 앉아 있다가 적이 1백 보쯤 떨어진 거리에 이르면 신비궁을 먼저 쏘고 70보쯤 떨어진 거리가 되면 강궁과 강노를 비로소 쏜다."라고 하였다. 추측컨대, 이 신비궁은 화살 힘이 가장 멀리 나가는 것인 듯하다. 활 이름을 신비(神臂)라고 했으니, 이는 사람의 힘만으로 당겨 쏠 수 없는 것이고 반드시 어떤 기계가 있어서 사람의 힘을 돕도록 했을 것이다. 무릇 화살이 길고 활이 강하면 반드시 중간이 끊어져서 힘껏 쏠 수 없다. 이러므로 활을 쏘는 기계를 만들어서 당기면 화살이 짧아도 먼 거리에 나가게 된다는 것이다. 그러나 화살이 짧으면 활시위를 힘껏 잡아당길 수 없으므로 반드시 화살을 통(筒)에 넣어서 쏘는 방법이 있어야 한다. 우리나라 아기살[童箭]이 이와 같고 또 활의 힘도 억세게 되었으니, 쏘는 기계만 알맞게 만들면 화살 힘도 더욱 맹렬하게 될 것이다.[388]

이익의 활과 화살에 대한 관심은 문헌적 고찰의 차원에 머무는 것이 아니었다. 그는 파괴력이 강한 활과 화살을 만들고 싶었다. 그래서 이익은 가장 강한 활로 알려져 있는 극적궁(克敵弓)·신비궁(神臂弓)·파적궁(破敵弓)에 대하여 궁리하였다. 그는 문헌에서 극적궁에 대한 기록을 검토해본 결과 그것은 사람의 힘으로 쏘는 활이 아니라 별도의 기계를 사용하는 활로 추정된다는 결론을 얻었다. 이익은 우리나라에서 사용되는 아기살[童箭]도 개량을 하면 파괴력을 증강할 수 있을 것이라고 제안하였다.

그러나 오린(吳璘)의 첩진법은 적을 맞아들여 싸울 수는 있어도 적의 앞에 다가서서 대항할 수는 없으니, 보병에게는 알맞아도 말을 타고 돌격하는 기병에게는 알맞지 않다. 말을 타고 돌격하는 기병이 쓸 무기로 쇠도리깨[鐵連枷]보다 좋은 것이 없다. 이것은 바로 농가에서 곡식을 터는 농기구인데 모양새는 조금 다르다. 송나라 적청(狄靑)이 곤륜(崑崙) 싸움에서 사용한 것이다. 지금 북관 신기위(神騎衛)도 모두 활과 칼은 사용하지 않고 오로지 이 쇠도리깨만을 사용하는데 날카롭지 않음이 없다. 가서목(哥舒木)을 쓰고 철로 장식하여 가뿐하게 만드니 옛날의 철련협봉(鐵鏈挾棒)에 비하면 더욱 편리하다. 후세에 무기가 점점 교묘하게 되어 조취총(鳥嘴銃)이 나오자 활이 소용없게 되고 쇠도리깨가 나오자 창과 칼이 소용없게 되었다. 그러나 날카로운 무기가 우리나라에 비록 있다지만 다른 나라에도 있을 수 있으니, 오직 그것의 운용을 어떻

388 洪皓子兄第, 遇韓世忠舊卒, 知克敵弓之爲神臂弓. 劉琦, 順昌之戰, 用破敵弓, 翼以神臂强弩, 則破敵與神臂, 別矣. 宿州之戰, 李顯忠, 以克敵弓却敵, 破敵之外, 恐更無克敵也, 其制未聞. 按吳璘疊陳法, "長鎗居前, 次强弓, 次强弩, 皆坐, 次神臂弓, 賊至百步, 神臂先發, 七十步, 强弓弩始發." 意者, 矢力最遠者也. 謂之神臂, 則非人力所彎, 必有其機助引也. 凡矢長而弓强, 中斷而不能達, 必也, 弓以機彎, 矢短致遠也. 矢短則妨於引滿, 必有筒爲矢道也. 我國童箭如是, 而又弓力之强, 用機方得, 則矢力尤猛矣.(『星湖僿說』〈萬物門〉「克敵弓」)

게 할지에 달려 있다. 군사를 부리는 꾀는 장수에게 있고 무기를 쓰는
재주는 군사에게 달렸으니, 군사들이 결사항전하지 않으면 날카로운 무
기가 있은들 무슨 도움이 되랴? 군사가 상관을 위해 죽는 이유는 윗사람
을 친애하기 때문이고 윗사람을 친애하는 마음은 무슨 일이 생기기 전에
미리 잘 길러 주는 데서 생겨난다. 백성들이 굶주림과 추위와 곤궁함을
면치 못하는데 그들을 화살과 돌이 날아다니는 싸움터에 즐겁게 나아가
게 할 수 있는 이치는 없다. 무기는 보조적인 수단에 불과하다.[389]

위의 글에서 이익은 기병(騎兵)에게 가장 적합한 무기는 쇠도리깨[鐵
連枷]라고 하였다. 그는 쇠도리깨는 장병기류 중에서도 나중에 만들어
진 것으로 칼이나 창이 대적할 수 없을 정도로 위력적이기에 효과적으
로 운용할 수 있는 좋은 무기라고 하였다. 그러나 정작 그것을 사용하는
군사들이 상관과 임금을 위하여 목숨을 바칠 생각이 없게 만든다면 아
무리 좋은 무기가 있다고 한들 아무 소용이 없다고 하였다.

수·봉(殳·棒)

지금 향병(鄕兵)이 지니고 있는 칼은 모두 호미를 펴서 만든 것이어서
찍어도 베어지지 않고 몽둥이와 대항해도 반드시 꺾이니, 그 사용이 단
연코 나무 몽둥이만도 못하다. 옛날 이주영(爾朱榮)이 갈영(葛榮)과 싸
울 때 창과 칼을 쓰지 않고 나무 몽둥이로 승리를 거두었다. 사람이 무예
를 익히지 않았고 무기도 사용하기에 유리하지 않다면 차라리 몽둥이를

---

389 然璘之法, 可以迎敵, 妨於前鬪, 宜於步卒, 不宜於突騎. 突騎之用, 莫過於鐵連枷. 此卽
田家打穀之器, 而稍別其制. 宋狄靑, 用之於崑崙之戰者也. 今北關神騎衛, 皆捨弓劍而
專於此, 無不利. 用哥舒木, 粧以鐵輕易, 使比舊制鐵鏈挾棒, 尤便也. 後世器械漸巧, 鳥
嘴銳出而弓弩無用, 鐵枷出而鎗刀無用, 然械器之利, 我雖有之, 彼亦可有, 惟在用之如
何. 軍謀在將, 器械之用, 付在軍卒, 卒非死戰, 利器何益? 死長由於親上, 親上生於預養
生, 不免饑寒困窮, 而使樂赴於矢石之間, 無是理也. 器械不過助益者也.(『星湖僿說』
〈萬物門〉「克敵弓」)

사용하는 편이 낫다.

순의 신하 중에 '수(殳)'라는 이름을 가진 사람이 있으니, 수를 잘 써서 '수'라고 이름을 붙인 것이다. '수'는 길이가 1장 2척으로 적죽(積竹)으로 만든다. 적죽이란 대나무 속의 흰 부분을 깎아 버리고 힘이 있는 푸른 부분만 취하여 만든 무기다. 『시경』의 이른바 "백(伯)이 수(殳)를 잡고 임금의 전구(前驅)가 되었다."[390]가 이것이다. 이 수로 전구를 삼았다면 반드시 시험한 바가 있어서 그랬으리라. 비록 이와 같이 만들 수는 없더라도 단단한 나무로 사용에 편리하도록 연구해서 수를 만들어 향병으로 하여금 익혀서 쓰게 하면 어찌 도리어 유익하지 않겠는가?[391]

위의 글에서 이익은 향병들에게 나무 몽둥이를 사용하게 하자고 주장하고 있다. 대포와 소총이 사용되던 때에 몽둥이를 무기로 사용하자는 제안은 일면 황당하게 보인다. 그러나 성호가 몽둥이를 무기로 쓰자고 주장한 근거는 향병이 지니고 있는 칼은 모두 호미를 두드려 펴서 만들어 조악하기 짝이 없는 것이었기에 몽둥이만도 못하다는 데 있다. 당시 조선의 군비(軍備)가 얼마나 한심한 수준이었는지 여실히 알 수 있는 기록이다.

백갑(白甲)

당나라 서유공(徐有功)의 5대손 서대중(徐大中)이 하중절도사(河中節度使)가 되어 정군(征軍)을 1천 명이나 비치하고 종이를 오려 개(鎧)를 만들었는데 굳센 화살이 뚫지 못하였다. 또 남당(南唐)의 이방(李方)이

---

390 『詩經』〈衛風〉「伯兮」

391 今之鄕兵, 所帶劒, 皆伸鋤爲之者, 斮之不剸, 遇棒必折, 其用斷不如木棒. 昔爾朱榮與葛榮戰, 不用槍劒, 以木棒取勝, 人非習藝, 器非利用, 寧用棒爲得也. 舜臣有名殳, 以其能爲名也. 殳丈二尺, 積竹爲之, 積竹者, 去竹之白, 積以成器, 取其有力. 詩所謂"伯也執殳, 爲王前驅." 是也. 以之前驅, 則必有所試而然矣. 雖不能如此, 取堅木, 量其便而爲殳, 使鄕兵習而用之, 豈非反益?(『星湖僿說』〈萬物門〉「殳棒」)

종이로 갑옷을 만들고 향리의 의사(義士)를 모아서 백갑군(白甲軍)이라
고 불렀다. 성재(誠齋) 양만리(楊萬里)가 "회(淮)의 백성이 종이로 갑옷
을 만들었지만 주(周)의 군사가 여러 번 패하였다."[392]라고 말한 그것이
다. 개(鎧)는 갑옷인데『주례』 '사갑(司甲)'의 주석에서, "예전에는 가죽
으로 만들었기에 갑(甲)이라 했고 지금은 금속으로 만들기에 개(鎧)라고
한다."라고 하였다. 종이는 부드럽고 얇은 물건인데, 화살이 금과 가죽은
뚫으면서 종이는 뚫지 못하니 어째서인가? 무릇 총탄은 강한 것은 뚫을
수 있으나 부드러운 것은 뚫지 못한다. 그래서 총탄이 장막에 이르러
그 베 폭이 흔들리고 안정되지 못하면 멈춘다. 만약 총탄을 딱딱한 물건
위에 맞춘다면 어찌 뚫고 나가지 못하겠는가? 이 이치와 같다. 그러나
얇은 종이라도 수십 겹으로 겹친다면 한 겹을 지나도 또 한 겹이 있으므
로 이렇게 수십 겹을 지나는 동안 화살의 힘이 다하고 말 것이다. 만약
굳게 붙여 하나로 만든다면 어찌 금속이나 가죽에 미치지 못할 뿐이랴?
병가(兵家)로서는 마땅히 시험해 보아야 한다.[393]

위에서 이익은 방탄복의 개발 제작에 대한 흥미로운 제안을 하고 있
다. 갑옷은 원래 가죽으로 만들다가 금속으로 제작했지만 종이로 만들
어 사용한 일도 있다는 문헌 기록을 제시하였다. 이익은 종이로 만든
갑옷은 가죽이나 금속으로 만든 갑옷보다 더 견고할 수 있다고 생각하
였다. 따라서 종이를 수십 겹 붙여서 갑옷을 만든다면 총알을 막을 수

---

392 淮之民……以楮爲甲, 而周師屢爲所敗.(『誠齋集』〈論兵〉, 楊萬里.)

393 唐徐有功五世孫大中, 節度河中, 置備征軍凡千人, 劈紙爲鎧, 勁矢不能洞. 又南唐李方
爲紙鎧, 聚鄕里義士, 號白甲軍. 此楊誠齋所謂 "淮之民, 以楮爲甲, 周師屢爲所敗者,"
是也. 鎧, 甲也. 周禮司甲註, "古用革, 謂之甲. 今用金, 謂之鎧." 夫紙柔薄之物, 矢徹金
革而不能洞紙, 何也? 凡銃丸能洞剛而不能洞柔. 故丸至於帷帳, 其布幅遊揚, 不定則止,
若使被在堅物之上, 如何不過哉? 此理同, 然薄紙重重數十疊. 一過而又一, 至數十疊,
矢力亦盡矣. 若堅帖爲一, 何啻不及於金革耶? 宜兵家之所當試.(『星湖僿說』〈萬物門〉
「白甲」)

있을 것이라고 하였다. 임진왜란에서 왜군의 조총 때문에 막심한 피해를 입은 조선에서 조총의 개발은 시급한 과제였다. 아울러 총알을 막을 수 있는 방탄구(防彈具)의 개발도 절실했던 것이다.

다음의 「병거목거마(兵車木拒馬)」는 소총 등의 화기를 제압할 수 있는 신무기 개발에 대한 제안이다.

병거목거마(兵車木拒馬)

나의 친구 정여일(鄭汝逸)은 늘 나를 위해서 병거(兵車)의 제도를 이야기하였다. 그가 말한 제작법은 대개 송나라 이강(李綱)에게서 나온 것인데, 이강 당시에는 총탄이 나오지 않았기에 정군(鄭君)이 거기에 총탄을 막는 방법을 더한 것이다.

이강이 말하기를 "두 개의 장대에 쌍 바퀴를 끼워서 장대를 밀면 바퀴가 구르는데, 두 장대의 사이에는 횡목을 고정시켜 시렁을 만들고 큰 쇠뇌를 실은 다음 그 위에 가죽 울타리를 둘러서 화살과 돌을 막되, 가죽에는 신수(神獸)의 모양을 그리고 짐승의 입에서 활과 쇠뇌를 쏘고 양쪽 눈도 구멍을 뚫어서 수레 안에서 적을 엿보게 한다. 그 아래에는 갑군(甲裙)을 둘러서 사람의 발을 방비하고 그 앞에는 창과 칼을 두 겹으로 설치하는데, 한 겹에 각각 4매씩 설치하되, 위에는 긴 것을, 아래는 짧은 것을 단다. 긴 것으로는 사람을 방어하고 짧은 것으로는 말을 방어한다. 수레의 양쪽 옆에는 쇠붙이로 갈고리를 만들어 멈춰 서면 다른 수레와 연결시켜 장막으로 만드는데, 차체가 간편하고 운행이 빠르다. 수레마다 보졸 25명씩 타는데, 네 사람은 장대를 밀어 수레를 운전하고 한 사람은 수레에 올라서서 적을 보고 쇠뇌와 화살을 쏘고 20명은 방패·궁노(弓弩)·장창(長槍)·참마도(斬馬刀) 따위를 잡고 수레의 양쪽에서 겹으로 벌여 서는데, 한 줄에 5명씩 선다. 적군과 조우하면 방패잡이가 맨 앞에 서고 궁수가 그 다음 줄에 서며 창과 칼 가진 이가 또 그 다음에 선다. 적이 백 보 이내에 있을 때는 방패를 눕히고 그 사이로 활을 쏘다가 서로 맞닿으면 궁수는 물러서고 창과 칼을 가진 자가 전진한다. 창으로 사람

을 찌르고 칼로 말 정강이를 쳐 버리며 지휘관과 군수 물자는 모두 수레
가운데에 둔다. 옛날 위청(衛靑)은 무강거(武剛車)로 스스로를 둘러싸고
마수(馬燧)는 사자 가죽을 수레에 뒤집어 씌워 군사가 천하에 으뜸갔다.
그런데 방관(房琯)의 수레가 적에게 불탄 뒤로 논자들이 마침내 '수레는
전쟁에 이용할 수 없다.'고 말하였다. 그러나 이는 예전 병거(兵車)를
혁거(革車)라고 말한 뜻을 모르기 때문이다. 수레에 가죽을 덮는 이유는
바로 불을 방비하기 위해서이다."394라고 하였다. 그런데 지금은 총탄이
나왔으니 마땅히 변통해야 한다. 그리하여 정군(鄭君)은 "수레 전면에
가죽을 사립(簑笠) 모양으로 덮어씌우고 중앙은 돌출시켜 사방을 낮게
만들면 총탄이 맞는다 하더라도 반드시 빗겨 내려가 힘이 없을 것이다.
아래에 베로 휘장을 만들어 치되, 펄렁이도록 느슨히 하고 단단히 조여
매지 않으면 탄환이 뚫고 들어오지 못할 것이다. 또 망보는 구멍과 화살
을 쏘고 총탄을 쏘는 구멍도 많이 만들어야 한다."라고 하였으니, 그 뜻
이 상세하다.

　　임진왜란 때에 왜놈들이 대나무를 엮어서 책문(柵門)을 만들었는데,
대나무는 모양이 둥글기에 총탄이 뚫을 수 없었다. 왜놈들이 대나무 틈

---

394 靖康間, 獻車制者, 甚衆, 獨統制官張行中者可取. 其造車之法, 用兩竿雙輪, 推竿則輪
　　轉, 兩竿之間, 以橫木笐之, 設架以載巨弩, 其上施皮籬以捍矢石, 繪神獸之象, 弩矢發於
　　口中, 而籔其目以望敵, 其下施甲裙以衛人足, 其前施槍刀兩重, 重各四枚, 上長而下短,
　　長者以禦馬也, 短者以禦馬足也, 其兩旁以鐵爲鉤索, 止則聯屬以爲營, 體制簡而運轉速,
　　眞禦戎之利器, 其出戰之法, 則每車用步卒二十五人, 四人推竿以運軍, 一人登車望敵以
　　發弩矢, 二十人執牌·弓弩·長槍·斬馬刀, 列車之兩旁重行, 行五人, 凡遇敵, 則牌居前,
　　弓弩次之, 槍刀又次之, 敵在百步內, 則牌偃, 弓弩間, 發以射之, 旣逼近則弓弩退後, 槍
　　刀進前, 槍以刺人, 而刀以斬馬足, 賊退則車徒皷譟, 相聯以進, 及險乃止, 以騎兵出兩
　　翼, 追擊以取勝, 其布陣之法, 則每軍二千五百人, 以五分之一, 凡五百人爲將佐衛兵及
　　輜重之屬, 餘二千人爲車八十乘, 欲布方陣, 則面各用車二十乘, 車相聯而步卒彌縫於其
　　間, 前者, 其車向敵, 後者, 其車倒行, 左右者, 其車順行, 賊攻左右而掩後, 則隨所攻而
　　向之, 左右前後, 其變可以無窮, 而將佐衛兵及輜重之屬, 皆處其中, 方圓曲直, 隨地勢之
　　便, 行則鱗次以爲陣, 止則鉤聯以爲營, 不必開溝塹, 而築營壘, 最爲簡便而全固. 昔衛靑
　　征勾奴, 以武剛車自環以禦敵, 故能深入, 馬燧帥太原製戰車, 冒以狻猊, 甲士列戟副之,
　　故能兵冠天下, 惟房琯用之, 爲賊所焚, 而後世議者, 遂以爲車不可用, 殊不知古之兵車,
　　謂之革車, 冒之以革者, 正所以防火也.(『梁谿集』「乞敎車戰箚子」, 宋 李綱 撰.)

에서 총을 쏘아 성 위의 사람을 맞추니, 이로 보아도 징험할 수 있다. 우윤문(虞允文)은 "목거마(木拒馬)를 이용하는 방법도 수레와 같은데, 편리하고 재빠르기가 수레는 미치지 못한다."[395]라고 하였다. 그러나 우리나라 군중(軍中)에서 사용하여 그 묘한 방법을 얻을지는 모르겠다.[396]

앞의 글에서 창검을 막는 갑옷으로부터 착안하여 탄환을 막아내는 방탄복을 개발하자고 제안을 하였다면, 이 글에서는 병거(兵車)로부터 착안하여 근대전의 전차(戰車)와 가까운 신무기 제조를 제안하고 있다. 성호는 전차의 개발에 대한 의견은 자신의 친구인 정여일(鄭汝逸)의 것이라고 밝히고 있다. 정여일의 전차 개발에 대한 구상은 북송 말기 이강(李綱, 1083~1140)의 전차 제조에 대한 생각을 토대로 화기전에 대응할 수 있도록 보완한 것이다. 『성호사설』〈인사문〉「차강(車舡)」이란 글에서 그 구체적인 내용을 볼 수 있다. "앞에는 총구멍을 많이 뚫고 안에는 시렁을 만들어 불랑기(佛狼機)를 배치하되 불랑기 한 대에 연환(鉛丸)

---

395 臣比與王彥商量造木拒馬, 用陝西陣法, 教習兩軍, 盖中原平夷, 騎兵所利, 而議者, 多欲造車以當騎, 而不知拒馬之用如車, 而其便利捷疾, 兵不能潰去, 車所不若也.(『歷代名臣奏議』, 明 楊士奇 等 撰.)

396 吾友鄭汝逸, 常爲余言兵車之制, 其法蓋出宋李綱, 而當時銃丸未出, 故鄭君因以增禦丸之方者也. 綱之言曰: "用兩竿, 雙輪推竿則輪轉, 兩竿之間, 以橫木笐之, 設架以載巨弩, 其上施皮籬以捍矢石, 繪神獸之象, 弩矢發於口中, 而竅其目, 以望敵, 其下施甲裙以衛人足, 其前施鎗刀兩重, 重各四枚, 上長而下短, 長以禦人, 短以禦馬, 兩旁以鐵爲鉤索, 止則聯屬以爲營, 體簡而運速也. 每車用步卒二十五人, 四人, 推竿運車, 一人, 登車望敵, 以發弩矢, 二十人, 執牌·弓弩·長鎗·斬馬刀, 列車之兩旁重行, 行各五人, 遇敵則牌居前, 弓弩次之, 鎗刀又次之. 敵在百步內, 牌偃, 弓弩間發, 旣逼則弓弩退, 鎗刀進, 鎗以刺人, 刀以斬馬足, 將佐輜重之屬, 皆處其中, 昔衛靑以武剛車自環, 馬燧冒以狻猊, 兵冠天下, 房琯爲賊所焚, 議者, 遂以爲車不可用, 殊不知古之兵車, 謂之革車, 冒之以革者, 正所以防火也. 及今銃丸之作, 宜有通變, 故鄭君謂: "前冒以革, 如簑笠樣, 中突而四下, 丸至必斜走無力, 下施布裙, 遊揚不堅, 則丸不能穿. 又多通候望之穴, 及矢丸之道."其意, 亦詳也. 壬辰倭亂, 編竹爲柵, 竹形圓, 故銃丸不能穿. 倭從竹間, 放丸中城上人, 此亦可驗. 至虞允文則曰: "木拒馬之法, 如車而利便捷疾, 車所不若也."不知我國軍中之用, 能得其妙否也.(『星湖僿説』〈萬物門〉「兵車木拒馬」)

4~5승(升)씩 비치한다. 아래에는 쇠가죽으로 만든 주렴을 달아 펼치고 걷을 수 있게 한다. 사람을 좌우에 배치하여 칼과 창으로 인마(人馬)의 다리를 쳐서 자르게 한다. 위에는 판목(板木)을 덮어 화살이나 돌, 빗물을 막고 3면에 연폭(連幅)되지 않는 청포장을 단다. 운행하면 진(陣)을 이루고 멈추면 병영(兵營)이 되니, 이른바 다리가 있는 성(城)이요 먹이지 않는 말[馬]이다."[397]라고 하였으니 근대전에서 등장한 전차와 자못 흡사하다고 하겠다.

화구(火具)

『계정야승(啓禎野乘)』[398]에 "박각(薄珏)이란 자가 처음 동포(銅炮)[399]를 만들었다. 탄약을 30리까지 발사하는데 그 철환(鐵丸)이 지나는 곳에는 삼군(三軍)이 전멸된다."라고 하였다. 만약 이런 무기가 있었다면 장량(張良)이나 진평(陳平)도 지략이 소용없고 맹분(孟賁)이나 하육(夏育)도 용맹이 소용없고 정예로운 사졸이나 견고한 성지(城池)도 믿을 수 없을 것이다.

서양 이태리에서 큰 거울을 만들어 햇빛에 비쳐서 적의 배에 그 광선이 닿게 하면 불이 일어나 수백 척이나 되는 선박도 일시에 다 타버린다. 화경(火鏡)으로 미루어 본다면 그 의미가 역시 교묘하다.

정통(正統) 기사년 난리에 북쪽 오랑캐가 경성 코밑까지 쳐들어 왔을 때 경성 군사의 태반이 어가(御駕)를 따라 나왔다. 이때 우겸(于謙)이

---

397 多穿銃眼, 內設架, 安佛狼機, 每機置鉛丸四五升. 下施牛皮簾, 可張可卷, 人居左右, 用刀鎗, 擊斷人馬之足, 上施木板以防矢石及雨水, 三面垂青布帳不連幅, 行則爲陣, 住則爲營, 所謂有足之城, 不秣之馬.

398 계정야승(啓禎野乘): 청나라 추의(鄒漪)가 편찬한 필기.

399 동포(銅炮)에 대한 기록은 『일성록(日省錄)』에 보인다. "동포(銅炮)와 서과포(西瓜炮) [군사 조련을 위해 사용하며 둘은 조금 구분이 있다. 홍모국(紅毛國=영국)의 병사가 현재 수행 중인 공사(貢使) 앞에 나와서 포 쏘는 법을 시험적으로 펼쳐 보였다.]"(『日省錄』, 正祖 17년[1793] 10월 26일.)

군기국(軍器局) 신쟁(神鎗)을 시험해 보았는데, 포탄이 미치는 곳에는 사람이 가루로 되어 버렸다. 포탄 한 개에 오랑캐 수만 명이 죽어서 피가 냇물처럼 솟구치자, 마침내 포위를 풀고 가버렸다. 이와 같은 예리한 무기가 있었는데, 왜 토목(土木) 들판의 싸움에서 시험하지 않았던가?

대개 병기 중에 예리한 것으로는 화구(火具)만한 것이 없기에 도륭(屠隆)이 "화구에는 13종류가 있으니, 화통(火筒)·화충(火銃)·화포(火砲)·화궤(火櫃)·화갑(火匣)·화패(火牌)·화차(火車)·화궁(火弓)·화노(火弩)·화탄(火彈)·화전(火箭)·화전(火磚)·화쟁(火鎗) 등이다."라고 하였다. 척계광(戚繼光)도 "내가 호서반(胡序班)에게 들으니, 그도 20~30가지의 화공법(火攻法)을 알고 있으나 아직 깨닫지 못한 것이 3백 가지도 넘는다."라고 하였다. 이런 따위는 대개 대부분 13가지 안에 포함되어 있으나, 『속통고(續通考)』에는 화산(火傘)·화구(火毬)·화서(火鼠)라는 조목이 있으니, 이는 과연 어떻게 쓰는 기구인지 알 수 없다.

그러나 모두들 "조취총(鳥嘴銃)이 가장 치명적이다."라고 말하고 척계광도 "내가 일찍이 땅굴 속에 감추어 둔 불랑기(佛郎機)를 쏘아 보았다. 영락(永樂) 때 위고(衛庫)에 보관된 조취총은 임진왜란이 일어나기 전에 있었으니, 왜인들이 중국으로부터 얻어온 것이다."라고 하였다.[400]

우리나라 군사들이 피로하고 약하여 적을 막아낼 수 없다면, 오직 화구(火具)를 믿을만한데, 만드는 방법도 모르고 처음부터 이런 병기가 허다히 있는 줄도 모르니 또한 탄식할 만하다.[401]

---

400 聞之祭將戚繼光云: "昔嘗發山東地窖佛郎機, 乃成祖所蓄, 年月鑄文可稽. 又於衛庫中, 見鳥嘴銃, 皆倭變未作, 中國所故有者." 又聞胡序班云: "渠譜火攻法, 二三十種, 偶從南都神機營銃手, 竊而行之, 所未得者, 尙以三百餘計也." 又聞, 正統已已, 敵騎薄都門, 京軍隨駕出者過半, 司馬于謙, 以軍器局神鎗試之, 火石所及, 人輒成粉, 遂觧圍去.(『續文獻通考』〈兵考〉「軍器」)

401 啓禎野乘, 有薄珏者, 叛意造銅炮, 藥發三十里, 鐵丸所過, 三軍糜爛. 若此器, 尙在良·平失其智, 賁·育失其勇, 士卒之精, 城池之固, 不足恃也. 西方意大里國, 鑄巨鏡, 映日注射賊艘, 光炤火發, 數百艘一時燒盡, 以火鏡推之, 意亦巧矣. 正統已已之變, 虜薄京城時, 京軍隨駕出過半. 于謙, 以軍器局神鎗試之, 火石所及, 人輒成粉, 一炮而虜死數萬, 血湧如川, 遂解圍去. 有如此利器, 何不試之土木之野乎? 蓋兵器之利, 莫如火具.

위의 글에서 이익은 '화공 무기에는 13종류가 있고 화공법은 300가지도 넘는 종류가 있다.'는 종래의 화공법에서부터 근래의 불랑기까지 화기류를 언급하면서 위력 있는 화기의 사용이 전투의 승패를 가르는 주요소라고 강조하였다. 그러나 조선후기까지도 '총은 포수나 사용하는 천한 무기'라는 생각이 팽배했다.[402] 그렇기 때문에 왕이 대신들에게 조취총을 쏘아보도록 권고할 정도로 소총의 운용을 환기하였다.[403] 성호 역시 화기가 가장 위력 있는 무기이기에 병력이 약한 우리나라는 화구를 잘 운용할 필요가 있다고 역설하였다.

화포(火炮)

우리나라는 고려 말기에 처음으로 화포를 보유하게 되었다. 그 당시 倭人들은 아직 화포 제조 기술을 몰랐다. 신우(辛禑) 3년[1377]에 화통도감(火㷁都監)을 설치했을 때 판사(判事) 최무선(崔茂宣)이 원나라 염소장(焰焇匠) 이원(李元)과 함께 한 마을에 살았는데, 그를 잘 대우하고 은밀히 화포 만드는 기술을 물어서 집의 하인 몇 사람으로 하여금 익혀서 시험하게 하였다. 얼마 후 왜인이 고려를 침입했을 때 나세(羅世) 등이 진포(鎭浦) 전투에서 최무선이 만든 화포를 사용하여 적의 배를 불태웠

屠隆云: "其屬有十三, 火筒·火銃·火炮·火櫃·火匣·火牌·火車·火弓·火弩·火彈·火箭·火磚·火鎗也." 戚繼光云: "聞之胡序班, 渠譜火攻法二三十種, 所未得者, 尙以三百餘計也. 此類蓋多包在十三之內, 而續通考, 有火傘·火毬·火鼠之目, 不知此果何如也. 然皆言鳥嘴銃甚猛利." 戚繼光云: "嘗發地窖所藏佛郎機." 永樂所蓄衛庫, 鳥嘴銃, 乃倭變未作時所有, 卽倭人從中國得之者也. 我國士衆疲弱, 無以禦敵, 惟火具爲可恃, 而昧於制造, 初不知有許多在也, 亦可歎.(『星湖僿說』〈萬物門〉「火具」)

[402] "조총도 병가(兵家)의 장기(長技)다. 그런데 무인들이 포수의 업이라고 하여 학습하려고 하지 않는다. 인묘(仁廟)가 일찍이 양국의 대장으로 하여금 어전에서 방포(放砲)하게 하였는데, 이는 대개 무인들에게 권과(勸課)하는 뜻이 있었다."(『國朝寶鑑』, 숙종 7년.)

[403] "임금이 시사(試射)하고 이조판서 조현명(趙顯命)·병조 판서 조상경(趙尙絅)에게 명하여 조취총(鳥嘴銃)을 쏘게 하였다."(『조선왕조실록』, 영조 15년[1739] 2월 10일.)

다. 또 정지(鄭地)도 화포로 왜선을 불태우고 크게 승리하였다. 그러나
'배를 불태웠다'고 했으니, 지금의 조총과는 다른듯하다. 조총은 구준(丘
濬)의 『대학연의보(大學衍義補)』에 보이고 척계광(戚繼光)의 『기효신
서(紀效新書)』에 더욱 상세하다. 왜인들이 그 제조법을 터득하여 더욱
교묘하게 활용하였다. 우리나라는 임진년 이후에 비로소 제조법을 보유
하였고 그 전에는 불가능했기에 임진년 방어에 실패했다. 성을 잘 지키
던 김시민(金時敏) 같은 이와 수전(水戰)에 익숙한 이순신 같은 분도 모
두 저들의 포탄을 맞고 죽었으니, 조총은 병기 중에서 잔인한 것이다.
이 조총을 이용하면 하늘도 화기(和氣)가 줄고 땅도 수색(愁色)이 더해
지니 세상의 재앙이다.

　공자께서 "인형을 처음으로 만든 자는 후손이 없을진저!"라고 하셨으
니, 이 무기를 처음으로 만든 자의 죄악이 어찌 허수아비 만든 자만 못하
겠는가?[404]

　위의 글은 화포(火炮)와 조총에 대하여 기술한 것이다. 우리나라는
고려 때에 최무선이 원나라로부터 화포 제조술을 배워 와서 실전에서
사용할 수 있었다. 그런데 조총은 조선 사인들이 읽었던 『대학연의보』
에도 보이고 척계광의 『기효신서』에는 더욱 상세히 보이는데도 등한시
하다가 조총을 먼저 개발 운용한 왜군에게 막대한 피해를 당한 것이다.
성호는 조총을 세상에서 가장 잔인한 무기라고 단언하였다. 조총이 주
무기가 되었던 임진왜란은 우리 민족에게 치유하기 힘든 피해를 입혔

---

404 我國之有火炮, 自麗末始, 是時, 倭尙不知此術也. 辛禑三年, 置火㷁都監時, 判事崔茂
宣與元焰焇匠李元同里閈, 善遇之, 竊問其術, 令家僮數人, 習而試之. 未幾倭入寇, 羅
世等戰於鎭浦, 用茂宣所造火炮, 焚其舡. 又鄭地以火炮焚倭舡大勝, 然謂之焚船, 則與
今之鳥銃, 別矣. 鳥銃者, 見於丘氏大學衍義補, 而戚繼光紀効新書, 尤詳. 倭人得之, 用
之益巧, 我國壬辰以後, 始有製造之法, 而前此不能, 故狼狽至此. 守城如金時敏, 水戰
如舜臣, 皆中丸死, 器之殘忍者也. 是則天減和氣, 地增愁色, 而人界之阨會也. 子曰:
"始作俑者, 其無後乎!" 叛是器者, 豈特作俑而已乎?(『星湖僿說』〈萬物門〉「火炮」)

던 것이었다.

화총(火銃)

천하에서 사나운 기세가 '불'만한 것이 없다. 그런 까닭에 가장 사나운 것을 말할 때면 반드시 '불'을 말하니, "사나운 불보다 더 사납다."는 말이 이것이다. 우레는 양이 쌓여 불이 된 것이다. 이 불 기운이 내부에 막혀서 발산할 수 없으면 터져 나가서 돌을 부수고 산을 깨뜨린다. 지혜로운 자가 이러한 현상을 보고 조취총 따위의 화기를 만들어냈다. 나도 젊을 때에 총 쏘는 자를 보았는데, 그 총은 오래 쓰지 않았기 때문에 녹이 슬었다. 화약 심지에 불을 붙이니 탄알이 화기를 순조롭게 끌어당기지 못하여 총열이 터져서 손으로 잡은 것을 채 펴기도 전에 호구(虎口)[405]가 찢어지니, 그 사납고 빠르기가 이와 같다. 이런 까닭에 총이 길면 터져 나가는 힘이 맹렬하고 맹렬하면 총알이 쉽게 폭발한다. 그런 까닭에 호총(胡銃)은 아주 길고 끝이 뾰족하고 몸통이 두툼하니, 폭발할 우려를 방비한 것이다. 내가 일찍이 어떤 집에서 왜인의 복수총(復讎銃)을 보았는데, 길이가 두어 뼘에 불과하여 왜인들이 소매 속에서 은밀히 쏘는 것이었다. 그것의 유효거리는 열 걸음 안이니 열 걸음을 넘으면 힘이 없다고 한다. 유적(流賊)[406]이 반란을 일으켰을 때 노략질을 하다가 수많은 임신부를 죽여서 거꾸로 세워 놓은 다음 음부를 노출시켜 놓고 추악한 짓을 하면서 찢고 두들겨댔다. 그리고 성 위에서 전부 총포를 쏘아 터지고 찢어지게 하고 닭과 개의 피를 뿌린 다음에 비로소 포를 쏘니 이는 또 무슨 이치인가? 생각하건대, 이는 요사스러운 주문과 부적술에 불과하다. 그러므로 살아있는 피라야만 귀신에게 빌 수 있다.[407]

---

405 호구(虎口): 손의 엄지와 식지가 연결되는 부분.
406 유적(流賊): 명나라 말기 농민 반란의 수령 이자성(李自成, 1606~1645)을 이름. 1631년 연수(延綏)의 기근을 기화로 봉기하여 반란군의 수령이 되었으며 서안(西安)을 점령하여 신순왕(新順王)이라 칭하고 대순국(大順國)을 세웠다. 1644년 명나라를 멸망시켰으나 오삼계(吳三桂) 등이 이끄는 청나라 군사에 패하였다.

소총은 임진왜란 이후 조선에서 크게 주목한 무기다. 성호 역시 소총 등의 화기에 큰 관심을 갖고 있었다. 위의 글에서는 화총·조취총·호총·복수총 등의 총이 언급되고 있다. 성호는 그들 화총을 직접 본 경험에 토대하여 그 모양과 장단점을 서술하였다. 성호가 소매에 들어갈 정도로 작은 소형 권총을 직접 보았다고 하였으니, 당시 조선에는 이미 여러 종류의 총이 유통되고 있었음을 알 수 있다. 또 기록에 의하면 정조 때에 구선복(具善復)이 호총을 직접 제작하였다고 하니,[408] 국내에서도 소총의 제작이 꾸준히 진행되었음을 알 수 있다.

또 이익은 위의 글에서 총포과 관련하여 엽기적인 주술이 행해졌다는 내용도 덧붙이고 있다. 이것은 『송남잡지』의 기록에 의하면 이자성의 군대가 총환을 막기 위해 행한 일종의 주술이었다. 총포에 대한 공포가 그 어느 무기보다도 극심하였을 알 수 있다.

『성호사설』에 실려 있는 무기 관련 항목을 검토해본 결과, 성호는 조선의 열악한 국방 수준에 심각한 위기의식을 갖고 있었으며, 현실적으로 외침에 대처할 수 있는 무기의 보유와 개발을 논리적으로 제안하

---

407 天下之物, 猛勢莫如火, 故言最猛, 必曰火, 如烈于猛火, 是也. 雷霆者, 陽畜成火, 鬱於內, 而不得發, 則奮決而出, 劈石破山, 智者, 見其如此, 鑄成鳥嘴銃等火器. 余少時見有放銃者, 銃久廢沙溢, 旣炷火, 丸不順導, 筒鐵炸裂, 手握未展, 虎口裂開, 其慓疾如此. 是故銃長則勢尤猛, 猛則易以炸, 故聞胡銃, 甚長而末尖本厚, 防此患也. 曾於人家, 見倭人復讎銃, 長不過數扶, 倭人袖中暗發者也. 其用宜於十步之內, 而過此則無力云. 流賊之時, 賊多殺孕婦, 倒植露陰, 醜穢舂撞, 於是, 城上銃皆炸裂, 以鷄狗血灑之, 然後始放丸, 此又何理? 意者, 彼不過妖魔呪符之術, 故生血能禳之耳.(『星湖僿說』〈萬物門〉「火銃」)

408 "구선복(具善復)이 아뢰기를, '군기시(軍器寺)를 살펴보니 또한 이러한 모양이 한 자루 있었습니다. 신이 요사이 호총(胡銃)을 주조하였는데, 그 제도가 가볍고 오묘하니 이 모양에 따라 만들어서 무예별감(武藝別監)에 주는 것이 좋을 듯합니다.'라고 하기에 내가 '한 자루 간품(看品)을 위해 장신(將臣)이 나가서 가지고 오도록 하라.'하였다."(『日省錄』, 정조 6년(1782) 8월 2일.)

였다. 화기와 방탄구, 전차 등 신무기의 개발에 대한 흥미로운 생각은 성호의 독창적 고안이었을 뿐만 아니라 그와 교유하였던 인사들과 함께 만들어진 것이었다.

4-3. 『송남잡지』의 무기·방어구에 대한 기록과 그 의미

조재삼의 『송남잡지』에는 〈무비류(武備類)〉에 무기·방어구와 관련된 내용이 실려 있는데, 『지봉유설』이나 『성호사설』에 비해 볼 때 항목이 상당히 많다.

〈무비류〉에 실려 있는 항목은 다음과 같다.

옥장(玉帳), 병부(兵符), 문고호패(門考號牌), 졸경(卒更), 기치(旗幟), 정모절기(旌旄節旂), 낭독(狼纛), 고행금지(鼓行金止: 북소리는 진군신호, 징소리는 퇴각신호), 고쟁(鼓錚: 북과 징), 나팔·도필(囉叭·屠觱), 취각혼효(吹角昏曉: 피리를 불어 저녁과 새벽을 알리다), 고각루(鼓角樓), 고각자명(鼓角自鳴: 북과 피리가 저절로 울다), 금지·취기(金支·翠旗), 석노·고시(石砮·楛矢), 낭선(狼筅), 죽모(竹矛), 비모(飛矛), 초(哨), 조총(鳥銃), 냉약각총(冷藥却銃: 냉약으로 탄환을 막다), 지갑어환(紙甲禦丸: 종이 갑옷으로 탄환을 막다), 전립(氈笠), 용두화기(龍頭火起), 진천뢰(震天雷), 불랑기(佛狼機), 비화쟁(飛火鎗), 연포(連砲), 지뢰포(地雷砲), 방패(防牌), 풍마유빈(風馬誘牝: 암내 풍긴 암말로 수말을 꾐), 갑유(甲襦), 한하(釬鍜), 갑주(甲冑), 작우벽진(雀羽辟塵: 공작 깃에는 먼지가 묻지 않는다), 마찰도(麻札刀), 철질려(鐵蒺藜: 마름쇠), 철연가(鐵連枷: 쇠도리깨), 명궁(暝弓), 강두(弪頭), 탑삭(緉索: 올가미), 활궁(活弓), 궁노(弓弩), 선사왈몽(善射曰蒙: 활 잘 쏘는 사람을 '몽'이라 한다), 고려전(高麗箭), 일전각만기(一箭却萬騎: 화살 한 대로 오랑캐 만 기를 물리치다), 형환각시(螢丸却矢: 반딧불로 만든 알약으로 화살을 물리친다), 철전(鐵箭), 전괄각명(箭筈刻名: 화살 깃에 이름을 세기다), 각지(角指), 요구(腰鉤), 등책(藤策), 전요·견대(戰腰·牽帒), 현령(懸鈴), 철사슬(鐵絲瑟: 쇠사슬), 우격(羽檄), 마상재(馬上才), 불금무인(不禁無刃), 자석지개(磁石止鎧), 조두(刁斗), 봉대(烽臺), 석거·거충(石車·距衝), 산성(山城), 지성(枳城), 빙성(氷城), 저서(儲胥), 창저(槍儲), 투위합빙(投葦合氷: 갈대를 던져 강의 얼음과 응고케 함), 살회전승(撒灰戰勝), 수갈양강(水渴楊糠), 갈교도강(葛橋渡江: 칡다리로 강을 건너다), 수청이진(水淸移陣: 물이 맑아서 군대 주둔지를 옮기다), 벌목타선(伐木打船), 귀선(龜船), 피선(皮船), 병거(兵車), 무후심서(武侯心書), 거기(車騎), 감목(監牧), 좌마(坐馬), 마패(馬牌), 마두령(馬兜鈴), 안등(鞍鐙), 금맘(金錽), 금종(金鏦), 상모(上旄), 잠장(簪裝)·장니(障泥), 답골(踏滑)·대갈(代葛), 누두(嶁苑), 타(靴), 승일(乘馹: 역말을 타다), 관마인자(官馬印字), 권마성(勸馬聲), 명가요환(鳴珂搖環), 잠뇨안대(簪褭鞍帶: 말뱃대끈과 안장띠), 배말선한(排沫扇汗), 거복태안(車服駄鞍), 목우(木牛)·유마(流馬), 위료자(尉繚子), 원앙진(鴛鴦陣), 팔진도(八陣圖), 육위상통(六衛相統), 오위진법(五衛陣法), 훈련도감(訓練都監), 어영(御營), 총융청(摠戎廳), 통제사(統制使), 영장(營將), 승통(僧統), 군진(軍陣), 부병(府兵), 수군(水軍), 속오군(束伍軍), 아국군액(我國軍額).

이상에서 열거한 바와 같이 〈무비류〉에는 잡박할 정도로 광의의 군사(軍事)에 관련된 여러 가지 내용이 망라되어 있다. 따라서 그중에서 무기와 관련 있는 항목만 추려 보면 다음과 같다.

▌투사병기류(投射兵器類)

던지는 창 종류나 쏘는 활 종류 등은 전근대전에서 주요한 무기로 활용되었다. 특히 활은 우리나라에서 매우 중시되던 무기로, 임진왜란 때 조총의 위력에 막대한 피해를 입었으면서도 조총보다 활이 중요하다는 견해가 꾸준히 제기될 정도였다.[409] 따라서 조선의 유서에 활과 화살에 대한 항목이 많은 것은 당연한 일이다.

석노·고시(石砮·楛矢)

『국어(國語)』에서 "죽은 새매가 있었는데, 고시(楛矢)가 그것을 관통했다. 중니(仲尼)께서 '이것은 숙신족(肅愼族)의 화살이다. 주나라 무왕 때 숙신씨가 이 화살을 바쳤다.'고 하셨다."라고 하였다. 지금 함경도 서수라(西水羅)가 이곳이다. 『한서』에서 "읍루국(挹婁國)의 활은 길이가 4척이고 노(砮)는 청석(靑石)으로 살촉을 만든다."라고 하였다. 이하(李賀)의 시에서 "참새 걸음으로 착착 소리 내며 모래밭 뛰어가고, 네 자 길이 각궁에 청석으로 화살촉을 달았다네."[410]라고 하였다.[411]

우리나라의 문헌에서 여러 가지 무기류를 논할 때 첫 자리에 놓이는 것이 석노(石砮)와 고시(楛矢)다. 고대의 화살인 석노와 고시는 우리 고대 국가의 판도와 강성함을 논증하는 주요 근거로 거론되기도 하였다. 예를 들면 허목(許穆)은 『동사(東史)』에서 숙신을 우리 고대 국가의 판도로 보았다. 또 성대중(成大中, 1732~1809)은 북청토성(北靑土城)을 숙신씨의 유허지라고 변증하면서 이 지역에서 석노가 왕왕 출토되는 것을 유력한 증거로 제시하였다.[412] 홍양호(洪良浩, 1724~1802)와 성해응(成海

---

409 "또 항상 생각하기를, '조총은 화약이 없으면 쓸모가 없게 된다. 활과 화살이 우리나라의 장기인데, 각 읍에서는 총을 구비하고 활을 없애니, 전쟁이 일어나면 이 점이 가장 걱정스럽다.'하였다."[又常謂鳥銃, 無火藥則爲無用. 弓箭, 爲我國家長技, 而各邑備銃而廢弓, 若有兵禍, 此最可慮也.](『明齋先生遺稿』「舍弟掌令遺事」, 尹拯.)

410 「黃家洞」

411 國語曰: "有準死, 楛矢貫之. 仲尼曰: '此肅愼之矢也. 周成王時, 肅愼氏貢此矢.'" 今北道西水羅, 是也. 漢書曰: "挹婁國, 弓長四尺, 砮以靑石爲鏃." 李賀詩云: "雀步蹙沙聲促促, 四尺角弓靑石鏃."(『松南雜識』「石砮·楛矢」)

應, 1760~1839)도 숙신을 조선의 북쪽 경계 지역이라고 하면서 석노에 대한 논의를 전개한 바 있다.[413] 이처럼 석노와 고시는 주로 고대사 연구의 자료로 활용되었다. 또 그것들이 우리 고대 국가의 강성함을 상징하는 무기로 인식되었음이 분명하다.

명궁(暝弓)

『당서』〈남만전(南蠻傳)〉에서 "영창(永昌) 들판에는 돌 위에 자라는 뽕나무가 있는데, 그 줄기는 위가 굽고 양쪽을 향하며 아래로 심겨져 있다. 그것을 잘라 활을 만들면 힘줄을 붙이지 않고 옻칠을 하지 않아도 좋은 활이 되니, '명(暝)'이라고 한다."라고 하였다.[414]

강두(弜頭)

『화양국지(華陽國志)』에서 "'진(秦)나라 소왕(昭王) 때 흰 호랑이의 피해가 있자 이족(夷族)이 흰 대나무 쇠뇌를 만들어 쏘았다.'라고 하니 지금의 이른바 강두호자(弜頭虎子)이다."라고 한 말이 이것이다. 弜의 음은 '강'이다.[415]

명궁과 강두는 중국의 전설적인 활의 이름이다. 위에서는 그것들이 일반 활보다 월등한 파괴력을 갖는다고 하면서 문헌 기록을 토대로 비

---

412 北靑土城, 肅愼氏墟也. 西距府治四十里, 地肥沃, 居城內者累十戶, 耕者往往得石砮斧槍刀鐮, 幷肅愼物也. 城故近海而羣山拱抱, 野平如掌, 堪輿家相其面勢, 若冀州之大風水也. 其見於傳記以石砮, 砮之貢於虞周, 並肅愼也. 石虎時, 挹婁又貢楛砮, 舜武王之間, 已千有六百餘年, 而周之距石虎, 又千有四百四十餘年矣. 挹婁固肅愼之改號, 而要之亦土城都也, 砮爲之徵也, 夫東裔之貢均也.(『靑城集』「肅愼氏土城記」)
413 『耳溪集』「肅愼氏石砮記」, 『研經齋全集』「肅愼石砮記」
414 唐南蠻傳曰: "永昌野, 桑生石上, 其材上屈兩向而下植, 取以爲弓, 不筋漆而利, 名曰暝."(『松南雜識』「暝弓」)
415 華陽國志曰: "秦昭王時, 白虎爲害, 夷作白竹弩射之, 今所謂弜頭虎子." 是也. 弜音强.(『松南雜識』「弜頭」)

록 간략한 수준에 불과하나마 그 제작법을 소개하고 있다.

궁노(弓弩)

『설문해자』에서 "황제(黃帝)의 신하 모이(牟夷)가 처음으로 쇠뇌를 만들었다."라고 하였다. 『월지(越志)』에서 "월남 지방은 그 기운이 웅장하다. 어떤 신인(神人)이 신노(神弩)를 만들었는데, 한 번 당겨서 한 번 쏘면 월나라 군사 만 명을 죽였다."라고 하였다. 또 『남월지(南越志)』에서 "당나라 때에 용천(龍川)에는 언제나 동노아(銅弩牙)가 물에서 흘러나왔는데, 그것은 모두 은과 금으로 아로새겨져 있었다. 사람들이 그것을 가져다가 쇠뇌로 만들었다."고 하였다. 『오월춘추(吳越春秋)』에서 "궁노는 활에서 생겼고, 활은 탄궁에서 생겼다. 탄궁은 효자가 부모의 시신을 짐승들이 먹는 것을 차마 보지 못해서 탄궁을 만들어 지킨 것에서 시작되었다. 그 노래에서 '대나무를 자르고 대나무를 이어서 흙을 날려 육신에서 쫓아내네.'라고 한 말이 이것이다."라고 하였다. 왜가 새를 쏘던 총을 무기로 만들어 사람을 쏜 것과 같다. 쇠뇌를 전쟁에 사용한 것은 손빈(孫臏)에서 시작되었기 때문에 '손노(孫弩)'라고 한다. 제갈공명이 연노법(連弩法)을 만들었는데, 하나의 쇠뇌에 열 발의 화살을 메겨 함께 발사해서 장합(張郃)을 잡았다. 우리나라의 험하고 좁은 길에서 사용한다면 외적이 감히 쳐들어오겠는가?[416]

「궁노」에서는 궁노의 시원에 대해서 말하고 있다. 쇠뇌는 황제(黃帝)의 신하인 모이(牟夷)가 처음으로 만들었으며 그것을 처음으로 전쟁에서 활용한 사람은 손빈(孫臏)이라고 한다. 그것을 토대로 만든 제갈량의

---

416 說文曰: "黃帝臣牟夷, 初作弓弩." 越志曰: "交趾之地, 厥氣爲雄, 有神人爲造神弩, 一張一放, 殺越軍萬人." 又南越志曰: "唐時部常有銅弩牙流出水, 皆以銀黃雕鏤, 取以製弩." 吳越春秋曰: "弩生於弓, 弓生於彈, 彈生於孝子不忍見父母爲鳥獸所食, 作彈以守之. 其謠曰, 斷竹續竹, 飛土逐宍. [宍, 古肉字.]" 是也. 若倭以銃彈鳥而爲兵器, 以彈人也. 弩以戰用, 自孫臏始, 故謂孫弩, 而孔明連弩法, 一弩十矢俱發, 獲張矣. 我國險狹路, 用之, 外敵敢入?(『松南雜識』「弓弩」)

연노법(連弩法)은 하나의 쇠뇌에 열 발의 화살을 메겨 함께 발사하는 놀라운 신무기다. 조재삼은 이것을 우리나라의 험하고 좁은 지형에서 사용하면 효용성이 뛰어날 것이라고 제안하였다. 이외에도 한 번에 적만 명을 죽일 수 있다는 신노(神弩)와 물에서 천연적으로 흘러나온다는 동노아(銅弩牙) 등 신비한 무기들이 소개되고 있다.

다음에서는 여러 가지 화살에 대하여 소개하고 있다.

고려전(高麗箭)

지봉이 말하였다.

편전(片箭)은 우리나라의 신묘한 기술이다. 멀리서 쏘아도 반드시 적중하기 때문에 오랑캐가 두려워하였고 '고려전(高麗箭)'이라 불렀다. 왜인이 일찍이 "중국의 창술과 조선의 편전과 일본의 조총은 천하제일이다."라고 하였다.[417]

일전각만기(一箭却萬騎)

지봉이 말하였다.

유붕수(柳鵬壽)[418]는 활을 잘 쏘았다. 최황(崔滉)[419]을 따라 명나라에 갔을 때 오랑캐를 만나 산해관에 14일 동안 포위되어 있을 때, 중국 장수는 성 문을 닫아걸고 나가지 않았다. 유붕수가 편전(片箭)으로 적을 쏘아 맞히는 대로 죽이니 오랑캐가 크게 놀라면서 "고려가 왔다."고 하며 곧 달아났다. 황제가 그를 포상하고 치하했다. 간이(簡易) 최립(崔岦)의 글

---

417 芝峯曰: "片箭, 我國之妙技, 射遠必中, 故胡人畏之, 號曰高麗箭. 倭嘗曰: '中朝之槍法, 朝鮮之片箭, 日本之鳥銃, 爲天下第一云.'"(『松南雜識』「高麗箭」)

418 유붕수(柳鵬壽): 이수광의 외서숙.

419 최황(崔滉): 조선 중기의 문신[1529~1603]. 본관은 해주, 자는 언명(彦明), 호는 월담(月潭). 임진왜란 때 평양까지 선조를 호종하였으며, 왕비와 세자빈을 배종(陪從)하여 회천에 피난하였고, 이듬해 검찰사(檢察使)가 되어 왕과 함께 환도하여 좌찬성·세자이사(世子貳師)로 지경연사를 겸하였다. 영의정에 추증되었다.

에서 "우리나라 무인으로 사신을 따라 중국으로 갔던 사람이 한 두 발의 굳센 화살로 수만의 기병을 물리쳐서 지금까지 유명하다."고 한 말이 이것이다.[420]

「고려전」과 「일전각만기」에서는 우리나라의 활 쏘는 솜씨가 주변 민족을 압도할 만큼 뛰어났다는 것을 소개하고 있다. 중국에서 '고려 전'이라고 지칭하는 편전은 우리나라에서 만들어낸 화살로 적중도가 높은 무기라고 하였다. 뿐만 아니라 유붕수와 같이 활 쏘는 솜씨가 뛰 어난 사람도 조선에 존재하였기에 외국에서 우리의 활을 두려워했다 는 것이다.

철전(鐵箭)

『전한서』 「신도가전(申屠嘉傳)」에서 "재관궐장(材官蹶張)"[421]이라고 하였는데, 그 주석에서 "힘이 강노(強弩)를 밟아 당길 만하다."라고 하였 다. "전구(錢璆)가 강노(強弩)를 바닷물에 쏘다."라고 하였는데 그 주석 에서 "철전(鐵箭)이니, 또한 송나라의 신비궁(神臂弓)과 비슷하다."라고 하였다. 두보의 시에 "네 허리 아래 철사전(鐵絲箭)을 생각한다."[422]라는 구절이 있다. 지금 우리나라에서는 '정량(定量)'이라고 하니, 적선을 쏘 아 멀리가게 할 수 있다.[423]

420　芝峯曰: "柳鵬壽, 善射. 隨崔滉赴京, 値虜圍山海關十四日, 唐將閉城不出, 鵬壽用片箭 射賊, 中輒殪之. 虜大驚曰: '高麗至矣.' 乃遁. 皇帝褒嘉之. 崔簡易文曰: '我國武夫從使 臣出遼者, 用一二勁箭, 却數萬騎, 至今有名者.' 此也."(『松南雜識』 「一箭却萬騎」)

421　재관궐장(材官蹶張): 재관(材官)은 무관의 이칭이고 궐장(蹶張)은 쇠뇌[弩]를 발로 당 긴다는 뜻이니, 쇠뇌를 발로 밟아 당기는 무관을 의미한다.

422　「久雨期王將軍不至」

423　漢申屠嘉傳, "材官蹶張." 註, "力能踏強弩張之." "錢璆射潮強弩." 註, "鐵箭, 亦似宋神 臂弓也." 杜詩云: "憶爾腰下鐵絲箭." 今俗謂定量, 能射敵船, 遠之也.(『松南雜識』 「鐵 箭」)

비모(飛矛)

『동관기(東觀記)』에서 "후한의 광무제가 비맹전(飛蝱箭)을 만들어 적미(赤眉)를 공격하였다."고 하였는데 그 주석에서 "蝱은 鏑이다."라고 하였다. 『정자통(正字通)』에서 "지금의 비모(飛矛)다."라고 하였다.[424]

철전은 쇠로 만든 쇠뇌용 화살로 가공할 만한 파괴력을 지닌 무기다. 철전은 문헌 기록에 의하면 한나라 때부터 사용된 것으로 보이며 우리나라에서도 적선을 공격하는데 사용된다고 하였다. 비모도 화살의 일종으로 왕시(枉矢) 혹은 화시(火矢)라고도 한다.

▌장병기류(長兵器類)

『송남잡지』에서는 죽창과 같은 원시적인 장병기를 비롯하여 낭선과 같이 실전에서 효용성이 높은 장병기, 쇠도리깨와 같이 우리나라의 실전에서 큰 효과를 본 장병기를 소개하였다.

죽모(竹矛)

『오록(吳錄)』에서 "일남(日南)에 가는 대나무가 있는데, 단단하면서도 예리하므로 깎아서 창을 만든다."라고 하였으니, 지금의 죽창이다.[425]

낭선(狼筅)

『정자통』에서 "낭선(狼筅)은 병기다."라고 하였다. 척계광(戚繼光)이 "대모죽(大毛竹)을 사용하며 위에는 사방에 연달아 붙어 있는 가지를 잘라내고 마디마디를 종횡으로 교차한다. 대략 두 자 쯤으로 보이지만,

---

424 東觀記曰: "漢光武作飛蝱, 攻赤眉." 註, "蝱鏑也." 正字通曰: "今之飛矛." (『松南雜識』 「飛矛」)

425 吳錄曰: "日南, 有箖竹, 勁利, 削爲矛." 今竹鎗. (『松南雜識』 「竹矛」)

실제 길이는 한 길 대여섯 자다. 날카로운 칼날이 꼭대기에 달려있는데 길이가 한 자다."라고 하였다. 곽응향(郭應響)이 "적과 전투할 때, 다른 기술은 단조롭고 담력이 약하면 쉽게 정신이 흔들리고 빠지는데, 오직 선(筅)만이 온 몸을 막아 보호할 수 있고 칼과 창이 무더기로 찔러 와도 들어올 수 없다. 이것을 이용하여 항렬을 만든 것이 바로 항오(行伍)의 울타리이다."라고 하였다. 『병학지남(兵學指南)』에서 "선(筅)이 전후좌우에 있어서 적이 들어오는 것을 막는다."라고 하였다. 지금 군에서 가지와 잎이 붙은 대나무 깃대 하나씩을 가지고 좌우에 선다고 한다. 이 때문에 충마(衝馬)의 코가 아군의 진으로 들어오지 못한다.[426]

죽모(竹矛)는 가장 원시적인 무기인 죽창으로 민간에서도 쉽게 구하여 쓸 수 있는 것이다. 역시 대나무로 만드는 낭선(狼筅)은 "죽장창과 마찬가지로 주된 용도는 살상보다는 긴 자루를 이용한 이격병기로서 접전시 적의 접근을 막고 기병이나 보창병들을 저지하는 보조 용도로 사용되었다."[427]고 한다. 『송남잡지』에서는 낭선의 높은 효용성을 상세하게 소개하고 있는데, 조선의 여러 문헌에서 낭선의 구비와 조련에 관한 기록을 볼 수 있다.

철연가(鐵連耞)

『송사』에서 "적청(狄靑)을 따라 쇠도리깨를 사용하여 농지고(儂智高)를 격파하였다."라고 하였는데, 대개 육지에 적의 기마병들이 숲처럼 서 있을 때는 보리를 타작하는 것처럼 쇠도리깨로 무리지어 때리는 것이

---

426 正字通曰: "狼筅, 兵器也." 戚繼光曰: "用大毛竹, 上截連旁附枝, 節節枒杈, 視之粗可二尺, 長一丈五六尺, 利刃在頂, 長一尺." 郭應響云: "臨敵, 他技單, 薄膽易搖奪, 惟筅遮蔽全身, 刀鎗叢刺不能入, 用爲行列, 乃行伍藩籬也." 兵學指南曰: "筅在前後左右, 以防敵入." 今軍持竹杠具枝葉一本立左右云. 以是衝馬鼻不入吾陣.(『松南雜識』「狼筅」)
427 국립민속박물관(2003), 『조선 후기 무기 고증 재현』, 29쪽.

가장 좋다.

세상에 다음과 같은 이야기가 전해진다.

임진왜란 때 왜적이 수원에 침입하였는데, 최승지라는 사람이 농장으로 물러나 살고 있었다. 그런데 삼부자가 보리타작을 하다가 갑자기 수백 명의 왜적과 맞닥뜨렸다. 부자가 약속하기를 "피할 수도 없고 막을 수도 없으니 죽기는 매한가지다. 지금 들고 있는 것이 도리깨이니 왜놈 몇 놈쯤은 때리고 죽을 수 있겠다."고 하고는 곧바로 마음을 합하고 힘을 다해 보리타작을 하듯이 치니 많은 왜적이 모두 섬멸되었다. 그리고 보리를 거두어 식구들을 데리고 피해 버렸다. 얼마 지나자 수만 명의 왜적 기병이 와서 "조선의 세 장사와 겨루어 보고 싶다."고 하였다.

신립(申砬, 1546~1592)이 이 기술을 사용하여 북쪽 변경에서 공을 세웠다. 그가 도리깨로 치고 들어가면 적은 활을 쏠 겨를이 없고 창을 쓸 겨를도 없이 무너지듯 도망갔다. 그래서 곤륜(昆侖) 최창대(崔昌大, 1669~1720)의 시에서 "오랑캐들 여전히 신립 병사(兵使)를 이야기하며 동쪽 성곽 옛 전쟁터에 접근하기를 두려워한다네."[428]라고 하였다.[429]

철연가(鐵連枷)는 일명 쇠도리깨라는 병장기다. 앞서 언급한 바와 같이 이익도 철연가를 높이 평가하였을 뿐만 아니라, 이학규(李學逵, 1770~1835)도 그것을 주요 병장기로 소개하고 있다.[430] 『송남잡지』에서는 임진왜란 때 농부가 타작 도구인 도리깨로 불시에 조우한 왜적을

---

428 『昆侖集』「六鎭歌」

429 宋史, "狄靑用鐵連枷, 破儂智高." 盖陸地敵騎叢立, 莫如鐵枷輩打如打麥也. 諺傳, 壬亂, 倭入水原, 有崔承旨者, 退去農墅, 方三父子打麥, 猝當數百倭至, 父子約曰: "避不得去不得, 死一也. 今所持者枷, 可打倭幾箇而死." 卽同心盡力, 如麥之打, 輩倭盡殲, 乃收麥, 率眷而避之. 俄數萬騎倭來言, "欲抵敵朝鮮三壯士"云. 申砬之立功北邊也, 用此術, 方其打入也, 敵矢不暇發, 戈不暇用, 其退若崩故, 崔崑侖詩, "胡兒尙說申兵使, 畏近東城舊戰場."(『松南雜識』「鐵連枷」)

430 若農夫打麥之枷, 以鐵餙之曰鐵連夾棒, 亦曰鐵連枷, 是也.(『洛下生集』「兵仗說, 贈金君鎭曄」)

이긴 전설을 소개하고 있다. 농기구인 도리깨도 치명적인데 그것을 병
장기로 개량한 쇠도리깨는 더더욱 살상력이 뛰어난 무기가 아닐 수 없
다. 신립의 정규군이 여진족과 전투할 때 쇠도리깨를 사용하여 전승을
거두었다는 것이다.

▌ 화기류

화기란 화약을 사용하는 무기를 말한다. 권총·소총·대포·포탄 등이
화기에 해당된다.

조총(鳥銃)

지봉이 "조총은 여송국(呂宋國)에서 나왔다."라고 하였다. 『요화상겁
외록(了和尙劫外錄)』에서 "온 대지가 뜨거운 철환(鐵丸)이니 입으로 내
려오면 온몸이 붉게 문드러진다."라고 하였다. 내려 온 것은 바로 총환
(銃丸)이다. 내가 생각하건대, 돈이 나오자 금은이 더 이상 보물이 되
지 못하고 과거제도가 만들어지자 경학을 좋아하는 사람이 없고, 편파
적인 의론이 나오자 시비가 정해지기 어렵고, 조총이 나오자 이름난 장
수가 공을 세우는 일이 없다. 『자치통감』[431]의 '단주(亶洲)'의 주석에서
"사슴 뼈로 창을 만들어 전투를 하고 청석(靑石)을 갈아서 활과 화살을
만든다."라고 하였는데, 지금은 오직 총만을 사용하니, 그 총은 짧으면
서도 가볍다. 우리 총은 길면서도 무거운데, 비록 왜인들의 것을 본떠
서 만들었지만 미치지 못하니 재주에 한계가 있어서 그렇다. 지금의 마
상총(馬上銃)이 이것이다. 근래 들으니, 영국에서는 소리 없는 총을 사
용한다고 하는데, 왜인의 총보다 더 묘하다. 총머리에 구멍을 뚫은 것
은 충무공 이순신으로부터 시작되었는데, 격화선(擊火線) 때문이다.
삼혈총(三穴銃)을 안총(眼銃)이라 하고 약통(藥筒)을 홍약호로(烘藥葫

---

431 『송남잡지』에는 '漢書'로 되어 있음.

蘆)라 하고 수총(水銃)을 기총(氣銃)이라 한다. '銃'자는 운서에 실려 있지 않다.[432]

조재삼은 조총이 나오자 "이름난 장수가 공을 세우는 일이 없다."라고 하여 조총을 무기의 신기원으로 단정하였다. 또 조총 이외에도 마상총과 삼혈총을 소개하고 있다. 마상총은 기병이 쓰는 작은 총인데 조선 후기에 훈련도감에만 205자루가 비치되어 있었다.[433] 또 정조 때에는 손석주(孫碩周)가 마상총으로 병사들을 무장시키자고 주장한 바 있다.[434] 그리고 삼안총(三眼銃)이라고도 하는 삼혈총은 개인이 휴대할 수 있게 만든 작은 형태의 총이다. 하나의 손잡이에 3개의 총신을 연결시켜 한 번에 3발을 쏠 수 있다. 우리나라에서는 삼혈총 쏘기가 마상재(馬上才)에 들어 있었고 삼혈총수(三穴銃手)도 별도로 편성 운용하였다.

용두화기(龍頭火起)

〈차한일기(車漢日記)〉에서 "그들의 무기는 대포와 장창을 사용하는데, 총에는 도화선을 사용하지 않으며 만호석(璊瑚石)을 화문(火門)[435]에 붙였는데, 견고하여 움직이지 않는다. 또 용두(龍頭)에 금수(金鐩)를 설치하니, 용두가 아래로 떨어지면 쇠와 돌이 부딪쳐서 탄환이 발사된다."라고 하였다.[436]

---

432 芝峯曰: "鳥銃, 出於呂宋國." 了和尙刲外錄曰: "盡大地, 是箇熱鐵丸, 下得口也, 通身紅爛." 下卽銃丸也. 愚以爲錢文出而金銀非寶, 科文出而經學無好, 偏論出而是非難定, 鳥銃出而名將無功, 漢書"亶洲"註, "用鹿骼爲矛以戰鬪, 摩厲青石以作弓矢."云, 而今惟用銃, 其銃短而輕, 我銃長而重, 雖效倭而不及, 才有所局, 然今馬上銃, 是也. 近聞英吉國, 用無聲銃云, 其妙於倭過矣. 銃頭穿穴, 自李忠武始, 以擊火線也. 三穴銃曰眼銃, 藥筒曰烘藥葫蘆, 水銃曰氣銃. 銃字不載韻書.(『松南雜識』「鳥銃」)

433 『萬機要覽』〈軍政編, 訓鍊都監〉「軍器」

434 『조선왕조실록』, 정조 16년[1792] 4월 19일.

435 화문(火門): 옛날식 총이나 포에서 발화하는 곳.

위의 「용두화기(龍頭火起)」에서는 나선정벌(羅禪征伐)에서 사용된 화기를 소개하고 있다. 〈차한일기〉는 성해응이 효종 9년[1658]에 청나라의 요청으로 조선군이 러시아전에 참여하였을 때의 일을 기록한 것이다. 러시아와의 전투에서 화력의 열세로 고전한 청나라는 임진왜란 이후 조총을 사용하는 조선에 파병을 요청하였다. 이에 조선에서는 처음에 100명의 총수를 파병하고 이후 다시 200명의 총수를 추가 파병하였다. 이때 파병된 총수들은 크게 활약하였다고 한다.

진천뢰(震天雷)

성호가 "진천뢰(震天雷)는 군기장(軍器匠) 이장손(李長孫)[437]이 처음 만든 것이다. 철릉(鐵菱)과 철편(鐵片)에 불을 댕기는 기구를 더하여 둥근 공 모양을 만들어 대완구(大碗口)에 넣어 불을 댕겨 발사하자 5~6백 보를 날아가 성안으로 들어갔다. 왜놈들이 다투어 모여들어 밀고 굴리며 자세히 보는데 포탄이 그 안에서 터져 철편이 별처럼 부서지니 이것에 맞아서 서른 남짓한 사람들이 죽었다. 박진(朴晉)이 영천(永川)에서 거둔 대승도 이것을 쓴 덕이다. 본래 원나라가 변경(汴京)[438]을 공격할 때, 금나라 사람이 진천뢰라는 화포를 사용하였다. 이것은 철관(鐵罐)을 사용하는데, 이것이 터지면 주위 반 묘(畝) 이상이 불타고 불티가 날아 붙으면 쇠갑옷도 모두 뚫리니, 박진이 사용한 진천뢰는 이를 본떠 만든 것이다."라고 하였다.[439]

---

436 車漢日記曰: "其軍器, 用火砲長鎗, 而銃不用火線, 以珊瑚石, 著在火門, 堅不動. 又於龍頭, 置金鐩, 龍頭落, 而金石激, 而丸發."(『松南雜識』「龍頭火起」)

437 이장손(李長孫): 조선 중기의 과학자. 선조 때에 군기시(軍器寺)에 소속된 화포장(火砲匠)으로서 임진왜란이 일어나자 비격진천뢰를 제작하여 왜적을 격퇴하는 데 공을 세웠다.

438 변경(汴京): 중국 하남성 개봉현의 옛 명칭으로 송나라의 도읍.

439 星湖曰: "震天雷, 軍器匠李長孫所創, 以鐵菱片, 同火之具, 裝成圓球, 用大碗口載之, 投火而發之, 飛五六百步, 射入城中, 倭奴爭聚, 推轉而諦視之, 砲自中發, 鐵片星碎, 死

진천뢰(震天雷)는 선조 때 이장손이 발명하였다는 인마살상용 포탄으로 비격진천뢰(飛擊震天雷)라고도 한다. 진천뢰는 임진왜란 때 조선이 큰 전승을 거두게 한 비장의 무기였는데, 이 사실은 『조선왕조실록』 등 당시의 여러 문헌에서도 확인할 수 있다. 진천뢰는 이후로도 우리나라에서 주요 화기로 인정되었다. 광해군이 "군기시와 훈련도감에 진천뢰를 충분히 비치하라."[440]고 명한 것이 그 일례이다.

불랑기(佛狼機)

지봉이 "불랑기국의 화기이기 때문에 불랑기라고 부른다. 지금 군문(軍門)에서 사용한다."라고 하였다.[441]

위의 글에서 불랑기가 당시 군문에서 사용된다고 하였는데, 실제로 당시 훈련도감에는 불랑기가 65좌 비치되어 있었다. 또 총융청(摠戎廳)에는 철불랑기모포(鐵佛狼機母砲) 60좌가 비치되어 있는 등 주력 화기로 운용되고 있었다.[442]

비화쟁(飛火鎗)

성호가 "금나라 사람들에게 비화쟁(飛火鎗)이 있었는데, 화약을 붓고 불을 붙여 발사하면 앞의 십 보를 태운다. 이것은 명나라 우겸(于謙)[443]

者三十餘人. 朴晉永川之捷, 以此也. 本元之攻汴, 金人用火砲, 名震天雷, 用鐵罐, 所熱圍半畝以上, 火點着, 鐵甲皆透, 此其遺制."(『松南雜識』「震天雷」)

440 『광해군일기』, 광해군 10년[1618] 7월 1일.

441 芝峯曰: "佛浪機國火器, 故名佛浪機, 今軍門用之."(『松南雜識』「佛狼機」)

442 『萬機要覽』

443 우겸(于謙): 명나라의 관료. 자는 정익(廷益). 영락(永樂) 연간에 진사에 합격하고 선덕(宣德) 초기부터 정통(正統) 말기 동안 어사·병부우시랑 등을 역임하며 탁월한 정치 능력을 보였다.

이 사용한 화쟁(火鎗)이다."라고 하였다. 민간에 전하기를 성삼문(成三
問)이 철구(鐵毬)를 구해서 단종을 복위시키려 하였다는데, 이런 종류인
듯하다.⁴⁴⁴

　비화쟁에 대해서는『성호사설』이외에는 상세한 기록을 볼 수 없기
에 그 구체적 양태를 알 수 없다. 다만 임진왜란 때 비변사에서 비화쟁
의 사용을 선조에게 권고했다는 기록이 있다.⁴⁴⁵ 또 비화쟁을 조총과
혼동하기도 한 듯하다.⁴⁴⁶『송남잡지』에서는 성삼문이 단종 복위 거사
에 사용하려고 하였던 철구가 비화쟁의 종류라고 추정하고 있다. 그렇
다면 조선 초기에도 위력 있는 화기류가 어느 정도 존재했다고 하겠다.

지뢰포(地雷砲)

　명나라 원숭환(袁崇煥)⁴⁴⁷이 누르하치⁴⁴⁸를 불태웠던 전술이다. 지금
요동의 구혈대(嘔血臺)가 이곳이다. 본래 제갈공명의 잠등갑군(熠藤甲
軍)에서 유래하였다. 병자호란 때, 청의 태종이 의주로 길을 잡았으나
임경업이 지뢰포를 매설하였기 때문에 피하여 창성(昌城)으로 내려 왔
다고 한다.⁴⁴⁹

---

444 星湖曰: "金人有飛火鎗, 注藥以火發之, 前燒十步, 此皇明于謙所用火鎗也." 諺傳成三
　　問, 求鐵毬欲興復, 似此類也.(『松南雜識』「飛火鎗」)
445 『조선왕조실록』, 선조 26년[1593] 윤11월 28일.
446 吾於秋齋朴公亦云: "彼所謂鳥銃, 軒轅所未有, 中國人謂之飛火槍, 悾悾失敗, 蓋多由
　　此."(『松沙集』「秋齋朴公墓碣銘」, 奇宇萬.)
447 원숭환(袁崇煥): 명나라 장수. 자는 원소(元素). 지략이 뛰어났으나, 청군을 끌어 들이
　　고 화의하려고 한다는 무고로 죽임을 당하였다.
448 누르하치: 청나라 태조의 본명. 1626년에 명나라의 영원성(寧遠城)을 공격하였지만 명
　　장 원숭환의 고수(固守)로 실패하고 부상을 입고 후퇴하였다. 이것이 원인이 되어 그해
　　4월 몽고 파림(巴林) 지역을 직접 공략하다가 9월에 병사하였다.
449 皇明袁崇煥燒奴兒赤之術也. 今遼東嘔血臺, 是也. 本出孔明熠藤甲軍也. 丙亂, 汗取義
　　州路, 而林慶業埋砲, 故避從昌城云.(『松南雜識』「地雷砲」)

지뢰포는 땅에 묻은 뒤 도화선에 불을 붙여 연속적으로 폭발시키는 원시적인 지뢰라고 할 수 있다. 지뢰포는 조선이 임진왜란 이후 개발과 운용에 주력한 화기 중 하나다. 임진왜란 직후 훈련도감에서 각종 화기 제작술을 전습(傳習)하였는데, "지뢰포는 화약이 매우 귀하기 때문에 전습할 수가 없습니다."[450]라고 상주한 바 있다. 이처럼 지뢰포의 제작에는 상당한 비용이 들어갔던 것으로 보인다. 인조 때 병조의 상주(上奏)에서 지뢰포의 제조법에 대한 대체적 방법을 알 수 있다.[451]

▌기타류

요구(腰鉤)

당시의 "기린 비단 띠에 오구(吳鉤)를 차다."[452]의 주석에서 "구야자(歐冶子)[453]가 만든 칼 이름이 오구(吳鉤)인데, 지금 요구금(腰鉤金)은 바로 말 위에서 지상에 있는 적의 목을 따는 것으로 검과는 다르고 철여의(鐵如意)와 같다."라고 하였다.[454]

---

450 『조선왕조실록』, 선조 34년[1601], 5월 21일.

451 "심종직(沈宗直)이 늘 지뢰포에 대해서 말하지만 공력이 많이 들어 시행하기가 어렵습니다. 그러나 문경남(文卿男)의 말을 듣건대, 전에 평양에 있을 적에 특별히 제조하였는데 적을 막는 기구로는 이보다 나은 것이 없다고 하였습니다. 그것을 만드는 공력을 물어보았더니, 1좌(坐)에 드는 재료가 가판(假板) 반쪽, 송판 5쪽, 수철(水鐵) 50근, 정철(正鐵) 5근, 숙마(熟麻) 1근에, 화약은 진천뢰의 다소에 따라 6~7근이 든다고 하였습니다. 황주(黃州)·안주(安州) 두 성에 문경남을 보내어 각각 지뢰포 4~5좌를 만들고 기타 군사를 매복할 만한 요새지에도 편의에 따라 제조하여 설치하게 하소서."(『조선왕조실록』, 인조 5년[1627], 6월 10일.)

452 「燕支行」

453 구야자(歐冶子): 춘추시대 사람으로 검을 잘 만들었다.

454 唐詩, "麒麟錦帶佩吳鉤." 註, "歐冶子作劍名吳鉤, 而今腰鉤金, 即馬上掃取地上敵馘也, 與劍異而與鐵如意同也."(『松南雜識』「腰鉤」)

요구금은 갈고리 형태의 기병이 사용하는 병장기이다. 조선 후기 어영청에 요구금 22개가 비치되어 있었다는 기록이 있으니,[455] 우리나라에서도 실전에 사용된 듯하다.

탑삭(縚索)

『운회(韻會)』에서 "縚은 음이 탑이니, 새끼줄로 사물을 얽는 것이다."라고 하였다. 『당서』에서 "중종 때 거란이 영주(營州)에 침입했을 때, 마인절(麻仁節)에게 줄을 던져 그를 얽어매어 사로잡았다." "거란의 장수 이해고(李楷固)는 올가미를 잘 사용하였다."고 한다. 또 '마반(馬絆)'의 주석에서 "말의 발을 묶는 끈."이라고 하였다. 우리나라의 산골짜기 길에 마반이나 올가미를 설치한다면 적을 사로잡는 기이한 계책이 될 것이다.[456]

새끼줄로 만든 올가미인 탑삭은 무기라기보다는 무기로 활용할 수 있는 일종의 소박한 도구라고 할 수 있다. 그렇지만 조재삼은 그것도 우리나라의 좁은 길에서 적을 생포하는데 유용하게 사용할 수 있다고 하였다. 쇠도리깨를 무기로 발전시켜 전쟁에서 큰 효과를 볼 수 있었던 것은 도리깨가 농민들이 평소에 쓰는 도구였기 때문이다. 그와 마찬가지로 탑삽도 새끼줄에 불과하지만 그것도 능숙히 활용한다면 훌륭한 무기가 될 수 있다고 생각한 것이다.

불금무인(不禁無刃)

오나라 역사에서 "하제(賀齊)가 도적을 토벌할 때 도적 중에 선금(善

---

455 『萬機要覽』,〈軍政編, 御營廳, 軍器〉「腰鉤」

456 韻會曰: "縚音榻, 以索冒物也." 唐史, "中宗時, 契丹寇營州, 飛索以縚, 麻仁節, 生獲之集." "契丹將李楷固, 善用縚索." 又馬絆, 註, "馬縶." 我國峽路, 設馬絆索, 則擒敵奇策也.(『松南雜識』「縚索」)

禁)을 잘하는 사람이 있어서, 관군이 칼도 뽑을 수 없었고 화살을 쏘아도 모두 돌아와 아군을 향했다. 하제가 '나는 칼날 있는 병기는 금(禁)할 수 있지만 칼날이 없는 병기는 금할 수 없다고 들었다.'라고 말을 하고 즉시 단단한 나무로 흰 몽둥이를 만들어 때려죽인 자가 만 명이나 되었다."라고 하였다. 지금 군문(軍門)에서 붉은 곤장을 앞줄에 배치하거나 흰 몽둥이를 앞에서 행군하게 하는 것은 여기서 유래했다.[457]

위의 글은, 몽둥이는 주술이 통하기 않기 때문에, 만약 적이 선금(善禁)이라는 주술을 사용하여 병기를 사용하지 못하게 한다면 몽둥이가 가장 좋은 무기가 된다는 것을 기술한 것이다. 한편 선금이 무형의 무기로 사용된다는 것도 동시에 소개하고 있다. 선금이란 부적이나 주문을 사용하는 비방인데, 조선 말기까지 주술도 하나의 전술로 생각하고 있었던 듯하다.

▌ 방어구류

인류는 적을 효과적으로 살상할 수 있는 무기를 만들어 내는 동시에 자신의 신체와 생명을 적의 살상 무기로부터 지켜낼 수 있는 방어구를 만들어 냈다. 방어구에는 원시적 형태의 방패에서부터 투구와 갑옷 그리고 방탄복까지 망라된다.

방패(防牌)
『주례』에서 "사병(司兵)[458]은 다섯 가지 병기와 다섯 가지 방패를 담당

---

457 吳史, "賀齊討賊, 賊善禁, 官軍刀劍不得拔, 射矢皆還自向. 齊曰: '吾聞兵有刃者, 可禁, 無刃者, 不可禁.' 乃作勁木白棒, 擊殺萬計." 今軍門朱杖前列白棍先行, 出此.(『松南雜識』 「不禁無刃」)

458 『松南雜識』에는 '司馬'로 오기되어 있음.

한다."고 하였는데, 그 주석에서 "과(戈)·수(殳)·극(戟)·추모(酋矛)·이
모(夷矛)"라고 하였으니,[459] 『한서』에서 이른바 "화살이 궤적을 같이 하
여 하나의 목표물을 동시에 적중시키면 흉노의 혁사(革笥)[460]나 목천(木
薦)[461]도 지탱할 수 없다."고 한 것이며 불경에서 이른바 "일곱 겹의 난순
(欄楯)[462]이 주위에 둘러 쳐져있다."[463]는 것이다. 진법서(陳法書)에서
"진을 설치할 때, 팽배(彭排)를 진영의 바깥에 나열해 세워 놓는다."고
하였는데, 팽배는 지금의 방패다.[464]

위의 글 「방패」에서는 『주례』, 『한서』와 불경 등의 문헌에 나오는
방패의 여러 가지 종류와 이칭에 대하여 서술하면서 방패의 시원에 대
하여 고찰하였다.

한하(釬鍜)

『운급헌원기(雲笈軒轅記)』에서 "치우가 처음으로 갑옷과 투구를 만들
었다. 당시 사람들은 투구와 갑옷을 알지 못했기 때문에 치우의 머리는
구리로 되어 있고 이마는 철로 되어 있다고 여겼다."『초학기(初學記)』
에서 "머리에 쓰는 투구를 '두무(兜鍪)'라고 하며 '주(冑)'라고도 한다.
팔을 보호하는 갑옷을 '한(釬)'이라고 하며 목을 보호하는 갑옷을 '아하
(錏鍜)'라고 한다."고 하였다.[465]

---

459 司兵. 掌五兵五盾……鄭司農云, 五兵者, 戈殳戟酋矛夷.(『周禮』〈天官 塚宰〉)

460 혁사(革笥): 가죽으로 만든 갑옷과 투구.

461 목천(木薦): 나무판자로 만든 방패 모양의 방어용 무기.

462 난순(欄楯): 난간의 횡목(橫木)을 똑바로 세워놓은 것.

463 七重欄楯 …… 周市圍繞.(『法苑珠林』)

464 禮, "司馬, 掌五兵五盾." 謂戈盾戟酋矛夷. 漢史所謂, "矢道同的, 匈奴之革笥木薦, 不能
支." 佛經所謂, "七重欄楯周市圍繞." 是也. 陳法書云: "結陣時, 彭排列居外面." 則彭排
今謂防牌.(『松南雜識』「防牌」)

465 雲笈軒轅記曰: "蚩尤, 始作鎧甲兜鍪. 時人不識, 以爲銅頭鐵額." 初學記云: "首鎧謂兜
鍪, 亦曰冑, 臂鎧謂釬, 頸鎧謂錏鍜."(『松南雜識』「釬鍜」)

갑주(甲冑)

『아희원람(兒戱原覽)』에서 "갑주(甲冑)는 소강(少康)의 아들 여(與)가 만들었다."라고 하였다. 『관자(管子)』에서 "치우는 이마가 동철(銅鐵)이었다고 하였는데, 동철로 갑주를 만든 것이지 이마가 철이었던 것은 아니니, 곧 적청(狄靑)⁴⁶⁶의 구리 얼굴과 같은 유다."라고 하였다. 옛날 갑옷에는 가죽을 사용하였다. 춘추시대 송나라 화원(華元)⁴⁶⁷의 노래에서 이른바 "비록 가죽이 있어 붉은 색과 옻칠을 한들 무엇하리요?"⁴⁶⁸가 그것이다. 진·한 때에 비로소 철을 사용하여 갑주를 만들었으며 문양을 넣었다고 한다. 『당문수(唐文粹)』에서 "이적(李勣)이 '황금 갑옷이 같이 빛나네.'라고 찬양하였다."라고 한 말이 이것이다.⁴⁶⁹

위의 글「한하」와「갑주」에서는 갑옷의 유래에 대한 기존의 신화적 설명을 합리적으로 해석하고 있다. 신화에서 치우의 머리가 구리로 되어 있었다고 하지만, 실은 머리에 구리로 만든 투구를 쓰고 있었을 뿐이니, 이는 마치 적청이 전장에서 늘 구리 가면을 썼던 것과 같다고 하였다. 또 신체의 각 부위를 보호하는 갑옷의 여러 종류와 명칭도 소개하고 있다.

다음의 항목은 좀 더 진화된 형태의 방어구에 대한 소개다.

---

466 적청(狄靑): 송나라의 장수[1008~1059]. 자는 한신(漢臣). 풍골이 기이하고 **빼어나며** 말타기와 활쏘기를 잘 했다. 송나라 인종 때, 서하(西夏)가 반란을 일으키자, 연주(延州) 지사로 나가 싸울 때마다 동면(銅面)을 쓰니, 적들이 신처럼 여겼다. 또한 지모가 뛰어나서 범중엄(范仲淹)·윤수(尹洙)의 후대를 받았다.

467 화원(華元): 춘추시대 송나라 사람. 문·공·평공(文·共·平公)을 섬겼다. 탕택(蕩澤)의 난을 평정하여 나라를 안정시켰다.

468 役人曰: "從其有皮, 丹漆若何?"(『春秋左傳注疏』)

469 原覽曰: "少康子興作." 管子曰: "蚩尤銅鐵額, 以銅鐵爲胄, 非額也, 卽狄靑銅面之類也." 古甲用皮, 宋華元誦所謂"雖則有皮丹漆則那." 是也. 秦漢始用鐵, 而文粹曰: "李勣贊金甲同光." 是也.(『松南雜識』「甲冑」)

마찰도(麻札刀)

『연기신편(演機新編)』[470]에서 "악비(岳飛)[471]가 배외갑(背嵬甲)을 만
들어 선봉의 군사들에게 입히고 각각 마찰도(麻札刀)를 들고 적진에 돌
격하여 말의 발을 베게 하여 올출(兀朮)[472]을 격파하였다."고 하였다. 대
개 '배외갑'은 쇠를 녹여 배갑(背甲)을 만드는데, 거북의 등처럼 불룩하
며 속에는 가죽 조각을 붙이니 고개를 숙이고만 걸을 수 있다. 또 '마찰
도'는 주석에서 "손잡이가 긴 도끼"라고 하였으니, 대개 후경(侯景)[473]이
적의 인마(人馬)의 발을 잘랐던 기술이다."라고 하였다.[474]

　「마찰도」에서는 악비가 만든 '배외갑'이라는 특수한 갑옷을 소개하
고 있다. 이는 쇠를 녹여 만든 거북이 딱지 모양의 갑옷으로 병사의
신체를 보호하는 효능이 매우 뛰어난 것이었다.
　다음의 항목은 적의 공격으로부터 생명을 지키기 위한 방어구와 관
련된 신비한 이야기다.

---

470 연기신편(演機新編): 조선 현종 때 안명로(安命老)가 진법(陣法)의 비조라 일컫는 풍후
　(風後)·악기(握奇)의 법을 토대로 진법을 논하고 여기에 척계광(戚繼光)의 병제를 개선
　해 병서와 음양가의 여러 법을 덧붙여 엮은 병서.
471 악비(岳飛): 남송 초기의 무장·학자·서예가(1103~1141). 자는 붕거(鵬擧). 농민 출신이
　지만 금나라 군사의 침입으로 북송이 멸망할 무렵 의용군에 응모하여 전공을 쌓았으며
　남송 때가 되자 호북 일대를 영유하는 대군벌이 되었지만, 진회의 무고로 살해되었다.
472 올출(兀朮): 금나라 태조의 넷째 아들. 성은 완안(完顔), 이름은 종필(宗弼), 또는 알철
　(斡啜)이라고도 한다. 말 타기와 활쏘기를 잘하였다. 송나라를 침략하여 악비와 주선진
　(朱仙鎭)에서 맞붙어 싸우다가 패하자 북쪽으로 달아나려고 하였다. 마침 악비가 소환
　되어 남쪽으로 돌아가게 되자 송나라와 화친하였다.
473 후경(侯景): 본래 북위의 수비병으로 점차 출세하기 시작하여 동위의 고환(高歡) 휘하
　에서 대장이 되었다. 고환이 죽자 소관 주군(州軍)을 이끌고 양나라 무제에게 투항하였
　다. 그러나 양과 동위의 국교가 호전되자 양나라를 배반하고 건강(建康: 남경)을 함락시
　키고 무제를 유폐하여 분사하게 하였다. 양나라는 이 난으로 멸망하였다.
474 演機新編曰: "岳飛造背嵬甲, 使先鋒被之, 各持麻札刀, 入敵陣, 斫馬足, 破兀朮." 蓋背
　嵬甲, 融鐵爲背甲, 嵬然似龜背, 內附革片, 只俯首而行. 又麻札刀, 註, 長柄斧, 蓋侯景
　斫敵人馬之術也.(『松南雜識』「麻札刀」)

형환각시(螢丸却矢)

『사문유취(事文類聚)』에서 "무성자(務成子)가 말하기를 '반딧불로 알약을 만들면 화살을 물리칠 수 있다. 한나라 역사에서 무위태수(武威太守) 유자남(劉子南)이 그 기술을 터득하여 배합하여 몸에 차고 다녔다. 일찍이 오랑캐와 싸우다가 포위되었는데, 화살이 비 오듯 쏟아졌지만 유자남의 몇 자 밖에서 문득 땅에 떨어지고 맞추어 상처를 입히지 못하니, 오랑캐가 괴이하게 여기고 가버렸다.'라고 하였다. 『본초강목』에서 "파두(巴豆)[475]와 쇠똥구리를 함께 갈아 상처에 바르면 화살촉이 빠진다."라고 하였다.[476]

「형환각시」에서는 방어구로 신체를 보호하는 것이 번거롭기에 간편하게 알약을 만들어 패용하면 신체를 보호할 수 있는 방법을 강구하려는 관념이 만들어 낸 이야기를 소개하고 있다. 상고시대의 방술사인 무성자가 "반딧불로 알약을 만들면 화살을 물리칠 수 있다."고 한 방술이 그것이다. 현재의 과학 기술 수준으로도 불가능한 이야기이지만 한나라 때 유자남이라는 사람이 그 기술을 터득하여 실제로 효과를 보았다는 기록을 인용하고 있다. 아울러 몸에 박힌 화살촉을 뽑을 수 있는 약에 대해서도 소개하고 있다.

지갑어환(紙甲禦丸)

청주 전투에서 중봉(重峯) 조헌(趙憲, 1544~1592)이 두꺼운 기름종이로 갑옷을 만들어 남석교(南石橋)[477]의 물에 하룻밤 담궈 두었다가 아침

---

475 파두(巴豆): 파촉(巴蜀)에서 생산되는 식물명. 열매가 콩 모양이어서 이러한 이름이 붙었다. 맛은 맵다. 열매를 주로 치료용으로 쓰는데 독이 있기에 조심해서 써야 한다.

476 類聚曰: "務成子云: '螢爲丸, 能却矢. 漢史, 武威太守劉子南, 得其方, 合而佩之. 嘗與虜戰, 爲其所圍, 矢如雨下, 離數尺, 輒墜地, 不能中傷, 虜以爲異, 乃去.'" 本草云: "巴豆蜣蜋, 並研塗傷處, 出箭鏃."(『松南雜識』「螢丸却矢」)

에 입고서 출전하였다. 왜놈들의 총알이 빗발치듯하였지만 문득 떨어져 버리고 뚫지를 못하니, 마치 천녀(天女)가 뿌린 꽃이 몸에 붙지 않는 것 같았다.[478] 그래서 마침내 큰 승리를 거두었다.[479]

냉약각총(冷藥却銃)

  냉약(冷藥)은 바로 『명사』에서 말한 '홍환약(紅丸藥)'[480]이다. 냉약으로 전포(戰袍)를 염색하면 탄환이 뚫지 못한다. 그렇기 때문에, 세상에 전하기를 곽재우(郭再祐, 1552~1617) 장군의 붉은 옷도 이것이라고 한다. 명나라 말기에 이자성(李自成)이 부녀자들을 절단하여 성가퀴에 거꾸로 늘어놓은 것 역시 탄환을 막기 위해서였다.[481]

  「지갑어환」, 「냉약각총」에서는 임진왜란 때 등장한 조총으로부터 신체를 보호하기 위하여 개발된 방탄복에 대하여 소개하고 있다. 조헌이 만들었다는 지갑은 어느 정도 이치에 맞지만, 그 유명한 곽재우의 홍의(紅衣)가 냉약으로 염색하여 만든 방탄복이라는 것은 지어낸 이야기에 불과하다. 또 이자성이 총알을 막기 위해 주술의 힘을 빌린 이야기도 소개하고 있다. 이와 같은 비현실적 내용의 기록은 당시에 탄환으로부터 신체를 보호하기 위한 염원이 얼마나 절실하였는지 잘 알게 한다.

---

477 남석교(南石橋): 충청북도 청주시 상당구 석교동에 있던 다리.

478 선녀가 천상의 꽃을 여러 보살에게 뿌리니 곧 모두 떨어졌지만 대제자(大弟子)에게 이르러서는 떨어지지 않았다. 선녀가 말하기를 "번뇌가 다 없어지지 않아서 꽃이 몸에 들러붙었습니다. 번뇌가 다 사라진 사람은 꽃이 몸에 들러붙지 않습니다."라고 하였다.

479 淸州之役, 趙重峯, 以厚油紙爲甲, 沉南石橋水一夜, 及朝着而出戰, 倭丸如雨, 輒落而不穿, 若天女花, 不着身, 遂奏大捷.(『松南雜識』「紙甲禦丸」)

480 홍환약(紅丸藥): 동녀(童女)의 초경(初經)을 달여 만든 환약.(『明史』「韓爌傳」)

481 冷藥, 卽明史所謂紅丸藥也. 染戰袍則丸不穿, 故諺傳郭再祐紅衣, 是也. 明末, 李自成, 斷婦女倒列城堞, 亦禦銃也.(『松南雜識』「冷藥却銃」)

▌공성병기류(攻城兵器類)

재래의 전투는 대체로 성을 사이에 둔 공방전으로 진행된다. 따라서 공격하는 처지에서는 성을 파괴하는 무기를 개발하기 위하여 노력하고 성을 지키는 처지에서는 성을 방어하기 위한 도구를 개발하기 위하여 노력한다.

석거·거충(石車·距衝)

「원소전(袁紹傳)」에서 "조조(曹操)가 발석거(發石車)로 원소를 공격하였는데, '벽력거(霹靂車)'라고 불렀다."고 하니 바로 포거(抛車)다. 대개 기계로 돌을 발사하여 성을 공격하는 기구를 '장군포(將軍礮)'라 하는데, 범려(范蠡)의 병법에서 처음 사용하였다. 제갈공명이 충거(衝車)를 만들어 썼는데 학소(郝昭)가 새끼줄로 맷돌의 네 각을 연결하여 충거를 공격하자 충거가 파괴되니 바로 대포다. 『위서』에서 "마균(馬鈞)은 기발한 생각을 잘하였다. 그는 하나의 수레바퀴를 만들고 여기에 큰 돌 수십 개를 매단 후 기계로 수레바퀴를 치면 돌이 날아가 성 안을 타격하는데, 처음부터 끝까지 번개가 이르는 것처럼 하려고 시험 삼아 수레바퀴에 벽돌 수십 개를 매달아 수백 보를 날렸다."라고 하였다. 『순자』에서 "거충(渠衝)을 구덩이에 넣어서 이익을 구한다."라고 하였는데, 그 주석에서 "성을 공격하는 수레로, '거충(距衝)'이라고 쓰기도 한다."고 하였으니, 아마 지금의 땅을 파는 녹로(轆轤)인 듯하다. 『명사』에서 "주대전(朱大典)이 유량좌(劉良佐)의 굉성책(轟城策)을 쓰니, 성에 구멍을 뚫고 그 속에 화약을 설치하였는데, 화약이 터지자 성이 무너졌다."라고 하였다.[482]

---

[482] 袁紹傳, "曹操發石車擊紹, 號霹靂車." 即抛車. 蓋以機發石, 爲攻城具, 謂將軍礮, 始於范蠡兵法, 而孔明起衝車. 郝昭以繩連石磨四角, 車折, 即砲也. 魏史, "馬鈞, 有巧思, 作一輪, 懸大石數十, 以機鼓輪, 則石飛擊城中, 首尾電至, 試以車輪, 懸甋甓數十, 飛之數百步矣." 荀子曰: "渠衝入穴而求利." 註, "攻城車, 或作距衝." 疑今穿地轆轤. 明史曰:

「석거·거충」에서는 성을 공격하는 무기를 소개하고 있다. 조조가 원소를 공격할 때 사용하였다는 발석거는 벽력거라고도 부르는 포거다. 또 범려가 처음으로 사용하였다는 장군포도 성을 공격하는 무기다. 이외에도 『순자』·『위서』·『명사』의 기록을 근거로 공성 무기와 전술이 끊임없이 개발 발전된 사실을 서술하고 있다.

▌수성병기류

다음에 소개된 수성의 방법과 도구는 공성무기에 비하여 단순하고 원시적이지만, 다급한 전투 환경에서 임기응변으로 활용할 수 있는 방안을 소개하였다는 점에서 흥미롭다.

지성(枳城)

풍연(馮衍)[483]의 「현지부(顯志賦)」에서 "탱자나무 여섯 그루를 세워 울타리를 만드네."라고 하였다. 세상에 전하는 말에 "탐라성(耽羅城)은 옛날에 탱자나무로 만들었는데, 세월이 오래되자 넝쿨이 뭉쳐 쇠나 돌보다 단단하게 되었다. 고려 말에 최영(崔瑩)이 함락시키려고 했지만 성공하지 못하자, 색초를 성 아래 심어두고 돌아왔다가, 이듬해 가을에 색초가 마르자 불을 놓아 태우니, 그 뒤로 다시는 반란하지 못했다."고 한다. 『설문해자』에서 "탱자나무는 키가 크고 가시가 많아 울타리로 만들 만하다."라고 하였다.[484]

"朱大典, 用劉良佐轟城策. 卽穴城置火藥, 藥發城崩."(『松南雜識』「石車距衝」)

483 풍연(馮衍): 후한 사람. 자는 경통(敬通). 어릴 때부터 재주가 있어 20살 무렵 여러 책에 널리 통달했다. 광무제 때 사예종사(司隷從事)를 역임했다.

484 馮衍顯志賦云: "楗六枳以爲籬." 諺傳, 耽羅城, 舊以枳爲之, 年久, 蔓合, 堅於金石, 麗末, 崔瑩, 欲拔不得, 乃以蓲草, 種播之城底而歸, 明秋蓲枯, 縱火燒之, 厥後, 不得叛云. 說文, "枳木高多刺, 可爲籬落."(『松南雜識』「枳城」)

빙성(氷城)

『백공육첩(白孔六帖)』에서 "위나라 태조가 마초(馬超)의 공격을 당했을 때, 군영을 세울 수 없었고 또 모래가 많아 성을 쌓을 수도 없었다. 누자백(婁子伯)이 '지금 날씨가 추우니, 모래로 성을 세울 수 있습니다.'라고 말하고 물을 뿌려 하룻밤 만에 완성하고 그 성을 '사성(沙城)'이라 불렀다."라고 하였다. 병자호란 때에 남한산성이 포위되자 청나라의 대포 공격으로 성이 파괴되었는데, 밤에 빈 포대에 겨와 모래를 채우고 물을 뿌리고 '빙성(氷城)'이라 불렀다.[485]

「지성」과 「빙성」은 자연의 구하기 쉬운 주변 소재를 이용하여 수성(守成)하는 방법을 소개한 것이다. '성'이라고 하면 일반적으로 흙이나 돌을 쌓아서 만든다고 생각하지만 탱자나무로도 성과 같은 기능을 하도록 활용할 수 있다는 것이다. 또 추운 겨울에 모래에 물을 부어서 얼려 만드는 사성(沙城)도 임기응변으로 활용할 수 있다고 하였다. 지성, 사성은 문헌 기록에서도 볼 수 있을 뿐만 아니라, 빙성은 실제 우리나라 전투사에서 경험한 것이라고 밝히고 있다.

철질려(鐵蒺藜)

『한서』 「조착전(晁錯傳)」에서 "성 위에 인석(藺石)을 준비하고 거답(渠答)을 깔아 놓았다."라고 하였는데, 그 주석에서 "인석(藺石)은 성 위의 뇌석(雷石)이고 거답(渠答)은 마름쇠[鐵蒺藜]다."[486]라고 하였다. 송나라 호재흥(扈再興)[487]은 조양(棗陽)이 포위되었을 때 마름쇠를 깔아

---

485 白帖曰: "魏祖爲馬超所突, 營不得立, 又多沙, 不可築城. 婁子伯曰: '今天寒可起沙爲城.' 以水灌之, 一夜而成, 謂之沙城." 丙亂南漢之圍也, 城爲淸砲所破, 夜以空石實糠沙而沃之水, 謂氷城.(『松窓雜識』 「氷城」)

486 高城深塹, 具藺石, 布渠答. [服虔曰: "藺石, 可投人石也." 蘇林曰: "渠答, 鐵蒺藜也." 如淳曰: "藺石, 城上雷石也."](『前漢書』 「晁錯傳」)

487 호재흥(扈再興): 송나라 무인. 자는 숙기(叔起). 힘이 세고 임기응변에 능하였다. 늘

놓아 금나라 군사들이 많이 넘어졌다고 하니, 또한 군사 설비이다. 당시
에 "오랑캐 기마병들이 달아난 것은 마름쇠를 두려워해서였네."[488]라고
한 것이 그 예다. 제나라 전단(田單)[489]이 화살과 돌이 날아드는 곳에
서 있었다고 하니, 돌도 군사 설비다.[490]

질려는 본래 납가새의 열매를 가리키는데, 세 개의 뿔이 있어서 사람
이 찔린다. 철질려는 이것을 본떠서 만든 것으로 적의 침입 예상로에
뿌려 침입을 저지하는 무기다. 세종조에 경상우도 처치사(處置使) 이징
석(李澄石)이 "철질려는 병가의 이기(利器)니, 마땅히 왜적의 요해로(要
害路)에 빽빽이 펴 놓아서 예상치 못한 변란에 대비하면 적이 감히 쉽게
돌입하지 못할 것입니다. 또 철질려를 전함의 군사막이에 벌여 놓으면
적이 뛰어넘어 올 수 없을 것이니, 그 이로움이 또한 배나 되옵니다.
다만 수륙(水陸)의 영진(營鎭)에서 많이 만들 수 없으니, 청하옵건대, 주
부군현(州府郡縣)으로 하여금 철질려를 많이 만들게 하여 함길·평안 양
도로 나누어 보내어 방어를 엄히 하소서."[491]라고 주청하는 등, 철질려
는 조선 초기부터 그 효용성이 높이 평가된 수성 무기였다.

자석지개(磁石止鎧)
진(晉)나라[492] 마융(馬隆)이 오랑캐를 정벌할 때 좁은 길목에 자석을

전투를 할 때 머리를 풀어헤치고 웃통을 벗고 맨발로 쌍칼을 잡고 적진에 뛰어들면
인마(人馬)가 놀라 달아났다고 한다.
488 왕유(王維)의 「노장행(老將行)」
489 전단(田單): 제나라의 무장. 연나라가 제나라를 침입하자, 화우(火牛)의 계책을 써서
적군을 대파하고 70여 성을 회복하였다. 안평군(安平君)에 봉해졌다.
490 晁錯傳曰: "具藺石, 布渠答." 註, "藺石, 城上雷石, 渠答, 鐵蒺藜也." 宋扈再興之棗陽圍
也, 布之, 金人多踣, 亦兵備也. 唐詩, "虜騎崩騰畏蒺藜." 是也. 齊田單, 立於矢石之所則
石亦兵備.(『松南雜識』「鐵蒺藜」)
491 『조선왕조실록』, 세종 23년[1441], 9월 12일.

쌓아 두자, 적이 쇠 갑옷을 입고 있어서 앞으로 전진하지 못했으니, 적을
막는 책략이다.[493]

　위의 「자석지개」에서는 쇠갑옷을 입은 적의 전진을 자석으로 막을
수 있다는 전술을 소개하고 있다. 자석을 수성의 도구로 활용할 수 있다
는 제안인 셈인데, 그럴법하지만, 상당히 소박하면서도 현실성이 없어
보인다. 이처럼『송남잡지』를 위시한 유서의 기록을 통해 볼 때, 수성
을 위한 무기는 공격 무기에 비하여 기발한 것이 없고 개발 의지도 없었
다는 것이 하나의 큰 특징이라고 하겠다.

▌병거류(兵車類)

『송남잡지』에서는 다음의 항목에서 군량 운송 기계와 전차 등에 대
한 상세한 기록을 볼 수 있다.

「목우·유마(木牛·流馬)」

　목우(木牛)에 대한 주석은 다음과 같다.

　소의 배는 모나고 머리는 굽었으며 다리 하나에 발이 네 개 달렸다.[494]
머리는 목 안으로 들어가고 혀는 배에 붙어있다. 많은 양을 적재하고
갈 수 있으니 적은 양을 싣는 용도로는 적합하지 않다. 혼자서는 수십
리를 가고 무리 지어서는 이십 리를 간다. 굽은 것은 소의 머리이고 쌍으
로 된 것은 소의 다리이고 가로로 된 것은 소의 목이고 회전하는 것은
소의 발이고 덮는 것은 소의 등이고 모난 것은 소의 배이고 늘어진 것은

---

492 『松南雜識』에는 '晉'이 '漢'으로 오기되어 있음.
493 漢馬隆, 征羌虜, 夾道累磁石, 賊負鐵鎧行, 不得前, 禦敵之策.(『松南雜識』「磁石止鎧」)
494 『諸葛忠武書』의 "牛方腹曲頭, 一脚四足, 頭入領中"이 『송남잡지』에는 "牛方腹曲脛, 一
　　腹四足, 頭入領中"으로 되어 있음.

소의 혀다. 굽은 것은 소의 늑골이고 새겨진 것은 소의 이빨이고 솟은 것은 소의 뿔이고 가는 것은 소의 가슴걸이고 안에 간직된 것은 소의 추축(鞦軸)[495]이다. 이 소는 두 개의 끌채로 조정되는데, 사람이 6자를 가면 소는 4보를 간다. 신기함이 혀끝에 있는데, 축이 회전한다. 사람은 크게 수고롭지 않고 소는 먹고 마시지 않는다.

유마(流馬)의 제조 방법은 다음과 같다.

늑골은 길이가 3자 5치이고 넓이는 3치이며 두께는 2치 2푼이며 좌우가 같다. 앞 축 구멍은 머리와 4치 떨어지게 분묵(分墨)한다. 반지름은 2치다. 앞다리 구멍은 머리와 4치 5푼 떨어지게 분묵하는데, 길이는 1치 5푼이고 넓이는 1치이다. 앞 강(杠)의 구멍은 앞다리 구멍과 2치 7푼 떨어지게 분묵하는데, 구멍의 길이는 2치고 넓이는 1치이다. 뒤축 구멍은 앞 강과 1자 5푼 떨어지게 분묵하는데, 크기는 앞과 동일하다. 뒷 강의 구멍과 뒷다리 구멍은 2치 7푼 떨어지게 분묵한다. 후재극(後載剋)은 뒷 강의 구멍과 4치 5푼 떨어지게 분묵한다. 앞 강은 길이는 1자 8치고 넓이는 2치며 두께는 1치 5푼이다. 뒷 강과 등판(等版), 방낭(方囊)[496]이 22개인데, 두께는 8푼, 길이는 2자 7치고 높이는 1자 6치 5푼이며 넓이는 1자 6치다. 각 주머니에는 쌀 23말이 들어간다. 윗 강의 구멍에서부터 늑골까지의 거리는 7치가 안 되며 앞뒤는 같다. 위 강의 구멍에서부터 아래 강의 구멍까지 1자 3치 떨어지게 분묵하는데, 구멍의 길이는 1치 5푼이고 넓이는 7푼이다. 8개 구멍의 크기는 같다. 앞뒤의 네 다리는 넓이가 2치, 두께는 1치 5푼이며 모양은 코끼리와 같다. 헌(軒)의 길이는 4치, 지름의 면적은 4치 3푼이다. 구멍의 지름 안의 세 다리와 강의 길이는 2자 1치이고 넓이는 1치 5푼이며 두께는 1치 4푼으로 강과 같다.

우리나라 무신년[1728]에 역적 이사성(李思晟)[497]이 상상으로 이것을

495 추축(鞦軸): 『五洲衍文長箋散稿』의 「武侯木牛流馬度數辨證說」에서 말꽁무니에 묶는 가죽 띠[尻革]라고 하였다.
496 등판(等版), 방낭(方囊): 『五洲衍文長箋散稿』의 「武侯木牛流馬度數辨證說」에서 "모두 곡식을 담는 주머니인 듯하다."라고 하였다.
497 이사성(李思晟): 조선의 무신. 경상도 병마절도사·함경북도 병마절도사 등을 지내고

제작하였다. 작은 것은 고양이 만했는데 움직였고 큰 것은 개 만했는데 움직이지 못하였다고 한다.

운서에서 "유마(流馬)는 지금의 독추거(獨推車)다."라고 하였다. 『묵자』에서 이른바 "공수반(公輸般)이 대나무를 깎아 나무까치를 만들어 날리자 사흘 동안 내려오지 않았다."[498]는 따위이다.[499]

목우·유마는 제갈량이 만들었다고 전하는 군량 운송 기계다. 위의 「목우·유마」에서는 그 제작법을 매우 구체적으로 서술하고 있다. 목우·유마는 『삼국지』에 나오기 때문에 누구나 잘 아는 물건이지만, 그 제작법은 알 수가 없다. 홍대용(洪大容, 1731~1783)은 심양부학(瀋陽府學)의 조교(助敎)인 납영수(拉永壽)에게 최근 중국에서 만들어낸 신무기가 있는지 물었고, 이에 납영수는 대문개(戴文開)라는 사람이 목우·유마를 재현하였다고 대답하였다. 홍대용은 그 말을 믿을 수 없어서 "목우·유마는 제갈무후 뒤로 수천 년 동안 아무도 그 기술을 안 이가 없으

영조 3년[1727]에 평안도 관찰사겸병마절도사로 있으면서 삼부초장(三部抄壯)이라는 군제를 실시했으나 이듬해 이인좌의 난 때 가담했다가 참형 당했다.

498 公輸子削竹木, 以爲誰成而飛之, 三日不下.(『墨子』〈魯問〉)

499 註, "牛方腹曲脛, 一腹四足, 頭入頷中, 舌着於腹, 載多而行小, 獨行方數十里, 羣行三十里, 曲者牛頭, 霆者牛足, 橫者領, 轉者脚, 覆者背, 方者腹, 垂者舌, 曲者肋, 刻者齒, 立者角, 細者鞅, 攝者鞦軸, 牛御雙轅, 人行六尺, 牛行四步, 妙在舌頭, 枏轉而人不大勞. 牛不飮食. 其造法, 肋長三尺五寸, 廣三寸, 厚二寸五分, 左右同. 前軸孔分墨, 去頭四寸, 徑中二寸, 前脚孔分墨, 去頭四寸五分, 長一寸七分, 廣一寸, 前杠孔, 去前脚孔分墨, 二寸七分, 孔長二寸, 廣一寸, 後軸孔, 去前杠分墨, 一尺五分, 大小與前同, 後杠孔, 去後脚孔分墨, 二寸二分, 後杠孔分墨, 四寸五分, 前杠長一尺八寸, 廣二寸, 厚一寸五分, 後杠與等板方囊二枚, 厚八分, 長二尺七寸, 高一尺六寸五分, 廣一尺六寸, 每枚受米二斛三斗, 從上杠孔, 去肋下七寸, 前後同, 上杠孔, 去下杠孔分墨, 一尺三寸, 孔長一寸五分, 廣七分八孔, 同前後四脚, 廣二寸, 厚一寸五分, 形制如象, 軒長四寸, 徑面四寸三分, 孔徑中三脚, 杠長二尺一寸, 廣一寸五分, 厚一寸四分." 我國戊申賊李思晟, 以意作之, 小如猫則行, 大如狗則不行云. 韻書曰: "流馬, 今獨推車." 墨子所謂, 公輸削竹木爲木鵲, 成飛, 三日不下之類也.(『松南雜識』「木牛流馬」)

니, 대군(戴君)이야말로 신인(神人)이라 해도 좋겠습니다. 그런데 이러한 전언(傳言)들은 대개 낭설이 많으므로 믿기 어렵습니다."라고 하였다. 그러자 납조교가 웃으며 "대군은 나의 벗으로서 그가 죽은 지 10년밖에 되지 않았소. 목우·유마는 내가 직접 보았습니다. 헛소문이 아닙니다."라고 대답하였다.[500] 한편 「목우·유마」에서는 무신난 때 이사성이 조그만 유마를 만들어 움직이게 하는데 성공했다고 일화를 소개하고 있다. 그런데 유마는 그 이전에도 제작이 시도된 일이 있다. 연산군 때 김응문(金應門)이 작은 유마를 만드는데 성공하였고 연산군은 그것을 본격적으로 제작하도록 명령하였다고 한다.[501] 이처럼 목우·유마는 중국과 우리나라에서 제작 운용하기 위해 노력한 기계였다.

병거(兵車)

반계(磻溪)가 "남쪽의 왜적을 제압하는 데에는 해군만한 것이 없고, 북쪽의 오랑캐를 제압하는 데에는 전차만한 것이 없다. 고려 현종 때 강조(康兆)가 검거(劍車)[502]로 거란을 공격하여 격파하였으며, 유홍(柳洪)[503]은 병거를 만들어 불의의 사태에 대비하자고 청하였다. 지난 병자호란 때에 우리에게 만약 전차가 있어서 길을 막고 진을 쳐서 마치 위청

---

500 余曰: "兵器中, 亦有新創奇製乎?" 助教曰: "無新創, 惟此中人戴文開, 才學甚高有巧思, 嘗依武侯遺法, 製木牛流馬, 載兩擔米, 日行四十里. 皇上聞之, 勑令貢獻, 仍藏之御庫." 余曰: "木牛流馬, 武侯後數千年間, 絕無解其術者, 戴君可謂神人, 雖然, 此等傳言, 類多浪傳, 我未敢信." 助教笑曰: "戴君我友也, 死不過十年, 木牛流馬, 吾親見之, 非虛語也."(『湛軒書』「燕記」)
501 『조선왕조실록』, 연산군 5년[1499] 7월 7일.
502 검거(劍車): 전차의 일종. 두 개의 바퀴가 있고, 앞면에 수많은 창날이 총총하게 꽂혀 있다.
503 유홍(柳洪): 고려 문종·선종 때의 문신[?~1091]. 빼어난 지혜와 책략으로 등용되어 문하시랑평장사, 판병부사 등을 역임하였다. 『춘추』와 병법 등에 정통하여 국가에 위기가 닥칠 때마다 방책을 세워 해결하였다.

(衛靑)의 무강거(武剛車)나 마융(馬隆)의 녹각거(鹿角車)처럼 하였다
면, 싸우고 싶으면 싸우고 지키고 싶으면 지킬 수 있었을 터이니, 어떻게
오랑캐가 심양(瀋陽)에서부터 수레에 대포와 군사 장비를 싣고 평안도
와 황해도를 거쳐 남한산성과 강화도에 이르기까지 평지를 걷듯 했겠는
가? 옛날의 병법에 '평탄한 들에는 수레를 주로 사용하고 험한 들에는
사람을 주로 사용한다.'고 하였다."라고 하였다.[504]

위의 「병거」는 전차를 개발 운용하자는 유형원(柳馨遠, 1622~1673)의
견해를 인용한 것이다. 전차는 조선이 전란을 겪으면서 그 필요성을
통감하고 지속적으로 개발과 운용이 제안되었다. 더욱이 고려 때 강조
가 검거라는 수레로 거란을 격파한 일이 있기에 우리나라의 전투에서
도 전차를 효과적으로 운용할 수 있다는 것이다. 그럼에도 불구하고
전차의 개발은 이때까지도 실현되지 못하였다. 전차의 필요성에 대해
서는 앞서 보았듯 이수광, 이익도 역설하였던 바 있다.

▌전함류

『송남잡지』에서는 수전(水戰)과 관련된 내용을 다수 싣고 있다. 그것
에는 도강법(渡江法)부터 전함까지 망라된다. 그중 전함과 관련 내용은
다음의 「귀선(龜船)」에서 볼 수 있다.

귀선(龜船)

거북선은 전투함이니, 옛날에는 이런 배가 없었다. 임진왜란 때에 충

---

504 磻溪曰: "制南倭, 莫如舟師, 制北虜, 莫如車戰. 麗顯宗時, 康兆以劍車, 攻排契丹, 摧糜
之. 柳洪請造車車, 以備不虞, 頃在丙亂, 我若有車, 塞路結陣, 若衛靑之武剛車, 馬隆之
鹿角車, 欲戰則戰, 欲守則守, 豈虜自瀋陽, 車載大砲軍裝, 歷平安・黃海, 以抵南漢・江
都, 如踏平地耶? 古法曰: '易野車爲主, 險野人爲主.'"(『松南雜識』「兵車」)

무공 이순신의 창의로 만들었다. 한 대의 전투함은 삼 층으로 되어 있는데, 맨 위층은 장군의 지휘대이고 중간층에는 전투병이 배치되고 맨 아래층은 노군들이 탄다. 배 밖으로는 빙 둘러 가며 화살과 총을 발사할 수 있는 구멍이 벌집 같이 만들어져 있고 내부에는 방선(防扇)이 있는데, 마치 여닫이 창문 같다. 노군들이 배의 바닥을 밟고 밧줄을 당기면 배가 바다 위로 떠오르면서 구멍이 저절로 열려 화살과 총을 쏘고 배의 바닥을 밟지 않고 밧줄을 놓으면 구멍이 저절로 닫혀 물밑으로 들어가는데 물이 들어오지 않는다. 거북이의 등껍질 모양을 만들어 배 위에 덮는데, 바다 위에 둥둥 떠 있으면 마치 거북이가 헤엄쳐 다니는 것 같기 때문에 거북선이라고 한다. 또 거북이의 머리를 만들고 그 입에 풀무를 설치하여 산초·겨·화약 등을 태워서 적과 맞닥뜨리면 머리를 들고 입을 열어 연기를 뿜어낸다. 혹은 잠수해서 적의 배를 떠받아 올려 전복시키니 그 기묘함은 노군에게 있고 노군의 기묘함은 장군의 지휘대에 있으니 모두 기묘하다. 지금은 운용방법을 모른다고 한다.

세상에 다음과 같은 말이 전한다.

원균(元均)의 패배 이후 충무공이 백의종군하여 동래에 이르니 군사들은 모두 죽고 무기는 다 잃어버렸으며 장정들은 달아났고 노약자 삼백여 명만이 군량미를 축내며 떠나지 않고 있었다. 이에 이들과 거북선을 만들어서 출전하였는데, 이때 남녀 할 것 없이 짐을 메고 몰운대(沒雲臺)에 올라 이 싸움의 승부를 보고 사생을 결단하려 하였다. 얼마 뒤 왜선들이 바다를 뒤덮었지만 아군은 그림자나 소리도 없기에, 모두들 "아군이 전멸했구나!"라며 부르짖으며 통곡하고 있는데, 홀연히 바다 가운데서 한 척의 큰 거북선이 적의 대장배를 떠받은 채로 떠오르더니 머리를 들고 불을 내뿜었고 또 한 척의 거북선도 그와 같았다. 왜선은 침몰하거나 달아나서 한 척도 남지 않았고 망망대해에는 수십 척의 거북선만이 물결을 따라 둥실둥실 떠있었다. 저녁이 되자 충무공이 거북선 등 위에 높이 앉아 승전고를 치며 돌아왔다고 한다.

지금 서양의 이양선(異樣船)은 크기가 4~5리 남짓인데 그 안에 작은 배들을 싣고 있다. 그것을 흩어 놓으면 바다에 가득하고 거두어들이면

하나의 배이니, 마치 서랍 같다. 구리와 철로 배의 안과 밖을 싸니 놀랄만
하다. 대개 동해 밑에는 자석이 있으니 우리나라 상선 중에 쇠로 배 전체
를 둘렀다가 침몰한 것이 있다고 한다. 『박물지(博物志)』에서 "구리와
철을 자석과 함께 같은 가마 안에서 수없이 단련하면 비록 한 그릇 안에
섞어 두더라도 붙지 않는다고 한다."라고 하였다. 살펴보건대, 차한국
(車漢國)의 전함은 3층으로 되어 있는데 판자로 칸을 만들었다. 맨 아래
층은 곡식을 저장하고 가운데 층은 무기를 저장하며 맨 위 층은 오백
명을 수용한다.[505]

위의 「귀선」에서는 주로 거북선이 만들어지게 된 경위와 제도에 대
하여 서술하였다. 아울러 이순신이 해전에서 거북선을 운용하여 승리
를 거둔 일화도 소개하였다. 위의 기록에 의하면 거북선은 지금의 잠수
함을 겸한 전함이라고 할 수 있다. 그리고 이양선에 대해서도 언급하고
있다. 18세기 이래 서양의 상선과 군함은 우리나라 근해에 출현하여
위기의식을 고조시켰다. 이양선은 황당선(荒唐船)이라고 불리기도 하였
으니 조선 사람들의 눈에 비친 서양의 배는 몹시 놀라운 것이었다. 조재
삼도 자신이 이양선에 대하여 전문(傳聞)한 내용을 기록하고 있다.

---

[505] 關艦, 古無此制. 壬亂, 李忠武公舜臣, 創意造之. 一艦三層, 上爲將臺, 中藏戰士, 下居
櫓軍, 環艦外矢銃穴若蜂窠, 內有防扇, 若推窓然, 櫓軍踏船底引絆則浮海上, 穴自闢,
放矢銃, 不踏放絆則穴自閉, 入水底水不入, 爲龜甲象, 覆之泛泛於海, 若龜遨遊, 故謂
龜船, 又爲龜頭, 其口設冶鞴, 焚椒糠硝藥之物, 遇敵則擧頭開口, 煙火噴出, 或潛行, 戴
敵船覆之, 其妙在櫓軍, 櫓軍之妙, 在於將臺, 儘奇妙. 今不知運用云. 世傳, 元均敗後,
忠武白衣從役, 至東萊則軍卒皆沒, 機械盡失, 丁壯則逃, 惟老弱三百餘人, 傔食軍糧不
去, 乃與造此船出戰, 男女荷擔登沒雲臺, 觀此戰勝負爲死生, 俄倭船蔽海, 我軍無影響,
皆號哭謂我軍全沒, 忽中海而一巨龜戴倭上將軍船出, 擧頭放火, 又一龜亦如之, 倭帆或
沒或走, 無一存者, 茫茫大洋, 惟數十龜泛泛隨波遨遊矣. 及暮, 忠武乃高坐龜背上, 打
勝戰鼓而返云. 今西洋異樣船, 大可四五餘里, 以小舠藏其內, 散之則滿海, 收之則一船
似舌盒, 而銅鐵裝內外, 可怪. 盖東海底有磁石, 我東商舶, 嘗以鐵飾全船墊沒云. 博物
志云: "銅鐵與磁石, 同窯百鍊則雖雜置一器不黏."云. 按車漢國戰船三層, 用板爲隔, 下
藏穀, 中藏械, 上容五百人.(『松南雜識』「龜船」)

조재삼은 군대에서 사용되는 각종 군수품을 기록하려고 했을 뿐만 아니라 도강법(渡江法)과 같은 것도 망라하려고 하였다. 조재삼은 이수광에서부터 단초가 보이고 이익에게서 제안된 각종 신무기의 개발에 대한 생각을 구체화하였다.

이상에서 살펴본 바와 같이 무기·방어구와 관련된 내용은 조선의 유서에서 비중 있게 다루어졌다. 『지봉유설』에서는 〈병정부〉의 「병기」라는 별도의 부문을 마련하되 간략한 분량과 형식을 취하였다. 『성호사설』은 주로 〈만물문〉에서 무기·방어구를 사물의 일종으로 취급하되, 논술 형식으로 자신의 의견 개진에 치력하였다. 『송남잡지』에서 무기·방어구 관련 내용은 〈무비류〉 안에, 군국기무 관련 내용들과 혼효되어 있다. 조재삼은 무기·방어구와 관련된 내용을 비교적 자세하게 서술하되 우리나라의 전설이나 일화도 같이 소개하여 현장성을 높였다.

임진왜란이 끝나가던 무렵인 선조 31년[1598] 6월 19일에 명나라의 금의위(錦衣衛) 철전장군(鐵殿將軍) 반사견(潘思見)이 선조에게 다음과 같은 10개의 국방 대책을 제안한다.

1. 잠수하여 적선을 파괴시켜 왜노를 격파하는 법.
2. 천차신호수차병발천관(天遮身護手叉並拔天關)이란 병기를 만드는 법.
3. 지리를 이용하여 몰래 강찬(剛鑽)을 파묻고 칼로 적을 살상하는 법.
4. 1만 명의 왜노가 절로 죽게 하는 독약을 사용하는 것.
5. 격연환(隔鉛丸)과 창과 화살이 뚫지 못하는 무적의 갑옷을 만드는 것.
6. 지뢰포(地雷礮)를 만들어 겉에서 보기에 무덤 모양같이 설치해서 100보 밖에서 적을 살상하는 법.

7. 전차를 만들고 그 내부에 병기와 화약을 장치하여 병사의 모습이 보이지 않게 하고 육지에서는 전차로, 물에서는 전함으로 쓸 수 있게 하는 법.

8. 군사를 교련하여 담력과 힘을 기르고 용맹스럽게 하는 기법(奇法)

9. 나무와 돌을 만나면 이를 이용하여 적에게 포격하는 법.

10. 성을 탈취하고 그 성문을 지날 때에 탄탄대로를 달리듯이 할 수 있는 법.[506]

이상의 제안은 대부분 신무기 개발에 대한 것이다. 전란에 시달렸던 명나라나 조선이나 모두 적을 압도할 수 있는 신무기 개발을 염원하였다. 그가 제안하였던 신무기는 당시로서는 상상 속에서나 실현 가능한 것들이다. 조선의 유서들이 기존의 무기를 기록하는 데 그치지 않고 신무기의 제조에 대해서도 제안하게 된 이유는 부국강병의 강력한 수단을 개발 보유해야 한다는 염원의 발로였다.

---

[506] 『조선왕조실록』, 선조 31년 1598년 6월 19일.

IV.
조선 3대 유서의 형성 경로

1. 문헌 지식의 수집과 재구성의 양상

　유서의 구성에서 가장 기본적인 방법은 문헌 자료에서 문장을 인용하는 것이다. 따라서 유서의 질적 수준을 높이는 외적 조건은 다양하고 수준 높은 문헌자료의 확보에 달려 있다. 그리고 유서는 편찬자의 의식(意識)과 수사적(修辭的) 능력에 맞추어 인용한 문장을 가공한다는 점에서 문헌 자료들을 절취(截取)하여 나열하는 총집(總集)과는 구분된다. 본 장의 서술 목표는 조선의 3대 유서에서 어떤 책을, 얼마나, 어떻게 인용했는지 밝히는 것이다. 그런데 조선의 3대 유서에서 인용한 문헌 자료를 총체적·전면적으로 검토하는 방대한 작업은 많은 시간을 요하기 때문에, 본 장에서는 각 유서들의 가장 특징적이고 전형적인 부문(部門)을 대상으로 연구를 진행하였다.

1-1. 『지봉유설』의 문헌 인용 양상에 대한 분석

이수광은 1614년 『지봉유설』의 서문에 이어 작성한 범례(凡例)에서
"『지봉유설』을 저술하는데 348가(家)의 서적을 인용하였으며, 이것을
모두 별권(別卷)에 기재하였다."는 매우 흥미로운 기록을 남겼다.[507] 이
로 본다면 이수광은 유서의 집필에서 다양한 문헌을 인용하는 것이 중
요하며 인용 사실을 밝혀야 한다는 인식을 가지고 있었다. 그러나 아쉽
게도 별권이 현존하지 않기에 그 실체를 알 길이 없다. 별권의 인용
서적 목록을 복원한 서지학적 연구도 제출되어 있다. 그러나 표면적으
로 이수광이 출전으로 제시한 것을 그대로 신뢰할 수 있을까? 이수광은
지식인의 욕망 중 부정적인 요소를 극복할 수 있었을까? 이러한 의문을
해소하기 위해서는 20권 10책으로 구성된 『지봉유설』의 부문(部門) 182
세목(細目) 3,405조목의 내용을 모두 실증적으로 검토하여, 실제로 인
용한 문헌을 찾아내고, 그것이 범례에서 말한 348가라는 수와 일치하
는지 고찰하여야 한다.

실증적 방법의 검토란 『지봉유설』에서 이수광이 표면적으로 인용하
였다는 사실을 밝히고 제시한 서명을 추출 정리하는 방법을 넘어, 그가
인용한 사실을 밝히지 않은 것까지 찾아내기 위하여, 『지봉유설』의 모
든 내용을 일일이 문헌 대조하는 것이다.

본 장에서는 우선 『지봉유설』 권1의 문헌인용 양상을 실증적 방법으
로 분석해 보았다.

---

[507] 所引書籍, 六經以下, 至近世小說諸集, 凡三百四十八家, 所錄人姓名, 自上古迄本朝,
得二千二百六十五人, 具載別卷, 其或但稱姓某云者, 不欲斥名, 亦有所諱焉耳.

1-1-1. 『지봉유설』 권1에서 제시된 인용 서명의 분석

『지봉유설』 권1에는 천문(天文)과 자연의 보편적·일반적 법칙, 특수한 현상에 관한 기록들을 수록하고 있는데, 『지봉유설』의 첫 머리에 편차된 만큼 가장 가치 있고 중요한 내용이 편입되어 있다. 『지봉유설』 권1에 수록된 천문(天文)·시령(時令)·재이(災異)에 대한 정보와 지식은 농경을 생산기반으로 하는 사회와 역사의 단계에서 가장 중요한 것이 아닐 수 없기 때문이다. 『지봉유설』 권1의 구성 항목과 항목수를 정리하여 제시하면 다음과 같다.

- 천문부(天文部): 총8문, 총37항
    천(天): 1항~9항－9개항
    일월(日月): 10항~16항－7개항
    성(星): 17항~24항－8개항
    풍운(風雲): 25항~28항－4개항
    우설(雨雪): 29항~32항－4개항
    홍(虹): 33항－1개항
    뇌(雷): 34항~35항－2개항
    화(火): 36항~37항－2개항
- 시령부(時令部): 총3문, 총42항
    세시(歲時): 1항~12항－12개항
    절서(節序): 13항~38항－26개항
    주야(晝夜): 39항~42항－4개항
- 재이부(災異部): 총4문, 총48항
    재생(災眚): 1항~19항－19개항
    기황(饑荒): 20항~24항－5개항
    인이(人異): 25항~36항－12개항
    물이(物異): 37항~48항－12개항

  각부(各部)의 문(門)은 중요도에 따라 편차되어 있지만, 순서와 항목의 수가 비례하지는 않는다. 이는 이수광이 전통적 가치관에 의거하여 유서를 편찬하려는 의식은 분명하였지만, 자신의 기호에 따라 항목의 분량을 기계적으로 조정하지 않았다는 증거가 된다. 본 장에서는 이수광의 이와 같은 편찬 의식을 토대로『지봉유설』권1의 127개 항을 실증적 방법에 의하여 출전을 밝혀 보았다.

  『지봉유설』권1에서 제시된 인용 서명을 부문의 차례에 따라 추출한 결과 다음과 같은 결과를 얻을 수 있었다.

  『지봉유설』권1에서 제시된 인용 서명은 총98종이다. 여기에는 완전하지 못한 서명 3종과 편명 11종이 포함된다. 그리고 부문 간 중복된 문헌의 수가 포함된다. 다음에서 그 구체적 양상을 정리해 보았다.

서명 –『 』, 편명 –〈 〉혹은「 」, 불완전서명 – *

〈천문부〉: 서명 32종 + 불완전 서명 1종 + 편명 1종 = 총34종

- 「천(天)」: 서명 8종 + 편명 1종 = 9종
  『설부(說郛)』, 『노자』, 『장자』–2회, 『열자』, 『사기』, 『속박물지(續博物志)』, 『오학편(吾學編)』, 구라파국인 풍보보(馮寶寶)가 그린 「천형도(天形圖)」, 『천문유초(天文類抄)』

- 「일월(日月)」: 서명 8종
  『열자』, 『회남자』–3회, 『유양잡조(酉陽雜俎)』–2회, 『태현경(太玄經)』, 『소문(素問)』, 『운부(韻府)』, 『예기』, 『환우잡기(寰宇雜記)』

- 「성(星)」: 서명 3종 + 불완전 서명 1종 = 4종
  『설부』, 『천문유초』, 『패해(稗海)』, 〈천문지(天文志)〉*

- 「풍운(風雲)」: 서명 2종
  『엄주고(弇州稿)』, 『주례』

- 「우설(雨雪)」: 서명 4종

『소문』, 『퇴계집』, 『율곡집』, 『이몽양집(李夢陽集)』
- 「홍(虹)」: 서명 2종
『심존중필담(沈存中筆談)』, 『이아』
- 「뇌(雷)」: 제시된 서명 없음
- 「화(火)」: 서명 5종
『심괄필담(沈括筆談)』, 『서경잡기(西京雜記)』, 『장자』, 『포박자(抱朴子)』, 『습유기(拾遺記)』

〈시령부(時令部)〉: 서명 23종 + 편명 7종 = 30종

- 「세시(歲時)」: 서명 6종 + 편명 1종 = 7종
『소문론(素問論)』, 「논십이지(論十二支)」, 『설부』, 『차곡전서(差穀全書)』, 『포박자』, 『패해』, 『속박물지』
- 「절서(節序)」: 서명 13종[편명까지 제시된 서명 1종 포함] + 편명 6종 = 19종
『초사(楚辭)』, 『형초기(荊楚記)』, 『운회(韻會)』-2회, 『격치총서(格致叢書)』, 〈월령(月令)〉-7회, 『주역』, 『예기』_〈월령〉, 『운부군옥(韻府群玉)』, 『예문유취(藝文類聚)』, 〈주관(周官)〉, 『설부』, 『풍토기(風土記)』, 〈완위여편(宛委餘編)〉, 「동방삭전(東方朔傳)」, 양운(楊惲)의 「서(書)」, 「진작복사(秦作伏祠)」, 『한서』, 『여지승람(輿地勝覽)』-2회, 『고려사』
- 「주야(晝夜)」: 서명 4종[편명까지 제시된 서명 2종 포함].
『안씨가훈(顔氏家訓)』, 『한서』_〈천문지〉, 『진서(晉書)』_〈천문지〉, 『상소잡기(緗素雜記)』

〈재이부(災異部)〉: 서명 30종 + 불완전 서명 2종 + 편명 2종 = 34종

- 「재생(災眚)」: 서명 10종 + 불완전 서명 1종 = 11종
『박물지』, 『운부군옥』, 『진서』, 『논형(論衡)』, 『열자』, 『경방역전(京房易傳)』-2회, 『풍속통(風俗通)』, 『당서』, 『필담(筆談)』, 『동각잡기

(東閣雜記)』, 〈천문지〉*

- **「기황(饑荒)」**: 서명 2종

  『속박물지』, 『학림옥로(鶴林玉露)』

- **「인이(人異)」**: 서명 11종[편명까지 제시된 서명 1종 포함] + 불완전 서
  명 1종 + 편명 1종 = 13종

  『신이기(神異記)』, 『박물지』, 『사기』, 『한서』_〈오행지〉, 『후한서』, 『구
  라파여지승람(歐邏巴輿地勝覽)』, 『한서』, 〈남만전(南蠻傳)〉*, 「섬라
  국지도(暹羅國地圖)」, 『본초(本草)』, 『고금주(古今註)』, 『술이기(述異
  記)』, 『운남지(雲南志)』

- **「물이(物異)」**: 서명 7종 + 편명 1종 = 8종

  『설부』, 〈완위여편〉-2회, 『영남지(嶺南志)』, 『본초』-2회, 『의학입문
  (醫學入門)』, 『포박자』, 『상학경(相鶴經)』, 『유양잡기(酉陽雜記)』

- **『지봉유설』 권1에서 제시된 서명의 종수: 서명 85종 + 불완전 서명 3종
  + 편명 10종 = 총98종(중복 제외 총69종)**

이상에서 정리한 바에 의하면, 〈천문부〉가 34종, 〈시령부〉가 30종,
〈재이부〉가 34종의 문헌을 인용한 것으로 되어 있다. 3개의 부에서 인
용한 문헌의 수가 엇비슷한 것으로 보아, 이수광은 인용 문헌의 수를
어느 정도 의식하고 조정하였음을 알 수 있다. 그리고 문(門)에서 인용
한 문헌의 수를 살펴보면, 〈시령부(時令部)〉_「절서(節序)」가 19종으로
가장 많고, 〈재이부(災異部)〉_「인이(人異)」가 13종으로 그 뒤를 잇는다.
그리고 〈재이부〉_「재생(災眚)」이 11종, 〈천문부〉_「천(天)」이 9종, 〈재
이부〉_「물이(物異)」, 〈천문부〉_「일월(日月)」이 각 8종, 〈시령부〉_「세시」
가 7종, 〈천문부〉_「화(火)」가 5종, 〈천문부〉_「성(星)」, 「우설(雨雪)」, 〈시
령부〉_「주야」가 각 4종, 〈천문부〉_「풍운」, 「홍(虹)」, 〈재이부〉_「기황
(饑荒)」이 각각 2종이며, 「뇌(雷)」는 제시된 인용 서명이 없다.

다음은 『지봉유설』 권1에서 제시된 인용 문헌의 종류와 빈도를 조사

정리한 것이다.

『지봉유설』 권1에서 제시된 인용 서명에서 중복된 것을 제외하면 총 69종이 된다. 여기에는 완전하지 못한 서명 3종과 편명 10종이 포함되므로, 완전한 서명은 56종이다. 다음에서 그 구체적 양상을 정리해 보았다.

56종의 서명은 다음과 같으며 빈도수에 따라 나열하였다.

*[지봉유설의 부_문]

『한서(漢書)』: 총5회 [時令部_節序], [時令部_晝夜], [災異部_災眚], [災異部_人異]-2회

『설부(說郛)』: 총5회 [天文部_天], [天文部_星], [時令部_歲時], [時令部_節序], [災異部_物異]

『소문(素問)』: 총4회 [天文部_日月], [天文部_雨雪], [時令部_歲時], [時令部_節序]

『운부군옥(韻府群玉)』: 총4회 [天文部_日月], [時令部_節序]-2회, [災異部_災眚]

『본초(本草)』: 총3회 [災異部_人異], [災異部_物異]-2회

『열자』: 총3회 [天文部_天], [天文部_日月], [災異部_災眚]

『속박물지(續博物志)』: 총3회 [天文部_天], [時令部_歲時], [災異部_饑荒]

『유양잡조(酉陽雜俎)』: 총3회 [天文部_日月]-2회, [災異部_物異]

『장자』: 총3회 [天文部_天]-2회, [天文部_火]

『몽계필담(夢溪筆談)』: 총3회 [天文部_虹], [天文部_火], [災異部_災眚]

『포박자(抱朴子)』: 총3회 [天文部_火], [時令部_歲時], [災異部_物異]

『회남자』: 총3회 [天文部_日月]

『경방역전(京房易傳)』: 총2회 [災異部_災眚]

『박물지(博物志)』: 총2회 [災異部_災眚], [災異部_人異]

『사기』: 총2회 [天文部_天], [災異部_人異]

『여지승람』: 총2회 [時令部_節序]

『예기』: 총2회 [天文部_明], [時令部_節序]

『운회(韻會)』: 총2회 [時令部_節序]

『진서(晉書)』: 총2회 [時令部_晝夜], [災異部_災眚]

『천문유초(天文類抄)』: 총2회 [天文部_天], [天文部_星]

『패해(稗海)』: 총2회 [天文部_星], [時令部_歲時]

위에서 정리한 바에 의하면, 『지봉유설』권1에서 가장 많이 제시된 인용 문헌은 『한서』와 『설부』로, 모두 5차례 서명이 제시되었다. 『소문』과 『운부군옥』이 4회로 그 뒤를 잇는다. 총3회 제시된 문헌은 『본초』, 『열자』, 『속박물지』, 『유양잡조』, 『장자』, 『몽계필담』, 『포박자』, 『회남자』로 모두 8종이다. 총2회 제시된 문헌은 『경방역전』, 『박물지』, 『사기』, 『여지승람』, 『예기』, 『운회』, 『진서』, 『천문유초』, 『패해』로 모두 9종이다. 그리고 1회 제시된 서명은 다음의 34종이다.

『격치총서(格致叢書)』[時令部_節序], 『고금주(古今註)』[災異部_人異], 『고려사』[時令部_節序], 『노자』[天文部_天], 『논형(論衡)』[災異部_災眚], 『당서』[災異部_災眚], 『동각잡기(東閣雜記)』[災異部_災眚], 『영남지(嶺南志)』[災異部_物異], 『율곡집』[天文部_雨雪], 『이몽양집(李夢陽集)』[天文部_雨雪], 『상소잡기(緗素雜記)』[時令部_晝夜], 『상학경(相鶴經)』[災異部_物異], 『서경잡기(西京雜記)』[天文部_火], 『술이기(述異記)』[災異部_人異], 『습유기(拾遺記)』[天文部_火], 『신이기(神異記)』[災異部_人異], 『안씨가훈(顔氏家訓)』[時令部_晝夜], 『엄주고(弇州稿)』[天文部_風雲], 『예문유취(藝文類聚)』[時令部_節序], 『오학편(吾學編)』[天文部_天], 『운남지(雲南志)』[災異部_人異], 『의학입문(醫學入門)』[災異部_物異], 『이아』[天文部_虹], 『주례』[天文部_風雲], 『주역』[時令部_

節序],『차곡전서(差穀全書)』[時令部_歲時],『초사(楚辭)』[時令部_節序],『태현경(太玄經)』[天文部_日月],『퇴계집』[天文部_雨雪],『풍속통(風俗通)』[災異部_災眚],『풍토기(風土記)』[時令部_節序],『학림옥로(鶴林玉露)』[災異部_饑荒],『형초기(荊楚記)』[時令部_節序],『환우잡기(寰宇雜記)』[天文部_日月],『후한서』[災異部_人異]

　정확한 서명을 알 수 없는 편명을 제시한 것은 〈남만전(南蠻傳)〉[災異部_人異], 〈천문지(天文志)〉[災異部_災眚], 〈천문지(天文志)〉[天文部_星]이다. 그리고 1회 제시된 편명은 다음의 8종이다.

　　구라파국인 풍보보(馮寶寶)가 그린 「천형도(天形圖)」[天文部_天], 「구라파여지승람(歐邏巴輿地勝覽)」[災異部_人異], 「논십이지(論十二支)」[時令部_歲時], 「동방삭전(東方朔傳)」[時令部_節序], 「섬라국지도(暹羅國地圖)」[災異部_人異], 양운(楊惲)의「서(書)」[時令部_節序], 「진작복사(秦作伏祠)」[時令部_節序], 〈주관(周官)〉(『周禮』)[時令部_節序]

　〈남만전(南蠻傳)〉이나 〈천문지(天文志)〉라고만 기록한 것은, 어떤 사서(史書)가 출전인지 정확히 알 수 없는 애매한 출전 명기라고 하겠다. 반면 다음의 편명만 제시된 10종은 출전으로서 의미가 있다고 하겠다. 〈월령(月令)〉·〈주관(周官)〉·〈완위여편(宛委餘編)〉은 편명만으로도 서명을 알 수 있고, 「논십이지(論十二支)」·「동방삭전(東方朔傳)」·양운(楊惲)의 「서(書)」·「진작복사(秦作伏祠)」는 구체적 출전으로서 의미가 있다. 가장 빈도가 높은 편명은 〈월령(月令)〉으로 〈시령부(時令部)〉_「절서(節序)」에서만 총8회 제시되었다. 〈월령(月令)〉이『예기』의 편명인 줄 대체로 알고 있을 뿐만 아니라, 서명보다 편명이 단독으로 더 많이 사용되기 때문에 편명만 제시하여도 문제가 없다. 그 다음으로 제시 빈도가 높은 편명은 총3회 제시된 〈완위여편(宛委餘編)〉으로 〈시령부(時令部)〉_「절서(節序)」·〈재이부(災異部)〉_「물이(物異)」(2회)에서 보인다. 〈완위여편〉은 『엄주사부고(弇州四部稿)』의 편명인 줄 대체로 알기에, 이 역시 편명만 제시하여도 문제가 없다.

69종의 서·편명은 대개가 중국의 것이지만, 우리나라의 문헌도 6종 들어 있다. 역사서로는 『고려사』[時令部_節序]가 있고, 천문학서로는 세종 연간에 간행된 『천문유초(天文類抄)』[天文部_天], [天文部_星]가 있으며, 지리지로는 성종 연간에 간행된 『여지승람(輿地勝覽)』(=『東國輿地勝覽』)[時令部_節序]이 있다. 그리고 야사집으로는 명종·선조 때 이정형(李廷馨)이 찬술한 『동각잡기(東閣雜記)』[災異部_災眚]가 들어 있다. 이 중 『천문유초』와 『여지승람』은 총2회 인용되었으며, 나머지는 모두 1회 인용한 것으로 되어 있다. 이 밖에 인용 문헌으로서의 기능은 약하지만 『율곡집』[天文部_雨雪]과 『퇴계집』[天文部_雨雪]도 언급되고 있다. 비록 많은 수량이 아니지만 역사서, 천문학서, 지리서, 야사집, 사문집(私文集) 등 다양한 종류의 우리 문헌이 인용서로 활용되었음을 알 수 있다.

1-1-2. 『지봉유설』 권1의 실제 인용 문헌의 현황

『지봉유설』 권1의 모든 내용을 일일이 문헌과 대조해 본 결과, 인용된 문헌은 모두 129종이었다. 여기에는 문헌 126종과 편명 2종 그리고 범칭 1종이 포함된다.

*{ } -『지봉유설』에서 제시한 출전.

〈천문부(天文部)〉: 문헌 51종 + 편명 1종 = 52종
• 「천(天)」: 문헌 9종 + 편명 1종 = 10종
『노자』{『老子』}, 『엄주사부고(弇州四部稿)』{「王世貞論太極圖說」},

『독서차기(讀書箚記)』{稗史}, 『장자』-3회(『莊子』_〈齊物論〉{『莊子』}, 『莊子』{釋氏}, 『莊子』_〈逍遙遊〉{『莊子』}), 『열자』-2회(『列子』_〈天瑞〉{『列子』}, 『列子』_〈天瑞〉의 주석{張湛 註}), 『자치통감강목전편(資治通鑑綱目前編)』의 주석{史記 註}, 『속박물지(續博物志)』{『續博物志』}, 『오학편』{『吾學編』}, {구라파국인 풍보보가 그린 「천형도」(歐邏巴國人馮寶寶所書天形圖)}, 『천문유초』{『天文類抄』}

- **「일월(日月)」**: 문헌 12종

『박물지(博物志)』{『列子』, 周日用}, 『용재오필(容齋五筆)』_「월비망이식(月非望而食)」{古人}, 『황극경세서(皇極經世書)』_「관물외편(觀物外篇)」{邵子}, 『酉陽雜俎』{『酉陽雜俎』}, 『설략(說畧)』{『淮南子』}, 『태현본지(太玄本旨)』{『太玄經』}, 『운부』{『韻府』}, 『예기주소(禮記注疏)』_〈제의(祭義)〉{『禮記』}, 『동파지림(東坡志林)』{東坡}, 『회남홍열해(淮南鴻烈解)』_〈설림훈(說林訓)〉{『淮南子』}, 『단연총록(丹鉛總錄)』_〈천문류(天文類)〉_「칠정(七政)」{『寰宇雜記』}, 『엄주사부고』-2회(『弇州四部稿』_〈宛委餘編〉{道經}, 『弇州四部稿』_〈宛委餘編〉{『酉陽雜俎』})

- **「성(星)」**: 문헌 8종

『진서(晉書)』_〈지(志)〉_「율력(律曆)」{출전 없음}, 『춘추좌전주소』-2회{출전 없음}, 『통아(通雅)』-2회{출전 없음}, 『계신잡지(癸辛雜識)』_「십이분야(十二分野)」{稗史}, 『설부』-2회(『說郛』_「春秋說題辭」{說郛}, 『說郛』_〈春秋運斗樞〉{說郛)又曰}), 『천문유초』{『天文類抄』}, 『패해(稗海)』{『稗海』}, 『전한서』_〈천문지〉{〈天文志〉}

- **「풍운(風雲)」**: 문헌 4종

『설부』_〈담찬(談撰), 우유(虞裕)〉{小說}, 『여해집(蠡海集)』_〈천문류(天文類)〉{古語}, 『엄주사부고』_〈문부(文部)〉{『弇州稿』}, 『주례주소』{『周禮』}

- **「우설(雨雪)」**: 문헌 7종

『설부』-2회(『說郛』_〈吳下田家志〉_「三旬」{小說}, 『說郛』_〈吳下田家志〉_「三旬」{古語}), 『황제내경소문』_「음양별론(陰陽別論)」{『素問』}, 『청이록(淸異錄)』_〈천문(天文)〉_「麥家地理」{小說}, 『퇴계집』{『退溪集』},

『율곡집』(『栗谷集』), 『원사』 혹은 『명일통지(明一統志)』{古語}, 『공동
집(空同集)』{『李夢陽集』}
- 「홍(虹)」: 문헌 2종
『몽계필담』_〈異事〉{『沈存中筆談』}, 『이아』{『爾雅』}
- 「뇌(雷)」: 문헌 2종
『장태악선생문집(張太嶽先生文集)』{張太嶽}, 『박물지(博物志)』의 주
석{周日用}
- 「화(火)」: 문헌 7종
『몽계필담』_〈신기(神奇)〉{佛書}, 『설부』{『沈括筆談』}, 『서경잡기』{『西
京雜記』}, 『장자』_〈외물(外物)〉{『莊子』}, 『포박자』_〈논선(論僊)〉{『抱朴
子』}, 『낙승집(駱丞集)』_「상제주장사마계(上齊州張司馬啓)」의 주석{출
전 없음}, 『습유기』{『拾遺記』}

〈시령부(時令部)〉: 문헌 38종
- 「세시(歲時)」: 문헌 12종
『광박물지(廣博物志)』{출전 없음}, 『승암집(升菴集)』_「세양명(歲陽
名)」{楊升庵}, 『소문입식운기론오』-2회(『素問入式運氣論奧』_「論十干」
{『素問論』}, 『素問入式運氣論奧』_「論十二支」{『論十二支』}), 『삼원연수
참찬서(三元延壽參贊書)』{養生書}, 『설부』_〈양곡만록(暘谷漫錄)〉{『說
郛』}, 『사물기원(事物紀原)』_〈천지생식부(天地生植部)〉_「人日」{출전
없음}, {『차곡전서(差穀全書)』}, 『천중기(天中記)』 혹은 『고금사문유취
(古今事文類聚)』{『抱朴子』}, 『패편(稗編)』_「월기(月忌)」{稗海}, 『몽계필
담』-2회(『夢溪筆談』_〈辨證〉{小說}, 『夢溪筆談』_〈辨證〉{(小說)又曰}),
『피서록화(避暑錄話)』{출전 없음}, 『속박물지(續博物志)』{『續博物志』}
- 「절서(節序)」: 문헌 23종
『운부군옥』-5회(『韻府羣玉』_「鳩」{〈月令〉}, 『韻府群玉』_「戴勝」{〈月
令〉}, 『韻府群玉』_「華勝」{司馬相如賦}, 『韻府羣玉』_「金幡勝」{출전 없
음}, 『韻府群玉』_「題肩」{『韻府群玉』}), 『초사장구』_〈이소경장구(離騷
經章句)〉{『楚辭』}, 『고금합벽사류비요(古今合璧事類備要)』{출전 없음},

『황제내경소문(黃帝內經素問)』의 주석{素問註}, 『천중기(天中記)』{馬懷素詩, 蘇東坡詩, 蘇頲詩}, 『설부』-2회(『說郛』_〈荊楚歲時記〉{『荊楚記』}, 『說郛』{『說郛』}), 『이아』-2회(『爾雅注疏』의 주석{〈月令〉}, 『爾雅』_〈釋鳥〉의 주석{출전 없음}), 『운회』-2회{『韻會』}, 『승암집』·『단연속록』-4회(『升菴集』_「石氏星經」{〈月令〉, 王奕}, 『升菴集』_「鴻鴈四候」{〈月令〉, 干寶}, 『升菴集』_「批頰」{출전 없음}, 『丹鉛續錄』_「荔挺生」{楊用脩}), 『격치총서(格致叢書)』{『格致叢書』}, 『농정전서(農政全書)』{출전 없음}, 『예기』-2회(『禮記注疏』_〈坊記〉의 주석{출전 없음}, 『禮記大全』_〈月令〉{『禮記』_〈月令〉}), 『엄주사부고』_〈완위여편〉{〈月令〉, 鄭玄註, 『周易』}, 『예문유취』{『藝文類聚』}, 『설략』-3회(『說畧』_〈時序〉{〈周官〉}, {小說}, 『說畧』_〈時序〉{출전 없음}, 『說畧』{張說 「耗日飲詩」}), 『태평어람(太平御覽)』 혹은 『산당사고(山堂肆考)』{『風土記』}, 『세시광기(歲時廣記)』_「황작우(黃雀雨)」{〈宛委餘編〉}, 『사문유취』-4회(『事文類聚』{「東方朔傳」, 楊惲 「書」, 「秦初作伏祠」}, 『事文類聚』{『漢書』, 程曉「伏日詩」}, 『事文類聚』_「赤豆作粥」{劉子翬 「至日詩」}, 『事文類聚』_「立中和節」{출전 없음}), 『채중랑집(蔡中郎集)』{蔡邕}, 『동국여지승람』{『輿地勝覽』}-2회, 『삼국유사(三國遺事)』{출전 없음}, 『고려사』_〈志〉{『高麗史』}, 『옥지당담회(玉芝堂談薈)』_「歲時雜占」{唐詩}

- **「주야(晝夜)」**: 문헌 3종

『설략(說畧)』{『顔氏家訓』, 『漢書』_〈天文志〉, 『晉書』_〈天文志〉, 『緗素雜記』, 杜甫의 詩, 韓愈 詩의 주석, 李賀의 詩}, 『설부』-2회(『說郛』{출전 없음}, 『說郛』_「百二十刻」{출전 없음}), 『단연여록(丹鉛餘錄)』{稗史}

〈재이부(災異部)〉 문헌 38종 + 편명 1종 + 범칭 1종 = 40종

- **「재생(災眚)」**: 문헌 10종

『박물지』{『博物志』}, 『운부군옥(韻府群玉)』_「순시(旬始)」{『韻府群玉』}, 『진서』-2회(『晉書』_〈載記〉{『晉書』}, 『晉書』_〈志〉_「日蝕」{『京房易占』}), 『설부』-4회(『說郛』_「三敎」{『論衡』}, 『說郛』_「雨鹿」{출전 없

음},『說郛』_〈雞肋編, 莊綽〉{출전 없음},『說郛』{『筆談』}),『술이기(述異記)』{출전 없음},「후한서」-3회(『後漢書』_〈靈帝紀〉{『漢書』},『後漢書』_〈靈帝紀〉{『京房易傳』},『後漢書』_〈五行志〉{『風俗通』}),『당서』{『唐書』},『동각잡기(東閣雜記)』{『東閣雜記』},『삼국사기』_〈신라본기(新羅本紀)〉_「태종왕(太宗王)」{출전 없음},『수서(隋書)』_〈천문지〉{〈天文志〉}

- 「기황(饑荒)」: 문헌 3종

『속박물지(續博物志)』{『續博物志』},『학림옥로(鶴林玉露)』{『鶴林玉露』},『설부(說郛)』{小說}

- 「인이(人異)」: 문헌 18종 + 편명 1종 + 범칭 1종 = 20종

『설략(說畧)』{『神異記』},『박물지』_「이인(異人)」{『博物志』},『사기』_〈진시황본기(秦始皇本紀)〉의 주석{『史記』註},「전한서」-2회(『前漢書』_〈五行志〉{『漢書』_〈五行志〉},「전한서」_〈오행지〉{『漢書』}),「후한서」_〈동이전〉{『後漢書』},『초학기(初學記)』{郭璞「長臂國贊」},『태평환우기(太平寰宇記)』_「구도매(驅度寐)」{『歐邏巴輿地勝覽』},『자치통감(資治通鑑)』_〈송기(宋紀)〉{출전 없음},『구당서(舊唐書)』_〈남만전(南蠻傳)〉{〈南蠻傳〉},『고금사문유취(古今事文類聚)』{출전 없음},{「섬라국지도(暹羅國地圖)」},『본초강목』{『本草』},『엄주사부고(弇州四部稿)』-3회{출전 없음},{잡서(雜書)},『고금주』_「문답석의(問答釋義)」{『古今註』},『술이기』{『述異記』},『운남지』{『雲南志』},『옥지당담회(玉芝堂談薈)』_「호식인육(好食人肉)」{출전 없음},「설부」-2회(『說郛』_〈耳目記, 張鷟〉{출전 없음},『說郛』_〈耳目記, 張鷟〉{출전 없음}),『오학편(吾學編)』{출전 없음}

- 「물이(物異)」: 문헌 7종

『태평광기』-4회(『太平廣記』_「韋氏子」{출전 없음},『太平廣記』_「裴諶」{출전 없음},『太平廣記』_「鼉魚」{출전 없음}),『太平御覽』_「蝦蟆」{출전 없음},「설부」-3회(『說郛』_「海內十洲記」{『說郛』},『說郛』_〈相鶴經〉{『相鶴經』}),『說郛』_〈述異記〉_「鵠」{출전 없음},「엄주사부고」-3회(『弇州四部稿』_〈宛委餘編〉{〈宛委餘編〉},『弇州四部稿』_〈宛委餘編〉{『嶺南志』},『弇州四部稿』_〈宛委餘編〉{〈宛委餘編〉}),「본초강목」{醫

方}, 『증류본초』-2회(『證類本草』{『本草』}, 『證類本草』{『本草』}), 『의학입문(醫學入門)』{醫學入門}, 『유양잡조』{『酉陽雜記』}

- 문헌 126종 + 편명 2종 + 범칭 1종 = 총129종(중복 제외 총77종)

이상에서 정리한 바에 의하면, 〈천문부〉가 52종, 〈시령부〉가 38종, 〈재이부〉가 40종의 문헌을 실제로 인용하였다. 이수광이 표면적으로 제시한 문헌의 종수는 엇비슷하게 30~34종으로 되어 있었던 것과 달리 편차가 크다. 그리고 문(門)에서 인용한 문헌의 수를 살펴보면, 〈시령부〉_「절서」가 23종으로 가장 많고, 〈재이부〉_「인이」가 20종으로 그 뒤를 잇는다. 그리고 〈시령부〉_「세시」가 12종이고, 〈천문부〉_「일월」이 11종이다. 〈천문부〉_「천」, 〈재이부〉_「재생」이 각각 10종이다. 〈천문부〉_「성」이 8종이며, 〈천문부〉_「우설」·「화」, 〈재이부〉_「물이」가 각 7종이다. 또 〈천문부〉_「풍운」이 4종이고, 〈시령부〉_「주야」, 〈재이부〉_「기황」이 각각 3종이며, 〈천문부〉_「홍」과 「뇌」가 각각 2종이다.

『지봉유설』권1에서 실제로 인용한 문헌의 빈도를 분석한 결과 2회 이상 인용한 문헌이 30종, 1회 인용한 문헌이 29종이었다. 그리고 1회 인용한 문헌으로 『지봉유설』에서 인용 사실을 밝히지 않는 것이 9종, 인용서로서의 기능이 약한 것이 3종, 출전을 알 수 없는 것이 3종, 서명을 범칭으로 대칭한 것이 7종으로 총78종이 인용되었음을 알 수 있었다.

다음에서 인용 빈도순으로 서명을 정리 배열하고 그 특징적 양상을 밝혀 보았다.

『설부(說郛)』, 원 도종의(陶宗儀) 찬
- 총인용 횟수: 21회
- 인용 사실을 밝힌 횟수: 5회

- 『지봉유설』에서 사용한 서명:『說郛』
- 재인용한 사실을 밝히지 않고 원래의 문헌으로 제시한 서명:『筆談』, 『論衡』,『相鶴經』,『荊楚記』(=『荊楚歲時記』),『沈括筆談』(=『夢溪筆談』)
- 『지봉유설』에서 서명을 대칭한 범칭: 소설(小說)-3회, 고어(古語)
- 『지봉유설』의 실제 인용 문헌 :『지봉유설』에서 제시한 문헌의 조건

『說郛』_「春秋說題辭」:『說郛』[天文部_星]

『說郛』_「春秋運斗樞」:(『說郛』)又曰~[天文部_星]

『說郛』_〈談撰, 虞裕〉: 小說[天文部_風雲]

『說郛』_〈吳下田家志〉_「三旬」: 小說[天文部_雨雪]

『說郛』_〈吳下田家志〉_「三旬」: 古語[天文部_雨雪]

『說郛』:『沈括筆談』[天文部_火]

『說郛』_〈暘谷漫錄〉:『說郛』[時令部_歲時] *뒷부분의 내용은 차이가 있음.

『說郛』:『說郛』[時令部_節序]

『說郛』_〈荊楚歲時記〉:『荊楚記』[時令部_節序]

『說郛』: 출전 없음[時令部_晝夜]

『說郛』_「百二十刻」: 출전 없음[時令部_晝夜] *인용 정도가 비교적 약하며, 착상을 받은 정도임.

『說郛』_「三敎」:『論衡』[災異部_災眚]

『說郛』_「雨鹿」: 출전 없음[災異部_災眚]

『說郛』_〈雞肋編, 莊綽〉: 출전 없음[災異部_災眚]

『說郛』:『筆談』[災異部_災眚]

『說郛』: 小說[災異部_饑荒]

『說郛』_〈耳目記, 張鷟〉: 출전 없음[災異部_人異]-2회

『說郛』_「海內十洲記」:『說郛』[災異部_物異]

『說郛』_〈相鶴經〉:『相鶴經』[災異部_物異] *다수의 문헌에 동일 내용이 전함. 다만, 아래 글의 출처가『說郛』이므로 이 글도『說郛』에서 인용하였을 가능성이 높음.

『說郛』_〈述異記〉_「鵠」: 출전 없음[災異部_物異]

『엄주사부고(弇州四部稿)』, 명 왕세정(王世貞) 찬
- 총인용 횟수: 11회
- 인용 사실을 밝힌 횟수: 4회
- 『지봉유설』에서 사용한 서명: 〈宛委餘編〉-2회, 「王世貞論太極圖說」, 『弇州稿』
- 재인용한 사실을 밝히지 않고 원래의 문헌으로 제시한 서명: 道經, 『酉陽雜俎』, 〈月令〉, 鄭玄 註, 『周易』, 『嶺南志』
- 『지봉유설』의 실제 인용 문헌 : 『지봉유설』에서 제시한 문헌의 조견
  『弇州四部稿』 : 「王世貞論太極圖說」[天文部_天]
  『弇州四部稿』_〈宛委餘編〉 : 道經[天文部_日月]
  『弇州四部稿』_〈宛委餘編〉 : 『酉陽雜俎』[天文部_日月]
  『弇州四部稿』_〈文部〉 : 『弇州稿』[天文部_風雲]
  『弇州四部稿』_〈宛委餘編〉 : 〈月令〉, 鄭玄 註, 『周易』[時令部_節序]
  『弇州四部稿』 : 출전 없음[災異部_人異]-3회
  『弇州四部稿』_〈宛委餘編〉 : 『嶺南志』[災異部_物異]
  『弇州四部稿』_〈宛委餘編〉 : 〈宛委餘編〉[災異部_物異]-2회

『승암집(升菴集)』(『단연속록(丹鉛續錄)』, 『단연여록(丹鉛餘錄)』, 『단연총록(丹鉛總錄)』), 명 양신(楊愼) 찬
- 총인용 횟수: 7회
- 인용 사실을 밝힌 횟수: 2회
- 『지봉유설』에서 사용한 서명, 인명: 楊用脩, 楊升庵
- 재인용한 사실을 밝히지 않고 원래의 문헌으로 제시한 서명, 인명: 『寰宇雜記』, 〈月令〉-2회, 干寶, 王奕
- 『지봉유설』에서 서명을 대칭한 범칭: 패사(稗史)
- 특기 사항: 서명인 『升菴集』, 『丹鉛續錄』, 『丹鉛餘錄』, 『丹鉛總錄』을 한 차례도 언급하지 않고 편찬자 양신(楊愼)의 자(字)인 용수(用脩)나 호인 승암(升庵)의 말을 인용하는 형식을 취하였다.
- 『지봉유설』의 실제 인용 문헌 : 『지봉유설』에서 제시한 문헌의 조견

『丹鉛續錄』_「荔挺生」： 楊用脩[時令部_節序]

『丹鉛餘錄』： 稗史[時令部_晝夜]

『丹鉛總錄』_〈天文類〉_「七政」：『寰宇雜記』[天文部_日月]

『升菴集』_「歲陽名」： 楊升庵[時令部_歲時]

『升菴集』_「石氏星經」：〈月令〉, 王奕[時令部_節序]

『升菴集』_「鴻鴈四候」：〈月令〉, 干寶[時令部_節序]

『升菴集』_「批頰」： 출전 없음[時令部_節序]

『설략(說畧)』, 명 고기원(顧起元) 찬

• 총인용 횟수: 6회
• 인용 사실을 밝힌 횟수: 0회
• 재인용한 사실을 밝히지 않고 원래의 문헌으로 제시한 서명:『淮南子』, 張說「耗日飮詩」,〈周官〉,『漢書』,『顏氏家訓』,『漢書』_〈天文志〉,『晉書』_〈天文志〉,『緗素雜記』, 杜甫의 詩, 韓愈 詩의 주석, 李賀의 詩,『神異記』
•『지봉유설』에서 서명을 대칭한 범칭: 소설(小說)
• 특기 사항: 하나의 조항을 여러 조항으로 나눈 현상이 있다. 즉,『설략』의 한 조항을 쪼개어,『漢書』,『顏氏家訓』,『漢書』_〈天文志〉,『晉書』_〈天文志〉,『緗素雜記』, 杜甫의 詩·韓愈의 詩 주석·李賀의 詩를 각각 인용한 형식으로 만들었다.
•『지봉유설』의 실제 인용 문헌 :『지봉유설』에서 제시한 문헌의 조견
『說畧』：『淮南子』[天文部_日月]

『說畧』： 張說「耗日飮詩」[時令部_節序]

『說畧』_「時序」：〈周官〉, 小說[時令部_節序]

『說畧』_「時序」： 출전 없음[時令部_節序]

『說畧』：『漢書』,『顏氏家訓』,『漢書』_〈天文志〉,『晉書』_〈天文志〉,『緗素雜記』, 杜甫의 詩, 韓愈 詩의 주석, 李賀의 詩[時令部_晝夜]

『說畧』：『神異記』[災異部_人異]

『운부군옥(韻府羣玉)』, 원 음경현(陰勁弦) 찬

- 총인용 횟수: 6회
- 인용 사실을 밝힌 횟수: 2회
- 『지봉유설』에서 사용한 서명: 『韻府群玉』
- 재인용한 사실을 밝히지 않고 원래의 문헌으로 제시한 서명: 〈月令〉, 司馬相如 賦
- 『지봉유설』의 실제 인용 문헌 : 『지봉유설』에서 제시한 문헌의 조견
  『韻府羣玉』_「鳩」: 〈月令〉[時令部_節序]
  『韻府群玉』_「題肩」: 『韻府群玉』[時令部_節序]
  『韻府群玉』_「戴勝」: 〈月令〉[時令部_節序]
  『韻府群玉』_「華勝」: 司馬相如 賦[時令部_節序]
  『韻府羣玉』_「金幡勝」: 출전 없음[時令部_節序]
  『韻府群玉』_「旬始」: 『韻府群玉』[災異部_災眚]

『몽계필담(夢溪筆談)』, 송 심괄(沈括) 찬

- 총인용 횟수: 4회
- 인용 사실을 밝힌 횟수: 1회
- 『지봉유설』에서 사용한 서명: 『沈存中筆談』
- 재인용한 사실을 밝히지 않고 원래의 문헌으로 제시한 서명: 佛書
- 『지봉유설』에서 서명을 대칭한 범칭: 小說(又曰 포함)-2회
- 『지봉유설』의 실제 인용 문헌 : 『지봉유설』에서 제시한 문헌의 조견
  『夢溪筆談』_〈異事〉: 『沈存中筆談』[天文部_虹]
  『夢溪筆談』_〈神奇〉: 佛書[天文部_火]
  『夢溪筆談』_〈辨證〉: 小說[時令部_歲時]
  『夢溪筆談』_〈辨證〉: (小說)又曰[時令部_歲時]

『박물지(博物志)』, 진(晉) 장화(張華) 찬

- 총인용 횟수: 4회
- 인용 사실을 밝힌 횟수: 2회

- 『지봉유설』에서 사용한 서명: 『博物志』
- 재인용한 사실을 밝히지 않고 원래의 문헌으로 제시한 서명, 인명:『列子』, 周日用-2회
- 특기 사항: 하나의 조항을 여러 조항으로 나눈 현상이 있다. 즉, 『博物志』의 내용을 나누어, 『列子』, 周日用의 말을 각각 인용한 형식으로 만들었다.
- 『지봉유설』의 실제 인용 문헌 : 『지봉유설』에서 제시한 문헌의 조견

『博物志』: 『列子』, 周日用[天文部_日月]

『博物志』의 주석 : 周日用[天文部_雷]

『博物志』: 『博物志』[災異部_災眚]

『博物志』_〈異人〉: 『博物志』[災異部_人異]

『사문유취(事文類聚)』, 송 축목(祝穆) 찬

- 총인용 횟수: 4회
- 인용 사실을 밝힌 횟수: 0회
- 재인용한 사실을 밝히지 않고 원래의 문헌으로 제시한 서명:「東方朔傳」, 楊惲「書」, 「秦作伏祠」, 『漢書』, 程曉「伏日詩」, 劉子翬「至日詩」
- 특기 사항: 하나의 조항을 여러 조항으로 나눈 현상이 있다. 즉, 『事文類聚』의 내용을 나누어, 「東方朔傳」·楊惲「書」·「秦作伏祠」, 程曉의「伏日詩」·『漢書』를 각각 인용한 형식으로 만들었다.
- 『지봉유설』의 실제 인용 문헌 : 『지봉유설』에서 제시한 문헌의 조견

『事文類聚』: 「東方朔傳」, 楊惲「書」, 「秦初作伏祠」[時令部_節序]

『事文類聚』: 『漢書』, 程曉「伏日詩」[時令部_節序]

『事文類聚』_「赤豆作粥」: 劉子翬「至日詩」[時令部_節序]

『事文類聚』_「立中和節」: 출전 없음[時令部_節序]

『장자(莊子)』

- 총인용 횟수: 4회
- 인용 사실을 밝힌 횟수: 3회

- 『지봉유설』에서 사용한 서명: 『莊子』
- 재인용한 사실을 밝히지 않고 원래의 문헌으로 제시한 서명: 釋氏
- 『지봉유설』의 실제 인용 문헌 : 『지봉유설』에서 제시한 문헌의 조건
  『莊子』_〈齊物論〉 : 『莊子』[天文部_天]
  『莊子』 : 釋氏[天文部_天]
  『莊子』_〈逍遙遊〉 : 『莊子』[天文部_天]
  『莊子』_〈外物〉 : 『莊子』[天文部_火]

『후한서(後漢書)』, 한 범엽(範曄) 찬
- 총인용 횟수: 4회
- 인용 사실을 밝힌 횟수: 1회
- 『지봉유설』에서 사용한 서명: 『後漢書』, 『漢書』
- 재인용한 사실을 밝히지 않고 원래의 문헌으로 제시한 서명: 『京房易傳』, 『風俗通』
- 『지봉유설』에서 서명을 대칭한 범칭: 小說(又曰 포함)-2회
- 『지봉유설』의 실제 인용 문헌 : 『지봉유설』에서 제시한 문헌의 조견
  『後漢書』_〈靈帝紀〉 : 『漢書』[災異部_災眚]
  『後漢書』_〈靈帝紀〉 : 『京房易傳』[災異部_災眚]
  『後漢書』_〈五行志〉 : 『風俗通』[災異部_災眚]
  『後漢書』_〈東夷傳〉 : 『後漢書』[災異部_人異]

『속박물지(續博物志)』, 송 이석(李石) 찬
- 총인용 횟수: 3회
- 인용 사실을 밝힌 횟수: 3회
- 『지봉유설』에서 사용한 서명: 『續博物志』
- 특기 사항: 3차례 모두 『續博物志』라는 완전한 서명을 제시하였다.
- 『지봉유설』의 실제 인용 문헌 : 『지봉유설』에서 제시한 문헌의 조견
  『續博物志』 : 『續博物志』[天文部_天]
  『續博物志』 : 『續博物志』[時令部_歲時]

『續博物志』：『續博物志』[災異部_饑荒]

『예기(禮記)』

• 총인용 횟수: 3회
• 인용 사실을 밝힌 횟수: 2회
• 『지봉유설』에서 사용한 서명: 『禮記』, 『禮記』_〈月令〉
• 『지봉유설』의 실제 인용 문헌 : 『지봉유설』에서 제시한 문헌의 조견
　『禮記注疏』_〈祭義〉 : 『禮記』[天文部_日月]
　『禮記注疏』_〈坊記〉의 주석 : 출전 없음[時令部_節序]
　『禮記大全』_〈月令〉 : 『禮記』_〈月令〉[時令部_節序]

『이아(爾雅)』

• 총인용 횟수: 3회
• 인용 사실을 밝힌 횟수: 1회
• 『지봉유설』에서 사용한 서명: 『爾雅』
• 『지봉유설』의 실제 인용 문헌 : 『지봉유설』에서 제시한 문헌의 조견
　『爾雅』 : 『爾雅』[天文部_虹]
　『爾雅』_〈釋鳥〉의 주석 : 출전 없음[時令部_節序]
　『爾雅注疏』의 주석 : 〈月令〉[時令部_節序]

『전한서(前漢書)』, 한 반고(班固) 찬

• 총인용 횟수: 3회
• 인용 사실을 밝힌 횟수: 2회
• 『지봉유설』에서 사용한 서명: 『漢書』_〈五行志〉, 『漢書』, 〈天文志〉
• 특기 사항: 서명과 편명을 동시에 밝힌 것과 편명 혹은 서명만 밝힌 것이 있다.
• 『지봉유설』의 실제 인용 문헌 : 『지봉유설』에서 제시한 문헌의 조견
　『前漢書』_〈天文志〉 : 〈天文志〉[天文部_星]
　『前漢書』_〈五行志〉 : 『漢書』[災異部_人異]

『前漢書』_〈五行志〉:『漢書』_〈五行志〉[災異部_人異]

『진서(晉書)』, 당 방현령(房玄齡) 등 찬
• 총인용 횟수: 3회
• 인용 사실을 밝힌 횟수: 1회
•『지봉유설』에서 사용한 서명:『晉書』
• 재인용한 사실을 밝히지 않고 원래의 문헌으로 제시한 서명:『京房
易占』
•『지봉유설』의 실제 인용 문헌 :『지봉유설』에서 제시한 문헌의 조견
『晉書』_〈志〉_「律曆」: 출전 없음[天文部_星]
『晉書』_〈載記〉:『晉書』[災異部_災眚]
『晉書』_〈志〉_「日蝕」:『京房易占』[災異部_災眚]

『태평광기(太平廣記)』, 송 이방(李昉) 등 찬
• 총인용 횟수: 3회
• 인용 사실을 밝힌 횟수: 0회
•『지봉유설』의 실제 인용 문헌 :『지봉유설』에서 제시한 문헌의 조견
『太平廣記』_「韋氏子」: 출전 없음[災異部_物異]
『太平廣記』_「裴諶」: 출전 없음[災異部_物異]
『太平廣記』_「鼉魚」: 출전 없음[災異部_物異]

『동국여지승람(東國輿地勝覽)』, 조선 노사신(盧思愼) 등 찬
• 총인용 횟수: 2회
• 인용 사실을 밝힌 횟수: 2회
•『지봉유설』에서 사용한 서명:『輿地勝覽』
•『지봉유설』의 실제 인용 문헌 :『지봉유설』에서 제시한 문헌의 조견
『東國輿地勝覽』:『輿地勝覽』[時令部_節序]-2회

『열자(列子)』

- 총인용 횟수: 2회
- 인용 사실을 밝힌 횟수: 1회
- 『지봉유설』에서 사용한 서명, 인명: 『列子』, 張湛 註
- 『지봉유설』의 실제 인용 문헌 : 『지봉유설』에서 제시한 문헌의 조건

  『列子』_〈天瑞〉:『列子』[天文部_天]

  『列子』_〈天瑞〉의 주석(晉 張湛 注) : 張湛 註[天文部_天]

『본초강목(本草綱目)』, 명 이시진(李時珍) 찬

- 총인용 횟수: 2회
- 인용 사실을 밝힌 횟수: 1회
- 『지봉유설』에서 사용한 서명: 『本草』
- 『지봉유설』에서 서명을 대칭한 범칭: 醫方
- 『지봉유설』의 실제 인용 문헌 : 『지봉유설』에서 제시한 문헌의 조건

  『本草綱目』:『本草』[災異部_人異]

  『本草綱目』: 醫方[災異部_物異]

『소문입식운기론오(素問入式運氣論奧)』, 송 유온서(劉溫舒) 찬

- 총인용 횟수: 2회
- 인용 사실을 밝힌 횟수: 1회
- 『지봉유설』에서 사용한 서명: 『素問論』, 「論十二支」
- 『지봉유설』의 실제 인용 문헌 : 『지봉유설』에서 제시한 문헌의 조건

  『素問入式運氣論奧』_「論十干」:『素問論』[時令部_歲時]

  『素問入式運氣論奧』_「論十二支」:「論十二支」[時令部_歲時]

『술이기(述異記)』, 양 임방(任昉) 찬

- 총인용 횟수: 2회
- 인용 사실을 밝힌 횟수: 1회
- 『지봉유설』의 실제 인용 문헌 : 『지봉유설』에서 제시한 문헌의 조건

『述異記』 : 출전 없음[災異部_災眚]
『述異記』 : 『述異記』[災異部_人異]

『오학편(吾學編)』, 명 정효(鄭曉) 찬
• 총인용 횟수: 2회
• 인용 사실을 밝힌 횟수: 1회
• 『지봉유설』에서 사용한 서명: 『吾學編』
• 『지봉유설』의 실제 인용 문헌 : 『지봉유설』에서 제시한 문헌의 조견
  『吾學編』 : 『吾學編』[天文部_天]
  『吾學編』 : 출전 없음[災異部_人異]

『옥지당담회(玉芝堂談薈)』, 명 서응추(徐應秋) 찬
• 총인용 횟수: 2회
• 인용 사실을 밝힌 횟수: 0회
• 『지봉유설』의 실제 인용 문헌 : 『지봉유설』에서 제시한 문헌의 조견
  『玉芝堂談薈』_「歲時雜占」 : 唐詩[時令部_節序]
  『玉芝堂談薈』_「好食人肉」 : 출전 없음[災異部_人異]

『운회(韻會)』, 원 웅충(熊忠) 찬
• 총인용 횟수: 2회
• 인용 사실을 밝힌 횟수: 2회
• 『지봉유설』에서 사용한 서명: 『韻會』
• 『지봉유설』의 실제 인용 문헌 : 『지봉유설』에서 제시한 문헌의 조견
  『韻會』 : 『韻會』[時令部_節序]-2회

『증류본초(證類本草)』, 송 당신미(唐愼微) 찬
• 총인용 횟수: 2회
• 인용 사실을 밝힌 횟수: 2회
• 『지봉유설』에서 사용한 서명: 『本草』

• 『지봉유설』의 실제 인용 문헌 : 『지봉유설』에서 제시한 문헌의 조견
  『證類本草』: 『本草』[災異部_物異]-2회

『통아(通雅)』, 명 방이지(方以智) 찬

• 총인용 횟수: 2회
• 인용 사실을 밝힌 횟수: 0회
• 『지봉유설』의 실제 인용 문헌 : 『지봉유설』에서 제시한 문헌의 조견
  『通雅』_〈天文〉: 출전 없음[天文部_星]-2회

『천문유초(天文類抄)』, 조선 이순지(李純之) 찬

• 총인용 횟수: 2회
• 인용 사실을 밝힌 횟수: 2회
• 『지봉유설』에서 사용한 서명: 『天文類抄』
• 『지봉유설』의 실제 인용 문헌 : 『지봉유설』에서 제시한 문헌의 조견
  『天文類抄』: 『天文類抄』[天文部_天]
  『天文類抄』: 『天文類抄』[天文部_星]

『천중기(天中記)』, 명 진요문(陳耀文) 찬

• 총인용 횟수: 2회
• 인용 사실을 밝힌 횟수: 0회
• 재인용한 사실을 밝히지 않고 원래의 문헌으로 제시한 서명, 인명: 『抱
  朴子』, 馬懷素 詩, 蘇東坡 詩, 蘇頲 詩.
• 특기 사항: 하나의 조항을 여러 조항으로 나눈 현상이 있다. 즉, 『천중
  기』의 내용을 나누어, 『포박자(抱朴子)』, 마회소(馬懷素)의 시, 소동
  파(蘇東坡)의 시, 소정(蘇頲)의 시를 각각 인용한 형식으로 만들었다.
• 『지봉유설』의 실제 인용 문헌 : 『지봉유설』에서 제시한 문헌의 조견
  『天中記』(혹은 『古今事文類聚』): 『抱朴子』[時令部_歲時]
  『天中記』: 馬懷素 詩, 蘇東坡 詩, 蘇頲 詩[時令部_節序]

『춘추좌전주소(春秋左傳注疏)』, 진(晉) 두예(杜預) 주, 당 공영달(孔穎達) 소

• 총인용 횟수: 2회
• 인용 사실을 밝힌 횟수: 0회
• 『지봉유설』의 실제 인용 문헌 : 『지봉유설』에서 제시한 문헌의 조견
  『春秋左傳注疏』: 출전 없음[天文部_星]-2회

『태평어람(太平御覽)』, 송 이방(李昉) 등 찬

• 총인용 횟수: 2회
• 인용 사실을 밝힌 횟수: 0회
• 재인용한 사실을 밝히지 않고 원래의 문헌으로 제시한 서명:『風土記』
• 『지봉유설』의 실제 인용 문헌 : 『지봉유설』에서 제시한 문헌의 조견
  『太平御覽』 혹은 『山堂肆考』(明 彭大翼 撰) : 『風土記』[時令部_節序]
  『太平御覽』_「蝦蟆」: 출전 없음[災異部_物異]

『황제내경소문(黃帝內經素問)』, 당 왕빙(王冰) 찬

• 총인용 횟수: 2회
• 인용 사실을 밝힌 횟수: 1회
• 『지봉유설』에서 사용한 서명:『素問』
• 재인용한 사실을 밝히지 않고 원래의 문헌으로 제시한 서명:〈月令〉
• 『지봉유설』의 실제 인용 문헌 : 『지봉유설』에서 제시한 문헌의 조견
  『黃帝內經素問』_「陰陽別論」: 『素問』[天文部_雨雪]
  『黃帝內經素問』의 주석 : 〈月令〉[時令部_節序]

다음은 1회 인용한 문헌이다.『지봉유설』에서 1회 인용한 문헌은『지봉유설』에서 제시된 서명이 사실과 부합하거나 인용 사실을 밝히지 않은 2가지 양상을 보이며, 재인용한 것은 보이지 않는다.

1회 인용한 문헌으로『지봉유설』에서 인용 사실을 밝힌 서명과 사실이 부합하는 것(불완전한 서명, 편명, 인명 포함): 문헌 총29종

• 『지봉유설』의 실제 인용 문헌 : 『지봉유설』에서 제시한 문헌의 조건

『格致叢書』(明 胡文煥 撰) : 『格致叢書』[時令部_節序]

『高麗史』_〈志〉: 『高麗史』[時令部_節序]

『古今注』_「問答釋義」(晉 崔豹 撰) : 『古今註』[災異部_人異]

『老子』: 『老子』[天文部_天]

『東閣雜記』(朝鮮 李廷馨 撰) : 『東閣雜記』[災異部_災眚]

『史記』_〈秦始皇本紀〉의 주석 : 『史記』註[災異部_人異]

『西京雜記』(漢 劉歆 撰, 晉 葛洪 輯) : 『西京雜記』[天文部_火]

『拾遺記』(後晉 王嘉) : 『拾遺記』[天文部_火]

『藝文類聚』(唐 歐陽詢 撰) : 『藝文類聚』[時令部_節序]

『雲南志』(唐 樊綽 撰) : 『雲南志』[災異部_人異]

『酉陽雜俎』(唐 段成式 撰) : 『酉陽雜記』[災異部_物異]

『資治通鑑』_〈宋紀〉(宋 司馬光 撰) : 출전 없음[災異部_人異]

『資治通鑑綱目前編』의 주석(宋 朱熹 撰) : 『史記』註[天文部_天]

『周禮注疏』(漢 鄭玄 注, 唐 賈公彦 疏) : 『周禮』[天文部_風雲]

『差穀全書』[時令部_歲時]

『楚辭章句』_〈離騷經章句〉(東漢 王逸 撰) : 『楚辭』[時令部_節序]

『太玄本旨』(明 葉子奇 撰) : 『太玄經』[天文部_日月]

『稗編』_「月忌」(明 唐順之 撰) : 『稗海』[時令部_歲時]

『稗海』(明 商濬 撰) : 『稗海』[天文部_星]

『抱朴子』_〈論僊〉(晉 葛洪 撰) : 『抱朴子』[天文部_火]

『鶴林玉露』(宋 羅大經 撰) : 『鶴林玉露』[災異部_饑荒]

『淮南鴻烈解』_〈說林訓〉(漢 劉安 著, 漢 高誘 注) : 『淮南子』[天文部_日月]

『醫學入門』(明 李梴 撰) : 『醫學入門』[災異部_物異]

『舊唐書』_〈南蠻傳〉: 〈南蠻傳〉[災異部_人異]

『新唐書』_〈志第〉_「行志」: 『唐書』[災異部_災眚]

『隋書』_〈天文志〉(唐 魏徵 等 撰) : 〈天文志〉[災異部_災眚]

『初學記』(唐 徐堅 撰) : 郭璞 「長臂國贊」[災異部_人異]

『太平寰宇記』_「驅度寐」(宋 樂史 撰) : 『歐邏巴輿地勝覽』[災異部_人異]

『皇極經世書』_「觀物外篇」(宋 邵雍 撰) : 邵子[天文部_日月]

1회 인용한 문헌으로 『지봉유설』에서 인용 사실을 밝히지 않는 것: 문헌 8종

• 『지봉유설』의 실제 인용 문헌 : 『지봉유설』에서 제시한 문헌의 조견

『古今事文類聚』(宋 祝穆 撰) : 출전 없음[災異部_人異]

『古今合璧事類備要』(宋 謝維新 撰) : 출전 없음[時令部_節序]

『廣博物志』(明 董斯張 撰) : 출전 없음[時令部_歲時]

『農政全書』(明 徐光啓 撰) : 출전 없음[時令部_節序]

『事物紀原』_〈天地生植部〉_「人日」(宋 高承 撰) : 출전 없음[時令部_歲時]

『三國史記』_〈新羅本紀〉_「太宗王」(高麗 金富軾) : 출전 없음[災異部_災眚]

『三國遺事』(高麗 一然) : 출전 없음[時令部_節序]

『避暑錄話』(宋 葉夢得 撰) : 출전 없음[時令部_歲時]

인용서로서의 기능이 약한 것: 문헌 3종

• 『지봉유설』의 실제 인용 문헌 : 『지봉유설』에서 제시한 문헌의 조견

『栗谷集』(朝鮮 李珥 著) : 『栗谷集』[天文部_雨雪]

『退溪集』(朝鮮 李滉 著) : 『退溪集』[天文部_雨雪]

『空同集』(明 李夢陽 撰) : 『李夢陽集』[天文部_雨雪]

출전을 알 수 없는 것: 문헌 3종

구라파국인 풍보보(馮寶寶)가 그린 「천형도(天形圖)」

「暹羅國地圖」[災異部_人異], [天文部_天]

雜書[災異部_人異]

서명을 범칭으로 대칭한 것: 문헌 7종

- 고어(古語)

  『蠡海集』_〈天文類〉(明 王逵 撰) : 古語[天文部_風雲]

  『元史』(明 宋濂·王緯 等 撰) 혹은 『明一統志』(明 李賢 等 撰) : 古語
  [天文部_雨雪]

- 고인(古人)

  『容齋五筆』_「月非望而食」(宋 洪邁 撰) : 古人[天文部_日月]

- 소설(小說)

  『清異錄』_〈天文〉_「麥家地理」(宋 陶穀 撰) : 小說[天文部_雨雪]

- 패사(稗史)

  『癸辛雜識』_「十二分野」(宋 周密 撰) : 稗史[天文部_星]

  『讀書箚記』(明 徐問 撰) : 稗史[天文部_天]

- 양생서(養生書)

  『三元延壽參贊書』(元 李鵬飛) : 養生書[時令部_歲時]

『지봉유설』 권1에서 제시한 서명의 종수와 실제 인용한 문헌의 종수
편차는 다음의 표와 같다.

부(部)	문(門)	『지봉유설』에서 제시한 서명의 종수	『지봉유설』에서 실제 인용한 문헌의 종수
천문부 (天文部)	천(天)	9	10
	일월(日月)	8	11
	성(星)	4	8
	풍운(風雲)	2	4
	우설(雨雪)	4	7
	홍(虹)	2	2
	뢰(雷)	0	2
	화(火)	5	7
〈천문부〉의 인용 문헌 종수		34	50

시령부 (時令部)	세시(歲時)	7	12
	절서(節序)	19	23
	주야(晝夜)	4	3
〈시령부〉의 인용 문헌 종수		30	38
재이부 (災異部)	재생(災眚)	11	10
	기황(饑荒)	2	3
	인이(人異)	13	20
	물이(物異)	8	7
〈재이부〉의 인용 문헌 종수		34	40
『지봉유설』 권1의 인용 문헌 종수		98	129
중복 제외 인용 문헌 종수		69	78

위의 표에서 보는 바와 같이 『지봉유설』에서 제시한 총 서명의 종수보다 『지봉유설』에서 실제 인용한 문헌이 9종 더 많다. 『지봉유설』에서 제시된 각 부(部)의 인용 문헌의 종수도 실제로 인용된 문헌의 수보다 적다. 이는 각 문(門)에도 동일하게 나타나는 현상이다. 그러나 〈시령부〉의 「주야」와 〈재이부〉의 「물이」는 『지봉유설』에서 제시한 총 서명의 종수보다 실제로 인용된 문헌의 수가 적다. 이는 하나의 항(項)을 『지봉유설』에서 인용하면서 여러 항으로 나누었기 때문이다. 만약 『지봉유설』에서 제시된 서명의 이명과 약칭, 저자의 이름과 별칭 등을 모르고 문헌을 계수(計數)한다면 인용 문헌의 수가 훨씬 더 많다고 착각할 것이다.

　『지봉유설』 권1에서 인용 사실을 밝히지 않은 문헌은 모두 17종으로 밝혀졌다. 그리고 인용 사실을 밝히지 않은 문헌의 대다수는 각종 유서(類書)나 잡기류(雜記類)들이다. 예를 들면, 『설략(說略)』은 인용 횟수가 각각 6회나 되지만 한 차례도 출전을 밝히지 않았다. 또 『사문유취(事文類聚)』는 4회, 『태평광기(太平廣記)』는 3회, 『옥지당담회(玉芝堂談薈)』·『통아(通雅)』·『천중기(天中記)』·『태평어람(太平御覽)』은 각각 2회씩 인용되었음에도 불구하고 한 차례도 출전을 밝히지 않았다. 1회씩 인용된 『고금사문유취(古今事文類聚)』·『고금합벽사류비요(古今合璧事類備要)』·『광박물지(廣博物志)』·『피서록화(避暑錄話)』·『사물기원(事物紀原)』·『농정전서(農政全書)』도 인용 사실을 밝히지 않았다. 또 서명을 고어(古語)·고인(古人)·패사(稗史)·소설(小說)·양생서(養生書) 등의 범칭으로 제시한 것도 산견되는데, 이 역시 모두 유서나 잡기류의 문헌을 대칭한 것이었다. 『승암집(升菴集)』, 『단연속록(丹鉛續錄)』, 『단연여록(丹鉛餘錄)』, 『단연총록(丹鉛總錄)』의 정확한 서명 대신 '楊用脩', '楊升庵'과 같이 편찬자의 자호를 사용한 것도 같은 맥락으로 볼 수 있다.

인용 사실을 밝히지 않은 문헌의 또 다른 갈래는 역사서다. 예를 들면 『춘추좌전주소』, 『당서』, 『삼국사기』, 『삼국유사』와 같은 것이다. 역사서에 실려 있을 것으로 짐작이 가지 않을 법한 내용이나 너무 익숙한 우리나라의 이야기는 인용 사실을 밝히지 않은 것으로 추정된다.

『지봉유설』에서 제시한 문헌과 실제 인용한 문헌 간의 인용 순위 간에도 큰 차이가 있다는 사실을 발견할 수 있었다. 다음은 양자 공히 3회 이상 인용된 문헌을 순위대로 정리한 표이다.

인용 순위	『지봉유설』에서 제시한 문헌	인용 횟수
1	『漢書』, 『說郛』	5회
2	『素問』, 『韻府群玉』	4회
3	『本草』, 『列子』, 『續博物志』, 『酉陽雜俎』, 『莊子』, 『夢溪筆談』, 『抱朴子』, 『淮南子』	3회
4	『京房易傳』, 『博物志』, 『史記』, 『輿地勝覽』, 『禮記』, 『韻會』, 『晉書』, 『天文類抄』, 『稗海』	2회

인용 순위	『지봉유설』에서 실제 인용한 문헌	인용 횟수
1	『說郛』	21회
2	『弇州四部稿』	11회
3	『升菴集』	7회
4	『說郛』, 『韻府群玉』	6회
5	『夢溪筆談』, 『博物志』, 『事文類聚』, 『莊子』, 『前漢書』	4회
6	『續博物志』, 『禮記』, 『爾雅』, 『前漢書』, 『晉書』, 『太平廣記』	3회

위의 표에서 보는 바와 같이 『지봉유설』에서 제시한 인용 문헌과 실제 인용한 문헌 모두 『설부(說郛)』가 1위를 점하였다. 그러나 인용의 횟수는 무려 5회와 21회로 매우 큰 편차를 보였다. 『엄주사부고(弇州四部稿)』는 실제 인용 문헌 중 2위로 11회 인용되었다. 그러나 『지봉유설』에서 제시한 문헌의 인용 순위에는 진입하지 못하였다. 이와 같은 양자 간의 편차는 이하의 순위에서도 동일하게 나타나는 현상이다. 실제로는 유서와 잡기류가 가장 많이 인용되었으나, 『지봉유설』에서 제시한 인용 문헌에서는 희석 내지 분산되어 있다는 것을 알 수 있다.

이상의 분석 결과를 통해 이수광이 『지봉유설』을 편찬하기 위하여 상당히 다양한 문헌자료를 충실히 수집하고 적절하게 인용하였다는 사실을 알 수 있었다. 또 상대적으로 많지는 않지만 우리나라의 문헌도 배제하지 않았다는 것도 알 수 있었다. 그리고 인용 사실을 충실히 밝히려고 노력한 점도 알 수 있었다. 그러나 안타깝게도 지식인의 원초적 욕망으로 인한 부정적 현상도 동시에 발견하게 되었다.

첫째, 자신의 저서가 몇몇 특정 도서에 크게 의존하고 있다는 사실을 최대한 알 수 없게 하기 위하여 의도적으로 인용 사실을 밝히지 않고 있다는 것이다. 실제로는 21회나 인용한 『설부』를 5회만 인용하였다고 밝히고 있는 등, 실제의 인용 빈도보다 낮추기 위한 의도가 발견된다. 물론, 동어반복을 피하기 위한 이유도 생각해 볼 수 있겠으나, 상당수는 정식 서명보다는 문헌의 별칭, 약칭을 제시하고 있으며, 저자의 이름으로 서명을 대체하기도 하였다. 7차례나 인용한 『승암집(升菴集)』의 경우, 단 한 차례도 서명을 언급하지 않았을 뿐만 아니라 편찬자의 이름도 노출하지 않고 자(字)나 호(號)로 대체 제시한 것이 대표적인 사례다. 이는 모두 가시적으로 다양한 문헌을 인용한 듯한 효과를 노린 것이다.

둘째, 실제로는 하나의 문헌에 실려 있는 내용들을 재인용하였으면서도, 그것들을 쪼개어 여러 문헌에서 각각 인용한 듯이 보이게 만든 것이 있다. 이는 자신이 하나의 사물이나 현상을 설명하기 위하여 여러 가지 문헌을 찾아보는 등 공을 많이 들였다는 것을 드러내기 위한 행동이다. 따라서 재인용하였다는 사실을 밝힌 경우가 극히 드물다.

셋째, 유서나 잡기류 등은 이미 다른 문헌의 전재로 구성되었기에, 인용 사실을 밝히지 않아도 된다는 암묵적 합의가 있었던 것으로 보인다. 필요한 경우에는 고어(古語)·고인(古人)·패사(稗史)·소설(小說)·양생서(養生書) 등의 범칭으로 처리하고 있다. 이는 지금은 많이 개선되었지만, 한동안 사전류는 인용 사실을 밝히지 않아도 크게 문제 삼지 않았던 것과 유사한 현상으로 보인다. 그리고 그것을 상당 정도 가공 변형하였을 경우에는 더더욱 그 지적 소유권은 자신에게 가까워진다고 생각하였던 것으로 보인다. 이러한 인식이 앞서 보인 첫 번째와 두 번째 현상으로 나타났다고 할 수 있다.

넷째, 다이제스트 판에서 인용한 사실을 밝히고 싶지 않아하는 현상이다. 『자치통감』에서 인용하였으면서도 출전을 『사기』로 밝히고 있는 것이 대표적인 예라고 할 수 있다. 이는 본 장에서 살펴본 『지봉유설』 권1에 국한된 현상이 아니라, 조선의 다른 유서들에서도 보이는 현상이다.

1-1-3.『지봉유설』권1의 문헌 인용의 실증적 분석

다음은『지봉유설』권1의 문헌 인용 양상에 대한 실증적 분석이다. 『지봉유설』의 문헌 인용 양상을 밝히는 동시에 이수광의 독자적 견해, 이수광의 직접 체험, 이수광의 실험, 이수광이 전해들은 이야기를 구분 해 보았다. 이를 통하여『지봉유설』의 구성 특징, 특히『지봉유설』이 이전의 유서들과 변별되는 독자적 특성을 가늠해 볼 수 있을 것이다.

『지봉유설』권1의 구성

〈天文部〉: 天 日月 星 風雲 雨雪 虹 雷 火
〈時令部〉: 歲時 節序 晝夜
〈災異部〉: 災眚 饑荒 人異 物異

【상호 일치 상관도】 ＝: 상호 일치함 ▶: 상관도 높음 ▷: 상관도 낮음

연번	『지봉유설』원문 및 제시 인용 문헌	실제 인용 문헌
『芝峯類說』卷一, 天文部, 天.		
1	說郛曰, 淸氣未升, 濁氣未沈, 游神未靈, 五色未分, 中有其物, 冥冥而性存, 謂之混沌.	
	『지봉유설』의 명시 서명: 『說郛』 ＊『설부』에서 찾을 수 없음.	
	太始之數一, 一爲太極, 太極者, 天地之母也, 太易之數二, 二爲兩儀, 兩儀者, 陰陽之形也, 泰素之數三, 三爲三才, 三才者, 天地之備也.	
	此卽老子所謂一生二, 二生三, 三生萬物者也.	道生一, 一生二, 二生三, 三生萬物. 『老子』_〈道化〉
	『지봉유설』의 명시 서명: 『老子』	

2	王世貞論太極圖說曰, 無極而太極, 吾不敢從其而也, 動而生陽, 靜而生陰, 吾不敢從其生也.	無極而太極, 吾不敢從其而也, 動而生陽靜而生陰, 吾不敢從其生也. 『弇州四部稿』
	『지봉유설』의 명시 인명: 王世貞	
	余謂弇州此言, 亦自有所見, 但於周子之意, 未之深究耳.	이수광의 견해
4	稗史曰, 天一日運轉一遭, 必有限也, 旣曰有限, 不知限外又是何物, 雖有百千萬億箇天地, 無了期, 誠可疑也.	前輩李文達, 以天一日轉運一遭, 豈有無邊際, 旣有限, 不知限外又是何物, 雖再有千萬個天也, 無了期, 誠不可知而可疑也. 『讀書箚記』_明 徐問 撰.
	출전으로 범칭을 서명 대신 제시: 稗史 ▷ 『讀書箚記』	
	朱子云, 其六七歲, 已憂此事, 至今未見如何, 然則聖賢於此, 亦有所未窮者, 如曰其大無外, 其小無內, 又曰無極而太極, 只就理上說耳, 恐猶未足以釋此疑也.	
	『지봉유설』의 명시 인명: 朱子 = 朱熹	
	莊子云, 六合之外, 聖人存而不論.	『莊子』_〈齊物論〉 『莊子口義』_宋 林希逸 撰.
	『지봉유설』의 명시 서명: 『莊子』	
	釋氏云, 四維上下, 不可思量者, 是也.	釋氏所謂, 四維上下, 不可思量也. [六合之外, 聖人存而不論 ……] 『莊子口義』
	재인용: 釋氏 ▷ 『莊子口義』의 주석	
5	列子云, 終日在天中行止.	終日在天中行止. 『列子』_〈天瑞〉
	『지봉유설』의 명시 서명: 『列子』	
	張湛註曰, 自地以上皆天也, 此言是. 蓋天無實形, 地上空虛處, 便是天爾.	自地而上則皆天矣. 『列子』_〈天瑞〉의 주석_晉 張湛 注.
	『지봉유설』의 명시 인명: 張湛	

6	史記註, 邵子, 以自有天地, 至于窮盡, 謂之一元, 一元有十二會, 一會有一萬八百年, 子會生天, 丑會生地, 寅會生人, 至戌會則閉物而消天, 亥會則消天而消地, 至子會則又生天而循環無窮矣, 自寅會至午會, 該四萬五千六百年, 正唐堯起甲辰之時云. 則自唐堯甲辰, 至皇明萬曆癸丑, 又四千年, 合六千四百年, 自今距午會之終, 四千四百年, 已過午會之半, 宜乎陽氣漸衰而陰氣自勝也.	邵子, 以自有天地, 至于窮盡, 謂之一元, 一元有十二會, 一會有一萬八百年, 子會生天 丑會生地, 寅會生人, 至戌會則閉物而消天 亥會則消天而消地, 至子會則又生天而循環無窮矣. 自寅會箕一度至午會, 星一度該四萬五千餘年, 正唐堯起甲辰之時也.『資治通鑑綱目前編』의 주석.

『지봉유설』의 명시 서명: 『史記』
*『史記』註 ▷ 『資治通鑑綱目前編』의 주석.

7	續博物志曰, 四表之內, 總有三十八萬七千里, 然則天之中央上下, 各半之處, 則一十九萬三千五百里, 地在于中, 是地去天之數也. 又曆象集曰, 天地相去, 十七萬八千五百里, 以此言之.	四表之內, 并星宿內, 總有三十八萬七千里 然則天之中央上下正半之處, 則一十九萬三千五百里, 地在於中, 是地去天之數也.『續博物志』宋 李石 撰.

『지봉유설』의 명시 서명: 『續博物志』

	莊子所謂搏扶搖而上者九萬里.	搏扶搖羊角而上者九萬里.『莊子』_〈逍遙遊〉

『지봉유설』의 명시 서명: 『莊子』

	乃指半天而言爾.	이수광의 견해

8	吾學編云, 天文七曜三垣二十八宿爲大, 七曜, 日日大明, 陽之精光, 君象也, 月夜明, 陰之精光, 后象也, 日輪大, 月較少, 日道近天在上, 月道近人在下, 五星爲水火金木土, 卽人間日用五府之精光也, 三垣, 曰天市, 明堂位也, 太微, 朝廷位也, 紫微, 宮寢位也, 二十八宿分列四方, 各守其野, 以供紫微之帝云云.	夫天文七曜三垣二十八宿爲大, …… 夫日太陽之精光, 君象也. 月太陰之精光, 后象也. …… 月較小, 日道近天在上, 月道近人在下, 故日食旣時四面有光溢出也. 水火金木土, 卽人間日用五府之精光也. …… 三曰天市, 明堂位也, 曰太微朝廷位也, 曰紫微宮寢位也. …… 二十八宿分列四方, 各守其野, 率諸經星, 以共紫微之帝猶, 郡國百司各治其職安其民人以承天子也.『圖書編』_明 章潢 撰.*『吾學編』_明 鄭曉 撰.

	『지봉유설』의 명시 서명: 『吾學編』	
	余嘗見歐羅巴國人馮寶寶所畫天形圖, 曰天有九層, 最上爲星行天, 其次爲日行天, 最下爲月行天, 其說似亦有據.	이수광의 견해
	『지봉유설』의 명시 서명: 歐羅巴國人馮寶寶所畫天形圖	
9	天文類抄云, 天河一名天漢, 蓋天一所生, 凝毓而成天, 所以爲東南西北襟帶之限也, 天下河漢之源, 蓋出於此, 又云萬物之精, 上爲列星, 河精上爲天漢, 未知孰是.	『天文類抄』: 조선 세종 연간에 간행된 천문학서.
	『지봉유설』의 명시 서명: 『天文類抄』	

『芝峯類說』卷一, 天文部, 日月.

연번	『지봉유설』 원문 및 제시 인용 문헌	실제 인용 문헌
10	列子言, 孔子見小兒, 辨日遠近云云. 宋周日用曰, 日當中而熱者, 炎氣直下也, 譬猶火氣直上, 在兩旁者, 其炎凉可悉, 足明初出近而當中遠矣.	• 孔子東游見兩小兒, 辯鬪問其故, 一兒曰, 我以日始出時去人近而日中時遠也. 一兒, 以日初出遠而日中時近也. 『列子』_〈湯問〉 • 孔子東遊見二小兒, 辯鬪問其故, 一小兒曰, 我以日始出時, 去人近, 而日中時遠也, 一小兒曰, 我以日出時遠而日中時近, 一小兒曰, 日初出時, 大如車蓋, 及日中時, 如盤盂, 此不爲遠者小而近者大乎. 一小兒曰, 日初出, 滄滄涼涼, 及其中, 如探湯, 此不爲近者熱而遠者涼乎. 孔子不能決, 兩小兒笑曰, 孰謂汝多知乎. 亦出列子.[周日用曰, 日當中向熱者, 炎氣直下也, 譬猶火氣直上而兩旁者, 其炎凉可悉耳, 足明初出近而當中遠矣. 豈聖人不能決乎.] 『博物志』_晉 張華 撰.
	『지봉유설』의 명시 서명: 『列子』 『지봉유설』의 명시 인명: 周日用 재인용 및 나누기: 『列子』, 周日用 ▷ 『博物志』	

11	古人言, 月本無光, 受日光以爲明.	頃見太史局官劉孝榮言, 月本無光, 受日爲明. 『容齋五筆』, 「月非望而食」_宋 洪邁 撰.
	출전으로 범칭을 서명 대신 제시: 古人 ▷ 洪邁	
	去日有遠近, 受光有增損, 惟正對而光滿, 故自朔至望則由近而遠, 所以光漸生而極於盈, 自望至朔則由遠而近, 所以光漸減而極於虛, 此天地陰陽消長盈虛之理也.	이수광의 견해
	又邵子曰, 月體本黑, 受日之光而白, 余謂月蝕旣, 則其色暗黑, 此可知矣.	月體本黑 受日之光故白 『皇極經世書』_〈觀物外篇〉_宋 邵雍 撰.
	『지봉유설』의 명시 인명: 邵子 = 邵雍	
12	淮南子曰, 月中有物婆娑, 乃山河影, 其空處海水影也.	見淮南子, 月中有物婆娑者, 乃山河影, 其空處海水影. 『說畧』_明 顧起元 撰.
	『지봉유설』의 명시 서명: 『淮南子』 재인용: 『淮南子』 ▷ 『說畧』	
	酉陽雜俎曰, 月中蟾桂地影也, 空處水影也. 空處水影也.	『酉陽雜俎』_〈天咫〉
	『지봉유설』의 명시 서명: 『酉陽雜俎』=『酉陽雜俎』	
	朱子以爲非地影, 乃地形遮隔耳.	非地影, 乃是地形倒去遮了他光耳. 『朱子語類』 『理學類編』_明 張九韶 撰. 『性理大全書』
	『지봉유설』의 명시 인명: 朱子 = 朱熹	
	余意月質本黑, 雖外爲日光所射, 而其有黑暈, 蓋其在內之本質也.	이수광의 견해
13	太玄經, 日月雌雄之序. 謂大小月也.	月見西方, 爲朓朔, 而月見東方, 爲側匿, 雌雄之序. 『太玄本旨』_明 葉子奇 撰.
	『지봉유설』의 명시 서명: 『太玄經』	
	素問, 月之死生, 以月虧滿而言.	『素問』
	『지봉유설』의 명시 서명: 『素問』	

	按初一日爲死魄, 十六日爲生魄.	이수광의 견해
	韻府云, 朔後明生而魄死, 望後明死而魄生.	補藻.魄死.[書疏, 朔後明生而魄死, 望後明死而魄生.]『御定韻府拾遺』『韻府』
	『지봉유설』의 명시 서명: 『韻府』	
	禮記曰, 日出於東, 月生於西, 是也.	『禮記注疏』_〈祭義〉
	『지봉유설』의 명시 서명: 『禮記』	
14	東坡曰, 玉川子月蝕詩, 以蝕月者月中蝦蟆, 梅聖兪日蝕詩, 以蝕日者三足烏, 此固俚說, 而按戰國策云, 日月涸暉於外, 其賊在內.	玉川子作月蝕詩, 以謂蝕月者, 月中之蝦蟆也. 梅聖兪作日蝕詩云, 食日者三足烏也. 此固俚說, 以寓其意也, 然戰國策曰, 日月輝於外, 其賊在於內, 則俚說亦尙矣.『東坡志林』
	『지봉유설』의 명시 인명: 東坡 = 蘇軾	
	淮南子云, 月照天下, 食於詹諸, 註, 詹諸, 月中蝦蟆也, 其說亦久矣.	『淮南鴻烈解』_〈說林訓〉_漢 高誘 注.
	『지봉유설』의 명시 서명: 『淮南子』	
15	寶宇雜記云, 七政, 曰日月木火土金水星, 四曜, 曰羅睺·計都·紫炁·月孛, 通七政爲十一曜.	『寶宇雜記』_明 胡文煥 撰. *관련기사 日月木火土金水, 謂之七政, 亦曰七曜, 今術家增入月孛, 紫炁羅睺計都四餘, 星爲十一曜.『丹鉛總錄』_〈天文類〉_「七政」
	『지봉유설』의 명시 서명: 『寶宇雜記』	
	南斗六星, 曰天府, 天相, 天同, 天梁, 天樞, 天機, 北斗七星, 曰貪狼, 巨門, 祿存, 文曲, 廉貞, 武曲, 破軍, 十二時, 曰半夜子, 鷄鳴丑, 平朝寅, 日出卯, 食時辰, 禺中巳, 日中午, 日昳未, 晡時申, 日入西, 黃昏戌, 人定亥, 今俗謂初更鍾動曰人定, 蓋以此也.	이수광의 견해
	淮南子曰, 日淪于蒙谷, 爲定昏.	『淮南子』
	『지봉유설』의 명시 서명: 『淮南子』	

16	道經云, 日姓張, 名表, 字長史, 月姓文, 名中, 字子光. 又日中有靑帝·赤帝·白帝·黑帝·黃帝, 月中有靑帝夫人·赤帝夫人·白帝夫人·黑帝夫人·黃帝夫人, 以至五嶽·四海·五星, 皆有姓名及字.	日姓張, 名表, 字長史, 日中靑帝名圓常元, 字照龍韜, 赤帝名丹靈峙, 字綠虹映, 白帝名皓鬱將, 字廻金霞, 黑帝名澄漕淳, 字玄綠炎, 黃帝名壽逸阜, 字飇暉像, 月姓文, 名申, 字子光, 月中靑帝夫人名娥隱珠, 字芬艶嬰, 赤帝夫人名翳逸寥, 字婉延虛, 白帝夫人名弄素蘭, 字鬱蓮花, 黑帝夫人名結蓮翹, 字淳屬金, 黃帝夫人名靑營襟, 字炅定容. 東嶽姓玄丘, 名目陸, 南嶽姓爛, 名洋光, 西嶽姓浩, 名元倉, 北嶽姓伏, 名通萌, 中嶽姓角, 名普生, 東海姓閨, 名內靈, 西海姓導, 名洞淸, 北海姓喩, 名淵元. 又東海姓何, 名歸君, 南海姓劉, 名囂君, 西海姓劉, 名漱君, 北海姓吳, 名禽强君. 歲星姓碧空, 名澄瀾, 字靑凝, 夫人姓涵常, 名寶容, 字飛雲, 熒惑星姓煥空, 名維淳, 字散融, 夫人姓陽常, 名華甁, 字玄羅, 太白星姓寥靈, 名振尋, 夫人姓明常, 名飆英, 字靈思, 辰星姓肇晅, 名精源, 夫人姓淵常, 名玄華, 字龍娥, 鎭星姓藏睦, 名耽延, 夫人姓康常, 名空瑤, 字非賢, 雷公江赫沖, 電母秀文英, 風伯方道彰, 雨師陳華夫, 俱見道經. 閻羅王名閃多, 見佛經. 『弇州四部稿』_〈宛委餘編〉
	재인용: 道經 ▷ 『弇州四部稿』 아래의 인용문(『酉陽雜俎』)과 이어지는 내용.	
	酉陽雜俎, 二十八宿, 皆有姓. 又泰山姓圓, 名常龍, 衡山姓丹, 名靈峙, 華山姓浩, 名鬱狩, 恒山姓澄, 名滯淳, 嵩山姓壽, 名逸群, 呼之, 令人不病, 又四海神各姓名, 其說多誕, 故不盡錄.	酉陽雜俎云, 二十八宿昴爲首姓 …… 泰山姓圓, 名常龍, 衡山姓丹, 名靈峙, 華山姓浩, 名鬱狩, 恒山姓澄, 名漕淳, 嵩山姓壽, 名逸羣, 呼之, 令人不病. 東海神姓馮, 名脩靑, 又名阿明, 夫人姓朱, 名隱娥, 一又名阿明, 南海姓祝, 名赤, 夫人 姓翳, 名逸寥, 一又名祝融, 西海姓勾大, 名丘伯, 夫人姓靈, 名素蘭, 一又名巨乘, 北海姓是, 名禹帳里, 夫人姓結, 名連翹, 一又名禺疆. 又河圖, 東方蒼帝神名靈威仰, 南方赤帝神名赤熛怒, 中央黃帝神名含樞紐, 西方

16		白帝神名白招拒, 北方黑帝神名叶光記, 與道經所載, 俱不同, 恐俱未可信也. 龍魚圖, 又有泰山將軍唐臣, 霍山將軍朱丹, 華山將軍鄒尙, 恒山將軍莫惠, 嵩山將軍石玄. 太公金匱, 南海神曰祝融, 東海神曰勾芒, 北海神曰玄冥, 西海神曰蓐收, 又不同. 『弇州四部稿』〈宛委餘編〉
	재인용: 『酉陽雜俎』 ▷ 『弇州四部稿』 위의 인용문(道經)에서 이어지는 내용.	

『芝峯類說』卷一, 天文部, 星

17	五星, 曰木歲星, 火熒惑, 土塡星, 金太白, 水辰星.	五行, 木歲星, 火熒惑, 土塡星, 金太白, 水辰星. 『晉書』〈志〉「律曆」
	출전 명기 없이 인용.	
	十二辰, 曰子玄枵, 一名天黿, 齊也, 丑星紀, 吳越也, 寅析木, 燕也, 卯大火, 宋也, 辰壽星, 鄭也, 巳鶉尾, 楚也, 午鶉火, 周也, 未鶉首, 秦也, 申實沈, 晉也, 酉大梁, 趙也, 戌降婁, 魯也, 亥陬訾, 一名豕韋, 衛也.	疏 鄭注保章氏引堪輿云, 寅析木, 燕也, 卯大火, 宋也, 辰壽星, 鄭也, 巳鶉尾, 楚也, 午鶉火, 周也, 未鶉首, 秦也, 申實沈, 晋也, 酉大梁, 趙也, 戌降婁, 魯也, 亥娵訾, 衛也, 子玄枵, 齊也, 丑星紀, 吳越也, 秦漢以來, 地分天次, 娵訾, 衛也, 降婁, 魯也, 娵訾之次, 一名豕韋, 故云衛地, 豕韋也. 『春秋左傳注疏』〈昭公 七年〉晋 杜氏注, 唐 陸德明 音義, 孔穎達 疏
	출전 명기 없이 인용.	
	又二十八宿, 斗曰南斗, 牛曰牽牛, 女曰須女, 亦曰婺女, 室曰營室, 壁曰東壁, 觜曰觜觿, 參曰參伐, 井曰東井, 鬼曰輿鬼.	牛曰牽牛, 女曰須女, 室曰營室, 壁曰東壁, 室壁曰定, 觜曰觜觿, 音資, 參罰, 一曰參伐, 井曰東井, 鬼曰輿鬼. 『通雅』〈天文 曆測〉明 方以智 撰.
	출전 명기 없이 인용.	
	又二十八宿爲經, 五星爲緯.	疏 二十八宿爲經, 五星爲緯. 『春秋左傳注疏』〈襄公〉
	출전 명기 없이 인용.	

18	稗史言, 世以二十八宿, 配十二州分野, 僅以畢昴二宿, 管異域諸國, 殊不知十二州之內, 東西南北, 不過一二萬里, 天之所覆者廣, 而華夏所占者, 牛女下十二國耳, 牛女在東南, 故釋氏以爲南贍部州云.	世以二十八宿, 配十二州分野, 最爲疎誕中間, 僅以畢昴二星, 管異域諸國, 殊不知十二州之內, 東西南北, 不過綿亘一二萬里, 外國動是數萬里之外, 不知幾中國之大, 若以理言之, 中國僅可配斗牛二星而已, 後夾漈鄭漁仲亦云, 天之所覆者廣, 而華夏之所占者, 牛女下十二國中耳, 牛女在東南, 故釋氏以華夏爲南贍部洲. 『癸辛雜識』 「十二分野」 宋 周密 撰.
	출전으로 범칭을 서명 대신 제시: 稗史 ▷ 『癸辛雜識』	
	此說似近, 按部州之州, 亦作洲, 蓋以中國亦在環海之內故也.	이수광의 견해
19	星部地名, 角亢氐鄭兗州, 房心宋豫州, 尾箕燕幽州, 斗牛女吳越揚州, 虛危齊青州, 室壁衛幷州, 奎婁魯徐州, 昴畢趙冀州, 觜參魏益州, 井鬼秦雍州, 柳星張周三輔, 翼軫楚荊州, 此二十八宿之分野也.	按晉志, 角亢氐屬鄭兗州, 房心宋豫州, 尾箕燕幽州, 斗牛女吳越揚州, 虛危齊青州, 室壁衛幷州, 奎婁胃魯徐州, 昴畢趙冀州, 觜參魏益州, 井鬼秦雍州, 柳星張周三輔, 翼軫楚荊州. 『通雅』 〈天文〉 明 方以智 撰.
	출전 명기 없이 인용.	
	按亢音岡, 平聲, 氐上聲, 觜音眥, 平聲, 與高亢之亢, 氐羌之氐, 口觜之觜不同.	
20	說郛曰, 陽精爲日, 日分爲星, 故其字日生爲星.	陽精爲日, 日分爲星, 故其字日下生爲星. 『說郛』 「春秋說題辭」
	又曰, 北斗七星, 第一天樞, 第二璇, 第三璣, 第四權, 第五玉衡, 第六開陽, 第七瑤光, 第一至四爲魁, 第五至七爲杓.	斗, 第一天樞, 第二璇, 第三璣, 第四權, 第五衡, 第六開陽, 第七搖光, 第一至第四爲魁, 第五至第七爲杓, 合而爲斗居陰布陽, 故稱北斗. 『說郛』 〈春秋運斗樞〉
	『지봉유설』의 명시 서명: 『說郛』	
21	按青丘星名, 天文類抄, 曰青丘主東方三韓之國, 此以地名之者也.	『天文類抄』
	『지봉유설』의 명시 서명: 『天文類抄』	

22	稗海云, 二十八宿, 宿音秀, 若考其義, 止當如本義, 宿者, 日月五星之所宿也.	『稗海』_明 商濬 撰. *관련기사 二十八宿, 宿音秀, 若考其義, 則止當讀如本音. 嘗記前人有說如此. 說苑辯物篇曰, 天之五星運氣於五行, 所謂宿者, 日月五星之所宿也, 其義昭然. 『容齋隨筆』_「二十八宿」_宋 洪邁 撰
	『지봉유설』의 명시 서명: 『稗海』	
	然韓昌黎南山詩, 落落月經宿, 亦作去聲用.	韓愈의 「南山詩」(『五百家注昌黎文集』) 이수광의 견해
	『지봉유설』의 명시 인명: 韓昌黎 = 韓愈	
23	柳子厚乞巧文曰, 天女之孫, 嬪于河鼓, 謂織女也.	天女之孫, 將嬪於河鼓. [吳均齊記云, 七月七日織女, 當渡河暫詣牽牛.] 『柳河東集』_「乞巧文」
	『지봉유설』의 명시 인명: 柳子厚 = 柳宗元	
	按天文志, 織女星, 天女也.	織女, 天女孫也. 『前漢書』_〈天文志〉
	『지봉유설』의 명시 서명: 〈天文志〉	
	今謂天女之孫, 別有所據耶, 又爾雅, 牽牛星, 謂之河鼓, 而天文志, 河鼓星在牽牛之西云, 然則河鼓與牽牛不同.	이수광의 견해
24	萬曆壬辰, 歲星守我國分野, 而倭賊入寇, 人以爲國家雖喪敗, 終必興復, 其言果驗.	이수광의 견해
	우리나라의 이야기	

『芝峯類說』 卷一, 天文部, 風雲.

25	小說曰, 風不鳴條者四十里, 折大技者四百里, 折大木者五千里, 三日三夕者, 天下盡風, 二日二夕者, 天下半風, 一日一夜者, 其風行萬里.	故爲雲爲雨, 風高者道遠, 風下者道近, 不鳴條搖之者四十里, 拆木枝者四百里, 折大木者五千里, 三日三夕者, 天下盡風, 二日二夕者, 天下半風半雨, 一日一夜者, 其風行萬里. 『說郛』_〈談撰 虞裕〉
	출전으로 범칭을 서명 대신 제시: 小說 ▷ 『說郛』	
	余意非但風也, 雨亦宜然.	이수광의 견해

26	古語曰, 春之風, 自下而升上, 夏之風, 橫行於空中, 秋之風, 自上而降下, 冬之風, 着土而行.	春之風, 自下而升上, 夏之風, 橫行於空中, 卽紙鳶以觀之, 春則能起交, 夏則不能起矣. 秋之風, 自上而降下, 木葉因之而隕落, 冬之風, 著土而行, 是以吼地而生寒也.『蠡海集』〈天文類〉_明 王逵 撰.
	출전으로 범칭을 서명 대신 제시: 古語 ▷ 『蠡海集』	
	余聞諸海上人, 則此言良是.	이수광의 전문
27	弇州稿曰, 倭舶之來, 恒在清明之後, 前乎此, 風候不常, 清明後, 方多東北風, 且積久不變, 過五月, 風自南來, 不利於行, 重陽後, 風亦有東北者, 過十月, 風自西北來, 故防海者, 以三四五月爲大訊, 九十月爲小訊.	若在五島開洋, 而南風方猛, 則趨遼陽, 趨天津, 大抵倭舶之來, 恒在清明之後, 前乎此, 風候不常, 難準定, 清明後, 方多東北風, 且積久不變, 過五月, 風自南來, 不利於行矣. 重陽後, 風亦有東北者, 過十月, 風自西北來, 亦非所利, 故防海者, 以三四五月爲大汛, 九十月爲小汛.『弇州四部稿』_〈文部〉
	『지봉유설』의 명시 서명: 『弇州稿』	
	聞趙完璧亦言大海中舟行以風便, 故每三四五月可行, 六月以後, 不得行舟云, 是也.	이수광의 전문
	우리나라의 이야기	
28	周禮保章氏, 以五雲之物, 卜吉凶水旱豐衰之祲象, 註, 二分二至, 觀雲氣, 青爲蟲, 白爲喪, 赤爲兵荒, 黑爲水, 黃爲豐.	以五雲之物, 辨吉凶水旱降豐荒之祲象. 注物色也, 視日旁雲氣之色降下也. 知水旱所下之國. 鄭司農云, 以二至二分, 觀雲色, 青爲蟲, 白爲喪, 赤爲兵荒, 黑爲水, 黃爲豐.『周禮注疏』
	『지봉유설』의 명시 서명: 『周禮』	
	所謂南畝黃雲知歲熟, 是也.	이수광의 견해
	但王介甫詩割盡黃雲稻正青, 乃指麥熟而言.	「壬戌五月與和叔同遊齊安」(『臨川文集』_宋 王安石 撰.)이수광의 견해
	『지봉유설』의 명시 인명: 王介甫 = 王安石	

『芝峯類說』卷一, 天文部, 雨雪.	
29	小說曰, 上旬交月, 謂朔日也, 雨則主月內多雨, 二十五日有雨則主久雨. 又曰, 四月朔雨則主旱, 然不盡驗也.	上旬交月雨, 謂朔日之雨也, 主月內多雨, 中旬自十一至二十日也, 下旬自二十一日至三十日也, 風吹月建, 主米陟貴, 初三月下有橫, 初四暗盤有月, 交二十五日也有雨, 則主久雨. 『說郛』_〈吳下田家志〉_「三旬」
	출전으로 범칭을 서명 대신 제시: 小說 ▷ 『說郛』 아래의 인용문(古語)으로 이어지는 내용. 나누기.	
	古語云, 春雨甲子, 赤土千里, 夏雨甲子, 乘船入市, 秋雨甲子, 禾頭生耳, 冬雨甲子, 牛羊凍死. 又曰, 甲申雨, 主米貴.	二十五二十六無雨, 初三初四莫行船, 春雨甲子, 乘船入市, 夏雨甲子, 赤地千里, 秋雨甲子, 禾頭生耳, 冬雨甲子, 飛雪千里. 又云, 戊午元同甲子期, 始終七日最稀奇, 七日多晴雨月燥, 七日多雨, 雨月泥, 甲申雨, 主米暴貴, 春主五穀不收, 夏主傷田禾, 秋主六畜死, 冬主人多病. 方言云, 甲申猶自可, 乙酉怕殺人, 壬子日雨則主久陰. 『說郛』_〈吳下田家志〉_「三旬」
	출전으로 서명 대신 범칭 제시: 古語 ▷ 『說郛』 위의 인용문(小說)에서 이어지는 내용.	
	杜詩, 冥冥甲子雨, 已度立春時.	杜甫의 「雨」(『杜詩詳註』)
	『지봉유설』의 명시 인명: 杜詩 = 杜甫의 시.	
30	素問曰, 地氣上爲雲, 天氣下爲雨. 註, 陰凝上結則合以成雲, 陽散下流則注以爲雨, 雨從雲以施化, 雲憑氣以交合云.	地氣上爲雲, 天氣下爲雨, 雨出地氣, 雲出天氣,[陰凝上結則合以成雲, 陽散下流則注而爲雨, 雨從雲以施化, 故言雨出地, 雲憑氣以交合, 故言雲出天, 天地之理且然, 人身淸濁, 亦如是也.] 『黃帝內經素問』_「陰陽別論」
	『지봉유설』의 명시 서명: 『素問』=『黃帝內經素問』	
	世以男女交合爲雲雨, 蓋本於此, 按巫山神女朝雲暮雨事, 古人多用之, 此則以神女而言, 非取交合之義.	이수광의 견해
31	小說云, 臘雪熟麥, 春雪殺麥, 田家以	臘雪熟麥, 春雪殺麥, 田翁以此占豐儉.

	此占豊儉.	『淸異錄』_〈天文〉_「麥家地理」_宋 陶穀 撰.
	출전으로 범칭을 서명 대신 제시: 小說 ▷ 『淸異錄』	
	古語曰, 臘前三白.	『農政全書』_明 徐光啓 撰 등 다수의 문헌.
	韓詩曰, 積雪驗豊熟.	韓愈의 「赴江陵途中, 寄贈王二十·補闕李十一·拾遺李二十六員外翰林三學士.」
	『지봉유설』의 명시 인명: 韓詩 = 韓愈의 시.	
	皆指冬雪, 而梅聖兪有賀春雪詩曰, 三公免責百姓喜何耶.	梅堯臣의 「十二月十三日喜雪」(『宛陵集』_宋 梅堯臣 撰.)
	『지봉유설』의 명시 인명: 梅聖兪 = 梅堯臣	
32	夏不雨冬不雪, 爲旱一也, 舊有祈雪祭, 故李退溪及栗谷集, 有祈雪祭文.	『退溪集』, 『栗谷集』
	『지봉유설』의 명시 서명: 『退溪集』, 『栗谷集』 ＊인용서의 기능 약함.	
	聞皇朝亦行之, 故萬曆中, 張居正有賀雪表, 其重如此.	이수광의 전문 이수광의 견해
	古語云, 冬無雪民多疾.	冬無雪民多疾. 『元史』 『明一統志』_明 李賢等 撰
	출전으로 범칭을 서명 대신 제시: 古語 ▷ 『元史』 혹은 『明一統志』	
	夫使癘氣消而土脈潤, 蝗蟲碎而牟麥熟, 皆積雪之驗也.	이수광의 견해
	且李夢陽集, 有謝雨文.	『空同集』_明 李夢陽 撰
	『지봉유설』의 명시 서명: 『李夢陽集』 ＊인용서의 기능 약함.	
	今祈晴得雨而無報祀, 蓋亦闕典云.	이수광의 견해

『芝峯類說』 卷一, 天文部, 虹.

33	張太嶽文曰, 虹螮蝀字皆從虫, 殆有物爲之, 儒者以爲陰陽邪淫之氣, 臆說也.	

	『지봉유설』의 명시 인명: 張太嶽 = 張居正	
	沈存中筆談, 世傳虹能飮澗, 信然, 嘗雨霽, 見虹兩頭皆垂澗中.	世傳虹能入溪澗飮水, 信然, 熙寧中, 予使契丹, 至其極北黑水境水安山下卓帳, 是時新雨霽, 見虹下帳前澗中. 『夢溪筆談』_〈異事〉
	『지봉유설』의 명시 서명: 『沈存中筆談』 = 『夢溪筆談』	
	又老僧言山中雨後, 見一物如大蝦蟆, 鼓腹吐氣, 遂成虹霓, 今人常言氣吐虹霓者不妄, 僧所見物蜥蜴耳.	이수광의 전문 이수광의 견해
	余謂虹能飮澗, 非虹能飮, 疑水中有物噓氣成形, 如蜃樓海市之類耳.	이수광의 견해
	按霓, 爾雅作蜺, 雌虹也.	『爾雅』
	『지봉유설』의 명시 서명: 『爾雅』	

『芝峯類說』卷一, 天文部, 雷.

34	張太嶽曰, 雷字古字作回, 爲龍蛇蟠屈之狀, 易, 雷在地中, 雷出地奮, 日在日出, 明其有物也, 殆亦蛟龍之類, 秉純陽之至精者, 隨陽氣之出入, 以爲起蟄, 五行唯火性酷暴, 如銃砲火藥一發, 金石皆炸裂, 雷得火之精, 故其氣也, 在石則裂, 在木則折, 在屋則毁, 其氣着物, 無不立死, 人畜之死於雷, 皆焦爛, 文如符篆, 是火氣之所灼也, 其死者偶與雷相値, 非雷擊之也, 有近之而不傷者, 其火毒偶未着身也, 推此言之, 則謂雷爲陰陽擊搏之氣, 與罰殛有罪云者, 悉臆說也.	雷字作回, 爲龍蛇蟠屈之狀, 易, 雷在地中, 雷出地奮, 日在日出, 明爲有物矣. …… 殆亦蛟龍之類, 秉純陽之至精者, 隨陽氣之出入, 以爲起蟄. …… 五行惟火性猛烈酷暴, 如炮之類, 火藥一發, 金石皆炸裂, 其毒著物, 無不爍爛. 雷稟陽之純, 得火之精, 故其起也, 在石則裂, 在木則折, 在屋則毁, 其飛騰而有火光, 則爲雷. 其火氣著物, 無不立死, 人畜之死於雷者, 皆有焦爛, 文如符篆, 是火氣之所燒灼也. 其人物之死者, 是偶與雷相値, 非雷擊之也, 有近之而不傷者, 其火毒偶未著身也. …… 推此言之, 則謂雷爲陰陽擊搏之氣, 與罰殛有罪云云者, 悉臆說也. 『張太嶽先生文集』_〈雜著〉_張居正.
	『지봉유설』의 명시 인명: 張太嶽 = 張居正	
35	周日用曰, 以霹靂木擊鳥影, 其鳥應時落地云.	周日用曰, 萬物皆有所相感, 愚聞以霹靂木擊鳥影, 其鳥應時落地. 『博物志』의 주석

『지봉유설』의 명시 인명: 周日用 출전 표시 없는 인용.	
此與射工射人影, 其理同也.	이수광의 견해

『芝峯類說』 卷一, 天文部, 火.

36	佛書云, 龍火得水而熾, 人火得水而滅.	佛書言, 龍火得水而熾, 人火得水而滅. 『夢溪筆談』_〈神奇〉
	재인용: 佛書 ▷ 『夢溪筆談』	
	沈括筆談曰, 雷火金石皆鎔而草木不爲焦灼.	沈存中筆談, 載雷火鎔寶劒不銷不斷 『說郛』
	『지봉유설』의 명시 서명: 『沈括筆談』=夢溪筆談 재인용: 『沈括筆談』(=『夢溪筆談』) ▷ 『說郛』	
	然西京雜記, 漢惠帝七年, 雷震南山, 林木皆火燃至末云.	惠帝七年夏, 雷震南山, 大木數千株, 皆火燃至末. 『西京雜記』_漢 劉歆 撰, 晉 葛洪 輯.
	『지봉유설』의 명시 서명: 『西京雜記』	
	莊子所謂水中有火, 乃焚大槐, 是矣.	水中有火, 乃焚大槐. 『莊子』_〈外物〉
	『지봉유설』의 명시 서명: 『莊子』	
37	抱朴子曰, 水性純冷而有溫谷之湯泉, 火性純熾而有蕭丘之寒燄.	水性純冷而有溫谷之湯泉, 火體宜熾而有蕭丘之寒焰. 『抱朴子』_〈論僊〉
	『지봉유설』의 명시 서명: 『抱朴子』	
	駱賓王文曰, 蕭丘之火漸熱.	蕭邱之火漸熱. 「上齊州張司馬啓」 『駱丞集』_唐 駱賓王 撰.
	『지봉유설』의 명시 인명: 駱賓王	
	按南海蕭丘之上, 有自生之火, 春起秋滅.	南海蕭邱之上, 有自生之火, 春起秋滅. 「上齊州張司馬啓」의 주석 『駱丞集』_唐 駱賓王 撰.
	출전 명기 없이 인용.	
	又拾遺記云, 海西泉玉山穴中, 有陰水, 其色如火, 名陰火.	西海之西, 有浮玉山, 山下有巨穴, 穴中有水, 其色若火, 晝則通矓不明, 夜

		則照耀穴外, 雖波濤灌蕩其光不減, 是謂陰火. 『拾遺記』 *『拾遺記』 내용의 요약.
	『지봉유설』의 명시 서명: 『拾遺記』	
	曹唐詩, 漲海潮生陰火滅, 是也.	曹唐의 「南遊」(『曹祠部集附錄』)
	『지봉유설』의 명시 인명: 曹唐의 시.	

『芝峯類說』卷一, 時令部, 歲時.

1	支干名, 甲曰閼逢, 乙曰旃蒙, 亦曰端蒙, 丙曰柔兆, 亦曰游兆, 丁曰强圉, 亦曰强梧, 戊曰著雍, 亦曰徒維, 己曰屠維, 亦曰祝犁, 庚曰上章, 亦曰商橫, 辛曰重光, 亦曰昭陽, 亦曰玄黓, 癸曰昭陽, 亦曰尙章, 子曰困敦, 丑曰赤奮若, 寅曰攝提格, 卯曰單閼, 亦曰亶安, 辰曰執徐, 巳曰大荒落, 午曰敦牂, 亦曰大律, 未曰協洽, 申曰涒灘, 酉曰作噩, 戌曰閹茂, 亥曰大淵獻.	大歲, 在甲曰閼逢, 在乙曰旃蒙[史作端蒙.], 在丙曰柔兆,[史作游兆.] 在丁曰彊圉[史作疆梧.], 在戊曰著雍[史作徒維], 在己曰屠維[史作祝犁], 在庚曰上章[史作商橫]在辛曰重光[史作昭陽], 在壬曰玄黓[史作焉逢], 在癸曰昭陽[史作尙章] 大歲在寅曰攝提格, 在卯曰單閼, 在辰曰執徐, 在巳曰大荒落, 在午曰敦牂, 在未曰協洽, 在申曰涒灘, 在酉曰作噩, 在戌曰閹茂, 在亥曰大淵獻, 在子曰困敦, 在丑曰赤奮若. 『廣博物志』_明 董斯張 撰.
	출전 명기 없이 인용.	
2	楊升庵曰, 歲陽名, 始見於爾雅, 攝提格以下二十二名, 是也. 後世相傳以爲古甲子, 而獨史記曆書紀見之, 疑漢世術家創爲此名, 而後人竄入爾雅, 堯舜三代, 恐無是稱也, 楚辭攝提貞于孟陬, 蓋用曆家之言也, 司馬公取以紀通鑑, 而綱目悉改之.	歲陽名, 始見於爾雅, 攝提格以下二十四名, 是也. 後世相傳以爲古甲子. …… 獨史記歷書紀, 漢武帝以來見之. 意當漢世術家創爲此名, 藏用隱字以神其術, 而後人竄入爾雅, 堯舜三代, 恐無是稱謂也. 司馬公取以紀通鑑, 亦信而好古之意, 愼初以爲是, 今疑其非, 願與有定見君子商確之, 楚辭攝提貞於孟陬兮, 分明用曆家之言, 稍變其字, 以別子寅庚之文, 非必謂以是紀歲也. 『升菴集』_「歲陽名」
	『지봉유설』의 명시 인명: 楊升庵 = 楊愼	
	按十干曰陽名, 十二支曰陰名, 升庵所謂攝提以下二十二爲陽名者非.	이수광의 견해

3	素問論, 十干曰甲乙, 草木始甲而乙屈也, 丙丁, 萬物炳然著見而强也, 戊己, 戊茂也, 己起也, 萬物含秀者抑屈而起也, 庚辛, 庚更也, 辛新也, 萬物更茂實新成也, 壬癸, 萬物閉藏, 懷姙於下, 揆然萌芽也.	盖甲乙, 其位木, 行春之令, 甲乃陽內而陰尙包之, 草木始甲而出也. 乙者, 陽過中, 然未得正方, 尙乙屈也. 又云乙軋也, 萬物皆解孚甲, 自抽軋而出之. 丙丁, 其位火, 行夏之令, 丙乃陽上而陰下, 陰內而陽外, 丁陽其强, 適能與陰氣相丁. 又云丙炳也, 萬物皆炳然著見而强也. 戊己, 其位土, 行周四季, 戊陽土也, 萬物生而出之, 萬物伐而入之, 己陰土也, 無所爲而得己者也. 又云, 戊茂也, 己起也, 土行四季之末, 萬物含秀者, 抑屈而起也. 庚辛, 其位金, 行秋之令, 庚乃陰干陽更 而續者也. 辛乃陽在下陰在上, 陰干陽極於此, 庚更故也, 而辛新也. 庚辛, 皆金, 金味辛, 物成而後有味. 又云, 萬物肅然, 更茂實新成. 壬癸, 其位水, 行冬之令, 壬乃陽, 旣受胎, 陰壬之, 乃陽生之位, 壬而爲胎, 與子同意, 癸者揆也, 天令至此, 萬物閉藏, 懷姙於其下, 揆然萌芽, 天之道也. 以爲日名焉, 故經曰天有十日, 日六竟而周甲者, 此也, 乃天地之數, 故甲丙戊庚壬爲陽, 乙丁巳辛癸爲陰, 五行各一陰一陽, 故有十日也. 『素問入式運氣論奧』_「論十干 第二」_ 宋 劉溫舒 撰.
	『지봉유설』의 명시 서명: 『素問論』=『素問入式運氣論奧』 *『素問入式運氣論奧』를 축약 인용하였음.	
	論十二支曰, 子者, 一陽肇生之始, 壬而爲胎, 丑陰尙執而紐之, 寅, 津也, 謂物之津塗, 卯, 茂也, 陽氣盛而孳茂, 辰, 震也, 物盡震而長, 己, 起也, 物畢盡而起, 午, 長也大也, 物皆滿長大, 未, 味也, 物成而有味, 申, 身也, 言物體皆成, 酉, 縮也, 萬物皆縮縮收斂, 戌, 滅也, 萬物皆衰滅, 亥, 劾也, 陰氣劾殺萬物也,	淸陽爲天, 五行彰而十干立, 濁陰爲地, 八方定而十二支分, 運移氣遷, 歲成而盈虛應紀, 上升下降, 物物而變化可期, 所以支干配合, 共臻妙用矣. 子者, 北方至陰, 寒水之位, 而一陽肇生之始, 故陰極則陽生, 壬而爲胎, 子之爲子, 此十一月之辰也. 至丑, 陰尙執而紐之. 又丑, 陰也, 助也, 謂十二月終始之際, 以結紐爲名焉. 寅, 正月也, 陽已在上, 陰已在下, 人始見之時, 故律管飛灰候之, 可以述事之始也. 又寅,

論十二支曰, 子者, 一陽肇生之始, 壬而爲胎, 丑陰尙執而紐之, 寅, 津也, 謂物之津塗, 卯, 茂也, 陽氣盛而孳茂, 辰, 震也, 物盡震而長, 己, 起也, 物畢盡而起, 午, 長也大也, 物皆滿長大, 未, 味也, 物成而有味, 申, 身也, 言物體皆成, 酉, 縮也, 萬物皆絟縮收斂, 戌, 滅也, 萬物皆衰滅, 亥, 劾也, 陰氣劾殺萬物也,	淸陽爲天, 五行彰而十干立, 濁陰爲地, 八方定而十二支分, 運移氣遷, 歲歲而盈虛應紀, 上升下降, 物物而變化可期, 所以支干配合, 共臻妙用矣. 子者, 北方至陰, 寒水之位, 而一陽肇生之始, 故陰極則陽生, 壬而爲胎, 子之爲子, 此十一月之辰也. 至丑, 陰尙執而紐之. 又丑, 陰也, 助也, 謂十二月終始之際, 以結紐爲名焉. 寅, 正月也. 陽已在上, 陰已在下, 人始見之時, 故律管飛灰候之, 可以述事之始也. 又寅, 演也, 津也, 謂物之津塗. 卯者, 日升之時也. 又卯, 茂也, 言二月陽氣盛而孳茂. 辰者, 陽已過半, 三月之時, 物盡震而長, 又謂辰言震也. 巳者, 四月, 正陽而無陰也. 自子至巳, 陽之位, 陽於是當. 又巳, 起也, 物畢盡而起. 午者, 陽尙未屈, 陰始生而爲主. 又云, 午, 長也, 大也, 物至五月, 皆滿長大矣. 未, 六月, 木已重而成矣. 又云, 未, 味也, 物成而有味, 與辛同意. 申者, 七月之辰, 申陽所爲而已. 陰至於申, 則上下通, 而人始見白露, 葉落乃其候也. 可以述陰事以成之. 又云, 申, 身也. 言物體皆成. 酉者, 日入之時, 乃陰正中, 八月也. 又云, 酉, 縮也, 萬物皆絟縮收斂. 九月戌, 陽未旣也, 然不用事, 潛藏於戌土中, 乃乾位, 戌爲天門故也. 又云, 戌, 滅也, 萬物皆衰滅矣. 十月亥, 純陰也. 又亥, 劾也, 言陰氣劾殺萬物, 此地之道也, 故以此名月焉. 『素問入式運氣論奧』_「論十二支 第三」

『지봉유설』의 명시 서명: 「論十二支」
*『素問入式運氣論奧』를 축약 인용하였음.

余意養生書, 勿食申後飯者, 亦以食道至酉而斂閉, 故禁之歟.	이수광의 견해 書云, 空心茶宜戒, 卯時酒, 申後飯宜少. 『三元延壽參贊書』_「人說」_元 李鵬飛.

출전으로 범칭을 서명 대신 제시: 養生書 ▷『三元延壽參贊書』

4	十二辰, 子鼠丑牛寅虎卯兔辰龍巳蛇午馬未羊申猴酉鷄戌狗亥猪也.	
	按說郛云, 子寅辰午申戌俱陽, 故取奇數爲名, 鼠虎龍皆五指, 馬單蹄, 猴狗亦五指也. 丑卯巳未酉亥俱陰, 故取偶數爲名, 牛兩蹄, 兔缺唇, 蛇雙舌, 羊鷄猪, 皆四爪也. 其說似有理.	子寅辰午申戌俱陽, 故取相屬之奇數以爲名, 鼠五指, 虎五指, 龍五指, 馬單蹄, 猴五指, 狗五指, 丑卯巳未酉亥俱陰, 故取相屬之偶數以爲名, 牛四爪, 兔兩爪, 蛇兩舌, 羊四爪, 鷄四爪, 猪四爪, 其說極有理. 『說郛』_〈暘谷漫錄〉
	『지봉유설』의 명시 서명: 『說郛』 *뒷부분의 내용은 차이가 있음.	
5	正月曰端月陬月, 二月曰令月始月, 三月曰嘉月宿月蠶月, 四月曰正陽月余月陰月, 五月曰暑月皋月, 六月曰季月朝月, 七月曰涼月相月, 八月曰壯月桂月, 九月曰玄月菊月, 十月曰陽月良月, 十一月曰辜月暢月, 十二月曰除月涂月嚴月, 又甲丙戊庚壬爲剛日, 乙丁己辛癸爲柔日, 亦曰隻日雙日.	
6	閏月, 二十年一周, 如萬曆丁丑年, 有閏八月, 至丙申又閏八月, 庚辰年有閏四月, 至己亥又閏四月, 癸未年有閏二月, 至壬寅又閏二月, 大都如此.	
7	東方朔占書, 正月一日鷄, 二日狗, 三日羊, 四日猪, 五日牛, 六日馬, 七日人, 八日穀, 淸明溫和, 爲蕃息安泰之候, 陰寒慘冽, 爲疾病衰耗云. 杜詩元日至人日, 未有不陰時, 蓋用此耳.	東方朔占書曰, 歲正月一日占鷄, 二日占狗, 三日占羊, 四日占猪, 五日占牛, 六日占馬, 七日占人, 八日占穀, 皆晴明溫和, 爲蕃息安泰之候, 陰寒慘烈, 爲疾病衰耗, 故杜子美詩曰, 元日至人日, 未有不陰時, 盖傷時之言也, 推此當由漢世始有其義. 『事物紀原』_〈天地生植部〉_「人日」_宋高承 撰.
	*출전 명기 없이 인용.	
8	差穀全書曰, 正月辛未, 倉頡死日, 勿入學, 二月辛未, 扁鵲死日, 勿服藥, 八月上庚, 河伯死日, 勿行船.	『差穀全書』

	『지봉유설』의 명시 서명: 『差穀全書』	
	抱朴子曰, 馮夷渡河溺死.	*관련기사 抱朴子釋鬼篇曰, 馮夷. 以八月上庚日, 渡河溺死. 『天中記』_明 陳耀文 撰. 『古今事文類聚』
	『지봉유설』의 명시 서명: 『抱朴子』	
	亦云, 馮夷服花八石爲水仙, 此言皆出雜書, 恐未可信.	이수광의 견해
9	稗海曰, 俗以每月初五十四二十三爲月忌, 出行必避之, 其說不經云.	*관련기사 野語曰, 俗以每月初五十四二十三爲月忌, 凡事必避之, 其說不經. 『稗編』_「月忌」_明 唐順之 撰.
	『지봉유설』의 명시 서명: 『稗海』	
	今俗以此日爲三破日者, 未知何據.	이수광의 견해
10	小說曰, 日食正陽之月, 先儒以爲四月, 不然也, 正謂四月, 陽謂十月, 詩曰, 正月繁霜. 又曰, 歲月陽止. 蓋四月純陽, 不欲爲陰所侵, 十月純陰, 不欲過而干陽, 此言似是.	先儒, 以日食正陽之月, 止謂四月, 不然也, 正陽乃兩事, 正謂四月, 陽謂十月, 歲月陽止是也, 詩有正月繁霜. …… 蓋四月純陽, 不欲爲陰所侵, 十月純陰, 不欲過而干陽也. 『夢溪筆談』_〈辨證〉
	출전으로 범칭을 서명 대신 제시: 小說 ▷ 『夢溪筆談』	
11	古者, 擧事, 皆避月晦, 說者, 以陰之窮爲諱, 春秋晉楚鄢陵之戰, 特書子晦以見譏, 是也. 在前祀享, 亦避, 是日云.	古者, 擧大事, 皆避月晦, 說者, 以陰之窮爲諱春秋晉楚鄢陵之戰, 特書甲午晦以見譏. 『避暑錄話』_宋 葉夢得 撰.
	출전 명기 없이 인용 ▷ 『避暑錄話』	
12	續博物志云, 木日造麵則酸, 水日造醬則生蟲, 九焦日種穀則不生牙, 六合日遣鬼鬼不去, 火日安蜂則蜜苦, 土日種麻則不生.	續博物志云, 木日造麴而酸, 水日造醬則生蟲, 九焦日種穀則不生芽, 六合日遣鬼鬼不去, 火日安蜂則蜜苦, 土日種麻則不生. 『續博物志』
	『지봉유설』의 명시 서명: 『續博物志』	
	信斯言也, 古人凡有動作, 必擇日者, 蓋有意焉.	이수광의 견해

	『芝峯類說』 卷一, 時令部, 節序.	
13	月令, 仲春鳴鶷鴂, 韻府群玉曰, 鶷鴂一名子規, 春分鳴則衆芳生, 秋分鳴則衆芳歇.	月令, 仲春鳴鶷鴂, 關東曰鶲鴂, 關西曰巧婦, 春分鳴則衆芳生, 秋分鳴則衆芳歇, 鶷鴂一名子規. 『韻府羣玉』_「鴂」
	『지봉유설』의 명시 서명: 〈月令〉 재인용: 〈月令〉 ▷ 『韻府羣玉』 *"韻府群玉曰" 앞의 "月令, 仲春鳴鶷鴂"도 『韻府群玉』에서 인용된 내용임.	
	楚辭曰, 恐鶷鴂之先鳴, 百草爲之不芳, 是也.	恐鵜鴂之先鳴兮, 使夫百草爲之不芳. 『楚辭章句』_〈離騷經章句〉
	『지봉유설』의 명시 서명: 『楚辭』	
	又詩曰, 七月鳴鵙, 鵙, 博勞也, 亦名鴂, 陰氣動而鳴, 陽氣復而止, 陰賊之鳥.	○伯勞. 格物總論. [伯勞, 按郭璞云, 形似鶷鴂而大, 夏至來冬至去, 以陰氣動而鳴, 以陽氣復而止, 蓋陰賊之鳥, 其鳴鵙鵙然, 故名曰鵙, 或曰博勞, 或曰伯趙, 卽此.] ○七月鳴鵙.[七月鳴鵙, 詩豳七月.] 『古今合璧事類備要』_宋 謝維新 撰.
	출전 명기 없이 인용: 『古今合璧事類備要』	
	未知鵙與鶷鴂, 是一物否也.	이수광의 견해
14	月令, 仲春桃始華, 素問註, 作小桃華.	新校正云, 詳小桃華, 月令作桃始華. 『黃帝內經素問』의 주석
	『지봉유설』의 명시 서명: 〈月令〉 재인용: 素問註 =『黃帝內經素問』의 주석.	
	蓋今俗所謂小桃也.	이수광의 견해
15	月令, 戴勝降于桑, 註, 頭上毛花成勝故名.	戴勝降于桑. 記月令, 織汪之鳥頭上毛花成勝故稱. 『韻府群玉』_「戴勝」
	『지봉유설』의 명시 서명: 〈月令〉 재인용: 素問註 =『韻府群玉』	
	司馬相如賦云, 西王母暠然白首戴勝而穴處, 按勝者, 婦人首飾, 謂之華勝.	『史記』, 「司馬相如列傳」 西王母暠然白首載勝而穴處, 相如傳. 勝者婦人首飾. 漢代曰華勝. 『韻府群玉』_「華勝」

	『지봉유설』의 명시 인명: 司馬相如. 출전 명기 없이 인용 ▷ 『韻府群玉』	
	唐制, 立春, 宰執親王, 賜金銀幡勝, 人日, 賜綵縷人勝.	唐制, 立春, 宰執親王, 賜金幡勝. 『韻府羣玉』_「金幡勝」
	출전 명기 없이 인용 ▷ 『韻府群玉』	
	馬懷素詩, 三陽候節金爲勝, 蘇東坡 詩, 頭上銀幡笑阿咸是也, 又蘇頲詩, 初年競帖宜春勝.	馬懷素詩, 三陽候節金爲勝, 百福延祥 玉作盃, 李嶠詩, 桂吐半輪迎此夜, 葖 開七葉應今朝, 蘇頲詩, 七葉仙葖承月 吐, 千株玉柳拂煙開, 初年競帖宜春 勝, 長命先浮獻壽杯. 『天中記』_明 陳耀文 撰. 「和子由除夜元日省宿致齋三首」 『東坡全集』 등 다수의 문헌에 실려 있 음.
	『지봉유설』의 명시 인명: 馬懷素의 시, 蘇東坡의 시, 蘇頲의 시. *『天中記』에 馬懷素의 시와 蘇頲의 시가 모두 인용되어 있는 것으로 보아 『天中記』가 출전인 듯함.	
	按荊楚記, 立春, 剪綵爲燕戴之, 有宜 春二字.	立春之日, 悉翦綵爲鷰戴之, 帖宜春二 字. 『說郛』_〈荊楚歲時記〉
	『지봉유설』의 명시 서명: 『荊楚記』=『荊楚歲時記』 재인용: 『荊楚記』 ▷ 『說郛』	
	蓋唐俗也.	이수광의 견해
16	月令, 王瓜生.	月令, 王瓜生, 是也. 『爾雅注疏』의 주석
	『지봉유설』의 명시 서명: 〈月令〉 재인용: 〈月令〉 ▷ 『爾雅』	
	按韻會, 王瓜根可生食, 故得瓜名.	通志曰, 王瓜根可生食, 故得瓜名. 『古今韻會擧要』_元 熊忠.
	『지봉유설』의 명시 서명: 『韻會』	
	然王瓜實小而以王稱, 何也, 或言王 瓜, 卽今俗所謂籍田瓜也, 其種本小 而先諸瓜而生, 薦進于王故名之, 未 知信否.	이수광의 견해

17	月令, 夏其蟲羽. 王奕曰, 鳳羽蟲之長, 故南方之宿, 爲朱鳥. 又禽經, 赤鳳謂之鶉, 蓋鳳生于丹穴, 鶉又鳳之赤者, 故取象焉, 吳興沈氏以朱鳥爲丹鶉, 是也.	王奕曰, 朱鳥以其羽蟲之長稱乎而曰鶉首鶉尾, 何也. 師曠禽經, 靑鳳謂之鶡, 赤鳳謂之鶉, 白鳳謂之鶴, 紫鳳謂之鷟, 蓋鳳生於丹穴, 鶉又鳳之赤者, 故南方取象焉. 考之, 月令, 夏其蟲羽, 鳳羽蟲之長, 故南方之宿, 爲朱鳥, 吳興沈氏以朱鳥爲丹鶉, 豈知四獸皆蟲之長也, 鶉之微何預. 『升菴集』_「石氏星經」
	『지봉유설』의 명시 서명: 〈月令〉 『지봉유설』의 명시 인명: 王奕 재인용: 〈月令〉, 王奕 ▷ 『升菴集』 **"王奕曰"앞의"月令, 夏其蟲羽."도 『升菴集』에서 인용된 것임.	
18	月令, 鴻鴈有四候, 按干寶曰, 八月鴻鴈來, 乃大鴈也, 鴈之父母, 九月鴻鴈來賓, 小鴈也, 鴈之子也, 十二月鴈北鄕, 亦大鴈, 鴈之父母, 正月候鴈北, 亦小鴈, 鴈之子也.	月令, 鴻鴈有四候, 鴻鴈之鳥, 木落南翔, 氷泮北徂, 知時之鳥也. 然其行有先後, 八月鴻鴈來, 乃大鴈也. 鴈之父母, 九月鴻鴈來賓, 小鴈也, 鴈之子也. 十二月鴈北鄕, 亦大鴈, 鴈之父母, 正月候鴈北, 亦小鴈, 鴈之子也. 此說, 出晉干寶, 宋人述之以爲的論. 『升菴集』_「鴻鴈四候」
	『지봉유설』의 명시 서명: 〈月令〉 『지봉유설』의 명시 인명: 干寶 재인용: 〈月令〉, 干寶 ▷ 『升菴集』	
	余意鴻鴈來, 言鴈始向南而來也, 鴻鴈來賓, 言至是悉來而爲賓, 賓者對主而言, 以見鴈北方之鳥而賓於南方也, 鴈北鄕, 鄕, 向也, 言鴈始向北也, 候鴈北, 言至是悉歸北也, 其曰候鴈, 通稱之辭.	이수광의 견해
19	格致叢書云, 夏小正曰, 十月, 黑鳥浴, 黑鳥, 烏也, 浴, 謂飛乍上乍下也.	『格致叢書』_明 胡文煥 輯.
	『지봉유설』의 명시 서명: 『格致叢書』	
	諺曰, 鴉浴風鵲浴雨.	諺云, 鴉浴風鵲浴雨. 『農政全書』_明 徐光啓 撰.
	출전 명기 없이 인용 ▷ 『農政全書』	

20	月令, 仲冬鶡旦不鳴, 註, 鶡旦, 夜鳴求旦之鳥也.	盍旦, 一作鴅旦・鶡旦・渴旦・鴨旦・寒號也. 此升菴之確論. 坊記, 引詩相彼盍旦. 尙猶患之註云, 盍旦, 夜鳴求旦之鳥. 『通雅』_〈動物 鳥〉_明 方以智 撰. *출전을 확정할 수 없음.
	『지봉유설』의 명시 서명: 〈月令〉	
	曆書, 旦作鴠.	
	杜詩, 鶡鴠催明星.	鶡鴠催明星. 杜甫의 「湘江宴餞裴二端公赴道州」 (『九家集注杜詩』)
	『지봉유설』의 명시 인명: 杜甫의 시.	
	按鶡鴠似伯勞而小.	字林云, 鶡鴠似伯勞而小. 『爾雅』_〈釋鳥〉의 주석.
	출전 명기 없이 인용 ▷ 『爾雅』	
	催天明之鳥也, 蓋卽鶡旦, 記, 亦作盍旦.	盍旦, 夜鳴求旦之鳥也. 『禮記注疏』_〈坊記〉의 주석.
	출전 명기 없이 인용 ▷ 『禮記注疏』	
	又歐陽公詩曰, 惟聽夏鷄聲, 夜夜耕曉月.	惟聽夏雞聲, 夜夜壟頭耕曉月. 『文忠集』_「鴨鴺詞」宋 歐陽修 撰. *『文忠集』등 다수 문헌.
	『지봉유설』의 명시 인명: 歐陽公 = 歐陽修 *『지봉유설』에는 "夜夜耕曉月"로 오기되어 있음.	
	按夏鷄, 鴨鴺也, 催明之鳥云.	催明之鳥, 一名夏鷄, 俗名隔隘鷄. 『升菴集』_「批頰」
	출전 명기 없이 인용 ▷ 『升菴集』	
	未知與鶡鴠同否也.	이수광의 견해
21	②月令, 仲冬荔挺出, 鄭玄註, 荔挺, 馬薤也, 今謂十一月爲荔月以此, ①周易莧陸夬夬, 註以爲今馬齒莧, 感陰氣之多者, 是也.	①周易, 莧陸夬夬中行无咎. 註以爲今馬齒莧, 感陰氣之多者. ②月令云, 仲冬大雪後五日, 荔挺出. 鄭玄註云, 荔挺馬薤也. 『弇州四部稿』_〈宛委餘編〉
	『지봉유설』의 명시 서명: 〈月令〉, 『周易』	

『지봉유설』의 명시 인명: 鄭玄의 註.
재인용 및 나누기: 〈月令〉, 『周易』, 鄭玄의 註 ▷ 『弇州四部稿』
*문장을 순서를 바꾸어 인용하였음.

楊用脩曰, 葵邑·高誘, 皆言荔以挺出, 鄭玄以荔挺爲名者, 誤矣.	鄭玄曰, 荔挺馬薤也. 易通卦驗玄圖曰, 荔挺不出, 則其國多火災. 說文曰, 荔似蒲而小根, 可爲刷. 蔡雍高誘皆云, 荔以挺出, 然則鄭玄而以荔挺爲名者, 亦誤之甚矣. 『丹鉛續錄』_「荔挺生」_明 楊愼 撰.

『지봉유설』의 명시 인명: 楊用脩 = 『丹鉛續錄』

22

禮記月令, 征鳥厲疾, 註, 鷹隼之類, 善擊, 故曰征.	征鳥厲疾.[征鳥, 鷹隼之屬, 以其善擊, 故曰征.] 『禮記大全』_〈月令〉

『지봉유설』의 명시 서명: 『禮記』〈月令〉

韻會曰, 鳾, 鳥名, 齊魯間謂題肩爲鳾, 通作征.	今增, 鳾, 鳥名, 方言, 齊魯間謂題肩爲鳾, 通作征. 『古今韻會擧要』_元 熊忠.

『지봉유설』의 명시 서명: 『韻會』

韻府群玉曰, 題肩, 鷂也.	題肩, 鷂也. 『韻府群玉』_「題肩」

『지봉유설』의 명시 서명: 『韻府群玉』

又藝文類聚, 作鷙鳥厲疾.	鷙鳥厲疾. 『藝文類聚』

『지봉유설』의 명시 서명: 『藝文類聚』

23

小說云, 龍星木之位, 春屬東方, 心爲大火, 懼火盛故禁火, 是以寒食有龍忌之禁, 未必爲子推設也, 此語似是, 唐詩以寒食爲火忌, 亦此也, 按周官司烜氏, 仲春, 以木鐸巡火, 禁于國中, 爲季春將出火也, 然則禁火, 無乃周之遺俗歟.	按周禮司烜氏, 仲春, 以木鐸修火, 禁于國中. 注云, 爲季春將出火也. 丹陽集云, 龍星木之位也, 春屬東方, 心爲大火, 懼火盛故禁火, 是以寒食有忌之禁, 則所謂禁煙, 又未必爲子推設也. 『說畧』_〈時序〉_明 顧起元 撰.

『지봉유설』의 명시 서명: 〈周官〉
재인용 및 나누기: 小說, 〈周官〉 ▷ 『說畧』
출전으로 범칭을 서명 대신 제시: 小說 ▷ 『說畧』

24	二十四氣中, 小滿芒種名義不可解.	이수광의 견해
	說郛云, 小滿, 謂麥之氣至此, 方小滿而未熟也, 芒種, 諸種之有芒者麥也, 至是當熟矣.	小滿芒種, 說者不一, 僕因問之, 明遠曰, 皆爲麥也. 小滿四月中, 謂麥之氣至此, 方小滿而未熟也. 芒種, 五月節, 種該數類之種, 謂種之有芒者, 麥也, 至是當熟矣. 『說郛』_元 陶宗儀 撰.
	『지봉유설』의 명시 서명: 『說郛』	
	或云, 麥至是而可收, 稻至是而不可種也, 此兩說者, 亦似未瑩.	
25	風土記, 南中六月, 有東南長風, 謂之黃雀風, 時海魚變爲黃雀故名.	風土記曰, 南中六月, 則有東南長風, 風六月止, 俗號黃雀長風, 時海魚變爲黃雀, 因爲名也. 『太平御覽』_宋 李昉 等 撰. 風土記, 南中六月, 有東南長風, 號黃雀風, 是時, 海魚變爲黃雀故也. 『山堂肆考』_明 彭大翼 撰.
	『지봉유설』의 명시 서명: 『風土記』 재인용: 『風土記』 ▷ 『太平御覽』 혹은 『山堂肆考』	
	按宛委餘編曰, 九月雨爲黃雀雨.	*관련기사 提要錄, 九月雨爲黃雀雨. 『歲時廣記』_「黃雀雨」_宋 陳元靚 撰.
	『지봉유설』의 명시 서명: 〈宛委餘編〉 *〈宛委餘編〉에 없는 내용임.	
	此以月令九月, 雀入大水爲蛤故也. 蓋二物互相變化, 猶蚕蟲隨時變形爾, 六月作五月似是.	이수광의 견해
26	東方朔傳曰, 伏日賜肉. 楊惲書曰, 歲時伏臘, 烹羊炮羔. 按秦初作伏祠, 社用伏日, 漢俗因之賜肉云, 是也.	「方朔割肉」 – 伏日詔賜從官肉. 「伏」 – 田家作苦, 歲時伏臘, 烹羊炮羔, 斗酒自勞.[楊惲傳] 「秦作伏祠」 – 師古曰, 伏者, 謂陰氣將起, 迫於殘陽而未得升, 故爲伏藏, 因名伏日.[漢郊祀志]

		『事文類聚』_宋 祝穆 撰.
	『지봉유설』의 명시 서명: 「東方朔傳」, 楊惲 「書」, 「秦初作伏祠」 재인용 및 나누기: 「東方朔傳」, 楊惲 「書」, 「秦初作伏祠」 ▷ 『事文類聚』	
27	按漢書, 伏者, 陰氣將起, 迫於殘陽而未得升, 故名伏日. 和帝時, 初令伏閉盡日, 註, 伏日萬鬼行, 故盡日閉, 不干他事, 程曉伏日詩曰, 平生三伏時, 道路無行車, 閉門避暑臥, 出入不相過, 今世㢗襪子, 觸熱到人家, 主人聞客來, 顰蹙奈此何.	「伏閉盡日」－後漢和帝永元六年初, 令伏閉盡日, 注, 漢官舊儀曰, 伏日萬鬼行, 故盡日閉, 不干它事. 「伏日」, 程曉－平生三伏時, 道路無行車, 閉門避暑臥, 出入不相過, 今世㢗襪子, 觸熱到人家, 主人聞客來, 嚬蹙奈此何. 『事文類聚』
	『지봉유설』의 명시 서명: 『漢書』, 程曉 「伏日詩」 재인용 및 나누기: 『漢書』, 程曉 「伏日詩」 ▷ 『事文類聚』	
28	按七月秋風起, 八月風高, 九月風落.	師曰, 七月秋風起, 八月風高, 九月風落. 『補注杜詩』_「示姪佐」의 주석_宋 黃希原本, 黃鶴 補注.
	杜詩曰, 八月秋高風怒號.	八月秋高風怒號. 杜甫의 「茅屋爲秋風所破歌」(『補注杜詩』)
	『지봉유설』의 명시 인명: 杜甫	
	又曰, 秋風落洞庭, 是也.	
29	蔡邕曰, 青帝以未臘, 赤帝以戌臘, 白帝以丑臘, 黑帝以辰臘, 黃帝以辰臘云.	青帝以未臘卯祖 赤帝以戌臘午祖 白帝以丑臘酉祖 黑帝以辰臘子祖 黃帝以辰臘未祖 『蔡中郎集』_漢 蔡邕 撰.
	『지봉유설』의 명시 인명: 蔡邕	
	今我國臘用未日, 蓋以東方屬木故也.	이수광의 견해
	按皇朝, 以冬至後第三戌爲臘云.	說文, 謂冬至後第三戌爲臘耳. 『說畧』_〈時序〉_明 顧起元 撰.
	출전 명기 없이 인용 ▷ 『說畧』	

30	按共工氏之子, 冬至死爲疫鬼, 畏赤小豆, 故是日, 作赤豆粥以禳之, 而見中朝人, 冬至不作赤豆粥. 按劉子翬至日詩曰, 豆糜厭勝憐荊俗, 乃知荊楚爲然.	共工氏有不才之子, 以冬至死爲疫鬼, 畏赤小豆, 故冬至日, 作赤豆粥以禳之. 劉子翬至日詩, 豆糜厭勝憐荊俗. [荊楚歲時記] 『事文類聚』_「赤豆作粥」
	『지봉유설』의 명시 인명: 劉子翬 재인용: 劉子翬의 「至日詩」 ▷ 『事文類聚』	
31	張說耗日飲詩曰, 正月今朝減, 流傳耗磨辰, 還將不事事, 同醉俗中人, 按正月十六日, 古謂之耗磨日, 是日必飲酒, 不開倉庫云.	正月十六日, 古謂之耗磨日, 張說耗日飲詩云, 耗磨傳茲日, 縱橫道未宜, 但令不忌醉, 翻是樂無爲. 又云, 正月今朝減, 流傳耗磨辰, 還將不事事, 同醉俗中人, 相傳必飲酒如今之社日, 此日但謂之耗日, 官司不開倉庫而已. 『說畧』
	『지봉유설』의 명시 인명: 張說 재인용: 張說의 「耗日飲詩」 ▷ 『說畧』	
	又唐, 以二月朔爲中和節.	唐李泌正月奏曰, 以晦爲節, 非也, 請以二月朔, 爲中和節. 『事文類聚』_「立中和節」
	출전 명기 없이 인용 ▷ 『事文類聚』	
	今人猶以爲俗節, 蓋襲唐制也.	이수광의 견해
32	東方舊俗, 以歲首及正月上子午日二月初一日, 謂之愼日, 又按新羅時, 以龍能興雨, 馬能服勞, 猪鼠耗穀, 每歲首辰午亥子日, 設祭祈禳, 禁百事, 相與遊樂, 謂之怛忉.	이수광의 견해
	우리나라의 이야기	
	輿地勝覽曰, 怛忉, 言悲愁而禁忌也.	『東國輿地勝覽』
	『지봉유설』의 명시 서명: 『輿地勝覽』=『東國輿地勝覽』	
33	中朝於元正前後十五日, 百官休假, 諸司封印, 停廢一切公務, 在高麗時, 元正前後並七日給假, 而本朝則無此例矣.	이수광의 견해
	우리나라의 이야기	

34	今俗正月十五日, 喫雜果飯, 謂之藥飯, 中朝人甚珍之, 按新羅時, 正月十五日, 有烏嘀書之異, 故每於是日, 以糯飯祭烏, 蓋因此成俗也.	自爾國俗, 每正月上亥上子上午等日, 忌愼百事, 不敢動作, 以十五日爲烏忌之日, 以糯飯祭之, 至今行之. 『三國遺事』
	출전 명기 없이 인용 ▷『三國遺事』 우리나라의 이야기	
35	按高麗史, 國俗自王宮國都, 以及鄕邑, 正月望燃燈二夜.	顯宗元年閏二月, 復燃燈會, 國俗自王宮國都以及鄕邑以正月, 望燃燈二夜. 恭愍王二十三年 正月 壬午 燃燈 『高麗史』_〈志〉
	『지봉유설』의 명시 서명:『高麗史』	
	至恭愍王朝亦然而崔怡於四月八日, 燃燈爲樂云.	이수광의 전문
	우리나라의 이야기	
	兩說不同, 今俗四月八日燃燈, 人謂出於佛家, 以釋迦生日故也.	이수광의 견해
36	俗以上元月出, 占歲豊稔, 又是夜爲踏橋之戱, 始自前朝, 在平時甚盛, 士女騈闐, 達夜不止, 法官至於禁捕.	
	우리나라의 이야기	
	姜克誠詩曰, 年少佳辰記上元, 踏橋玩月醉芳樽, 是也.	朝鮮 姜克誠의 詩
	『지봉유설』의 명시 인명: 姜克誠	
	壬辰亂後, 無此俗矣.	이수광의 견해
37	唐詩曰, 田家無五行, 水旱占蛙聲, 按三月初三上巳日, 聽蛙聲占水旱, 故諺云, 田鷄叫得啞, 低田好稻把, 田鷄叫得響, 田內好牽礱.	又上巳, 聽蛙聲占, 田鷄叫得啞, 低田好稻把, 田鷄叫得響, 田內好牽礱. 又三月初三日, 聽蛙聲, 上晝叫上鄕熟, 下晝叫下鄕熟, 終日叫, 上下齊熟. 唐人詩, 田家無五行, 水旱卜蛙聲, 是也. 『玉芝堂談薈』「歲時雜占」_明 徐應秋撰.
	출전으로 범칭을 서명 대신 제시: 唐詩 ▷『玉芝堂談薈』	

38	六月十五日, 俗謂流頭, 按興地勝覽曰, 新羅舊俗, 以是日浴東流水, 因爲禊飮, 謂之流頭宴, 其來久矣.	『東國興地勝覽』
	『지봉유설』의 명시 서명: 『興地勝覽』 = 『東國興地勝覽』	
	但食水團餠者, 未知何據, 或以爲出於古槐葉冷淘之義云.	이수광의 견해

『芝峯類說』卷一, 時令部, 晝夜.

39	漢舊儀中黃門時五夜之法, 謂甲乙丙丁戊也. 顔氏家訓曰, 漢魏以來, 謂甲夜乙夜丙夜丁夜戊夜, 又謂之五夜, 亦謂之更. 漢天文志, 戊午乙夜, 月蝕熒惑. 晉天文志, 永熹三月丙夜月蝕旣, 丁夜又蝕旣. 緗素雜記云, 五夜者, 謂半夜時如日午也. 杜詩, 五夜漏聲催曉箭, 正爲五夜耳. 余意此說恐誤, 此五夜, 猶言五更. 韓詩註云, 夜分爲午. 李賀詩, 羅幃午夜愁, 是也.	漢舊儀中黃門持五夜之法, 謂甲乙丙丁戊也. 故宋子京夜宿詩云, 宵開甲乙遲. 按顔氏家訓云, 或問一夜立五更何所. 訓答曰, 漢魏以來, 謂爲甲夜乙夜丙夜丁夜戊夜. 又謂之五皷, 亦謂之五更, 皆以五進爲節. 張衡西京賦亦云重以虎威章溝嚴更之署所以爾者假令正月寅斗柄夕則指寅曉則指午矣自寅至午凡歷五辰冬夏之月雖復長短參差然辰間遼濶盈不至六縮不至四進退常在五者之間也又嘉話云韋詢問於劉公曰五夜者甲乙丙丁戊更相送之今惟言乙夜子夜何也 余嘗笑其言之失. 按漢天文志, 六月戊戌甲夜, 客星居左右角間, 正月戊午乙夜, 月蝕熒惑. …… 晉天文志, 懷帝永嘉五年三月丙夜月蝕旣, 丁夜又蝕旣. …… 或有謂之午夜者, 謂半夜時如日午也. 故李長吉七夕詩云, 羅幃午夜愁. 杜少陵所謂五夜漏聲催曉箭者, 正謂戊夜耳. 『說郛』
	『지봉유설』의 명시 서명: 『顔氏家訓』, 『漢書』_〈天文志〉, 『晉書』_〈天文志〉, 『緗素雜記』 『지봉유설』의 명시 인명: 杜詩 = 杜甫 詩, 韓詩註 = 韓愈 詩의 주석, 李賀詩 = 李賀 詩 재인용 및 나누기: 『顔氏家訓』·『漢書』_天文志·『晉書』_〈天文志〉·『緗素雜記』, 杜甫 詩·韓愈 詩의 주석·李賀 詩 ▷ 『說郛』	
40	唐制, 京城內, 金吾衛軍, 昏曉傳呼, 又置六街街皷, 以防奸盜.	唐舊制, 京城內, 金吾昏曉傳呼, 以戒行者, 馬周請, 置六街皷, 號之曰鼕鼕皷.

		『古今注』 『說郛』
	此法最備, 嘗見皇朝北京裏, 夜則街卒守信地傳呼, 至曙而罷, 我國巡更之法, 最爲疎虞, 許多城內, 四五殘卒, 一番巡過, 何能禁奸而戢盜乎, 謂宜倣中朝之制爲得.	이수광의 견해
41	一日十二時, 一時分八刻, 子午各加二刻, 一晝夜共一百刻, 韓詩曰, 百二十刻須臾間, 豈唐時漏刻, 與今異耶, 凡言晝夜者, 日出後日入前爲晝, 日入後日出前爲夜, 此曆家法也.	百二十刻. 韓文公記夢詩, 百二十刻須臾間, 方氏擧正載董彦遠云, 世間只百刻百二十刻, 以星紀言也. 朱文公考異云, 星紀之說, 未詳其旨, 但漢哀帝嘗用夏賀良說刻漏, 以百二十爲度矣. 余謂董說固妄, 夏賀良之說行之兩月而改, 且衰世不典之事, 韓公必不引用. 按古之漏刻晝, 朝有禺·中·晡·夕, 夜有甲·乙·丙丁·戊. 至梁武帝天監六年, 始以夜晝百刻布之十二辰, 每時得八刻, 仍有餘分, 故今世曆皆百刻, 擧成數耳, 實九十六刻也. 『說郛』, 「百二十刻」
	*『說郛』를 인용한 수준은 아니며, 착상을 받은 정도임.	
42	李郢詩, 二十五聲秋夜長. 按稗史, 夜漏, 五五相遞爲二十五, 至宋去五更後二點, 又幷初更去二點, 首尾止二十一點, 至今不改云.	夜漏, 五五相遞爲二十五, 唐李郢詩, 二十五聲秋黙長. 韓退之詩, 雞三號更五黙, 是也. 至宋世國祚長諱, 有寒在五更頭之忌, 宮掖及州縣更漏, 皆去五更後二黙. 又幷初更去其二以配之, 首尾止二十一黙, 非古也, 至今不改焉. 『丹鉛餘錄』
	『지봉유설』의 명시 인명: 李郢 출전으로 범칭을 서명 대신 제시: 稗史 ▷『丹鉛餘錄』	
	蓋中朝漏點, 與我國同矣.	이수광의 견해

『芝峯類說』 卷一, 災異部, 災眚.

1	博物志曰, 麒麟鬪而日蝕, 鯨魚死而彗星出, 嬰兒啼則婦乳出.	麒麟鬪而日蝕, 鯨魚死而彗星出, 嬰兒號而母乳出. 『博物志』
	『지봉유설』의 명시 서명: 『博物志』	

	按庾信文曰, 雲生伏鼇, 星出鯨魚,	雲生伏鼇, 星出鯨魚. 庾信의「周大將軍同馬裔神道碑」,『庾子山集』_ 周 庾信 撰.
	『지봉유설』의 명시 인명: 庾信	
	韻府群玉云, 旬始星名, 一曰妖氣, 見北斗旁青黑色, 象伏鼇.	栫檢旬始. 東京賦. 星名. 見北斗旁, 其怒青黑色, 象伏鼇, 一云, 星妖氣. 『韻府群玉』_「旬始」
	『지봉유설』의 명시 서명:『韻府群玉』	
	晉書, 天垂伏鼇, 是也.	天垂伏鼇. 『晉書』_〈載記〉
	『지봉유설』의 명시 서명:『晉書』	
2	論衡曰, 周昭王二十六年甲寅四月八日, 井泉溢, 宮殿震, 夜恒星不見, 太史蘇繇占爲西方聖人生. 余謂佛之生, 乃中國之大變, 此紀異也.	古今論衡, 著周書異紀, 周昭王之二十四年甲寅歲四月八日, 井泉溢, 宮殿震, 夜恒星不見, 太史蘇繇占爲西方聖人生, 乃周書紀佛生之異也. 『說郛』_「三敎」
	『지봉유설』의 명시 서명:『論衡』 재인용:『論衡』 ▷『說郛』 *"余謂~"이하의 문장도『說郛』의 내용임.	
	列子亦曰, 西方有聖人, 則周之時, 已知有佛.	『列子』 이수광의 견해
	『지봉유설』의 명시 서명:『列子』	
3	京房易占曰, 日食乙酉, 君弱臣强, 司馬將兵, 反征其王, 按魏高貴鄉公五年正月乙酉朔, 日有食之, 五月有成濟之變.	高貴鄉公甘露四年七月戊子朔, 日有蝕之. 五年正月乙酉朔, 日有蝕之. 京房易占曰, 日蝕乙酉, 君弱臣强, 司馬將兵, 反征其王, 五月有成濟之變. 『晉書』_〈志〉_「日蝕」
	『지봉유설』의 명시 서명:『京房易占』	
	其應驗甚妙, 不下於焦易矣.	이수광의 견해
4	按漢成帝時, 宮中雨一蒼鹿, 食之甚美云, 古有雨金雨錢雨魚雨石, 而鹿則尤怪矣.	漢成帝末年, 宮中雨一蒼鹿, 殺而食之, 其味甚美. 『說郛』_「雨鹿」

	출전 명기 없이 인용 ▷『說郛』 *『說郛』에 雨金, 雨錢, 雨魚, 雨石이란 제목의 글이 함께 실려 있음.	
	又孫吳時, 金陵雨五穀於貧民家, 富者則不雨云.	吳桓王時, 金陵雨五穀於貧民家, 富者則不雨. 『述異記』_梁 任昉 撰.
	출전 명기 없이 인용 ▷『述異記』	
	異哉, 孰主張是.	이수광의 견해
5	漢書靈帝時, 京師馬生人. 風俗通曰, 養馬胡蒼頭交馬以生子云. 又唐書乾符二年, 河北馬生人. 京房易傳上曰, 天子諸侯相伐, 厥妖馬生人.	• 京師馬生人.[京房易傳曰, 諸侯相伐, 厥妖馬生人.] 『後漢書』〈靈帝紀〉 • 靈帝光和元年, 司徒長史馮巡馬生人. [風俗通曰, 巡馬生胡子, 問養馬胡蒼頭, 乃奸此馬以生子.] 京房易傳曰, 上亡天子諸侯相伐, 厥妖馬生人. 『後漢書』〈五行志〉 • 乾符二年, 河北馬生人, 中和元年九月, 長安馬生人. 京房易傳曰, 諸侯相伐, 厥妖馬生人. 『新唐書』〈志第〉_「行志」
	『지봉유설』의 명시 서명:『漢書』,『風俗通』,『唐書』,『京房易傳』 *『風俗通』,『京房易傳』에서 인용된 것도 모두『한서』에 포함된 내용임.	
	聞頃年犍兵與牝驢交合, 昔盤瓠之裔爲蠻, 白狼之産爲突厥, 蒼鹿之生爲蒙古, 蓋此類歟.	이수광의 전문
6	東晉時, 地生白毛, 孫盛以爲人勞之異, 宋高宗時, 地生白毛, 童謠曰地上白毛生, 老少一齊行.	紹興三年八月, 浙右地震, 地生白毛, 韌不可斷, 時平江童謠曰, 地上生白毛, 老小一齊逃. 臺臣論其事, 因下求言之詔, 宰相呂頤浩, 由此以罪罷. 按晉志, 成帝咸康初・孝武太元二年・十四年, 地皆生毛, 近白災也, 孫盛以爲人勞之異 『雞肋編』_宋 莊綽 撰. 紹興三年八月, 浙右地震, 地生白毛, 韌不可斷, 時平江童謠言, 地上白毛生, 老少一齊行. 臺臣論其事, 因下求

		言之詔, 宰相呂頥浩, 由此以罪罷. 按晉志, 武帝咸康初·孝武太元二年·十四年, 地皆生毛, 近白祥光, 孫盛以爲人勞之異. 『說郛』_〈雞肋編, 莊綽〉
	출전 명기 없이 인용 ▷ 『說郛』	
	姜沆言在倭中, 目見天雨毛連日不止, 頃在戊申己酉年間, 天雨木實者屢矣, 未知何應也.	이수광의 전문
	우리나라의 이야기	
7	筆談曰, 熙寧九年, 恩州武成縣, 有旋風自東南來, 大木盡拔, 官舍民居略盡悉卷入雲霄中, 縣令兒女奴婢, 卷去復墜地, 死傷者數人, 民間死傷亡失者, 不可勝計, 縣城悉爲丘墟云.	熙寧九年, 恩州武城縣, 有旋風自東南來, 望之挿天如羊角, 大木盡拔, 俄頃, 旋風卷入雲霄中, 旣而漸近, 所經縣城, 官舍民居畧盡, 悉卷入雲中, 縣令兒女奴婢, 卷去復墜地, 死傷者數人, 民間死傷亡失者, 不可勝計, 縣城悉爲丘墟. 『夢溪筆談』_〈異事〉 熙寧九年, 恩州武城縣, 有旋風自東南來, 望之挿天如羊角, 大木盡拔, 俄頃, 旋風卷入雲霄中, 旣而漸近, 乃經縣城, 官舍民居略盡, 悉卷入雲中, 縣令兒女奴婢, 卷去復墜地, 死傷者數人, 民間死傷亡失者, 不可勝計, 縣城悉丘墟.[筆談] 『說郛』
	『지봉유설』의 명시 서명: 『筆談』 = 『夢溪筆談』 *『說郛』에 동일한 내용이 있고 마지막에 '筆談'이라고 출전이 명기되어 있으니, 이를 전재하였을 가능성이 크다.	
	怪矣.	이수광의 견해
8	東閣雜記, 中廟朝戊寅五月十五日, 京外地大震, 太廟殿瓦飄落, 闕內墻垣塌倒, 民家或有頹圮, 男女老少, 皆出外露處, 以免覆壓, 上以災異, 延訪大臣六卿三司, 其後赴京回還使臣聞見錄中言蘇州常熟縣, 有白龍一黑龍	赴京使臣聞見錄, 正德戊寅五月十五日, 蘇州常熟縣, 有白龍一黑龍二, 乘雲以下, 隨口吐火焰, 風雨以雷電, 捲去傍近民舍三百餘戶, 漕船十隻, 飄入半空, 墜地粉碎云云, 是日, 我國京外大地震, 太廟殿瓦飄落, 闕內墻垣塌

	二, 乘雲而下, 口吐火燄隨以雷電風雨, 卷去傍近民舍三百餘戶, 船數十隻, 飄入半空, 墮地粉碎, 乃同日也云, 夫龍之威至於如此.	倒, 民家多有頹圮者, 男女老少, 皆出外露處以免覆壓, 上延訪三公, 六卿, 兩司, 玉堂, 藝文館, 夜深而罷, 『東閣雜記』_ 朝鮮 李廷馨 撰.
	『지봉유설』의 명시 서명: 『東閣雜記』	
	亦異矣.	이수광의 견해
9	新羅太宗王時, 吐含山地燃三年而滅, 北巖崩碎爲米, 食之如陳米云.	四年, 秋七月, 一善郡大水, 溺死者三百餘人, 東吐含山地燃, 三年而滅, 興輪寺門自壞, □□□北巖崩碎爲米, 食之如陳倉米. 『三國史記』_〈新羅本紀〉_「太宗王」
	출전 명기 없이 인용 ▷ 『三國史記』	
	近世肅淸門外岩石罅, 有液流出, 淸者如酒, 濃者如餠, 人爭取食. 余取來見之, 則堅凝不堪食, 蓋見日故也, 如地燃地陷之變, 近歲亦多有之.	이수광의 전문
	우리나라의 이야기	
10	天文志云, 敵上氣如匹帛者, 此雄軍之氣, 不可攻也, 若在我軍上, 戰必大勝.	敵上氣如一匹帛者, 此雍軍之氣, 不可攻. 『隋書』_〈天文志〉 敵上氣如疋帛者, 此雄軍之氣, 不可攻, 若在我軍上, 戰必大勝. 『武經總要』_宋 曾公亮 等 撰.
	『지봉유설』의 명시 서명: 〈天文志〉 *『武經總要』의 내용이 『지봉유설』에 더 가깝다.	
	按世宗朝, 崔閏德西征時將戰, 軍上忽有白氣如匹帛, 日官曰大勝之兆, 果大捷.	이수광의 전문
	우리나라의 이야기	
11	先王朝嘗旱甚, 下教曰, 昔于公慟哭三年旱, 今日未知幾于公慟哭耶, 卽日疏放囚人, 聖德至矣, 人皆感激.	이수광의 전문
	우리나라의 이야기	

12	萬曆丁丑, 蚩尤旗出尾箕星, 乃燕分, 與我國同分野, 其長竟天, 累月不滅, 是歲日本倭酋平秀吉, 始有犯順之謀, 後十五歲壬辰, 寇陷我國, 皇朝動天下之兵, 征勤七年而始定, 夫以蕞爾小醜, 跳梁海島中, 逆節乍萌而象見于上如此, 吁可畏哉.	이수광의 전문
	우리나라의 이야기	
13	戊子六月, 穩城地, 二更有火塊如人佩弓矢, 飛而向北, 震雷隨之, 如冰拆之聲, 越四年, 倭寇闌入六鎭, 是氣之先至者也.	이수광의 전문
	우리나라 이야기	
14	壬辰以前, 朱洪竊去社稷位版, 李山盜宗廟金銀寶冊而火之, 又有賊偸御座日月鏡, 繼以鄭汝立謀逆之變, 至於健元陵陵寢鳴, 漢水赤, 蚩尤亘天, 穹龜出海, 此等變異, 不可悉記.	이수광의 전문
	우리나라의 이야기	
15	癸巳元日, 白氣三道, 自西北亘天, 橫貫太陽, 傍有雙虹圍暈二匝, 識者以爲勝敵之象, 越七日, 天兵克平壤.	이수광의 전문
	우리나라의 이야기	
16	萬曆乙巳, 余守安邊, 七月十九日, 自酉時急雨如注, 獰風裂屋, 至二更大水入城, 瀰滿如海, 不見涯際, 境內閭家殆盡沈沒, 人畜漂去者甚多, 至有全村無一遺者, 翌朝雨歇, 則牛馬鷄犬蛇虺山禽野獸水族之類, 堆死於洲渚或海濱者如山而臭腐, 人不敢近, 山崩岸塌, 川原變遷, 沙石蔽野, 野無餘穗, 至於山中大木, 亦皆根拔, 浮下於德源之境, 塡塞數十里, 人不通行, 燒火月餘方盡, 是開闢以來未有之大變也, 或疑非天降雨, 乃海翻而爲災云.	이수광의 체험
	우리나라의 이야기	

17	先王丁未六月, 湖西及嶺南, 雨雹大如鴨卵, 壓碎禽鳥, 隕殺草木, 咸鏡南道, 雨雹霜雪, 日候寒凜如冬, 又有訛言取人膽之說盛行, 白晝城中, 人不單行, 傳及外方, 八道皆然, 人心恂懼, 道路阻絶, 數月後方定, 十月彗星見三台之間, 尾指文昌及北斗魁, 長十餘尺色蒼白, 逾月始滅, 明年上昇遐, 是其驗也.	이수광의 전문
	우리나라의 이야기	
18	癸丑十月, 野雉入都城, 殆遍於市肆, 不知其數, 至於飛集闕中, 市井小兒爭相捕食之, 如是月餘, 亦怪矣.	이수광의 전문
	우리나라의 이야기	
19	余守安邊日, 有梟鳴于衙南樹上, 翌早邑人駭曰, 梟鳴此地者, 官必遞去, 相譁以爲憂, 余聞而怪之, 使客喩邑人曰, 梟鳴非怪, 爾言爲怪, 余且不以遞去爲憂, 爾奚憂焉, 未幾果免歸, 亦怪矣.	이수광의 체험
	우리나라의 이야기	
『芝峯類說』卷一 災異部, 饑荒.		
20	續博物志曰, 太歲在丑, 乞漿得酒, 太歲在巳, 販妻鬻子.	太歲在丑, 乞漿得酒, 太歲在巳, 販妻鬻子. 『續博物志』_宋 李石 撰.
	『지봉유설』의 명시 서명: 『續博物志』	
	言丑年豐巳年歉也.	이수광의 견해
21	鶴林玉露曰, 歲將饑, 小民餐必倍, 俗謂作荒.	歲將饑, 小民餐必倍, 俗諺謂之作荒, 此天地之氣先見也. 『鶴林玉露』_宋 羅大經 撰.
	『지봉유설』의 명시 서명: 『鶴林玉露』	
	以此觀之, 非今時獨然.	이수광의 견해
22	小說曰, 杜甫寓蜀, 蠶熟時, 每與妻子躬行乞曰, 如或相憫, 惠我一絲兩絲.	杜甫寓蜀, 每蠶熟, 卽與兒躬行而乞曰, 如或相憫, 惠我一絲兩絲. 『說郛』

	출전으로 범칭을 서명 대신 제시: 小說 ▷ 『說郛』	
	噫, 子美之窮, 至於行乞, 甚矣.	이수광의 견해
	其赴奉先詩曰, 入門聞號咷, 幼子饑已卒, 所愧爲人父, 無食致夭折.	入門聞號咷, 幼子飢已卒. 吾寧捨一哀, 里巷亦嗚咽. 所愧爲人父, 無食致夭折. 杜甫의 「自京赴奉先縣詠懷五百字」(『九家集注杜詩』)
	傷哉傷哉.	이수광의 견해
23	新羅太宗王朝, 時和歲豐, 布一匹直租三十石或五十石, 高麗恭愍朝, 京城飢, 大布一匹直米五升, 此東方衰盛之極也, 頃在先王朝癸巳甲午年間, 新經倭寇, 木綿一匹直米二升, 一馬價不過三四斗, 飢民白晝屠剪, 至父子夫婦相殺食, 重以疫癘, 道路死者相枕, 水口門外, 積屍如山, 高於城數丈, 募僧徒埋瘞之, 訖乙未乃止, 翌年丙申豐稔, 綿布一匹直米三四十斗, 豆則五六十斗, 人始免菜色, 而酒肉豪侈甚於平時.	이수광의 전문
	우리나라의 이야기	
24	癸巳京城倭退後餓莩滿城, 一日死者不紀其數, 先王教曰, 近日飢民, 無術可濟, 予仰天痛悶, 欲先死而不得, 有司日進白米六升, 予平日素不食三時, 雖三升之米寧能盡食, 今宜除米三升, 分送于賑濟五場, 又內出白米若干石, 令政院作粥, 以饋飢民, 其愛民之意至矣, 時庭試及第崔啓沃, 放榜日, 戴賜花持紅牌, 就賑濟場喫粥焉.	이수광의 전문
	우리나라의 이야기	

『芝峯類說』卷一, 災異部, 人異.

| 25 | 鳥之大者曰鵬, 魚之大者曰鯨, 蛇之大者吞象, 蟹之大者如山, 蚯蚓之大者長至七十尺, 在高麗史, 物有如此, 人亦宜然, 如防風氏身橫九畝, 何足疑乎. | |

26	神異記言, 東南大荒中, 有樸父焉, 夫妻並立, 其高千里.	神異經云, 西北海外, 有人焉, 長二千里, 兩脚中間相去千里, 腹圍一千五百里. 又東南隅上大荒之中, 有樸父焉, 夫妻並立, 其高千里. 『說畧』

『지봉유설』의 명시 서명: 『神異記』
출전 오류: 출전은 『神異記』가 아니라 『說畧』임.

此說固誕矣.	이수광의 견해

按古記云, 新羅時, 有女尸漂泊于海岸, 長五十尺, 或云, 長三十六尺.	古記

『지봉유설』의 명시 서명: 古記

然則博物志所謂龍伯國人, 長三十丈. 又曰, 日東北極人, 長九丈. 又曰, 東海之外大荒之中, 有大人國者.	• 龍伯國人, 長三十丈. • 東海之外, 大荒之中, 有大人國. • 日東北極人, 長九丈. 『博物志』_〈異人〉_晋 張華 撰.

『지봉유설』의 명시 서명: 『博物志』

似有徵矣.	이수광의 견해

27	史記註, 始皇十八年, 巴郡出大人, 長二十五丈六尺.	十八年 [集解. 徐廣曰, 巴郡出大人, 長二十五丈六尺] 『史記』_〈秦始皇本紀〉의 주석.

『지봉유설』의 명시 서명: 『史記』註.

又漢書五行志曰, 始皇二十六年, 有大人長五丈, 足履六尺, 皆夷狄服, 凡十二人見于臨洮, 故銷兵器爲金人十二云.	史記秦始皇帝二十六年, 有大人長五丈, 足履六尺, 皆夷狄服. 凡十二人, 見于臨洮, 天戒若曰, 勿大爲夷狄之行, 將受其禍, 是歲始皇初幷六國, 反喜以爲瑞, 銷天下兵器, 作金人十二以象之. 『前漢書』_〈五行志〉

『지봉유설』의 명시 서명: 『漢書』_〈五行志〉

其長至二十五丈則怪矣誕矣.	이수광의 견해

28	後漢書曰, 東沃沮海中, 得一布衣, 其形如中人衣, 而兩袖長三丈, 又見一人乘破船, 頂中復有面, 與語不通, 不食而死云.	東沃沮, 在高句驪蓋馬大山之東 …… 又有北沃沮, 一名置溝婁, 去南沃沮八百餘里, 其俗皆與南同, 界南接挹婁, 挹婁人喜乘船寇鈔, 北沃沮畏之, 每夏輒藏於巖穴, 至冬船道不通, 乃下居邑

		落, 其耆老言, 嘗於海中得一布, 其形如中人衣, 而兩袖長三丈, 又於岸際, 見一人乘破船, 頂中復有面, 與語不通, 不食而死. 『後漢書』_〈東夷傳〉
	『지봉유설』의 명시 서명: 『後漢書』 *지나친 생략으로 북옥저의 이야기가 동옥저의 이야기로 되어버렸음.	
	郭璞長臂國贊曰, 雙臂三丈, 體如中人, 捕魚海濱, 是也.	讚晉郭璞長臂國讚. [雙臂三丈, 體如中人, 彼曷爲者, 長臂之人, 脩脚是負, 捕魚海濱.] 『初學記』_唐 徐堅 撰.
	『지봉유설』의 명시 인명과 편명: 郭璞 「長臂國贊」 재인용: 『初學記』 ▷ 郭璞 「長臂國贊」	
	按歐邏巴輿地勝覽曰, 區度寐國, 在東北方, 其人甚長而衣短云.	驅度寐, 隋時聞焉, 在室韋之北, 其人甚長而衣短. 『太平寰宇記』_「驅度寐」, 宋 樂史 撰.
	『지봉유설』의 명시 서명: 『歐邏巴輿地勝覽』	
	疑卽此也, 豈古人未之知耶.	이수광의 견해
29	漢書, 哀帝時, 豫章男子化爲女, 嫁而生一男.	哀帝建平中, 豫章有男子化爲女子, 嫁爲人婦生一子. 『前漢書』_〈五行志〉
	『지봉유설』의 명시 서명: 『漢書』	
	夫化女怪矣, 生男則尤怪矣.	이수광의 견해
30	宋孝武寵崑崙奴註, 其狀似崑崙國人, 崑崙國, 在林邑南.	又寵一崑崙奴.[崑崙奴者, 言其狀似崑崙國人也. 崑崙國, 在林邑南.] 『資治通鑑』_〈宋紀〉
	출전 명기 없이 인용 ▷ 『資治通鑑』	
	按南蠻傳, 林邑以南, 皆拳髮黑身, 通號爲崑崙云.	林邑已南, 皆卷髮黑身, 通號爲崑崙. 『舊唐書』_〈南蠻傳〉
	『지봉유설』의 명시 서명: 〈南蠻傳〉	
	蓋海鬼類也.	이수광의 견해
	晉簡文李后形長而黑, 號崑崙云.	晉簡文帝無子, 令善相者, 以諸愛妾示之, 皆云, 非其人, 時李后爲宮人在織

	坊中, 形長而色黑, 皆謂之崑崙. 『古今事文類聚』_宋 祝穆 撰.
출전 명기 없이 인용 ▷ 『古今事文類聚』	
余嘗見暹羅國地圖, 海中有大崑崙小崑崙, 疑卽此地.	「暹羅國地圖」 이수광의 견해
『지봉유설』의 명시 서명: 「暹羅國地圖」	
本草曰, 鷄舌香出崑崙交廣者, 亦此也.	鷄舌香. [出崑崙及交州愛州以南. …… 生交廣南番.] 『本草綱目』_明 李時珍 撰.
『지봉유설』의 명시 서명: 『本草』	

31	劉提督綎, 乃四川總兵, 萬歷癸巳, 領蜀兵出來, 其軍有海鬼者出南蕃, 面色深黑如漆, 能潛行海底而其貌如鬼故名, 有長人者形體絶大幾二丈, 不堪騎馬乘車以行.	이수광의 전문
	疑卽長狄巨無霸之遺種也, 以此觀之, 天壤之間, 何物不有.	이수광의 견해
	春秋時, 長狄僑如, 長三丈, 或云五丈. 漢張仲師二尺二寸, 東郡短人纔七寸, 此大小之辨也.	長狄僑如長三丈, 一云五丈. 『弇州四部稿』 張仲師長二尺二寸. 『弇州四部稿』
	출전 명기 없이 인용 ▷ 『弇州四部稿』	
32	按雜書, 東海有國, 爲女感風而孕, 北方有國, 無男照井而生, 人謂不經而不信之, 其不信宜矣, 然今雞與鵝鴨, 其雌獨處而能生卵, 是則人所目見, 理固有不可知者, 豈女國獨陰無陽, 故只能生女歟.	
	『지봉유설』의 명시 서명: 雜書	
33	古今註, 齊后, 怨王而死, 變爲蟬.	齊王后, 忿而死, 尸變爲蟬. 『古今注』_「問答釋義」_晉 崔豹 撰.

	『지봉유설』의 명시 서명: 『古今註』	
	述異記, 楚莊王時, 宮人一朝化爲野蛾飛去云.	楚莊王時, 宮人一旦化爲野蛾飛去. 『述異記』
	『지봉유설』의 명시 서명: 『述異記』	
	此何理也, 豈宮女多怨曠幽思, 故有此異歟. 又小說言人或死而化爲飛禽與蝶者, 抑何理也.	이수광의 견해
34	雲南志曰, 元時脫脫平越嶲, 見射死人有尾長三寸許, 詢之土人, 謂此等間有之, 年老往往化爲虎云.	『雲南志』 唐 樊綽 撰.
	『지봉유설』의 명시 서명: 『雲南志』	
	怪矣.	이수광의 견해
35	車復元, 以製述官, 隨通信使往還日本, 嘗言在日本時, 得一書見之, 皆記水族變化爲人之事, 蓋海島鴻荒之世, 乃有許多怪事也.	이수광의 전문
	『지봉유설』의 명시 인명: 車復元(조선)	
36	昔唐朱粲·張茂昭, 五代張從簡·薛震, 嗜食人肉.	五代史, 萇從簡家世屠羊, 官至左金吾, 好食人肉, 所至多潛捕民間小兒以爲食. 唐節鎭張茂昭頻喫人肉. 『玉芝堂談薈』_「好食人肉」_明 徐應秋 撰.
		周杭州臨安尉薛震, 好食人肉, 有債主及奴詣臨安, 止於客舍, 飮之醉, 並殺之, 水銀和煎幷骨銷盡後, 又欲食其婦, 婦知之, 踰墻而遁, 以告縣, 縣令詰之, 具得其情, 申州錄事, 奏奉勅, 杖一百而死. 『說郛』_〈耳目記, 張鷟〉
	출전 명기 없이 인용 ▷ 『玉芝堂談薈』와 『說郛』를 융합한 내용.	
	皇明新安王有熺, 喜生食人腦肝膽.	喜生食人. 吾學編祥符, 王有熺, 喜生食人腦肝膽, 薄暮每伺人過門, 輒誘入, 殺而食之, 故其邸前, 日未晡, 卽斷行迹. 『元明事類鈔』 淸 姚之駟 撰. *『吾學編』이 원출전임.

*출전 명기 없이 인용 ▷ 『吾學編』	
噫豈獨盜跖然哉, 尤可怪者.	이수광의 견해
唐左史郎中任正名, 舒川刺史張懷肅, 好服人精.	周舒州刺史張懷肅好服人精, 唐左司郎中任正名, 亦有此病. 『說郛』_〈耳目記, 張鷟〉
출전 명기 없이 인용 ▷ 『說郛』	
知福建院權長孺, 嗜人爪甲.	知福建院權長孺, 嗜人爪甲, 見之, 輒流涎. 『弇州四部稿』
출전 명기 없이 인용 ▷ 『弇州四部稿』	
近世江陵, 有姓金者喜吮人腎囊, 爲天下至味, 常於山寺, 與僧共處, 日以吮囊爲事, 僧徒苦之, 此其食性之不可知者.	이수광의 전문
우리나라의 이야기	

『芝峯類說』卷一, 災異部, 物異.

37	昆蟲無不羽化, 固也, 羽蟲而化鱗物, 鱗物而化臝蠃, 何理也, 田鼠爲駕, 蝦蟆爲鶉爲蟹, 鯉鮪爲龍, 雞爲蛇, 雀爲蛤, 雉爲蜃, 蛇爲雉, 蟾蜍爲河豚, 怪矣, 人有化爲虎爲牛爲獐爲魚鼈禽鳥, 亦何理耶, 蕨與當歸, 乃植物而亦變爲蛇, 此理之尤不可知者, 夫十二類之生, 充滿天地間, 生生化化, 擾擾棼棼, 造物眞戲劇也哉.	洪爐變化, 物固有之, 雀爲蛤, 蛇爲雉, 雉爲鴿, 鳩爲鷹, 田鼠爲駕, 腐草爲螢, 人爲虎爲猨爲魚爲鼈之類, 史傳不絶. [出續玄怪錄] 『太平廣記』_「韋氏子」 淮南子曰, 夫蝦蟆爲鶉, 蠱爲蟲, 皆生於非其類. 『太平御覽』_「蝦蟆」 且夫雀爲蛤, 雉爲蜃, 人爲虎, 腐草爲螢, 蛻蜋爲蟬, 鯤爲鵬, 萬物之變化, 書傳之記者, 不可以智達, 況耳目之外乎.[出續玄怪錄] 『太平廣記』_「裴諶」
	출전 명기 없이 인용 ▷ 『太平廣記』 등 여러 문헌을 종합한 것으로 보임.	
38	龍聽以角, 非眞聾也, 是以角爲耳者也, 牛聽以鼻, 非無耳也, 是以鼻爲耳者也, 龍不翼而飛, 是以不翼爲翼也, 蛇無足而行, 是以無足爲足也, 猫食	兎絲無根而生, 蛇無足而行, 魚無耳而聽, 蟬無口而鳴, 龍聽以角, 牛聽以鼻. 『弇州四部稿』 등 다수의 문헌.

	薄荷而醉, 是以薄荷爲酒者也, 貘食銅鐵而飽, 是以銅鐵爲食者也, 故形不可一體而求, 理不可一例而推.	貓食薄荷則醉, 虎食狗則醉. 『天中記』등 다수의 문헌. 貘, 白豹. 注, 似熊小頭庳脚, 黑白駁, 能舐食銅鐵及竹骨. 『爾雅注疏』등 다수의 문헌.
	출전 명기 없이 인용 ▷『弇州四部稿』·『天中記』·『爾雅注疏』등 여러 문헌을 종합한 것으로 보임.	
39	草木無情而何首烏石楠有雌雄之感, 禽獸有偶而靈狸自爲牝牡, 蓋物異也.	靈狸, 一體自爲夫婦, 故能媚人.[異物志] 『廣博物志』등 다수의 문헌.
40	蟲鳥卵生, 而鶢鷋吐子, 仙鶴化胎, 余所目見則蟾蜍亦吐子矣, 人亦有卵生者, 徐偃王與新羅始祖是也, 如彭祖剖母脇, 老子剖母左腋, 釋迦破母右腋而出, 亦異矣.	이수광의 견해
41	物之化生, 理也, 至如鳥有蚊母, 草有蚊母虻母, 果有蚊蛤, 此則理外之理也, 世人局於見聞, 以其小知而欲窮天下之理, 烏可哉.	이수광의 견해
42	說郛等書曰, 炎洲在南海中, 去岸九萬里, 有風生獸狀如豹, 火燒不死, 劍斫不入, 以鐵鎚打頭十數萬乃死, 其口向風便活, 以石上菖蒲, 塞其耳鼻則死, 取其腦和菊服長生.	炎洲在南海中 地方二千里 去北岸九萬里上 有風生獸似豹 靑色大如狸張網取之積薪數車以燒之薪盡而獸不然灰中而立毛亦不燋 斫刺不入 打之如灰囊 以鐵鎚鍛其頭數十下乃死 而張口向風 須臾復活 以石上菖蒲 塞其鼻卽死 取其腦和菊花服之盡十斤得壽五百年 『說郛』_「海內十洲記」
	『지봉유설』의 명시 서명: 『說郛』等 書. *『說郛』를 축약 인용. 『藝文類聚』, 『太平御覽』, 『述異記』등에도 동일한 내용이 있음.	
	又海南有魚如鼉, 斬其首乾之, 琢去其齒而更生, 亦鰐魚也.	博物志云, 南海有鼉魚, 斬其首乾之, 琢去其齒而更復生者, 三乃已. 『太平廣記』_「鼉魚」
	출전 명기 없이 인용 ▷『太平廣記』	
	宛委餘編曰, 風母如猿, 打殺遇風卽活.	風母如猿, 打殺遇風卽活. 『弇州四部稿』_〈宛委餘編〉

『지봉유설』의 명시 서명: 〈宛委餘編〉	
醫方曰, 水蛭火乾經年, 得水亦活云, 蓋異種也.	藏器曰, 收乾蛭當展其身令長, 腹中有子者 去之, 性最難死, 雖以火炙, 亦如魚子, 煙熏經年, 得水尤活也. 『本草綱目』, 明 李時珍 撰.
출전으로 범칭을 서명 대신 제시: 醫方 ▷ 『本草綱目』	

43

嶺南志云, 有物如蒲帆過海, 海人擊之, 乃蝴蝶也, 得肉八十斤, 噉之極肥美, 又蜈蚣大者長百步, 南越志曰, 大者其皮可以鞔鼓, 其肉爲脯, 美於牛肉.	嶺南異物志, 見有物如蒲帆過海, 將到舟, 競以物擊之, 破碎墜地, 視之, 乃蝴蝶也. 海人去其翅, 足稱肉, 得八十斤, 噉之, 極肥美. 葛洪遐觀賦, 蜈蚣大者長百步, 頭如車箱, 屠裂取肉白如瓠. 南越志云, 大者其皮可以鞔鼓, 其肉暴爲脯, 美於牛肉. 『弇州四部稿』_〈宛委餘編〉
『지봉유설』의 명시 서명: 『嶺南志』 재인용: 『嶺南志』 ▷ 『弇州四部稿』	
今我國南邊, 亦多蜈蚣, 有長過尺者, 以百步准之, 特眇少者耳.	이수광의 전문
우리나라의 이야기	

44

按本草曰, 虎與鹿兎, 壽皆千歲, 五百歲毛變白.	抱朴子, 虎壽千歲, 五百歲, 毛色變白. 『證類本草』, 宋 唐愼微 撰. 抱朴子, 兎壽千歲, 五百歲, 毛色變白. 『證類本草』
『지봉유설』의 명시 서명: 『本草』	
醫學入門曰, 狼壽八百歲, 三百歲善變人形, 熊壽五百歲, 能化爲狐狸,	『醫學入門』_明 李梴 撰 *관련기사 抱朴子[云, 狼壽八百歲, 滿三百歲則善變人形.] 『證類本草』 抱朴子[熊壽五百歲, 能化爲狐狸.] 『證類本草』
『지봉유설』의 명시 서명: 『醫學入門』	
又曰, 獼猴八百歲化爲猿, 猿五百歲變爲玃, 玃一千歲, 變爲蟾蜍.	*관련기사 抱朴子[云, 獼猴壽八百歲卽變爲猨,

	猨壽五百歲變爲玃, 玃壽一千歲, 變爲蟾蜍] 『證類本草』
抱朴子曰, 狐壽八百歲, 三百歲變爲人.	狐及狸狼, 皆壽八百歲, 滿三百歲, 暫變爲人形.[抱朴子 玉策記] 『天中記』,「狐」 *『天中記』등 다수의 문헌에 동일한 내용이 전함.
『지봉유설』의 명시 서명:『抱朴子』	
本草曰, 蝙蝠, 在乳石洞中, 食其精汁, 色白壽千歲	伏翼 …… 一名蝙蝠. [又云. 仙鼠, 在山孔中, 食諸乳石精汁, 皆千歲, 頭上有冠, 淳白.] 『證類本草』
『지봉유설』의 명시 서명:『本草』	
相鶴經曰, 鶴千六百年色白.	鶴者 …… 千六百年形定, 體尙潔, 故其色白. 『說郛』_〈相鶴經〉
『지봉유설』의 명시 서명:『相鶴經』 재인용:『相鶴經』을 출전으로 제시하였지만, 다수의 문헌에 동일한 내용이 전함. 다만, 아래 글의 출처가『說郛』이므로 이 글도『說郛』에서 인용하였을 가능성이 높다.	
又龜鵠壽皆千歲.	鵠壽三千歲. 『說郛』_〈述異記〉_「鵠」
출전 명기 없이 인용 ▷『說郛』	
宛委餘編曰, 肉芝卽萬歲蟾蜍, 千歲蝙蝠, 千歲靈龜風生獸, 千歲燕之類, 服之令人長生云.	肉芝則萬歲蟾蜍, 千歲蝙蝠, 千歲靈龜風生獸, 千歲鷰之類, 菌芝狀, 如宮室, 或車馬, 或龍虎, 或人形, 或飛鳥, 五色無常, 已上五芝, 服之, 皆令人長生. 『弇州四部稿』_〈宛委餘編〉
『지봉유설』의 명시 서명:〈宛委餘編〉	
蓋龜燕蝙蝠, 蟄而服氣故能壽, 而蟾蜍又最壽矣.	

| 45 | 酉陽雜記云, 夜行遊女, 一日天帝女, 夜飛晝隱如鬼神, 衣毛爲飛鳥, 脫毛 | 夜行遊女, 一日天帝女, 一名釣星, 夜飛晝隱如鬼神, 衣毛爲飛鳥, 脫毛爲婦 |

	爲婦人, 喜取人子, 凡飴小兒不可露處, 小兒衣亦不可露晒, 毛落衣中, 當爲鳥祟.	人無子, 喜取人子, 胸前有乳, 凡人飴小兒不可露處, 小兒衣亦不可露曬, 毛落衣中, 當爲鳥祟. 『酉陽雜俎』
	『지봉유설』의 명시 서명: 『酉陽雜記』	
	此言似誕, 今按醫方小兒門, 無辜疳是也.	이수광의 견해
	『지봉유설』의 명시 서명: 醫方 小兒門	
46	辛卯年夏, 三陟襄陽蔚珍等邑, 有蟻蟲蔽海而出, 瀰漫海岸, 如戰鬪之狀. 又京中柳謐家庭前五六間地, 黑蟻遍布, 或斬頭或斬腰而死者, 不記其數, 翌年而倭寇至, 此其兆歟.	이수광의 전문 이수광의 견해
	우리나라의 이야기	
47	白雉蓋常有之, 先王朝辛卯年, 固城山中, 産白雉, 丁未年, 江原道獻白雉, 今甲寅年, 黃海道獻白雉, 又丁未年, 狼川有白鳥與群鳥相逐, 今庚戌年, 白鳥集于泮宮, 群鳥並逐, 踰月不去, 又癸丑年, 白鵲出于城中, 白鷹來于陽川江北, 此皆出狀啓, 或人所目擊者.	이수광의 전문 이수광의 견해
	우리나라의 이야기	
48	余爲洪州時, 白棗生衙舍席門外, 長可四五寸, 莖條潔白, 枝葉玲瓏如刻玉, 甚可珍玩, 卽戊申五月宣宗大王國恤時也.	이수광의 체험
	우리나라의 이야기	

1-2. 『성호사설』의 문헌 인용 양상에 대한 분석

이익이 살았던 광주(廣州) 첨성리(瞻星里) 성호장(星湖莊)에 수천 권의
서적이 소장되어 있었고 그의 부친 이하진(李夏鎭)이 1678년에 연경에
갔다가 많은 책을 구해왔다고 하니, 이익은 『성호사설』을 집필할 때
이들 문헌을 참조하였을 것이다.[508] 따라서 『성호사설』에서 활용된 문
헌을 찾아낼 수 있다면, 당시 국내 사대부가에 소장된 서적의 현황뿐만
아니라, 중국 최신 서적의 국내 유입 등 서적의 유통과 지식의 형성
과정에 대한 문제를 해명할 수 있을 것이다. 그러기 위해서는 『성호사
설』의 문헌 인용 양상 전체를 분석하는 것이 마땅하겠으나 본 장에서는
우선 유서에서 가장 전형성을 지니고 있을 뿐만 아니라 이익이 가장
심혈을 기울여 집필한 〈만물문(萬物門)〉을 분석함으로써 연구의 단초를
제공하고자 한다.

『성호사설』 30권 중 제4권부터 제6권까지에 편재되어 있는 〈만물
문〉은 모두 368항으로 이루어져 있으니 『성호사설』 전체 분량의 10할
을 넘는다. 또 문(門)을 기준으로 본다면 5분이 1에 해당한다. 물론 문마
다 주제가 상이하기에 참고문헌도 달라질 수밖에 없겠지만, 여러 가지
사물에 대한 정보와 사실을 기술한 〈만물문〉은 『성호사설』의 문헌 활
용 양상 연구에 대한 표본 추출로서의 기능을 충분히 할 것이다.

본 장에서 사용한 연구 방법은 〈만물문〉 368항 원문에서 제시된 인
용 문헌이 실제 사실과 부합되는지 실증적으로 검증하는 것이다. 〈만물
문〉에서 제시한 출전이 사실과 부합되는지 검토할 뿐만 아니라 출전을
밝히지 않은 것도 인용 여부를 검증함으로써 최종적으로 순수한 이익

---

[508] 한우근(1979), 「성호사설」, 『민족문화』 제3집, 민족문화추진회, 110쪽; 이성무(1987),
「성호 이익의 생애와 사상」, 『조선시대사학보』 제3집, 조선시대사학회, 113쪽.

의 독자적 견해를 분리해 낼 수 있다.

또, 인용 사실을 밝히지 않은 문헌들이 갖는 공통성을 추출함으로써 그 이유를 규명하고자 한다.

1-2-1. 『성호사설』〈만물문〉에 제시된 인용 문헌의 분석

다음에서 『성호사설』〈만물문〉에서 이익이 명시한 출전을 추출하여 정리함으로써 이익이 다른 문헌을 활용하는 과정에서 출전 명기에 대하여 어떠한 의식과 기준, 방법을 가지고 있었는지 살펴보고자 한다. 이익이 인용한 사실을 밝히기 위하여 제시한 서적의 이름, 찬자 혹은 작가의 이름, 작품명은 물론이거니와 불분명한 범칭도 모두 인용으로 간주하였다.

　　『성호사설』 4권 〈만물문〉에 제시된 문헌[1~130]
　　1. 거채(居蔡): 子曰, 〈食貨志〉, 『家語』, 『左傳』
　　2. 번초(番椒): 『盛京通志』, 『唐詩畫譜』
　　3. 고산나방(高山螺蜂): 朱子
　　4. 백안(白鴈): 제시된 인용 문헌 없음
　　5. 청조(靑鳥): 〈漢武故事〉, 『文獻通考』, 『爾雅』
　　6. 육약한(陸若漢): 제시된 인용 문헌 없음
　　7. 문모(蚉母): 陳藏器, 『爾雅』
　　8. 곡(鵠): 字書-2회, 劉表 「與袁譚書」
　　9. 만화·용서(漫畫·舂鋤): 제시된 인용 문헌 없음
　　10. 금묘(金猫): 제시된 인용 문헌 없음
　　11. 경침(警枕): 제시된 인용 문헌 없음
　　12. 유자·적자(黝紫·赤紫): 제시된 인용 문헌 없음
　　13. 사도(柶圖): 董越 『朝鮮賦』

14. 도심매(倒心梅): 杜詩, 退溪 「陶山訪梅」

15. 잠면구(蠶綿具): 『三才圖會』, 『字彙』

16. 남초(南草): 『易』

17. 토이(土異): 『通考』

18. 과하마(果下馬): 子美詩, 字書-2회

19. 요자과신라(鷂子過新羅): 蘇子瞻

20. 송매(松煤): 『墨經』

21. 팔보(八寶): 제시된 인용 문헌 없음

22. 애체(靉靆): 張寧 〈遼邸記聞〉, 『居家必備』

23. 패대(珮袋): 제시된 인용 문헌 없음

24. 구(裘): 『周禮』, 〈月令〉, 〈玉藻〉, 孔子, 『文獻通考』, 李白

25. 비색자기(秘色磁器): 『袖中錦』, 徐愷 『漫笑錄』, 王元美

26. 지남침(指南針): 熊三拔 『簡平儀說』

27. 폭건(幅巾): 『通志』_〈器服畧〉_「幅巾」

28. 녹청(睩聽): 〈小雅〉, 『字林』

29. 곤충가식(昆虫可食): 〈內則〉, 『淮南子』, 『周禮』, 『詩』, 『爾雅』, 字書-2회

30. 정곡(正鵠): 字書-2회, 註, 〈月令〉

31. 주기보(酒器譜): 『說文』, 〈考工記〉, 『詩』-4회, 〈禮器〉, 郭璞

32. 앙마(秧馬): 東坡 「秧馬引」, 史

33. 표직(豹直): 「玉藻」, 『漢雜事』, 薛綜 註

34. 날석(涅石): 子曰, 『山海經』, 『淮南子』

35. 도필(刀筆): 『漢書』, 『文獻通考』, 『詩經』

36. 천리순갱(千里蓴羹): 『世說』, 老杜, 『藝苑雌黃』, 字書, 梅聖俞 詩, 山谷, 子美詩, 『酉陽雜俎』, 『緗素雜記』

37. 회·류(蛔·類): 『顏氏家訓』, 〈天問〉, 『山海經』, 『莊子』_〈天運〉, 郭璞 贊

38. 금근거(金根車): 『孝經援神契』, 『禮緯斗威儀』

39. 좌도(左纛): 『史記』, 沈約 『宋書』, 蔡邕 『獨斷』, 字書-2회, 『周禮』,

『文獻通考』,『弇州四部稿』

40. 해(蟹):『蟹譜』,『十種』,『呂亢十二種辨』,『本草』,『圖經』,『字義』

41. 탐라과품(耽羅果品):『耽羅志』

42. 부요양각(扶搖羊角): 莊周, 春陽 李時善

43. 고전(古錢):『文獻通考』,『新唐書』_〈食貨志〉, 葉水心

44. 징니연(澄泥硯): 歐陽公『硯譜』,『升菴集』

45. 울복(鬱醭): 韋莊 詞,『爾雅翼』, 杜牧 詩, 柳子厚「梅雨詩」, 字書
    -2회

46. 화상요돌(畫像坳突): 利瑪竇「幾何原本序」

47. 가야금(伽倻琴): 李奎報,『急就章』註,〈武帝本紀〉, 李義山 詩

48. 견지(繭紙): 宋 趙希鵠『洞天淸錄』

49. 서수필(鼠鬚筆): 蘇氏「鼠須筆」

50. 우충(雨虫): 제시된 인용 문헌 없음

51. 기선(箕仙): 謝肇淛『五雜俎』,『東坡志林』,〈天篆記〉

52. 우청(牛聽): 古云

53. 박(雹):『大戴禮』

54. 길강(蛣蜣): 字書

55. 제호(鵜鶘): 제시된 인용 문헌 없음

56. 마명조(馬明鳥): 胡曰從『十竹齋畫譜』

57. 참정(讒鼎):『韓非』_〈說林〉, 服虔,『唐類函』

58. 금완(琴阮): 唐 劉餗『隋唐嘉話』

59. 해동청(海東靑): 제시된 인용 문헌 없음

60. 양두사(兩頭蛇): 張耒『明道雜志』,『沈氏筆談』

61. 합환(合歡):『周禮』

62. 창귀(倀鬼): 제시된 인용 문헌 없음

63. 성황묘(城隍廟):『五禮儀』, 程子,『傳』, 陸游「鎭江府城隍忠祐廟
    記」,「寧城縣城隍祠記」,『輿地勝覽』,『左傳』

64. 마하(麻鞋): 李賀 詩, 字書

65. 은병(銀甁):〈平準書〉, 東史

66. 망량(罔兩): 『莊子』

67. 척(尺): 『大典』, 柳磻溪

68. 어무이(魚無耳): 『淮南子』, 唐詩, 〈考工記〉

69. 작당(雀餳): 제시된 인용 문헌 없음

70. 양의(養螘): 제시된 인용 문헌 없음

71. 표서(鼵鼠): 제시된 인용 문헌 없음

72. 견요(犬妖): 제시된 인용 문헌 없음

73. 명편(鳴鞭): 「梁孝王傳」_司馬貞, 「霍光傳」, 注, 〈晉語〉, 『大明集禮』

74. 희지서(義之書): 米元章〈待訪錄〉, 『集古錄』-2회, 元章 『書史』, 宋
    張懷瓘 『書斷』, 米元章, 「梁瘞鶴銘」, 楊愼

75. 오릉출화(吳綾出火): 제시된 인용 문헌 없음

76. 인광노(引光奴): 『淸異錄』, 樂天 「早朝詩」, 東坡詩, 張弼詩

77. 필묘(筆妙): 唐 張鷟

78. 저포(猪脬): 鶡冠子, 子曰, 楊愼, 『三才圖會』

79. 뇌불상문(雷不上聞): 東坡詩, 『易』_〈小過〉

80. 백밀오릉(白蜜五稜): 東坡詩, 註

81. 두부(豆腐): 『蟗碎錄』, 東坡註

82. 내대(褋襶): 魏 程曉詩

83. 고시・석노(楛矢・石砮): 『家語』, 『左傳』

84. 수・봉(殳・棒): 『詩』

85. 제잠(蹄鐕): 古註, 〈喪大記〉

86. 시저(柹藷): 『禮』, 註

87. 응(鷹): 『廣志』

88. 지(芝): 제시된 인용 문헌 없음

89. 동(桐): 『孟子』

90. 궤함(甌函): 退之詩

91. 지상(地桑): 제시된 인용 문헌 없음

92. 원잠(原蠶): 『淮南子』, 『詩』

93. 인마일심(人馬一心): 杜子美 「胡靑驄歌」

94. 충식율엽(虫食栗葉): 『麗史』

95. 수판(手板): 제시된 인용 문헌 없음

96. 물생지수(物生之數): 〈月令〉

97. 양마(養馬): 제시된 인용 문헌 없음

98. 도량(度量): 제시된 인용 문헌 없음

99. 은화(銀貨): 諸葛 表

100. 전초회자(錢鈔會子): 제시된 인용 문헌 없음

101. 염철론(鹽鐵論): 『鹽鐵論』-2회

102. 묘견(猫犬): 蘇氏, 鄭介夫

103. 조증율택(棗烝栗擇): 제시된 인용 문헌 없음

104. 간남(肝南): 〈士虞禮〉

105. 어화인봉(魚化麟鳳): 『爾雅』-3회

106. 백갑(白甲): 楊誠齋, 『周禮』

107. 병거목거마(兵車木拒馬): 綱

108. 빙화(氷畫): 제시된 인용 문헌 없음

109. 목장(牧場): 『詩』, 「銅馬相法」

110. 마정(馬政): 杜甫 「沙苑行」

111. 유황·지상(硫黃·地霜): 제시된 인용 문헌 없음

112. 주사환귀(珠蛇還歸): 제시된 인용 문헌 없음

113. 동지헌말(冬至獻襪): 『餘冬序錄』

114. 토리횡수(土理橫竪): 陳后山, 何孟春

115. 마조(馬祖): 字書

116. 붕(鵬): 〈魯語〉

117. 만두·기수·뇌구(饅頭·起溲·牢九): 字書, 山谷詩, 弁州

118. 원양견(元陽繭): 王世貞 「汴中節食記」, 祝氏 『事文類聚』, 『周禮』

119. 한구(寒具): 楊用修, 『周禮』, 可山 林洪, 劉夢得 「寒具詩」

120. 한궁기자(漢宮棋子): 王世貞

121. 거여밀이(粔籹蜜餌): 「招魂賦」, 王逸 註, 朱子, 可山 林洪

122. 각서(角黍): 『柳夢寅野談』

123. 분단(粉團): 『歲時記』

124. 조고(棗糕): 『藝苑雌黃』

125. 산자(饊子): 楊升菴, 董越 『朝鮮賦』

126. 구이·분자(糗餌·粉餈): 『周禮』

127. 냉도(冷淘): 杜詩

128. 회주(灰酒): 陸放翁

129. 산삼(山蓡): 제시된 인용 문헌 없음

130. 혼례박계(婚禮朴桂): 제시된 인용 문헌 없음

『성호사설』 5권 〈만물문〉에 제시된 문헌[131~256]

131. 도포(道袍): 『禮』註, 字書

132. 잠도(簪導): 『晉書』, 東坡詩, 『釋名』, 『通考』

133. 봉순(蜂巡): 제시된 인용 문헌 없음

134. 용력(龍力): 제시된 인용 문헌 없음

135. 시(柿): 제시된 인용 문헌 없음

136. 금(琴): 『說苑』, 劉勰 『新論』-2회, 『家語』, 韓昌黎 「聽琴」

137. 접역(鰈域): 『爾雅』, 『禮』

138. 금수부지부(禽獸不知父): 제시된 인용 문헌 없음

139. 위이(委蛇): 『莊子』_〈達生篇〉

140. 축수속진(畜獸屬辰): 『本草』

141. 완성(緩聲): 제시된 인용 문헌 없음

142. 태(苔): 제시된 인용 문헌 없음

143. 회(灰): 제시된 인용 문헌 없음

144. 원기(元氣): 제시된 인용 문헌 없음

145. 입운기(立耘器): 先子

146. 화총(火銃): 제시된 인용 문헌 없음

147. 용화(龍華): 제시된 인용 문헌 없음

148. 관물(觀物): 『易』

149. 점성도(占城稻): 東坡 「白塔舖詩」, 『三才圖會』

150. 회백(檜柏): 『世說』

151. 탐라목장(耽羅牧場): 『詩』

152. 진길료(秦吉了): 白樂天 「秦吉了詩」, 『說文』, 『通考』

153. 답삭연동(踏索緣橦): 제시된 인용 문헌 없음

154. 원기(猿騎): 제시된 인용 문헌 없음

155. 부백(浮白): 〈明堂位〉, 『禮』

156. 천기(薦芰): 『事文類聚』

157. 지척(指尺): 『禮』(=『家禮』)

158. 박연악률(朴堧樂律): 成俔 撰 「樂學軌範序」

159. 속악(俗樂): 新羅史

160. 관회(管灰): 〈漢志〉

161. 생채·괘배(生菜·掛背): 元人 楊允孚 詩, 張光弼 「宮詞」

162. 조선묵(朝鮮墨): 韓子蒼 詩

163. 논화형사(論畫形似): 東坡詩

164. 구등제관(篝燈製管): 王世貞 所撰 「楊忠愍繼盛行狀」, 『啓蒙傳疑』

165. 주정상물(鑄鼎象物): 『左傳』, 程大昌

166. 투묘(偸猫): 제시된 인용 문헌 없음

167. 구욕안(鸜鵒眼): 제시된 인용 문헌 없음

168. 도죽장(桃竹杖): 제시된 인용 문헌 없음

169. 피지상심(披枝傷心): 〈范雎傳〉

170. 화포(火炮): 제시된 인용 문헌 없음

171. 탁라마자(乇羅麻子): 제시된 인용 문헌 없음

172. 건령귀(乾靈龜): 沈括

173. 악어(鱷魚): 沈存中

174. 석귀·빙귀(石龜·氷龜): 胡庭芳 『啓蒙翼傳』, 『十六國春秋』, 〈金志〉

175. 유초(鷚鷚): 『爾雅』

176. 휼(鷸): 제시된 인용 문헌 없음

177. 구장(鳩杖): 제시된 인용 문헌 없음

178. 오구(五鳩): 『傳』, 『詩』, 『書』, 『爾雅』

179. 목단무향(牧丹無香): 제시된 인용 문헌 없음

180. 응련(鷹連): 제시된 인용 문헌 없음

181. 음짐(鷣鴆):『唐國史補』

182. 좌마(坐馬): 제시된 인용 문헌 없음

183. 여모(女帽): 제시된 인용 문헌 없음

184. 신라금(新羅琴): 제시된 인용 문헌 없음

185. 일본도(日本刀): 제시된 인용 문헌 없음

186. 금주학래(琴奏鶴來):〈樂書〉, 周子

187. 목노천보(木弩千步):『新唐書』_〈兵志〉

188. 주재(酒材): 제시된 인용 문헌 없음

189. 오제·삼주(五齊·三酒):〈禮運〉, 鄭氏, 字書

190. 명수(明水):『禮』

191. 윤조(綸組):『爾雅』,〈緇衣〉疏,『說文』,〈內則〉註,『通志』

192. 초구(貂裘): 제시된 인용 문헌 없음

193. 타서(鼧鼠): 字書

194. 병기(兵器): 제시된 인용 문헌 없음

195. 학사단간(鶴沙短簡): 제시된 인용 문헌 없음

196. 야관(椰冠): 東坡「椰子冠詩」, 字書,『職方外紀』

197. 채색(綵色):『禮疏』,〈考工記〉

198. 호매(狐魅):『名山記』,『五雜俎』

199. 백양(白楊):『論語』引逸詩,『本草』, 陳藏器,〈召南集傳〉,『白虎通』

200. 화완포(火浣布):『列子』,『孔叢子』引『周書』,〈魏志〉,『神異經』,
    『搜神記』, 艾儒略『職方外紀』

201. 즉저(卽且):『莊子』,『爾雅』

202. 낭미·율미(狼尾·栗尾): 董越『朝鮮賦』自註, 坡詩, 陸佃『埤雅』,
    字書

203. 절풍립(折風笠):『通考』, 李白 樂府「高句麗詞」

204. 해접(海蝶):『嶺南異物志』

205. 봉란(蜂卵): 제시된 인용 문헌 없음

206. 체돈(彘豚):『孟子』,〈曲禮〉,『莊子』

207. 전서(田鼠):〈月令〉,〈夏小正〉,『爾雅』,〈郊特牲〉

208. 독룡(毒龍): 盧綸詩, 王維詩

209. 오곡(五穀):『周禮』,『孟子』,〈曲禮〉

210. 석서오능(碩鼠五能):『周易』, 孔穎達 正義, 蔡邕 勸學篇,『荀子』,
     『廣雅』, 魏詩, 陸機 疏

211. 부종·구인(蜉蝓·蚯蚓):『本草』

212. 전·분(鱄·鱝): 郭璞「江賦」,『本草』

213. 오량·팔량(五兩·八兩): 許愼『淮南子』註, 兵書

214. 한음(翰音):〈曲禮〉

215. 염매·고독(魘魅·蠱毒): 제시된 인용 문헌 없음

216. 소아귀(小兒鬼):〈封禪書〉, 醫書,『莊子』_〈天運〉

217. 금수오륜(禽獸五倫): 楊愼,『家語』

218. 호백(虎魄): 朱子, 黃休復, 許氏『必用方』

219. 절지(竊脂):『爾雅』

220. 고목(孤鶩):「滕王閣序」,『爾雅』, 字書,〈曲禮〉疏, 毛氏, 董子『春
     秋繁露』

221. 혜서(鼷鼠): 黃山谷「張子難字說」,『字彙』,『春秋』_〈成公〉,〈定
     公〉,〈哀公〉,『爾雅』郭註,『文獻通考』,『本草』

222. 이우(犁牛):『論語』,『戰國策』

223. 편석(碥石):『字彙』,『毛傳』,『集註』

224. 정·팔초·교력(蟶·八梢·鮫鰡): 董越『朝鮮賦』自註,『本草』

225. 금(禽): 제시된 인용 문헌 없음

226. 양염(陽燄): 楊用修

227. 나충(臝虫):〈考工記〉,『爾雅』,〈大雅〉, 張衡「西京賦」, 李善 註,
     薛綜, 楊愼

228. 아아화(鵝兒花):『梁元帝纂要』,『五雜組』

229. 연지(胭脂): 字書, 劉熙『釋名』

230. 이·용(毦·鞊):〈魏志〉, 字書, 諸葛亮「與兄瑾書」, 諸葛亮「與吳

王書」

231. 치이(鴟夷): 『呂氏春秋』

232. 번영(繁纓): 『禮』, 字書, 『釋名』, 『左傳』

233. 목면(木綿): 「禹貢」, 『廣志』, 『裴氏廣州記』, 『南史』, 『史記』, 「蜀都賦」, 史炤 『釋文』, 『桂海虞衡志』, 丘濬, 『續博物志』

234. 부로(扶老): 陶淵明 「歸去來辭」, 『漢書』_孔光傳」, 『竹譜』, 『易林』, 『續漢書』_〈禮儀志〉, 『爾雅』, 『陸氏疏』, 「春秋說題辭」

235. 약칭일자(藥秤一字): 제시된 인용 문헌 없음

236. 권량(權量): 제시된 인용 문헌 없음

237. 정연(貞燕): 제시된 인용 문헌 없음

238. 은광(銀礦): 제시된 인용 문헌 없음

239. 자연석(自然石): 『事文類聚』, 杜征 『南預集』

240. 화구(火具): 『啓禎野乘』, 『續通考』

241. 필률(篳栗): 제시된 인용 문헌 없음

242. 종제(種穄): 제시된 인용 문헌 없음

243. 옥영(玉纓): 『左傳』, 『莊子』

244. 곡명(穀名): 字書, 李時珍, 『六書故』, 『圖經』, 陳藏器

245. 남과(南瓜): 제시된 인용 문헌 없음

246. 뇌사(耒耜): 『易』, 『管子』

247. 주검(鑄劍): 『荀子』

248. 금수일로(禽獸一路): 제시된 인용 문헌 없음

249. 변전(邊箭): 『續通考』

250. 해혈(蟹穴): 『大戴禮』

251. 단주·지환·비환(丹注·指環·臂環): 『史記』, 『漢官舊儀』, 〈胡俗傳〉, 『詩』_靜女」_毛傳, 『五經要義』

252. 매화불입소(梅花不入騷): 退溪 「節友社詩」, 自題

253. 출장·어류(黜墻·御留): 李奎報詩 …… 小序

254. 옥매(玉梅): 『李相國集』_「玉梅」

255. 맥치(貘齒): 字書, 白居易 「貘屛贊序」, 『武夷志』, 『拾遺記』

256. 부인복(婦人服): 제시된 인용 문헌 없음

『성호사설』 6권 〈만물문〉에 제시된 문헌[257~368]

257. 공청(空靑): 제시된 인용 문헌 없음

258. 목단(牧丹): 濂溪

259. 수모치자(修母致子): 蔡邕〈月令章句〉,『說文』,『春秋保乾圖』,〈孔演圖〉, 宋均

260. 탄주어(呑舟魚): 제시된 인용 문헌 없음

261. 옥두(玉斗):『史記』,『詩』_〈大雅〉_「行葦」,『史記』_「張儀傳」,『公羊傳』,『孝經援神契』, 王勃「夫子廟碑序」, 「王蕃渾天說」

262. 보석(寶石):『五雜俎』

263. 각단(角端): 沈約『宋書』, 楊用修,『續漢書』,『說文』-2회, 郭璞 註, 相如 賦, 宋均

264. 설마(雪馬):『文獻通考』

265. 장미로(薔薇露):『呂氏春秋』, 山谷詩

266. 희준(犧尊): 王註禮器, 鄭康成〈明堂位〉註, 孔疏引鄭志, 鄭司農 註,〈明堂位〉

267. 성회시말(聖檜始末): 宋 米芾「聖檜贊」,『闕里誌』

268. 용생구자(龍生九子):『蘇氏演義』,『倦遊錄』, 或者, 薛綜, 字書,『詩』,『韓詩外傳』,『呂氏春秋』,『周禮』,『後漢書』_〈禮儀志〉,『尸子』, 古詞曲, 楊愼, 謝肇淛,『博物志』

269. 아용(雅春):『史記』,『周禮』_〈春官〉,『樂書』

270. 배교(环珓):『家禮』,『退溪集』,『四聲通攷』, 字書

271. 사화(絲花): 제시된 인용 문헌 없음

272. 접선추(摺扇墜): 謝肇淛,『綱目』, 註, 胡三省, 東坡

273. 십팔반무예(十八般武藝):『水滸志』, 史-2회,『三才圖會』

274. 상희(象戲): 程明道「象戲詩」

275. 주견사(蛛臂蛇): 제시된 인용 문헌 없음

276. 마보(馬步):『左傳』, 楚詞

277. 마형색(馬形色): 제시된 인용 문헌 없음
278. 형석(衡石):〈始皇本紀〉,『荀子』,「大寶箴」,「陳蕃傳」, 延篤 書, 馬融 書, 李嚴 書
279. 목빙(木冰):『唐書』, 字書, 東坡詩
280. 피견(披肩): 제시된 인용 문헌 없음
281. 가포(豭布): 字書
282. 제조(蠐螬): 제시된 인용 문헌 없음
283. 채애(採艾):『程子遺書』
284. 함로(銜蘆):『淮南子』,『古今註』
285. 사십승포(四十升布): 제시된 인용 문헌 없음
286. 청호·송고(靑蒿·松膏):『文獻通考』,『輿地勝覽』,『高麗史』_「趙彛傳」
287. 멱리(冪䍠):『唐』_〈輿服志〉
288. 제결(鵜鴂):『史記』_〈曆書〉,〈離騷經〉,『左傳』
289. 조균(朝菌):『爾雅』,『莊子』, 潘尼「朝菌賦序」
290. 풍종호(風從虎):『易』,「中興徵祥說」
291. 생(笙): 제시된 인용 문헌 없음
292. 낙서(洛書): 引『孝經援神契』
293. 예서(隸書): 酈善長『水經註』
294. 육고(六觚): 제시된 인용 문헌 없음
295. 제마(濟馬): 許筠, 東史
296. 용행(龍行):『大戴』_〈天圓篇〉, 莊周
297. 난삼(襴衫):〈宛委餘編〉
298. 목극(木屐): 顔之推『家訓』, 字書
299. 초갹(草蹻): 제시된 인용 문헌 없음
300. 역귀(疫鬼): 李梴『醫學入門』, 謝肇淛
301. 용유동(龍遊洞): 古語
302. 사리(舍利): 제시된 인용 문헌 없음
303. 봉밀(蜂蜜):〈秋官〉,「招魂賦」,『淮南子』

304. 봉사(蜂史): 제시된 인용 문헌 없음

305. 압각(鴨脚): 제시된 인용 문헌 없음

306. 가리(家狸): 『本草』, 『爾雅』, 〈考工記〉 註, 古人詩

307. 금수(金燧): 〈內則〉

308. 진(塵): 坡註, 李白詩

309. 과라(果蓏): 『中庸』, 沈存中, 『爾雅』, 『大戴禮』, 『莊子』, 『家語』

310. 금수색(禽獸色): 제시된 인용 문헌 없음

311. 천리마(千里馬): 韓愈, 『易』

312. 호확구(虎攫拘): 제시된 인용 문헌 없음

313. 연(硯): 『硯譜』

314. 봉(鳳): 제시된 인용 문헌 없음

315. 감람(橄欖): 『退溪集』, 『異物志』

316. 죽여(竹筎): 『本草』, 字書

317. 마가귀(馬價貴): 제시된 인용 문헌 없음

318. 박견(薄絹): 王同軌, 韓子

319. 민수(敏樹): 『中庸』

320. 왜도(倭刀): 제시된 인용 문헌 없음

321. 생체(牲體): 제시된 인용 문헌 없음

322. 계장(髻粧): 唐詩, 杜詩

323. 치계명익(雉鷄鳴翼): 〈說卦〉, 『易』

324. 신선·이유(神仙·二酉): 제시된 인용 문헌 없음

325. 상봉(相蜂): 제시된 인용 문헌 없음

326. 해노(蟹奴): 제시된 인용 문헌 없음

327. 고습·요습(袴褶·腰褶): 제시된 인용 문헌 없음

328. 악수살인(惡獸殺人): 『孟子』

329. 금계방사(金鷄放赦): 제시된 인용 문헌 없음

330. 주(酒): 「酒誥」

331. 정위(精衛): 『漢書』, 『酉陽雜俎』

332. 호복(虎僕): 제시된 인용 문헌 없음

333. 금은(金銀): 『商子』
334. 목요(木妖): 제시된 인용 문헌 없음
335. 목면(木綿): 제시된 인용 문헌 없음
336. 은화(銀貨): 제시된 인용 문헌 없음
337. 협봉(挾棒): 『詩』, 揚雄 『方言』
338. 홍흡음식(虹吸飮食): 제시된 인용 문헌 없음
339. 귀물구수(鬼物驅獸): 제시된 인용 문헌 없음
340. 죽간철족(竹幹鐵鏃): 『書』, 馬融 頌, 〈考工記〉, 「禹貢」
341. 계추(鷄雛): 程子
342. 축계지편당(祝鷄知偏黨): 제시된 인용 문헌 없음
343. 도맥여신(稻麥餘燼): 제시된 인용 문헌 없음
344. 등립·종사(藤笠·騣纚): 제시된 인용 문헌 없음
345. 거제(車制): 『書』, 〈考工記〉, 朱子
346. 발개(髮髻): 〈士昏禮〉, 『易』, 「賁」, 『文獻通考』, 史, 〈士冠禮〉, 鄭玄 註, 〈喪服〉 註, 『新唐書』
347. 극적궁(克敵弓): 제시된 인용 문헌 없음
348. 유재무상(有災無祥): 제시된 인용 문헌 없음
349. 재상(災祥): 「洪範」, 『綱目』_「魏明帝青龍三年」
350. 풍수유기(豐水有芑): 〈生民之詩〉
351. 봉실(蓬實): 제시된 인용 문헌 없음
352. 이목구비(耳目口鼻): 제시된 인용 문헌 없음
353. 주거취상(舟車取象): 『呂覽』
354. 단기(單騎): 『易』, 何孟春
355. 죽균·송심(竹筠·松心): 제시된 인용 문헌 없음
356. 청어(青魚): 『懲毖錄』
357. 다식(茶食): 坡詩
358. 숙(菽): 제시된 인용 문헌 없음
359. 장초(章草): 或云
360. 청홍(青虹): 朴東亮 『寄齋雜錄』

361. 누포(漏脯): 『易』, 『感應篇』

362. 마제(馬蹄): 杜詩

363. 우이(牛耳): 『周禮』_「庾人」

364. 표문서(豹文鼠): 郭璞 「爾雅序」, 『事文類聚』, 『前漢書』

365. 봉수홍등(烽燧紅燈): 『丘氏衍義』

366. 화전(火箭): 제시된 인용 문헌 없음

367. 비(蜚): 『春秋』

368. 슬아(蝨蛾): 제시된 인용 문헌 없음

1-2-2. 『성호사설』〈만물문〉에 제시된 문헌의 빈도 분석

이익이 〈만물문〉을 집필하면서 활용한 서적의 중요도를 밝혀 보는 것은 매우 중요한 일이라고 할 수 있다. 물론, 중요도와 빈도가 일치한다고 볼 수는 없지만, 상당 정도의 상관성은 인정할 수밖에 없다. 따라서 이하에서 〈만물문〉에서 추출한 문헌을 빈도순으로 정리 제시해 보았다.

2회 이상 제시된 문헌: 총56종

* (－) : 『성호사설』에서 서명의 앞이나 뒤에 덧붙어 있는 내용

• 『예기주소(禮記注疏)』: 총28회

『禮』 4회

〈月令〉: 총5회 － 〈月令〉 4회, 〈月令章句〉(蔡邕－)

〈曲禮〉: 총4회 － 〈曲禮〉 3회, 〈曲禮〉(－疏)

〈內則〉: 총3회 － 〈內則〉 2회, 〈內則〉(－註)

〈明堂位〉: 총3회 － 〈明堂位〉 2회, 〈明堂位〉(鄭康成－, －註)

『禮疏』, 〈郊特牲〉, 〈禮器〉, 〈禮運〉, 〈喪大記〉, 〈玉藻〉, 〈緇衣〉(－疏), 王註禮器, 鄭司農 註－각1회

- 『주례(周禮)』: 총20회

  『周禮』10회, 『周禮』_「庾人」, 〈考工記〉6회, 〈考工記〉(-註), 『周禮』_〈春官〉, 〈秋官〉

- 『이아(爾雅)』: 총20회

  『爾雅』19회, 『爾雅』(-郭註)

- 『시경(詩經)』: 총18회

  『詩經』, 『詩』12회, 〈小雅〉, 〈大雅〉, 『毛傳』, 『詩』_「靜女」_毛傳, 『詩』_〈大雅〉_「行葦」, 〈生民之詩〉, 〈召南集傳〉

- 『사기(史記)』: 총14회

  『史記』5회, 『史記』_「曆書」, 〈范雎傳〉, 〈封禪書〉, 〈始皇本紀〉, 〈食貨志〉, 〈樂書〉, 〈平準書〉, 「梁孝王傳」(-司馬貞), 『史記』_「張儀傳」

- 『문헌통고(文獻通考)』: 총13회

  『文獻通考』9회, 『通考』4회

- 『주역(周易)』: 총13회

  『周易』, 『易』9회, 『易』_〈小過〉, 〈賁〉, 〈說卦〉

- 『춘추좌씨전(春秋左氏傳)』: 총13회

  『春秋』, 『左傳』8회, 『春秋』_〈成公〉, 〈哀公〉, 〈定公〉, 服虔

- 『장자(莊子)』: 총11회

  『莊子』6회, 『莊子』_〈達生篇〉, 『莊子』_〈天運〉2회, 莊周 2회

- 『본초(本草)』: 총10회

  『本草』9회, 李時珍

- 『승암집(升菴集)』: 총10회

  『升菴集』, 楊愼 5회, 楊用修 3회, 楊升菴

- 『서경(書經)』: 총7회

  『書』3회, 「酒誥」, 「洪範」, 「禹貢」2회

- 『엄주사부고(弇州四部稿)』: 총7회

  『弇州四部稿』, 〈宛委餘編〉, 「楊忠愍繼盛行狀」(王世貞 所撰-), 「汴中節食記」(王世貞-), 王世貞, 王元美, 弇州.

- 『회남자(淮南子)』: 총7회

『淮南子』 6회, 『淮南子』(許愼-, -註)

- 『설문해자(說文解字)』: 총6회

『說文』 6회

- 『논어(論語)』: 총6회

『論語』, 『論語』(-引逸詩), 子曰 3회, 孔子

- 『한서(漢書)』: 총6회

『漢書』 2회, 『前漢書』, 『漢書』_「孔光傳」, 『後漢書』_〈禮儀志〉, 「霍光傳」

- 『가어(家語)』: 총5회

- 『대대례기(大戴禮記)』: 총5회

『大戴禮』 3회, 『大戴』_〈天圓篇〉, 〈夏小正〉

- 『의례주소(儀禮注疏)』: 총4회

〈士冠禮〉(-鄭玄註), 〈士虞禮〉, 〈士昏禮〉, 〈喪服〉(-註)

- 『맹자(孟子)』: 총4회

- 『오잡조(五雜俎)』: 총4회

『五雜俎』 3회, 『五雜俎』(謝肇淛-)

- 『사문유취(事文類聚)』: 총4회

- 『삼재도회(三才圖會)』: 총4회

- 『조선부(朝鮮賦)』: 총4회

『朝鮮賦』(董越-) 2회, 『朝鮮賦』(董越-, -自註) 2회

- 『몽계필담(夢溪筆談)』: 총4회

沈括, 沈存中 2회, 『沈氏筆談』

- 『여씨춘추(呂氏春秋)』: 총4회

『呂覽』, 『呂氏春秋』 3회

- 『효경원신계(孝經援神契)』: 총3회

『孝經援神契』 2회, 『孝經援神契』(引-)

- 『신당서(新唐書)』: 총3회

『新唐書』, 『新唐書』_〈兵志〉, 『新唐書』_〈食貨志〉

- 『순자(荀子)』: 총3회

- 『석명(釋名)』: 총3회

  『釋名』 2회, 『釋名』(劉熙-)

- 『초사(楚辭)』: 총3회

  〈天問〉, 楚詞, 王逸(-註)

- 『자휘(字彙)』: 총3회

- 『자치통감(資治通鑑)』: 총2회

  『綱目』, 『綱目』(-「魏明帝靑龍三年」)

- 『안씨가훈(顔氏家訓)』: 총2회

  『顔氏家訓』, 『家訓』(顔之推-)

- 『세설신어(世說新語)』: 총2회

  『世說』 2회

- 『통지(通志)』: 총2회

  『通志』, 『通志』(-〈器服畧〉_「幅巾」)

- 『속통고(續通考)』: 총2회

- 『속한서(續漢書)』: 총2회

  『續漢書』, 『續漢書』(-〈禮儀志〉)

- 『당서(唐書)』: 총2회

  『唐書』, 『唐』(-〈輿服志〉)

- 『송서(宋書)』: 총2회

  『宋書』(沈約-) 2회

- 『신론(新論)』: 총2회

  『新論』(劉勰-)

- 『연보(硯譜)』: 총2회

  『硯譜』, 『硯譜』(歐陽公-)

- 『직방외기(職方外紀)』: 총2회

  『職方外紀』, 『職方外紀』(艾儒略-)

- 『대학연의보(大學衍義補)』: 총2회

  丘濬, 『丘氏衍義』

- 『국어(國語)』: 총2회

〈魯語〉, 〈晉語〉

* **총2회 인용 문헌**

   『중용(中庸)』, 『집고록(集古錄)』, 『예원자황(藝苑雌黃)』, 『유양잡조
   (酉陽雜俎)』, 『산해경(山海經)』, 『광지(廣志)』, 『도경(圖經)』, 〈위지
   (魏志)〉, 「초혼부(招魂賦)」

이상에서 살펴 본 바와 같이 〈만물문〉에서 가장 많이 제시된 인용
문헌은 『예기주소』로 총28회 노출되었다. 그 다음은 『주례』와 『이아』
가 총20회, 『시경』이 총18회, 『사기』가 총14회, 『문헌통고』·『주역』,
『춘추좌씨전』은 각각 총13회, 『장자』가 총11회, 『본초』와 『승암집』이
총10회, 『서경』·『회남자』·『엄주사부고』가 각각 총7회, 『설문해자』·
『논어』·『한서』가 각각 총6회, 『가어』·『대대례기』가 각각 총5회 인용
문헌으로 제시되었다. 총4회 제시된 인용 문헌은 『의례주소』·『맹자』
·『오잡조』·『삼재도회』·『조선부』·『사문유취』·『몽계필담』·『여씨춘
추』 8종이다. 총3회 제시된 인용 문헌은 『효경원신계』·『신당서』·『순
자』·『석명』·『초사』·『자휘』 6종이다. 그리고 총2회 제시된 인용 문헌
은 『자치통감』·『안씨가훈』·『세설신어』·『통지』·『속통고』·『속한서』·
『당서』·『송서』·『신론』·『연보』·『직방외기』·『대학연의보』·『국어』·
『중용』·『집고록』·『예원자황』·『유양잡조』·『산해경』·『광지』·『도경』·
〈위지〉·「초혼부」 22종이다.

1회 제시된 서명: 총83종

* (-) : 『성호사설』에서 서명의 앞이나 뒤에 덧붙어 있는 내용

   『간평의설(簡平儀說)』(熊三拔 -), 『감응편(感應篇)』, 『거가필비(居家
   必備)』, 『계몽익전(啓蒙翼傳)』, 『계정야승(啓禎野乘)』, 『계해우형지(桂
   海虞衡志)』, 『고금주(古今註)』, 『공양전(公羊傳)』, 『공총자(孔叢子)』,

『관자(管子)』, 『광아(廣雅)』, 『군쇄록(羣碎錄)』, 『권유록(倦遊錄)』, 『궐리지(闕里誌)』, 『급취장(急就章)』(-註), 『남사(南史)』, 『남예집(南預集)』(杜征-), 『당국사보(唐國史補)』, 『당유함(唐類函)』, 『당시화보(唐詩畫譜)』, 『대명집례(大明集禮)』, 『독단(獨斷)』(蔡邕-), 『동천청록(洞天清錄)』(宋 趙希鵠-), 『만소록(漫笑錄)』(徐慥-)(曾慥 『高齋漫錄』의 오기), 『명도잡지(明道雜志)』(張耒-), 『명산기(名山記)』, 『무이지(武夷志)』, 『묵경(墨經)』, 『박물지(博物志)』, 『방언(方言)』(揚雄-), 『배씨광주기(裴氏廣州記)』, 『백호통(白虎通)』, 『비아(埤雅)』(陸佃-), 『상소잡기(緗素雜記)』, 『서단(書斷)』(宋 張懷瓘-), 『서사(書史)』(元章-), 『석문(釋文)』(史炤-), 『설원(說苑)』, 『성경통지(盛京通志)』, 『세시기(歲時記)』, 『소씨연의(蘇氏演義)』, 『속박물지(續博物志)』, 『수경주(水經註)』(酈善長-), 『수당가화(隋唐嘉話)』(唐 劉餗-), 『수신기(搜神記)』, 『수중금(袖中錦)』, 『수호지(水滸志)』, 『습유기(拾遺記)』, 『시자(尸子)』, 『신이경(神異經)』, 『십육국춘추(十六國春秋)』, 『십종(十種)』, 『십죽재화보(十竹齋畫譜)』(胡曰從-), 『악서(樂書)』, 『양원제찬요(梁元帝纂要)』, 『여동서록(餘冬序錄)』, 『여항십이종변(呂亢十二種辨)』, 『역림(易林)』, 『열자(列子)』, 『염철론(鹽鐵論)』, 『영남이물지(嶺南異物志)』, 『예(禮)』(=家禮), 『예위두위의(禮緯斗威儀)』, 『오경요의(五經要義)』, 『육서고(六書故)』, 『의학입문(醫學入門)』(李梴-), 『이물지(異物志)』, 『이아익(爾雅翼)』, 『자림(字林)』, 『자의(字義)』, 『전국책(戰國策)』, 『전(傳)』, 『정자유서(程子遺書)』, 『죽보(竹譜)』, 『진서(晉書)』, 『청이록(清異錄)』, 『춘추번로(春秋繁露)』(董子-), 『춘추보건도(春秋保乾圖)』, 『필용방(必用方)』(許氏-), 『한비(韓非)』_〈설림(說林)〉, 『한시외전(韓詩外傳)』, 『한잡사(漢雜事)』, 『해보(蟹譜)』

1회 제시된 편명: 총41편

「고구려사(高句麗詞)」(李白 樂府-), 〈공연도(孔演圖)〉, 「궁사(宮詞)」(張光弼-), 「권학편(勸學篇)」(蔡邕-), 「귀거래사(歸去來辭)」(陶淵明-), 〈금지(金志)〉, 「기하원본서(幾何原本序)」(利瑪竇-), 〈대방

록(待訪錄)〉(米元章-),「대보잠(大寶箴)」,〈동파지림(東坡志林)〉,「매우시(梅雨詩)」(柳子厚-),〈무제본기(武帝本紀)〉,「백탑포시(白塔舖詩)」(東坡-),「부자묘비서(夫子廟碑序)」(王勃-),「사원행(沙苑行)」(杜甫-),「서경부(西京賦)」(張衡-),「성회찬(聖檜贊)」(宋 米芾-),「앙마인(秧馬引)」(東坡-),「야자관시(椰子冠詩)」(東坡-),「양예학명(梁瘞鶴銘)」,「여형근서(與兄瑾書)」(諸葛亮-),「영성현성황사기(寧城縣城隍祠記)」(陸游-),「왕번혼천설(王蕃渾天說)」,〈요저기문(遼邸記聞)〉(張寧-),〈이소경(離騷經)〉,「이아서(爾雅序)」,「장자난자설(張子難字說)」(黃山谷)-),「제갈표(諸葛表)」,「조조시(早朝詩)」(樂天-),「중흥징상설(中興徵祥說)」,「진강부성황충우묘기(鎭江府城隍忠祐廟記)」(陸游-),「진길료시(秦吉了詩)」(白樂天-),「진번전(陳蕃傳)」,〈천전기(天篆記)〉,「청금(聽琴)」,「춘추설제사(春秋說題辭)」,「한구시(寒具詩)」(劉夢得-),〈한무고사(漢武故事)〉,〈한지(漢志)〉,〈호속전(胡俗傳)〉,「호청총가(胡靑聰歌)」(杜子美-)

이상에서 정리한 바와 같이 인용 문헌으로 제시된 것은 총179이며, 이중에는 편명 41종이 포함된다.

다음은 우리나라의 인용 문헌으로 제시된 것으로 총13종이다.

2회 이상 제시된 우리나라의 문헌: 총4종

- ·『퇴계집』: 총5회
  『退溪集』2회,「陶山訪梅」(退溪-),「節友社詩」(退溪-),「自題」
- ·『고려사』: 총2회
  『高麗史』-2회(『高麗史』_「趙翀傳」,『麗史』)
- ·『신증동국여지승람』: 총2회
  『輿地勝覽』2회
- ·『동국이상국집(東國李相國集)』: 총2회
  李奎報(-詩 …… 小序),『李相國集』_「玉梅」

1회 제시된 문헌: 총9종

『기재잡록(寄齋雜錄)』, 『징비록(懲毖錄)』, 『탐라지(耽羅志)』, 『유몽인야담(柳夢寅野談)』, 『오례의(五禮儀)』, 『경국대전(經國大典)』, 『계몽전의(啓蒙傳疑)』, 『사성통고(四聲通攷)』, 「악학궤범서(樂學軌範序)」(成俔 撰-)

중국의 인용 문헌과 우리나라의 인용 문헌의 총합은 모두 192종이다. 다만, 이 가운데 포함된 편명 41종은 서명과 중복될 가능성이 높다. 아래에 제시하는 인명 및 범칭의 출전 역시 중복의 가능성이 높기 때문에 인용 문헌의 수에 넣지 않고 별도로 제시하였다.

2회 이상 제시된 인명: 14명

- **소식(蘇軾)**: 총16회

東坡 4회, 東坡 (-詩)6회, 蘇氏, 蘇子瞻, 坡 (-詩)2회, 坡 (-註), 東坡(-註)

- **두보(杜甫)**: 총8회

杜 (-詩)5회, 杜甫, 老杜, 杜子美

- **곽박(郭璞)**: 총5회

郭璞 3회, 郭璞 (-註), 郭璞 (-贊)

- **사조제(謝肇淛)**: 총4회

- **설종(薛綜)**: 총2회

薛綜 2회

- **이백(李白)**: 총2회

- **한유(韓愈)**: 총3회

韓愈, 退之 (-詩), 韓昌黎

- **주자(朱子)**: 4회

- **황정견(黃庭堅)**: 총4회

山谷 (-詩)2회, 黃山谷, 山谷

- **공영달(孔穎達): 총2회**

孔疏引鄭志, 孔穎達〔-正義〕

- **임홍(林洪)〔可山-〕: 총2회**
- **송균(宋均): 총2회**
- **정자(程子): 총2회**
- **진장기(陳藏器): 총2회**

1회 제시된 인명: 총31명

강(綱=李綱), 두목(杜牧)〔-詩〕, 염계(濂溪=周敦頤), 노륜(盧綸)〔-詩〕, 육기(陸機)〔-疏〕, 이선(李善)〔-註〕, 이의산(李義山)〔-詩〕, 이하(李賀)〔-詩〕, 마융(馬融), 매성유(梅聖俞)〔-詩〕, 상여(相如)〔-賦〕, 양성재(楊誠齋=楊萬里), 양윤부(楊允孚)〔元人-, -詩〕, 연독(延篤), 섭수심(葉水心), 육유(陸游), 왕동궤(王同軌), 왕유(王維)〔-詩〕, 위장(韋莊)〔-詞〕, 장경(張驚), 정개부(鄭介夫), 정대창(程大昌), 정씨(鄭氏=鄭玄), 정효(程曉)〔-詩〕, 진후산(陳后山=陳師道), 축씨(祝氏=祝穆), 하맹춘(何孟春), 한자(韓子), 한자창(韓子蒼=韓駒)〔-詩〕, 호정방(胡庭芳=胡一桂), 황휴부(黃休復)

1회 제시된 우리나라의 인명: 총3명

이시선(李時善)〔春陽-〕, 허균(許筠), 선자(先子=李夏鎭)

2회 이상 범칭으로 제시된 출전: 총5종

자서(字書)-24회, 당시(唐詩)-2회, 동사(東史)-2회, 주(注)-3회, 사(史)-3회

1회 범칭으로 제시된 출전: 총6종

고사곡(古詞曲), 고어(古語), 고주(古註), 병서(兵書), 의서(醫書), 위시(魏詩)

1-2-3. 『성호사설』〈만물문〉의 실제 인용 문헌의 분석

이익이 제시한 문헌이 사실과 부합되는지, 또 부주의하게 출전을 누락시키거나 고의로 출전을 밝히지 않았는지 규명해 보는 것은 매우 흥미로운 주제가 아닐 수 없다. 다음에서 〈만물문〉에서 실제로 인용한 문헌을 밝혀보았다.

『성호사설』 4권 〈만물문〉의 실제 인용 문헌[1~130]

＊{ 　}－{『성호사설』}에서 제시한 출전

1. 거채(居蔡):『論語』{子曰},『前漢書』_〈食貨志〉{〈食貨志〉},『孔子家語』{『家語』},『春秋左傳注疏』{『左傳』}

2. 번초(番椒):『盛京通志』{『盛京通志』},『唐詩畫譜』{『唐詩畫譜』}

3. 고산나방(高山螺蜂):『朱子語類』{朱子}

4. 백안(白鷳): 제시된 인용 문헌 없음

5. 청조(靑鳥):『古今事文類聚前集』{〈漢武故事〉},『文獻通考』{『文獻通考』},『爾雅』_〈釋地〉{『爾雅』}

6. 육약한(陸若漢): 제시된 인용 문헌 없음

7. 문모(蚊母):『證類本草』{陳藏器},『爾雅注疏』{『爾雅』}

8. 곡(鵠):『正字通』{字書}-2회,『正字通』{劉表「與袁譚書」}

9. 만화·용서(漫畫·舂鋤):『正字通』{출전 없음}-2회

10. 금묘(金猫):『天中記』{출전 없음}

11. 경침(警枕):『韻府羣玉』{출전 없음},『資治通鑑』{출전 없음}

12. 유자·적자(黝紫·赤紫):『說郛』{출전 없음},『宋名臣言行錄後集』{출전 없음}

13. 사도(柶圖):『朝鮮賦』{董越 『朝鮮賦』}

14. 도심매(倒心梅): 杜甫의 「和裴迪登蜀州東亭送客逢早梅相憶見寄」{杜詩},『退溪集』{退溪 「陶山訪梅」}

15. 잠면구(蠶綿具):『三才圖會』{『三才圖會』},『字彙』{『字彙』}

16. 남초(南草): 『周易』{『易』}

17. 토이(土異): 『文獻通考』{『通考』}, 『芝峯類說』{출전 없음}

18. 과하마(果下馬): 杜甫의 「春日戲題惱郝使君兄」{子美詩}, 『前漢書』{출전 없음}-2회, 『正字通』{字書}, 『廣韻』{字書}

19. 요자과신라(鷂子過新羅): 『施註蘇詩』{蘇子瞻(=蘇軾)}

20. 송매(松煤): 『墨經』{『墨經』}

21. 팔보(八寶): 『說郛』{출전 없음}

22. 애체(靉靆): 『方洲集』{張寧 〈遼邸記聞〉}, {『居家必備』}

23. 패대(珮袋): 제시된 인용 문헌 없음

24. 구(裘): 『周禮注疏』{『周禮』}, 『禮記注疏』_〈月令〉{〈月令〉}, 『禮記注疏』_〈玉藻〉{〈玉藻〉}, 『論語』{孔子}, 『文獻通考』{『文獻通考』}, 李白의 「當塗趙炎少府粉圖山水歌」{李白}

25. 비색자기(秘色磁器): 『說郛』{『袖中錦』}, 『高齋漫錄』{출전 없음}, 『格致鏡原』{徐愷 『漫笑錄』(曾愷 『高齋漫錄』의 오기)}, 『弇州四部稿』{王元美}

26. 지남침(指南針): 『簡平儀說』{熊三拔 『簡平儀說』}, 『竟山樂錄』{출전 없음}

27. 폭건(幅巾): 『通志』_〈器服略〉_「幅巾」{『通志』_〈器服畧〉_「幅巾」}

28. 녹청(睩聽): 『詩經』_〈小雅〉_「正月」{〈小雅〉}, {『字林』}

29. 곤충가식(昆虫可食): 『禮記注疏』_〈內則〉{〈內則〉}, 『淮南子』{『淮南子』}, 『禮記注疏』{출전 없음}, 『禮記注疏』{『周禮』}, 『詩經』{『詩』}, 『爾雅注疏』{『爾雅』}, 『本草綱目』{출전 없음}, 『正字通』{字書}-2회

30. 정곡(正鵠): 『周禮注疏』{출전 없음}, 『正字通』{字書}-2회, 『儀禮注疏』_〈大射儀〉{註}, 『禮記注疏』_〈月令〉{〈月令〉}

31. 주기보(酒器譜): 『詩攷』 외 다수{『說文』}, 『周禮注疏』_〈冬官 考工記〉{〈考工記〉}, 『詩經』{『詩』}-4회, 『禮記注疏』_〈禮器〉{〈禮器〉}, 『禮記注疏』{출전 없음}, 『古今韻會擧要』{출전 없음}, 『說文解字』{출전 없음}, 『毛詩注疏』{郭璞}, 『正字通』{출전 없음}-2회

32. 앙마(秧馬): 『東坡全集』_「秧馬歌 幷引」{東坡 「秧馬引」}, 『東坡全集』

_「秧馬歌 幷引」{史}

33. 표직(豹直): 『禮記纂言』_「玉藻」{「玉藻」}, 『太平御覽』{『漢雜事』}, 『藝
文類聚』(혹은 『太平御覽』, 『淵鑑類函』)와 『古今事文類聚新集』의
내용을 취합{薛綜 註}, 『山堂肆考』{출전 없음}

34. 날석(涅石): 『論語』{子曰}, 『山海經廣注』{『山海經』}, 『淮南子』{『淮
南子』}

35. 도필(刀筆): 『重修宣和博古圖』{『漢書』}, {『文獻通考』}, 『重修宣和
博古圖』{『詩經』}

36. 천리순갱(千里蓴羹): 『漁隱叢話後集』{『世說』, 老杜(=杜甫), 『藝苑
雌黃』, 字書, 梅聖兪 詩, 山谷(=黃庭堅 詩), 子美詩, 『酉陽雜俎』},
『靖康緗素雜記』{『緗素雜記』}

37. 회·류(蜖·類): 『顏氏家訓』{『顏氏家訓』}, 『楚辭章句』_〈天問章句〉
{〈天問〉}, 『太平御覽』+『莊子注』{『山海經』}, 『莊子注』_〈天運〉{『莊
子』_〈天運〉}, 『山海經廣注』{郭璞 贊}

38. 금근거(金根車): 『太平御覽』{『孝經援神契』}, 『文獻通考』{『禮緯斗
威儀』}

39. 좌도(左纛): 『資治通鑑』{『史記』}, 『太平御覽』{沈約『宋書』}, 『古今
韻會擧要』{출전 없음}, 『藝文類聚』{蔡邕 『獨斷』}, 『正字通』{字
書}-2회, 『六書故』{『周禮』}, 『文獻通考』{『文獻通考』}, 『弇州四部
稿』{출전 없음}

40. 해(蟹): 『嶺南風物記』·『容齋四筆』·『說郛』{『十種』, 『呂亢十二種辨』,
『本草』, 『圖經』, 『字義』}, 『蟹譜』{『蟹譜』}

41. 탐라과품(耽羅果品): {『耽羅志』}

42. 부요양각(扶搖羊角): 『莊子』{莊周}, 『松月齋集』_朝鮮 李時善 著{春
陽 李時善}

43. 고전(古錢): 『文獻通考』{『文獻通考』}, 『新唐書』_〈食貨志〉{『新唐書』
_〈食貨志〉}, 『文獻通考』{葉水心}

44. 징니연(澄泥硯): 『黃氏日抄』{歐陽公 『硯譜』}, 『升菴集』{『升菴集』}

45. 울복(鬱醳): 韋莊의 「應天長」{韋莊 詞}, 『爾雅翼』{『爾雅翼』}, 杜牧

의 「殘春寄張祜」{杜牧 詩}, 柳宗元 「梅雨」{柳子厚 「梅雨詩」}, 『正字通』{字書}-2회

46. 화상요돌(畫像坳突): 利瑪竇의 「幾何原本序」{利瑪竇 「幾何原本序」}

47. 가야금(伽倻琴): 『東國李相國後集』{李奎報}, 『天中記』{『急就章』註}, 『史記』_〈孝武本紀〉{〈武帝本紀〉}, 『容齋續筆』외{李義山 詩}

48. 견지(繭紙): 『洞天淸錄』_宋 趙希鵠{宋 趙希鵠 『洞天淸錄』}

49. 서수필(鼠鬚筆): 제시된 인용 문헌 없음

50. 우충(雨虫): 『高麗史』{출전 없음}

51. 기선(箕仙): 『五雜俎』_謝肇淛{謝肇淛 『五雜俎』}, 『東坡全集』_〈志林〉{『東坡志林』}, 『東坡全集』_〈天篆記〉{〈天篆記〉}

52. 우청(牛聽): 『弇州四部稿』{古云}

53. 박(雹): 『大戴禮記』{『大戴禮』}

54. 길강(蛣蜣): 『正字通』{字書}

55. 제호(鵜鶘): 제시된 인용 문헌 없음

56. 마명조(馬明鳥): {胡曰從 『十竹齋畫譜』}

57. 참정(讒鼎): 『韓非子』_〈說林〉{『韓非』_〈說林〉}, 『春秋左傳注疏』{服虔}, {『唐類函』}

58. 금완(琴阮): 『說郛』_〈隋唐嘉話 劉餗〉{唐 劉餗 『隋唐嘉話』}

59. 해동청(海東靑): 제시된 인용 문헌 없음

60. 양두사(兩頭蛇): 『說郛』_〈明道雜志 宛丘 張耒〉혹은 『淵鑑類函』_「化蛇」{張耒 『明道雜志』}, 『夢溪筆談』{『沈氏筆談』}

61. 합환(合歡): 『周禮注疏』{『周禮』}

62. 창귀(倀鬼): 제시된 인용 문헌 없음

63. 성황묘(城隍廟): 『國朝五禮儀』{『五禮儀』}, 「厲祭祝文」{출전 없음}, 『二程遺書』{程子}, 『周易傳義大全』{『傳』}, 陸游 「鎭江府城隍忠祐廟記」{陸游 「鎭江府城隍忠祐廟記」}, 陸游 「寧城縣城隍祠記」{「寧城縣城隍祠記」}, 『新增東國輿地勝覽』{『輿地勝覽』}, 『春秋左傳注疏』{『左傳』}

64. 마하(麻蝦): 李賀의 「秦宮詩」{李賀 詩}, {字書}

65. 은병(銀瓶): 『史記』_〈平準書〉{〈平準書〉}, 『文獻通考』{출전 없음}, 『高麗史』{東史}

66. 망량(魍魎): 『莊子』{『莊子』}

67. 척(尺): 『磻溪隨錄』{『大典』(=『經國大典』), 柳磻溪}

68. 어무이(魚無耳): 『淮南子』{『淮南子』}, 虞世南의 「蟬」{唐詩}, 『周禮注疏』_〈冬官 考工記〉{〈考工記〉}

69. 작당(雀餳): 『說郛』{출전 없음}-2회

70. 양의(養螘): 『說郛』{출전 없음}

71. 표서(鼳鼠): 『說郛』{출전 없음}

72. 견요(犬妖): 제시된 인용 문헌 없음

73. 명편(鳴鞭): 『史記索隱』_「梁孝王系家」_唐 司馬貞 撰{「梁孝王傳」_司馬貞}, 『前漢書』_「霍光傳」{「霍光傳」}, 『前漢書』_「文三王傳」의 주석{注}, 『國語』_〈晉語〉{〈晉語〉}, 『大明集禮』{『大明集禮』}

74. 희지서(羲之書): 『說郛』_〈寶章待訪錄 米芾〉{米元章 〈待訪錄〉}, 『說郛』_〈集古錄 歐陽修〉{『集古錄』}, 『說郛』_〈書史 米芾〉{元章『書史』}, 『說郛』_〈書斷 張懷瓘〉{宋 張懷瓘『書斷』}, 『說郛』_〈書史 米芾〉{米元章}, 『說郛』_〈書史 米芾〉{출전 없음}, 『說郛』_〈集古錄 歐陽修〉_「梁瘞鶴銘」{「梁瘞鶴銘」}, 『說郛』_〈集古錄 歐陽修〉_「梁瘞鶴銘」{『集古錄』}, 『升菴集』{楊愼}

75. 오릉출화(吳綾出火): 『方洲集』{출전 없음}

76. 인광노(引光奴): 『格致鏡原』{출전 없음}, 『淸異錄』{『淸異錄』}, 白居易의 「早朝」{樂天 「早朝詩」}, 蘇軾의 「景純見和復次韻贈之 二首」{東坡詩}, {張弼詩}

77. 필묘(筆妙): 『說郛』{출전 없음}, 『說郛』_〈朝野僉載 張鷟〉{唐 張鷟}

78. 저포(猪脬): 『埤雅』{鶡冠子}, 『論語』{子曰}, {楊愼}, 『三才圖會』{『三才圖會』}

79. 뇌불상문(雷不上聞): 蘇軾의 「唐道人言, 天目山上, 俯視雷雨, 每大雷電, 但聞雲中如嬰兒聲, 殊不聞雷震也」{東坡詩}, 『儼山外集』 혹은 『元明事類鈔』{출전 없음}, 『周易注疏』_〈小過〉{『易』_〈小過〉}

80. 백밀오릉(白蜜五稜): 『東坡詩集註』{東坡詩, 註}

81. 두부(豆腐): {『蟹碎錄』}, 『老學庵筆記』 혹은 『韻府羣玉』{東坡註}

82. 내대(䘺襪): 程曉의 「伏日」{魏 程曉 詩}

83. 고시·석노(楛矢·石砮): 『孔子家語』{『家語』}, 『春秋左傳注疏』{『左傳』}

84. 수·봉(殳·棒): 『詩經』{『詩』}

85. 제잠(蹄鐕): 『說文解字』{古註}, 『禮記注疏』_〈喪大記〉{〈喪大記〉}

86. 시저(柿諸): 『禮記』{『禮』}, {註}

87. 응(鷹): 『說郛』_〈廣志 郭義恭〉{『廣志』}

88. 지(芝): 『文獻通考』{출전 없음}, 『資治通鑑綱目』{출전 없음}

89. 동(桐): 『孟子』{『孟子』}

90. 궤함(匭函): 『說郛』{출전 없음}, 韓愈의 「贈唐衢」{退之詩}

91. 지상(地桑): 제시된 인용 문헌 없음

92. 원잠(原蠶): 『本草綱目』{출전 없음}, 『埤雅』{『淮南子』}, 『詩經』{『詩』}

93. 인마일심(人馬一心): 杜甫의 「高都護驄馬行」{杜子美 「胡靑驄歌」}, 『紫巖集』{출전 없음}

94. 충식율엽(虫食栗葉): 『高麗史』{『麗史』}

95. 수판(手板): 제시된 인용 문헌 없음

96. 물생지수(物生之數): 『孔子家語』{출전 없음}, 『禮記注疏』_〈月令〉{〈月令〉}

97. 양마(養馬): 제시된 인용 문헌 없음

98. 도량(度量): 제시된 인용 문헌 없음

99. 은화(銀貨): 諸葛亮의 「出師表」{諸葛 表}

100. 전초회자(錢鈔會子): 제시된 인용 문헌 없음

101. 염철론(鹽鐵論): 『鹽鐵論』_〈利議〉{『鹽鐵論』}, 『鹽鐵論』_〈散不足〉{『鹽鐵論』}

102. 묘견(猫犬): 蘇軾의 「上書上神宗皇帝書」{蘇氏}, 『歷代名臣奏議』{鄭介夫}

103. 조증율택(棗烝栗擇):『儀禮注疏』_〈特牲饋食禮〉{출전 없음},『儀禮注疏』_〈士喪禮〉{출전 없음}

104. 간남(肝南):『儀禮注疏』_〈士虞禮〉{〈士虞禮〉},『周禮注疏』{출전 없음}

105. 어화인봉(魚化麟鳳):『爾雅注疏』_〈釋獸〉_「鼉」{『爾雅』},『爾雅注疏』_〈釋獸〉_「騾」{『爾雅』},『爾雅注疏』_〈釋獸〉_「麇」{『爾雅』},『宋名臣奏議』혹은『歷代名臣奏議』{출전 없음}

106. 백갑(白甲):『正字通』{출전 없음},『誠齋集』_〈千慮策〉_「論兵下」_宋 楊萬里 撰{楊誠齋},『格致鏡原』_〈武備類〉_「甲」{『周禮』}

107. 병거목거마(兵車木拒馬):『梁谿集』_「乞敎車戰箚子」_宋 李綱 撰{綱} *『歷代名臣奏議』과『文章辨體彙選』에도 동일한 내용이 실려 있음.

108. 빙화(氷畫): 제시된 인용 문헌 없음

109. 목장(牧場):『水經注集釋訂訛』{출전 없음},『詩經』{『詩』},『東漢文紀』{출전 없음},『東漢文紀』_〈馬援〉_「銅馬相法」{「銅馬相法」}

110. 마정(馬政):『資治通鑑』{출전 없음}, 杜甫의「天育驃圖歌」{杜甫「沙苑行」},『元朝典故』_「馬政」{출전 없음}

111. 유황·지상(硫黃·地霜):『藥泉集』{출전 없음}

112. 주사환귀(珠蛇還歸):『太平御覽』{출전 없음}

113. 동지헌말(冬至獻襪):{『餘冬序錄』}

114. 토리횡수(土理橫竪):『後山集』_〈談叢〉_宋 陳師道 撰{陳后山},{何孟春}

115. 마조(馬祖):『正字通』{字書}

116. 붕(鵬):『國語』_〈魯語〉{〈魯語〉}

117. 만두·기수·뇌구(饅頭·起溲·牢九):『正字通』{字書}, 黃庭堅의「過土山寨」{山谷詩},『弇州四部稿』{弇州}

118. 원양견(元陽繭):『弇州四部稿』_明 王世貞 撰{王世貞「汴中節食記」}, 古今事文類聚前集』_「造麵繭」_宋 祝穆 撰{祝氏『事文類聚』},『周禮注疏』{『周禮』}

119. 한구(寒具):『丹鉛總錄』_明 楊愼 撰{楊用修},『周禮注疏』{『周禮』},

『丹鉛總錄』{可山 林洪}, 『丹鉛總錄』_〈飮食類〉_「寒具」{劉夢得「寒
具詩」}

120. 한궁기자(漢宮棋子): 『弇州四部稿』{王世貞}

121. 거여밀이(粔籹蜜餌): 『丹鉛總錄』_〈飮食類〉_「粔籹蜜餌餦餭」{「招
魂賦」}, 『丹鉛總錄』_〈飮食類〉_「粔籹蜜餌餦餭」{王逸 註}, 『丹鉛總
錄』_〈飮食類〉_「粔籹蜜餌餦餭」{朱子}, 『丹鉛總錄』_〈飮食類〉_「粔
籹蜜餌餦餭」{可山 林洪}

122. 각서(角黍): 『於于野譚』{『柳夢寅野談』}

123. 분단(粉團): 『格致鏡原』 혹은 『天中記』{『歲時記』}

124. 조고(棗糕): 『格致鏡原』{『藝苑雌黃』}

125. 산자(饊子): 『丹鉛總錄』{楊升庵}, 『朝鮮賦』_明 董越 撰{董越 『朝
鮮賦』}

126. 구이・분자(糗餌・粉餈): 『周禮注疏』{『周禮』}, 『說文繫傳』{출전
없음}

127. 냉도(冷淘): 『格致鏡原』{출전 없음}, 杜甫의 「槐葉冷淘」{杜詩}

128. 회주(灰酒): 『老學庵筆記』_宋 陸游 撰{陸放翁}

129. 산삼(山蔘): 제시된 인용 문헌 없음

130. 혼례박계(婚禮朴桂): 제시된 인용 문헌 없음

『성호사설』 5권 〈만물문〉의 실제 인용 문헌[131~256]

131. 도포(道袍): 『禮記注疏』_〈玉藻〉{『禮註』}, 『正字通』{字書}, 『通雅』
{출전 없음}

132. 잠도(簪導): 『升菴集』{『晉書』}, 蘇軾의 「椰子冠」{東坡詩}, 『丹鉛總
錄』+『通典』{『釋名』}, 『文獻通考』{『通考』}, 『事類賦』{출전 없음}

133. 봉순(蜂巡): 제시된 인용 문헌 없음

134. 용력(龍力): 『庚子山集』{출전 없음}

135. 시(柿): 제시된 인용 문헌 없음

136. 금(琴): 『太平御覽』{『說苑』}, 『佩文韻府』{劉勰 『新論』}, 『佩文韻
府』{『新論』}, 『古今事文類聚續集』{『家語』}, 韓愈의 「聽穎師彈琴」

{韓昌黎「聽琴」}

137. 접역(鰈域): 『爾雅注疏』{『爾雅』}, {『禮』}

138. 금수부지부(禽獸不知父): 제시된 인용 문헌 없음

139. 위이(委蛇): 『莊子』_〈達生〉{『莊子』_〈達生篇〉}

140. 축수속진(畜獸屬辰): {『本草』}

141. 완성(緩聲): 제시된 인용 문헌 없음

142. 태(苔): 제시된 인용 문헌 없음

143. 회(灰): 제시된 인용 문헌 없음

144. 원기(元氣): 제시된 인용 문헌 없음

145. 입운기(立耘器): 李夏鎭의「途中記所見」{先子=李夏鎭}

146. 화총(火銃): 제시된 인용 문헌 없음

147. 용화(龍華): 제시된 인용 문헌 없음

148. 관물(觀物): 『周易注疏』{『易』}

149. 점성도(占城稻): 蘇軾의「歇白塔舖」{東坡「白塔舖詩」}, 『三才圖會』
{『三才圖會』}

150. 회백(檜柏): 『前漢書』_「東方朔傳」{출전 없음}, 『世說新語』{『世說』}

151. 탐라목장(耽羅牧場): 『詩經』{『詩』}

152. 진길료(秦吉了): 『古今事文類聚後集』_〈羽蟲部〉{白樂天「秦吉了
詩」}, 『古今事文類聚後集』_〈羽蟲部〉{『說文』}, 『說郛』{출전 없
음}, 『文獻通考』_〈樂舞〉_「萬歲舞」{『通考』}

153. 답삭연동(踏索緣橦): 『文獻通考』_〈散樂百戱〉_「絙戱」{출전 없음},
『文獻通考』_〈散樂百戱〉_「都盧伎」{출전 없음}, 『資治通鑑』_〈唐文
宗皇帝〉_「四年」{출전 없음}

154. 원기(猿騎): 제시된 인용 문헌 없음

155. 부백(浮白): 『資治通鑑』{출전 없음}-2회, 『禮記注疏』_〈明堂位〉
{〈明堂位〉}, 『禮記注疏』{출전 없음}, 『禮記注疏』{『禮』}

156. 천기(薦芰): 『事文類聚後集』{출전 없음}, 『事文類聚後集』{『事文類
聚』}, 『禮記注疏』_〈祭義〉{출전 없음}, 『禮記注疏』_〈禮器〉{출전 없
음}, 『禮記注疏』_〈禮運〉{출전 없음}

157. 지척(指尺): 『家禮』『禮』}

158. 박연악률(朴堧樂律): 『資治通鑑後編』 혹은 『文獻通考』{출전 없음}, 『虛白堂集』_「樂學軌範序」{成俔 撰 「樂學軌範序」}

159. 속악(俗樂): 『三國史記』_〈新羅本紀〉{新羅史}

160. 관회(管灰): 『資治通鑑後編』_〈宋紀〉 혹은 『文獻通考』{〈漢志〉}

161. 생채·괘배(生菜·掛背): 『元詩選』_「灤京雜咏 一百首」{元人 楊允孚 詩}, 「宮中詞」_張光弼 {張光弼 「宮詞」}

162. 조선묵(朝鮮墨): 宋 韓駒의 「謝錢珣仲惠高麗墨」{韓子蒼 詩}

163. 논화형사(論畫形似): 蘇軾의 「書鄢陵王主簿所畫折枝」{東坡詩}

164. 구등제관(篝燈製管): 『弇州四部稿』_「楊忠愍公行狀」_明 王世貞 撰 {王世貞 所撰 「楊忠愍繼盛行狀」}, 『啓蒙傳疑』{『啓蒙傳疑』}

165. 주정상물(鑄鼎象物): 『春秋左傳注疏』{『左傳』}, 『攷古編』_「象刑」_宋 程大昌 撰{程大昌}

166. 투묘(偸猫): 제시된 인용 문헌 없음

167. 구욕안(鴝鵒眼): 『硯山齋雜記』{출전 없음}

168. 도죽장(桃竹杖): 제시된 인용 문헌 없음

169. 피지상심(披枝傷心): 『史記』_「范雎傳」{〈范雎傳〉}

170. 화포(火炮): 제시된 인용 문헌 없음

171. 탁라마자(乇羅麻子): 『夢溪筆談』_〈雜誌〉+『夢溪筆談』_〈藥議〉{출전 없음}

172. 건령귀(乾靈龜): 『夢溪筆談』{沈括}

173. 악어(鱷魚): 『夢溪筆談』{沈存中}

174. 석귀·빙귀(石龜·氷龜): 『周易啓蒙翼傳下篇』_〈辯疑〉_「歐公圖書怪妄之疑」_元 胡一桂 撰{胡庭芳 『啓蒙翼傳』}, 『十六國春秋』{『十六國春秋』}, 『格致鏡原』{〈金志〉}

175. 유초(鶮鳭): 『爾雅注疏』{『爾雅』}

176. 휼(鷸): 제시된 인용 문헌 없음

177. 구장(鳩杖): 제시된 인용 문헌 없음

178. 오구(五鳩): 『春秋左傳注疏』_〈昭公〉{『傳』}, 『詩經』{『詩』}, 『書經』

『書』},『爾雅注疏』{爾雅},『佩文韻府』{출전 없음}

179. 목단무향(牧丹無香): 제시된 인용 문헌 없음

180. 응련(鷹連): 제시된 인용 문헌 없음

181. 음짐(鴆鴆):『唐國史補』{『唐國史補』}

182. 좌마(坐馬): 제시된 인용 문헌 없음

183. 여모(女帽):『儀禮注疏』{출전 없음}

184. 신라금(新羅琴): 제시된 인용 문헌 없음

185. 일본도(日本刀): 제시된 인용 문헌 없음

186. 금주학래(琴奏鶴來):『史記』_〈樂書〉{〈樂書〉}, {周子}

187. 목노천보(木弩千步):『新唐書』_〈兵志〉{『新唐書』_〈兵志〉}

188. 주재(酒材):『周禮注疏』{출전 없음}

189. 오제·삼주(五齊·三酒):『禮記注疏』_〈禮運〉{〈禮運〉},『周禮注疏』_〈天官 冢宰〉{鄭氏},『正字通』{字書},『通雅』{출전 없음}

190. 명수(明水):『周禮注疏』_〈秋官 司寇〉{출전 없음},『禮記注疏』{『禮』}

191. 윤조(綸組):『爾雅注疏』{『爾雅』},『禮記注疏』_〈緇衣〉{〈緇衣〉疏},『太平御覽』{『說文』},『禮記注疏』_〈內則〉{〈內則〉註},『通志』{『通志』}

192. 초구(貂裘): 제시된 인용 문헌 없음

193. 타서(鼧鼠):『資治通鑑』{출전 없음},『正字通』{字書}

194. 병기(兵器): 제시된 인용 문헌 없음

195. 학사단간(鶴沙短簡): 제시된 인용 문헌 없음

196. 야관(椰冠):『東坡詩集註』_「椰子冠」{東坡「椰子冠詩」},『正字通』{字書},『職方外紀』{『職方外紀』}

197. 채색(綵色):『論語注疏』{『禮疏』},『周禮注疏』_〈考工記〉{〈考工記〉}

198. 호매(狐魅):『爾雅翼』{출전 없음},『天中記』{『名山記』},『五雜俎』{『五雜俎』}

199. 백양(白楊):『論語注疏』{『論語』引逸詩},『證類本草』{『本草』},『本草綱目』{陳藏器},『詩傳大全』{〈召南集傳〉},『白虎通義』{『白虎通』}

200. 화완포(火浣布):『列子』{『列子』},『孔叢子』{『孔叢子』引『周書』},

『山堂肆考』{〈魏志〉}, 『顔氏家訓』{출전 없음}, 『古今事文類聚續集』
{『神異經』}, 『藝文類聚』{출전 없음}, 『淵鑑類函』{『搜神記』}, 『職
方外紀』_明 艾儒畧 撰{艾儒略 『職方外紀』}

201. 즉저(卽且): 『莊子注』{『莊子』}, 『爾雅注疏』{『爾雅』}

202. 낭미·율미(狼尾·栗尾): 『朝鮮賦』_明 董越 撰{董越 『朝鮮賦』 自
註}, 蘇軾의 「孫莘老求墨妙亭詩」{坡詩}, 『埤雅』_宋 陸佃 撰{陸佃
『埤雅』}, 『正字通』{字書}

203. 절풍립(折風笠): 『文獻通考』{『通考』}, 李白의 「高句麗」_『樂府詩
集』{李白 樂府 「高句麗詞」}

204. 해접(海蝶): 『弇州四部稿』〈宛委餘編〉{『嶺南異物志』}

205. 봉란(蜂卵): 제시된 인용 문헌 없음

206. 체돈(彘豚): 『孟子』{『孟子』}, 『禮記注疏』_〈曲禮〉{〈曲禮〉}, 『莊子』
{『莊子』}

207. 전서(田鼠): 『禮記注疏』_〈月令〉{〈月令〉}, 『大戴禮』_〈夏小正〉{〈夏
小正〉}, 『爾雅注疏』{『爾雅』}, 『禮記注疏』_〈郊特牲〉{〈郊特牲〉}

208. 독룡(毒龍): 盧綸의 「夜投豊德寺謁液上人」{盧綸詩}, 王維의 「過香
積寺」{王維詩}

209. 오곡(五穀): 『周禮注疏』{『周禮』}, 『孟子注疏』{『孟子』}, 『禮記注疏』
_〈曲禮〉{〈曲禮〉}, 『本草綱目』{출전 없음}

210. 석서오능(碩鼠五能): 『證類本草』{『周易』}, 『證類本草』{孔穎達 正
義}, 『證類本草』{蔡邕 勸學篇}, 『證類本草』{『荀子』}, 『證類本草』
{『廣雅』}, 『證類本草』{魏詩}, 『證類本草』{陸機 疏}

211. 부종·구인(阜螽·蚯蚓): 『本草綱目』{『本草』}

212. 전·분(鱄·鱝): 『文選』_「江賦」_郭璞{郭璞 「江賦」}, 『證類本草』{『本
草』}

213. 오량·팔량(五兩·八兩): 『太平御覽』{許慎 『淮南子』 註}, 『太平御覽』
{兵書}

214. 한음(翰音): 『禮記注疏』_〈曲禮〉{〈曲禮〉}, 『周易傳義大全』{출전 없
음}

215. 염매·고독(魘魅·蠱毒):『資治通鑑』{출전 없음},『資治通鑑綱目』
{출전 없음}

216. 소아귀(小兒鬼):『史記』_〈封禪書〉{〈封禪書〉},『本草綱目』{醫書},
『莊子』_〈天運〉{『莊子』_〈天運〉},『國語』{출전 없음}

217. 금수오륜(禽獸五倫):『升菴集』{楊愼},『家語』{『家語』}

218. 호백(虎魄):『朱子語類』{朱子},『說郛』_〈茅亭客話 黃休復〉{黃休
復},『朱子語類』_〈雜類〉{許氏『必用方』}

219. 절지(竊脂):{『爾雅』}

220. 고목(孤鶩):{「滕王閣序」},『爾雅注疏』{『爾雅』},『古今韻會擧要』
{字書},『禮記注疏』_〈曲禮〉{〈曲禮〉疏},{毛氏},『文獻通考』_〈春
秋繁露〉{董子『春秋繁露』}

221. 혜서(鼯鼠):『山谷別集』_「張說子難字說」_宋 黃庭堅 撰{黃山谷「張
子難字說」},『本草綱目』{출전 없음},{『字彙』},『春秋左傳注疏』_
〈成公〉{『春秋』_〈成公〉},『春秋左傳注疏』_〈定公〉{〈定公〉},『春秋
左傳注疏』_〈哀公〉{〈哀公〉},『爾雅注疏』{『爾雅』郭註},『文獻通考』
{『文獻通考』},『本草綱目』{『本草』}

222. 이우(犁牛):『論語』{『論語』},『韻府羣玉』{출전 없음},『戰國策校注』
{『戰國策』}

223. 편석(碥石):{『字彙』},『毛詩注疏』{『毛傳』},『詩經集傳』{『集註』}

224. 정·팔초·교력(蜓·八梢·鮫鱺):「朝鮮賦」_董越{董越『朝鮮賦』自
註},『證類本草』{『本草』}

225. 금(禽): 제시된 인용 문헌 없음

226. 양염(陽燄):『升菴集』_明 楊愼 撰{楊用修}

227. 나충(贏虫):『周禮注疏』_〈冬官 考工記〉{〈考工記〉},『爾雅注疏』
{『爾雅』},『詩經』_〈大雅〉{〈大雅〉},『文選』_「京都中」{張衡「西京
賦」},『文選』_「京都中」{李善 註},『文選』_「京都中」{薛綜},『升菴
集』{楊愼}

228. 아아화(鵝兒花):『升菴集』{『梁元帝纂要』},『五雜組』{『五雜組』}

229. 연지(胭脂):『淵鑑類函』{출전 없음},{字書},『淵鑑類函』{劉熙『釋

名』}

230. 이·용(耗·鞝): 『淵鑑類函』{〈魏志〉}, 『正字通』{字書}, 『太平御覽』
{諸葛亮 「與兄瑾書」}, 『太平御覽』{諸葛亮 「與吳王書」}

231. 치이(鴟夷): 『淵鑑類函』{『呂氏春秋』}

232. 번영(繁纓): 『禮記注疏』{『禮』}, 『正字通』{字書}, 『釋名』{『釋名』},
『春秋左傳注疏』{『左傳』}

233. 목면(木綿): 『書經大全』_〈夏書〉_「禹貢」{「禹貢」}, 『藝文類聚』{『廣
志』}, 『藝文類聚』{『裴氏廣州記』}, 『通雅』{『南史』}, 『史記』{『史記』},
『格致鏡原』{출전 없음}, {「蜀都賦」}, 『升菴集』{史炤『釋文』}, 『說
郛』{『桂海虞衡志』}, 『玉芝堂談薈』{출전 없음}, 『大學衍義補』_明
丘濬 撰{丘濬}, 『玉芝堂談薈』{『續博物志』}

234. 부로(扶老): {陶淵明 「歸去來辭」}, 『前漢書』{출전 없음}, 『淵鑑類
函』_「杖 二」+『前漢書』_「孔光傳」{『漢書』_「孔光傳」}, 『竹譜』{『竹
譜』}, 『文選』{『易林』}, 『淵鑑類函』{『續漢書』_〈禮儀志〉}, 『淵鑑類
函』_「靈壽」+『陸氏詩疏廣要』_〈釋木〉_「其檉其椐」+『毛詩注疏』
_〈大雅〉_「皇矣」{『爾雅』, 『陸氏疏』}, 『淵鑑類函』{「春秋說題辭」}

235. 약칭일자(藥秤一字): 제시된 인용 문헌 없음

236. 권량(權量): 제시된 인용 문헌 없음

237. 정연(貞燕): 『佩文韻府』{출전 없음}

238. 은광(銀礦): 『竹窓閑話』{출전 없음}

239. 자연석(自然石): 『古今事文類聚前集』{『事文類聚』}, {杜征『南預
集』}

240. 화구(火具): 『啓禎野乘』{『啓禎野乘』}, 『職方外紀』{출전 없음}, 『江
南經畧』{출전 없음}, {『續通考』}

241. 필률(觱栗): 『丹鉛總錄』{출전 없음}

242. 종제(種稊): 제시된 인용 문헌 없음

243. 옥영(玉纓): 『春秋左傳注疏』{『左傳』}, 『莊子』{『莊子』}

244. 곡명(穀名): 『格致鏡原』{字書}, 『格致鏡原』{李時珍}, 『六書故』{출
전 없음}, 『六書故』{『六書故』}, 『證類本草』{『圖經』}, 『證類本草』

{陳藏器}

245. 남과(南瓜): 제시된 인용 문헌 없음

246. 뇌사(耒耜): 『周易注疏』{『易』}, 『管子』{『管子』}

247. 주검(鑄劍): 『荀子』{『荀子』}

248. 금수일로(禽獸一路): 제시된 인용 문헌 없음

249. 변전(邊箭): 『江南經畧』{『續通考』}

250. 해혈(蟹穴): 『大戴禮記』{『大戴禮』}

251. 단주·지환·비환(丹注·指環·臂環): 『丹鉛總錄』{『史記』}, 『淵鑑類函』{『漢官舊儀』_〈胡俗傳〉}, 『毛詩注疏』_〈國風〉_「靜女」{『詩』_「靜女」_毛傳}, 『太平御覽』{『五經要義』}

252. 매화불입소(梅花不入騷): 『退溪集』_〈陶山雜詠〉_「節友社」{退溪「節友社詩」}, 『退溪集』_〈陶山雜詠〉_「節友社」 自註{自題}

253. 출장·어류(黜墻·御留): 『東國李相國集』_「論地棠花寄李少卿」{李奎報詩 …… 小序}

254. 옥매(玉梅): 『東國李相國集』_「玉梅」{『李相國集』_「玉梅」}

255. 맥치(貘齒): 『山海經廣注』{출전 없음}, 『本草綱目』{출전 없음}, 『正字通』{字書}, 『白氏長慶集』_「貘屛贊 幷序」{白居易「貘屛贊序」}, 『山堂肆考』 혹은 『格致鏡原』{출전 없음}, 『通雅』{『武夷志』}, 『格致鏡原』{출전 없음}, 『山堂肆考』{출전 없음}, 『拾遺記』{『拾遺記』}

256. 부인복(婦人服): 제시된 인용 문헌 없음

『성호사설』 6권 〈만물문〉의 실제 인용 문헌[257~368]

257. 공청(空靑): 제시된 인용 문헌 없음

258. 목단(牧丹): 周敦頤「愛蓮說」{濂溪}

259. 수모치자(修母致子): 『淵鑑類函』{출전 없음}, 『淵鑑類函』_〈獸部〉_「麟」{蔡邕 〈月令章句〉}, 『說文』, 『春秋保乾圖』}, 『天中記』_「麟」{〈孔演圖〉, 宋均}

260. 탄주어(呑舟魚): 제시된 인용 문헌 없음

261. 옥두(玉斗): 『升菴集』{『史記』}, 『詩經』_〈大雅〉_「行葦」{『詩』_〈大

雅〉_「行葦」}, 『史記索隱』{『史記』_「張儀傳」}, 『春秋公羊傳注疏』
{〈公羊傳〉}, 『天中記』{『孝經援神契』}, 王勃의 「益州夫子廟碑」{王
勃「夫子廟碑序」}, 『格致鏡原』{「王蕃渾天說」}

262. 보석(寶石): 『五雜俎』{『五雜俎』}

263. 각단(角端): 『通鑑續編』{출전 없음}, 『弇州四部稿』{沈約 『宋書』},
『升菴集』{楊用修}, 『太平御覽』{『續漢書』}, 『淵鑑類函』 혹은 『藝文
類聚』{『說文』}, 『弇州四部稿』_〈宛委餘編〉{郭璞 註}, 『弇州四部稿』
_〈宛委餘編〉{相如 賦}, 『初學記』{『說文』}, 『天中記』{宋均}

264. 설마(雪馬): 『文獻通考』{『文獻通考』}

265. 장미로(薔薇露): 『香乘』{출전 없음}-2회, 『太平御覽』{『呂氏春秋』},
黃庭堅의 「次韻答黃與迪」{山谷詩}

266. 희준(犧尊): 『禮記注疏』_〈明堂位〉{王註禮器}, 『禮記注疏』_〈明堂
位〉{鄭康成〈明堂位〉註}, 『禮記注疏』_〈明堂位〉{孔疏引鄭志}, 『禮
記注疏』_〈明堂位〉{鄭司農 註}, 『禮記注疏』_〈明堂位〉{〈明堂位〉}

267. 성회시말(聖檜始末): 『山東通志』{宋 米芾 「聖檜贊」}, {『闕里誌』}

268. 용생구자(龍生九子): 『升菴集』{출전 없음}, 『正字通』+『通雅』{출전
없음}, 『古今事文類聚別集』{『蘇氏演義』}, 『古今事文類聚別集』{『倦
遊錄』}, 『古今事文類聚別集』{或者}, 『太平御覽』{출전 없음}, 『太
平御覽』{薛綜}, 『正字通』{字書}, 『淵鑑類函』{『詩』}, 『淵鑑類函』{『韓
詩外傳』}, 『墨莊漫錄』{『呂氏春秋』}, {『周禮』}, 『升菴集』{『後漢書』}_
〈禮儀志〉}, 『升菴集』{『尸子』}, 『升菴集』{古詞曲}, 『升菴集』{楊愼},
『五雜俎』{謝肇淛}, 『菽園雜記』{『博物志』}

269. 아용(雅春): 『資治通鑑』{『史記』}, 『周禮注疏』_〈春官〉{『周禮』_〈春
官〉}, 『樂書』{『樂書』}

270. 배교(环玟): 『淵鑑類函』{『家禮』}, 『退溪集』{『退溪集』}, 『瀛奎律髓』
{출전 없음}, 『四聲通攷』{『四聲通攷』}, {字書}

271. 사화(絲花): 『高麗史』{출전 없음}, 『高麗史節要』{출전 없음}

272. 접선추(摺扇隆): 『五雜俎』{謝肇淛}, 『古今名扇錄』{출전 없음}, 『五
雜俎』{출전 없음}, 『資治通鑑』{『綱目』, 註, 胡三省}, 『通雅』 혹은

『格致鏡原』{東坡}

273. 십팔반무예(十八般武藝):『李卓吾先生批評忠義水滸傳』{『水滸志』},
『通鑑紀事本末』{출전 없음},『資治通鑑』{史}-2회,『三才圖會』{『三才圖會』}

274. 상희(象戲): {程明道「象戲詩」},『玉芝堂談薈』{출전 없음},『世說新語』{출전 없음}

275. 주견사(蛛胃蛇): 제시된 인용 문헌 없음

276. 마보(馬步):『春秋左傳注疏』{『左傳』},『楚辭章句』{楚詞}

277. 마형색(馬形色):『爾雅注疏』{출전 없음}

278. 형석(衡石):『史記』_〈秦始皇本紀〉{〈始皇本紀〉},『荀子』{『荀子』},
張蘊古의「大寶箴」{「大寶箴」},『太平御覽』{출전 없음},『徐孝穆集箋注』{「陳蕃傳」},『北堂書鈔』{延篤 書, 馬融 書, 李嚴 書}

279. 목빙(木冰):『玉芝堂談薈』{출전 없음},『文獻通考』{출전 없음},『太平御覽』{『唐書』},『別雅』+『玉芝堂談薈』{출전 없음}, {字書},『別雅』{東坡詩}

280. 피견(披肩):『升菴集』{唐詩}

281. 가포(幏布):『正字通』{字書}

282. 제조(蠐螬): 제시된 인용 문헌 없음

283. 채애(採艾):『二程遺書』{『程子遺書』}

284. 함로(銜蘆):『天中記』{『淮南子』},『天中記』{『古今註』}

285. 사십승포(四十升布):『論語注疏』{출전 없음},『朱子語類』{출전 없음},『三國史記』{출전 없음},『資治通鑑』{출전 없음}

286. 청호·송고(青蒿·松膏):『文獻通考』{『文獻通考』},『新增東國輿地勝覽』{『輿地勝覽』},『高麗史』_「趙彝傳」{『高麗史』_「趙彝傳」}

287. 멱리(冪䍦):『玉芝堂談薈』{출전 없음},『舊唐書』_〈輿服志〉{『唐』_〈輿服志〉},『清波雜志』{출전 없음}

288. 제결(鶗鴂):『史記索隱』_〈歷書〉{『史記』_〈曆書〉},『楚詞補注』_〈離騷經章句〉{〈離騷經〉},『春秋左傳注疏』{『左傳』},『春秋左傳注疏』{출전 없음}

289. 조균(朝菌): 『爾雅注疏』{『爾雅』}, 『莊子』{『莊子』}, {潘尼 「朝菌賦序」}

290. 풍종호(風從虎): 『周易』{『易』}, 『淵鑑類函』{「中興徵祥說」}

291. 생(笙): 『藝文類聚』{출전 없음}

292. 낙서(洛書): 『天中記』{引『孝經援神契』}

293. 예서(隷書): 『水經注』{酈善長 『水經註』}

294. 육고(六觚): 『前漢書』{출전 없음}

295. 제마(濟馬): 『惺翁覆瓿稿』{許筠}, 『高麗史』{東史}

296. 용행(龍行): 『大戴禮記』_「曾子天圓」{『大戴』_〈天圓篇〉}, 『莊子』{莊周}

297. 난삼(襴衫): 『弇州四部稿』_〈宛委餘編〉{〈宛委餘編〉}

298. 목극(木屐): 『顏氏家訓』{顏之推 『家訓』}, 『正字通』{字書}

299. 초갹(草蹻): 제시된 인용 문헌 없음

300. 역귀:(疫鬼) {李梴 『醫學入門』}, {謝肇淛}

301. 용유동(龍遊洞): 『埤雅』{古語}

302. 사리(舍利): 제시된 인용 문헌 없음

303. 봉밀(蜂蜜): 『周禮』_〈秋官 司寇〉{〈秋官〉}, {「招魂賦」}, 『禮記注疏』{출전 없음}, 『淮南鴻烈解』{『淮南子』}

304. 봉사(蜂史): 제시된 인용 문헌 없음

305. 압각(鴨脚): 제시된 인용 문헌 없음

306. 가리(家狸): {『本草』}, 『爾雅注疏』{『爾雅』}, 『禮記』_〈月令〉{〈考工記〉註}, {古人詩}

307. 금수(金燧): 『禮記注疏』_〈內則〉{〈內則〉}

308. 진(塵): 『說郛』{출전 없음}, 『東坡詩集註』{坡註}, 李白의 「草創大還贈柳官廸」{李白詩}

309. 과라(果蠃): 『中庸』{『中庸』}, 『四書或問』{沈存中}, 『爾雅注疏』{『爾雅』}, 『大戴禮記』{『大戴禮』}, 『爾雅注疏』+『揚子法言』{출전 없음}, 『莊子翼』{『莊子』}, 『周易注疏』{출전 없음}, 『孔子家語』{『家語』}

310. 금수색(禽獸色): 제시된 인용 문헌 없음

311. 천리마(千里馬): {韓愈}, 『周易註』{『易』}

312. 호확구(虎攫拘): 제시된 인용 문헌 없음

313. 연(硯): 『硯譜』{『硯譜』}

314. 봉(鳳): 『文獻通考』{출전 없음}

315. 감람(橄欖): 『退溪集』{『退溪集』}, 『天中記』{『異物志』}

316. 죽여(竹筎): {『本草』}, 『正字通』{字書}

317. 마가귀(馬價貴): 제시된 인용 문헌 없음

318. 박견(薄絹): 『春秋左傳注疏』{출전 없음}, 『耳談類增』{王同軌}, 『詩經集傳』{출전 없음}, 『新序』{출전 없음}, 『管子』{『韓子』}

319. 민수(敏樹): 『孟子』{출전 없음}, 『家語』{출전 없음}, 『中庸』{『中庸』}

320. 왜도(倭刀): 제시된 인용 문헌 없음

321. 생체(牲體): 제시된 인용 문헌 없음

322. 계장(髻粧): 『周禮注疏』{출전 없음}, 李賀「少年樂」{唐詩}, 杜甫「麗人行」{杜詩}, 『後漢書補逸』{출전 없음}

323. 치계명익(雉鷄鳴翼): 『周易注疏』_〈說卦〉{〈說卦〉}, {『易』}

324. 신선・이유(神仙・二酉): 『搜神記』 등{출전 없음}

325. 상봉(相蜂): 제시된 인용 문헌 없음

326. 해노(蟹奴): 제시된 인용 문헌 없음

327. 고습・요습(袴褶・腰褶): 제시된 인용 문헌 없음

328. 악수살인(惡獸殺人): 『孟子』{『孟子』}

329. 금계방사(金鷄放赦): 제시된 인용 문헌 없음

330. 주(酒): 『書經大全』_「酒誥」{「酒誥」}, 『說苑』 등{출전 없음}, 『淸異錄』 등{출전 없음}

331. 정위(精衛): 『前漢書』{『漢書』}, 『酉陽雜俎』{『酉陽雜俎』}

332. 호복(虎僕): 『山堂肆考』{출전 없음}

333. 금은(金銀): 『商子』{『商子』}

334. 목요(木妖): 제시된 인용 문헌 없음

335. 목면(木綿): 제시된 인용 문헌 없음

336. 은화(銀貨): 제시된 인용 문헌 없음

337. 협봉(挾棒): 『詩經』_「伯兮」{『詩』}, 『方言』{揚雄 『方言』}

338. 홍흡음식(虹吸飮食): 『玉芝堂談薈』{출전 없음}, 『庚巳編』{출전 없음}

339. 귀물구수(鬼物驅獸): 『草木子』{출전 없음}, 『見聞錄』{출전 없음}, 『資治通鑑』{출전 없음}

340. 죽간철족(竹榦鐵鏃): 『天中記』{출전 없음}, 『書經』{『書』}, {馬融 頌}, 『周禮注疏』_〈冬官 考工記〉{〈考工記〉}, 『書傳』_〈夏書〉_「禹貢」{「禹貢」}

341. 계추(鷄雛): 『二程遺書』 등{程子}

342. 축계지편당(祝鷄知偏黨): 제시된 인용 문헌 없음

343. 도맥여신(稻麥餘燼): 제시된 인용 문헌 없음

344. 등립·종사(藤笠·驄纚): 제시된 인용 문헌 없음

345. 거제(車制): {『書』}, 『周禮注疏』_〈冬官 考工記〉{〈考工記〉}, 『朱子語類』{朱子}

346. 발개(髮骱): 『儀禮注疏』_〈士昏禮〉{〈士昏禮〉}, 『周易註疏』{『易』}, 『周易註疏』_「賁」{「賁」}, 『文獻通考』{『文獻通考』}, 『資治通鑑』{史}, 『儀禮注疏』_〈士冠禮〉{〈士冠禮〉}, 『儀禮注疏』_〈士冠禮〉{鄭玄 註}, 『儀禮注疏』_〈喪服〉{〈喪服〉 註}, {『新唐書』}

347. 극적궁(克敵弓): 『淵鑑類函』{출전 없음}-2회

348. 유재무상(有災無祥): 『資治通鑑綱目』{출전 없음}

349. 재상(災祥): 『書經』_〈周書〉_「洪範」{「洪範」}, 『資治通鑑』_〈魏紀五〉_「烈祖明皇帝 明皇帝青龍三年」{『綱目』_「魏明帝青龍三年」}

350. 풍수유기(豐水有芑): 『詩集傳』_〈大雅〉_「生民」{〈生民之詩〉}, 『前漢書』{출전 없음}

351. 봉실(蓬實): 『自警編』{출전 없음}, 『皇明通紀集要』{출전 없음}

352. 이목구비(耳目口鼻): 제시된 인용 문헌 없음

353. 주거취상(舟車取象): 『呂氏春秋』{『呂覽』}

354. 단기(單騎): 『周易註』{『易』}, {何孟春}, 『舊唐書』{출전 없음}

355. 죽균·송심(竹筠·松心): 제시된 인용 문헌 없음

356. 청어(青魚): 『懲毖錄』{『懲毖錄』}
357. 다식(茶食): 蘇軾의 「荔支歎」{坡詩}
358. 숙(菽): 제시된 인용 문헌 없음
359. 장초(章草): 『說郛』{출전 없음}, 『太平廣記』{或云}
360. 청홍(青虹): 『寄齋史草』{朴東亮『寄齋雜錄』}
361. 누포(漏脯): 『周易傳註』{『易』}, 『太上感應篇』{『感應篇』}
362. 마제(馬蹄): 杜甫「送長孫九侍御赴武威判官」, 「戲贈閿鄉秦少府短
     歌」{杜詩}
363. 우이(牛耳): 『周禮注疏』_「庾人」{『周禮』_「庾人」}
364. 표문서(豹文鼠): 『爾雅注』_「序」_晉 郭璞 撰{郭璞「爾雅序」}, {『事
     文類聚』}, {『前漢書』}
365. 봉수홍등(熢燧紅燈): 丘濬의 『大學衍義補』{『丘氏衍義』}
366. 화전(火箭): 제시된 인용 문헌 없음
367. 비(蜚): 『春秋左傳注疏』{『春秋』}
368. 슬아(蝨蛾): 제시된 인용 문헌 없음

1-2-4. 『성호사설』〈만물문〉의 실제 인용 문헌의 빈도 분석

이익이 『성호사설』을 집필하면서 주로 활용한 도서를 밝혀내는 것은
매우 중요한 일이다. 이는 조선의 지식인들이 신뢰하였던 도서가 무엇
인지 밝혀내야만 조선의 지식 형성의 특질을 정확하고 객관적으로 규
명할 수 있기 때문이다. 또 재인용 사실을 밝히지 않거나 어떠한 출전도
밝히지 않고 자신을 견해처럼 기술한 것은 무엇인지 탐색하기 위한 기
초 자료가 될 것이다.

『예기주소(禮記注疏)』
• 총인용 횟수: 35회
• 인용 사실을 밝힌 횟수: 27회

- 특기 사항:『예기』라는 서명을 완전히 밝힌 경우는 없으며 '『예(禮)』'라는 약칭을 3회 사용하였다. 출전을 밝히지 않은 인용이 7회로 가장 많으며 나머지는 대부분 편명을 제시하였다. 주소(注疏)의 인용 사실을 밝힌 것은 3회이다. 그리고『주례(周禮)』라고 출전을 잘못 밝힌 것이 1회 있다.

- 『성호사설』의 실제 인용 문헌 :『성호사설』에서 제시한 문헌의 조건

  『禮記注疏』: 출전 없음-7회

  『禮記注疏』_〈明堂位〉: 王註禮器, 〈明堂位〉-2회, 孔疏引鄭志, 鄭康成〈明堂位〉註, 鄭司農 註: 총6회

  『禮記注疏』_〈曲禮〉: 〈曲禮〉-3회, 〈曲禮疏〉: 총4회

  『禮記注疏』_〈月令〉: 〈月令〉-4회

  『禮記注疏』_〈內則〉: 〈內則〉-2회, 〈內則〉註: 총3회

  『禮記注疏』_〈郊特牲〉: 〈郊特牲〉

  『禮記注疏』_〈禮器〉: 〈禮器〉

  『禮記注疏』_〈禮運〉: 〈禮運〉

  『禮記注疏』_〈喪大記〉: 〈喪大記〉

  『禮記注疏』_〈玉藻〉: 〈玉藻〉, 禮: 총2회

  『禮記注疏』_〈緇衣〉: 〈緇衣〉疏

  『禮記注疏』:『禮』-3회

  『禮記注疏』:『周禮』: 출전 오류

『정자통(正字通)』, 명 장자열(張自烈) 찬

- 총인용 횟수: 31회
- 인용 사실을 밝힌 횟수: 0회
- 특기 사항: 대부분 '자서(字書)'로 범칭하거나 출전을 밝히 않았다.
- 『성호사설』에서 서명을 대칭한 범칭: 字書
- 『성호사설』의 실제 인용 문헌 :『성호사설』에서 제시한 문헌의 조건

  『正字通』: 劉表「與袁譚書」

  『正字通』: 字書-24회

『正字通』 : 출전 없음-5회

『正字通』+『通雅』 : 출전 없음

『설부(說郛)』, 원 도종의(陶宗儀) 찬

- 총인용 횟수: 26회
- 인용 사실을 밝힌 횟수: 0회
- 특기 사항: 대부분 재인용 사실을 밝히지 않았다.
- 『성호사설』의 실제 인용 문헌 : 『성호사설』에서 제시한 문헌의 조건

  『說郛』 : 출전 없음: 총12회

  『說郛』_〈廣志 郭義恭〉: 『廣志』

  『說郛』_〈明道雜志 宛丘 張耒〉: 張耒『明道雜志』

  『說郛』_〈茅亭客話 黃休復〉: 黃休復

  『說郛』_〈寶章待訪錄 米芾〉: 米元章〈待訪錄〉

  『說郛』_〈書斷 張懷瓘〉: 宋 張懷瓘『書斷』

  『說郛』_〈書史 米芾〉: 米元章

  『說郛』_〈書史 米芾〉: 元章『書史』

  『說郛』_〈隋唐嘉話 劉餗〉: 唐 劉餗『隋唐嘉話』

  『說郛』_〈朝野僉載 張鷟〉: 唐 張鷟

  『說郛』_〈集古錄 歐陽修〉_「梁瘞鶴銘」: 「梁瘞鶴銘」

  『說郛』_〈集古錄 歐陽修〉_「梁瘞鶴銘」: 『集古錄』

  『說郛』_〈集古錄 歐陽修〉: 『集古錄』

  『說郛』 : 『桂海虞衡志』

  『說郛』 : 『袖中錦』

『시경(詩經)』

- 총인용 횟수: 22회
- 인용 사실을 밝힌 횟수: 17회
- 특기 사항: 『시(詩)』라는 약칭을 가장 많이 사용하고 있으며, 편명을 구체적으로 제시한 사례도 있다. 『집주(集註)』, 『집전(集傳)』, 『모전

(毛傳)』과 같이 『시경』의 종류에 따라 출전을 구체적으로 구분하려는
의도도 보인다. 『이아(爾雅)』의 재인용이 1건 있다.

- 『성호사설』의 실제 인용 문헌 : 『성호사설』에서 제시한 문헌의 조견
  『詩經』 : 『詩』-11회
  『詩經集傳』 : 『集註』
  『詩經』_〈大雅〉_「行葦」 : 『詩』_〈大雅〉_「行葦」
  『詩經』_〈大雅〉 : 〈大雅〉
  『詩經』_〈小雅〉_「正月」 : 〈小雅〉
  『詩傳大全』 : 〈召南集傳〉
  『詩集傳』_〈大雅〉_「生民」 : 〈生民之詩〉
  『詩經集傳』 : 출전 없음
  『毛詩注疏』_〈國風〉_「靜女」 : 『詩』_「靜女」_毛傳
  『毛詩注疏』_〈大雅〉_「皇矣」 융합 : 『爾雅』
  『毛詩注疏』 : 郭璞
  『毛詩注疏』 : 『毛傳』

『문헌통고(文獻通考)』, 송 마단림(馬端臨) 찬

- 총인용 횟수: 22회
- 인용 사실을 밝힌 횟수: 12회
- 특기 사항: 『문헌통고(文獻通考)』라는 완전한 서명을 제시한 것이 9회
  로 가장 많으며 약칭으로 『통고(通考)』라는 서명을 3회 사용하였다.
  재인용 사실을 밝히지 않은 것이 3회이다.
- 『성호사설』의 실제 인용 문헌 : 『성호사설』에서 제시한 문헌의 조견
  『文獻通考』 : 출전 없음-7회
  『文獻通考』 : 『文獻通考』-8회
  『文獻通考』 : 『通考』-3회
  『文獻通考』_〈春秋繁露〉 : 董子 『春秋繁露』
  『文獻通考』 : 『禮緯斗威儀』
  『文獻通考』 : 葉水心

『文獻通考』_〈樂舞〉_「萬歲舞」 : 『通考』

『주례(周禮)』

- 총인용 횟수: 21회
- 인용 사실을 밝힌 횟수: 16회
- 특기 사항: 『예(禮)』라고 약칭한 『예기(禮記)』와 구별하기 위하여 『주례(周禮)』라는 명칭을 사용한 것이 6회로 가장 많다. 인용 사실을 밝히지 않은 경우가 5회로 그 다음의 빈도를 점한다. 서명과 편명을 모두 제시한 것은 2회. 나머지는 모두 편명을 제시하였다.
- 『성호사설』의 실제 인용 문헌 : 『성호사설』에서 제시한 문헌의 조건
  『周禮注疏』 : 출전 없음: 5회
  『周禮注疏』 : 『周禮』: 6회
  『周禮注疏』_〈冬官 考工記〉 : 〈考工記〉-5회
  『周禮注疏』_〈考工記〉 : 〈考工記〉
  『周禮注疏』_「廋人」 : 『周禮』_「庾人」
  『周禮注疏』_〈天官 冢宰〉 : 鄭氏
  『周禮注疏』_〈春官〉 : 『周禮』_〈春官〉
  『周禮』_〈秋官 司寇〉 : 〈秋官〉

『자치통감(資治通鑑)』, 송 주희(朱熹) 찬

- 총인용 횟수: 21회(『資治通鑑綱目』-3회, 『資治通鑑後編』-2회 포함)
- 인용 사실을 밝힌 횟수: 2회
- 특기 사항: 대부분 인용 사실을 밝히지 않았으며 '사(史)'라는 범칭으로 대신하거나 『사기(史記)』, 〈한지(漢志)〉 등의 역사서로 대신하기도 하였다. 『자치통감(資治通鑑)』이라는 완전한 서명을 명시한 것은 한 건도 없으며, 출전을 밝힌 2건도 『강목(綱目)』이라는 약칭을 사용하였다. 실제 인용 문헌이 『자치통감(資治通鑑)』임에도 불구하고 『자치통감강목(資治通鑑綱目)』의 약칭인 『강목(綱目)』을 제시한 것으로 볼 때, 『자치통감』과 『자치통감강목』을 구분하지 않고 모두 『강목』이라

고 칭한 것으로 추정된다.

• 『성호사설』에서 서명을 대칭한 범칭: 史-3회

• 『성호사설』의 실제 인용 문헌 : 『성호사설』에서 제시한 문헌의 조견

『資治通鑑』 : 출전 없음-8회

『資治通鑑』 : 史-3회

『資治通鑑』 : 『史記』-2회

『資治通鑑』 : 『綱目』, 註, 胡三省

『資治通鑑綱目』 : 출전 없음-3회

『資治通鑑後編』 : 출전 없음

『資治通鑑後編』_〈宋紀〉 : 〈漢志〉

『資治通鑑』_〈魏紀五〉_「烈祖明皇帝 明皇帝靑龍三年」 : 『綱目』_「魏
明帝靑龍三年」

『연감유함(淵鑑類函)』

• 총인용 횟수: 20회

• 인용 사실을 밝힌 횟수: 0회

• 특기 사항: 출전을 밝히지 않은 인용이 9회이며 나머지는 재인용의
자료로 활용한 것이다.

• 『성호사설』의 실제 인용 문헌 : 『성호사설』에서 제시한 문헌의 조견

『淵鑑類函』 : 출전 없음-4회

『淵鑑類函』 : 『說文』

『淵鑑類函』_〈獸部〉_「麟」 : 蔡邕 〈月令章句〉

『淵鑑類函』_〈獸部〉_「麟」 : 『春秋保乾圖』

『淵鑑類函』 : 「中興徵祥說」

『淵鑑類函』 : 「春秋說題辭」

『淵鑑類函』 : 〈魏志〉

『淵鑑類函』 : 『呂氏春秋』

『淵鑑類函』 : 『續漢書』_〈禮儀志〉

『淵鑑類函』 : 『搜神記』

『淵鑑類函』 : 『詩』

『淵鑑類函』 : 『漢官舊儀』_〈胡俗傳〉

『淵鑑類函』 : 『韓詩外傳』

『淵鑑類函』 : {劉熙 『釋名』}

『淵鑑類函』 : 『家禮』

『淵鑑類函』+『古今事文類聚新集』 : 薛綜 註

『淵鑑類函』_「杖 二」+『前漢書』_「孔光傳」 : 『漢書』_「孔光傳」

『이아주소(爾雅注疏)』

• 총인용 횟수: 20회

• 인용 사실을 밝힌 횟수: 18회

• 특기 사항: 대부분『이아(爾雅)』라는 서명으로 출전을 밝히고 있으며 '곽박(郭璞)의「이아서(爾雅序)」'와 같이 작자와 편명까지 정확히 밝힌 것도 있다. 출전을 밝히지 않은 것은 단, 1건에 불과하다. 또『양자법언(揚子法言)』과 융합한 것은 출전을 밝히지 않았다. 『이아(爾雅)』관련 문헌으로『이아익(爾雅翼)』을 2회 인용한 것으로 확인되는데, 그중 1건만 인용 사실을 밝히고 있다.

• 『성호사설』의 실제 인용 문헌 : 『성호사설』에서 제시한 문헌의 조건

『爾雅注疏』 : 『爾雅』-12회

『爾雅注疏』 : 『爾雅』 郭註

『爾雅』_〈釋地〉 : 『爾雅』

『爾雅注疏』_〈釋獸〉_「豒」 : 『爾雅』

『爾雅注疏』_〈釋獸〉_「騊」 : 『爾雅』

『爾雅注疏』_〈釋獸〉_「麏」 : 『爾雅』

『爾雅注』_「序」_晉 郭璞 撰 : 郭璞「爾雅序」

『爾雅注疏』 : 출전 없음

『爾雅注疏』+『揚子法言』 : 출전 없음

『태평광기(太平廣記)』, 송 이방(李昉) 등 찬

• 총인용 횟수: 19회

- 인용 사실을 밝힌 횟수: 0회
- 『성호사설』에서 서명을 대칭한 범칭: 혹운(或云), 병서(兵書)
- 특기 사항: 대부분 재인용의 자료로 활용하였다.
- 『성호사설』의 실제 인용 문헌 : 『성호사설』에서 제시한 문헌의 조견

　『太平廣記』 : 或云
　『太平御覽』 : 兵書
　『太平御覽』 : 薛綜
　『太平御覽』 : 諸葛亮 「與兄瑾書」
　『太平御覽』 : 諸葛亮 「與吳王書」
　『太平御覽』 : 沈約 『宋書』
　『太平御覽』 : 許愼 『淮南子』 註
　『太平御覽』 : 『唐書』
　『太平御覽』 : 『說文』
　『太平御覽』 : 『說苑』
　『太平御覽』 : 『續漢書』
　『太平御覽』 : 『五經要義』
　『太平御覽』 : 『漢雜事』
　『太平御覽』 : 『孝經援神契』
　『太平御覽』 : 『呂氏春秋』
　『太平御覽』 : 출전 없음-3회
　『太平御覽』+『莊子注』 : 『山海經』

『승암집(升菴集)』, 명 양신(楊愼) 찬

- 총인용 횟수: 16회
- 인용 사실을 밝힌 횟수: 7회
- 특기 사항: 『승암집(升菴集)』이라는 완전한 서명을 제시한 것은 1건이며 찬자의 이름을 제시한 것이 4건, 찬자의 자를 제시한 것이 2건이다. 출전을 제시하지 않은 것이 1건이며, 나머지는 모두 재인용의 자료로 활용한 것이다.

• 『성호사설』의 실제 인용 문헌 : 『성호사설』에서 제시한 문헌의 조견

　『升菴集』 : 『升菴集』

　『升菴集』 : 楊愼-4회

　『升菴集』 : 楊用修-2회

　『升菴集』 : 古詞曲

　『升菴集』 : 唐詩

　『升菴集』 : 史炤 『釋文』

　『升菴集』 : 『梁元帝纂要』

　『升菴集』 : 『史記』

　『升菴集』 : 『尸子』

　『升菴集』 : 『晉書』

　『升菴集』 : 『後漢書』_〈禮儀志〉

　『升菴集』 : 출전 없음

『춘추좌전주소(春秋左傳注疏)』

• 총인용 횟수: 16회
• 인용 사실을 밝힌 횟수: 14회
• 특기 사항: 『좌전(左傳)』이라는 약칭으로 출전을 밝힌 것이 8건이며 편명을 제시한 것이 2건, 주석가의 이름만 밝힌 것이 1건, 『전(傳)』이라는 약칭으로 출전을 밝힌 것이 1건이다. 인용 사실을 밝히지 않은 것은 2건이다.
• 『성호사설』의 실제 인용 문헌 : 『성호사설』에서 제시한 문헌의 조견

　『春秋左傳注疏』 : 『左傳』-8회

　『春秋左傳注疏』 : 『春秋』_〈成公〉

　『春秋左傳注疏』_〈哀公〉 : 〈哀公〉

　『春秋左傳注疏』_〈定公〉 : 〈定公〉

　『春秋左傳注疏』_〈昭公〉 : 『傳』

　『春秋左傳注疏』 : 服虔

　『春秋左傳注疏』 : 출전 없음-2회

『春秋左傳注疏』:『春秋』

『주역(周易)』

- 총인용 횟수: 14회
- 인용 사실을 밝힌 횟수: 12회
- 특기 사항:『역(易)』이라는 약칭을 제시한 것이 9건이다.『주역전의대전(周易傳義大全)』은『전(傳)』으로 약칭하였다. 1건은 편명만 제시하였다. 출전을 명기하지 않은 것은 2건이다.
- 『성호사설』의 실제 인용 문헌 :『성호사설』에서 제시한 문헌의 조건

  『周易傳義大全』: 출전 없음

  『周易注疏』: 출전 없음

  『周易傳義大全』:『傳』

  『周易傳註』:『易』

  『周易註疏』_「賁」:「賁」

  『周易注疏』_〈說卦〉:〈說卦〉

  『周易注疏』_「小過」:『易』_〈小過〉

  『周易注疏』:『易』-3회

  『周易註』:『易』-2회

  『周易』:『易』-2회

『격치경원(格致鏡原)』, 청 진원룡(陳元龍) 찬

- 총인용 횟수: 13회
- 인용 사실을 밝힌 횟수: 0회
- 특기 사항: 출전을 밝힌 것이 한 건도 없다. 8건은 재인용의 자료로 활용하였고, 5건은 어떤 출전도 제시하지 않았다
- 『성호사설』의 실제 인용 문헌 :『성호사설』에서 제시한 문헌의 조건

  『格致鏡原』:『歲時記』

  『格致鏡原』_〈武備類〉_「甲」:『周禮』

  『格致鏡原』:「王蕃渾天說」

『格致鏡原』 : 李時珍

『格致鏡原』 : 徐慨 『漫笑錄』(曾慥 『高齋漫錄』의 오기)

『格致鏡原』 : 字書

『格致鏡原』 : 『藝苑雌黃』

『格致鏡原』 : 〈金志〉

『格致鏡原』 : 출전 없음-5회

『증류본초(證類本草)』, 송 당신미(唐愼微) 찬

- 총인용 횟수: 13회
- 인용 사실을 밝힌 횟수: 5회
- 특기 사항: 『본초(本草)』라는 약칭으로 출전으로 제시한 것은 3회이지만 '진장기(陳藏器)'라는 주석가의 이름도 서명을 갈음할 만한 가치가 있기에 출전 명기에 포함시킬 수 있다.
- 『성호사설』의 실제 인용 문헌 : 『성호사설』에서 제시한 문헌의 조견

『證類本草』 : 『本草』-3회

『證類本草』 : 陳藏器-2회

『證類本草』 : 孔穎達 正義

『證類本草』 : 陸機 疏

『證類本草』 : 魏詩

『證類本草』 : 蔡邕 勸學篇

『證類本草』 : 『廣雅』

『證類本草』 : 『圖經』

『證類本草』 : 『荀子』

『證類本草』 : 『周易』

『천중기(天中記)』, 명 진요문(陳耀文) 찬

- 총인용 횟수: 12회
- 인용 사실을 밝힌 횟수: 0회
- 특기 사항: 출전을 1건도 밝히지 않고 대부분 재인용의 자료로 활용

하였다. 『효경원신계(孝經援神契)』는 재인용한 사실을 밝혔으면서도
『천중기(天中記)』에서 재인용하였다는 것은 명시하지 않았다.
- 『성호사설』의 실제 인용 문헌 : 『성호사설』에서 제시한 문헌의 조건
  『天中記』_「麟」: 〈孔演圖〉
  『天中記』: 宋均-2회
  『天中記』: 『孝經援神契』
  『天中記』: 引『孝經援神契』
  『天中記』: 『古今註』
  『天中記』: 『急就章』註
  『天中記』: 『名山記』
  『天中記』: 『異物志』
  『天中記』: 『淮南子』
  『天中記』: 출전 없음-2회

『엄주사부고(弇州四部稿)』, 명 왕세정(王世貞) 찬
- 총인용 횟수: 총12회
- 인용 사실을 밝힌 횟수: 6회
- 『성호사설』에서 서명을 대칭한 범칭: 고운(古云)
- 특기 사항: 서명을 제시한 것은 한 건도 없다. 〈완위여편(宛委餘編)〉을
  제시한 것이 1건이며, 찬자의 이름을 제시한 것이 3건, 찬자의 별칭을
  제시한 것이 2건이다. 2건은 어떠한 출전도 제시하지 않았으며 나머지
  는 모두 재인용의 자료로 활용한 것이다.
- 『성호사설』의 실제 인용 문헌 : 『성호사설』에서 제시한 문헌의 조건
  『弇州四部稿』_〈宛委餘編〉: 〈宛委餘編〉
  『弇州四部稿』_「楊忠愍公行狀」: 王世貞 所撰「楊忠愍繼盛行狀」
  『弇州四部稿』: 王世貞「汴中節食記」
  『弇州四部稿』: 王世貞
  『弇州四部稿』: 王元美
  『弇州四部稿』: 弇州

『弇州四部稿』_〈宛委餘編〉：郭璞 註

『弇州四部稿』_〈宛委餘編〉：相如 賦

『弇州四部稿』_〈宛委餘編〉：『嶺南異物志』

『弇州四部稿』：沈約『宋書』

『弇州四部稿』：古云

『弇州四部稿』：출전 없음

『고금사문유취(古今事文類聚)』, 송 축목(祝穆) 찬

- 총인용 횟수: 12회
- 인용 사실을 밝힌 횟수: 3회
- 특기 사항:『사문유취(事文類聚)』라는 서명을 제시한 것이 2건, 작가의 성 축씨(祝氏)와 서명『사문유취』를 함께 제시한 것이 1건 있다. '혹자(或者)'라는 애매한 출전으로 변형한 것이 1건 있다. 나머지는 모두 재인용의 자료로 활용하였다. 어떤 출전도 명시하지 않은 것도 1건 있다.
- 『성호사설』의 실제 인용 문헌 :『성호사설』에서 제시한 문헌의 조견

『古今事文類聚前集』_「造麵繭」：祝氏『事文類聚』

『古今事文類聚前集』：『事文類聚』

『古今事文類聚前集』：〈漢武故事〉

『古今事文類聚後集』_〈羽蟲部〉：白樂天「秦吉了詩」

『古今事文類聚後集』_〈羽蟲部〉：『說文』

『古今事文類聚別集』：或者

『古今事文類聚別集』：『倦遊錄』

『古今事文類聚別集』：『蘇氏演義』

『古今事文類聚續集』：『家語』

『古今事文類聚續集』：『神異經』

『事文類聚後集』：『事文類聚』

『事文類聚後集』：출전 없음

『단연총록(丹鉛總錄)』, 명 양신(楊愼) 찬

- 총인용 횟수: 11회
- 인용 사실을 밝힌 횟수: 2회
- 특기 사항: 찬자의 자인 양용수(楊用修)와 호인 양승암(楊升庵)을 제시한 것을 제외하면 모두 재인용의 자료로 활용하였다. 어떤 출전도 명시하지 않은 것도 1건 있다.
- 『성호사설』의 실제 인용 문헌 : 『성호사설』에서 제시한 문헌의 조건

  『丹鉛總錄』 : 楊用修

  『丹鉛總錄』 : 楊升庵

  『丹鉛總錄』 : 「招魂賦」

  『丹鉛總錄』 : 王逸 註

  『丹鉛總錄』 : 朱子

  『丹鉛總錄』_〈飲食類〉_「寒具」 : 劉夢得「寒具詩」

  『丹鉛總錄』 : 可山 林洪-2회

  『丹鉛總錄』 : 『史記』

  『丹鉛總錄』+『通典』 : 『釋名』

  『丹鉛總錄』 : 출전 없음

『장자(莊子)』

- 총인용 횟수: 11회(『장자익(莊子翼)』 1회 포함)
- 인용 사실을 밝힌 횟수: 11회
- 특기 사항: 『장자(莊子)』라는 서명, 혹은 장주(莊周)라는 저자명을 제시하거나 서명과 편명을 함께 제시하는 등 11건 모두 출전을 밝혔다.
- 『성호사설』의 실제 인용 문헌 : 『성호사설』에서 제시한 문헌의 조건

  『莊子』 : 『莊子』-4회

  『莊子』 : 莊周-2회

  『莊子注』 : 『莊子』

  『莊子注』_〈天運〉 : 『莊子』_〈天運〉-2회

  『莊子』_〈達生〉 : 『莊子』_〈達生篇〉

  *『莊子翼』 : 『莊子』

『전한서(前漢書)』, 한 반고(班固) 찬

- 총인용 횟수: 11회
- 인용 사실을 밝힌 횟수: 2회
- 특기 사항: 『전한서』라고 정확한 서명을 명시한 것은 한건도 없으며, 『한서』라는 약칭을 제시한 것이 2건이다. 편명을 제시한 것이 2건 있으나 출전으로서의 기능이 매우 약하다. 또 '주(注)'라는 불명확한 출전 명기도 1건 있다. 어떠한 출전도 제시하지 않은 것이 6건이다.
- 『성호사설』의 실제 인용 문헌 : 『성호사설』에서 제시한 문헌의 조견
  『前漢書』_「霍光傳」 : 「霍光傳」
  『前漢書』_「文三王傳」의 주석 : 注
  『前漢書』_〈食貨志〉 : 〈食貨志〉
  『前漢書』 : 『漢書』
  『前漢書』 : 출전 없음−6회
  『淵鑑類函』_「杖 二」+『前漢書』_「孔光傳」 : 『漢書』_「孔光傳」

『사기(史記)』, 한 사마천(司馬遷) 찬

- 총인용 횟수: 10회
- 인용 사실을 밝힌 횟수: 10회
- 특기 사항: 『사기』라는 서명을 제시한 것이 3건이다. 그중, 『사기색은(史記索隱)』이 출전임에도 불구하고 『사기』로 통칭한 것이 2건이다. 한편, 『사기색은』의 찬자인 사마정(司馬貞)의 이름을 명시한 것이 1건 있다. 나머지는 모두 편명을 출전으로 제시하였다.
- 『성호사설』의 실제 인용 문헌 : 『성호사설』에서 제시한 문헌의 조견
  『史記』 : 『史記』
  『史記索隱』_「梁孝王系家」_唐 司馬貞 撰 : 「梁孝王傳」_司馬貞
  『史記索隱』_〈歷書〉 : 『史記』_〈曆書〉
  『史記索隱』 : 『史記』
  『史記』_〈孝武本紀〉 : 〈武帝本紀〉
  『史記』_「范睢傳」 : 〈范睢傳〉

『史記』_〈封禪書〉 : 〈封禪書〉
『史記』_〈樂書〉 : 〈樂書〉
『史記』_〈秦始皇本紀〉 : 〈始皇本紀〉
『史記』_〈平準書〉 : 〈平準書〉

『의례주소(儀禮注疏)』
• 총인용 횟수: 9회
• 인용 사실을 밝힌 횟수: 4회
• 특기 사항: 서명을 제시한 것은 한건도 없으며 편명을 제시한 것이 4건 있다. '정현 주(鄭玄 註)'나 '주(註)'라고 한 것이 각각 1건 있으나 출전으로서 기능이 매우 약하다. 어떤 출전도 명시하지 않은 것은 3건이다.
• 『성호사설』의 실제 인용 문헌 : 『성호사설』에서 제시한 문헌의 조건
  『儀禮注疏』_〈大射儀〉 : 註
  『儀禮注疏』_〈士冠禮〉 : 〈士冠禮〉
  『儀禮注疏』_〈士冠禮〉 : 鄭玄 註
  『儀禮注疏』_〈士虞禮〉 : 〈士虞禮〉
  『儀禮注疏』_〈士昏禮〉 : 〈士昏禮〉
  『儀禮注疏』_〈喪服〉 : 〈喪服〉 註
  『儀禮注疏』 : 출전 없음-3회

『본초강목(本草綱目)』, 명 이시진(李時珍) 찬
• 총인용 횟수: 9회
• 인용 사실을 밝힌 횟수: 2회
• 『성호사설』에서 서명을 대칭한 범칭: 의서(醫書)
• 『성호사설』의 실제 인용 문헌 : 『성호사설』에서 제시한 문헌의 조건
  『本草綱目』 : 출전 없음-5회
  『本草綱目』 : 『本草』-2회
  『本草綱目』 : 醫書
  『本草綱目』 : 陳藏器

『오잡조(五雜組)』, 명 사조제(謝肇淛) 찬

- 총인용 횟수: 7회
- 인용 사실을 밝힌 횟수: 6회
- 특기 사항: 서명인 『오잡조(五雜組)』를 명시한 것이 3건, 찬자의 이름인 '사조제(謝肇淛)'를 제시한 것이 2건, 서명과 찬자의 이름을 모두 제시한 것이 1건이다. 어떤 출전도 명시하지 않은 것도 1건 있다.
- 『성호사설』의 실제 인용 문헌 : 『성호사설』에서 제시한 문헌의 조건
  『五雜組』: 『五雜組』-3회
  『五雜組』: 謝肇淛-2회
  『五雜組』謝肇淛 : 謝肇淛 『五雜組』
  『五雜組』: 출전 없음

『동파전집(東坡全集)』

- 총인용 횟수: 7회
- 인용 사실을 밝힌 횟수: 6회
- 『성호사설』의 실제 인용 문헌 : 『성호사설』에서 제시한 문헌의 조건
  『東坡詩集註』: 東坡詩, 註
  『東坡詩集註』: 坡註
  『東坡詩集註』_「椰子冠」: 東坡 「椰子冠詩」
  『東坡全集』_「秧馬歌 幷引」: 東坡 「秧馬引」
  『東坡全集』_「秧馬歌 幷引」: 史
  『東坡全集』_〈志林〉: 『東坡志林』
  『東坡全集』_〈天篆記〉: 〈天篆記〉

『논어(論語)』

- 총인용 횟수: 7회
- 인용 사실을 밝힌 횟수: 6회
- 『성호사설』의 실제 인용 문헌 : 『성호사설』에서 제시한 문헌의 조건
  『論語』: 子曰-3회

『論語』 : 孔子

『論語注疏』 : 『論語』 引逸詩

『論語』 : 『論語』

『論語注疏』 : 출전 없음

『공자가어(孔子家語)』, 위 왕숙(王肅) 주(注)

- 총인용 횟수: 6회
- 인용 사실을 밝힌 횟수: 4회
- 『성호사설』의 실제 인용 문헌 : 『성호사설』에서 제시한 문헌의 조견

『孔子家語』 : 『家語』-4회

『家語』 : 출전 없음-2회

『예문유취(藝文類聚)』, 당 구양순(歐陽詢) 찬

- 총인용 횟수: 6회
- 인용 사실을 밝힌 횟수: 0회
- 『성호사설』의 실제 인용 문헌 : 『성호사설』에서 제시한 문헌의 조견

『藝文類聚』 : 蔡邕 『獨斷』

『藝文類聚』 : 『廣志』

『藝文類聚』 : 『裴氏廣州記』

『藝文類聚』 : 출전 없음-2회

『藝文類聚』+『古今事文類聚新集』 : 薛綜 註

『옥지당담회(玉芝堂談薈)』, 명 서응추(徐應秋) 찬

- 총인용 횟수: 6회
- 인용 사실을 밝힌 횟수: 0회
- 『성호사설』의 실제 인용 문헌 : 『성호사설』에서 제시한 문헌의 조견

『玉芝堂談薈』 : 『續博物志』

『玉芝堂談薈』 : 출전 없음: 5회

『서경(書經)』
• 총인용 횟수: 6회
• 인용 사실을 밝힌 횟수: 6회
• 특기 사항:『서(書)』라는 약칭을 제시한 것이 2건이며 나머지는 모두
  편명을 출전으로 제시하였다.
•『성호사설』의 실제 인용 문헌 :『성호사설』에서 제시한 문헌의 조건
  『書經大全』_「酒誥」:「酒誥」
  『書經大全』_〈夏書〉_「禹貢」:「禹貢」-2회
  『書經』_〈周書〉_「洪範」:「洪範」
  『書經』:『書』-2회

『문선(文選)』
• 총인용 횟수: 6회
• 인용 사실을 밝힌 횟수: 2회
• 특기 사항: 서명을 제시한 것은 한건도 없다. 다만『문선(文選)』의 주
  석가인 '이선 주(李善 註)'와 '왕일 주(王逸 註)'라고 명기한 것이 각각
  1건 있다.
•『성호사설』의 실제 인용 문헌 :『성호사설』에서 제시한 문헌의 조건
  『文選』_「江賦」_郭璞 : 郭璞 「江賦」
  『文選』_「京都中」: 李善 註
  『文選』_「京都中」: 薛綜
  『文選』_「京都中」: 張衡 「西京賦」
  『文選』:『易林』
  『文選』_「招魂」:「招魂賦」_王逸 註

『맹자(孟子)』
• 총인용 횟수: 5회
• 인용 사실을 밝힌 횟수: 4회
•『성호사설』의 실제 인용 문헌 :『성호사설』에서 제시한 문헌의 조건

『孟子』: 『孟子』-3회

『孟子』: 출전 없음

『孟子注疏』: 『孟子』

『대대례기(大戴禮記)』

• 총인용 횟수: 5회

• 인용 사실을 밝힌 횟수: 5회

• 특기 사항: 『대대례(大戴禮)』라는 약칭을 제시한 것이 3회, 『대대(大戴)』라는 약칭과 편명을 함께 제시한 것이 1건, 편명만 제시한 것이 1건이다.

• 『성호사설』의 실제 인용 문헌 : 『성호사설』에서 제시한 문헌의 조견

『大戴禮記』_「曾子天圓」: 『大戴』_〈天圓篇〉

『大戴禮記』: 『大戴禮』-3회

『大戴禮』_〈夏小正〉: 〈夏小正〉

『산당사고(山堂肆考)』, 명 팽대익(彭大翼) 찬

• 총인용 횟수: 5회

• 인용 사실을 밝힌 횟수: 0회

• 『성호사설』의 실제 인용 문헌 : 『성호사설』에서 제시한 문헌의 조견

『山堂肆考』: 〈魏志〉

『山堂肆考』: 출전 없음-4회

『통아(通雅)』, 명 방이지(方以智) 찬

• 총인용 횟수: 5회

• 인용 사실을 밝힌 횟수: 0회

• 『성호사설』의 실제 인용 문헌 : 『성호사설』에서 제시한 문헌의 조견

『通雅』: 東坡

『通雅』: 『南史』

『通雅』: 『武夷志』

『通雅』: 출전 없음-2회

『주자어류(朱子語類)』, 송 여정덕(黎靖德) 편

- 총인용 횟수: 5회
- 인용 사실을 밝힌 횟수: 3회
- 『성호사설』의 실제 인용 문헌 : 『성호사설』에서 제시한 문헌의 조견

  『朱子語類』_〈雜類〉: 許氏『必用方』

  『朱子語類』: 朱子-3회

  『朱子語類』: 출전 없음

『비아(埤雅)』, 송 육전(陸佃) 찬

- 총인용 횟수: 4회
- 인용 사실을 밝힌 횟수: 1회
- 『성호사설』에서 서명을 대칭한 범칭: 고어(古語)
- 『성호사설』의 실제 인용 문헌 : 『성호사설』에서 제시한 문헌의 조견

  『埤雅』: 陸佃『埤雅』

  『埤雅』: 古語

  『埤雅』: 『淮南子』

  『埤雅』: 鶡冠子

『패문운부(佩文韻府)』

- 총인용 횟수: 4회
- 인용 사실을 밝힌 횟수: 0회
- 『성호사설』의 실제 인용 문헌 : 『성호사설』에서 제시한 문헌의 조견

  『佩文韻府』: 劉緦『新論』

  『佩文韻府』: 『新論』

  『佩文韻府』: 출전 없음-2회

『몽계필담(夢溪筆談)』, 송 심괄(沈括) 찬

- 총인용 횟수: 4회

- 인용 사실을 밝힌 횟수: 3회
- 특기 사항: 찬자의 이름이나 자, 서적의 별칭을 각각 출전으로 제시하였다. 다만,『몽계필담』의 두 편을 융합하여 만든 것은 출전을 밝히지 않았다.
- 『성호사설』의 실제 인용 문헌 : 『성호사설』에서 제시한 문헌의 조견
  『夢溪筆談』: 沈括
  『夢溪筆談』: 沈存中
  『夢溪筆談』:『沈氏筆談』
  『夢溪筆談』_「雜誌」+『夢溪筆談』_「藥議」: 출전 없음

『삼재도회(三才圖會)』, 명 왕기(王圻) 찬
- 총인용 횟수: 4회
- 인용 사실을 밝힌 횟수: 4회
- 『성호사설』의 실제 인용 문헌 : 『성호사설』에서 제시한 문헌의 조견
  『三才圖會』:『三才圖會』-4회

『조선부(朝鮮賦)』, 명 동월(董越) 찬
- 총인용 횟수: 4회
- 인용 사실을 밝힌 횟수: 4회
- 특기 사항: 4건 모두 작가와 서명이 함께 제시되었다.
- 『성호사설』의 실제 인용 문헌 : 『성호사설』에서 제시한 문헌의 조견
  『朝鮮賦』: 董越『朝鮮賦』-2회
  『朝鮮賦』: 董越『朝鮮賦』自註-2회

『회남자(淮南子)』
- 총인용 횟수: 4회
- 인용 사실을 밝힌 횟수: 4회
- 특기 사항:『淮南子』라는 서명을 모두 명기하였다.
- 『성호사설』의 실제 인용 문헌 : 『성호사설』에서 제시한 문헌의 조견

『淮南子』:『淮南子』-3회

『淮南鴻烈解』:『淮南子』

『국어(國語)』, 오 위소(韋昭) 주

• 총인용 횟수: 3회

• 인용 사실을 밝힌 횟수: 2회

• 특기 사항: 서명을 제시한 것은 없으며 출전으로 편명을 제시한 것이 2건이다.

•『성호사설』의 실제 인용 문헌 :『성호사설』에서 제시한 문헌의 조견

『國語』_〈魯語〉:〈魯語〉

『國語』_〈晉語〉:〈晉語〉

『國語』: 출전 없음

『이정유서(二程遺書)』, 송 주희(朱熹) 편

• 총인용 횟수: 3회

• 인용 사실을 밝힌 횟수: 3회

•『성호사설』의 실제 인용 문헌 :『성호사설』에서 제시한 문헌의 조견

『二程遺書』: 程子-2회

『二程遺書』:『程子遺書』

『육서고(六書故)』, 송 대동(戴侗) 찬

• 총인용 횟수: 3회

• 인용 사실을 밝힌 횟수: 1회

•『성호사설』의 실제 인용 문헌 :『성호사설』에서 제시한 문헌의 조견

『六書故』:『六書故』

『六書故』:『周禮』

『六書故』: 출전 없음

『안씨가훈(顔氏家訓)』, 수 안지추(顏之推) 찬

- 총인용 횟수: 3회
- 인용 사실을 밝힌 횟수: 2회
- 특기 사항: 서명을 제시한 것이 1건, 서명과 찬자의 이름을 모두 명시한 것이 1건이다.
- 『성호사설』의 실제 인용 문헌 : 『성호사설』에서 제시한 문헌의 조견

  『顔氏家訓』 : 顔之推 『家訓』

  『顔氏家訓』 : 『顔氏家訓』

  『顔氏家訓』 : 출전 없음

『초사(楚辭)』

- 총인용 횟수: 3회
- 인용 사실을 밝힌 횟수: 3회
- 『성호사설』의 실제 인용 문헌 : 『성호사설』에서 제시한 문헌의 조견

  『楚詞補注』_〈離騷經章句〉 : 〈離騷經〉

  『楚辭章句』_〈天問章句〉 : 〈天問〉

  『楚辭章句』 : 楚詞

『직방외기(職方外紀)』, 명 애유략(艾儒畧) 찬

- 총인용 횟수: 3회
- 인용 사실을 밝힌 횟수: 2회
- 특기 사항: 서명을 제시한 것이 1건, 작가와 서명이 함께 제시된 것이 1건이다.
- 『성호사설』의 실제 인용 문헌 : 『성호사설』에서 제시한 문헌의 조견

  『職方外紀』 : 艾儒略 『職方外紀』

  『職方外紀』 : 『職方外紀』

  『職方外紀』 : 출전 없음

『산해경광주(山海經廣注)』, 청 오임신(吳任臣) 주

- 총인용 횟수: 3회
- 인용 사실을 밝힌 횟수: 2회
- 특기 사항: 서명을 제시한 것이 1건, 찬자의 이름을 제시한 것이 1건이다.
- 『성호사설』의 실제 인용 문헌 : 『성호사설』에서 제시한 문헌의 조견

　『山海經廣注』 : 郭璞 贊

　『山海經廣注』 : 『山海經』

　『山海經廣注』 : 출전 없음

『설문해자(說文解字)』

- 총인용 횟수: 3회
- 인용 사실을 밝힌 횟수: 0회
- 『성호사설』에서 서명을 대칭한 범칭: 고주(古註)
- 『성호사설』의 실제 인용 문헌 : 『성호사설』에서 제시한 문헌의 조견

　『說文解字』 : 古註

　『說文解字』 : 출전 없음

　『說文繫傳』 : 출전 없음

『고금운회거요(古今韻會擧要)』, 원 황공소(黃公紹) 원편(原編), 웅충(熊忠) 거요(擧要)

- 총인용 횟수: 3회
- 인용 사실을 밝힌 횟수: 0회
- 『성호사설』의 실제 인용 문헌 : 『성호사설』에서 제시한 문헌의 조견

　『古今韻會擧要』 : 字書

　『古今韻會擧要』 : 출전 없음-2회

『수경주(水經注)』, 위 역도원(酈道元) 찬

- 총인용 횟수: 2회
- 인용 사실을 밝힌 횟수: 1회

• 『성호사설』의 실제 인용 문헌 : 『성호사설』에서 제시한 문헌의 조건
　『水經注』 : 酈善長 『水經註』
　『水經注集釋訂訛』 : 출전 없음

『구당서(舊唐書)』, 송 구양수(歐陽修), 송기(宋祁) 찬

• 총인용 횟수 : 2회
• 인용 사실을 밝힌 횟수 : 1회
• 특기 사항 : 『당(唐)』이라는 약칭을 사용하여 출전으로서 명확하지 못한 것이 1건 있다. 다만 『신당서』의 경우 서명의 명기를 분명히 하였기에, 『당』이 『구당서』임을 알 수 있게 하였다.
• 『성호사설』의 실제 인용 문헌 : 『성호사설』에서 제시한 문헌의 조건
　『舊唐書』_〈輿服志〉 : 『唐』_〈輿服志〉
　『舊唐書』 : 출전 없음

『신당서(新唐書)』, 송 구양수, 송기 찬

• 총인용 횟수 : 2회
• 인용 사실을 밝힌 횟수 : 2회
• 특기 사항 : 서명과 편명을 모두 정확히 명기하였다. 특히 『구당서』와 구분할 수 있도록 『신당서』라고 명기하였다.
• 『성호사설』의 실제 인용 문헌 : 『성호사설』에서 제시한 문헌의 조건
　『新唐書』_〈食貨志〉 : 『新唐書』_〈食貨志〉
　『新唐書』_〈兵志〉 : 『新唐書』_〈兵志〉

『중수선화박고도(重修宣和博古圖)』, 송 왕보(王黼) 찬

• 총인용 횟수 : 2회
• 인용 사실을 밝힌 횟수 : 0회
• 『성호사설』의 실제 인용 문헌 : 『성호사설』에서 제시한 문헌의 조건
　『重修宣和博古圖』 : 『詩經』
　『重修宣和博古圖』 : 『漢書』

『통지(通志)』, 명 육익(陸釴) 찬
- 총인용 횟수: 2회
- 인용 사실을 밝힌 횟수: 2회
- 특기 사항: 매우 구체적으로 출전을 명기한 것이 1건 있다.
- 『성호사설』의 실제 인용 문헌 : 『성호사설』에서 제시한 문헌의 조견
  『通志』_〈器服略〉_「幅巾」 : 『通志』_〈器服畧〉_「幅巾」
  『通志』 : 『通志』

『향승(香乘)』, 명 주가주(周嘉胄) 찬
- 총인용 횟수: 2회
- 인용 사실을 밝힌 횟수: 0회
- 『성호사설』의 실제 인용 문헌 : 『성호사설』에서 제시한 문헌의 조견
  『香乘』 : 출전 없음-2회

『운부군옥(韻府群玉)』, 원 음경현(陰勁弦) 찬
- 총인용 횟수: 2회
- 인용 사실을 밝힌 횟수: 0회
- 『성호사설』의 실제 인용 문헌 : 『성호사설』에서 제시한 문헌의 조견
  『韻府群玉』 : 출전 없음-2회

『이아익(爾雅翼)』, 송 나원(羅願) 찬
- 총인용 횟수: 2회
- 인용 사실을 밝힌 횟수: 1회
  『爾雅翼』 : 출전 없음
  『爾雅翼』 : 『爾雅翼』

『세설신어(世說新語)』, 송 유의경(劉義慶) 찬
- 총인용 횟수: 2회
- 인용 사실을 밝힌 횟수: 1회

• 『성호사설』의 실제 인용 문헌 : 『성호사설』에서 제시한 문헌의 조견
　『世說新語』: 『世說』
　『世說新語』: 출전 없음

『순자(荀子)』

• 총인용 횟수: 2회
• 인용 사실을 밝힌 횟수: 2회
• 『성호사설』의 실제 인용 문헌 : 『성호사설』에서 제시한 문헌의 조견
　『荀子』: 荀子−2회

『관자(管子)』

• 총인용 횟수: 2회
• 인용 사실을 밝힌 횟수: 1회
• 특기 사항: 1건은 『韓子』로 오기되어 있다.
• 『성호사설』의 실제 인용 문헌 : 『성호사설』에서 제시한 문헌의 조견
　『管子』: 『韓子』
　『管子』: 『管子』

『방주집(方洲集)』, 명 장녕(張寧) 찬

• 총인용 횟수: 2회
• 인용 사실을 밝힌 횟수: 0회
• 『성호사설』의 실제 인용 문헌 : 『성호사설』에서 제시한 문헌의 조견
　『方洲集』: 張寧〈遼邸記聞〉
　『方洲集』: 출전 없음

『별아(別雅)』, 오 옥진(玉搢) 찬

• 총인용 횟수: 2회
• 인용 사실을 밝힌 횟수: 0회
• 『성호사설』의 실제 인용 문헌 : 『성호사설』에서 제시한 문헌의 조견

『別雅』 : 東坡詩

『別雅』+『玉芝堂談薈』 : 출전 없음

『강남경략(江南經畧)』, 명 정약증(鄭若曾) 찬

- 총인용 횟수: 2회
- 인용 사실을 밝힌 횟수: 0회
- 『성호사설』의 실제 인용 문헌 : 『성호사설』에서 제시한 문헌의 조견

『江南經畧』 :『續通考』

『江南經畧』 : 출전 없음

『중용(中庸)』

- 총인용 횟수: 2회
- 인용 사실을 밝힌 횟수: 2회
- 『성호사설』의 실제 인용 문헌 : 『성호사설』에서 제시한 문헌의 조견

『中庸』 :『中庸』-2회

『노학암필기(老學庵筆記)』, 송 육유(陸游) 찬

- 총인용 횟수: 2회
- 인용 사실을 밝힌 횟수: 1회
- 특기 사항: 찬자의 호를 제시한 것이 1건이다.
- 『성호사설』의 실제 인용 문헌 : 『성호사설』에서 제시한 문헌의 조견

『老學庵筆記』 : 東坡 註

『老學庵筆記』 : 陸放翁

『대학연의보(大學衍義補)』, 명 구준(丘濬) 찬

- 총인용 횟수: 2회
- 인용 사실을 밝힌 횟수: 2회
- 『성호사설』의 실제 인용 문헌 : 『성호사설』에서 제시한 문헌의 조견

『大學衍義補』 :『丘氏衍義』

『大學衍義補』：丘濬

위에서 정리한 바에 의하면, 『성호사설』〈만물문〉에서 가장 많이 인용된 문헌은 『예기(禮記)』로 총35회나 인용되었다. 그 다음은 『정자통(正字通)』으로 총31회 인용되었으며, 『설부(說郛)』가 총26회, 『시경(詩經)』과 『문헌통고(文獻通考)』가 각각 총22회, 『주례(周禮)』와 『자치통감(資治通鑑)』이 총21회 인용되었다. 총20회 인용된 문헌은 『연감유함(淵鑑類函)』과 『이아주소(爾雅注疏)』 2종이다. 『태평광기(太平廣記)』가 총19회, 『승암집(升菴集)』과 『춘추좌전주소』가 각각 총16회 인용되었다. 『주역(周易)』이 총14회, 『격치경원(格致鏡原)』과 『증류본초(證類本草)』가 각각 총13회, 『천중기(天中記)』·『엄주사부고(弇州四部稿)』·『고금사문유취(古今事文類聚)』가 각각 총12회, 『장자』·『전한서』·『단연총록(丹鉛總錄)』이 각각 총11회, 『사기』가 총10회, 『의례주소』와 『본초강목』이 각각 총9회, 『오잡조(五雜俎)』·『동파전집』·『논어』가 각각 총7회 인용되었다. 총6회 인용된 문헌은 『서경』·『공자가어』·『예문유취(藝文類聚)』·『옥지당담회(玉芝堂談薈)』·『문선(文選)』 5종이다. 총5회 인용된 문헌은 『맹자』·『대대례기(大戴禮記)』·『산당사고(山堂肆考)』·『통아(通雅)』·『주자어류(朱子語類)』 5종이다. 총4회 인용된 문헌은 『비아(埤雅)』·『회남자』·『패문운부(佩文韻府)』·『몽계필담(夢溪筆談)』·『삼재도회(三才圖會)』·『조선부』 6종이다. 총3회 인용된 문헌은 『국어』·『초사』·『이정유서(二程遺書)』·『육서고(六書故)』·『안씨가훈』·『직방외기(職方外紀)』·『산해경광주(山海經廣注)』·『설문해자』·『고금운회거요(古今韻會擧要)』 9종이다. 총2회 인용된 문헌은 『중용』·『구당서』·『신당서』·『중수선화박고도(重修宣和博古圖)』·『통지(通志)』·『향승(香乘)』·『운부군옥(韻府羣玉)』·『수경주(水經注)』·『세설신어(世說新語)』·『순자』·『관자』·『방주집(方洲集)』

·『별아(別雅)』·『이아익(爾雅翼)』·『강남경략(江南經畧)』·『노학암필기(老學庵筆記)』·『대학연의보(大學衍義補)』 17종이다. 그리고 1회 제시된 서명은 다음의 88종이다.

『가례(家禮)』:『禮』,『간평의설』: 熊三拔의『簡平儀說』,『거가필비(居家必備)』,『견문록(見聞錄)』: 출전 없음,『경사편(庚巳編)』: 출전 없음,『계정야승』:『啓禎野乘』,『고고편(攷古編)』「상형(象刑)」_송 정대창(程大昌) 찬: 程大昌,『고금명선록(古今名扇錄)』: 출전 없음,『고재만록(高齋漫錄)』: 출전 없음,『공총자』:『孔叢子』引〈周書〉,『군쇄록(羣碎錄)』,『궐리지(闕里誌)』: 宋 米芾「聖檜贊」,『당국사보』:『唐國史補』,『당유함(唐類函)』,『당시화보』:『唐詩畫譜』,『대명집례』:『大明集禮』,『동천청록』_송 조희곡: 宋 趙希鵠『洞天淸錄』,『동한문기(東漢文紀)』: 출전 없음,『북당서초(北堂書鈔)』: 延篤「書」, 馬融「書」, 李嚴「書」,『양계집(梁谿集)』「걸교차전차자(乞敎車戰箚子)」_송 이강(李綱) 찬: 綱,『역대명신주의(歷代名臣奏議)』: 鄭介夫,『열자』:『列子』,『자의(字義)』,『육씨시소광요(陸氏詩疏廣要)』_〈석목(釋木)〉_「기정기거(其檉其椐)」:『爾雅』,『묵경』:『墨經』,『묵장만록(墨莊漫錄)』:『呂氏春秋』,『방언』: 揚雄『方言』,『백호통의』:『白虎通』,『사류부(事類賦)』: 출전 없음,『사서혹문(四書或問)』: 沈存中,『산곡별집(山谷別集)』_「장열자난자설(張說子難字說)」_송 황정견(黃庭堅) 찬: 黃山谷_「張子難字說」,『산동통지(山東通志)』: 宋 米芾 聖檜贊,『상자(商子)』:『商子』,『서효목집전주(徐孝穆集箋注)』:「陳蕃傳」,『석명』:『釋名』,『성경통지(盛京通志)』:『盛京通志』,『성재집(誠齋集)』_〈천려책(千慮策)〉_「논병(論兵)」_송 양만리(楊萬里) 찬: 楊誠齋,『수신기(搜神記)』 등: 출전 없음,『續通考』,『송명신언행록후집(宋名臣言行錄後集)』: 출전 없음,『송명신주의(宋名臣奏議)』: 출전 없음,『엄산외집(儼山外集)』 혹은『원명사류초(元明事類鈔)』: 출전 없음,『숙원잡기(菽園雜記)』:『博物志』,『습유기』:『拾遺記』,『시고(詩攷)』 등:『說文』,『시주소시(施註蘇詩)』

: 소자첨(蘇子瞻), 『신서(新序)』: 출전 없음, 『십육국춘추』: 『十六國春秋』, 호왈종(胡曰從)_『십죽재화보(十竹齋畫譜)』, 『악서』: 『樂書』, 『여씨춘추(呂氏春秋)』: 『呂覽』, 『여동서록(餘冬序錄)』, 『어은총화후집(漁隱叢話後集)』: {『世說新語』, 杜甫의 시, 『藝苑雌黃』, 字書, 梅聖兪의 詩, 黃庭堅의 시, 『酉陽雜俎』}, 『연보』: 『硯譜』, 『연산재잡기(硯山齋雜記)』: 출전 없음, 『엄산외집(儼山外集)』 혹은 『원명사류초(元明事類鈔)』: 출전 없음, 『염철론』: 『鹽鐵論』, 『영규율수(瀛奎律髓)』: 출전 없음, 『嶺南風物記』·『容齋四筆』·『說郛』·『蟹譜』: 『蟹譜』, 『十種』, 『呂亢十二種辨』, 『원시선(元詩選)』_「난경잡영(灤京雜咏)」: 元人 楊允孚 詩, 『원조전고(元朝典故)』_「마정(馬政)」: 출전 없음, 『유양잡조』: 『酉陽雜俎』, 『유자산집(庾子山集)』: 출전 없음, 『의학입문(醫學入門)』_명 이천(李梴), 『이담류증(耳談類增)』: 王同軌, 『이탁오선생비평충의수호전(李卓吾先生批評忠義水滸傳)』: 『水滸志』, 『자경편(自警編)』: 출전 없음, 『자림(字林)』, 『字彙』: 『字彙』, 『전국책교주(戰國策校注)』: 『戰國策』, 『정강상소잡기(靖康緗素雜記)』: 『緗素雜記』, 『주역계몽익전(周易啓蒙翼傳)』_〈변의(辯疑)〉_「구공도서괴망지의(歐公圖書怪妄之疑)」_원 호일계(胡一桂) 찬: 胡庭芳『啓蒙翼傳』, 『죽보』: 『竹譜』, 『청이록』: 『淸異錄』, 『청파잡지(淸波雜志)』: 출전 없음, 『초목자(草木子)』: 출전 없음, 『초학기(初學記)』: 『說文』, 『춘추공양전주소』: 〈公羊傳〉, 『태상감응편(太上感應篇)』: 『感應篇』, 『통감기사본말(通鑑紀事本末)』: 출전 없음, 『통감속편(通鑑續編)』: 출전 없음, 『한비자(韓非子)』_〈설림(說林)〉: 『韓非』_〈說林〉, 『황명통기집요(皇明通紀集要)』: 출전 없음, 『황씨일초(黃氏日抄)』: 歐陽公『硯譜』, 『후산집(後山集)』_〈담총(談叢)〉_송 진사도(陳師道) 찬: 陳后山, 『후한서보일(後漢書補逸)』: 출전 없음

1회 인용된 문헌 가운데 출전이 상호 일치하는 것은 총47종이며, 출전을 명기하지 않고 인용된 문헌이 23종이다. 그리고 나머지는 재인용

된 문헌이다. 1회 이상 인용된 중국 문헌의 수는 모두 157종이다.

이외에 출전을 특정할 수 없는 작가명과 작품명이 다수 보인다. 그 구체적 작가와 작품명은 다음과 같다.

소식(蘇軾)
- 총인용 횟수: 10회
- 특기 사항: 소식의 호와 작품명을 모두 제시한 것도 있으나 '동파시(東坡詩)', '파시(坡詩)'와 같이 범칭으로 제시한 것도 있다. 또 '소씨(蘇氏)'와 같이 성만 쓴 것도 있다.
- 『성호사설』의 실제 인용 작품명 : 『성호사설』에서 제시한 출전의 조건
  『東坡詩集註』_「椰子冠」: 東坡「椰子冠詩」-2회
  蘇軾의「歇白塔舖」: 東坡「白塔舖詩」
  蘇軾의「景純見和復次韻贈之 二首」: 東坡詩
  蘇軾의「唐道人言, 天目山上, 俯視雷雨, 每大雷電, 但聞雲中如嬰兒聲, 殊不聞雷震也.」: 東坡詩
  蘇軾의「荔支歎」: 坡詩
  蘇軾의「上書上神宗皇帝書」: 蘇氏
  蘇軾의「書鄢陵王主簿所畫折枝」: 東坡詩
  蘇軾의「孫莘老求墨妙亭詩」: 坡詩
  『東坡全集』_「秧馬歌 幷引」: 東坡「秧馬引」

두보(杜甫)
- 총인용 횟수: 7회
- 특기 사항: 두보의 이름과 작품명, 자와 작품명을 모두 제시한 것도 있으나, 대부분 '두시(杜詩)'라는 범칭을 사용하였다.
- 『성호사설』의 실제 인용 작품명 : 『성호사설』에서 제시한 출전의 조건
  杜甫의「高都護驄馬行」: 杜子美「胡青驄歌」
  杜甫의「槐葉冷淘」: 杜詩

杜甫의 「麗人行」 : 杜詩
杜甫의 「送長孫九侍御赴武威判官」 : 杜詩
杜甫의 「天育驃圖歌」 : 杜甫 「沙苑行」
杜甫의 「和裴迪登蜀州東亭送客逢早梅相憶見寄」 : 杜詩
杜甫의 「戲贈閿鄕秦少府短歌」 : 杜詩

이백(李白)
• 총인용 횟수 : 3회
•『성호사설』의 실제 인용 작품명 :『성호사설』에서 제시한 출전의 조건
　李白의 「高句麗」(『樂府詩集』) : 李白 樂府 「高句麗詞」
　李白의 「當塗趙炎少府粉圖山水歌」 : 李白
　李白의 「草創大還贈柳官廸」 : 李白詩

이하(李賀)
• 총인용 횟수: 2회
•『성호사설』에서 서명을 대칭한 범칭: 당시(唐詩)
•『성호사설』의 실제 인용 작품명 :『성호사설』에서 제시한 출전의 조건
　李賀의 「秦宮詩」 : 李賀詩
　李賀의 「少年樂」 : 唐詩

한유(韓愈)
• 총인용 횟수: 2회
•『성호사설』의 실제 인용 작품명 :『성호사설』에서 제시한 출전의 조건
　韓愈의 「贈唐衢」 : 退之詩
　韓愈의 「聽穎師彈琴」 : 韓昌黎 「聽琴」

육유(陸游)
• 총인용 횟수: 2회
•『성호사설』의 실제 인용 작품명 :『성호사설』에서 제시한 출전의 조건

陸游 「寧城縣城隍祠記」：「寧城縣城隍祠記」
陸游 「鎭江府城隍忠祐廟記」： 陸游 「鎭江府城隍忠祐廟記」

황정견(黃庭堅)

• 총인용 횟수: 2회
• 『성호사설』의 실제 인용 작품명 : 『성호사설』에서 제시한 출전의 조견
  黃庭堅의 「次韻答黃與迪」: 山谷詩
  『山谷別集』_「張說子難字說」: 黃山谷 「張子難字說」

백거이(白居易)

• 총인용 횟수: 2회
• 『성호사설』의 실제 인용 작품명 : 『성호사설』에서 제시한 출전의 조견
  白居易의 「早朝」: 樂天 「早朝詩」
  『白氏長慶集』_「貘屛贊 幷序」: 白居易 「貘屛贊序」

이상에서 살펴 본 바와 같이 〈만물문〉에서 가장 많이 인용된 작가는 소식으로 총10회 언급되었다. 두보가 7회로 그 다음의 빈도를 점하고 있으며 이백은 3회 인용되었다. 2회 인용된 작가는 이하·한유·육유·황정견·백거이 5인이다. 이밖에 1회 인용된 작가는 총17인으로, 작가명과 편명은 다음과 같다.

노륜(盧綸)의 「야투풍덕사알액상인(夜投豐德寺謁液上人)」: 盧綸 詩, 장광필(張光弼)의 「궁중사(宮中詞)」: 張光弼 「宮詞」, 도연명(陶淵明)의 「귀거래사(歸去來辭)」, 이의산(李義山)의 詩, 두목(杜牧)의 「잔춘기장호(殘春寄張祜)」: 杜牧 詩, 두정(杜征)의 『남예집(南預集)』, 이마두(利瑪竇)의 「기하원본서(幾何原本序)」, 송 한구(韓駒)의 「사전순중혜고려묵(謝錢珣仲惠高麗墨)」: 韓子蒼 詩, 왕발(王勃)의 「익주부자묘비(益州夫子廟碑)」: 王勃 「夫子廟碑序」, 왕유(王維)의 「과향적사(過香積

寺)」: 王維詩, 우세남(虞世南)의 「선(蟬)」: 唐詩, 위장(韋莊)의 「응천
장(應天長)」: 韋莊 詞, 유종원(柳宗元)의 「매우(梅雨)」: 柳子厚 「梅雨
詩」, 장온고(張蘊古)의 「대보잠(大寶箴)」: 「大寶箴」, 정효(程曉)의 「복
일(伏日)」: 魏 程曉 詩, 제갈량(諸葛亮)의 「출사표(出師表)」: 諸葛 表,
주돈이(周敦頤)의 「애련설(愛蓮說)」: 濂溪

『성호사설』〈만물문〉에는 다음과 같이 우리나라의 문헌도 다수 인용
되었다.

『고려사』

- 총인용 횟수: 6회
- 인용 사실을 밝힌 횟수: 2회
- 『성호사설』에서 서명을 대칭한 범칭: 동사(東史)
- 특기 사항: 서명과 편명을 모두 명기한 것이 있는가 하면 '東史'로 범칭
  한 것도 있다.
- 『성호사설』의 실제 인용 문헌 : 『성호사설』에서 제시한 문헌의 조견
  『高麗史』_「趙彝傳」: 『高麗史』_「趙彝傳」
  『高麗史』: 『麗史』
  『高麗史』: 東史-2회
  『高麗史』: 출전 없음-2회

『퇴계집』, 조선 이황(李滉) 저

- 총인용 횟수: 5회
- 인용 사실을 밝힌 횟수: 5회
- 『성호사설』의 실제 인용 문헌 : 『성호사설』에서 제시한 문헌의 조견
  『退溪集』_〈陶山雜詠〉_「節友社」自註 : 自題
  『退溪集』_〈陶山雜詠〉_「節友社」: 退溪 「節友社詩」
  『退溪集』: 退溪 「陶山訪梅」

『退溪集』 : 『退溪集』-2회

『동국이상국집(東國李相國集)』, 고려 이규보(李奎報) 저

• 총인용 횟수: 3회
• 인용 사실을 밝힌 횟수: 3회
• 『성호사설』의 실제 인용 문헌 : 『성호사설』에서 제시한 문헌의 조건
  『東國李相國集』_「論地棠花寄李少卿」 : 李奎報詩 …… 小序
  『東國李相國集』_「玉梅」 : 『李相國集』「玉梅」
  『東國李相國後集』 : 李奎報

『삼국사기(三國史記)』, 고려 김부식(金富軾) 찬

• 총인용 횟수: 3회
• 인용 사실을 밝힌 횟수: 1회
• 『성호사설』의 실제 인용 문헌 : 『성호사설』에서 제시한 문헌의 조건
  『三國史記』_〈新羅本紀〉 : 新羅史
  『三國史記』 : 출전 없음-2회

『신증동국여지승람(新增東國輿地勝覽)』, 조선 이행(李荇) 등 찬

• 총인용 횟수: 3회
• 인용 사실을 밝힌 횟수: 2회
• 『성호사설』의 실제 인용 문헌 : 『성호사설』에서 제시한 문헌의 조건
  『新增東國輿地勝覽』 : 『輿地勝覽』-2회

우리나라의 문헌으로 가장 많이 인용된 것은 『고려사』이다. 『고려사』는 총6회 인용되었다. 그 다음은 총5회 인용된 『퇴계집』이다. 그리고 『동국이상국집』·『삼국사기』·『신증동국여지승람』이 각각 3회 인용되었다. 그러나 『고려사』·『삼국사기』와 같은 역사서는 인용 사실을 대체로 밝히지 않은 것으로 볼 때, 우리나라의 역사는 문헌 지식과 전문(傳

聞) 지식의 경계에 속하는 것이라고 할 수 있다.

이밖에 1회 인용된 우리나라의 문헌은 다음과 같다.

> 『징비록(懲毖錄)』_조선 유성룡(柳成龍) 저 : 『懲毖錄』, 『죽창한화(竹
> 窓閑話)』_조선 이덕형(李德泂) 저 : 출전 없음, 『지봉유설』_조선 이수
> 광 저 : 출전 없음, 『허백당집(虛白堂集)』_「악학궤범서(樂學軌範序)」_
> 조선 성현(成俔) 저 : 成俔 撰 「樂學軌範序」, 『자암집(紫巖集)』_조선 이
> 민환(李民寏) 저 : 출전 없음, 『약천집(藥泉集)』_조선 남구만(南九萬)
> 저 : 출전 없음, 『어우야담(於于野譚)』_조선 유몽인(柳夢寅) 찬 : 『柳夢
> 寅野談』, 『계몽전의(啓蒙傳疑)』_조선 이황(李滉) 저 : 『啓蒙傳疑』, 『탐
> 라지(耽羅志)』, 『고려사절요(高麗史節要)』_조선 김종서(金宗瑞) 등 찬
> : 출전 없음, 『반계수록(磻溪隨錄)』_조선 유형원(柳馨遠) 찬 : 『경국대
> 전(經國大典)』, 『성옹부부고(惺翁覆瓿稿)』_조선 허균(許筠) 저 : 許筠,
> 『기재사초(寄齋史草)』_조선 박동량(朴東亮) 저 : 朴東亮 『寄齋雜錄』,
> 『사성통고(四聲通攷)』_조선 최세진(崔世珍) 찬 : 『四聲通攷』, 『국조오
> 례의(國朝五禮儀)』_조선 신숙주(申叔舟) 등 찬 : 『五禮儀』, 『송월재집
> (松月齋集)』_조선 이시선(李時善) 저 : 春陽 李時善

이상에서 살펴 본 바와 같이 〈만물문〉에서 1회 인용된 우리나라의
문헌은 총16종인데, 이 중 인용 사실을 밝히지 않은 것이 5종이다. 〈만
물문〉에서 1회 이상 인용된 우리나라의 문헌은 총21종이다. 우리나라
의 문헌은 인용 사실을 대체로 밝히고 있는 편이지만, 『죽창한화』나
『지봉유설』·『반계수록』과 같이 출전을 제시하지 않은 같은 잡기, 유서
류도 있다. 이는 중국문헌의 인용에 대한 의식과 다소 차이를 보이는
현상이라고 하겠다.

『성호사설』〈만물문〉에서 인용 문헌으로 제시된 것은 총179이며, 이

중에는 편명 41종이 포함된다. 그중 우리나라의 인용 문헌으로 제시된 것은 총13종이다. 한편 실제로 인용된 문헌을 분석해 본 결과 1회 이상 인용된 문헌의 수는 모두 178종이다. 여기에는 우리나라의 문헌 21종이 포함된다. 계량적으로 양자의 문헌수가 비슷하지만 이는 우연에 불과하다. 실증적 방법에 의하여 실제로 인용한 문헌을 분석해 본 결과 양자의 인용 문헌 간에는 매우 큰 편차가 존재한다는 사실을 발견할 수 있었다. 이는『성호사설』〈만물문〉에서 제시한 서명과 실제 인용한 문헌으로 공히 3회 이상 인용된 문헌을 순위대로 정리한 다음과 표를 보면 분명히 알 수 있다.

인용 순위	『성호사설』에서 제시한 문헌	인용 횟수	인용 순위	『성호사설』에서 실제 인용한 문헌	인용 횟수
1	『禮記』	28	1	『禮記注疏』	35
2	『周禮』, 『爾雅』	20	2	『正字通』	31
3	『詩經』	18	3	『說郛』	26
4	『史記』	14	4	『詩經』, 『文獻通考』	22
5	『文獻通考』, 『春秋左氏傳』, 『周易』	13	5	『周禮』, 『資治通鑑』	21
6	『莊子』	11	6	『淵鑑類函』, 『爾雅注疏』	20
7	『升菴集』, 『本草』	10	7	『太平廣記』	19
8	『書經』, 『弇州四部稿』, 『淮南子』	7	8	『升菴集』, 『春秋左傳註疏』	16
9	『說文解字』, 『論語』, 『漢書』	6	9	『周易』	14
10	『家語』, 『大戴禮記』	5	10	『格致鏡原』, 『證類本草』	13
11	『儀禮註疏』, 『五雜組』, 『事文類聚』, 『三才圖會』, 『朝鮮賦』, 『夢溪筆談』, 『呂氏春秋』, 『孟子』	4	11	『天中記』, 『弇州四部稿』, 『古今事文類聚』	12

12	『荀子』,『孝經援神契』,『新唐書』,『楚辭』,『字彙』,『釋名』	3

12	『丹鉛總錄』,『莊子』,『前漢書』	11
13	『史記』	10
14	『儀禮註疏』,『本草綱目』	9
15	『五雜俎』,『東坡全集』,『論語』	7
16	『孔子家語』,『藝文類聚』,『玉芝堂談薈』,『書經』,『文選』	6
17	『孟子』,『大戴禮記』,『山堂肆考』,『通雅』,『朱子語類』	5
18	『埤雅』,『佩文韻府』,『夢溪筆談』,『三才圖會』,『朝鮮賦』,『淮南子』	4
19	『國語』,『二程遺書』,『六書攷』,『顏氏家訓』,『楚辭』,『職方外紀』,『山海經廣注』,『說文解字』,『古今韻會擧要』	3

위의 표에서 보는 바와 같이 『성호사설』〈만물문〉에서 제시한 인용 문헌과 실제 인용한 문헌 모두 『예기』가 1위를 점하였다. 그러나 인용 횟수는 총28회, 총35회로 차이를 보인다. 그보다 특이한 사실은 인용 순위 2위와 3위에 해당하는 문헌이다. 『성호사설』〈만물문〉에서 실제 인용한 문헌 중 2위는 『정자통(正字通)』으로 무려 총31회나 인용하였다. 그러나 〈만물문〉에서는 전혀 언급되지 않았다. 총26회 인용된 『설부』도 마찬가지다. 3회 이상 인용하였으면서 그 사실을 한번도 명기하지 않는 대표적인 문헌을 예로 든다면, 『연감유함』·『태평광기』·『천중기』·『격치경원』·『예문유취』·『옥지당담회』·『산당사고』·『통아』와 같은 것이 있다. 이것들은 대부분 유서나 잡기류에 속하는 문헌이다. 또

『정자통』와 같은 자서류나『증류본초』와 같은 본초학류도 인용 사실
을 밝히지 않았다. 반면『문헌통고』·『승암집』·『엄주사부고』·『삼재도
회』·『몽계필담』은 인용 사실을 밝힌 유서, 잡기류 문헌이다. 이로 볼
때 이익은 대체로 유서와 잡기류 간에도 일정한 차등 의식을 지니고
있었고 할 수 있다. 이는 우리나라의 유서 잡기류에 대한 의식에서도
동일하게 보이는 현상이다. 또 하나 특기할만한 점은 무려 21차례나
인용한『자치통감』의 경우 고작 2회만 인용 사실을 밝히고 있다는 것
이다.『자치통감』은 축약 사서이므로 그것의 인용 사실을 밝히기 꺼려
했던 것이다.

　『성호사설』〈만물문〉의 분석 결과, 주목할 만한 사실 가운데 하나는
이익이 다양한 문헌 자료를 수집하고 활용하였다는 것이다. 특히 그는
조선의 문인들이 꺼리던 청나라 문헌을 보유하고 활용하였다. 그 역시
자신이 활용한 청나라의 문헌 중 출전으로 제시한 것은 추의(鄒漪)의
『계정야승(啓禎野乘)』이 유일하다. 이 책은 명나라 천계(天啓)부터 숭정
(崇禎)까지의 사실을 기록한 일종의 야사집이다. 이익은 손승택(孫承澤,
1593~1676)이 편찬한『연산재잡기(硯山齋雜記)』나 서악(徐岳)이 편찬한
『견문록(見聞錄)』과 같은 필기 잡록을 출전 명기 없이 인용하였다. 귀물
(鬼物)에 대한 이야기를 기술하기 위해서는 참고문헌으로 필기 잡록을
취하지 않을 도리가 없다. 그러나 청나라의 필기 잡록을 참고문헌으로
명시하기에는 여전히 부담스러웠던 것이다.

　경학 분야에서는 모기령(毛奇齡, 1623~1716)의 음악관련 저서인『경
산악록(竟山樂錄)』,『춘추』관련 저서인『춘추모씨전(春秋毛氏傳)』과 이
공(李塨, 1659~1733)의『주역전주(周易傳註)』가 참고도서로 활용되었던
것으로 보인다.

　그리고 문학 분야에서는 예번(倪璠, 1637~1704)이 주석한 유신(庾信)

의 시문집인『유자산집(庾子山集)』과 오조의(吳兆宜)가 주석한 서릉(徐陵)의 시문집『서효목집전주(徐孝穆集箋注)』를 참고도서로 활용한 것으로 보인다.

이익은 여러 가지 이유에 의하여 자신이 활용한 도서의 출전을 모두 제시하지 않았다. 참고도서로 활용한 사실을 명시한 도서보다 인용한 사실을 밝히지 않은 도서가 더 많다. 이익이 출전을 밝히 않은 도서는 대체로 자서나 유서, 잡기류 등이다. 지금도 꼭 필요한 경우가 아니라면 사전류는 굳이 인용 사실을 명기하지 않는 것처럼 조선시대의 지식인들도 자서나 유서, 잡기류는 출전으로 밝힐 필요가 없다고 생각하였던 것으로 보인다. 그와 같은 의식의 근거는 어차피 자서나 유서, 잡기류는 이책 저책에서 인용해 모아서 만든 책이라는데 있는 듯하다. 이와 같은 의식은 이익뿐만 아니라 조선 지식인들의 일반적 의식이었다. 또 이익은 당시 우리나라에 널리 유포되지 않은 최신 도서는 출전을 밝히고 싶지 않았던 것으로 보인다. 그러나 그는 타인의 도서를 무단히 인용해서는 안 된다는 의식은 분명히 갖고 있었다.

이익의 인용에 대한 명확한 의식은 다음과 같은 몇 가지 출전 명기 유형을 사용하게 만들었다.

첫 번째는 '見+출전', '出+출전'의 형식이다. 예를 들면, 이익은 송진양(陳暘)이 편찬한『악서(樂書)』에서 인용하면서 '見樂書'라고 밝히고 있다. '見漢書', '見酉陽雜俎'도 같은 유형이다. 이보다 좀 더 분명한 출전 명기 의식이 반영된 유형은 저자의 이름과 서명을 모두 제시하고 인용한 사실을 밝히는 것이다. 예를 들면 조선 박동량(朴東亮)의『기재사초(寄齋史草)』를 인용하였다는 사실을 밝힌 "出朴東亮『寄齋雜錄』"과 같은 것이 있다. "見綱目魏明帝青龍三年."은『資治通鑑』_〈魏紀〉「烈祖明皇帝 明皇帝青龍三年」에서 인용하였다는 문헌 정보를 매우 상세히 명기한 것인데, 통상『자치통감』에서 인용한 사실을 꺼리는 의식에 비추어 본다면 상당히 예외적이라고 할 수 있다.

두 번째는 서명에 편명까지 제시하는 유형이다.

예를 들면,『通志』_〈器服畧〉_「幅巾」,『高麗史』_「趙彛傳」,『莊子』_〈天運〉,『新唐書』_〈食貨志〉,『莊子』_〈達生篇〉,『詩』_「靜女」_毛傳,『詩』_〈大雅〉_「行葦」,『史記』_〈曆書〉,『大戴』_〈天圓篇〉,『周禮』_「庾人」과 같은 것이 있다. 이 같은 형태의 출전 명기는 현재의 인용 문헌 정보 명기의 수준과도 비견된다고 할 수 있다.

세 번째 유형은 찬자나 작가의 이름과 서명을 제시하는 것이다.

예를 들면 利瑪竇「幾何原本序」, 謝肇淛『五雜俎』, 祝氏『事文類聚』, 董越『朝鮮賦』, 熊三拔『簡平儀說』, 胡庭芳『啓蒙翼傳』, 艾儒略『職方外紀』, 陸佃『埤雅』,『爾雅』郭註, 酈善長『水經註』, 揚雄『方言』와 같은 것을 들 수 있다. 祝氏, 郭註와 같이 성만 제시하거나, 胡庭芳, 酈善長과 같이 自號를 제시한 것도 있지만 저자의 이름을 서명과 함께 제시하여야 한다는 의식이 분명이 존재하였다는 것을 알 수 있다.

1-2-5.『성호사설』〈만물문〉의 문헌 인용의 실증적 분석

다음은『성호사설』〈만물문〉의 문헌 인용 양상에 대한 실증적 분석이다.『성호사설』의 문헌 인용 양상을 밝히는 동시에 이익의 독자적 견해, 이익의 직접 체험, 이익의 실험, 이익이 전해들은 이야기를 구분해 보았다. 이를 통하여『성호사설』의 구성 특징, 특히『성호사설』이 이전의 유서들과 변별되는 독자적 특성을 가늠해 볼 수 있을 것이다.

『星湖僿說』 卷四 〈萬物門〉

【상호 일치 상관도】 ＝: 상호 일치함   ▶: 상관도 높음   ▷: 상관도 낮음

연번 항목명	『성호사설』 원문	실제 인용 문헌
1. 居蔡	子曰, 臧文仲, 居蔡.	子曰, 臧文仲, 居蔡, 山節藻梲, 何如其知也. 『論語』_〈公冶長〉
	子曰 ＝『論語』	
	說者, 引食貨志謂元龜爲蔡.	元龜爲蔡. 『前漢書』_〈食貨志〉
	출전으로 편명을 서명 대신 제시: 〈食貨志〉＝『前漢書』_〈食貨志〉	
	按家語, 子問漆雕憑曰, 子事臧文仲武仲孺子容, 此三大夫孰賢. 對曰, 臧氏有守龜焉名曰蔡, 文仲三年而爲一兆, 武仲三年而爲二兆, 孺子容三年而爲三兆.	孔子問漆雕憑曰, 子事臧文仲武仲及孺子容, 此三大夫孰賢. 對曰, 臧氏家有守龜焉名曰蔡, 文仲三年而爲一兆, 武仲三年而爲二兆, 孺子容三年而爲三兆. 『孔子家語』_〈致思〉_魏 王肅 注.
	『家語』＝『孔子家語』	
	註云, 龜出于蔡, 故卽地而爲名也.	*관련기사 『古今事文類聚後集』_「居蔡」, 宋 祝穆 撰. *家語, 臧文仲家有守龜名曰蔡, 註龜出於蔡, 因以爲名. 『格致鏡原』_「龜」 清 陳元龍 撰.
	以文勢觀之, 蔡若是元龜之名, 則不應如此說, 其或臧氏所居者, 特名爲蔡, 而後世因之耶.	이익의 견해
	左傳昭公二十五年, 臧會竊其僂句, 以卜曰, 僂句不余欺.	初, 臧昭伯如晉, 臧會竊其寶龜僂句, 以卜爲信與僭, 僭吉, 臧氏老將如晉問, …… 會曰, 僂句不余欺也. 『春秋左傳注疏』_〈昭公〉_「二十五年」
	『左傳』＝『春秋左傳注疏』	

	然則蔡又有僂句之名也. 且其爲借, 只係乎山梲藻節, 非蔡之謂也, 若但以蔡而已, 則臧氏三世, 孰非爲借, 而獨擧武仲耶. 說者, 以天子之元龜, 故孔子言之, 抑恐未然.	이익의 견해
2. 番椒	盛京通志, 秦椒, 長於棗而上銳, 生靑熟紅. 又一種, 結椒向上, 名天椒.	秦椒[結椒, 長於棗而上銳, 生靑熟紅, 味極辛, 土人多食之, 又一種, 結椒向上者, 名天椒.] 『盛京通志』_〈蔬茱類〉_淸 阿桂 等 纂修.
	『盛京通志』=『盛京通志』	
	余試向上者, 實多而辛, 不及也. 倭人稱番椒, 我國稱倭椒, 氣味酷烈, 最宜於野人蔬茱腸, 我國只記其從倭地來, 故曰倭椒, 近見倭人詠番椒詩云, 一種聞從秦地來, 酡容不待酷霜催, 何人縛就猩毛筆, 未許尖頭著麝煤, 然則其本自秦中入倭者.	이익의 견해
	然唐詩畫譜中, 備載草木, 亦謂南番椒, 或疑是産於番禺者.	『唐詩畫譜』_明 黃鳳池 撰.
3. 高山螺蚌	朱子論一箇大闢闔云, 嘗見高山有螺蚌殼或生石中, 此石卽舊日之土, 螺蚌卽水中之物, 下者却變爲高, 柔者却變爲剛, 此事思之至深有可驗者.	又是一箇大闢闔, …… 是謂洪荒之世, 嘗見高山有螺蚌殼或生石中, 此石卽舊日之土, 螺蚌卽水中之物, 下者却變而爲高, 柔者變而爲剛, 此事思之至深有可驗者. 『朱子語類』_〈周子之書〉_「太極圖」
	출전으로 저자의 이름을 서명 대신 제시: 朱子 ► 『朱子語類』	
	愚按鴻荒之際, 人物銷盡, 誠如朱子所論, 彼螺蚌, 獨能兀然存耶. 今有一粒沙一塊石, 是豈皆與天地竝生者耶. 意者, 石者, 水土之氣凝成此物, 故方凝之際, 螺蚌之雜在其間, 無足怪者, 其在高山, 則亦必別有此物生於山上者, 而與海螺異矣. 今軍中所吹螺殼, 必得之山中云, 則物性之異, 何可盡窮耶. 雖未知的是何物, 而若以爲曾在海中者變而至此, 則決知其不然.	이익의 견해

4. 白鷳	蘇武白鷳事, 特漢使給匈奴耳. 旣審其無有, 而後人猶承用作傳信古事, 況事之雜出傳記, 而無所考信者, 何可謂一一皆可從耶. 其必曰白鷳者, 亦必以白鷳是窮北之所有故耶. 鷳之隨陽遷徙, 亦當有遠近之別, 故海邊有最大一種, 盛夏常留不去, 可以驗矣. 其白者, 未曾見有此. 余十數年前, 行至內浦, 遍野皆白鷳, 詢之居民云, 一二年間, 始有之, 意者, 氣候往來之有不同而然, 故記異焉.	이익의 견해 이익의 체험
5. 靑鳥	漢武故事, 七月七日, 上於承華殿齋, 忽有一靑鳥, 從西方來, 集殿前, 上問東方朔, 朔曰, 此西王母欲來也.	七月七日, 上於承華殿齋, 忽有一靑鳥, 從西方來, 集殿前, 上問東方朔, 朔曰, 此西王母欲來也.[漢武內傳] 『古今事文類聚前集』_「王母蟠桃」_宋 祝穆 撰.
	재인용: 〈漢武故事〉 ▷ 『古今事文類聚前集』 *동일한 내용이 여러 문헌에 전재되어 있으나, 『古今事文類聚前集』의 내용이 가장 가까움.	
	按文獻通考, 軒渠國在西方, 其國, 多九色鳥, 靑口綠頸, 紫翼紅膺, 紺頂丹足, 碧身細背玄尾, 亦名九尾鳥, 亦名錦鳳, 其靑多紅少, 謂之繡鸞, 常從弱水西來, 或云, 是西王母之禽也.	軒渠, 其國, 多九色鳥, 靑口綠頸, 紫翼紅膺, 紺頂丹足, 碧身細背玄尾, 亦名九尾鳥, 亦名錦鳳, 其靑多紅少, 謂之繡鸞, 常從弱水西來, 或云, 是西王母之禽也. 『文獻通考』_「軒渠」_宋 馬端臨.
	『文獻通考』 = 『文獻通考』	
	盖西王母西極之國, 而靑鳥卽其土産也. 國在崑崙之墟, 禹貢崑崙在西戎, 卽叙之列, 其王有時來朝, 無足怪者, 禽鳥得氣之先, 隨氣遠至, 亦或宜然.	이익의 견해
	爾雅曰, 觚竹·北戶·西王母·日下謂之四荒.	觚竹·北戶·西王母·日下謂之四荒. 『爾雅』_〈釋地〉
	『爾雅』 = 『爾雅』	
	今按觚竹·日下, 距中國, 皆非甚遠, 西王之在崑崙之東, 亦可推知. 意者, 今之西邊, 羌戎之地, 卽其故墟也. 其云母者, 恐是王之名, 如宛王母寡之類, 後人	이익의 견해

	臆之謂女子, 尤可笑, 因架虛增益, 做出荒怪之說則非矣, 而謂之本無其國, 未必準信.	
6. 陸若 漢	壬辰之後, 陳慰使鄭斗源赴燕, 遇西洋人陸若漢者, 年九十七, 精神秀發, 飄飄若神仙中人云. 來時, 減紅夷毛夷之梗者, 到廣東, 進紅夷炮, 天子嘉之, 待以賓師, 送於登州, 竝力恢復遼東, 亦以大炮授斗源, 使啓知于國王, 又授治曆緣起一卷·天問畧一卷·遠鏡說一卷·職方外紀一卷·西洋貢獻神威大鏡疏一卷, 及千里鏡·自鳴鍾·鳥銃·藥筒等物. 遠鏡者, 百里外能看望敵陣, 細微可察. 鳥銃, 不用火繩, 而石火自發, 其放丸, 比我國, 二放之間, 可放四五丸. 紅夷炮丸, 大如斗, 可及八十里云云. 盖若漢者, 利瑪竇同時來者, 其所贈, 皆不可泯者. 余所得見天問·職方數種書, 其餘無存.	이익의 견해
7. 蚕母	陳藏器云, 嶺南有蚕母草, 塞北有蚕母樹, 江東, 有蚊母鳥, 三物異類而同功也.	爾雅云, 鷏蚊母, 注云, 常說常吐蚊, 蚊雖是惡水中蟲羽化所生, 然亦有蚊母吐之, 猶如塞北有蚊母草, 嶺南有蟲母草, 江東有蚊母鳥, 此三物異類而同功也. 『證類本草』_宋 唐愼微 撰.
	출전으로 주석의 작자 이름을 서명 대신 제시: 陳藏器 ▶『證類本草』	
	余見草木之生蛾虫, 非他, 皆是草木病朽生虫, 虫化爲蛾, 無足怪也. 腐草爲螢, 陳麥生蛾, 驗之良然. 今種麻之家, 經時不刈, 則枝節生蚊, 遂不堪用, 故俗人謂麻爲蚊巢, 亦此意耳.	이익의 견해
	爾雅, 鷏蟁母, 鳥名也, 吐出蚊, 故名此.	鷏蟁母.[郭云, 似鳥□而大, 黃白雜文, 鳴似鴒聲, 今江東呼爲蚊母, 俗說此鳥常吐蚊, 因以名云.] 『爾雅注疏』_〈釋鳥〉
	『爾雅』=『爾雅注疏』	
	理或有之, 今牛馬胃中, 有虫化爲蜂, 其名爲螢, 穴皮而出, 鳥之吐蚕, 何以異是.	이익의 견해

8. 鵠	鵠有二義, 所謂刻鵠不成, 尙類鶩, 鶩鴨也, 二者, 雖有大小之別, 要必相近.	이익의 견해
	按字書云, 野鵝, 大于鴈, 似人家蒼鵝, 謂之駕鵝, 又謂天鵝, 鵠之別名也.	野鵝, 大于鴈, 似人家蒼鵝, 謂之駕鵝, 亦曰駒鵝, 又謂天鵝, 鵠別. 『正字通』
	출전으로 범칭을 서명 대신 제시: 字書 ▷ 『正字通』	
	今行道之間, 徃徃遇之, 形似鵝 有絶大者, 乃所謂鵠也.	이익의 견해
	又按劉表與袁譚書, 瞻望鵠立. 註云 行企之狀.	『正字通』
	재인용: 劉表 「與袁譚書」 ▷ 『正字通』	
	字書云, 鸛有二種, 似鵠, 巢樹者謂之白鸛.	鸛 …… 鸛有二種, 似鵠, 巢樹者謂之白鸛. 『正字通』
	출전으로 범칭을 서명 대신 제시: 字書 ▷ 『正字通』	
	又鶴國畏海鵠云云.	*관련기사 鶴國男女長七寸, 畏海鵠. 『事類備要』
	출전 명기 없이 인용 ▷ 『正字通』	
	此以鶴爲鵠也. 我國鶴與天鵝之外, 別無所謂鵠者, 而麗史有獻鵠之事, 意者, 是獻鶴歟.	이익의 견해 *관련기사 『高麗史』
9. 漫畫· 舂鋤	鵜鶘之屬, 有信天緣者, 終日凝立, 不易其處, 俟魚過取之.	鵜 …… 有曰信天緣者, 終日凝立, 不易其處, 俟魚過取之. 『正字通』
	출전 명기 없이 인용 ▷ 『正字通』	
	可以喩人之食廉.	이익의 견해
	有漫畫者, 以嘴畫水求魚, 無一息之停.	鵜 …… 有曰漫畫者, 以嘴畫水求魚, 無一息之停. 『正字通』
	출전 명기 없이 인용 ▷ 『正字通』	
	可以喩人之饞貪, 貌類而性絶不同, 漫畫者, 與鷺相類, 嘴長而其端團結, 人謂	이익의 견해

	駕犁. 駕犁者, 俗稱耕地之名也, 以其狀似耕地故云也. 如鷺鷥涉淺水, 好自低昻, 狀似舂似鋤, 故名舂鋤, 爲的對可入詩料.	
	*문학 창작의 자료로 제공.	
10. 金猫	宋咸淳中, 合州貢桃花犬, 常馴擾御榻前, 太宗不豫, 犬不食, 及上仙, 犬號呼涕泗, 以至瘦瘠. 章聖卽位, 左右引令前導, 鳴吠徘徊, 意若不忍, 章聖令諭以奉陵, 卽搖尾飮食如故, 詔造大鐵籠, 施素袱, 置鹵簿中, 行路見者隕涕, 後斃葬於熙陵之側. 當時士大夫, 爲作桃花犬詩, 以歌詠稱美之.	桃花. 淳化中, 合州貢羅江犬, 甚小而性慧, 帝馴擾于御榻之側, 每坐朝, 犬必掉尾先吠, 人乃肅然, 太宗不豫, 犬不食, 及上仙, 犬號呼涕泗, 以至疲瘠, 章聖初卽位, 左右引令前導, 鳴吠徘徊, 意若不忍, 章聖令諭以奉陵, 卽搖尾飮食如故, 詔造大鐵籠, 施素袱, 置鹵簿中, 行路見者, 隕涕, 后因以斃, 詔以敝蓋葬於熙陵之側, 李至作桃花犬歌, 以寄史官錢若水, 末句云, 白麟赤鳳且勿喜, 願君出此懲浮俗. [古今詩話] 『天中記』_「犬」_明 陳耀文 撰.
	출전 명기 없이 인용 ▷ 『天中記』	
	我肅宗大王, 嘗於宮中, 育一金猫及賓天猫, 亦不食而斃, 埋之明陵道傍, 夫犬馬戀主, 從古有說, 猫者, 性至狠, 雖閱年擾狎, 而一朝違離, 則便成野性, 如金猫事, 比桃花犬, 尤異.	이익의 전문
11. 警枕	司馬溫公, 圓木爲警枕, 覺則起, 讀書. 溫公有所本, 錢鏐在軍中, 未嘗安寢, 圓木作枕, 名警枕.	警枕. 溫公圓木爲警枕, 覺則起讀書. 范大史集. 錢鏐武肅王在軍, 未嘗睡, 未年用圓木作枕, 熟睡則敲, 名警枕, 號折中不睡龍. 吳越備史. 『韻府羣玉』_「警枕」
	출전 명기 없이 인용 ▷ 『韻府羣玉』	
	錢鏐亦有所本, 少儀云, 茵·席·枕·几·穎·杖. 鄭玄云, 穎, 警枕也, 疏云, 穎是穎發之義, 故爲警枕.	少儀, 茵·席·枕·几·穎, 鄭氏註曰, 穎, 警枕也. 孔穎達疏云, 以經枕外別言穎, 穎是穎發之義, 故爲警枕, 余謂錢鏐枕圓木小枕. 『資治通鑑』_〈後梁紀〉_「均王中」
	출전 명기 없이 인용 ▷ 『資治通鑑』	
	盖古有此制而後人遵用耳.	이익의 견해

12. 黝紫· 赤紫	今燕市有牧丹色, 卽大小黝紫之類也, 古無此也.	이익의 견해
	宋仁宗時, 有染工自南方來, 以山礬葉燒灰染紫以爲黝, 獻之, 人無不愛之, 時謂奇袤之服, 遂嚴爲之禁, 南渡以後, 貴賤皆衣, 反以赤紫爲御愛紫, 無敢以爲衫袍者.	仁宗時, 有染工自南方來, 以山礬葉燒灰染紫以爲黝, 獻之, 宦者泊諸王, 無不愛之, 乃用爲朝袍, 乍見者, 皆駭觀, 士大夫, 雖慕之, 不敢爲也, 而婦女有以爲衫襖者, 言者, 亟論之, 以爲奇袤之服, 寢不可長, 至和七年十月己丑, 詔嚴爲之, 禁犯者, 罪之, 中興以後, 駐蹕南方, 貴賤皆衣黝紫, 反以赤紫爲御愛紫, 亦無敢以爲衫袍者, 獨婦人以爲衫襖爾. 『說郛』_〈燕翼貽謀錄〉_「禁服黑紫」_元 陶宗儀 撰.
	출전 명기 없이 인용 ▷ 『說郛』	
	今之赤紫, 則染以紫草, 而國人謂之紫地, 終不知黝紫之染用何物, 旣稱牧丹, 則疑亦以牧丹花葉燒灰染者耳.	이익의 견해
	按名臣錄, 英宗之喪, 歐公於衰絰下, 服紫地皂花緊絲袍, 以入臨.	英宗之喪, 歐公於衰絰之下, 服紫地皂花緊絲袍, 以入臨. 『宋名臣言行錄後集』_宋 朱子 纂集.
	출전 명기 없이 인용 ▷ 『宋名臣言行錄後集』	
	紫地之稱, 古亦有之.	이익의 견해
13. 栖圖	栖圖說者, 不知誰氏之作. 以爲外圓象天, 內方象地, 居中者爲樞星, 旁列者爲二十八宿, 其行馬也, 起於北, 歷 東入中, 復出於北者, 爲冬至之日軌, 起於北, 歷東入中, 復歷西, 而周於北者, 爲春分之日軌, 起於北, 歷東歷南歷西, 周於北者, 爲夏至之日軌, 起於北, 歷東歷南, 始入中, 出於北者, 爲秋分之日軌也. 馬必四者, 象四時也, 其栖, 以兩圓木, 判而爲四, 如竹环狀, 或覆或反, 象陰陽也, 其擲地也, 或三覆一反, 或二覆二反, 或一覆三反, 或四反或四覆, 四木者, 地數也, 五數者, 天數也, 兩人爲偶賽而擲之, 高農勝者, 山田熟也, 污農勝	이익의 전문 이익의 견해

	者, 海田熟也, 必於歲時而爲戲者, 所以卜豐歉也. 愚按柶本匕名.	
	儀禮, 有角柶·木柶.	*관련기사 東方之饌, 兩瓦甒, 其實醴酒, 角觶, 木柶, 毼豆兩, 其實葵菹芋·蠃醢, 兩籩, 無縢, 布巾, 其實栗, 不擇, 脯四脡. 『儀禮』〈士喪禮〉 漢 鄭玄 注, 唐 陸德明音義, 賈公彦 疏. 側尊一甒醴, 在服北, 有篚實勺·觶·角柶. 『儀禮』〈士冠禮〉
	爲吉凶之異用, 今以四木爲骰兒, 故借以爲稱, 意者, 高麗之遺俗, 所謂高農汚農者, 不知何指, 或者, 其行馬之有別, 如碁之有白黑, 因以爲名耶. 文多未明故, 略櫽栝而錄之如此, 畢竟雜技之類, 君子不必爲也.	이익의 견해
	董越朝鮮賦, 家不許藏博具, 自註碁局雙陸之類, 民間子弟, 皆不許習.	至若家不許藏博具. [棊局雙陸之類, 民間子弟, 皆不許習] 『朝鮮賦』_明 董越 撰.
	출전으로 서명과 저자의 이름을 모두 제시: 董越 『朝鮮賦』=『朝鮮賦』	
	盖當時習尙有然者也. 余命兒曹, 雖柶戲之淺末, 斷不到手, 以爲子孫遺戒. 安百順云, 柶圖說, 宣廟時松京人金文豹所作也.	이익의 견해
14. 倒心 梅	梅花, 有倒心之名, 花皆倒垂, 曾未之見, 盖絶品也.	이익의 견해
	杜詩云, 江邊一樹垂垂發, 朝夕催人自白頭.	杜甫의 「和裴迪登蜀州東亭送客逢早梅相憶見寄」(『杜工部詩集』)
	출전으로 서명 대신 작가의 이름을 제시: 杜詩 ▶ 杜甫의「和裴迪登蜀州東亭送客逢早梅相憶見寄」	
	疑卽指此退溪陶山訪梅一絶云, 一花纔背尙堪猜, 胡奈垂垂盡倒開, 賴是我從花下看, 昂頭一一見心來. 自註云, 重葉也, 重葉而倒心.	一花纔背尙堪猜, 胡奈垂垂盡倒開. 賴是我從花下看, 昂頭一一見心來. [一花無賴背人開, 余得此重葉梅於南州親舊, 其著花一皆倒垂向地, 從傍看望。從傍看望。不見花心.] 『退溪集』_「再訪陶山梅」

출전으로 편명과 찬자의 이름을 제시: 退溪 「陶山訪梅」 ► 『退溪集』	
又是奇品, 此可以補范致能梅譜.	이익의 견해

15. 蠶綿 具	余見三才圖會, 蠶桑之類, 其器械巧密, 功力倍省, 甚有可觀, 又其名號殊別, 有不可不知者, 故畧採錄. 蠶箔者, 盛蠶之器, 盛之各箱, 層架列置也. 蠶簇者, 作繭之器也, 形如細憁槅, 又如斜槅甚密, 蠶老則取以松薪上于簇, 使一孔一蠶也. 軖車者, 繰絲之車也, 繰於盆中, 直上於車絲, 益光潤也.	『三才圖會』
	按字彙, 繋音計, 繰帛木也.	『字彙』
	糾線, 以小椎, 繋絲帛墜而轉機, 形如擊鍾椎, 今俗爲鐵筳, 上鉤下椎, 取繭之甖生蛾出及雙蛹者, 練成繢, 手轉抽縷, 名糾筳也. 絲籰者, 掉絲之器. 今上元, 少兒紙鳶之戲, 必以此器也, 或作繝, 或作䌋也. 攪車者, 今木綿去核者, 是也, 其軸末曲柄, 謂之掉拐. 旣去其核, 弓以彈起, 卷以蜀黍稍莖者, 謂之捲筳也, 其紡車之鐵筳, 隨弦轉動者, 謂之筝緷. 轉之以足, 左手握其綿筒, 續於筝緷上, 右手牽以抽絲, 左手均撚, 多者, 竝抽三縒, 俱成緊縷也. 我國紡車, 卽文益漸之舅鄭天益所剙也. 一車一縒, 右掉左抽, 回轉捷疾, 比中國之器, 功必增倍, 亦巧制也.	이익의 견해
16. 南草	南草之盛行, 自光海末年始也. 世傳南海洋中, 有湛巴國, 此草所從來, 故俗稱湛巴云. 有問於太湖先生曰, 今之南草益乎. 曰, 痰在喉咯不出則益, 氣逆而涎潮則益, 食不消而妨臥則益, 上焦停, 飲而吐酸則益, 隆冬禦寒則益. 曰益而無害乎. 曰, 害尤甚, 內害精神, 外害耳目, 髮得之而白, 面得之而蒼, 齒得之而凋, 肉得之而削, 令人能老. 余謂害尤有甚焉者, 臭惡, 不得齋戒而交神, 一也, 耗財, 二也, 世間固患多事, 人無上下老少, 終歲終日, 役役不得休, 三也. 若移此心	이익의 견해 *太湖先生 = 이익

	力, 爲學則必至於大賢, 爲文則成章, 治産則致富矣.	
	易曰, 上六冥升, 利于不息之貞.	上六冥升, 利于不息之貞. 『周易』_「升」
	『易』＝『周易』	
17. 土異	定山地, 有土脈出. 厓谷間居民, 取以爲食, 米麵一斗, 和土五升, 合成餠云. 人有携以示之者, 色白類茯苓, 極有津液, 嚼之微有土氣, 然可爲食物者也.	이익의 견해
	考之通考, 唐垂拱三年, 武威郡, 石化爲麵, 貧乏者, 取以給食.	唐武后垂 …… 三年, 魏州地出鐵, 如船數十丈, 武威郡石化爲麵, 貧乏者, 取以給食. 『文獻通考』_「地生異物」
	『通考』＝『文獻通考』	
	又唐貞元·宋元豐中, 皆有此異.	이익의 견해
	麗史新羅武烈王四年, 北巖崩碎爲米, 食之如陳倉米, 皆石所化.	新羅太宗王時, 吐含山地燃三年而滅, 北巖崩碎爲米, 食之如陳米云. 『芝峯類說』_〈災異部〉_朝鮮 李睟光 撰.
	출전 명기 없이 인용 ▷ 『芝峯類說』	
	石旣如此, 土之有可食, 無足怪者矣.	이익의 견해
18. 果下馬	子美詩, 細馬時鳴金腰裏, 佳人屢出董嬌饒.	杜甫의 「春日戲題惱郝使君兄」 『九家集注杜詩』_宋 郭知達 編.
	按西域烏秅國, 出小步馬, 孟康曰, 種小能步也, 師古曰, 小細也, 細步, 言其能踥足, 卽今所謂百步千跡者也.	烏秅國 …… 出小步馬. [孟康曰, 種小能步也. 師古曰, 此說非也. 小細也, 細步, 言其能踥足, 卽今所謂百步千跡者也, 豈謂其小種乎. 『前漢書』_〈西域傳〉
	출전 명기 없이 인용 ▷ 『前漢書』	
	彼云, 細馬, 恐是指小步者也.	이익의 견해
	又濊國, 出果下馬, 漢時恒, 獻之, 高三尺, 行於果樹下.	濊 …… 又出果下馬, 漢桓時, 獻之. [臣松之按, 果下馬, 高三尺, 乘之可於果樹下行, 故謂之果下.] 『三國志』_〈魏志〉
	출전 명기 없이 인용 ▷ 『前漢書』	

	所謂濊國, 卽我東之地也. 北使之來, 必先擇細而善步者以歸, 謂之納馬, 聞彼中用爲婦女之乘, 故貴之, 其例蓋自古然矣. 子美所稱亦只是遊女矜誇之事, 則細馬之爲果下, 尤可證.	이익의 견해
	又按字書, 腰裹神馬, 日行千里.	腰 …… 腰裹神馬, 日行千里. 『正字通』
	然嫋嬈亦細弱貌, 則雖日行千里, 而其爲細弱則信矣.	이익의 견해
	字書又云, 㹌, 果下小牛, 當幷考.	*관련기사 㹌, 果下小牛也. 『廣韻』
19. 鷂子 過新 羅	蘇子瞻詩, 坐覺一念逾新羅. 註引禪伯語云, 鷂子過新羅.	坐覺一念逾新羅. [又古德云, 鷂子過新羅.] 『施註蘇詩』「百步洪」_宋 蘇軾 撰, 施元之 原註.
	출전으로 서명 대신 저자의 이름을 제시: 蘇子瞻 ► 『施註蘇詩』	
	蓋言其猛疾如渡海之鷂鶻也. 余聞今西道海邊康翎等縣, 秋後鷹隼自中國, 蔽天飛渡, 投入山原, 翅力不衰者, 爲上材, 或有力盡而墮水死者, 如此者, 遇舟楫經過, 集舷投人, 不復忌避, 所謂死不擇陰也, 古人亦必見輩鷹之東飛, 有是喩也, 土風物態, 古今同然.	이익의 견해
20. 松煤	我東松墨, 品劣不可用, 以其取煤無術也.	이익의 견해
	우리나라의 관련 내용	
	余考墨經, 立窯, 高丈餘, 其竈寬腹小口, 覆以五斗甕, 又蓋以五甕, 大小爲差, 穴底相乘, 亦視大小爲差, 每層泥塗, 惟密約, 甕中煤厚住火, 鷄羽掃取之, 或爲五品, 或爲二品, 不取最先一器.	古用立窯, 高丈餘, 其竈寬腹小口, 不出突於竈面, 覆以五斗甕, 又益以五甕, 大小爲差, 穴底相乘, 亦視大小爲差, 每層泥塗惟密, 約甕中煤厚住火, 以雞羽掃取之, 或爲五品, 或爲二品, 二品不取, 最先一器. 『墨經』「煤」_宋 晁季一 撰. *『說郛』〈墨經〉「煤」에도 동일한 내용이 전재되어 있음.

『墨經』 = 『墨經』	
盖烟遠盆輕細, 不雜粗灰, 或五甕各取中分爲二, 以遠者爲良也, 此法最善, 余見, 木燒則爲爐, 爐燒則成灰, 煤者, 脂燒爲爐者也, 脂爐亦燒久成灰, 須及未成灰取之, 煤之着器, 爲焰所炳, 則與木灰一般耳, 燃松則木之成灰者, 與脂爐竝隨炎上而騰焉, 所以難用, 其實木之灰, 脂之爐, 所由成不同也, 然煤輕而灰重, 故遠則灰定而煤精, 五甕分取, 以此故也, 盖取千歲松根質厚而脂多者, 細析而分炳之, 不使炎上之氣太猛, 則必灰定而煤獨騰矣, 甕不疊, 將煤隨烟散, 烟比煤又輕, 歷五甕, 則煤亦定, 而烟獨洩矣, 甕須澁, 若滑澤則煤又不著矣, 竈口, 不宜當頂, 當頂則灰隨焰上矣, 盖油煤色黑, 古法各取其半, 方爲佳品, 國人智拙, 取煤無術, 必和灰作墨, 曰松墨, 品劣可笑, 中國之用, 盡松煤耳.	이익의 견해

21. 八寶	世傳八寶多繡畫於器物, 亦不知其何物, 說郛有其名, 今記之.	이익의 견해
	唐開元中, 李氏者, 嫁于賀若氏, 夫卒爲尼, 號曰眞如, 流離楚州安宜縣, 肅宗元年, 眞如爲神人, 召往, 投以八寶, 俾獻于朝, 以消沴氣, 眞如乃獻之, 有玄黃天符者, 長八尺, 濶三寸, 形如笏, 上圓下方, 近圓有孔, 黃玉也, 色比蒸栗, 澤若凝脂, 可以辟人間兵疫之氣, 有玉鷄者, 毛文悉備, 白玉色, 王者以孝理天下則見, 有穀璧者, 亦白玉也, 徑五六寸, 其文粟粒自生, 非雕鐫之迹, 王者寶之則五穀豐稔, 有如意寶珠者, 大如鷄卵而圓正, 光色極瑩, 置室中, 明如滿月, 有紅鞓鞨者, 大如巨栗, 赤爛若朱櫻, 視之, 若不可觸, 而觸之甚堅, 不可破, 有琅玕珠者, 形如環, 四分缺一, 徑可五六寸許, 有玉印者, 大如半手, 其文如鹿陷之印中, 着物則形見, 有皇后採桑鉤, 二枚, 各長五寸, 其細如箸, 屈之, 似金似銀又似銅, 有雷公石, 二枚, 形如斧, 長	五寶八寶. 唐開元中, 李氏者, 嫁于賀若氏, 夫卒爲尼, 號曰眞如, 其行高潔, 天寶元年七月七日, 忽于寺庭, 見五色雲墜, 視之, 一囊中有五物, 眞如藏之, 祿山亂, 眞如流離楚州安宜縣, 肅宗元年建子月十八夜, 眞如爲神人, 召往化城, 見天帝, 投以八寶, 俾獻於朝, 以消沴氣, 眞如乃幷前得五寶, 皆獻之. 玄黃天符. 長八尺, 濶三寸, 形如笏, 上圓下方, 近圓有孔, 黃玉也, 色比蒸栗, 澤若凝脂, 可以辟人間兵疫之氣. 玉鷄. 毛文悉備, 白玉色, 王者以孝理天下則見. 穀璧. 亦白玉也, 徑五六寸, 其文粟粒自生, 非雕鐫之迹, 王者寶之則五穀豐稔, 如

	可四寸, 濶二寸, 無孔, 膩如靑玉. 諸寶置之日中, 則光氣連天, 旣進肅宗, 已被疾, 召代宗曰, 汝自楚王爲太子, 今天賜寶于楚州, 天祚汝也, 宜保之. 代宗受賜卽日, 改年寶應. 旣監國, 賜眞如號保和, 改縣寶應, 自是兵革消息, 海內小康, 亦其應也.	意寶珠, 大如鷄卵而圓正, 光色極瑩, 置室中, 明如滿月. 紅鞓鞨. 大如巨栗, 赤爛若朱櫻, 視之, 若不可觸, 而觸之甚堅, 不可破. 琅玕珠. 形如環, 四分缺一, 徑可五六寸許. 玉印. 大如半手, 其文如鹿陷之印中, 着物則形見. 皇后採桑鉤. 二枚, 各長五寸, 其細如箸, 屈之, 似金似銀又似銅. 雷公石. 二枚, 形如斧, 長可四寸, 闊二寸, 無孔, 膩如靑玉, 諸寶置之日中, 則光氣連天, 旣進肅宗, 已被疾, 召代宗曰, 汝自楚王爲太子, 今天賜寶于楚州, 天祚汝也, 宜保之, 代宗受賜卽日, 改元寶應, 旣監國, 賜眞如號寶和, 改縣爲寶應, 自是兵革消息, 海內小康, 亦其應也. 『說郛』_〈寶記 闕名〉
	출전 명기 없이 인용 ▷ 『說郛』	
	蓋爲辟沴戾之氣. 故繡畫多用也.	
22. 靉靆	靉靆者, 俗所謂眼鏡也. 字書謂出於西洋, 然西洋利瑪寶, 以萬曆九年辛巳始至.	이익의 견해 *관련기사 靉靆, 眼鏡也. …… 元人小說言, 靉靆出西域, …… 又方輿勝略, 滿刺加國出靉靆. 『正字通』
	余考張寧遼邸記聞云, 向在京時, 嘗於胡籠寓所, 見其父宗伯公, 所得宣廟賜物, 如錢大者二, 形色絶似雲母, 以金相爲輪郭而衍之爲柄, 紐, 制其末, 合則爲一, 歧則爲二, 老人目昏, 不辨細字, 張此物于雙目, 字明.	向在京時, 嘗於指揮胡籠寓所, 見其父宗伯公, 所得宣廟賜物, 如錢大者二, 其形色絶似雲母石, 類世之硝子, 而質甚薄, 以金相輪郭而衍之爲柄, 紐制其末, 合則爲一, 岐則爲二, 如市肆中等子匣. 老人目昏, 不辯細字, 張此物於雙目, 字明大加倍. 『方洲集』_〈雜言〉_明 張寧 撰.

	출전으로 편명과 저자의 이름을 제시: 張寧 〈遼邸記聞〉 ► 『方洲集』	
	盖此物, 自宣宗時, 已入于中土矣. 西洋雖遼絶, 而西極天竺諸國, 與中華通物貨久矣, 天竺距西洋不遠, 其勢必將傳至中土矣.	이익의 견해
	居家必備云, 出西域滿利國.	『居家必備』
23. 珮袋	玉珮之製, 舊無紗袋, 嘉靖中世宗升殿, 尙寶司卿謝敏行, 捧寶, 玉佩飄颻, 偶與上珮, 相句連, 不能行. 自是詔中外官, 俱製珮袋, 以防句結. 獨太常寺官, 以駿奔郊廟, 取鏘鏘聲, 不袋如故, 今之珮袋, 盖從此始云. 然古制, 有葱珩·黝珩玉, 非染靑染黑者, 則必袋之謂也, 更詳之.	이익의 견해
24. 裘	裘者, 毛衣之名.	이익의 견해
	周禮, 司裘, 掌爲大裘, 以供王祀天之服.	司裘, 掌爲大裘, 以共王祀天之服. 中秋獻良裘. 『周禮注疏』_〈夏官〉
	『周禮』=『周禮注疏』	
	周, 以十一月郊, 猶是服裘之時, 而下云, 中秋獻良裘, 季秋獻功裘.	이익의 견해
	據月令, 孟冬, 天子始裘,	孟冬之月……是月也, 天子始裘. 『禮記注疏』_〈月令〉
	출전으로 편명을 서명 대신 제시: 〈月令〉=『禮記注疏』_〈月令〉	
	豈有秋而服裘之理, 此必先時而獻者也.	이익의 견해
	玉藻云, 惟君有黼裘.	唯君有黼裘 『禮記注疏』_〈玉藻〉
	출전으로 편명을 서명 대신 제시: 〈玉藻〉=『禮記注疏』_〈玉藻〉	
	黑與白, 謂之黼,	이익의 견해
	故註云, 以黑羊皮, 雜狐白, 爲黼文,	以黑羊皮, 雜狐白, 爲黼文. 『禮記注疏』_〈玉藻〉
	위의 인용문(『禮記注疏』_〈玉藻〉)에서 이어지는 내용.	

黼者, 斧形爲文, 是也. 毛衣而用此爲文, 恐無此理也.	이익의 견해
孔子, 緇衣羔裘, 黃衣狐裘, 素衣麑裘.	緇衣羔裘, 素衣麑裘, 黃衣狐裘. 『論語』_〈鄕黨〉

孔子 ▷ 『論語』

以衣爲重, 以裘繫之, 則恐非以裘爲上服之稱, 且裘上必有襲衣, 如欲著十二章之文, 何必毛衣而後, 可乎.	이익의 견해
文獻通考, 引程氏演繁露云, 裘卽如今之道裾也. 斜領交裾, 與今長背子, 暑同, 其異者, 背子開胯, 裘則縫合兩腋也. 然裘兩裾交相掩擁, 而道服兩裾垂也.	程氏演繁露曰 …… 裘卽如今之道服也. 斜領交裾, 與今長背子, 暑同, 其異者, 背子開袴, 裘則逢合兩腋也. 然今世道士所服, 又暑與裘異, 裘之兩裾交相掩擁, 而道士則兩裾直垂也. 『文獻通考』_〈王禮考〉_「君臣冠冕服章」

『文獻通考』＝『文獻通考』

然則道服者, 後幅缺開, 而裘有掩擁者也. 槩與我東儒生上服道袍者相類, 亦似非毛衣之稱也.	이익의 견해

우리나라의 관련 내용

李白, 酬殷明佐粉圖山水五雲裘歌云, 五色粉圖安足珎云云.	五色粉圖安足珍. 李白의 「當塗趙炎少府粉圖山水歌」 (『李太白文集』)

출전으로 작가의 이름을 서명 대신 제시: 李白 ▷ 李白의 「當塗趙炎少府粉圖山水歌」

*『성호사설』의 「酬殷明佐粉圖山水五雲裘歌」는 오기임.

若此者, 斷非御冬之毛衣, 裘, 若是毛衣之名, 則安可以粉圖之. 意者, 五雲裘者, 卽古之黼裘之類. 唐時, 尙有遺俗歟. 然夏葛冬裘之類, 分明是毛衣之名, 其或古有裘制, 而或以毛爲之, 故後世轉爲毛衣之稱耶.	이익의 견해

25. 秘色 磁器	袖中錦云, 高麗秘色, 爲天下第一.	高麗祕色 …… 皆爲天下第一. 『說郛』_〈袖中錦 太平老人〉_「天下第一」

재인용: 『袖中錦』 ▷ 『說郛』	
然我國磁器, 長於潔白, 至於繪畫, 却不能, 此云者, 卽指白者也, 今之內貢司饔院磁器, 極佳, 徃年北使, 至國稱道不休, 然忠烈王十五年, 元中書省, 牒求靑砂甕盆甁, 或者, 古有而今不能耶. 或因日本通貨而然耶, 是未可知.	이익의 견해
우리나라의 관련 내용	
陸龜蒙越器詩云, 九秋風露越窯開, 奪得千峰翠色來, 好向中宵盛沆瀣, 共稽中散鬭遺杯.	嘗見陸龜蒙詩集越器云, 九秋風露越窯開, 奪得千峰翠色來, 好向中宵盛沆瀣, 共稽中散鬥遺杯. 『高齋漫錄』_宋 曾慥 撰.
출전 명기 없이 인용 ▷ 『高齋漫錄』	
此宋人所謂秘色磁器也. 說者, 謂吳越王時, 臣庶不得用之, 故謂之秘色, 卽越州所貢也, 見於徐慥漫笑錄.	曾慥高齋漫錄, 祕色磁器. 錢氏有國時, 越州燒進爲供奉之物, 臣庶不得用故云. 筆衡世言, 秘色窯器, 乃錢氏有國日, 越州燒進, 然陸龜蒙詩, 九秋風露越窯開, 奪得千峰翠色來, 如向中宵承沆瀣, 共稽中散鬭遺栢. 『格致鏡原』_淸 陳元龍(1652~1736) 撰.
재인용: 見於徐慥『漫笑錄』 ▷ 『格致鏡原』 *『성호사설』에는 曾慥의 『高齋漫錄』이 徐慥 『漫笑錄』으로 오기되어 있음.	
今世, 此器亦多, 畫作翎毛草木山岳虫獸, 靑艶絶奇, 卽回回靑所畫, 他彩皆不成.	이익의 견해
王元美云, 或石靑畫之.	或回靑石靑畫之. 『弇州四部稿』_明 王世貞 撰.
재인용: 王元美 ▷ 『弇州四部稿』	
余家舊有數件, 乃先人外家, 自闕內傳來, 祖妣甚寶重之, 丙子之亂, 藏護得全, 余猶及見之, 然比今世士大夫間, 尋常器什, 猶覺品下矣. 今之時, 無貴賤家家畜之, 殆與瓦陶無別, 以此卜世之奢儉.	이익의 체험
26. 指南針	術家, 定方位, 或主正針, 或主縫針, 二者, 皆似有據, 要之斷之以天上日影, 則縫針爲近之矣. 正針者, 只從南針, 南針出磁石, 較之日影, 則指午丙間, 此爲地	이익의 견해

之正南耶. 金性畏火, 不敢指正午耶. 大抵地居天內, 天轉於外, 氣團於內, 狀如瓜瓣, 故土脈石脊, 必自北而南, 則得其正氣者, 成磁石也, 針之指南, 其理卽然, 然較諸日影, 其北直壬子, 南直午丙, 則不可誣也. 論者, 或以爲針得地氣, 占地方位, 宜從南針.	
然泰西熊三拔簡平儀說云, 羅經, 自有正針處身, 嘗經歷大浪山, 去中國西南五萬里, 過此以西, 針鋒漸向西, 過此以東, 針鋒漸向東, 各隨道里, 具有分數, 至中國, 則泊于丙午之間矣. 其所以然, 自有別論云云.	羅經, 自有正針處身, 嘗經歷在大浪山, 去中國西南五萬里, 過此以西, 針鋒漸向西, 過此以東, 針鋒漸向東, 各隨道里, 具有分數, 至中國, 則泊於丙午之間矣. 其所以然, 自有別論. 『簡平儀說』_〈名數〉_明 熊三拔 撰.

출전으로 서명과 찬자의 이름을 모두 제시: 熊三拔『簡平儀說』=『簡平儀說』

據此針鋒所指, 亦隨地不同, 又將安所準則哉. 針鋒所指, 距地東西, 雖有此異, 而大槩南北則必同, 大浪山, 在中國西南五萬里, 若以直線橫度之, 不過二萬有餘里, 從大浪山東, 至二萬有餘里, 而針至午丙之間, 西至二萬有餘里, 而針至午丁之間, 則合四萬有餘里, 而針易一方矣. 從此而益東益西, 必無指丙指丁之理, 其將自午丙間而復西, 自午丁間而復東, 必更有直指正午, 如大浪山者, 在東洋也, 然則周地九萬里, 而惟兩處爲縫, 要當以針鋒與日影合者爲正耳. 彼云別有論, 恨不得見其詳說, 以意臆之, 地毬雖圓, 必有陰陽判界之縫合處. 今圓瓜在地, 四周皆同, 然亦必上爲陽, 下爲陰, 而縫在乎兩傍也. 從兩傍判開, 爲二片, 看則惟判開處勢直, 其餘瓣理, 莫不微斜, 其中間圍闊處, 益甚而二縫正相反, 其西縫上片, 自半以北漸左, 自半以南漸右, 下片, 自半以北漸右, 自半以南漸左, 會于蔕, 其東縫反是. 磁針者, 得地之氣者也, 必將隨處不同, 大浪山, 意者, 地之西縫也, 不獨大浪也, 從此直走二極, 必將同然矣. 中圍者, 如天之赤道, 中國在赤道之北, 而卽東西二縫之間, 乃上片之最中也, 自大浪漸東,	이익의 견해

	至中國, 而止午丙間, 自此至東洋, 復漸向午, 過東縫處, 至下片之最中, 處止午丁之間, 迹雖未遍, 必將如是而已也.		
	術家, 有六合之說, 子與丑, 寅與亥, 卯與戌, 辰與酉, 巳與申, 午與未, 十二支而六合也. 此以子與丑, 午與未之間, 爲縫也. 其義本於周禮.	이익의 견해	
	按大司樂, 奏黃鍾, 歌大呂, 以祀天神, 則子丑之合也. 奏太簇, 歌應鍾, 以祭地示, 則寅亥之合也. 奏姑洗, 歌南呂, 以祀四望, 則辰酉之合也. 奏蕤賓, 歌函鍾, 以祭山川, 則午未之合也. 奏夷則, 歌小呂, 以享先妣, 則巳申之合也. 奏無射, 歌夾鍾, 以享先祖, 則卯戌之合也.	如鄭氏謂聲之陰陽, 各有所合, 黃鍾子氣十一月建焉, 而辰在星紀爲丑, 故子與丑合, 大呂丑氣十二月建焉, 而辰在玄枵爲子, 故丑與子合, 由是推之, 而太簇應鍾, 寅亥之合, 姑洗南呂, 辰酉之合, 蕤賓林鍾, 午未之合, 夷則中呂, 巳申之合, 無射夾鍾, 卯戌之合. 『竟山樂錄』_淸 毛奇齡 撰.	
	출전 명기 없이 인용 ▷『竟山樂錄』 *전반적인 내용이 毛奇齡의『竟山樂錄』과 일치함.		
	以日影爲斷, 則針直亥子巳午之間, 以針鋒爲斷, 則天縫在子丑午未之間, 以此知古人方位以針爲斷也.	이익의 견해	
27. 幅巾	按通志器服畧幅巾, 後漢末, 王公名士, 以幅巾爲雅, 時有妖賊, 以黃爲巾, 號黃巾賊, 後周武帝, 因裁幅巾爲四角, 唐因之.	後漢末, 王公名士, 以幅巾爲雅, 是以袁紹·崔豹之徒, 雖爲將帥, 皆著縑巾, 時有妖賊, 以黃爲巾, 時號黃巾賊, 後周武帝, 因裁幅巾爲四脚, 唐因之. 『通志』_〈器服略〉「幅巾」_宋 鄭樵 撰.	
	명확한 형식의 출전 제시:『通志』〈器服畧〉「幅巾」=『通志』_〈器服略〉「幅巾」 *출전으로 서명과 편명을 모두 제시.		
	愚按此恐是皀紗幞髮之制, 而爲幞頭之源也, 如今溫公之制, 只云兩角, 與此恐不同.	이익의 견해	
	東晉之制, 有葛巾, 形如帢而橫著之, 爲尊卑共服.	東晉制, 以葛爲之, 形如帢而橫著之, 爲尊卑共服. 『通志』_〈器服略〉「葛巾」	
	출전 표기 없이 인용 ►『通志』 *『通志』_〈器服略〉에는「葛巾」,「幅巾」 순으로 되어 있음.		

	此, 溫公之所述者歟. 然此類, 其制略同, 今俗, 綴其幀不動, 則斷不是, 詳在幅巾考.	이익의 견해
28. 蝍蟟	小雅, 哀今之人, 胡爲虺蜴.	哀今之人, 胡爲虺蜴. 『詩經』_〈小雅〉_「正月」
	출전으로 편명을 서명 대신 제시: 〈小雅〉=『詩經』_〈小雅〉_「正月」	
	虺, 惡性之物也. 蜴, 乃草中蛇醫, 不能咬人, 與虺並稱, 何也. 意者, 蜥蜴之屬, 甚衆, 蝘蜓·守宮·蛤蚧·蝎虎·石龍, 是也. 其必蜴中, 更有極毒, 可以比虺者存乎.	이익의 견해
	按字林云, 蝍蟟如蜥蜴, 居樹上, 齧人, 與蘇頌所言, 千歲蝮, 相似.	呂忱云, 蝍蟟如蜥蜴, 居樹上, 齧人, 與蘇頌所言, 千歲蝮, 相似. 『通雅』_〈動物〉_明 方以智 撰. *『字林』은 呂忱의 저작임.
	小雅之說, 不過此類之謂矣.	이익의 견해
29. 昆虫 可食	昆虫之屬, 可食者多.	이익의 견해
	內則云, 爵鷃蜩范. 蜩, 蟬也. 范, 蜂也.	爵鷃蜩范. 注, 蜩, 蟬也. 范, 蜂也. 『禮記注疏』_〈內則〉
	출전으로 편명을 서명 대신 제시: 〈內則〉=『禮記注疏』_〈內則〉	
	淮南子云, 燿蟬者, 務在明其火, 釣魚者, 務在芳其餌.	燿蟬者, 務在明其火, 釣魚者, 務在芳其餌. 『淮南子』_〈說山訓〉_漢 高誘 注.
	『淮南子』=『淮南子』	
	蓋有明火取蟬之術, 而爲備饌故也.	이익의 견해
	又有蝸醢蚳醢, 蝸是蝸牛, **蚳是蚍蜉子也**.	蚳, 蚍蜉子也. 『禮記注疏』_〈內則〉의 주.
	출전 명기 없이 인용 ▷『禮記注疏』	
	周禮, 饋食之豆, 蜃蚳蚁,	饋食之豆, 其實葵菹·蠃醢, 脾析·蠯醢, 蠯·蚳醢, 豚拍·魚醢. 『周禮注疏』_〈天官〉

29. 昆虫 可食		饋食之豆, 蝝蚳蝝 『禮記注疏』_〈祭統〉의 주석
	『周禮』 ► 『禮記注疏』 출전 오기	
	蝝, 是蝗子也. 蚳, 乃蟻穴中卵如白粟 者, 是也. 此物, 微小而難聚.	이익의 견해
	然詩云, 鸛鳴于垤.	鸛鳴于垤. 『詩經』_「東山」
	『詩』 = 『詩經』	
	舊說, 鸛欲候蟻出而食之, 故鳴于垤, 蓋 北方蟻有絶大者, 爲鸛所食, 故朱子引 此, 證折旋蟻封之語, 然則蟻子亦可取 而爲食矣.	이익의 견해
	爾雅云, 蝝蝮蜪. 註, 蝗子未有翅者.	蝝蝮蜪. 注, 蝗子未有翅者. 『爾雅注疏』_〈釋蟲〉
	『爾雅』=『爾雅注疏』	
	蝗, 螽也, 螽, 大小不一, 長角修股, 善跳 躍, 有青黑斑數色, 卽今草中飛虫.	數種皆類蝗, 而大小不一, 長角修股, 善跳, 有青黑斑數色. 『本草綱目』_「蟲螽」_明 李時珍 撰.
	출전 명기 없이 인용 ▷ 『本草綱目』	
	我國南州人, 去翅足, 炙以爲需, 味甚佳 云.	이익의 견해
	우리나라의 관련 내용	
	然字書又云, 羣飛食苗.	蝗 ⋯⋯ 群飛食苗. 『正字通』
	출전으로 범칭을 서명 대신 제시: 字書 ▷ 『正字通』	
	我國雖食苗葉, 而不爲災, 是爲異耳.	이익의 견해
	우리나라의 관련 내용	
	字書又云, 蜚蠊負蠜之類, 皆可食.	蠊 ⋯⋯ 蜚蠊蟲名, 長寸白, 可食. 『正字通』
	출전으로 범칭을 서명 대신 제시: 字書 ▷ 『正字通』	

30. 正鵠	射有正鵠. 鄭氏云, 鵠者, 取名於䲲鵠, 䲲鵠, 小鳥而難中.	鄭司農云 …… 謂之鵠者, 取名於䲲鵠, 䲲鵠, 小鳥難中. 『周禮注疏』
	출전 명기 없이 인용 ▷ 『周禮注疏』	
	按字書, 䲲與鷃同, 鵠, 又非小鳥也. 一說, 鵠, 鳥之大者, 有力飛遠, 故取其難中.	一說, 鵠, 鳥之大者, 有力飛遠, 故射之正鵠取義, 非謂小易也. 『正字通』
	출전으로 범칭을 서명 대신 제시: 字書 ▷ 『正字通』	
	余謂凡射鳥者, 必擧鷃鵠, 爲其取以有用也. 射, 所以習藝, 故必以所常取者爲的也.	이익의 견해
	正, 註云, 鳥名, 齊魯之間, 名題肩爲正.	正者, 正也, 亦鳥名, 齊魯之間, 名題肩爲正. 『儀禮注疏』_〈大射儀〉 *『毛詩注疏』에도 동일한 내용 있음.
	불명확한 형식의 출전 제시: 註云 ▶ 『儀禮注疏』_〈大射儀〉 *『毛詩注疏』에도 동일한 내용이 있음.	
	按字書, 題肩作䳜鵰, 鷊也, 正同䲲, 齊人謂之擊征.	鵰 經天切. 音堅. 題肩卽鵠. 俗作䳜鵰. 『正字通』 鴲 之深切. 音征. 題肩鳥, 齊人謂之擊征. 月令作征鳥, 亦作正. 『正字通』 *관련기사 征鳥題肩也, 齊人謂之擊征. 『禮記注疏』_〈月令〉의 주석
	출전으로 범칭을 서명 대신 제시: 字書 ▷ 『正字通』	
	月令所謂, **征鳥, 厲疾**, 是也.	征鳥厲疾. 『禮記注疏』_〈月令〉
	출전으로 편명을 서명 대신 제시: 〈月令〉=『禮記注疏』_〈月令〉	
	小于鷹, 飛疾, 難中, 然不應以兩物爲的, 正, 乃均正之義, 置在侯之正中, 上下左右均也.	이익의 견해

31. 酒器譜	說文云, 一升曰爵, 二升曰觚, 三升曰觶, 四升曰角, 五升曰散, 爵, 盡也足也, 觚, 寡也, 飮當寡少, 觶, 適也, 飮當自適, 角, 觸也, 不能自適, 觸罪過也, 散, 訕也, 飮不能自節, 爲人所謗訕也. 緫名曰爵, 其實曰觴, 觴者, 餉也. 觥亦五升, 所以罰不敬, 觥, 廓也, 所以著明之貌, 君子有過, 廓然明著, 非所以餉不得名觴也.	一升曰爵, 爵, 盡也足也, 二升曰觚, 觚, 寡也, 飮當寡少, 三升曰觶, 觶, 適也, 飮當自適也, 四升曰角, 角, 觸也, 不能自適, 觸罪過也, 五升曰散, 散, 訕也, 飮不自節, 爲人所謗訕也, 緫名曰爵, 其實曰觴, 觴者, 餉也. 觥亦五升, 所以罰不敬, 觥, 廓也, 所以著明之貌, 君子有過, 廓然著明, 非所以餉不得名觴. [韓詩說正義, 又儀禮疏.] 『詩攷』_〈韓詩〉_宋 王應麟 撰. *『詩攷』외 다수.
	재인용: 『說文』 ▷ 『詩攷』 외 다수. 『성호사설』에서 출전으로 제시한 『說文』은 『韓詩說正義』의 오기로 보임.	
	古之一升, 準我國今時二合强, 五升恰爲一升有餘也.	이익의 견해
	우리나라의 관련 내용	
	考工記, 勺一升, 爵二升, 觚三升,	勺一升, 爵一升, 觚三升. 『周禮注疏』_〈冬官 考工記〉
	출전으로 편명을 서명 대신 제시: 〈考工記〉=『周禮注疏』_〈冬官 考工記〉 『성호사설』에는 "爵一升"이 "爵二升"으로 오기되어 있음.	
	與此不同.	이익의 견해
	詩云, 我姑酌彼兕觥,	我姑酌彼兕觥. 『詩經』「卷耳」
	『詩』=『詩經』	
	則又非罰也.	이익의 견해
	盖觥, 爵之大者, 故罰當用此耳. 觝音啞, 酒盃, 古作㼰, 通作雅, 三雅之名, 盖由此也. 琖, 與㪻盖同, 小盃, **夏曰琖, 殷曰斝, 周曰爵**, 斝, 玉爵也, 受六升也, 斗受十升.	이익의 견해 夏曰醆, 殷曰斝, 周曰爵. 『毛詩注疏』「行葦」의 주
	詩曰, 酌以大斗.	『詩經』「行葦」
	『詩』=『詩經』	
	匏, 瓠屬,	이익의 견해

詩云, 酌之用匏.	『詩經』_「假樂」
『詩』 = 『詩經』	
禮器云, 五獻之尊, 門外缶, 門內壺, 君 尊瓦甒, 此以小爲貴也. 鄭註, 缶大一 石, 甒五斗, 缶大小未聞也.	五獻之尊, 門外缶, 門內壺, 君尊瓦甒, 此以小爲貴也. 『禮記注疏』_〈禮器〉 注. 壺大一石, 瓦甒五斗, 缶大小未聞 也. 『禮記注疏』_〈禮器〉
출전으로 편명을 서명 대신 제시: 〈禮器〉 = 『禮記注疏』_〈禮器〉	
缶, 頸修七寸, 腸修五寸, 徑修一寸半, 容斗五升.	壺, 頸脩七寸, 腹脩五寸, 口徑二寸半, 容斗五升. 『禮記注疏』_〈投壺〉
출전 명기 없이 인용 ▷ 『禮記注疏』	
甒, 中寬下直上銳平底小.	禮記, 君尊瓦甒, 此以小爲貴者也, 注 酒器, 中寬下直, 上銳平底. 『古今韻會擧要』_「甒」
출전 명기 없이 인용 ▷ 『古今韻會擧要』	
爾雅, 缶四斛也.	『爾雅』에 없는 내용임.
瓶, 酒器.	이익의 견해
詩云, 瓶之罄矣, 惟罍之恥.	缾之罄矣, 維罍之恥. 『詩經』_「巷伯」
『詩』 = 『詩經』	
罍, 本作櫑, 龜目, 酒尊刻木, 作雲雷之 象, 施不窮也.	龜目, 酒尊刻木, 作雲雷象, 象施不窮 也. 『說文解字』_「罍」_漢 許愼 撰.
출전 명기 없이 인용 ▷ 『說文解字』	
郭璞云, 罍形似壺, 大者, 受一斛.	郭璞曰, 罍形似壺, 大者, 受一斛. 『毛詩注疏』_「蓼莪」
출전 명기 없이 인용: 郭璞 ▷ 『毛詩注疏』	
罌, 受三升七合. 溫, 酒器也. 㢁, 圓器, 有屈㢁之屬. 甕, 瓦器之大者. 彝, 宗廟 盛鬯, 與酒之器, 大小不一, 彝, 總名也.	이익의 견해

	小宗伯有六彝之名, 卣中尊, 尊有三品, 上曰彝, 中曰卣, 下曰罍. 郭璞曰, 卣, 不大不小, 在彝罍之間. 爾雅疏, 彝受五斗, 卣受三斗, 罍受一斗.	卣中尊, 盛鬱鬯者, 尊有三品, 上曰彝, 中曰卣, 下曰罍. 郭璞曰, 卣, 不大不小, 在彝罍之間. 周禮六尊, 是也. 爾雅疏, 彝受三斗, 尊五斗, 罍受六斗. 『增修互註禮部韻略』_宋 毛晃 增註. 宋 毛居正 重增. 『正字通』
	榹, 亦酒器, 左傳, 行人, 執榹承飮.	說文曰, 榹, 酒器也. 椑圜榹也. 左傳曰, 晉欒鍼, 使行人, 執榹承飮, 造于子重. 『太平御覽』_〈器物部 六〉_「榹」_宋 李昉 等 撰. 『正字通』
	출전 명기 없이 인용 ▷『正字通』	
	瓹, 亦酒器, 大者一石, 小者五斗, 借書一瓹, 還書一瓹, 是也.	瓹, 酒器, 大者一石, 小者五斗. …… 古語, 借書一瓹, 還書一瓹. 『五音集韻』_「瓹」_金 韓道昭 撰. 『正字通』
	출전 명기 없이 인용 ▷『正字通』	
	其他大白·常滿·江螺·木甖·胡盧·鴟夷·椷禁·坫豐·舟槃·杓鐎之屬, 不可盡逑, 今合之, 爲酒器譜.	이익의 견해
32. 秧馬	東坡作秧馬引云, 昔我遊武昌, 見農夫皆騎秧馬, 以楡棗爲腹, 欲其滑, 以楸梧爲背, 欲其輕, 腹如小舟, 昂其首尾, 背如覆瓦, 以便兩髀, 雀躍於泥中, 繫束藁其首以縛秧, 日行千畦, 較之僂傴而作者, 勞佚相絶.	予昔遊武昌, 見農夫皆騎秧馬, 以楡棗爲腹, 欲其滑, 以楸桐爲背, 欲其輕, 腹如小舟, 昂其首尾, 背如覆瓦, 以便兩髀, 雀躍于泥中, 繫束藁其首以縛秧, 日行千畦, 較之僂傴而作者, 勞佚相絶矣. 『東坡全集』_「秧馬歌 幷引」_宋 蘇軾 撰.
	출전으로 작자와 이름과 편명을 모두 제시: 東坡「秧馬引」=『東坡全集』_「秧馬歌 幷引」	
	余思之, 秧馬, 雖似便好, 終不若徒行之捷易. 意者, 中國治田有術, 泥深沒膝, 運行頗艱, 故作此器以濟之耶. 治田, 旣如此深滑, 宜其收穀倍常也. 我東事皆鹵莽, 治田之泥, 僅能及踝, 夫農者, 卽	이익의 견해

	王政之本, 而術之空踈如此, 甚可歎.	
	*우리나라의 농업 기술에 대한 비판	
	史云, 禹乘四載, 泥行乘橇, 解者曰, 橇形如箕, 擿行泥上, 豈秧馬之類乎.	史記, 禹乘四載, 泥行乘橇, 解者曰, 橇形如箕, 擿行泥上, 豈秧馬之類乎. 『東坡全集』_「秧馬歌 幷引」
	출전으로 범칭을 서명 대신 제시: 史 ▷ 『東坡全集』_「秧馬歌 幷引」	
33. 豹直	詩家, 指御史, 多用豹直字.	이익의 견해
	玉藻云, 大夫齊車, 鹿幦豹犆. 鄭註, 幦, 覆笭也. 犆, 讀如直道而行之直, 謂緣也.	大夫齊車, 鹿幦豹犆 [鄭氏曰, 幦, 覆笭也. 犆, 讀如直道而行之直, 謂緣也.] 『禮記纂言』_「玉藻」_元 吳澄 撰.
	「玉藻」=『禮記纂言』_「玉藻」	
	盖大夫之車, 祿飾如此.	이익의 견해
	按漢雜事云, 大駕屬車八十一乘, 尚書·御史乘之, 最後一車懸豹尾.	漢雜事曰, 古諸侯貳車九乘, 秦滅九國兼其服, 故大駕屬車八十一乘, 尚書御史乘之, 最後一車懸豹尾. 『藝文類聚』_「車」, 『太平御覽』_「車部」, 『淵鑑類函』_「車部」
	재인용: 『漢雜事』 ▷ 『太平御覽』 등	
	薛綜註云, 侍御史, 載之.	薛綜注曰, 侍御史, 載之. 『古今事文類聚新集』_「懸豹尾車」_元 富大用 撰.
	재인용: 薛綜 註 ▷ 『藝文類聚』(혹은 『太平御覽』, 『淵鑑類函』)와 『古今事文類聚新集』의 내용을 취합 것으로 보임.	
	盖犆旣讀爲直, 則豹犆者, 只是今豹直而已. 後之懸豹尾者, 卽古豹犆之遺制, 而御史所乘之車然也.	이익의 견해
	後人, 傅會之曰,	이익의 견해
	御史, 陪直二十五日, 號曰伏豹, 謂入而不出也.	御史, 初入臺, 陪直二十五日, 爲伏豹直, 取不出之義. 『山堂肆考』_「陪直」_明 彭大翼 撰.
	출전 명기 없이 인용 ▷ 『山堂肆考』	

34. 涅石	子曰, 不曰堅乎, 磨而不磷, 不曰白乎, 涅而不緇.	『論語』_〈陽貨〉
	子曰 = 『論語』	
	涅而不緇, 涅者, 礬石也. 山海經云, 女牀山, 其陰, 多涅石. 郭註, 秦人名羽涅. 一名, 羽澤.	西南三百里曰, 女牀之山, 其陽, 多赤銅, 其陰, 多石涅. [郭曰, 卽礬石也, 楚人名爲涅石, 秦名爲羽涅也. …… 任臣案 …… 又名羽澤.] 『山海經廣注』_〈西山經〉_吳任臣 (1628~1689) 注.
	『山海經』 = 『山海經廣注』 *吳任臣의 주석이 곽박의 주석처럼 처리되어 있다. "山海經云~" 앞의 "涅者, 礬石也."는 곽박의 주석임.	
	淮南子所謂以涅染緇則黑於涅, 以藍染靑則靑於藍者, 是也.	以涅染緇則黑於涅, 以藍染靑則靑於藍. 『淮南子』_〈俶眞訓〉
	『淮南子』 = 『淮南子』	
35. 刀筆	漢書, 蕭曹, 皆起秦刀筆吏. 刀筆之制, 見於文獻通考云, 制全若刀匕也. 盖古者, 用簡牒, 則人皆以刀筆, 自隨而削書. 詩云, 豈不懷歸, 畏此簡書. 在三代時, 固已有削書矣. 自秦抵漢, 亦復用之, 然在秦時, 蒙恬已嘗造筆, 而至漢, 尙言刀筆, 疑其時未能全革, 有存者耳.	右, 長七寸四分, 闊六分, 重六兩有半, 無銘, 形制全若刀匕, 而柄間可以置纓結, 正攜佩之器也. 盖古者, 用簡牒, 則人皆以刀筆, 自隨而削書. 詩云, 豈不懷歸, 畏此簡書. 盖在三代時, 固已有削書矣. 西漢書贊蕭何曺參謂皆起秦刀筆吏, 則自秦抵漢, 亦復用之, 然在秦時蒙恬, 已嘗造筆, 而於漢尙言刀筆者, 疑其時未能全革, 猶有存者耳. 『重修宣和博古圖』_宋 王黼 撰.
	재인용 및 나누기 : 『漢書』·『文獻通考』·『詩經』 ▷ 『重修宣和博古圖』 *『文獻通考』이 출전으로 들어간 이유는 알 수 없다.	
	愚謂不曰刀而曰刀筆, 則時已有筆而以刀代筆者也. 削書與毫墨有別, 難於竄改, 故爲官府之所用耶. 或云, 古時, 簡去汗, 用漆作字, 凝濁不能成畫, 故漆盡復續, 其形似科斗, 若然則比刀筆, 尤難其用也. 或者, 古時兼有兩法, 官府用刀筆, 書史用漆書, 而後世因之耶.	이익의 견해

36. 千里 蓴羹	世說, 陸機詣王武子, 前有羊酪, 指示陸曰, 卿吳中何以敵此. 陸曰, 千里蓴羹, 但未下鹽豉耳. 老杜, 泛房公西湖詩云, 豉化蓴絲熟, 刀鳴鱠縷飛. 註引嚴有翼藝苑雌黃, 蓴羹得鹽豉尤美. 字書云, 麥麵米豆, 皆可罨黃, 加鹽曝之成醬, 能制食物毒. 此今之所謂豆醬, 而古之所謂豉也. 與醫局淡豆豉差別. 梅聖俞詩, 剩將鹽豉煮紫蓴, 又紫豉煮蓴香味全. 山谷, 鹽豉欲催蓴菜熟, 是也. 千里, 湖名也. 子美詩又云, 我戀岷下芋, 君思千里蓴, 以岷下對千里, 爲湖名可知. 酉陽雜爼, 酒食品味, 亦有千里蓴.	陸機詣王武子, 武子前置數斛羊酪, 指以示陸曰, 卿江東何以敵此. 陸云, 有千里蓴羹, 但未下鹽豉耳. 『世說新語』_〈言語〉_宋 劉義慶 撰. 藝苑雌黃云, 世說載陸機詣王武子, 武子前有羊酪, 指示陸曰, 卿吳中何以敵此. 陸曰, 千里蓴羹, 但未下鹽豉耳. 蓴羹得鹽豉尤美, 故子美詩云, 豉化蓴絲熟, 梅聖俞詩云, 剩持鹽豉煮紫蓴, 又紫蓴豉煮香味全. 山谷詩云, 鹽豉欲催蓴菜熟, 蓋謂是也. 作晉史者, 取世說之語, 而刪去兩字, 但云千里蓴羹未下鹽豉, 故人多疑之, 或言千里未下皆地名, 或言千里言地之廣, 或言自洛至吳, 有千里之遙, 或言蓴羹必鹽豉, 乃得其眞味, 是皆不然, 蓋千里湖名也. 千里湖之蓴菜以之爲羹, 其美可敵羊酪, 然未可猝至. 故云但未下鹽豉耳. 子美又有別賀蘭銛詩云, 我戀岷下芋, 君思千里蓴, 以岷下對千里, 則千里爲湖名可知. 酉陽雜爼, 酒食品, 亦有千里蓴. 『漁隱叢話後集』_「杜子美 四」_宋 胡仔撰.

재인용 및 나누기: 『世說新語』, 두보의 시, 『藝苑雌黃』, 字書, 梅聖俞의 詩, 黃庭堅의 시, 子美詩, 『酉陽雜爼』 ▷ 『漁隱叢話後集』
*『성호사설』에서는 『世說新語』, 두보의 시, 『藝苑雌黃』, 字書, 梅聖俞의 詩, 黃庭堅의 시, 『酉陽雜爼』를 각각 인용한 것으로 되어 있다. 그러나 『성호사설』에서 인용하였다고 하는 『世說新語』의 내용은 변개의 양태로 볼 때 『漁隱叢話後集』에서 재인용한 것과 가깝다. 또 『藝苑雌黃』, 두보의 시, 梅聖俞의 詩, 黃庭堅의 시, 『酉陽雜爼』도 모두 『漁隱叢話後集』에서 재인용된 것이다. 다만, 이들은 원전을 확인하여 변개하는 과정을 거친 것으로 보인다. 예를 들면 두보의 시 제목이 『漁隱叢話後集』에는 생략되어 있는 반면, 『성호사설』에는 원제목인 「陪王漢州留杜綿州泛房公西湖」를 찾아 「泛房公西湖詩」라고 축약하여 제시하였다. 또 『漁隱叢話後集』에는 "藝苑雌黃云"이라고 간략하게 되어 있는 반면, 『성호사설』에는 "註引嚴有翼藝苑雌黃"이라고 되어 있다. 그리고 중간에 "字書云, 麥麵米豆, 皆可罨黃, 加鹽曝之成醬, 能制食物毒. 此今之所謂豆醬, 而古之所謂豉也. 與醫局淡豆豉差別."이라는 자신의 견해를 삽입하여 단순한 재인용의 수준을 탈피하고 정확도를 높였다.

機之意, 千里之蓴羹, 可敵羊酪. 又只是末下鹽豉, 若更下鹽豉, 豈不反勝乎云爾也.	이익의 견해
緗素雜記, 未作末而去但字, 謂末下, 亦地名. 張矩山詩, 一出修門道, 重嘗末下蓴.	晉陸機詣王武子, 武子前有羊酪, 指示陸曰, 卿吳中何以敵此. 陸曰千里蓴羹, 末下鹽豉. 所載此而已及觀世說又曰, 千里蓴羹, 但末下鹽豉耳, 或以爲千里末下, 皆地名. 是未嘗讀世說而妄爲之說也. …… 張鉅山詩曰, 一出修門道, 重嘗末下蓴, 二公, 以千里末下爲地名. 『靖康緗素雜記』_「蓴羹」_宋 黃朝英 撰.
『緗素雜記』=『靖康緗素雜記』 *『漁隱叢話後集』_「杜子美 四」와『靖康緗素雜記』_「蓴羹」에는 '蓴羹'에 대한 내용과 함께『世說新語』의 '千里'와 '末下'가 지명일 수 있다는 설을 포함하고 있다. 따라서 이익은 이 두 책을 동시에 살펴보고 내용을 정리하여 취사한 것으로 판단된다.	
然一本, 分明有但字, 或者, 後人以義之難曉而去之也. 然蓴之美, 在於爽凉, 用五味子水和蜂蜜, 先淪蓴絲, 同灌爲食, 則甘酸清快, 恰是仙味, 無敵者也. 陸機·張翰諸公智, 猶未及, 當輸一籌耳. 按彭淵材五恨, 其第三曰, 蓴荣性冷, 羹非冷, 味必將調和得宜, 比古尤勝.	이익의 견해
37. 蜮·類	顔氏家訓引韓非子曰, 虫有蜮者, 一身兩口, 爭食相齕, 遂相殺也, 後見古今字詁, 此卽古之虺字.	韓非子曰, 蟲有蜮者, 一身兩口, 爭食相齕, 遂相殺也, 茫然不識此字何音, 逢人輒問, 了無解者, 案爾雅諸書, 蠶蛹名蜮, 又非二首兩口貪害之物, 後見古今字譜, 此亦古之虺字. 『顔氏家訓』_〈勉學篇〉_隋 顔之推 撰.
	『顔氏家訓』=『顔氏家訓』
	按天問云, 雄虺九首, 雄虺九首. 『楚辭章句』_〈天問章句〉_漢 王逸 撰.
	출전으로 편명을 서명 대신 제시: 〈天問〉=『楚辭章句』_〈天問章句〉
	未見有兩口相殺之證, 然則蜮必有一物耳. 이익의 견해

山海經, 亶爰山有獸, 狀如狸而有髦, 名曰類, 自爲牝牡.	又東四百里曰亶爰之山, 多水無草木, 不可以上, 有獸焉, 其狀如狸而有髦, 其名曰類, 自爲牝牡. 『山海經廣注』_〈南山經〉_吳任臣 注. 山海經曰, 亶爰之山有獸, 狀如狸而有髦, 其名曰類, 自爲牝牡. 『太平御覽』_「類」_宋 李昉 等 撰. [山海經云, 亶爰之山, 有獸焉, 其狀如狸而有髮, 其名曰獅類.] 『莊子注』_〈天運〉_晉 郭象 注.
재인용: 『山海經』 ▷ 『太平御覽』+『莊子注』 『성호사설』에서는 『山海經』을 출전으로 제시하였으나, 그 축약된 형태는 『太平御覽』 혹은 『莊子注』_〈天運〉의 주석과 가장 유사하다. 따라서 이들 책을 참고한 것으로 보인다. 그러나 이익은 『莊子注』_〈天運〉의 주석을 전재 재인용하지 않고 吳任臣의 『山海經廣注』를 확인해 보았을 것으로 추정된다.	
莊子天運云, 類自爲雌雄, 故風化.	類自爲雌雄, 故風化. 『莊子注』_〈天運〉
출전으로 서명과 편명을 모두 제시: 『莊子』_〈天運〉 = 『莊子注』_〈天運〉	
郭璞贊, 類之爲獸, 一體兼二, 近取諸身, 用不假器, 窈窕是佩, 不知妬忌.	贊云, 類之爲獸, 一體兼二, 近取諸身, 用不假器, 窈窕是佩, 不知妬忌. 『山海經廣注』_〈南山經〉_吳任臣 注.
출전으로 서명 대신 작자 작품명을 제시: 郭璞 贊 ▶ 『山海經廣注』	
天地間無, 物不有彼. 魄與類, 可謂的對矣.	이익의 견해

38. 金根車	人皆知韓昶金銀車之爲可笑, 又不知根車之爲物可乎. 東坡題三笑圖云, 三人皆笑, 後三小童莫測, 所謂亦大笑, 世稱侏儒看場, 人笑亦笑, 問之曰長者豈欺我哉, 此何異.	이익의 견해
	是根車, 出自緯書, 孝經援神契曰, 德至山陵, 則山出根車. 根車者, 應載養萬物也.	孝經援神契曰, 德至山陵, 則山出根車. [根車, 應載養萬物也.] 『太平御覽』_〈車部〉 『藝文類聚』, 『淵鑑類函』에도 동일한 내용이 있음.

	재인용: 『孝經援神契』 ▷ 『太平御覽』 등. *본문과 주석이 혼용되었음.	
	禮緯斗威儀亦曰, 山車垂鉤, 山車者, 自然之車也. 不揉治, 而自圓曲也.	禮緯斗威儀云, 其政太平山車垂鉤. 注云, 山車, 自然之車, 垂鉤, 不揉治, 而自圓曲. 『禮記注疏』_「禮運」 『文獻通考』에도 동일한 내용이 있음.
	재인용: 『禮緯斗威儀』 ▷ 『文獻通考』	
	盖不待人制作, 而自出於山, 其根字, 取養物之義耳. 後人只取養物之義, 而以金爲之, 則爲金根車也.	이익의 견해
39. 左纛	史記, 紀信, 黃屋左纛.	紀信, 乃乘王車黃屋左纛. 『資治通鑑』_〈漢紀〉_「太祖高皇帝」_宋 司馬光 撰.
	재인용 『史記』 ▷ 『資治通鑑』	
	纛音導.	大纛.[纛音導] 『說郛』_金壺字考.[釋適之]
	沈約宋書云, 加犛牛尾, 大如斗, 置左騑馬軛上, 所謂左纛也.	又加犛牛尾, 大如斗, 置左騑馬軛上, 所謂左纛. 『宋書』_〈志〉_「禮」_梁 沈約 撰. 沈約宋書曰, 又加犛牛尾, 大如斗, 置左騑馬軛上, 所謂左纛也. 『太平御覽』_〈車部〉
	재인용: 沈約 『宋書』 ▷ 『太平御覽』 *『성호사설』에서는 『宋書』를 출전으로 제시하였으나, "沈約宋書云 ~ 也."의 문장 형식이 『太平御覽』_〈車部〉와 일치한다.	
	按纛本軍中大皁旗名, 以皁繒爲之, 似蚩尤首, 軍發則祭纛也. 左纛者, 本作左翿.	纛, 左纛也. 以旄牛尾爲之. 在左騑馬首. 蔡邕說, 廣韻, 大如斗, 繫於左騑馬軛上, 亦名羽葆幢. 又軍中大皁旗名, 皁纛, 二儀實錄云, 纛皁繪爲之, 似蚩尤之首, 軍發祭纛. 『古今韻會擧要』_「纛」_元 黃公紹 原編, 熊忠 擧要.
	출전 명기 없이 인용 ▷ 『古今韻會擧要』	

蔡邕獨斷, 凡乘輿車, 皆羽蓋·黃屋·左纛, 左纛者, 以旄牛尾爲之, 大如斗, 在左騑馬頭上.	凡乘輿車, 皆羽蓋·金華爪·黃屋·左纛·金鍐·方釳·繁纓·重轂·副牽. 黃屋者, 蓋以黃爲裏也. 左纛者, 以氂牛尾爲之, 大如斗, 在最後左騑馬駿上. 『獨斷』漢 蔡邕 撰. 蔡邕獨斷曰, 凡乘輿車皆羽盖金華, 又黃屋·左纛·金鎪, 黃屋者, 盖以黃爲裏也, 左纛者, 以旄牛尾爲之, 大如斗, 在左騑馬頭上. 『藝文類聚』_〈舟車部〉_「舟」_唐 歐陽詢 撰.

재인용 蔡邕 『獨斷』 ▷ 『藝文類聚』
*『성호사설』에서는 蔡邕의 『獨斷』을 출전으로 제시하였으나, '左纛'은 『藝文類聚』에서만 사용된 것이기에, 『藝文類聚』의 재인용으로 보임.

纛與左纛, 非一物也.	이익의 견해
字書, 乃合之, 謂左纛, 是軍發祭以白馬者, 失之矣.	羽葆幢, 在乘輿車衡上坐方注之, 故曰左□, 一曰以氂牛尾爲之, 亦在左馬首, 軍發祭以白馬. 『正字通』 *관련기사 曰氂牛尾爲之, 亦在左馬首, 軍發祭以白馬, 蓋□音用此字, 一音毒, 別作翿纛, 竝非. 『六藝之一錄』倪濤 撰.

출전으로 범칭을 서명 대신 제시: 字書 ▷ 『正字通』

盖其制出於羽葆, 羽葆亦曰纛. 周禮, 大喪, 卿師, 執纛御柩. 鄭註, 羽葆幢也.	及葬執纛, 以與匠師. [鄭司農云, 翿, 羽葆幢也.] 『周禮注疏』 纛. 徒到切, 羽葆也. 周官, 大喪, 鄕師, 執纛御柩. 鄭司農曰, 羽葆幢也. 『六書故』宋 戴侗 撰.

재인용: 『周禮』 ▷ 『六書故』

秦漢, 天子之車, 黃屋左纛, 意者, 執纛者, 當以右手, 右手則又必須居左, 然後	이익의 견해

	御柩便也. 其始也, 合聚五彩羽爲幢, 謂之羽葆. 或因乘車前導之制, 飾於馬軶者歟.	
	文獻通考, 旄牛, 出冉駹國, 無角, 一名犛牛, 肉重千斤, 毛可爲旄.	冉駹 …… 有旄牛, 無角, 一名犛牛, 肉重千斤, 毛可爲旄. 『文獻通考』_〈四裔考〉_「冉駹」
	『文獻通考』=『文獻通考』	
	字書, 旄與犛同, 足四節, 腹下及肘 皆赤毛, 長尺餘.	旄 …… 以旄牛尾爲之, …… 狀如牛, 四節生毛. 『正字通』 *관련기사 物類志, 犛牛足四節. 物類相感志, 旄牛腹下及肘脚, 皆有赤毛一尺. 『格致鏡原』_〈獸類〉_「牛」_淸　陳元龍 撰.
	출전으로 범칭을 서명 대신 제시: 字書 ▷ 『正字通』	
	尾爲車蠹, 繫騂馬軶上, 亂馬目, 不令相視, 其說又不同, 當考.	左蠹, 以旄牛尾, 置騂馬頭上, 以亂馬目, 不令相見也. 『弇州四部稿』_「宛委餘編」_明　王世貞 撰.
	출전 명기 없이 인용 ▷ 『弇州四部稿』	
40. 蟹	浦海多蟹, 余所見者, 有十種, 與呂亢十二種辨, 及蟹譜·本草·圖經·字義等書校勘, 或物形隨地有別, 或察識有得失也. 螃蟹者, 入藥味佳, <u>二螯八跪</u>, 處處皆有. 蝤蛑者, 以陶隱居, 螯强鬪虎之說, 觀之, 恐是海中大蟹, 色赤匡有角刺, 卽俗名巖子者也. **撥掉子者, 後足濶薄如棹**, 蕩水浮行, 俗名串蟹, 以匡有兩角, 如串也. **竭朴者, 大於蟛蜞, 殼黑斑有文章, 螯正赤, 常以大螯障日, 小螯取食**, 恐是俗名籠蟹也. 以其匡橢似籠也. 雌者, 兩螯俱小耳. 蟛蜞者, 亦謂彭越, 今俗名彭蟹也. **沙狗者, 似彭蜞, 壤沙爲穴, 見人則屈折易道**, 今有俗稱葛蟹者, 匡匾而長, 有毛而屈折易道, 難獲, 恐是	蟹出廣州府, 二螯八跪. 『嶺南風物記』_吳綺 撰. 二曰撥掉子, 狀如蝤蛑, 螯足無毛, 後兩小足薄微濶然. 『古今事文類聚後集』_「蟹有十二種」_宋 祝穆 撰. 五曰竭朴, 大於彭蜞, 殼黑斑有文章, 螯正赤, 常以大螯障目, 小螯取食. 『容齋四筆』_「臨海蟹圖」_宋 洪邁 撰. 沙狗, 似彭蜞, 壤沙爲穴, 見人則走曲折易道, 不可得也. 『說郛』_〈臨海異物志〉[沈瑩]

	此物也. **倚望者, 大如彭蝐, 常東西顧盻, 擧兩螯以足起望,** 今有俗名黃通者, 正是此物, 而端午之夜, 必簇擁海草上, 土人謂之戲秋, 千明火, 取之無數, 但比彭蝐, 差大耳. **蘆虎者, 似蝤螯, 正赤, 不可食,** 今有俗名賊蟹者, 匡有小斑文. **彭蜞者, 大於蝐, 小於常蟹, 同彭越而差大有毛, 耕穴田畯中, 即蔡道明, 誤食幾死者,** 此也. 俗名馬通蟹, 有毒, 又有俗名栗蟹者, 如彭蝐, 匡匯有毛, 螯足尖端微赤, 不見於呂亢十二種內, 彼所謂擁劍·望潮·石蜠·蜂江之類, 訪之漁戶, 皆不識.	『太平御覽』·『古今事文類聚後集』·『淵鑑類函』에도 동일한 내용이 있음. 八曰倚望, 亦大如彭蝐, 居常東西顧盻, 行不四五, 又擧兩螯以足起望. 『容齋四筆』_「臨海蟹圖」 十一曰, 蘆虎, 似彭蜞, 正赤, 不可食. 『容齋四筆』_「臨海蟹圖」 十二曰, 彭蜞, 大於蝐, 小於常蟹. 『容齋四筆』_「臨海蟹圖」 同蟛蟚差大而毛, 好耕穴田畯中, 謂之蟛蜞, 毒不可食. 晉蔡道明, 誤食之, 幾死, 尤宜愼辨也. 『蟹譜』-宋 傅肱 撰. 『古今事文類聚後集』에도 동일한 내용 있음. 이익의 관찰

『蟹譜』=『蟹譜』
재인용:『十種』·『呂亢十二種辨』·『本草』·『圖經』·『字義』 ▷ 『嶺南風物記』·『容齋四筆』·『說郛』

*『성호사설』에서는 『十種』·『呂亢十二種辨』·『蟹譜』·『本草』·『圖經』·『字義』 등의 게와 관련된 서적을 교감하였다고 하였는데, 실제로 인용한 서적은『嶺南風物記』·『容齋四筆』·『說郛』·『蟹譜』였다. 특히『容齋四筆』을 많이 참조한 것으로 보인다.
*중국의 게 관련 문헌과 우리나라에서 나오는 게를 실증적으로 대조하였다.

41. 耽羅 果品	耽羅志, 載果品奇異數種, 一是燕覆子, 卽木通別種, 實大如木瓜味濃, 今之木通實, 比木瓜懸小, 而本草云, 如小木瓜. 意者, 此最爲眞, 而世所用特劣品耳, 沿海諸邑亦有之云. 二是五味子, 深黑大如蘡薁, 味又濃甘, 土人以充盂盤之用, 乾之滋潤異常. 三是靑橘, 秋冬極酸, 不可食, 經冬至二三月, 酸味稍減, 至五六月, 舊實爛黃, 新實靑嫩, 同在一枝, 味甘如和蜜釅醋, 至七月則實中核, 化爲水而味仍甘, 歷八九月至冬, 實	이익의 견해 『耽羅志』

	還靑, 核更成, 味酸與新實無異, 方始 酸, 人賤而不食之, 盖果品之異常, 無過 於此, 今本草中, 皆不載此, 或土風各異 耶, 彼或有漏耶. 意者, 醫家靑皮, 卽此 物之皮矣.	
42. 扶搖 羊角	莊周云, 大鵬, 搏扶搖羊角而上者, 九萬 里.	其名爲鵬, 背若泰山, 翼若垂天之雲, 搏扶搖羊角而上者, 九萬里. 『莊子』_〈逍遙遊〉
	출전으로 저자의 이름을 서명 대신 제시: 莊周 =『莊子』	
	尋常不解其義, 一日行道上, 遇旋飇迅 急而覺得也, 回風四面來集, 盤旋以直 上, 至半空, 其形直立搖搖, 如羊角狀, 遂因此爲解曰, 搏者, 與物旋繞也, 扶之 爲言, 直立也, 不扶則橫倒, 故言扶則直 立可知, 如醉人之扶則立, 不扶則倒, 旋 風之捲上, 直立而搖搖, 故曰扶搖而羊 角, 又以其形言也.	이익의 체험 이익의 견해
	春陽李氏時善曰, 勁風之旋, 當晝則自 左旋而向右, 向夕則自前降而歸後, 當 夜則自右轉而復左, 將晃則自後升而趣 前.	但若勁風之旋, 當晝則自左旋而向右, 向夕則自前降而歸後, 當夜則自右轉 而復左, 將晃則自後升而趣前. 『松月齋集』_〈荷華編 內篇〉「伏偃」_ 朝鮮 李時善 著.
	출전으로 서명 대신 찬자의 이름을 제시: 春陽 李氏時善 ►『松月齋集』_李時善 조선의 문헌 인용. *이시선(李時善, 1625~1715) 본관은 전주. 자는 자수(子修), 호는 송월재(松月 齋). 노년에 안동의 춘양(春陽)에 은거하였음. 그러나 사실 이 글은 이시선이 주자의 「論天地之形」을 전재한 것임. "朱子曰 …… 但如勁風之旋, 當晝則自左旋而向右, 向夕則自前降而歸後, 當夜 則自右轉而復左將, 且則自後升而趣前."(『理學類編』_〈天地〉_明 張九韶 撰, 『稗 編』_「論天地之形」)	
	余未之詳驗其果然否, 風必四面而至, 故爲之旋, 盖地之吸氣也.	이익의 견해
43. 古錢	文獻通考云, 高麗行錢, 有三韓通寶·海 東通寶·海東重寶, 而其俗不便也.	有海東通寶·重寶·三韓通寶三種錢. 『文獻通考』_〈四裔考〉「高句麗」
	『文獻通考』=『文獻通考』	

昔余曾王考之遷葬於金川也, 壙土中, 得三韓通寶·海東通寶兩錢, 或篆或隷, 其文可識云. 通考所錄, 可謂不爽矣. 又或民間田野中, 多得朝鮮通寶, 皆銅鑄, 要是三朝鮮時所行也. 又今俗筮占, 必用開元通寶, 我國盖多有也.	이익의 경험 이익의 견해
新唐書食貨志, 高祖武德四年, 置監於洛·幷·幽·營等州, 鑄開元通寶, 徑八分, 重二銖四絫, 積十錢, 重一兩.	武德四年, 鑄開元通寶, 徑八分, 重二銖四參, 積十錢, 重一兩. 大小之中, 其文以八分篆隷三體, 洛幷幽益桂等州, 皆置監. 『新唐書』_〈食貨志〉
출전으로 서명과 편명을 모두 제시: 『新唐書』_〈食貨志〉 = 『新唐書』_〈食貨志〉	
又不知此錢何從而流布於海外, 若是其多, 至今不減也. 意者, 當時天下皆許置錢坊, 而我國亦得自鑄成耳.	이익의 견해
葉水心曰, 開元, 爲輕重之中, 漫行天下, 至今猶多有之.	水心葉氏曰……以開元爲輕重之中, 唐鑄此錢, 漫衍天下, 至今猶多有之. 『文獻通考』_〈錢幣考〉_「歷代錢幣之制」
재인용: 葉水心 ▷ 『文獻通考』	
盖中土亦多也. 今時所行常平通寶者, 五錢當一兩, 則於開元通寶, 實倍之, 以開元通寶, 較於三才圖會圖式則大小適均, 而稱於今秤, 則十錢爲一兩弱, 舊物流傳, 其勢或然, 又或今錢一文, 當二十分, 而錢坊所鑄日減, 亦不滿二十分, 則古今同然也. 然則今錢大約倍於開元, 而爲四銖八絫, 於五銖錢, 不滿二絫矣. 三才圖會云, 海東三錢, 徑九分, 重三銖六絫, 卽大於開元, 而比今錢, 差小者耳. 又云, 開元大錢, 亦文曰開元通寶, 徑寸二分, 重十二銖六絫, 夫二十四銖爲一兩, 則其重爲半兩有奇也. 比武德所鑄者, 絶大不侔, 而非我國所得者矣.	『三才圖會』
44. 澄泥硯	歐陽公硯譜云, 今人, 澄泥作瓦, 薶土中, 久用爲硯, 皆發墨優于石.	硯譜 …… 今人, 澄泥作瓦, 埋土中, 久乃用爲硯, 凡瓦皆發墨優於石. 『黃氏日抄』_「歐陽文」_宋 黃震 撰 『正字通』

	재인용: 歐陽公『硯譜』▷『黃氏日抄』	
	升庵集云, 絳縣澄泥硯, 縫緝袋, 置汾水中, 踰年而取, 則泥沙之細者, 已入袋矣, 陶以爲硯, 水不涸.	絳縣澄泥硯, 縫絹袋, 置汾水中, 踰年而沒,取則泥沙之細者, 已入袋矣, 陶以爲硯, 水不涸. 『升菴集』_「澄泥硯」
	『升菴集』=『升菴集』	
	意者, 澄泥者, 如今水飛之意, 雖非汾水, 絹袋十過水飛爲熟泥, 待稍乾, 更和水堲埴, 如是復五六過然後, 陶以爲瓦, 其必成美材矣. 彼銅雀瓦硯, 亦豈縫絹所取耶. 必經堲埴之熟, 而入土之久耳.	이익의 견해
45. 黕醭	韋莊詞云, 淚霑紅袖黕.	韋莊의「應天長」
	출전으로 작가의 이름을 제시: 韋莊 詞 ▷ 韋莊의「應天長」	
	按爾雅翼, 七月採紅藍花, 染色鮮明, 耐久不黕.	七月中摘, 深色鮮明, 耐久不黕勝. 『爾雅翼』_「燕支」_宋 羅願 撰.
	『爾雅翼』=『爾雅翼』	
	黕, 敗黑色也, 所謂雨霑衣皆黕, 是也.	이익의 견해
	杜牧詩, 一嶺桃花紅錦黕.	杜牧의「殘春寄張祜」
	출전으로 작가의 이름을 제시: 杜牧 詩 ▷ 杜牧의「殘春寄張祜」	
	然則不全是黑色矣.	이익의 견해
	柳子厚梅雨詩, 素衣今盡化, 非爲洛陽塵.	素衣今盡化, 非爲帝京塵. 柳宗元의「梅雨」(『柳河東集』)
	출전으로 편명과 작가의 이름을 제시: 柳子厚「梅雨詩」=柳宗元「梅雨」	
	方回註云, 謂醭也, 此以醭爲敗赤色,	이익의 견해
	然字書云, 醭, 酒上白也, 又酢生白醭	醭 普木切. 音搏. 酒上白也, 又酢生白醭. 『正字通』
	출전으로 범칭을 서명 대신 제시: 字書 ▷『正字通』	
	此謂酒漿敗酸, 上生白衣也.	이익의 견해
	又字書黣音梅, 濕氣著衣物, 生斑洣也. 黴亦作黣,	黣. 音梅軹, 濕氣著衣物, 生斑洣也. 『正字通』
	출전으로 범칭을 서명 대신 제시: 字書 ▷『正字通』	

	物中久雨青黑也, 蓋梅雨之時, 衣皆敗色.	物中久雨青黑曰黴. 『名義考』_「黃梅雨」_明 周祈 撰. 今人衣服, 四五月間, 爲濕氣所敗, 謂之上梅, 名義考說文, 物中久雨青黑曰黴. 『格致鏡原』_「雨」
	출전 명기 없이 인용 ▷ 『格致鏡原』	
	或白或青或赤或黑, 咸謂之黦, 又謂之醭, 故古人用字, 多有不同, 而黦旣從黑, 以爲黯色者, 爲是.	이익의 견해
46. 畫像坳突	近世, 使燕者, 市西洋畫, 掛在堂上, 始閉一眼, 以隻睛注視久, 而殿角宮垣, 皆突起如眞形. 有嘿究者曰, 此畫工之妙也. 其遠近長短分數分明, 故隻眼力迷現化如此也. 盖中國之未始有也.	이익의 경험
	今觀利瑪竇所撰幾何原本序云, 其術有目視以遠近正邪高下之差, 照物狀可畫立圓立方之度數于平版之上, 可遠測物度及眞形, 畫小, 使目視大, 畫近, 使目視遠, 畫圓, 使目視球, 畫像, 有坳突, 畫室屋, 有明闇也.	利瑪竇, 「幾何原本序」
	출전으로 서명과 찬자의 이름을 모두 제시: 利瑪竇 「幾何原本序」	
	然則此畫卽其坳突一端耳. 又不知視大視遠等之爲何術耳.	이익의 견해
47. 伽倻琴	新羅眞興王時, 伽倻國王嘉悉, 法唐樂部箏, 而制十二絃琴, 以象十二月, 其樂師于勤, 知國將亂, 携樂器, 投新羅, 名其琴曰伽倻琴.	이익의 견해
	李奎報曰, 伽倻琴, 蓋古秦箏之類, 但欠一絃耳.	加耶琴, 蓋古秦箏之類, 但欠一絃耳. 『東國李相國後集』_「書白樂天集後」_高麗 李奎報 著.
	출전으로 저자의 이름을 서명 대신 제시: 李奎報 =『東國李相國後集』, 고려의 문헌	
	按急就章註, 箏瑟類, 本十二絃, 今則十三絃. 蓋秦俗所造, 故謂之秦箏, 秦俗薄	秦箏, 箏瑟類也, 本十二絃, 今則十三.[急就篇註]通典曰, 箏, 秦聲也. 傅

	惡, 有父子爭瑟者, 各入其半, 當時名爲箏.	元箏賦序曰, 代以蒙恬所造. 集韻云, 秦俗薄惡, 有父子爭瑟者, 各入其半, 故當時名爲箏. 古以竹爲之. 『天中記』_「箏」
	재인용: 『急就章』 註 ▷ 『天中記』	
	瑟, 本二十五絃, 則其十二, 或十三等, 是半於瑟, 而箏之名, 未變也. 然則伽倻琴者與秦箏, 何別. 李之不考如此.	이익의 견해
	又按武帝本紀, 泰帝使素女, 鼓五十絃瑟而悲, 帝禁不止, 故破其瑟, 爲二十五絃.	或曰, 泰帝使素女, 鼓五十絃瑟, 悲, 帝禁不止, 故破其瑟, 爲二十五絃. 『史記』_〈孝武本紀〉
	출전으로 편명을 서명 대신 제시: 〈武帝本紀〉＝『史記』_〈孝武本紀〉	
	泰帝者, 黃帝也. 然則瑟從五十絃, 半之爲二十五絃, 又半之爲箏, 而箏與伽倻琴, 初無異義也.	이익의 견해
	然李義山詩, 錦瑟無端五十絃.	李商隱詩云, 錦瑟無端五十絃. 『容齋續筆』_「五十絃瑟」외 다수의 문헌.
	출전으로 서명 대신 작자의 이름을 제시: 李義山 詩	
	則古瑟亦未嘗亡也, 但易稱錦瑟以別之.	이익의 견해
48. 繭紙	古傳, 王羲之, 用蠶繭紙鼠鬚筆, 書蘭亭詩序.	右軍擇毫製序, 用蠶繭紙鼠鬚筆. 『蘭亭續考』_宋 俞松 撰. 다수의 문헌에 실려 있는 내용임.
	余考宋趙希鵠洞天淸錄云, 高麗紙者, 以綿繭造成, 色白如綾, 堅韌如帛, 發墨可愛.	『洞天淸錄』_宋 趙希鵠. *관련기사 色白如綾, 匹長似練. [潛確類書, 高麗紙, 以綿繭造成, 色白如綾, 堅韌如帛, 用以書寫, 發墨可愛.] 『淵鑑類函』
	출전으로 서명과 찬자의 이름을 제시: 宋 趙希鵠 『洞天淸錄』	
	此中國所無, 亦奇品也. 綿繭卽蠶繭也. 蘭亭帖所書者, 或指此物也. 在今繭紙, 自日本來.	이익의 견해

	余得之試筆, 眞絶佳, 殆我國不能造成也.	이익의 실험
	意者, 希鵠所見, 是日本來者也.	이익의 견해
49. 鼠鬚 筆	大王, 以鼠鬚筆, 寫蘭亭, 而衛夫人筆陣圖, 却以兎毫爲上品, 兩者, 皆柔而欠硬, 鼠鬚則雖若剛靭, 其末甚尖纖, 尖纖則必柔, 亦不能獨自造成, 必以黃鼠毛爲心, 鼠鬚爲飾, 然後爲佳, 不然不堪用.	이익의 견해
	余曾試之, 黃鼠之心, 尙存, 而外裹鼠鬚, 已禿, 反不若純用黃鼠者也.	이익의 실험
	古人多言柔毫, 或者, 古今異尙而然耶. 又或崇山絶仞中霜兎, 其剛過於黃鼠, 故李衛取之耶.	이익의 견해
	蘇氏鼠鬚筆詩云, 挿架刀槊健.	挿架刀槊健. 蘇叔黨의 「鼠須筆」(『蘇詩補註』) 『古今事文類聚別集』
	以此言之, 古人亦取剛矣.	이익의 견해
50. 雨虫	頃年, 國中嘩傳, 有虫自天雨下, 凡食物中無不混入, 魚腥肌肉間, 多得之, 白而細, 長若白鬆然, 四方皆然, 殆不可審別, 是年多輪行毒疾, 人謂中毒而然也, 此事之有無, 未可知, 而要亦有此理在.	이익의 전문
	按高麗高宗三十三年五月, 雨毒虫, 其虫身裹細網, 剖之如斫白毛, 隨飮食入人腹中, 或呻人肌膚輒死, 時號食人虫, 試以諸藥不死, 塗以葱汁則便死.	高宗三十三年五月, 雨毒蟲, 其蟲身裹細網, 剖之如斫白毛, 隨飮食入人腹中, 或呻人皮膚人輒死, 時號食人蟲, 試以諸藥不死, 塗以葱汁便死. 『高麗史』_〈志〉_「五行」
	출전 명기 없이 인용 ▷ 『高麗史』, 조선의 문헌 인용.	
	此宜記取.	이익의 견해
51. 箕仙	謝肇淛五雜俎, 有箕仙之說, 盖鬼有一種, 名箕仙, 能與人通語言, 著靈怪, 亦或賦詩. 土人有招仙送仙之術, 有書社學子, 學招而不解送其鬼, 遂留不去云云.	① 人有召箕仙, 以白鷄冠請詩者, 卽書曰, 鷄冠本是胭脂染. 其人曰, 誤矣, 乃白色者也. 復續曰, 洗卻胭脂似粉妝. 只爲五更貪報曉, 至今猶帶一頭霜. 又有召仙以紅梅爲題, 以儔頭牛爲韻, 箕云, 雪骨冰肌孰與儔. 人曰, 所求乃絳梅, 非白也. 良久書曰, 點些顔

51. 箕仙		色在枝頭. 牧童睡起朦朧眼, 錯認桃林欲放牛. 二詩頗有致, 而事絶相類, 豈好事者爲之耶. ②箕仙之卜, 不知起於何時, 自唐宋以來, 卽有紫姑之說矣. 今以箕召仙者, 里巫俗師, 卽士人亦或能之. 大率其初皆本於遊戲幻惑以欺俗人, 而行之旣久, 似亦有物憑焉, 蓋遊鬼因而附之, 吉凶禍福, 間有奇中, 卽作者亦不知其所以然也. 余友人鄭翰卿最工此戲. 萬曆庚寅辛卯間, 吾郡瘟疫大作, 家家奉祀五聖甚嚴, 鄭知其妄也, 乃詐箕降言, 陳眞君奉上帝敕命, 專管瘟部諸神. 令卽立廟於五聖之側. 不時有文書下城隍及五聖. 愚民翕然崇奉, 請卜無虛日. 適闠獄失囚, 召箕書曰, 天綱固難漏, 人寰安可逃. 石牛逢鐵馬, 此地可尋牢. 無何, 果於石牛驛鐵馬鋪中得之. 名遂大噪, 遠近祈禳雲集. 時有同事數人, 皆余友也, 余笑問之, 諸君亦自詫, 不知其何以中也. 泊數年, 諸君倦於應酬, 術漸不靈矣. 然里中兒至今不知其僞也.
출전으로 서명과 찬자의 이름을 모두 제시: 謝肇淛『五雜俎』=『五雜俎』 *『五雜俎』의 내용을 요약 인용하였음.		
余考東坡志林云, 過廣州, 訪崇道大師何德順, 有神仙降於其室, 自言女仙, 賦詩立成, 或以其託於箕帚, 如世所謂紫姑神者.		過廣州, 訪崇道大師, 何德順, 有神仙降於其室, 自言女仙也, 賦詩立成, 有超逸絶塵語, 或以其託於箕箒, 如世所謂紫姑神者. 『東坡全集』_〈志林〉_「異事」_宋 蘇軾 撰.
『東坡志林』=『東坡全集』_〈志林〉_「異事」		
又天篆記云, 江淮間俗尚鬼, 歲正月, 必衣服箕帚爲紫姑神.		江淮間俗尚鬼, 歲正月, 必衣服箕箒爲子姑神. 『東坡全集』_〈天篆記〉
출전으로 편명을 서명 대신 제시: 〈天篆記〉=『東坡全集』_〈天篆記〉		
然則其說之傳來, 盖亦久矣.		이익의 견해

	今世人家, 鬼變甚多, 或猝急驚散, 現其本相, 則必是箒杵等陳舊之物.	이익의 전문
	意者, 風氣所聚, 初無形像, 必須襯得人氣多者, 如箕箒之物, 然後方能作怪, 故曰箕仙也. 然我國之鬼物作怪者, 俗謂之獨脚, 皆自稱姓金, 古今無不然, 不知異域亦然否. 意者, 彼不過風氣所聚, 源於巽木, 木性畏金, 故鬼亦壓勝而然者耶.	이익의 견해
52.牛聽	古云, 牛聽以鼻.	牛聽以鼻.『弇州四部稿』_〈宛委餘編〉
	출전으로 범칭을 서명 대신 제시: 古云 ▷『弇州四部稿』	
	驗之果然, 牛雖有耳, 其中全塞, 無隙竅, 可通則聽不以耳者, 明矣. 齒旣外形而爲角, 則聲反下通于鼻, 亦無足怪. 鼻者, 氣竅也. 人或病鼽嚏者, 鼻塞而氣激, 則氣與耳通, 氣通則聲或有可通之理, 亦嘗驗之, 牛之齕草似若鼻嗅, 然者是未可曉.	이익의 실험
53.雹	誰昔外郡雨雹, 狀啓以聞, 有文士某, 讀雹音包, 莫不傳笑.	이익의 전문
	太湖公曰, 諸君以爲如何. 曰讀作入聲者非耶. 公曰, 讀包無害, 因據古爲證, 聞者悅服. 余後考說文, 雹從雨包, 聲卽諧聲也. 包音固是.	이익의 경험
	大戴禮云, 陽之專氣爲雹, 陰之專氣爲霰, 雹霰者, 一氣之化也.	陽之專氣爲雹, 陰之專氣爲霰, 霰雹者, 一氣之化也.『大戴禮記』_漢 戴德 撰.
	『大戴禮』=『大戴禮記』	
	謂之專氣, 則有包畜之意. 故本作包音, 此指其物也. 至其洒擊殺物, 則轉聲爲蒲角切, 與麭颮之類同音, 指其事也. 今世言雹, 必指其災, 則入聲讀爲是.	이익의 견해
54.蛣蜣	字書云 蛣蜣轉糞丸, 雌雄相與, 還掘地納丸, 覆之去, 不數日, 丸自動. 又一二日, 有蜣螂自中出飛去.	蛣 …… 名蛣蜋. …… 五六月中, 噉糞土 作八, 雌雄相與還之, 一前行以後兩足曳之, 一自後推致, 掘地爲坎, 納

	丸覆之, 去不數日, …… 又一二日, 有蛅蟖, 自中出飛去. 『正字通』	
	출전으로 범칭을 서명 대신 제시: 字書 ▷ 『正字通』	
	余嘗驗之, 殆非也. 其始也, 衆虫共在糞穢中, 虫多而糞少, 則噉之盡, 不然則分而取之, 兩虫轉一丸, 雜亂無別, 莫非偶相値者, 非其雌雄也. 其藏於沙土中, 卽將貯以待食, 如烏鵲得食, 必密藏於草樹間, 俄而扣之, 何以異哉. 人見其虫自沙土中出, 謂丸變所成, 恐無是理. 余曾爲詩云, 庭有苓通聖得尋, 後推前拒苦駿駿, 偶然相値求同利, 未必雙虫本一心. 盖目擊而認也. 又有一可笑, 虫之轉丸, 輒有一虫隨行, 旁睍爲待藏, 暗儳計, 近則伏, 遠則密, 覘相失則飛走尋求, 情狀可惡. 一日與兒輩, 閒步戱成一絶云, 微虫轉糞輕蘇合, 二介辛勤只一丸, 共向泥沙藏欲密, 寧知別有待甘餐. 又有一種, 形稍大者, 獨自運丸, 本草不載. 人又云, 破腹則有白條如絲者, 貼之毒瘡, 能穴膚而入, 痛難忍, 俄而條化爲水, 而毒亦消, 驗之果然, 此又可異也.	이익의 관찰과 실험
55. 鵜鶘	余行海岸, 見一大鳥, 浮在陂澤, 色白形如鵝, 厥大倍之, 俗名豐德鳥, 獵者, 以銃丸中之, 遂獲焉. 余就以察之, 嘴長而不尖, 下脣只有周郭, 下連垂胡, 空寬無物, 洞及朦臆, 可容水一大椀, 內有沙虫, 咬食皮肉, 卽生長於胡中者, 而鳥亦無奈何也. 意者, 鵜鶘之類, 是也.	이익의 관찰
56. 馬明鳥	今俗, 見物細長者, 必曰馬明之尾, 始不知何謂. 有人見小雀如燕, 其尾長於身十倍, 問於土人, 則謂此馬明鳥也. 盖山野之間, 徃徃有之, 而我偶未之見也. 如爾雅諸書中, 皆不見有此. 偶閱胡日從十竹齋畫譜有之, 不著其名, 但有詩云, 最不禁風雨, 堪同梔子花, 何愁毛羽濕, 飛不到天涯, 盖中國亦有此物.	『十竹齋畫譜』_胡日從 이익의 견해

57. 讒鼎	韓非說林, 齊伐魯, 索讒鼎, 以其鴈往, 齊人曰, 鴈也. 魯人曰, 眞也. 鴈, 贋也. 讒鼎者, 不知何物. 按唐類函, 晉讒鼎銘曰, 昧朝丕顯, 後世猶怠, 況日不悛, 其能久乎. 服虔曰, 疾讒之鼎也. 或曰, 讒, 地名.	齊伐魯, 索讒鼎, 魯以其贋往, 齊人曰, 贋也, 魯人曰, 眞也. 『韓非子』_〈說林〉 曰昧旦丕顯, 後世猶怠, 況日不悛, 其能久乎. [服虔云, 讒鼎, 疾讒之鼎.] 『春秋左傳注疏』 左傳昭三年, 叔向語晏嬰曰, 讒鼎之銘曰, 昧旦丕顯, 後世猶怠, 況日不悛, 其能久乎. 注, 讒, 鼎名也. 正義, 服虔云, 疾讒之鼎也. 明堂位所云, 崇鼎. 一云, 讒, 地名. 禹鑄九鼎於甘讒之地, 故云讒鼎. 二者無據, 故杜云, 鼎名而已, 韓非子, 齊伐魯索讒鼎. 『玉海』_「晉讒鼎」_宋 王應麟 撰. 晉讒鼎銘曰, 昧旦丕顯, 後世猶怠, 況日不悛, 其能久乎.[按服虔曰, 疾讒之鼎也. 一曰, 讒, 地名.] 『淵鑑類函』

『韓非』〈說林〉 = 『韓非子』〈說林〉
출전으로 주석가의 이름을 서명 대신 제시: 服虔 ▶ 『春秋左傳注疏』
『唐類函』
*『玉海』와 전반적인 내용이 유사하기에, 『玉海』 유에서 착상을 받았을 것으로 보인다. 다만 『玉海』 유에서 인용한 문헌을 다시 확인하여 완성도를 높인 것으로 추정된다.

	愚按古人凡有典章, 必有鼎以垂法, 如刑鼎之類, 是也. 善言可銘, 則讒說之戒, 宜有鼎以銘之耳. 其意則盖謂行讒於暗昧之際, 售於一時, 容或可欺, 後世不可掩, 況行讒於白日之下, 而不至顚覆耶. 其義亦切矣, 謂之晉鼎, 則非特魯有之矣.	이익의 견해
58. 琴阮	唐劉餗, 隋唐嘉話云, 元行沖爲太常少卿, 時人於古墓中, 得銅物, 似琵琶 而身正圓, 莫有識者, 元視之曰, 此阮咸所造樂具, 與七賢圖咸所彈相類也. 乃令匠	元行沖實客爲太常少卿, 有人於古墓中, 得銅物, 似琵琶, 而身正圓, 莫有識者, 元視之曰, 此阮咸所造樂具, 乃令匠人, 改以木, 爲聲甚清雅, 今呼爲

	人, 改以木, 聲甚淸雅, 今呼爲阮咸, 是也.	阮咸, 是也. 『說郛』_〈隋唐嘉話 劉餗〉
	재인용: 唐 劉餗의 『隋唐嘉話』 ▷ 『說郛』_〈隋唐嘉話 劉餗〉	
	今世稱琴阮, 本此, 然咸之所造, 類琵琶而非琴, 則謂琴阮, 恐誤.	이익의 견해
59. 海東靑	鶻俗名那馳, 鶻之於鷹, 如鶖之於籠脫也. 海東靑, 鶻類也. 鶻與鷹, 有別, 鶻尾短睛黑屎不猛瀉, 鷹皆不然也.	이익의 견해
	昔我世宗大王, 進海東靑, 明皇帝不受, 又賜鎡器, 此著於明史也. 徃者, 近郊有鶻搏鴈羣, 鴈爭來噆其羽, 六翮瘃濕, 鶻不能飛, 爲里人所得, 遂調擾, 獵雉百發百中, 其捷疾比鷹倍蓰, 豈所謂海東靑者耶	이익의 전문
60. 兩頭蛇	世傳孫叔敖埋蛇事, 後世絶不聞蛇有兩頭, 而見卽中毒, 亦理之所無.	이익의 견해
	余見張耒明道雜志云, 黃州, 有小蛇, 首尾相類, 因謂兩頭蛇, 視之則其尾蓋類首而實非也. 土人言, 此老蚯蚓所化, 無甚大者, 行不類蛇, 宛轉甚鈍, 又謂之山蚓.	黃州, 有小蛇, 首尾相類, 因謂兩頭蛇, 余視之, 其尾端蓋類首而非也. 土人言, 此老蚯蚓所化, 無甚大者, 其大不過如大蚓, 行不類蛇, 宛轉甚鈍, 又謂之山蚓. 『說郛』_〈明道雜志 宛丘 張耒〉 『淵鑑類函』_「化蛇」
	재인용: 張耒 『明道雜志』 ▷ 『說郛』_〈明道雜志 宛丘 張耒〉 혹은 『淵鑑類函』_「化蛇」	
	黃州卽楚地, 叔敖所見, 或者, 此物而以其形貌異常, 故當時愚俗謬謂見者必死, 其實否也.	이익의 견해
	沈氏筆談, 宣州, 多歧首蛇, 其長盈尺, 但一首逆鱗, 人家庭檻間, 動有數十同穴, 畧如蚯蚓.	宣州寧國縣, 多枳首蛇, 其長盈尺, 黑鱗白章, 兩首文彩同, 但一首逆鱗耳. 人家庭檻間, 動有數十同穴, 畧如蚯蚓. 『夢溪筆談』_〈雜誌〉_宋 沈括 撰.
	『沈氏筆談』=『夢溪筆談』	
	亦山蚓之類耳. 然在叔敖心德可以取焉, 則又不必究到蛇之有無耳.	이익의 견해

61. 合歡	詩家多言合歡, 釋者, 以本草合歡樹爲解, 非也.	이익의 견해
	按周禮, 司几筵, 設莞筵紛純, 加繅席. 鄭註, 繅席, 削蒲蒻展之, 編以五采, 若今合歡矣.	司几筵 …… 設莞筵紛純, 加繅席. [鄭司農云……繅席, 削蒲蒻展之, 編以五采, 若今合歡矣.] 『周禮注疏』
	『周禮』=『周禮注疏』	
	以意推之, 用蒲蒻之屬, 染以五采, 相間織成爲紋, 作禽鳥相悅之狀, 今之花紋席者, 皆如此. 想漢法如此, 其爲衣被, 亦必以五采絲, 雜織成者乎.	이익의 견해
	*우리나라의 화문석(花紋席)에 대한 언급.	
62. 倀鬼	溺水死者之魂, 亦曰倀鬼, 與被虎噬者同, 多見人或溺死後, 其族親若有鬼招而赴水者, 徃徃有之, 可怪. 人有問城隍之義者, 不知所本.	이익의 견해
63. 城隍廟	據五禮儀, 厲祭祝辭云, 致祭于無祀鬼神, 人之死生, 有萬不齊, 從古迄今, 不得良死者, 其類不一, 或在戰陣而死國, 或遭鬪毆而亡軀, 或以水火盜賊, 或罹飢寒疾疫, 或爲墻屋之頹壓, 或遇虫獸之螫噬, 或陷刑辟而非罪, 或因財物而逼死, 或因妻妾而隕命, 或危急自縊, 或沒而無後, 或産難而死, 或震死, 或墜死, 若此之類, 不知其幾, 孤魂無托, 祭祀不及, 陰魂未散, 結而爲妖, 是用告于城隍, 召集羣靈, 侑以淸酌之庶羞, 惟爾衆神, 來享飲食, 無爲厲災, 以干和氣.	州縣厲祭祭文云云, 致祭于無祀鬼神, 人之死生, 有萬不齊, 從古迄今, 不得良死者, 其類不一, 或在戰陣而死國, 或遭鬪毆而亡軀, 或以水火盜賊, 或罹飢寒疾疫, 或爲墻屋之頹壓, 或遇蟲獸之螫噬, 或陷刑辟而非罪, 或因財物而逼死, 或因妻妾而隕命, 或危急自縊, 或沒而無後, 或産難而死, 或震死, 或墜死, 若此之類, 不知其幾, 孤魂無托, 祭祀不及, 陰魂未散, 結而爲妖, 是用告于城隍, 召集群靈, 侑以淸酌之庶羞, 惟爾衆神, 來享飲食, 無爲厲災, 以干和氣 『國朝五禮儀』_「祝版」_朝鮮 申叔舟 等撰
	『五禮儀』=『國朝五禮儀』, 조선의 문헌 인용.	
	又有城隍發告祝云, 將以某月某日, 設壇北郊, 祭闔境無祀鬼神, 庶資神力, 召集赴壇.	將以某月某日, 設壇城北, 祭闔境無祀鬼神, 庶資神力, 召集赴壇. 「厲祭祝文」
	조선 향교의 「여제축문(厲祭祝文)」 언급.	

63. 城隍 廟	然則城隍者, 卽厲祭之大者, 故使之召 集羣神而享之也.	이익의 견해
	程子曰, 如今城隍神之類, 皆不當祭. 又 曰, 城隍不典土地之神, 社稷而已, 何得 更有土地耶.	[如今城隍神之類, 皆不當祭.] 『二程遺書』_卷一_「端伯傳師說」 又問, 城隍當謁否. 曰城隍不典土地之 神, 社稷而已, 何得更有土地邪. 『二程遺書』_〈伊川語錄〉_宋 朱子 編.

출전으로 저자의 이름을 서명 대신 제시: 程子 ► 『二程遺書』
*『성호사설』에서는 『二程遺書』 卷一의 주석에 卷二十二 본문의 내용을 이어
붙였다.

	此則雖曰非禮, 而似指后土之類, 與我 國祝辭, 微不同也.	이익의 견해
	城隍字, 本出易泰上六爻辭, 謂城池也.	이익의 견해
	傳所謂掘隍土, 積累以成城者, 是也.	傳, 掘隍土, 積累以成城. 『周易傳義大全』_「泰」

『傳』=『周易傳義大全』

	意者, 城池者, 人所聚居, 祀其神, 使率 人之不得良死者耳.	이익의 견해
	按陸游鎭江府城隍忠祐廟記云, 漢將軍 紀信, 爲其地城隍神,	自故時祠紀侯爲城隍神. 『渭南文集』_「鎭江府城隍忠祐廟記」_ 宋 陸游 撰.

출전으로 저자의 이름과 편명을 제시: 陸游「鎭江府城隍忠祐廟記」= 陸游「鎭江
府城隍忠祐廟記」

	旣云城隍, 何得更有他鬼, 爲之主耶.	이익의 견해
	又有寧城縣城隍祠記云, 城者, 以保民, 禁姦通, 節內外, 其有功於人最大, 自唐 以來, 郡縣, 皆祭城隍, 在他神祠上, 其 禮顧不重歟.	城者, 以保民, 禁奸通, 節內外, 其有 功於人最大, 顧以非古黜其祭, 豈人心 所安哉. 故自唐以來, 郡縣, 皆祭城隍, 至今世尤謹, 守令謁見, 其儀在他神祠 上, 社稷雖尊, 特以令式從事, 至祈禳 報賽, 獨城隍而已則, 其禮顧不重歟. 『渭南文集』_「寧德縣重修城隍廟記」

출전으로 편명을 제시: 「寧城縣城隍祠記」= 陸游「寧城縣城隍祠記」
*「鎭江府城隍忠祐廟記」와 「寧德縣重修城隍廟記」 두 편 모두 『古今事文類聚前
集』에 실려 있으므로 『古今事文類聚前集』에서 재인용하였을 가능성도 배제할
수 없음.

游之言, 前後不侔如此.	이익의 견해
興地勝覽, 壯節公申崇謙, 死爲谷城縣城隍神, 金洪術爲義城城隍神, 蘇定方爲大興城隍神之類, 不可勝記.	『新增東國興地勝覽』

『興地勝覽』=『新增東國興地勝覽』

與紀信鎭江同例, 其事可怪, 盖社稷者, 土穀之神也.	이익의 견해
左傳, 共工氏有子曰句龍, 爲后土, 后土爲社, 烈山氏之子曰柱, 爲稷, 自夏以上祀之, 周棄亦爲稷, 自商以來祀之.	共工氏有子曰句龍, 爲后土, 后土爲社, 有烈山氏之子曰柱, 爲稷, 自夏以上祀之, 周棄亦爲稷, 自商以來祀之, 『春秋左傳注疏』〈昭公〉

『左傳』=『春秋左傳注疏』

此疑若句稷死爲社稷之神, 然其實配食也, 非眞爲土穀之神也. 意者, 向之紀信之徒, 其初配食於城隍, 而後人迷其本實, 妄謂人死之鬼, 爲城隍神耶.	이익의 견해
余居安山郡, 一日郡守某遣鄕座首, 來問厲祭期迫, 閱視位牌, 則題云折衝將軍, 不知如何. 余只據時典五禮儀爲對, 折衝之稱, 恐是襲謬, 不知其人後果何以處也.	이익의 체험
此必因谷城·義城之例, 註誤而不改也. 縱曰死而配食, 豈有直書城隍神牌之理. 國俗喜事鬼, 或作花竿, 亂掛紙錢, 村村巫, 恒謂之城隍神, 以爲惑民, 賭財之計, 愚氓懼畏, 競輸之, 官無禁令, 可異也. 且村巫, 崇奉萬明神, 民有疾厄, 輒禱之, 或謂萬明卽新羅金庚信之母, 野合而奔舒玄者也. 奉之者, 必畜大鏡, 鏡必穹面, 是或羅俗然耳. 彼奔女之鬼, 豈有千載不昧之理. 島民尤尙淫祠, 如濟州無村無祠, 守者厚利, 故官稅亦重, 李參議衡祥, 悉焚之, 民皆驚恐, 其還, 皆謂必溺, 及其利涉, 莫不疑怪云. 日本之俗尤甚, 熊野徐福最古, 如新羅人日羅, 爲愛宕權現神, 求福者, 輻輳神門如市云.	이익의 견해

64. 麻鞨	李賀詩, 紫繡麻霞踏哮虎.	紫繡麻霞踏哮虎. 李賀의「秦宮詩」(『唐音』)
	출전으로 작가의 이름을 제시: 李賀 詩 ▷ 李賀의「秦宮詩」	
	按字書, 麻鞨, 履名, 霞與鞨通也.	
65. 銀甁	平準書, 虞夏之幣, 金爲三品, 或黃或白 或赤或錢或布或刀或龜貝.	虞夏之幣, 金爲三品, 或黃或白或赤或 錢或布或刀或龜貝. 『史記』_〈平準書〉
	출전으로 편명을 서명 대신 제시: 〈平準書〉=『史記』_〈平準書〉	
	錢布之類, 其來遠矣.	이익의 견해
	漢武時, 造白金三品, 以爲天用莫如龍, 地用莫如馬, 人用莫如龜, 其一, 形圓而 文龍, 重八兩, 其二, 差小, 形方而文馬, 其三, 復小, 形橢而文龜.	又造銀錫爲白金, 以爲天用莫如龍, 地 用莫如馬, 人用莫如龜, 故白金三品, 其一曰重八兩, 圜之, 其文龍, 名曰白 選, 直三千, 二曰重差小, 方之, 其文 馬, 直五百, 三曰復小, 橢之, 其文龜, 直三百. 『史記』_〈平準書〉
	*위의 인용문(〈平準書〉)에서 이어지는 내용.	
	王莽造契刀, 環如大錢, 身形如刀, 復造 十布, 其小布, 長寸五分, 重十五銖, 上 剡而下岐.	王莽, 居攝變漢制, 以周錢, 有子母相 權, 於是, 更造大錢, 徑寸二分, 重十 二銖, 文曰大錢五十. 又造契刀·錯刀, 契刀, 其環如大錢, 身形如刀, …… 大 布·次布·第布·壯布·中布·差布·厚 布·幼布·么布·小布, 小布, 長寸五 分, 重十五銖, 文曰小布. 『文獻通考』_〈錢幣考〉_「歷代錢幣之 制」
	출전 명기 없이 인용 ▷『文獻通考』	
	古之行貨, 不過如是.	이익의 견해
	我國之錢, 有通寶·重寶·疎寶之名, 或 稱三韓, 或稱海東, 或稱東國, 見於傳記 者, 如此也.	이익의 견해
	按東史, 高麗肅宗時, 始鑄錢, 又始用銀 甁爲貨, 其制以銀一斤爲之, 像本國地 形, 俗號濶口. …… 至恭愍五年, 廢而用 銀錢.	是年, 亦用銀甁爲貨, 其制, 以銀一斤 爲之, 像本國地形, 俗名濶口. …… 恭 愍王五年九月 …… 不能無弊銀甁 …… 宜令官鑄銀錢. 『高麗史』_〈食貨志〉_「貨幣」

	출전으로 범칭을 서명 대신 제시: 東史 ▷ 『高麗史』	
	蓋白金三品之類而像地形, 殺其腰, 故似甁而濶其口也. 獨此制無傳, 博古者, 宜知之.	이익의 견해
66. 罔兩	莊子, 有罔兩問影之語, 註謂罔兩是影旁蒙曨氣.	罔兩問景. 『莊子』_〈齊物論〉
	『莊子』＝『莊子』	
	嘗驗之日中, 兩物有影, 推兩影, 漸近未及相接, 先有蒙曨氣來合, 始知影外分明有微氣在也.	이익의 관찰
	又嘗以琉璃鏡, 向壁照顔, 先有影當中, 左右尋索, 則影外又有面, 在其耳目之大, 比前影甚大, 蒙曳之言果爾.	이익의 실험
67. 尺	**大典曰, 以周尺, 準黃鍾尺, 則周尺長六分六釐, 以營造尺, 準黃鍾尺, 則長八寸九分九釐, 以造禮器尺, 準黃鍾尺, 則長八寸二分三釐, 以布帛尺, 準黃鍾尺, 則長一尺三寸四分八釐.** 周尺, 便是黃鍾, 貳之者, 何也. 所謂造禮器尺者, 又不知何從而起也. 準於布帛尺, 則周尺, 不過四寸有奇也. 世傳英廟將造律呂時, 陳理明昇謫居我邦, 命量其所帶神主, 而知其長短之數, 神主非用周尺者耶. **柳磻溪云, 今京中水標橋所竪水標石刻周尺, 是也. 又云, 今三陟府所藏銅鑄布帛尺, 所刻年號月日俱在, 卽英廟時, 命藏各邑及名山, 而今無存者, 惟此幸保焉.** 今之公私所用布帛尺, 較此更加七寸强云.	以周尺準黃鍾尺, 則周尺長六寸六釐, 以營造尺, 準黃鍾尺, 則長八寸九分九釐, 以禮器尺, 準黃鍾尺, 則長八寸二分二釐, 以布帛尺, 準黃鍾尺, 則長一尺三寸四分八釐. 『經國大典』_〈度量衡〉 今三陟府所藏銅鑄, 世宗朝布帛尺, 半其所刻年號月日俱在, 制造極精, 細入秋毫. 蓋當時旣齊律度. 鑄銅尺遍藏於各司各邑庫名山, 而屢經兵亂, 今無存者, 唯幸保於此府, 人亦視爲尋常, 未久又將埋沒可歎, 今公私所用布帛尺, 較此更加七分强. ○按大典曰, 以周尺準黃鍾尺, 則周尺長六寸六釐, 以營造尺, 準黃鍾尺, 則長八寸九分九釐, 以造禮器尺, 準黃鍾尺, 則長八寸二分三釐. 以布帛尺準黃鍾尺則長一尺三寸四分八釐, 今旣得此尺, 推以大典相準之數, 而得黃鍾尺, 又以黃鍾尺推之而得上周尺, 京中水標橋所竪水標石刻周尺, 此乃今京中水標橋所竪水標石刻周尺. 與上世宗朝周尺相準. 『磻溪隨錄』_〈田制〉_「諸本周尺附」_朝鮮 柳馨遠 撰.

		재인용: 『大典』(『經國大典』) ▷ 『磻溪隨錄』, 조선의 문헌 인용 *『磻溪隨錄』의 내용을 재구성하여 인용하였음.	
68. 魚無 耳		淮南子曰, 兎絲無根而生, 蛇無足而行, 魚無耳而聽, 蟬無口而飮.	絲無根而生, 蛇無足而行, 魚無耳而聽, 蟬無口而鳴. 『淮南子』_〈說林訓〉
		『淮南子』=『淮南子』	
		以余驗之, 殆不然也, 兎絲, 初亦根著地而生, 旣附在他物, 則根便枯絶, 以他物爲根也. 蛇有兩足, 在近尾處, 以火燋之, 卽露出.	이익의 관찰
		又嘗驗, 其緣木, 其有足處, 牢著木不脫也, 蟬亦有口.	이익의 관찰
		唐詩所謂, 垂緌飮淸露, 是也.	虞世南의 「蟬」(『唐詩品彙』)
		출전으로 작품명 대신 범칭 제시: 唐詩 ▷ 虞世南의 「蟬」	
		但其鳴時, 旁甲掀動, 頗似助, 以作聲.	이익의 견해
		故, 考工記, 謂以旁鳴者.	注. 鳴者, 以旁鳴者. 『周禮注疏』_〈冬官 考工記〉
		출전으로 편명을 서명 대신 제시: 〈考工記〉=『周禮注疏』	
		此則未可知也. 但未知魚之有耳與否耳.	이익의 견해
69. 雀餳		古今灾祥之類, 卽理之難別, 有德星則有灾星, 瑞星有王蓬芮·昭明·司危·地維藏光, 而晉志, 或謂客星·或謂妖星, 誰得以別之.	이익의 견해
		有甘露, 則有雀餳·木醴, 雀餳, 光潔如珠, 劉貢父以爲戾氣.	周仲元章, 作漕淮南, 謂予曰, 嘗爲衡陽宰, 一日邑吏云, 甘露降, 視松竹間, 光潔如珠, 因取一枝, 視劉貢父貢, 父曰, 速棄之, 此陰陽之戾氣所成, 其名爵餳, 飮之令人致疾. 古人盖有說焉, 當求博識之君子求甘露爵餳之別.[建康實錄, 陳末, 覆舟山及蔣山松栢林, 冬月, 嘗出木醴, 後主以爲甘露之瑞, 俗呼爲雀餳.] 『甲申雜記』_宋 王鞏 撰. 『說郛』_〈甲申雜記 王鞏〉에도 주석을 제외한 동일한 내용이 있음.

출전 명기 없이 인용 ▷ 『說郛』	
宋王陶談淵云, 翰林學士杜鎬, 都城外 有墳庵莊, 一日若有甘露, 降布林木, 子 姪驚喜, 鎬味之, 慘然曰, 此雀餳也, 大 非佳兆, 吾門其衰矣. 踰年鎬卒, 有八 喪.	翰林侍講學士杜鎬, 博學有識, 都城外 有墳莊, 一日若有甘露, 降布林木, 子 姪輩驚喜, 白於鎬, 鎬味之, 慘然不懌, 子姪啓請, 鎬曰, 此非甘露, 乃雀餳, 大非佳兆, 吾門其衰矣, 踰年, 鎬薨, 有八喪. 『說郛』_〈談淵 王陶〉
출전 명기 없이 인용 ▷ 『說郛』	
陳末, 覆舟山·蔣山松栢林, 冬日, 常出 木醴, 後主, 以爲甘露, 未幾, 陳亡.	『甲申雜記』宋 王鞏 撰. 建康實錄, 陳末, 覆舟山, 及蔣山松栢 林, 冬月, 常出木醴, 後主, 以爲甘露 之瑞, 俗呼爲雀餳. 『說郛』_〈甲申雜記 王鞏〉
위의 인용문(『說郛』〈甲申雜記 王鞏〉)에서 이어지는 내용.	
我國光海之末, 柳夢寅興陽墓山松竹 間, 有香露, 如糯米酎, 觸手皆黏, 光耀 照日, 味甘如蜜, 人皆攀樹而呫之, 當時 柳氏榮顯彌增, 誇以爲瑞, 亦未幾, 柳族 覆敗.	이익의 전문
우리나라의 이야기	
夫人固有似忠而奸者, 物亦有非祥伊灾 耶. 抑又思之, 一時星氣凝成, 特偶然 爾, 於人何與. 又況閭巷匹夫, 其能有感 召乎. 不獨據以爲祥者爲非, 實歸諸禍 殃, 亦未見其必得矣.	이익의 견해
宣德丙午, 我國黃州, 甘露降, 正統丙 辰, 又降于定平永興等地, 色如白蠟, 味 甚甛, 大臣請賀, 上曰, 降祥非其時, 予 以爲灾大哉, 王言宜, 後辟之所監.	이익의 전문
우리나라의 이야기	
70. **養螳**	古者, 八蜡, 祭虎祭猫, 爲其食豕食鼠 也. 是知天下無不可用者.	이익의 견해
	南方, 有養螳者, 謂之養柑螳, 種柑橘, 患小虫損食其實, 惟多螳, 則虫不能生,	廣南, 可耕之地, 少民多種柑橘, 以圖 利, 常患小蟲損食其實, 惟樹多蟻, 則

	故園戶買螆, 遂有販者, 用猪羊膟, 盛脂其中, 張口, 置螆穴旁, 俟螆入其中, 持去.	蟲不能生, 故園戶之家, 買蟻於人, 遂有收蟻而販者, 用猪羊膟, 盛脂其中, 張口置蟻穴傍, 竢蟻入中則持之而去, 謂之養柑蟻. 『雞肋編』_宋 莊綽 撰. 『說郛』_〈雞肋編 莊綽〉에도 동일한 내용이 있음.
	출전 명기 없이 인용 ▷ 『說郛』	
	其術亦巧矣. 王者御世, 人無棄材, 可以旁推.	이익의 견해
	*개미에 대한 이야기가 인재 등용에 대한 주제로 변함.	
71. 艫鼠	余昔遊金剛山, 僧道深山本無虎豹, 歸之佛靈, 盖亦怪事.	이익의 전문
	龐元英云, 林木上, 多艫鼠, 虎至其下, 則鼠必鳴噪, 自拔其毛投虎身, 著處必生虫, 遍身瘡爛, 以至死, 故畏不敢至, 是以畫虎, 必平原曠野, 茅葦叢薄中, 隋文帝所謂, 比之猛虎人不能害, 反爲毛間虫所蠱損者, 是也.	大木上, 多艫鼠, 虎過其下, 鼠必鳴噪, 自拔其毛投虎身, 着處必生蟲, 則遍身瘡爛, 以至乎死, 故畏不敢至, 方悟宣城包氏畫虎, 皆平原曠野, 茅葦叢薄, 中亦有棘枝 尋丈, 未嘗作林木者, 以此. 隋文帝云, 譬之猛虎, 人不能害, 反爲毛間蟲所蠱損, 又可證也. 『說郛』_〈談藪 龐元英〉
	출전 명기 없이 인용 ▷ 『說郛』	
	然此亦未必然, 凡禽獸强呑弱肉, 弱者不能支, 惟近人林薄中, 則猛獸不敢恣行, 故麞鹿狐兔, 猶以爲歸, 如燕雀避人, 而尙不能遠去也. 空山無所得, 而猪犬畜物, 在在可求, 此虎所以至也歟.	이익의 견해
72. 犬妖	古今多犬妖, 余親屬某家, 有高樓, 四壁閉而中無物, 每夜有物喧鬧若犇鬪狀, 到曉方止, 人以爲鬼, 一日偶察之, 畜犬, 因梯而升, 隙穴透入而然也, 遂殺犬妖乃息云.	이익의 전문
73. 鳴鞭	梁孝王傳, 出言警, 入言趯, 司馬貞曰, 言出入者, 互文, 出亦有趯.	出言趯, 入言警. [言出入者, 互文耳, 出亦有趯.] 『史記索隱』_「梁孝王系家」_唐 司馬貞 撰.

출전으로 서명 대신 편명과 찬자의 이름을 제시:「梁孝王傳」, 司馬貞 =『史記索隱』「梁孝王系家」_唐 司馬貞 撰.	
霍光傳, 道上稱趕.	道上稱趕. 『前漢書』「霍光傳」
출전으로 편명을 서명 대신 제시:「霍光傳」▷『前漢書』「霍光傳」	
注亦曰, 止行人也.	趕, 止行人也. 『前漢書』「文三王傳」의 주석
불명확한 형식의 출전 제시: 注 ►『前漢書』「文三王傳」의 주석	
意者, 君行, 淸道之聲, 如今臚唱臚傳.	이익의 견해
晉語所謂風聽臚言于市, 是也.	風聽臚言於市. 『國語』〈晉語〉吳 韋昭 注.
출전으로 편명을 서명 대신 제시:〈晉語〉=『國語』〈晉語〉吳 韋昭 注.	
後世遂有繡趕錦趕之說, 警趕, 何與於錦繡而云爾. 或者, 淸道之聲, 不以口而易之以物, 仍以繡錦爲之故耶.	이익의 견해
余按大明集禮, 君行, 左右有鳴鞭.	『大明集禮』_明 徐一夔 撰.
『大明集禮』=『大明集禮』	
鳴鞭者, 卽今俗田野間, 警雀之用, 是矣. 以物爲索, 始鴻終殺, 長丈餘, 續之以柔韌之物, 末極尖細, 擧其頭, 右旋周, 揮勢甚急疾, 又卒遽左迴, 則梢末聲震, 禽獸盡驚, 盖氣隨鞭疾, 至於梢末, 逆以激之, 所以作聲許大也.	이익의 관찰
余驗之, 其尖末, 易以破弊, 非數易不可, 其理可知也.	이익의 체험
繡趕之類, 必將寶飾鳴鞭, 以代淸道之用, 而得名者歟.	이익의 견해
74. 義之書	世傳右軍楷書多贗, 作章草則雖傳模失眞, 而見存二王帖之類, 猶可信, 行書亦蘭亭帖在矣, 獨楷書難眞.	이익의 견해
	米元章待訪錄云, 逸少眞書, 黃庭經與樂毅論·太史箴·告誓文·累表也, 蘭亭·洛神賦, 皆行書也, 其他皆草書也.	逸少眞書, 此經與樂毅論·太史箴·告誓文·累表也. 蘭亭·洛神賦, 皆行書也, 其他皆草書也. 『說郛』〈寶章待訪錄 米芾〉

74. 義 之 書	재인용: 米元章〈待訪錄〉▷『說郛』〈寶章待訪錄 米芾〉	
	集古錄, 亦以黃庭經二篇爲羲之遺法.	世傳, 王羲之嘗寫黃庭經, 此豈其遺法歟. 『集古錄』_宋 歐陽修. 世傳王羲之嘗寫黃庭經, 此豈眞遺法歟. 『說郛』〈集古錄 歐陽修〉
	재인용: 『集古錄』▷『說郛』〈集古錄 歐陽修〉 *앞뒤의 글이 모두『說郛』의 재인용인 것으로 보아 이 문장도『說郛』의 재인용 으로 추정됨.	
	然元章書史云, 黃素黃庭經一卷, 是六朝人書, 無唐人氣格. 晉史載爲寫道德經, 當擧羣鵝相贈, 因李白詩, 山陰道士如相見, 應寫黃庭換白鵝. 人遂以黃庭經爲換鵝經, 甚可笑也. 世傳黃庭經, 多惡札而內多鍾法者, 猶是好事者爲之耳, 然則今之所傳, 或是多鍾法者矣.	又黃素黃庭經一卷, 是六朝人書絹完, 並無唐人氣格. …… 晉史載爲寫道德經, 當擧羣鵝相贈, 因李白詩送賀監云, 鏡湖流水春始波, 狂客歸舟逸興多, 山陰道士如相見, 應寫黃庭換白鵝, 世人遂以黃庭經爲換鵝經, 甚可笑也. 此名因開元後世傳黃庭經, 多惡扎皆是僞作, 唐人以畫贊猶爲非眞, 則黃庭內多鍾法者, 猶是好事者爲之耳. 『說郛』〈書史 米芾〉
	재인용: 元章『書史』▷『說郛』〈書史 米芾〉	
	宋張懷瓘書斷云, 樂毅論·太平公主奏, 借出外揭寫, 因此遂失所在.	樂毅論·長安中太平公主奏, 借出外揭寫, 因此遂失所在. 『說郛』〈書斷 張懷瓘〉「二王眞跡」
	재인용: 宋 張懷瓘『書斷』▷『說郛』〈書斷 張懷瓘〉	
	米元章云, 樂毅論, 智永跋云, 梁世摹出, 天下珍之, 其間書誤兩字, 遂以雌黃治定, 然後用筆, 余於天竺僧處, 得一本, 有改誤兩字, 是梁本也.	樂毅論, 智永跋云, 梁世摹出, 天下珍之, 其間書誤兩字, 遂以雌黃治定, 然後用筆. 今世無此改誤兩字本流傳. 余於杭州天竺僧處, 得一本, 上有改誤兩字, 又不闕唐諱, 是梁本也. 『說郛』〈書史 米芾〉
	재인용: 米元章▷『說郛』〈書史 米芾〉	
	然今之所傳, 不見改誤字, 何哉. **東方朔畫像贊**, 是右軍書與王脩者書, 史謂唐人, 猶以爲非眞, **又謂糜破處, 歐陽詢補**	王氏右軍東方朔畫贊, 糜破處, 歐陽詢補之. 『說郛』〈書史 米芾〉

之, 然則不但非眞, 又是後人追補也. 然詢是唐人, 又何勤補其非眞哉. 或者, 唐世已以義之流傳故耶, 未可知也.	

出典 명기 없이 인용 ▷『說郛』_〈書史 米芾〉
*중간에 부분 인용

梁瘞鶴銘者題云, 華陽眞逸撰. **意是梁人作也.** 集古錄云, 刻於焦山之足, 常爲江水所沒, 好事者, 俟水落時, 模搨而傳之, 往往只得數字云. 鶴壽不知其幾而已, 余所得六百餘字, 獨多也. 潤州圖經以爲義之書, 字亦奇特, 然不類義之筆法, 類顏魯公, 不知何人也. 華陽眞逸, 是顧況道號, 碑無年月, 不敢遂以爲況也.	『集古錄』_宋 歐陽修. 右瘞鶴銘題云, 華陽眞逸撰. 刻於焦山之足, 常爲江水所沒, 好事者, 俟水落時, 模拓而傳之, 往往祇得其數字云, 鶴壽不知其幾而已, 世以其難得, 尤以爲奇, 惟余所得六百餘字, 獨爲多也. 按潤州圖經以爲王義之書, 字亦奇特, 然不類義之筆法, 而類顏魯公, 不知何人書也. 華陽眞逸, 是顧況道號, 今不敢遂以爲況者, 碑無年月, 不知何時, 疑前後有人同斯號者也. 『說郛』_〈集古錄 歐陽修〉_「梁瘞鶴銘」

재인용 및 나누기:「梁瘞鶴銘」,『集古錄』 ▷『說郛』_〈集古錄 歐陽修〉_「梁瘞鶴銘」
*내용이『集古錄』보다『說郛』에 더 가까움.
"意是梁人作也."는 이익의 견해

然非義之則無疑, 其他如筆陣帖, 分明非王筆.	이익의 견해
楊愼謂羊欣作, 李後主書.	筆陣圖, 乃羊欣作, 李後主續之, 今陝西刻石, 李後主書也, 以爲義之誤矣. 『升菴集』_「筆陣圖」

出典으로 찬자의 이름을 서명 대신 제시: 楊愼 =『升菴集』

未知有所據否, 如曹娥碑, 說者, 謂亦贗本, 其辭有云, 可恨華落, 而乃以可爲, 何疑臨書者誤耳.	이익의 견해
且碑在會稽, 而曹操·楊脩未嘗過江,	曹娥碑在會稽, 而魏武楊脩未嘗過江. 『升菴集』_「劉孝標世說注」

위의 인용문(『升菴集』)에서 이어지는 내용.

則絕妙之說, 亦未信.	이익의 견해

	余家有遺敎經, 卽先君子得之燕市者, 見者, 莫不謂寶藏, 然諸公所著, 未嘗及于此, 何也.	이익의 경험
75. 吳綾出火	猫性甚熱, 故於暗中, 以手輕輕摩毛, 則火點亂見而有焚焦之聲, 若是西極帶寒氣來者, 此又何故哉.	이익의 견해
	又吳綾爲裳, 暗室中, 力持以手摩之, 良久, 火星直出. 盖吳綾俗號爲油段子, 工家又多以脂發光潤, 人服之, 體氣烝鬱, 宜其致火也, 以猫毛生火者, 推之, 固有是理, 始知天下無物不有.	余自意平生不家於官, 何適逢此異兆, 反覆硏省, 忽憶張茂先積油致火之說, 而余所爲裳, 乃吳綾俗所謂油段子, 工家又多以脂發光潤, 况余被酒, 體氣蒸鬱, 或因以致火, 亟呼婢令於椸後力持曳裳, 余以手磨拭無算, 及手熱幾不可忍, 而火星應手, 至明日入朝, 見兵科王汝霖, 道此事, 汝霖曰, 先君爲工部侍郎時, 嘗暮歸見此, 然惟綾裙中有之, 以此知事物異常者, 必有所自, 不可遽爲驚駭, 傳惑下人也. 『方洲集』_「雜言」_明 張寧 撰.
	출전 명기 없이 인용 ▻『方洲集』	
	其不信火浣布者, 益覺呆獃.	이익의 견해
76. 引光奴	史, 建德六年, 齊后妃貧者, 以發燭爲業. 盖削松木爲小片, 其薄如紙, 鎔硫黃塗其銳, 名曰發燭, 亦名焠兒.	佩楚軒客談, 宮中用鏤金合硫黃發燭, 名著合. 田汝成委巷叢談, 杭人, 削松木爲小片, 其薄如紙, 鎔硫黃, 塗其銳, 名曰發燭, 亦曰焠兒, 蓋以發火代燈燭用也. 史載周建德六年, 齊后妃貧者, 以發燭爲業. 豈卽杭人所製歟. 陶學士淸異錄呼爲引光奴. 『格致鏡原』_〈日用器物類〉_「發燭」
	출전 명기 없이 인용 ▻『格致鏡原』	
	淸異錄云, 夜有急, 苦於作燈之緩, 批杉染硫黃, 遇火卽焰, 呼爲引光奴.	夜中有急, 苦於作燈之緩, 有智者, 批杉條染硫黃, 置之待用, 一與火遇, 得燄穗然, 旣神之, 呼引光奴, 今遂有貨者, 易名火寸. 『淸異錄』_「火寸」_宋 陶穀 撰. 『說郛』·『山堂肆考』·『格致鏡原』·『輟耕錄』에 동일한 내용이 있음.
	『淸異錄』=『淸異錄』	

	我東之俗, 多以樺皮爲之, 其始曉起讀書者爲之, 以金燧激石, 承之以引火之物, 發炎於硫黃, 易以點燈也. 樺木名産於北地, 皮可貼弓.	이익의 견해
	樂天早朝詩云, 風燭樺烟香.	白居易의「早朝」(『白氏長慶集』)
	출전으로 작자와 작품명을 모두 제시: 樂天「早朝詩」= 白居易의「早朝」	
	東坡詩云, 送客林間樺燭香.	蘇軾의「景純見和復次韻贈之 二首」(『東坡詩集註』)
	출전으로 작가의 이름을 제시: 東坡詩 ▷ 蘇軾의「景純見和復次韻贈之 二首」	
	張弼詩云, 霞城樺燭大於椽, 盖善炳故也.	*관련기사 張東海汝弼草書冠絶, 自解縉紳體中出, 詩亦淺淡. 嘗見其帙中謝人惠燭云, 霞城畫燭大如椽, 遠寄人間慶壽筵, 自愧無緣照歌舞, 夜窓頻剪讀遺篇. 『道聽錄』_明 李春熙 撰.
77. 筆妙	製筆之法, 桀者居前, 毳者居後, 强者爲刃, 要者爲輔, 參之以髮, 束之以管, 固以漆液, 澤以海藻, 濡墨而試, 直中繩, 句中鉤, 方圓中規矩, 終日握而不敗, 故曰筆妙.	製筆之法, 桀者居前, 毳者居後, 强者爲刃, 要者爲輔, 參之以髮, 束之以管, 固以漆液, 澤以海藻, 濡墨而試, 直中繩, 句中鉤, 方圓中規矩, 終日握而不敗, 故曰筆妙. 『說郛』_〈筆經 王羲之〉
	출전 명기 없이 인용 ▷ 『說郛』	
	以意推之, 桀卽毛之長者, 整毛之法, 桀前而毳後, 相間爲之, 畧有差池然也. 吾嘗考他書, 人髮數十莖, 和在其中, 甚妙, 卽其意也. 要者, 擇以精者也. 束毛之法, 强居內爲刃, 而要once周外爲輔. 盖旣定之後, 又擇其强爲心而以要圍抱也. 髮者, 卽今之尚麻, 是也. 練之色白如絲, 旣定其心, 以是纏縛, 使不解散也. 今之製筆, 定之以蜜蠟, 卽其意也. 固之, 又莫若牛膠, 而只云漆液.	이익의 견해
	吾聞中國之筆, 有入水不解散者, 意者, 漆液故也. 海藻, 必是藏筆之用, 而不可詳也. 吾聞之, 製筆之後, 以甕盛水, 懸筆其中而不及水, 歷十日, 方佳, 是其類也.	이익의 전문

	聞高麗狼尾筆, 寶重於天下, 狼尾卽黃鼠尾也. 黃鼠謂之鼠狼也. 旣見稱於中國, 則其術亦不疎矣. 惟取其强毫爲心, 次以稍毳圍住, 而露其心, 又以强毫爲衣, 而幾與心齊, 皆鎔蠟把定, 然後固之以膠液如是而已.	이익의 전문
	우리나라의 관련 이야기	
	唐張鷟云, 歐陽通詢之子, 狸毛爲心, 覆以秋兔毫.	歐陽通詢之子, 善書, 瘦怯於父, 常自矜能書, 必以象牙犀角爲筆管, 狸毛爲心, 覆以秋兔毫. 『說郛』_〈朝野僉載 張鷟〉
	재인용: 唐 張鷟 ▷ 『說郛』_〈朝野僉載 張鷟〉	
	此必妙品, 當試者也.	이익의 견해
78. 猪脬	鶡冠子云, 中流失船, 一壺千金. 壺者, 瓠也, 詩所謂斷壺, 是也.	鶡冠子曰, 賤生於無所用, 中流失船, 一壺千金, 以此故也. 詩曰, 八月斷壺 『埤雅』_「壺」宋 陸佃 撰.
	재인용: 鶡冠子 ▷ 『埤雅』 정확히 일치하지는 않지만, 『埤雅』의 내용과 가장 가까움.	
	遇水可資以不溺故云爾.	이익의 견해
	子曰, 余豈匏瓜也哉, 焉能繫而不食.	吾豈匏瓜也哉, 焉能繫而不食. 『論語』_〈陽貨〉
	출전 명기 없이 인용 ▷ 『論語』	
	楊愼以爲匏至於堅, 可濟而不可食, 惟用於渡涉, 擧左傳匏瓜不材於人爲證, 其說亦是.	楊愼
	余聞, 漁戶泅水採鰒, 必帶一匏, 久則出而憑焉, 可知爲渡水之用也. 明成祖之靖難也, 遇水不能渡, 人有帶乾猪脬十枚者, 遂帶以濟, 得船乃行, 此又用師之所當知也. 又如牛脬之大, 用十餘枚, 則其載人也, 無疑矣. 匏脬至無用也, 用適其宜, 則材於人, 又如此也.	이익의 전문
	猪脬에 대한 이야기가 인재 등용에 대한 주제로 바뀜.	
	軍中又用浮囊, 以渾脫羊皮, 吹氣令滿,	『三才圖會』

繫其空, 束於腋下, 人浮而渡, 見三才圖會.	
余又聞醫家便秘用油醬筒輒效, 而口氣吹入亦難, 故以猪脬牢縛管端, 貯油醬於其內, 然後緊握使欲, 則直衝腹中, 效最速, 其術亦奇矣.	이익의 전문

79. 雷不 上聞	東坡詩云, 山頭只作嬰兒看, 無限人間失筯人, 時有唐道人者言, 天目山上, 俯視雷雨, 每大雷震, 但聞雲中如嬰兒聲, 殊不聞雷震故云爾.	山頭只作嬰兒看, 無限人間失筯人. 蘇軾의「唐道人言, 天目山上, 俯視雷雨, 每大雷電, 但聞雲中如嬰兒聲, 殊不聞雷震也.」(『東坡詩集註』)
	출전으로 작가의 이름을 제시: 東坡詩 ▷ 蘇軾의「唐道人言, 天目山上, 俯視雷雨, 每大雷電, 但聞雲中如嬰兒聲, 殊不聞雷震也.」	
	天目山, 高三千九百丈, 則不過二十里許, 雷非帖地者, 實起於空裏許, 高而猶尙如此, 其不聞於遠可知.	이익의 견해
	劉健, 奉命徃祀華山, 顧見山下白霧漫若大海, 突烟暴起, 或丈餘, 遞至尺許, 亦無所聞, 及下山, 人云, 驟雨挾震雷, 已數百過矣.	劉少師健爲庶僚時, 奉命往祀華山, 正及夏日, 胸菴與客登高, 顧見山下白霧彌漫若大海然而山頂赤日, 了無纖翳, 俯視突煙暴起, 或丈餘, 遞至尺許, 亦無所聞, 頗異之, 從者, 以爲雨作也, 及下山, 村麓人云, 適有驟雨, 挾震雷數百, 已過矣. 『儼山外集』_明 陸深 撰. 『元明事類鈔』(淸 姚之駰 撰)에도 동일한 내용이 있음.
	출전 명기 없이 인용 ▷ 『儼山外集』 혹은 『元明事類鈔』	
	證之以坡詩誠然也.	이익의 견해
	余嘗見斧斫於百步之外, 斧已高揭, 而聲始入耳. 須有運行而方至也. 運行則上行難, 而下行易, 物之勢也.	이익의 경험 이익의 견해
	易小過云, 飛鳥遺之音, 不宜上宜下. 上逆而下順也.	飛鳥遺之音, 不宜上宜下. 『周易注疏』「小過」 上逆而下順也. 『周易注疏』「小過」의 주석
	출전으로 서명과 편명을 모두 제시: 『易』〈小過〉=『周易注疏』_〈小過〉 ＊본문과 주석을 혼용하여 인용.	

	其理卽然.	이익의 견해
	又聞浦口潮漲則兩岸聲相聞, 潮退則不然, 夜聲遠及, 異於日中, 此濕氣漫於地上, 聲不能布散, 汎溢遠聞故也. 盖聲之運行, 不比矢力之衝空直過, 其勢常下, 則下有丘壑阻礙, 其勢亦艱, 潮漲夜濕, 其理可推.	이익의 체험
80. 白蜜 五稜	東坡詩云, 恣傾白蜜收五稜, 細斸黃土栽三稯. 註云, 白蜜, 酒也, 南方以田畝爲稜也, 謂所種酒稻也.	恣傾白蜜收五稜. [白蜜, 以言酒也. 廣南, 以田畝爲稜, 收五稜則所種酒稻也.] 『東坡詩集註』_「次韻正輔同游白水山」
	출전으로 작가의 이름을 제시: 東坡詩, 註云 = 『東坡詩集註』	
	或謂指蜜房也, 蜜房, 排比作房. 一皆六稜, 或坡之未察也.	이익의 견해
	又我邦, 徃徃産水晶, 莫非六稜. 嶺東有叢石亭, 簇立者, 悉六稜, 六爲太陰土之數也, 與雪之六出相照.	이익의 전문
	우리나라의 관련 내용	
81. 豆腐	今之食品, 有豆腐者, 硏磨黃豆, 以布帒漉過煮熟, 然後入鹽汁, 卽凝定也. 少加豆醬醎味, 則解散不成, 鹽汁者, 卽新鹽, 性濕, 有赤汁流出是已, 豆醬亦不過煮豆合醤和鹽爲之者, 鹽汁則凝, 醤水則散, 其理難究. 米泔亦令解散不成, 故啗豆腐, 滯痞者, 用米泔, 治之卽效云.	이익의 견해
	羣碎錄云, 豆腐是淮南王劉安所作.	『羣碎錄』_陳繼儒 撰. *관련기사 盖本草言, 豆腐, 爲淮南王劉安所作者也. 『物理小識』_〈飮食類〉_「豆腐」_明 方以智 撰.
	*『羣碎錄』: 명대의 필기 소설	
	東坡註云, 曾仲殊, 辟穀啖蜜, 豆腐麵筋牛乳, 皆漬蜜食之, 號蜜殊.	族伯父彦遠言, 少時識仲殊長老, 東坡爲作安州老人食蜜歌者, 一日與數客過之, 所食皆蜜也, 豆腐麵觔牛乳之

	類, 皆漬蜜食之, 客多不能下箸, 惟東坡性亦酷嗜蜜, 能與之共飽. 『老學庵筆記』_宋 陸游 撰. 僧仲殊爲詩, 敏捷工妙, 辟谷啖蜜, 豆腐麵筋牛乳, 皆清蜜食之, 號蜜殊, 東坡性亦嗜蜜, 能與共飽. 坡詩注. 『韻府羣玉』_「仲殊啖蜜」	
	재인용: 東坡註 ▷ 『老學庵筆記』 혹은 『韻府羣玉』	
	近有人患寒嗽, 豆腐將成乘熱, 漬蜜久啖良已云. 醫者所宜知.	이익의 전문
82. 襦襪	襦襪子者, 凉笠也, 以之避暑, 竹胎蒙以帛, 一說, 暑月謁人衣冠束身之狀.	이익의 견해
	魏程曉詩, 今世襦襪子, 觸熱到人家.	程曉의 「伏日」 『古今事文類聚前集』외 다수의 문헌
	출전으로 작가의 이름을 제시: 魏 程曉 詩 = 程曉의 「伏日」	
	遂轉爲不曉事之目,　然襦襪只是物名, 何與於不曉事耶. 竹胎而蒙帛, 卽今俗尊服之笠子, 旣謂觸熱到人家, 則以笠子謁人, 奚但東國之遺風. 今俗又有平凉笠者, 一名蔽陽子, 卽竹絲緻織成者, 制樣少別, 亦襦襪之類爾.	이익의 견해
	우리나라의 관련 내용	
83. 楛矢· 石砮	家語, 陳庭之楛矢貫隼, 其石砮, 尺有咫, 則砮長尺八寸, 此肅愼之産也.	孔子在陳, 陳惠公, 賓之於上舘, 時有隼, 集於陳侯之庭而死, 楛矢貫之, 石砮, 其長尺有咫, 惠公, 使人持隼, 如孔子舘而問焉, 孔子曰, 隼之來遠矣, 此肅愼氏之矢. 『孔子家語』_〈辨物〉
	『家語』=『孔子家語』	
	肅愼, 卽北道豆滿以外之地, 其石利, 可爲刀, 則爲砮亦可, 但尺八寸之鏃, 縱曰細小, 必將重, 不可用, 亦恐終不若鍛鐵之利, 不知當時何故貴重之也. 或者, 土風如此也. 楛, 註謂矢笴, 笴但取性堅, 何必楛哉. 今北路有木, 俗稱西水羅, 細	이익의 견해

	柝之, 高懸而繫石重墜, 經宿則勢直如弦, 可以爲矢, 彼境竹稀, 故皆用此, 楛者, 必此木也, 然其用, 大不及於竹矣.	
	우리나라의 관련 내용	
	左傳云, 董澤之蒲, 可勝旣乎.	董澤之蒲, 可勝旣乎. 『春秋左傳注疏』_〈宣公〉
	『左傳』=『春秋左傳注疏』	
	蒲者, 柳屬, 亦柝以爲之者, 蒲比於楛, 則反不及耳. 家語, 又有南山之竹, 不扶自直之語, 當時已有竹箭之制, 則何必楛蒲爲哉.	이익의 견해
84. 殳·棒	今之鄕兵, 所帶劍, 皆伸鋤爲之者, 斲之不剸, 遇捧必折, 其用斷不如木棒. 昔爾朱榮與葛榮戰, 不用槍劍, 以木棒取勝, 人非習藝, 器非利用, 寧用棒爲得也. 舜臣有名殳, 以其能爲名也. 殳丈二尺, 積竹爲之, 積竹者, 去竹之白, 積以成器, 取其有力.	이익의 견해
	詩所謂伯也執殳, 爲王前驅, 是也.	伯也執殳, 爲王前驅. 『詩經』_「伯兮」
	『詩』=『詩經』	
	以之前驅, 則必有所試而然矣. 雖不能如此, 取堅木, 量其便而爲殳, 使鄕兵習而用之, 豈非反益.	이익의 견해
85. 蹄鐕	我國, 患馬蹄易缺, 爲匾鐵, 以銳頭釘, 著於馬蹄, 方言稱多竭, 不知始於何代. 或云, 自尹瓘神騎, 始其用, 極便利, 勿論石磴氷阪, 馬不顚蹶, 是以馬之役四時, 無休息, 力竭易老也. 或曰, 我俗飼馬, 必以糠覈稀粥, 所以蹄軟易穿, 與中土有別, 未知果然否也.	이익의 견해
	우리나라의 관련 내용	
	余撰人墓文, 有此語, 以其下語不雅刪之. 然此物, 或載諸史冊有, 不可不著. 余名之曰蹄鐕, 鐕者, 釘也, 音簪.	이익의 체험

	古註云, 可綴著物者.	可以綴箸物者. 『說文解字』_「鐕」
	출전으로 범칭을 서명 대신 제시: 古註 ▻『說文解字』	
	喪大記, 君裡棺用朱綠, 用雜金鐕. 所以椓著裡也. 棺裡四方及四角之繒, 以鐕椓著也.	君裏棺用朱綠, 用雜金鐕. 注. 鐕所以琢著裏. 疏. 裏棺, 謂以繒貼棺裏也. 朱繒貼四方, 以綠繒貼四角. 定本經中, 綠字皆作琢, 琢謂鐕琢, 朱繒貼著於棺也 『禮記注疏』_〈喪大記〉
	출전으로 편명을 서명 대신 제시: 〈喪大記〉=『禮記注疏』_〈喪大記〉	
	今椓著匾鐵於馬蹄, 爲近之矣.	이익의 견해
86. 柿諸	新採荔支, 余不得嘗耳, 其味必不及於我國軟紅水柿, 何也, 以軟紅水柿, 暴乾罨儲, 皮生白屑, 其味大勝於乾荔支, 則其生者, 亦可較知矣.	이익의 견해
	우리나라의 관련 내용	
	禮, 有桃諸·梅諸.	桃諸梅諸 『禮記』_〈內則〉
	『禮』=『禮記』	
	皆以乾者爲言.	이익의 견해
	註, 以爲諸與儲通.	
	然則柿乾者, 宜稱柿諸, 棗栗亦然矣. 此可入詩料, 中國謂之柿餠.	이익의 견해
87. 鷹	廣志云, 鷹一歲爲黃鷹, 二歲爲撫鷹, 三歲爲青鷹, 能攫麞.	鷹一歲爲黃鷹, 二歲撫鷹, 三歲青鷹, 撫鷹獲麞. 『說郛』_〈廣志 郭義恭〉
	재인용: 『廣志』 ▻ 『說郛』_〈廣志 郭義恭〉	
	今呼一歲者, 爲緋鷹, 謂黃中有緋色也. 經一歲, 黃毛始落, 胸臆盡斑, 呼爲初陳, 三歲則斑稍變白色, 呼爲再陳, 老則幾於皓矣. 鷹久則貪慾減, 鷹以貪慾爲功, 斑不如黃, 皓不如斑, 如馬尙其怒, 狗尙其躁也. 廣志, 或未躬驗者也.	이익의 견해

		우리나라의 관련 내용
88. 芝	漢章帝時, 鳳凰麒麟竝臻, 嘉穀芝草之類, 歲月不絶, 咸以爲美, 遂改元章和, 太尉掾何敞謂宋由·袁安曰, 今異鳥翔於殿屋, 怪草生於庭際, 不可不察, 由·安懼不敢答.	漢章帝時, 以瑞物仍集, 改元章和, 而何敞謂宋由·袁安曰, 夫瑞應依德而至, 災異緣政而生, 今異鳥翔於殿屋, 怪草生於庭際, 不可不察. 由·安懼不敢答. 『文獻通考』_〈物異考〉

출전 명기 없이 인용 ▷『文獻通考』
*일반적으로 축약 인용을 많이 하는데, 이 경우는 반대로 상당 정도 내용을 부연하였다.

其意謂瑞應依德而至, 災異緣政而生, 德無可稱則非瑞, 伊災也. 其說, 固善矣, 猶未到底也.	이익의 견해
元魏時, 芝草生太極殿, 侍中崔光上疏曰, 氣蒸成菌, 生於墟落濕穢之地, 不當生於殿堂高華處, 今忽有之, 誠足異也. 家利而怪先, 國興而妖豫, 承天育民者, 所宜矜恤.	魏有芝生於太極殿. [侍中崔光上表曰, 氣蒸成菌, 生於墟落濕穢之地, 不當生於殿堂高華之處, 今忽有之, 誠足異也. 夫野木生朝, 野鳥入廟, 古人皆以爲敗亡之象, 故太戊中宗, 懼災脩德, 殷道以昌, 所謂家利而怪先, 國興而妖豫者也. 今西南二方, 兵革未息, 郊甸之內, 大旱踰時, 民勞物悴, 莫此之甚, 承天育民者, 所宜矜恤.] 『資治通鑑綱目』

출전 명기 없이 인용 ►『資治通鑑綱目』

此無論德美乖政, 凡怪異之至, 莫非不祥, 天地間太和元氣, 常行不息, 其宜有之物, 卽所謂常有者, 是也, 若非邪氣之間, 則寧有駁異之突見哉. 如此說者, 究物理常變之, 則絶人辟滿假之志, 豈少補乎. 始知漢武齋房之類, 都不違於濕穢蒸成一句斷案矣. 余謂凡芝草之類, 何嘗不生, 特人不必擧以揚之也. 四皓居秦之世, 常以療饑, 必是. 商顔恒有之物, 苟使上有獻瑞之賞, 下成媚悅之風, 窮搜輒奏, 則其怪形異狀, 必將相續而至矣. 宋眞宗時, 丁謂獻芝七萬本, 可以見矣.	이익의 견해

	近歲, 畿甸無麥, 而方伯有獻歧麥之瑞者, 爲臺官駁正, 可以捧腹.	이익의 견문
	우리나라의 관련 내용.	
89. 桐	客云, 桐有碧桐與桐異種. 又梓亦稱梓桐, 其實似赤豆, 性不朽, 宜爲棺, 植之經四五十年成材.	이익의 견문
	孟子所謂梧檟之梧.	『孟子』_〈告子〉
	『孟子』=『孟子』	
	當是此物也. 又聞南州一種, 俗名假梧桐, 實可醡油云.	이익의 전문
90. 甌函	古有嘉石·肺石之制, 後世奸濫益滋, 有不得造其地者矣.	
	唐職官志, 有知匭使, 以銅鑄四枚, 共一室四壁, 各依方色, 東曰延恩, 有以養人勸農事, 及賦頌求官爵者, 投之, 南曰招諫, 有言時政得失, 及直言正諫者, 投之, 西曰伸寃, 有披陳屈抑者, 投之, 北曰通玄, 有非常災變及隱秘者, 投之. 其制, 必如缿筩, 有入而不出也. 天寶中, 以匭與鬼音同, 改爲獻納. 宋之登聞皷院, 是也.	四匭. 唐天后垂拱二年, 置匭四枚, 共爲一室, 以銅鑄四面, 各依方色, 東曰延思, 有以養人勸農之事, 及賦頌求官爵者, 投之, 南曰招諫, 有言時政得失, 及直言正諫者, 投之, 西曰伸寃, 有披陳屈抑者, 投之, 北曰通玄, 有非常災變及隱秘者, 投之, 天寶以匭音同鬼, 改爲獻院, 後又改知匭, 使掌其四匭. 『說郛』_〈劉馮事始 劉存·馮鑑〉
	출전 명기 없이 인용 ▷ 『說郛』 *중간과 끝에 이익이 자신의 견해를 삽입하였음.	
	退之詩云, 當今聖人急賢良, 甌函朝出開明光.	當今天子急賢良, 甌函朝出開明光. 韓愈의 「贈唐衢」(『昌黎文集』)
	출전으로 작가의 이름을 제시: 退之詩　▶ 韓愈의 「贈唐衢」	
	謂有書投之延恩也. 此雖近於作好誹謗, 後世防僞, 不得不密.	이익의 견해
	余家曾有先墓訟端, 雖欲擊錚登聞, 爲犯者, 阻攔, 不得入, 始知唐制, 有所因而爲之也.	이익의 체험
	近有遠士祖墳在楊州, 貴勢者, 犯其塋, 訴于官, 不理, 訴于秋曹·憲府·漢城府, 皆不理, 上書訴寃不達, 擊皷又不達, 士	이익의 전문

	無術, 遂掘其塚自首. 國典, 掘人塚者, 刑而配去, 故冀或因是得伸, 乃囚之京獄, 又送之本官, 將藉其刑而殺之, 士懼而逃, 不知後果如何出場也. 王綱旣弛, 雖有甌窋, 甌窋獨不可, 但廢乎, 無奈世何耳.	
91. 地桑	地桑之法, 遼瀋間, 徃徃有之, 聞之使燕者, 永平等諸處遍野皆是, 亦但於田畔種之, 逐年刈取, 葉飼蠶, 皮作紙, 其條捲作筐籠之屬, 計其利, 稍損於高大之樹, 然養桑而至於高大極難, 虫有二種, 一則從枝食心入於根, 一則皮老, 蟲生於皮肉之間, 環繞則枯, 且土瘠則不茂, 田畔則妨穀也. 此法, 年年刈之, 不使高大, 宜亟試無疑也. 葚熟取子, 旋種旋生, 夏旱則易焦, 冬寒必須凍死, 故須取子藏去, 解凍卽種至冬已根深不死也.	이익의 견해 이익의 전문
92. 原蠶	蠶與馬性氣同也. 東方朔稱色彪彪似虎, 喙咮咮似馬.	이익의 전문
	說者, 以殭蠶末拭馬齒, 馬便不食, 桑葉拭之, 還食, 爲證. 周禮, 禁原蠶. 原再也. 鄭註云, 蠶生于火, 藏于秋, 與馬同氣. 物莫能兩大, 禁之爲其害馬也, 其說不通, 凡同氣相成, 固自不少, 他未必然, 苟無蠶則馬益殖耶. 淮南子云, 禁之爲其殘桑者, 是也.	周禮, 禁原蠶, 鄭康成註云, 蠶生于火, 而藏千秋, 與馬同氣, 物莫能兩大, 禁原蠶, 爲其害馬也. 然害馬亦一事耳. 淮南子云, 原蠶一歲再收, 非不利也而王法禁之者, 爲其殘桑, 是也. 人旣稀養貨者, 多是早蜇, 不可用也. 玄景曰, 殭蠶爲末, 塗馬齒, 卽不能食草, 以桑葉拭去, 乃還食, 此見蠶卽馬類也. 『本草綱目』_〈蟲之一〉_「原蠶」_明　李時珍　撰. 禁原蠶者. 注, 原再也. 『周禮注疏』 淮南子曰, 原蠶再登, 非不利也, 然王者之法禁之, 爲其殘桑也. 『埤雅』·『會稽志』·『齊民要術』·『農桑輯要』·『農政全書』·『淵鑑類函』 등에 실려 있음.
	출전 명기 없이 인용: 주로 『本草綱目』의 내용을 전재하되, 『淮南子』 관련 내용은 『埤雅』 등에 실려 있는 내용으로 바꾼 것으로 추정됨.	

余久養桑, 知其利害.	이익의 체험
詩曰, 取彼斧斨, 以伐遠揚.	取彼斧斨, 以伐遠揚. 『詩經』_「七月」
『詩』=『詩經』	
取其長條, 存其細枝, 新萌待明年, 復長 爲遠揚, 其利遠大, 或蠶出有早晚, 早者 旣成, 晚者又生, 從而剝盡其始萌之葉, 桑便不茂而枯死. 古人審物之性, 斷爲 長久之圖, 宜其有禁也. 愚氓貪目前之 利, 一歲再捋, 慮不及數歲之後, 豈不甚 憂悶乎. 躬蠶者, 當自知之矣.	이익의 견해

93. **人馬** **一心**	杜子美胡青驄歌云, 此馬臨陣久無敵, 與人一心成大功.	此馬臨陣久無敵, 與人一心成大功. 杜甫의 「高都護驄馬行」(『杜詩詳註』)
	출전으로 작자와 작품명을 제시: 杜子美「胡青驄歌」= 杜甫의 「高都護驄馬行」	
	此謂馬解人意, 行止遲速, 惟人之所指 也.	이익의 견해
	李崇判民寏, 久囚建州, 知其物情, 其言 曰, 其騎, 欲馳則俯身, 欲止則直坐, 欲 左則偏跂左足, 欲右則偏跂右足, 不暇 鞭轡, 終日驅馳, 惟意所適, 其養也, 罕 用菽粟, 卸鞍脫羈, 放牧而不蔽風雪寒 暑, 一人驅十馬, 不相蹄齧, 飢渴不困, 其馴習如此,	奴騎則欲馳則俯身, 欲止則直坐, 欲左 則偏跂左足, 欲右則偏跂右足, 不假鞭 轡, 惟意所欲, 終日驅馳. 『紫巖集』「丙子春, 擬陳時弊疏」_朝 鮮 李民寏 撰. 臣聞胡中之養馬, 罕有菽粟之喂, 每以 馳騁爲事, 俯身轉膝, 惟意所適, 暫有 卸鞍之暇, 則脫靮而放之欄內, 不蔽風 雪寒暑, 放牧於野, 必一人驅十馬, 養 飼調習, 不過如此, 而上下山坂, 饑渴 不困者, 實由於順適畜性也. 『紫巖集』「建州聞見錄」
	출전 명기 없이 인용 ▷ 『紫巖集』, 조선의 문헌 인용	
	子美之詩, 細訪而詳記也.	이익의 견해
	余聞北人言, 慶源有藪澤, 多麞鹿之屬, 邊倅將獵, 則彼人先聞知來, 候於江邊, 竢其逸走者, 取之, 或無得, 則放馬不 縶, 而頹眠其旁, 馬則不離數步, 若罷病 者, 及夕騎出, 則走如飛燕云. 又其人,	이익의 전문

	耐飢寒, 行軍出入, 用米末調水飲, 六七日間, 不過費四五升, 風雨雪霜, 達夜露處, 凡有戰鬪軍卒, 皆自備戰具, 無運糧輜重, 至出兵之期, 無不歡躍, 其妻子亦然. 惟以搶掠爲能, 至奴僕, 皆願同赴, 其女子馳驟射獵, 無異男子, 男子十餘歲, 亦能帶弓箭, 騎射有暇, 則羣出畋獵, 其攻戰, 不尙首級, 只以敢進爲功, 退縮爲罪, 其猛悍如此.	
	우리나라의 관련 내용	
94. 虫食 栗葉	近歲, 有虫, 食栗葉剝盡, 樹亦多枯死, 虫長恰滿布帛尺二寸餘,　色靑而毛白, 虫類中絶大也.	이익의 전문
	麗史權敬中傳云, 今虫食栗葉者二, 栗, 北方之果, 虫食其葉, 則北方之臣, 當憂讒賊.	虫食栗葉者二, …… 栗, 北方之果, 虫食其葉, 則北方之臣, 當憂讒賊. 『高麗史』_「權敬中傳」
	『麗史』=『高麗史』 조선의 문헌 인용	
	其說, 未必然, 爲災則甚矣, 記之.	이익의 견해
95. 手板	學, 莫尙于溫故而知新, 知新猶易, 溫故尤難. 凡學者, 孰不欲故者皆溫, 奈記性不逮何哉. 魂者知來, 魄能藏往, 故易以忘失者, 魄氣之不足也. 聖人每聞善言, 輒曰, 小子記之, 非聖人自懼其或忘也, 卽勉門人之賴此而警覺也. 故有記於策者, 有記於座右者, 甚則有記於紳者, 策則或目有所不及, 坐則或居有所不同, 惟紳動靜不離也, 至此寧復有遺失之可憂. 笏之爲言, 備忽忘, 朝祭用之, 此意甚好. 今若削木爲手板, 準古笏度, 鉛粉塗定如古所謂鉛槧, 爲隨身之物, 乃務學之一助耳.	이익의 견해
96. 物生 之數	本命之解, 子夏所問於夫子者, 家語詳之. 今大戴以爲聖人言, 非也. 其言云, 商聞之, 則盖古有其說, 而夫子亦不斥也. 數極於九, 而自九九至二九, 計其零, 則亦爲一二三四五六七八, 又其上	이익의 견해

有十與十二, 頗似傅會, 間有不可盡曉者矣.	
其言日, 天一地二人三, 三三九, 九九八十一, 一主日, 日數十, 故人十月而生, 八九七十二, 偶以從奇, 奇主辰, 辰爲月, 月主馬, 故馬十二月而生, 七九六十三, 三主斗, 斗主狗, 故狗三月而生.	天一地二人三, 三三如九, 九九八十一, 一主日, 日數十, 故人十月而生, 八九七十二, 偶以承奇, 奇主辰, 辰爲月, 月主馬, 故馬十二月而生, 七九六十三, 三主斗, 斗主狗, 故狗三月而生. 『孔子家語』_〈執轡〉_魏 王肅 注.
출전 명기 없이 인용 ▷ 『孔子家語』	
辰者, 月之十二次舍, 天之用, 莫如月, 人之用, 莫如馬也, 斗次於日月, 斗必三月而移一方, 斗者, 天之喉舌, 狗亦家之司喉舌者, 故以爲候也.	이익의 견해
又曰, 六九五十四, 四主時, 時主豕, 故豕四月而生, 五九四十五, 五主音, 音主猿, 故猿五月而生, 四九三十六, 六主律, 律主鹿, 故鹿六月而生.	六九五十四, 四主時, 時主豕, 故豕四月而生, 五九四十五, 五爲音, 音主猨, 故猨五月而生, 四九三十六, 六爲律, 律主鹿, 故鹿六月而生. 『孔子家語』_〈執轡〉
위의 인용문(『孔子家語』_〈執轡〉)에서 이어지는 내용.	
六畜之中, 惟豕皮堅而色黑, 毛象水紋, 金生水也, 多脂而不剛, 喜突, 聲中徵, 木生火也, 四時氣備焉, 惟豕爲候也. 五行發爲五音, 獸之音, 淸而遠聞者, 莫如猿, 故惟猿爲候也. 仲夏, 一陰生而鹿角解, 仲冬, 一陽生而麋角解, 物極盛則必衰, 鹿至仲冬, 角衰之始, 麋至仲夏, 亦角衰之始, 故惟鹿爲候也.	이익의 견해
又曰, 三九二十七, 七主星, 星主虎, 故虎七月而生, 二九十八, 八主風, 風主蟲, 故蟲八月而生.	三九二十七, 七主星, 星主虎, 故虎七月而生, 二九一十八, 八主風, 風爲蟲, 故蟲八月而生. 『孔子家語』_〈執轡〉
위의 인용문(『孔子家語』_〈執轡〉)에서 이어지는 내용.	
四方之星, 皆七, 而虎則夜行者也, 自昏至曙, 則滿天星文不見, 故惟虎爲候也.	이익의 견해
大戴記, 以蟲之生爲化, 蟲未必皆卵生, 多因風氣而化成, 螽蝗, 可驗, 亦非今日風而明日化, 必醞釀而成.	이익의 견해 이익의 관찰

	月令, 仲冬, 行春令, 則蝗蟲爲敗.	仲冬之月 …… 行春令, 則蝗蟲爲敗. 『禮記注疏』_〈月令〉
	출전으로 편명을 서명 대신 제시: 〈月令〉=『禮記注疏』_〈月令〉	
	又按春秋書螽必於秋八月, 秋者, 夏正六月也. 仲冬, 風氣入地, 胚藏如種卵, 至夏六月而化成, 仲冬, 非蝗敗之時. 其爲灾與否, 古人必占候於仲冬, 而知之也. 其必用零數何也. 凡數終於十, 如八十一者, 不獨此也, 其七十一六十一之類, 莫不同, 然如術家, 數五行, 則一五二五皆土, 一四二四皆金也.	이익의 견해
97. 養馬	馬政, 宜倣北俗爲得, 塞外育馬, 不飼烹菽, 不飮熱粥, 任其自吃, 山野蘆葦, 不盖以屋, 不被以薦, 任其露處, 雖無肥澤, 性剛勇, 耐饑寒, 可以不飽而遠達也. 牡者皆騸, 故馴良易使, 脫羈靮, 不逸, 不相蹄嚙, 一人驅數十頭, 而惟意不亂羣. 騎馳, 則不待銜勒, 隨人指向, 雖虎豹當前, 亦敢衝冒也. 我國之養馬也, 溫飽居止, 一與人同, 故疾驅半晌, 已口沫而汗珠, 性惡善鬪, 亂伍輩嘶, 制御無策也. 北人無事, 則完養, 其蹄駿奔而無缺. 我國蹄鐕之術, 不知刱自何人, 而無馬不然, 蹄爲之不韌, 鐕缺則廢行, 若在軍旅間, 何暇施此爲也. 不獨於此, 商賈之畜, 無一日之息, 馬易衰疲而無壽者, 貴戚之養, 不習馳驟, 緩急不可賴也. 濟州之種, 本自大宛, 形軀高大, 種産繁息, 今則其稍駿者, 皆驅出服役, 留者, 皆駑劣細少, 漸至惡弱. 北市, 禁牝及不騸者, 盖不欲駿産之在外也. 然人家徃徃得之也. 西北之界, 烟火相接, 豈無可求之路. 若得牝牡若干, 別養於島中, 不與果下相亂, 十數年間, 必將漸繁, 有駃騠·駰牡之盛矣. 但東人之計謀, 無能出此耳. 濟産, 自元祖始, 今若擧此, 奏請上國, 必亦見許. 丁丑約條無不變改, 而貴戚之養, 不習馳驟, 緩急不可賴也. 濟州之種, 本自大宛, 形軀高大, 種産繁息, 今則其稍駿者, 皆驅出服役, 留者,	이익의 견해

	皆駑劣細少, 漸至惡弱. 北市, 禁牝及不 騸者, 盖不欲駿産之在外也. 然人家徃 徃得之也. 西北之界, 烟火相接, 豈無可 求之路. 若得牝牡若干, 別養於島中, 不 與果下相亂, 十數年間, 必將漸繁, 有騄 駬·駬牡之盛矣. 但東人之計謀, 無能出 此耳. 濟産, 自元祖始, 今若擧此, 奏請 上國, 必亦見許. 丁丑約條無不變改, 而 此獨膠守何也.	
	우리나라의 관련 내용	
98. 度量	今俗十五斗爲石, 二尺四寸爲尺, 何也. 石本五權之一, 非與於量, 而自漢以來, 移爲量名. 盖五權起於黃鍾, 二十四銖 爲兩, 十六兩爲斤, 三十斤爲勻, 四勻爲 石, 則石爲百二十斤也. 石者, 斛也, 斛 之重, 亦百二十斤. 古者, 用米, 亦以輕 重, 如二溢米之類可見, 以斛爲石無妨 也. 然今之斗與古不同, 恰三倍有餘, 其 實不相侔. 又運載, 惟十五斗爲便, 故億 以名之, 名與實爽, 每多如此也. 時行布 帛尺, 準古, 二尺四寸, 亦爲用便, 此又 有所祖. 秦孝公, 廢井田, 以二百四十步 爲畝. 古者, 六尺爲步, 步百爲畝, 當時 尺變爲二尺四寸, 故二百四十步爲一畝 也. 朱子曰, 今之省尺, 準古尺, 二尺二 寸弱, 此則比今布帛尺, 欠二寸, 當考.	이익의 견해
99. 銀貨	無財曰貧, 府庫空虛爲貧國, 不獨粟布 爲重, 貨寶亦與焉. 貨寶者, 非爲玩好侈 糜之用, 軍旅之所不可闕也.	이익의 견해
	諸葛表曰, 南方已定, 兵甲已足.	南方已定, 兵甲已足. 諸葛亮의 「出師表」(『文選』)
	출전으로 작자와 작품명을 제시: 諸葛 表 = 諸葛亮의 「出師表」	
	兵甲之足, 必賴南方而得, 不獨此也.	이익의 견해
	張柬之曰, 諸葛五月渡瀘, 收其金銀鹽 布, 以益軍儲, 使張伯歧, 選其勁卒勇 兵, 以增武備, 故蜀志云, 自亮南征, 而 國以富饒甲兵充足.	諸葛亮五月渡瀘, 收其金銀鹽布, 以益 軍儲, 使張伯歧, 選其勁卒勇兵, 以增 武備, 故蜀志稱, 自亮南征, 而國以富 饒甲兵充足.

		`『唐文粹』_宋 姚鉉 編_「請罷兵戍姚州書」[張柬之]`
	출전 명기 없이 인용 ► 『唐文粹』 외에 『歷代名臣奏議』 등의 문헌에도 같은 글이 실려 있음.	
	蓋辛苦於不毛之地, 不憚七擒之勞者, 爲此故也. 貨寶者, 金銀爲最, 其賞勞激勸, 非此莫可. 又況軍興所需饋餉難繼, 深谷窮閻, 多藏少蓄, 惟金銀, 可以立致也. 我國銀貨, 盡入於燕, 貿以天生寶錠, 遠貿錦綺食物器皿玩好之物, 不日而弊盡, 土産不足, 故艱圖, 日本之銀以足之而國儲皆枵, 設有兵禍, 將何以處之. 近聞, 有燕貿之禁, 而禁止於有紋之錦, 餘皆依舊, 終何補哉. 人或以旗旒章服爲誘, 古者, 有繡而無錦, 繡亦絺繡而非刺紋也, 當時未見闕事, 況絲出於蠶, 錦縠出於絲, 何不效學其術, 而必以銀貨重貿耶. 其魯莽種種如此.	이익의 견해
	우리나라의 관련 내용	
100. 錢鈔會子	宋以後, 交鈔會子之類, 其實一物, 原於唐之飛錢. 富家輕裝, 趨四方, 合券乃收之, 至交鈔會子, 則非錢而名錢也. 白鹿皮爲幣, 已是不可, 況以賤易貴耶. 交子始於寇瑊守蜀, 是便於一州, 未可通諸天下也. 國初, 用楮貨, 卽其遺制也. 楮紙易弊, 僞作難禁, 故未幾廢之. 今之行錢, 未及百年, 而漸加薄劣狹小, 較其始, 殆半輕矣. 國之貨, 權而任其輕重可乎. 我邦幅員不廣, 木道交橫, 安用錢爲. 凡用財, 儉爲主, 儉之反奢也, 奢之所便, 莫如錢, 於民何益, 故禁奢, 亦莫如廢錢也. 不獨此也, 便於貪歛, 便於殖貨, 便於寇賊. 農戶者, 用財, 不越於由旬之外, 故自錢行, 而民益困矣. 余見墟市之間, 村村皆赴, 帶鏹而出, 扶醉而歸, 耗費極矣. 但極無之年, 商船遠貿則差可, 然殘民無錢, 又如何可得. 只成牟利者捷路矣. 余謂用財, 當從貧賤者爲法, 使之用不便, 則斯過半矣. 每驗之貧	이익의 견해

	民, 或飯而無魚, 粥而無飯, 菜而無粥, 苟能不死, 則財已費少也. 有錢者, 必遠賈近取, 東貿西易, 竭心奉身, 惟懼不奢, 終至於破落, 不獨於此, 奉祭接賓, 喪昏諸需, 力不足而不備者, 俗情之所恥恧, 而不害爲撙節, 是知錢者百害而無一利也. 此貢禹所謂貧民之田賤賣, 而賣窮則起爲盜賊, 末利深而惑於錢也. 是以奸邪不禁, 皆起於錢也. 今錢之弊漸熾, 必將一罷, 罷則用粟布而已, 粟布弊現而後, 又必復行交子.	
	우리나라의 관련 내용	
	鄭介夫云, 宜倣古用幣之意, 以絹爲之, 依鈔樣, 織成方幅遑幅, 俱全其文, 就機織成如此, 不但免於易毁, 一幅價重, 又免細瑣侈靡之患, 猶爲差勝.	
101. 鹽鐵論	余考鹽鐵論, 其所招賢良文學, 必是識治之高賢, 惜乎, 罷還不復聞也. 其大要, 不過崇儉禁邪, 與百姓同其好惡, 實與賈傳疏, 同條共貫也. 是時, 漢興不久, 承文帝節損之餘, 何故俗之侈靡, 至於此極.	이익의 견해
	其言曰, 往者, 常民, 入無宴樂之聞, 出無佚遊之觀, 行則負贏, 止則鉏耘, 用約而財饒, 本修而民富. 送死, 哀而不華, 養生, 適而不奢. 今常民, 文盂畫案, 婢妾, 衣紈履絲, 匹庶, 粺飯食肉, 無而爲有, 貧而强夸, 生而不養, 死厚葬, 葬死殫家, 遣女滿車, 富者欲過, 貧者欲及. 是以民年急歲促, 寡恥而少廉.	往者, 常民, …… 入無宴樂之聞, 出無佚遊之觀, 行卽負贏, 止作鋤耘, 用約而財饒, 本修而民富. 送死, 哀而不華, 養生, 適而不奢.……至今……常民, 文杯畫案, 几席緝蹈, 婢妾, 衣紈履絲, 匹庶, 粺飯肉食, …… 無而爲有, 貧而强夸, ……生不養, 死厚葬送死殫家, 遣女滿車, 富者欲過, 貧者欲及, …… 是以民年急而歲促, 貧卽寡恥, 乏卽少廉. 『鹽鐵論』_〈利議〉_漢 桓寬 撰, 明 張之象 註.
	『鹽鐵論』=『鹽鐵論』_〈利議〉	
	富者, 一馬伏櫪, 當中家六口之食, 亡丁男一人之事. 古者, 庶人, 糲飯藜藿, 非鄉飮酒, 腰臘祭祀, 無酒肉, 今閭巷, 無故烹殺, 相聚野外, 負粟而往, 挈肉而	富者 …… 夫一馬伏櫪, 當中家六口之食, 亡丁男一人之事 …… 古者, 庶人, 糲食藜藿, 非鄉飮酒, 腰臘祭祀, 無酒肉 …… 今閭巷縣伯, 阡陌屠沽, 無故

	歸, 一家之肉, 得中年之收, 十五斗粟, 當丁男半月之食. 古者, 不封不樹, 祭於寢, 無廟堂之位, 後則庶人之墳, 半仞其高, 可隱, 今富者, 積土成山, 列樹成林, 生不能致愛敬, 死以奢侈相高, 雖無哀慽之心, 厚葬重幣者, 以爲孝. 宮室奢侈, 林木之蠹也, 器械奢侈, 財用之蠹也, 衣服靡麗, 布帛之蠹也, 狗馬食人食, 五穀之蠹也, 口腹縱恣, 魚肉之蠹也, 漏籍不禁, 田野之蠹也, 費用不節, 府庫之蠹也, 喪祭無度, 傷生之蠹也, 目修五色, 耳營五音, 體極輕薄, 口工甘脆, 功積於無用, 財盡於不急, 故國病矣.	烹殺, 相聚野外, 負粟而往, 挈肉而歸, 夫一家之肉, 得中年之收, 十五斗粟, 當丁男半月之食 …… 古者, 不封不樹, 反虞祭於寢, 無檀宇之居, 廟堂之位, 及其後, 則封之, 庶人之墳半仞, 其高可隱, 今富者, 積土成山, 列樹成林 …… 今生不能致其愛敬, 死以奢侈相高, 雖無哀戚之心, 而厚葬重幣者, 則稱以爲孝. …… 宮室奢侈, 林木之蠹也, 器械雕琢, 財用之蠹也, 衣服靡麗, 布帛之蠹也, 狗馬食人之食, 五穀之蠹也, 口腹縱恣, 魚肉之蠹也, 用費不節, 府庫之蠹也, 漏積不禁, 田野之蠹也, 喪祭無度, 傷生之蠹也 …… 目修於五色, 耳營於五音, 體極輕薄, 口極甘脆, 功積於無用, 財盡於不急, 口腹不可爲多, 故國病聚不足卽政怠, 人病聚不足則身危. 『鹽鐵論』_〈散不足〉
	『鹽鐵論』=『鹽鐵論』_〈散不足〉	
	其說, 不可盡錄, 此皆方之今俗, 極爲警省, 宜諦看.	이익의 견해
102. 猫犬	蘇氏曰, 不爲無鼠而養不獵之猫, 不爲無盜而養不吠之犬.	養猫所以去鼠, 不可以無鼠而養不捕之猫, 畜狗所以防姦, 不可以無姦而畜不吠之狗. 『唐宋八大家文鈔』_〈東坡文鈔〉「上書上神宗皇帝書」_明 茅坤 撰. 東坡云, 養猫以捕鼠, 不可以無鼠而養不捕之猫, 蓄犬以防姦, 不可以無姦而蓄不吠之犬. 『鶴林玉露』_宋 羅大經 撰. *이외에도 다수의 문헌에 동일 내용이 실려 있음.
	출전으로 저자의 이름을 서명 대신 제시: 蘇氏 ▷ 蘇軾의 「上書上神宗皇帝書」	
	此謂官人須擇功能, 不可使無事而素食也.	이익의 견해

	鄭介夫曰, 畜猫防鼠, 不知饞猫竊食之害愈甚, 養犬禦盜, 不知惡犬傷人之害愈急.	元成宗大德七年, 鄭介夫上奏曰 …… 夫畜猫防鼠, 不知饞猫竊食之害愈甚, 養犬禦盜, 不知惡犬傷人之害尤急. 『歷代名臣奏議』_〈治道〉_明　楊士奇等　撰.
	재인용: 鄭介夫 ►『歷代名臣奏議』	
	此謂非徒無益, 贓賄虐民, 爲國之蠹也.	이익의 견해
	余見有白晝而攫鷄, 狂走而反噬者, 噫.	이익의 체험
	*개와 고양이에 대한 이야기가 아니라 정치 관료에 대한 이야기임.	
103. 棗烝栗擇	古者, 果重棗栗, 祀享之不可闕.	이익의 견해
	必曰, 棗烝栗擇. 註, 烝擇互文, 果實之物, 去皮核, 優尊者.	棗烝栗擇 注, 果實之物, 多皮核, 優尊者, 可烝裏之也. 烝擇互文. 『儀禮注疏』_〈特牲饋食禮〉
	출전 명기 없이 인용 ▷『儀禮注疏』_〈特牲饋食禮〉	
	詳其意, 二物, 必須烝熟, 而棗去核, 栗去皮, 是爲優尊者也. 其蟲蝕, 或腐傷者, 亦必待去皮去核而精擇也, 其意精矣. 喪禮之栗, 不擇何也.	이익의 견해
	疎云, 彼爲尸, 此爲神, 尸食而神不食也.	以其彼爲尸, 尸食故云優尊者, 此爲神, 神不食, 故云盛之. 『儀禮注疏』_〈士喪禮〉
	출전 명기 없이 인용 ▷『儀禮注疏』_〈士喪禮〉	
	蓋不擇, 不害於歆也, 然奠亦食道, 苟可以擇, 何必然哉. 喪之奠, 必留宿不撤, 烝擇易敗故也, 擇則烝在其中.	이익의 견해
104. 肝膋	按禮, 籩實棗栗糗脯之類, 豆實菹醢之類, 簠簋之實黍稷也, 今之飯也, 鐙實大羹也, 今之飯羹也, 鉶實魚肉也, 今之湯羹也, 俎者, 今之炙也.	이익의 견해
	按士虞禮, 四籩四豆之外, 有贏四豆. 鄭註云, 博異味也, 贏, 切肉也.	贏四豆設于左. 注. 博異味也. …… 贏, 切肉也. 『儀禮注疏』_〈士虞禮〉
	출전으로 편명을 서명 대신 제시: 〈士虞禮〉=『儀禮注疏』_〈士虞禮〉	

	此類, 今俗設肝炙之南, 謂之肝南.	이익의 견해
	우리나라의 관련 내용	
	所謂羞豆之實也, 如酏食·糝食, 皆是也.	羞豆之實, 酏食·糝食. 『周禮注疏』
	출전 명기 없이 인용 ▷『周禮注疏』	
105. 魚化 麟鳳	麟之屬, 亦多.	이익의 견해
	按爾雅, 鼉, 大麃, 牛尾一角. 註, 漢武郊雍得一角獸, 若麃然, 謂之麟者, 是也. 麃音, 炮麑也.	鼉, 大麃, 牛尾一角. 注, 漢武帝郊雍得一角獸, 若麃然, 謂之麟者, 此是也. 麃卽麑. 『爾雅注疏』_〈釋獸〉_「鼉」
	『爾雅』=『爾雅注疏』_〈釋獸〉_「鼉」	
	騊, 如馬, 一角, 不角者, 騏. 註云, 元康八年, 九眞郡, 得大一獸, 大如馬, 一角, 角如鹿茸, 今深山中, 時或見之, 亦有無角.	騊, 如馬, 一角, 不角者, 騏. 注, 元康八年, 九眞郡, 獵得一獸, 大如馬, 一角, 角如鹿茸, 此卽騊也. 今深山中人, 時或見之, 亦有無角者. 『爾雅注疏』_〈釋獸〉_「騊」
	『爾雅』=『爾雅注疏』_〈釋獸〉_「騊」	
	麇, 麏身牛尾一角. 註云, 角頭有肉. 註, 引公羊傳, 有麇而角. 疏, 狼額馬蹄, 有五彩, 腹下黃, 高丈二, 是謂瑞獸. 又云, 今幷州界有麟, 大小如鹿, 非瑞獸也.	麇, 麏身牛尾一角. 注, 角頭有肉, 公羊傳曰, 有麇而角. 疏, 狼額馬蹄, 有五彩, 腹下黃, 高丈二, …… 今幷州界有麟, 大小如鹿, 非瑞麟也.『爾雅注疏』_〈釋獸〉_「麇」
	『爾雅』=『爾雅注疏』_〈釋獸〉_「麇」	
	大抵皆麟屬也. 天下之廣物, 無不有其爲瑞與否, 誰得以辨識.	이익의 견해
	宋仁宗嘉祐二年, 交趾所進麒麟二頭, 牛身象耳狗足魚鱗. 又太平興國, 嵐州獻一獸, 一角, 角端有肉, 似鹿無斑, 性甚馴善.	臣竊見交趾所進麒麟二頭, 臣得之道路圖, 寫其形, 大底牛身象耳狗足魚鱗. …… 又聖朝太平興國九年, 嵐州獻獸, 一角, 似鹿無斑, 角端有肉, 性甚馴善, 當時以爲祥麟. 齊唐의「上仁宗論麒麟」 『宋名臣奏議』_〈天道門〉_「祥瑞」_宋 趙汝愚 編. 嘉祐二年, 齊唐論麒麟疏曰, 臣竊見交趾所進麒麟二頭, 臣得之道路圖, 寫其

		形, 大抵牛身象耳狗足魚鱗 …… 又聖朝太平興國九年, 嵐州獻獸, 一角, 似鹿無班, 角端有肉, 性甚馴善, 當時以爲祥麟 『歷代名臣奏議』_〈灾祥〉_明　楊士奇等 撰.
출전 명기 없이 인용 ▷ 『宋名臣奏議』 혹은 『歷代名臣奏議』		
此與西狩所獲, 何別. 其有魚鱗, 亦無怪.	이익의 견해	
今邊山際海及濟州, 多鹿, 盡沒取之, 明年復然, 非海魚所化而何.	이익의 전문 이익의 견해	
우리나라의 관련 내용		
宋時, 某郡, 有一物死墜, 長十餘丈, 全是魚身而頜下決傷死,　此必魚變成龍, 未及盡化, 與龍鬪, 爲其觸死也. 久則必盡化矣. 鹿而魚身, 卽此類耳. 始知西狩之獲, 不過如是. 聖人始見, 而便知其爲麟, 麟必古有, 而聖人聞之者也. 麟從鹿從㷔, 其初得名, 恐因魚鱗故也. 鳳亦同然. 南華所記大鵬, 卽魚之所化, 而鳳與鵬, 初非二字, 若舜·文之瑞, 同類而別種也. 凡地之所載, 莫大乎海, 涵育萬物, 無所不有, 四靈之本, 皆從海産, 俗傳鯉化龍, 鱸化鹿, 其果然耶.	이익의 전문 이익의 견해	
106. 白甲	唐徐有功, 五世孫大中, 節度河中, 置備征軍凡千人, 劈紙爲鎧, 勁矢不能洞. 又南唐李方爲紙鎧, 聚鄕里義士, 號白甲軍.	又紙鎧, 唐徐有功, 五世孫大中, 節度河中, 置備征軍凡千人, 劈紙爲鎧, 勁矢不能洞. 又南唐李方爲紙鎧, 聚鄕里義士, 號白甲軍. 『正字通』
	출전 명기 없이 인용 ▷ 『正字通』	
	此楊誠齋所謂淮之民, 以楮爲甲, 周師屢爲所敗者, 是也.	淮之民, 方苦於唐政, 而小民相與聚山澤, 立堡壁, 以農器爲兵, 以楮爲甲, 而周師屢爲所敗. 『誠齋集』_〈千慮策〉_「論兵下」_宋　楊萬里 撰.
	출전으로 작가의 이름을 제시: 楊誠齋 = 『誠齋集』_〈千慮策〉_「論兵下」_宋 楊萬里 撰.	

	鎧, 甲也. 周禮, 司甲, 註, 古用革, 謂之甲, 今用金, 謂之鎧.	周禮, 司甲, 註, 古用革, 謂之甲, 今用金謂之鎧. 『格致鏡原』_〈武備類〉_「甲」
	재인용: 『周禮』 ▷ 『格致鏡原』_〈武備類〉_「甲」	
	夫紙柔薄之物, 矢徹金革而不能洞紙, 何也. 凡銃丸, 能洞剛而不能洞柔, 故丸至於帷帳, 其布幅, 遊揚不定則止, 若使被在堅物之上, 如何不過哉. 此理同然. 薄紙重重數十疊, 一過而又一, 至數十疊, 矢力亦盡矣. 若堅帖爲一, 何啻不及於金革耶, 宜兵家之所當試.	이익의 견해
107. 兵車木拒馬	吾友鄭汝逸, 常爲余言兵車之制, 其法蓋出宋李綱, 而當時銃丸未出, 故鄭君因以增禦丸之方者也.	이익의 전문
	綱之言曰: 用兩竿, 雙輪推竿則輪轉, 兩竿之間, 以橫木笐之, 設架以載巨弩, 其上施皮籬以捍矢石, 繪神獸之象, 弩矢發於口中, 而窾其目, 以望敵, 其下施甲裙以衛人足, 其前施鎗刀兩重, 重各四枚, 上長而下短, 長以禦人, 短以禦馬, 兩旁以鐵爲鉤索, 止則聯屬以爲營, 體簡而運速也. 每車用步卒二十五人, 四人, 推竿運車, 一人, 登車望敵, 以發弩矢, 二十人, 執牌·弓弩·長鎗·斬馬刀, 列車之兩旁重行, 行各五人, 遇敵則牌居前, 弓弩次之, 鎗刀又次之. 敵在百步內, 牌偃, 弓弩間發, 旣逼則弓弩退, 鎗刀進, 鎗以刺人, 刀以斬馬足, 將佐輜重之屬, 皆處其中.	用兩竿, 雙輪推竿則輪轉, 兩竿之間, 以橫木笐之, 設架以載巨弩, 其上施皮籬以捍矢石, 繪神獸之象, 弩矢發於口中, 而窾其目, 以望敵, 其下施甲裙以衛人足, 其前施槍刃兩重, 重各四枚, 上長而下短, 長者以禦人也, 短者以禦馬也, 其兩旁以鐵爲鉤索, 止則聯屬以爲營, 體制簡而運轉速, 眞禦戎之利器, 其出戰之法, 則每車用步卒二十五人, 四人, 推竿以運車, 一人, 登車望敵, 以發弩矢, 二十人, 執牌·弓弩·長槍·斬馬刀, 列車之兩旁重行, 行五人, 凡遇敵則牌居前, 弓弩次之, 槍刀又次之. 敵在百步內, 則牌偃, 弓弩間發以射之, 旣逼近則弓弩退後, 槍刀進前, 槍以刺人, 而刀以斬馬足, …… 將佐衛兵, 及輜重之屬, 皆處其中. 『梁谿集』_「乞敎車戰箚子」_宋 李綱 撰.
	출전으로 작가의 이름을 제시: 綱 ▶ 『梁谿集』_「乞敎車戰箚子」_宋 李綱 撰. *『歷代名臣奏議』와 『文章辨體彙選』에도 동일한 내용이 실려 있음.	
	昔衛靑以武剛車自環, 馬燧冒以狻猊, 兵冠天下, 房琯爲賊所焚, 議者, 遂以爲車不可用, 殊不知古之兵車, 謂之革車,	이익의 견해

	冒之以革者, 正所以防火也. 及今銃丸之作, 宜有通變, 故鄭君謂, 前冒以革, 如簑笠樣, 中突而四下, 丸至必斜走無力, 下施布裙, 遊揚不堅, 則丸不能穿. 又多通候望之穴, 及矢丸之道. 其意, 亦詳也.	
	壬辰倭亂, 編竹爲柵, 竹形圓, 故銃丸不能穿. 倭從竹間, 放丸中城上人, 此亦可驗.	이익의 전문
	우리나라의 관련 내용	
	至虞允文則曰, 木拒馬之法, 如車而利便捷疾, 車所不若也. 不知我國軍中之用, 能得其妙否也.	이익의 견해
108. 氷畫	坎木爲頯盤, 盤有甌廣一扶, 冬月水濡爲氷, 因成樹木雜畫, 枝榦咸具, 細密奇巧, 日日如此, 實可把玩, 然木必外根而內梢, 周遭皆同是, 又何也. 木性自在, 而斲爲圓槃者, 人意而非天, 彼自然之物, 亦隨槃賦形, 是果人事之㤅天者耶. 昔滄州城塹中, 氷紋如畫, 有竹木車馬人物殿閣, 時人以爲華孽, 地當有兵.	이익의 견해
	余謂不然, 獨不見柳谷瑞石乎, 石豈一時之災也. 今有蘭竹石, 其紋燦然, 余亦多見矣.	이익의 견해 이익의 경험
109. 牧場	聖人之保民, 莫過於殖財禁暴, 如絲麻鹽鐵之類, 必待運而後足用, 其致用, 莫如馬, 此地用之最切也. 又後來禦戎, 莫如馬, 馬之於生靈, 爲功大矣.	이익의 견해
	周之非子, 養馬於汧 · 渭之間, 馬大繁息, 孝王封爲附庸邑之秦, 出師, 必先祭馬祖.	非子居犬丘, 爲周孝王, 主馬于汧渭之間, 馬大蕃息, 孝王封爲附庸邑之秦. 『水經注集釋訂訛』_沈炳巽 撰.
	출전 명기 없이 인용 ▷ 『水經注集釋訂訛』	
	詩云, 吉日維戊, 旣伯旣禱.	吉日維戊, 旣伯旣禱. 『詩經集傳』_「車攻」
	『詩』=『詩經』	

伯者, 說者, 謂天駟房星也. 今之馬政, 異於是, 司牧之職, 必委諸下劣小吏, 任其儓損, 故歲必拔其尤而去之, 在牧者, 不過駑駿賤品, 日漸數縮, 失政之莫大者也.	이익의 견해
昔馬援成功於交趾, 亦賴馬力, 故以銅鑄馬爲相馬之術, 獻於朝曰, 武帝時, 善相馬者東門京, 作銅馬獻之, 詔立於魯班門外, 名其門曰金馬, 臣援師楊子阿受相馬骨法, 傳聞不如親見, 視影不如察形, 今欲形之於生馬, 則骨法難備具, 又不可傳之於後, 臣謹備數家爲法矣. 此雖不傳於後, 今世或多有善相者, 擇其駿骨而放牧之, 其種育必將迢羣者出矣.	臣援嘗師事子阿, 受相馬骨法, 考之於行事, 輒有驗效. 臣愚以爲傳聞不如親見, 視景不如察形. 今欲形之於生馬, 則骨法難備具, 又不可傳之於後. 孝武皇帝時, 善相馬者東門京, 鑄作銅馬法, 獻之, 有詔立馬於魯班門外, 則更名魯班門曰金門. 臣謹依儀氏䩭中·帛氏口齒·謝氏脣鬐·丁氏身中, 備此數家骨相以爲法. 『東漢文紀』_〈馬援〉_「上銅馬式表」_明 梅鼎祚 編.
출전 명기 없이 인용 ▷ 『東漢文紀』	
濟牧, 始於元世祖, 而今則有禁, 不得高大之種, 朝廷若奏其由, 請許交市, 則彼必不吝顧, 無慮及此者.	이익의 견해
우리나라의 관련 내용	
銅馬相法云, 水火欲分明, 水火在鼻孔間也. 上脣欲急而方, 口中欲紅而有光, 此馬千里, 頷下欲深, 下脣欲緩, 牙欲前向, 牙去齒一寸, 則四百里, 牙劍鋒則千里, 目欲滿而澤, 腹欲充, 䏶欲小, 季肋欲長, 懸薄欲厚而緩, 懸薄股也, 腹下欲平滿, 汗溝欲深長, 而膝欲起, 肘腋欲開, 膝欲方, 蹄欲厚, 三寸堅如石.	銅馬相法, 水火欲分明, 水火在鼻兩孔間也. 上脣欲急而方, 口中欲紅而有光, 此馬千里, 頷下欲深, 下脣欲緩, 牙欲前向, 牙去齒一寸, 則四百里, 牙劍鋒則千里, 目欲滿而澤, 腹欲充, 䏶欲小, 季肋欲長, 縣薄欲厚而緩, 縣薄股也, 腹下欲平滿, 汗溝欲深長, 而膝本欲起, 肘腋欲開, 膝欲方, 蹄欲厚, 三寸堅如石. 『東漢文紀』_〈馬援〉_「銅馬相法」
「銅馬相法」 ▷ 『東漢文紀』_〈馬援〉_「銅馬相法」	
此卽有助於日用, 故並記之.	이익의 견해
110. 馬政	唐時, 以牝馬三千匹, 命張萬歲, 掌牧於隴右, 繁息至七十萬匹, 則數百有餘倍, 當時以一縑易一馬矣. 玄宗命王毛仲, 監內外閑廐, 後有馬四十三萬匹.	唐初纔得牝牡三千匹, 於赤岸澤徙之隴右, 命太僕張萬歲掌之, 萬歲善于其職, 自貞觀至麟德, 馬蕃息及七十萬匹 …… 是時天下以一縑易一馬. …… 上

	初卽位, 牧馬有二十四萬匹, 以以太僕卿王毛仲爲內外閑廐, 使少卿張景順副之, 至是有馬四十三萬匹. 『資治通鑑』_〈唐紀〉
출전 명기 없이 인용 ▷ 『資治通鑑』	
杜甫沙苑行所謂伊昔太僕張景順, 考 牧攻駒閱淸駿, 遂令大奴字天育, 別養驥子憐神俊, 當時四十萬匹馬, 張公歎其才盡下者, 是也.	伊昔太僕張景順, 監牧攻駒閱淸峻, 遂令大奴字天育, 別養驥子憐神駿, 當時四十萬匹馬, 張公歎其材盡下. 杜甫의「天育驃圖歌」(『杜詩詳註』)
출전으로 작가의 이름을 제시: 杜甫 「沙苑行」 ▷ 杜甫 의「天育驃圖歌」 *작품명이 상이함.	
毛仲, 本高麗人, 爲玄宗宮奴, 以功位至將軍, 宋璟恥作座客, 然有非子之功, 其才有足多者, 甫所以稱字也. 大抵善馬出於西國如月氏·大宛可驗. 古稱高麗産果下馬, 其細小, 冠於天下, 土性然也. 加之場牧尠而家畜多.	이익의 견해
牧於野者, 安於水草, 習於馳驟, 爲臨敵之用, 養於家者, 勤剪拂飽菽豆, 寒衣而暑蔭, 不識風霜, 筋骨脆弱, 若一朝放之荒野, 必羸瘁無力矣.	又兼牧於野者, 安於水草, 習於馳驟, 以之臨敵, 易於鞭策, 畜於私家者, 飽以菽豆, 勤於剪拂, 一旦置之荒郊, 便已瘦弱無力. 『元朝典故』_「馬政」_淸孫承澤(1593~1676) 撰.
출전 명기 없이 인용 ▷ 『元朝典故』 *「馬政」이라는 기사명이 상호 일치하는 것으로 볼 때, 『元朝典故』가 출전인 듯함.	
又有甚害者, 蹄有鐵鐕, 終歲無休息, 入則牢閉, 出則負重, 馬安得不易以老死, 故始作蹄鐕者, 馬政之罪人也. 近世虎害日甚, 不獨人命多損, 必爲牧場之大患, 古者, 設牧於山峽高燥之地, 馬所以剛勇, 今必在海島中, 稟氣之弱劣宜矣. 畿縣之中, 民爲虎噉者無算, 與外寇何別. 周公之東征, 必先驅猛獸而遠之, 今必別立除虎之制, 與軍功等, 爲邊堡管將, 以次陞之守令, 至虎無子遺, 然後廣開牧場, 得如萬歲·毛仲者, 不惜勞賞, 卽時務之不可已者.	이익의 견해
우리나라의 관련 내용	

111. 硫黄· 地霜	火藥者, 合硫黄鹽硝, 合搗而成者, 奮發 之力, 在硫黄, 穿透之功, 在硝, 其意, 亦 巧矣.	이익의 견해
	我國硫黄, 雜於沙土, 不可用, 若與牛猪 等肉脂, 和合鎔化, 方可以去滓. 此見藥 泉集可考也.	丁生又云, 我國所産石硫黄, 雜於沙 土, 不能用, 若與牛猪等肉脂, 交合鎔 化則可以去滓, 試之良驗云. 『藥泉集』「嶺南雜録」_朝鮮 南九萬 撰.
	출전 명기 없이 인용 ▷ 『藥泉集』, 조선의 문헌 인용.	
	鹽硝者, 漉取地霜而和成者也. 地霜者, 久遠屋宇中地面凝聚者是已, 如海堧之 日曝生白也. 與鹽同科, 故味醎稱鹽.	이익의 견해
112. 珠蛇 還歸	齊虞愿爲晉安太守, 郡出蚺蛇膽, 人有 餉者, 愿放之二十里, 一夜蛇還, 放之四 十里, 經宿還.	齊書曰, 虞愿爲晉安太守, 郡出蚺蛇 膽, 可用爲藥, 有人餉愿, 愿放之二十 餘里外山中, 一夜蛇還歸牀下, 復送四 十里外山, 經宿復還. 『太平御覽』〈仁德〉
	출전 명기 없이 인용 ▷ 『太平御覽』	
	人以合浦之珠, 連山之石鍾乳, 較看者 非也. 此豈化行攸及乎.	이익의 견해
	余居濱浦, 浦産細蛤無算, 四方來採, 歲 偶大水, 泥沙羃浦, 蛤皆死種絶, 歷數年 後復舊. 珠出於蚌蛤, 盛衰豈繫於郡治 乎.	이익의 경험
	山村饒蛇, 或至庭除之間, 使人毆除, 幾 死, 僅免者數, 俄復如前復至, 察其情 狀, 凡虫豸之屬, 多生於村巷朽壤, 故蛙 黽之屬, 必捨溪澗而來集, 亦驅而復還, 蛇之不離人居, 卽意在蛙黽也. 不獨此 也, 燕雀必尋人居, 虎豹不居深山, 皆爲 利也.	이익의 견해
	余嘗行道值雨, 川渠盡漲, 人皆彷徨不 能涉, 有小蛇從草間投水, 千萬辛苦必 濟乃已, 凡物性皆然矣.	이익의 경험
113. 冬至 獻襪	今俗新嫁婦人, 每獻襪於舅姑.	이익의 견해
	餘冬序録, 引崔浩女儀云, 近古婦人, 常 以冬至, 上履襪於舅姑, 踐長至之義也.	*관련기사 曹子建冬至獻襪頌表云, 伏見舊儀, 國

又曹子建, 冬至獻襪頌表云, 伏見舊儀, 國家冬至, 獻履貢襪, 所以迎福踐長.	家冬至, 獻履貢襪, 所以迎福踐長. 崔浩女儀云, 近古婦人, 常以冬至, 上履襪於舅姑, 踐長至之義也. 『賓退錄』_宋 趙與峕 撰.
冬至, 日極南, 影極長, 一丈三寸, 故謂之長至, 則獻以踐履之物, 所以迎福也. 仍成流俗, 不解其義, 而婦人猶遵此不廢也.	이익의 견해
114. 土理橫竪 余有故人某, 入峽鑿山, 引川注野, 爲稻田, 水滲終不成. 又有人, 堤築山口, 爲瀦水之澤, 水終不蓄, 雖萬杵築堅, 亦無益. 土人云, 土理有橫有竪, 竪者水滲故也.	이익의 전문
陳后山云, 潁中田理, 有橫有立, 立者不可稻.	田理, 有橫有立, 間謂之立土橫土, 立土不可稻, 爲其不停水也. 『後山集』_〈談叢〉_宋 陳師道 撰.
출전으로 작가의 이름을 제시: 陳后山 ▶ 『後山集』_〈談叢〉_宋 陳師道 撰.	
何孟春, 見山峽民, 有因岸而穴居, 問則曰, 橫土可耐久, 其立者, 易塌也, 治水利者宜知.	何孟春
115. 馬祖 今祀典, 有馬祖·先牧·馬社·馬步. 馬祖, 天駟房星之神, 先牧, 肇制牧養者, 馬社, 廐神, 恐是天廐東, 壁之北, 天馬之廐, 今之驛亭也. 象緯考房星右驂亦曰天廐, 馬步, 害馬神, 恐是馬瘓之神. 祀典, 又有靈星·禡祭·蠹祭, 靈星天田, 在角星之左, 主天子畿內封疆, 禡, 蚩尤之神, 始制干戈者, 蠹者, 未知何指.	天廐十星在東壁北, 盖天馬之廐, 今之驛亭也. 『文獻通考』_〈象緯考〉_「二十八宿」 馬步, 害馬神也. 『弇州四部稿』 左右角間二星曰平道, 爲天子八達之衢, 明正則吉, 動搖則法駕有虞, 天田, 主天子畿內封疆. 『文獻通考』_〈象緯考〉_「二十八宿」
인용문을 구분하기 어려울 정도로 이익의 견해가 혼용되어 있음.	
字書云, 軍中大皂旗, 軍發則祭, 以皂繪爲之.	軍發則祭, 以皂繪爲之, 似蚩尤首, 軍發則祭蠹. 『正字通』
출전으로 범칭을 서명 대신 제시: 字書 ▷ 『正字通』	

116. 鵬	說文, 鳳飛羣鳥朋從, 故借朋黨字, 然則鵬與鳳字同, 而二字之音, 平側不同, 何也. 恐不是矣. 意者, 二物皆世外奇羽, 亦安知羣鳥來從, 鵬獨不然乎. 鵬字獨見于莊子, 特寓言, 其物之有不有, 又未可知.	이익의 견해
	鯤本魚子, 魯語所謂魚禁鯤鮞, 是也.	魚禁鯤鮞鯤.[魚子也.] 『國語』_〈魯語〉_吳 韋昭 注.
	출전으로 편명을 서명 대신 제시: 〈魯語〉=『國語』_〈魯語〉	
	又疑鵬本小鳥之名, 而莊周託喩矣.	이익의 견해
117. 饅頭· 起溲· 牢九	食品餅屬, 非天成也. 後人, 隨意換易, 不可適名, 今畧記其可識者. 束晳云, 饅頭宜春, 薄壯宜夏, 起溲宜秋, 湯餅宜冬, 牢九宜四時. **然盧諶祭法, 以饅頭牢九, 爲春祀之物, 則牢九亦當云宜春矣. 楊用修, 引西陽雜俎, 籠上牢丸, 湯中牢丸之語, 謂九卽詩人趍韻之誤, 乃丸字, 是也.** 醬羊豕等肉, 和薑桂蘭葱之屬, 攪合之, 搦搏粉麪, 作丸蒸成, 和湯食者, 亦饅頭之類也. 饅頭, 俗傳出於瀘水之祭, 亦外餅而餡肉者也. 但丸小而饅大, 丸搏麪而饅作餅爲少異耳. **字書, 餕, 餅屬, 以薄餅卷肉切以薦之曰餕,** 有紅綾餕·玲瓏餕, 此亦與上二者相近, 但其切之爲不同也. 薄壯, 不知何指而謂其宜夏, 則必冷蘑爽口者也, 恐不過今之水團之類. 起溲者, 溲麪作餅, 蒸熟淨取者也. 謂之起溲, 則必酒醉起膠也, **字書云, 餶餰, 起麪也, 發酵使麪輕高浮起也.** 餑, 籠蒸饅頭, 亦發酵浮起者也, 皆起溲之類也. 今之霜花餠, 恐是此物也. **湯餅者, 唐人謂之不飥, 亦曰餺飥·濕麪也. 山谷詩曰, 湯餅一盃銀線亂, 盖其形如亂線. 弇州所謂, 濕麪可穿結,** 亦此意也. 今之水引餅, 是也. 然古人亦以牢丸爲湯餅, 則凡和湯食者, 通謂之湯餅耳.	盧諶祭法, 春祠, 用曼頭·餳餅·髓餅·牢丸, 夏秋冬亦如之, 夏祠別用乳餅, 冬祠用環餅也. 『格致鏡原』_〈飮食類〉_「餅」 後見西陽雜俎, 引伊尹書, 有籠上牢丸湯中牢丸九字, 乃是丸字. 『丹鉛餘錄』 餕 徒覽切. 音啖. 餅屬. 六書故, 今人以薄餅卷肉切而薦之曰餕. 又唐賜進士, 有紅綾餕, 南唐有玲瓏餕. 『正字通』 餶 …… 餶餰, 起麪也. 發酵使麪輕高浮起炊之爲餅. 『正字通』 今俗籠蒸饅頭, 發酵浮起者, 是也. 『正字通』 湯餅一杯銀線亂. 黃庭堅의 「過土山寨」(『山谷集』) 湯餅, 唐人謂之不飥, 今曰餺飥. 『古今事文類聚續集』_「莫曉其名」 濕麪可穿結. 『弇州四部稿』
	출전으로 범칭을 서명 대신 제시: 字書 ▷『正字通』 山谷詩 ▷ 黃庭堅의 「過土山寨」	

	弇州 =『弇州四部稿』 *인용 문헌을 구분하기 어려울 정도로 이익의 견해가 혼용되어 있음.	
118. 元陽 繭	元陽繭者, 王世貞汴中節食記, 以爲元 日之饌, 東萊祭式, 亦有元日薦繭之文.	汴中節食因記, 其名, 元陽繭[元日] 『弇州四部稿』_明 王世貞 撰.
	출전으로 작자와 작품명을 제시: 王世貞「汴中節食記」=『弇州四部稿』_明 王 世貞 撰.	
	按祝氏事文類聚曰, 開元遺事, 都下上 元日, 造麪繭, 以官位帖字, 置其中, 以 高下相勝爲戲笑	都下上元日, 造麪繭, 以官位帖字, 置 其中, 以高下相勝爲戲笑.[開元遺事] 『古今事文類聚前集』_「造麪繭」_宋 祝 穆 撰.
	출전으로 서명과 찬자의 이름을 모두 제시: 祝氏『事文類聚』 ▶『古今事文類聚 前集』_「造麪繭」_宋 祝穆 撰.	
	必是今俗正朝剛釘也. 以烈酒和糯米 粉, 搦搏作餠, 細切待乾, 用油浴煎, 卽 浮起圓大, 故曰以高下相勝也.	이익의 견해
	周禮, 醢人, 酏食. 疏云, 以酒酏爲餠, 若 今起膠餠.	醢人. [司農云, 酏食, 以酒酏爲餠者, 酏粥 也. 以酒酏爲餠, 若今起膠餠.] 『周禮注疏』_賈公彦 疏.
	『周禮』=『周禮注疏』	
	此非起溲, 則必是此類耳.	이익의 견해
119. 寒具	寒具者, 楊用修云, 于寶, 周禮註, 祭用 鑙鑙, 晉呼爲環餠也. 閩人謂之煎鋪, 以 糯粉和麪, 油煎沃以糖, 故食之不濯手 則汚物, 此桓玄所以不設也.	干寶, 周禮注曰, 祭用鑙鑙, 晉呼爲環 餠. 『丹鉛總錄』_〈飮食類〉_「鑙鑙」_明 楊 愼 撰. 晉桓玄, 喜陳書畫, 客有不濯手, 而執 書帙者, 偶浣之後, 遂不設寒具. …… 閩人所謂煎鋪, 以糯粉和麪, 油煎沃以 糖, 食之不濯手, 則能汚物. 『丹鉛總錄』_〈飮食類〉_「寒具」
	출전으로 찬자의 이름을 제시: 楊用修 ▶『丹鉛總錄』_明 楊愼 撰.	
	周禮, 籩人, 朝事之籩, 鄭司農註, 淸朝 未食, 先進寒具, 口實之籩也.	籩人 …… 朝事之籩. 鄭司農云, 朝事, 謂淸朝未食, 先進寒 具, 口實之籩. 『周禮注疏』_〈天官 冢宰〉

	『周禮』=『周禮注疏』	
	寒具之名, 其來久矣.	이익의 견해
	意者, 以淸朝, 供具, 故謂之寒具, 而**可山林洪曰, 寒食寒具也**.	可山林洪曰……餦餭, 乃寒食寒具也. 『丹鉛總錄』_〈飮食類〉_「粔籹蜜餌餦餭」
	재인용: 可山 林洪 ▷『丹鉛總錄』	
	此作寒食之寒, 當以前出者爲斷, 謂之環餠者, 以意推之, 先搓引作股如絲, 因以環繞如蛇盤狀, 圓而區, 油煎之也.	이익의 견해
	劉夢得寒具詩云, 纖手搓來玉數尋, 碧油煎出嫩黃深, 夜來春睡無輕重, 壓區佳人纏臂金.	禹錫寒具詩, 纖手搓來玉數尋, 碧油煎出嫩黃深, 夜來春睡無輕重, 壓區佳人纏臂金. 『丹鉛總錄』_〈飮食類〉_「寒具」
	재인용: 劉夢得「寒具詩」▶『丹鉛總錄』_〈飮食類〉_「寒具」 *『성호사설』에서는 '禹錫'을 '劉夢得'으로 고쳤음.	
	今東俗有搓手餠者, 股纏而形不環區, 有散蒸餠者, 形環而不纏, 時之有變也.	이익의 견해
	우리나라의 관련 내용	
120. 漢宮棋子	漢宮棋子者, 王世貞云, 麪錢印花煮也.	漢宮棋子[麪錢印花煮] 『弇州四部稿』
	출전으로 찬자의 이름을 제시: 王世貞 =『弇州四部稿』	
	今俗謂之花煎, 春以鵑花, 秋以菊花, 爲重三重九之薦, 東萊祭式, 有英菊糕, 卽此物也.	이익의 견해
	우리나라의 관련 내용	
121. 粔籹蜜餌	招魂賦云, 粔籹蜜餌有餦餭些. 王逸註, 餦餭, 餳也, 以蜜和米麪, 熬煎作粔籹, 擣黍作餌, 又有美餳, 衆味甘具也. 朱子謂寒具也. 可山林洪曰, 自是三品, 粔籹, 乃蜜麪之乾者, 十月間爐餠也. 蜜餌, 乃蜜麪少潤者, 七夕蜜餠也. 餦餭, 乃寒食寒具也.	楚辭, 粔籹蜜餌有餦餭. 王逸注, 餦餭, 餳也, 以蜜和米麪, 熬煎作餌, 又有美餳, 衆味甘具也. 朱子注云, 以米麪煎熬作之寒具也. 可山林洪曰, 楚辭此句, 自是三品, 粔籹, 乃蜜麪之乾者, 十月開爐餠也. 蜜餌, 乃蜜麪少潤者, 七夕蜜食也. 餦餭, 乃寒食寒具也. 『丹鉛總錄』_〈飮食類〉_「粔籹蜜餌餦餭」

	재인용:「招魂賦」, 王逸 註, 朱子, 可山 林洪 ▷『丹鉛總錄』_〈飲食類〉_「粗粖蜜餌餦餭」	
	據此則蜜麮作餠, 油煎而乾者, 非今之朴桂而何. 其少潤者, 沃以飴蜜故也, 非今之藥果而何. 此類, 東人又通謂之造果, 凡非眞而假爲者, 俗諺皆謂之造, 意者, 其初以蜜麮造爲果品之形, 於是有是名. 後人仿其形, 圓不能累高, 故方切爲之, 而果之稱, 猶存也. 今祀享, 陳於果品之間, 則尤驗矣. 昔忠宣王爲世子, 入元宴, 用本國油蜜果, 則其爲美味可知. 俗之傳來遠矣. **陶穀淸異錄云, 周靈前, 果皆雕香爲之, 形色如生, 盖亦造果之類耳. 金沙溪, 引凡糗不煎之文, 謂祭用蜜果油餠非禮.** 余詳禮意, 糗而膏煎甚褻, 若他物則未嘗不煎也. 如羞豆之實, 有酏食·糝食, 皆稻粉和肉膏煎者也. 且膳膏之供, 四時各異, 若不煎, 將何用. 今國家禮典, 有藥果及中小朴桂之類, 恐不宜專斥. 若曰褻味, 無大羹玄酒之意, 而貧室難辦則固當.	이익의 견해 *관련기사 陶穀淸異錄, 載周祖靈前看果, 皆雕香爲之, 形色如生. 『讀禮通考』_〈喪具〉 『沙溪全書』_〈家禮輯覽〉_「喪禮」_遺奠
	우리나라의 관련 내용	
122. 角黍	角黍, 風土記曰, 端午, 以菰葉裹粘米, 乃汨羅弔古之遺俗也.	*관련기사 ○糉 作弄切. 商淸音, 角黍也. 風土記, 以菰葉裹黏米. 集韻或作粽. 續齊諧記, 屈原五日投汨羅, 楚人至此日, 以竹筒貯米, 投水祭之. 漢建武中, 區曲白日見人, 自稱三閭大夫, 謂曰聞君當見祭, 可以楝葉塞筒上, 以綵絲纏之, 二物蛟龍所憚也. 今人作粽, 幷戴楝葉五色絲, 皆汨羅遺俗也. 『古今韻會擧要』
	東俗, 以麮煎作餠如圓葉, 餡以肉臡及菜餗, 卷葉裹之, 爲兩角, 重五設之, 此正是角黍也. 古者, 飯曰黍稷, 則角黍者, 謂裹飯而有角也. 今俗, 又有所謂造角者, 角音轉爲岳, 米粉作餠, 餡以豆屑, 亦兩角而油煎, 此亦角黍之假成者也.	이익의 견해
	우리나라의 관련 내용	

	柳夢寅野談云, 嘗從軍于宋應昌衙門, 有餉以角黍者, 狀如牛角, 糯飯和棗實與蜜而成塊, 正如我國上元藥飯也.	『於于野譚』_朝鮮 柳夢寅 撰.
	『柳夢寅野談』=『於于野譚』	
	此說可笑, 藥飯者, 卽糯飯也, 卽新羅炤智王祭烏之遺俗, 而今和以棗栗也. 意者, 中國變棕菰之制, 搦搏爲角, 謂之角黍, 其義在角, 不在飯也, 彼見其如此, 却以棗栗飯爲角黍, 則何異於聞鍾揣籥而疑其爲日也耶.	이익의 견해
123. 粉團	**粉團者, 一名水團, 一名白團, 端午時食也. 歲時記, 或雜五色, 人獸花果之狀, 其精者, 名滴粉團. 我國只用白團也. 歲時記, 又有乾團, 不入水者,**	歲時記, 端午作水團, 又名白團, 或雜五色, 人獸花果之狀, 其精者, 名滴粉團. 或加麝香. 又有乾團不入水者. 『格致鏡原』_〈飮食類〉「諸食饌」 『天中記』에도 동일한 내용이 있음.
	재인용:『歲時記』 ▷ 『格致鏡原』 혹은 『天中記』	
	卽今所謂切餠也. 水團, 亦恐束晳所謂薄壯宜夏者, 是也.	이익의 견해
124. 棗糕	棗糕者, 藝苑雌黃, 寒食, 以麨爲蒸餠樣, 團棗附之也.	藝苑雌黃, 寒食, 以麨爲蒸餠樣, 團棗附之名曰棗糕. 『格致鏡原』_〈飮食類〉「糕」
	재인용:『藝苑雌黃』 ▷ 『格致鏡原』	
	今東俗, 亦呼爲蒸餠, 豆屑爲餡, 外附棗肉者, 謂之糕銘. 意者, 其初以棗肉煎作文字於糕上, 故稱之爲銘. 今非字而糕銘之稱猶存也. 又有小團而細切棗, 用蜂蜜, 亂粘者, 謂之雜果餠.	이익의 견해
	우리나라의 관련 내용	
125. 橄子	橄子者, 熬稻也, 乾煎爲熬, 糯稻幷殼熬之, 則其米炘散如花, 故曰橄子也. 今俗, 或油煎糯米通謂之橄, 卽不瓹之瓹也. 別爲餠薄而四角, 油煎沃餳, 粘着橄米曰橄子, 橄之稱在米, 不在餠也. **楊升庵却謂橄子者, 寒具也.** 所粘之餠, 雖類寒具, 而與橄意何干. 楊之博, 亦不及此矣. 或紅染橄米, 又作餠, 如釵股, 用餳粘着者曰蔘花餠, 以其形似而命之也.	蓋以寒具爲饊子也. 『丹鉛總錄』_〈飮食類〉「寒具」

	楊升庵 =『丹鉛總錄』	
	董越朝鮮賦, 間肴羞以糝食. 自註, 亦能爲華之米餻, 蓼花之類.	間肴羞以糝食.[亦能爲華之米糕, 蓼花之類.] 『朝鮮賦』_明 董越 撰.
	출전으로 서명과 찬자의 이름을 모두 제시: 董越『朝鮮賦』=『朝鮮賦』_明 董越 撰.	
	然則蓼花之稱, 起自中國矣.	이익의 견해
126. 糗餌· 粉餈	周禮, 糗餌粉餈, 合蒸曰餌, 餠之曰餈, 糗, 熬大豆也, 粉, 豆屑也. 餌, 言餈粉, 互相足也.	糗餌粉餈 合蒸曰餌, 餠之曰餈, 糗者, 擣粉熬大豆爲餌餈之黏著, 以粉之耳, 餌, 言糗, 餈言粉, 互相足. 『周禮注疏』_〈天官 冢宰〉
	『周禮』=『周禮注疏』	
	盖餌則先屑米爲粉, 然後溲之, 故曰餠之.	餌則先屑米爲粉, 然後溲之, 故許愼云餌餠也. 『說文繫傳』_南唐 徐鍇 撰.
	출전 명기 없이 인용 ▷『說文繫傳』	
	餈則炊米爛擣之, 故曰合蒸也. 以稻米黍米, 或先屑而餠之, 或先炊而擣之, 又熬大豆爲屑, 粘着之, 今俗所謂印切餠也. 後世俗漸侈, 此不用於祭享, 亦沽畧矣. 今之所尙者, 糕也. 家禮所謂餈糕, 是也. 或稻粉帶濕, 入甑爛熟, 自成餅者, 謂雪糕, 或小豆去皮而間鋪之, 謂豆糕. 又旣餠而豆屑爲餡, 間鋪松葉, 爛蒸者, 謂松餠, 或不用松, 薄餠有紋者, 謂散餠, 內餡而蒸, 外粘豆屑者, 謂之團子, 或和以靑蒿, 見通考, 皆一時之俗也.	이익의 견해
	우리나라의 관련 내용	
127. 冷淘	詩家, 多言槐葉冷淘, 昔野狐泉一女子, 善制水花冷淘, 切以吳刀, 淘以洛酒.	野狐泉一姥, 善製水花冷淘, 切以吳刀, 淘以洛酒. 『格致鏡原』_〈飮食類〉_「麪五」
	출전 명기 없이 인용 ▷『格致鏡原』	
	杜詩, 靑靑高槐葉, 採掇付中廚, 新麴來近市, 汁滓宛相俱.	靑靑高槐葉, 朵掇付中廚, 新麪來近市, 汁滓宛相俱. 杜甫의 「槐葉冷淘」(『杜詩詳註』)

	출전으로 작가의 이름을 제시: 杜詩 ▷ 杜甫의 「槐葉冷淘」	
	意者, 以水花槐葉之類, 溲麪爲餠, 細切漬酒, 候冷而食者也. 槐, 非花黃之槐, 恐是栮木也. 我國指栮爲槐, 亦似有自.	이익의 견해
128. 灰酒	朱子書, 有飮酒有灰之語, 灰者, 滓也.	
	陸放翁言唐人喜赤酒灰, 陸魯望詩酒滴灰香似去年, 是也.	唐人喜赤酒·甛酒·灰酒, 皆不可解. …… 陸魯望云, 酒滴灰香似去年. 『老學庵筆記』_宋 陸游 撰.
	출전으로 작가의 이름을 제시: 陸放翁 ► 『老學庵筆記』_宋 陸游 撰.	
	周官, 酒正辨五齊之名. 泛齊者, 成而滓浮泛泛然, 如今宜城醪. 醴齊者, 成而汁滓相將, 如今恬酒. 緹齊者, 成而紅赤, 如今下酒, 所謂赤酒, 卽盎齊之類, 而李賀詩小槽酒滴眞珠紅, 是也. 所謂灰酒者, 卽泛齊醴齊之類, 杜甫詩蟻浮仍臘味, 則指宜城醪也. 禮疏, 引曹植酒賦, 宜城醴醪, 蒼梧縹淸爲證, 泛與醪, 古人亦或混稱矣. 醫家, 用無灰酒入藥, 謂無滓澄酒也. 李芝峯, 引魯望詩, 謂中朝人釀酒多用灰, 芝峯之博, 亦不及此耶.	이익의 견해
129. 山蕷	新羅五葉蕷, 雖是土産, 亦絕貴, 貧士難得以治疾, 莫不以俗所謂沙蔘者替用. 按本草, 沙蔘有苗莖直, 而俗用者, 蔓延, 斷非此物矣. 人謂是蔓蕷, 蔓蕷不見本草, 今人誤以薺苨爲蔓蕷, 用治婦人産後諸症, 然薺苨者, 解毒之草, 使百藥不能循其經, 其謬明矣. 其蔓者, 恐是山蕷. 董越朝鮮賦, 松膚之餠, 山蕷之糕. 自註, 山蕷, 非入藥者, 其長如指狀, 如蘿菖. 遼人謂之山蘿菖, 亦取和秫米, 搗之, 煎爲餠餌, 此物膚理極疏, 和米粉, 油煎爲環餠, 俗稱山蒸, 今人尙有此制, 必是此物也.	이익의 견해
	余嘗試之, 此物折之, 則有白液, 久則變淡血色, 盖亦人蔘之類, 而有補血之功, 或稱蔓蕷而治婦人疾, 亦宜矣.	이익의 실험
130. 婚禮 朴桂	國家祀典, 有藥果·中朴桂·小朴桂, 每疑何所不足而無大朴桂. 據高麗忠宣賜白馬蜜果, 皆從本國之俗也. 今俗同牢	이익의 견해

用漢果, 婦之饒饌, 用大藥果, 漢果亦朴桂之類. 大藥果卽所謂油蜜果. 意者, 此大朴桂, 而其次有中小之別, 故今婦家饒饌, 尙稱朴桂, 此皆古之蜜餌遺制也, 別有所著, 不贅.	
우리나라의 관련 내용	

『星湖僿說』 卷五 〈萬物門〉

연번	『성호사설』 원문	실제 인용 문헌
131. 道袍	古之道服, 東俗所謂道袍也, 此亦後世賽祭之服.	이익의 견해
	우리나라의 관련 내용	
	禮, 註, 袍者, 衣有著也.	注. 繭袍, 衣有著之異名也. 『禮記注疏』_〈玉藻〉
	『禮』=『禮記注疏』_〈玉藻〉	
	有著則非上服矣, 然白袍·靑袍之稱, 其來已久.	이익의 견해
	字書云, 袍者, 表衣之通稱.	袍者, 表衣之通稱. 『正字通』
	출전으로 범칭을 서명 대신 제시: 字書 ▷ 『正字通』	
	俗曰**直身, 兩京稱道袍**, 朝服亦曰袍, **隋唐謂之馮翼, 今號直裰, 卽古逢掖也.**	或曰, 直身, 故兩京通稱道袍 …… 隋唐謂之馮翼, 今呼直裰, 卽縫掖也. 『通雅』_〈衣服〉_明 方以智 撰.
	출전 명기 없이 인용 ▷ 『通雅』	
	然則魯之逢掖, 亦不過今之道袍而已, 今世, 士大夫燕服, 皆用道袍, 而武弁則用裰翼, 凡深衣, 衣與裳連, 故裳有殺幅而無襞積, 玄端, 裳不連衣而有襞積, 兩旁缺開, 其上下連而有襞積, 古無此製也. 裰翼者, 恐馮翼之類耳.	이익의 견해
132. 簪導	導者, 頭髮之飾也.	이익의 견해
	晉書, 馮遷, 追及桓玄, 玄拔頭上玉導,	益州督護馮遷, 抽刀而前玄拔頭上玉

132. 簪導	與之日, 汝何敢殺天子.	導與之, 仍曰, 是何人邪, 敢殺天子. 『晉書』_「桓玄傳」
		又按晉書, 馮遷, 追及桓玄, 玄拔頭上 玉導, 與之曰, 汝何敢殺天子. 『升菴集』_「玉導」
	재인용: 『晉書』 ▷ 『升菴集』	
	齊高帝, 打破玉導曰, 長奢侈之原, 是也.	
	東坡詩, 簪導輕安髮不知.	簪導輕安髮不知 蘇軾의「椰子冠」(『東坡全集』)
	출전으로 작가의 이름을 제시: 東坡詩 ▷ 蘇軾의「椰子冠」	
	簪與導, 疑若二物.	이익의 견해
	釋名又云, 簪, 建也, 所以建髮於冠也. 導, 所以導掠鬢髮, 使入巾幘之裡也. 通 典云, 金飾·玉簪導, 又云, 金寶·飾導· 簪冠.	簪, □也, 以□連冠於髮也. 又枝也, 因 形名之也. 導, 所以導櫟鬢髮, 使人巾幘之裹也. 『釋名』_釋首飾_漢 劉熙 撰.
		簪導, 案釋名云, 簪, 建也, 所以建冠 於髮也, 一曰笄, 笄繫也, 所以拘冠, 使不墜也. 導, 所以導櫟髮, 使入巾幘 之裏也. 『丹鉛總錄』_「簪導」
		金飾玉簪導. [釋名云, 簪, 建也, 所以建冠於後也, 亦謂之笄, 所以拘冠, 使不墜也. 導以 櫟鬢, 使入巾幘之中.] 『通典』_〈君臣冠冕巾幘等制度〉
		金寶·飾導·簪冠 『通典』_〈君臣冕服冠衣制度〉
	재인용: 『釋名』 ▷ 『丹鉛總錄』+『通典』	
	所謂飾導而簪冠者, 恐是一物而異名 也. 意者, 如今俗簪子之類, 可以掠鬢 髮, 使入網巾, 而古者, 因橫簪建髮於 冠, 則又謂之簪也. 或始有二物, 而後來 取便同用, 則謂之簪導耶.	이익의 견해
	通考云, 唐制, 七品以上, 以白筆代簪 八 品九品, 去白筆.	唐制……七品以上, 以白筆代簪, 八品 九品, 去白筆.

		『文獻通考』_〈王禮考〉_「君臣冠冕服章」
	『通考』=『文獻通考』	
	然則筆亦簪之類耳. 意者, 因**張安世持橐·簪·筆, 以備顧問**, 遂成此制.	[漢書曰, 張安世持橐·簪·筆, 事孝武數十年, 以備顧問.] 『事類賦』_〈什物部〉_「筆」_宋 吳淑 撰.
	출전 명기 없이 인용 ▷ 『事類賦』	
133. 蜂巡	余養蜂而知古者巡狩之有其義也. 蜂之有君, 非有智與力之能庇禦于衆, 特安居而待其下之供給, 其下之親上死長, 如嗜欲然, 然無此君, 蜂亦不能成羣, 無以保守永命也. 迹其日用事, 爲其君, 疑若無所用心, 然君之動靜, 衆以之觀, 羣蜂喧鬧飛繞, 則知其君之內有巡動也. 每日過亭午, 則必然. 以意推之, 君亦一蜂耳, 蟄在一窠, 無所猷爲, 羣下何從而知其有無, 必時出巡警, 使心意相接, 上下相固, 不可以但已者也. 不然, 雖搏土刻木, 像其形而投之, 蜂亦共尊而不覺耶, 寧有是理.	이익의 관찰
134. 龍力	水行龍力大, 陸行象力大.	[水行龍力大, 陸行象力大.] 『庾子山集』_「陜州弘農郡五張寺經藏碑」_周 庾信 撰, 淸 倪璠(1637~1704) 纂註.
	출전 명기 없이 인용 ▷ 『庾子山集』	
	故曰, 龍象, 然凡天下之物, 陸不如海, 陸産莫如獅象, 比之於水産, 非等列也. 夫龍之神變, 有不可測者, 怒而起, 拔屋折木.	이익의 견해
	昔曾驗之, 西海龍鬪, 獰風, 自南而北, 旁及東海之濱千有餘里, 誰如其力哉. 龍興多在夏秋之際, 不但風雨震霆, 龍之欲動, 雖凉生之後, 必數日蒸熱醖釀然後乃升, 其蒸且熱, 分明是龍之爲也. 意者, 將升也, 已於海中, 役氣作力, 精神透見, 風日變候, 甚可異也. 始知凡怪風駭雨, 莫非神物之弄幻, 非時運自然之候也.	이익의 체험 이익의 견해

135. 柿	沿海多柿, 其實有高下不同等也, 然至霜酣濃熟, 則亦莫不多液甘滑, 比他果品最勝, 海邦人, 竝取均嘗, 取其優, 舍其劣, 有携其下品, 至山峽, 人各稱賞以爲無敵, 殊不覺更有上品, 在當前, 快意無害, 爲無上也. 余謂古今人長短, 亦猶是也. 上自孫·吳, 歷韓信·諸葛, 至李靖·郭子儀之屬, 無不自雄一世, 算無遺策, 今人每執迹而評隲曰, 彼如是, 此如是, 皆峽人之談柿也, 烏足以知之, 若使數子竝生一時, 比權量力, 則前未必勝, 後未必輸, 智愈見而拙難掩矣. 盖蒔花種果, 必求異品, 因以繁植, 轉益嘉美, 何獨人材, 每下於古昔耶. 此余所未曉也.	이익의 견해
	우리나라의 관련 이야기 사람에 대한 평가로 주제 확장	
136. 琴	說苑, 雍門周, 以琴見孟嘗君, 孟嘗君曰, 先生鼓琴, 亦能令文悲乎, 是周之琴, 素號爲增悲也.	雍門子周, 以琴見乎孟嘗君, 孟嘗君曰, 先生鼓琴, 亦能令文悲乎 『說苑』_「善說」漢 劉向 撰. 說苑曰, 雍門周, 以琴見孟嘗君, 孟嘗君曰, 先生鼓琴, 亦能令文悲乎. 『太平御覽』_「涕」외 다수의 문헌.
	재인용: 『說苑』 ▷ 『太平御覽』 등 『說苑』의 "雍門子周"가 『성호사설』에는 "雍門周"로 되어 있으므로 『太平御覽』등에서 재인용한 것으로 보임.	
	按劉勰新論云, 雍門, 作松栢之聲, 齊湣願未寒服.	劉勰新論, 雍門, 作松栢之聲, 齊湣願未寒之服. 『佩文韻府』_「傾城歌」
	재인용: 劉勰 『新論』 ▷ 『佩文韻府』	
	謂能令人凄寒思溫也, 此必有實事而不可考, 其所謂松栢之歌, 亦恐是說苑墳墓·樵採之類. 夫樂者, 樂也, 要使人和樂, 惡悲而喜樂, 亦人情也. 至於絲竹之聲, 輒取其掩抑凄切, 或流淚不禁, 益歎其善, 此所謂以悲爲樂也, 豈非戾乎.	이익의 견해
	新論, 又謂夏甲作破斧之歌, 始爲東音, 殷辛作靡靡之樂, 始爲北聲.	劉勰新論, 夏甲作破斧之歌, 始爲東音, 殷辛作靡靡之樂, 始爲北聲. 『佩文韻府』_「夏甲」

재인용: 『新論』 ▷ 『佩文韻府』	
此亦無所考也, 靡靡卽師延濮水之音, 哀怨流湎者也.	이익의 견해
家語, 子路鼓琴, 有北鄙殺伐之聲.	子路鼓瑟, 有北鄙殺伐之聲. 故孔子曰, 由之瑟, 奚爲於丘之門.[家語]『古今事文類聚續集』 「子路鼓瑟」
재인용: 『家語』 ▷ 『古今事文類聚續集』	
則鎔壯急疾者也.	이익의 견해
韓昌黎, 聽琴一篇, 古今絶唱, 然**昵昵兒女語, 恩怨相爾汝**, 濮水之音也. **劃然變軒昂, 勇士赴敵場**, 北鄙之音也. **推手遽止之, 濕衣淚滂滂**, 松栢之音也.	昵昵兒女語, 恩怨相爾汝. …… 推手遽止之, 濕衣淚滂滂. 韓愈의「聽穎師彈琴」(『昌黎先生文集』) 昵昵兒女語, 恩怨相爾汝, 劃然變軒昂, 勇士赴敵場, 此退之聽穎師琴詩也. 『說郛』_〈雜書琴事 蘇軾〉_「歐陽公論琴詩」외 다수의 문헌에 실려 있음.
출전으로 작자와 작품명을 제시: 韓昌黎「聽琴」 ▶ 韓愈의「聽穎師彈琴」	
置之郊廟之上, 不免爲牛鬼蛇神.	이익의 견해

137. 鰈域	東國謂之鰈域.	이익의 견해
	按爾雅, 東方有比目魚, 名曰鰈, 不比不行. 郭註, 狀如牛脾, 鱗細, 紫黑色, 一眼, 兩片相合, **口近腹下**.	東方有比目魚焉, 不比不行, 其名謂之鰈. 注, 狀似牛脾, 鱗細, 紫黑色, 一眼, 兩片相合, 乃得行.『爾雅注疏』_〈釋地〉 時珍曰, 按郭璞云, 所在水中有之, 狀如牛脾, 及女人鞋底, 細鱗紫白色, 兩片相合, 乃得行, 其合處, 半邊平而無鱗, **口近腹下**.『本草綱目』「比目魚」
	『爾雅』=『爾雅注疏』 ＊주로 『爾雅注疏』에서 인용하되 『本草綱目』의 내용을 덧붙였다.	
	今人以東海之俗稱嘉魚者當之. 此物, 形圓鱗細, 背黑腹白, 口在一旁, 兩目俱在背上, 見之疑若二片相比而行, 其實不然, 其所謂口近腹下, 亦以相比言也.	이익의 견해
	우리나라의 관련 내용	

	禮, 豆實有脾析. 註, 脾牛百葉.	
	百葉者, 今之千葉, 只於有角牛羊等物有之. 脾則五臟之一, 凡人畜胃上有區而長者, 是也. 俗稱吉花. 今西海中, 有名舌魚者, 亦目在背, 口在旁, 一如鰈形, 長恰似胃上之脾, 郭之所指, 當是此物, 而不比不行. 古人不曾親驗, 意度爲說也. 牛之百葉, 亦名牛脾, 故俗以嘉魚者, 當之.	이익의 견해
	*경험의 중요성 강조 −"古人不曾親驗, 意度爲說也."	
138. 禽獸 不知 父	世言禽獸知有母而不知有父.	晉人論, 禽獸知有母而不知有父. 『說郛』_〈因話錄 趙璘〉_「畜」
	然凡禽之巢居者, 自營巢抱卵, 至乳哺, 皆雌雄共劬, 至雛成飛啄, 不獨不知父, 母亦相忘耳. 如虎狼之吃肉, 待養之類, 亦必如此, 且山野之物, 莫不牝牡有別, 動止相隨, 則與巢居, 必無異也. 世言烏反哺, 余嘗驗之, 鵲與雀, 亦或有如此者, 但不多見, 意者, 烏未必一一皆然, 卽時有性孝者耳. 凡家畜鷄鴨牛馬犬豕之屬, 雌雄牝牡, 都無別, 養雛而父不與, 勢使然也. 設或無鷙攫搏噬之害, 放在閑曠, 各自生長, 則亦必牝牡有別. 今見犬鷄羣遊, 其陰陽之交, 猶稍自有擇, 其不然者, 多緣狃以成習也. 是以知之不佳皆因敎導之不明.	이익의 견해 이익의 관찰
139. 委蛇	羔羊之詩, 美在位者也.	師古曰, …… 召南羔羊之詩, 美在位皆節儉正直. 『前漢書』_「薛宣傳」
	必曰, 委蛇委蛇.	委蛇委蛇. 『詩經』_「羔羊」
	其語勢如吁嗟獜兮, 吁嗟騶虞之類, 疑若有如是之物, 而比況於人者也.	이익의 견해
	莊子達生篇云, 夫以鳥養, 養鳥者, 宜棲之深林, 浮之江湖, 食之以委蛇, 是必虫豸之名也. 又云, 齊桓公, 田於澤, 見鬼	夫以鳥養, 養鳥者, 宜棲之深林, 浮之江湖, 食之以委蛇. 『莊子』_〈達生〉

焉, 齊士有皇子者曰, 山有夔, 野有方皇, 澤有委蛇. 公曰, 委蛇之狀, 何如. 皇子曰, 其大如轂, 其長如轅, 紫衣而朱冠, 其爲物也, 惡聞雷車之聲, 則捧其首而立, 見之者, 殆乎霸.	桓公, 田於澤, 管仲御, 見鬼焉. …… 齊士有皇子告敖者曰, …… 山有夔野有犺徨, 澤有委蛇, 公曰, 請問委蛇之狀何如. 皇子曰, 委蛇其大如轂, 其長如轅, 紫衣而朱冠, 其爲物也, 惡聞雷車之聲, 則捧其首而立, 見之者, 殆乎霸. 『莊子』_〈達生〉
출전으로 서명과 편명을 모두 제시: 『莊子』〈達生篇〉 = 『莊子』_〈達生〉	
盖澤中大蛇, 而其見人, 以爲祥者也. 大抵二南, 多以物爲喩, 關雎·螽斯·鵲巢之類, 先言物以起興, 麟兮·騶虞·委蛇之類, 後言物以實之, 安知詩人之意, 必不如此耶.	이익의 견해
其謂霸徵者, 如公孫丑霸王不異之說.	이익의 견해
自是, 齊人之口氣, 而其稀見爲祥則決矣. 姑識此以廣異聞. 左傳襄公七年, 有此語, 宜作一般看, 恐是自得如委蛇之行也.	이익의 견해
140. **畜獸** **屬辰** 獸畜之分屬十二辰, 舊雖有說, 皆未必然, 謂鼠前五爪, 後四爪, 前陽後陰, 跨居夜半之象.	이익의 견해
余驗之, 老鼠前後, 皆五爪也. 意, 人偶見雛未完者故云爾耶.	이익의 관찰
偶考本草, 鼠性氣歸腎, 腎者, 水也. 坎水爲子, 故其爲物也, 畫息夜動. 夜半之子, 卽其恣行之時也. 又亥子丑, 皆屬夜.	『本草』 이익의 견해
亥爲豕, 丑爲牛, 何也. 二畜歧蹄, 屬陰, 頭垂下走, 皆水畜也, 牛起先後足, 豕毛象水, 尤可證. 又豕色多黑, 牛色多黃, 亥固專水, 而丑稟土氣也. 虎行於夜, 而將曉歸窟, 虎靜而兎動, 其屬寅卯, 亦似有理, 其他多不曉. 說者, 謂龍五爪, 蛇歧舌, 所以有陰陽之別. 然余見畫龍, 必四爪, 未知何故. 惟馬蹄不歧, 起先前足, 色多赤, 當屬午, 鷄至酉捿塒, 當屬酉, 狗司昏輩吠, 夜深亦静, 當屬戌, 羊歧蹄, 屬陰, 然未申之爲羊猿, 未可深曉.	이익의 견해 이익의 관찰

141. 緩聲	王朴之律, 以黃鍾, 孔徑三分之管, 半之爲淸聲, 倍之爲緩聲.	王朴素曉音律, 帝以樂事詢之, 朴上疏……昔黃帝吹九寸之管, 得黃鍾正聲, 半之爲淸聲, 倍之爲緩聲. 『資治通鑑』 등 다수의 문헌에 실려 있음.
	樂府有緩聲歌, 必指此而言也. 今世心方曲, 有緩中數三調, 意盖祖此.	이익의 견해
142. 苔	土之苔靑, 木能克土也, 木之苔白, 金能克木也, 金之苔赤, 火能克金也, 人之苔黑, 水能克火也, 水之苔亦靑, 水土同宮, 故苔亦木色也. 石之苔亦靑, 石又土之類也. 凡苔根著甚固, 故無不入, 驗之金石, 劍久則赤澁侵蝕漸深, 磨不可去, 而終必缺敗, 所謂繡澁苔生, 是也. 石亦苔久則剝落也, 人苔所謂黔刺, 是也. 面之赤色, 火氣爲主, 故黔刺生而其根極深, 如金之繡苔也. 心無形體, 其亦有苔歟. 曰有物欲, 是也. 欲亦有根著之丹田, 去之最難.	이익의 견해 이익의 관찰
143. 灰	火性引水, 故穿井之法, 掘地旣深, 多蒸烟火, 上壅不洩, 則氣便旁通, 便能引泉脈來也. 又如實灰於器, 注水其中, 一升之量, 而能容灰與水二升, 灰帶火氣, 含水在內, 水爲之不洩也. 石灰, 亦能引水.	이익의 견해
	有堪輿術者, 爲余道置馬槽於石灰之上, 槽常水濕, 灰又帶火而引水, 槽便易朽, 治壙者, 愼之, 其言亦似有理.	이익의 전문
	農家糞田, 木灰爲上. 燒滅之中, 其理生長腐臭生新之義, 且能引濕也. 其在土中, 旱乾則勒留濕性, 滋養尤勝, 但水澇之時, 或反致害種, 綿家宜知之.	이익의 견해
144. 元氣	物生氣稟, 元有長短之數, 如草不過一歲, 人不過百年之類, 是也. 就其中, 草有久速, 人有壽夭, 氣數亦各異, 是氣也, 生而長, 長而衰, 衰而死, 各有所稟之限, 是謂元氣也. 其始也, 形小則氣小, 形氣幷長, 氣充於形, 形大氣衰, 則游氣雜糅, 形未有空缺, 而元氣之分數,	이익의 견해

	無補於消滅也. 天地亦然, 盈於兩間者, 莫非元氣, 而亦必有衰息之時, 其十二萬九千六百年, 卽一大限也. 善言天者, 必驗于人, 知人則知天矣. 然其代序循環, 與生物不同, 晝夜冬夏, 生息相接, 不似游魂之銷散也. 夫夜凉晝溫, 由日之出入, 非元氣之變也. 冬寒夏熱, 由日之遠近, 非元氣之變也. 寒暑相推, 而物生其間, 這元氣絪縕亭毒, 精聚而化醇, 精散而澌滅, 不離於天地元氣之內, 無不相通, 如一團香在室, 氣遍一室, 一把火在庭, 光燭一庭, 此天人氣合之說也. 曰然則物之元氣, 脩短有一定歟. 曰非然也. 此有一漏壺, 塞口則不縮, 物撼則易洩, 何以異是, 吾但見刺促而失其稟者恒多矣乎.	
145. 立耘器	昔先子, 赴燕過遼野, 有詩曰, 立耘可見疎耕作, 行市方知競末功.	立耘可見疎耕作, 行市方知競末功. 李夏鎭의「途中記所見」(『六寓堂遺稿』)
	이익의 부친 시 인용: 先子(=李夏鎭)의「途中記所見」	
	農器, 有立耘之名, 古也, 遼東人謂之剗子, 柄長幾二丈, 刃廣博如我國之鍤子, 此用於旱畝, 而不宜於水田也. 意者, 畝間去草, 此必不便, 其起土培根之用歟. 我俗之鉏, 其柄短, 其刃楕尖鉤而斜, 利於撥土, 如犁之有壁, 甚宜於坐耘, 考諸錢銚等器, 盖不見有此制, 天下之利器也. 彼立耘者, 亦疏矣.	이익의 견해
	우리나라의 관련 내용	
146. 火銃	天下之物, 猛勢莫如火, 故言最猛, 必曰火, 如烈于猛火, 是也.	이익의 견해
	雷霆者, 陽畜成火, 鬱於內而不得發, 則奮決而出, 劈石破山, 智者, 見其如此, 鑄成鳥嘴銃等火器.	이익의 견해
	余少時見有放銃者, 銃久廢沙澁, 旣炷火, 丸不順導, 筒鐵炸裂, 手握未展, 虎口裂開, 其熛疾如此, 是故銃長則勢尤猛, 猛則易以炸, 故聞胡銃, 甚長而末尖本厚, 防此患也.	이익의 체험

	曾於人家, 見倭人復讎銃, 長不過數扶, 倭人袖中暗發者也. 其用宜於十步之內, 而過此則無力云.	이익의 체험
	流賊之時, 賊多殺孕婦, 倒植露陰, 醜穢春撞, 於是, 城上銃皆炸裂, 以鷄狗血灑之, 然後始放丸, 此又何理. 意者, 彼不過妖魔呪符之術, 故生血能禳之耳.	이익의 전문
147. 龍華	西國人言, 水味本淡, 今泉井之水, 雖甘烈, 非水之本味, 卽土氣之染成, 是以水莫如雨霖, 飮之無病, 乃有水庫之法, 盛儲庫中, 經久而滓穢盡定, 去其滓而用其淸, 其術極巧.	이익의 견해
	余有庄土在野中, 野無泉脈, 其人皆飮陂澤雨霖所滙, 謂之龍華, 鷹鴨鸛鷺之所嘗留戲, 穢惡滿渚, 水虫水草, 交亂腐朽, 色濁而味臭, 見之令人欲嘔, 然作飯作酒, 無不美, 洗濯物, 甚潔白, 凡濱海多重腿之病, 獨飮龍華者, 無此症, 始信西國之人, 經驗甚熟.	이익의 경험 이익의 견문
148. 觀物	易曰, 方以類聚物, 以羣分.	方以類聚物, 以羣分. 『周易注疏』_〈繫辭〉
	『易』=『周易注疏』	
	萬象皆然, 觸眼有覺, 一日, 偶至陂澤之地, 水鳥羣至, 鷹鴨之屬咸在, 其志, 皆喜水而有求, 故其遊戲, 與同方以類聚也. 分形旣別, 故鷹從鷹行, 鴨從鴨飛, 各有隊陳, 物以羣分也. 彼居雲水之間, 任往任來, 其意向未必皆同, 而一鷹起, 則羣鷹從之, 一鴨至則羣鴨與同, 其飛也, 一東則衆隨而東, 一西則衆亦如之, 所以成羣, 此似無私, 其止宿也, 羣不多則欲下而不下, 必尋衆聚而歸焉, 此似於和同, 情狀可喜, 觀物有得, 豈虛語哉.	이익의 견해
149. 占城稻	東坡白塔舖詩, 吳國晚蠶初斷葉, 占城早稻欲移秧.	吳國晚蠶初斷葉, 占城早稻欲移秧. 蘇軾의 「歇白塔舖」(『東坡全集』)
	출전으로 작자와 작품명을 제시: 東坡 白塔舖詩 = 蘇軾의 「歇白塔舖」	

	曰旱曰秧, 似非宜於旱田者也. 占城, 又別有一種稻, 大明太祖, 詔頒占城稻於天下. 凡稻宜水田, 旱則失稔, 此稻耐旱也. 我國與燕接界, 使命繹續, 如木綿, 旣播於中土, 而却爲文益漸帶得來, 旣有耐旱之稻, 實莫大焉, 又如何至于今寂寥也.	이익의 견해
	余至濱海曠野之地, 土皆澱泥淤成, 而無一脈泉, 霖潦之外, 更無蹄涔, 遍野種稻, 皆色白而芒長, 俗名倭稻, 種在乾土, 苗立如針細, 乃數以大木, 駕牛拖拽, 則草薙而苗不敗, 俄而勃興, 於夏雨時, 不日乃成, 蔕甚韌, 雖風雹不隕, 其穫也, 以鐵筋, 雙挾力拉, 始零若播作時, 雨水則甚忌, 一與泥田生者, 相反也.	이익의 체험
	余謂此必占城稻也. 占城卽南裔濱海之國, 必多野曠而無泉之地, 土産之宜, 必與此同其性. 今也鑿地爲陂, 却有水草生, 此非必彼傳至此, 此必有自然育成者也. 以此推之, 人材之生世, 自不乏, 彼執策而嗟無馬者, 何心.	이익의 견해
	인재 등용에 대한 이야기로 결론.	
	中國, 有黃穆稻者, 種六十日便熟, 雖緣南方氣暖, 亦必別有速成者也. 恨不得此種到, 此見三才圖會.	『三才圖會』
150. 檜柏	今人, 墳塋前多樹檜, 檜年久, 多爲雷震, 戒勿樹.	이익의 견해
	東方朔云, 栢者, 鬼之廷人.	栢者, 鬼之廷也. 『前漢書』_「東方朔傳」
	출전 명기 없이 인용 ▷『前漢書』「東方朔傳」	
	遂引以爲證, 然柏是今之側柏, 察其葉, 一一皆側可證. 檜者, 柏葉松身, 何嘗葉側耶. 東俗, 以海松實爲柏子, 此訛傳也. 海松, 松之別種, 與柏何干. 然治棺者, 以柏爲上, 古有松千柏萬之說. 程子亦云, 余驗之, 柏未有許大者也. 又柏枝多向西, 故名柏云, 亦未見其必然, 或	이익의 관찰 이익의 견해

	者, 柏有別種, 可以治棺, 而今處處有之者, 非眞耶. 然檜柏之類, 旣多震擊, 則要非阡岡可種者.	
	按世說, 郭璞謂王丞相, 有震厄, 截斷柏樹, 如其長, 置床上, 常寢處則可消, 數日, 果震柏粉碎.	王丞相, 令郭璞試作一卦, 卦成, 郭意色甚惡云, 公有震厄, 王問曰, 有可消伏理不. 郭曰, 命駕西出數里, 得一栢樹, 截斷如公長, 置牀上常寢處, 災可消矣, 王從其語, 數日中, 果震栢粉碎, 子弟皆稱慶. 『世說新語』_〈術解〉
	『世說』=『世說新語』	
	博識者, 所當考.	이익의 견해
151. 耽羅 牧場	耽羅牧場, 其高大者, 沒數驅出, 遺在場者, 皆駑劣下乘, 大宛之種, 今變爲駃騠, 而寒則厚衣, 暑則就陰, 止則菽豆, 昏晝不撤, 行則不過一息, 喂輒滿腹, 菽豆之不足, 熱粥澆之, 是以馳不過三二百步, 汗流脚蹶, 止則或蹄齧, 風逸奰駕傷人, 平時騎乘, 猶且不堪, 況禦侮於風沙絶域之外耶. 盖胡中牝必字, 牡必騸, 字則育繁, 騸則馴良, 必至之理也.	이익의 견해
	우리나라의 관련 내용	
	詩曰, 騋牝三千.	騋牝三千. 『詩經』_「定之方中」
	『詩』=『詩經』	
	牝馬之高大者許多, 則馬如何不駿而繁哉.	이익의 견해
	余聞西洋之言, 喂馬寧麥無菽, 喂菽則只增肥澤, 而剛勇之性換矣.	이익의 전문
	此說亦有理. 凶歲, 人糜菽爲粥啗, 必體重夢煩, 不與米麥等, 卽穀性之重濁故也.	이익의 견해
152. 秦吉 了	白樂天有秦吉了詩曰, 彩色靑黑花頭紅	彩毛靑黑花頭紅 『白氏長慶集』_「秦吉了」
		彩色靑黑花頭紅. 『古今事文類聚後集』_〈羽蟲部〉_「秦吉了」

재인용: 白樂天「秦吉了詩」 ▷『古今事文類聚後集』		
此鸚鴿一種, 能言者也.	이익의 견해	
說文, 似鵙而有幘.	似鵙而有幘.[說文] 『古今事文類聚後集』_〈羽蟲部〉_「鸚鴿」	
재인용:『說文』 ▷『古今事文類聚後集』		
是則花頭也.	이익의 견해	
樂曲有鸚鴿舞, 此萬歲舞, 唐武后時, 養鳥宮中, 能人言, 嘗稱萬歲, 故爲樂而象之.	鳥歌者, 武后作也, 有鳥能人言萬歲, 因以制樂. 通典云, 鳥歌萬歲樂, 武后所造時, 宮中養鳥能人言, 嘗稱萬歲, 爲樂以象之. 『說郛』_〈碧雞漫志 王灼〉	
출전 명기 없이 인용 ▷『說郛』		
通考云, 嶺南有鳥, 似鸚鴿稍大, 乍視不可辨, 久養之, 能言, 南人謂之吉了. 開元初, 廣州獻之, 言音雄重, 如丈夫, 委曲識人情, 慧於鸚鵡遠矣. 北方常言鸚鴿踰嶺, 乃能言, 傳者, 誤矣.	嶺南有鳥, 似鸚鴿稍大, 乍視不可辨, 久養之, 能言, 南人謂之吉了, 開元初, 廣州獻之, 言音雄重, 如丈夫, 委曲識人情, 慧於鸚鵡遠矣. 漢書武帝紀書南越獻能言鳥, 豈謂此邪. 北方常言鸚鴿踰嶺, 乃能言, 傳者, 誤矣. 『文獻通考』_〈樂舞〉_「萬歲舞」	
『通考』=『文獻通考』_〈樂舞〉_「萬歲舞」		
然則鸚鴿來巢之類.	이익의 견해	
雖斷舌而不可使之言, 其能言者, 卽吉了, 而象爲樂舞, 則通謂鸚鴿舞. 事文類聚, 載在鸚鵡, 下與鸚鴿別, 中土人, 亦不能細辨故耳.	이익의 견해	
153. 踏索 緣橦	今世, 優人有踏索戲, 或謂履繩.	이익의 견해
	漢世, 以兩繩繫兩柱, 兩倡對舞, 行於繩上, 對面道逢, 肩切而不傾. 張衡西京賦, 跳丸劍之揮霍, 走索上而相逢, 是也.	漢世, 以大絲繩繫兩柱, 頭間相去數丈, 兩倡對舞, 行於繩上, 對面道逢, 肩相切而不傾. 張衡所謂, 跳丸劍之揮霍, 走索上而相逢. 『文獻通考』_〈散樂百戱〉_「絙戱」
	출전 명기 없이 인용 ▶『文獻通考』 *『文獻通考』의 "張衡所謂"를『성호사설』에서는 "張衡西京賦"로 구체화하였음.	

	比見此伎轉巧, 不特對舞, 或能筋斗, 手彈奚琴, 蕩搖橫斜而能不墜, 伎之巧捷, 乃如是, 問之曰, 單繩易於兩繩也. 又有緣橦戱, 或稱尋橦, 卽險竿戱也, 又名都盧伎.	이익의 견해
	自漢武時有之, 都盧, 國名, 其人體輕而善緣, 能跟掛腹旋, 因橦而見伎, 亦謂角觝之戱. 西京賦, 侲童程材, 上下翩翩, 突側投而跟掛, 若將絶而復聯, 是也.	漢武帝時, 謂之都盧, 都盧, 國名, 其人體輕而善緣也. 又有跟掛腹旋, 皆因橦以見伎. 張衡西京賦, 侲童程材, 上下翩翩, 突倒投而跟掛, 若將絶而復聯. 『文獻通考』_〈散樂百戱〉_「都盧伎」
	출전 명기 없이 인용 ▷ 『文獻通考』	
	唐文宗開成四年, 張樂, 有童子緣橦, 一夫往來, 走其下如狂, 上怪之, 左右曰, 其父也.	上幸會寧殿, 有童子緣□, 一夫往來, 走其下如狂, 上怪之, 左右曰, 其父也. 『資治通鑑』_〈唐 文宗皇帝〉_「四年」
	출전 명기 없이 인용 ▷ 『資治通鑑』	
	其履危可知. 今我東之俗, 此伎絶巧, 北使見之, 以爲天下無有云. 此皆倡優程材之戱也. 我東人, 百事卑劣, 惟倡優不拙, 是可憫怪耳.	이익의 견해
	우리나라의 관련 이야기	
154. 猿騎	猿騎戱者, 今俗謂馬上才, 能於走馬上, 飛踏如猿鳥, 此軍門兵士能之, 或似有補於騎射, 則不比程材雜劇之無用, 雖存之不妨, 或有能騎雙馬者.	이익의 견해
	우리나라의 관련 이야기	
155. 浮白	大白, 罰爵也, 出說苑.	
	然成帝與張放等, 宴飮禁中, 皆引滿擧白.	上嘗與張放及趙·李諸侍中共宴飮禁中, 皆引滿擧白. 『資治通鑑』_〈孝成皇帝〉
	출전 명기 없이 인용 ▷ 『資治通鑑』	
	則不應用罰爵也.	이익의 견해
	或曰, 飮訖, 擧觴告白盡, 若然魏侯, 何以曰浮之大白, 公乘不仁, 又何以擧白浮君, 余意凡無飾曰白.	師古曰, 謂引取滿觴而飮, 飮訖, 擧觴告白盡 不也. 一說, 白者, 罰爵之名, 飮有不

	盡者, 則以此爵罰之. 魏文侯, 與大夫飮酒, 令曰, 不釂者, 浮以大白, 於是, 公乘不仁, 擧白浮君, 是也. 『資治通鑑』_〈孝成皇帝〉의 주석.
출전 명기 없이 인용 ▷ 『資治通鑑』 *"師古曰"을 "或曰"로 바꾸었음.	
明堂位, 爵, 夏后氏以琖, 殷以斝, 周以爵.	爵, 夏后氏以琖, 殷以斝, 周以爵, 注斝畵禾稼也 『禮記注疏』_〈明堂位〉
출전으로 편명을 서명 대신 제시: 〈明堂位〉=『禮記注疏』_〈明堂位〉	
夏以玉飾, 殷畵禾稼, 斝稼也, 周亦有玉飾.	夏后氏以琖者, 夏爵名也, 以玉飾之, 故前云爵用玉琖仍雕, 是也. 殷以斝者, 殷亦爵形而畵爲禾稼, 故名斝. 斝, 稼也, 周以爵者, 皇氏云, 周人, 但用爵形而不畵飾. 案周禮太宰贊, 玉几・玉爵, 然則, 周爵, 或以玉爲之, 或飾之. 『禮記注疏』_〈明堂位〉의 疏.
출전 명기 없이 인용 ▷ 『禮記注疏』	
古人, 飾畵, 莫不寓戒, 無戒而稱白, 則宜於罰人, 及縱飮用之, 又爵有兩柱三足, 如戈形, 柱所以戒其傾盡, 足所以戒其過則傷也. 柱與足, 亦飾也, 引滿則泛溢也. 擧白則無飾而傾盡也. 比如簠簋不飾, 簠簋之盖, 必飾以龜形, 戒其貪食, 謂之不飾, 則貪食之稱, 故白者, 不飾也. 且浮者, 引滿也. 凡器, 滿則溢, 故戒其泛溢. 今見畵飾盃盞, 必有斟量之限, 使無得過, 惟嗜飮食者, 必取盈, 非禮也.	이익의 견해
禮, 投壺, 註浮, 或作匏, 或作符.	[浮, 或作匏, 或作符.] 『禮記注疏』_「投壺」의 註.
『禮』=『禮記注疏』	
皆未見得是.	이익의 견해
156. 薦芰	屈到嗜芰, 召其宗先曰, 祭我必以芰, 及祥, 屈建命去之曰, 夫子, 不以私欲干國之典.	屈到嗜芰, 有疾, 召其宗老而屬之曰, 祭我必以芰, 及祥, 宗老將薦芰, 屈建命去之曰, 夫子, 不以私欲, 干國之典

		也.[國語] 『事文類聚後集』_「嗜芰」
출전 명기 없이 인용 ▷ 『事文類聚後集』		
	今事文類聚, 有論此者曰, 加邊之實, 菱 芡存焉, 楚多陂塘, 菱芡所生, 父自嗜 之, 而抑按宰祝, 奪乎所欲, 建何忍焉.	加邊之品, 菱芡存焉, 楚多陂塘, 菱芡 所生, 父自嗜之, 而抑按宰祝, 旣毀就 養, 無方之禮, 又失奉死, 如生之義, 奪乎素欲, 建何忍焉. 『事文類聚後集』_「論屈建文」
『事文類聚』=『事文類聚後集』		
	愚按此若禮所當薦, 到必不特命矣. 是 必時禮之所行者然也.	이익의 견해
	然祭之日, 思其居處, 思其笑語, 思其所 嗜者, 禮也.	齊之日, 思其居處, 思其笑語, 思其志 意, 思其所樂, 思其所嗜. 『禮記注疏』_〈祭義〉
출전 명기 없이 인용 ▷ 『禮記注疏』_〈祭義〉		
	旣思其所嗜, 而不以是薦之, 可乎.	이익의 견해
	居山者, 必以魚鼈爲禮, 居澤者, 必以麋 鹿爲禮, 君子謂之不知禮	居山, 以魚鼈爲禮, 居澤, 以鹿豕爲禮. 『禮記注疏』_〈禮器〉
출전 명기 없이 인용 ▷ 『禮記注疏』_〈禮器〉		
	協諸義而協則禮雖先王未之有, 可以義 起.	協諸義而協則禮雖先王未之有, 可以 義起也. 『禮記注疏』_〈禮運〉
출전 명기 없이 인용 ▷ 『禮記注疏』_〈禮運〉		
	故草木昆蟲, 苟可以薦則薦也. 如犬牲 豕牲之類, 特牲少牢之不載而禮亦無不 著焉. 居楚而薦芰, 情禮允協, 況邊實有 此耶. 建謂干國典, 其必當時適有此禁 令故云爾. 此禮家之所宜詳.	이익의 견해
157. 指尺	人之身, 大約六倍, 其廣十倍, 其厚比于 肘四倍, 比手大指十二倍, 比于連四指, 二十四倍, 舒兩肘, 縱橫適等, 盖肘者, 自肘橫紋, 至長指尖端, 大指者, 自腕橫 紋, 至大指尖端, 四指者, 一扶也. 人長 以八尺爲度, 則其廣, 一尺三寸三分强,	이익의 견해

	厚不過八寸許, 人之背膺, 中平而兩旁殺, 各除中平, 五寸三分强, 合兩旁圓殺處, 爲圍則徑八寸, 徑一圍三則三八二十四也, 然後添背膺一尺六分强, 則大約身圍不過三尺五寸弱也. 深衣之制, 隨其人爲長短廣狹之度, 故有指尺之說, 然有細而長者, 有大而短者, 有指短而身長者, 有指長而身短者, 依舊不可爲法. 愚謂古所謂尺者, 卽指周尺也, 其始以長短廣狹之中者爲法, 則其身必長八尺, 圍三尺五寸也. 其有不然者, 宜隨其身, 而盈縮之度, 其長折作八尺, 挈其圍, 折作三尺五寸, 爲衣之長廣短狹. 比如醫家之橫寸縱寸之例, 則無所不合. 深衣之廣, 七尺二寸, 而三疊爲衣, 則除一疊二尺四寸, 圍不過四尺八寸, 比身圍三尺五寸, 增一尺三寸也, 亦可以容軀體裕如也.	
	禮所謂指尺者, 亦但以指節之中者言, 其或長或短, 不在此數.	[中指中節爲寸.] 『家禮』「深衣制度」宋 朱子 撰.
	불명확한 형식의 출전 제시: 『禮』 ► 『家禮』	
158. 朴堧 樂律	世宗大王, 有意作樂, 時秬黍生於海州, 磬石出於南陽, 命朴堧, 造編磬, 堧取黍積分, 爲黃鍾之管, 其聲比中國律管差高, 以爲地有肥磽, 黍有大小, 以蠟鎔成, 比海黍差大, 一粒爲一分, 累十粒爲寸九, 寸爲黃鍾之長, 三分損益以成十二律, 其說極可.	이익의 견해
	우리나라의 관련 내용	
	昔, 李照, 以縱黍, 則孔徑三分, 容黍千七百三十, 胡瑗, 以橫黍, 則容黍一千二百, 而孔徑三分四釐七毫, 皆不合千二百黍之文, 房庶謂容千二百黍爲九寸, 而九十分爲一, 是所謂一爲一分, 後儒誤以一黍爲一分也.	以益州鄉貢進士房庶爲試校書郎, 庶, 成都人, 宋祁嘗上其所著樂書補亡二卷, 田況自蜀還, 亦言其知音, 旣召赴闕庶自言, 嘗得古本漢志云, 度起於黃鍾之長, 以子穀秬黍中者, 一黍之起, 積一千二百黍之廣度之九十分, 黃鍾之長一爲一分, 今文脫之起積一千二百黍八字, 故自前世以來, 累黍爲尺以制律, 是律生於尺, 尺非起於黃鍾也.

		且漢志一爲一分者, 蓋九十分之一, 後儒誤以一黍爲一分, 其法非是, 當以秬黍中者一千二百實管中黍盡得九十分, 爲黃鍾之長九寸加一以爲尺, 則律定矣. 直祕閣范鎭是之, 乃言曰, 李照, 以縱黍累尺管, 空徑三分, 容黍千七百三十. 胡瑗, 以橫黍累尺管, 容黍一千二百, 而空徑三分四釐六毫. 『資治通鑑後編』_〈宋紀〉 *『文獻通考』에도 동일한 내용이 실려 있음	
		출전 명기 없이 인용 ▷ 『資治通鑑後編』 혹은 『文獻通考』	
		其言差近, 容黍, 以其體滑也, 蠟黍, 澁甚, 不可以累積, 眞黍而猶有負戴死空之慮, 況蠟耶. 且蠟成較大則安在乎秬黍, 此不過以意爲之也. 世無師曠之耳, 孰知其諧協否也. 海黍, 旣若是鑿空, 而南陽之玉, 亦不過似玉之珉, 比滑石差堅, 非泗濱之浮石矣.	이익의 견해
		後成俔撰樂學軌範序云, 壎之所得, 土苴耳.	然壎之所得, 土苴耳. 『虛白堂集』_「樂學軌範序」_朝鮮 成俔.
		출전으로 찬자와 편명을 제시: 成俔 撰「樂學軌範序」=『虛白堂集』_「樂學軌範序」_成俔. 조선의 문헌 인용	
		其亦有見於此耶.	이익의 견해
159. 俗樂		俗樂, 有樂時調·河臨·嗺子·啄木等調.	이익의 견해
		按新羅史, 王召見伽倻人于勒於河臨宮, 奏河臨·嫩竹二調.	『三國史記』_〈新羅本紀〉_「眞興王」
		불명확한 형식의 출전 제시: 新羅史 ▷ 『三國史記』_〈新羅本紀〉	
		此東方樂調之始. 意者, 此名流傳至今也. 今樂範一名淸風體也, 啄木亦稱河臨則淸風·啄木, 皆于勒之餘流耳.	이익의 견해
160. 管灰		漢志云, 度起於黃鍾之長, 以子穀秬黍中者, 一黍之廣, 度之九十分, 黃鍾之長, 一爲一分, 至房庶云, 得古本漢志, 一黍下, 脫之起積一千二百黍八字, 當時皆不之信.	「朴堧樂律」조의 출전과 동일. 『資治通鑑後編』_〈宋紀〉 혹은 『文獻通考』

	재인용: 〈漢志〉 ▷ 『資治通鑑後編』_〈宋紀〉 혹은 『文獻通考』	
	余謂若無千二百黍之文, 銖兩龠合之說, 又何從而有乎, 此其爲脫簡無疑. 范景仁, 信從而不能發揮, 畢竟歸之於多截竹管之說, 亦昧矣, 管灰之事, 牛弘之已不能對, 何可契合於秒忽之間耶. 盖黃鍾九寸而其分爲十二萬七千一百四十七數, 三分損益之際, 不如是, 不能詳也. 其實一寸爲一萬九千六百八十三數, 竹雖多截, 其能明瞭而不錯乎, 別有所論, 不贅.	이익의 견해
161. 生荣· 掛背	元人楊允孚詩云, 更說高麗生荣美, 摠輪山後蘑菰香. 自註, 高麗人, 以生荣裹飯食之.	更說高麗生荣美, 總輪山後蘑菰香. [高麗人, 以生荣裹飯食之.] 『元詩選』_「灤京雜咏 一百首」_楊允孚.
	출전으로 작가의 이름을 제시: 元人 楊允孚 詩 ▶ 『元詩選』_「灤京雜咏 一百首」_楊允孚.	
	我俗, 至今尚然, 蔬荣葉大者, 皆如此, 萬苣爲上, 家家種之, 爲此故也.	이익의 견해
	우리나라의 관련 내용	
	張光弼宮詞云, 宮衣新尚高麗樣, 方領過腰半臂裁.	宮衣新尚高麗樣, 方領過腰半臂裁. 『元詩選』_「宮中詞」_張光弼
	출전으로 작가의 이름과 작품명을 제시: 張光弼 「宮詞」 = 「宮中詞」_張光弼	
	今人猶有此制, 長不至膝, 廣不及臂, 兩襟不掩, 方領適對, 如鶴氅, 兩邊爲珠爲彄, 以搭住, 名掛背, 此詩所擧者, 是耳. 俗之流來者遠矣. 近時頗有加諸道服之上者, 或者, 麗時, 亦如此而元人效之也.	이익의 견해
	우리나라의 관련 내용	
162. 朝鮮 墨	吾東白硾紙·狼尾筆, 爲天下所寶. 至於墨, 專用油烟, 比松煤, 深黑不及, 而滋潤過之, 中國則大抵皆松也. 東坡云, 兩合爲良, 此未曾有試矣.	이익의 견해
	우리나라의 관련 내용	
	然韓子蒼詩云, 王卿贈我三韓紙, 色若截肪光照几, 錢侯繼贈朝鮮墨, 黑若點	王卿贈我三韓紙, 白若截肪光照几, 錢侯繼贈朝鮮墨, 黑如點漆光浮水.

	漆光浮水.	『陵陽集』「謝錢珣仲惠高麗墨」_宋 韓駒 撰. 외 다수의 문헌에 전함.
	출전으로 작가의 이름을 제시: 韓子蒼 詩 ▶ 宋 韓駒의 「謝錢珣仲惠高麗墨」	
	東墨亦爲詩家所重如此, 雖謂以小兒眼睛爲度, 深黑何妨其潤媚, 卽鷄子白助其彩耳.	이익의 견해
163. 論畫 形似	東坡詩云, 論畫以形似, 見與兒童隣, 賦詩必此物, 定非知詩人.	論畫以形似, 見與兒童鄰, 賦詩必此詩, 定非知詩人. 蘇軾의 「書鄢陵王主簿所畫折枝」(『東坡全集』)
	출전으로 작가의 이름을 제시: 東坡詩 ▷ 蘇軾의 「書鄢陵王主簿所畫折枝」	
	後世畫家, 得以爲宗旨, 淡墨瓽畫, 與眞背馳. 今若曰, 論畫, 形不似, 賦詩, 非此物, 其成說乎.	이익의 견해
	余有家藏東坡墨竹一幅, 一枝一葉, 百分肯似, 乃所謂寫眞也. 神在形中, 形已不似神, 可得以傳耶. 此云者, 盖謂形似而乏精神, 雖此物而無光彩也. 余則曰, 精神而形不似, 寧似, 光彩而他物, 寧此物.	이익의 경험
164. 篝燈 製管	余見王世貞所撰楊忠愍繼盛行狀云, 苑洛子韓奇謂公曰, 吾欲製十二律之管, 管各備五音七聲而成一調, 何如. 公退而凝思, 廢食寢者三日, 夢大舜, 投公以金鍾, 使之擊曰, 此黃鍾也. 公醒而汗悅若悟者, 起篝燈, 促製管, 至明而成者六, 已而十二管成, 韓公撫膺高踊曰, 得之矣. 始吾輯志樂成, 九鶴飛舞於庭, 其應乃在於子耶.	吾欲制十二律之管, 管各備五音七聲而成一調, 何如. 公退而凝思, 廢食寢者三日, 夢大舜, 坐投公以金鐘, 使之擊而謂之曰, 此黃鐘也. 公醒而汗悅若悟者, 起篝燈, 促復製管, 至明而成者六, 已而十二管成, 韓公撫膺高踊曰, 得之矣. 始吾輯志樂成, 而九鶴飛舞於庭, 其應乃在子耶. 『弇州四部稿』「楊忠愍公行狀」_明 王世貞 撰.
	王世貞 所撰「楊忠愍繼盛行狀」=『弇州四部稿』「楊忠愍公行狀」_明 王世貞 撰.	
	余曾見退溪所輯啓蒙傳疑, 載韓之論易考變占一條, 四爻五爻變者, 却占不變, 九六之變而乃占七八之靜者, 爲不成道理, 退溪亟許之以爲韓必有獨見, 不拘前聞者.	『啓蒙傳疑』_朝鮮 李滉 著. 이익의 견해

	『啓蒙傳疑』, 조선의 문헌 언급	
	今以此推之於樂律一事, 全無曉解. 律之難成, 由於黍龠分寸之不明, 夢覺而悅悟, 不知何據, 竹有鴻殺之別, 故必須鑄銅毫芒之間, 易以差謬, 豈一日之間, 可辦者耶. 若初不知縱黍橫黍及千二百黃鍾之實, 而至是乃悟, 則從前者, 太迷, 而悟非眞悟矣. 更須究到縱橫之有不合, 而更得取舍之斷案後, 方可言樂矣. 王固不足道, 如韓之志樂一書, 必皆强言而已矣. 後得楊之椒山集考之, 非王之謬, 卽楊自作年譜者如此, 而王爲其所欺也. 楊之樹立, 正大光明, 爲何如而作如此浮夸詧言乃爾. 意者, 此等人, 慷慨成習, 輕死立節, 其於眞積功程, 盖昧昧也, 不知爲不知, 是知也, 初無留心, 涉獵而妄言, 可乎. 又有毛大可者, 批評極言其謬正, 與吾意合, 甚可喜也. 且曰, 韓苑洛書, 是蔡元定律呂新書之唾餘, 而可以言樂乎. 其師弟授受如斯而已也.	이익의 견해
165. 鑄鼎 象物	厭勝之說, 所由來舊矣, 禮, 始死, 廢牀, 東首, 欲受生氣, 招魂則人從北, 榮而下, 此類甚多, 如五運·尙德·建正·易服, 及月令·器用之屬, 咸有規制, 此術家之所祖也.	이익의 견해
	左傳云, 昔夏之方有德也, 遠方圖物, 貢金九牧, 鑄鼎象百物而爲之備, 使民知神姦, 故民入川澤山林, 不逢不若, 魑魅罔兩, 莫能逢之.	昔夏之方有德也, 遠方圖物, 貢金九牧, 鑄鼎象物, 百物而爲之備, 使民知神姦, 故民入川澤山林, 不逢不若, 螭魅罔兩, 莫能逢之. 『春秋左傳注疏』
	『左傳』＝『春秋左傳注疏』	
	其義何居, 禹平水土, 民生奠居, 所當先者, 豈無其道, 而乃汲汲然收天下有用之物, 鑄成無用之器, 不惜功費之許大, 雖象物爲備, 彼山魈夜義之類, 獨不能驅其妖幻耶. 意者, 懷襄之世, 人神雜糅, 鬼魅之害于人多矣. 其最爲人患者,	이익의 견해

	魑魅罔兩是已. 孔子曰, 木石之怪夔罔兩, 大抵罔兩之屬, 多是木妖, 故禹於是收九牧之金, 各鑄一鼎, 而象其百物以爲備, 盖金氣旺而木卽受制, 故民入川澤山林, 彼鬼物不得眩售怪變而爲人之害也. 不然縱使人燭其神姦, 彼將不以此畏憚而沮止耳. 然則所謂逢之者, 亦以鬼物言, 鬼之遇民人, 渠自歛避矣. 若露其怪形, 使人見而驚怖, 豈非鬼物使人逢之耶. 逢與不逢, 其幾在鬼, 故曰莫能逢之.	
	程大昌曰, 範金肖物以示之, 則山行草芟者, 知畏而預爲之避也.	范金肖物, 著諸鼎以示之, 則山行草芟者, 知畏而預爲之辟也.『攷古編』_「象刑」_宋 程大昌 撰.
	출전으로 찬자의 이름을 서명 대신 제시: 程大昌 ► 『攷古編』_「象刑」_宋 程大昌 撰.	
	其說, 亦曲矣. 不然則人將不知鬼物之可畏而不避耶.	이익의 견해
166.傘猫	有猫從外至, 性傘, 而適鼠稀, 不能捕, 防之少怠, 輒竊食牀案, 人惡之甚, 欲除之, 又善躱避, 久之移入他室, 其人素愛猫, 與之食, 俾不飢, 且多鼠, 能善獵得飽, 遂不復傘, 於是號稱良畜.	이익의 전문
	余聞之, 歎曰, 此獸是必貧家物無食, 故不得已習傘, 旣傘故棄逐之, 至吾家, 亦不諳本質, 又待之以傘獸, 其勢不傘, 將無以爲生也. 雖有善獵之才, 誰復知之, 至遇其主然後, 素性見而能亦効矣. 向使傘時而擒殺, 豈非可惜耶. 嗚呼, 人有遇不遇, 物亦有然者也.	이익의 견해
167.鴝鵒眼	文房之美, 必稱端硯而鴝鵒眼爲最上. 大抵端石, 有三種, 巖石爲上, 西坑次之, 後磨又次之, 色深紫瑩潤, 扣之其聲淸遠, 有靑綠黃重暈圓點者, 謂之鴝鵒眼, 此巖石也, 其色赤, 呵之乃潤, 鴝鵒眼, 色紫紋漫而大者, 西坑也. 其色靑紫, 向明側視, 有碎星光點, 如沙中雲母而少潤者, 後磨也. 又有子石在大石中,	廣東肇慶府高要縣羚羊峽對山, 出研三種, 巖石爲上, 西坑次之, 後磨又次之, 其色深紫瑩潤, 其聲扣之淸遠, 有靑綠黃重暈圓點者, 謂之鴝鵒眼, 此巖石也, 其色赤, 呵之乃潤, 亦有鴝鵒眼, 但色紫紋漫而大者, 此西坑石也, 其色靑紫, 向明側視, 有碎星光點, 如沙中雲母乾而少潤者, 此後磨石也. 又有子

匠者, 識山之脈理, 鑿窟, 有圓色靑紫色者, 可直千金, 此中國重寶也.	石在大石中, 匠者, 識山之脈理, 鑿一窟, 自然有圓石靑紫色者, 琢以爲研, 可値千金也. 『硯山齋雜記』_「硯說前篇」_ 淸 孫承澤 (1593~1676) 編.
출전 명기 없이 인용 ▷ 『硯山齋雜記』	
我國安東·藍浦, 皆産硯, 而安石, 色紫品劣, 藍石, 靑黑色, 國人重之, 皆無紋, 巖石不如坑石之光潤發墨, 或沒在水中, 抒竭而取之, 尤勝, 物性之相反, 如此.	이익의 견해
우리나라의 관련 내용	
余旣衰朽力疲, 人多與之以節杖, 其色美形奇, 莫如躑躅, 必根大, 末纖而不高, 其端直, 體輕堅剛色美, 莫如竹, 然中虛易敗.	이익의 경험
余謂物之難全, 如人之無完也. 人非聖人, 無盡善之理, 維杖可證.	이익의 견해
吾聞桃竹, 産於梓潼, 此竹獨中實如木, 杜甫所謂斬根削皮如紫玉, 是也, 或是庶幾者耶. 意者, 竹性, 旣長, 雖閱以歲年, 未有增高益大, 中空漸實, 此竹性壽, 故積久而成者耶. 到老實驗方得.	이익의 전문 이익의 견해
鄕社有人, 種果樹, 始甚密, 人曰, 樹密則不實, 答云, 始密則枝不繁, 枝不繁則長必苗, 竢其漸長, 而別其劣者, 間去之, 如此樹壽而多實, 兼有用材之利也. 不然, 稺而多枝, 長必不高, 隨而刊除旁柯, 則因此病蠹, 而樹便枯死矣. 余聞而驗之, 果然, 凡有斫枝, 其痕必朽, 水從朽入, 其心必傷, 駁駁然腐敗, 而蠹生其間, 樹安得壽哉.	이익의 전문 이익의 실험 이익의 견해
偶讀范雎傳云, 木實繁者, 披其枝, 披其枝者, 傷其心,	木實繁者, 披其枝, 披其枝者, 傷其心. 『史記』_「范雎傳」
출전으로 편명을 서명 대신 제시: 〈范雎傳〉=『史記』_「范雎傳」	
盖實繁則枝折, 披者, 折而披裂之謂也. 俄成朽蠹, 至於心傷而枯死, 古人盖先得耳.	이익의 견해

번호 열:
168. 桃竹杖
169. 披枝傷心

170. 火炮	我國之有火炮, 自麗末始, 是時, 倭尙不知此術也. 辛禑三年, 置火㷁都監時, 判事崔茂宣與元㷁焇匠李元同里閈, 善遇之, 竊問其術, 令家僮數人, 習而試之. 未幾倭入寇, 羅世等戰於鎭浦, 用茂宣所造火炮, 焚其舡. 又鄭地以火炮焚倭舡大勝, 然謂之焚船, 則與今之鳥銃, 別矣. 鳥銃者, 見於丘氏大學衍義補, 而戚繼光紀効新書, 尤詳. 倭人得之, 用之益巧, 我國壬辰以後, 始有製造之法, 而前此不能, 故狼狽至此. 守城如金時敏, 水戰如舜臣, 皆中丸死, 器之殘忍者也. 是則天減和氣, 地增愁色, 而人界之阨會也. 子曰, 始作俑者, 其無後乎. 覩是器者, 豈特作俑而已乎.	이익의 견해
171. 毛羅麻子	宋嘉祐中, 蘇州有船梡折, 飄抵岸, 船中人衣冠, 如唐人, 繫紅鞓角帶, 短皂布衫, 語不可曉, 試令書字, 字亦不可讀, 自出一書示人, 是上高麗表稱毛羅, 皆用漢字, 麻子大如蓮的, 日中暴乾就瓦上, 輕挼其殼, 悉解簸揚, 取肉粒, 粒皆完. 毛羅濟州也. 所謂書字, 必如今時諺字, 土俗之所用麻子, 又必是今之草麻, 意者, 此物, 嘉祐以前, 中國無有故云爾.	嘉祐中, 蘇州崑山縣上海, 有一船梡折, 風飄抵岸, 船中有三十餘人, 衣冠如唐人, 繫紅鞓角帶, 短皂布衫, 見人皆慟哭, 語言不可曉, 試令書字, 字亦不可讀, 行則相綴如鴈行, 久之自出一書示人, 乃唐天祐中, 告授屯羅島首領陪戎副尉制, 又有一書, 乃是上高麗表, 亦稱屯羅島, 皆用漢字. 蓋東夷之臣, 屬高麗者, 船中有諸穀, 唯麻子大如蓮的. 『夢溪筆談』_〈雜誌〉_宋 沈括 撰. 麻子海東來者, 最勝大, 如蓮實, 出屯羅島 …… 日中暴乾就新瓦上, 輕挼其殼, 悉解簸揚, 取肉粒, 粒皆完. 『夢溪筆談』_〈藥議〉
	출전 명기 없이 인용: 『夢溪筆談』_〈雜誌〉+『夢溪筆談』_〈藥議〉 우리나라의 관련 내용	
172. 乾靈龜	今之指南針, 木套中立尖柱, 又針腰作凹, 掛在柱尖, 琉璃隔之, 使不傾墊, 套傍刻干支及四隅卦名, 或套用象牙, 其製極巧妙, 古未始有也.	이익의 견해
	沈括云, 以磁石, 磨針鋒, 則能指南, 然常微偏東, 不全南, 水浮多搖蕩, 取新纊	方家, 以磁石, 磨針鋒, 則能指南, 然常微偏東, 不全南也, 水浮多蕩搖, 指

	中獨繭, 以芥子許蠟, 綴針腰, 無風處懸之, 其中有磨而指北者.	瓜及盌唇上皆可爲之, 運轉尤速, 但堅滑易墜, 不若縷懸爲最善, 其法取新纊中獨繭縷, 以芥子許蠟, 綴于針腰, 無風處懸之, 則針常指南, 其中有磨而指北者. 『夢溪筆談』_〈雜誌〉
	출전으로 작가의 이름을 제시: 沈括 =『夢溪筆談』	
	蓋其時, 未有輪圖也. 所謂微東, 卽術家正針, 是也. 意者, 此時, 主天上子午, 以縫針爲斷, 不如今俗主南針也. 縫正二針, 於二十位中, 差半位. 堪輿家術, 大行已久, 較之二針, 吉凶互易, 此果何故乎. 浮水之法, 今人謂之水靈龜, 故木套者, 稱乾靈龜. 今人以針和磁石藏之, 經久後用之, 其指南, 便是指北, 未有其別, 若但磨其鋒, 則有南北之異, 意者, 針鋒未定南北, 而石之生有南有北, 若襲其南氣者, 南指, 襲其北氣者, 北指耳.	이익의 견해
173. 鱷魚	韓文公逐鱷魚文, 引古掲鼉之語, 鱷盖鼉屬故云爾.	이익의 견해
	沈存中云, 王擧直知潮州, 釣得一鱷, 其大如船, 畫爲圖, 自序其下云, 其形如鼉, 但喙長侔身, 牙如鉅齒, 有黃蒼白三色, 尾有三鉤, 極銛利, 遇鹿豕, 攫以食之, 生卵甚多, 或爲鼉鼈, 其爲鱷者, 不過一二, 土人, 設毒于犬豕之身, 筏而流之水中, 鱷尾而食則斃.	王擧直知潮州, 釣得一鱷, 其大如船, 畫以爲圖, 而自序其下, 大體其形如鼉, 但喙長等其身, 牙如鋸齒, 有黃蒼二色, 或時有白者, 尾有三鉤, 極銛利, 遇鹿豕, 卽以尾戟之以食, 生卵甚多, 或爲魚, 或爲鼉鼈, 其爲鱷者, 不過一二, 土人, 設鉤於犬豕之身, 筏而流之水中, 鱷尾而食之則爲所斃. 『夢溪筆談』_〈異事〉
	출전으로 찬자의 이름을 제시: 沈存中 =『夢溪筆談』	
	余驗鼉, 嚼物極有力, 且卵生, 但尾無鉤, 其類極多, 水大則其育物愈大, 故海中有巨鼉之名, 潮州傍海, 故鱷所以多有乎.	이익의 관찰 이익의 견해
174. 石龜· 氷龜	禹治水而洛出書, 書者, 靈龜之文也. 禹告厥成功, 不以此物何也. 今考禹貢之篇, 略不槩見可異也. 此說旣著繫辭, 則	이익의 견해

174. 石龜· 氷龜	非浪傳也. 記云, 後玄武謂龜蛇也. 古者, 謂龜爲玄, 禹所錫玄圭, 恐是龜與命圭也, 以圭承命, 還圭而復命, 禮也. 於是, 竝與洛書而告功也.	
	胡庭芳啓蒙翼傳云, 歐陽公未信圖書以爲怪妄, 竝與繫辭不信, 溫公通鑑, 魏明帝靑龍間, 張掖柳谷口水涌, 寶石負圖狀, 象靈龜, 立于川西, 有石馬·鳳凰·麒麟·白虎·犧牛·璜玦·八卦·列宿·彗孛之象, 恨不使歐公見之, 以祛其惑也.	歐公不信圖書以爲怪妄, 又因圖書之疑, 幷與繫辭不信, 以爲非夫子作, 愚嘗觀溫公通鑑, 魏明帝靑龍間, 張掖柳谷口水涌, 寶石負圖狀, 象靈龜, 立于川西, 有石馬·鳳凰·麒麟·白虎·犧牛·璜玦·八卦·列宿·孛彗之象, 唐氏曰, 河圖洛書之說, 歐陽永叔攻之甚力, 今觀此圖與河圖洛書, 亦何以異, 惜時无伏羲神禹, 故莫能通其義, 可勝歎哉, 愚亦恨不使歐公見之, 以祛其惑也. 『周易啓蒙翼傳』_〈辯疑〉_「歐公圖書怪妄之疑」_元 胡一桂 撰.
	출전으로 작자와 서명을 모두 제시: 胡庭芳『啓蒙翼傳』=『周易啓蒙翼傳』_〈辯疑〉_「歐公圖書怪妄之疑」_元 胡一桂 撰. *胡庭芳는 胡一桂의 字.	
	愚按圖書之義, 說得爛熳, 疑若無復遺憾, 而後人重加理會, 輒出新義, 縱橫泐合, 苟非天工不能到此, 豈贗成紿人之比乎.	이익의 견해
	按十六國春秋, 符堅永興十二年, 高陸民, 穿井得龜, 大三尺六寸, 背有八卦文, 命太卜池養之.	高陸民, 穿井得龜, 大三尺六寸, 背有八卦文, 命太卜池養之. 『十六國春秋』_「符堅」_魏 崔鴻 撰.
	『十六國春秋』=『十六國春秋』	
	又按金志, 天會四年, 汴都太康縣, 一夕大雷雨下, 氷龜亘數十里, 龜大小不等, 首足卦文皆具.	金志, 天會四年, 汴都大康縣, 一夕大雷雨下, 氷龜亘數十里, 龜大小不等, 首足卦文皆具. 『格致鏡原』_「龜」
	재인용: 〈金志〉 ▷『格致鏡原』	
	天降氷文, 地涌石象, 是果誰爲, 彼氷與石, 皆無情頑物, 必象龜形, 況神物之生, 天理符應理宜如此, 歐公終不免淺之爲丈夫.	이익의 견해

175. 鷚鳲	今野中有小鳥, 且鳴且飛, 或高或低, 俗名終達, 人或不知爲何物.	이익의 견해
	按爾雅, 鷚天鸙, 註, 大如鷃雀, 色似鶉, 好高飛作聲.	鷚天鸙. 注, 大如鷃雀, 色似鶉, 好高飛作聲. 『爾雅注疏』_〈釋鳥〉
	『爾雅』=『爾雅注疏』	
	包氏云, 俗號告天鳥, 其鳴如籥, 形醜善鳴, 聲高多韻. 東俗之稱終達者, 正是此物.	이익의 견해
	野人云, 其中指偏長, 異於他鳥, 其果然否. 或以其飛則鳴, 疑其爲鶺鴒, 然鶺鴒卽澗溪邊小鳥, 背靑黑, 腹白, 頷下有錢, 行必搖者, 是也. 其乳也, 必於沙石間, 不作巢, 其毛其卵, 與細石相混, 人過而不覺, 其狀如剖葦, 剖葦者, 爾雅所謂鳭鷯, 是也. 今林薄間多有.	이익의 전문 이익의 관찰
176. 鷸	鄭子臧, 爲聚鷸冠, 人以蚌鷸之鷸同看非也. 蚌鷸之鷸, 卽今俗稱, 稻鷂者, 是也. 小而灰色羣飛. 今海邊水田播種, 鷸便至, 不驅則須臾損種, 至四月八日後, 鷸盡去, 爲其將乳於島中也. 子臧所好則翠鷸也, 似燕紺色, 出鬱林云.	이익의 견해
177. 鳩杖	古者, 養老之禮, 必用鳩杖, 說者曰, 鳩是不噎之鳥, 此因祝哽祝噎而言之也. 凡鳥之不噎何限, 而獨於鳩言之何也.	이익의 견해
	余觀鳩之哺子, 必吐旣食而復吐, 安在乎不噎, 況吐而哺子, 如鸛雀之類, 亦多矣. 一日有山鳩至前, 引聲長鳴, 延頸至地, 宛似稽首拜祝之狀.	이익의 관찰
	遂解之曰, 此郯子所稱祝鳩者耶. 何其聲容之宛似也. 旣謂之祝則所祝, 定是祥慶, 以禽鳥而祝禱, 惟鳩爲然, 刻諸杖頭, 乃祝其不噎不哽, 冀有以益享遐壽, 是爲靈壽, 卽今布穀, 是也.	이익의 견해

178. 五鳩	傳曰, 鴡鳩氏, 司馬也. 爲其摯而有別. 註云, 摯者, 猛摯之義, 故爲司馬, 鴡, 何嘗有猛鷙之性, 詩關鴡註, 亦擧此句, 而以摯作至極之義, 則又於司馬何干. 余謂鴡卽鳶鵞之類, 羣飛而不相亂, 雌雄一死則一殉, 司馬, 掌兵之官, 使軍中行隊整飭, 輕生相從, 所以爲司馬也. 因是推之, 爽鳩氏, 司寇也. 註, 亦謂鷙故主盜賊, 夫刑官貴明, 不貴猛, 爽者, 明也, 鷹之獵雉兎也. 遠矚於草莽之際, 毫末不遺, 所以爲司寇也. 鳲鳩氏, 司空也. 詩云, 鳲鳩在桑, 其子七兮, 淑人君子, 其儀一兮, 其儀一兮, 心如結兮, 謂哺子, 朝從上下, 暮從下上, 均一不偏也, 此詩美牧民者御下能平均也. 書云, 司空, 掌邦土, 時地利, 居四民, 謂養民亦均一不頗也. 祝鳩氏, 司徒也, 其爲鳥也, 其聲布穀, 其鳴也, 如叩頭拜祝, 取祈年祝穀之義, 謂厚民莫如穀也. 鷗鳩氏, 司事也, 以字義推之, 屈是謙卑之意, 此物性氣, 必有如此者, 註, 謂鷽鳩, 爾雅, 山鵲, 郭註, 似鵲而有文彩, 長尾觜脚赤. 余見山間有此, 必成羣, 不相離, 有文而成羣, 近於禮故云爾耶. 宋邢昺云, 知來事鳥, 恐無所據.	祝鳩氏, 司徒也, 鴡鳩氏, 司馬也, [注, 鴡鳩, 王鴡也, 鷙而有別, 故爲司馬.] 鳲鳩氏, 司空也, 爽鳩氏, 司寇也, [注, 爽鳩, 鷹也, 故爲司寇主盜賊.] 鷗鳩氏, 司事也. 『春秋左傳注疏』_〈昭公〉 鳲鳩在桑, 其子七兮, 淑人君子, 其儀一兮, 其儀一兮, 心如結兮. 『詩經』_「鳲鳩」 鳲鳩之養其子, 朝從上下, 莫從下上, 平均如一. 『詩經』_「鳲鳩」 司空, 掌邦土, 居四民, 時地利. 『書經』_〈周官〉 山鵲. [注, 似鵲而有文彩, 長尾觜脚赤.] 『爾雅注疏』_〈釋鳥〉 爾雅, 鷽, 山鵲. 注, 似鵲而有文彩, 長尾觜脚赤. 疏, 山鵲. 說文云, 知來事鳥也. 『佩文韻府』_「山鵲」
	이익이 자신의 견해를 주로 개진하면서 중간 중간에 『春秋左傳注疏』·『詩經』·『書經』·『爾雅注疏』·『佩文韻府』를 인용하였음.	
179. 牧丹無香	新羅善德女主, 見牧丹圖, 知其無香曰, 絶艶而無蜂蝶也. 余驗之, 未必然. 但無蜜蜂, 花艶而氣惡故也. 余嘗賦蜜蜂云, 殉國忘身卽至誠, 勞心事上獵羣英, 牧丹叢裡何曾到, 應避花中富貴名, 博物者考焉.	이익의 견해 이익의 관찰
	이익 자신의 시를 수록	
180. 鷹連	今俗謂鷹必曰鷹連. 人曰, 鷹者, 一或死, 羣鷹連續死, 一架皆空故稱也. 退之作韋丹碑, 丹徙廳于高地, 因其廢倉大屋, 馬以不連死, 亦以死爲言也可考.	이익의 견문

181. 鵬鵬	唐國史補, 松脂, 入地千歲, 爲茯苓, 千歲爲琥珀, 千歲爲瑿玉, 逾久而逾精, 鵬鳥, 千歲爲鵬, 逾老而逾毒. 南中山川, 有鵬之地, 必有犀牛. 有沙虫水弩之處, 必有鸎·瑪, 及可療之草也.	松脂, 入地千歲, 爲茯苓, 茯苓千歲爲琥魄, 琥魄千歲爲瑿玉, 愈久則愈精也. 鵬鳥千歲爲鵬, 愈老則愈毒也. 南中山川, 有鵬之地, 必有犀牛, 有沙蝨水弩之處, 必有鸎·瑪, 及生可療之草. 『唐國史補』_唐 李肇 撰.
	『唐國史補』=『唐國史補』	
	此說, 可以喩道, 善惡一判, 如路岐, 盆·繆·舜·跖, 所以分也, 如世之窮凶鉅慝, 其始心所存, 未必皆如此, 只緣用心一差, 轉輾推盪, 或至弑父與君也敢, 此鵬鳥成鵬之說也. 事變萬殊, 盤結不解, 智者處此, 必有可了之路, 窮無不通, 特才有所未及也. 易曰, 觀其會通, 以行其典禮, 居今之世, 但諉諸無可如何者, 直昧昧耳, 此鸎·瑪療毒之說也.	이익의 견해
182. 坐馬	營葬返魂, 俗禮, 必鞍馬前行, 謂之坐馬, 此貴官乘轎者之例也, 中國亦然, 或謂誕馬, 或謂散馬, 或謂但馬, 演繁露所謂外官儀從有散馬前行, 是也. 然則有官者, 則從俗亦可.	이익의 견해
183. 女帽	古者, 死者不冠而用掩, 所謂皮弁服·爵弁服者, 指皮弁·爵弁之服, 而非用弁也.	이익의 견해
	掩之制, 帛, 廣終幅, 長五尺, 析其兩末者, 將以後脚, 結於頤下, 以前脚結於項後. 疎云, 如今人幞頭. 但以後二脚, 於頤下結之.	掩練帛, 廣終幅, 長五尺, 析其末. 注, 掩, 裹首也. 析其末, 爲將結於頤下, 又還結於項中. 疏, 釋曰, 掩, 若今人幞頭, 但死者以後二脚, 於頤下結之. 『儀禮注疏』〈士喪禮〉
	출전 명기 없이 인용 ▷ 『儀禮注疏』	
	盖幞頭者, 用帛方幅, 四角有脚, 裹頂前後, 以前二脚, 結於項後, 以後脚, 結於額上, 掩則中柝之爲脚而已, 不別爲脚也. 凡巾制, 莫不如此. 家禮用幅巾, 大抵相近也. 婦人則䯻無筓用組, 亦如男子之不冠, 而不著頭面所用焉, 或者, 此	이익의 견해

	與幀握之類同用, 而婦人亦通用耶. 今俗婦人之喪, 有女帽, 與掩略似, 必是流傳轉訛故也. 余參古循今爲之制度, 盖頭圍, 以今布帛尺, 不過一尺二寸許, 用黑繒, 廣六寸, 長一尺五寸, 從上端, 中屈六寸, 正方左右縫合, 則下端餘三寸, 從下端, 當中, 柝開六寸, 爲兩脚, 則柝至其正方之中心, 圓殺脚, 末捲以向後圍繞, 兩脚適對, 用線綴住, 別用繒夾縫, 廣寸許, 長尺二寸, 中屈爲垂角, 其柝開處, 又別用條, 加襆而幀, 旣用袱則掩亦如之, 雖違古亦無妨, 每見人家此物無定制, 制各異形, 故著爲例.	
184. 新羅 琴	眉叟許先生有新羅古琴, 萬曆間鶴林公子, 遊關東, 得新羅敬順王琴, 傳其制, 卒歸於許氏云.	*관련기사 萬曆中, 有公子鶴林正, 遊關東山澤間, 得新羅敬順王琴, 王失國流遁, 至今古貊窮僻之地, 往往有敬順王墟, 故琴亦傳於其間耶, 蓋王之世, 當後梁貞明間, 至大明萬曆我昭敬時, 則始千年, 吾先子博物多通, 於樂尤精, 謂其琴深得尺寸之法, 爲玄琴古制, 令老斲琴金, 尙傳其制, 謂之羅琴云, 萬曆四十三年丙辰, 作此琴銘曰, 聲中律, 音中節, 鳴呼曲之成, 和且平. 『記言』_「羅琴銘」_許穆.
	初晉人遺新羅七絃琴, 時第二相王山岳, 減一絃, 易徽爲棵, 彈之, 玄鶴來儀. 遂名玄鶴琴, 此必其遺制也. 王之降高麗也, 封樂浪王政丞, 除國爲慶州, 爲其食邑, 審知副戶長以下官職等事, 王則必留居故國矣, 時王子哭泣, 辭入皆骨山, 倚巖爲屋, 麻衣草食, 終其身, 或者, 王子携舊器, 隱遯撫絃, 以舒其寃憫, 琴遂遺落在東郡耶. 新羅之亡, 當後唐淸泰二年, 至萬曆間, 幾八百年, 爲公子所遇, 亦異矣. 余以今京中水標橋所刻周尺古制, 遺許徵士坻, 一一度量長短廣狹之數, 較諸今樂學軌範玄琴, 則不啻大矣, 軌範之成, 後於敬順王五百有餘歲, 而不過因當時樂坊所藏, 爲之記, 其不同, 無怪也. 意者, 此眞而彼譌也歟.	이익의 견해

185. 日本 刀	眉叟, 乃林白湖悌外孫, 白湖得一古劍 於日本賈客, 後劍歸許氏, 余曾見之, 色 白如雪光射人, 暑月, 拔鞘掛壁, 凝露滴 其尖云. 夫五行首金, 金則生水. 說者, 謂金鐵火鎔成水故云爾. 若然世之滔滔 流者皆水, 此何從而生. 今以此劍驗之, 金之生水, 信矣. 意者, 鐵皆火鍛, 失其 本性, 惟其得地四眞精者, 本性猶在故 然耶. 然則土中生水, 其實土始養成金 精, 金又生水, 非金則土何由生水. 盖石 生於土, 石卽金類故色白, 鐵必産沙石之 間, 可見其性類也. 水又生於土中石寶, 余謂言金則黃金·黑鐵·白石皆擧之耳.	이익의 경험 이익의 관찰
186. 琴奏 鶴來	俗樂玄鶴琴, 刱自新羅琴成, 而鶴來舞 故名也.	이익의 견해
	按樂書云, 晉平公, 聞濮水靡靡之樂, 謂 師曠曰, 音無此最悲乎. 師曠不得已皷 之, 一奏, 有玄鶴二八, 集乎廟門, 再奏, 延頸而鳴, 舒翼而舞,	平公, 置酒於施惠之臺, 酒酣, 靈公曰, 今者來, 聞新聲, 請奏之. 平公曰, 可. 卽令師涓坐師曠旁, 援琴鼓之, 未終, 師曠撫而止之曰, 此亡國之聲也. 不可 聽. 平公曰, 何道出. 師曠曰, 師延所 作也. 與紂爲靡靡之樂, 武王伐紂, 師 延東走, 自投濮水之中, 故聞此聲必於 濮水之上, 先聞此聲者國削. 平公曰, 寡人所好者音也. 願遂聞之, 師涓鼓而 終之. 平公曰, 音無此最悲乎. 師曠曰, 有. 平公曰, 可得聞乎. 師曠曰, 君德 義薄, 不可以聽之. 平公曰, 寡人所好 者音也. 願聞之, 師曠, 不得已援琴而 鼓之, 一奏之, 有元鶴二八, 集乎廊門, 再奏之, 延頸而鳴, 舒翼而舞. 『史記』_〈樂書〉
	출전으로 편명을 서명 대신 제시: 〈樂書〉 ► 『史記』_〈樂書〉	
	意者, 東人識淺, 拕引古事謏說如此, 又 或, 東琴聲悲致物, 如師曠所奏也. 若然 與淸廟·希音之雅樂, 遠矣, 何足稱哉.	이익의 견해
	周子云, 代變新聲, 妖淫愁怨, 導欲增 悲, 不能自止, 故有賊君棄父, 輕生敗 倫, 不可禁者也. 樂者, 古以平心, 今以 助欲, 古以宣化, 今以長怨, 不變今樂,	代變新聲, 妖淫愁怨, 導欲增悲, 不能 自止, 故有賊君棄父, 輕生敗倫, 不可 禁者矣. 嗚呼. 樂者, 古以平心, 今以 助欲, 古以宣化, 今以長怨. 古今之異,

	而欲至治者, 遠矣.	淡與不淡, 和與不和而已. 不復古禮, 不變今樂, 而欲至治者, 遠矣. 『性理大全書』〈通書 周惇頤〉외 다수의 문헌에 실려 있음.
	玄鶴之琴, 近之矣.	이익의 견해
187. 木弩千步	唐太宗, 東征, 爲流矢所中目盲, 史官諱之, 故牧隱詩有誰知白羽落玄花之句, 麗末, 必有其文字, 可考故云爾. 盖弓矢之利, 東邦爲最, 肅愼楛砮, 天下爲寶, 肅愼卽我東北役屬之國也. 然今我造弓, 非水牛角, 不强材, 産於中國也. 其筋膠, 亦非我國, 獨有挽强射遠, 又非東方之專能也. 北道有木, 俗名西脩羅, 細析浸水, 垂之梁而懸之石, 待其直而削之, 其刃曲而圓, 削而成可爲箭幹, 有石尖利, 可代刀削. 意者, 楛矢砮鏃, 不過如此, 必鈍劣而不及竹幹鐵鏃, 此未可曉矣. 我太祖, 常用大羽箭, 以楛爲幹, 以鶴翎爲羽, 必也神勇所爲耳. 唐揚章間, 帝徵弩師於我國, 造木弩, 射不過三十步, 帝云, 爾國造弩, 射千步, 今不然何也. 對曰, 材不良, 取材本國可矣. 取材而不過六十步, 詰之, 對曰, 臣亦不知其所以然, 殆木過海爲濕氣所侵歟. 帝疑不盡技, 劫以罪, 終不效其能云. 所謂能射千步者, 必因東征而知之也. 今强弩輕箭, 遠不過數百步, 彼傳者, 未必可信. 然太宗處三軍之中, 必不躬蹈危地, 而飛矢能中之, 此所以必欲徵師造成也. 今軍中有細箭, 能達四百步, 力雖不猛, 亦足以傷人之目. 唐宗所中, 當是此物耳. 今聞武庫兵備, 莫非濫, 惡不可用, 主上中朝憂歎, 不能革變, 此不但下不率職之由, 卽法不得其便耳. 夏官藁人職, 試其弓弩, 以上下其食, 所謂餼廩稱事, 是也. 若造成而不別工拙, 其不盡力, 宜矣. 月令, 孟冬, 命工師, 效功物, 勒工名以考其誠功, 有不當, 必行其罪, 古人之用意, 周密如此. 今什器之自中國來, 及自日本來者, 莫不如此, 雖書卷	이익의 견해

	必識工名. 惟我國不然, 時於佩刀上, 效刻倭名, 以亂眞, 其事可咍, 今依此, 工匠則上下其食, 兵器必刻任掌人姓名, 又識其第次天一天二地一地二, 如科場試卷之例, 然後點考者, 不必盡閱, 抽栍取其若干, 罪不貸, 其已成者, 亦差人細閱, 去其無用者, 其餘亦刻其閱者姓名, 外郡皆如此, 大將時又抽栍, 取列郡武庫, 罪不貸, 事不繁而功辦矣.	
	又按新唐書兵志, 凡伏遠弩, 自能弛張, 縱矢三百步, 四發而二中, 擘張弩, 二百三十步, 四發而二中, 角弓弩, 二百步, 四發而三中, 單弓弩, 百六十步, 四發而二中, 皆爲及第.	凡伏遠弩, 自能施張, 縱矢三百步, 四發而二中, 擘張弩, 二百三十步, 四發而二中, 角弓弩, 二百步, 四發而三中, 單弓弩, 百六十步, 四發而二中, 皆爲及第. 『唐書』_〈兵志〉
	『新唐書』_〈兵志〉 = 『新唐書』_〈兵志〉	
	遠及三百步, 不減於鳥觜銃, 今世未聞有此何也.	이익의 견해
188. 酒材	酒齊者, 養老供祭之需用莫重焉, 故**酒正之職, 以式法授酒材** 月令所謂命大酋, 是也. 凡材有六, **秫稻必齊**者, 稻早熟, 粘液精鑿明潔也. **麴蘖必時**者, 麴必秋罨早成, 蘖者取甘, 今人不用也. **湛饎必潔**者, 先以米百洗以水淸爲度, 湛在水中過三日, 饎必蒸餾, 候冷方釀也. **水泉必香**者, 須取味甘氣烈也. **陶器必良**者, 良與苦相反, 陶之澁者, 謂苦惡, 須取體滑者, 盛水浣濯, 過十日方用也, **火齊必得**者, 火氣莫烈於桑柴, 道家用之則多繫於薪樵慢猛也. 火用陽燧新發者, 始慢終猛, 略如文武火, 如是, 酒豈有不嘉者.	酒正掌酒之政令, 以式濘授酒材. 注, 月令曰, 乃命大酋, 秫稻必齊, 麴蘖必時, 湛饎必潔, 水泉必香, 陶器必良, 火齊必得. 『周禮注疏』_〈天官 冢宰〉
	출전 명기 없이 인용 ▷ 『周禮注疏』, 부분적 인용	
189. 五齊· 三酒	五齊三酒之別, 終未有定說, 疎家以厚薄爲解, 厚薄, 繫於米水多少, 米與水均爲厚, 水多米少爲薄, 詳其文, 恐非指此也. 古有醴, 自儀狄, 有酒也. **禮運云, 玄酒在室, 醴醆在戶, 粢齊在堂, 澄酒在下**, 祭尙醴盎, 意者, 味甘, 故謂之薄也.	玄酒在室, 醴醆在戶, 粢醍在堂, 澄酒在下. 『禮記注疏』_〈禮運〉

189. 五齊· 三酒	출전으로 편명을 서명 대신 제시: 〈禮運〉 = 『禮記注疏』_〈禮運〉	
	鄭氏, 以泛齊爲宜城醪, 醴齊爲恬酒, 盎齊爲鄮白, 緹齊爲下酒, 沈齊爲造淸, 皆味甘者也. 其甘有秫, 米用秫, 釀乘熱, 加之麥蘗則甘矣. 成而滓浮爲宜城醪, 則今之浮蟻也. 汁滓相將, 爲恬酒, 恬與酤同, 則今之一宿成者也. 或謂恬酒, 成而葱白色爲鄮白, 則不待淸而篩過者也. 成而紅赤爲下酒, 則稍久色深者也. 成而滓沈爲造淸, 則浮滓盡定者也. 大抵皆味淡醉淺者也. 鄭氏, 以事酒爲醳酒, 昔酒, 今酋久白酒, 所謂舊醳, 淸酒, 今中山, 冬釀接夏而成者, 此不過以釀成遲速爲斷. 疏, 以醳酒爲冬釀春成, 此與接夏成者相近, 舊醳謂之酋久白酒, 未有久而猶白者也. 此必久而更投飯故然矣.	五齊之名, 一曰泛齊, 二曰醴齊, 三曰盎齊, 四曰緹齊, 五曰沈齊. 注. 泛者, 成而滓浮泛泛然, 如今宜成醪矣. 醴, 猶體也, 成而汁滓相將, 如今恬酒矣. 盎, 猶翁也, 成而翁翁然葱白色, 如今鄮白矣. 緹者, 成而紅赤, 如今下酒矣. 沈者, 成而滓沈, 如今造淸矣. 注. 鄭司農云, 事酒, 有事而飮也, 昔酒, 無事而飮也. 淸酒, 祭祀之酒玄謂事酒, 酌有事者之酒, 其酒則今之醳酒也. 昔酒, 今之酋久白酒, 所謂舊醳者也. 淸酒, 今中山, 冬釀接夏而成. 疏. 今之醳酒者, 事酒, 冬釀春成, 以漢之醳酒況之云, 昔酒, 今之酋久白酒者, 言昔爲久酋, 亦遠久之義. 『周禮注疏』_〈天官 冢宰〉
	출전으로 주석가의 이름을 제시: 鄭氏 ▷ 『周禮注疏』_〈天官 冢宰〉	
	字書有重酘酒, 名醙醹,	醙 …… 又有重酘酒, 名醙醹. 『正字通』
	출전으로 범칭을 서명 대신 제시: 字書 ▷ 『正字通』	
	後來有六七投者.	이익의 견해
	梁元帝詩, 宜城投酒今行熟, 停鞍駐馬暫栖宿, 是也.	梁元帝樂府, 宜城投酒今行熟, 停鞍駐馬暫棲宿, 是. 『通雅』_〈飮食〉_明 方以智 撰.
	출전 명기 없이 인용 ▷ 『通雅』	
	今驗之, 舊醳不須冬釀, 大酒坊有三亥五丙之名, 釀後白醭味酸, 疑若不可成者, 閱月方成澄酒, 味極烈, 凡酒久成爲最, 新必味薄也. 然古意未必如此, 只據鄭註爲之說. 余平生最嗜淸明酒, 其法春月淸明時, 糯米二斗, 百洗, 浸水三日, 別用糯米二升同日浸洗, 先爲作末,	이익의 체험

	和水二斗, 煮成淡粥, 候冷入良麴, 另末一升, 小麥麪二升, 以東桃枝攪均, 經三日, 待其成酵, 篩過去滓, 禁絶生水, 入甕中, 乃拯二斗, 米饎餾爲飯, 乘熱, 同入甕中, 置於凉處, 只禦寒凍, 亦禁日光透照, 經三七日始熟, 味極甘烈, 雖暑月, 亦可造, 但饎飯, 候冷, 入甕也. 若嗜飮者, 厭其味甘, 則雖春月, 候冷, 增水二升, 味甘則近齊, 氣烈則近酒也. 此方, 吾得之良溪處士, 恐其失之, 故記之.	
	우리나라의 관련 내용	
190. 明水	司烜氏, 掌以夫遂取明火於日, 以鑒取明水於月, 以共祭祀之明齍明燭, 共明水. 夫遂, 陽燧也, 鑒, 方諸也.	司烜氏, 掌以夫遂取明火於日, 以鑒取明水於月, 以共祭祀之明齍明燭, 共明水. 注, 夫遂, 陽遂也, 鑒, 鏡屬, 取水者, 世謂之方諸. 『周禮注疏』_〈秋官 司寇〉
	출전 명기 없이 인용 ▷ 『周禮注疏』_〈秋官 司寇〉	
	鰒魚甲亦稱方諸, 故人或誤認, 余驗諸史, 非也, 鑒制未聞, 或圓而凹中, 向月, 水生也.	이익의 견해
	註, 以明水滫瀡粢盛黍稷也.	[以明水滫瀡粢盛黍稷.] 『周禮注疏』_〈秋官 司寇〉
	위의 인용문(『周禮注疏』_〈秋官 司寇〉)에서 이어지는 내용.	
	粢盛者, 飯也. 饎飯以水, 又何以明水洗之. 愚意, 古人食竟, 必三飡以嗽口, 祭亦有此例也. 明燭者, 不但爲火照, 蕭合脂膋, 皆用明火也.	이익의 견해
	禮云, 明水涚齊, 貴新也, 縮酌用茅, 明酌也.	明水涚齊, 貴新也. …… 縮酌用, 茅明酌也. 『禮記注疏』_〈郊特牲〉
	『禮』=『禮記注疏』	
	意者, 鬱鬯和明水, 縮於茅上也. 陽精莫如日, 陰精莫如月, 故明火以焫蕭以報魂, 明水以縮酌以報魄, 其理宜然, 若但爲滫瀡粢盛而饎飯, 則陳設後, 設此何爲. 今國家祀典, 只陳虛器, 甚無謂.	이익의 견해

191. 綸組	爾雅曰, 綸似綸, 組似組. 註云, 海中草生彩理, 有象之者, 因以名.	綸似綸, 組似組, 東海有之. 注. …… 海中草生彩理, 有象之者, 因以名. 『爾雅注疏』_〈釋草〉
	『爾雅』=『爾雅注疏』	
	按緇衣疏, 綸, 如宛轉繩也.	疏. 綸, 如宛轉繩. 『禮記注疏』_〈緇衣〉
	출전으로 편명을 서명 대신 제시: 〈緇衣〉 疏 =『禮記注疏』_〈緇衣〉	
	說文, 青絲綬也.	說文曰, 綸糾青絲綬也. 『太平御覽』_「綸」
	재인용: 『說文』 ▷『太平御覽』	
	內則註, 闊薄者, 爲組, 似繩者, 爲紃.	[薄闊, 爲組, 似繩者, 爲紃.] 『禮記注疏』_〈內則〉
	출전으로 편명을 서명 대신 제시: 〈內則〉 註 =『禮記注疏』_〈內則〉	
	又按通志, 綸, 鹿角菜, 組, 海中苔,	綸卽鹿角菜, 組卽海中苔. 『通志』_〈草類〉
	『通志』=『通志』	
	今之紫菜也. 我國有俗名青角菜者, 色青, 形如鹿角, 生海中, 卽綸也. 有俗名海衣者, 乃海中石上苔也, 色紫, 採者作片如紙, 恐亦是組也.	이익의 견해
	우리나라의 관련 내용	
192. 貂裘	北塞人, 崇用貂裘, 非侈心, 盖有爲也. 寒月服之, 得風更煖, 入水不濡, 遇雪卽消, 拂面如餤, 塵沙眯目, 以袖拭之卽出, 東人用之而不解其意.	이익의 견해
	우리나라의 관련 내용	
193. 鼮鼠	蘇武之在北庭, 掘野鼠, 去草實而食之.	初蘇武, 旣徙北海上, 廩食不至, 掘野鼠, 去草實而食之. 『資治通鑑』_〈漢紀〉
	출전 명기 없이 인용 ▷『資治通鑑』	
	按字書, 鼮鼸鼠, 穴土爲窠, 形似獺, 夷人掘食之, 蒙古人名荅剌不花.	鼮鼸鼠, 生西番山澤中, 穴土爲窠, 形似獺, 夷人掘食之, 蒙古人名荅剌不花. 『正字通』

출전으로 범칭을 서명 대신 제시: 字書 ▷ 『正字通』	
武之所食, 當是此物.	이익의 견해

194. 兵器	兵者, 聖人之所愼, 器不便利, 以其卒與敵也. 周禮冬官一篇, 大抵多軍旅之需, 車甲矛戟弓矢之類, 其用材之苦良, 制度之長短輕重, 厚薄鴻殺, 倨勾細大, 較其分寸, 察其微密, 詳錄而謹書, 惟恐其或失於實用, 意至深也. 今我國則州縣勿論, 只京師武庫之儲者, 無一可用, 試以矢制言, 平時習射, 皆用無鏃, 家家多藏, 虛費良竹, 此古所無者也. 已甚可惜, 而又有柳葉矢者, 皆火鍛竹幹, 剥去其皮, 至暴露雨露, 則不可用, 至軍中虎豹之需, 鷲翎彩飾, 爲大羽箭, 價重十倍, 而遠不及百步, 此物果何爲而費錢造成乎. 太祖東亭及荒山之擊倭, 皆用大羽箭, 按龍飛御天歌, 太祖好射大哨鳴鏑, 以楛爲幹, 羽之以鶴翎, 濶而長, 麋角爲哨, 大如梨, 鏃重而幹長, 不類常矢, 此恐神勇所用, 不可以常規例之. 凡矢, 羽豐則遲, 羽殺則趏, 是以, 夾而搖之以視其豐殺之節也, 然古今殊俗, 人功漸巧, 楛矢石弩, 於今爲下, 是未可曉也. 宜令武臣, 擇材審工, 舍鈍取利, 參互古書, 別爲文字, 如考工記之説, 藏之王府, 閱視則必擧以爲準, 其他無用之器, 有法禁絶, 豈不有補乎.	이익의 견해
	우리나라의 관련 이야기	
195. 鶴沙 短簡	事不忘本禮也. 凡物, 古儉今奢, 故念故則侈心節, 循今則轉轉相高, 將無所不至矣. 古者, 寫字用竹簡漆汁, 形似科斗, 其艱苦可想. 今人, 文房之具, 已濫矣, 爛用紙片, 無所顧惜, 此不念古之害也.	이익의 견해
	余王考任成川府, 時方伯卽金鶴沙應祖, 其投抵一簡, 留在篋中, 以周尺度之, 縱九寸, 橫不過尺二寸, 紙亦薄劣, 以西方之富饒, 監司之尊貴, 簡財如此, 時俗可知. 今之守宰贈遺知舊, 其甚劣	이익의 경험

	者, 長廣厚薄, 必倍加於是, 則費楮七八倍矣. 其於權貴, 又不啻數倍. 余見中華人札翰, 何嘗如此.	이익의 경험
	此物, 非士大夫所自作, 必財出於民, 而上不恤也. 民之煩費, 擧隅可見. 夫爲治不明由不公, 不公由不廉, 不廉由不儉, 不儉由不安分. 苟欲安分, 念本爲要, 物必本儉, 身必本賤, 以賤行儉, 公明自在其中, 於爲國何有. 昔秦始皇以衡石自程, 當時方策, 必有輕重之數故也. 今亦量定輕重, 違者抵罪不貸, 於民必有所濟, 偶閱舊藏, 感而題.	이익의 견해
	우리나라의 관련 내용	
196. 椰冠	東坡椰子冠詩云, 天敎日飮欲全絲, 美酒生林不待儀. 註云, 椰樹, 高大葉長, 一房生三十餘子, 如瓜肉, 似熊白, 味似胡桃, 內有漿一升, 淸如水, 甛如蜜, 猶不言如酒.	天敎日飮欲全絲, 美酒生林不待儀. [椰子樹, 似檳榔, 而高大葉長, 一房生三十餘子, 如瓜肉, 似熊白, 味似胡桃, 內有漿一升, 淸如水, 甛如蜜, 今言美酒生林.] 『東坡詩集註』_「椰子冠」_宋 王十朋 撰.
	출전으로 작자와 작품명을 제시: 東坡「椰子冠詩」 ► 『東坡詩集註』「椰子冠」	
	字書云, 漿如酒, 謂之椰子酒. 其殼可爲酒器, 遇酒有毒則沸起.	椰 …… 椰子樹, 高六七尋, 無枝葉, …… 皮如梭, 圓且堅, 裏有膚, 厚半寸如猪骨, 膚裏有漿升餘, 目如酒, 謂之椰子酒. …… 其殼有斑纈點文, 橫破之, 可爲酒器, 遇酒有毒則酒沸起. 『正字通』
	출전으로 범칭을 서명 대신 제시: 字書 ▷ 『正字通』	
	若然雖類酒而非醺醉之用, 袁絲之日飮無何其堪待以爲需耶. 東坡不飮酒, 故甛漿生樹, 而尙庶幾酕醄酶醋暢云爾. 凡樹木之中, 於材用, 莫有如椰樹者也.	이익의 견해
	職方外紀, 西域印弟亞者, 卽天竺傍國也. 其地多産椰樹, 爲天下第一良材, 幹可造舟車, 葉可覆屋, 實能療飢, 漿可止渴, 又可爲酒爲醋爲油爲飴糖, 堅處可削爲釘, 殼可盛飮食, 瓢可索綯, 一木而一室之利, 畢賴之矣.	中國之西南曰印弟亞, 卽天竺五印度也.…… 多産椰樹, 爲天下第一良材, 幹可造舟車, 葉可覆屋, 實能療饑, 漿能止渴, 又可爲酒爲醋爲油爲飴糖, 堅處可削爲釘, 殼可盛飮食, 瓢可索綯, 種一木而一室之利, 畢賴之矣. 『職方外紀』_「印弟亞」_明 艾儒畧 撰.

	『職方外紀』=『職方外紀』	
	盖中國所得者, 與交趾相近, 而西國産者, 比此尤異.	이익의 견해
197. 綵色	禮疏云, 金色白, 金克木, 木色青, 青白間色碧, 木克土, 土色黃, 青黃間色綠, 土克水, 水色黑, 黃黑間色騮, 水克火, 火色赤, 赤黑間色紫, 火克金, 赤白間色紅.	木色青, 木克土. 土色黃, 並以所克爲間, 故綠色青黃也. 朱是南方正, 紅是南方間, 南爲火, 火色赤, 火克金, 金色白, 故紅色赤白也. 白是西方正, 碧是西方間, 西爲金, 金色白, 金克木, 故碧色青白也. 黑是北方正, 紫是北方間, 北方水, 水色黑, 水克火, 火色赤, 故紫色赤黑也. 黃是中央正, 騮黃是中央間, 中央土, 土色黃, 土克水, 水色黑, 故騮黃色, 黃黑也. 『論語注疏』
	출전 오기: 『禮疏』 ▻ 『論語注疏』	
	考工記云. 青與赤謂之文, 赤與白謂之章, 白與黑謂之黼, 黑與青謂之黻, 五綵備謂之綉.	青與赤謂之文, 赤與白謂之章, 白與黑謂之黼, 黑與青謂之黻, 五采備謂之繡. 『周禮注疏』_〈考工記〉
	출전으로 편명을 서명 대신 제시: 〈考工記〉=『周禮注疏』_〈考工記〉	
	盖文屬東南, 章屬西南, 黼屬西北, 黻屬東北, 綉屬中央, 則黃而兼四方之正色也, 然黃非間色也. 以五綵備者, 推之, 乃二者相錯而成也. 以字書考之, 木生火, 爲青赤間色曰䞓, 火生土, 爲黃赤間色曰黅, 土生金, 爲白黃間色曰黇曰䵘, 金生水, 爲黑白間色曰黮曰䢾, 水生木, 爲青黑間色曰䨩曰䨴曰黲, 此外, 枝別派分衆色不可殫記.	이익의 견해
198. 狐魅	狐, 妖獸也, 善爲魅.	狐, 妖獸, 鬼所乘也, 其狀, 銳口而大尾, 說者, 以爲先古淫婦所化, 善爲魅, 惑人. 『爾雅翼』_「狐」_宋 羅願 撰.
	출전 명기 없이 인용 ▻ 『爾雅翼』	
	名山記云, 先古之淫婦也, 其名曰紫化, 爲狐多自稱紫. 古記云, 百歲化爲淫婦, 爲美女, 戴髑髏, 拜北斗, 不墜則化爲	阿紫, 狐者, 先古之淫婦也. 其名曰紫, 化而爲狐, 故其怪多自稱阿紫. [名山記, 搜神記]

	人, 其說亦誕矣.	舊說, 野狐, 夜繫尾出火, 將爲怪, 必戴髑髏, 拜北斗, 髑髏不墜, 則化爲人矣.[酉陽] 『天中記』_「狐」_明 陳耀文 撰.
	재인용: 『名山記』 ▷ 『天中記』		
	今人, 於田野間, 徃徃遇之, 或能人面眩罜.	이익의 견해
	余家有老奴, 言嘗於山谷, 乘昏耘畝, 有狐過前, 擧兩足, 挾在喙, 旁人立行四五步, 又四遽走, 又如前步, 喙足皆白, 昏黑之際, 宛若人面, 及歸俄有行商數人, 顚倒投宿, 言路中遇白面女子, 當街作怪, 幾爲所魅矣, 審之則乃向之遇狐處, 始知世傳狐戴髑髏者妄矣, 其說有理. 獵者云, 狐爲狗逐, 必超過狗腰脊, 而狗不復售其憨猛, 亦魅人之類耳.	이익의 전문
	五雜組云, 未有雄狐爲魅, 其果然否.	『五雜組』
199. 白楊	論語引逸詩云, 唐棣之華, 翩其反而. 註, 謂移也.	唐棣之華, 偏其反而. 注, 逸詩也. 唐棣移也. 『論語注疏』_〈子罕〉
	『論語』 引逸詩 = 『論語注疏』		
	按本草, 扶移木, 味苦皮白, 樹大十數圍, 無風葉動, 葉反而後合, 引逸詩爲證.	藏器曰, 扶移木, 生江南山谷, 樹大十數圍, 無風葉動, 花反而後合, 詩云, 唐棣之華, 偏其反而, 是也. 『證類本草』_「扶移」
	『本草』 = 『證類本草』		
	鄭云, 圓葉弱蒂, 微風則大搖.	崔豹古今注曰, 移楊, 圓葉弱蒂, 微風大搖. 『爾雅翼』_「移」 등 다수의 문헌에 실려 있음.
	圖經云, 白楊, 株大, 葉圓如梨, 皮白, 木似楊, 弱蒂, 微風則大搖, 移與白楊無別也.	圖經曰, 白楊, 舊不載所出州土, 今處處有之, 北土尤多, 人種于墟墓間, 株大, 葉圓如梨, 皮白, 木似楊, 故名白楊. …… 弱蒂, 微風則大搖, …… 今人鮮能分別之. 『證類本草』_「白楊」
	위의 인용문(『證類本草』)에서 이어지는 내용.		

然陳藏器云, 葉無風自動, 此是栘楊, 非白楊也.	其無風自動者, 乃栘楊, 非白楊也. 『本草綱目』_「白楊」	
陳藏器 ► 『本草綱目』		
召南集傳云, 唐棣, 栘也, 似白楊.	唐棣, 栘也, 似白楊. 『詩傳大全』_「何彼襛矣」	
출전으로 편명을 서명 대신 제시: 〈召南集傳〉＝『詩傳大全』		
亦必有異木而相類者也. 然逸詩, 言其華, 而不言其葉, 只因葉有翩反而揍合爲解可乎. 如今墓間所植白楊, 亦恰與栘相類, 不見有大株在, 或者, 土風之有異故耶.	이익의 견해	
白虎通, 冢墓之植, 庶人樹楊柳.	庶人, 無墳樹以楊柳. 『白虎通義』_〈崩薨〉_漢 班固 撰.	
『白虎通』＝『白虎通義』		
白楊, 亦楊名, 故後人樹之如此耳. 或謂今之白楊, 根甚盤延, 爲塋墓之害, 不可不知.	이익의 견해	
200. 火浣布	列子云, 周穆王征西戎, 西戎獻火浣布, 皇子以爲無此物. 蕭叔曰, 皇子果於自信, 果於誣理哉.	西戎, 獻錕鋙之劒, 火浣之布, 其劒, 長尺有咫, 練鋼赤刃, 用之切玉如切泥焉, 火浣之布浣之, 必投於火, 布則火色, 垢則布色, 出火而振之, 皓然疑乎雪, 皇子以爲無此物, 傳之者妄, 蕭叔曰, 皇子果於自信, 果於誣理哉. 『列子』_〈湯問〉
	『列子』＝『列子』	
	又孔叢子引周書云, 火浣布垢, 必投諸火, 秦貪而無厭, 西戎閉而不獻.	周書, 火浣布垢, 必投諸火, 布則火色, 垢乃灰色, 出火振之, 皜然疑乎雪焉, 王曰, 今何以獨, 無對曰, 秦貪而多求, 求欲無厭, 是故西戎閉而不致, 此以素防絶之也. 『孔叢子』_〈陳士義〉
	재인용 사실을 명기: 『孔叢子』 引 『周書』＝『孔叢子』	
	魏志云, 漢梁冀, 以火浣布爲單衣, 魏文帝以爲必不然, 遂著典論, 言必無, 乃刊石, 於廟門外, 與石經立立, 明帝立, 西域, 重譯而來獻之, 於是, 大臣乃試, 以	傅子曰, 漢桓帝時, 大將軍梁冀以火浣布爲單衣, 常大會賓客, 冀陽爭酒, 失杯而汙之, 僞怒, 解衣曰, 燒之. 布得火, 煒燄赫然, 如燒凡布, 垢盡火滅,

200. 火浣 布	示百僚, 遂滅此論, 天下笑之.	粲然絜白, 若用灰水焉. 搜神記曰, 崐崙之墟, 有炎火之山, 山上有鳥獸草木, 皆生於炎火之中, 故有火浣布, 非此山草木之皮枲, 則其鳥獸之毛也. 漢世西域舊獻此布, 中間久絶, 至魏初, 時人疑其無有, 文帝以爲火性酷烈, 無含生之氣, 著之典論, 明其不然之事, 絶智者之聽, 及明帝立, 詔三公曰, 先帝昔著典論, 不朽之格言, 其刊石于廟門之外及太學, 與石經並, 以永示來世. 至是西域使至而獻火浣布焉, 於是刊滅此論, 而天下笑之. 『魏志』_漢 陳壽 撰. 魏志, 漢時, 梁冀, 以火浣布, 爲單衣, 嘗會賓客, 冀佯爭酒, 失杯而汚衣, 僞怒, 燒之, 布得火, 燃如灰, 及布垢盡火滅, 燦然潔白, 魏文帝以爲火性酷烈, 而無含蓄之氣, 乃自著典論, 言其必無, 因刊石於廟門外, 與石經並, 至明帝立, 西域重譯來, 獻此布, 於是, 大臣乃試, 以示百僚, 遂滅此論, 天下笑之. 『山堂肆考』_〈幣帛〉_「火浣」_明 彭大翼 撰.
	재인용: 〈魏志〉 ▷ 『山堂肆考』	
	漢武不信弦膠, 胡人見錦, 不信有虫食樹吐絲所成, 江南不信有千人氈帳, 江北不信有二萬斛船, 山中人不信有魚大如木, 海上人不信有木大如魚, 要皆一套耳.	山中人不信有魚大如木, 海上人不信有木大如魚, 漢武不信弦膠, 魏文不信火布, 北人見錦, 不信有虫食樹吐絲所成, 昔在江南, 不信有千人氈帳, 及來河北不信有二萬斛船. 『顔氏家訓』_「歸心篇」_隋 顔之推 撰 등 다수의 문헌에 실려 있음.
	출전 명기 없이 인용 ▷ 『顔氏家訓』 등	
	盖天下物, 無不有, 故有恒火之地, 則必將有火中生者, 比如海之鹹水, 沃諸草木皆死, 大海之中, 却有草樹生出, 何以異此.	이익의 견해

神異經云, 南方有火山, 長四十里, 生不爐之木, 晝夜火燃, 得暴風不熾, 猛雨不滅, 火中有鼠, 重百斤, 毛長二尺餘, 細如絲, 恒在火中, 不出外而色白, 以水逐沃之卽死, 取其毛, 織以作布, 用之若垢汚, 以火燒之卽淸潔.	南方有火山, 長四十里, 生不爐之木, 晝夜火然, 得暴風不熾, 猛雨不滅, 火中有鼠, 重百斤, 毛長二尺, 常在火中, 不出外而色白, 以水逐沃之卽死, 取其毛, 織以作布, 用之若垢汗, 以火燒之卽淸潔也.[神異經] 『古今事文類聚續集』_〈衣裘部〉_「火浣布」

재인용: 『神異經』 ▷『古今事文類聚續集』, 단 『古今事文類聚續集』 외 다른 문헌(『格致鏡原』)을 참고하였을 가능성도 배제할 수 없음.

晉殷臣奇布賦云, 泰康二年, 大秦國獻火浣布, 尤奇, 乃作賦曰, 森森豐林在海之洲, 煌煌烈火焚焉靡休, 天性固然茲殖是由, 牙萌炭中穎發燼隅, 葉因炎潔翹與熖敷, 焱榮華實焚灼萼珠, 燎無燋而不燋, 在茲林而獨昵, 火焚木而不枯, 木吐火而無竭, 乃採乃枡是紡是績.	晉殷臣奇布賦曰, 惟泰康二年, ……大秦國, 奉貢琛, 來經于州, 衆寶旣麗, 火布尤奇, 乃作賦曰……森森豐林在海之洲, 煌煌烈火禁焉靡休, 天性固然滋殖是由, 牙萌炭中穎發燼隅, 葉因熖潔翹與炎敷, 焱榮華實焚灼萼珠, 燎無燋而不燋, 在茲林而獨昵, 火焚木而弗枯, 木吐火而無竭, ……乃採乃析是紡是績. 『藝文類聚』_〈布帛部〉_「布」

출전 명기 없이 인용 ▷『藝文類聚』

二說不同, 未知何者爲得, 而要必是因其國人所傳而記之耳.	이익의 견해

搜神記云, 崑崙之墟, 有炎火之山, 山上有鳥獸草木, 皆生於炎火之中, 故有火浣布, 若非其草木之花, 則其鳥獸之毛也.	崑崙之墟地首也, 是惟帝之下都, 故其外絶以弱水之深, 又環以炎火之山, 山上有鳥獸草木, 皆生育滋長於炎火之中, 故有火澣布, 非此山草木之皮橐, 則其鳥獸之毛也. 『搜神記』晉 干寶 撰. 搜神記曰, 崑崙之墟, 有炎火之山, 山上有鳥獸草木, 皆生於炎火之中, 故有火浣布, 非此山草木之皮橐, 則其鳥獸之毛也. 『淵鑑類函』_〈布帛部〉_「布」

재인용: 『搜神記』 ▷『淵鑑類函』

此論近之, 然至艾儒略職方外紀云, 火浣布, 是煉石而成, 非他物也.	火浣布, 是煉石而成, 非他物也. 『職方外紀』_「地中海諸島」_明 艾儒客撰.

	출전으로 저자와 서명을 모두 제시: 艾儒略 『職方外紀』=『職方外紀』_明 艾儒畧 撰.	
	儒略, 是西洋人, 西洋之人, 親歷驗視, 必其可信.	이익의 견해
201. 卽且	莊子云, 卽且甘帶. 註云, 卽且, 蜈蚣也. 此據廣雅而云也. 爾雅云, 蒺藜蚍蛆. 郭璞註云, 似蝗而大腹長角, 能食蛇腦.	蝍且甘帶. ○郭璞云, 三蒼云, 六畜所食曰蔍蝍, 晉卽且, 字或作蛆, 蟲名也. 廣雅云, 蜈蚣也. 爾雅云, 蒺藜蝍蛆, 郭璞註云, 似蝗, 大腹長角, 能食蛇腦. 『莊子注』_〈逍遙遊〉_晉 郭象 注. 蒺藜蝍蛆. 注, 似蝗而大腹長角, 能食蛇腦. 『爾雅注疏』_〈釋蟲〉
	『莊子』=『莊子注』, 『爾雅』=『爾雅注疏』 *『莊子注』를 토대로 하되 『爾雅注疏』도 참조하였을 것으로 추정됨.	
	蓋形似蒺藜之實, 故名也. 郭必有見而言.	이익의 견해
202. 狼尾 栗尾	董越朝鮮賦自註云, 狼尾筆, 其實黃鼠毛也.	[一統志, 載有狼尾之筆, 其管小如箭簳, 鬚長寸餘, 鋒穎而圓, 詢之乃黃鼠毫所製, 非狼尾也.] 『朝鮮賦』_明 董越 撰.
	출전으로 저자와 서명을 모두 제시: 董越 『朝鮮賦』自註=『朝鮮賦』_明 董越 撰.	
	盖我國以黃鼠筆爲狼尾筆, 而越辨之, 然越未之察矣.	이익의 견해
	本草云, 黃鼠, 鼠狼也, 鼠狼之尾, 故謂之狼尾, 比如以栗鼠之尾爲筆則謂之栗尾.	이익의 견해
	坡詩所謂爲把栗尾書溪藤, 是也.	把栗尾書谿藤. 蘇軾의 「孫莘老求墨妙亭詩」(『東坡全集』)
	坡詩=蘇軾의 「孫莘老求墨妙亭詩」	
	陸佃埤雅云, 栗鼠, 蒼黑而小, 取毛於尾, 可以爲筆.	廣雅曰, 鼠, 狼鼬, 是也. …… 今栗鼠似之, 蒼黑而小, 取其毫於尾, 可以製筆. 『埤雅』_「鼠」_宋 陸佃 撰.

	출전으로 저자와 서명을 모두 제시: 陸佃 『埤雅』 = 『埤雅』_宋 陸佃 撰.		
	今我國之靑鼠, 是也. 山中處處有之, 善緣木, 皮可爲裘, 以其尾爲筆, 品劣於狼尾, 筆家所賤也.	이익의 견해	
	字書云, 鼳鼳似鼠而小, 毛可爲筆, 亦靑鼠之類也.	鼳 …… 鼳鼳似鼠而小.『正字通』	
	출전으로 범칭을 서명 대신 제시: 字書 ▷ 『正字通』		
	東人每市狼尾於燕以爲筆, 爲彼所稱歎, 而彼未能自以爲筆, 是未可知.	이익의 전문	
	우리나라의 관련 이야기		
203.折風笠	通考云, 高句麗人, 加折風, 形如弁.	著折風, 形如弁.『文獻通考』_〈四裔考〉_「高句麗」	
	『通考』 = 『文獻通考』		
	盖今喪內出入之冠, 俗謂之方笠, 古時國人皆着此笠.	이익의 견해	
	우리나라의 관련 이야기		
	李白樂府高句麗詞云, 金花折風帽, 是也.	金花折風帽.李白의 「高句麗」(『樂府詩集』_宋 郭茂倩)	
	출전으로 작자와 작품명을 제시: 李白 樂府 「高句麗詞」 = 李白의 「高句麗」(『樂府詩集』)		
	花, 謂其簷四葉, 折風, 寒風也, 中間稍變爲蔽陽笠, 後來又變爲今俗笠子, 觀三箇冠樣, 其俗尙之漸變, 可以追測矣.	이익의 견해	
	國朝崔錦南溥, 嘗爲濟州判官, 遭表急奔, 漂到中土, 中土人, 以方笠爲問, 崔答云, 國俗遭表者, 自處以罪人, 故不欲見天日而然也. 人以爲善對, 愚謂崔之言, 假飾不情, 奚其爲善哉. 宜對曰, 此古東人折風之遺制也. 禮所以不忘其本, 故遭表者, 尙存此制, 與衰絰同例, 則事得其實, 言有典則矣.	*관련기사『錦南漂海錄』	
	우리나라의 관련 이야기		

204. 海蝶	余嘗乘舟入海, 有粉蝶翩翩翩飜飛, 蔽於波面, 舟人言水虫所化, 以此知鯤化爲鵬, 有其理也.	이익의 체험
	嶺南異物志云, 見有物如蒲帆, 過海將到, 舟人競以物擊之, 破碎墜地, 視之乃蝴蝶也. 海人去其翅足, 稱得肉八十斤, 噉之, 極肥美.	嶺南異物志, 見有物如蒲帆, 過海將到, 舟競以物擊之, 破碎墜地, 視之乃蝴蝶也, 海人去其翅足, 稱肉得八十斤, 噉之, 極肥美. 『弇州四部稿』_〈宛委餘編〉
	재인용: 『嶺南異物志』 ▷ 『弇州四部稿』_〈宛委餘編〉	
	盖水濶則虫大, 其所化蝶, 宜若是大也.	이익의 견해
205. 蜂卵	蝐似蝦, 寄生龜殼中, 蟹奴似蟹, 寄生蛣蝶腹中, 蛣蝶, 蚌蛤之類也. 蠅乳子於蠶身, 蠶旣蛹而蛆始穴繭出, 其名蠻子, 蜂生於牛馬胃中, 穴皮而出, 其名爲蛋, 物理有不可悉究也.	이익의 견해
	嘗見秋夏間, 有虫於牛馬毛上種卵如蟲之蟣, 問於牧人, 不知何物也.	이익의 관찰
	一日乘馬行道, 有小蜂左右飛隨, 幾至十餘里, 審之則卽種卵蜂也, 凡虫遺卵必有其所, 若種在牛馬毛上, 雖化爲虫, 其生逢亦難矣. 然蜂之種之也, 不於美樹朽壤可生之地, 必寄於牛馬皮毛何哉.	이익의 경험
	古人云, 蜻蜓好點水, 非愛水也, 遺卵也, 水蠆爲蜻蜓, 蜻蜓遺卵於水, 復爲水蠆.	이익의 전문
	其理然也, 蜂種子於皮毛, 而其胃中却有蜂在, 安知非如蠶之有蠻耶.	이익의 견해
206. 彘豚	孟子曰, 鷄豚狗彘之畜.	雞豚狗彘之畜. 『孟子』_〈梁惠王章句〉
	『孟子』=『孟子』	
	彘, 大豕也, 豚, 豕子也, 然恐非一畜而兩言之也.	이익의 견해
	曲禮曰, 凡祭宗廟之禮, 豕曰剛鬣, 豚曰腯肥, 豚與彘.	凡祭宗廟之禮, 牛曰一元大武, 豕曰剛鬣, 豚曰腯肥. 『禮記注疏』_〈曲禮〉
	출전으로 편명을 서명 대신 제시: 〈曲禮〉=『禮記注疏』_〈曲禮〉	

必異種矣.	이익의 견해
莊子曰, 豚子, 食於其死母.	豚子, 食於其死母者. 『莊子』_〈養生主〉
『莊子』=『莊子』	
豚非豕子, 明矣.	이익의 견해
207. 田鼠　月令, 三月, 田鼠化爲駕.	仲春之月 …… 田鼠化爲駕 『禮記注疏』_〈月令〉
출전으로 편명을 서명 대신 제시: 〈月令〉=『禮記注疏』_〈月令〉	
夏小正, 田鼠, 嗛鼠也.	田鼠者, 嗛鼠也. 『大戴禮』_〈夏小正〉
출전으로 편명을 서명 대신 제시: 〈夏小正〉=『大戴禮』_〈夏小正〉	
爾雅云, 寓鼠曰嗛, 寓者, 寄寓木上, 嗛者, 頰中貯食處也.	寓鼠曰嗛. 注, 頰裏貯食處, 寓, 謂獼猴之類, 寄寓木上. 『爾雅注疏』_〈釋獸〉_「鼠屬」
『爾雅』=『爾雅注疏』	
此, 今之栗鼠, 以其尾爲筆, 謂之栗尾.	이익의 견해
然按郊特牲, 八蜡, 迎猫, 爲其食田鼠也.	天子大蜡八 …… 迎猫, 爲其食田鼠也. 『禮記注疏』_〈郊特牲〉
출전으로 편명을 서명 대신 제시: 〈郊特牲〉=『禮記注疏』_〈郊特牲〉	
然則田鼠, 卽田間食穀之鼠, 而非必寓木之上者也.	이익의 견해
208. 毒龍　盧綸詩云, 野鶴巢邊松最老, 毒龍藏處水偏淸.	野鶴巢邊松最老, 毒龍潛處水偏淸. 盧綸의 「夜投豐德寺謁液上人」(『唐詩鼓吹』 등)
출전으로 작가의 이름을 제시: 盧綸詩 ▷ 盧綸의 「夜投豐德寺謁液上人」	
毒龍者, 俗稱强鐵也,	이익의 견해
或云, 其形似牛, 能驅風雨, 所過殘害稼無遺類,	이익의 전문
故諺云, 强鐵去處, 秋亦春, 謂秋無所收也.	속담

	近者, 有風雷雨雹, 自西路始, 或沿江, 或踰嶺, 至慶尙道洛東江而止, 所過赤地而廣不過一里許, 雹大如拳, 人畜或被傷死, 江流爲之渾濁七日, 人莫知其如何.	이익의 전문
	余謂此毒龍也. 佛家喩欲心云, 莫令諸水毒龍害人民.	이익의 견해
	王維詩亦云, 薄暮空潭曲, 安禪制毒龍.	王維의 「過香積寺」
	출전으로 편명을 서명 대신 제시: 王維詩 ▷ 王維의 「過香積寺」	
209. 五穀	周禮, 疾醫, 以五味·五穀·五藥, 養其病. 註, 五穀, 麻·黍·稷·麥·豆, 此據月令五方之穀爲解也. 食醫, 牛宜稌, 羊宜黍, 豕宜稷, 犬宜粱, 鴈宜麥, 魚宜苽, 此所謂六穀, 苽, 彫胡, 是也. 太宰, 三農生九穀. 註, 九穀, 黍·稷·秫·稻·麻·大小豆·大·小麥, 玄謂九穀, 無秫大麥而有粱苽. 孟子註, 以稻·黍·稷·麥·菽爲五穀, 較月令等書, 無麻而有稻, 未知何所據也. 孟子曰, 貉五穀不生, 惟黍生之, 參其語勢, 黍者, 疑若不在五穀之中者, 亦可怪也. 又黍稷·稻粱·禾麻·菽麥謂之八穀, 禾與稻, 恐非二物, 曲禮, 稻曰嘉蔬, 註云, 稻, 苽蔬之屬也. 古人, 或以苽爲稻而與今之嘉禾別著耶.	食醫 …… 牛宜稌, 羊宜黍, 豕宜稷, 犬宜粱, 鴈宜麥, 魚宜苽. 注. 爾雅曰, 稌, 稻, 苽, 彫胡也. 疾醫 …… 以五味五穀五藥, 養其病. 注. 五穀, 麻黍稷麥豆也. 『周禮注疏』_〈天官 冢宰〉 三農生九穀 注. 九穀黍稷秫稻麻大小豆大小麥. …… 玄謂 …… 九穀, 無秫大麥而有粱苽. 『周禮注疏』_「大宰」 五穀謂稻黍稷麥菽也. 『孟子注疏』_〈滕文公章句上〉 夫貉五穀不生, 惟黍生之. 『孟子注疏』_〈告子章句下〉 時珍曰, 案詩云, 黍稷稻粱禾麻菽麥此卽八穀也. 『本草綱目』_〈穀之〉_「赤小豆」_明 李時珍 撰. 稻曰嘉蔬. 註曰, 稻, 苽蔬之屬. 『禮記注疏』_〈曲禮〉
	『周禮』=『周禮注疏』, 『孟子』=『孟子注疏』 출전으로 편명을 서명 대신 제시: 〈曲禮〉=『禮記注疏』_〈曲禮〉 출전 명기 없이 인용 ▷ 『本草綱目』	

210. 碩鼠 五能	易曰, 晉如碩鼠, 孔穎達正義曰, 有五能, 不成一技之虫也. 又引蔡邕勸學篇云, 碩鼠, 五能, 不成一技術. 註云, 能飛不能過屋, 能緣不能窮木, 能游不能度谷, 能穴不能掩身, 能走不能先人. 荀子云, 鼫鼠, 五技而窮, 皆指虫, 非獸名也. 廣雅云, 螻蛄, 一名碩鼠, 亦有五技, 正謂此也, 與魏詩所謂碩鼠不同. 陸機疏云, 河東有大鼠, 能人立, 交前兩脚於頸上, 跳舞善鳴, 食人禾苗, 逐則走木空中, 亦有五技, 而不窮者也. 後人不能考驗, 以大鼠爲五技而窮, 殊未覺此獸未曾技窮也.	螻蛄 …… 廣雅云, 一名碩鼠, 易, 晉如碩鼠, 孔穎達正義云, 有五能而不能成技之蟲也. 又引蔡邕勸學篇云, 碩鼠, 五能, 不成一技術. 注云, 能飛不能過屋, 緣不能窮木, 能游不能度谷, 能穴不能掩身, 能走不能免人, 荀子云, 梧鼠, 五技而窮. 並爲此螻蛄也, 而魏詩, 碩鼠刺重歛傳, 注, 皆謂大鼠, 則爾雅所謂碩鼠, 關西呼爲鼩, 音瞿, 鼠者. 陸機云, 今河東有大鼠, 能人立, 交見兩脚於頸上, 跳舞善鳴, 食人禾苗, 人逐則走木空中, 亦有五枝, 或謂之, 雀鼠其形大, 然則螻蛄與此鼠二物而同名. 『證類本草』-宋 唐愼微 撰.
	재인용 및 나누기: 『周易』, 孔穎達의 正義, 蔡邕의 勸學篇, 『荀子』, 『廣雅』, 魏詩, 陸機의 疏 ▷ 『證類本草』	
211. 皇蚤· 蚯蚓	本草云, 皇蚤·蚯蚓, 二物異類, 同穴爲雌雄, 狀如蝗虫.	藏器曰, 蠱蚤狀, 如蝗蟲, 有異斑者, 與蚯蚓, 異類, 同穴爲雌雄. 『本草綱目』 「蠱蚤」
	『本草』＝『本草綱目』	
	東人呼爲蚱蜢. 余見蝗類甚繁, 有似莎鷄而小者, 夏月, 一日偶靜坐, 此虫飛止階上, 以尻尖能掘地, 如蚯蚓, 竅沒入盡其腰, 旣揷入不動者, 良久, 細察之, 則其尻尖有雙角極利, 旱地甚堅, 而穿深乃爾也.	이익의 견해 이익의 관찰
	又嘗郊行見此虫, 沒腰土穴中, 驅之不能動, 發出驗之, 虫盤回不去, 有難忍之狀. 俄而下白沫沫, 中有細虫數十, 良久, 始飛去, 盖其臨種子而發, 故然也. 始知其種子, 必於土中, 及虫長而化蛾, 復成蚤也. 其類甚繁, 或褐色, 或靑色, 或有斑文在脚, 皆穴土産子也.	이익의 관찰
	意者, 人但見飛虫, 沒腰於穴中, 疑其與蚯蚓交, 殊不覺穴是虫自穿也. 但候其交時, 竝取二物, 爲媚藥, 用之房中術云云. 此甚可異也. 余謂是不過呪祝之類, 隨人心所向, 而應非二物之使然也. 心旣如此, 鬼亦不覺, 若更知二物之非相交, 則亦將無其應耳.	이익의 견해

212. 鱝·鱶	郭璞江賦, 鯩·鱄·鱯蝐·鱶·鼉·鼊·鱝, 鱄, 似鮒而彭尾, 如扇之團云, 則我國所謂鱘魚是也. 尾似彭, 形似便面而翼行, 兩目在上面, 口在下面, 與鮒異矣. 鱶, 註云, 如圓盤, 口在腹下, 尾端有毒, 卽我國所謂嘉兀魚也, 與鱘相類, 味劣, 尾端有刺, 能螫人, 極毒, 人取其尾, 揷在樹木根株, 則無不枯死, 本草, 以尾毒者爲鱝魚, 卽俗號之異也.	鯩·鱄·鱯蝐·鱶·鼉·鼊·鱝. [鱶魚, 如圓盤, 口在腹下, 尾端有毒.] 『文選』「江賦」郭璞. 邵陽魚尾刺人者, 有大毒. 『證類本草』「鱝魚」
	출전으로 작자와 작품명을 제시: 郭璞「江賦」 ▶ 『文選』「江賦」郭璞. 『本草』=『證類本草』 우리나라의 관련 내용	
213. 五兩· 八兩	許愼淮南子註曰, 統, 候風羽, 楚人謂之五兩, 立於船頭者, 是也. 兵書有候風法, 以鷄羽重八兩, 建五丈旗, 取羽繫其巓, 立軍營中.	五兩. 淮南子曰, 若綄之候風也.[許愼曰, 綄, 候風羽也. 楚人謂之五兩.] 兵書曰, 凡候風法, 以鷄羽重八兩, 建五重旗, 取羽繫其巓, 立軍營中. 『太平御覽』〈舟部〉
	재인용 및 나누기: 許愼『淮南子』註, 兵書 ▷『太平御覽』	
	按劉誠意觀象玩占云, 以鷄羽八兩爲葆竿首, 作盤置三足木烏, 於盤上, 兩足連上而外立, 一足, 係下而內轉, 風來則烏轉回首向之, 烏口銜花, 花旋則占之, 此軍中之制也.	*관련기사 凡候風, 必於高平暢達之地, 立五丈竿, 以鷄羽八兩爲葆·屬竿上, 候風吹羽葆平直則占, 亦可竿首作槃, 作三足烏, 於槃上兩足連上而外立, 一足係下而內轉, 風來, 則烏轉迴首向之, 烏口銜花, 花旋則占之. 『唐開元占經』〈風占〉「候風法」唐瞿曇悉達 撰.
	船上五兩, 亦名檣烏, 此必同物而異名, 但有五兩·八兩之別耳, 其必以烏者, 烏善警知風, 長安靈臺, 有相風銅烏, 亦此意也. 鷄羽, 卽竿首, 作葆者, 非占風之物, 刻木象烏, 兩足之外, 別作一足, 盤上開孔, 孔中建足, 使隨風旋動, 如是可以有占也. 其花旋之制, 恐不過如今俗兒戲旋竿也. 其制削竹木如葉, 長廣不過一指許, 留中間若干, 兩端皆削, 而一左一右, 又貼紙如旗脚, 然後當中開孔, 用鷄羽去毳, 穿過而蠟團定其末則風來, 兩脚互斡旋轉不休, 劉之所云, 只此類之謂矣.	長安靈臺, 有相風銅烏. 『藝文類聚』등 다수의 문헌에 실려 있음. 이익의 견해

214. 翰音	曲禮曰, 鷄曰翰音, 註云, 翰長聲也.	雞曰翰音. 注. 翰長聲也. 『禮記注疏』_〈曲禮〉
	출전으로 편명을 서명 대신 제시: 〈曲禮〉＝『禮記注疏』_〈曲禮〉	
	吳氏曰, 謂其羽有文彩而能鳴也.	[臨川吳氏曰, 巽爲雞, 雞曰翰音, 謂其羽有文采而能鳴也.] 『周易傳義大全』_「中孚」_明 胡廣 等 撰.
	출전 명기 없이 인용 ▷『周易傳義大全』	
	中孚之卦, 外體爲巽, 巽爲鷄象,	이익의 견해
	故曰翰音登于天, 程傳謂羽翰之音也.	上九, 翰音登于天貞凶. [傳. 羽翰之音.] 『周易傳義大全』_「中孚」
	위의 인용문(『周易傳義大全』)에서 이어지는 내용.	
	然鷄之鳴, 必先鼓羽翰而後發音, 則其命名之意, 必有所由然矣.	이익의 견해
	今人以死鷄, 斷其肩骨, 口含其末, 用力吹氣, 則鷄能發聲而鳴, 可知其以翰鳴者也.	이익의 전문
	今人家婦女或解剝死鷄, 偶觸動肩腋間, 則鷄便發音, 故以此爲妖災, 祈禳迸避, 甚可笑也.	이익의 전문
215. 魔魅·蠱毒	我國有魘魅之怪, 其始賤行者, 掠取人家小兒, 故令饑餒之, 僅不死時, 以滋味, 略與之啗, 至兒枯槁將死, 猶見食物, 則劻勷欲吞, 於是以竹筒, 置美饌, 誘兒令入筒中, 兒竭心竭力, 惟欲鑽入, 於是以利刀, 電斫兒殺之, 兒之精魂, 跳入筒中, 然後塞其口, 令不出, 過豪富家, 輒以美味, 誘令兒鬼, 作崇人, 則痛頭痛腹, 惟其所誘待其困迫求療然後, 從而誘止, 遂以利己, 俗謂謂之魘魅, 國家嚴懲, 加以大, 何與蠱毒之罪等, 凡赦令不與焉. 近者, 亦不聞有此, 盖法峻故也.	이익의 전문
	우리나라의 관련 내용	

	按陳至德二年, 張麗華有魘魅之術, 置淫祠宮中, 聚女巫皷舞. 註云, 媚道也.	張貴妃名麗華, …… 又有厭魅之術, 常置淫祀於宮中. [厭魅, 所謂婦人媚道也.] 『資治通鑑』_〈陳紀〉
	출전 명기 없이 인용 ▷ 『資治通鑑』	
	盖亦此類也. 蠱毒之術, 亦與魘魅同利, 我國西土之氓, 有業此, 近時亦絶無存焉.	이익의 견해 이익의 전문
	우리나라의 관련 이야기	
	又按隋開皇八年, 禁畜猫鬼·蠱毒·魘魅·野道者.	夏五月, 禁畜猫鬼·蠱毒·厭魅·野道者. 『資治通鑑綱目』
	출전 명기 없이 인용 ▷ 『資治通鑑綱目』	
	所謂猫鬼, 呪人疾病者, 與魘魅相似, 其事極怪. 見綱目醫書, 又有金蠶毒, 盖天地間無物不有.	이익의 견해
216. 小兒 鬼	世有太子鬼者, 小兒鬼也, 小兒死, 其遊魂滯魄, 依附他人身上, 若亡魂妖語者然也. 如人之吉凶及遠地事情, 輒隨人意來告. 謂之太子者.	이익의 견해
	或者, 以晉太子申生故名耳. 其遊魂滯魄, 始飄蕩無依, 閱過人家, 呼以弟子, 有應者, 卽留接不去, 不應則雖苦久呼喚, 終亦離違.	이익의 전문
	昔聞余親族婦女, 偶聞其聲, 戲語謾應, 鬼遂不去, 雖萬方祈禳, 終不效, 婦女以此作祟, 遂不起, 可以知戒矣.	이익의 전문
	우리나라의 관련 이야기	
	按封禪書, 漢武時, 長陵女子, 以子死, 見神於先後宛若, 宛若祠之其室, 上祠之內中, 聞其言, 不見其人.	神君者, 長陵女子, 以子死, 見神於先後宛若, 宛若祠之其室, 民多往祠, 平原君往祠, 其後子孫, 以尊顯, 及今上卽位, 則厚禮置祠之內中, 聞其言, 不見其人云. 『史記』_〈封禪書〉
	출전으로 편명을 서명 대신 제시: 〈封禪書〉=『史記』_〈封禪書〉	

	盖古雖有之, 而不如我國之衆也. 宛若, 今妯娌也.	이익의 견해
	우리나라의 관련 이야기	
	按醫書, 有魃鬼者, 卽小兒鬼也.	繼病亦作魃病, 魃乃小鬼之名, 謂兒羸瘦, 如魃鬼也. 『本草綱目』_「伯勞」
	출전으로 범칭을 서명 대신 제시: 醫書 ▷ 『本草綱目』	
	兒尙飮乳, 而其母又有身, 鬼妬而兒病.	이익의 견해
	或者, 今之太子者, 是魃鬼之不散者耶. 氣數不盡, 或先期夭折, 則理當有此矣.	이익의 전문 이익의 견해
	莊子天運, 有弟而兄啼, 當效.	有弟而兄啼. 『莊子』_〈天運〉
	출전으로 서명과 편명을 모두 제시: 『莊子』_〈天運〉＝『莊子』_〈天運〉	
	又按楚靈王, 患白公子張之驟諫曰, 余左執鬼中, 右執殤宮, 凡百箴諫, 吾盡聞之.	靈王虐, 白公子張驟諫, 王患之, 謂史老曰, 吾欲已子張之諫, 若何. 對曰, 用之實難, 已之易矣. 若諫, 君則曰, 余左執鬼中, 右執殤宮, 凡百箴諫, 吾盡聞之, 寧聞它言. 『國語』_〈楚語〉_吳 韋昭 注.
	출전 명기 없이 인용 ▷ 『國語』	
	殤宮, 亦恐是此物, 而但不名爲太子耳.	이익의 견해
217. 禽獸 五倫	楊愼曰, 羔乳烏哺, 有父子之仁, 蜂房蟻穴, 有君臣之義, 雎鳩元央, 有夫婦之別, 鶺行鴈陣, 有兄弟之序, 遷鶯呼鷄, 有朋友之情.	羔乳烏哺, 有父子之仁, 蜂房蟻穴, 有君臣之義, 雎鳩鴛鴦, 有夫婦之別, 鶺行鴈陣, 有兄弟之序, 遷鶯呼鷄, 有朋友之情. 『升菴集』_「物有五倫」_ 明 楊愼 撰.
	출전으로 찬자의 이름을 제시: 楊愼 ＝ 『升菴集』	
	言甚該備, 然鷄之五德, 古亦有云, 予見其所呼者, 雄之呼雌, 母之呼子而已, 其羣類, 則未嘗及也, 豈可謂有朋友之情乎.	이익의 관찰
	按家語, 子曰, 關雎, 興于鳥, 而君子美之, 以其雌雄之有別也. 鹿鳴, 興于獸, 而君子大之, 以其得食而相呼.	孔子曰, 小辯害義, 小言破道, 關雎, 興于鳥, 而君子美之, 取其雄雌之有別, 鹿鳴, 興于獸, 而君子大之, 取其

		得食而相呼. 『家語』_〈好生〉	
	『家語』 =『家語』		
	今改下云, 嚶嚶呦鹿, 有朋友之情, 更覺襯帖.	이익의 견해	
218. 虎魄	朱子曰, 虎死, 目光入地, 以爲魄降之證.	龍齒安魂, 虎睛定魄. 『類證普濟本事方』_宋 許叔微 撰 許氏必用方, 首論虎睛定魄, 龍齒安魂, 亦有理. 『朱子語類』_〈雜類〉	
	출전으로 서명 대신 저자의 이름을 제시: 朱子 =『朱子語類』		
	黃休復曰, 凡虎視, 只以一目放光, 一目看物. 獵人, 捕得記其頭藉之處, 須至月黑, 掘地尺餘, 方得如石子, 色琥珀狀, 此是虎目精魄淪地而成琥珀之稱.	凡虎視, 只以一目放光, 一目看物, 獵人, 捕得記其頭藉之處, 須至月黑, 掘之尺餘, 方得如石子, 色琥珀狀, 此是虎目精魄淪入地而成琥珀之稱. 『說郛』_〈茅亭客話 黃休復〉	
	재인용: 黃休復 ▷『說郛』_〈茅亭客話 黃休復〉		
	以此朱子之說, 盖有所考, 然旣成物形, 須至月黑, 得之者何也.	이익의 견해	
	或者, 月望則空如魚腦之隨月耶.	이익의 전문	
	許氏必用方云, 龍齒安魂, 虎睛定魄,		
	재인용: 許氏『必用方』 ▷『朱子語類』_〈雜類〉		
	以此推之, 他獸不然, 而惟虎目之淪精成珀, 盖魄氣之盛者耳.	이익의 견해	
219. 竊脂	爾雅, 桑扈竊脂. 鄭玄·郭璞·陸機諸儒, 皆謂好盜竊脂膏故名也. 邢昺引竊毛·竊玄·竊黃之例, 謂淺白者然矣. 愚意, 竊與淺, 亦有間, 凡暗默念起, 不敢顯立定者曰竊, 謂竊恐也. 凡依託而不敢顯與齊同曰竊附也. 然則凡色之隱隱揚彩者曰竊玄·竊黃·竊脂也, 毛之淺細而疑於有無者曰竊毛也. 脂與白, 亦有間, 若其白雪白紙之白, 則直曰白可也. 何必脂也, 脂者, 獸畜之凝脂是也, 卽指其滋	桑扈竊脂. 扈, 一名竊脂. 郭云, 俗謂之靑雀, 觜曲, 肉好, 盜脂膏, 因名云. 鄭玄詩箋云, 竊脂, 肉食. 陸機毛詩疏云, 竊脂, 靑雀也. 好竊人脯肉脂, 及箭中膏, 故以名竊脂也. 諸儒說竊脂皆謂盜脂膏, 卽如下云, 竊玄竊黃者, 豈復盜竊玄黃乎. 案下篇釋獸云, 虎竊毛謂之虦貓. 虦如小熊, 竊毛而黃, 竊毛皆謂淺毛, 竊卽古之淺字, 但此鳥其色不純, 竊	

	澤而溫柔者是也.	玄, 淺黑也. 竊藍, 靑也. 竊黃, 淺黃也. 竊丹, 淺赤也. 四色皆具, 則竊脂爲淺白也. 而諸儒必爲盜竊脂膏者, 以此經下別云桑鳸與竊玄竊黃等幷列, 則爲淺白者也. 『爾雅注疏』_「釋鳥」_晉 郭璞 注, 唐 陸德明 音義, 宋 邢昺 疏.
	『爾雅注疏』에서 착상	
220. 孤鶩	滕王閣序云, 落霞與孤鶩齊飛.	滕王閣序, 落霞與孤鶩齊飛, 皆誤以野鴨爲鶩也. 文人用字, 或取聲諧韻便, 豈可據乎. 『升菴集』_「鳧鶩」
	『升菴集』에서 착상	
	按爾雅, 鶩, 舒鳧也.	舒鳧, 鶩 『爾雅注疏』_〈釋鳥〉
	『爾雅』=『爾雅注疏』	
	字書云, 爲人所畜, 不善飛舒而不疾, 故曰舒鳧.	鶩 …… 方氏曰, 以爲人所畜, 不善飛舒而不疾, 故曰舒鳧. 『古今韻會擧要』
	출전으로 범칭을 서명 대신 제시: 字書 ▷ 『古今韻會擧要』	
	曲禮疏曰, 野鴨曰鳧, 家鴨曰鶩, 若然定非與落霞齊飛者也.	[野鴨曰鳧, 家鴨曰鶩.] 『禮記注疏』_〈曲禮〉
	출전으로 편명을 서명 대신 제시: 〈曲禮〉 疏 =『禮記注疏』_〈曲禮〉	
	毛氏云, 家畜而不能高飛曰鴨, 野生高飛曰鶩.	
	若然則何以爲舒鳧. 詩家, 或以霞作霞蛾之霞, 尤可笑. 縱曰飛疾, 豈捕蛾者也.	이익의 견해
	按董子春秋繁露, 張湯, 欲以鶩當鳧, 祠祀宗廟, 仲舒曰, 鶩非鳧, 鳧非鶩,	臣湯問仲舒, 祠宗廟, 或以鶩當鳧, 鶩非鳧, 可用否. 仲舒對曰, 鶩非鳧, 鳧非鶩也. 『春秋繁露』_「郊事對」_漢 董仲舒 撰. 張湯, 欲以鶩當鳧, 祠祀宗廟, 仲舒曰, 鶩非鳧, 鳧非鶩. 『文獻通考』_〈春秋繁露〉

	재인용: 董子『春秋繁露』 ▷『文獻通考』_〈春秋繁露〉	
	盖鳧鷖之混, 自古然矣, 今人之未或詳辨, 無可怪者, 然當以爾雅爲斷, 勃盖誤用也.	이익의 견해
221. 鼣鼠	黃山谷張子難字說曰, 神兵, 經物而不疾, 甘鼠, 齕人而不知.	神兵, 經物而不疾, 甘鼠, 齕人而不知. 『山谷別集』_「張說子難字說」_宋 黃庭堅 撰.
	출전으로 작자와 작품명을 제시: 黃山谷「張子難字說」=『山谷別集』_「張說子難字說」_宋 黃庭堅 撰.	
	卽春秋所謂鼣鼠, 是也.	左傳云, 食郊牛角者, 皆此物也. 『本草綱目』_「鼣鼠」
	출전 명기 없이 인용 ▷『本草綱目』	
	按字彙, 鼣, 小鼠也, 一名甘口鼠, 食物不痛.	『字彙』
	余見今人家鷄鴨之屬, 或爲鼠所齕, 至死而不驚動, 俗稱甘鼠. 然非食牛者也.	이익의 관찰
	按春秋成公七年春正月, 鼣鼠, 食郊牛角, 改卜牛, 鼣又食其角. 定公十五年春正月, 鼣鼠食郊牛, 牛死, 哀公元年, 鼣鼠, 又食郊牛.	經. 七年春王正月, 鼣鼠, 食郊牛角, 改卜牛. 鼣鼠又食其角. 『春秋左傳注疏』_〈成公〉 經. 十有五年春王正月, 邾子來朝, 鼣鼠食郊牛, 牛死. 『春秋左傳注疏』_〈定公〉 經. 鼣鼠, 食郊牛, 改卜牛. 『春秋左傳注疏』_〈哀公〉
	출전으로 서명과 편명을 모두 제시:『春秋』〈成公〉=『春秋左傳注疏』_〈成公〉 출전으로 편명을 서명 대신 제시:〈定公〉=『春秋左傳注疏』_〈定公〉, 〈哀公〉=『春秋左傳注疏』_〈哀公〉	
	爾雅郭註云, 有螫毒者.	[有螫毒者.] 『爾雅注疏』_〈釋獸〉
	출전으로 서명과 주석가의 이름을 모두 제시:『爾雅』郭註 =『爾雅注疏』	

盖螫牛, 牛死, 則非常有之物也.	이익의 견해
按文獻通考, 趙氏曰, 嘗怪鼹鼠食郊牛致死, 上元二年, 因避兵旅於會稽, 時有水旱疫癘之苦, 至明年而牛災, 有小鼠能噬牛, 纔傷其皮膚, 乃無有不死者.	[趙氏曰, 予卑年常怪鼹鼠食郊牛致死, 上元二年, 因避兵旅於會稽, 時有水旱疫癘之苦, 至明年而牛災, 有小鼠能噬牛, 纔傷其皮膚, 乃無有不死者.]『文獻通考』_〈郊社考〉_「郊」
『文獻通考』＝『文獻通考』	
然則非但我國不常見, 中土之人, 亦曠覿而爲異災也.	이익의 견해
又按本草, 鼹鼠, 食人及牛馬, 皮膚成瘡, 至死不覺, 此虫極細不可卒見, 博物志云, 食人肌膚, 令人患惡瘡, 多是此虫食之, 當以狸膏摩之, 及食狸肉, 凡在正月, 食鼠殘, 多爲鼠瘻, 小孔下血者, 是此病也.	鼹鼠, 極細卒, 不可見, 食人及牛馬等, 皮膚成瘡, 至死不覺. 爾雅云, 有螫毒, 左傳云, 食郊牛角者, 皆此物也. 博物志云, 食人死膚, 令人患惡瘡. 醫書云, 正月食鼠殘, 多爲鼠瘻小孔下血者, 皆此病也.『本草綱目』_「鼹鼠」
『本草』＝『本草綱目』	
若然又不是食牛角者也. 而本草引左傳爲證何也. 愚謂食牛角者, 乃趙氏所見者也. 鼠瘻之虫, 別有一物, 亦名鼹鼠而註家混擧之矣.	이익의 견해
*『本草綱目』_「鼹鼠」에서 『춘추좌전』을 예로 든 것이 오류임을 증명하였다.	
論語曰, 犂牛之子, 騂且角.	子謂仲弓曰, 犂牛之子, 騂且角, 雖欲勿用, 山川其舍諸.『論語』_〈雍也〉
『論語』＝『論語』	
犂牛, 雜色牛也.	犂, 雜色牛.『韻府羣玉』_「騂犉」
출전 명기 없이 인용 ▷ 『韻府羣玉』	
雜色, 亦非一也. 犂, 盖黃質黑文如虎者也. 獸畜中, 惟牛及貍貓, 有此文,	이익의 견해
故我國指此牛曰貍牛.	이익의 견해
우리나라의 관련 이야기	

222. 犂牛

	按戰國策, 犁牛之黃也似虎.	驪牛之黃也似虎. 『戰國策校注』_〈文侯〉_宋 鮑彪 原注, 元 吳師道 補正.
	『戰國策』=『戰國策校注』	
	若是他雜色, 則不應曰黃而似虎也.	이익의 견해
223. 碥石	字彙, 碥, 乘車履石也. 此本於毛傳, 小雅所謂有扁斯石, 履之卑兮, 是也. 今集註作卑貌, 更詳之.	有扁斯石, 履之卑兮. [乘車履石.] 『毛詩注疏』_〈小雅〉_「白華」 [扁, 卑貌.] 『詩經集傳』_〈小雅〉_「白華」
	『字彙』 『毛傳』=『毛詩注疏』 『集註』=『詩經集傳』	
224. 鰹· 八梢· 鮫鱸	我國多不解鳥獸虫魚字, 壬辰之亂, 天將遺書求鰹, 殊不知鰹是嘉里蛤, 而但云土產無此物. 天將以爲紿言, 至發怒, 一日, 天將, 以桂蠹進, 卽桂樹中蠹虫, 紫色香辛, 南越王獻翠, 至於四十雙, 而桂蠹止一器, 其稀貴可想, 主上久不肯下箸, 俄而進文魚羹, 文魚者, 八梢魚也, 天將亦有難色, 人傳此物只產於我土, 故天將觖見云.	이익의 전문
	余見天使董越朝鮮賦自註云, 文魚卽浙江之望潮魚也.	「朝鮮賦」_董越.
	출전으로 저자와 서명을 모두 제시: 董越『朝鮮賦』自註 =「朝鮮賦」_董越.	
	然則壬辰李如松輩多是北人, 壤地絶遠江淮, 魚錯有所未見宜矣.	이익의 견해
	按本草, 烏賊魚條云, 其無骨者, 名柔魚, 又更有章擧·石距二物, 與此相類而差大, 味更珍好, 食品所貴重,	其無骨者, 名柔魚, 又更有章擧·石距二物, 與此相類而差大, 味更珍好, 食品所貴重, 『證類本草』_〈蟲部中品〉_「烏賊」
	『本草』=『證類本草』	
	烏賊亦八梢, 而梢甚短, 卽相類而小別也. 意者, 章擧·石距, 必是如我國文魚·絡蹄之類, 而亦中國之所珍貴也. 絡蹄, 俗名小八梢魚也.	이익의 견해

	우리나라의 관련 이야기	
	仁廟丁未, 有漂海人林寅觀·陳得等來泊濟州, 我國將解送燕京, 久留島中, 見俗名道尾魚云, 此鮫鱲魚也.	이익의 전문
	按本草, 無此物, 不可攷其是否.	이익의 견해
225. 禽	本草, 分禽獸魚爲三部, 惟以羽蟲爲禽, 然如孟子所謂獲禽, 禮記所謂不離禽獸, 指走獸也. 魯語所謂登川禽, 指水族也, 易所謂舊井無禽, 亦恐指魚也. 禽者, 揚指毛鱗羽三虫也, 鳥特飛禽焉耳.	이익의 견해
226. 陽燄	莊子野馬, 註云, 日光也. 楊用修引內典爲證云, 龍樹大士曰, 日光著塵, 微風吹起, 曠野中轉, 名之爲陽燄. 愚夫見之, 謂之野馬, 渴人見之, 謂之流水.	莊子野馬注云, 日光, 尙未詳悉. 按內典, 龍樹大士曰日光著塵, 微風吹之, 曠野中轉, 名之爲陽燄, 愚夫見之, 謂之野馬, 渴人見之, 以爲流水. 『升菴集』_「野馬」_明 楊愼 撰.
	재인용 사실을 명기: 楊用修 引『內典』爲證云 =『升菴集』_明 楊愼 撰. 단, "楊用修引~"앞에 놓인『莊子』도『升菴集』에서 재인용된 것임.	
	然則野馬不過愚夫之惑, 流水不可謂陽燄, 則野馬陽燄, 非一物明矣. 意者, 野馬, 是遊氣之名, 因陽燄而見者, 如塵埃之因牎暉而始見也.	이익의 견해
227. 贏虫	按考工記, 大獸五, 一曰贏屬, 厚脣弇口, 出目短耳, 大胸燿後, 大體短脰, 恒有力而不能走, 其聲大而宏, 若是者, 以爲鍾簴, 是故擊其所懸, 而由其簴鳴.	厚脣弇口, 出目短耳, 大胸燿後, 大體短脰, 若是者謂之贏屬, 恒有力而不能走, 其聲大而宏, 有力而不能走, 則於任重宜, 大聲而宏, 則於鍾宜, 若是者, 以爲鍾虡, 是故擊其所縣而由其虡鳴. 『周禮注疏』_〈冬官 考工記〉
	출전으로 편명을 서명 대신 제시: 〈考工記〉=『周禮注疏』_〈冬官 考工記〉	
	鄭謂虎豹淺毛之屬,	注, 脂, 牛羊屬, 膏, 豕屬, 贏者, 謂虎豹貔螭爲獸, 淺毛者之屬. 『周禮注疏』_〈冬官 考工記〉
	위의 인용문(『周禮注疏』_〈冬官 考工記〉)에서 이어지는 내용.	
	故古來鍾簴, 皆作虎形,	이익의 견해
	然按爾雅曰, 虎竊毛謂之虦貓.	虎竊毛謂之虦貓. 『爾雅注疏』_〈釋鳥〉

	『爾雅』=『爾雅注疏』	
	大雅所謂有貓有虎, 是也.	有貓有虎. 『詩經』_〈大雅〉_「韓奕」
	출전으로 편명을 서명 대신 제시: 〈大雅〉=『詩經』_〈大雅〉	
	又曰, 狻麑如虦貓, 狻麑卽獅子也.	狻麑如虦貓, 食虎豹. 注. 卽獅子也. 『爾雅注疏』_〈釋獸〉
	위의 인용문(『爾雅注疏』)에서 이어지는 내용.	
	然則虎之淺毛, 乃獅子之類也. 以余觀之獅虎乃能走之獸, 何以爲不能乎. 贏是無毛之稱, 虎雖淺毛, 不可謂贏虫也明矣. 歷考傳記, 居陸之獸, 未有無毛者, 恐是水族之大, 有此類也.	이익의 견해
	張衡西京賦云, 發鯨魚鏗華鍾. 李善註云, 海畔有獸, 名蒲牢, 性畏鯨, 每食於海畔, 鯨躍之, 蒲牢則鳴聲如鍾. 今人, 多鑄蒲牢之形於鍾上, 斲橦爲鯨形而擊之. 薛綜曰, 鯨魚一擊, 蒲牢輒大鳴吼.	發鯨魚鏗華鍾. 薛綜西京賦注曰, 海邊又有獸, 名蒲牢, 蒲牢素畏鯨, 鯨魚擊蒲牢, 輒大鳴. 凡鍾欲令聲大者, 故作蒲牢於上, 所以撞之者, 爲鯨魚, 鍾有篆刻之文, 故曰華也. 『文選』_「京都中」
	재인용: 張衡「西京賦」▶『文選』「京都中」 출전으로 주석가의 이름을 제시: 李善註云, 薛綜曰=『文選』「京都中」	
	意者, 其所謂贏屬者, 指鯨鯢之類, 而以爲鍾簴, 又以蒲牢畏鯨, 故鑄形於鍾上耶. 博雅者, 必有能辨矣.	이익의 견해
	楊愼云, 蒲牢者, 龍生九子, 乃其一也. 形似龍而小, 性好叫吼, 今鍾上紐, 是也.	俗傳龍生九子 …… 三曰蒲牢, 形似龍而小, 性好叫吼, 今鐘上紐, 是也. 『升菴集』_「龍生九子」_明 楊愼 撰.
	출전으로 서명 대신 찬자의 이름을 제시: 楊愼=『升菴集』	
228. 鵝兒 花	木有俗名鵝孩花者, 黃蘂繁毳如鵝兒, 毛有臭, 類生薑, 入於鄕藥方, 不知是何物.	이익의 견해
	梁元帝纂要云, 二十四番花信風, 始於鵝兒花, 終於楝花.	梁元帝纂要, 一日兩畨花信, 陰陽寒暖, 各隨其時, 但先期一日, 有風雨微寒者, 卽是其花則鵝兒○木蘭○李花○瑒花○橙花○桐花○金櫻○黃芳○楝

		花○荷花○檳榔○蔓羅○菱花○木槿○桂花○蘆花○蘭花○蓼花○桃花○枇杷○梅花○水僊○山茶○瑞香 『升菴集』_「二十四番花信風」
	재인용: 『梁元帝纂要』 ▷ 『升菴集』	
	今看此花, 發於春初, 百種無敢先者, 孩與兒, 音相近, 疑卽此花也.	이익의 견해
	又按五雜俎, 自小寒以後, 至立夏以前, 凡一候三信, 梅花·山茶·水仙·瑞香·蘭花·山礬·迎春·櫻桃·望春·一荣花·杏花·李花·桃花·棣棠·薔薇·海棠·梨花·木蘭·桐花·麥花·柳花·牧丹·酴醿·棟花也.	『五雜俎』
	無所謂鵝兒, 或者, 與梅同時故然耳.	이익의 전문
229. 胭脂	匈奴, 名其妻曰閼氏, 閼氏與燕支同音, 言可愛如燕支也. 崔豹古今註, 燕支, 葉似薊, 花似菖蒲, 出西方, 土人以染, 名爲燕支, 中國人謂紅藍, 以染粉爲婦人面色, 謂爲燕支粉.	原崔豹古今注曰, 燕支, 葉似薊, 花似菖蒲, 出西方, 土人以染, 名爲燕支, 中國人謂紅藍, 以染粉爲婦人面色, 謂爲燕支粉也. 『淵鑑類函』_「燕支 一」 原班固曰, 匈奴名妻作閼支, 言可愛如燕支也. 『淵鑑類函』_「燕支 二」
	출전 명기 없이 인용 ▷ 『淵鑑類函』	
	字書, 作蝭赦, 匈奴中有山, 名焉支, 其色如燕支, 而亦可爲顔色, 故名焉,	*관련기사 燕支, 今作胭脂, 古通焉支. 閼氏燕脂, 字書因作蝭赦·䐈脂. 『通雅』
	盖燕支者, 胭脂也, 用爲脂膏而注面故也. 其俗本自中國始,	이익의 견해
	劉熙釋名曰, 以丹注面曰的, 的, 灼也. 此本天子諸侯羣妾, 當以次進御, 其有月事者, 止不御, 重以口說, 故注此於面, 灼然爲識, 女史見之, 則不書其名于第錄也. 繁欽弭愁賦云, 點圓的之熒熒, 暎雙輔而相望, 是也.	原釋名曰, 以丹注面曰的, 的, 灼也. 此本天子諸侯羣妾, 當以次進御, 其有月事者, 止不御, 重以口說, 故注此於面, 灼然爲識, 女史見之, 則不書其名於第錄也. …… 繁欽弭愁賦曰, 點圜的之熒熒, 映雙輔而相望. 『御定淵鑑類函』_「的」

	재인용: 劉熙 『釋名』 ▷ 『御定淵鑑類函』 ＊『성호사설』에서는 "釋名"을 "劉熙 釋名"으로 출전을 구체화하였음.	
230. 毦·鞋	魏志, 劉備性好毦, 毦音二, 以羽毛爲飾, 一曰, 兜鍪上飾, 梁劉苞詩, 鳴珂飾華毦, 金鞍暎玉羈, 然則爲鞍具之飾, 今以羽毛染彩, 或懸於戰笠之上, 或飾於馬鑣者是也. 俗稱象毛. 按字書, 鞋音冗, 毳飾也, 傅玄良馬賦, 鏤鞍釆鞋, 此恐與毦字異而物同也. 盖劉備好毦者, 爲軍中所需, 與士卒同勞苦也. 諸葛亮與兄瑾書云, 兄嫌白帝兵非精練, 到所督, 先主帳下白毦, 西方上兵也. 又與吳王書云, 所送白毦薄少, 重見辭謝, 益以增愧, 然則不但白帝上兵爲然, 亦遺之吳王矣. 以白羽毛織爲兜鍪上飾者乎.	見魏略云, 諸葛亮見劉備, 性好毦. 『淵鑑類函』_「毦 三」 毦, 以羽毛爲飾. 『後漢書』_「單超傳」 字彙曰, 毦, 兜鍪上飾. 『淵鑑類函』_「毦 一」 鳴珂飾華毦, 金鞍暎玉羈. 劉苞의「九日侍宴樂遊苑正陽堂詩」 鞋 而隴切. 音冗, 毳飾. 『正字通』 鏤鞍釆鞋 傅玄의「良馬賦」 魏畧曰, 孔明見玄德, 玄德性好毦. …… 葛亮與瑾書曰, 兄嫌白帝兵非精練, 到所督, 則先主帳下白毦, 西方上兵也. …… 諸葛亮與吳王書曰, 所送白毦薄少, 重見辭謝, 益以增慙. 『太平御覽』_〈兵部〉_「毦」
	재인용: 〈魏志〉 ▷ 『淵鑑類函』 출전으로 범칭을 서명 대신 제시: 字書 ▷ 『正字通』 諸葛亮「與兄瑾書」, 諸葛亮「與吳王書」 ▷ 『太平御覽』 ＊『太平御覽』_〈兵部〉_「毦」를 토대로 삼되, 『淵鑑類函』_「毦 一」, 『後漢書』_「單超傳」, 劉苞의「九日侍宴樂遊苑正陽堂詩」, 傅玄의「良馬賦」로 내용을 보충하였음.	
231. 鴟夷	吳王夫差, 賜子胥死, 盛以鴟夷, 此盖古者處刑人之法也.	이익의 견해
	呂氏春秋云, 齊桓公告魯曰, 管夷吾, 寡人之讐也. 願得之以親加手焉. 魯君許諾, 乃使吏鞹其拳, 膠其目, 盛之以鴟夷, 置之車中, 是也.	桓公果聽之, 於是乎使人告魯曰, 管夷吾寡人之讐也, 願得之而親加手焉, 魯君許諾, 乃使吏鞹其拳, 膠其目, 盛之以鴟夷, 置之車中.

	『呂氏春秋』_〈贊能〉_漢 高誘 注. 呂氏春秋曰, 齊桓公告魯曰, 管夷吾寡人之讎也. 願得之而親加手焉, 魯君許諾, 乃使吏鞹其拳, 膠其目, 盛之以鴟夷, 置之車中. 『淵鑑類函』_〈禮賢〉
재인용: 『呂氏春秋』 ▷ 『淵鑑類函』	

232. 繁纓	禮云, 大路繁纓一就. 疏云, 繁, 謂馬腹帶也, 纓, 鞅也.	大路繁纓一就. 疏. 繁, 謂馬腹帶也, 纓, 鞅也. 『禮記注疏』_〈禮器〉
	『禮』=『禮記注疏』	
	按字書, 鞅, 駕馬具, 在腹曰鞅.	鞅 于兩切, 央上聲. 馬駕具. …… 鞅非在腹. 杜氏曰, 在腹曰鞅, 誤也. 正韻及舊註皆云, 在腹非. 『正字通』
	출전으로 범칭을 서명 대신 제시: 字書 ▷ 『正字通』	
	然據禮疏, 鞅若在腹, 則與繁無別, 何以分註, 如此, 非在腹, 明矣.	이익의 견해
	按釋名, 鞅, 嬰也. 喉下稱嬰, 言纓格之也.	鞅, 嬰也. 喉下稱嬰, 言纓絡之也. 『釋名』_「釋車」
	『釋名』=『釋名』	
	然則今嬰於喉下膺前者, 是也.	이익의 견해
	一云, 繁乃馬髦上飾.	이익의 전문
	左傳, 繁纓而朝, 馬鬣曰髦, 髦上飾者, 卽不過毦鞊之類耳.	繁纓以朝. 注, 繁纓馬飾. 『春秋左傳注疏』_〈成公〉 이익의 견해
	『左傳』=『春秋左傳注疏』	

233. 木綿	我國綿花, 卽高麗文益漸之得之中國, 而流布者也. 國人謂之木綿而其實非木, 乃草綿也.	이익의 견해
	우리나라의 관련 내용	

233. 木綿	禹貢云, 厥篚織貝, 註云, 錦名織, 爲貝文, 詩曰, 成是貝錦, 是也. 今南夷木綿之精好者, 亦謂之吉貝.	厥篚織貝. 錦名織, 爲貝文. 詩曰, 貝錦, 是也. 今南夷木綿之精好者亦謂之吉貝. 『書經大全』_〈夏書〉_「禹貢」 成是貝錦. 『詩傳大全』_〈小雅〉_「巷伯」
	출전으로 편명을 서명 대신 제시: 「禹貢」=『書經大全』_〈夏書〉_「禹貢」 *『書經大全』에서 인용하되, "詩曰, 貝錦"을 "詩曰, 成是貝錦."으로 고쳐 완성도를 높임.	
	按廣志, 桐木, 其葉有白毳, 取其毳, 淹織緝以爲布. 裵氏廣州記云, 蠻夷不蠶, 採木綿爲絮.	廣志曰, 桐木, 其葉有白毳, 取其毳, 淹漬緝織以爲布. …… 裵氏廣州記曰, 蠻夷不蠶, 採木綿爲絮. 『藝文類聚』_「布」
	재인용 및 나누기: 『廣志』, 『裵氏廣州記』 ▷ 『藝文類聚』	
	南史, 高昌國, 出草實如繭曰白疊子, 可爲布.	南史, 高昌國, 出艸實如繭曰白疊子, 可爲布. 『通雅』_〈衣服 布帛〉
	재인용: 『南史』 ▷ 『通雅』	
	中國以爲外國物, 加毛作氈.	이익의 견해
	史記, 榻布·皮革千石. 裵駰曰, 榻布, 白疊也. 顔師古曰, 非白疊也, 白疊, 木綿所織, 非中國有也.	榻布·皮革千石. [駰案, 漢書音義曰, 榻布白疊也. 正義顔師古曰, 麤厚之布也, 其價賤, 故與皮革同重耳, 非白疊也, 荅者厚之貌也. 按白疊, 本綿所織, 非中國有也.] 『史記』_〈貨殖列傳〉_宋 裵駰 集解.
	『史記』=『史記』	
	桐與橦通, 一名斑枝花, 卽木綿也.	木棉, 卽今之班枝花也. 『格致鏡原』_「木棉」
	출전 명기 없이 인용 ▷ 『格致鏡原』	
	淹卽淊也, 繰絲以手振出緒也.	繰絲以手振出緒也. 『類篇』_「掩」_宋 司馬光 撰.
	蜀都賦曰, 布有橦葉, 是也.	「蜀都賦」

通鑑, 梁武帝, 木綿皂帳. 史炤釋文云, 木綿, 江南多有之, 以春二三月, 下種, 旣生, 須一月三薅, 生花結實, 及熟時, 其皮四裂, 其中綻出如綿, 土人以鐵鋋碾去其核, 取如綿者, 以竹爲小弓, 牽弦以彈, 令其勻細, 卷爲筒, 就車紡之, 自然抽緖, 織以爲布, 此卽今之綿花也.	通鑑, 梁武帝, 木綿皂帳. 史炤釋文云, 木綿, 江南多有之, 以春二三月, 下種, 旣生, 須一月三薅, 至秋, 生黃花結實, 及熟時, 其皮四裂, 其中綻出如綿, 土人以鐵鋋碾去其核, 取如綿者, 以竹爲小弓, 長尺四五寸許, 牽弦以彈綿, 令其勻細, 卷爲筒, 就車紡之, 自然抽緖, 如繰絲狀, 織以爲布, 按此卽今之綿花也.[一曰木綿, 出于交廣, 名班枝花.] 『升菴集』_「綿花之始」
재인용: 史炤 『釋文』(=『資治通鑑釋文』) ▷ 『升菴集』	
然則中國亦或以草綿爲木綿. 愚意, 初無二種, 南方氣暖, 經冬不死, 至於高大, 至入中國, 則成草綿也. 古者, 明堂以蒿爲楹,	이익의 견해
桂海虞衡志可攷, 交·廣之地, 茄子成樹, 梯以採子, 至三五年, 樹老子稀, 伐去之, 別栽嫩者.	茄樹, 交廣草木, 經冬不衰, 故蔬圃之中, 種茄, 宿根有三五年者, 漸長, 枝榦乃成大樹, 每夏秋盛熟, 則梯樹採之, 五年後, 樹老子稀, 卽伐去之, 別栽嫩者. 『說郛』_「茄」 등 다수의 문헌에 실려 있음.
재인용:『桂海虞衡志』 ▷ 『說郛』 등	
此何以異.	이익의 견해
是番中本有靑紅白三種, 今特傳其白云.	沈黃門炤曰, 番中有靑黃白三種, 今特傳其白者耳. 『玉芝堂談薈』_「木棉吉貝」_明 徐應秋 撰.
출전 명기 없이 인용 ▷ 『玉芝堂談薈』	
丘濬云, 綿花元時始入中國, 何所據而云然可笑.	周禮, 以九職任民, 嬪婦, 惟治絲枲而無木綿焉, 中國有之, 其在宋元之世乎. 『大學衍義補』_「貢賦之常」_明 丘濬 撰. 이익의 견해
출전으로 서명 대신 찬자의 이름을 제시: 丘濬 ▶『大學衍義補_明 丘濬 撰.	

	續博物志, 棉花種爲番使黃始所傳, 今廣中立祠祀之.	續博物志……錦棉花種爲番使黃始所傳, 今廣中立祠祀之. 『玉芝堂談薈』_「木棉吉貝」_明 徐應秋 撰.
	재인용: 『續博物志』 ▷ 『玉芝堂談薈』	
	廣之於黃始, 卽我國之於文益漸也	이익의 견해
234. 扶老	陶淵明歸去來辭云, 策扶老而流憩.	策扶老以流憩. 『文選』_「歸去來」_陶淵明 등 다수의 문헌.
	출전으로 작가와 편명을 제시: 陶淵明 「歸去來辭」	
	扶老, 杖也.	[孟康曰, 扶老, 杖也.] 『前漢書』_「孔光傳」
	출전 명기 없이 인용 ▷ 『前漢書』	
	漢書孔光傳, 詔曰, 太師孔光, 聖人之後, 賜靈壽杖. 註曰, 扶老, 杖也.	詔曰, 太師光聖人之後, …… 賜太師靈壽杖. 『前漢書』_「孔光傳」 漢書孔光傳曰, 平帝詔曰, 太師孔光, 聖人之後, 先師之子, 德行純淑, 道術通明, 賜太師靈壽杖. 『淵鑑類函』_「杖 二」
	재인용: 『漢書』「孔光傳」 ▷ 『淵鑑類函』「杖 二」 *단, 『淵鑑類函』「杖 二」와 『前漢書』「孔光傳」을 융합하였음.	
	竹譜云, 筇, 一名扶老.	筇竹, 又名扶竹, 又名扶老竹, 又名慈悲竹. 『竹譜』
	『竹譜』 = 『竹譜』	
	易林云, 鳩杖扶老, 扶老卽鳩杖也.	[善曰, 易林曰, 鳩杖扶老.] 『文選』_「歸去來」_陶淵明.
	재인용: 『易林』 ▷ 『文選』	
	續漢書禮儀志云, 仲秋, 案戶比民之年七十者, 授之玉杖, 杖端, 以鳩爲飾, 鳩者, 不噎之鳥也. 欲老人不噎之義也.	續漢書禮儀志曰, 仲秋, 案戶比民之年七十者, 授之玉杖, 杖端, 以鳩爲飾, 鳩者, 不噎之鳥也. 欲老人不噎之義. 『淵鑑類函』_「杖 二」

	재인용: 『續漢書』_〈禮儀志〉 ▷ 『淵鑑類函』	
	然靈壽·扶老, 卽二木名, 與右說不合.	이익의 견해
	按爾雅, 椐樻, 大雅皇矣所謂其椐其樻, 是也. 陸氏疏曰, 木節腫, 似扶老, 卽今靈壽, 是也. 今人以爲馬鞭及杖.	增爾雅曰, 椐樻. 陸氏詩疏曰, 椐節中腫, 似扶老, 卽今靈壽也. 以作杖及馬鞭. 『淵鑑類函』_「靈壽」 爾雅翼云, 椐樻也. 草木疏云, 節腫, 似扶老, 卽今靈壽, 是也, 今人以爲馬鞭 『陸氏詩疏廣要』_〈釋木〉_「其椐其樻」_吳 陸璣 撰, 明 毛晉 廣要. 其椐其樻 『毛詩注疏』_〈大雅〉「皇矣」
	재인용: 『爾雅』 ▷ 『淵鑑類函』_「靈壽」와 『陸氏詩疏廣要』_〈釋木〉_「其椐其樻」를 취합하고『毛詩注疏』_〈大雅〉_「皇矣」를 삽입하였음.	
	然則扶老, 必是節腫之木也. 以其爲老人之杖, 故名之, 而靈壽亦或通名扶老也.	이익의 견해
	春秋說題辭云, 酒之言乳也, 所以策身扶老.	[春秋說題辭云, 酒之言乳也, 所以策身扶老.] 『淵鑑類函』_〈食物部 酒〉_「扶老 通神」
	재인용: 「春秋說題辭」 ▷ 『淵鑑類函』	
	然則酒亦可名以扶老也.	이익의 견해
235. 藥秤 一字	醫家用物, 多言一字, 謂四分一錢重而爲二分半也. 其意無見, 意者, 錢有文必四字, 如開元通寶之類是也. 其四分一錢, 只得一字耳. 古今錢, 有輕重之別, 今開元通寶, 雖磨磷之餘, 準以今秤爲八分有奇, 則其初必以十分爲制者也. 古今通行, 莫如開元錢, 所以指二分半爲一字歟.	이익의 견해
236. 權量	銖·兩·斤·勻·石, 五權之名也. 百黍爲銖, 十二銖爲黃鐘一龠, 而兩龠爲兩, 十六兩爲斤, 三十斤爲勻, 四勻爲石, 則石爲百二十斤也. 漢志, 以穀一斛爲一石, 此以權移爲量名, 而斛與石同重也. 喪服疏, 推此爲解, 父母之喪, 朝一溢米, 夕一溢米, 溢二十兩, 則實爲一升, 又二十四分升之一也. 一斗爲十二斤, 故一	*관련기사 漢律曆志云, 二十四銖爲兩, 十六兩爲斤, 三十斤爲鈞, 四鈞爲石, 是石爲百二十斤矣. 『尙書精義』_宋 黃倫 撰. 朝一溢米, 夕一溢米者, 孝子遭父母之喪.

236. 權量	升爲十九兩四銖八絫, 此於一溢, 欠十九銖二絫, 此乃二十四分升之一也. 然五量, 亦起於黃鍾, 十二銖爲黃鍾之實, 是謂一龠, 龠十爲合, 合十爲升, 升爲千二百銖, 則一斛恰爲三百十二斤八兩, 而一升爲三斤二兩, 一合不過五兩, 則一溢卽四合也. 其故何也. 意者, 古今斗斛不同. 賈氏據漢志爲證, 則漢量如此, 而與龠合, 推起之說, 相左也. 今以黍粒度之, 十黍之長, 彷彿於一寸, 積二十四銖, 稱於時行之秤, 則不過三十分, 而一溢爲六兩, 量於今時行之升, 升受七十四龠, 而於今秤, 爲十一兩十分, 則一溢不過五合有奇也. 然黍也, 非稻米也, 今稻米, 一升爲一斤許, 而一溢爲六兩, 則不過三合強也. 然則古升大於今升, 今秤重於古秤, 此甚可疑, 按開元通寶, 二銖四絫, 則合十錢爲一兩也. 古錢之存者, 雖磨銷之餘, 猶爲八分強, 則其始, 必幾於十分許也. 積十錢, 則亦一兩矣. 漢秤, 或者, 近是耶. 若然漢斛較今斛, 爲十二斗矣, 然則諸葛之一日二升, 不爲不多, 是又何也. 或者, 漢秤與古秤同, 而一溢準今秤六兩耶. 然則諸葛不過一食三合強也. 然兩龠爲兩則斤爲三十二龠, 至十二斤則三百八十四龠也, 是謂一斗也, 龠十爲合, 合十爲升, 升十爲斗, 則斗爲千龠, 是又何也. 周禮, 䣃, 廣尺深尺, 而受六斗四升, 則古斗, 廣深二寸五分也. 黃鍾之積, 六百七分五里, 則一升之積, 爲六萬七百五十分也. 以立方開之, 深廣三寸九分強也. 以一斗十二斤之法, 十分取一爲升, 則深廣二寸八分五里強. 古今注家, 無人覺得如此可異也. 我國, 時行之升, 長廣淺深無準, 其積八萬七千餘分, 亦立方開之, 四寸四分四里, 如欲升斗之平, 宜準此爲器, 又竪石市中刻周尺, 如今水標橋所刻之制, 使人人得以見之可也. 不然必將轉訛而不可防矣. 古量之參差不齊, 亦必以此歟.	『儀禮注疏』_〈喪服〉 이익의 견해
	우리나라의 관련 이야기	

237. 貞燕	黃參判應奎, 有側室崔氏有賢行, 有雙燕巢于戶外, 其一死於猫, 一燕繞巢悲啼, 秋而去, 春又獨來, 崔後寡而移居, 燕亦隨而徃營巢, 甚窄容半身, 穴其底, 終無雌雄卵育之意, 他燕至則輒逐之, 惟崔喚則下集掌上, 如是者十有餘年. 余聞之曰, 此貞燕也.	이익의 전문
	우리나라의 관련 내용	
	昔元人馮子振有貞燕記, 貞元二年, 有雙燕巢于燕人柳姓家, 家人以燈照蠍, 其雄驚墮, 爲猫所食, 雌彷徨悲鳴, 守巢哺雛, 雛成而去, 明年獨至復巢, 自是秋去春來凡六年, 觀者, 譁然目爲貞燕.	馮子振貞燕記, 元貞二年, 雙燕巢于燕人柳湯佐家, 一夕, 家人以燈照蠍, 其雄驚墜, 猫食之, 雌彷徨悲鳴不已, 朝夕守巢, 哺諸雛, 成翼而去, 明年雌獨來復巢其處, 觀者, 譁然目爲貞燕云. 『佩文韻府』_「貞燕」
	출전 명기 없이 인용 ▷『佩文韻府』	
	時人載之篇章, 盖古亦有此矣. 夫人之行義, 未必皆實心, 慕名而畏譏, 容有爲人而勉者, 彼物之苦心, 豈非秉彝直顯者耶. 父子君臣, 徃徃或通一路, 夫婦之節, 惟鳶鴦見之.	이익의 견해
	余家曾有友鷄, 見者, 莫不感歎, 余爲之作義兄弟之義, 古無而始有矣.	이익의 체험
238. 銀礦	我國西北多銀礦, 高麗時, 中朝多以此責貢, 以進獻難繼, 故鄭圃隱之奉使也, 奏請蠲減, 代以土物, 我朝萬曆間, 亦只有端川之採也. 朝臣建白許民採銀, 取其稅裕用, 宣廟下批只云, 鑿開混沌, 混沌死, 鑿開銀穴, 人心死.	且前朝末, 中國責以銀貢, 鄭夢周奉使入奏, 僅得蠲減, 代以土物, 必以進獻難繼故也, 但銀乃至寶之物, 天生有用, 藏置可惜, 若有産銀處, 則許民採用實爲便益, 翌日政院以無發落取稟, 備忘記, 鑿開混沌, 混沌死, 鑿開銀穴, 人心死. 『竹窓閑話』_朝鮮 李德泂 撰.
	출전 명기 없이 인용 ▷『竹窓閑話』, 조선의 문헌 인용	
	大哉言乎, 其慮遠有非羣臣所及.	이익의 견해
	우리나라에 대한 내용	
239. 自然 石	墓誌, 從漢杜子夏, 始見事文類聚.	漢杜子夏, 臨終作文, 命刊石, 埋墳前, 厥後墓誌, 恐因此始. 『古今事文類聚前集』_「石誌不出禮經」

	『事文類聚』=『古今事文類聚前集』	
	一日, 有石工, 過之, 爲余道, 一宰臣家, 爲先壙刻誌, 只用江際水磨石, 求之易得, 而用功之難易, 與他石等也.	이익의 견해
	余心藏之, 後見杜征南預集云, 嘗使過密縣之邢山上有冢, 問耕夫云, 是鄭大夫祭仲, 或云, 子産, 山多美石而却不用, 必集洈水自然之石, 以爲冢藏, 貴不勞不巧, 而此石不入世用也. 乃自表營, 洛陽城東, 首陽之南, 爲將來兆域, 用洛水圓石.	*관련기사 嘗以公事使過宮縣之邢山, 山上有冢, 問耕夫云, 是鄭大夫祭仲, 或云, 子産之冢也. …… 山多美石不用, 必集洈水自然之石, 以爲冢藏, 貴不勞工巧, 而此石不入世用也. …… 自表營, 洛陽城東, 首陽之南, 爲將來兆域 …… 皆用洛水圓石. 『晉書』「杜預傳」 등 다수의 문헌에 실려 있음.
	夫誌者, 家禮用磨治之石, 今用窯灶白磁, 然石或爲人取用, 磁易折毁, 皆有妨. 余謂今俗墓碣, 必陰陽刻, 以水際圓石, 識姓名官位生卒, 及先諱子孫之槩, 以窯磁識其詳, 磁藏於前, 石藏於後, 方是完備, 爲人子者所宜念.	이익의 견해
240. 火具	啓禎野乘, 有薄珏者, 刱意造銅炮, 藥發三十里, 鐵丸所過, 三軍糜爛. 若此器, 尙在良・平失其智, 賁・育失其勇, 士卒之精, 城池之固, 不足恃也.	『啓禎野乘』_清 鄒漪 著.
	『啓禎野乘』=『啓禎野乘』	
	西方意大里國, 鑄巨鏡, 映日注射賊艘, 光炤火發, 數百艘一時燒盡,	鑄一巨鏡, 映日注射敵艘, 光照火發, 數百艘一時燒盡. 『職方外紀』_「意大里亞」
	출전 명기 없이 인용 ▷ 『職方外紀』	
	以火鏡推之, 意亦巧矣.	이익의 견해
	正統己巳之變, 虜薄京城時, 京軍隨駕出過半. 于謙, 以軍器局神鎗試之, 火石所及, 人輒成粉, 一炮而虜死數萬, 血湧如川, 遂解圍去.	又聞正統己巳, 寇騎薄都門, 京軍隨駕而出者過半. 司馬于謙, 以軍器局神鎗試之, 火石所及, 人輒成粉, 一砲而敵死數萬, 血湧如川, 遂解圍去. 『江南經畧』_〈雜著〉_「兵器總論」_明 鄭若曾 撰.

출전 명기 없이 인용 ▷ 『江南經畧』	
有如此利器, 何不試之土木之野乎. 蓋兵器之利, 莫如火具.	이익의 견해
屠隆云, 其屬有十三, 火筒·火銃·火炮·火櫃·火匣·火牌·火車·火弓·火弩·火彈·火箭·火磚·火鎗也.	
戚繼光云, 聞之胡序班, 渠謂火攻法二三十種, 所未得者, 尙以三百餘計也.	戚繼光云 …… 又聞, 胡序班云, 渠謂火攻法二三十種, 偶從南都神機營銃手, 竊而行之, 所未得者, 尙以三百餘計也. 『江南經畧』〈雜著〉「兵器總論」
위의 인용문(『江南經畧』)에서 이어지는 내용.	
此類蓋多包在十三之內, 而續通考, 有火傘·火毬·火鼠之目, 不知此果何如也. 然皆言鳥嘴銃甚猛利.	『續通考』 이익의 견해
戚繼光云, 嘗發地窖所藏佛郞機. 永樂所蓄衛庫, 鳥嘴銃, 乃倭變未作時所有, 卽倭人從中國得之者也.	戚繼光云, 昔署衛印時, 嘗發山東地窖佛郞機, 乃成祖所蓄, 年月鑄文可稽, 又於衛庫中, 見鳥嘴銃, 皆倭變未作, 中國所故有者. 『江南經畧』〈雜著〉「兵器總論」
위의 인용문(『江南經畧』)에서 이어지는 내용. 『성호사설』에서는 『江南經畧』의 아래 글을 3개로 나누고 위치를 ③→②→①로 바꾸어 인용하였음. ①戚繼光云, 昔署衛印時, 嘗發山東地窖佛郞機, 乃成祖所蓄, 年月鑄文可稽, 又於衛庫中, 見鳥嘴銃, 皆倭變未作, 中國所故有者. ②又聞, 胡序班云, 渠謂火攻法二三十種, 偶從南都神機營銃手, 竊而行之, 所未得者, 尙以三百餘計也. ③又聞正統己巳, 寇騎薄都門, 京軍隨駕而出者過半. 司馬于謙, 以軍器局神鎗試之, 火石所及, 人輒成粉, 一砲而敵死數萬, 血湧如川, 遂解圍去.	
我國士衆疲弱, 無以禦敵, 惟火具爲可恃, 而昧於制造, 初不知有許多在也, 亦可歎.	이익의 견해
우리나라의 관련 내용	
241. 觱栗	觱栗, 羌人所以驚馬者, 本夷樂, 然邠詩云, 一之日觱發, 二之日栗烈, 合以爲名, 則恐非羌中之稱如此也. 盖嚴冬風	豳風, 一之日觱發, 二之日栗烈, ……按說文, 觱, 羌人吹角也. 其聲悲栗, 故名觱栗, 冬日寒風驟發, 其聲似之,

	猛, 其聲相近也. 吳下田家謠云, 三九二十七, 籬頭吹觱栗, 亦一證也.	所以風寒謂之觱發也. 吳下田家志引諺云, 三九二十七, 籬頭吹觱栗, 正謂風吹籬落, 其聲似觱栗, 與詩意合. 『丹鉛總錄』_「觱發」
	출전 명기 없이 인용 ▷ 『丹鉛總錄』	
242. 種穄	羅僧道詵, 謂王太祖所居之基曰, 種穄之地, 謂穄與王俗音同也. 王字俗音尼今是也. 自儒理王齒痕之事, 至今日不變, 尼者齒也, 今者痕也, 亦以俗語云然也. 意者, 麗時, 穄之俗名爲尼, 今故僧言如此也. 穄之爲尼今, 何也. 當時用餠齒嚙, 驗其齒痕之多少, 故其作餠之穀, 仍稱尼今, 事理或然, 羅時以穄作餠, 故及麗時, 俗稱穄爲尼今, 可以推知其必然也. 今人, 乃以今俗穄名, 捏合於王字則非矣.	이익의 전문 이익의 견해
	우리나라의 이야기	
243. 玉纓	左傳, 楚子玉, 爲瓊弁玉纓, 註, 以玉爲飾纓之.	初楚子玉, 自爲瓊弁玉纓. 疏. 以玉爲飾也. 『春秋左傳注疏』_〈僖公〉
	『左傳』=『春秋左傳注疏』	
	不以組, 子玉之前, 未有聞也.	이익의 견해
	莊子, 有垂冠曼胡之纓之文.	垂冠曼胡之纓. 『莊子』_〈說劍〉
	『莊子』=『莊子』	
	盖貫累爲之也. 絹帛之屬, 暑月汗沾易壞, 故後來琥珀·玟瑁·水晶·錦貝之屬, 無所不有, 日覺侈靡, 國初風俗無攷, 但金寒暄用蓮子纓, 蓮子生於池澤, 池澤俗稱防築, 故謂之防築纓, 雖變爲虎白·代冒之屬, 而此名不改, 蓮子之前, 無他物, 可知舊俗之樸素如此.	이익의 견해
	우리나라의 관련 내용	
244. 穀名	五穀之名, 人或不能辨, 惟稻·麥無可疑, 黍則以黃鍾之實, 推之, 非俗名䅌者也, 則不宜於管中之用也. 粟·稷·粱三者, 大抵相類.	이익의 견해

字書云, 古者, 粟爲黍 · 稷 · 粱 · 秫之總名. 後人專以粱之細者名粟. 李時珍曰, 粟卽粱也, 穗大毛長粒粗, 爲粱, 穗小毛短粒細, 爲粟, 苗皆似茅也.	古者, 以粟爲黍 · 稷 · 粱 · 秫之總稱, 而今之粟, 在古但稱爲粱, 後人乃專以粱之細者名粟. 『正字通』 正字通, 古者, 以粟爲黍 · 稷 · 粱 · 秫之總稱, 而今之粟, 在古但稱爲粱, 後人乃專以粱之細者名粟. …… 李時珍本草, 粟卽粱也, 穗大毛長粒粗, 爲粱, 穗小毛短粒細, 爲粟, 苗皆似茅. 『格致鏡原』_〈穀類〉_「總」

재인용 및 나누기: 字書, 李時珍 ▷ 『格致鏡原』
『正字通』을 '字書'로 바꾸었음.

今俗名粟爲燥, 其屬極多, 而有靑粱者, 穗小毛短, 則恐是古所謂粱, 而隨其色, 有靑黃之稱也.	이익의 견해

稷, 莖葉似粱而卑, 穗散如稻, 粒如粱稃, 外瑩滑, 米靑黃, 又有黃白紫黑, 紫黑者, 一名穄. 又云, 穄稷, 同聲, 實一字.	莖葉似粱而庳, 穗楸如稻, 粒如粱而扁大稃, 外瑩滑, 米正黃, 五穀之長也, 南人謂之穄. 穄稷 同聲, 實一字. 『六書故』「稷」_宋 戴侗 撰.

출전 명기 없이 인용 ▷ 『六書故』

今人以俗名皮者爲稷, 然色紫黑, 正所謂穄也, 而不見有黃白之屬, 恐我國無有也. 畢竟穄稷字同則呼紫黑者爲稷亦可.	이익의 견해

우리나라의 관련 내용

六書故云, 南人謂荻穄爲黍.	南人謂之荻穄. 『六書故』_「黍」

『六書故』 = 『六書故』

荻穄, 雖名蜀黍, 與黍非一種, 蜀黍是今薥薥, 俗音作秀秀, 似黍而高大, 色或赤或白, 見譯語類解. 又有玉薥, 薥者, 穗無實, 葉間生角, 角外有苞, 上有鬚, 苞裡有實如珠, 味甘可食, 人多植園墻間, 莖葉如薥薥而非穀類也. 麥者, 自周時始有, 周頌分明說, 貽我來牟, 帝命率育, 此豈誣辭乎.	이익의 견해

按圖經, 有大麥·小麥·穬麥, 穬有二種, 一類大麥, 一類小麥, 而皆差大. 又云, 地暖處大小麥, 亦可春種.	圖經曰, 麥有大麥·小麥·穬麥·蕎麥. …… 穬麥, 有二種, 一種類小麥, 一種類大麥, 皆比大小麥差大, …… 地暖處, 亦可春種之. 『證類本草』_「小麥」
재인용: 『圖經』 ▷ 『證類本草』	
禹錫云, 山東·河北人, 正月種之, 名春穬, 然則大麥之麩皮, 不帖肉者. 今謂之米麥, 大小麥, 皆有此種. 圖經所謂, 大小麥是也. 此二種, 各有春秋兩種也.	이익의 견해
陳藏器云, 穬, 是麥之皮, 號麥之穬, 猶米之與稻麥,	陳藏器云, 穬, 是麥之皮, 號麥之穬, 猶米之與稻. 『證類本草』_「小麥」
출전으로 주석가의 이름을 제시: 陳藏器 ▶ 『證類本草』	
固是米麥, 而穬卽指麩皮帖肉, 與米麥別者也. 中國必有小麥之皮肉不相離者在故云爾. 是所謂穬有二種, 而又以爲有春穬, 則大小麥, 各有穬, 而又各有春秋兩種也.	이익의 견해
稞麥有靑黃二種, 靑者, 粒小色微靑, 專以飼馬,	關中又有一種靑顆, 北近道者, 粒微小色微靑, 專以飼馬. 『證類本草』_「小麥」
위의 인용문(『證類本草』)에서 이어지는 내용.	
此皮肉不相帖者. 意者, 今之鬼麥是也. 色靑而粒細, 穀之最賤, 今山中人食之, 野田種穬麥, 或歲儉, 則春種多變爲鬼麥, 秋種多變爲鬼來, 來者, 小麥也. 皆不堪食, 以其似來而無用, 故謂之鬼來. 鬼麥之有食不食, 亦猶是也, 而稞其可食者乎. 劉禹錫所稱兎葵·燕麥, 不知何謂, 今野中有草恰似鬼麥, 而其粒尤微細者, 處處有之, 意者, 指此乎.	이익의 견해
우리나라의 관련 내용	

245. 南瓜	菜有胡瓜, 色靑形圓, 深熟則色黃, 大者長尺許, 葉如瓠, 花黃, 味微甛, 我國古無而今有, 野農及僧寺, 多種之, 以其多	이익의 견해

	實也. 近世士大夫亦多取之. 或云, 本草綱目, 指爲南瓜. 余按盛京志, 有南瓜, 又有矮瓜類. 南瓜, 深黃色, 形匾, 味較甜. 今鄕里間徃徃有此, 謂之唐胡瓜, 比南瓜差小, 種者絶小, 盖自西北來者歟.	
	우리나라의 관련 이야기	
246. 耒耟	易曰, 揉木爲耒, 斲木爲耜, 耒耟之利, 以敎天下.	斲木爲耜, 揉木爲耒, 耒耟之利, 以敎天下. 『周易注疏』_〈繫辭〉
	『易』=『周易注疏』	
	註者, 以耟爲耒端之刃, 當未用鐵之時, 剪削無術, 何可木端施木耶.	
	管子曰, 鐵官之數, 女必有一鍼一刀, 耕必有一耒一耟一銚.	今鐵官之數曰, 一女必有一鍼一刀, 若其事立, 耕者, 必有一耒一耟一銚, 若其事立. 『管子』_〈海王〉
	『管子』=『管子』	
	今農夫之所不可闕者三, 薙草刈穀, 非鎌不能, 耕地, 非耟不能, 培壅, 非鋤不能. 管子所論, 亦必不出於此也. 意者, 耒是斲木而刃之, 先薙草木. 月令所謂燒薙是也. 與耕耟非一物, 後人曲其刃爲鎌, 亦耒之遺也. 然後耕則有耟, 耨則有銚, 其勢然耳.	이익의 견해
247. 鑄劍	古之良劍必鑄, 成鑄則剛, 鍛則柔, 所以今劍不及於古也. 其所謂百鍊益剛, 亦未可曉, 一鍛二鍛, 鐵性益柔矣.	이익의 견해
	余訪之鐵匠, 釜鼎之屬, 皆鑄成, 其剛無敵, 刀刃之屬, 皆鍛成, 故終不及於鑄, 鑄者, 更鍛之, 可成刀刃, 而旣鍛之後, 雖欲鑄不可得也, 火燒不化故也.	이익의 체험
	荀子曰, 型范正, 金錫美, 工冶巧, 火齊得, 剖型而莫耶已成, 然而不剝脫, 不砥礪, 則不可以斷繩.	刑范正, 金錫美, 工冶巧, 火齊得, 剖刑而莫耶已, 然而不剝脫, 不砥礪, 則不可以斷繩. 『荀子』_〈彊國〉
	『荀子』=『荀子』	

	剝脫者, 意者, 淬之之謂, 火烘而水淬之, 則其淬穢必剝落矣, 所謂剝脫, 指此而云也. 一淬二淬, 金精益粹, 又謂之錫, 則亦必和錫, 方成美好矣. 今人每言莫耶之爲利, 而不思所以爲莫耶者何也.	이익의 견해
248. 禽獸 一路	禽獸或通一路, 雖不常有, 是卽無所爲而爲之者也. 於此可見天理之眞面目, 尤令人感歎. 余嘗爲義馬作詩, 爲友鷄作傳, 爲貞燕記實, 偶考皇明王圻所編續通考, 有義物一科, 列義猴·義猫·義駒·義犬·義雅·義猪之類, 班班理藪, 天地間, 不可闕此一事, 嘗欲合孝雅義鶻之類, 爲一路, 全史姑未之及矣.	이익의 견해
249. 邊箭	我國軍中戰具, 有片箭, 甚短不能滿彀, 用筒引滿, 勢猛及遠, 穿過極深, 敵人畏之, 謂朝鮮之童箭云. 嘉靖庚申, 吳祥赴燕, 至閭陽驛, 爲㺚所圍, 驛丞欲開門降, 我國譯官郭之元, 激勸守城, 用片箭射賊, 得解圍, 總兵楊照招郭謂曰, 今日之事, 汝之力也, 取其箭, 諦視云云.	이익의 전문
	우리나라의 이야기	
	續通考云, 弓手止知射長箭, 而不知射邊箭, 長箭, 去遲, 敵人易見, 故彼得以閃避, 且能拾取還射, 其利在彼, 邊箭, 去疾, 而敵人難窺, 況邊箭所到, 倍於長箭, 又唐僖宗乾符四年, 劉巨容, 以筒箭射殺賊. 注云, 箭長尺餘, 然則上國已有此器耳.	弓手, 止知射長箭, 而不知射邊箭, 弩手則全無一人, 不知長箭去遲而敵人易以閃避, 且能拾取還射, 邊箭, 去疾而敵人不能避, 且不能回射, 『續文獻通考』_〈兵考〉_「軍器」 弓手, 止知射長箭, 而不知射邊箭, 弩手則全無一人, 不知長箭去遲而敵人易見, 故彼得以閃避, 且能拾取還射, 其利在彼, 邊箭, 去疾, 而敵人難窺, 非惟彼不能避, 抑且不能回射, 況邊箭所到, 倍於長箭百倍. 『江南經畧』_〈雜著〉_「兵器總論」, 明 鄭若曾 撰
	재인용: 『續通考』 ▷ 『江南經畧』	

250. 蟹穴	大戴禮曰, 蝱無爪牙之利, 筋脈之强, 上食睎土, 下飮黃泉者, 用心一也, 蟹二螯八足, 非蛇蚓之穴, 無所寄託者, 用心躁也.	蝱無爪牙之利, 筋脉之彊, 上食睎土, 下飮黃泉者, 用心一也, 蟹二螯八足, 非蛇蚓之穴, 而無所寄託者, 用心躁也. 『大戴禮記』_〈德勸學〉_漢 戴德 撰.
	『大戴禮』=『大戴禮記』	
	余見蟹本善穴土, 春夏直穴, 至秋復迤曲其穴路, 至冬則封之, 故自蟬鳴以後, 難得矣.	이익의 관찰
	中國地廣, 人未必親見, 故不能無誤而然耶. 昔蔡道明, 只知螯跪之可食, 而幾致勤學死, 耳目之外, 雖明者不克纖盡, 有如此者.	이익의 견해
251. 丹注· 指環· 臂環	後世婦女, 皆以丹注面, 指帶雙環. 丹注, 本天子羣妾, 表有月事而止不御, 謂之程姬之疾.	이익의 견해
	史記, 程姬有所避, 不願進也.	程姬有所避, 不願進. 『前漢書』_「景十三王傳」 史記五宗世家, 程姬有所避, 不願進. 『丹鉛總錄』_〈冠服類〉_「玄的」 등 다수의 문헌에 실려 있음.
	재인용:『史記』 ▷『丹鉛總錄』 등 *『史記』가 아니라『前漢書』에 실려 있음.『丹鉛總錄』등의 오류를 답습.	
	指環, 按漢官舊儀云, 宮人御幸, 賜銀環, 令數環計月也. 又胡俗傳云, 始結婚姻, 相然許者, 便下金同心指環.	胡俗傳云, 始結婚姻, 相然許者, 便下金同心指環. 漢舊儀云, 宮人御幸, 賜銀指環, 令數環計月也. 『淵鑑類函』_〈指環〉_「計月」
	재인용 및 나누기:『漢官舊儀』,〈胡俗傳〉 ▷『淵鑑類函』	
	其名已是不嘉, 而歷代不能革可歎. 又臂環曰釧, 中國婦女, 有此飾.	이익의 견해
	詩靜女毛傳云, 古者, 后妃羣妾, 以禮御于君所, 女史書其日月, 授之以環, 以進退. 生子月辰, 則以金環退之, 當御者, 以銀環進之, 著于左手, 旣御著于右手.	古者, …… 后妃羣妾, 以禮御於君所, 女史書其日月, 授之以環, 以進退之, 生子月辰, 則以金環退之, 當御者, 以銀環進之, 著于左手, 旣御著于右手. 『毛詩注疏』_〈國風〉_「靜女」

	출전으로 서명과 편명을 모두 제시: 『詩』「靜女」毛傳 =『毛詩注疏』_〈國風〉_「靜女」	
	五經要義云, 左手陽也, 以當就男, 故著左手, 右手陰也, 御以復右,	五經要義曰, …… 左者陽也, 以當就男, 故著左手, 右手陰也, 旣御而復故. 『太平御覽』 등 다수의 문헌에 실려 있음.
	재인용: 『五經要義』 ▷ 『太平御覽』 등	
	其亦丹注指環之類, 婦女之所可禁者也, 指環亦名戒環.	이익의 견해
252. 梅花 不入 騷	梅花不入離騷, 古今以爲怨.	이익의 견해
	退溪節友社詩云, 松菊陶園伴竹三, 梅兄胡奈不同參. 又自題云, 三徑, 梅獨見遺, 此事亦無人說出, 不但離騷爲欠典也.	松菊陶園與竹三, 梅兄胡奈不同參. 『退溪集』_〈陶山雜詠〉_「節友社」_李滉. 節友社(自註) 陶公三徑, 梅獨見遺, 不但離騷爲欠典也. 『退溪先生文集攷證』
	출전으로 작가과 편명을 제시: 退溪「節友社詩」=『退溪集』_〈陶山雜詠〉_「節友社」 自題 ▶ 節友社(自註), 조선의 문헌 인용	
	昔鄭寒岡多植梅, 號百梅園, 崔守愚嘗過之, 索斧盡斫之, 爲其晚開也.	이익의 전문
	今觀梅性, 非煖屋養護者, 必與桃李竝開, 凡春花, 皆不得與於騷中, 則梅之不取, 必以此也. 守愚, 淸高覺得最深.	이익의 관찰 이익의 견해
253. 黜墻· 御留	黜墻花, 靑柯黃花, 人家園圃間, 往往有之, 不見於花譜. 李奎報詩中所謂地棠者, 是也.	이익의 견해
	小序云, 昔君王之選花, 帝所留者曰御留, 時此花見黜故名黜墻.	昔君王之選花, 帝所留者曰御留, 時此花見黜, 故名黜壇 『東國李相國集』_「論地棠花寄李少卿」
	출전으로 작자와 작품명을 제시: 李奎報詩 …… 小序 ▶『東國李相國集』_「論地棠花寄李少卿」, 고려의 문헌 인용.	
	高麗時, 已有此諺, 不知御留, 又是何物.	이익의 견해

其御留花詩云. 把底嬌姿被御留, 餘花見斥得無羞, 楊妃一笑六宮沮, 寵辱由來不自謀.	把底嬌姿被御留, 餘花見斥得無羞, 楊妃一笑六宮沮, 寵辱由來不自謀. 『東國李相國集』_「御留花」
위의 인용문(『東國李相國集』)에서 이어지는 내용.	
疑是今俗所謂海棠也.	이익의 견해
地棠詩又云, 御留紅淡一時零, 不及濃黃竟夏開.	我言御留紅淡又且一時零, 不及穠黃竟夏開盈盈. 『東國李相國集』_「論地棠花寄李少卿」
위의 인용문(『東國李相國集』)에서 이어지는 내용.	
據花譜, 海棠, 紫綿色淡紅者也. 今俗指多刺深紅者, 爲海棠非也. 此花中賤品, 不足觀. 意者, 海棠, 我國古有而今無歟.	이익의 견해
우리나라의 이야기	
254. 玉梅	李相國集中, 有玉梅一絶云, 何人呼作玉梅傳, 脈脈無心趁臘天, 應忌雪中開冷淡, 一春方作一般妍.	何人呼作玉梅傳, 脉脉無心趁臘天, 應忌雪中開冷淡, 入春方作別般妍. 『東國李相國集』_「玉梅」
	『李相國集』「玉梅」 = 『東國李相國集』「玉梅」, 고려의 문헌 인용	
	此則蜀漆之千葉繁花者也. 蜀漆者, 是常山苗, 根曰常山, 苗曰蜀漆, 花細而甚繁, 玉梅者, 卽其別種也.	이익의 견해
255. 貘齒	傅奕, 以羚羊角, 碎金剛石.	傅奕, 以羚羊角, 碎金剛石. 『山海經廣注』_〈西山經〉_吳任臣 注.
	출전 명기 없이 인용 ▷ 『山海經廣注』	
	世傳達理, 金剛石, 一名金剛鑽, 生水底, 如鍾乳, 體似紫石英.	釋名. 金剛鑽. 時珍曰, 其砂可以鑽玉補瓷, 故謂之鑽. 時珍曰, 金剛石, 出西番天竺諸國. 葛洪抱朴子云, 扶南出金剛, 生水底上, 如鍾乳狀, 體 似紫石英. 『本草綱目』_「金剛石」
	출전 명기 없이 인용 ▷ 『本草綱目』	
	見字書. 蘇頌曰, 唐世畫貘爲屛. 貘齒最堅, 以鐵椎之, 鐵皆碎落, 火不能燒, 人得之, 詐充佛骨.	蘇頌曰, 唐世畫貘爲屛. 白居易有贊, 貘齒最堅, 以鐵椎之, 鐵皆碎落, 火不能燒, 人得之, 詐充佛牙佛骨. 『正字通』

255. 貘齒	출전으로 범칭을 서명 대신 제시: 字書 ▷ 『正字通』	
	白居易貘屛贊序, 象鼻犀目, 牛尾虎足, 寢皮辟瘟, 圖形辟邪.	貘者, 象鼻犀目, 牛尾虎足, 生南方山谷中. 寢其皮辟瘟, 圖其形辟邪. 『白氏長慶集』_「貘屛贊 幷序」
	白居易 「貘屛贊序」 = 『白氏長慶集』_「貘屛贊 幷序」	
	或曰, 黑毛白臆, 似熊而小.	蜀都賦注, 建寧郡有獸, 名貊, 黑毛白臆, 似熊而小. 『山堂肆考』_「貊舐」 『格致鏡原』_「貘」
	출전 명기 없이 인용 ▷ 『山堂肆考』 혹은 『格致鏡原』	
	武夷志云, 定州陵雲寺, 有佛牙, 卽貘齒.	武夷志言, …… 定州凌雲寺, 有佛牙, 皆貘齒也. 『通雅』_〈動物 獸〉_明 方以智 撰.
	재인용: 『武夷志』 ▷ 『通雅』	
	惟羚羊角, 能碎之.	唯羚羊角, 能碎之. 『格致鏡原』_〈坤輿類〉
	출전 명기 없이 인용 ▷ 『格致鏡原』	
	又南方有獸, 其名曰囓鐵, 大如水牛, 色如漆, 食鐵, 其糞可作兵器.	南方有獸, 名曰囓鐵, 大如水牛, 色如漆, 食鐵, 其糞可作兵器, 其利如鋼 『山堂肆考』_「獸囓」
	출전 명기 없이 인용 ▷ 『山堂肆考』	
	居易所指或是此獸, 一物而異名也.	이익의 견해
	拾遺記, 昆吾山有獸, 大如兔, 毛色如金, 食土下之丹石, 深穴地爲窟, 亦食銅鐵, 其雌者, 色白. 吳國武庫兵刃鐵器, 俱被食盡.	昆吾山 …… 有獸, 大如兔, 毛色如金, 食土下之丹石, 深穴地以爲窟, 亦食銅鐵, 膽腎皆如鐵, 其雌者, 色白如銀, 昔吳國武庫之中兵刃鐵器, 俱被食盡. 『拾遺記』_晉 王嘉 撰.
	『拾遺記』 = 『拾遺記』	
	此亦貘之別種, 物理盖有如此者.	이익의 견해
	余聞海中鰒魚甲堅如鐵, 却有虫蠹蝕, 虫喙利而體甚柔.	이익의 전문
	驗之老鰒甲, 果遍有雕蝕痕, 以此推之, 貘之食鐵, 何足怪哉.	이익의 실험

	傅奕所值, 或値獏齒, 而未必是金剛石也. 凡世之以假混眞, 亦何限, 幸不遇羚羊角, 得以瞞過一世, 卽獏齒之類耳.	이익의 견해
256. 婦人服	末俗, 婦女之服, 窄袖短裙, 近於服妖. 余雖惡之, 大同之風, 亦無奈何也. 昔太宗欲悉從華服, 許相稠進曰, 臣赴京, 過闕里, 入孔子家廟, 見女服, 畫像與本國無異, 但首飾不同, 事竟不行, 許相之言, 又未可知, 豈有中華之服, 若是短窄耶. 或者, 國初婦人之服, 雖與中國有別, 而非若今時之短窄耶. 又或婦人之服, 惟貴綽約, 欲誇示腰纖, 衣不掩裳, 我國與華俗, 同一規制而然耶. 然中國亦一時之俗, 在古無證, 未可爲準耳.	이익의 전문 이익의 견해
	우리나라의 이야기	

『星湖僿說』 卷六 〈萬物門〉

연번 항목명	『성호사설』 원문 및 제시 인용 문헌	실제 인용 문헌
257. 空靑	先王末年患眼瞖, 治不效. 醫云, 當用空靑. 差人厚齎銀, 赴燕貿之, 亦題奏禮部. 中國聞之, 遣行人, 以內府所藏賜之. 及至破之, 內漿已枯, 僅能潤睫而已, 居無何有.	이익의 전문 *관련기사 癸巳/淸遣使日講官起居注翰林院侍讀學士阿克敦·副使鑾儀衛治儀正兼佐領張廷枚來, 牌文先至. 義州守臣·平安道臣以聞. 蓋我國齎咨官李樞等, 旣至燕京, 禮部以我咨, 因上候未寧, <u>需空靑, 專差請貿, 開奏, 淸主卽遣阿克敦等, 齎御府所有空靑一枚來致也.</u> 克敦等一行, 本月己亥, 渡鴨綠江. 『肅宗實錄』_숙종 43년(1717) 10월 13일.
	우리나라의 이야기	
	妄人崔壽萬者, 謁宰相某云, 僧有異術,	이익의 전문

	教以採法, 相土地, 知其有無, 掘必得之, 願官助役費. 至成川, 果得一大塊, 方伯已馳, 傳啓聞. 破之則內有漿洽, 可試也. 朝臣皆信壽萬而奇僧之術.	*관련기사 …… 請移送刑曹, 嚴刑數次後, 還發配所, 所引崔壽萬, 亦令本道, 嚴刑三次後, 移配絶島, 以懲妖言惑衆之罪. 上從之. 『景宗實錄』_경종 2년(1722) 5월 10일.
	우리나라의 이야기	
	余聞之曰, 壽萬可罪, 空靑僞也, 朝臣可恥也. 向者, 求之亦太勞費而寂無聞, 及空靑至國, 國人見而知其狀, 然後始有能採者, 何也. 自古, 採之者, 一未有相土而知之. 今僧能得千古未有之術, 此理之所無. 人之巧奸, 無所不至, 苟欲售詐, 又豈無可造之術. 朝廷不能致其僧而驗其眞僞, 徑試於不敢之地, 可謂不智矣. 後貴介多求之, 卒無所得云.	이익의 견해
258. 牧丹	濂溪云, 牧丹花之富貴者也.	牡丹, 花之富貴者也. 『周元公集』_「愛蓮說」등 다수 문헌
	출전으로 작가명을 제시: 濂溪(=周敦頤)	
	以其悅目, 最盛也. 余看牧丹花之易謝者也. 朝盛艶而夕摧殘, 可喩富貴之難持貌. 雖華而臭惡, 不堪近, 可喩富貴之無眞賞也. 濂溪之意, 未必在此而偶有所思, 聊發騷家話柄. 又有一奇事, 惟蜜蜂不採其蕊.	이익의 관찰 이익의 견해
	*문학 창작의 자료로 제공	
	余有咏蜂詩云, 牧丹花上何曾到, 應避花中富貴名.	牧丹叢裏何曾到, 應避花中富貴名. 李瀷의 「牧丹盛開, 羣蠭競集, 惟蜜蠭一不到, 感而賦」(『星湖全集』)
	이익의 자작시	
259. 修母 致子	鄭衆·賈逵之徒, 以爲仲尼修春秋, 約之以周禮, 修母致子, 故獨得麟也. 其說, 誕妄不足信, 又不知修母之爲如何也.	鄭衆·賈逵之徒, 以爲仲尼修春秋, 約之以周禮, 修母致子, 故獨得麟也. 『春秋穀梁傳』_「序」 『淵鑑類函』_「春秋」
	출전 명기 없이 인용 ▷ 『淵鑑類函』이 출전으로 추정됨.	

按蔡邕月令章句曰, 天宮五獸中, 有大角·軒轅·麒麟之星, 凡麟生於火, 遊於土, 故修其母, 致其子, 五行之精也, 視明禮修則麒麟見. 盖禮屬火, 麟屬土, 故禮爲麟母也. **然說文云, 麟, 仁獸也**, 仁屬於木. **春秋保乾圖云, 歲星散爲麟**, 歲星木星也.	①許愼說文曰, 麒麟, 仁獸也. …… ② 春秋保乾圖曰, 歲星散爲麟. …… ③蔡邕月令章句曰, 天宮五獸中, 有大角·軒轅·麒麟之星, 凡麟生于火, 游于土, 故修其母, 致其子, 五行之精也, 視明禮修則麒麟見. 『淵鑑類函』_〈獸部〉_「麟」
재인용 및 나누기: 蔡邕〈月令章句〉, 『說文』, 『春秋保乾圖』 ▷ 『淵鑑類函』_〈獸部〉_「麟」 순서를 ③, ①, ②로 재배열하였고, 중간 중간 이익 자신의 견해를 부연하였음.	
孔演圖云, 蒼之減也, 麟不榮也, 麟, 木精也. 宋均云, 麟木精生水, 故曰, 陰木氣好土, 土黃木靑, 故麟色靑黃.	木精, 蒼之減也, 麟不榮也. 麟, 木精也. 宋均曰, 麟木精生水, 故曰, 陰木氣好土, 土黃木靑, 故麟色靑黃, 不榮謂見緌也.[孔演圖] 『天中記』_「麟」
재인용:〈孔演圖〉, 宋均 ▷ 『天中記』_「麟」	
據此, 其以爲屬土者, 非矣.	이익의 견해

260. 呑舟魚	堂兄云, 古聞魚有呑舟, 猶未信也. 徙居東海, 見人有禿頭者問之. 曰, 嘗三人共艇入海漁探, 爲鯨魚所呑, 忽黯黑, 不辨天地, 卽揣知爲鯨之腹內也. 以刃揮而斫之, 鯨便吐出, 其一人不知所在, 惟二人得脫而頭觸於魚腹, 爛壞不復髮云. 呑舟之說, 果不誣矣.	이익의 전문

261. 玉斗	史記, 范增撞破玉斗.	亞父受玉斗, 置之地, 拔劍撞而破之. 『史記』_「項羽本紀」 史記, 范增撞破玉斗. 『升菴集』_「唉字音」
	재인용: 『史記』 ▷ 『升菴集』	
	玉斗者, 卽酒器也. 古之飮酒, 多以斗爲言, 盖酒器之大者也.	이익의 견해
	詩大雅行葦所謂酌以大斗, 是也.	酌以大斗. 『詩經』_〈大雅〉_「行葦」
	출전으로 서명과 편명을 모두 제시: 『詩』_〈大雅〉_「行葦」 = 『詩經』_〈大雅〉_「行葦」	

史記張儀傳, 趙襄子約與代王遇, 乃令工人, 作爲金斗, 長其尾, 令可以擊人, 廚人進斟, 因及斗而擊殺之. 斗音注. 凡方者爲斗.	趙襄子, 嘗以其姊爲代王妻, 欲並代, 約與代王遇於句注之塞, 乃令工人, 作爲金斗, 長其尾, 令可以擊人. 與代王飮, 陰告廚人曰, 卽酒酣樂, 進熱啜, 反斗以擊之. 於是, 酒酣樂, 進熱啜, 廚人進斟, 因反斗以擊代王, 殺之, 王腦塗地. [斗音主, 凡方者爲斗.] 『史記索隱』_「張儀列傳」_唐 司馬貞 撰.
『史記』_「張儀傳」=『史記索隱』 *『사기』의 본문과 주석이 뒤섞였음.	
公羊傳云, 晉靈公, 以斗擊膳夫殺之, 亦恐指此也.	公怒以斗擊而殺之. 『春秋公羊傳注疏』_〈宣公〉
〈公羊傳〉=『春秋公羊傳注疏』	
或曰, 孝經援神契云, 后儽任威, 折其玉斗, 失其金椎. 註, 后, 桀也. 儽, 苟且自奉也. 玉斗者, 渾儀也. 金椎者, 渾儀之重寶也.	金椎. 孝經援神契云, 后儽任威, 折其玉斗, 失其金椎. 注. 后, 桀也. 儽, 苟且自奉也. 玉斗者, 渾儀. 金椎, 言國之寶. 『天中記』_「三代」
재인용: 『孝經援神契』 ▷ 『天中記』 *『孝經援神契』: 한나라 때 『孝經』에 대해 쓴 일종의 緯書.	
盖斗或作升, 渾儀之具也.	이익의 견해
王勃夫子廟碑序云, 珠衡·玉斗, 徵象緯於天經, 是也.	珠衡·玉斗, 徵象緯於天經. 王勃의 「益州夫子廟碑」(『王子安集』)
출전으로 서명과 편명을 모두 제시: 王勃 「夫子廟碑序」=王勃의 「益州夫子廟碑」	
按王蕃渾天說云, 渾儀, 羲和舊器, 歷代相傳, 謂之璇璣. 遭周秦之亂, 器物斷毀, 渾儀嘗在候臺, 是以不廢.	王蕃渾天說, 渾儀, 羲和舊器, 歷代相傳, 謂之璇璣. 遭周秦之亂, 器物斷毀, 渾儀常在候臺, 是以不廢. 『格致鏡原』_〈乾象類〉_「渾天儀」
재인용: 「王蕃渾天說」 ▷ 『格致鏡原』	
或者, 沛公先入, 得此以爲賄耶, 此一說也.	이익의 전문
262. 寶石 物之寶貴, 莫如金珠之類. 然尤有重於此者.	이익의 견해

皇明仁宗始立, 下詔, 如下西洋寶船 雲南, 取寶石諸務, 悉皆停罷.	*관련기사 楊士奇草詔, 如下西洋寶船, 雲南取寶石, 交趾採金珠, 撒馬兒等處取馬, 竝採辦燒鑄, 進供諸務, 悉皆停罷. 『明史紀事本末』_〈仁宣致治〉_清 谷應泰(1620~1690) 撰.
不知寶石是何物, 而盖物之至貴者也. 劉瑾敗籍, 其家他貨寶不可勝計而寶石止二斗, 可以驗矣.	이익의 견해 *관련기사 籍沒劉瑾貨財, …… 寶石二斗. 『弇山堂別集』_〈史乘考誤七〉_明 王世貞 撰.
五雜俎云, 鞅鞨之地, 産寶石, 中國謂之鞅鞨, 其色殷紅, 大者如栗. 太平廣記, 李章武所得, 狀如槲葉, 紺碧而冷. 今中國賈肆中者, 皆如瓦礫耳.	鞅鞨, 本蠻夷國名. 其地産寶石, 中國謂之鞅鞨, 其色殷紅, 大者如栗. 太平廣記, 載李章武所得, 狀如槲葉, 紺碧而冷, 今中國賈肆中者, 皆如瓦礫耳. 『五雜俎』_〈物部〉
『五雜俎』 = 『五雜俎』	

263. 角端	元世祖滅回回國, 其主走死. 元主遂進次于印度國, 侍衛見一獸, 鹿形馬尾, 綠色而獨角, 能爲人言, 謂之曰, 汝主, 宜早還. 元主怪之, 以問耶律楚材, 楚材對曰, 此獸名角端, 日行一萬八千里, 解四夷語, 是惡殺之象. 今大軍征西, 已四年, 盖上天惡殺, 遣之以告陛下, 願承天心, 宥此數國人命, 實陛下無疆之福. 元主卽日班師, 大畧忻都而還.	十五年壬午. …… 蒙古太祖皇帝, 滅回回國, 其王走死. [太祖皇帝征回回國, 其王委國而去. 太祖皇帝, 命蘇布特逐之. 及于輝里河, 敗之. 回回王夜遁. 蘇布特將萬騎, 由不罕川追襲, 回回王逃, 匿海嶼. 蘇布特分兵, 守其要害, 回回王進退失據, 不旬日而庚死. 太祖皇帝遂進, 次于印度國鐵門關. 衛見一獸, 鹿形馬尾, 綠色而獨角, 能爲人言, 謂之曰, 汝軍宜早回. 太祖皇帝怪之, 以問耶律楚材. 楚材對曰, 此獸名角端, 日行一萬八千里, 解四夷語, 是惡殺之象, 今大軍征西, 已四年, 盖上天惡殺, 遣之以告. 陛下願承天心, 宥此數國人命, 實陛下無疆之福, 太祖皇帝, 卽日班師.] 『通鑑續編』_元 陳桱 撰.
	출전 명기 없이 인용 ► 『通鑑續編』	
	沈約宋書云, 天鹿, 純靈之獸, 五色光輝洞明. 角端, 日行萬八千里. 又曉四夷之語.	天鹿者, 純靈之獸也, 五色光耀洞明, 王者道備則至, 角端者, 日行萬八千里, 又曉四夷之語

263. 角端		『宋書』_〈志〉_「符瑞 下」_梁 沈約 撰. 沈約宋書, 天鹿, 純靈之獸, 五色光耀洞明, 角端, 日行萬八千里, 又曉四夷之語. 『弇州四部稿』_〈宛委餘編〉
	재인용: 沈約 『宋書』 ▷ 『弇州四部稿』	
	楚材之言, 盖祖此而亦未見有能言之說也.	이익의 견해
	王元美以爲天鹿・辟邪而不稱角端.	이익의 견해
	楊用修謂一角爲天鹿, 兩角爲辟邪, 亦不稱角端也.	一角爲天鹿, 兩角爲辟邪. 『升菴集』_「天鹿辟邪」_明 楊愼 撰.
	출전으로 저자명을 서명 대신 제시: 楊用修 ►『升菴集』	
	續漢書云, 鮮卑禽獸, 異於中國者, 有野馬・羱羊・角端牛, 角爲弓, 俗謂之角端弓.	禽獸, 異於中國者, 野馬・原羊・角端牛, 以角爲弓, 世謂之角端弓也. 『後漢書』_「鮮卑列傳」 續漢書曰, 鮮卑, 亦東胡之支也. 禽獸, 異於中國者, 有野馬・羱羊・角端牛, 以角爲弓, 世謂之角端弓者也. 『太平御覽』_〈兵部〉_「弓」
	재인용: 『續漢書』 ▷ 『太平御覽』	
	說文云, 角端獸, 狀似豕, 角爲弓, 出胡休文國.	說文曰, 角端獸, 狀似豕, 角善爲弓, 出胡休夕國. 『淵鑑類函』_〈武功部〉_「弓」 『藝文類聚』_〈軍器部〉_「弓」
	재인용: 『說文』 ▷ 『淵鑑類函』 혹은 『藝文類聚』	
	郭璞註・相如賦, 似猪, 角在鼻上, 堪作弓. 說文合, 李陵遺蘇武角端弓十張, 是也.	獸則麒麟角䗃. [郭璞曰, 角䗃音端, 似猪, 角在鼻上, 堪作弓. 李陵嘗以此弓十張遺蘇武也.] 『史記』_「司馬相如列傳」 按漢書司馬相如上林賦曰, 其獸則麒麟, 角端, 張楫曰, 角端, 似牛, 其角, 可以爲弓. 郭璞曰, 角端, 似猪, 角在鼻上, 可作弓, 李陵嘗以此弓十張遺蘇武. 師古曰, 郭說, 是也. 史記作䗃, 漢

	書文選皆作端, 然則角端, 乃北中一獸也. 『弇州四部稿』_〈宛委餘編〉
재인용 및 나누기: 郭璞 註, 相如 賦 ▷ 『弇州四部稿』_〈宛委餘編〉	
此分明與元祖所遇者, 異物, 而古今博雅者, 多不能辨.	이익의 견해
*古今 博雅者에게 분변의 지식으로 제공한다는 저술 목적 제시	
盖宋書天鹿有洞明角端之語, 故楚材引以爲名也. 若然則如麒麟一角, 角端有肉之類, 亦可通謂之角端也. 不然, 角端之稱, 古無也. 楚材雖智, 何從而知其名也.	이익의 견해
說文云, 麟, 麕身牛尾肉角.	仁獸也. 麕身牛尾一角. 『說文解字』_「麒」 說文曰, 麒麟仁獸也, 麕身牛尾肉角. 『初學記』_〈獸部〉_唐 徐堅 撰
재인용: 『說文』 ▷ 『初學記』	
宋均云, 麟木精, 木氣好土, 土黃木靑, 麟色靑黃.	木精, 蒼之減也, 麟不榮也. 麟, 木精也, 宋均曰, 麟木精生水, 故曰, 陰木氣好土, 土黃木靑, 故麟色靑黃, 不榮謂見絖也.[孔演圖] 『天中記』_「麟」_明 陳耀文 撰.
재인용: 宋均 ▷ 『天中記』	
靑黃者, 卽綠色而麕亦鹿之類, 又一角則元主所遇, 當是麟之疇匹而産於西國者也.	이익의 견해
盖麒麟, 皆從鹿則是鹿之類, 而麕身形, 固無別於一角天鹿矣. 其能言則又甚奇異. 然以猩猩·鸚鵡·鸜鵒之推理, 或有之. 楚材, 特因以諷其主, 未必是天使告語也.	이익의 견해
余謂麒麟鳳凰之類, 皆絶域恒有之禽獸, 而時或至於中國. 若非恒有者, 又安得以或至於此哉. 若在彼地而觀之, 則不過如今之鷄鹿而已. 鳳只是鷄之別種, 麟只是鹿之別種, 今山中之物, 有時乎或至於郊野, 何以異是.	이익의 견해

264. 雪馬	我國北邊, 冬獵用雪馬, 待峽雪厚積, 經一二日後, 用木爲馬, 兩頭昂, 以油塗其底, 人乘之, 從高走下, 其疾如飛, 熊虎之屬, 遇之, 輒刺獲之, 盖器之捷利者.	이익의 견해
	우리나라의 관련 내용	
	按文獻通考, 北庭有拔悉彌國多雪, 恒以木爲馬, 雪上逐鹿, 其狀似楯而頭高, 其下以馬皮, 順毛衣之, 令毛着雪而滑如, 著屨縛之足下, 若下阪, 走過奔鹿. 若平地履雪, 卽以杖刺地而走如船焉, 上阪卽手持而登.	拔悉彌, 一名弊刺國, 隋時聞焉. 在北庭北海南, 結骨東南, 依山散居, 去燉煌九千餘里. 有渠帥, 無王號. 戶二千餘. 其人雄健, 皆獵射. 國多雪, 恒以木爲馬, 雪上逐鹿. 其狀似楯而頭高, 其下以馬皮, 順毛衣之, 令毛著雪而滑如, 著屨屨縛之足下, 若下阪, 走過奔鹿, 若平地履雪, 卽以杖刺地而走如船焉, 上阪卽手持之而登. 『文獻通考』_「拔悉彌」
	『文獻通考』=『文獻通考』	
	盖我國雪馬者, 是也. 順毛不如塗油耳.	이익의 견해
	우리나라의 관련 내용	
265. 薔薇露	柳子厚, 得昌黎文, 以薔薇露, 浣手然後讀,	柳宗元, 得韓愈所寄詩, 先以薔薇露灌手, 薰玉蕤香後, 發讀曰, 大雅之文, 正當如是. 『香乘』_〈香事別錄〉_「玉蕤香」明 周嘉冑 撰.
	출전 명기 없이 인용 ▷ 『香乘』	
	不知薔薇露爲何物.	이익의 견해
	五代時, 蕃使滿阿散, 獻薔薇露五十瓶.	五代時, 番將蒲訶散, 以薔薇露五十瓶效貢. 厥後罕有至者. 今則採茉莉花, 蒸取其液, 以代之. 『香乘』_〈香品〉_「貢薔薇露」
	출전 명기 없이 인용 ▷ 『香乘』	
	則子厚所浣, 當是此物.	이익의 견해
	呂氏春秋云, 水之美者, 有三危之露.	水之美者, 三危之露. 『呂氏春秋』_〈孝行覽〉_「本味」 呂氏春秋曰, 伊尹說湯曰, 水之美者, 有三危之露.

		『太平御覽』_〈天部〉_「露」 등 다수 문헌
	재인용: 『呂氏春秋』 ▷ 『太平御覽』 등	
	山谷詩所謂, 蘭香滋九畹, 露味挹三危, 是也.	蘭芳深九畹, 露味挹三危. 黃庭堅의 「次韻答黃與迪」(『山谷集』)
	출처로 작가 이름을 제시: 山谷詩 = 黃庭堅의 「次韻答黃與迪」	
	盖亦薔薇露之類.	이익의 견해
266. 犧尊	犧象者, ④王註禮器云, 爲犧牛及象之形, 鑿其背, 以爲尊, 故謂之犧尊也. 周禮, 司尊彝, 作犧尊. ①鄭康成明堂註, 犧尊以沙羽爲畫飾, 象骨飾之, 鬱邑之器也. ②孔疏引鄭志云, 張逸問曰, 明堂註, 犧尊以莎羽爲畫飾前, 問曰, 犧讀如沙, 沙鳳凰也. 不解鳳凰何以爲沙. 答曰, 刻畫鳳凰之象於尊, 其形婆娑, 然或有作獻字者, 齊人聲誤耳. 然則犧當讀爲沙, 卽鳳凰之象而謂之犧尊, 其或稱獻者, 亦同義. ③又鄭司農註, 司尊彝云, 獻讀爲犧尊, 其飾以翡翠, 象尊以象鳳凰. 或曰, 以象骨飾尊也.	季夏六月, 以禘禮祀周公於大廟. 牲用白牡, 尊用犧象山罍. ①注. 犧尊以沙羽爲畫飾, 象骨飾之, 鬱邑之器也. 疏. ②鄭志張逸問曰, 明堂注, 犧尊以莎羽爲畫飾前, 問曰, 犧讀如沙, 沙鳳凰也. 不解鳳凰何以爲沙. 答曰, 刻畫鳳凰之象於尊, 其形婆娑. 然或有作獻字者, 齊人之聲誤耳. ③又鄭注, 司尊彝云, 山罍亦刻而畫之爲山雲之形, 鄭司農注, 周禮司尊彝云, 獻讀爲犧尊, 其飾以翡翠, 象尊以象鳳凰. 或曰, 以象骨飾尊. ④王注禮器云, 爲犧牛及象之形, 鑿其背, 以爲尊, 故謂之犧象. 『禮記注疏』_〈明堂位〉
	출전으로 주석가 이름을 제시: 王註禮器, 鄭康成 〈明堂位〉 註, 孔疏引鄭志, 鄭司農註 = 『禮記注疏』_〈明堂位〉 『禮記注疏』_〈明堂位〉에서 인용하되, 순서를 ④, ①, ②, ③으로 재배열함.	
	此又一說也.	이익의 견해
	又明堂位, 獻豆. 註云, 獻疏刻之. 正義云, 獻音娑, 娑是希疏之義, 故爲疏刻之.	夏后氏以楬豆, 殷玉豆, 周獻豆. 注. 獻, 疏刻之, 齊人謂無髮爲禿楬. …… 疏. 注正義曰, 獻音娑, 娑是希疏之義, 故爲疏刻之. 『禮記注疏』_〈明堂位〉
	출전으로 편명을 서명 대신 제시: 〈明堂位〉 = 『禮記注疏』_〈明堂位〉	
	此又一說也.	이익의 견해
	今時用犧牛形者, 旣與娑娑之義背馳, 則只當讀爲犧牛之犧而已.	이익의 견해

267. 聖檜 始末	宋米芾聖檜贊曰, 煒東皇養白日, 御元氣昭道一, 動化機此檜植, 矯龍性挺雄質, 二千年敵金石, 糺治亂如一夕, 百代下蔭圭璧.	煒東皇養白日, 御元氣昭道一, 動化機此檜植, 矯龍怪挺雄質, 二千年敵金石, 紀治亂如一夕, 百代下蔭圭璧. 『山東通志』_〈藝文志〉_「聖檜贊 宋 米芾」_明 陸鈫 撰.
	재인용: 宋 米芾「聖檜贊」 ► 『山東通志』	
	元張翬有聖檜銘, 元李傑有弔聖檜辭.	*관련기사 『山東通志』_〈藝文志〉_「聖檜銘 元 張翬」 『闕里誌』_「弔手植檜辭」
	按闕里誌, 枯檜兩株, 在贊德殿前. 高六丈餘, 圍一丈四尺, 其文, 左者左紐, 右者右紐. 一株在杏壇東南隅, 高五丈餘, 圍一丈三尺, 其枝盤屈如龍形, 世謂之再生檜. 晉永嘉三年枯死, 隋義寧元年復生. 金貞祐甲戌, 北虜犯祖廟, 焚及三檜. 適四十九世孫廟學正塘泊族人, 避兵于廟, 俄有五色雲, 覆其上, 雲中羣鶴翔鳴, 良久而散, 幸收灰燼之餘, 携至闕下. 至大戊申, 內省知事除開封府李世能, 命工刻, 爲先聖容暨從祀賢像, 召衍聖公元措瞻仰, 因紀其事. 後八十年歲在癸巳, 是爲元世祖至元三十年, 導江張翬來爲教授. 甲午春, 東廡頹址, 甓隙間, 苗焉其芽, 躬徙復於故處, 矢之曰, 此檜日茂, 則孔氏日興. 明年春, 翠色葱然. 又明年丙申, 秩滿去, 喜其言之有徵也, 因識其銘. 據是年, 距我國朝洪武改元, 僅七十五年, 檜之復生, 乃開我中原盛治兆也. 迨弘治己未, 聖廟灾復燬, 至今百餘年, 雖無枝葉而直幹挺然, 狀如銅鐵, 皮生苔蘚, 生意隱然, 不見朽腐, 他日復榮, 諒可必也. 夫玆事極異, 故乃合之, 爲聖檜始末.	先聖手植檜三株, 兩株在贊德殿前. 高六丈餘, 圍一丈四尺, 其文左者左紐, 右者右紐. 一株在杏壇東南隅, 高五丈餘, 圍一丈三尺, 其枝蟠屈如龍形, 世謂之再生檜. 至晉永嘉三年枯死, 隋義寧元年復生. 唐乾封二年又枯死, 宋康定元年復生. 金貞祐甲戌春正月, 北寇犯曲阜, 焚祖廟廷及三檜, 幸收□□之餘, 携至□下. 無復孑遺. 元至元甲午春, 東廡頹址, 甓隙間, 苗焉其芽. 時張須爲三字學教諭, 取而植之故所, 漸矯如龍形, 高一丈, 圍四尺. 迨宏治己未, 聖廟災復燬, 至今百餘年間, 雖無枝葉, 而直幹堅撻, 深根盤固, 皮生苔蘚, 生意隱然, 不見朽腐. 正大甲申, 內省知事除開封府李世能, 命工刻, 爲先聖容暨從祀賢像, 召衍聖孔元措瞻仰, 因述其事. 『闕里誌』_「廟中古跡」_明 朝陳鎬 撰.
	『闕里誌』=『闕里誌』 『闕里誌』를 인용하되, 자신의 견해를 중간 중간에 삽입함.	
268. 龍生 九子	龍生九子, 不成龍, 各有所好. 弘治中, 有閣臣, 引羅玘·劉績之言云, 一日贔屭, 形似龜, 好負重, 今石碑下砆, 是也.	俗傳龍生九子, 不成龍, 各有所好. 弘治中, 孝廟御書小帖, 以問內閣李文正, 公具疏以對, 據圭峰羅玘·蘆泉劉

二曰螭吻, 形似獸, 性好望, 今屋上獸頭, 是也. 三曰蒲牢, 形似龍而小, 性好吼, 今鍾上紐, 是也. 四曰狴犴, 形似虎, 有威力, 故立于獄門. 五曰饕餮, 好飮食, 故立于鼎盖. 六曰蚨蝮, 性好水, 故立于橋柱. 七曰睚眦, 性好殺, 故立于刀環. 八曰金猊, 形似獅, 性好烟火, 故立于香爐. 九曰椒圖, 形似螺蚌, 性好閉, 故立于門鋪首.	績之言, 承上問而不蔽下臣之美, 賢相之盛節也. 文正嘗爲愼言, 今影響記之錄於此. 一曰贔屭, 形似龜, 好負重, 今石碑下龜趺, 是也. 二曰螭吻, 形似獸, 性好望, 今屋上獸頭, 是也. 三曰蒲牢, 形似龍而小, 性好叫吼, 今鐘上紐, 是也. 四曰狴犴, 形似虎, 有威力, 故立於獄門. 五曰饕餮, 好飮食, 故立於鼎盖. 六曰蚨蝮, 性好水, 故立於橋柱. 七曰睚眦, 性好殺, 故立於刀環. 八曰金猊, 形似獅, 性好烟, 故立於香爐. 九曰椒圖, 形似螺蚌, 性好閉, 故立於門鋪首. 『升菴集』_「龍生九子」

출전 명기 없이 인용 ▷ 『升菴集』

贔屭, 大龜蟕蠵之屬. 吳都賦, 巨靈贔屭, 首冠靈山.	左思吳都賦, 巨靈贔屭, 註, 大龜蟕蠵之屬. 『陳檢討四六』_淸 陳維崧(1625~1682) 撰.　　　　　　　　　　　　　　　巨鼇贔屭, 冠靈山, 大鵬繽翻, 翼若垂天. 『文選』_〈京都〉_「吳都賦」

後人謂鼇戴三山, 盖以好負重而云也.

或云, 龜鼇, 雖同水族介虫, 而鼇爲海中大鱉, 與靈龜別. 螭吻, 蚩尾也. 或謂鴟吻.	龜鼇雖同, 水族介蟲, 鼇爲海中大鱉, 與靈龜別. 『正字通』_「贔」　　　　　　　　　　　　　蚩尾, 或作鴟尾, 祠尾, 鴟吻. 『通雅』_「宮室」

출전 명기 없이 인용 ▷ 『正字通』+『通雅』

蘇氏演義云, 蚩, 海獸也. 漢武作栢梁, 有蚩尾, 水之精也, 能却火災, 因置其象於上, 今謂之鴟尾, 非也. 倦遊錄云, 漢以宮殿多灾, 術者言, 天上有魚尾, 宜爲其象, 冠於屋以禳之. 唐以來, 寺觀殿宇, 尙有爲飛魚形, 尾指上者, 不知何時易名曰鴟尾, 狀亦不類魚形. 或云, 東海	蚩, 海獸也. 漢武作柏梁殿, 有蚩尾, 水之精也, 能却火災. 因置其象於上, 今謂之鴟尾, 非也.[蘇氏演義] 『古今事文類聚別集』_「蚩尾」　　　　　　漢以宮殿多災, 術者言, 天上有魚尾星, 宜爲其象, 冠於屋以禳之. 唐以來,

268. 龍生 九子	有魚虬, 尾似鴟, 噴浪卽降雨. 唐以來, 遂設象於屋脊.	寺觀殿宇, 尙有爲飛魚形, 尾指上者, 不知何時易名曰鴟尾, 狀亦不類魚尾. [張師壬倦游錄] 東海有魚虬, 尾似鴟, 噴浪卽降雨, 唐以來, 遂設像於屋脊.[晏類要] 『古今事文類聚別集』_「鴟尾」 *漢以宮殿多災, 術者言, 天上有魚號鴟星, 宜爲其像, 冠於屋以禳之. 唐以來, 寺觀殿宇, 尙有爲魚形, 尾指上者, 不知何時. 易名鴟吻, 狀亦不類魚尾. 見張師政倦遊雜錄. 『蘇氏演義』
	재인용 및 나누기: 『蘇氏演義』, 『倦遊錄』, 或者 ▷『古今事文類聚別集』	
	諸說不同而獸形魚形, 盖因俗變遷, 爲說者, 亦隨其形, 異其解耳.	이익의 견해
	蒲牢, 按西京賦, 發鯨魚鏗華鍾. 李善云, 海畔有獸, 名蒲牢, 性畏鯨. 每食海畔. 鯨躍之, 蒲牢則鳴, 聲如鍾, 今人多鑄蒲牢之形於鍾上, 斲橦爲鯨魚形而擊之.	蒲牢. 李善注, 東都賦曰, 海畔有獸, 名蒲牢, 性畏鯨, 每食於海畔, 鯨輕躍, 擊之蒲牢則鳴, 聲如鐘, 今人多鑄蒲牢之形於鐘上, 斲撞作鯨形以擊鐘. 『太平御覽』_〈獸部〉_「雜獸」
	출전 명기 없이 인용 ▷『太平御覽』	
	薛綜云, 鯨魚一擊, 蒲牢輒大鳴吼者, 亦此也.	薛綜注曰 …… 鯨魚一擊, 蒲牢輒大鳴呼. 『太平御覽』_〈樂部〉_「鐘」
	제시된 '薛綜'은 출전으로서의 기능이 미약함. 薛綜 ▶『太平御覽』	
	狴犴, 按字書, 犬也. 黑喙善守, 故謂獄爲犴.	犴, 胡犬也, 似狐而小, 黑喙善守. 『埤雅』_〈釋獸〉_「犴」
	又云, 犴與豻同, 野犬, 似狐, 黑身長七尺, 頭生一角, 老則有鱗, 能食虎豹, 獵人畏之.	豻 …… 胡犬, 似狐而黑身, 長七尺, 頭生一角, 老則有鱗, 能食虎豹, 獵人畏之. 『正字通』
	출전으로 범칭을 서명 대신 제시: 字書 ▷『正字通』	
	周禮, 士射犴侯, 犴善守. 士以能守爲善, 故犴侯也. 獄門之立者, 當指此類矣.	이익의 견해

詩曰, 宜犴宜獄. 韓詩外傳云, 鄉亭之獄曰犴, 朝廷曰獄.	詩曰, 宜犴宜獄. 韓詩外傳曰, 鄉亭之繫曰犴, 朝廷曰獄, 則其事也. 『淵鑑類函』_〈政術部〉_「獄」
재인용 및 나누기: 『詩』, 『韓詩外傳』 ▷ 『淵鑑類函』	
饕餮, 呂氏春秋云, 周鼎饕餮, 有首無身, 食人未咽, 害及其身, 盖戒人之貪于飲食也.	周鼎著饕餮, 有首無身, 食人未咽, 害及其身, 以言報更也. 『呂氏春秋』__〈先職覽〉_「先職」_漢 高誘 注. 呂氏春秋云, 周鼎饕餮, 有首無身, 食人未咽, 害及其身, 此蓋周器也, 古器多爲饕餮蚩尤者, 深戒於貪暴也. 『墨莊漫録』_宋 張邦基 撰.
재인용: 『呂氏春秋』 ▷ 『墨莊漫錄』	
周禮, 簠簋上作龜, 盖龜能不食, 故戒人之貪. 所謂簠簋不飾者, 謂其不戒也.	*관련기사 又龜有靈德, 伏匿而噎, 善潜而不志於養, 故古者, 簠簋皆爲龜形於其上, 而大臣貪墨坐廢者, 曰簠簋不飭也. 『淵鑑類函』_〈鱗介〉_「龜」
古人, 於器皿, 每以貪食爲戒, 與此相類.	이익의 견해
蚣蝮, 未詳.	이익의 견해
金猊, 獅之別種.	金猊, 形似獅, 性好烟, 故立於香爐. 『升菴集』_「龍生九子」 등 다수 문헌.
睚眦, 未詳.	이익의 견해
椒圖, ③後漢書禮儀志, 殷以水德王, 故以螺著門戶. ②尸子云, 法螺蚌而閉戶. ①古詞曲所謂, 門迎駟馬車, 戶列八椒圖, 卽此物也.	①詞曲, 門迎駟馬車, 戶列八椒圖…… ②又按尸子云, 法螺蚌而閉戶. ③後漢書禮儀志, 殷以水德王, 故以螺著門戶 『升菴集』_「椒圖」
재인용 및 나누기: 『後漢書』_〈禮儀志〉, 『尸子』, 古詞曲 ▷ 『升菴集』	
鋪首者, 楊愼云, 鋪, 器名, 有公劉鋪, 有天君養鋪, 形如簠, 但簠方而鋪圓. 漢有門鋪首, 正象其形, 乃鋪陳之義. 又云, 宮門銅環, 所謂金鋪也. 或以革索, 或以螺蚌, 或以金銅, 各隨其所王之德, 今俗歲節, 以革索懸門, 亦古意也.	鋪, 亦古器名. 有公劉鋪, 有天君養鋪, 形亦如簠, 但簠方而鋪圓耳. 漢門有鋪首, 正象其形, 乃鋪陳之義. 又按, 鋪字從金, 宮門銅鐶, 所謂金鋪也. 其制不始於漢. 三代以來有之. 或以革索, 或以螺蚌, 或以金銅, 各隨其所王之德, 今俗歲節, 以革索懸門, 亦古意也. 『升菴集』_「簠簋豆鋪」

	출전으로 찬자의 이름을 서명 대신 제시: 楊愼 =『升菴集』	
	謝肇淛云, 龍生九子, 蒲牢好鳴, 囚牛好音, 蚩吻好吞, 嘲風好險, 睚眦好殺, 贔屭好文, 狴犴好訟, 狻猊好坐, 霸下好負重.	龍生九子, 蒲牢好鳴, 囚牛好音, 蚩吻好吞, 嘲風好險, 睚眵好殺, 贔屭好文, 狴犴好訟, 狻猊好坐, 霸下好負重. 『五雜組』
	출전으로 찬자의 이름을 서명 대신 제시: 謝肇淛 =『五雜組』	
	又博物志, 憲章好囚, 饕餮好水, 蟋蟀好腥, 蠻蛇好風雨, 螭虎好文采, 金猊好烟, 椒圖好閉口, 蚰蜒好立險, 鰲魚好火, 金吾不睡, 亦皆龍種.	憲章, 其形似獸, 有威, 性好囚, 故立於獄門上. 饕餮, 性好水, 故立橋頭. 蟋蟀, 形似獸鬼頭, 性好腥, 故用於刀柄上. 蠻蛇, 其形似龍, 性好風雨, 故用於殿脊上. 螭虎, 其形似龍, 性好文彩, 故立於碑文上. 金猊, 其形似獅, 性好火烟, 故立於香爐盖上. 椒圖, 其形似螺蠣, 性好閉口, 故立於門上. 今呼鼓丁, 非也. 蚰蜒, 其形似龍而小, 性好立險, 故立於護朽上. 鰲魚, 其形似龍, 好吞火, 故立於屋脊上. 金吾, 其形似美首, 魚尾有兩翼, 其性通靈不睡, 故用巡警出. 山海經**博物志**, 右嘗過倪村民家, 見其雜錄中有此, 因錄之, 以備叅考. 『菽園雜記』 明 陸容 撰.
	재인용:『博物志』 ▷『菽園雜記』.『菽園雜記』에서 원출전을『山海經』,『博物志』라고 명기한 것을 전재한 듯함.	
	盖龍性淫, 無所不交, 故種獨多耳.	이익의 견해
	又添於九種之外, 而錯互不一, 彼亦何所考而云. 然不過臆記强說, 誇多而鬪靡耳, 何可——符合.	이익의 견해
269. 雅舂	史記, 楚王戊, 以申公·白生, 胥靡之, 衣之赭衣, 雅舂於市, 註云, 高肮擧杵, 正身而舂之也.	戊因坐削地事, 遂與吳通謀, 申公·白生諫戊, 戊胥靡之, 衣之赭衣, 使雅舂於市. [晉灼曰, 高肮擧杵, 正身而舂之.] 『資治通鑑』_〈漢紀〉
	『史記』 ▶『資治通鑑』	
	按周禮春官, 笙師, 春牘·應·雅, 註云, 牘·應·雅, 教其舂者, 謂以築地, 笙師教之, 賓醉而出, 以此三器, 築地, 爲之行節.	笙師, 掌教龡竽·笙·塤·篪·簅·管, 春牘·應·雅, 以教祴樂. 注. 牘應雅, 教其舂者, 謂以築地, 笙師教之, 則三器在庭, 可知矣, 賓醉而出, 奏祴夏, 以此三器築地, 爲之行節.

		『周禮注疏』_〈春官〉
	『周禮』〈春官〉=『周禮注疏』_〈春官〉	
	盖三者, 皆樂器名.	이익의 견해
	或疑戌以兩人爲樂師, 而樂師中, 築地爲行節於道路者, 尤其賤役, 故辱之耶.	이익의 견해
	雅狀如漆桶, 而弇口, 有兩紐, 舞工所執, 所以節舞也. 見樂書.	雅者 …… 狀如漆桶, 而弇口, 大二圍, 長五尺六寸, 以羊韋鞔之, 旁有兩紐. 疏. 畫武舞, 工人所執, 所以節舞也. 『樂書』_〈樂圖論〉「舞器」宋 陳暘 撰.
	명확한 형식의 출전 제시: '見樂書', 『樂書』=『樂書』	
270. 环玦	家禮, 卜日, 用环玦.	家禮, 前旬, 詣祠堂, 以玦环卜日. 『淵鑑類函』_〈歲時部〉
	재인용: 『家禮』 ▷ 『淵鑑類函』	
	退溪答鄭寒岡, 以爲不知是何物.	所謂环玦, 卽今之何物, 若仲月有故, 則季月當不祭否. 家禮卜日註, 溫公及朱子說已明, 不必更求異, 況環玦今不知爲何物, 以意造作而用, 反涉不虔乎. 過時不祭, 禮經之文. 『退溪集』_「答鄭子中別紙」
	조선의 문헌 언급: 『退溪集』	
	今據宋魏仲先竹玦环詩云, 誰製破筠根, 還同一氣分. 吉凶終在我, 翻覆謾勞君. 酒欲祈先酹, 香因擲更焚. 吾嘗學丘禱, 嬾把祝云云.	誰製破筠根, 還同一氣分. 吉凶終在我, 翻覆謾勞君. 酒欲祈先酹, 香因擲更聞. 吾嘗學丘禱, 嬾把祝云云. 『瀛奎律髓』_「竹玦环」_元 方回 編
	출전 명기 없이 인용 ▷ 『瀛奎律髓』	
	詳此詩, 可以得其槩矣.	이익의 견해
	四聲通解云, 环, 卜具. 玦, 竹环, 判竹根爲之.	环玦, 卜具. 『四聲通解』_〈一〉 玦, 竹环, 玦判竹根爲卜之具. 『四聲通解』_〈二〉
	조선의 문헌 인용: 『四聲通攷』 *『四聲通攷』: 조선 중종 12년에 崔世珍이 『四聲通攷』를 증보한 운서	
	字書云, 字之從玉, 寶重之也.	字書
	盖判爲二, 擲之, 以一俯一仰爲吉也.	이익의 견해

271. 絲花	國俗, 婚禮用牢, 卓上必揷絲花·鳳剪·綵絲, 雜織爲之.	이익의 견해
	우리나라의 관련 내용	
	按高麗忠烈王六年, 沈諿言, 內宴, 剪金爲花, 蹙絲爲鳳, 窮奢極侈.	又忽赤·鷹坊, 爭設內宴, 剪金作花, 蹙絲爲鳳, 窮奢極侈, 不可形言. 『高麗史』_「沈諿傳」
	출전 명기 없이 인용 ▷ 『高麗史』, 조선의 문헌 인용	
	又恭愍十六年, 幸演福寺, 設文殊會, 絲花·綵鳳, 眩耀人目.	幸演福寺, 大設文殊會. 中佛殿, 結綵帛爲須彌山, 環山燃燭, 大如柱, 高丈餘, 夜明如晝. 絲花·綵鳳, 炫耀人目. 『高麗史節要』_「恭愍王 十六年 三月」_朝鮮 金宗瑞 等 撰.
	출전 명기 없이 인용 ▷ 『高麗史節要』, 조선의 문헌 인용	
	又聞奉使日本還者, 言其國於燕享盛饌, 必以剪綵·絲花, 揷於盤中, 極其奇巧. 意或交隣伴來, 以爲艶慕, 故爲之耶.	이익의 전문 *관련기사 又設絲花彩雲金臺, 一則松樹, 一則桃花, 一則牧丹, 削木爲葉, 翦綵作花, 奇巧逼眞. 『海槎錄』_「崇禎九年丙子」_朝鮮 金世濂 著.
	殆可謂下喬木入於幽谷, 行禮者詳之.	이익의 견해 吾聞出於幽谷, 遷于喬木者, 未聞下喬木而 入於幽谷者. 『孟子』_〈滕文公〉
272. 摺扇墜	謝肇淛云, 聚頭扇, 乃東南外國之俗, 中國古未有也. 自元以前, 只用團扇, 未有摺者. 元初外國使持摺扇, 人共笑之, 漸見成俗, 至遍於天下矣.	元初, 東南夷使者, 持聚頭扇, 人共笑之. 國朝始用摺扇, 出入懷袖殊便. 然漢張敞以便面拊馬, 則又似今之摺扇也. 『五雜組』_〈物部〉
	출전으로 찬자의 이름을 서명 대신 제시: 謝肇淛 ▶ 『五雜組』	
	團扇, 不宜出入懷袖故也. 扇之有墜, 起於宮中, 蓋不時呼喚, 便於掛衣帶間也.	扇之有墜, 唐時未有. 蓋宮人用之便於桂衣帶間. 『古今名扇錄』_「扇墜」
	출전 명기 없이 인용 ▷ 『古今名扇錄』 인용의 정도가 약함.	

宋高宗宴大臣, 見張循王扇, 有玉孩兒墜子, 是也	扇之有墜, 唐前未聞. 宋高宗宴大臣, 見張循王扇, 有玉孩兒, 墜子則當時有之矣. 『五雜俎』_〈物部〉	
출전 명기 없이 인용 ▷ 『五雜俎』		
或用合香, 暑月以避臭穢, 中國流傳之俗, 不過如此.	이익의 견해	
然綱目, 齊高帝元年, 褚淵入朝, 以腰扇障面. 劉祥曰, 羞見面人, 扇障 何益. 註, 胡三省曰, 腰扇, 佩之於腰. 今謂之摺疊扇.	十二月戊戌, 以司空褚淵爲司徒, 淵入朝, 以腰扇障日[腰扇, 佩之於腰. 今謂之摺疊扇], 征虜功曹劉祥從側過曰, 作如此擧止, 羞面見人, 扇障何益. 『資治通鑑』_〈「齊紀〉_宋 司馬光 撰, 胡三省 音註.	
『綱目』, 註, 胡三省 =『資治通鑑』		
若然則摺扇之行於中國, 亦久矣. 但未知腰扇之必爲摺疊耳.	이익의 견해	
東坡云, 高麗白松扇, 展之廣尺餘, 合之只兩指許. 然則北宋已有之矣.	東坡謂, 高麗白松扇, 展之廣尺餘, 合之止兩指許, 正今摺扇, 蓋自北宋, 已有之. 『通雅』_〈器用〉 『格致鏡原』〈燕賞器物類〉_「摺疊扇」	
재인용: 東坡 ▷ 『通雅』 혹은 『格致鏡原』		
我國, 專用摺扇, 而墜子則用爲署套, 空其中, 必藏篆文小印, 爲封緘款識之用, 別有香墜, 亦空其中, 藏刺齒捎篦之類, 必有官者爲之. 至或一扇而有二三墜子者矣.	이익의 견해	
우리나라의 관련 내용		
273. 十八般武藝	十八般武藝者, 一弓·二弩·三鎗·四刀·五劍·六矛·七盾·八斧·九鉞·十戟·十一鞭·十二簡·十三撾·十四殳·十五義·十六把頭·十七綿繩套索·十八曰白打也.	*관련기사 所謂十八般武藝, 一弓·二弩·三鎗·四刀·五劍·六矛·七盾·八斧·九鉞·十戟·十一鞭·十二簡·十三檛·十四殳·十五義·十六把頭·十七綿繩套索·十八曰白打. 『燃藜室記述』-『성호사설』에서 전재하였음.

273. 十八 般武 藝	水滸志, 以矛·鎚·弓·弩·銃·斧·鉞· 戈·戟·鞭·簡·劍·鏈·撾·牌·棒·鎗· 杈, 爲十八般.	那十八般武藝, 矛·鎚·弓·弩·銃·鞭· 簡·劍·鏈·撾·斧·鉞, 幷戈·戟·牌· 棒與鎗·杈. 『李卓吾先生批評忠義水滸傳』
	『水滸志』=『李卓吾先生批評忠義水滸傳』	
	無義·套索·白打, 而添鎚·銃·鏈, 其牌 者盾也, 棒者殳也, 扒者把也, 是或古今 之別也. 簡者, 鐵簡也, 撾本撞擊鍾鈸之 物, 則必大其首如瓜.	이익의 견해
	唐武后曰, 鐵鞭擊之, 不服則鐵撾, 撾其 首, 是也.	妾能制之. 然須三物, 一鐵鞭·二鐵撾 ·三匕首. 鐵鞭擊之, 不服則以撾, 撾 其首. 『通鑑紀事本末』_〈武韋之禍〉_宋 袁樞 撰.
	출전 명기 없이 인용 ▷『通鑑紀事本末』	
	義必有枝如杈也, 把者棒頭橫木, 有齒 無齒, 皆曰筢也.	이익의 견해
	小說, 有挺筢, 無橫而有齒, 亦曰把也.	
	綿繩套索, 飛索綁人之具.	이익의 견해
	史云, 李光弼之父楷洛, 善用絹索. 唐將 張玄遇·麻仁節, 皆爲所絹, 是也.	初契丹將李楷固, 善用絹索, …… 張玄 遇麻仁節, 皆爲所絹. 『資治通鑑』_〈唐紀〉
	출전으로 범칭을 서명 대신 제시: 史 ▷『資治通鑑』	
	白打, 徒手相搏也, 俗謂之拳法. 鎚卽流 星鎚之類, 投以中人.	이익의 견해
	史云, 蕭摩訶, 擲銑鋧, 中西域胡額應手 而仆, 是也. 銑鋧, 小鑿也, 亦鎚之類也.	摩訶, 遙擲銑鋧, 正中其額, 應手而仆. [銑鋧, 小鑿也.] 『資治通鑑』_〈陳紀〉
	출전으로 범칭을 서명 대신 제시: 史 ▷『資治通鑑』	
	鏈, 三才圖會, 短柄·鐵鏈·骨朶之類. 鐵鏈·夾棒者, 狀如農家打麥連枷.	『三才圖會』
	我國俗名回鞭, 鐵耞鞭之有四稜者, 古 無. 夾棒, 今軍中要用, 莫過於此, 在鎗 劍之上.	이익의 견해

	우리나라의 관련 내용	
	昔爾朱榮與葛榮戰, 只制梃取勝. 梃猶如此, 況夾棒乎.	이익의 견해
	聞, 北路蒐獵, 亦但用此器, 飛走莫逃云.	이익의 전문
	三國時, 吳將賀齊, 以白棓擊賊, 棓亦殳之類也.	이익의 견해
		*관련기사 吳志曰, 賀齊討山賊, 中有善禁者. 每當交戰, 官軍刀劍, 皆不得, 拔弓弩射矢, 皆還自向, 輒致不利. 齊長惰有思, 乃曰, 吾聞, 金有刃者可禁, 蟲有毒者可禁, 其無刃毒則不可禁. 彼必能禁吾兵也, 必不能禁無刃物矣. 乃多作勁木白棓, 選有力精卒五千人爲先, 登盡捉棓, 彼山賊, 恃其善禁, 不嚴備. 於是, 官軍以白棓擊之, 彼禁不復行. 擊殺者萬計. 『太平御覽』_〈方術部〉
274. 象戲	圍碁之類, 有象碁彈碁, 象碁或謂象戲. 我國謂之將碁.	이익의 견해
	우리나라의 관련 내용	
	程明道象戲詩云, 大都博奕皆戲劇, 象戲翻能學用兵. 車馬尙存周戰法, 偏裨皆備漢官名. 中軍八面將軍坐, 河外尖斜步卒輕. 却憑紋楸聊自笑, 雄如劉項亦閑爭.	『二程子抄釋』_「象戲」 등 다수 문헌
	可以想其制矣. 彈碁, 無所考. 我國有所謂攻碁者, 意者, 其遺也.	이익의 견해
	우리나라의 관련 이야기	
	古之彈碁, 其制, 方二尺有四寸, 其中央高者, 獨圓耳.	盖其製, 方二尺有四寸, 其中央高者, 獨圓耳. 『玉芝堂談薈』_「彈棋」
	출전 명기 없이 인용 ▷ 『玉芝堂談薈』	
	閩中婦人女子, 有彈子之戲, 以圓碁子五, 隨手撒几上, 敵者用意, 去其二而留三, 所留必隔遠, 或相黏一處者. 然後彈之, 必越中子而擊中之, 中子不動則勝矣.	이익의 견해

	此卽彈碁餘法, 而我國所謂攻碁者類, 是亦爲婦人兒童之戲.	이익의 견해
	우리나라의 관련 내용	
	惟魏文帝客, 所以葛巾拂之而無不中者, 是也.	彈碁, 始自魏宮內, 用妝奩戲. 文帝於此戲特妙. 用手巾角, 拂之, 無不中. 有客自云能. 帝使爲之, 客箸葛巾角, 低頭拂碁, 妙踰於帝. 『世說新語』_〈巧藝〉
	출전 명기 없이 인용 ▷ 『世說新語』	
	所謂方二尺四寸者, 恐是指其几而言.	이익의 견해
275. 蛛胃蛇	余嘗行園中, 見有蛇粘於蛛網甚牢, 蛛從而嚼食, 以爲偶然.	이익의 관찰
	近有一鄉人來言, 親見蜘蛛以絲胃蛇.	이익의 전문
	物性有不可盡究也. 或有爲蛇所咬, 頗中毒, 以大蛛附於咬處, 蛛能吮毒, 屢試輒驗, 以此推之, 鄉人之言, 頗信.	이익의 실험
276. 馬步	乘馬致遠, 自古而然. 家國之所賴, 故曰地用莫如馬也. 夫馬强弱在筋骨, 馴惡在形貌, 不强則無以任力, 不馴則時或悞駕, 是皆無用之歸矣. 惟善相者, 知其高下之別, 雖無孫陽·九方之眼, 騎乘馳驅, 亦可有辨於疾徐之間, 然其運蹄行走名目多, 般人亦或未能詳也.	이익의 견해
	左傳, 左師, 見夫人之步馬者. 註, 習馬之人.	左師, 見夫人之步馬者. 注, 步馬, 習馬. 『春秋左傳注疏』_〈襄公〉
	『左傳』=『春秋左傳注疏』	
	卽楚詞, 步余馬於蘭皋, 是也.	步余馬於蘭皋兮. 『楚辭章句』_「離騷經」
	楚詞 =『楚辭章句』	
	步, 如人之步, 兩擧足爲步, 左右皆擧則身便進矣. 馬有四蹄, 前蹄雖擧, 後蹄尙住則依舊不動. 故必待左兩蹄俱運, 右兩蹄隨之, 然後爲步也. 其習之奈何. 凡馬緩行之時, 一蹄常擧, 而三蹄住地. 作	이익의 견해

	氣疾行, 則兩蹄恒擧, 故不用力, 則必踏矣. 所以尤駛, 其前二蹄齊擧, 而後二蹄隨之者, 謂之躍. 左二蹄齊擧, 而右二蹄隨之者, 謂之步. 夫馬前後長, 而左右狹, 故躍則前後低昂, 而人以之盪動, 左右低昂者, 於人甚便也. 又有前左後右蹄齊擧, 而前右後左蹄隨之者, 俗名假脫. 如此者, 無前後左右之低昂, 而只上下築蹄, 馬行之最劣者也. 躍與假脫, 後蹄不得過前蹄之迹, 惟步者, 過之也. 又有前後兩蹄不能齊擧, 而微有先後, 與步相近者, 俗名長行. 雖不甚快, 亦可以次於步矣. 所謂習之者, 銜勒拘牽, 使之左右, 齊步也. 以此戰馬, 雖不躬跨審驗, 亦可無失, 可以補相馬經一斑.	
	*『相馬經』을 보완할 내용이라고 할 정도의 말에 대한 이익의 독자적 지식.	
277. 馬形色	古人重畜牧, 不別其色, 無以指名也. 其類極夥, 爾雅可考. 就其中, 採其近於今俗稱者著之, 亦便於日用之一事耳.	이익의 견해
	白色只謂之白馬. 白而雜黑毛, 俗謂之雪羅. 黑色謂之驪, 俗謂之加羅. 鐵色謂之鐵. 赤色謂之騮, 俗謂之赤多. **彤白雜毛謂之騢, 亦謂之赭白馬**, 俗謂之夫老. 赤黑謂之烏騮, 紫黑謂之紫騮, 青白雜毛葱青色謂之驄. 青黑雜毛謂之鐵驄, 青黑而色有淺深, 似魚鱗斑駁, 謂之連錢驄. 驪馬雜毛謂之騧, 亦謂之烏驄. **陰白雜毛謂之駰, 亦謂之泥驄**, 陰淺黑也. **蒼白雜毛謂之騅**, 蒼, 淺青也. **黃白雜毛謂之駓, 亦謂之桃花馬.** 黃色發白謂之驃. 脊黑, 俗謂之骨羅. 鬣與身別色, 俗謂之表. 目黃, 俗謂之暫佛. 顙白, 謂之駒, 亦謂之戴星. 漫顱徹齒, 俗謂間者. 喙白, 俗謂之巨割.	騢曰駁, 黃曰騜. 注, 詩曰, 騜駁其馬. 騢馬黃脊, 騜. 驈馬黃脊, 騽. 注, 皆背脊毛黃. 青驪, 駽. 注, 今之鐵驄. 青驪驎, 駂. 注, 色有深淺斑駁隱粼, 今之連錢驄. 青驪繁鬣, 騥. 注, 禮記曰, 周人黃馬繁鬣. 繁鬣, 兩被毛. 或云, 美毛鬣驪, 白雜毛騅. 注, 今之烏驄. 黃白雜毛, 駓. 注, 今之桃華馬. 陰白雜毛, 駰. 注, 陰淺黑今之泥驄. 蒼白雜毛, 騅. 注, 詩曰有騅有駓. 彤白雜毛, 騢. 注, 卽今之赭白馬. …… [騚, 赤色也.] 『爾雅注疏』_〈釋畜〉
	『爾雅』에서 부분적으로 인용하였음. 우리나라의 관련 내용	
278. 衡石	始皇本紀, 以衡石量書. 註云, 表箋奏請, 取一石百二十斤, 石稱錘也.	上至以衡石量書. [正義, 衡, 秤衡也. 言, 表牋奏請, 秤

278. 衡石		取一石.] 『史記』_〈秦始皇本紀〉
	출전으로 편명을 서명 대신 제시: 〈始皇本紀〉=『史記』_〈秦始皇本紀〉	
	意者, 古之制器, 未有定物, 以木則從木作權, 以金則從金作錘, 以石則直稱石.	이익의 견해
	荀子曰, 衡石稱懸者, 所以爲平也.	衡石稱縣者, 所以爲平也. 『荀子』_〈君道〉
	『荀子』=『荀子』	
	大寶箴亦云, 如衡如石, 是也.	如衡如石. 張蘊古의「大寶箴」
	출전으로 편명을 제시: 「大寶箴」	
	按五權, 三十斤爲匀, 四匀爲石, 則石爲百二十斤.	*관련기사 [古者, 有五權. 百二十斤曰石, 三十斤曰鈞, 擧其二則餘可知矣.] 『書傳』_〈夏書〉「甘誓」宋 蘇軾 撰.
	石雖稱錘之名, 稱錘至百二十斤而窮, 故仍爲五權之一名也. 然當時箋表, 必有大小輕重之定制, 故以衡石爲量, 不然, 其牘之長短, 字之多少, 都無準限, 非衡石所能與也.	이익의 견해
	漢文遺單于書牘, 以尺一寸, 單于以尺二寸.	史記曰, 文帝遺單于尺一寸牘, 單于以尺二寸牘答. 『太平御覽』_〈文部〉「牘」
	출전 명기 없이 인용 ▷『太平御覽』	
	陳蕃傳亦云, 漢以尺一版, 寫詔書, 是詔版有定制也.	[後漢陳蕃傳, 漢以尺一版, 寫詔書.] 『徐孝穆集箋注』陳 徐陵 撰, 清 吳兆宜 註.
	출전으로 편명을 서명 대신 제시: 「陳蕃傳」 ▶『徐孝穆集箋注』	
	①延篤書云, 惠紙四張, 讀之反覆. ③馬融書云, 書雖兩紙, 八行七字. ②李嚴書云, 六紙辭諭, 利害甚切.	①惠書四紙. [延篤答張興書云 …… 惠紙四張, 讀之反覆. ②與書六紙. [蜀志, 李嚴與雍闓書, 六紙辭喻, 利害甚切.]

	③兩紙八行. [馬融與竇伯和書云, 書雖兩紙, 八行七字.] 『北堂書鈔』_〈藝文部〉_「紙」_唐　虞世南 撰, 明　陳禹謨 補註.	
재인용 및 나누기: 延篤書, 馬融書, 李嚴書 ▶『北堂書鈔』가 출처임. 단, ①, ③, ②의 순서로 재배열하였음.		
以此類推之, 雖重疊累牘, 而其不廣且長可知. 故或稱咫尺之書, 或稱尺牘·尺素, 皆以尺爲言也. 我朝雖無定制, 亦無過侈.	이익의 견해	
우리나라의 관련 내용		
余家有古簡許多, 莫非薄劣, 長不過尺許, 廣稍有餘, 雖卿相手畢皆然.	이익의 경험	
近時則大變, 比舊不啻倍蓰, 以此知俗尙日益渝靡也. 每當試圍, 朝令輒令, 擧子無得用廣厚之紙. 然競相務高紙, 死諱避薄劣. 及放榜, 果薄劣者, 鮮有與焉. 利害切己, 其可以虛名而禁抑耶. 余謂令甲一出後, 便遵而施行, 何必每加無益之煩奏耶. 宜爲制榜, 旣放, 監察官聚中格試卷, 依秦衡石之法, 定爲斤兩之限. 違者拔去然後, 又歷臺省, 有不能審檢者, 監察官準法遞職, 則不過一二番而令無不行矣.	이익의 견해	
우리나라의 관련 내용		
279. 木冰	木冰者, 劉向以爲木不曲直, 陰氣脅木先寒, 故得雨而冰也. 或謂樹介, 亦謂木介. 介者, 甲也. 甲, 兵象也.	木氷, 亦曰樹介, 亦曰樹稼. 寒盛而木氷如樹着. 介, 甲也. 劉歆以爲上陽施, 不下通, 下陰施, 不上達, 天雨而木爲之氷. 雾氣寒, 木不曲直也. 劉向以爲氷者陰之盛, 而水滯者也. 木者少陽, 貴臣卿大夫之象. 此人將有害, 則陰氣脅木, 木先寒, 故得雨而氷也. 或曰木介, 介者, 甲. 甲, 兵象也. 『玉芝堂談薈』_「雾淞」
	출전 명기 없이 인용 ▷『玉芝堂談薈』	

279. 木冰	又有冰花, 或渠冰結, 文如花葩狀. 史傳, 皆以爲華孽, 其地當有兵難, 與木冰等.	大中祥符九年正月, 霸州渠冰, 有文如花葩狀. …… 近華孽也. 說曰, 其地當有兵難. 『文獻通考』_〈物異考〉_「池冰作花」
	출전 명기 없이 인용 ▷ 『文獻通考』	
	然余於行道上驗之. 曉日, 溝渠氷上, 箇箇凝成花葉, 又見鹽盆中, 氷結, 作枝條繁叢, 甚奇巧. 以雪花六出之理推之, 不干於灾異也.	이익의 관찰 이익의 견해
	唐書云, 寧王憲疾時, 京城寒甚, 凝霜封樹. 憲見而歎曰, 此所謂樹稼者也. 諺曰, 樹稼, 達官怕. 必有大臣當之. 吾其死矣. 十一月薨.	唐書曰, 寧王憲疾時, 京城寒甚, 凝霜封樹, 時學者以爲春秋雨木氷卽此, 是亦名樹介, 言其象介冑也. 憲見而歎曰, 此俗謂稼者也. 諺曰, 樹稼, 達官怕, 必有大臣當之, 吾其死矣. 十一月薨. 『太平御覽』_〈天部〉_「霜」
	재인용: 『唐書』 ▷ 『太平御覽』	
	盖亦樹介之類也. 此亦種種有之, 未曾見患害之符應也. 其成冰者甚稀, 而亦嘗目驗其不爲灾矣.	이익의 견해
	曾子固冬夜詩, 清香一榻氍毹煖, 淡月千門霧淞寒. 又詠霧淞詩, 園林初日淨無風, 霧淞開花樹樹同. 記得集英深殿裡, 舞人齊揷玉籠鬆.	曾子固齊州冬夜詩, 香清一榻氍毹煖, 月淡千門霧淞寒, 又有霧淞詩, 霧淞花開處處同, 舞人齊揷玉籠鬆. 『別雅』_吳 玉搢 撰. 南豐集, 齊地寒甚, 夜霧凝于木上. 日出飄滿庭階, 尤爲可愛. 遂作詩云, 園林初日淨無風, 霧淞花開樹樹同. 記得集英深殿裏, 舞人齊揷玉瓏鬆. 又香銷一榻氍毹暖, 月映千門霧淞寒. 『玉芝堂談薈』_「霧淞」
	출전 명기 없이 인용 ▷ 『別雅』+『玉芝堂談薈』	
	字書云, 寒氣結木如珠.	字書 ＊관련기사 張子賢墨莊漫錄曰, 寒氣如霧, 結木如珠. 『通雅』

	以詩語觀之, 分明與木稼, 有別也.	이익의 견해
	東坡詩云, 秖有千林鬖鬆花. 說者, 以爲霧凇也.	蘇軾의 「送曾仲錫通判如京師」(『東坡詩集註』) 東坡送曹仲錫詩, 秖有千林鬖鬆花, 鬖鬆卽霧凇. 『別雅』
	재인용: 東坡詩 ▷ 『別雅』	
280. 披肩	我國攻建州衛也, 上命造披肩二千件, 分賜士卒. 註, 披肩, 俗稱耳掩. 今俗有耳掩, 以貂狐等皮, 圍繞額前, 至於腦後. 上有絹桶, 後有垂脚, 而毛不能掩耳, 卽披肩之轉訛者也. 俗又有揮項者, 大者韜盡肩背, 小者只周腦項, 表用絹, 裡及緣, 皆用毛, 以前兩角, 反以繫于腦後, 則略似耳掩之製, 大槩源同而流別者也. 今之耳掩, 斷非用於軍中者. 當時宣賜, 乃今之揮項, 明矣. 長則披肩, 稍短則揮項, 最短者只掩耳, 言披肩則項與耳, 在中矣. 又有婦人耳衣, 上不覆頂, 下不及肩.	이익의 견해
	우리나라의 관련 내용	
	唐詩所謂, 金粧腰帶重, 錦縫耳衣寒, 是也.	李廓의 「送振武將軍」(『石倉歷代詩選』) 唐人邊塞曲, 金裝腰帶重, 錦縫耳衣寒. 耳衣, 今之暖耳也. 『升菴集』_「耳衣」
	출전 명기 없이 인용: 唐詩 ▶ 『升菴集』	
281. 㡓布	木綿之布, 稱㡓布.	이익의 견해
	字書云, 蠻夷賨布, 卽今之㡓布也. 漢制, 名賦夷布, 爲㡓. 巴郡蠻, 其民戶, 出㡓布八丈二尺.	南郡蠻夷賨布, 卽今之㡓布也. 漢制, 名賦夷布, 爲㡓. 猶中國言稅. 後巴郡蠻, 其民戶, 出㡓布八丈二尺. 『正字通』
	출전으로 범칭을 서명 대신 제시: 字書 ▷ 『正字通』	
	我國歲貢細布, 雖綿布而以夷布之, 故中土人謂之㡓布. 盖以八丈有奇爲匹, 與蠻俗同, 故同稱也.	이익의 견해
	우리나라의 관련 내용	

282. 蠐螬	歲庚申來, 牟盡黃枯, 掘土驗之, 有無限蠐螬, 虫蝕其根, 不可勝除也. 是歲無麥. 俄而木䖝以黃昏飛集桑栗等樹, 剝盡其葉. 又有驗之者, 木䖝, 卽蠐螬虫所化. 夫蜩蟬, 乃此虫蛻化其必, 此虫亦有數種, 而所化不同歟. 今茅屋上, 亦多蠐螬, 而足向上以背摘, 行入藥. 然不曾見屋上有蟬退, 則其所化, 亦必木䖝蛞蜋之類耳.	이익의 전문 이익의 견해
283. 採艾	海艾入藥者, 惟京畿之西海及黃海道濱海數郡有之. 自忠淸道沿南海, 至于東北諸郡, 皆無有, 其故何也. 我國百川, 悉滙于西, 故其水減鹹, 艾生於斥鹵近海之土, 而鹹過則亦不遂也. 如公州之錦江, 相去不遠, 而惟一水入海, 其流亦淺, 所以無艾. 中國之東海, 亦類此也. 以此推之, 中國之江淮以南, 如瓊雷·安南等地, 亦必無有, 其果然否.	이익의 전문 이익의 견해
	余卜居安·廣之交, 正是産艾之地. 四方之求者輻輳, 每於仲夏, 多聚奴丁, 豐採而密藏之, 凡求者, 不計親疎遠邇, 悉與之. 盖艾是療疾之物, 散與國中之人, 則必將有以此救苦拯生者. 吾雖不知其何地何人, 而彼實賴余之力也. 此窮士濟衆之心, 何憚而不爲.	이익의 체험
	後見程子遺書, 至合藥自笑一段, 亦聊爲之一粲.	先生, 將傷寒藥與兵士, 因曰, 在墳所與莊上, 常合藥與人, 有時自笑, 以此濟人, 何其狹也. 『二程遺書』_〈伊川語錄〉_宋 朱子 編.
	『程子遺書』＝『二程遺書』	
284. 銜蘆	淮南子曰, 鴈從風而飛, 以愛氣力, 銜蘆而翔, 以備矰繳. 古今註云, 鴈自河北渡江南, 瘦瘠能高飛, 不畏矰繳. 江南沃饒, 每至還河北, 體肥不能高飛, 恐爲虞人所獲, 銜蘆長數寸, 以防矰繳焉.	夫鴈從風而飛, 以愛氣力, 銜蘆而翔, 以避弋繳.[淮南] 鴈自河北渡江南, 瘦瘠能高飛, 不畏繪繳, 江南沃饒, 每至還河北, 體肥不能高飛, 恐爲虞人所獲, 嘗銜蘆數寸長, 以防繪繳焉.[古今注] 『天中記』_〈鴻鴈〉_明 陳耀文 撰.
	재인용 및 나누기: 『淮南子』, 『古今註』 ▷ 『天中記』	

	余嘗思之, 凡鴈飛必叫唳以命侶. 故其過必爲人所覺, 物性然也. 其銜蘆, 盖如軍中之銜枚, 欲其無聲而過也. 其過也, 必羣相呼喚. 或低飛近人, 則又必無聲, 可以驗矣.		이익의 견해
	余築于海濱, 實陽鳥之攸居, 而亦未見有此.		이익의 관찰
	或者, 北地, 胡虜弋獵之場, 與鷹隼所萃, 故如此耶.		이익의 전문
285. 四十 升布	古者, 緇布冠, 用三十升布.		子曰, 麻冕禮也. 今也純儉, 吾從衆. [注. 孔曰冕, 緇布冠也, 古者, 績麻三十升布以爲之.] 『論語注疏』_〈子罕〉
	출전 명기 없이 인용 ▷『論語注疏』		
	朱子謂, 深衣十五升已是, 而今極細, 布三十升, 細密難成云云.		如深衣十五升布, 似如今極細絹一般, 這處升數, 又曉未得. 古尺大短於今尺, 若盡一千二百縷, 須一幅, 濶不止二尺二寸, 方得如此. 所謂布帛精麤不中數, 不鬻於市, 又如何自要濶得. 這處亦不可曉. 『朱子語類』_「宰我問三年之喪章」
	출전 명기 없이 인용 ▷『朱子語類』		
	然新羅文武王十二年, 遣使朝唐, 貢三十升布六十匹, 四十升布六匹. 此則不止於二千四百縷也. 前此, 布以十尋爲一匹, 至文武王五年, 改以長七步廣二尺爲一匹.		遂遣級湌原川 …… 四十升布六匹, 三十升布六十匹. 絹布, 舊以十尋爲一匹, 改以長七步廣二尺爲一匹. 『三國史記』_〈新羅本紀〉_「文武王」
	출전 명기 없이 인용 ▷『三國史記』, 고려의 문헌 인용		
	七步爲四十二尺而廣二尺, 則與中華之制, 同矣. 二尺之廣, 而其經三千二百縷, 此猶可成, 況三十升耶. 但古制, 恐不至如此奢糜, 此實可疑耳. 今之布帛, 其長大槩與十尋相類, 而濶狹無準, 廣不過一尺四五寸之間, 官無禁令, 欲製深衣者, 必貿布於燕市, 可笑.		이익의 견해

	宋劉裕時, 嶺南貢入筒細布, 一端八丈.	嶺南嘗獻入筒細布, 一端八丈. 『資治通鑑』_〈宋紀〉_「高祖武皇帝」
	출전 명기 없이 인용 ▷ 『資治通鑑』	
	我國北道, 有入鉢布, 卽此類, 而其八丈 與我國四十尺爲匹者, 相侔. 國尺四十, 卽八丈有奇.	이익의 견해
	우리나라의 관련 내용	
286. 靑蒿· 松膏	文獻通考, 東人, 以靑蒿和米粉作餅, 設 於上頭.	以靑艾染餅, 爲盤羞之冠. 『文獻通考』_〈四裔考〉_「高句麗」
	『文獻通考』=『文獻通考』	
	輿地勝覽, 松都之俗, 上巳日, 以靑艾 爲盤羞之冠, 此俗至今猶存, 謂之靑蒿 餅.	靑艾染餅.[宋史高麗傳, 高麗上巳日, 以靑艾染餅, 爲盤羞之冠.] 『新增東國輿地勝覽』_「開城府」
	조선의 문헌 인용: 『輿地勝覽』=『新增東國輿地勝覽』	
	又按高麗史趙彛傳, 元丞相安童, 信金 裕之訛, 來求松膏餅三十斤. 裕以爲自 生於松上. 其實取松白皮熟煉, 百杵, 和 蜜汁粘秫, 作餅者也.	乃語丞相安童曰, 海東三山, 有藥物, 若遣我, 可得. 安童信之, 遂遣裕及申 百川來. 裕衿其戎服, 略無愧色, 傳安 童書曰, "聞王國土産藥品, 可備尙醫 用者. 今遣金裕等往採, 可給人力, 令 收以歸. 其藥品, …… 松膏餅三十斤. …… 松膏餅, 則取松白皮, 熟鍊灰水, 百杵, 和蜜汁粘秫, 乃作餅, 裕以爲自 生於松上, 皆訛言也. 『高麗史』_「趙彛傳」
	명확한 형식의 출전 제시: 『高麗史』「趙彛傳」=『高麗史』「趙彛傳」. 조선 문헌 인용	
	今市上, 最多此物, 俗之流傳, 久而不衰 如此.	이익의 견해
	東俗又有松餅者, 溲米爲餅, 雜以荣豆 之類, 就甑中蒸熟, 而取松葉, 先鋪攤, 餅其上, 使不黏着, 故名松餅也. 彼未必 是此物, 而名則雅好. 今以松上餅爲稱, 亦可.	이익의 견해
	우리나라의 관련 내용	

287. 冪䍦	冪䍦之制, 發自戎夷, 而全身障蔽, 不欲 道路窺之.	이익의 견해
	永徽之後, 皆用帷帽, 施裙到頸, 漸爲淺 露.	宮人騎馬, 多着冪䍦, 全方障之. …… 唐永徽中, 用帷帽, 施裙到頸, 漸爲淺 露. 『玉芝堂談薈』_「芙蓉歸雲髻」
	출전 명기 없이 인용 ▷『玉芝堂談薈』	
	唐興服志, 貞觀之時, 宮人騎馬者, 依齊 隋舊制, 多著冪䍦.	武德貞觀之時, 宮人騎馬者, 依齊隋舊 制, 多著冪䍦. 『舊唐書』_〈興服志〉
	『唐』〈興服志〉=『舊唐書』_〈興服志〉	
	宋時, 婦女步通衢, 以方幅紫羅, 障蔽半 身, 所謂帽簷眼罩也.	士大夫, 於馬上, 披凉衫, 婦女, 步通 衢, 以方幅紫羅, 障蔽半身, 俗謂之盖 頭. 盖唐帷帽之制也. 『淸波雜志』_宋 周輝.
	출전 명기 없이 인용 ▷『淸波雜志』. 단, 내용이 다소 상이함.	
	我國俗稱羅兀, 中世以前, 雖貴顯家婦 女, 鮮用金碧輿, 出入以冪䍦障面.	이익의 견해
	우리나라의 관련 내용	
	不肖之祖妣, 乃親王孫女, 生長貴禁, 尙 有出入冪䍦, 留在舊藏. 不肖幼時, 猶得 聞此也.	이익의 체험
	近時, 閭閻子姓勿論, 雖鄕閭賤品, 十世 無官, 身編卒伍者, 莫不用屋轎, 尋常宮 屬, 亦皆乘轎. 但無屋簾, 惟宮人之婢 隷, 用冪䍦, 俗尙之漸侈, 此亦一端.	이익의 견해
	우리나라의 관련 내용	
288. 鵜鳩	史記曆書, 建正作於孟春. 於時冰泮, 發 蟄, 百草奮興, 秭鳩先澔.	昔自在古歷, 建正作於孟春, 於時冰 泮, 發蟄, 百草奮興, 秭鳩先澔. 『史記索隱』_〈歷書〉
	출전으로 서명과 편명을 모두 제시:『史記』〈曆書〉=『史記索隱』_〈歷書〉	
	離騷經, 恐鵜鳩之先鳴兮, 使夫百草爲 之不芳.	恐鵜鳩之先鳴兮, 使夫百草爲之不芳. 『楚詞補注』_〈離騷經章句〉
	〈離騷經〉=『楚詞補注』_〈離騷經章句〉	

	兩註, 皆以子規釋之.	[言子規鳥, 春氣發動, 則先出野澤而鳴也.] 『史記索隱』_〈歷書〉_唐 司馬貞 撰. [一名子規] 『楚詞補注』_〈離騷經章句〉_宋 洪興祖 撰.
	『爾雅翼』_〈釋鳥〉_「子巂」에서 착상한 것으로 보임.	
	然彼以春鳴, 此以秋鳴, 其事顯別而況子規鳴於春夏之際, 斷非此物也. 余謂古來物名, 亦各不同.	이익의 견해
	據左傳, 靑鳥氏, 司啓者也. 立春鳴, 立夏止.	靑鳥氏, 司啓者也. 注, 靑鳥, 鶬鴳也, 以立春鳴, 立夏止. 『春秋左傳注疏』_〈昭公〉
	『左傳』=『春秋左傳注疏』	
	曆書所言, 當是此物也.	이익의 견해
	丹鳥氏, 司閉者也. 立秋來, 立冬去也.	丹鳥氏, 司閉者也. 注, 丹鳥, 鷩雉也. 以立秋來, 立冬去. 『春秋左傳注疏』_〈昭公〉
	출전 명기 없이 인용 ▷『春秋左傳注疏』	
	離騷所言, 當是此物也.	이익의 견해
289. 朝菌	爾雅, 櫬, 木槿, 似李樹花, 朝生夕落, 可食.	椴, 木槿, 櫬, 木槿. 注, 別二名也. 似李樹華, 朝生夕隕, 可食. 或呼日及, 亦曰王蒸. 『爾雅注疏』_〈釋草〉
	『爾雅』=『爾雅注疏』	
	莊子所謂, 朝菌, 不知晦朔者, 是也.	朝菌, 不知晦朔. 『莊子』_〈逍遙遊〉
	『莊子』=『莊子』	
	潘尼朝菌賦序亦云, 世謂之木槿. 或謂之日及, 詩人以爲舜華, 宣尼以爲朝菌.	朝菌者, 蓋朝華而暮落, 世謂之木槿. 或謂之日及, 詩人以爲舜華, 宣尼以爲朝菌. 『漢魏六朝百三家集』_〈潘尼集〉_「朝菌賦序」 등 다수 문헌
	今人謂, 朝菌生糞土上, 朝生暮死, 未知誰得也. 彼以宣尼爲證, 似有據.	이익의 견해

290. 風從 虎	易曰, 雲從龍, 風從虎.	雲從龍, 風從虎. 『周易』_〈傳〉
	『易』=『周易』	
	以今驗之, 風雲皆從龍, 而風未嘗從虎也. 近有獵虎者, 虎中丸, 怒吼, 風亦不起, 何也.	이익의 전문 이익의 견해
	中興徵祥說曰, 王者, 仁而不害, 則白虎見, 白虎狀如虎而白色, 嘯則風興. 然則嘯而生風, 非常有者也. 騶虞者, 白虎黑文, 是也. 中興說又云, 狀如虎而黑文, 則二獸亦恐不同也. 又云, 近代所謂白虎者, 背斑而虎文. 爾雅所謂, 彪虎也.	原中興徵祥說曰, 天下太平則騶虞見, 騶虞仁, 獸也, 狀如白虎而黑文, 其尾參倍. 又曰王者, 仁而不害, 則白虎見. 白虎狀如虎而白色, 嘯則風興, 皜身如雪而無雜者, 是也. 近代所謂白虎者, 背斑而虎文, 爾雅所謂彪虎者也 『淵鑑類函』_〈獸部〉_「騶虞」
	재인용:「中興徵祥說」 ▷『淵鑑類函』	
	然則此指騶虞之類, 而非尋常林叢之獸, 明矣. 凡世之假名而欺世者, 何限, 皆此虎之類也.	이익의 견해
291. 笙	余嘗見樂院笙簧, 市於燕都者也. 於金葉上, 塗淺黃脂膏, 所以有聲, 久而膏落則不堪吹. 是以, 弊則更市於燕, 而終不知所塗者何物.	이익의 관찰
	東人之魯莽如此. 如欲必得, 亦豈有難辦. 譯舌輩賣厚價於國, 輕市於燕, 其利亦多, 故所以不得也.	이익의 견해
	우리나라의 관련 내용	
	晉王廙笙賦曰, 合松蠟而密際, 糅彤丹而發光. 夏侯淳賦曰, 摘長松之流肥.	晉王廙笙賦曰, …… 合松蠟以密際, 糅彤丹以發光. 晉侯淳笙賦曰, …… 摘長松之流肥. 『藝文類聚』_〈樂部〉_「笙」
	출전 명기 없이 인용 ▷『藝文類聚』	
	盖以松脂爲之者, 又不知和合何物也. 或與彤丹相調而用歟. 但其用松脂則無疑.	이익의 견해
292. 洛書	從兄素隱翁謂余, 河稱圖, 洛稱書. 洛書者, 恐是古篆文, 自一至九等, 非如河圖點數也.	이익의 전문

	余疑其說之無考.	이익의 견해
	偶見一書, 引孝經援神契曰, 蒼頡視龜而作書.	蒼頡視龜而作書, 則河洛之應, 與人意, 所惟通矣.[孝經援神契] 『天中記』_「書」
	재인용: 引『孝經援神契』 ▷『天中記』 *드물게 재인용 사실을 밝힌 경우이지만, 출전은 밝히지 않았음.	
	此古者流傳有如此者也. 亦安知非龜有文字, 而遂得自一至九等字, 仍演爲書文耶. 謂之鳥迹者, 以其形似稱之云爾. 蒼頡, 是黃帝之史, 則不待乎夏后也, 此又未可知, 而以洛爲書則抑有理耳.	이익의 견해
293. 隷書	隷書出於秦, 以事繁多難成, 卽令隷人佐書.	秦旣用篆, 秦事繁多, 篆字難成, 卽令隷人佐書, 曰隷字. 『文章辨體彙選』_「四體書勢序 衛恒」
	然酈善長水經註云, 臨淄人發古冢, 得銅棺, 前和外隱起爲隷字云, 齊太公六世孫胡公之棺也. 惟三字是古, 餘同今書. 知隷字出古, 非始於秦也.	臨淄人發古冢, 得桐棺, 前和外隱爲隷言, 齊太公六世孫胡公之棺也. 惟三字是古, 餘同今書, 證知隷自出古, 非始于秦. 『水經注』_〈穀水〉_魏 酈道元 撰.
	출전으로 서명과 찬자의 이름을 모두 제시: 酈善長 『水經註』=『水經注』	
	若然隷起於古, 而猶有未備, 至秦始大行也. 其或篆或隷尤驗.	이익의 견해
294. 六觚	算以六觚爲法. 漢志, 用竹, 徑一分, 長六寸, 二百七十一枚, 而成六觚, 爲一握.	其算法用竹, 徑一分, 長六寸, 二百七十一枚, 而成六觚, 爲一握. 『前漢書』_〈律歷志〉
	출전 명기 없이 인용 ▷『前漢書』	
	以圓法推之, 徑一圍三, 故中置一圓, 外周六圓也. 以內圓中心爲中, 則自心至邊, 半於一分, 爲五釐. 又以外圓中心爲圍, 自內圓之心, 至外圍, 方是一分, 自心至圍, 爲一分, 則其徑二分, 故圍至於六分也. 是故, 自心度之, 徑加一分, 則圍加六分, 復從六圓度起, 外加一圓, 則徑增二分, 故圍十二分, 加至於九, 則徑十八分, 故圍五十四. 自第八圍四十八, 至第一圍單六, 凡八層, 一與八合, 二與七合, 三與六合, 四與五合, 皆爲五十四	이익의 견해

	合, 第九圍爲五層. 以五乘五十四, 得二百七十, 添中一, 方得此數, 盖以九數爲解也. 以算術言, 以九爲股, 加中心一爲十, 與五十四相乘, 得五百四十, 以二除之, 得二百七十, 加中心一, 成此數. 又一術, 外圍五十四, 加內圍六, 又與九相乘, 得五百四十, 以二除之, 得二百七十, 加中心一, 成此數.	
295. 濟馬	濟州, 自忠烈王時, 爲牧馬場.	*관련기사 忠烈王三年, 元爲牧馬場. 『高麗史』_〈地理〉_「耽羅縣」
	盖謂房星分野, 宜於牧. 故大宛之種, 歲貢於上國, 其形貌性氣, 與他牧所産有異. 見者, 莫不識而別也.	이익의 견해
	我太宗時貢馬, 明朝成祖曰, 此天馬也, 汝王愛我, 故獻此. 許筠云, 嘗見曾子棨集, 有天馬歌, 以爲永樂間, 朝鮮進貢黃騮馬, 極駿, 上命賦是歌, 則疑卽指此也.	徐四佳筆苑雜記, 載太宗知馬, 以瘦馬充上列進貢. 成祖曰, 此天馬也, 汝王愛我乎. 余嘗見曾子棨集, 有天馬歌. 在永樂年間, 朝鮮進貢黃騮馬, 極駿, 上命賦是歌云. 疑卽此馬. 『惺翁覆瓿稿』_「八高祖」_朝鮮 許筠 撰. *관련기사 我國進貢馬, 太宗親御揀閱, 有一馬, 班在下列, 命置於首圍, 人皆怪之. 旣進, 文皇見之勅曰, 朝鮮國王愛我, 首進之馬甚良. 『筆苑雜記』
	출전으로 서명 대신 찬자의 이름을 제시: 許筠 ▶ 『惺翁覆瓿稿』 *"許筠云~"앞의 문장도 『惺翁覆瓿稿』에서 인용한 것임.	
	其見賞於上國如此, 近世, 馬漸劣小, 無足取者, 此不但風氣之陵遲, 其有駿蹄, 盡沒取去, 所留者, 只駑駘故也.	이익의 견해
	按東史, 新羅聖德王, 賜金允中絶影山馬一匹. 麗太祖時, 甄萱獻絶影島驄馬一匹. 後聞讖云, 絶影名馬至, 百濟亡, 使人請還馬. 麗祖笑而許之.	八月 甄萱遣使, 來獻絶影島驄馬一匹. 『高麗史』_〈世家〉_「太祖 七年」 萱聞讖云, 絶影名馬至, 百濟亡. 至是悔之, 使人請還其馬, 王笑而許之. 『高麗史』_〈世家〉_「太祖 九年」

출전으로 범칭을 서명 대신 제시: 東史 ▷『高麗史』, 조선 문헌 인용	
其駿良可知. 今島屬東萊府中, 有古牧場, 養之有術, 與濟何別, 國初, 牧場百二十處, 今存者若干. 又稍許民耕墾, 馬所以漸縮, 馬政之關國爲何如, 而古今之別如此, 卽世變之一也.	이익의 견해

296. 龍行

大戴天圓篇曰, 龍非風不擧, 龜非火不兆.	龍非風不擧, 龜非火不兆. 『大戴禮記』_「曾子天圓」
출전으로 서명과 편명을 모두 제시:『大戴』〈天圓篇〉=『大戴禮記』_「曾子天圓」	
此甚不然.	이익의 견해
余嘗目見龍之御氣在天, 或不雨無風, 而龍自運行, 其有風雨也, 必是其作氣用力之時乎. 龍有許大軀殼, 風雖猛, 烏能擧哉.	이익의 관찰 이익의 견해
莊周曰, 風之積也不厚, 則負大翼也無力.	風之積也不厚, 則其負大翼也無力. 『莊子』〈逍遙遊〉
출전으로 저자의 이름을 서명 대신 제시: 莊周 ►『莊子』	
今見鷹鸇之屬, 聳肩直翅而行, 卽亦積氣之所賴, 亦未有低飛而不皷翅者也. 至如龍或在雲裡, 寂若死灰, 未嘗墜下, 其神變不可測矣.	이익의 관찰 이익의 견해

297. 襴衫

襴衫, 非古也. 家禮用於冠禮, 盖從俗也.	三加, 幞頭, 公服, 革帶, 納靴, 執笏, 若襴衫, 納靴. 『家禮』_〈冠禮〉
宛委餘編云, 後魏胡服, 便於鞍馬, 遂施裙於衣爲橫幅, 而綴於下, 謂之襴, 今之公裳, 是也.	後魏服, 便於鞍馬, 遂施裙於衣爲橫幅, 而綴於下, 謂之襴, 今之公裳, 是也. 『弇州四部稿』_〈宛委餘編〉
출전으로 편명을 서명 대신 제시:〈宛委餘編〉=『弇州四部稿』_〈宛委餘編〉	
戎狄之服, 學士大夫, 皆安之而莫革, 同俗故也. 東方旣無此制, 而猶遵家禮之文, 冠子之家, 必貿於燕市則惑矣. 使朱先生, 生於今, 亦必從俗而不用矣. 故余制爲家禮, 初加深衣幅巾, 再加儒巾青衫, 三加笠子道服. 此猶不瞻者, 又刪爲一加之式. 識時者詳焉.	이익의 견해

298. 木屐	顔之推家訓, 以高齒屐爲高致.	躡高齒屐, 坐碁子方褥, 憑斑絲隱囊, 列器玩於左右, 從容出入, 望若神仙. 『顔氏家訓』_〈勉學篇〉
	顔之推 『家訓』 = 『顔氏家訓』	
	古人常躡木屐. 謝安之折齒, 靈運之去齒, 皆可證. 不但爲泥淖之用而已也.	*관련기사 屐折齒. 謝安遣弟石及從子玄, 征符堅, 所在充安, 方對客圍碁, 有驛書到碁畢, 還內, 過戶限, 心喜, 不覺折屐齒. …… 木屐去齒. 謝靈運好山水, 尋山陟嶺, 必造幽峻巖障數十里, 莫不備盡登. 躡常著木屐, 上山則去其前齒, 下則去其後齒. 『天中記』_「屐」
	余平居非騎乘及遠出, 皆用屐, 是亦殷輅之義也.	이익의 체험
	然木性易炸裂, 據阮孚蠟屐. 是以蠟熔入, 盖防其炸也.	*관련기사 著蠟屐. 祖約好財, 阮孚好著蠟屐, 同是累而未判其得失. 『天中記』_「屐」
	故人有貽我無齒屐者, 狀如革履, 躡之尤便也.	이익의 체험
	按字書, 鞜音昔, 以木置履下, 乾腊不畏濕, 與舃同也.	鞜 思積切. 音昔, 履也. 以木置履下, 乾腊不畏泥濕, 與舃同也. 『正字通』
	출전으로 범칭을 서명 대신 제시: 字書 ▷ 『正字通』	
	革履而木底, 可以持久. 然革者雨濕 日爆, 皆可以敗壞, 藏去甚勞, 又不若用屐而蠟之也.	이익의 견해
299. 草蹻	菅屨·芒蹻, 貧者之常用, 古人不耻. 漢文帝履不借而臨朝, 不嫌與喪屨同名, 則其賤材可知.	漢文帝履不借, 視朝. 『古今注』_〈輿服〉 등 다수의 문헌에 실려 있음. 이익의 견해
	今之人士, 麻屨尙耻, 况用草乎.	이익의 견해
	嶺南之俗, 常躡稿履, 以麻屨爲出入之用, 儉而可師也.	이익의 전문

	家禮, 雖三年之喪, 許用緦麻爲之, 人亦不敢, 只用稿草緦織者, 不害爲喪過乎哀之意, 從俗無妨.	*관련기사 家禮, 菅亦緦麻爲之, 恐當從儀禮爲正. 『續通典』_「履制」 이익의 견해
300. 疫鬼	李梴醫學入門云, 痘疫, 自周末秦初始也, 不知何考.	『醫學入門』_明 李梴.
	盖其生不甚遠也. 夫人之所棄, 古猶今也, 奈何前無而後有也.	이익의 견해
	謝肇淛云, 胡地之有痘尤甚.	謝肇淛
	近人或疑其因食鹽. 古者, 胡人只唂漿酪, 至與中國通, 取鹽而食之, 然後有痘故也. 若然, 中國之食鹽, 亦自周末始耶.	이익의 견해
	近世又有疹疫, 其盛行不滿百年矣. 風氣之變, 自然之理也, 何足怪乎. 凡疫類, 皆有鬼, 如癘及痘疹之屬, 漬染相傳, 若有知覺. 行路偶値, 未必傳病, 其切近通問, 親戚姻黨, 遞染, 如神鬼之情狀, 大抵與人相近也. 以此愚氓多行祈禱, 此甚無謂, 而要在謹以避之耳.	이익의 견해
301. 龍遊洞	古語云, 龍不見石, 謂龍之怒起抉石, 無所碍也.	陰陽自然變化論曰 …… 又曰龍不見石. 『埤雅』_〈釋魚〉_「龍」
	출전으로 범칭을 서명 대신 제시: 古語 ▷ 『埤雅』	
	余少好遊覽, 多見奇異. 俗離之旁, 有龍遊洞, 瀑落甚高下, 有上下二湫, 深不可測. 且無魚蝦, 窅冥黝黑, 俯視可怖, 苟非神物藏在其中, 兩山之間, 水潦之際, 垠崖劃崩, 亂石走宜, 頃刻塡滿, 而土人云, 古如是, 今如是, 何也. 歲旱則投腥穢之物, 而必暴雨洗滌, 可以驗矣.	이익의 체험 이익의 전문
302. 舍利	佛之舍利, 古必罕得. 在今僧徒, 稍有名稱, 死必有應, 輒竪浮屠. 巨刹小庵, 列如餖飣, 敎旣妄誕, 而此物又奚至如是之多乎. 如麗僧普濟, 至百有餘枚.	이익의 견해

	余嘗至神勒寺時, 適塔崩而舍利出如菉豆大者二實, 與尋常沙礫無異, 安知其眞與僞耶.	이익의 체험
	數年前, 內浦有僧死, 而得舍利, 旣立浮屠. 其得之者, 每誇佛緣, 諸僧固疑其有詐, 後因鬨鬪, 致訟於官, 官命毀浮屠而驗之, 果坳碎無異焉. 苟非爭詰而偶發此物, 幾爲傳遠而崇奉矣. 世之冒虛名而詐於人者, 其此之類歟.	이익의 전문
303. 蜂蜜	古無蜂蜜享神之禮.	이익의 견해
	秋官司烜墳燭. 疏, 葦爲中心, 以布纏之, 飴蜜灌之, 若今蠟燭.	疏. 以葦爲中心, 以布纏之, 飴蜜灌之. 若今蠟燭. 『周禮』_〈秋官 司寇〉
	출전으로 편명을 서명 대신 제시: 〈秋官〉=『周禮』_〈秋官 司寇〉	
	又招魂賦, 粔籹蜜餌, 有餦餭些. 據王逸註, 以蜜溲麪,	粔籹蜜餌, 有餦餭些. [逸曰, …… 以蜜和米麪.] 『文選』_「招魂」
	출전으로 편명을 제시: 「招魂賦」_王逸 註 =『文選』「招魂」	
	則如今藥果之類, 而所謂蜜者, 皆飴餳, 非蜂蜜也.	이익의 견해
	味之甘美, 莫如蜂蜜, 凡餠餌之屬, 非此不佳. 生旣嗜好, 死後不可以不祭. 然味極奢, 非大羹玄酒之義. 且蜂之養蜜, 多取不潔之物, 雜蕊粉而煆成之, 恐涉不安. 抑又思之先王之祭也.	이익의 견해
	凡天之所生地之所長, 苟可以薦者, 莫不咸在示盡物也. 故昆虫之異, 草木之實, 陰陽之物, 備矣. 註, 昆虫, 蜩·范也, 蜩, 蟬也, 范, 蜂也.	昆蟲之異, 草木之實, 陰陽之物, 備矣. [疏. 有蜩范者. 蜩, 蟬也, 范, 蜂也, 昆蟲之屬云.] 凡天之所生地之所長, 苟可薦者, 莫不咸在示盡物也. 『禮記注疏』_〈祭統〉
	출전 명기 없이 인용 ▷ 『禮記注疏』의 '疏'를 '註'로 오기하였음	
	然則凡美味, 皆在所取, 而蜂亦可祭, 況蜂之所養蜜耶. 蜂之養蜜, 雖用不潔. 其不潔者, 化爲香美, 則不須言未化之前也. 如嘉穀生於糞穢中, 不以糞穢而棄之, 且糞穢, 從何處有嘉穀, 化爲糞	이익의 견해

	穢, 不可以嘉穀之, 故不謂之不潔. 今若不潔, 化爲潔物, 則豈可以未化前之故而猶歸於不潔耶.	
	淮南子曰, 江河之水, 腐胔, 不可勝數而祭者汲焉者, 大也.	夫江河之腐胔, 不可勝數. 然祭者汲焉, 大也. 『淮南鴻烈解』_〈要畧〉
	『淮南子』=『淮南鴻烈解』	
	以此推之, 用蜜無妨.	이익의 견해
304. 蜂史	虫豸之良善, 莫如蜜蜂, 蜂與物無競者也. 凡草木之虫, 或損葉損皮損根損實, 莫不有害. 惟蜂取落粉泫露等無用之物, 而遇物輒避之, 未嘗見其爭鬪也. 君逸於上, 臣勞於下, 其生也異形, 雖欲借亂而不可得也. 恩不逮下而無怨咨無降叛, 怒而螫則必死, 勇非爲己也. 勤以事上而無嫌猜也.	이익의 견해
	余畜蜂數十有餘年, 知其情狀, 有蜂王絶句云, 侯王有種自殊科, 不是謀深與力多. 一道檀羅熙皞在, 古今聞有簒臣麼. 至治無爲化自深, 偏區雖小亦君臨. 誰知不怒威鈇鉞, 箇箇皆懷死長心. 蜂王種子蜂臣服, 王座高居俯衆生. 未必仁恩覃被廣, 尊卑天得理分明. 金甌天地隙中開, 威德風行四到來. 早晏喧聲雷若沸, 應知宮府放衙催. 有口誰非食力身, 勤勞事上亦天倫. 專心保守無侵略, 冷視封疆以外民. 雲仍蟄蟄揚吾君, 茅土分封各主張. 天賦繁華吾自有, 春來專掌百花香. 王居渙號置郵傳, 冠范司門鎖鑰堅. 過蝓遊贏皆外寇, 誰何賈勇武鏖宣. 心力惟應億萬同, 君臣一路物能通. 自從分定無降叛, 抵死猶羞作寄公. 非習於蜂者, 不足以知之也.	*관련기사 侯王有種自殊科, 不是謀深與力多. 一道檀羅熙皞在, 古今聞有簒臣麼. 至治無爲化自深, 偏區雖小亦君臨. 誰知不怒威鈇鉞, 箇箇皆懷死長心. 蜂王種子蜂臣服, 王座高居俯衆生. 未必仁恩覃被廣, 尊卑天得理分明. 金甌天地隙中開, 威德風行四到來. 早晏喧聲雷若沸, 應知宮府放衙催. 有口誰非食力身, 勤勞事上亦天倫. 專心保守無侵略, 冷視封疆以外民. 雲仍蟄蟄揚吾君, 茅土分封各主張. 天賦繁華吾自有, 春來專掌百花香. 王居渙號置郵傳, 冠范司門鎖鑰堅. 過蝓遊贏皆外寇, 誰何賈勇武鏖宣. 心力惟應億萬同, 君臣一路物能通. 自從分定無降叛, 抵死猶羞作寄公. 『星湖全集』_「蠭王 八首」
	이익의 자작시	
	又畜蜂有術, 其笛忌寬長. 寬長則多敗. 其趺宜高宜均, 不高則惡虫易侵, 不均則陋濕多生虫. 其塗宜密, 蜂性畏風也.	이익의 견해

	其柱宜牢, 其縛宜緊, 不牢不緊, 則或撞挨顚墜也. 其盖宜厚, 不厚則冬月患凍也. 其顚宜竪尖木, 不然或鷄登而蹴倒也. 戶宜密簾, 以防夜蛾及土蜂也. 趺笥之際, 冬宜塗以防風也, 暑宜谿以防生蟲也.	
	盖害蜂者多, 土蜂·夜蛾之外, 濕蟄成蟲, 食蜜布網, 蜂無所容, 其害最鉅. 如蟷蛸·蠼螋, 栖隱在中, 朝暮攫食, 蜘蛛結網於蜂路, 露朝多胃. 或取而遠投則夜必還, 蟾蜍·螳螂·穴蟻·土宝·蠅虎, 無不窺伺. 又鷄飢則啄, 燕乳亦攫. 其中最難防者, 蜻蛚也, 蝦蟆也. 蜻蛚從空攫去, 不知其數, 揖揖來集, 充腹乃已也. 乃用弱弓纖矢, 綴環其鏃, 俟其少止而中之, 可以略除之而已. 蝦蟆, 騰躍吞嚼, 見人便避, 不可除也. 惟宜去草, 而曉夕伺察也. 凡此十五蟲, 畜蜂家宜知之. 夫有君有臣曰國, 有國則有史, 合而錄之, 爲一部蜂史.	이익의 견해
	"一部의『蜂史』를 만들겠다."고 밝힘 – 편폭이 긴 항목임에도 불구하고 인용 없이 자신의 견해로만 구성	
305. 鴨脚	昔端宗之遜位, 安平大君瑢被誅, 錦城大君瑜謫順興, 傳檄起兵, 未發而有告者, 亦誅於是. 革罷順興府, 居民謠曰, 鴨脚復生順興復, 順興復魯山復位. 後二百三十有餘年, 而府東鴨脚樹, 忽生長. 俗傳古有此樹, 故有是謠也. 未久, 因民之願, 更設順興. 時有申奎者, 疎論復位事, 朝議僉同, 其言果驗. 余曾至其地, 樹已長五六丈, 土人歷歷言此.	이익의 전문 이익의 체험
	우리나라의 이야기	
306. 家狸	猫者, 家狸也. 說者, 謂張騫所帶來, 稟西域寒涼之氣, 故鼻端恒冷, 惟夏至日暫溫.	*관련기사 坤雅, 鼠善害苗, 而貓能捕鼠, 去苗之害, 故貓之字從苗. 貓旦暮目睛皆圓, 及午, 卽從歛如線. 其鼻端常冷, 盖貓陰類也, 故其應陰氣如此. 世云, 薄荷醉, 貓死. 貓引竹, 物有相感者, 出於自然, 非人智慮所及. 貓亦如虎, 畫地

306. 家狸		卜食. 今俗謂之卜鼠. 貓非中國之種, 出西方天竺國, 唯不受中國之氣所生, 故鼻頭冷, 唯夏至一日煖. 貓死不埋于 土, 挂于樹上. 『山堂肆考』_〈毛蟲〉「貓」
	余驗之, 夏至亦依舊冷. 暗中搖其毛, 分 明生火色, 而有燎毛聲, 毫端爲之偃. 人 取皮爲裘, 極煖, 能祛痰結, 安在乎寒凉 氣耶.	이익의 실험
	然本草, 貓肉性, 微寒外熱而內寒, 亦可 異也.	『本草』
	或稱, 唐三藏帶來, 爲鼠齧佛經也.	*관련기사 釋氏因鼠咬佛經, 故唐三藏往西方帶 歸養之. 『山堂肆考』_〈毛蟲〉「貓」
	近時人, 餌其肉, 治胸腹一切痰症, 此古 無今有之方也.	이익의 전문
	余謂若果張騫帶來者, 則八蜡之祭貓, 何物也. 謂爲食田鼠, 則明是食鼠獸, 此 從古有此物, 可知也.	이익의 견해
	爾雅, 虎竊毛, 號貓. 註, 謂虎之淺毛.	虎竊毛, 謂之號貓. 注, 竊, 淺也. 疏, 竊, 淺也. 虎之淺毛者, 別名號貓. 有貓有虎者, 詩大雅韓奕篇文也. 『爾雅注疏』_〈釋獸〉
	『爾雅』=『爾雅注疏』 *'疏'를 '註'로 오기하였음.	
	然則必淺毛, 而與虎別矣.	이익의 견해
	考工記註, 倮虫如虎豹, 淺毛者也. 然則 虎豹, 皆淺毛也, 此又何也.	其蟲倮. 注, 象物露見, 不隱藏, 虎豹之屬, 恆 淺毛. 『禮記注疏』_〈月令〉
	『禮記』_〈月令〉을 『周禮』_〈考工記〉로 오기하였음.	
	亦嘗考之貓與虎, 別有二物而非家狸.	이익의 견해
	大雅所謂有貓有虎, 是也.	[疏, 竊, 淺也. 虎之淺毛者, 別名號貓. 注, 有貓有虎者. 詩大雅韓奕篇文也.] 『爾雅注疏』_〈釋獸〉

	출전 명기 없이 인용 ▷ 『爾雅注疏』	
	或曰, 別有淺毛, 食鼠之獸, 爲八蜡之一, 而非家狸也, 未知是否.	이익의 견해
	又古人詩曰, 猫兒眼裡定周天, 子午懸針卯酉圓. 寅申巳亥杏仁橢, 四季還如棗心然.	古人詩
	意者, 猫睛形如杏核, 逐時而轉. 子午直南北, 故只露其一隅, 卯酉橫於東西, 則乃現其圓面也. 其間棗核杏仁, 皆從前斜見, 其狀各不同. 若其怒時, 亦必懸針, 盖其隨氣轉動, 故怒而氣動, 睛亦爲之, 直於南北也.	이익의 견해
307. 金燧	今人用鐵搏石取火者, 謂之火鐵, 此古所謂金燧之類也.	이익의 견해
	內則, 左佩金燧, 右佩木燧. 註, 謂火鏡之屬.	左佩紛帨刀礪小觿金燧. [燧音遂, 火鏡.] 右佩玦捍管遰大觿木燧. 『禮記注疏』_〈內則〉
	출전으로 편명을 서명 대신 제시: 〈內則〉＝『禮記注疏』_〈內則〉	
	火鏡, 以銅爲之, 外圓而凹, 其中向日受光, 承以引火之物, 以取火, 今鑪錫之器, 亦或火生, 可驗也. 盖日之燭地, 其光散布, 不能專射, 故炎不能起, 若以物受光, 取其專氣, 所以生火也. 又如玻瓈·凍冰之類體明, 能受光洞照, 有物撞其尖端, 皆然, 所謂陽燧取火, 是也. 然此皆晴日, 方能如此, 不及於今俗所用者. 夫搏石出火, 古今通知者也. 旣知如此因而取火中智皆能, 則此器之古亦有之, 可推也. 安知內則之文非今之搏石者耶.	이익의 견해 이익의 관찰
308. 塵	塵由土起. 長安築龍首山土爲城, 故曰赤城, 則其塵必紅.	長安地皆黑壤, 城今赤如火, 堅如石. 父老所傳, 盖鑿龍首山土爲城. 『說郛』_〈關中記 潘岳〉
	출전 명기 없이 인용 ▷ 『說郛』	

	坡註云, 前輩戲語, 有西湖風月, 不如東華軟紅香土, 則洛陽亦紅塵矣.	半白不羞垂領髮, 軟紅猶戀屬車塵. [前輩戲語, 有西湖風月, 不如東華軟紅香土.] 『東坡詩集註』_「次韻蔣穎叔錢穆父從駕景靈宮」_宋 王十朋 撰.
	출전을 작가의 이름으로 제시: 坡註 =『東坡詩集註』	
	或土非赤, 垔浣染色暗者, 謂之緇塵, 如今漢陽王城, 是也. 又如室中編簡衣巾上飛積者, 謂之素塵. 塵由氣動, 隨氣充滿, 圭撮呼吸有容必入, 而人自不覺.	이익의 견해
	李白詩, 髣髴明窓塵, 此謂朝曦透窓, 遊塵始見也.	李白의 髣髴明窓塵, 死灰同至寂. 「草創大還贈柳官廸」(『李太白集注』)
	출전을 작가의 이름으로 제시: 李白詩 ▷ 李白의「草創大還贈柳官廸」	
	余嘗下一轉語云, 牕明日漏, 始覺塵埃裡坐在, 亦此意也. 然此不過十丈以下物. 十丈以外, 穢濁漸除, 飛步空曠, 嘘吸淸虛, 則必將益人靈明. 彼神仙有無, 吾未之知也. 有則定稍勝於壒埃中埋頂沒踵者矣.	이익의 견해
309. 果蠃	中庸, 政也者, 蒲盧也.	夫政也者, 蒲盧也. 注, 蒲盧, 蜾蠃, 謂土蜂也. 『禮記注疏』_〈中庸〉
	『中庸』=『中庸』	
	沈存中以爲蒲葦而朱子從之.	*관련기사 蒲盧, 說者, 以爲蜾蠃, 疑不然, 蒲盧卽蒲葦耳. 故曰, 人道敏政, 地道敏藝, 夫政猶蒲盧也. 人之爲政, 猶地之藝蒲葦, 遂之而已, 亦行其所無事也. 『夢溪筆談』_〈辨證〉_宋 沈括 撰. 或問, 二十章蒲盧之說, 何以廢舊說, 而從沈氏也. 曰蒲盧之爲果蠃, 他無所考, 且於上下文義, 亦不甚通, 惟沈氏之說, 乃與地道敏樹之云者相應故, 不得而不從耳. 『四書或問』_〈中庸〉_宋 朱子 撰.
	재인용: 沈存中 ▷『四書或問』	

夫爾雅所謂蒲盧者, 果蠃, 是也.	果蠃, 蒲盧. 『爾雅注疏』_〈釋蟲〉

『爾雅』=『爾雅注疏』

大戴禮所謂蒲盧者, 蜾, 是也.	蜾者, 蒲盧也. 『大戴禮記』_〈夏小正〉

『大戴禮』=『大戴禮記』

細腰蜂, 稱果蠃, 故類我之說, 肇自揚雄法言, 鄭玄諸儒, 悉取之.	果蠃, 蒲盧 [法言云, 螟蛉之子殪, 而逢果蠃. 祝之曰, 類我, 類我. 久則肖之, 是也.] 『爾雅注疏』_〈釋蟲〉 螟蛉之子殪, 而逢蜾蠃. 祝之曰, 類我, 類我. 久則肖之矣. 『揚子法言』

출전 명기 없이 인용 ▷『爾雅注疏』+『揚子法言』

莊子云, 細腰者化.	[烏孺魚沫細腰者化. 言物之自然各有性也.] 『莊子翼』_〈天運〉_明 焦竑 撰.

『莊子』► 『莊子翼』

古已有此說矣.	이익의 견해
然取螟蛉, 納于土房, 而種其子於其間. 子食虫而肥大成蜂, 穿房而出.	이익의 견해
此則歐公已辨之, 而余亦驗之. 不特細腰爲然. 蜂有絶大而負虫種子者. 營房於書帙之隙, 經日而發視之, 果蜂子張口吃虫矣, 益覺類我之說爲無據.	이익의 관찰
蓋蠃·蚌屬, 說卦所謂, 離爲蠃爲蚌, 是也.	離, 爲火爲日爲電爲中女爲甲冑爲戈兵, 其於人也, 爲大腹爲乾卦爲鼈爲蟹爲蠃爲蚌爲龜, 其於木也, 爲科上槁. 『周易注疏』_〈說卦〉_晉 韓伯 注, 唐 陸德明, 孔穎達 疏.

출전 명기 없이 인용 ▷『周易注疏』

蜾亦蚌屬, 月令所謂, 雉入大水爲蜃, 是也. 又安知果蠃之非蜃耶. 此物之易化者, 故雖指蒲葦爲果蠃, 亦可也.	이익의 견해 雉入大水爲蜃. 『禮記注疏』_〈月令〉

	家語有待化而成四字, 其義尤明.	待化以成, 故爲政在於得人. 『孔子家語』_〈哀公問政〉
	『家語』=『孔子家語』	
310. 禽獸 色	禽獸之在山水者, 必形色相似, 惟家畜者, 其色多般, 何也. 凡物無色不有, 人必聚而同養, 相與字育, 形氣間雜, 其理宜然, 與自在者不侔. 惟牛黃多黑少, 雖或犁駁而亦罕見. 通白牛, 土畜故黃多, 總名曰黃牛也. 馬衆色咸具, 而惟赤最多, 馬火畜故也. 俗稱赤多, 盖以此也. 至於豕, 毛勢象水, 色又黑, 其爲水畜無疑. 間有白點者, 亦不繁而千百同色也. 是以, 詩稱白蹢, 史稱白頭, 是皆罕之之辭.	이익의 견해
311. 千里 馬	韓愈云, 千里馬常有, 而伯樂不常有.	千里馬常有, 而伯樂不常有. 『五百家注昌黎文集』_「雜說」 등 다수 문헌
	或謂, 馬之千里, 試之立見, 有則孩童可知, 此愚駭之見, 奚足以識之. 馬有駿才, 必形鉅而氣雄. 非腹飫蒭粟, 蹄試曠原, 養之歲月, 不可. 今有能如是者否. 此伯樂所以有眼, 而瘦驪所以仰首長鳴也.	이익의 견해
	近有所識某, 遇胡駒之種瘦而劣者, 謂當有能, 乃捐價而得之. 某又貧甚, 馬恒飢益劣, 至將斃, 屠以賣肉.	이익의 전문
	噫. 馬眞劣而無用耶. 或遇非其主而莫之售能耶. 復何從而詰之.	이익의 견해
	此不獨物有然者也. 觀人亦同. 此韓愈所謂, 執策而嗟無馬者也. 余謂, 今世何獨無千里馬.	이익의 견해
	易曰, 大蹇朋來.	九五, 大蹇朋來. 『周易註』_「蹇」
	『易』=『周易註』	
	世或搶攘, 事有至難, 必有克亂之材, 生於其時, 奮乎草昧之際, 辦大業於掌股之間而裕如也. 在平常無事, 有能先覰英雄豪傑者乎. 此不但不能先覰英雄豪傑, 或不能自知, 未試故也.	이익의 견해

312. 虎攫 狗	天下曠其職者亦多矣. 狗之防偸, 職也. 狗性警, 見盗必吠, 踐其形也. 狗待養而 生, 其心未必謂以吠報養. 性之所賦, 天 機自動也. 故親友尊客欣然逢迎, 狗則 從而亂吠, 擊逐而不沮, 有吠之性, 而無 區分之智也. 夫人居必有藏, 藏必有窺. 窺必以夜, 夜必人寐, 非狗不覺, 故狗不 得不畜也.	이익의 견해
	吾郡, 近有虎恣行, 徃徃攫狗, 狗伺夜 盗, 而虎又伺狗. 狗勇不足以自免, 智不 足以謹避, 故其不値也. 露宿無忌, 旣見 則必陷也. 主人雖常戒飭, 而不能使之 曉意. 及近隣遠里患促, 而狗獨不聞, 終 爲其所啗而後已. 嗚呼, 狗與人常親近 也, 知覺之性, 非全塞也. 奈何日相慣 習, 不能喩人意, 而莫之知避, 若是之甚 也. 旣失畜犬, 感以識.	이익의 체험
313. 硯	余考硯譜, 孔子風硯之制, 池頭一面特 廣. 意者, 置墨其上便也.	伍緝之從征記云, 魯國孔子廟中, 石硯 一枚甚古朴, 孔子平生時物也. 『硯譜』_「孔子硯」
	『硯譜』=『硯譜』	
	近時, 有柳姓工造硯, 旁郭甚薄, 而又窐 入爲圓勢, 池極深濶, 而勒爲頷, 擧世慕 效.	이익의 전문
	우리나라의 관련 이야기	
	余謂郭薄勒頷則易缺, 窐圓則墨滯, 池濶 爲蓄水多也. 凡用水, 自有盛水滴在匣 中, 可以備乏. 水常留池則易塵汚不便.	이익의 견해
	余曾借人造, 皆去數者之害, 體欲其厚, 爲不動也, 面欲不淺, 爲防墨濺也, 岸欲 其廉, 防水趨下也. 岸者, 池面之際也.	이익의 체험
	子曰, 乘殷之輅, 是不特爲車而發, 凡器 用, 皆要堅朴. 儒士文房之需, 宜亦有法.	이익의 견해
314. 鳳	漢世鳳至, 見於綱目者若干. 余攷宣帝 紀, 比年有之.	이익의 견해 ＊관련기사 『資治通鑑綱目』

314.鳳	夫鳳不常有之物, 人見形色異常者, 謂之鳳, 亦宜矣. 夫陰虹五彩, 豹文斑蔚, 毒虫惡草, 徃徃有鮮麗可愛, 羽毛文章, 未必皆爲舜·文之瑞也. 假使有之, 又未必皆爲雍熙之符應. 麟與鳳等也, 麟何以見於魯哀之世, 見而踣死. 其不靈可知, 鳳獨不可以非時來耶.	이익의 견해
	武帝於潯陽江中, 親射蛟, 獲之.	漢書曰, 武帝元封五年, 帝自潯陽江, 親射蛟, 江中獲之.『古今事文類聚後集』_〈鱗蟲部〉_「漢武射蛟」
	蛟龍亦四靈之一, 存身九淵, 騰躍在天, 動必風雷隨之, 鱗甲混體, 豈弧矢可得者乎. 意者, 萬乘涉江, 鉦皷震山, 巖穴間, 巴蟒之屬, 失所投江, 爲人所殺, 遂張大爲此語也. 以此推之, 鳳之爲瑞, 亦此類. 深山絶壑, 殊色奇羽, 無物無之, 翔雲翰天, 偶至人境, 亦何足異也.	이익의 견해
	東京時, 嘉瑞不絶. 何敞謂宋由·袁安曰, 異鳥翔於殿屋, 怪草生於庭際, 不可不察.	漢章帝時, 以瑞物仍集, 改元章和, 而何敞謂宋由·袁安曰, 夫瑞應依德而至, 災異緣政而生, 今異鳥翔於殿屋, 怪草生於庭際, 不可不察『文獻通考』_〈物異考〉
	출전 명기 없이 인용 ▷ 『文獻通考』	
	此爲不刊之論也. 人謂邵康節占天津杜鵑有驗, 此亦未必皆然.	이익의 견해
		*관련기사嘉祐末, 康節邵先生, 行洛陽天津橋, 忽聞杜宇之聲, 嘆曰, 北方無此物, 異哉. 不及十年, 其有江南人以文字亂天下者乎. 客曰, 聞杜鵑, 何以知此. 康節曰, 天下將治, 地勢自北而南, 將亂自南而北. 今南方地氣, 至矣. 禽鳥飛類, 得氣之先者也. 聞見錄『古今事文類聚後集』_〈羽蟲部〉_「天津聞杜鵑」 등 다수 문헌
	徃者, 後苑白鷺無數成羣, 翔集宮樹, 引軍卒, 彈射銃砲, 亦不能禁. 朝臣李彦紀	이익의 전문

	疏曰, 禽鳥得氣之先, 白, 兵象也.	*관련기사 刑曹參議李彦紀上疏, 略曰, 間者冬雷夏旱, 地震石崩, 而白鳥來巢於上林, 要非吉祥善事. 況白屬於金, 金是兵象, 『肅宗實錄』_「27년 6월 19일」
	其言極似有理而竟無事. 以此知羽族飛止, 槩多偶然而然矣.	이익의 견해
315. 橄欖	退溪引簡齋詩, 莫言啖蔗佳境遠, 橄欖甛苦亦相竝.	陳簡齋詩云, 莫嫌啖蔗佳境遠, 橄欖甛苦亦相幷 『退溪集』_「與李大成曁諸昆季 乙卯」 *관련기사 莫嫌啖蔗佳境遠, 橄欖甛苦亦相幷. 『簡齋集』_「鄧州西軒書事」_宋 陳與義 撰.
	조선의 문헌 인용: 『退溪集』	
	按異物志, 橄欖初入, 口味澁, 後飮水更甘, 如顔子仰鑽瞻忽, 可以喩苦, 有立卓爾, 可以喩甛.	餘甘 餘甘子初入, 口舌澁酸, 飮水乃甘. 又如梅實核, 兩頭銳 呼爲餘甘, 橄欖同一物, 異名耳.[臨海異物志] 『天中記』_「橄欖」
	재인용: 『異物志』 ▷ 『天中記』	
	今當歸草, 亦類此, 旣嚼而飮冷泉, 淸甘異常.	이익의 견해
316. 竹笳	本草, 竹皮謂之竹笳.	『本草』
	按字書, 刮取竹皮爲笳, 所以塞舟者也. 如繻有衣袽之袽, 從衣則爲袽, 從竹則爲笳.	笳. 人余切. 音余. 竹笳以塞舟也. 刮取竹皮爲笳. 『正字通』
	출전으로 범칭을 서명 대신 제시: 字書 ▷ 『正字通』	
	余謂否·泰茅茹, 從草爲茹, 其義亦同, 卽塞舟防患也.	이익의 견해
	余見舟子, 必以稻稈爲索, 補塞空缺. 然易腐朽, 恐不若竹笳之爲良.	이익의 관찰
317. 馬價貴	濟州之馬, 本大宛種, 元世祖所賜. 日漸細弱, 今無駿産, 或者風氣所育.	이익의 견해
	我國舊貢果下馬, 所謂百步千蹄, 爲細	이익의 견해

	女之騎乘云, 其濟産之降殺宜爾. 又商賈用牝, 而産則妨役, 故殺其駒, 而役其母. 牧子以賤價得之, 以補償損及自斃之數, 視本種遠矣.	
	今聞數十年前, 官畜九千餘匹, 今增三千七百匹, 不啻多矣. 然國中馬價翔貴, 視古幾乎倍增, 何也.	이익의 전문 이익의 견해
	島中三邑私畜許多, 富民之畜, 或至數百匹, 買賣遍於國內, 官馬只貢于京師. 漢羅峻險, 其墜傷死者, 一歲百餘匹, 牧子求得其皮者免罰, 不得則輒以私畜替納, 故官畜所以漸增, 牧子所以難支也. 勿論以官以私, 在馬則原有此數, 疑若無貴賤之別, 而今不然者, 在官不如在民也. 有若曰, 百姓足, 君孰與不足, 百姓不足, 君孰與足. 重歛入國, 其國必貧, 何以異是. 歲貢亦許多, 自島候風費日, 又千里得達, 吃草不得, 只相與吃其鬐鬣, 贏憊顚倒, 不斃幸耳. 於是分與列邑, 使之自備蒭豆, 肥澤而後還進, 亦非國體. 分賜羣臣之有勞者, 賜多而馬少, 何以賠數. 有受其賜而數十年不見馬者, 故御賜之帖文, 但易一壺濁醪, 後或有因緣太僕賂而僅得者, 國風之虛文無實, 多如此.	이익의 전문 이익의 견해
318. 薄絹	衛文公, 大帛之冠, 大布之衣. 大者, 羹也.	衛文公, 大布之衣, 大帛之冠. 注, 大布, 麤布, 大帛, 厚繪, 蓋用諸侯諒闇之服. 『春秋左傳注疏』_〈閔公〉
	출전 명기 없이 인용 ▷ 『春秋左傳注疏』	
	所以示儉也, 爲中興之基本.	이익의 견해
	王同軌云, 少見繪帛, 皆尙勁厚, 著之琅琅, 今則專尙軟薄, 價皆浮溢, 著之輕揚, 若無骨人而性行從之, 卽百鍊剛, 化爲繞指柔也.	予少見繪帛, 皆尙勁厚, 着之琅琅, 今則棄去, 專尙軟薄軟段軟絹軟紗, 價皆浮溢, 着之輕揚, 若無骨人而性行從之矣. 何意百鍊剛, 化爲繞指柔. 可嘅也夫. 『耳談類增』_「圓通」_明 王同軌 撰.
	출전으로 서명 대신 찬자의 이름을 제시: 王同軌 ▷ 『耳談類增』	

余謂繪帛之細者, 易弊可惡. 寒凍之具, 猶或無妨, 如當暑, 麻絺之屬, 濡汗貼身, 細不如麤, 但形色爲勝. 形色屬於人目, 爲人目而不憚身害, 惑矣.	이익의 견해
夫細縷織絺, 功費無限而價溢, 服此者, 非自織也. 以此賦於民, 民其堪乎.	이익의 견해
所以大東小東, 杼柚其空, 而七襄天女, 不成報章也.	小東大東, 杼柚其空. 跂彼織女, 終日七襄, 雖則七襄, 不成報章. 『詩經集傳』_「大東」 宋 朱子 撰

출전 명기 없이 인용 ▷ 『詩經集傳』

天下安得不匱耶.	이익의 견해
中行說, 敎匈奴不貴繪帛, 其心雖非, 其事則是. 今之時, 以無算寶錠, 徃貿異域, 侈産貴富, 身上莫非此物, 旋弊而旋繼, 不知紀極, 何哉.	이익의 견해 *관련기사 中行說旣至, 因降單于. 單于愛幸之. 初, 單于好漢繒絮食物. 中行說曰, 匈奴人衆, 不能當漢之一郡. 然所以强之者, 以衣食異, 無卬於漢. 今單于變俗, 好漢物, 漢物不過什二, 則匈奴盡歸于漢矣. 其得漢絮繒, 以馳草棘中, 衣袴皆裂弊, 以視不如旃裘堅善也. 得漢食物, 皆去之. 於是, 說敎單于左右. 『前漢書』_「匈奴傳」
夫墻薄則亟壞, 器薄則亟毀, 繪薄則亟裂, 薄而可以支久者, 未之有也.	墻薄則亟壞, 繪薄則亟裂, 器薄則亟毀, 酒薄則亟酸. 夫薄而可以曠日持久者, 殆未有也. 『新序』_〈雜事〉_漢 劉向 撰.

출전 명기 없이 인용 ▷ 『新序』

韓子曰, 省刑之要, 在禁文巧. 又曰刻鏤文采, 無敢造于鄉.	省刑之要, 在禁文巧. 『管子』_〈牧民〉 使刻鏤文采, 毋敢造於鄉, 工師之事也. 『管子』_〈立政〉

출전 오기: 韓子 ▶ 『管子』

此孰不知其果然, 然有國者, 未嘗不禁於始, 亦莫不弛頹於末, 奈何.	이익의 견해

319. 敏樹	國有仁心仁政, 其應如桴鼓影響.	이익의 견해
	故曰, 德之流行, 速於置郵而傳命,	孔子曰, 德之流行, 速於置郵而傳命. 『孟子』_〈公孫丑章句〉
	출전 명기 없이 인용 ▷ 『孟子』	
	其要在絜矩, 以身先之也. 何以驗之. 今有一盞水, 以黑一點投之, 須臾和遍盞中. 房中香一炷, 亦氣無不遍也. 何以異是. 有政而無應, 皆非實德實行.	이익의 견해
	孔子曰, 違山十里, 猶聞蟋蛄之聲, 盖政莫如應之也.	子謂宰予曰, 違山十里, 蟋蛄之聲, 猶在於耳, 故政事莫如應之. 『家語』_〈子路初見〉
	출전 명기 없이 인용 ▷ 『家語』	
	中庸云, 人道敏政, 地道敏樹. 敏者, 速也.	人道敏政, 地道敏樹. [敏, 速也.] 『中庸章句大全』
	『中庸』=『中庸』	
	樹木在地, 春雨膏之, 於是便有萌動, 日滋長而出土, 暵乾則便又枯死. 其葉枯者, 根已先病矣. 又須及未枯而灌之, 不然, 雖移西江之水, 無補也. 民生愁怨, 卽葉之始瘁, 爲人上者, 姑息而不養, 至于叛亂, 則雖加十惠九澤, 何及哉. 又若蔓草大樹, 千枝百葉, 一一沃, 若斷其根株, 則俄見盡瘁, 此見敏樹之一證, 可懼.	이익의 견해
320. 倭刀	倭人爲刀, 刃在左斜, 其尖尖. 鈍則只磨其斜一分而刃利, 故易治而用久. 其造也, 鋼鐵在左, 柔者在右, 所以恒利不鈍也. 其制刃, 太薄則易缺, 脊太厚則體重而費鐵, 停其厚薄, 斜剡其刃, 用意極巧也. 東人得之, 必磨去其剡, 則失其用矣. 國中造刀, 鑄鐵無術, 柔而不鋼, 脊不厚而刃益薄, 所以易敗. 其一面, 必嵌入爲溝, 此不知何意. 意者, 古時物必勒其工名, 鍍金鍍銀爲字, 鑴在溝中, 爲其不磨. 後失其本志, 而溝獨有遺制耶. 倭人, 多爲起花, 爲物形, 磨而不去. 起花者, 用金絲縈, 縈之其花則見, 而打磨	이익의 견해

	光淨. 其假造者, 是黑花云. 金絲礬, 不知何物, 而不過如今白礬綠礬之類耳. 此雖細事, 用物而不知其名, 君子耻之, 故錄之.	
	우리나라의 관련 내용	
321. 牲體	後俗, 日就奢靡. 讀內則, 笑八珍之椎魯, 讀饋食, 譏牲體之苟細, 是不知其本志也. 人物之生, 久矣. 至姬周美饌珍羞, 何物不有. 聖人懼其俗之益侈, 造爲八珍, 不過牛羊米穀之物, 此亦可珍, 未宜遠求奇怪難致之物也. 祭以少牢, 除其半體, 又後脚上一節, 以近竅而不用, 則所進幾何. 後俗於享先, 例不憚豐侈, 或至於褻瀆, 故定爲式, 示其貴誠不貴豐, 用此爲心, 寧有濫溢於飮食饋羞之間者耶.	이익의 견해
322. 䯻粧	婦人髮飾曰䯻, 其制代變. 古者, 只有副編次, 自後夫人以下, 常居只有纚笄總, 不加髮飾. 次者, 被髢也. 次第髮爲之, 則非編絞不成, 與編列者不同, 婦人之盛飾也.	追師, 掌王后之首服, 爲副編次. …… 次, 次第髮長短爲之, 所謂髮髢, 服之以見王. 王后之燕居, 亦纚笄總而已. 『周禮注疏』〈天官〉
	출전 명기 없이 인용 ▷ 『周禮注疏』 *원 출전의 내용을 상당 정도 가공하였음.	
	東俗之繞首還卷, 以自貫者, 近是. 余於詩說, 以卷髮如蠆爲證. 意者, 殷之遺俗, 至今猶存耶.	이익의 견해 彼君子女, 卷髮如蠆. 『詩經集傳』「都人士」
	우리나라의 관련 내용	
	䯻亦多般. 高曰鳳䯻, 步搖曰雲䯻‧迎春‧垂雲, 自漢宮始. 飛仙‧大環, 自王毋始, 分䯻‧同心, 自漢明始. 反綰‧隨雲, 自魏始. 靈蛇出於甄后, 隋有無眞‧迎唐‧飜荷‧坐愁, 唐有半飜‧反綰‧樂遊‧歸順之名. 長安作盤柏‧驚鵠, 謂梁冀妻墮馬䯻遺狀也.	周文王於䯻上加珠翠翹花, 傅之鉛粉, 其䯻高, 名曰鳳䯻. 又有雲䯻, 步步而搖, 故曰步搖. 始皇宮中, 悉好神仙之術, 乃梳神仙䯻, 皆紅妝翠眉, 漢宮尙之. 後有迎春䯻‧垂雲䯻, 時亦相尙. 漢武就李夫人取玉簪搔頭, 自此宮人多用玉. 時王母下降, 從者皆飛仙䯻‧九環䯻, 遂貫以鳳頭釵, 孔雀搔頭, 雲頭篦以瑇瑁爲之.

322. 髻粧		漢明帝令宮人, 梳百合分髾髻·同心髻. 魏武帝令宮人, 梳反綰髻·挿雲頭篦, 又梳百花髻. 晉惠令宮人, 梳芙蓉髻, 挿通草五色花. 陳宮中, 梳隨雲髻, 卽暈妝. 隋文宮中, 梳九眞髻, 紅妝謂之桃花 面, 挿翠翹桃蘇搔頭, 帖五色花子. 煬帝令宮人, 梳迎唐八鬟髻. 挿翡翠釵子作日妝, 又令梳翻荷鬟, 作 啼妝, 坐愁髻, 作紅妝. 唐武德中, 宮中梳半翻髻, 又梳反綰髻 ·樂遊髻, 卽水精殿名也. 開元中, 梳雙鬟·望仙髻及迴鶻髻. 貴妃作愁來髻. 貞元中, 梳歸順髻, 帖五色花子, 又有 鬧掃妝髻. 古今注云, 長安作盤桓髻·驚鵠髻, 復 作俀髻髻, 一云梁冀妻墮馬髻之遺狀 也. 『說郛』_「妝臺記 宇文氏」
	『說郛』의 내용을 요약하였음.	
意者, 其狀如柏之枝葉盤結, 如鳥之聳 起.	이익의 견해	
唐詩云, 綠鬢聳墮蘭雲起者, 是也.	綠鬢聳墮蘭雲起 李賀의 「少年樂」(『御定全唐詩』)	
	출전을 범칭으로 제시: 唐詩 ▶ 李賀의 「少年樂」	
墮馬者, 或是垂至於騎馬也. 其粧也, 有 日粧·暈粧·紅粧·啼粧之別. 意者, 日 粧者, 用朱圓畫也, 紅粧者, 淺紅也, 暈 粧者, 用他彩圍暈於外也, 啼粧, 不可曉.	*관련기사 挿翡翠釵子, 作日妝, 又令梳飜荷鬟, 作啼妝, 坐愁髻, 作紅妝, 至唐武德中, 宮中梳半翻髻, 又梳反綰髻, 樂遊髻, 卽水精殿名也. 『說略』_〈服飾〉	
冀妻孫壽爲愁眉·啼粧, 或者, 謂愁則曲 眉, 啼則掩淚, 故有物遮護半面.	桓帝元嘉中, 京都婦女, 作愁眉啼粧墮 馬髻折要步齲齒笑, 所謂愁眉者, 細而 曲折, 啼粧者, 薄拭目下若啼處. 墮馬 髻者, 作一邊. [梁冀別傳曰, 冀婦女, 又有不聊生髻] 『後漢書』_〈五行志〉_「五行」 『文獻通考』, 『天中記』, 『搜神記』에 동 일 내용이 인용되어 있음.	

	원출전의 내용을 상당 정도 요약하였음.	
	杜詩所謂, 翠微匌葉垂鬢脣, 是也.	翠微匌葉垂鬢脣. 杜甫의「麗人行」(『杜詩詳註』)
	출전으로 작가의 이름을 서명 대신 제시: 杜詩 ▶ 杜甫의「麗人行」	
	陳爲隨雲而入隋, 隋爲迎唐而入唐, 隨者, 隋也, 人以此爲符應也.	陳宮而梳隨雲髻, 隋宮復梳迎唐髻, 皆預應入隋居唐之徵也. 『說略』_〈服飾〉
	『說略』의 내용을 상당 정도 가공하였음.	
	孫壽善爲妖態, 其愁眉·啼粧·墮馬髻·齲齒笑·折腰步.	孫壽色美, 善爲妖態, 作愁眉啼妝墮馬髻折腰步齲齒笑, 以爲媚惑.[冀妻媚態, 以孽爲禎妖, 由人興, 不亡何待.] 『後漢書補逸』「梁冀妻」
	출전 명기 없이 인용 ▷『後漢書補逸』	
	曰愁曰啼曰墮曰齲曰折, 豈非傾敗之兆耶.	이익의 견해
323. 雉鷄 鳴翼	說卦, 离爲雉, 巽爲鷄.	離爲雉, …… 巽爲鷄. 『周易注疏』_〈說卦〉
	출전으로 편명을 서명 대신 제시: 〈說卦〉=『周易注疏』_〈說卦〉	
	雉屬火, 故先鳴而後翼, 鷄屬木, 故先翼而後鳴.	이익의 견해 ＊관련기사 相感志曰, 野鷄屬陰, 先鳴而後鼓翼, 家鷄, 屬陽, 先鼓翼而後鳴. 『坤雅』_〈釋鳥〉_「鵲」
	易曰, 風自火出, 火烈則風生. 雉所以後翼, 風搖而木方有聲, 鷄所以先翼也	象曰, 風自火出, 家人君子, 以言有物而行有恒.[風自火出者, 火熾則炎上而風生也.] 『周易集註』「家人」 이익의 견해
324. 神仙· 二酉	孔子在陳, 謂子路曰, 六畜及龜蛇魚鼈草木之屬久者神, 皆憑依能爲妖怪, 故謂之五酉. 酉者, 老也, 五行之方, 皆有其物. 物老則爲怪.	孔子厄於陳 …… 子路引之 …… 孔子曰此物也何爲來哉. …… 夫六畜之物及龜蛇魚鼈草木之屬久者神, 皆憑依能爲妖怪. 故謂之五酉. 五酉者, 五行之方, 皆有其物. 酉者, 老也, 物老則爲怪. 殺之則已, 夫何患焉.

		『搜神記』 『廣博物志』, 『天中記』, 『太平廣記』에 전재되어 있음.
	출전 명기 없이 인용 ▷『搜神記』등	
	鬼神者, 氣之凝聚也. 形焉而無質, 形能幻化, 無微不入, 無質故也. 氣有聚散, 亦有聚久不散者, 久能有形, 形具則必有知覺, 久故能識古事, 微故能察物情.	이익의 견해
	今事鬼者, 能通他心, 如不能入其方寸, 何以解人之私計乎. 物久而神者, 非物化神, 神乃憑依也. 神何嘗不得憑物. 物不久, 故不過如旅店經行而不得憑依爲宅. 人或有一時現奇說妄, 是也. 久便相與渾化爲一, 亦飛昇恍惚, 永壽不滅.	이익의 견해
	所謂神仙, 卽人而善事神者也. 形爲神假而肉身則變矣. **伯陽所謂依託丘山, 與鬼爲隣.** 乃神仙之註脚也. 畢竟與狐魅·狸精·木妖·石怪, 何別. 然則安期·呂洞賓之屬, 只如土塑畫像之流傳, 其實非安呂之不死也.	이익의 견해 *관련기사 依託丘山, 循遊寥郭, 與鬼爲鄰, 百世一下, 遨遊人間. 『升菴集』, 「漢人好作隱語」 魏伯陽[離合體] 委時去害, 依託丘山, 循遊寥廓, 與鬼爲鄰.[合魏字] 『古詩紀』_明 馮惟訥 撰.
	天地間合散之氣, 陰陽五行而已. 五行謂之五酉則二氣爲二酉也. 所謂大小二酉者, 卽陽大陰小之義. 易言大小徃來, 是也. 盖指造化之根柢歟.	이익의 견해 *관련기사 詩書爲大羹, 史折俎, 子爲醯醢, 大小二酉, 山多藏奇書, 故名篇曰酉陽雜俎. 『文獻通考』_〈經籍考〉_「子 小說家」 易之大小進退徃來. 『周易傳註』_〈繫辭上傳〉
325. 相蜂	蜂桶中色黑者, 謂之相蜂. 古謂善養蜜者, 未可信. 此物, 不能螫, 不能採花, 至蜜旣成, 則羣蜂逐之. 至明年種子, 別種相蜂如前, 此理不可窮.	이익의 견해

	嘗驗之, 盛夏, 分子離桶, 相蜂先動, 羣鳴亂飛. 意是先定可徙之地. 及其離桶, 相蜂先導, 王蜂繼之, 羣蜂簇擁, 而其相者必衝入於內.	이익의 관찰
	意者, 親近衛護也, 名之曰相, 不亦宜乎. 不知此物種成者何物, 又不知秋後何之, 亦恐如草虫之蛾, 遇寒必死, 不損其食. 旣無養蜜之功, 則非其力而不食, 其理亦當. 後世居卿相之位, 無所事事而朘民厚己者, 可以知愧.	이익의 견해
326.蟹奴	蛤中有小紅蟹, 名蟹奴. 古云, 爲蛤出求食者, 非矣. 此恐與蠧之有蠻, 同也. 其體極細, 安能爲蛤出求食耶.蛤之無奴者尤多, 則誰爲求之. 蛤亦有喙, 殼開而喙出, 拄地力引, 所以能行, 觀於田螺之行, 可以推知. 行而求食, 殼便開闔, 外物託入, 故蟹卵波漾易入. 二虫性近, 所以生成於其中也. 或疑如人之有虱, 牛鹿之有蜂, 理或然矣.	이익의 견해*관련기사有一小蟹, 在腹中, 爲蟳蛣出求食.『蟹畧』〈江蟹〉舊說, 蠅於蠶身乳子, 旣繭化而成蛆, 俗呼蠻子, 入土爲蠅.『埤雅』〈釋蟲〉
327.袴褶·腰褶	壬辰之後, 升朝官, 皆袴褶. 余家有先祖畫像, 黑絹窄袖, 亂後之制, 而長至於髀, 則非本樣也. 元人, 有袴褶·腰褶之制, 袴者, 胯也. 袴褶, 褶在膝. 腰褶, 褶在腰, 以便上馬. 今北人上服, 止於腰, 腰褶, 是也.	이익의 견해이익의 체험*관련기사袴褶, 非古禮, 罷之奏可. 蔽膝者, 於衣裳上著以蔽前也.『通雅』〈衣服〉
	우리나라의 관련 내용	
328.惡獸殺人	孟子論一治一亂, 亂皆云禽獸至, 治皆云驅禽獸. 下又云鳥獸, 獸則虎豹犀象, 是害人之物, 鳥未必殺人噉人.	이익의 견해天下之生久矣, 一治一亂, …… 驅蛇龍而放之. …… 險阻旣遠, 鳥獸之害人者消, 然後人得平土而居之.『孟子』〈滕文公章句〉
	『孟子』=『孟子』	
	意者, 啄傷五穀, 俾民無食則亦一亂之會也. 盖禽獸得氣之先, 與人有陰陽之別. 陽氣衰則陰便盛, 怪禽異獸, 所以羣集, 民生安得遂其生, 故聖人出於其間, 驅以去之然後, 人得爲人.	이익의 견해

	昔者, 人神雜糅, 是亦一亂. 禽獸之害, 卽其例也. 自周以後, 鬼神禽獸, 或未之聞, 而華夷雜處, 其亂莫大也. 孟子又以異端當之, 謂將與禽獸同歸矣.	이익의 견해 吾爲此懼, 閑先聖之道, 距楊墨, 放淫辭邪說者, 不得作, 作於其心, 害於其事, 作於其事, 害於其政, 聖人復起, 不易吾言矣. 『孟子』_〈滕文公章句〉
	今數十年來, 惡獸殺人, 遍于域中, 武臣嬉笑, 坐觀一任, 生靈之隕命, 何哉. 皆謂屛之無術, 余謂營府養兵, 武庫蓄械, 以待用也. 用莫善於救民, 彼草間虫獸除, 豈無路. 若然, 敔敵强寇, 鋒鋩砲矢之間, 何以抵當. 可咍.	이익의 견해
	우리나라의 관련 내용	
329. 金鷄 放赦	夜半陽氣動, 鷄必鼓翼而唱, 以報喜也. 國之有赦, 囚徒蒙放, 故天鷄星動則必有赦, 其理卽然也, 故北方殿門外, 建金鷄以象之, 所謂金鷄放赦, 是也. 然赦者不善人之望, 又何能動天象. 唐宗云, 一歲再赦, 好人喑啞.	이익의 견해 *관련기사 盖海中星占云, 天鷄星動, 爲有赦. 故後魏北齊赦日, 皆設金鷄, 揭于竿. 至今猶然. 『爾雅翼』_〈釋鳥〉_「鷄」 唐太宗謂羣臣曰, 語云, 一歲再赦, 好人喑啞. 吾有天下, 未嘗數赦者, 不欲誘民於幸死也. 『山堂肆考』_「一歲再赦」
330. 酒	余一不知夫酒之爲益也. 大禹旣惡後世之亡國, 而只云遂疏儀狄, 何不一切禁絶而止於疏之耶. 酒誥之文, 亦煞歜後, 父母慶則飲, 羞饋食則飲, 克羞耉則飲, 如是而其能法行耶.	이익의 견해 [父母慶則可飲酒, 克羞耉則可飲酒, 羞饋祀則可飲酒.] 『書經大全』_〈酒誥〉
	출전으로 편명을 서명 대신 제시: 〈酒誥〉=『書經大全』_〈酒誥〉	
	聖王旣知生民之患害, 則列國臣民莫敢越厥, 老幼人鬼, 奚暇計數哉. 虞夏以前, 固已無酒而治矣, 人民壽長, 鬼神歆嗅, 何待乎亡國之尤物,	이익의 견해
	而管仲云, 酒入則舌出, 舌出則身棄, 與其棄身, 不寧棄酒乎.	管仲對曰, 臣聞, 酒入舌出, 舌出者言失, 言失者身棄. 臣計棄身, 不如棄酒. 『說苑』_〈敬愼〉_漢 劉向 撰. *다수 문헌에 동일 내용이 실려 있음.

출전 명기 없이 인용 ▷ 『說苑』 등	
夫酒病曰酗. 酗者, 凶也. 酒之凶, 如兵之爲凶器. 可去斯, 卽去矣. 姑留而待其凶, 可乎. 人以天地山川之祀爲難, 天地山川, 不過以氣言也, 何必待酒而療飢乎. 必因此爲禮, 亦不可深曉. 宗廟之事, 苟以大義祝告, 則先王子民之志, 必無不肯許之理. 不禁則已, 禁則必如劉先主之竝罪釀具, 然後方有益. 聖人曰, 不爲酒困, 何有於我哉. 聖猶如此, 吾輩宜斬釘斷根, 恐懼其或害.	이익의 견해 *관련기사 時天旱禁酒, 釀者有刑, 吏於人家索得釀具. 論者欲令與作酒者同罰. 雍與先主游觀, 見一男女行道, 謂先主曰, 彼人欲行淫. 何以不縛. 先主曰, 卿何以知之. 雍對曰, 彼有其具與欲釀者同. 先主大笑, 而原欲釀者. 雍之滑稽, 皆此類也. 『三國志』 〈蜀志〉 子曰, 出則事公卿, 入則事父兄, 喪事不敢不勉, 不爲酒困, 何有於我哉. 『論語』 〈子罕〉
昔有劉乙者集酒失賈禍者, 爲百悔經, 絶飮終身.	閩士劉乙, 嘗乘醉, 與人爭妓女, 旣醒慚悔, 集書籍凡因飮酒致失賈禍者, 編以自警, 題曰百悔經, 自後不飮, 至於終身. 『淸異錄』 〈君子〉 「百悔經」 宋 陶穀撰. 『說郛』, 『山堂肆考』에도 전재되어 있음.
출전 명기 없이 인용 ▷ 『淸異錄』 등	
始不飮可也, 何必至於悔.	이익의 견해
余少而能飮, 後更頓斷, 見人酬酢, 漠如他事, 心定故也. 遂遺命子孫, 異時祭吾, 用醴不用酒, 不徒迷亂之爲患, 損財故也. 國有大侵則必有禁, 爲其害食. 吾輩貧士無田, 固無歲而不歉荒. 若不嚴立誓盟, 覆喪, 可屈指待矣. 或以降神, 氣達爲誘. 余曰, 虞夏之際, 祭不降歟耶. 鬱鬯變爲淸酤, 酤變爲醴, 未爲不可.	이익의 체험 이익의 견해
331. 精衛	古有精衛木石之異. 四海之廣, 今古之久, 蓋無事不有. 今人觀記之外, 瞠然皆疑可哂.	*관련기사 又北二百里曰發鳩之山. 其上多柘木, 有鳥焉. 其狀如烏, 文首, 白喙, 赤足,

	名曰精衛. 其鳴自詨. 是炎帝之少女, 名曰女娃. 女娃遊于東海, 溺而不返, 故爲精衛, 常銜西山之木石, 以堙于東海. 『山海經』_〈北山經〉
漢臨江王死於兔, 葬藍田, 燕數萬銜土, 置塚上, 百姓憐之. 見漢書.	臨江閔王榮, 以孝景前四年爲皇太子, 四歲廢爲臨江王, 三歲坐侵廟壖地爲宮. 上徵榮, 榮行, 祖於江陵北門. 旣上車, 軸折車廢, 江陵父老流涕竊言曰, 吾王不反矣. 榮至, 詣中尉府對簿. 中尉郅都簿責訊王, 王恐, 自殺. 葬藍田, 燕數萬銜土, 置冢上, 百姓憐之. 『前漢書』_〈景十三王傳〉
명확한 형식의 출전 제시: '見漢書', 『漢書』=『前漢書』	
唐貞元中, 田緒·李納境內, 羣烏銜木爲城, 高二三尺, 方十餘里, 焚之, 信宿如舊, 烏口皆流血, 稱烏城, 見酉陽雜俎.	貞元四年, 鄭汴二州, 羣烏飛入田緒·李納境內, 銜木爲城, 高至二三尺, 方一里餘. 納·緒, 惡而命焚之, 信宿如舊, 烏口皆流血. 『酉陽雜俎』_〈廣動植〉 『太平廣記』에도 동일한 내용이 전재되어 있음.
명확한 형식의 출전 제시: '見酉陽雜俎', 『酉陽雜俎』=『酉陽雜俎』	
此盖鬼魅爲之, 非禽鳥之有靈. 凡古今事之不常者, 以此究之, 更無所疑耳.	이익의 견해
332. 虎僕	虎僕·倀鬼之說, 古人或歸誕妄. 余謂有是理. 道士有役鬼之術, 則鬼固有慴服者矣.	이익의 견해 *관련기사 皇甫松大隱賦, 書抽虎僕, 射用牛螮. 博物志有獸, 緣木文似豹, 名虎僕, 毛可取以爲筆. 今俗名九節狸. 張季文, 嘗以此筆見貽, 信爲佳也. 『升菴集』_「虎僕」 虎所至, 倀鬼爲之先驅, 輒壞獵人機械, 當以烏梅楊梅之類布地, 盖此鬼嗜酸而不顧虎, 虎乃可擒. 『說郛』_「倀鬼」
	我國舊有魘魅, 今敕文尙云, 不得與於敕令, 則其事不遠也.	이익의 견해

우리나라의 관련 내용	
明王弼傳, 宋濂之所作, 時有妖術. 王萬里有怨於弼, 弼方讀書, 牕外有嘯聲, 又晝來哭, 問之, 曰我周氏女, 名月西. 萬里, 禁架昏迷, 至柳林, 先髡髮, 次穴心肝, 取眼舌耳鼻之屬, 粉之爲塊, 呪劫精魂, 使附於紙, 刑怠奴, 稍怠則以鍼刺苦痛, 遣兒來相害君. 其白之時, 在座者十八人, 聯署名, 共白於縣, 捕萬里, 槖中得符印長短鍼, 伏辜. 後有二鬼來言, 與月西同怨云. 盖西方怪術多類此者, 不可誣.	王弼, 字良輔, 秦州人. 游學延安北, 遂爲龍沙宣慰, 司奏差. 龍沙卽世謂察罕腦兒者也. 弼以剛正忤上官, 去隱於醫. 至正二年, 吉巫王萬里與從子尙賢, 賣卜龍沙市. 冬十一月, 弼往視焉, 忿其語, 侵坐折辱之, 萬里恚甚, 驅鬼物懼弼. 弼夜坐讀金縢篇, 忽聞窓外悲嘯聲. 啓戶視之, 空庭月明無有也. 翌日, 晝哭于門, 且稱冤. 弼召視. 鬼者厭之, 不能勝. …… 『宋學士文集』_〈王弼傳〉 *관련기사 弼夜坐, 忽聞窻外悲嘯聲, 啓戶視之, 空庭月明, 無有也. 翌日, 晝哭於門, 且稱冤. 弼乃祝曰, 豈予藥殺爾邪. 苟非餘, 當白爾冤. 鬼曰, 兒閱人多, 惟翁可托, 故來訴翁, 非有他也. 翁若果白兒冤, 宜集十人爲證佐. 弼如其言. 鬼曰, 兒周氏女也, 居大同豊州之黑河, 父和卿, 母張氏, 生時月在庚, 故小字爲月西. 年十六, 母疾, 父召王萬裏占之, 因識其人. 母死百有五日, 父晝臥, 兄樵未還, 兒偶步墻陰, 萬裏以兒所生時日禁咒之, 兒昏迷瞪視不能語. 萬裏負至柳林, 反接於樹, 先剃其髮, 纏以彩絲, 次穴胸割心肝曁眼舌耳鼻指爪之屬, 粉而爲丸, 納諸匏中, 復束紙作人形, 以咒劫制, 使爲奴. 服役稍怠, 擧針刺之, 痛不可言. 昨以翁見辱, 乃遣兒報翁, 兒心弗忍也. 翁能憐之, 勿使銜冤九泉, 兒誓與翁結爲父子. 在坐諸父愼毋泄, 泄則禍將及. 言訖, 哭愈悲. 弼共十人者皆灑涕, 備書月西辭, 聯署其名, 潛白於縣. 縣審之如初, 急逮萬裏叔侄鞫之, 始猶抵拒, 月西與爭, 反復甚苦, 且請搜其行橐, 遂獲符章印尺·長針短釘諸物, 萬裏乃引伏云 …… 『子不語續』_淸 袁枚.

	顧長康, 挑隣女, 不聽, 卽畫其像, 貫針于胸. 女心痛乃屈, 去針痛已.	晉顧愷之善丹靑. 挑一鄰女, 不從, 乃畫女像於壁, 以棘針釘其心, 女心痛. 愷之因致其情, 女從之, 去針而愈. 『山堂肆考』_〈器用〉_「愷之棘針」
	출전 명기 없이 인용 ▷ 『山堂肆考』	
	與月西事相近, 所謂虎僕, 亦何異事.	이익의 견해
333. 金銀	平時財寶不過粟布, 久則食漸於珍異, 衣漸於錦綺, 其要在禁抑撙節, 使不得肆而已. 不幸而用武, 激衆賞功, 金銀爲最. 府藏旣竭, 亦不可謂富國. 軍旅之際, 必須輕寶, 故智者之所致意也. 衣食者, 日日所需, 非久遠之可待. 金銀産於鑛, 一出則恒存, 苟不流散域外, 何故不積. 必也不越境而可求矣. 然地出無窮而公私之貯不贍者, 處之失其道也. 其要亦不過曰儉而不侈. 侈之所費, 率皆玩好浮靡遠方難得之物異味也珍服也奇玩也華采也, 皆金銀之所貿也. 出者不還, 入者易弊, 國如何不貧. 若能設禁邊郡, 使異味珍服奇玩華采, 不得入, 不數年而國富矣.	이익의 견해
	商子曰, 粟生而金死, 粟死而金生. 金一兩, 生於境內, 粟十二石, 死於境外. 國好生金於境內, 則金粟兩死, 國好生粟於境內, 則金粟兩生而國强, 以粟比金則粟重, 以金比異味珍服則金重, 生死內外之說, 善喩矣.	粟生而金死, 而粟本物賤, 事者衆, 買者少, 農而姦勸, 其兵弱, 國必削至亡, 金一兩生於境內, 金一兩死於境外, 國好生金於境內, 則金粟兩死, 倉府兩虛, 國好生粟於境內, 則金粟兩生, 倉府兩實, 强國之. 『商子』_〈去强〉
	『商子』=『商子』 『商子』의 내용을 상당 정도 가공하였음.	
334. 木妖	木石之妖, 古今多聞. 木有生旺之氣, 若有知覺, 然不比石之頑然也, 故多爲鬼物所憑依, 又或歲久, 中空養成異物, 其理卽然也.	이익의 견해
	近時, 有申姓士人伐墓, 木妖便隨至其家, 劫與之交. 百道呪, 逐不能得. 夜必同寢席, 一如人道. 其終情眷密, 比至於病死, 是必老狐精所祟.	이익의 전문

	우리나라의 관련 이야기	
	大抵古今鬼魅之淫人者, 鬼必牡, 狐必牝矣.	이익의 견해
	近世, 完城君李曼爲全羅監司, 府內有古木伐之, 樹穴中有物, 馬形而無毛, 大不及猫, 獨目猶未成蟲, 動有生氣, 見風日而死. 此金監司始振親聞者. 若又稍久則必將眩怪欺人矣. 斬木者, 愼之.	이익의 전문
	우리나라의 관련 이야기	
335. 木綿	木綿, 自麗末來, 幾遍於國中. 然不種處尙多, 謂風氣不同者, 殆非也. 西路之黃州·鳳山, 湖中之文義·沃川等, 是宜土最豐, 至畿內漸不殖.	이익의 견해
	余居濱海, 驗於近地, 水原之雙阜一面, 皆不種, 豈四五十里之間土性, 若是相懸耶. 余所居牛鳴之墟, 濱海一片地亦然. 其實俗習不改而非物産爾殊也.	이익의 체험
	周觀四方則峽裡海堧, 無處不産則責在人也. 湖南之地, 無蘇麻, 只以茱萸樹實, 取油供燈. 南瓜之生, 亦近百年, 尙不及於湖南, 則綿之不生, 亦與此同矣. 卵可以爲鷄, 而非窠伏則不成, 蠶可以爲絲, 而非桑飼則不成. 卵不窠, 蠶不飼而待其成, 可乎. 雖間有試者, 終緣習俗, 失宜魯莽減裂而止曰, 地不宜也. 夫豈然哉. 余知此而習痼手生, 終亦不得如法矣. 今北路無綿, 北路一帶, 莫不濱海, 其暄暖, 反勝畿湖之山郡. 若種之有術, 亦必有補, 而習於衣麻衣皮, 不肯致力. 有人能誘導而成俗, 卽有黃始·文益漸之功矣.	이익의 견해
	우리나라의 관련 내용	
336. 銀貨	禹貢珠玉金銀之屬, 皆在壤奠. 不知無此則邦國闕用耶. 近於玩好, 浸成侈俗則害大也. 然後世多以武力持世, 軍旅勸賞, 惟貴輕寶, 粟布反有不逮也.	이익의 견해

我國山多於野, 銀鑛碁布, 禁民私採而官斂過重, 民輒掩諱. 國內需用, 多自日本來, 亦盡沒於燕市. 苟使兵禍連結, 將何以激發將士之心. 宜及今先杜外流之寶, 許民私採, 則將有公私之積, 可以裕用.	이익의 견해
우리나라의 관련 내용	
夫銀鑛, 採久穴深, 人多搤死. 死地而民猶貪進者, 爲利也. 征斂過重, 其肯樂赴耶. 燕貨本有禁, 犯者重律, 商譯抵死, 故藏齎, 渡江之際, 衣縫靴底鞍韂轎箱, 無不隱藏. 不獨此也, 員數之外, 擅渡上流, 乘夜混入者, 亦多.	이익의 견해
中歲, 有灣尹韓姓者, 定各人所齎之數, 俾無得過. 此殆月攘之類, 終何益.	이익의 전문 이익의 견해
今聞此法亦不行矣. 其所貿者, 錦段爲最害, 其他藥物美味奇玩輦輸無限, 不日而耗盡矣, 豈非可惜.	이익의 전문 이익의 견해
余謂雖藥物亦可防. 今京師之人, 動輒湯劑至遠, 方山峽則不知有醫方, 畢竟或死或否, 兩較均齊, 不見利害之別, 而庸醫之枉殺反夥, 又況國中之産, 亦足以救活耶. 今聞交廣之桂, 川蜀之砂, 燕市已絶, 比三五十年之前, 人之疾病死亡, 轉益多數耶. 殆未然耳.	이익의 견해
337. 挾棒	詩曰, 伯也執殳, 爲王前驅. 殳無刃之器, 疑若不及於長鎗大刀. 然以勇力之士言, 亦莫如白棒之便好. 劍不能割棒, 鎗不能穿棒, 棒能折斷劍鎗也. 其能執殳前驅則勇可知矣. 昔爾朱榮, 但以白棒勝葛榮軍, 可以見矣.	伯兮朅兮, 邦之桀兮. 伯也執殳, 爲王前驅. 『詩經』_「伯兮」 *관련기사 後魏, 葛榮擧兵, 向京師, 衆號百萬. 相州刺史李神雋, 閉門自守. 爾朱榮, 率精騎七千人馬, 皆有副, 倍道兼行, 東出塗口, 與葛榮遇, 衆寡非敵. 葛榮聞之, 喜乃令其衆, 辮長繩曰至便, 縛取之. 自鄴以北, 列陣數十里, 翼張而進. 榮潛軍山谷爲奇兵, 分督將以上三人爲一處, 處有數百騎, 令所在揚塵鼓譟, 使賊不測多少. 又以人馬逼戰, 刀

337. 挾棒		不如棒, 密勒軍士馬上, 各齎棒一枚, 置於馬側. 至戰時, 不聽斬級, 以棒擊之而已, 慮廢應援. 乃分命壯勇所當衝突, 榮身自陷陣, 出于賊後, 表裏合擊, 大破之. 於陣擒葛榮, 餘衆悉降. 『武編後集』_「疑」
	三國時, 吳將賀齊, 擊黝歙諸賊, 賊有善禁者, 官軍刀劍, 不得拔, 弓弩射, 皆還自向. 齊曰, 吾聞金有刃, 虫有毒者, 皆可禁, 無刃無毒者, 不可禁. 乃多作勁木白棓, 先登. 賊恃有禁, 不備, 以棓擊之, 禁果不得, 大敗之.	*관련기사 吳將賀齊討黝歙, 賊帥陳僕祖山等二萬人, 屯林歷. 其歷山四面壁立, 高數十丈, 徑路阨狹, 不容方楯. 賊臨高下石, 不得仰攻. 軍住經月, 將吏患之. 齊身出周行, 觀視形便, 陰募輕捷士, 爲作鐵戈, 密於隱險賊所不備處, 以戈拓山爲緣道. 道成, 夜令人潛上, 乃多懸布以授下人, 得上百數十人, 四面流布, 俱鳴鼓角, 齊勒兵待之, 賊夜聞鼓聲四合, 爲大軍悉已得上, 驚懼惑亂, 不知所爲, 守路備險者, 皆走還依衆. 大軍因是得上. 其中有善禁術, 吳師刀劍不得拔, 弓弩射矢, 皆還自向, 輒致不利. 齊曰, 吾聞之, 雄黃勝五兵, 還丹能威敵. 夫金有刃, 虫有毒者, 皆可禁之, 以無刃之兵不毒之虫, 彼必無能爲也. 遂伐木爲棓, 列陣四面羅列, 俱鳴鼓角, 勒兵待曙, 賊惶遽無依, 禁術不效. 遂大破而降之. 『武編後集』_「權奇」
	盖禁者, 符呪也, 棓者, 殳之類. 壯士前驅, 無不糜碎, 妖術亦不能售也. 今戰陣用鐵騎, 衝突莫如挾棒. 其制略似田器之連枷, 以鐵鎖繫屬棒上, 左右揮擊, 無不應手糜碎.	이익의 견해
	揚雄方言, 連枷謂之僉, 宋魏之間, 謂之梯殳. 自關以西, 謂之棓. 或謂之柫. 齊楚江漢之間, 謂之柫. 或謂之桲, 梯殳者, 挾棒.	僉[今連枷, 所以打穀者.] 宋魏之間, 謂之梯殳. …… 自關而西, 謂之棓. 或謂之柫. 齊楚江淮之間, 謂之柫. 或謂之桲. 『方言』
	출전으로 서명과 찬자의 이름을 모두 제시: 揚雄『方言』=『方言』	

殳, 積竹爲之, 長丈有二尺. 竹去白, 積之取其堅實. 然積必用膠, 雨濕必解, 又不若勁木.	*관련기사 說文, 殳者, 以木爲身, 旁皆鐵齒. 考工記廬人殳, 長尋有四尺. 注, 殳以積竹八觚, 長丈二尺, 建于兵車, 旅賁以先驅. 積竹謂削去白, 取其靑處, 合之, 欲其有力也.
今濟州産哥舒木, 堅韌無上. 北使之來, 必多求帶還云. 用此爲棒, 以鐵爲飾, 殆幾於鐵鏈矣.	이익의 전문 이익의 견해
우리나라의 관련 내용	
338. **虹吸** **飮食**	唐韋臯鎭蜀, 與客宴. 暴雨忽霽, 虹蜺自空而下, 直入庭, 垂首於筵, 吸其飮食且盡. 五色似霞, 首似驢, 回視左右, 久而方去. 客曰, 虹是天使, 降于邪爲戾, 降于正爲祥, 公, 正人, 敢以祥賀. 旬餘有詔, 就拜中書令.	成都志, 韋臯鎭蜀, 常與賓客宴郡西亭. 暴風雨, 俄頃而霽, 虹蜺自空而下, 直入庭, 垂首于筵, 吸其飮食且盡. 五色似霞, 首似驢, 四視左右, 久而方去. 公懼, 罷宴曰, 吾聞虹蜺者, 妖沴之氣, 今止吾宴, 怪之甚矣. 豆盧署曰, 夫虹蜺天使也. 降于邪則爲戾, 降于正則爲祥. 公正人也, 故以祥賀. 旬日, 果有詔拜中書令. 『玉芝堂談薈』_「虹蜺入庭中」 등 다수의 문헌에 실려 있음
	출전 명기 없이 인용 ▷『玉芝堂談薈』 등
	此甚不然. 虹而驢形爲妖則審矣. 況虹者, 日暎濕雲, 人在其間則見, 豈有入於座上之理. 此必幻呪者弄術耳, 如明成祖金樑事可見.	이익의 견해
	又明末貴州夷俗, 有人能變鬼法, 或男子或婦人, 變形爲羊豕驢騾, 嚙人至死, 吮其血食之, 官禁不能. 有僧宿寺中, 夜中羊入室, 就睡者嗅之, 僧覺之, 運禪杖力擊, 一羊踣地, 遂復本形, 乃一躶體婦人, 執以繫之, 其家人齊來, 羅拜求免, 出白金三百兩, 贖命云.	南京華嚴寺僧月堂者, 往年以募緣遊食, 至貴州, 聞土人言, 此中夷俗, 有人能爲變鬼法. 或男子或婦人, 變形爲羊豕驢騾之類, 嚙人至死, 吮其血食之. 宣慰土官重法禁之, 而終不能絶. 戒僧云, 臥時善防之. 僧與數人宿寺中, 夜深時, 聞羊鳴戶外. 少頃, 一羊入室, 就睡者, 身連䫻之. 僧念之, 得非向人所云乎. 卽運禪杖, 力擊其腰下, 一羊踣地, 遂復本形, 乃一躶體婦人也. 執而繫之, 將以聞官. 婦人哀叫不已. 天明, 倩人往報其家, 家人齊來寺中, 羅拜求免, 出白金三百兩, 爲僧

		贖婦命, 僧受之, 乃釋婦使去. 他日, 僧出郊, 見土官導從布野, 方執人生瘗之, 問旁觀者, 云, 捉得變鬼人也. 『庚巳編』_〈變鬼〉_明 陸粲 撰.
	출전 명기 없이 인용 ▷『庚巳編』	
	虹之驢形, 安知非此類耶. 恨無一禪杖打露本形也. 使燕者云, 京中賣術者, 或虹橋昇天, 肢解人復完, 千奇萬變, 白日恣行, 此非浪說. 然以此行天下, 何所不得, 而必眩賣賭貨. 然則不與而劫取, 鬼亦有禁耶. 亦可爲貪賊者戒.	이익의 견해
339. 鬼物驅獸	數年前, 北道有鼠異. 羣鼠渡江而南, 草木皆殘, 至有噬人者. 去年, 虎數萬相繼渡江, 遂遍於國中, 噉人無算, 其禍至今未休. 凡物類多因氣運, 未知休咎將如何也.	이익의 전문
	元至正間, 江淮羣鼠擁集, 尾尾相銜, 渡江東來. 湖廣羣鼠數十萬, 渡洞庭湖, 望四川去. 夜行晝伏, 路皆成蹊, 皆遵道, 側羸弱者, 多道死.	乙未年中, 江淮間, 羣鼠擁集如山, 尾尾相銜度江, 過江東來. 湖廣羣鼠數十萬, 度洞庭湖, 望四川而去, 夜行晝伏, 路皆成蹊, 不依人行正道, 皆遵道側. 其羸弱者, 走不及, 多道斃. 『草木子』_〈克謹篇〉_明 葉子奇 撰.
	출전 명기 없이 인용 ▷『草木子』	
	宋眞宗東巡, 告功泰嶽, 駕行有日. 一日, 泰山耕者, 俱見熊虎豺豹, 莫知其數, 累累入於徂徠山後, 有百餘人驅之. 詢之, 曰, 聖主東巡, 異物遠避.	宋眞宗東巡, 告功泰嶽, 駕行有期. 一日, 泰山畊者, 見熊虎豺豹纍纍入於徂徠山後, 有百餘人驅之. 畊者詢云, 驅將安往. 應曰, 聖主東巡, 嶽靈勅五里內異物遠避. 噫. 聖人巡幸, 鬼神淸道如此, 史稱天命所在, 百神呵護, 洵不誣也. 『見聞錄』_〈修路〉_淸 徐岳 撰. *『見聞錄』: 청대의 필기소설집
	출전 명기 없이 인용 ▷『見聞錄』	
	以此推之, 鼠虎之來, 似是鬼物所驅也. 今聞鬼物皆集於江北, 其患不貲, 亦可信.	이익의 견해

	趙石虎時, 濟南平陵城北石虎, 一夕移於城東南, 有狼狐千餘跡隨之, 跡皆成蹊.	靑州上言, 濟南平陵城北石虎, 一夕移於城東南, 有狼狐千餘跡隨之, 迹皆成蹊. 『資治通鑑』_〈晉紀〉_「顯宗成皇帝」
	출전 명기 없이 인용 ▷ 『資治通鑑』	
	與此相類, 其鬼弄明矣. 石虎之重, 豈狼狐所可移動耶. 凡世間理不可推者, 宜用此相照.	이익의 견해
340. 竹榦 鐵鏃	孔子在陳, 辨肅愼氏之貢矢. 其石砮之長, 尺有咫. 咫者八寸也. 石重於楛, 何至尺咫之長也.	*관련기사 孔子在陳, 陳惠公賓之於上舘. 時有隼集於陳侯之庭而死, 楛矢貫之. 石砮其長尺有咫. 惠公使人, 持隼如孔子舘而問焉. 孔子曰, 隼之來遠矣, 此肅愼氏之矢. 『孔子家語』_〈辨物〉
	意者, 砮從奴, 卽强弩之鏃. 弩者大弓也. 弓大則矢長, 楛之許長, 亦可推知. 不然, 前重後輕, 不足以致遠也.	이익의 견해
	昔莊辛謂楚襄王曰, 射者, 修其碆盧, 治其矰繳.	凌風, 莊辛謂楚襄王曰, …… 夫射者, 方將脩其碆盧, 治其矰繳.[楚策] 『天中記』_〈宮掖類〉_「嬖倖」
	출전 명기 없이 인용 ▷ 『天中記』	
	盧者, 書所謂盧弓盧矢, 是也.	王曰, 父義和, 其歸視爾師, 寧爾邦. 用賚爾秬鬯一卣, 彤弓一, 彤矢百, 盧弓一, 盧矢百. 『書經』_〈周書〉_「文侯之命」
	『書』=『書經』	
	碆者, 石可爲弋也. 馬融頌亦云, 矰碆飛流.	矰碆飛流. 馬融의 「廣成頌」(『文選』)
	然則石之爲鏃, 不待肅愼也.	이익의 견해
	今之鐵鏃甚利, 何必用石. 石比鐵稍輕. 弓太强則矢折, 故砮所以用石而且長也.	이익의 견해
	然考工記, 矢人, 箭藁中鐵莖, 或三分, 一在前, 二在後, 或五分, 二在前, 三在後, 或七分, 三在前, 四在後. 前弱則俛,	矢人爲矢, 鍭矢, 參分, 茀矢, 參分一在前, 二在後. 注, 參訂之而平者, 前有鐵重也. 司弓

後弱則翔, 中弱則紆.	矢職. 茀當爲殺. 鄭司農云, 一在前, 謂箭槀中鐵莖, 居參分殺一以前 …… 兵矢, 田矢, 五分二在前, 三在後. 注, 鐵差短小也. 兵矢謂枉矢絜矢也. 此二矢, 亦可以田. 田矢謂矰矢. …… 綱矢七分, 三在前, 四在後. 注, 鐵又差短小也. 司弓矢職, 綱當爲茀. …… 前弱則俛, 後弱則翔, 中弱則紆. 『周禮注疏』_〈冬官 考工記〉

출전으로 편명을 서명 대신 제시: 〈考工記〉=『周禮注疏』_〈冬官 考工記〉

如此則强弱輕重, 非所患. 後出逾工, 楛不如竹故也.	이익의 견해
今北路, 古肅愼之墟. 榦用西水羅, 鏃用石, 終不及竹幹鐵鏃, 遠矣.	이익의 견해
又按禹貢, 靑州貢怪石, 石之怪, 莫如石砮. 靑州壤接肅愼, 意或指此類歟.	岱畎, 絲·枲·鉛·松·怪石. 『書傳』_〈夏書〉「禹貢」 이익의 견해

출전으로 편명을 서명 대신 제시: 「禹貢」=『書傳』_〈夏書〉「禹貢」

341. 鷄雛	程子曰, 觀鷄雛.	觀鷄雛[此可觀仁] 『二程遺書』_「謝顯道記憶平日語」 程子曰, 觀雞雛, 可以觀仁. 『西山讀書記』_「父子」

程子 ▶ 『二程遺書』 등

吾欲把作如保赤子義. 看亦好當. 其毛羽未成, 鴟鸇在上, 鼬鼪伏下, 狸猫穿籠, 瓦石旁毆, 皆足以致死, 一一窺伺, 而畏人之愼防也. 人心一解, 羣患抵隙. 又患去而猶不繁殖者, 只繫飢寒, 苟能誠心細察, 寧有不得之理. 羣多故食乏, 毛薄故畏寒, 而寒又乏食故也. 若頻哺米屑, 不至於飢, 則頻頻覆抱, 寒可免矣. 無求食奔忙, 勞可免矣. 舖在庭除, 故不遠出外, 患少矣. 得食爭奪, 弱者不飽, 故疲病轉甚, 散米羣舖, 則病者可蘇矣.	이익의 견해

	人謂投之殘飯, 則屎塞而死. 其實飼飯則屎滑, 結於尻下, 毨毛結多, 則肛閉而死也.	이익의 전문
	余認其爲害, 頻飼而勤護, 肛閉者, 剪其毨而屎便通, 如此, 雛必易長也.	이익의 실험
	夫下民疾苦, 非富貴所覺, 旣勞且飢, 烏得不流移轉徙而塡溝壑哉.	이익의 견해
342. 祝鷄知偏黨	善觀者, 觸物有得. 余祝鷄而知偏黨之理. 羣鷄, 競進求食, 或至於紛集床席, 汚穢杖屨, 驅而不止. 不得已, 時以杖毆, 或至損傷. 餔者利也, 杖者害也. 杖輕而餔重, 忍傷而爭食, 毆之才退, 俄復旋踵蹩躠, 其惟恐不及也. 餔輕而杖重, 驚散而遠避, 都繫于利害之得失. 偏黨之所爭者, 爵祿也, 時或得罪者有矣. 罪雖苦, 所希得爵, 得爵反重, 罪有所不憚. 苟知爵終不加, 則雖罪輕必不犯矣. 後俗, 大抵蠖屈而求伸也. 苟可以罪獲福, 殺死之外, 無不沾沾, 覬覦之不暇. 穿狗竇而儌龍媒, 賣桎梏而賭軒冕, 誰不屑爲乎. 嗚呼. 此鷄而已矣. 亦有人不如物者. 羣鷄之爭食, 其飛奔攘奪, 無所不至, 事已則帖然無痕, 依舊和同. 人則不然, 洸洸餘怒, 必欲逞憤殄滅而無悔, 亦忍矣.	이익의 관찰 이익의 견해
343. 稻麥餘燼	人有自南土還云, 扶餘縣山上, 有古城遺址, 往往得稻麥餘燼, 形體宛然不腐云.	이익의 전문
	是百濟時, 倉廩焚燬, 尙有遺物, 驗之如新燒者. 然今喪用秫灰, 良亦有理. 燒而未灰, 火性尙留, 水不能漸入, 故能不朽也. 此不獨防木根, 可以去濕.	이익의 견해
	우리나라의 이야기	
344. 藤笠·駿纙	今中國藤笠短簷, 覆以朱絲, 此北俗也. 北俗, 漢時皆被髮而不剃. 其剃也, 不知從何時, 而乃身毒之餘敎, 則必東京以後事. 旣去髮矣, 宜有戴帽, 其短簷之笠, 亦必西方之俗也. 夫頭毛有三種, 頂	이익의 견해

	毛上, 指火也, 鬂毛下, 垂水也, 眉毛横, 生木也. 在古被髮, 在今剃去, 有水無火, 是北方之氣勝也. 自明以後, 驂纚之制, 遍天下, 以畜物之尾, 加之人頭之上, 倒置之象也, 此可以觀世道之變.	
345. 車制	書云, 車服以庸, 據春官巾車, 有王之五路, 后之五路, 及孤乘夏篆, 卿乘夏縵, 大夫乘墨車, 士乘棧車, 庶人乘役車, 各有等殺, 不可亂也. 故曰, 車同軌, 書同文, 行同倫, 車之用與書行等耳.	이익의 견해 五載一巡守, 羣后四朝, 敷奏以言, 明試以功, 車服以庸. 『書傳』_〈虞書〉_「舜典」 服車五乘, 孤乘夏篆, 卿乘夏縵, 大夫乘墨車, 士乘棧車, 庶人乘役車. 凡良車散車不在等者, 其用無常. …… 典路掌王及后之五路, 辨其名物與其用說. 『周禮』_〈春官〉 車同軌, 書同文, 行同倫. 『中庸章句』
	考工記, 輪高六尺六寸, 轂居其半則爲三尺三寸. 轂徑一尺而輿在其上. 其間又有伏兎・横木等具, 故輿下四尺四寸. 四尺四寸, 准今布帛尺, 大約一尺七寸許, 而人居其上也.	『周禮注疏』_〈冬官 考工記〉를 토대로 한 이익의 견해
	朱子曰, 今五輅甚大, 人說秦太師制此也. 周輅, 孔子猶以爲侈, 要乘殷輅. 今輅只是極其侈靡. 又曰, 南渡以前, 士大夫皆不甚用轎. 如王莉公・伊川皆云, 不以人代畜, 朝士皆乘馬, 或有老病, 朝廷賜令乘轎, 猶力辭後受. 南渡後至今, 則無人不乘轎矣.	古者, 車只六尺六寸, 今五路甚大. 嘗見人說, 秦太師制. [周輅, 孔子猶以爲侈, 要乘殷輅. 今輅只是極其侈靡.] …… 南渡以前, 士大夫皆不甚用轎, 如王莉公・伊川皆云, 不以人代畜, 朝士皆乘馬, 或有老病, 朝廷賜令乘轎, 猶力辭後受. 自南渡後至今, 則無人不乘轎矣. 『朱子語類』_〈本朝〉_「法制」
	출전으로 저자의 이름을 서명 대신 제시: 朱子 ▶ 『朱子語類』	
	夫宋南比於北, 地縮勢危, 不當倍徙, 而人風之驕侈益甚, 以乘爲驗. 同軌之制, 法之準則, 宜聖人之致意, 宋轍之不復北, 宜哉.	이익의 견해

	我朝國初之制未聞, 自文臣二品以上許乘軺軒. 軺者, 小車而驅車者, 皆在脚下. 車必兩輪而今獨輪, 殷輅貴樸而今皆光, 可以鑑憲章之乖散, 俗尙之豪奢, 只此是表現. 高下無準, 僭逼之象, 輪必獨運, 無輔之象, 以人代畜, 失民之象也. 今欲法立而敎行, 宜先革此爲始.	이익의 견해 ＊관련기사 賜領議政黃喜, 右議政申槪軺軒, 仍傳旨禮曹, 自今二品以上, 許令乘軺軒. 『世宗實錄』_「22년 4월 3일」
346. 髮髻	東邦髮髻之俗, 日增侈美, 不可不變. 時議紛紏, 未得其實. 余曾讀詩都人士, 究及源本而有得. 此詩, 西周旣亡, 東都之俗, 亦漸衰改, 故詩人思舊興感也. 謂之都人, 則非侯國之士, 謂之歸周, 則歸西周之鎬京, 謂之民望, 則必貴顯之望族也. 洛邑, 殷墟也. 周公營東都, 處殷之士族, 於此久而歸化, 所謂侯于周服, 是也. 君子有弁有冕, 而臺笠緇撮, 則非朝祭之服, 謂之行歸, 則乃出入行道之飾, 此男子之服也. 婦人之飾, 異於是. 惟髮可別, 故以髮爲言. 君子必與都人士相勘, 則非君子之女, 卽女之君子, 如禮所謂君子子, 指女之貴者也. 此亦貴女出入之飾. 周禮追師, 王后之首服, 有副編次. 註, 副之言覆也, 所以覆首爲飾者, 今步搖服之, 以從王祭祀. 編, 編列髮爲之, 若今假髻, 服之以祭. 次者, 髮髢也, 次第髮長短爲之, 則必相續爲長, 而將繞首爲髻也. 謂之有旟, 則繞而猶有餘也. 謂之如蠆, 則卷屈以回轉如蠆尾之曲也. 若短髮上歛, 何謂有旟.	彼都人士, 狐裘黃黃, 其容不改, 出言有章, 行歸于周, 萬民所望. 彼都人士, 臺笠緇撮, 彼君子女, 綢直如髮, 我不見兮, 我心不說. 彼都人士, 充耳琇實, 彼君子女, 謂之尹吉, 我不見兮, 我心苑結. 彼都人士, 垂帶而厲, 彼君子女, 卷髮如蠆, 我不見兮, 言從之邁. 匪伊垂之, 帶則有餘, 匪伊卷之, 髮則有旟, 我不見兮, 云何盱矣. 『詩集傳』_〈小雅〉_「都人士」 子游問曰, 喪慈母如母禮與. 孔子曰, 非禮也. 傳云, 君子子者, 貴人之子也. 古者, 男子, 外有傅, 內有慈母, 君命所使敎子也. [君子子, 爲庶母慈己者.] 『禮記集說』 追師掌王后之首服, 爲副編次. …… [注. 鄭司農云, …… 副者, 婦人之首服. …… 玄謂副之言覆, 所以覆首爲之飾, 其遺象若今步繇矣. 服之以從王祭祀. 編, 編列髮爲之, 其遺象若今假紒矣, 服之以桑也. 次, 次第髮長短爲之, 所謂髮髢, 服之以見王, 王后之燕居, 亦纚笄總而已.] 『周禮注疏』_〈天官 冢宰〉 [左傳曰, 其父爲蠆尾, 言蠆尾有毒也, 故以爲螫蟲, 其末尾揵然 似婦人髮末曲上卷然也. 禮, 斂髮無髻而有曲者, 以長者盡, 皆斂之, 不使有餘, 而短者若鬖, 傍不可斂, 則因曲以爲飾, 故不同也.]

	『毛詩注疏』_〈小雅〉_「都人士」
	[髻, 於禮, 自當有旟也. 旟, 枝旟揚, 起也.] 『毛詩注疏』_〈小雅〉_「都人士」
	이익의 견해
按士昏禮, 女盛服, 必用次, 次之爲昏禮之飾, 可知.	女次, 純衣纁袡, 立於房中, 南面. 注, 次, 首飾也, 今時髲也. 周禮追師掌爲副編次. 純衣, 絲衣, 女從者畢袗玄, 則此衣亦玄矣. 袡, 亦緣也, 袡之言任也. 以纁緣其衣, 象陰氣上任也. 凡婦人不常施袡之衣, 盛昏禮, 爲此服. 『儀禮注疏』_〈士昏禮〉

출전으로 편명을 서명 대신 제시: 〈士昏禮〉=『儀禮注疏』_〈士昏禮〉

易曰, 帝乙歸妹.	六五, 帝乙歸妹, 以祉元吉. 『周易註疏』_「泰」

『易』=『周易註疏』

昏禮, 乃殷湯所制, 故至周必用殷禮, 不忘本也.	이익의 견해
賁之六四曰, 白馬翰如, 非寇婚媾.	六四, 賁如皤如, 白馬翰如, 匪寇婚媾. 『周易註疏』_「賁」

출전으로 편명을 서명 대신 제시: 「賁」=『周易註疏』_「賁」

殷人尙白, 故昏必用白馬, 則婿婦之禮, 不應異例, 髮髻之本於殷禮, 亦可知矣.	이익의 견해
何以爲證. 我邦是箕子之肇基. 箕子殷人, 猶守舊俗. 故忠宣王之婚於元也, 以白馬八十一匹爲贄幣, 流傳之俗, 至今日未泯. 凡士庶之婚, 必求白馬, 可以見矣. 其他衣白畫井, 千百載不變, 殷俗之流傳如此也.	이익의 견해 ＊관련기사 二十二年十一月壬辰, 王以白馬八十一匹, 獻于帝, 納幣, 遂尙晋王甘麻剌之女. 『高麗史』_〈世家〉_「忠宣王」

우리나라의 관련 내용

按文獻通考, 新羅婦人美髮繚首, 句麗鬟髻垂右肩, 百濟則分兩道.	美髮以繚首. 『文獻通考』_〈四裔考〉_「新羅」

346. 髮髢		婦人髻鬡垂右肩. 『文獻通考』_〈四裔考〉_「高句麗」 出嫁者, 乃分爲兩道焉. 『文獻通考』_〈四裔考〉_「百濟」
	『文獻通考』=『文獻通考』	
	大抵相類而都只爲殷之遺制.	이익의 견해
	今俗婦女必爲髮髻, 兩道繞首, 屈其尾, 揷於右, 以其纓垂之, 恰與卷蠆有旟之語泠合, 盛世風采, 宛如目見.	이익의 견해
	우리나라의 관련 내용	
	昔少昊之官, 得之於郯, 夏后之時, 得之於杞, 孰知夫舊制尙存於海外之偏邦耶. 以此推之, 臺笠亦恐是有帽有臺之笠, 與今俗竹笠, 爲出入上服者相似, 亦知其爲殷物也.	이익의 견해
	灤卽殷之遺民, 三復此詩, 豈不憬然興感哉. 愚謂周人每合用三代之禮, 后之三服, 必夏殷周之異制乎. 自堯舜至於禹, 以聖繼聖, 其制必同.	이익의 견해 *관련기사 周人脩而兼用之. [春夏則用虞之燕·夏之饗, 秋冬則用殷之食, 周尙文, 故兼用三代之禮也.] 『禮記大全』_〈王制〉
	東史云, 檀君敎民, 編髮盖首. 盖首者, 覆首也. 檀君與堯竝時, 歷舜至禹, 舜之十二州, 至於幽竝朝鮮之地, 合有全遼壤. 界最近, 王化東漸, 與內服同, 故禹會塗山, 遣子夫婁入朝. 其同軌可知而覆首之制, 與之相符, 其用夏禮, 明矣. 羅濟句麗時, 以髮繚首, 分明是殷之遺制. 雖謂之箕子之遺敎, 不爲無考矣. 今俗, 必取他人之髮, 不擇男女, 爲閨房之飾, 則大不可.	이익의 견해
	우리나라의 관련 내용	
	古者, 惟盛服用髮, 其餘自王后至士庶, 皆不然, 不似今之常用, 故雖不取他人髮, 可以用之. 雖王后燕居, 纚笄總而已, 況軰下乎. 故雖見於舅姑, 櫛纚笄總	王后之燕居, 亦纚笄總而已. 『周禮注疏』 婦事舅姑, 如事父母, 雞初鳴, 咸盥漱,

而已, 不過繪帛爲飾也.	櫛縰筓總, 衣紳. 『禮記注疏』_〈內則〉 男用韋, 女用繪, 有飾緣之. [男用韋爲之, 女用繪帛爲之.] 『禮記注疏』_〈內則〉
史云, 孔明遺司馬懿巾幗, 婦人之服.	司馬懿與諸葛亮, 相守百餘日, 亮數挑戰, 懿不出, 亮乃遺懿巾幗, 婦人之服. 『資治通鑑』_〈魏紀〉「烈祖明皇帝」

출전으로 범칭을 서명 대신 제시: 史 ▷ 『資治通鑑』

幗本作蔮, 卷幘也. 以巾爲之, 故從巾而作幗, 如髻本髮紒而以絲爲之則從絲而作紒. 紒者, 髻也. 字書諧聲.	幗, 婦人喪冠, 本作蔮. …… 今未筓冠者, 着卷幘. 『古今韻會擧要』
其義的然可推也.	이익의 견해
蔮者, 何也. 按士冠禮, 緇布冠缺項. 鄭玄註云, 缺讀如頍, 滕薛二國名蔮爲頍.	緇布冠缺項靑組. [注. 缺讀如有頍者弁之頍. 緇布冠無筓者, 著頍圍髮際, 結項中, 隅爲四綴, 以固冠也. 項中有繩, 亦由固頍爲之耳. 今未冠筓者, 著卷幘, 頍象之所生也. 滕薛名蔮, 爲頍屬, 猶著纚, 今之幘梁也.] 『儀禮注疏』_〈士冠禮〉

출전으로 편명과 인명을 서명 제시: 〈士冠禮〉, 鄭玄註 = 『儀禮注疏』_〈士冠禮〉

然則蔮與頍同一物.	이익의 견해
喪服註云, 首絰, 象緇布冠之頍項.	[首絰, 象緇布冠之缺項.] 『儀禮注疏』_〈喪服〉

출전으로 편명을 서명 대신 제시: 〈喪服〉 註 = 『儀禮注疏』_〈喪服〉

然則蔮乃首絰之所象也. 必是以緇布圍繞於冠如首絰也, 恰與我國之以髮繞首相似, 而漢之巾幗, 以巾爲幗則又彷彿, 是古者燕居不用髮之制也.	이익의 견해

우리나라의 관련 내용

鄭玄與孔明同時, 而巾幗之制, 與之相符. 漢距周, 又不遠, 不應全失. 以此言之, 後世雲鬟花髻之類, 斷非聖王之遺制也.	이익의 견해

	東方是箕子之國, 而句麗乃濊墟也.	이익의 견해
	新唐書云, 女子首戴巾幗,	女子首巾幗. 『唐書』_〈東夷傳〉
	『新唐書』=『新唐書』 우리나라 관련 내용	
	安知此非聖人之定法乎. 天子失官, 學在四夷, 考据典禮, 有不可誣也.	이익의 견해
	今若復巾幗之制, 不變俗而變其物用. 絲繪之屬, 黑漆爲飾, 則所謂愜諸義而愜者也. 又不必嚴法禁抑, 只禁國中鬎髮者, 則貧室先自樂從, 而浸成大同之風矣.	이익의 견해
347. 克敵 弓	洪皓子兄弟遇韓世忠舊卒, 知克敵弓之爲神臂弓.	製强勁弓. 紹興初, 韓世忠造克敵弓, 斗力强勁. 吳璘製强勁弓强弩, 號駐隊矢, 或爲神臂弓. 『淵鑑類函』_〈武功部〉_「刀弓」
	출전 명기 없이 인용 ▷ 『淵鑑類函』	
	劉錡順昌之戰, 用破敵弓, 翼以神臂·强弩, 則破敵與神臂, 別矣.	이익의 견해 *관련기사 錡用破敵弓, 翼以神臂强弩, 自城上或垣門射敵, 無不中敵. 『宋史』_「劉錡傳」
	宿州之戰, 李顯忠以克敵弓却敵, 破敵之外, 恐更無克敵也, 其制未聞.	이익의 견해 *관련기사 李顯忠以罪斥, 存中奏爲統制官, 後爲名將. 嘗以剋敵弓雖勁而蹶張難. 『宋史』_「李顯忠傳」
	按吳璘疊陳法, 長鎗居前, 次强弓, 次强弩皆坐, 次神臂弓, 賊至百步, 神臂先發, 七十步, 强弓弩始發.	通鑑宋紀曰, 吳璘疊陣法, 每戰, 以長槍居前, 坐不得起, 次最强弓, 跪膝以俟, 次神臂弓, 約賊相搏, 至百步內, 則神臂先發, 七十步, 强弓幷發, 次陣如之. 『淵鑑類函』_〈武功部〉_「槍」
	출전 명기 없이 인용 ▷ 『淵鑑類函』	

意者, 矢力最遠者也. 謂之神臂則非人力所彎, 必有其機助引也.	이익의 견해
凡矢長而弓强, 中斷而不能達, 必也, 弓以機彎, 矢短致遠也. 矢短則妨於引滿, 必有筒爲矢道也. 我國童箭如是, 而弓力之强, 用機方得, 則矢力尤猛矣. 然礮之法, 可以迎敵, 妨於前鬪, 宜於步卒, 不宜於突騎. 突騎之用, 莫過鐵連枷, 此卽田家打穀之器, 而稍別其制, 宋狄靑, 用之於崑崙之戰者也.	이익의 견해 *관련기사 狄靑征儂智高, …… 又縱馬上, 鐵連枷, 擊之, 遂皆披靡, 相枕藉死, 賊遂大敗, 智高果焚城遁去. 『武編後集』_「聲此擊彼」
今北關神騎衛, 皆捨弓劍而專於此, 無不利, 用哥舒木, 粧以鐵, 輕易使, 比舊制鐵鏈挾棒, 尤便也. 後世, 器械漸巧, 鳥觜銃出, 而弓弩無用, 鐵枷出, 而鎗刀無用. 然械器之利, 我雖有之, 彼亦可有, 惟在用之如何. 軍謀在將, 器械之用, 付在軍卒, 卒非死戰, 利器何益. 死長, 由於親上, 親上, 生於預養, 生不免饑寒困窮, 而使樂赴於矢石之間, 無是理也. 器械, 不過助益者也.	이익의 견해
우리나라의 관련 내용	
348. 有災 無祥	春秋記災異, 不書祥瑞, 災異有害, 祥瑞無補也. 麒麟鳳凰, 無歲無之, 不擇治亂, 杜悰所謂禽獸草木之瑞, 何時無之者, 是也. 人見而悅之, 獻之於朝, 書之於策, 則傳於後世, 或荒谷僻遠, 遇而置之則無稱. 若使網羅搜獵, 見必取之則四海之廣, 奇怪之物, 何可悉數. 劉聰之時, 黃龍三見. 石虎之時, 蒼麟白鹿以駕芝盖. 唐文之時, 白兔白雉紫雲騶虞, 俱見, 是歲, 有甘露之變. 宋眞之時, 夏竦所獻芝草數萬莖.	太和之末, 杜悰鎭鳳翔. 時有詔沙汰僧尼, 會有五色雲見于岐山, 近法門寺. 民間訛言佛骨降祥, 以僧尼不安之故. 監軍欲奏之. 悰曰, 雲物變色, 何常之有. 未幾, 獲白兔, 監軍又欲奏之. 悰曰, 野獸未馴, 且宜畜之, 旬日而斃. 監軍不悅, 畫圖獻之及. 鄭注, 代悰, 奏紫雲見. 又獻白雉, 是歲, 遂有甘露之變. 及悰判度支, 河中奏騶虞見. 百官稱賀, 上謂悰曰, 李訓鄭注, 皆因瑞以售其亂, 乃知瑞物非國之慶. 卿在鳳翔, 不奏白兔, 眞先覺也. 對曰, 昔河出圖, 伏羲以畫八卦, 洛出書, 大禹以叙九疇, 皆有益於人, 故足尙也. 至於禽獸草木之瑞, 何時無之. 劉聰桀逆, 黃龍三見, 季龍暴虐, 得蒼麟白鹿, 以駕芝盖. 以是觀之, 瑞豈在德…… 願陛下, 專以百姓富安爲國慶, 自餘不足取也. …… 春秋記災異, 以儆人君, 而

		不書祥瑞, 用此故也. 『資治通鑑綱目』_〈唐紀〉_「文宗元聖 昭獻孝皇帝」
	출전 명기 없이 인용 ▷ 『資治通鑑綱目』 단, 상당 정도 가공하였음.	
	永樂間, 周王獵得騶虞獻之. 於是, 四方 奏甘露嘉禾. 外國獻麒麟白雉白鹿白豕 玄兔靈犀之屬, 甚衆焉. 始知此類不與 世治相干也. 況後世氣數乖反, 人物都 變, 故禀受之清粹, 莫如人, 而不善者滔 滔. 惟害人之虎狼烏雀蛇蝎虫蝗之屬, 不渝舊性, 天地之大運, 於斯可見. 其災 祥, 何獨不然. 余則謂衰亂之際, 有災而 無祥. 其或形色吊詭異衆, 雖若可悅, 亦 不過人之美顔. 物之鍾毒, 又何足取. 達 理君子, 必從吾言.	이익의 견해
349. 災祥	凡祥瑞者, 益人之名, 災孽者, 有害之 物, 不可以形色別也.	이익의 견해
	洪範論休咎之徵, 不外雨暘時恒之間, 餘不在數. 況虫鳥之微物哉. 然孔子說 圖出鳳至, 何也. 亦以其則而象之也. 又 或出非其時, 君子亦奚取焉.	初一日五行, …… 八日念用庶徵 …… [次八日念用庶徵, 徵有休咎, 則得失 之應於天者, 可知矣.] 『書經』_〈周書〉_「洪範」
	출전으로 편명을 서명 대신 제시: 「洪範」=『書經』_〈周書〉_「洪範」	
	是以, 魏明之時, 張掖柳谷, 水湧石出, 象靈龜而負圖, 鳳麟·白虎·犧牛, 璜玦 ·八卦·列宿, 具焉, 不可謂聖治之應也. 張玾譏之, 是也. 見綱目魏明帝青龍三 年.	張掖柳谷口, 水溢涌, 寶石負圖. 狀象 靈龜, 立于川西, 有石馬七及鳳凰·麒 麟·白虎·犧牛, 璜玦·八卦·列宿·孛 彗之象. 又有文曰, 大討曹. 詔書班天 下, 以爲嘉瑞. 任令于綽連齎以問鉅鹿 張玾. 玾密謂綽曰, 夫神以知來, 不追 旣往, 祥兆先見而後廢興從之. 今漢已 久亡, 魏已得之, 何所追興祥兆乎. 此 石當今之變異而將來之符瑞也. 『資治通鑑』_〈魏紀五〉_「烈祖明皇帝 明皇帝青龍三年」
	명확한 형식의 출전 제시: '見綱目魏明帝青龍三年.' 『綱目』「魏明帝青龍三年」 =『資治通鑑』_〈魏紀五〉_「烈祖明皇帝 明皇帝青龍三年」	
	魯哀之時, 麟至而折其左足, 孔子泣其 非時, 不當至而至者, 亦可謂瑞世之祥 乎. 設或偶免於鉏商之毒手, 夫子之道 則亦已矣.	이익의 견해 *관련기사 叔孫氏之車士曰子鉏商, 採薪於大野,

夫然則有麟之形而無麟之靈, 雖謂之不祥, 宜矣. 麟之不幸, 聖人受以爲己災, 所以反袂而霑襟也.	獲麟焉, 折其前左足, 載以歸, 叔孫以爲不祥, 棄之於郭外, 使人告孔子曰, 有麕而角者何也. 孔子往觀之曰, 麟也, 胡爲來哉, 胡爲來哉. 反袂拭面, 涕泣沾衿. 叔孫聞之, 然後取之. 子貢問曰, 夫子何泣爾. 孔子曰, 麟之至爲明王也, 出非其時而見害, 吾是以傷焉. 『孔子家語』_〈辨物〉 傳. 十四年春, 西狩於大野, 叔孫氏之車子鉏商, 獲麟. 注. 大野在高平鉅野縣東北大澤, 是也. 車子, 微者, 鉏商名. 『春秋左傳注疏』_〈哀公〉
余見歷代麟鳳之見, 史不絶書. 或不遇弋獵, 或虛至而無徵, 又或飛至荒墟而不爲人見知, 或見而不獻者, 何限. 皆西狩所獲之類, 非孔子之所指也. 且如龍居四靈之一, 而其見不常. 余目覩其一曲者, 數矣. 惟旱而施澤爲祥, 其迅雷暴風, 破決原野, 非災而何. 災祥之說, 以此爲斷, 足矣.	이익의 견해

350. 豐水 有芑	生民之詩云, 誕降嘉種, 維秬維秠, 維穈維芑.	誕降嘉種, 維秬維秠, 維穈維芑. 『詩集傳』_〈大雅〉_「生民」
	출전으로 편명을 서명 대신 제시: 〈生民之詩〉=『詩集傳』_〈大雅〉_「生民」	
	后稷所種非一, 而維此四種, 稱誕降則是天爲稷貽之也.	이익의 견해
	劉向云, 飴我釐麰, 始自天降.	周頌曰, 降福穰穰, 又曰飴我釐麰, 釐麰麥也. 始自天降, 此皆以和致和, 獲天助也. 『前漢書』_「劉向傳」
	출전 명기 없이 인용 ▷ 『前漢書』	
	則芑之始從天降, 審矣.	이익의 견해
	文王有聲云, 豐水有芑, 武王豈不仕. 詒厥孫謨, 以燕翼子, 此言芑是后稷之始種, 故爲周家詒謨之法, 而武王亦親稼於豐也. 采芑云, 薄言采芑, 于彼新田,	이익의 견해 豐水有芑, 武王豈不仕. 詒厥孫謀, 以燕翼子, 武王烝哉.

	于此菑畝. 註, 以爲茶名. 其或穀或茶未詳, 而其爲周俗之務植則審矣. 必曰新田菑畝, 則與熟田之稻粱, 別矣. 其曰豈不者, 何也, 此分明是答人之辭. 武王征伐而有天下, 疑若不暇乎稼穡之艱難, 故以此曉人也. 雖不如文王之田功, 而以時躬自種植, 不廢世傳之卑事. 然無逸, 殷周四君, 惟擧文王, 蓋武勘多亂, 有不得如平時之卽功也.	『詩經』_〈大雅〉_「文王有聲」 薄言采芑, 于彼新田, 于此菑畝. 方叔涖止, 其車三千, 師干之試, 方叔率止, 乘其四騏, 四騏翼翼, 路車有奭, 簟笰魚服, 鉤膺鞗革. 『詩經』_〈小雅〉_「采芑」 周公曰, 嗚呼我聞曰, 昔在殷王中宗, 嚴恭, 寅畏天命, …… 其在高宗時, 舊勞于外 …… 周公曰, 嗚呼, 厥亦惟我周太王王季, 克自抑畏. 文王卑服, 卽康功田功. 『書經』_〈無逸〉
351. 蓬實	范純仁知慶州, 民飢, 秋蓬生蔽野, 結實如粟, 乃收藏許多, 以待荒歉, 不知蓬是何物.	范公堯夫知慶州, 餓殍滿路, 官無穀以賑恤. 公欲發常平封樁粟麥, 濟之州郡, 皆欲俟奏請, 得旨而後散. 公曰, 人七日不食卽死, 何可待報. 諸公但勿預, 吾寧獨坐罪. 時一路荐飢, 耕牛殺盡, 五穀絶種, 官儲有限, 方懼未有以繼. 會是秋蓬生蔽野, 而結實如粟可食, 所收狼戾, 民食之餘. 公令官糴, 所收尙不貲. 『自警編』_〈政事類〉_「救荒」_宋 趙善璙 撰.
	출전 명기 없이 인용 ▷ 『自警編』	
	明嘉靖八年, 陝西僉事齊之鸞言, 蔡·穎之間, 蝗食禾, 秀殆盡, 乃經潼關, 晚禾無遺, 流民載道, 見居民刈穫, 問之, 曰, 蓬有綿·刺二種, 其子可爲麪, 飢民仰此而活者, 五年矣. 見有麪食者, 取啖之, 螫口溢腹, 嘔逆移日, 小民困苦, 可勝道哉. 謹將蓬子, 封之賚獻, 乞頒臣工, 使知民瘼.	十一月, 陝西僉事齊之鸞言, 臣自七月中繇舒霍逾汝寧, 目擊光息蔡·穎間, 蝗食禾, 穗殆盡, 及經潼關, 晚禾無遺, 流民載道. 偶見居民刈穫. 喜而問之, 答曰, 蓬也于. 有綿·刺二種, 子可爲麪, 饑民仰此而活者, 五年矣. 見有麪食者, 取啖之, 螫口溢腹, 嘔逆移日, 小民困苦, 可勝道哉. 謹將蓬子, 封題賚獻, 乞頒臣工, 使知民瘼. 『皇明通紀集要』_「己丑 嘉靖八年」_明 陳建 撰.
	출전 명기 없이 인용 ▷ 『皇明通紀集要』	

	意者, 環慶皆陝西地, 范公收藏者, 此物也. 近見蓬, 必秋生白綿團結, 此是綿蓬, 其有實者, 刺蓬乎.	이익의 견해
	近者, 定山有土味甘, 貧民, 和米爲餠, 市賣. 余得以嘗之, 異於凡土矣. 曾見某書有此說, 不記何在. 飢荒之甚, 或者, 神理遺之耶.	이익의 실험
	余又見莎草之間, 有結實色赤, 俗稱雉飯, 亦救飢. 比年飢甚, 取菽其屑, 以啖之, 或取蕎苗作粉, 和米穀煮食, 皆免死. 是皆螫口溢腹之類, 小民猶習熟悅口, 可哀. 然飮食爲救飢免死, 足矣, 何必滋味. 死旣免而益求侈味, 是不知分者也. 從此而求之, 食前方丈, 遠方珍異, 將無限際矣. 窮民糠粃, 貧士蔬茱, 亦足肥澤肌肉, 養成氣力, 與蒭蔘何別. 人謂七日不食則死, 亦非也. 膏飫之徒, 則不待七日. 恒飢習熟, 數旬能支, 何以明之. 人能茮蓄御冬, 塡膈滿嗉, 生老無闕, 闕則飢, 飢便至死. 然每見禽雀, 氷雪之間, 積時月無啄, 亦能不死, 習於飢也.	이익의 관찰 이익의 견해
	余見南州人, 健食腹常果. 然至儉歲則必先死, 習於飽也. 習未有不能, 故入定之僧, 斷穀不嚥, 胎息之仙, 閉氣不泄, 益長壽耈. 彼蓬實之食賤子, 久而安焉, 與米肉相忘, 則牲鼎何別.	이익의 관찰 이익의 견해
	齊之鸞, 儆乎有位則得矣. 在委巷言, 宜不萌分外妄想, 蓬實何害焉. 如孟子非肉不飽等訓, 不能無疑. 庶人雖老, 何以食肉, 亦習則安焉. 先王之制, 士無故不殺犬豕, 況庶人乎. 余賤人, 據所處而爲之說.	이익의 견해
352. 耳目 口鼻	目司視, 耳司聽, 鼻司嗅, 皆兩竅而外露. 口司言司食而一竅, 其實口亦兩竅而不外露也. 頸中有二竅, 而前喉後咽, 喉通於鼻, 爲呼吸出入之門. 喉上有會厭, 如器之盖, 一開一闔, 飮食從口, 入歷喉厭, 入於咽, 其厭或不密, 物有漏入, 則氣爲之噴嚏也.	이익의 견해

	又或傷寒鼻塞, 則氣通於口. 然口但爲言語飮食之竅, 鼻但爲氣竅也. 凡飮食, 鼻能辨臭, 舌能辨味. 舌上有粟, 粟尖有竅. 物接則知味, 欲動則涎生. 齒爲之嚼, 咽爲之嚥, 皆口官之所司也. 耳目閉則爲盲聾, 不係於死生. 氣從口通, 亦可以不死, 未有無口而得生之理, 咽與喉, 皆廢也.	
353. 舟車 取象	按觀象書, 天津星跨居天河, 恰如舟形, 此後聖取象而作舟也. 車者, 古未必有輪, 五車五星, 其形五方而可曳, 下有柱, 防其窒礙.	이익의 견해
	意者, 若今俗所謂雪馬, 其始必如此, 後人加之輈輪軫箱, 則後出者工也. 當未有舟之時, 陸則可行, 水不可徒涉, 必也. 乘薪乘楚乘葦乘木, 必濟乃已也.	이익의 견해
	按衛詩, 一葦抗之, 謂束葦亦可濟也. 居河者, 未必皆有舟楫之具, 則或以此可涉, 故目見而識也. 因此推之, 綢繆束楚, 三星在戶, 謂乘楚而夜濟也. 王風之束楚, 謂之子之不肯濟水而至也, 鄭風之束楚, 謂不肯濟人於艱難也. 不然, 諸篇都無義意.	이익의 견해 誰謂河廣, 一葦杭之. 『詩經』_〈衛風〉_「河廣」 綢繆束楚, 三星在戶. 『詩經』_〈唐風〉_「綢繆」 揚之水, 不流束楚, 彼其之子, 不與我戍甫. 『詩經』_〈王風〉_「揚之水」 揚之水, 不流束楚. 終鮮兄弟, 維予與女. 『詩經』_〈鄭風〉_「揚之水」
	呂覽云, 舟車之始見也, 三世然後安之.	舟車之始見也, 三世然後安之. 『呂氏春秋』_〈先職覽〉_「樂成」
	『呂覽』=『呂氏春秋』	
	始未必盡工, 歷世增飾而後, 方得無弊耳.	이익의 견해
354. 單騎	地用莫如馬, 目見可得. 車者非家家有之. 或騎或馱, 豈有不覺之理. 易曰, 服牛乘馬, 何必馳駕而後可用耶.	이익의 견해 服牛乘馬, 引重致遠, 以利天下, 蓋取諸隨.

	『周易註』_〈繫辭〉
『易』=『周易註』	
何孟春, 引左傳昭公二十五年, 左師展, 將以公乘馬而歸, 爲證者, 是矣. 非無單騎, 盛服必車, 故罕見於經傳也.	何孟春 ＊관련기사 左師展, 將以公乘馬而歸, 公徒執之. 注. 展魯大夫, 欲與公俱輕歸. 疏. 正義曰, 古者, 服牛乘馬, 馬以駕車, 不單騎. 至六國之時, 始有單騎, 蘇秦所云, 車千乘, 騎萬匹, 是也. 曲禮云, 前有車騎者, 禮記漢世書耳, 經典無騎字也. 炫謂, 此左師展將以公乘馬而歸, 欲共公單騎而歸, 此騎馬之漸也. 『春秋左傳注疏』
劉子玄云, 江左, 官至尚書郎而乘馬, 則爲御史所彈. 又顔延之罷官後, 好騎馬, 出入閭里, 當代稱其放誕. 此則專車憑軾, 可服朝衣, 單馬御鞍, 宜從褻服求之, 近古灼然之明驗也.	太子左庶子劉子玄進議曰, …… 案江左官至尚書郎, 而輒輕乘馬, 則爲御史所彈. 又顔延之罷官後, 好騎馬, 出入閭里, 當代稱其放誕. 此則專車憑軾, 可擐朝衣. 單馬御鞍, 宜從褻服求之. 近古灼然之明驗矣. 『舊唐書』_〈輿服志〉
출전 명기 없이 인용 ▷ 『舊唐書』	
余亦曰, 陟彼高岡, 我馬玄黃, 駟車, 斷非陟岡之具, 是亦一證.	이익의 견해 陟彼高岡, 我馬玄黃. 『詩經』_〈周南〉_「卷耳」

355. 竹筠· 松心	記曰, 禮在人, 如竹箭之有筠, 松栢之有心, 此善形容也. 竹喩於外, 松喩於內. 筠者, 皮也, 勁直而中規, 凝滑而無瑕, 有不可犯之色, 所謂有筠也. 心者, 中心也, 松之爲材, 用爲樑梠, 其旁枝猶或撓屈, 而惟直幹則雖折而不偃. 或歲久虫蛀, 不及中心, 所謂有心也. 君子秉禮, 常以二物省躬, 則表裡洞洞, 有赫咺瑟僴之盛矣.	이익의 견해 禮器 …… 其在人也, 如竹箭之有筠也, 如松栢之有心也. 『禮記注疏』_〈禮器〉
356. 青魚	今之青魚, 不知古有與無, 而秋産咸鏡道, 形甚大, 冬寒則産於慶尙道, 至春, 漸移於全羅道忠淸道, 春夏間, 産於黃海道, 漸西漸細而極賤, 人無不食.	이익의 견문 이익의 견해

	우리나라의 관련 내용	
	懲毖錄云, 海州所産靑魚, 近十餘年絶不産, 移産於遼海.	海州舊産靑魚, 近十餘年絶不産, 産於遼東海. 『懲毖錄』_朝鮮 柳成龍 撰.
	『懲毖錄』=『懲毖錄』, 조선의 문헌 인용	
	遼人謂之新魚, 然則當時惟海州有之. 虫魚之屬, 每逐風氣, 至近歲, 此物極賤於西海, 又不知遼之有無也.	이익의 견해
357. 茶食	國家祀典有茶食, 用米麪和蜜, 木匡中築, 作團餠, 人不解其名義. 余謂此宋朝大小龍團之訛也.	이익의 견해 *관련기사 所謂龍團者, 茶末則蒸而碾, 合以諸香, 以爲餠, 始於丁謂, 而成於蔡襄. 歐陽脩曰, 君謨士人, 何至作此事. 蓋譏其啓無益之費也. 『格物通』_〈薄歛〉_明 湛若水 撰.
	茶始煎湯, 家禮用點茶則以茶末投之盞中, 沃以湯水, 攪以茶筅也, 今之倭茶, 皆如此. 丁公言·蔡君謨, 出奇爲茶餠, 獻之朝, 遂成同風.	이익의 견해
	坡詩所謂, 武夷溪邊粟粒芽, 前丁後蔡相籠加, 是也.	武夷谿邊粟粒芽, 前丁後蔡相籠加. 蘇軾의「荔支歎」(『東坡全集』)
	출전으로 작가의 이름을 제시: 坡詩 ▶ 蘇軾의「荔支歎」	
	今之祭, 用茶食, 卽點茶之義, 名存而物易也. 人家或有粉碎栗黃而代者, 作魚鳥花葉之狀, 視龍團轉訛, 觚之不觚, 何物不然.	이익의 견해
358. 菽	菽, 居五穀之一, 而人不之貴也. 然穀以生人爲主, 菽之爲功最大. 後世民人, 富少貧多, 如嘉禾殄昧, 萃歸貴顯, 殘氓所賴以活, 惟菽也. 菽價賤與稻相直, 稻一斗而得米四升, 菽乃以一斗換之, 其實增五分之三, 此大利也. 又磨細, 取其精液, 爲豆腐, 則餘滓亦許多, 烹爲羹湯, 味嘉可食. 又長芽爲黃卷, 增數倍. 貧者磨其粒, 而挫其芽, 竝爲饘粥之材, 足以充腹. 余居鄕村, 熟知其事, 記之以竢牧民者得焉.	이익의 견해 이익의 체험

359. 章草	章草, 起於漢章之世, 人謂以章帝故云, 非也.	*관련기사 黃魯直跋章草千字文曰,　章草言可以通章奏耳, 非章帝書也. 『日知錄』「千字文」_淸 顧炎武 撰.
	杜操, 字伯度, 章帝時人, 善草書. 章帝愛之, 令上表, 亦作草字, 故謂之章草.	杜操, 字伯度, 善草書. 章帝愛之, 詔令上表, 亦作草字, 謂之章草. 『說郛』「章草」
	출전 명기 없이 인용 ▷『說郛』	
	或云, 漢黃門令史游所作. 王愔云, 元帝時, 史游作急就章, 解散隸體, 麤書之, 漢俗簡惰, 漸以行之.	按章草, 漢黃門令史游所作也. ……王愔云, 章帝時, 史游作急就章, 解散隸體, 麤書之, 漢俗簡惰, 漸以行之, 是也. [出書斷.] 『太平廣記』「章草」
	출전 명기 없이 인용: 或云 ▶『太平廣記』	
	然則本於急就章故云爾, 未知孰是. 其氣脉通連, 隔行不斷, 所謂一筆書, 是也.	이익의 견해
	其曰匆匆不暇草書, 何也. 不暇草書, 則必將楷, 楷則獨可匆匆而易辦耶.	이익의 견해
	愚謂, 時方貴寶如圖畫丹靑, 必粧護屛障. 不比尋常簡札隨意漫作, 故宜待開靜而爲之也. 如今法書家藏, 去眞蹟, 率皆費心揮灑, 不類草草出者, 可以見矣.	이익의 견해
360. 靑虹	壬辰四月十三日, 靑虹, 起自宮井, 來逼於上. 上避之再三, 輒隨之, 閉戶始止, 卽倭陷釜山之日, 大懼, 有必避之計. 出朴東亮寄齋雜錄.	壬辰四月十三日, 靑虹, 起自宮井, 來逼於上, 上避之再三, 輒隨之, 閉戶始止. 及聞是日賊陷釜山, 大懼, 有必避之計, 徐玄紀云.[徐名渻] 『寄齋史草』〈壬辰雜事〉_朝鮮 朴東亮 撰.
	출전으로 서명과 저자의 이름을 모두 제시: 出朴東亮『寄齋雜錄』=『寄齋史草』, 조선의 문헌 인용	
	大禍之至, 必有兆見. 愚按曹風, 薈兮蔚兮, 南山朝隮. 隮, 非尋常虹蜺, 災戾之氣, 橫貫山麓, 況在殿庭之內, 尤可異矣.	이익의 견해 薈兮蔚兮, 南山朝隮. 『詩經』〈曹風〉「候人」

361. 漏脯	聖人, 不食沽酒市脯, 若爲不潔也, 則奚獨酒脯爲然哉.	沽酒市脯不食. 『論語』_〈子罕〉
	易曰, 噬腊肉, 遇毒. 腊者, 乾久之稱. 五行志, 厚味腊毒, 亦以久宿者言也.	六三, 噬腊肉, 遇毒, 小吝无咎. 象曰遇毒位不當也. [五行志曰, 厚味腊毒, 則以柔才而居剛位, 位不得當, 所遇多艱.] 『周易傳註』_「噬嗑」_淸 李塨(1659~1733) 撰.
	『易』=『周易傳註』	
	腊者, 猶言宿也. 感應篇, 屢言鴆酒·漏脯, 漏脯, 猶言屋漏沾濕也. 如此者, 書卷衣襯之類, 莫不朽敗有毒也. 濕而枯腊, 毒蓄不發, 如石灰藏火, 在中遇濕, 始發也. 盖酒與脯, 皆非一時造成. 留宿日久則易以畜毒, 而況屋漏之沾, 乃容易事, 不可不察, 酒亦有相類者耶.	이익의 견해 取非義之財者, 如漏脯救以飢, 鴆酒止渴, 非不暫飽, 死亦及之. 『太上感應篇』_宋 李昌齡 撰.
	『感應篇』=『太上感應篇』	
362. 馬蹄	養馬與使馬不同. 使馬, 意主於便人, 美其器械. 銜勒鞍韉鞭策. 自古有其物, 而東人加以蹄鐵. 行賈之言曰, 馬非馬, 蹄鐵是馬, 謂馬所以能役, 有鐵故也. 若夫養之, 則須便於馬而後, 能遂其茁長之性.	이익의 견해 이익의 전문
	莊子曰, 去其害馬者, 害馬之甚, 亦莫若蹄鐵. 若問於馬, 而馬能對, 則必曰, 此物爲最害也. 馬雖健役, 久則蹄穿, 蹄穿則休養, 非人力所得助也. 自鐵之刱, 無遠近寒熱險夷, 無數日安息, 馬安得不疲弊而衰老. 觀放牧之馬, 飽則頹睡, 與人無異, 其驅役也, 晝必行走, 待夜飼吃, 無休睡之隙也. 人之服役, 必待筋骨壯健. 馬則以少爲貴, 未及堅固, 先任重運也, 此皆鐵之爲害也.	이익의 견해 夫爲天下者, 亦奚以異乎. 牧馬者哉. 亦去其害馬者而已矣. 『莊子』_〈徐無鬼〉
	遼瀋之地, 與我壤地相接, 目審耳察, 終不相襲. 意者, 爲不便於養馬, 豈智之不及也.	이익의 견해

杜詩每云, 驄馬新鑿蹄, 高蹄削寒玉. 盖古人厚養而成, 所以能久, 不似今俗之薄治而加鐵也. 衛文之騋牝, 貴其蕃育也.	驄馬新鑿蹄, 銀鞍被來好. 杜甫 의「送長孫九侍御赴武威判官」(『杜詩詳註』) 脚下高蹄削寒玉. 杜甫 의「戲贈閿鄕秦少府短歌」(『杜詩詳註』) 秉心塞淵, 騋牝三千. [詩人言, 文公勤于治國, 不特注意于農桑之人而已. 其操心塞實而淵深, 雖下至騋牝之微, 莫非其經營之所及. 故能致蕃育之盛如此.] 『詩經世本古義』_「定之方中」_明 何楷撰.
今業賈之家, 禁不得遊牝. 間有産者. 必殺其子而役其母, 又何忍也. 飛騰駿牡, 皆入貴介華廐, 惟字牝, 落在里閭, 而有駒不育, 域中之馬, 所以日縮也. 東俗之視近効而無遠圖如此也. 且鏤鐵之産有限, 而爲人之用最切. 凡日用器物, 非鐵不成, 兵家雜械, 皆鐵之所需. 其用雖久, 火冶更鍊, 無不可用. 惟入於馬鐋者, 皆歸磨滅, 其害不可盡述. 此皆細, 故且置之. 聖王之制, 務本抑末, 民之所以爲生者, 惟食爲重. 彼商賈之類, 不過其人之私願, 於齊民何益. 此物, 終是奪鋤犁之資, 助成遊食之媒, 爲國計者, 所宜商量而禁絶也.	이익의 견해
우리나라의 관련 내용	
363. **牛耳**　按, 六畜中, 馬屬火, 故其色多赤. 牛屬土, 故其色多黃, 豕屬水, 故其色多黑, 此最易別者, 故於十二辰, 馬屬午, 牛屬丑, 豕屬亥. 相其形, 馬耳上指, 牛耳平, 豕耳垂下, 各從其性也.	이익의 견해
周禮庾人云, 散馬耳. 註, 雖云爾, 恐不成說.	廋人, …… 散馬耳, 圉馬. 注, 散讀爲中散大夫之散, 謂駣馬耳, 毋令善驚也. 『周禮注疏』_「廋人」

		출전으로 서명과 편명을 모두 제시: 『周禮』「庚人」＝『周禮注疏』「廋人」	
		馬性善驚, 驚必聳耳, 火氣衝上. 故今濟産性急者, 必抉其耳端, 散似決開之義也. 牛聽不以耳, 雖不知其必鼻聽, 耳不能聽則信矣. 土性平, 故其耳不上不下而平焉, 謂其不自主而以平爲順也. 故盟會必取其血爲誓也. 豕耳無所當, 不著用.	이익의 견해
364. 豹文鼠	郭璞爾雅序云, 爾雅者, 興於中古, 隆於漢氏, 豹鼠旣辨, 其業亦顯. 邢昺疏, 以爲終軍事.	爾雅者, 蓋興於中古, 隆於漢氏, 豹鼠旣辯, 其業亦顯. 疏. 漢武帝時孝廉郎終軍, 旣辯豹文之鼠, 人服其博物, 故爭相傳授, 爾雅之業, 於是逡顯. 言不但興行, 兼亦廣顯, 故云亦也. 『爾雅注』「序」_晉 郭璞 撰, 唐 陸德明 音義, 宋 邢昺 疏.
		출전으로 서명과 찬자의 이름을 모두 제시: 郭璞「爾雅序」＝『爾雅注』「序」_晉郭璞 撰.	
		今事文類聚引竇氏家傳, 以爲竇攸事.	竇攸治爾雅, 擧孝廉爲郎. 世祖與百僚大會, 時買得鼠, 身如豹文, 問羣臣, 莫知. 惟攸對曰, 名豹鼠, 見爾雅.[竇氏家傳] 『古今事文類聚後集』「治爾雅識鼠」
		考諸前漢書, 軍之本傳, 無此說, 恐是昺之誤.	이익의 견해 『前漢書』「終軍傳」
		後璞之孫某疏云, 璞, 晉代忠臣, 昺, 宋時小人, 郭註邢疏, 不宜立行, 謂昺附麗王欽若也. 其言之不詳, 又如此, 當考.	이익의 견해
365. 烽燧 紅燈	古者, 烽燧之制, 自邊方內達, 亦自京城外通, 所以徵起郡兵. 周幽王擧烽事, 可見.	褒姒不好笑. 幽王欲其笑萬方, 故不笑. 幽王爲烽燧大鼓, 有寇至則擧烽火. 諸侯悉至, 至而無寇, 褒姒乃大笑. 幽王說之, 爲數擧烽火, 其後不信, 諸侯益亦不至. 幽王以虢石父爲卿用事. 國人皆怨. 石父爲人, 佞巧善諛好利. 王用之, 又廢申后, 去太子也. 申侯怒, 與繒西夷犬戎, 攻幽王, 幽王擧烽火徵

	兵, 兵莫至, 遂殺幽王驪山下. 『史記』_〈周本紀〉	
丘氏衍義, 有紅燈之制, 爲風雨有妨. 其 法, 以羖羊角·魚鮋骨染紅爲之, 可避風 雨而緩急之別, 以多少爲節, 其言極是.	紅燈者, 煆羊角及魚鮋爲之而染以紅, 遇夜則懸, 以示遠, 數百里之間, 擧目 可見矣. 『大學衍義補』_〈治國平天下之要〉_「馭 外藩」_明 丘濬 撰.	
『丘氏衍義』= 丘濬의 『大學衍義補』		
我國丙子之燹, 使山僧, 緣山岡, 出以報 諸道, 其事, 豈不懸殊耶.	이익의 견해	
우리나라의 관련 내용		
366. 火箭	皇明土木之役, 虜犯京城, 用火箭·飛 鎗, 殺傷甚衆. 一說, 用火箭退敵, 而其 術燒殺殆盡云, 此守城之不可闕者.	이익의 견해
	近聞海中有阿蘭陁國, 一名紅夷, 其所 造紅夷砲, 壬辰間, 已到我國者也. 又有火箭, 其狀如卷軸, 上頭有穴, 用心 紙引火. 其法, 每一柄, 用焰硝十九兩· 硫黃三兩·麻灰六兩·鉛一兩·鍼二兩· 金銀箔各五段, 調合爲之, 一矢落地, 自 其中, 迸出數十枝, 散作千萬枝, 東西縱 橫村落城郭, 須臾而燒, 倭人畏之, 以妓 女財寶, 誘致之, 依其法造成, 今遍國 中.	이익의 전문 이익의 견해
	戊辰, 信使首譯朴尙淳, 以銀五百兩, 買 二柄獻之云.	이익의 전문 *관련기사 聞首譯朴尙淳自備五百銀子, 買得阿 蘭陀火矢二柄, 將欲歸獻于朝廷云. 『奉使日本時聞見錄』_「七月 初一日癸 未」_朝鮮 曹命采 著.
	不知國家能留意待用耶. 苟如此說, 城 池不必高深, 甲兵不必堅利, 可坐而退 敵. 但我國人巧於偸安, 有器而無施耳.	이익의 견해
	且聞關伯好武, 遍求海外諸邦, 有武技 者, 莫不學習, 故其射法精妙, 不比囊	이익의 전문 安鼎福의 글

	時. 又有巧器名風流者, 亦出自阿蘭陀, 其長五尺, 如海中及曠野, 無障碍處, 附口而語, 可與相去五十里人, 言語相傳, 此恐無理. 聲音者, 氣也. 五尺之器, 何能傳氣於五十里之遠乎. 此皆安百順書中有之, 姑記此, 以爲更採耳.		
367. 蝨	凡穀物之有虫爲灾者, 衆矣. 蟊賊·螟螣, 或食葉·食心·食節·食根. 自古有之, 未見其外不傷形而內竭其津者. 歲己卯夏秋之際, 忽有小虫, 生於水田泥土中, 旬日間, 遍于禾苗, 色靑形微, 大似粟粒, 簇簇不知其數. 禾則盡枯, 穗至黃萎者, 亦皆內損而無實, 遂成凶歉.	이익의 견해	
	余考春秋, 隱元年及莊二十九年, 有蝨, 卽此物. 羅氏曰, 負蠜也. 五行志及字彙甚詳, 皆謂南越淫風所生, 非中國所有.	『春秋左傳注疏』 二十有九年 …… 秋有蝨. [蝨, 負蠜也, 蝗屬.] 『春秋毛氏傳』_淸 毛奇齡(1623~1716) 撰 劉向以爲有蝨. [師古曰, 此蝨謂負蠜也.] 『前漢書』_〈五行志〉	
	嶺南人云, 前此癸丑間, 沿海皆爲灾云.	이익의 전문	
	今自海西, 歷京畿湖西湖南嶺南邊海邑, 皆遍, 卽西風所到也.	이익의 견해	
	우리나라의 관련 내용		
	古云, 西風則死, 此物經冬不死, 至春, 東風雨過而盡, 此其異也. 盖南越在大地則爲東, 故西風則死. 我東生於西風, 故東風而死宜矣. 其爲南越淫風信矣, 常年夏秋間, 蜻蜓彌天漫野, 是歲, 絶無見, 其爲此物之轉化, 亦明, 凡虫爲風之所觸, 無物不化也. 古云, 臭虫, 此則微有腐臭而已. 意者, 非如南越之蒸熱故耶. 最可異者, 凡草虫, 未有耐過霜雪者, 此	이익의 견해	

	物藏在草莽間不死. 又或於水底, 氷片之下, 化生焉. 春秋記異, 宜史臣之續書也.	
368. 蝨蛾	物理不可盡究. 凡虫豸之類, 老必爲蛹, 蛹必化蛾, 蛾卵而虫生於卵也.	이익의 견해 ＊관련기사 坤雅, 蛹者蠶之所化, 蛾者蛹之所化. 『山堂肆考』_「魄雄蛹雌」
	偶閱陶九成說郛, 有一說, 凡蝨之老而枯死者, 沾以葉上朝露, 則有飛虫坼背而生, 箇箇皆然. 然蝨旣化蛾, 則恐不復育蟣於衣袴之中, 異矣.	『說郛』 일치하는 내용이 없음
	凡微物在前, 日見而不思其理者, 衆矣. 究之不盡, 有害, 故記之.	이익의 견해

1-3. 『송남잡지』의 문헌 인용 양상에 대한 분석

『송남잡지』의 형성에 가장 큰 영향을 준 문헌은 무엇일까? 물론, 인용의 빈도가 중요도와 일치하는 것은 아니지만, 『송남잡지』 전체를 검토해 본 결과 가장 많이 인용된 자전과 운서는 『강희자전(康熙字典)』과 『운부군옥(韻府群玉)』이라는 사실을 알 수 있었다. 그런데 『강희자전』이나 『운부군옥』은 자전과 운서라는 책의 성격상 그 자체가 주로 다른 문헌에서 인용한 내용들로 구성된다.

1-3-1. 『강희자전』과 『운부군옥』의 인용 양상
1-3-1-1. 『강희자전』의 인용 유형과 의식

『송남잡지』에서 '자전(字典)'을 출처로 인용된 문장을 왕왕 접하게 된다. 흔히 '자전'이라고 하면 한자 사전을 떠올리게 된다. 그러나 '자전'

이라는 말은『강희자전(康熙字典)』[509]의 축약어로 사용되기도 한다.『송남잡지』에서 가장 많이 인용한 문헌으로는 단연『강희자전』을 들 수 있다. 그럼에도 불구하고『강희자전』이라는 서명을 완전히 명기한 것은 보기 힘들다. 대부분 '자전(字典)'이라고만 쓰고 있다.

『송남잡지』에서『강희자전』을 인용하는 형태는 크게 두 가지로 나눌 수 있다. 하나는『강희자전』에서 인용한 사실을 밝힌 것이다. 다른 하나는 인용 문헌이『강희자전』이라고 명기되어 있지는 않지만『강희자전』에서 재인용한 것이다.

1-3-1-1-1.『강희자전』을 출전으로 명기한 경우

『송남잡지』에서『강희자전』을 출전으로 밝힌 것이 47건인데, 그 대표적 유형 몇 가지를 열거하면 다음과 같다.

첫 번째 유형은『송남잡지』에서『강희자전』의 내용을 변형 없이 그대로 전재한 것이다.

『송남잡지』〈기술류(技術類)〉「신두법(神痘法)」의 "凡痘汁納鼻, 呼吸卽出."[천연두 진물을 코에 집어넣고 호흡을 하면 즉시 낫는다.]은『강희자전』「두(痘)」의 문장을 변형 없이 그대로 전재한 것이다. 이와 같은 유형으로『송남잡지』〈기술류〉「울류(鬱鸓)」의 "鬱壘, 沈休文作鬱鸓."[울루(鬱壘)를 심약(沈約)은 울류(鬱鸓)로 썼다.]를 들 수 있으니, 이는『강희자전』「울(鬱)」의 문장을 그대로 전재한 것이다.

509『강희자전』은 전체 42권으로 강희제(康熙帝)의 칙명에 의해 당시의 대학사 진정경(陳廷敬)·장옥서(張玉書) 등 30명의 학자가 5년에 걸쳐 1716년(강희 55)에 완성하였다.『강희자전』은『자휘(字彙)』·『정자통(正字通)』등의 구성을 참고하였으며, 십이지(十二支)의 순서에 의거해 12집(集)으로 나누고 119부(部)로 세분하였다.『청장관전서(靑莊館全書)』「중국서래동국(中國書來東國)」·『임하필기(林下筆記)』「문헌지장편(文獻指掌編)」의 기록에 의하면『강희자전』은 영조 5년(1727)에 우리나라로 유입되었다고 한다.

두 번째 유형은『강희자전』의 내용을 전재하되 최소한의 변형을 가한 것이다. 이 경우에는 최소한의 글자를 덧붙여 의미를 분명하게 하고 문장의 구조를 견고하게 하거나, 불필요한 글자를 생략하는 정도로 변형이 이루어진다.

『송남잡지』〈충수류(蟲獸類)〉「부발한류(符拔韓流)」의 "規矩, 獸名也."[규구(規矩)는 짐승 이름이다.]는『강희자전』「규(規)」의 "規矩, 獸名."을 인용한 것인데, 끝에 '也'를 덧붙여 문장을 끝맺음하였다.

위의 예가 단순하게 종결사를 덧붙여 문장의 완성도를 높인 유형이라면『강희자전』의 내용을 전재하되 불필요하다고 판단되는 부분을 생략한 유형도 있다.

『송남잡지』〈어조류(魚鳥類)〉「죽계(竹鷄)」의 "似鷓鴣, 居竹林間, 性好啼, 蜀人, 呼爲鷄頭鶻."[죽계(竹鷄)는 자고(鷓鴣)와 비슷하며 대숲에 산다. 본성적으로 울기를 좋아한다. 촉 사람들은 계두골(鷄頭鶻)이라고 한다.]은『강희자전』「계(鷄)」의 "又竹鷄似鷓鴣, 居竹林間, 性好啼. 蜀人, 呼爲鷄頭鶻."을 전재하면서 앞부분의 '又竹鷄'를 생략한 것이다. '竹鷄'는 조목명으로 이미 제시되었으므로 중복 서술을 피한 것이다. 이와 동일한 유형으로『송남잡지』〈재보류(財寶類)〉「저폐(楮幣)」의 "卽鈔也, 宋紹興初, 軍餉不繼, 造此以誘商旅."[바로 '초(鈔)'이다. 송나라 소흥(紹興) 연간 초기에 군수품이 조달되지 못하였기에 이것을 만들어서 상인(商人)을 유인하였다.]를 예로 들 수 있다. 이 문장은『강희자전』「저(楮)」의 "又楮幣卽鈔也, 宋紹興初, 軍餉不繼, 造此以誘商旅."에서 전재한 것인데, 역시 조목명으로 제시되어 있는 '楮幣'를 생략하였다.

앞의 유형보다 다소 변형이 진행된 것으로『송남잡지』〈지리류(地理類)〉「칠원(漆原)」의 "朝鮮志, 慶尙, 有漆原."[「조선(國)지」에서 "경상(道)에 칠원(郡)이 있다."고 하였다.]을 거론할 수 있다. 이것은『강희자전』「칠

(漆)」에 "朝鮮國志, 慶尙道, 有漆原郡."이라고 되어 있다. 『송남잡지』
는 『강희자전』을 인용하면서 '國'과 함께 행정 단위인 '道', '郡'을 모두
생략하였다. 중국의 문헌과는 달리 우리 문헌에서는 생략하여도 무방
한 상식적 내용이라고 판단한 것으로 보인다.

세 번째 유형은 『강희자전』을 인용하되 변개가 가해진 것이다.

『송남잡지』 〈충수류〉 「금충(琴忠)」의 "肅愼氏國有蟲, 獸首蛇身, 郭
璞曰, 蛇類也."[숙신씨(肅愼氏)의 나라에 어떤 짐승이 있는데, 짐승의 머리에
뱀의 몸을 하고 있다. 곽박(郭璞)이 "뱀의 일종이다."라고 말하였다.]라는 문장
은 『강희자전』 「금(琴)」의 "蟲名. 山海經, 肅愼氏之國有蟲, 獸首蛇身,
名曰琴蟲. 註, 郭曰, 亦蛇類也."를 인용한 것이다. 그런데 『송남잡지』
에서는 앞부분의 "蟲名, 山海經"과 중간 부분의 "名曰琴蟲, 註"를 생략
하였다. 그리고 '郭'이라고 성만 제시된 것을 '郭璞'이라고 이름까지 보
충 표기함으로써 의미를 분명히 하였다.

1-3-1-1-2. 『강희자전』을 출전으로 명기하지 않고 재인용한 경우

『송남잡지』에는 『강희자전』에서 재인용한 것이 상당수 있다. 그런데
이런 경우 인용문의 출전을 『강희자전』이라고 명기하지 않고 있기에
『강희자전』과의 관계 여부를 판정하는 일은 매우 조심스럽다.

다음에서 몇 가지 사례를 통하여 『강희자전』의 재인용 양상을 분석
해보도록 한다.

『송남잡지』에서 인용 빈도가 높은 문헌 중 하나는 『산해경』이다. 그
런데 『송남잡지』에서 인용한 내용과 『산해경』 원문을 대조해 보면 내용
상 차이가 있음을 발견할 수 있다.

가장 일반적인 차이는 다음의 예와 같이 『산해경』의 내용을 축약한
형태로 인용한 것이다.

『송남잡지』〈어조류(魚鳥類)〉「분지(鵜䳜)」에서 “山海經曰, 太行山, 有鳥, 狀如鵲, 白身赤尾六足, 名曰鵜, 善驚, 其鳴自詨.”[『산해경』에서 “태항산에 어떤 새가 있는데, 모양은 까치와 비슷하다. 흰 몸통에 붉은 꼬리를 하고 여섯 개의 발을 가졌는데, 이름이 분(鵜)이다. 경계를 잘하고 자신의 이름을 부르는 소리를 내어 운다.”라고 하였다.]라고 하였는데, 이는 『산해경』〈북산경(北山經)〉의 “北次三經之首, 曰太行之山 …… 有鳥焉, 其狀如鵲, 白身赤尾六足, 其名曰鵜, 是善驚, 其鳴自詨.”를 인용한 것이다. 『송남잡지』의 내용과 『산해경』 원문을 비교해 보면 중간 부분이 생략되었고 허사들이 생략되었음을 알 수 있다. 그런데 이 문장은 조재삼이 임의대로 축약한 것이 아니다. 비록 『송남잡지』에서 재인용 사실을 밝히고 있지는 않지만, 이 문장은 『강희자전』「분(鵜)」의 “山海經, 太行山, 有鳥, 狀如鵲, 白身赤尾六足, 名曰鵜, 善驚, 其鳴自詨.”와 정확히 일치한다. 이와 유사한 예를 하나 더 들어 본다.

『송남잡지』〈어조류〉「자어·나어(茈魚·鱺魚)」의 “山海經曰, 東始之山, 泚水出焉, 其中多茈魚, 其狀如鮒, 一首而十身, 其臭如蘪蕪.”[『산해경』에서 “동시산(東始山)에서 차수(泚水)가 흘러나오는데, 그 속에 자어(茈魚)가 많다. 모양은 붕어 같고, 머리 하나에 몸통이 열 개이다. 미무(蘪蕪)같은 냄새가 난다.”라고 하였다.]는 『산해경』〈동산경(東山經)〉의 “南三百二十里, 曰東始之山. …… 泚水出焉, 而東北流, 注于海, 其中多美貝, 多茈魚, 其狀如鮒, 一首而十身, 其臭如蘪蕪, 食之不糟.”가 원출전이다. 그러나 『송남잡지』의 문장과 가장 가까운 것은 『강희자전』「자(茈)」의 “茈魚, 山海經, 東始之山, 泚水出焉, 其中多茈魚, 其狀如鮒, 一首而十身, 其臭如蘪蕪.”이다. 다만 『강희자전』에 있는 ‘茈魚’가 『송남잡지』에는 생략된 차이가 있다. 이는 『송남잡지』에서 ‘茈魚’가 이미 조목명으로 제시되었기에 중복을 회피하여 생략한 것이다.

다음에 예시하는『산해경』의 인용문은 앞에 예시한 것보다 다소 복합적이다.

『송남잡지』〈어조류〉「후미환매(鱟蝐鰶寐)」에서 "山海經曰, 諸鉤之山, 多寐魚. 註, 鮇魚."[『산해경』에서 "저구산(諸鉤山)에 매어(寐魚)가 많다."라고 하였는데, 그 주석에서 "미어(鮇魚)다."라고 하였다.]라고 하였는데, 해당 내용이 실려 있는『산해경』〈동산경〉을 보면, "諸鉤之山, 無草木, 多沙石, 是山也, 廣員百里, 多寐魚. 卽鮇魚."라고 되어 있다.『송남잡지』에서는『산해경』의 "無草木, 多沙石, 是山也, 廣員百里."를 생략하였고 뒤에 주석을 덧붙였음을 알 수 있다. 그런데『강희자전』「미(鮇)」에는 "山海經, 諸鉤之山, 多寐魚. 註, 卽鮇魚."라고 되어 있으니,『송남잡지』가『강희자전』의 내용을 재인용하였다는 것은 의심할 여지가 없다.『송남잡지』에 부기되어 있는 주석은『산해경광주(山海經廣注)』에 있는 곽박(郭璞)의 것인데, 이 역시『산해경광주』에서 바로 인용되었다고 보기 힘들다.

이외에도『강희자전』에서 재인용된 것으로 추정되는 문장을 몇 가지 더 예시해 본다.

『송남잡지』〈어조류〉「합리(蛤蜊)」의 "論衡曰, 食精身輕, 故能神仙. 若士者食合蜊之肉, 無精輕之驗, 安能縱體而升."[『논형(論衡)』에서 "정(精)을 먹으면 몸이 가벼워져서 신선이 될 수 있다. 그 사람이 조갯살을 먹었다면, 정(精)을 먹어 몸이 가벼워지는 듯한 효험이 없을 것이니 어떻게 몸을 마음대로 해서 올라갈 수 있겠는가?"라고 하였다.]은『논형(論衡)』〈도허편(道虛篇)〉의 "食精身輕, 故能神仙. 若士者食合蜊之肉, 與庸民同食, 無精輕之驗, 安能縱體而升."을 인용한 것으로 되어 있지만, 실은『강희자전』「이(蜊)」의 "論衡, 食精身輕, 故能神仙. 若士者食合蜊之肉, 無精輕之驗, 安能縱體而升."을 재인용한 것이다.『송남잡지』와『강희자전』모두 "與庸民同食"을 축약한 것이 일치하기 때문이다.

『송남잡지』〈충수류〉「길정(吉丁)」의 "本草註, 甲蟲也, 背正綠, 有翅在甲下, 出嶺南, 人取帶之, 令人喜好相愛."[『본초강목』의 주석에서 "껍질이 있는 벌레다. 등은 녹색이고, 날개는 껍질 아래에 있다. 영남에서 나는데, 그것을 잡아서 몸에 지니면 다른 사람으로 하여금 자신을 좋아하고 사랑하게 만든다."라고 하였다.]는 『본초강목』, 「부종(蟲螽)」의 "藏器曰, 甲蟲也, 背正綠, 有翅在甲下, 出嶺南賓澄諸州, 人取帶之, 令人喜好相愛, 媚藥也."가 원출전이다. 그러나 실은 『강희자전』「정(丁)」의 "本草註, 甲蟲也, 背正綠, 有翅在甲下, 出嶺南賓澄諸州, 人取帶之, 令人喜好相愛."에서 재인용한 것으로 보인다. 문장 중간의 "賓澄諸州"와 말미의 "媚藥也"가 축약된 것이 서로 일치하기 때문이다.

『송남잡지』〈충수류〉「조슬(蚤蝨)」의 "抱朴子曰, 蝨生於我, 而我非蝨父母, 蝨非我子孫."[『포박자』에서 "이가 내게서 생겨났지만, 나는 이의 부모가 아니고 이도 나의 자손이 아니다."라 하였다.]의 원출전은 『포박자(抱朴子)』〈색난(塞難)〉의 "夫蝨生於我, 豈我之所作, 故蝨非我不生, 而我非蝨之父母, 蝨非我之子孫."이다. 그러나 『송남잡지』는 『강희자전』「슬(蝨)」의 "抱朴子塞難, 蝨生於我, 而我非蝨父母, 蝨非我子孫."에서 『포박자』의 편명인 '塞難'을 생략하고 나머지 내용을 그대로 전재하였다. 이와 같이 『송남잡지』에서 『강희자전』의 내용을 재인용하면서 서명을 제외한 하위 편명을 생략하는 것을 종종 볼 수 있다. 『송남잡지』〈충수류〉「이사(蝄蛇)」에서 "唐書曰, 廣州土貢, 鼈甲蚺蛇."[『당서』에서 "광주(廣州)의 토공물(土貢物)은 자라 등껍질과 염사(蚺蛇)다."라고 하였다.]라는 문장을 『당서』에서 인용하였다고 하였다. 이것의 원출전은 『당서』〈지리지〉의 "廣州, 南海郡中都督府, 土貢, 銀藤簟竹席荔支鼈皮鼈甲蚺蛇."이다. 그런데 이 문장은 '南海郡中都督府'와 '銀藤簟竹席荔支鼈皮'가 축약된 것이『강희자전』「염(蚺)」의 "唐書, 地理志, 廣州土貢, 鼉甲蚺蛇."와 일치한다. 다만『송남잡지』는『강희자전』의 내용을 전재하면서 '地理志'를 생략하였다.

『송남잡지』에는 외형적으로 2종의 원전에서 인용한 것으로 명시되어 있지만, 실은『강희자전』의 내용을 전재한 유형도 있다.

『송남잡지』〈충수류〉「박이(猼訑)」에 "集韻曰, 獸名也, 似人有翼. 山海經曰, 基山有獸, 狀如羊, 九尾四耳, 目在背上, 名猼訑."[『집운』에서 "박이(猼訑)는 짐승의 이름이다. 사람처럼 생겼는데, 날개가 있다."라고 하였다.『산해경』에서 "기산(基山)에 어떤 짐승이 있는데, 모양은 양 같고 꼬리 아홉에 귀가 네 개이고 눈은 등 위에 있으니, 이름을 박이(猼訑)라고 한다."라고 하였다.]라는 내용이 있는데, 이것의 원출전은『집운』「박(猼)」의 "獸名, 似人有翼."과『산해경』〈남산경〉의 "東三百里曰, 基山, 其陽多玉, 其陰多怪木, 有獸焉, 其狀如羊, 九尾四耳, 其目在背, 其名曰猼訑."이다. 따라서『송남잡지』에서 명시한 대로라면 원출전은『집운』과『산해경』이다. 그렇지만 이것은『강희자전』「박(猼)」을 재인용한 것으로 보인다. 왜냐하면 앞부분의 "東三百里曰"과 중간의 "其陽多玉, 其陰多怪木"을 축약하고 허사들을 모두 생략한 것이『강희자전』「박(猼)」의 "集韻, 獸名, 似人有翼. 山海經, 基山有獸, 狀如羊, 九尾四耳, 目在背, 名曰猼訑."와 일치하기 때문이다.

『송남잡지』에는『강희자전』에서 재인용하되 기술(記述)의 용도에 맞게 변개를 가한 것도 상당수 있다.

『송남잡지』〈어조류〉「관작(鸛雀)」에 "陸璣曰, 鸛雀, 似鴻而大, 一名負釜, 又黑尻, 又背竈, 又早裙, 泥巢其旁爲池, 含水滿之, 取魚置其中, 以食其雛."[육기(陸璣)가 "관작(鸛雀)은 기러기와 비슷한데 그보다는 크다. 일명 부부(負釜)라고도 한다. 또는 흑고(黑尻), 또는 배조(背竈), 또는 조군(早裙)

이라고도 한다. 진흙에 보금자리를 만들어 그 곁에 연못을 만들고는 물을 머금
어다 가득 채운 후, 물고기를 잡아다 그 속에 넣어 두고 새끼에게 먹인다."라고
하였다.]라는 내용이 있는데, 이것의 원출전은『모시초목조수충어소(毛
詩草木鳥獸蟲魚疏)』「관명우질(鶴鳴于垤)」의 "鶴, 鶴雀也, 似鴻而大, 長
頸赤喙, 白身黑尾翅, 樹上作巢, 大如車輪, 卵如三升杯, 望見人, 按其
子令伏徑舍去, 一名負釜, 一名黑尻, 一名背竈, 一名皂裙, 又泥其巢一
傍爲池, 含水滿之, 取魚置池中, 稍稍以食其雛, 若殺其子, 則一村致旱
災."이다. 그런데『송남잡지』와『모시초목조수충어소』를 비교해 보면
상당한 차이가 난다.『송남잡지』〈어조류〉「관작(鶴雀)」의 내용과 가장
일치하는 것은『강희자전』「관(鶴)」의 "陸璣曰, 鶴雀, 似鴻而大, 一名負
釜, 一名黑尻, 一名背竈, 一名皂裙, 泥巢其旁爲池, 含水滿之, 取魚置
其中, 以食其雛."이다. 그런데『송남잡지』는『강희자전』의 내용을 그
대로 전재하지 않았으니, '관작(鶴雀)'의 별칭을 나열한 부분인 "一名負
釜, 一名黑尻, 一名背竈, 一名皂裙"을 "一名負釜, 又黑尻, 又背竈, 又
皂裙"으로 변개하여『강희자전』보다 간명한 수사적 효과를 얻었다.
　『송남잡지』이『강희자전』에서 재인용하면서 변개를 가한 또 하나의
유형을 보도록 한다.
　『송남잡지』〈충수류〉「해리(海貍)」의 "正字通曰, 登州有貍頭魚尾者,
名海貍. 又南方, 有白面尾似狐者, 爲牛尾貍. 亦名白面貍, 專食百果."
[『정자통(正字通)』에서 "등주(登州)에 머리는 너구리이고 꼬리는 물고기인 짐
승이 있으니, 해리(海貍)라 부른다. 또 남방에 얼굴이 희고 꼬리는 여우와 비슷
한 동물이 있으니, 우미리(牛尾貍) 또는 백면리(白面貍)라 부르는데, 오로지 온
갖 과일들만 먹는다."라고 하였다.]의 원출전은『정자통』「이(貍)」의 "南方
白面尾似狐者, 爲牛尾貍. 亦名白面貍, 善緣樹, 食百果. …… 又登州
島, 一種貍頭魚尾者, 名海貍."이다. 그런데『송남잡지』는『강희자전』

「이(貍)」의 "南方有白面尾似狐者, 爲牛尾貍, 亦名白面貍, 又登州有貍頭魚尾者, 名海貍."를 재인용한 것으로 보인다. 여기에서 재미있는 점은 『송남잡지』가 『강희자전』에서 재인용하면서 내용을 도치시켰다는 것이다. 즉 "登州有貍頭魚尾者, 名海貍."를 "南方有白面尾似狐者, 爲牛尾貍, 亦名白面貍"의 앞에 둔 것이다. 이는 『송남잡지』〈충수류〉「해리(海貍)」의 조목명이 '海貍'이므로 주제에 부합되는 내용을 먼저 제시하려고 변개한 것으로 보인다.

『송남잡지』에서 원전을 인용할 때는 대체적으로 축약하는 경우가 많다. 그러나 원전의 내용이 지나치게 간명하여 의미의 전달에 문제가 있고 전체적 서술의 형식과 조화를 이루지 못할 경우에는 변개를 가한다.

『송남잡지』〈충수류〉「역풍순풍(逆風順風)」에서 "玉篇曰, 牝畜通稱之謂䭾."[『옥편』에서 "암컷 가축을 통칭해서 초(䭾)라 한다."라고 하였다.]라고 하였는데, 이 문장의 원출전은 『옥편(玉篇)』「초(䭾)」의 "牝馬也"이다. 그런데 이것은 『강희자전』「초(䭾)」의 "玉篇, 牝畜之通稱."을 재인용한 것으로 보인다. 『강희자전』은 책의 특성상 다른 원전의 내용을 인용할 때는 대체로 축약을 하지만 『옥편』과 같이 원래 간명한 형식으로 되어 있는 것은 반대로 부연하는 현상을 보인다. 그런데 『송남잡지』는 원전을 부연한 『강희자전』의 내용을 재인용하면서 의미를 명확하게 하고, 기술의 목적에 부합하도록 다시 더 부연한 특징을 보인다.

이상에서 『송남잡지』가 『강희자전』을 인용하는 양태를 살펴보았다. 『송남잡지』에는 『강희자전』을 출전임을 밝힌 것도 있지만, 『강희자전』이 원출전임을 의심할 여지가 없음에도 불구하고 그러한 사실을 명시하지 않은 것도 있다. 『강희자전』이 원출전이라고 밝힌 것은 대체로 『강희자전』의 내용을 그대로 전재하고 있다. 여기에는 하나의 조건이 있으니, 『강희자전』이 다른 문헌을 인용하지 않은 것으로 제한된다. 그러나 『송남잡지』가 『강희자전』에서 재인용하였음에도 불구하고 『강희자전』이 출전임을 밝히지 않은 것은 『강희자전』이 다른 원전을 인용하고 있는 때이다. 이런 경우에 조재삼은 『강희자전』의 내용을 그대로 전재하지 않고 변개를 가하였다. 변개 없는 전재는 원출전을 명시하되, 변개로 가공한 재인용은 그와 같은 사실을 밝힐 필요가 없다는 의식을 조재삼은 지니고 있었음을 알 수 있다.

1-3-1-2. 『운부군옥』의 인용 유형과 의식

『송남잡지』에서 『강희자전』과 함께 가장 빈번하게 인용된 문헌은 『운부군옥(韻府群玉)』[510]이다. 『송남잡지』에서 '자전(字典)'이라고 명기된 것은 『강희자전(康熙字典)』의 약칭인 것처럼 '운옥(韻玉)'이라고 명기된 것은 의심할 여지없는 『운부군옥(韻府群玉)』의 약칭이다. 그런데 『송남잡지』에서 『운부군옥』은 '운서(韻書)'로 칭해지는 경우가 많다. 『송남잡지』에서 '운서'로 표기된 것은 그야말로 한자를 운에 의거하여 분류한 공구서의 범칭으로 사용되는데 그 속에 『운부군옥』도 왕왕 포함되어 있다. 다음에서 출전을 '운부군옥(韻府群玉)'이라고 명기한 경우와 '운서(韻書)'로 범칭한 경우, 『운부군옥』이 출전임에도 불구하고 밝히지 않은 경우를 각각 분석해보도록 한다.

---

[510] 『운부군옥(韻府群玉)』은 전체 20권으로 송나라 말기에 음시부(陰時夫)가 편집하고 그의 형 음중부(陰中夫)가 편주(編註)하여 원나라 순제 원통 2년(1334)에 완성한 운서이다. 전체를 궁(宮)·상(商)·각(角)·치(徵)·우(羽)로 분류하고 고사와 문장을 각 운의 아래에 첨기하였다. 세종 18년(1436)에 『운부군옥』에 대한 인간령(印刊令)이 있던 것으로 보아 최소한 이때 이전에 조선에 유입된 것으로 추측된다.

1-3-1-2-1. 『운부군옥』을 출전으로 명기한 경우

『운부군옥』의 인용 형태도 『강희자전』의 인용 형태와 크게 다르지
않다.

첫째는 『운부군옥』의 내용을 그대로 전재한 것이다.

『송남잡지』〈충수류〉「나부저(懶婦杼)」에서 "有懶婦織, 常睡於機上,
姑以杼打之, 至死, 皆有杼痕, 化爲獸."[게으른 며느리가 베를 짤 때 베틀
위에서 항상 졸았기에, 시어머니가 북으로 때려서 죽이니, 온 몸에 베틀 북의
흔적이 남아 있었다. 죽은 며느리가 화하여 짐승이 되었다.]라는 이야기를 『운
부군옥』에서 인용하였다고 하였는데, 이것은 『운부군옥』「나부저(懶婦
杼)」의 내용과 정확하게 일치하다.

이러한 유형을 몇 가지 더 예시하면, 『송남잡지』〈방언류〉「풍골(風
骨)」의 "文章須成一家風骨."[문장은 모름지기 일가의 풍골(風骨)을 이루어
야 한다.]은 『운부군옥』「풍골(風骨)」의 내용을 전재하였고, 『송남잡지』
〈방언류〉「본천(本泉)」의 "稱貨於隣家以治具."[이웃에게 돈을 빌려 잔치
준비를 한다.]는 『운부군옥』「자본(子本)」의 내용에서 옮겨왔으며 『송남
잡지』〈의식류(衣食類)〉「달벽영구(獺辟領垢)」의 "西戎, 以獺皮飾毳服領
袖, 垢不着."[서융(西戎)은 수달의 가죽으로 모피 옷의 옷깃과 소매를 장식하
여 때가 끼지 않게 한다고 한다.]은 『운부군옥』「달(獺)」의 내용을 전재하
였다. 또 『송남잡지』〈기술류(技術類)〉「타구(打毬)」의 "以革爲圜囊, 實
以毛髮之屬, 蹴踏之."[가죽으로 둥근 주머니를 만들고 모발(毛髮) 등속으로
안을 채워 발로 찬다.]는 『운부군옥』「답국(蹋鞠)」의 내용을 전재하였으
며 『송남잡지』〈계고류(稽古類)〉「남녀부동석(男女不同席)」의 "男八月齒
生八歲齔, 女七月齒生七歲齔."[남자는 생후 팔 개월에 이가 나고 여덟 살에
이를 간다. 여자는 생후 칠 개월에 이가 나고 일곱 살 때 이가 빠진다.]은 『운부
군옥』「츤(齔)」의 내용을 옮겨왔다.

　다음 유형은 『운부군옥』의 내용을 인용하되 그대로 전재하지 않고 부분적 변형을 가한 것이다.

　『송남잡지』〈화약류(花藥類)〉「미무(蘼蕪)」의 “蘬, 乃蒚, 今白芷.”[미무(蘼蕪)는 바로 효(蘬)니, 채(蒚)다.]는 『운부군옥』「채(蒚)」의 “蒚, 昌亥切, 蘬也, 卽今白芷.”를 인용한 것인데 ‘蒚’의 음을 나타내는 ‘昌亥切’을 비롯하여 ‘也’, ‘卽’과 같은 허사를 모두 생략하고 필수적인 것들만 남겨 두었다.

　위의 예시가 『운부군옥』의 내용을 축약 인용한 형태라면 다음은 변개를 가한 유형이다.

　『송남잡지』〈구기류(拘忌類)〉「천롱지아(天聾地啞)」에서 “曆家有天聾地啞日.”[역가(曆家)에 하늘이 귀먹고 땅이 벙어리가 되는 날이 있다.]이라는 문장을 『운부군옥』에서 인용하였다고 하였다. 이 문장은 『운부군옥』「천롱지아(天聾地啞)」에 “歷書有天聾地啞日.”이라고 되어 있으니, ‘書’가 ‘家’로 변개되었음을 알 수 있다. 이는 조재삼이 ‘역서(曆書)’ 보다는 ‘역가(曆家)’가 의미상 더욱 분명하다고 판단하여 변개한 것으로 보인다. 이보다 좀 더 적극적인 변개는 『송남잡지』〈계고류(稽古類)〉「목후이관(沐猴而冠)」의 “楚人謂胡孫曰沐猴.”[초나라 사람들이 호손(胡孫)을 목후(沐猴)라고 한다.]에서 볼 수 있다. 이것은 『운부군옥』「후(猴)」의 “名胡孫, 楚曰沐猴.”를 변개한 것이다.

　『송남잡지』〈초목류(草木類)〉「백초(白草)」에서 “鴈門草, 皆紫色. 故謂紫塞.”[안문초(雁門草)는 모두 자색(紫色)이기 때문에 ‘자새(紫塞)’이라고 한다.]이라는 문장을 『운부군옥』에서 인용하였다고 밝히고 있는데, 이는 『운부군옥』「자새(紫塞)」의 “秦築長城, 土色紫, 漢塞亦然. 古今註, 一云鴈門草, 皆紫色, 故名紫塞.”에서 “秦築長城, 土色紫, 漢塞亦然. 古今註, 一云”까지를 생략하고 ‘名’을 ‘謂’로 변개하여 의미의 선명도와 주제의 집중도를 높였다.

　다음은 『운부군옥』의 내용을 인용하되 축약과 도치, 부연을 가한 유형이다.

　『송남잡지』〈충수류(蟲獸類)〉「석척(蜥蜴)」에서 "蝘蜓, 又守宮, 又石龍子, 又蛇師, 又蛇醫, 爲蛇咬藥故也. 詩云, 哀今之人, 胡爲虺蜴."[도마뱀은 언정(蝘蜓)·수궁(守宮)·석용자(石龍子)·사사(蛇師)이다. 또는 '사의(蛇醫)'라고 하니 뱀에게 물렸을 때 약으로 쓸 수 있기 때문이다. 『시경』에서 "슬프다! 요즘 사람들이여, 어쩌다가 훼척(虺蜴)과 같은 행동을 하는가?"라고 하였다.]이라는 문장을 『운부군옥』에서 인용하였다고 하였는데, 이것은 『운부군옥』「척(蜴)」의 "蜥蜴, 卽蝘蜓·守宮·蛇醫·石龍子·蛇師·蝎虎. 詩, 哀今之人, 胡爲虺蜴."을 전재한 것이다. 그런데 양자를 비교해 보면 우선 조목명으로 제시된 '蜥蜴'의 중복을 피하여 이를 생략하였으며, 이에 따라 불필요한 '卽'도 생략하였다. 그리고 도마뱀의 별칭으로 나열된 '守宮·石龍子·蛇師' 사이에 '又'를 모두 삽입하여 의미를 분명하게 만들었다. 한편 '蛇醫'의 순서를 바꿔 도마뱀의 별칭 중 제일 뒤에 배치하고 '蝎虎'는 생략하였다. 이는 『운부군옥』에는 없는 '蛇醫'에 대한 설명인 '爲蛇咬藥故也'를 부연하기 위함이다. 또 『운부군옥』에서 단순히 '詩'라고 되어 있는 것에 '云'을 덧붙여서 그 의미를 명확하게 하였다.

　『송남잡지』〈구기류〉「오명인사(烏鳴人死)」에서 "尹吉甫子伯奇死, 爲後母所讒, 化爲鳥, 常向吉甫鳴, 吉甫覺之, 射殺後妻."[윤길보(尹吉甫)의 아들 백기(伯奇)가 계모에게 모함을 당하여 죽어서 까마귀가 되었다. 그는 언제나 윤길보를 향하여 울었다. 윤길보가 사실을 깨닫고 후처를 쏘아 죽였다.]라는 문장을 『운부군옥』에서 인용하였다고 밝히고 있다. 이는 『운부군옥』「금명(禽名)」의 "尹吉甫信後妻讒, 殺孝子伯奇, 吉甫後見伯勞其音切, 吉甫曰, 是吾子 …… 向室而號, 吉甫遂射殺妻. 故俗號伯勞鳴有凶

也.”에서 전재한 것으로 보이는데, 양자를 비교해 보면 상당한 정도로 변개가 이루어졌음을 알 수 있다. 우선『운부군옥』의 긴 내용을 간명하게 축약하였으며, 그로 인해 야기될 수 있는 의미의 손상을 보완하기 위하여 내용을 상당 정도로 변개하였다.

1-3-1-2-2.『운부군옥』을 '운서(韻書)'로 범칭한 경우

『송남잡지』에는『운부군옥』에서 인용한 것이 분명함에도 불구하고 '운서(韻書)'라는 범칭을 출전으로 제시한 유형이 다수 있다. 그중 하나는『운부군옥』의 내용을 인용하되, 잘못된 부분을 바로잡은 것을 들 수 있다.

『송남잡지』〈충수류〉「인출산동(麟出山東)」에서 "麕身馬足, 牛尾一角, 角端肉, 高丈二, 五蹄, 牝曰麟, 牡曰麒, 雌鳴曰游聖, 雄鳴曰歸昌, 黃帝時在囿, 成康時在郊."[기린은 고라니의 몸에, 말의 발, 소의 꼬리, 외뿔이 있으며, 뿔끝에 살이 있다. 키는 두 자이며 발굽이 다섯 갈래이다. 암컷을 '기(麒)'이라 하고, 수컷을 '인(麟)'이라고 한다. 암컷의 울음소리는 '유성(游聖)'이고, 수컷의 울음소리는 '귀창(歸昌)'이다. 황제(黃帝) 때에는 동산에 있었고, 성왕(成王)과 강왕(康王) 때에는 교외에 있었다.]라는 내용의 글을 운서에서 인용하였다고 밝히고 있다. 이 내용은 여러 종의 운서를 검토해 보면『운부군옥』「인(麟)」의 "麕身馬足, 牛尾一角, 角端肉, 高尺二, 五蹄, 牝曰麒, 牡曰麟, 雌鳴曰游聖, 雄鳴曰歸昌, 黃帝時在囿, 成康時在郊藪."를 전재하였다는 사실을 알 수 있다. 그런데 양자를 비교해 보면『운부군옥』의 '尺'이『송남잡지』에서는 '丈'으로 바뀌었고,『운부군옥』의 '牝曰麒, 牡曰麟'이『송남잡지』에서는 '牝曰麟, 牡曰麒'로 바뀌었다. 또 마지막의 '郊藪'는 '藪'가 생략되고 '郊'로 되어 있다. '牝曰麒, 牡曰麟'이라고 되어 있는 문헌은『사류비요(事類備要)』·『사문유취(事文類聚)』등이다. 반면 '牝曰麐, 牡曰麒'라고 되어 있는 문헌은 『비아(埤雅)』·『홍무정운(洪武正韻)』·『정자통(正字通)』 등 대다수이다. 뿐만 아니라 『운부군옥』「기(麒)」에서도 『운부군옥』「인(麟)」과 반대로 '牝曰麐, 牡曰麒'라고 되어 있다. 따라서 『송남잡지』에서는 이들을 참작하여 내용을 바로잡은 것으로 판단된다. 그래서 『운부군옥』이라는 서명을 명시하지 않고 '운서'로 범칭한 것으로 보인다.

『송남잡지』에서 『운부군옥』이 출전임에도 불구하고 출전을 '운서'로 범칭한 유형으로, 『운부군옥』의 두 군데에서 인용하여 하나로 만든 것이 있다.

『송남잡지』〈충수류〉「해어화록(海魚化鹿)」에서 "鹿之牡曰麚, 又麋, 牝曰麀, 子曰麛, 又麆, 又麀. 千年爲蒼鹿, 又百年爲白鹿, 又五百年爲玄鹿. 又麜, 又麃, 牛尾一角者."[수사슴을 가(麚) 혹은 우(麋)라 하고, 암사슴을 우(麀)이라 하고, 새끼를 예(麛) 혹은 미(麆) 혹은 조(麀)라고 한다. 천년 된 것이 푸른 사슴이고, 또 백년 된 것이 흰 사슴이고, 또 오백년 된 것이 검은 사슴이다. 또 '경(麜)' 혹은 '포(麃)'는 소꼬리에 뿔이 하나다.]라는 문장을 운서에서 인용하였다고 밝히고 있다. 이 문장과 가장 가까운 내용은 『운부군옥』「녹(鹿)」의 "麚牡也, 麀牝也, 麛其子也, 千年爲蒼鹿, 又百年爲白鹿, 又五百年爲玄鹿."과 『운부군옥』「경(麜)」의 "大鹿, 牛尾一角."이니, 『송남잡지』는 『운부군옥』에서 이들 2개의 문장을 뽑아내 하나로 조합하고 변개를 가하여 부정합 현상을 제거하였다. 이 역시 『운부군옥』에서 인용한 것이 명백하지만 가공이 이루어졌으므로 출전을 『운부군옥』이라고 명시하지 않았다. 이는 『운부군옥』을 출전으로 명기하는 것과 명기하지 않는 것 사이에 존재하는 과도적 유형으로 볼 수 있다.

1-3-1-2-3. 『운부군옥』을 출전으로 명기하지 않고 재인용한 경우

『송남잡지』에는 『운부군옥』에서 인용한 것이 명백함에도 불구하고 출전을 『운부군옥』으로 밝히지 않은 것이 있는데, 그들을 세 가지 유형으로 나눌 수 있다.

첫째 유형은 『운부군옥』의 내용을 그대로 인용한 것이다.

『송남잡지』〈충수류〉「추우(騶虞)」에서 "白帖曰, 宋元嘉及前蜀永平間, 皆見."[『백공육첩(白孔六帖)』에서 "송나라 원가(元嘉) 및 전촉(前蜀) 영평(永平) 연간에 모두 나타났다."라고 하였다.]이라고 한 문장이 있다. 이것의 원출전으로 밝힌 『백공육첩』「추우(騶虞)」에는 "宋元嘉二十六年, 琅邪有虎從騶虞云云."으로 되어 있어서 『송남잡지』의 내용과는 차이가 있다. 그러나 『운부군옥』「추우(騶虞)」에는 "宋元嘉及前蜀永平間, 皆見. 白帖."이라고 되어 있다. 『운부군옥』의 문장 말미에 출전으로 명기된 '白帖'을 『송남잡지』에서는 문장의 앞으로 돌렸으며 그에 따라 '曰'자를 덧붙여 완전한 문장으로 만들었다. 『운부군옥』에서는 출처를 인용문장의 말미에 명기하는 것이 일반적 형식이다. 그런데 『송남잡지』에서 『운부군옥』의 내용을 재인용할 때는 출전을 앞으로 돌리고 '曰'을 붙이는 형식을 주로 사용하고 있다.

두 번째 유형은 『운부군옥』의 내용을 재인용하면서 축약을 하거나 변개를 가하는 것이다. 먼저 가장 일반적 유형인 축약을 예로 들어 본다.

『송남잡지』〈충수류〉「문맹(蚊虻)」에서 "物類相感志曰, 元載得龍鬚拂, 蚊蚋不敢入."[『물류상감지(物類相感志)』에서 "원재(元載)가 용수염 총채를 얻자, 모기가 들어오지 못하였다."라고 하였다.]이라고 하였는데, 이것의 원출전인 『유설(類說)』〈물류상감지(物類相感志)〉「용수불(龍鬚拂)」에는 "元載得龍鬚拂, 置之堂室, 蚊蚋不敢入."이라고 되어 있으니, '置之堂室'이 축약되어 있는 『운부군옥』「용수불(龍鬚拂)」의 "元載得龍鬚拂, 蚊

蚋不敢入. 物類相感志."를 재인용한 것으로 보인다.

　　『송남잡지』〈충수류〉「별슬(鱉蝨)」에 "影響錄云, 黃靖國死, 見以萬 蠍, 治武后獄."[『길흉영향록(吉凶影響錄)』에 "황정국(黃靖國)이 죽어 (冥府에 나타나서) '무수히 많은 전갈이 쏘게 하는 형벌로 무후를 벌주겠다.'라고 말하였 다."는 기록이 있다.]이라는 문장이 있다. 이것의 원출전은 『유설(類說)』 〈길흉영향록(吉凶影響錄)〉「당무후옥(唐武后獄)」의 "黃靖國死, 見冥中數 獄吏指一所云, 此唐武后獄, 后惡至大方, 以大甕貯蠆蝎螫之, 酷吏姦 臣皆有獄."이다. 그러나 『송남잡지』의 내용과 가장 가까운 것은 『운부 군옥』「대옹만헐(大甕萬蠍)」의 "黃靖國死, 見冥中治武后獄, 以大甕貯 萬蠍螫之. 岑象求影響錄."인데, 『송남잡지』에서는 이것을 그대로 전재 하지 않고 불필요한 내용으로 판단되는 부분을 축약하였다. 아울러 『길 흉영향록(吉凶影響錄)』의 편찬자 이름인 잠상구(岑象求)도 생략하였다.

　　『송남잡지』〈충수류〉「석척(蜥蜴)」에 "說文曰, 蛇類, 能興雲雨."[『설 문해자』에 "윤(蜦)은 뱀의 종류이며, 비구름을 일으킬 수 있다."라고 하였다]라 는 문장이 있다. 이것의 원출전인 『설문해자』「윤(蜦)」에는 "蛇屬, 黑 色, 潛于神淵, 能興風雨. 從虫, 侖聲."으로 되어 있는 반면, 『운부군옥』 「윤(蜦)」에는 "說文, 蛇類, 黑色, 能興雲雨."로 되어 있으니, 『송남잡지』 는 『운부군옥』의 내용을 재인용하면서 '黑色'을 생략하였다. 또 『송남 잡지』〈충수류〉「사귀(蛇鬼)」에 "北齊史, 陸法和弟子戲截蛇頭. 法和 曰, 汝何意殺, 因指示之, 弟子見蛇頭齘袴襠不落, 乃使懺悔."[『북제서』 에서 말하였다. 육법화(陸法和)의 제자가 장난으로 뱀 머리를 잘랐다. 그러자 법화가 "너는 무슨 생각으로 뱀을 죽였더냐?"라고 말하며 손가락으로 가리켰다. 제자가 보니 뱀 머리가 바지를 물고 떨어지지 않았다. 이에 참회하도록 하였다.] 라는 문장이 있다. 이것의 원출전인 『북제서(北齊書)』「육법화(陸法和)」 에는 "弟子戲截蛇頭, 來詣法和. 法和曰, 汝何意殺蛇, 因指以示之. 弟

子乃見蛇頭䣑袴襠而不落. 法和使懺悔, 爲蛇作功德."이라고 되어 있으며, 『운부군옥』「사색당(蛇䣑襠)」에는 "北齊, 陸法和弟子戲截蛇頭, 詣法和, 法和曰, 汝何意殺, 因指示之, 弟子見蛇頭䣑袴襠不落, 乃使懺悔. 史."라고 되어 있다. 그러므로 『송남잡지』는 『운부군옥』에서 『북제서』의 내용을 재인용하면서 '詣法和'를 생략하였음을 알 수 있다.

다음으로 『운부군옥』의 내용을 재인용하면서 글자를 바꾸거나 부연한 변개를 보도록 한다.

『송남잡지』〈충수류〉「석척(蜥蜴)」에서 "東方朔傳, 上置守宮盂下, 朔別著布卦而對曰, 臣以爲龍, 又無角, 爲蛇, 又有足, 是非守宮, 卽蜥蜴."[「동방삭전(東方朔傳)」에서 말하였다. 황제가 수궁(守宮)을 사발 아래에 넣어 두니 동방삭이 시초를 뽑아 괘를 만들어 보고 "신의 생각으로는 용이지만 또 뿔이 없으니 뱀입니다. 또 발이 있으니 수궁(守宮)도 아니면 석척(蜥蜴)입니다."라고 대답하였다.]이라는 내용이 있다. 이것의 원출전인 『전한서』「동방삭전(東方朔傳)」의 "上嘗使諸數家射覆, 置守宮盂下, 射之, 皆不能中, 朔自贊曰, 臣嘗受易, 請射之, 迺別著布卦而對曰, 臣以爲龍, 又無角, 謂之爲蛇, 又有足, 跂跂脈脈, 善緣壁, 是非守宮, 卽蜥蜴."과 『송남잡지』의 내용을 상호 대조해보면 상당한 차이가 있다. 그러나 『운부군옥』「척(蜴)」의 "上置守宮盂下, 朔別著布卦而對曰, 臣以爲龍, 又无角, 爲蛇, 又有足, 是非守宮, 卽蜥蜴. 方朔傳."과 『송남잡지』의 내용은 틀림없이 일치한다. 다만 차이가 있다면 『운부군옥』에서 내용의 말미에 출전으로 명시한 '方朔傳'을 『송남잡지』에서는 문장의 제일 앞으로 돌리고 '東'자를 덧붙여 '東方朔傳'으로 만들었다는 점이다. 이는 『운부군옥』보다 문장을 더 선명하게 만들려고 한 의식의 결과로 보인다.

『송남잡지』〈충수류〉「사자(獅子)」는 변개가 좀 더 적극적으로 이루어진 예이다. 『송남잡지』〈충수류〉「사자」에서 "博物志曰, 魏武帝經白

狼山, 逢獅子, 忽一物如狸, 跳上獅頭, 獅不能起, 遂殺之云."[『박물지(博物志)』에서 "위(魏)나라 무제가 백랑산(白狼山)을 지나다가 사자를 만났는데, 갑자기 삵처럼 생긴 짐승이 나타나서 사자의 머리위로 뛰어 올랐다. 사자가 일어서지도 못하니, 이 동물이 마침내 사자를 죽였다."라고 하였다.]이라고 하였는데, 그 원출전인 『박물지(博物志)』 「이수(異獸)」에는 "後魏武帝伐冒頓, 經白狼山, 逢師子……王忽見一物從林中出如狸起上帝車軛, 師子將至, 此獸, 便跳起上師子頭上, 師子卽伏, 不敢起, 于是遂殺之."로 되어 있으니, 양자 간의 상당한 차이를 볼 수 있다. 반면 『운부군옥』 「사(獅)」에는 "武經白狼山, 逢獅子, 忽一物如狸, 跳上獅子頭, 獅子伏不敢起, 遂殺之. 博物志."라고 되어 있으니 『송남잡지』는 이것을 재인용한 것으로 보인다. 그러나 '武'의 앞과 뒤에 '魏'와 '帝'를 덧붙여 의미가 분명한 '魏武帝'로 만들었다. 또 『운부군옥』의 '獅子伏不敢起'는 '獅不能起'라는 단순한 표현으로 바꾸었으며, 문장 말미에 '云'자를 덧붙여 인용문의 형식을 갖추었다.

출전을 『운부군옥』이라고 밝히지 않았지만 『운부군옥』에서 2개의 문장을 인용한 것도 있다. 『송남잡지』 〈충수류〉 「청정(蜻蜓)」에서 "埤雅曰, 午日取蜻蜓首, 正中門埋之, 皆成靑珠, 卽河圖所云, 四月, 埋蠶沙於亥方, 得蠶之語, 相似."[『비아(埤雅)』에서 "5월 5일에 잠자리를 잡아 머리를 중문(中門)에 바로 향하게 하여 묻으면 그것이 모두 푸른 구슬이 된다."라고 하였으니, 바로 「하도(河圖)」에서 "4월에 해방(亥方)에 누에의 똥을 파묻으면 누에를 얻는다."라고 한 말과 유사하다.]라고 하였다. 『송남잡지』에 명시된 출전에 의하면 『비아(埤雅)』 〈석충(釋蟲)〉 「청정(蜻蜓)」의 "五月五日取其首, 正中門埋之, 皆成靑珠."와 「하도(河圖)」의 "四月, 埋蠶沙於亥方, 令得蠶"을 인용한 것으로 되어 있다. 하지만 이들 문장은 『운부군옥』 「청정주(蜻蜓珠)」의 "午日取蜻蜓首, 正中門埋之, 皆成靑珠. 埤雅."와 『운부군옥』「매잠사(埋蠶沙)」의 “四月, 埋蠶沙於亥方, 令得蠶. 河圖.”에서 재인용한 것으로 보인다. 특히『비아』〈석충〉「청정」의 ‘五月’이『송남잡지』에는 ‘午日’로 되어 있는 것으로 보아『운부군옥』을 전재한 것이 명백하다.

이상에서 살펴 본 바와 같이 조재삼은『운부군옥』에서 인용한 내용을 재인용할 경우에는 그것을 출전으로 밝히지 않았다. 그리고 가급적이면『운부군옥』의 내용을 그대로 재전재하지 않고 가공을 하였다.

조선의 지식인들이 타인의 저작을 인용할 때 나름대로 일정한 원칙을 적용하였다. 본 장에서는 수다한 인용문으로 구성되는 유서의 편찬자가 타인의 저작을 인용하는 원칙을 규명해 보았다.

『송남잡지』에서는 다양한 문헌에서 문장을 절취(截取)하였는데, 그 중에서 가장 많은 인용 빈도를 점하는 자전과 운서는『강희자전』과『운부군옥』이다.『송남잡지』에서『강희자전(康熙字典)』은 ‘자전(字典)’이라고 약칭하고『운부군옥(韻府群玉)』은 ‘운옥(韻玉)’으로 약칭하고 있다. 또『운부군옥』에서 인용한 것이 분명함에도 불구하고 출전으로 ‘운서(韻書)’라고 범칭할 때도 있다. 그리고『강희자전』이나『운부군옥』이 원출전임을 의심할 여지가 없음에도 불구하고 그러한 사실을 명시하지 않은 경우도 있다.

『강희자전』이나『운부군옥』이 원출전이라고 밝힌 것은『강희자전』과『운부군옥』의 내용을 그대로 전재하고 있다. 이러한 유형은『강희자전』이나『운부군옥』이 다른 문헌을 인용하지 않은 것으로 제한된다. 그러나『송남잡지』가『강희자전』이나『운부군옥』에서 문장을 재인용하였음에도 불구하고『강희자전』이나『운부군옥』을 그 출전으로 밝히지 않은 것은『강희자전』과『운부군옥』이 다른 원전을 인용하고 있는 때이다. 그러나 이런 경우에 편찬자는『강희자전』과『운부군옥』의 내용을 그대로 전재하지 않고 생략, 도치, 자구의 변개 등을 가하였다. 즉 조재삼은 변개 없는 전재는 『강희자전』과 『운부군옥』을 원출전으로 명기하지만, 변개로 가공한 재인용에 대해서는 재인용 사실을 밝힐 필요가 없다는 의식을 지니고 있었음을 알 수 있다.

또 『송남잡지』에는 출전을 '운서(韻書)'라는 범칭으로 명기한 것이 다수 있는데, 그것의 상당수는 『운부군옥』이다. 이는 『운부군옥』을 출전으로 명기하는 것과 명기하지 않는 것 사이에 존재하는 과도적 유형이다. 『운부군옥』에서 인용한 것이 명백한데도 출처를 운서로 범칭한 것의 특징 중 하나로 『운부군옥』의 잘못된 부분을 바로잡은 것을 들 수 있다. 또 『운부군옥』의 2군데에서 인용하여 하나로 만든 것이 있다. 이러한 형태도 상당한 변개가 가해지기 때문에 『운부군옥』의 저작권으로부터 자유로울 수 있다고 생각한 것이다.

1-3-2. 『송남잡지』의 문헌 인용과 오류의 양상

보통 저술을 할 때, 작가는 자신이 암기하고 있는 내용을 기술하거나 다른 문헌을 인용하기 마련이다. 암기하고 있는 내용을 기술할 때는 기억력에 의존하여야 하기에 여러 가지 유형의 오류가 발생할 수밖에 없다. 또 문헌을 전사(轉寫)하는 과정에서도 다양한 오류가 발생한다. 그 일차적 원인은 대부분 시각적인 것이다. 쉽게 말한다면 잘못 보고 베꼈기 때문에 틀린다는 것이다. 그러나 시각적인 문제로 한정되는 것만도 아니다. 인식론(認識論)의 차원까지 고려할 필요 없이 일단 전사의 과정을 단순한 차원에서 생각해보자.

필자는 자신이 인용하려는 문장을 읽는다. 필자의 지적 능력에 따라 읽는 양이 다를 것이다. 그리고 읽은 내용을 두뇌에 저장한다. 이 역시

지적 능력에 따라 얼마나 많이, 오래 저장하는지 차이가 나겠지만 아주
짧은 시간이나마 머릿속에 저장할 것이다. 적어도 그것을 붓으로 옮겨
적을 때까지는 기억할 것이다. 또 인용자는 그 정도까지만 문장을 읽을
것이다. 그 다음 자신이 방금 읽고 기억한 문장을 옮겨 적는다.

짧고 단순한 과정이지만 작자의 지적 수준이나 능력, 혹은 인지의
생물학적 과정이 복잡하게 관련되면서, 본 그대로 옮겨 적지 못하고
오류를 범하는 결과를 초래한다.

교감학(校勘學)에서 제시하는 오류의 유형 중에, 행을 건너 뛰어 전사
하는 것이 있다. 문헌을 보고 베낄 때 전행(前行)의 내용과 후행(後行)의
내용이 유사하거나 혹은 동일한 글자가 존재하기에, 착각하고 행을 건
너뛰는 것이다. 또 앞서 본 글자나 문장의 잔상(殘像)이 오기의 원인이
되기도 한다. 이런 것은 굳이 교감학의 이론을 빌지 않더라도 누구나
경험한 적이 있다.

기본적으로 표의문자인 한자는 그 특성상 오류를 야기할 가능성이
다분하다. 먼저 음으로 기억하기 힘들다는 점을 들 수 있다. 한자를 표
기 수단으로 사용하였던 중세 우리나라는 중국과 달리 한자를 음으로
만 기억하는데 큰 장애가 있었다. 동일한 음가(音價)의 글자를 성조 없
이 기억하고 구분하기란 매우 어려운 일이다. 또 생소한 벽자(僻字)는
자신이 이미 알고 있는 글자와 혼동할 밖에 없었다. 이처럼 한자가 갖는
속성에서 출발하여 여러 가지 요인들이 첨가되면서 한문 문헌은 다양
한 오류를 지니게 된다.

본 장에서는 『송남잡지』를 통하여 조선 후기의 유서가 문헌을 인용
하는 과정에서 오류를 범하는 유형과 그 원인을 규명하고자 한다.

1-3-2-1. 자음(字音)의 상사(相似)에 의한 오류

전사(傳寫) 과정에서 오류가 발생하는 원인 중 하나는 음이 동일한 글자를 착각하는 것이다. 글자의 음이 동일하여 오류가 발생하는 것으로는 서명(書名)·지명·인명이 많고, 내용과 관련된 글자에서도 간혹 보인다.

먼저, 서명(書名)의 오류를 보겠다.

『송남잡지』〈천문류〉「지상개천(地上皆天)」에서 "天形穹隆如笠, 而冒地之表, 浮元氣之上, 譬覆盫以抑水而不流者, 氣充其中也."[하늘은 웅평하게 내리덮은 모양이 마치 삿갓과 같은데 땅의 표면을 덮고 원기(元氣) 위에 떠 있다. 비유하자면 화장품 통을 엎어서 물을 누르면 물이 흐르지 않는 것과 같아서 기(氣)가 그 속에 충만해 있다.]라는 내용의 출전을 「窮天論(궁천론)」이라고 명기하였다. 그러나 이것은 「穹天論(궁천론)」의 오기로 보인다. 「궁천론(穹天論)」은 진(晉)나라 우병(虞昺)이 주장한 천문학설의 일부로,『진서(晉書)』〈천문지(天文志)〉에 우병의「궁천론」에 대한 기록이 있다. 이는 '窮'과 '穹'의 음이 동일하여 발생한 오기다.

다음으로 지명(地名)의 오류를 보겠다.

『송남잡지』〈지리류〉「서도관액(西道關阨)」에서 "兩水之間, 必有山一幹, 所謂靑石嶺一幹, 在西江猪灘之間, 爲京畿黃海之界, 正方城一幹, 在猪灘大同之間, 爲黃海平安之界."[두 강의 사이에는 반드시 산이 한 줄기 있다. 이른바 '청석령' 한 줄기는 서강과 저탄의 사이에 있어 경기도와 황해도의 경계가 되고, '정방성(正方城)' 한 줄기는 저탄과 대동강의 사이에 있어 황해도와 평안도의 경계가 된다.]라는 기록을『성호사설』에서 인용하였다고 밝히고 있다. 그런데 이것을『성호사설』〈천지문〉「서도관액(西道關阨)」의 내용과 대조해 보면『송남잡지』의 '正方城(정방성)'은 '定方城(정방성)'의 오기임을 알 수 있다. '正(정)'과 '定(정)'의 음이 동일하여 오류가 생긴 것이다.

　다음으로, 가장 빈번하게 발생하는 인명(人名)의 오류를 보도록 한다.
『송남잡지』〈문방류(文房類)〉「도서상현(圖書象贊)」에 "楊升卿, 始於
中書省上象形立之故, 今套書圖書上刻之."[양승경(楊升卿)이 중서성(中書
省) 위에 현(贊)의 형상을 세웠기에 지금 투서(套書)와 도서(圖書)의 윗부분에
인을 새긴다.]라는 문장이 있다. 그런데 현(贊)의 형상을 만들었다는 사
람은 楊升卿(양승경)이 아니라 梁升卿(양승경)이다. 양승경(梁升卿)은
당나라의 문신이자 서예가로 '낙옥수주(落玉垂珠)'라 불리는 소전(小篆)
으로 유명한 인물이다. 이는 '楊(양)'과 '梁(양)'의 음이 같아서 생긴 오
류다.

　『송남잡지』〈문방류(文房類)〉「주자강목(朱子綱目)」에서 "楊愼曰, 綱
目, 朱子門人趙師淵, 奉師命所編, 而朱子曰某嘗作綱目云, 按見朱書
答于延之書, 可知矣."[양신(楊愼)이 "『강목(綱目)』은 주자의 문인(門人) 조사
연(趙師淵)이 스승의 명을 받들어 편찬한 것이다."라고 하였는데, 주자는 "내가
일찍이 『강목』을 지었다."라고 말했다 한다. 살펴보건대, 『주서(朱書)』「답우연
지서(答于延之書)」를 보면 알 수 있다.]라고 하였는데, '于延之(우연지)'는
'尤延之(우연지)'의 오기이다. 연지(延之)는 송나라의 학자 우무(尤袤)의
자이다. '于(우)'가 '尤(우)'와 음이 같아서 오류가 발생한 것이다.

　『송남잡지』〈선불류(仙佛類)〉「소사초제(蕭寺招提)」에서 "杜陽編曰,
梁武帝造寺, 蘇子雲飛白書一蕭字."[『두양편(杜陽編)』에서 "양 무제가 절
을 세우자 소자운(蘇子雲)이 비백체(飛白體)로 '蕭(소)'한 자를 썼다.]라고 하
였는데, 이와 유사한 기록을 『병자유편(騈字類編)』의 "杜陽雜編, 梁武帝
好佛, 造浮屠, 命蕭子雲飛白大書曰蕭寺."에서 볼 수 있다. 양자를 비
교해 보면 『송남잡지』의 '蘇子雲(소자운)'은 '蕭子雲(소자운)'의 오기임
을 알 수 있다. '소자운(蕭子雲)'은 양나라의 저명한 서예가로 초서와 예

서를 잘 쓴 인물이다. 『송남잡지』에서 '蘇(소)'와 '蕭(소)'의 음이 같아 오류를 범한 것이다.

다음의 예와 같이 내용과 관련된 글자에서도 오류가 발생한다.

『송남잡지』〈방언류(方言類)〉「작작공(雀雀孔)」에 "今謂衆咻之語, 若燕語知知謂知之, 不知謂不知."[지금은 여럿이 떠드는 소리를 말한다. 제비가 '지지위지지, 부지위불지.'라고 지저귄다고 하는 말과 같다.]라는 내용이 있다. 『논어』〈위정(爲政)〉에 "知之謂知之, 不知謂不知."라는 말이 있는데, 그 음이 마치 '지지배배, 지지배배' 우는 제비 소리와 같다고 하여 제비도 논어를 안다는 우스개로 회자된다. 그런데 『송남잡지』에서 『논어』의 '知之(지지)'를 '知知(지지)'로 잘못 표기하였으니 음이 동일하여 발생한 착오이다. 이는 비교적 단순한 착각에 의한 오류이지만, 다음의 예와 같이 오자가 들어가도 그 문맥 속에서 의미가 자연스럽게 구성되기에 발생하는 오류도 있다.

『송남잡지』〈실옥류(室屋類)〉「오두벌열(烏頭閥閱)」에 '烏頭雀楔(오두작설)'이라는 말이 있는데, 이것은 '문 양쪽에 세워서 효행과 선행을 표시하는 나무'를 의미하는 '烏頭綽楔(오두작설)'의 오기이다. 이는 '綽(작)'이 '雀(작)'과 음이 같은 것이 오기의 주원인이지만, '참새'라는 의미의 '雀(작)'이 '까마귀'라는 의미의 '烏(오)'와 자연스럽게 어울리는 것도 오류가 발생한 원인으로 작용한다. 예를 하나 더 들어보겠다.

『송남잡지』〈방언류〉「요요화주(遙遙華冑)」에 "有妓産者入侍, 上問其外家, 對曰臣本宗則金枝玉葉, 外家卽路柳場花."[조선시대에 기생의 아들인 종실(宗室)이 입시(入侍)하였는데, 임금이 그의 외가를 묻자, "신의 본가는 금지옥엽(金枝玉葉)이고 외가는 노류장화(路柳場花)입니다."라고 대답하였다.]라는 내용이 있다. 여기에 나오는 말 가운데, '路柳場花(노류장화)'는 아무나 쉽게 꺾을 수 있는 길가의 버들과 담 밑의 꽃이라는 뜻으로,

창녀나 기생을 비유적으로 이르는 말인 '路柳墻花(노류장화)'의 오기이다. '場(장)'과 '墻(장)'의 음이 같아서 오기한 것이지만, 마당이라는 의미의 '場(장)'이 '길'이라는 의미의 '路(로)'와 자연스럽게 어울리는 것이 오류를 발생하게 한 원인이기도 하다.

1-3-2-2. 자형(字形)의 상사(相似)에 의한 오류

전사 과정에서 글자의 모양이 유사하여 발생하는 오류는, 글자의 음이 같아서 발생하는 오류보다 훨씬 많고 유형도 다양하며, 내용의 왜곡 현상도 심각하다.

서유부(徐有富) 교수는 문헌 기록에서 오류가 발생하는 원인 중 하나로 자형의 유사를 꼽았다. 그리고 자형의 유사로 인해 발생하는 오류의 구체적 유형을 3가지로 분류하였으니, 편방(偏旁)에 다른 것을 잘못 붙여서 생기는 오류, 편방을 잘못 삭제해서 생기는 오류, 편방에 다른 것을 잘못 바꾸어 생기는 오류로 분류하였다.[511] 그러나 자형의 상사에 의하여 발생하는 오류는 이것보다 다양하고 그 요인도 많다.

1-3-2-2-1. 편(偏)·방(旁)의 상사(相似)

글자의 오른쪽이나 왼쪽에 잘못된 것이 붙거나 잘못 빠져서 발생하는 오류의 유형이다.

『송남잡지』〈세시류〉「제조신(祭竈神)」에서 "神翌日朝天. 白一歲事."[조왕신이 동지 다음 날 천제를 조회하고 일 년의 일을 아뢴다.]라는 시를 인용하면서 그 작가를 '지능(至能)'이라고 밝히고 있다. 그런데 이 작품

---

[511] 徐有富(1998), 『校讎廣義』, 齊魯書社, 86~88쪽.

은 남송의 정치가이자 시인인 범성대(范成大, 1126~1193)의 「납월촌전악부십수병서(臘月村田樂府十首幷序)」의 일부이다. 범성대의 자는 '치능(致能)'이다. 그러므로 『송남잡지』의 '至能(지능)'은 '致能(치능)'의 오기이다. 이와 동일한 오류가 『송남잡지』〈의식류〉「이당(飴糖)」에서도 보이니, "烏膩美飴餳."[새까만 때 같지만 맛난 엿]이라는 시구를 인용하면서 그 작가를 '至能(지능)'이라고 하였다. 이 시는 범성대의 「상원기오중절물배해체(上元紀吳中節物俳諧體)」이다. 따라서 『송남잡지』의 '至能(지능)'은 '致能(치능)'의 오기이다. 서유부 교수의 분류에 의하면 우방(右傍)의 글자가 빠져서 발생한 유형이다.

　『송남잡지』〈계고류〉「촉요홍(燭搖紅)」에서 "嘉定中, 宰相好士而不能用, 客曰, 外間盛唱燭影搖紅之詞云, 幾回相見, 見了還休, 曾如不見."[가정 연간에 재상이 선비를 좋아하면서도 등용하지 못하니, 객이 "밖에서 「촉영요홍사(燭影撓紅詞)」를 극성스럽게 부르는 격입니다."(라고 하고 그 마지막 장을 말하였다.) "몇 번이나 만났나? 보고도 도리어 그만두면, 보지 못한 것과 같지!"]이라는 내용을 『후림시화(後林詩話)』에서 인용하였다고 하였는데, 이것은 유극장(劉克莊)이 편찬한 『후촌시화(後村詩話)』의 "嘉定更化, 收召故老, 一名公拜參與, 雖好士而力不能援, 謂客曰, 執贄而來者, 吾皆倒屣, 未嘗敢失一士, 外議如何. 客素滑稽答曰, 自公大用, 外間盛唱燭影搖紅之詞, 參與問何故. 客擧卒章曰, 幾回見了, 見了還休, 爭如不見, 賓主相視一笑."가 원출전이다. 따라서 '村(촌)'과 '林(림)'의 자형이 유사하여 '後村詩話(후촌시화)'가 '後林詩話(후림시화)'로 오기되었음을 알 수 있다.

　『송남잡지』〈문방류〉「서체행세(書體行世)」의 "書體中, 有懸針垂露書·秦皇破冢書·金鵠書·虎爪書 ……"[서체 중에는 현침서(懸針書)·수로서(垂露書)·진시황의 파총서(破塚書)·금골서(金鵠書)·호조서(虎爪書) ……가

있다.]는 『유양잡조(酉陽雜俎)』에서 인용하였다고 하였다. 그런데 『유양잡조』〈광지(廣知)〉에는 "百體中, 有懸針書·垂露書·秦王破冢書·金鵲書·虎爪書."라고 되어 있다. 두 문헌을 대조해 보면 자구의 출입이 있는데, 그중에서도 『유양잡조』의 '金鵲書(금작서)'가 『송남잡지』에는 '金鶻書(금골서)'로 되어 있다. 동일한 우방(右傍)에 유사한 자형의 좌변(左邊)이 잘못 결합되어 '鵲(작)'이 '鶻(골)'로 오기된 것이다.

『송남잡지』〈기술류(技術類)〉「화응축치(化鷹逐雉)」에서 "太守李氷死爲蒼牛與汪神鬪也."[태수 이빙(李氷)이 죽어서 파란 소가 되어 왕신(汪神)과 싸우다.]라고 하였는데, 『운부군옥』 등의 내용과 대조해 보면 '汪神(왕신)'은 '江神(강신)'의 오기임을 알 수 있다.

『송남잡지』〈상이류(祥異類)〉「만월사운(滿月射雲)」에 "幷州, 有姑女廟, 卽介之推妹也. 有取姑女白合經者, 必雷電風雹以震之."[병주(並州)에 고녀(姑女)의 사당이 있으니 바로 개지추(介之推)의 누이동생이다. 고녀의 『백합경(百合經)』을 가지고 이곳을 지나가는 사람이 있으면 반드시 우레·번개·바람·우박을 내려서 놀라게 한다.]라는 내용이 있는데, 이것의 출전을 『조야첨재(朝野僉載)』라고 밝히고 있다. 『조야첨재』에는 "幷州石艾艾陽二界, 有妬女泉有神廟, 泉水沈潔澈千丈, 祭者, 投錢及羊骨, 皎然皆見. 俗傳妬女者, 介之推妹, 與兄競去泉百里, 寒食不許擧火, 至今猶然, 女錦衣紅鮮裝束盛服, 及有人取山丹百合經過者, 必雷風電雹以震之."라고 되어 있다. 『송남잡지』는 원전을 상당한 정도로 축약 인용하였는데, 그중에서 중요한 차이는 『조야첨재』의 '妬女(투녀)'가 『송남잡지』에는 '姑女(고녀)'로 바뀌어 있다는 점이다. 글의 내용으로 보더라도 『송남잡지』의 '姑女(고녀)'는 '妬女(투녀)'의 오기이다.

『송남잡지』〈지리류(地理類)〉「한염(寒燄)」에서 "崑崙之丘, 其下有弱水之淵環之, 其外有炎火之山, 投物輒燃."[곤륜산(崑崙山) 아래에는 약수(弱水)인

계곡의 시내물이 에워싸고 있다. 그 밖에는 염화산(炎火山)이 있는데, 물건을 던지면 바로 타버린다.]이라는 문장을 『산해경』에서 인용하였다고 밝히고 있는데, 『산해경』〈대황서경(大荒西經)〉에는 "崑崙之丘 …… 其下, 有弱水之淵環之, 其外有炎火之山, 投物輒然."으로 되어 있다. 양자를 비교해 보면 『산해경』의 '淵(연)'이 『송남잡지』에는 모양이 유사한 '澗(간)'으로 바뀌어 있음을 알 수 있다. 물론 그 의미도 '못'과 '계곡의 시냇물'로 상이하여 서로 바꾸어 쓸 수 없다.

다음의 예시는 앞서 본 것보다 오류가 야기하는 결과가 심각한 유형이다.

『송남잡지』〈가취류(嫁娶類)〉「사직단(社稷壇)」에서 "共工氏子曰修, 好遠遊, 故爲社神."[공공씨(共工氏)의 아들은 수(修)라고 하는데 멀리 놀러 다니기를 좋아했기 때문에 사신(社神)으로 삼았다.]이라는 문장을 『풍속통의(風俗通義)』에서 인용하였다고 밝히고 있다. 이것은 『풍속통의』「조(祖)」에 "共工之子曰脩, 好遠遊, 舟車所至, 足跡所達, 靡不窮覽. 故祀以爲祖神. 祖者, 徂也."라고 되어 있으니, 『송남잡지』의 내용과 출입이 있다. 그중에서 가장 큰 차이는 『풍속통의』의 '祖神(조신)'이 『송남잡지』의 '社神(사신)'으로 오기된 것이다. 『풍속통의』의 '祖神(조신)'은 여행의 신을 의미하지만 『송남잡지』의 '社神(사신)'은 토지의 신을 의미하므로 상호 무관한 말이다. 따라서 「사직단(社稷壇)」이라는 조목의 주제와 무관한 예시가 되고 말았다.

『송남잡지』〈의식류〉「소주(燒酒)」의 "女酒, 女奴燒酒者."는 『주례』에서 인용하였다고 하였는데, 『주례주소』〈천관 총재〉에서는 "女酒.[女奴曉酒者.]"[여주(女酒)[여종으로 술을 만들 줄 아는 사람]] 라고 하였다. 즉 『송남잡지』의 '燒酒(소주)'는 '曉酒(효주)'의 오기로, '曉(효)'가 '燒(소)'와 유사하여 발생한 오류이다. 따라서 「소주(燒酒)」라는 조목의 주제와 무관한 내용이 되고 말았다.

『송남잡지』〈실옥류〉「고무(高廡)」에서는 '소란반자로 반자틀에 소란을 대고 반자널을 얹은 반자'인 '천화판(天花板)'에 대하여 설명하고 그것이 시에 사용된 용례로 당시 "城頭椎鼓傳火板."을 인용하였다. 그런데 이것은 당나라 무명씨(無名氏)의 작품인 "城頭椎鼓傳花枝"의 오기이다. 즉 『송남잡지』에서 '花枝(화지)'를 '火板(화판)'으로 오기한 것이다. '花(화)'와 '火(화)'의 음이 동일하고 '枝(지)'와 '板(판)'은 자형이 유사하여 오기한 것이다. 따라서 인용된 조목명과 내용상 전혀 무관한 예시가 되고 말았다.

1-3-2-2-2. 상(上)·하부(下部)의 상사(相似)

글자의 상부나 하부가 동일하거나 유사한 글자에, 잘못된 것이 붙거나 빠진 유형이다.

『송남잡지』〈실옥류〉「문비야차(門扉夜叉)」에서 "今所畫鬼夜叉卽尉遲敬德段志冲."[지금 그림으로 그리는 귀신인 야차(夜叉)는 바로 위지경덕(尉遲敬德)과 단지충(段志冲)이다.]라고 하였는데, '尉遲敬德(위지경덕)'은 당나라의 명장인 '蔚遲敬德(울지경덕)'의 오기이다. 즉 '尉'의 상단에 '艹'가 잘못 붙어서 생긴 오류이다. 이와 동일한 유형 하나를 더 보겠다. 『송남잡지』〈초목류〉「완골(完骨)」에서 "龍須也, 似莞而細, 生山岩穴中."[용수(龍須)이다. 왕골과 비슷하게 생겼지만, 그보다는 더 가늘고 바위 구멍에서 난다.]는 글을 『산해경』에서 인용하였다고 하였다. 『산해경』〈중산경(中山經)〉의 주석에는 "龍須也. 似莞而細, 生山石穴中."이라고 되어 있으니, 『송남잡지』의 '岩(암)'은 '石(석)'의 오기이다. 이 역시 '石'의 상단에 '山'이 잘못 붙어서 오류가 생긴 것이다. 이와 반대로 원래의 글자에 있던 것이 잘못 빠져서 생긴 오류도 있다. 『송남잡지』〈초목류〉

「총구(葱韭)」에서는 소식의 "霜葉露芽寒更出."이라는 시를 인용하고 있다. 이 시는 소식의 「춘채(春菜)」라는 작품으로, 원래는 "霜葉露芽寒更苗."[서리 맞은 잎과 이슬 맺힌 싹이 추워도 자라네.]라고 되어 있다. 따라서 '苗(줄)'의 상단에 있던 '艹'가 빠져 '出(출)'로 오기되었음을 알 수 있다.

『송남잡지』〈초목류〉「빈과(蘋果)」에서 "我國謂之沙果, 中國所稱沙果, 卽我國林檎也. 我國古無蘋果, 東平尉鄭載嵩奉使, 得接枝而還, 國中始盛, 實名訛."[우리나라에서는 '사과(沙果)'라고 한다. 중국에서 말하는 사과는 곧 우리나라의 능금이다. 우리나라에는 옛날에 빈과(蘋果)가 없었는데, 동평위(東平尉) 정재숭(鄭載嵩)이 중국에 사신으로 갔다가 접붙인 가지를 얻어 온 후로 비로소 온 나라에 널리 퍼지게 되었으니 실제 이름이 와전되었다.]는 글을 『연암집(燕巖集)』에서 인용했다고 밝히고 있다. 『연암집』〈열하일기(熱河日記)〉「환희기(幻戲記)」에 이 내용은 "蘋果, 卽我國所稱沙果, 中國所稱沙果, 卽我國林檎, 我國古无蘋果, 東平尉鄭國載崙奉使時, 得接枝東還, 公中始盛而名則訛傳云."이라고 되어 있다. 사과를 중국에서 도입한 인물이 『연암집』에는 '鄭載崙(정재륜)'으로 되어 있는 반면 『송남잡지』에는 '鄭載嵩(정재숭)'으로 되어 있다. 동평위(東平尉)는 효종의 부마 '정재륜(鄭載崙)'이므로 '정재숭(鄭載嵩)'은 오기이다. '崙(륜)'과 '嵩(숭)'은 상부의 '山'이 동일하고 하부의 '侖(륜)'과 '高(고)'가 유사하여 오기한 것이다.

『송남잡지』〈어렵류(漁獵類)〉「경견(罽絹)」에서 "翼氏. 註, 置其所食之物于絹中, 鳥來下則搤其足."['익씨(翼氏)'의 주석에서 "비단 속에 먹을 것을 넣어 두고 새가 내려오면 그 발을 잡아당긴다."라고 하였다.]이라는 내용을 『주례』에서 인용하였다고 하였는데, 『주례』〈추관 사구〉에는 "翨氏掌攻猛鳥, 各以其物, 爲媒而搤之."라고 되어 있고, 그 주석에는 "猛鳥鷹隼之屬. 置其所食之物於絹中, 鳥來下則搤其脚."이라고 되어 있으니,

두 문헌의 내용은 상당한 편차가 있다. 『송남잡지』는 『주례』에서 바로 인용한 것이 아니라, 『강희자전』 「견(絹)」의 "罿氏. 註, 置其所食之物于絹中, 鳥來下則揜其足."을 그대로 전재하였다. 이로 볼 때 『주례』・『강희자전』의 '罿氏(시씨)'가 『송남잡지』에는 '翼氏(익씨)'로 오기되었음을 알 수 있다. '罿(시)'와 '翼(익)'은 상부의 '羽'가 동일하고 하부의 '是'와 '異'의 자형이 흡사하여 오류가 발생한 것이다.

다음의 예는 이상에서 본 것보다 더욱 심각한 결과를 초래하게 된 오류이다.

『송남잡지』〈세시류〉「소춘(小春)」에서 "應樂猶鷹之應物, 其獲也小矣, 故小鼓, 小春謂之應, 所以應大也."[응(應)은 악기의 이름이니, 매[鷹]가 사물에 응하는 것과 같다. 그 획득하는 것이 작은 까닭에 소고(小鼓)를 '응(應)'이라고 하니 대고(大鼓)가 창도하는 소리에 응하기 때문이다. 소춘(小春)을 응(應)이라고 하는 이유는 대춘(大春)이 창도하는 박자에 응하기 때문이다.]라고 하였는데, 이것의 출전을 『악서(樂書)』라고 밝혔다. 『악서』에는 "應猶鷹之應物, 其獲也小矣, 故小鼓謂之應, 所以應大鼓所倡之聲也. 小春謂之應, 所以應大春所倡之節也."라고 되어 있다. 그런데 『송남잡지』와 『악서』의 내용이 상호 차이가 많은 것으로 보아 다른 문헌의 재인용으로 판단된다. 『송남잡지』의 내용은 『강희자전』 「응(應)」의 "樂書, 應樂猶鷹之應物, 其獲也小, 故小鼓, 小春謂之應, 所以應大也."와 가장 근사하다. 따라서 『송남잡지』의 내용은 이것의 전재로 보인다. 세 가지 문헌을 대조해 보면, 원출전인 『악서』와 재인용 출전인 『강희자전』의 '舂(용)'이 『송남잡지』에는 '春(춘)'으로 되어 있다. 물론 조목명인 「소춘(小春)」도 '소용(小舂)'의 오기이다. 따라서 이것은 하나의 조목으로 성립될 수 없고 이하의 문장도 봄과 관련이 없으며 〈세시류(歲時類)〉에 귀속될 수도 없다. 자형이 비슷한 한 글자를 오기한 실수지만, 결과적으로는 조목 자체가 성립되지 않는 오류로 귀착되었다.

1-3-2-2-3. 전체 자형의 상사(相似)

글자의 전체적인 형태가 서로 유사하여 오기된 유형도 상당수 있다. 『송남잡지』〈지리류〉「백산흑수(白山黑水)」에서 "剖大木爲舟, 形如梭, 曰梭船, 卽今于尙船也."[큰 나무를 쪼개어 배를 만드는데 그 모양이 북[梭]과 같아서 '북배'라고 하니 지금의 우상선(于尙船)이다.]라는 글을 『지봉유설』에서 인용하였다고 밝히고 있다. 그런데 『지봉유설』〈지리부〉「산(山)」에는 '于尙船(우상선)'이 아니라 '亇尙船(마상선)'으로 되어 있다. 마상선(亇尙船)은 평안도 및 함경도에서 군사 이동, 곡물 운반 등의 용도에 쓰인 작은 배인데 마상선(馬尙船)이라고도 한다. 그러므로 '마상선'이라는 음이 동일한 '亇尙船(마상선)'이 맞고 '于尙船(우상선)'은 오기이다. 이는 '亇(마)'와 '于(우)'의 자형이 유사하여 발생한 오류이다. 또 '亇(마)'가 생경한 글자라는 점도 오류를 범하는 큰 요인으로 작용한 것으로 추정된다.

이와 유사한 예를 하나 더 들어 본다.

『송남잡지』〈어렵류〉「차(叉)」의 "鼈人籍魚鼈."은 『주례』에서 인용하였다고 명기하였는데, 『주례』〈천관 총재〉의 "鼈人掌取互物, 以時籍魚鼈龜蜃."과는 차이가 있다. 이것은 『강희자전』「차(扠)」의 "鼈人籍魚鼈."을 전재하였다. 『주례』와 『강희자전』의 '籍(착)'이 『송남잡지』에는 모양이 매우 흡사한 '籍(적)'으로 오기되어 있다. 이 역시 '籍(착)'이 생경한 글자라는 점이 오류를 발생하게 만든 요인이다.

『송남잡지』〈가취류(嫁娶類)〉「초혼(招魂)」에서 "人生始化爲魄, 旣往魄, 陽爲魂."이라는 문장을 『춘추좌전』에서 인용했다고 명시하였다. 『춘추좌전』〈소공 7년〉에는 "人生始化曰魄, 旣生魄, 陽曰魂."[사람이 태어나서 처음 변화하니 백(魄)이라고 하고 백(魄)이 생긴 뒤에는 양(陽)을 혼(魂)이라고 한다.]이라고 되어 있으니 '生(생)'이 그것과 모양이 유사한 '往(왕)'으로 오기된 것이다.

『송남잡지』〈의식류〉「전군(靘裙)」에서 "李後主, 宮人, 競服碧衣, 取靘花, 盛天雨澄水, 染之, 號天水碧."[이후주(李後主)의 궁인(宮人)이 푸른 옷을 다투어 입고 청대꽃을 가져다 맑은 빗물에 담궈 물을 들이고 천수벽(天水碧)이라고 명명하였다.]라는 글을 『乖異記(괴이기)』에서 인용하였다고 밝히고 있다. 그러나 이 내용은 송나라 장군방(張君房)이 편찬한 『乘異記(승이기)』에 나오는 내용으로 『유설(類說)』〈승이기(乘異記)〉에서 "李後主末年, 宮人, 競服碧衣, 取靘花, 盛天雨水澄, 而染之, 號天水碧."라고 하였다. 이는 '乘(승)'과 '乖(괴)'의 자형이 유사하여 발생한 오류이다.

『송남잡지』〈음악류(音樂類)〉「우식곡(憂息曲)」에는 박제상(朴堤上)이 왜에서 탈출시킨 신라의 왕자 이름이 '末斯欣(말사흔)'이라 되어 있으니 이는 '未斯欣(미사흔)'의 오기로 '末(말)'과 '未(미)'의 자형이 유사하여 발생한 오류이다. 또 『송남잡지』〈구기류(拘忌類)〉「비형(鼻荊)」에 "慶州俗寫鼻荊二字, 帖門楣, 卽吉建事."[경주(慶州)의 풍속에 '鼻荊(비형)' 두 글자를 써서 문미(門楣)에 붙이니 바로 길건(吉建)의 고사이다.]라는 내용이 있는데, '吉建(길건)'은 '吉達(길달)'의 오기이다.

『송남잡지』〈선불류(仙佛類)〉「제천금인(祭天金人)」에서 "歷代二寶記, 劉向稱予覽典籍, 有佛經, 則知周時已有佛矣"[『역대이보기(歷代二寶記)』에서 "유향(劉向)이 나에게 전적(典籍)을 보라고 말하였는데 그 속에 불경이 있었으니 주나라 때 이미 불교가 있었음을 알 수 있다."라고 하였다.]라고 하였는데, 여기에서 '歷代二寶記(역대이보기)'는 수나라의 비장방(費長房)이 편찬한 『歷代三寶記(역대삼보기)』의 오기이다. 『송남잡지』의 이 문장은 『운부군옥』「한전유불(漢前有佛)」의 "歷代三寶記云, 劉向稱予

覽典籍, 見有佛經, 則知周時久流釋典, 則先漢之前, 有佛有經, 其來也遠."을 전재하면서 '三'을 '二'로 오기한 것이다.

『송남잡지』〈성명류(姓名類)〉「별호(別號)」에는 "李衍之滄澤漁叟."라고 되어 있는데, 창택어수(滄澤漁叟)라는 호를 사용한 인물은 '李衍(이연)'이 아니라 '李荇(이행)'이다. 이는 '衍(연)'과 '荇(행)'이 유사하여 생긴 오류이다.

좌변(左邊)이나 우방(右傍), 상하부(上下部)에 잘못된 것이 붙거나, 잘못 빠지거나, 글자의 전체적 모양이 유사하여 오류를 범하는 글자가 한 문장 속에 동시에 나타나는 경우도 있다.

『송남잡지』〈초목류〉「종등(鍾藤)」에서 "紫藤, 莖如竹根, 重重有皮, 經時成紫, 可以降神云. 又名檣藤, 又象立."[또 자등(紫藤)은 줄기가 대나무 뿌리 같고 겹겹의 껍질이 있다.(그것의 줄기를 잘라 연기 그을음 속에 두고) 시간이 지나면 '자향(紫香)'이 된다. 이것으로 신(神)을 내려오게 할 수 있다고 한다. 또 장등(檣藤)·상립(象立)이라고도 한다.]이라고 하였는데, 이것과 가장 가까운 내용은 『남방초목상(南方草木狀)』의 "紫藤, 葉細長, 莖如竹根, 極堅實, 重重有皮, 花白子黑, 置酒中, 歷二三十年, 亦不腐敗, 其莖截置煙炱中, 經時成紫香, 可以降神. 楹藤, 依樹蔓生, 如通草藤也. 其子紫黑色, 一名象豆."이다. 두 문헌을 비교해보면 『송남잡지』의 '檣藤(장등)'과 '象立(상립)'은 각각 '楹藤(합등)과 '象豆(상두)'의 오기이다. '檣(장)'과 '楹(합)'은 좌변(左邊)의 '木'이 동일하고 우방(右傍)의 '嗇'이 '盍'과 유사하며, '立'과 '豆'는 글자의 전체적 모양이 유사하다.

『송남잡지』〈무비류(武備類)〉「용두화기(龍頭火起)」에서는 "其軍器, 用火砲長鎗, 而銃不用火線, 以珊瑚石, 著在火門, 堅不動, 又於龍頭, 置金鏾, 龍頭落, 而金石激, 而丸發."[그들의 무기는 화포와 장총을 사용하는데, 총에는 도화선을 사용하지 않으며, 산호석(珊瑚石)을 화문(火門)에 붙여서 움직이지 않도록 고정한다. 또 용두에 금수(金鐩)를 설치하니, 용두가 아래로 떨어지면 쇠와 돌이 부딪쳐서 탄환이 발사된다.]이라는 글의 출전을 〈차한일기(車漢日記)〉라고 명기하였다. 〈차한일기〉는 조선 후기의 학자 성해응(成海應, 1760~1839)의 저작인 『연경재전집(研經齋全集)』의 편명이다. 현전하는 『연경재전집』〈차한일기〉에는 "軍器, 大砲長鎗也, 銃不用火線, 以瓀瑚石, 著在火門, 堅不動, 又於龍頭上, 置金燧, 龍頭落, 而金石相薄, 激成火點, 火起丸發."로 되어 있으니, 〈차한일기〉와 『송남잡지』 간에는 자구의 출입이 있다. 그런데 '大砲(대포)'는 '火砲(화포)'로, '瓀瑚石(만호석)'은 '珊瑚石(산호석)'으로, '金燧(금수)'는 '金鐩(금수)'로 바뀌었다. '大'가 '火'로 바뀐 것은 글자의 전체적 자형이 유사하여 야기된 오류이다. 그리고 '瓀'이 '珊'으로 바뀐 것은 우방에 유사한 글자가 잘못 결합하여 생긴 오류이고 '燧'가 '鐩'로 바뀐 것은 좌변이 잘못 결합되어 발생한 오류이다.

1-3-2-3. 자음(字音)과 자형(字形)의 상사(相似)에 의한 오류

글자의 음이 동일하고 글자의 모양까지 유사하여 오류가 발생한 유형인데, 주로 인명의 오기 현상이 많으며, 지명에도 왕왕 보인다.

먼저 지명의 오기를 예로 들어 본다.

『송남잡지』〈외국류〉「택루(澤漏)」에서는 "四水縣澤漏, 深二丈, 秋冬三日, 漏盡."[사수현(四水縣) 택루(澤漏)는 깊이가 두 길인데, 가을·겨울에 사흘 동안 다 샌다.]이라는 문장을 운서에서 인용하였다고 밝히고 있는데, 『운부군옥』「택루(澤漏)」에 이것과 동일한 내용이 있으므로 '운서'는 『운부군옥(韻府群玉)』으로 추정된다. 그런데 『운부군옥』에는 '四水縣(사수현)'이 '泗水縣(사수현)'으로 되어 있으니, 『송남잡지』에서 '泗'와 음이 동일하고 모양이 유사한 '四'로 오기한 것이다.

다음은 인명의 오기 유형이다.

『송남잡지』〈의식류〉「지포(紙布)」에 "陸機詩疏云, 江南人, 績楮皮, 以爲布."[육기(陸機)의 『시소(詩疏)』에서 "강남 사람들은 닥나무껍질을 길쌈질 하여 베를 만든다."라고 하였다.]라는 문장이 있다. 위에서 출전으로 명기 한 '시소(詩疏)'는 『모시초목조수충어소(毛詩草木鳥獸蟲魚疏)』이다. 물론 위 문장은 『모시초목조수충어소』「기하유곡(其下維穀)」에서 인용된 것이다. 『모시초목조수충어소』의 편찬자는 삼국시대 오나라의 학자인 陸璣(육기)이다. 따라서 『송남잡지』의 '陸機(육기)'는 오기이다. '육기(陸機)'는 진(晉)나라 오군(吳郡) 출신으로 자는 사형(士衡)이며, 『육사형집(陸士衡集)』, 『육평원집(陸平原集)』 등의 저술을 남긴 인물이다. 『송남잡지』〈초목류〉「군달채(莙蓬菜)」에서도 이와 동일한 오류가 보인다.

『송남잡지』〈가취류(嫁娶類)〉「신갈추숭(神葛追崇)」에는 한나라의 '叚猶(가유)'가 '叚蕕(가유)'로, 명나라의 '張璁(장총)'이 '張總(장총)'으로 오기되어 있다. '猶'와 '蕕', '璁'과 '總'의 음이 서로 같고 모양이 유사하여 오류가 발생한 것이다. 또 『송남잡지』〈성명류(姓名類)〉「성씨(姓氏)」에는 후한의 '孔融(공융)'이 '孔瀜(공융)'으로 오기되어 있고 『송남잡지』〈문방류(文房類)〉「용면(龍眠)」에는 「용면산장도(龍眠山莊圖)」의 작가 '李公麟(이공린)'이 '李公鱗(이공린)'으로 오기 되어 있다. 또 『송남잡지』〈무비류(武備類)〉「옥장(玉帳)」에는 송나라의 '張淏(장호)'가 '張昊(장호)'로 오기되어 있고 『송남잡지』〈재보류(財寶類)〉「토의(土宜)」에는 당나라의 '劉晏(유안)'이 '劉安(유안)'으로 오기되어 있다.

인명의 오기는 우리나라 인명의 표기에도 나타난다.

『송남잡지』〈의식류〉「소주(燒酒)」에서 "金縝禦倭, 不恤軍務, 惟燒酒是飮, 號燒酒徒."[『고려사』에 "김진(金縝)이 왜구를 방어할 때 군무(軍務)를 살피지 않고 오로지 소주(燒酒)만을 마셨기에 '소주도(燒酒徒)'라는 별호가

붙었다"는 기록이 있다.]라고 하였는데, 『고려사』「최영(崔瑩)」과 대조해
보면 '金鎭(김진)'은 '金縝(김진)'의 오기이다. 『송남잡지』〈집물류(什物
類)〉「접선(摺扇)」에는 심상규(沈象圭)가 부채를 작게 만들어 썼기에 '심
선(沈扇)'이라고 한다는 내용이 있는데, '沈象圭(심상규)'는 '沈象奎(심상
규)'의 오기이다. 또 『송남잡지』〈선불류〉「낭지승운(郎智乘雲)」에서 구
름을 타고 천축(天竺)을 왕래하였다고 하는 '郎智法師(낭지법사)'는 『삼
국유사』의 기록과 대조해 보면 '朗智法師(낭지법사)'의 오기이다.

아래의 예와 같이 내용 중의 주요 글자를 오기한 것은 자못 심각한
오류라고 할 수 있다.

『송남잡지』〈세시류(歲時類)〉「오제(五際)」에서 "時有五際"라는 내용
을 「익봉전(翼奉傳)」에서 인용하였다고 하였다. 이것은 『전한서』「익봉
전(翼奉傳)」에 "詩有五際"[『시경』에는 오제(五際)가 있다.]라고 되어 있다.
『송남잡지』의 '時'는 음이 같고 모양이 유사한 '詩'의 오기이다. 비록
단 한 글자의 오자이지만 인명이나 서명의 오기와 달리 이 때문에 내용
자체가 성립되지 않는다. 조목이 성립되지 않을 뿐만 아니라 〈세시류
(歲時類)〉에도 들어갈 수 없다.

1-3-2-4. 재인용으로 의한 오류

출전을 밝히지 않은 재인용에서 발생할 수 있는 최악의 상황은 내용
이 정확하지 않은 것이다. 출전을 정확하게 밝힌다면 비록 내용상의 오
류가 있더라도 인용된 출전에 책임이 있다. 그러나 재인용을 하였음에
도 불구하고 출전을 밝히지 않는다면 내용상의 오류는 인용자에게 모
두 돌아갈 수밖에 없다.

1-3-2-4-1. 『강희자전』의 오류 답습

『송남잡지』에서 많이 인용하고 있는 자전과 운서는 『강희자전』과 『운부군옥』이다. 『송남잡지』가 이들 문헌을 인용하는 양상을 분석해 본 결과, 그대로 전재한 것도 있지만, 대다수는 자신의 기술 목적과 의식에 맞게 변개하였으며, 잘못된 내용에 대해서는 수정도 가하였음을 알 수 있었다. 그럼에도 불구하고 그들 문헌을 전재하는 과정에서 원출전과 대조하는 교감을 하지 않아 그 오류를 그대로 답습하는 결과를 야기하였다.

먼저 출전의 오류 답습을 예로 들어 보겠다.

『송남잡지』〈방언류〉「설사(泄瀉)」에 "揚子方言, 泄瀉爲注下之症." [양웅(揚雄)의 『방언(方言)』에서 "설사(泄瀉)는 물 흐르듯 똥을 싸는 병이다.] 이라는 문장이 있다. 『송남잡지』에는 이 문장의 출전을 양웅의 『방언』이라고 하였지만 『방언』에는 없는 내용이다. 그런데 『강희자전』「사(瀉)」에 "揚子方言, 泄瀉爲注下之症."이라는 동일한 문장이 있는 것으로 보아 『송남잡지』는 『강희자전』의 내용을 인용한 것으로 보인다. 한편 『집운(集韻)』「사(瀉)」와 『정자통(正字通)』「사(瀉)」에는 모두 "方書, 泄瀉爲注下之症."이라고 되어 있는 것으로 보아 『강희자전』에서는 '方書(방서)'와 자형이 유사한 '方言(방언)'으로 오기한 듯하다. 이것을 『송남잡지』〈방언류〉「설사」에서 그대로 전재하면서 그 오류까지 답습하는 결과를 초래하였다.

『송남잡지』〈어조류〉「교청(鵁鶄)」에서 "鵁鶄, 巢於高樹, 生子穴中, 銜其母翼, 飛下飮食." [푸른 백로는 높은 나무에다 둥지를 틀고 구멍 속에 새끼를 낳는다. 새끼는 그 어미의 날개를 물고 날아 내려와 마시고 먹는다.]이라는 내용을 인용하면서 그 출전을 『박물지(博物志)』라고 하였다. 그러나 이 내용은 『박물지』에서 볼 수 없고 『유양잡조(酉陽雜俎)』에서 가장 근사한 내용을 찾을 수 있으니, "鵁鶄, 舊言, 辟火災, 巢於高樹, 生子穴中, 銜其母翅, 飛下養之."가 그것이다. 이는 『강희자전』 「교(鵁)」에서 "博物志, 鵁鶄, 巢於高樹, 生子穴中, 銜其母翼, 飛下飲食."이라고 한 내용을 전재하면서 오류를 답습한 것이다.

『송남잡지』 〈충수류〉 「웅위(熊蝟)」에서 "攄狒猬."[비(狒)와 위(猬)를 잡네.]라는 시구를 인용하면서 작품명을 「동경부(東京賦)」라고 하였다. 그러나 이 작품의 제목은 「서경부(西京賦)」인데, 『강희자전』 「위(蝟)」에서 "或作猬, 張衡東京賦, 攄狒猬."라고 한 것을 전재하면서 오류도 답습하였다.

내용상의 오류를 답습한 것도 있다.

『송남잡지』 〈실옥류〉 「와실(瓦室)」에서 "瓦弄寒蟾鴦臥月."[기와는 찬 빛을 희롱하고 원앙와(鴛鴦瓦)는 달 아래 누웠다.]이라는 소식의 시를 인용하고 있다. 이 시의 제목은 「야직비각정왕민보(夜直秘閣呈王敏甫)」로, 『송남잡지』에서 인용한 시구는 원래 "瓦弄寒蟾鴛臥月."이라고 되어 있다. 『송남잡지』에서 '鴛(원)'을 '鴦(앙)'으로 오기한 이유는 『강희자전』 「鴦」의 "瓦弄寒蟾鴦臥月."을 그대로 답습하였기 때문이다.

『송남잡지』 〈초목류〉 「한채(蔊菜)」에서는 "柔莖細葉, 三月間開花黃色, 結細角, 角內有細子, 根葉皆可食. 俗呼辣米菜."[한채(蔊菜)는 줄기가 부드럽고 잎이 가늘며, 3월 사이에 노란색 꽃이 핀다. 작은 꼬투리가 맺히는데, 꼬투리 안에 가는 씨가 들어있다. 뿌리와 잎을 모두 먹을 수 있다. 속칭 '날미채(辣米菜)'라고 한다.]라는 내용을 『본초강목』에서 인용하였다고 밝히고 있다. 『본초강목』 「채(菜)」에는 "菜 …… 集解[時珍曰, 蔊菜 …… 柔梗細葉, 二月開細花, 黃色, 結細角, 長一二分, 角內有細子, 野人連根葉拔而食之, 味極辛辣, 呼爲辣米菜.]"라고 되어 있으니 『송남잡지』의 내용과 자구의 출입이 상당하다. 오히려 『송남잡지』의 내용과 『강희자전』 「한(蔊)」의

"本草, 葟荬, 柔莖細葉, 三月開花黃色, 結細角, 角內有細子, 根葉皆可食, 俗呼辣米荬."가 일치하는 것으로 보아『송남잡지』는『강희자전』을 전재한 것으로 보인다.『본초강목』의 '蓛'이『강희자전』에서 '葟'으로 바뀌고, 이것이『송남잡지』에 그대로 전재되었다.

　　『송남잡지』〈충수류〉「우마이의(牛馬異宜)」에서 "辰韓國, 名馬爲弧." [진한(辰韓)에서는 말을 '호(弧)'라 한다.]라는 문장을『후한서』〈동이전〉에서 인용하였다고 밝히고 있는데,『후한서』〈동이전〉에는 "辰韓耆老, 自言秦之亡人, 避苦役, 適韓國, 馬韓割東界地與之, 其名國爲邦, 弓爲弧."로 되어 있다.『후한서』의 '弓(궁)'이『송남잡지』에는 '馬(마)'로 오기되었는데, 이는『강희자전』「호(弧)」의 "又後漢東夷傳, 韓國名馬爲弧."를 전재하면서 오류까지 답습한 것이다. 따라서 이 문장은「우마이의(牛馬異宜)」라는 조목뿐 아니라, 〈충수류〉와도 무관한 것이 되고 말았다.

　　이상에서 살펴 본 바와 같이『송남잡지』가『강희자전』의 내용을 전재하면서 발생한 오류는 서명이나 작품명, 내용에 산재한다.『강희자전』에서 재인용하였음이 명백함에도 불구하고『강희자전』에서 재인용한 사실을 명기하지 않는 것은 원출전을 밝힐 수 있을 때이다. 위에서 거론한 예시는 모두 원출전이 있는 것이기에『송남잡지』에서는『강희자전』에서 재인용한 사실을 밝히지 않았다. 그러나 오류의 책임은 고스란히『송남잡지』의 찬자가 질 수밖에 없는 결과를 초래하고 말았다.

1-3-2-4-2.『운부군옥』의 오류 답습

　　『송남잡지』가『운부군옥』의 오류를 답습하는 유형은『강희자전』의 오류 답습의 유형보다 다양하고 광범위하다.『운부군옥』의 오류 답습의 유형은『강희자전』의 예와 마찬가지로 대체로 출전의 오류, 작자의 오류, 내용의 오류로 분류할 수 있다.

먼저 출전의 오류를 답습한 예를 들어 본다.

『송남잡지』〈실옥류〉「흥인지문(興仁之門)」에 "湘山雜錄曰, 宋太祖問趙普, 朱雀門額, 何須之字. 普曰, 語助. 太祖曰, 之乎者也, 助得甚事."[『상산잡록(湘山雜錄)』에서 말하였다. 송나라 태조가 조보(趙普)에게 "주작문(朱雀門)의 편액에 무엇 때문에 '之'자가 필요한가?"라고 물으니 조보가 "어조사입니다."라고 대답하였다. 그러자 태조가 "之·乎·者·也와 같은 어조사가 무슨 도움이 되겠는가?"라고 말하였다.]라는 내용이 있다. 이 글은 송나라 때의 중 문형(文瑩)이 편찬한 『상산야록(湘山野錄)』에 "太祖皇帝將殿外城幸朱雀門, 親自規畫, 獨趙韓王普, 時從幸, 上指門額問普曰, 何不祗書朱雀門, 須著之字安用. 普對曰, 語助. 太祖大笑曰, 之乎者也, 助得甚事."라는 내용으로 실려 있는데, 이것이 『운부군옥』「야(也)」에 "湘山雜錄, 趙大祖問趙普, 朱雀門額, 何須之字, 普曰, 語助, 太祖曰, 之乎者也, 助得甚事."라고 전재되면서 '湘山野錄(상산야록)'이 '湘山雜錄(상산잡록)'으로 바뀌게 되었다. 그리고 이것을 『송남잡지』에서 그대로 인용한 것이다.

『송남잡지』〈충수류〉「와우(蝸牛)」에 "甍涎競鬪蝸."[용마루의 침은 다투어 오르려고 달팽이가 흘린 것.]라는 구절이 있다. 『송남잡지』에서는 그 출전을 『문선(文選)』으로 명시하였다. 그러나 이 구절은 당나라 유종원(柳宗元)의 시 "衚蠹惟全蝎, 甍涎競綴蝸."에서 절취(截取)한 것으로 당연히 『문선』에는 없는 내용이다. 그런데 『운부군옥』「맹연(甍涎)」에서 "甍涎競鬪蝸. 選."이라고 하였고 이것을 『송남잡지』에서 전재하면서 출전을 『문선』으로 오기하였으며 시의 잘못된 내용도 고스란히 답습하고 말았다.

『송남잡지』〈충수류〉「시랑(豺狼)」에 "豺祭獸."[승냥이가 짐승 잡아 제사지낸다.]라는 내용이 있는데, 『송남잡지』에서는 출전을 「월령(月令)」

이라고 밝혔다. 그러나 "豹祭獸."는 『예기』의 「왕제(王制)」에 있다. 이는 『운부군옥』 「시(豺)」에서 "月令, 豹祭獸."라고 한 것을 『송남잡지』에서 전재하면서 오류를 답습한 것이다.

『송남잡지』〈충수류〉「탁타(槖駝)」에 "博物志曰, 陽光之山, 多槖駝, 日行二百里, 負千斤, 度流沙, 知水脈. 又埋口於沙中, 人乃以氈擁鼻, 避熱風云."[『박물지』에서 "양광산(陽光山)에는 탁타(槖駝)가 많다. 하루에 2백 리 길을 가고 천 근의 짐을 지고서 유사(流沙)를 건너며 수맥(水脈)을 안다."라고 하였다. 또 낙타가 모래 가운데에 주둥이를 묻으면 사람도 따라서 담요로 코를 막아 열풍을 피한다고 한다.]이라는 내용이 있는데, 이것의 원출전은 『박물지(博物志)』라고 명기하였다. 그러나 『광박물지(廣博物志)』나 『속박물지(續博物志)』를 검색해 본 결과 『송남잡지』의 내용과 일치하지 않았다. 이 문장과 가장 가까운 내용은 『산해경』〈북산경(北山經)〉의 "北三百八十里曰, 虢山, 其上多漆, 其下多桐椐, 其陽多玉, 其陰多鐵, 伊水出焉, 西流注于河, 其獸多槖駝.[有肉鞍, 善行流沙中, 日行三百里, 其負千斤, 知水泉所在也.]"이다. 그러나 양자의 내용 간에도 출입이 있으며, 『운부군옥』 「타(駝)」의 "陽光之山, 多槖駝, 日行二百里, 負千觔, 燉煌西度流沙, 千餘里有伏流處, 駝必以足踏地, 知水脈也. 博物志. 流沙數百里, 夏多熱風, 老駝預知則鳴, 驟埋口於沙中, 人卽以氈擁鼻, 否則致危殆."와 내용이 가장 근사하다. 『운부군옥』 「타(駝)」에서 낙타에 대한 내용을 서술하고 그것의 출전을 『박물지』라고 밝히고 있다. 그러므로 『송남잡지』〈충수류〉「탁타」는 『운부군옥』이 범한 오류를 그대로 답습하였다고 할 수 있다.

둘째, 『운부군옥』의 작자 오기를 그대로 답습한 유형이다.

『송남잡지』〈어조류〉「수모해하(水母海蝦)」에서 "蟲憐目待蝦.[가련하게 새우에게 눈을 의지하는 생물.]"이라는 시구를 인용하면서 그 작자를 소식(蘇軾)이라고 하였다. 그러나 이 시는 유종원(柳宗元)의 작품이다. 이는 『운부군옥』 「수모목하(水母目蝦)」에서 "蟲憐目待蝦. 坡."라고 한 내용을 『송남잡지』가 그대로 인용하면서 오류까지 답습한 것이다.

『송남잡지』〈어조류〉, 「자어(鮓魚)」에서 "通印子魚猶帶骨.[통인자어(通印子魚) 오히려 가시가 있네.]"라는 시구를 인용하면서 그 작가를 '형공(荊公)' 즉 '왕안석(王安石)'이라고 하였다. 그러나 이 시는 소식의 「송우미리여서사군(送牛尾狸與徐使君)」라는 작품이다. 이는 『운부군옥』 「통인(通印)」에서 "荊公亦云, 通印子魚猶帶骨."이라고 한 문장을 그대로 인용하면서 오류까지 답습한 것이다.

『송남잡지』〈어조류〉「참작탈고(饞雀脫袴)」에서 "着新替舊亦不惡, 去年租重無袴着, 不辭脫袴溪水寒, 水中照見催租瘢.[헌옷 대신 새 옷 입은 것이 나쁘진 않지만, 작년 세금 무거워 입을 바지 없구나. 찬 개울물에 바지 벗고, 물속에 세금 독촉 받던 때에 생긴 흉터 비춰보네.]"이라는 시를 인용하고 있는데, 이 작품의 작가를 '산곡(山谷)' 즉 '황정견(黃庭堅)'이라고 하였다. "着新替舊亦不惡, 去年租重無袴着."은 황정견의 「희화답금어(戲和答禽語)」라는 작품이 맞다. 그러나 이어지는 "不辭脫袴溪水寒, 水中照見催租瘢."은 황정견의 작품이 아니라 소식의 「오금언(五禽言)」이라는 작품이다. 황정견의 시 2구와 소식의 시 2구가 마치 한 편의 시인양 구성된 것이다. 그런데, 그 오류의 근원은 『운부군옥』 「금명탈포고(禽名脫布袴)」에 있다. 즉 『운부군옥』에서 "山谷詩, 著新替舊亦不惡, 去年租重無袴著, 不辭脫布袴溪水寒, 水中照見催租瘢."이라고 한 것을 『송남잡지』에서 그대로 인용하면서 오류까지 답습한 것이다.

셋째, 내용상의 오류를 답습한 유형이다.

『송남잡지』〈선불류〉「소도(蘇屠)」에서 "東夷傳云, 三韓立蘇屠. 註, 浮屠僧塔也."[〈동이전〉에서 "삼한은 소도(蘇塗)를 세운다."라고 하였는데, 그 주석에서 "부도(浮屠)니 승탑(僧塔)이다."라고 하였다.]라는 내용을 인용하면서 그 출전을 〈동이전〉이라고 밝히고 있다. 그러나 『후한서』의 〈동이전〉에는 '蘇屠'가 아니라 '蘇塗'로 되어 있다. 『송남잡지』의 내용과 가장 유사한 것은 『운부군옥』「부도(浮屠)」의 "僧塔皆曰浮屠. 亦曰浮圖. 詳圖. 又曰, 蘇屠. 後東夷傳, 三韓立蘇屠, 注似浮屠."이다. 이로 볼 때 『송남잡지』는 『후한서』를 직접 인용하지 않고 『운부군옥』의 내용을 일부 변형 인용하면서 그 오류는 고치지 못한 것으로 파악된다.

　『송남잡지』〈실옥류〉「유리행전(琉璃行殿)」에서 "拂麻國, 盛暑引水, 潛流遍屋, 觀者, 惟聞屋上泉鳴, 四簷飛溜懸波如瀑布, 激成涼風."[불마국(拂麻國)이 매우 더워서 물을 끌어다가 땅속을 흘러 집을 빙 두르게 하였다. 그것을 보는 사람은 집 위에서 샘물이 울리는 소리를 들을 수 있을 뿐이다. 사방 처마에서는 폭포인양 물방울이 날리고 물결이 쏟아져 격류가 서늘한 바람을 만든다.]이라는 내용을 『당서』에서 인용하였다고 밝히고 있다. 그런데 『구당서』〈서융(西戎)〉에는 "拂菻國, …… 至於盛暑之節, 人厭囂熱, 乃引水潛流, 上徧於屋宇, 機制巧密, 人莫之知. 觀者, 惟聞屋上泉鳴, 俄見四簷飛溜懸波如瀑, 激氣成涼風, 其巧妙如此."라고 되어 있어서 두 기록 간에 차이가 상당하다. 반면 『운부군옥』「비류현파(飛溜懸波)」에는 "拂麻國, 盛暑引水, 潛流遍屋, 觀者, 惟聞屋上泉鳴, 四簷飛溜懸波如瀑布, 激氣成涼風."이라고 되어 있어서 『송남잡지』의 내용과 정확히 일치한다. 『당서』의 '拂菻國(불름국)'이 『운부군옥』에는 '拂麻國(불마국)'으로 오기되었으니 『송남잡지』는 이를 답습한 것이다.

　『송남잡지』〈선불류〉「신황발청(身黃髮靑)」에서 임포(林逋)의 "曉山濃似佛頭靑.[동틀 무렵 짙은 산 빛 부처의 머리인양 푸르다.]"이라는 시구를 인용하였는데, 그 원출전인 『임화정집(林和靖集)』에는 "晩山濃似佛頭靑."[저물녘 짙은 산 빛 부처의 머리인양 푸르다.]라고 하였다. '晩(만)'이 『송남잡지』에는 '曉(효)'로 오기되었음을 알 수 있다. 이는『운부군옥』「불두청(佛頭靑)」의 "林逋詩, 曉山濃似佛頭靑."을 그대로 전사하면서 생긴 오류이다.

『송남잡지』〈충수류〉「밀봉(蜜蜂)」의 "純雌其名稱蜂.[완전한 암컷이고 그 이름은 치봉이다.]"은『열자』에서 인용하였다고 밝히고 있는데,『열자』〈천서(天瑞)〉에는 "純雄其名稱蜂.[완전한 수컷이고 그 이름은 치봉이다.]"이라고 되어 있다.『운부군옥』에서 "純雌其名稱蜂. 列天瑞."라고 한 것을 그대로 전재하면서 오류까지 답하였다.

1-3-2-4-3.『지봉유설』의 오류 답습

『송남잡지』가 가장 많이 인용한 우리나라의 문헌은『지봉유설』인데, 이 책을 재인용하면서 오류를 답습한 것이 있다.

『송남잡지』〈구기류〉「거사피회(擧事避晦)」에서 "古者擧事, 皆避月晦, 謂陰之窮. 春秋鄢陵之戰, 甲子晦譏之也. 在前祀享, 亦避是日云."[일을 거행할 때는 모두 그믐을 피해야 하니 음이 극에 달한 날이기 때문이라고 한다.『춘추』에는 "언릉(鄢陵)의 전투를 갑자일 그믐날 하였다."고 적어서 기롱하였다. 이전에는 제사도 이날을 피했다고 한다.]"이라는 내용을『지봉유설』에서 인용하였다고 밝히고 있다.『송남잡지』는『지봉유설』〈시령부(時令部)〉「세시(歲時)」의 "古者擧事, 皆避月晦. 說者以陰之窮爲諱. 春秋晉楚鄢陵之戰, 特書甲子晦, 以見譏, 是也. 在前祀享, 亦避是日云."을 변형 인용한 것이다. 그리고『지봉유설』은『춘추좌전』의 "甲午晦, 晉侯及楚子鄭伯, 戰于鄢陵, 楚子·鄭師, 敗績."을 인용하였다. 3가지 문헌을 대조해 보면 부분적인 출입이 있음을 알 수 있으며 그중에서도 명백한 오류는『춘추좌전』의 '甲午(갑오)'가『지봉유설』에서 '甲子(갑자)'로 오기된 것이다. 그런데, 이것까지『송남잡지』에 그대로 전재되었다.

『송남잡지』〈방언류〉「월갑명군(越甲鳴君)」에서 "說苑云. 越甲至齊. 雍門狄請死之曰. 昔王田於圃. 左轂鳴, 軍左請死之曰, 吾見鳴吾君也. 今越甲至, 其鳴君, 豈左轂之下哉. 蓋用此也."[『설원』에서 말하였다. 월나라의 중무장한 병사가 제나라에 이르니 옹문적(雍門狄)이 죽기를 청하며 "왕이 정원에서 사냥을 하실 때 왼쪽 바퀴통이 울자 군좌(軍左)가 죽기를 청하며 '저는 그것이 우리 임금을 울리는 것을 보았습니다.'라고 하였습니다. 지금 월나라의 중무장한 병사가 이르러 우리 임금을 울리는 일이 어떻게 왼쪽 수레 바퀴통이 울리는 일보다 못하겠습니까?"라고 하였으니 대체로 이 고사를 사용한 듯하다.]라는 내용을 『지봉유설』에서 인용하였다고 밝히고 있다. 『송남잡지』는 『지봉유설』〈문장부〉「당시」의 "按說苑. 越甲至齊. 雍門狄請死之曰. 昔王田於圃. 左轂鳴, 軍左請死之曰, 吾見其鳴吾君也. 今越甲至, 其鳴君, 豈左轂之下哉. 蓋用此也."를 인용하였다. 그리고 『지봉유설』은 『설원』〈입절(立節)〉의 "越甲至齊, 雍門子狄請死之, 齊王曰, 鼓鐸之聲未聞, 矢石未交, 長兵未接, 子何務死之爲人臣之禮邪. 雍門子狄對曰, 臣聞之, 昔者, 王田於圃, 左轂鳴, 車右請死之, 而王曰, 子何爲死. 車右對曰, 爲其鳴吾君也. 王曰, 左轂鳴者, 工師之罪也. 子何事之有焉. 車右曰, 臣不見工師之乘, 而見其鳴吾君也. 遂刎頸而死. 知有之乎. 齊王曰有之. 雍門子狄曰, 今越甲至, 其鳴吾君也, 豈左轂之下哉."를 축약 인용하였다. 이 과정에서 『지봉유설』은 『설원』의 '차우(車右)'를 '군좌(軍左)'로 오기하였고 『송남잡지』는 이것을 그대로 전사하였다.

이상에서 살펴본 바와 같이 『지봉유설』의 내용을 전재하여 오류까지 그대로 답습하게 된 것은 『강희자전』이나 『운부군옥』의 내용을 전재한 것과 달리 출전을 밝히고 있다는 특징이 있다. 『강희자전』이나 『운부군옥』에서 인용하였으면서도, 인용한 사실을 밝히지 않거나 '운서' 등으로 범칭하였을 때는 오류 답습의 책임으로부터 자유로울 수 없으나,

인용 사실을 밝힌 『지봉유설』의 전재는 오류의 책임으로부터 다소 자유로울 수가 있겠다.

이들 문헌 외에도 재인용으로 인한 오류가 산재한다. 예를 들면, 『송남잡지』〈음악류〉「공후(箜篌)」에서 "朝鮮津卒霍子高, 見征夫被髮提壺渡河, 其妻追不及, 妻鼓箜篌, 亦墮河."[조선의 진졸(津卒) 곽자고(霍子高)가 머리를 풀어헤치고 술병을 들고 강을 건너는 정부(征夫)를 보았다.]라고 하였는데, '征夫(정부)'는 '狂夫(광부)'의 오기이다. 이는 『연감유함(淵鑑類函)』「진(津)」의 "崔豹古今注, 津吏霍里子高, 見白首征夫被髮提壺亂流而渡, 其妻止之不及, 遂溺而死, 妻乃援箜篌, 作公無渡河之曲, 歌終亦投河而死."나, 『백공육첩(白孔六帖)』「무도하(無渡河)」의 "崔豹古今注, 津吏霍子高, 見白首征夫被髮提壺亂流而渡, 其妻止之不及, 遂溺死, 妻乃援箜篌作公無渡河之曲, 歌終亦投河而死."를 전재한 것으로 보인다. 『연감유함』과 『백공육첩』의 원출전인 『고금주(古今注)』에는 '狂夫(광부)'로 되어 있으니 『연감유함』의 오기를 『송남잡지』가 답습한 것으로 파악된다.

1-3-2-5. 무리한 축약에 의한 오류

『송남잡지』는 유서의 특성상 축약 인용을 많이 하는데, 이 과정에서 오류가 발생한다. 『강희자전』이나 『운부군옥』은 이미 원출전을 축약 인용한 문헌임에도 불구하고 『송남잡지』에서 이들 문헌의 내용을 재인용하는 과정에서 다시 축약을 하면서 오류가 발생한다.

먼저 『강희자전』에서 재인용하면서 무리한 축약을 하여 오류가 발생한 예를 들어 보겠다.

『송남잡지』〈어조류〉「구욕(鸜鵒)」에서 "似鴝而有幘."[때까치와 비슷하며 벼슬이 있다.]이라는 문장을 『설문해자』에서 인용하였다고 명기하였다. 그런데 이 문장은『설문해자』에서 찾을 수 없다. 가장 가까운 문장은『강희자전』「구(鴝)」의 "說文, 鴝鵒. 爾雅翼, 鴝鵒似鵙而有幘."이다. 『강희자전』의 내용을 본다면『설문해자』에서 인용한 내용은 '鴝鵒'이고 '鴝鵒似鵙而有幘.'은『이아익(爾雅翼)』이 출전으로 되어 있다. 그런데『송남잡지』에서 '鴝鵒. 爾雅翼.'을 무리하게 생략한 결과 출전과 내용이 잘못 조합되어 결국 오류를 만들고 말았다.

『송남잡지』〈어조류〉「우우(寓鶹)」에서 "又合丘之山, 中谷, 有鳥, 狀如人面, 四目有耳, 名顒."[또 합구산(合丘山) 중곡(中谷)에 어떤 새가 있는데, 모양은 사람 얼굴 같고 눈이 4개이며 귀가 있다. 이름은 우(鶹)이다.]"라는 말을 인용하면서 그 출전을『광운(廣韻)』이라고 명시하였다. 그러나 이 내용은『광운』에 보이지 않는다. 이는『강희자전』「우(鶹)」의 "廣韻, 遇俱切. 集韻, 元俱切, 竝音虞, 鳥名, 一作顒. 山海經, 令丘之山, 其南有谷焉, 曰中谷, 有鳥, 狀如梟, 人面四目有耳, 名曰顒."를 축약 인용한 것이다. 즉『강희자전』에서 '廣韻' 이하의 내용부터 '山海經'까지를 생략함으로써 오류가 야기된 것이다.

다음은『운부군옥』에서 재인용하면서 무리한 축약을 하여 오류가 발생한 예를 들어 보겠다.

『송남잡지』〈충수류〉「추만(貙獌)」에서 "能捕獸. 立秋日祭獸."[추(貙)는 짐승을 잡을 수 있다. 입추에 짐승을 바쳐 제사를 지낸다.]라는 내용을『설문해자』에서 인용하였다고 밝히고 있다. 하지만『설문해자』에서 '추(貙)'에 대한 기술을 찾아보면 "貙獌, 似貍者, 從豸區聲."이라고 되어 있다.『송남잡지』의 문장과 일치하거나 유사한 문장은 존재하지 않는다. 이것은『운부군옥』「추(貙)」의 "說文, 貙獌, 似貍. 能捕獸, 又立秋日祭獸."를 전재한 것이다.『운부군옥』과『설문해자』간에 일치하는 내용은 "貙獌, 似貍"인데,『송남잡지』에서는『운부군옥』의 내용을 인용

하면서 이것을 생략함으로써『설문해자』와 전혀 무관한 내용이 되고
말았다.

　『송남잡지』〈어조류〉「교청(鵁鶄)」에서 "似鳧, 脚高有毛冠, 辟火災.
[오리와 비슷하다. 다리가 길고, 털로 이루어진 벼슬이 있다. 화재를 물리친
다.]"라는 내용을 인용하면서 출전을 '운서'라고 하였다. 출전으로 특정
서명을 명기하지 않았으므로 단정하기는 어려우나, 『운부군옥』「청
(鶄)」에 "說文, 鵁鶄, 似鳧, 脚高有毛冠, 辟火災."라는 내용이 있는 것
으로 보아 운서는『운부군옥』을 지칭함을 알 수 있다.『운부군옥』에서
인용하였다는『설문해자』에서 일치하는 문장을 찾아 본 결과『설문해
자』「교(鵁)」에 "鵁鶄也, 從鳥靑聲."이라고 되어 있었다. 이로 본다면
『운부군옥』이『설문해자』에서 인용한 것은 "鵁鶄"에 한정되고, "似鳧,
脚高有毛冠, 辟火災."는『운부군옥』의 독자적 서술로 보아야 한다. 그
런데『송남잡지』에서는 "鵁鶄"을 생략한 결과『운부군옥』의 독자적 서
술의 출전을『설문해자』로 잘못 연결하는 결과를 초래하고 말았다.

　교감(校勘)을 거치지 않은 문헌은 독자에게 신뢰를 줄 수 없다. 한문
문헌은 단 한 글자의 오기 때문에 문장 전체, 혹은 글 전체가 왜곡되기
도 한다.

　유서의 편찬자가 원전의 내용을 전사할 때에는 여러 가지 요소가 개
입 작용한다. 그중에서 가장 주요하고 기본적인 요소는 전사(轉寫)의
주체인 작자의 지적 수준, 전사의 객체인 원전의 정확도이다. 원전이
정확하지 않다면 아무리 실수 없이 전사했다고 하더라도 오류를 그대
로 답습하지 않을 도리가 없다.

　『송남잡지』의 문헌 인용 양상을 분석해 본 결과 오류의 양상 몇 가지
를 규명할 수 있었다.

　첫째, 글자의 음이 같아서 발생하는 오류이다. 이 유형은 서명·지

명·인명과 같은 고유명사의 표기에서 흔히 나타나는 오류이다.

둘째, 글자의 모양이 유사하여 오류가 발생하는 유형이다. 이것에는 글자의 오른쪽이나 왼쪽에 잘못된 것이 붙거나 잘못 빠져서 발생하는 오류의 유형, 글자의 상부나 하부가 동일하거나 유사한 글자에 잘못된 것이 붙거나 빠진 유형, 글자의 전체적인 형태가 서로 유사하여 오기된 유형이 있다. 단일 문장이나 구절, 어휘에 상기의 유형이 모두 보이는 것도 있다. 단 한 글자의 오기로 인하여 문장의 의도된 기능이 상실되는 것도 산견된다.

셋째, 글자의 음이 동일하고 글자의 모양까지 유사하여 오류가 발생한 유형이다. 이것은 주로 인명의 오기 현상이 많으며, 지명에도 이따금 보인다. 이 유형은 첫 번째 유형과 두 번째 유형의 특성을 모두 갖고 있다.

넷째, 부정확한 원전의 답습에 인한 오류의 유형이다. 『송남잡지』에서 많이 인용한 자전은 『강희자전』이고 운서는 『운부군옥』이다. 그리고 우리나라의 문헌으로는 『지봉유설』이 가장 많이 인용되었다. 『송남잡지』는 이들 문헌을 인용하면서 그들이 범한 오류까지 그대로 전재한 것이 많다. 편찬자가 오류를 정정하여 인용한 것도 산견되지만 대부분은 오류를 그대로 답습하였다.

다섯째, 무리하게 축약 인용하여 오류가 발생한 유형이다. 이것도 일반적으로 자전이나 운서, 유서 등을 인용하는 과정에서 발생하는 오류다.

일반화하기에는 성급한 느낌이 있지만 이상의 오류는 유서뿐만 아니라 대부분의 한문 전적이 범하고 있다 해도 대과는 아닐 것이다.

1-3-3. 『송남잡지』의 문헌 인용과 변개 양상

유서는 다양하고 정확한 지식과 정보를 수록하여야 한다. 그래서 유서는 다른 문헌에서 필요한 내용을 번다하게 인용할 수밖에 없는 특성을 지닌다. 이런 이유로 유서를 편찬할 때는 기술의 목적에 맞게 타문헌을 인용하는 방법이 강구된다. 성격이 각이한 문헌에서 찬자가 필요로 하는 문장을 절취(截取)하여 편철(編綴)할 경우, 계통성과 통일성을 기대하기 어려울 뿐만 아니라 단장취의(斷章取義)의 치명적 결함을 초래할 수도 있다. 따라서 유서의 찬자는 필요 이상으로 긴 문장은 줄이고, 반대로 너무 짧은 것은 늘린다. 중요도에 따라 문장이나 자구의 순서를 재배열하며 어려운 것은 쉽게 만드는 가공을 한다.

긴 문장을 줄이는 것을 '축약'이라고 하고 짧은 것을 늘리는 것을 '부연'이라고 한다. 또 자구나 문장의 순서를 뒤바꾸는 것은 '도치'라고 한다.

어려운 것을 쉽게 만드는 방법에는 2가지가 있다. 어려운 자구에는 주석이 부기되어 있는 것이 상당수 있다. 따라서 이것을 활용하면 어려운 문장을 쉽게 만들 수 있으니, 주석을 본문에 이어 붙이는 방법이다. 또 다른 방법은 문장 속의 난해한 글자를 쉬운 글자로 대체하는 것이다.

축약·부연·도치·본문과 주석의 혼용·자구의 수정 등과 같은 변개는 단순하고 기계적 수준으로 이루어지기도 하지만 고도의 문법적·수사적 기법이 적용되기도 한다. 문법적·수사적 기법이 적용된 변개는 원전의 문장 자체가 가지고 있는 결점을 보정하여 완성도를 높이기도 한다. 그러므로 수사적 변개를 거친 문장은 단순한 인용문 이상의 가치를 갖게 된다.

본 장에서는 『송남잡지』의 변개 양상을 고찰하고자 한다. 그 결과는

『송남잡지』에만 국한되지 않고 유서의 변개에 대한 일반적 분석으로
확장될 것이다.

1-3-3-1. 축약에 의한 변개

유서에서 문헌을 인용할 때 가장 빈번하게 보이는 변개의 유형이 축
약이다. 이는 불필요하게 용장(冗長)한 원문을 기술의 목적에 부합되는
부분만 남겨두고 불필요한 부분은 생략하는 것이다.

축약에는 불필요한 글자나 구절을 생략하는 '기계적 축약'과 축약에
의하여 야기되는 문법적 결함이나 의미적 모호함을 보완하기 위하여
자구를 보충하는 등의 가공이 진행된 '수사적 축약'이 있다.

기계적 축약은 주로 경전(經典), 제자서의 인용에서 이루어지는데,
기타 문헌의 인용에서도 산견된다. 그러나 일반적으로 보이는 유형은
경전의 문장을 대상으로 한 것이다. 그중에서도 가장 단순한 형태의
축약은 다음의 예와 같이 어조사를 생략하는 것이다.

『송남잡지』〈실옥류〉「화양정(華陽亭)」에 "歸馬華山之陽."[화산의 남
쪽으로 말을 돌려보내며.]이라는 구절이 있는데, 이는『서경』〈주서〉「무
성(武成)」의 "歸馬于華山之陽."에서 '于'를 생략한 것이다. 이와 같은 유
형은 원형의 문장과 의미상 차이가 없다.

의미를 손상하지 않는 범위 안에서 어조사를 생략하여 문장을 간단
하게 만드는 위의 유형과 달리 의미 변형의 가능성을 감수하면서 불필
요한 요소를 과감하게 생략하는 유형도 있다.

『송남잡지』〈실옥류〉「번리(藩籬)」에 "維藩維垣."[울타리이며 담이며.]
이라는 구절이 있는데 이는『시경』〈대아〉「판(板)」의 "价人維藩, 大師
維垣."[대덕(大德)의 사람은 나라의 울타리이며, 많은 무리는 나라의 담이며.]
을 축약한 것이다. 『송남잡지』는 조목명인 「번리(藩籬)」와 관련 있는

예시문을 제시하는 것이 목적이므로 불필요한 요소들은 모두 생략한 것이다. 그러나『송남잡지』에서 축약한 것은 외형적으로『시경』원문의 의미와 상당한 차이가 있다.『송남잡지』〈상제류(喪祭類)〉「굴건(屈巾)」의 "素冠欒欒."[흰 관을 쓴 상주의 수척함]도 같은 유형이다. 이는『시경』〈회풍(檜風)〉「소관(素冠)」의 "庶見素冠兮, 棘人欒欒兮, 勞心慱慱兮."[행여 흰 관을 쓴 극인(棘人)의 수척함을 볼 수 있을까 근심하고 애태우며 마음 졸이노라.]에서 필요한 부분만 남겨두고 나머지는 과감하게 생략한 것이다. 이 역시 외형적으로는『시경』원문의 의미와 상당한 차이가 있어 보인다.

상기한 예시와 같이『시경』에서 축약 인용한 것은 대체로 4자 1구의 형식으로 만드는 경향이 있어서『시경』의 원시(原詩)를 모르면 그것이 축약형인지 알 수 없다. 그러나『시경』을 익히 아는 독자라면 '維藩維垣'을 '- - 維藩, - - 維垣'로 읽을 것이며, '素冠欒欒'은 '- - 素冠 -, - - 欒欒 -'로 읽을 것이다. 만약 그렇다면 위의 예시처럼 과감한 축약이 이루어진 유형도 외형적 측면과는 달리 의미의 변형이나 왜곡이 초래되었다고 단정하기는 힘들 것이다.

물론 '歸馬華山之陽'이나 '維藩維垣', '素冠欒欒'과 같은 축약의 형태가『송남잡지』에서 처음 사용된 것으로 보기는 어렵다. 경전의 문구는 보편성을 지니고 있으므로 인용의 목적에 따라 여러 형태로 변형시키는 것이 허용되기 때문이다.

서술 목적에 맞춰 과감한 생략을 가한 사례는 경전뿐 아니라 제자서의 인용에서도 볼 수 있다.

『송남잡지』〈천문류〉「양각풍(羊角風)」의 "鵬, 搏羊角而上九萬里."[붕새는 회오리바람을 치고 구만리를 오른다.]는『장자』〈소요유〉의 "其名爲鵬, 背若泰山, 翼若垂天之雲, 搏扶搖羊角而上者, 九萬里."[그 이름은 붕(鵬)이니 등은 태산과 같고 날개는 하늘에 드리워진 구름과 같은데 회오리바람을 치고 올라가는 것이 구만리이다.]를 축약 인용한 것이다. 『송남잡지』〈천문류〉「양각풍」에서 필요로 하는 내용은 '양각풍(羊角風)'이라는 어휘의 용례이므로 필요 없는 부분은 생략하였다. 특히 '양각(羊角)'의 동의어인 '부요(扶搖)'를 생략하여 내용을 간명하게 만들었다. 『송남잡지』〈외국류〉「사극(四極)」의 "女媧, 斷鼇足, 立四極."[여와(女媧)가 자라의 다리를 잘라서 사극(四極)을 세웠다.]도 『열자』〈탕문(湯問)〉의 "女媧氏 …… 斷鼇之足, 以立四極."에서 중간의 내용과 어조사를 생략한 것이다.

경전이나 제자서 외의 문헌을 인용하면서 축약한 예로 『송남잡지』〈초목류〉「과(瓜)」의 "李不沉水者, 有毒."[물에 가라앉지 않는 오얏에는 독(毒)이 있다.]을 들 수 있다. 이 문장은 『본초강목』「이(李)」의 "李味甘酸, 其苦濇者, 不可食. 不沉水者, 有毒不可食."[오얏의 맛은 달고 신데, 쓰고 떫은 것은 독이 있어서 먹을 수 없다.]에서 인용한 것이다. 이것은 꼭 필요하지 않은 내용은 과감하게 생략한 전형적 유형이라고 하겠다.

축약의 유형 중 하나는 전후에 중복되는 문장이나 자구를 생략하는 것이다.

『송남잡지』〈천문류〉「세성수아(歲星守我)」에서는 두 개의 문장이 각각 『지봉유설』에서 인용되고 있다. 앞의 문장인 "萬曆丁丑, 蚩尤旗出尾箕星, 是歲倭有犯順之謀."[만력 정축년에 치우성(蚩尤星)이 미성(尾星)과 기성(箕星)에서 나왔는데, 이 해에 왜구가 난리를 일으키려는 모의가 있었다.]는 『지봉유설』〈재이부(災異部)〉「재생(災眚)」의 "萬曆丁丑, 蚩尤旗出尾箕星, 乃燕分, 與我國同分野. 其長竟天, 累月不滅, 是歲日本倭酋平秀吉, 始有犯順之謀."[만력 정축년에 치우성이 미성과 기성에서 나왔는데, 바로 연나라의 분야로 우리나라와 같은 분야이다. 그 길이가 하늘 끝까지 뻗쳤으며, 여러 달 동안 소멸하지 않았다. 이 해에 일본 왜(倭)의 추장 평수길(平

秀吉)이 처음으로 난리를 일으킬 모의가 있었다.]를 축약 인용한 것이다. 이 문장은 우리나라의 분야를 예증하기 위하여 인용한 것이므로 불필요하다고 판단되는 부분은 과감하게 생략하였다. '미성과 기성이 우리나라의 분야'라는 내용은 「세성수아」에서는 생략해서는 안 될 듯하지만, 이 글의 앞에 있는 「기미분야(箕尾分野)」에서 "我國分野, 漢水以北, 與燕京同, 以南箕斗."[우리나라의 분야가 한수(漢水) 북쪽은 연경(燕京)과 같고 남쪽은 기두성(箕斗星)이다.]라는 동일한 내용이 이미 나왔기 때문에, 뒤에서는 생략하여도 무방하다고 판단한 것으로 보인다. 또 '日本'은 '倭'와 의미상 중복되는 말이므로 생략한 것으로 보인다.

『송남잡지』〈천문류〉「기미분야」의 뒷 문장인 "壬辰, 歲星守我, 而倭入, 人以爲國家雖敗, 必復."[임진년에는 세성(歲星)이 우리를 수호하였는데, 왜구가 침입하자 사람들은 국가가 비록 패하였어도 반드시 회복할 것이라고 여겼다.]은 『지봉유설』〈천문부〉「성(星)」의 "萬曆壬辰, 歲星守我國分野, 而倭賊入寇, 人以爲國家雖喪敗, 終必興復."[만력 임신년은 세성(歲星)이 우리나라의 분야를 지키는 해다. 그런데 왜적이 쳐들어와 노략질하니, 사람들이 "국가가 비록 상란(喪亂)·패잔(敗殘)하였으나 마침내는 반드시 일어나 회복할 것이다."라고 하였다.]을 축약 인용한 것이다. 『송남잡지』〈천문류〉「기미분야」에서는 이미 앞의 문장에서 보인 '萬曆'을 생략하였고 '我國分野'는 '我'로 축약하였다.

다음은 의미나 수사적 측면에서 불필요한 자구를 생략한 유형이다.

『송남잡지』〈지리류〉「어정(御井)」의 "城中水味, 以於義洞宜城尉宅井爲第一, 成廟封其, 汲取, 謂之御井, 後賜宜城, 故刻賜井二字於甃石上, 今猶存. 萬經理·邢軍門, 皆以此井爲第一, 汲以飮."[서울 안 물맛은 의동(義洞)의 의성위(宜城尉) 댁 우물이 제일이다. 성종이 그것을 봉(封)하였고 물을 길어오게 하였기에 '어정(御井)'이라고 하였다. 후에 의성위(宜城尉)에게

하사한 까닭으로 '사정(賜井)'이라는 두 글자를 벽돌 위에 새겼다. 지금까지 남
아 있다. 양호(楊鎬)와 형개(邢玠)가 모두 이 우물을 최고라고 하여 길어다 마셨
다.]은 『지봉유설』〈지리부〉「정(井)」의 "城中水味, 以於義洞宜城尉宅
中井水爲第一, 成廟封其井, 汲取以進, 謂之御井, 後賜宜城, 故刻賜井
二字於井甃石上, 至今猶存. 頃年唐官萬經理·邢軍門, 皆以此井爲第
一, 令人日汲以飮云."[서울 안 물맛은 의동(義洞)의 의성위(宜城尉) 댁 안의
우물물이 제일이다. 성종이 그 우물을 봉(封)하고 물을 길어 진상토록 하였기에
'어정(御井)'이라고 하였다. 후에 의성위에게 하사한 까닭으로 '사정(賜井)'이라
는 두 글자를 우물 벽돌 위에 새겼다. 지금까지 남아 있다. 과거에 중국의 관료
인 경리(經理) 양호(楊鎬)와 군문(軍門) 형개(邢玠)가 모두 이 우물이 최고라고
하여 사람을 시켜서 날마다 길어다 마셨다고 한다.]을 인용하면서 불필요하
다고 판단되는 부분을 생략하였다. 『송남잡지』에서는 중복되는 2개의
'井'을 모두 삭제하였다. 또 '양호(楊鎬)'와 '형개(邢玠)'가 임진왜란 때
파견된 명나라 관료라는 사실은 주지하는 바이므로 '頃年唐官'을 삭제
하였다. 그밖에도 글의 전개상 긴요하지 않은 자구를 삭제하였다. 예를
들면 왕이나 파견된 명나라의 관료가 물을 직접 길어다 먹을 리 없기에,
『지봉유설』의 '汲取以進'과 '令人日汲以飮云'에서 '以進'이나 '令人'은
모두 삭제하였다.

　　원전을 축약 인용할 때는 문법, 의미, 수사상에서 결점이 야기되는
경우가 많을 수밖에 없다. 따라서 축약으로 인하여 발생하는 부정합
현상을 보정하기 위하여 일정한 가공을 하기도 한다. 또 찬자가 원전의
완성도에 불만을 갖고 임의대로 수정을 가할 때도 있다. 본 장에서는
이를 '수사적 축약'이라고 명명한다.

　　『송남잡지』〈충수류〉「풍동충생(風動蟲生)」에 "風, 八風也. 風動蟲
生, 故蟲八日而化."[풍(風)은 여덟 가지 바람이다. 바람이 일면 벌레가 생긴

다. 그렇기 때문에 벌레는 8일 만에 변한다.]라는 내용이 있는데, 이는『설
문해자』「풍(「風」)의 “八風也, 東方曰明庶風, 東南曰淸明風, 南方曰景
風, 西南曰涼風, 西方曰閶闔風, 西北曰不周風, 北方曰廣莫風, 東北曰
融風. 風動蟲生, 故蟲八日而化.”[팔풍(八風)이다. 동방은 ‘명서풍(明庶風)’
이라 하고 동남은 ‘청명풍(淸明風)’이라 하고 남방은 ‘경풍(景風)’이라 하고 서
남은 ‘양풍(涼風)’이라고 하고 서방은 ‘창합풍(閶闔風)’이라 하고 서북은 ‘불주
풍(不周風)’이라 하고, 북방은 ‘광막풍(廣莫風)’이라 하고 동북은 ‘융풍(融風)’이
라고 한다. 바람이 일면 벌레가 생기기 때문에 벌레는 8일 만에 변한다.]를 인
용한 것이다. 그런데『송남잡지』는 ‘八風也’ 앞에 ‘風’ 1자를 더하고,
팔풍의 종류는 모두 생략하였다.『설문해자』에서 ‘八風也’는 뒤에 나열
되는 8종류의 바람에 대한 서술의 주어에 해당하는데,『송남잡지』는
‘風’을 집어넣고 이것을 주어로 만들었다. 이에 따라 ‘八風也’는 술어가
되었다.

　　『송남잡지』〈문방류〉「고려견지(高麗繭紙)」의 “我國有中朝所不及者
四, 婦女守節, 賤人執喪, 盲者能卜, 武士片箭. 所産有中朝所不有者
四, 鏡面紙, 黃毛筆, 花紋席, 羊角參.”[우리나라에는 중국이 따라올 수 없
는 것이 네 가지 있으니, 부녀가 절개를 지키는 것·천한 사람들도 상례를 치르
는 것·맹인이 점을 잘 치는 것·무사의 편전(片箭)이다. 우리나라의 산물 중에
중국에 없는 것 네 가지가 있으니 경면지(鏡面紙)·황모필(黃毛筆)·화문석(花紋
席)·양각삼(羊角蔘)이다.]은『지봉유설』〈어언부(語言部)〉「잡설」의 “我國
之人, 有中朝所不及者四. 曰婦女守節, 曰賤人執喪, 曰盲者能卜, 曰武
士片箭也. 我國之産, 有中朝所未有者四. 曰鏡面紙, 曰黃毛筆, 曰花紋
席, 曰羊角參也.”를 인용한 것이다. 양자를 비교해 보면『송남잡지』는
‘我國之人’에서 ‘之人’을 삭제하였음을 알 수 있다. 또 ‘我國之産’도 ‘所
産’으로 고쳐서 간명하게 만들었다. 불필요한 글자의 삭제로 문장을 간

명하게 만들고자 하는 의식은 8개의 '曰'을 모두 삭제한 것에서도 볼
수 있다.

1-3-3-2. 부연에 의한 변개

'부연(敷衍)'은 독자가 이해하기 쉽도록 인용한 원래의 내용에 임의대
로 자구를 더하는 것이다. 유서의 특성상 부연은 축약보다 많이 사용되
지는 않는다. 부연은 단독으로 사용될 때도 있지만, 상당수는 도치나
축약에서 야기될 수 있는 부정합 현상이나 의미의 모호성을 보완하기
위한 목적으로 도치·축약과 함께 사용된다.

『송남잡지』〈상제류〉「제요대(帝堯臺)」에 "字彙補曰, 古謂陵墓爲臺,
如鄴都之三臺. 山海經曰, 帝堯臺·帝嚳臺, 是也."[『자휘보(字彙補)』에서
"옛날에는 능묘(陵墓)를 대(臺)라고 하니, 업도(鄴都)의 삼대(三臺)가 그 예이
다."라고 하였다. 『산해경』의 "제요대(帝堯臺)·제곡대(帝嚳臺)"가 이것이다.]
라는 내용이 있는데, 외형상 『자휘보』와 『산해경』에서 각각 문장을 인
용한 것으로 보이지만, 실제로는 『강희자전』, 「대(臺)」에서 "字彙, 古謂
陵墓爲臺, 如鄴都之三臺. 山海經, 帝堯臺·帝嚳臺, 是也."를 전재한 것
이다. 그런데 양자를 비교해 보면, 『강희자전』의 '字彙'를 『송남잡지』
에서는 '字彙補曰'이라고 하였음을 알 수 있다. 이는 '字彙'에 '補'를 부
연하여 서명을 분명하게 만들고 '曰'을 덧붙여 인용 형식을 선명하게
만들고자 한 것이다. 『강희자전』에서 '山海經'이라고 한 것도 『송남잡
지』에서는 '曰'을 부연하여 완전한 인용의 형식으로 만들었다. 이와 같
은 유형의 부연은 『송남잡지』에서 가장 흔하게 나타나는 것이다.

『송남잡지』〈상제류〉「죽산마(竹山馬)」에 "漢光武曰, 古者, 帝王之
葬, 皆用陶人瓦器木車茅馬."[한 광무제가 "옛날에는 제왕이 죽었을 때 부장
품으로 모두 도기 인형·질그릇·나무수레·띠풀로 만든 말을 사용하였다."라고

말하였다.]라는 문장이 있는데, 그 출전인『후한서』〈광무제기〉에는 "帝曰, 古者, 帝王之葬, 皆陶人瓦器木車茅馬."로 되어 있다.『후한서』〈광무제기〉에 '帝'로 되어 있는 것을 그대로 전재한다면, 그가 누구인지 알 수 없기에『송남잡지』에서는 '光武'를 덧붙여 황제의 시호를 구체적으로 명시하였다. 또『후한서』의 '皆陶人瓦器木車茅馬.'는 '用'자를 부연하여 '皆用陶人瓦器木車茅馬.'라고 고쳐서 그 의미를 분명하게 만들었다.『송남잡지』〈상제류〉「건원릉(健元陵)」에 "且使譯官朱繼康, 示五禮儀, 以驗本朝不殉寶玉, 賊乃止."[또 역관 주계강(朱繼康)을 시켜『국조오례의(國朝五禮儀)』를 보이며 우리나라는 보옥(寶玉)을 같이 묻지 않는다고 밝히자, 왜적이 그만두었다.]는『풍고집(楓皐集)』,「양산숙전(梁山璹傳)」의 "且使繼康等, 示五禮儀, 以驗本朝不殉寶玉, 賊乃止."를 인용한 것이다.『풍고집』에 '繼康'으로 되어 있는 것을『송남잡지』에서는 계강(繼康)의 직임(職任)인 '譯官'과 성(姓)인 '朱'를 부연하여 내용을 선명하게 만들었다.

　『송남잡지』〈농정류〉「상토정세(嘗土定稅)」의 "牟種一斗, 和鹽一升, 宿一夜種之, 不糞壤而倍收."[보리 종자 한 말에 소금 한 되를 섞어서 하룻밤을 묵혔다가 심으면 거름을 주지 않더라도 두 배로 수확한다.]는『산림경제(山林經濟)』를 출전이라고 밝히고 있다. 그런데『산림경제』〈치농(治農)〉「종대맥(種大麥)」에는 "麰種一斗, 和鹽一升種之, 勝於糞灰."라고 되어 있다. 양자를 비교해 보면『송남잡지』는 '種之' 앞에 '宿一夜'를 부연하여 의미를 선명하게 만들었음을 알 수 있다. 또 '勝於糞灰'는 상당한 정도로 수정을 가하여 '不糞壤而倍收'로 만들었다.

1-3-3-3. 도치에 의한 변개

　유서의 찬자가 타 문헌에서 필요한 문장을 인용할 때 내용은 적절하지만 형식은 그렇지 못하다고 판단할 때가 있다. 이런 경우에 유서의 찬자는 도치를 통한 변개를 가한다. '도치'는 찬자의 의도에 따라 문장이나 구절, 자구의 배열 순서를 뒤바꾸는 것이다. 도치에는 단순하게 문장이나 구절, 자구의 배열 순서만 뒤바꾸는 '기계적 도치'와, 도치 후에 발생하는 부정합 현상을 제거하기 위하여 자구를 첨가하거나 수정하는 '수사적 도치'가 있다.

　'도치'는 경전을 인용하는 과정에서 빈번하게 발생한다. 그런데 이러한 것은 의도적인 도치라기보다는 경전을 암기하여 전사하는 과정에서 발생하는 오류에 해당한다. 따라서 변개의 범주에 넣을 수 없지만, 외형상 도치의 형태를 갖기에 언급하지 않을 수 없다.

　『송남잡지』〈방언류〉「십목소시(十目所指)」의 "十手所指, 十目所視, 其嚴乎."[열 손가락이 가리키는 바이고 열 눈이 보는 바이니 무섭구나!]는 『대학』의 "十目所視, 十手所指, 其嚴乎."를 인용한 것이다. "十目所視, 十手所指"가 "十手所指, 十目所視"로 순서가 뒤바뀐 예는 『송남잡지』뿐 아니라 『시전대전(詩傳大全)』의 주석 등에서도 간혹 볼 수 있다. 이것은 의도가 개입된 도치가 아니라 오류로 보인다. 이와 같은 유형으로 『송남잡지』〈기술류〉「태주(胎呪)」의 "恐懼乎所不覩, 戒愼乎所不聞也."[보이지 않는 곳을 두려워하고 들리지 않는 곳을 경계하라.]가 있다. 이것은 『중용』의 "戒愼乎其所不睹, 恐懼乎其所不聞."[보이지 않는 곳을 경계하고 들리지 않는 곳을 두려워하라.]을 인용한 것인데, '戒愼'과 '恐懼'의 순서가 바뀌었다. 이 역시 착오에 의한 도치로 보인다. 『송남잡지』〈계고류〉「양고(良苦)」의 "辨其良苦."[그 좋고 나쁜 것을 분별한다.]는 『주례』의 "辨其苦良."[그 나쁘고 좋은 것을 분별한다.]을 인용한 것으로 '苦良'은 '良苦'의 도치이다. 이것은 조목명「良苦」의 예증으로 인용되었다. 그러나 원문은 '良苦'이므로 오류라고 하겠다.

『송남잡지』에서 경전의 구절을 인용하는 과정에서 원의미를 손상 왜곡시킬 정도로 자구를 도치한 사례는 모종의 의도가 개입된 것이 아니라 오류로 파악된다. 즉 찬자가 암기하고 있는 내용을 원전의 확인 절차 없이 바로 기록하면서 오류가 발생한 것이다. 따라서 이러한 유형의 도치는 일반적으로 암기하고 있는 문헌인 경전의 인용에서 흔히 보인다. 아이러니컬하게도 인용에서 오류가 많이 발생하는 문헌이 암기를 많이 하고 있는 것이라고 할 수 있다. 또 오류가 섞인 자료를 전재하는 재인용의 과정에서 발생하기도 한다.

'기계적 도치'는 『송남잡지』〈지리류〉「북도노경(北道路徑)」에서 『성호사설』〈천지문〉「북도노경(北道路徑)」의 문장을 인용하면서 '路徑'을 '徑路'로 도치하고, 『송남잡지』〈외국류〉「역민국(蝂民國)」에서 『산해경』〈대황북경(大荒北經)〉의 문장을 인용하면서 '黍食'을 '食黍'로 도치한 예와 같은 것이다. 그러나 대부분은 의도적 도치와 오류의 경계가 불분명하다.

타 문헌에서 문장을 인용하면서 자구의 배열 순서를 뒤바꿀 때는 부정합 현상이 발생하기도 하는데, 이를 해소하기 위해서 적당한 글자를 첨가하거나 기존의 글자를 다른 것으로 대체하는 등의 수사적 가공이 가해진다. 또 불필요한 자구를 삭제할 때도 있다. 이는 찬자가 기술의 목적을 염두에 두고 인용문을 수사적으로 가공하거나 인용문 자체의 완성도에 불만으로 갖는 것에서 기인한다. 이를 본 장에서는 '수사적 도치'라고 명명한다.

다음의 유형은 도치와 함께 축약, 자구의 첨가 및 수정 등이 이루어진 것이다.

『송남잡지』〈세시류〉「육기(六氣)」의 "風寒暑濕燥火謂六氣."[바람·추위·더위·습기·건조·열기를 육기(六氣)라 한다.]는 『아희원람(兒戲原覽)』

〈부수휘(附數彙)〉의 "六氣, 風寒暑濕燥火."를 인용한 것인데, 『송남잡지』에서는 '六氣'와 '風寒暑濕燥火'의 위치를 바꾸면서 '謂'를 첨가하여 문법적으로 자연스러운 문장으로 만들었다. 이와 같은 유형으로 『송남잡지』〈의식류〉「잠녀성견(蠶女成繭)」의 "葵中蠶, 謂蠋."[해바라기 속의 누에를 촉(蠋)이라고 한다.]을 들 수 있다. 이 문장은 『설문해자』「촉(蠋)」의 "蠋. 葵中蠶也."를 인용한 것인데, 양자를 비교해 보면 '蠋'과 '葵中蠶'을 도치시키되, '謂'를 첨가하여 문법적으로 자연스러운 문장으로 만들었음을 알 수 있다.

『송남잡지』〈의식류〉「편발개수(編髮蓋首)」의 "古世, 絢髮潤首, 蔽皮衣薪, 黃帝臣胡曹, 始爲衣服."[옛날에는 머리털을 노끈으로 묶고 머리를 윤나게 하였으며 가죽으로 몸을 가리고 풀로 옷을 만들었다. 황제(黃帝)의 신하인 호조(胡曹)가 처음으로 의복을 만들었다.]은 『아희원람(兒戲原覽)』〈창시(創始)〉의 "衣服, 黃帝臣胡曹爲之, 古世, 絢髮潤首, 蔽皮衣薪."을 인용한 것이다. 그런데 『송남잡지』는 '衣服'을 제일 뒤로 돌리면서 그 앞에 '始爲'를 덧붙여 일견 새로운 문장을 만들어 냈다.

『송남잡지』〈방언류〉「병무(骿拇)」의 "足拇指連二指, 爲骿拇, 枝指, 手有六指也."[병무(骿拇)는 엄지발가락과 둘째 발가락이 서로 붙은 것이고 지지(枝指)는 손가락이 여섯 개인 것을 말한다.]는 『장자』, "병무(骿拇)"의 주석인 "骿拇, 謂足拇指連第二指也, 枝指, 手有六指也."를 인용한 것인데, '骿拇'와 '謂足拇指連第二指也'의 순서를 도치하고 '謂'는 '爲'로 고치고 불필요한 '第', '也'는 삭제하였다.

『송남잡지』〈문방류〉「사륙(四六)」의 "先奏以上之文, 古矣, 不可尙已. 大抵文至於西京而特盛, 詩至於唐而大成, 四六, 至於宋而尤備, 今中朝人, 文尙秦漢, 詩尙唐調, 頗變宋元之習, 而自成一種體格, 唯四六則不能小過於宋. 故謂明無四六云. 又骿偶之文, 源始於東京, 而濫觴

於魏晉, 至六朝極矣, 唐宋以後, 則凡誥勅疏語, 莫不用此爲式, 締章繪句, 工則工矣. 然過於雕刻, 文弊亦甚, 漢人齒詞賦於博奕卜筮, 其以是歟."[진나라 이전의 문장은 오래되어 숭상할 수 없다. 대저 문장은 전한에 이르러 특히 융성하였고, 시는 당나라에 이르러 크게 완성되었고 사륙(四六)은 송나라에 이르러 더욱 구비되었다. 지금 중국인은 문장은 진·한을 숭상하고 시는 당나라 곡조를 숭상한다. (명나라는) 자못 송·원의 기습을 변화시켜 스스로 일종의 체제를 이루었으나, 오직 사륙은 송나라보다 조금도 뛰어나지 못하다. 그래서 "명나라에는 사륙이 없다."고 한다. 또 병려문(騈儷文)은 후한에서 시작되어 위·진 시대에서 파급되었고, 육조 때에 이르러 성행하였다. 당송 이후에는 고(誥)·칙령(勅令)·상소(上疏)에 모두 병려문을 사용하여 법식으로 삼았다. 섬세한 문장과 아름다운 구절이 솜씨가 좋기는 하지만 지나치게 수식하여 문장의 폐습도 심하였다. 한나라 사람들이 사부(詞賦)를 장기·바둑이나 점술과 같은 등급으로 여기는 이유는 이 때문인 듯하다.]는 『지봉유설』〈문장부〉, 「문체(文體)」의 "騈偶之文, 源始於東京, 而濫觴於魏晉, 至六朝極矣. 唐宋以後, 則凡誥勅表箋書啓檄文露布上樑疏語, 莫不用此爲式, 締章繪句, 工則工矣. 然過於雕刻, 文弊亦甚, 漢人齒詞賦於博奕卜筮, 其以是歟. 先秦以上之文, 古矣, 不可尚已. 大抵文至於西京而特盛, 詩至於唐而大成, 四六, 至於宋而尤備, 今中朝人, 文尚秦漢, 詩尚唐調, 頗變宋元之習, 而自成一種體格, 唯四六則不能小過於宋. 故謂明無四六云."을 인용한 것이다. 양자를 비교해 보면 『송남잡지』는 '先秦以上之文' 이하의 문장을 앞으로 보내고 '騈偶之文' 이하의 문장을 뒤로 돌렸음을 알 수 있다. 이와 같은 도치가 이루어진 원인은 『송남잡지』의 조목명이 「사륙(四六)」이기 때문에 '四六'에 관한 문장을 앞으로 보낸 것이다. 아울러 문체가 나열된 문장에서 '誥勅疏語'를 제외한 '表箋書啓檄文露布上樑'을 생략함으로써 간결함을 도모하였다.

도치와 함께 부연·축약·자구의 수정 등이 동시에 나타나는 복합적 유형도 있다.

『송남잡지』〈지리류〉「대마도(對馬島)」의 "③實不屬於倭. 居兩國間, 借倭而要於我, 借我而又見重於倭, 爲蝙蝠之役, 自網其利也. 土薄人稠, 麗末起而爲盜於海上, ②我世宗丙子, 遣金士衡南在, 討平之, 不置官守與島主, 其時不舘倭. ①及壬辰前, 於邑南海上, 置倭舘, 周數十里, 設柵爲限, 置卒防之, 禁我人交通, 每歲島人受其主文, 來數百人留舘, 朝家割嶺南租稅若干與之, 謂下納米 以一半貢島主, 一半廩用, 無所事, 事只掌彼此書信與土物交易, 而卽不與價, 以次約歲, 謂之被執. ④及壬亂, 無故撤去, 可見無益而有害矣."[③실로 왜(倭)에 소속된 섬이 아니다. 두 나라 사이에 있으면서 왜를 빙자해 우리에게 요구하고 우리를 빙자해 왜에서 중시되니, 박쥐같은 짓을 하여 스스로 그 이익을 싹쓸이한다. 토지는 척박한데 인구가 많다. 고려 말에 일어나 바다 위에서 도적질을 하니, ②태종 병자년에 김사형(金士衡)과 남재(南在)를 파견해서 토벌하여 평정했다. 그러나 관리와 도주(島主)를 두지 않았기에 그 때는 왜인들을 머물게 하지 않았다. ①임진년 전에 읍의 남쪽 바닷가에 왜관(倭館)을 설치하고 둘레 수십 리에 목책(木柵)을 설치하여 경계로 삼았으며, 병졸을 배치하여 방어해서 우리나라 사람과의 접촉을 금하였다. 매년 대마도 사람은 도주의 문서를 받고 와서 수백 명이 왜관에 머물렀다. 조정에서는 영남(嶺南)의 조세 약간을 떼어 주고 '하납미(下納米)'라고 하였는데, 반은 도주에게 공물로 주고 반은 녹봉으로 쓰였다. 일이 없고 하는 일이란 피차간의 서신과 토산물의 교역을 관장하는 것뿐인데, 바로 값을 치르지 않고 다음 해에 주기로 약속하는 것을 '피집(被執)'이라고 한다. ④임진년의 난리에 이르러 특별한 까닭 없이 철거했으니, 이익은 없고 해만 있었음을 알 수 있다.]는 『택리지(擇里志)』〈팔도총론〉「경상도」의 "①自壬辰前, 於邑南海上, 創置倭舘, 周圍數十里, 設木柵爲限, 置卒以防之,

禁我國人出入交通, 而每歲對馬島人受島主文, 引數百倭來留舘中, 我朝割慶尙租賦若干, 與之所留倭, 以一半貢于島主, 以一半廩用, 無所事, 只掌彼此書信與貨財交易之事, 而亦不卽與價, 以次約歲年流割 謂之被執, …… ②昔莊憲大王, 遣將討對馬島平之, 不置官守, 而復以與島主, 其時必不舘倭, 此不知昉於何時, 而實無意義, ③此島元不屬倭國, 居兩國間, 借倭而要於我, 借我而又見重於倭, 爲蝙蝠之役, 自網其利, 討而臣屬之上也, …… 蓋馬島土甚薄人稠衆, 麗末起而爲盜於海上者, 皆此島人也, …… ④壬辰又無故撤歸, 亦可見毫不得力於兩國, 爭戰之際而反爲害焉."을 인용한 것이다.『택리지』원문의 ①·②·③·④로 표시된 문장이『송남잡지』에서는 ③·②·①·④의 순서로 바뀌었다.『송남잡지』는『택리지』를 인용하되 기술의 목적상 중요하다고 판단하는 문장을 우선 배열한 것으로 보인다. 아울러『택리지』에 없는 '金士衡', '南在', '下納米'와 같은 말을 부연하여 내용을 구체화하였다. 또 '倭國'은 '倭'로, '周圍'는 '周'로 '木柵'은 '柵'으로, '歲年'은 '歲' 등으로 간명하게 만들었다. 그리고 '莊憲大王'은 '世宗'으로 '慶尙'은 '嶺南'으로 수정하였다.

1-3-3-4. 본문과 주석의 혼용에 의한 변개

유서의 변개에서 보이는 유형 중 하나는 본문과 주석을 혼용하여 하나의 문장으로 만드는 것이다. 물론 주석과 본문을 구별하지 못하여 양자를 착종시키는 것은 오류에 해당하며, 이는『송남잡지』에서도 산견된다. 그러나 양자를 수사적으로 혼용하는 것은 찬자의 기술 의식이 적용된 변개에 해당한다. 오류에 의한 본문과 주석의 착종과 본문과 주석의 의도적 혼용의 차이는 수사적 가공의 유무로 구별할 수 있다. 즉 변개의 범주에 속하는 본문과 주석의 혼용은 자연스러운 문장으로 만들기 위하여 불필요한 자구를 과감하게 삭제하고 문법적 결함을 보정하거나 의미를 선명하게 하기 위하여 수사적 기법을 강구하게 마련이다.

　본문과 주석의 혼용에 의한 변개 양상이 나타나는 대표적인 예는『반계수록(磻溪隨錄)』의 문장을 인용한 것이다.[512]

　『송남잡지』〈방언류〉「칠반천역(七般賤役)」에 "今之皂隷, 古徒之任也. 左傳, 士臣皂, 皂臣輿, 輿臣隷. 服虔曰, 皂造也, 造成事也, 輿衆也, 舉衆事也, 隷, 隷屬於吏也."[지금의 조례(皂隷)는 옛날 도(徒)의 직임(職任)이다.『춘추좌씨전』에서 "사(士)의 신하가 조(皂)이고 조의 신하가 여(輿)이고 여의 신하가 예(隷)다."라고 했는데, 복건(服虔)이 "조(皂)는 조(造)니 일을 조성(造成)한다는 의미이고 여(輿)는 중(衆)이니 모든 일을 실행한다는 의미이고 예(隷)는 관리에게 예속(隷屬)된다는 의미이다."라고 말하였다.]라는 문장이 있으니, 그 출전을『반계수록』으로 밝히고 있다. 이 문장은『반계수록』〈직관고설(職官攷說)〉「이례부(吏隷附)」에 수록되어 있는데, "按今之皂隷, 卽古徒之任也."가 본문이다. 그리고 "又按左傳, 士臣皂, 皂臣輿, 輿臣隷. 服虔云, 皂, 造也, 造成事也, 輿, 衆也, 舉衆事也. 隷, 隷屬於吏也."는 그것의 주석이다. 따라서『송남잡지』에서는 본문에 주석을 이어 붙이는 한편 주석의 앞부분을 삭제하여 자연스러운 하나의 문장으로 만들었음을 알 수 있다.

　『송남잡지』〈농정류〉「양전주척(量田周尺)」에서 "今量田周尺, 較家禮圖本周尺, 長九分弱, 較喪禮備要周尺, 長七分弱, 較今訓鍊院步數周尺, 長二分. 今定頃法用此尺, 用此尺. 六尺爲步, 百步爲畝, 百畝爲

頃, 則一頃之地, 爲方百步. 按諸本所載周尺, 長短不同, 民生苦樂, 兵衆多寡, 專在於此."[지금 전지(田地)를 측량하는 주척(周尺)은『가례도본(家禮圖本)』의 주척(周尺)과 비교하면 9푼이 짧고『상례비요(喪禮比要)』의 주척(周尺)과 비교하면 7푼이 짧고 지금 훈련원(訓鍊院)의 보수주척(步數周尺)과 비교하면 2푼이 길다. 지금 제정한 경법(頃法)에서는 이 자를 사용한다. 6자가 1보(步)이고 100보가 1무(畝)이고 100무가 1경(頃)이니 1경의 토지는 사방 100보가 된다. 여러 책에 기재된 내용을 검토해보면 주척(周尺)의 길이가 다르니 민생(民生)의 괴로움과 즐거움, 병사의 많고 적음이 오로지 여기에 달려 있다.]라는 내용을『반계수록』에서 인용하였다고 밝히고 있다. 이 문장은『반계수록』〈전제(田制)〉「타량출군출세식(打量出軍出稅式)」에 수록되어 있는데, "此乃今量田尺所用周尺."이 본문이고 "今量田尺, 以此周尺計造."가 주석이며 "較家禮圖本周尺, 長九分弱, 較喪禮備要圖本周尺, 長七分弱, 較今訓鍊院步數周尺, 長二分. 今定頃法用此尺."이 본문이고 "用此尺, 六尺爲步, 百步爲畝, 百畝爲頃, 則一頃之地, 爲方百步."가 주석이며 "今按諸本所載周尺, 長短不同, 民生苦樂, 兵衆多寡, 專在於此."가 주석이다.『송남잡지』에서는 주석 중에서 "今量田尺, 以此周尺計造."를 삭제하고 다른 주석은 본문과 연결하여 하나의 문장으로 만들었다. 아울러 본문에서 불필요하다고 판단하는 몇몇 글자는 삭제하였다.

『송남잡지』〈농정류〉「진상(進上)」의 "栗谷告宣廟曰, 今所謂進上者, 非必盡合於上供也. 細瑣之物, 莫不畢獻, 水陸之産, 搜括無餘, 而眞擇其可進于御膳者, 則亦無幾焉. 歷代史記, 無進上二字, 雖唐德宗之私獻, 不過貨帛而已. 通典記高勾麗役屬沃沮, 責出海中魚鹽食物, 千里擔負致之. 雖本朝之洗新前陋, 尚有未盡變者也."[율곡이 선조에게 아뢰기를 "지금 이른바 진상(進上)은 꼭 상공(上供)에 모두 부합되지는 않습니다.

자질구레한 물건까지 모조리 바치지 않는 것이 없고 물과 뭍에서 나는 물건을
남김없이 찾아내 긁어모으지만 참으로 임금의 반찬으로 올릴 만한 것을 선택한
다면 또 얼마 없을 것입니다."라고 하였다. 역대의 역사에는 '진상(進上)'이란
두 글자가 없다. 비록 당나라 덕종 때의 사사로운 헌상(獻上)도 재화와 비단에
불과하였다.『통전(通典)』에 "고구려가 옥저(沃沮)를 복속시키고 바다 속의 물
고기와 소금 등 음식물을 천 리 밖에서 져 나르게 하였다."고 기록되어 있다.
우리나라는 지난 악습을 씻어내고 혁신하였으면서도 오히려 모두 바꾸지 못한
것이 있다.]는『반계수록』〈전제후록(田制後錄)〉「경비(經費)」에서 인용
한 것이다. 그런데『반계수록』에는 "栗谷告于宣祖曰, 今之所謂進上
者, 非必盡合於上供也. 細瑣之物, 莫不畢獻, 水陸之産, 搜括無餘, 而
眞擇其可進于御膳者, 則亦無幾焉."이 본문으로 되어 있고 "是以歷代
史記, 未嘗有進上二字, 雖以唐德宗之私己好斂, 史譏其宣索私獻, 而
其所獻者, 亦不過貨帛而已. …… 通典, 記高勾麗役屬沃沮, 責出海中
魚鹽食物, 千里擔負致之. 此亦可以見其俗矣. 蓋中國則其初經聖王經
制, 故雖當汙濁之世, 猶有可言者, 本國則其初只是夷裔之習, 故雖以
本朝之洗新前陋, 尙有未盡變者矣."는 주석으로 부기되어 있다. 따라
서『송남잡지』에서는『반계수록』의 본문과 주석을 하나의 문장으로 만
들면서 주석의 중간 중간을 생략하였음을 알 수 있다. 이외에도『송남
잡지』〈농정류〉「곡총(穀總)」 역시『반계수록』〈전제(田制)〉「타량출군
출세식(打量出軍出稅式)」의 내용을 인용하되 그 본문과 주석을 혼용하여
하나의 문장으로 만든 예이다.

　『반계수록』 다음으로 본문과 주석의 혼용에 의한 변개 양상이 빈번
하게 나타나는 인용 문헌은『산림경제(山林經濟)』이다.[513]

---

[513]『송남잡지』에는『산림경제(山林經濟)』를 총17차례 인용한 것으로 되어 있다.

『송남잡지』〈세시류〉「오목험세(五木驗歲)」에서 "冬至日, 量五穀種, 各一升盛布囊, 埋於北墻陰處, 勿令人履其上, 後十五日, 或立春日, ……."[동짓날에 오곡의 종자를 각각 한 되씩 되어서 베자루에 담아 북쪽 담 그늘진 곳에 묻어 두고 그 위를 밟지 못하게 한다. 50일이 지난 뒤나, 아니면 입춘이 되어 파서 보아 …….]라는 문장을 『산림경제』에서 인용하였다고 밝히고 있다. 『산림경제』〈치농(治農)〉「험세(驗歲)」에는 "冬至日, 量五穀種, 各一升盛布囊, 埋於北墻陰處, 勿令履其上, 後五十日."까지가 본문으로 되어 있고 '一曰, 立春日.'은 그것에 부기된 주석으로 되어 있다. 그런데 『송남잡지』에서 그 둘을 연결하여 하나의 문장으로 만들면서 '一曰'을 '或'으로 고쳤다. '一曰, 立春日.'은 '어떤 이는 말하기를 입춘일에'의 의미이지만 '或立春日'은 '아니면 입춘'이라는 의미로 바뀐다.

『송남잡지』〈농정류〉「의묘법(醫苗法)」에서 "秧有過時蠅點處, 俗云蠅尿. 厚布乾草於苗上, 燒之後卽灌水, 新芽抽出寸許, 移種則好. 小灌而焚之, 無傷其根, 三日後移."[모내기의 시기를 크게 놓치면 파리가 앉은 듯한 점이 생기기에 우리나라에서는 '파리똥'이라고 한다. 싹 위에 마른 풀을 두껍게 깔고 불을 지른 후에 물을 댄다. 새싹이 한 치쯤 자랐을 때 옮겨 심으면 좋다. 조금 물을 붓고 태우면 그 뿌리를 손상시키지 않으니 사흘 뒤에 이앙(移秧)한다.]라는 내용을 『산림경제』에서 인용하였다고 밝히고 있다. 이 내용은 『산림경제』〈치농(治農)〉「도(稻)」에 수록되어 있는데 "有過時蠅點處"가 본문이고 "俗稱蠅尿"는 그것의 주석이다. 또 "厚布乾草於苗上, 焚之後卽灌水, 待其葉間新芽抽出寸許, 或量宜長短移種, 則與趁時挿秧者無異."가 본문이고 "上同, 一說, 小灌水焚之, 無傷根, 三日後種之."가 그것의 주석으로 부기되어 있다. 『송남잡지』에서는 불필요하다고 판단되는 부분은 삭제하는 한편 자구의 수정을 가하였다. 즉 '稱'은

'云'으로, '焚'은 '燒'로 고쳤고 '與趂時揷秧者無異'는 '好' 1글자로 간략하게 바꾸었으며 '種之'는 '移'로 수정하였다. 본문에 주석을 이어 붙여 하나로 문장으로 만들면서, 동시에 생략과 자구의 수정을 가하여 부정합 현상을 제거하고 문장의 완성도를 높이기 위하여 노력한 것이다.

『송남잡지』〈구기류(拘忌類)〉「파종기일(播種忌日)」에서 "苦焦外有田痕日, 丁亥日, 田父死日, 丁未日 田母死日, 甲寅日, 田祖死日, 乙巳日, 孟紀日, 癸巳 后稷葬日."[고초일(苦焦日) 외에 전흔일(田痕日)이 있다. 정해일은 전부(田父)가 죽은 날이고 정미일은 전모(田母)가 죽은 날이고 갑인일은 전조(田祖)가 죽은 날이고 을사일은 맹기일(孟紀日)이고 계사일은 후직(后稷)의 장삿날이다.]이라는 내용을 『산림경제』에서 인용하였다고 밝히고 있는데, 이 글은 『산림경제』〈치농〉「경파(耕播)」에 수록되어 있다.

『산림경제』에는 본문과 주석이 복잡하게 뒤섞인 형태로 되어 있기에 주석을 다음과 같이 편의상 '[ ]'로 묶어 표시하였다.

> 凡焦日,[正辰二丑三戌四未五卯六子七酉八午九寅十亥十一申十二巳.]謂之苦焦日, 種穀則不生芽.[博物志]田痕凶日, 忌耕田布種. 大月初六初八二十二二十三, 小月初八十一十二十七十九二十七.[必用]甲寅.[田祖死] 丁亥.[田父死]丁未.[田母死]乙巳.[田主喪]癸巳.[后稷葬]

『송남잡지』는 「파종기일(播種忌日)」이라는 조목명에 맞도록 『산림경제』의 원문을 조정 인용하였다. 『산림경제』 원문에는 기일(忌日)이 본문이고 그 기일에 대한 내용은 주석으로 부기되어 있는데, 『송남잡지』에서는 그것을 연결하여 하나의 글로 만들었다. 한편 불필요한 내용은 과감하게 삭제하였다.

『송남잡지』〈초목류〉「동규(冬葵)」에서 "十月末凍, 撒種, 正月末, 足踏之, 地釋卽生."[동규(冬葵)는 땅이 얼지 않았을 때 씨를 뿌리고 혹 정월 말에 발로 밟아주기도 하는데 땅이 풀리면 곧 움튼다.]이라는 문장을 『산림경제』에서 인용하였다고 밝히고 있는데, 이 문장은 『산림경제』〈치포(治圃)〉「종동규(種冬葵)」에 수록되어 있다. 『산림경제』에는 "十月末, 地將凍, 散下種之."가 본문이고 "正月末, 散子亦得."이 부기된 주석이며 "足踏之乃佳, 地濕卽生."이 그 뒤를 잇는 본문으로 되어 있다. 『송남잡지』에서는 주석인 '正月末'과 본문인 '足踏之'를 이어 붙였다. 아울러 '散下'를 '撒'로, '釋'은 '濕'으로 바꿨다.

　『송남잡지』〈구기류(拘忌類)〉「배아(陪阿)」에서 "東北方之下者, 陪阿鮭蠪躍之. 陪阿者, 狀如小兒, 長尺四, 黑衣赤幘, 大冠帶劍持戟, 西北方之下者, 則泆陽處之."[동북방 담 아래에 배아해롱(陪阿鮭蠪)이 활개치고 다닌다. 배아(陪阿)는 형상이 어린아이 같은데 키는 1자 4치이고 검은 옷을 입고 붉은 머리 수건을 매고 큰 갓을 썼으며 칼을 차고 창을 잡고 있다. 서북방 담 아래에는 일양(泆陽)이 산다.]라는 내용을 『장자』에서 인용하였다고 하였다. 『장자』〈달생(達生)〉에는 "東北方之下者, 倍阿鮭蠪躍之, 西北方之下者, 則泆陽處之."가 본문이고 "倍阿神名也. 鮭蠪狀如小兒, 長一尺四寸, 黑衣赤幘, 大冠帶劍持戟."은 그것의 주석으로 부기되어 있다. 그런데 『송남잡지』에서는 본문인 '東北方之下者, 倍阿鮭蠪躍之.'의 뒤에 '倍阿'의 설명에 해당하는 주석을 연결시켜 본문으로 만들었고 그 뒤에 『장자』의 본문인 '西北方之下者, 則泆陽處之.'를 연결하였다.

　『송남잡지』〈방언류〉「갈등(葛藤)」의 "人有東野見燈火投宿, 女子歌云, 連綿葛上藤, 一綏復一絚."[어떤 사람이 동쪽 들에서 등불이 비추는 집을 보고 찾아가서 투숙하였는데, 여자가 "길게 뻗친 칡 위의 등나무, 하나는 수(綏)이고 또 하나는 긍(絚)일세."라고 노래를 불렀다.]의 원출전은 『고시기(古詩記)』다. 『고시기』〈귀시(鬼詩)〉「진아등탄금가(陳阿登彈琴歌)」에는 "人至東野還暮不至門, 見路傍有小屋燈火, 因投寄止宿, 有一小女不欲

與丈夫共宿, 呼隣家女自伴, 夜共彈琴箜篌至曉, 此人謝去, 問其姓字, 女不彈琴而歌曰"이 주석이고 "連綿葛上藤, 一綏復一絙."이 본문으로 되어 있다. 『송남잡지』는 주석을 본문과 연결시켜 하나의 문장으로 만들면서 불필요한 내용은 과감하게 생략하였다.

　『송남잡지』〈무비류〉「부병(府兵)」의 "兵也, 居外則叛, 韓黥七國祿山, 是也. 居內則篡, 莽卓曹馬, 是也. 使外不叛, 內不篡, 兵不離伍, 無自焚之患, 將保頸領, 無烹狗之諭, 古今已還, 法術最良, 其府兵乎."[군대란 외부에 주둔하면 반란을 하니, 한신(韓信)·경포(黥布)·칠국(七國)·안록산(安祿山)이 그 예이다. 내부에 있으면 찬탈을 하니, 왕망(王莽)·동탁(董卓)·조조(曹操)·사마의(司馬懿)가 그 예이다. 외부에서 반란하지 않고 내부에서 찬탈하지 않게 하며, 병사들은 대오를 이탈하지 않고 스스로 불에 뛰어드는 걱정이 없으며, 장수는 그 목숨을 보전하여 토사구팽(兎死狗烹)의 깨우침이 없도록 하는 것으로 고금 이래 가장 좋은 제도는 부병제(府兵制)일 것이다.]는 두목(杜牧)이 지은 「원십육위(原十六衛)」의 "居外則叛,[韓燕七國近者祿山僕固, 是也.]居內則篡,[卓莽曹馬已下, 是也.]使外不叛, 內不篡, 兵不離伍, 無自焚之患, 將保頸領, 無烹狗之論, 古今已還, 法術最長, 其置府立衛乎."를 인용한 것이다. 『송남잡지』에서는 「원십육위」의 본문 중간에 부기된 2개의 주석에 약간의 수정을 가한 후 본문과 연결하였다.

　다음의 예는 본문과 주석을 혼용하면서 도치·생략·자구의 수정이 동시에 이루어진 다소 복잡한 유형이다.

　『송남잡지』〈천문류〉「오위성(五緯星)」에 "東曰歲星, 十二年一周天, 南曰熒惑, 七百四十日一周天, 中央曰鎭星, 二十八年一周天, 西曰太白星, 三百六十五日一周天, 北曰辰星."[동쪽은 '세성(歲星)'이라고 하니 12년 만에 하늘을 한 바퀴 돈다. 남쪽은 '형혹(熒惑)'이라고 하니 740일 만에 하늘을 한 바퀴 돈다. 중앙은 '진성(鎭星)'이라고 하니 28년 만에 하늘을 한 바퀴 돈다. 서쪽은 '태백성(太白星)'이라고 하니 365일 만에 하늘을 한 바퀴 돈다. 북쪽은 '진성(辰星)'이라고 하니 365일 만에 하늘을 한 바퀴 돈다.]이라는 내용이 있는데, 그 출전을 『아희원람(兒戱原覽)』이라고 밝히고 있다. 『아희원람』〈부수휘(附數彙)〉에는 "五緯星. 歲星. [東方星. 十二年一周天.] 熒惑. [南方星. 七百四十日一周天.] 鎭星. [中央星. 二十八年一周天.] 太白. [西方星. 三百六十五日一周天.] 辰星. [北方星. 三百六十五日一周天.]"으로 되어 있으니, 이것을 『송남잡지』에서는 본문과 주석을 혼용시키되 여러 가지 수사적 기법을 사용하여 독자에게 친절한 형식의 문장을 만들어 낸 유형이라고 하겠다.

  『송남잡지』〈가취류(嫁娶類)〉「반함이우(飯含易于)」에서 "易則易, 于則于. 註, 含不使賤者, 君行則親含. 以邾公喪, 徐君使容居來弔, 欲坐含也. 易謂臣禮, 于謂君禮, 雜者, 居以臣, 欲行君禮也."["신하가 오면 우리도 신하의 예로 대접할 것이고 임금이 직접 오면 우리도 임금의 예로 대접할 것입니다."의 주석에서 "반함(飯含)은 천한 자에게 시키지 않는다. 임금이 행차하면 친히 반함한다."고 하였다. 주루(邾婁) 고공(考公)의 상(喪)에 서군(徐君)이 용거(容居)를 보내어 조문하고 반함하게 하였는데 용거가 "우리 임금께서 용거로 하여금 앉아서 반함하고 오라고 하였소."라고 하였다. '이(易)'는 신하의 예를 말하고 '우(于)'는 임금의 예를 말한다. '섞는 것'은 신하의 처지로 임금의 예를 행하는 것이다.]라는 내용을 『예기』〈단궁(檀弓)〉에서 인용하였다고 하였다. 이 글은 『예기주소』〈단궁〉에 "邾婁考公之喪, 徐君使容居來弔含曰, 寡君使容居坐含, 進侯玉, 其使容居以含. [注. 欲親含非也, 含不使賤者, 君行則親含.] 有司曰, 諸侯之來辱敝邑者, 易則易, 于則于. 易于雜者未之有也. [注. 易謂臣禮, 于謂君禮, 雜者, 容居以臣, 欲行君禮.]"라고 되어 있다. 이것과 『송남잡지』를 비교해 보면 『송남잡지』는 본문인 "易則易, 于則于."의 뒤에 앞 본문의 주석인 "欲親含非也, 含不使賤者, 君行

則親含."을 축약한 후 그 주석으로 서술하였다. 그리고『예기』의 본문
인 "邾婁考公之喪, 徐君使容居來弔含曰, 寡君使容居坐含, 以邾公喪,
徐君使容居來弔, 欲坐含也."를 "以邾公喪, 徐君使容居來弔, 欲坐含
也."로 축약하고, "易謂臣禮, 于謂君禮, 雜者, 容居以臣, 欲行君禮."는
"易謂臣禮, 于謂君禮, 雜者, 居以臣, 欲行君禮也."로 약간의 첨삭을 가
하여 본문의 형태로 연결하였다.

1-3-3-5. 자구의 수정에 의한 변개

유서의 인용 방식 중 하나는 독자가 이해하기 쉬운 글자로 원전의
글자를 대체 수정하는 것이다. 자구의 수정에 의한 변개의 목적은 문장
의 완성도를 제고하거나 가독성을 높이는 데 있다. 전체의 글 속에서
유기성을 지니는 문장을 추출하여 전재할 때에는 특유의 유기성이 상
실되기 때문에 부득이 자구를 수정하기도 한다. 또 유서는 상이한 스타
일의 수많은 인용문으로 편철되기 때문에 그것들 간에 통일성을 부여
하기 위하여 자구의 수정을 가하기도 있다.

가장 흔히 볼 수 있는 자구의 수정에 의한 변개 유형은 비교적 쉽고
간단한 글자로 대체하는 것이다.

『송남잡지』〈지리류〉「해외일구(海外一區)」에는 "古人謂我國爲老人
形, 而坐亥向巳, 開面有拱揖中國之狀, 故自昔忠順於中國, 且無千里
之水百里之野, 故不生大人, 西戎北狄與東胡女眞, 無不入帝中國, 而
獨我國無之, 惟謹守封疆, 恪修事大, 然驀在海外, 別是一區."[옛사람들
이 말하기를 "우리나라는 노인 형태이고 남남동쪽으로 얼굴을 들고 중국에 읍을
하는 형상이다. 그래서 예로부터 중국에 충성하고 순종하였다."고 하였다. 또
천 리 되는 물과 백 리 되는 들판이 없는 까닭에 큰 인물이 나지 않는다. 서융(西
戎)·북적(北狄)과 동호(東胡)·여진(女眞)이 중국에 들어가서 황제 노릇을 하지

않은 적이 없지만 오직 우리나라는 그런 적이 없다. 오직 봉강(封疆)만을 삼가 지키고 사대(事大)를 각별히 닦았다. 그러나 멀리 해외에 있기 때문에 별도의 한 구역이다.]라는 내용이 있는데, 그 출전은『택리지』로 명기되어 있다. 이 글은『택리지』〈복거총론(卜居總論)〉「산수(山水)」에 "古人謂我國爲老人形, 而坐亥向巳向, 西開面有拱揖中國之狀, 故自昔親昵於中國, 而且無千里之水百里之野, 故不生巨人, 西戎北狄與東胡女眞, 無不入帝中國, 而獨我國無之, 惟謹守封域, 不敢意他. 然蘙在海外, 別是一區."로 되어 있다. 양자를 비교해 보면『송남잡지』에서는『택지리』의 '巨人'과 '封域'을 '大人'과 '封疆'으로 각각 교체하였음을 알 수 있다. 조재삼은 전자보다 후자가 의미상 선명하다고 판단한 것이다.

『송남잡지』〈지리류〉「유경(柳京)」에 "箕子東來, 從者五千, 詩書禮樂醫巫陰陽卜筮百工皆隨, 患東俗强, 種柳柔其性, 故平壤稱柳京."[기자가 동쪽으로 올 때 따라온 자가 오천 명이였는데, 시·서·예·악을 익힌 학자와 의원·무당·음양가·점쟁이와 온갖 장인들이 모두 따라왔다. 그들은 우리나라의 풍속이 강건한 것을 두려워하여 버드나무를 심어서 성품을 부드럽게 하였다. 그래서 평양을 유경(柳京)이라고 칭한다.]이라는 내용이 있는데 그 출전은『아희원람(兒戲原覽)』으로 명기되어 있다. 이 글은『아희원람』〈국속(國俗)〉에 "箕子東來, 中國人隨者五千, 詩書禮樂醫巫陰陽卜筮百工皆從, 患東俗强, 種柳柔其性, 故平壤稱柳京."으로 되어 있다.『송남잡지』에서는 '中國人隨者'에서 '中國人'을 삭제하는 한편 '隨者'를 '從者'로 대체하였다. 그리고 뒤 이어서 사용된 '隨'는 '從'으로 바꾸었다.

다음은 표면적 의미는 다르지만 이면적 의미가 근사한 글자로 바꾸거나, 정제되지 않고 난해한 자구를 정돈된 형식과 쉬운 자구로 대체하여 가독성을 제고한 유형이다.

『송남잡지』〈기술류〉「태발필체(胎髮必剃)」에 "曆書有剃頭吉日, 丁不

剃頭之文, 諺云, 胎髮不剃腹痛."[책력에 머리를 깎는 길일이 있으니, 정일
(丁日)에는 머리를 깍지 말라는 글이 있다. 민간에서는 배냇머리를 깍지 않으면
배앓이를 한다고 말한다.]이라는 내용이 있는데, 그 출전은『지봉유설』로
명기되어 있다. 이 문장은『지봉유설』〈신형부(身形部)〉「모발(毛髮)」에
"曆書有剃頭吉日, 又有丁不剃頭之文, 古諺曰, 小兒不剃頭則腹痛, 是
也."라고 되어 있다. 『지봉유설』의 '古諺曰'을『송남잡지』에서는 '諺云'
으로 고쳤다. 또『지봉유설』의 '小兒不剃頭'를『송남잡지』에서는 '胎髮
不剃'로 고쳤다. 그 결과 문장이 보다 간명하고 의미가 선명하게 되었다.

『송남잡지』〈기술류〉「제면미(祭免米)」의 "傴巫跛覡"[곱사 무당, 절름
발이 박수]은『순자』〈왕제편(王制篇)〉의 "傴巫跛擊"을 인용한 것이다.
『순자』의 '擊'을『송남잡지』에서는 '覡'으로 알기 쉽게 바꾸었다. 만약
'擊'이라고 그대로 썼다면 그 의미를 파악하기 어려울 것이다.

『송남잡지』〈방언류〉「여반장(如反掌)」의 "以齊王猶反手也."[제나라
로 왕도정치를 하는 것은 손바닥을 뒤집는 것과 같습니다.]도 위의 예와 같은
유형이다. 이 문장은『맹자』〈공손추〉의 "以齊王由反手也."를 인용한
것이다. '由'는 '猶'의 의미인데, '由'는 아무래도 문장 해독을 어렵게
만든다고 판단하여 '猶'로 바꾼 것이다.『송남잡지』〈방언류〉「어망(魚
網)」의 "鴻則罹之."[큰 기러기가 걸리는구나.]도 같은 유형이다. 이는『시
경』〈패풍(邶風)〉「신대(新臺)」의 "鴻則離之."를 인용한 것이다. '離'는
'罹'의 의미인데, '離'라고 그대로 쓰면 난해할 수밖에 없다.

『송남잡지』〈세시류〉「여월(荔月)」에서 "十一月, 荔挺出."[11월에 여
정(荔挺)이 난다.]는 말을『예기』에서 인용하였는데,『예기』〈월령〉에는
"仲冬之月 …… 荔挺出."이라고 되어 있다.『예기』의 '仲冬之月'을『송
남잡지』에서는 알기 쉬운 '十一月'로 고쳐 쓴 것이다.

『송남잡지』〈농정류〉「대전삼견(代田三畎)」의 "文宗立田制, 不易田

爲上, 一易田爲中, 再易田爲下."[문종이 전제(田制)를 확립하여 바꿔가며 경작하지 않아도 되는 밭을 상등, 한 번 바꿔가며 경작하는 밭을 중등, 두 번씩 가꿔가며 경작하는 밭을 하등으로 삼았다.]는 『고려사』〈식화지(食貨志)〉의 "文宗八年三月判, 凡田品, 不易之地爲上, 一易之地爲中, 再易之地爲下."를 인용한 것인데, 의미를 분명하게 드러내기 위하여 '地'를 '田'으로 고쳤다.

『송남잡지』〈기술류〉「당화주역(唐畫周易)」의 "范縝所云, 人生如樹花, 隨風而落, 或拂簾幌, 落茵席之上, 或拂籬藩, 落厠溷之中."[범진(范縝)이 이른바 "인생은 나무의 꽃과 같아서 바람을 따라 떨어지는데, 어떤 것은 주렴·휘장을 스치고 방석 위에 떨어지고 어떤 것은 울타리를 스치고 측간 안에 떨어지기도 한다."이다.]이라고 하는 글의 원 출전은 『남사(南史)』, 「범진전(范縝傳)」의 "縝答曰, 人生如樹花, 同發隨風而墮, 自有拂簾幌, 墜於茵席之上, 自有關籬牆, 落於糞溷之中."이다. 『남사』의 '墮'와 '墜'를 『송남잡지』에서는 모두 의미가 같되 그보다는 쉬운 '落'으로 바꾸었다. 그리고 2번 사용된 '自有'는 모두 '或'으로 바꾸어 의미를 선명하게 하였다. 또 '關'은 '拂'로 '籬牆'은 '籬藩'으로 '糞溷'은 '厠溷'으로 바꾸어 의미를 선명하게 만들었다.

다양하고 풍부한 정보와 지식을 수록해야 하는 유서의 특성상 찬자는 다른 문헌에서 수많은 문장을 인용할 수밖에 없다. 다른 문헌의 문장을 그대로 전재할 때도 있지만, 그들 내용은 대부분 산만하여 응집력을 갖지 못하기에 유서의 찬자는 인용을 하는 과정에서 다양한 변개를 가한다.

유서의 찬자가 가장 많이 구사하는 변개의 유형은 축약으로, 불필요한 글자나 구절을 생략하는 '기계적 축약'과 축약에 의하여 야기되는 문법적 결함이나 의미적 모호함을 보완하기 위하여 자구를 보충하는 등의 '수사적 축약'이 있다. 축약이 가장 많이 이루어지는 문헌은 경전으로, 주로 기계적 축약이 사용된다.

원전을 축약 인용할 때는 문법·의미·수사상에서 부정합 현상이 파생되지 않을 수 없기에, 이를 보정하기 위하여 일정한 가공을 하기도 한다. 또 찬자가 원전 자체의 완성도에 불만을 갖고 임의대로 수정을 가할 때도 있다. 이를 '수사적 축약'이라고 한다.

'부연'은 독자가 이해하기 쉽도록, 인용한 원래의 내용에 임의대로 자구를 더하는 것이다. 유서의 특성상 부연은 축약보다 많이 사용되지는 않는다. 부연은 단독으로 사용되기도 하지만, 상당수는 도치나 축약에서 야기될 수 있는 부정합 현상이나 의미의 모호성을 보완하기 위한 목적으로 도치·축약과 함께 사용된다.

유서의 찬자가 타 문헌에서 필요한 문장을 인용할 때 내용은 적절하지만 형식적 구성이 그렇지 못하다고 판단하면, '도치'를 사용하여 변개를 가한다. 도치는 찬자의 의도에 따라 문장이나 구절·자구의 배열 순서를 뒤바꾸는 것이다. 도치에는 문장이나 구절·자구의 배열 순서만 뒤바꾸는 '기계적 도치'와, 도치 후에 발생하는 부정합 현상을 제거하기 위하여 자구를 첨가하거나 수정하는 '수사적 도치'가 있다. 도치는 경전을 인용하는 과정에서 빈번하게 발생한다. 그런데 이러한 것은 의도적인 도치라기보다는 경전을 암기하여 전사하는 과정에서 발생하는 오류이다. 타 문헌에서 문장을 인용하면서 자구의 배열 순서를 뒤바꿀 때는 부정합 현상이 발생하기 마련인데, 이를 해소하기 위해서 적당한 글자를 첨가하거나 기존의 글자를 다른 것으로 대체하는 등의 수사적 가공이 이루어진다. 또 불필요한 자구를 삭제하기도 한다. 이는 찬자가 기술의 목적을 염두에 두고 인용문을 수사적으로 가공하거나 인용문 자체의 완성도에 불만으로 갖는 것에서 기인한다. 이것이 '수사적 도치'인데, 부연·축약·자구의 수정 등을 동반하기도 한다.

유서의 변개에서 보이는 유형 중 하나는 본문과 주석을 혼용하여 하나의 문장으로 만드는 것이다. 물론 주석과 본문을 구별하지 못하여 양자를 착종시키는 것도 산견된다. 그러나 양자를 수사적으로 혼용하는 것은 찬자의 기술 의식이 적용된 변개에 해당한다. 오류에 의한 본문과 주석의 착종과 본문과 주석의 의도적 혼용의 차이는 수사적 가공의 유무로 구별할 수 있다. 즉 변개의 범주에 속하는 본문과 주석의 혼용은 자연스러운 문장으로 만들기 위하여 불필요한 자구를 과감하게 삭제하고 문법적 결함을 보정하거나 의미를 선명하게 하기 위하여 수사적 기법을 강구하게 마련이다.

유서의 인용 방식 중 하나는 독자가 이해하기 쉬운 글자로 글자를 대체 수정하는 것이다. 자구의 수정에 의한 변개의 목적은 문장의 완성도를 제고하거나 가독성을 높이는 데 있다. 전체의 글 속에서 본래 유기성을 지니는 문장을 추출하여 전재할 때 특유의 유기성이 상실되기 때문에 부득이 자구를 수정할 때가 있다. 또 유서는 상이한 스타일의 수많은 인용문으로 편철되기 때문에 그것들 간에 통일성을 부여하기 위하여 자구의 수정을 가하기도 한다. 표면적 의미는 다르지만 이면적 의미가 근사(近似)한 글자로 바꾸거나, 정제되지 않고 난해한 자구를 정돈된 형식과 쉬운 자구로 대체하여 가독성을 높이는 것도 있다.

수많은 문헌에서 절취(截取)한 문장으로 편철된 유서는 이상의 다양한 변개를 거쳐 독창적 가치를 부여받게 되는 것이다.

1-3-4. 조선 3대 유서의 관계 양상

한국학에서 『지봉유설』·『성호사설』·『송남잡지』는 그것이 담고 있는 자료적 가치의 측면에서 매우 중요하게 취급되고 있으며, 유서로서의 성격에 대한 연구 성과도 일정한 정도의 수준에 도달해 있다. 그러나 유서의 형성 과정과 특질에 대한 연구는 착수조차 못한 상태이다. 이와 같은 문제의식 하에 본 장에서는 조선 유서의 형성 과정과 특질을 규명하는 연구의 일환으로, '조선의 가장 대표적인 유서로 손꼽히는『성호사설』이 형성되는 과정에서『지봉유설』이 어떤 영향을 끼쳤는가? 또『송남잡지』가 형성되는 과정에서『지봉유설』이 어떤 영향을 주었는가?『송남잡지』가 만들어지는 과정에서『성호사설』이 어떤 영향을 주었는가?'라는 흥미로운 문제를 풀어보려고 한다.

기존의 연구에서『지봉유설』은 우리나라 최초의 유서로 이후의 유서 형성에 절대적인 영향을 주었다고 말해왔다. '이후의 유서'에는 물론『성호사설』이 포함되며, 그와 같은 주장은 별도의 검증과정 없이 그대로 신뢰되었다. 그러나 본 연구는 '과연 그럴까?'라는 문제를 제기한다.

1614년에 우리나라 유서의 효시라고 하는 이수광의『지봉유설』이 편찬되었고 그로부터 106년 뒤에 이익의『성호사설』이 나왔다. 그리고『성호사설』이 만들어진 때로부터 135년 만에 조재삼의『송남잡지』가 나왔다. 17세기에『지봉유설』이 나왔고 18세기에『성호사설』이 편찬되었고 19세기에『송남잡지』가 만들어졌다. 본 장에서는 '이러한 유서의 사적전개 구도가 체계적이고 계통적인 측면에서는 설득력이 있지만 실상은 그렇지 않다.'라는 가설을 제기하고 이를 증명하고자 한다. 이를 위해서『성호사설』이『지봉유설』을 인용한 양상,『송남잡지』가『지봉유설』과『성호사설』을 인용한 양상을 실증적 방법에 의거하여 검토하고자 한다.

1-3-4-1. 『성호사설』과 『지봉유설』의 관계 양상

이익은 이수광의 저작을 읽고 그의 인품과 문학을 높이 평가하였다.

우리 집에도 『지봉집』을 소장하고 있는데	儂家亦畜芝峯集
그의 탈속한 면모에 연거푸 감탄을 한다오	三復咨嗟出世髦[514]

위의 시에서 이익은 『지봉집』을 소장하고 있었을 뿐만 아니라 이수광의 초탈한 면모를 흠모하였다고 한다. 특히 이익은 이수광이야말로 당대 최고의 문장가라고 높이 평가하였다.[515] 이로 본다면 이익이 이수광으로부터 지적·문학적 측면에서 영향을 받았을 것으로 추정해 볼 수 있다. 그러나 유서가 대부분 다른 서적의 인용으로 구성된다는 특성에 입각하여 본다면 『성호사설』의 형성과정에서 『지봉유설』이 끼친 영향은 매우 미미하다. 방대한 『성호사설』에서 『지봉유설』이 직접 언급된 것은 7건에 불과하다. 그중에서 2건만 『성호사설』이 『지봉유설』의 내용을 그대로 인용한 것이고[516] 나머지 5건은 모두 이수광의 지식이 정확하지 못하다고 이익이 비판하는 것이다.

『성호사설』에서 언급된 『지봉유설』 관련 내용 중 일부는 다음의 예와 같이 이수광이 어휘의 의미나 쓰임을 정확하게 알지 못한다고 비판한 것이다.

---

514 『星湖全集』 「謹步前韻 七首」

515 • 世言文章家藪, 莫不曰芝峯李尙書之門, 比之崍嵼之於東岳也.(『星湖全集』 「分沙集序」)
　　• 翁之先祖芝峯子文章擅一時, 歷數世至悔軒學士, 趾美不替.(『星湖全集』 「誕隱稿跋」)

516 『성호사설』 〈천지문〉 「울릉도」에서 『지봉유설』 〈지리부〉 「도(島)」를 인용하였는데, 그대로 전재한 것이 아니라 잘못된 글자를 정정하여 인용하고 있다. 또 하나는 『성호사설』 〈시문문(詩文門)〉 「맹상고결(孟嘗高潔)」에서 왕발(王勃)의 「등왕각서(滕王閣序)」에 나오는 맹상(孟嘗)에 대하여 이수광이 '후한 때의 효자인 맹상'이라고 하였다는 말을 인용한 것이다.

지봉 이수광이 육구몽(陸龜蒙)의 시를 인용하여 말하기를 "중국 사람은 술을 빚는데 재[灰]를 많이 사용하였다."라고 말하니, 박식한 지봉이 또한 이 회주(灰酒)가 있는 줄은 미처 생각하지 못했던가?[517]

이수광은 『지봉유설』에서 의방(醫方)에서는 무회주(無灰酒)가 약에 들어간다고 주장하면서 육유(陸游)의 "당나라 사람은 적주(赤酒)·회주(灰酒)를 좋아한다."라는 시와 육구몽의 "술방울의 재향기는 지난 해와 같네."라는 구절을 그 근거로 제시한 바 있다.[518] 반면, 이익은 "회주(灰酒)란 재를 집어넣은 술이 아니라 범제(泛齊)나 예제(醴齊)와 같은 술"이라고 주장하였다. 범제란 술이 맛이 들면 찌꺼기가 둥둥 뜨는 것으로 의성료(宜城醪)와 같고, 예제란 술이 다 익으면 즙과 찌꺼기가 서로 조화로운 것이니 염주(恬酒)와 유사하다고 한다. 즉 회(灰)는 재가 아니라 찌꺼기란 의미라는 것이다.[519]

다음의 예시도 이수광이 어휘를 정확하게 알지 못한다고 비판한 것이다.

『주자어류(朱子語類)』에 '高䖦大䑨'이란 문자가 있다. 살펴보건대 유우석(劉禹錫)의 「제상행(堤上行)」에서 "저물녘에 발 올리고 장사치 불러들이니, 높다랗고 큰 배가 돛을 내리고 오네."라고 하였다. 아마 '軻峩'의 '峩'가 변해서 '䖦'로 된듯한데 높은 모양을 말한 것이다. 배를 가리키기

517 李芝峯引魯望詩謂: "中朝人醸酒多用灰." 芝峯之博, 亦不及此耶?(『星湖僿說』〈萬物門〉「灰酒」)
518 中朝人醸酒多用灰, 故醫方以無灰酒入藥. 陸放翁言: "唐人喜赤酒·灰酒", 陸魯望詩: "酒滴灰香似去年", 此也.(『芝峯類說』〈食物部〉「酒」)
519 朱子書有飲酒有灰之語, 灰者滓也. 陸放翁言唐人喜赤酒灰酒, 陸魯望詩酒滴灰香似去年, 是也. 周官酒正辨五齊之名, 泛齊者, 成而滓泛泛然, 如今宜城醪, 醴齊者, 成而汁滓相將, 如恬酒.(『星湖僿說』〈萬物門〉「灰酒」)

에 艖자도 舟자 변에 썼다.『지봉유설』에는 '珂峩'로 되었으니, 무엇을 근거로 한 것인지 알 수 없다.[520]

『주자어류』에 '艖'라는 글자가 보이는데[521] 이익은 이 글자를 유우석의 「제상행」에 나오는 '軻峨'라는 시어 중 '峨'자가 변한 것이라고 주장하였다. 그런데 이수광은『지봉유설』에서 허난설헌의 '珂峨大艑頭'라는 시구가 유우석의 '珂峨大艑落帆來.'를 표절한 것이라고 비판한 바 있다.[522] 이에 대하여 이익은 지봉이 '軻峨'를 '珂峨'라고 한 근거를 알 수 없다고 의문을 제기하였다.

다음의 예시도 이수광이 어휘의 쓰임을 정확하게 알지 못한다는 비판이다.

> 왕세정(王世貞)은, "육기(陸璣)의『모시초목조수충어소(毛詩草木鳥獸蟲魚疏)』에서 '쓴 술에 안주(按酒)로 삼을 만하다.'[523]라고 하였고 매요신(梅堯臣)의 시에서도 '안주(按酒)'란 어휘를 많이 썼다.[524] 지금 시속에서 '첨안(添按)'이라고 하는 말은 여기서 나온듯하다."라고 하였다.

---

520 朱子語類有高艖大艑字, 按劉夢得堤上行云: "日晩上簾招賈客, 軻峨大艑落帆來." 蓋變軻峨爲高艖高貌也. 指舟故舟+我亦從舟. 芝峯類說作珂峩, 未知何攷.(『星湖僿說』〈詩文門〉「高艖大艑」)

521 看文字, 當如高艖大艑, 順風張帆, 一日千里, 方得.(『朱子語類』「讀書法」)

522 齊僧寶月作估客詞曰: "郞作十里行, 儂作九里送, 拔儂頭上釵, 與郞資路用" 今蘭雪軒集中, 竊取全文, 可笑. 又曰: "珂峨大艑頭, 何處發楊州, 借問艑上郞, 見儂所歡不" 按劉禹錫詞, "珂峨大艑落帆來", 乃用此也.(『芝峯類說』〈文章部〉「旁流」)

523 荇一名接余, …… 鬻其白莖, 以苦酒浸之, 脆美可案酒.(『毛詩草木鳥獸蟲魚疏』「參差荇菜」)
*왕세정(王世貞)의『엄주사부고(弇州四部稿)』에 '苦'가 '若'으로 오기되어 있는데,『성호사설』은 이것을 그대로 전재하였다.

524 梅堯臣의「楊公蘊得穎人分餉鮐分餉幷遺楊叔恬」,「文惠師贈新筍」,「水邱於西湖 …… 今三得三詠之」에 '按酒'란 시어가 보임.

『지봉유설』에서도 이 말을 인용하여 증거로 삼았으니, 모두 깊이 상고
하지 못한 것이다. 『의례』〈사혼례(士昏禮)〉「친영부지(親迎婦至)」조
에서, "찬자(贊者)가 술을 올릴 때 간(肝) 구이를 잇달아 올리니 신랑은
모두 그것으로 진제(振祭)를 드린 뒤에 맛을 본다."라고 하였는데, 정현
(鄭玄)의 주석에서, "간(肝)은 간자(肝炙)이다. 술을 마시면 마땅히 효
(肴: 안주)가 있어야 하니, 속을 편하게 하려는 것이다."라고 하였다.
지금 세속에서 주효(酒肴)를 '안주(安酒)'라고 이르는데, 한나라 시대로
부터 이미 이 말이 있었다. 왕세정의 박식으로도 오히려 이에 미치지
못했단 말인가?[525]

위의 글은 이익이 '按酒'는 틀린 말이고 '安酒'가 맞다고 논한 것이다.
왕세정은 육기의 저술과 매요신의 시에 이미 '按酒'란 어휘가 사용되었
다는 사실을 논증한 바 있는데, 이에 대하여 이익은 '식견이 부족한 말'
로 일축하고, 이수광이 왕세정의 잘못된 논증을 그대로 수용하였다고
비판하였다.

이수광이 『지봉유설』에서 안주에 대하여 언급한 것은 다음과 같다.

『이아』에서 "안주란 곧 술을 먹기 위한 반찬"이라고 하였고 매성유(梅
聖兪)의 시에서 이 말을 많이 썼다. 또 당나라 이화(李華)의 글에서 "바라
는 것은 술 한 잔, 과일 한 접시, 고기 포와 생선포 좌반뿐."[526]이라고
하였다. 지금 민간에서 안주, 좌반(佐飯)이라고 하는 말은 오래 전부터
사용된 듯하다.[527]

525 王世貞云:"陸機草木疏, 若可按酒, 梅宛陵詩多用按酒字, 今俗云, 添按, 盖出於此."芝
峯類說亦引以爲證, 皆未有深攷. 士昏禮親迎婦至條:"贊以肝從, 皆振祭, 嚌肝."鄭玄
註,"肝肝炙也. 飲酒宜有肴以安之."今俗謂酒肴爲安酒, 自漢時已有此語, 王之博, 尚未
及此也?(『星湖僿說』〈詩文門〉「安酒」)
526 所欲者, 酒一盛果一器腒鱐佐飯而已.(『李退叔文集』「言嶭」)
527 爾雅曰:"按酒, 下酒也"梅聖兪詩多用之. 又唐李華文曰:"所欲酒一盛果一器, 腒鱐佐飯

위 글의 내용으로 본다면『지봉유설』이 왕세정의 글을 인용했다고
볼 근거는 명확하지 않다. 그런데 이익은『지봉유설』의 "매성유의 시에
서 이 말을 많이 썼다."는 문장이 왕세정의 말의 인용이라고 생각한듯
하다. 이익은 안주(按酒)라고 쓰는 것은 잘못이고 안주(安酒)라고 하는
것이 옳은데, 왕세정이 이에 대해서 잘못 논증하였고 그것을 이수광이
그대로 수용하였다고 비판을 한 것이다.

다음은 이수광이 전고(典故)를 정확하게 알지 못한다는 이익의 비판
이다.

> 『지봉유설』에서 "당 무종이 병이 위독하자 맹재인(孟才人)이 가까이
> 에서 노래를 부르고 피리를 불면서 시중을 들었다. 무종이 그를 지목하
> 며 '나는 더 살지 못할 것이다. 너는 어쩌려느냐?'라고 말을 하자 재인이
> 울면서 '저도 죽기를 청합니다.'라고 아뢰고 드디어 한 가락 하만자(何滿
> 子)를 노래하다가 기(氣)가 막혀서 그 자리에서 죽었다. 장우(張祐)의
> 시는 바로 이 일을 말한 것이다."라고 말하였다. 그렇지만 이는 그렇지
> 않다. 맹재인이 노래한 것은 곧 장우가 심교교(沈翹翹)를 두고 읊은 시였
> 는데, 기가 막혀서 그 자리에서 죽었기에 장우의 시에 또, "도리어 한
> 가락 하만자를 노래하니 황천에서 옛 궁인을 조상하네."라고 하였으니,
> 장우의 궁사는 심교교를 가리킨 것이지 맹재인은 아니다.[528]

이수광은『지봉유설』에서 장우(張祐)의 궁사(宮詞)가 맹재인(孟才人)
의 고사를 염두에 두고 지은 것이라고 주장하였다.[529] 그런데 이익은

而已." 今俗按酒佐飯之稱, 蓋久矣.(『芝峯類說』〈語言部〉「俗諺」)
[528] 芝峯類說云: "唐武宗疾篤, 孟才人以歌笙密侍左右, 上目之曰: '吾當不諱, 爾何爲哉?'
才人泣曰: '請就死', 乃歌一聲何滿子, 氣亟立殞. 張詩卽此事也." 此則不然. 孟才人所歌
卽張祐詠沈翹翹詩, 而氣亟立殞, 故祐詩又云: "却爲一聲河滿子, 下泉須吊舊宮人." 則
祐之宮詞, 指沈翹翹而非孟才人矣.(『星湖僿說』〈經史門〉「河滿子」)

『성호사설』에서 장우의 궁사는 당나라 문종 때 심교교(沈翹翹)라는 궁인의 일을 두고 지은 것이라고 이수광의 주장을 반박하고 있다.

다음은 이수광이 산술(算術)에 어둡다고 이익이 비판한 것이다.

> 지봉 이수광이 "'황제(黃帝)가 들을 구획해서 주(州)로 나누어서 100리가 되는 나라 1만 구(區)를 얻었다.'고 하였다. 그런데 중국 땅은 동·서·남·북이 1만 리에 불과한데, 어떻게 그 많은 1만 구를 얻을 수 있겠는가?"라고 하였는데, 이는 산술을 알지 못하는 말이다. 땅이 사방천 리라면 1백 리가 되는 나라가 백개이고, 땅이 사방 1만 리라면 1천리가 되는 나라가 백개다. 100에 100을 곱한다면 어찌 1만 구가 되지 않겠는가?[530]

이수광은『사기』에서 "황제(黃帝)가 들을 구획하여 주를 나누어 100리가 되는 나라 1만구를 얻었다."[531]라고 하는 기록은 억지소리라고 비판하였다.[532] 그런데 이익은 이수광의 이러한 주장이 산술을 몰라서 하는 소리라고 비판한 것이다.[533]

앞에서 살펴본 바와 같이 이익은 이수광의『지봉유설』에서 인용하였

---

529 張祐詩曰: "故國三千里, 深宮二十年, 一聲何滿子, 雙淚落君前." 按唐武宗疾篤, 孟才人以歌笙密侍左右, 上目之曰: "吾當不諱, 爾何爲哉? 才人泣曰: '請就死' 乃歌一聲何滿子氣亟立殞. 詩語蓋紀此事也."(『芝峯類說』〈文章部 四〉「唐詩」)

530 芝峯云: "黃帝畫野分州. 得百里之國者萬區, 中國之地東西南北, 不過萬里, 安得萬區之多." 此不知算術之言也. 地方千里則爲百里之國者, 百也. 地方萬里則爲千里之國者, 百也. 以百乘百, 豈不得爲萬區耶?(『星湖僿說』〈詩文門〉「畫野分州」)

531 『사기』가 아니라『전한서』〈지리지〉에 있는 내용임. "昔在黃帝, 作舟車以濟不通, 旁行天下, 方制萬里, 畫壄分州, 得百里之國萬區."

532 史記, 黃帝畫野分州, 得百里之國萬區, 夫中國之地東西南北, 不過萬里, 安得萬區之多? 其謂自中國以達四裔者, 亦强說爾.(『芝峯類說』〈諸國部〉「郡邑」)

533 『성호사설』에「산술(算術)」이 있는 것으로 보아 성호는 실제로 산술에 관심이 있었던 것으로 추정된다.

다고 밝힌 것은 단 2건이면 나머지 5건은 모두 이수광의 주장을 반박하는 인용이다. 그러나 반박하기 위한 인용은 인용이라고 할 수도 없다. 이상의 결과로 볼 때, 적어도 문헌상으로는 『성호사설』이 『지봉유설』으로부터 영향을 받아 만들어졌다고 단정할 수는 없다.

1-3-4-2. 『송남잡지』와 『지봉유설』의 관계 양상

『송남잡지』에서 인용 빈도가 높은 우리나라의 문헌으로 『지봉유설』·『고려사』·『택리지』·『아희원람』·『반계수록』·『동국여지승람』·『성호사설』 등을 들 수 있다. 그중에서도 가장 인용 빈도가 높은 문헌은 『지봉유설』로, 인용 사실을 밝힌 것이 323번이다. 『성호사설』의 인용은 그보다 적은 48번이다. 다른 문헌의 인용 양상도 그러하듯이 인용 사실을 밝히지 않은 상당수의 『지봉유설』과 『성호사설』의 전재까지 추가한다면 그 수는 더욱 늘어난다.

단순하게 인용의 횟수만 놓고 본다면 『송남잡지』의 형성에 가장 큰 영향을 준 문헌은 『지봉유설』이라고 할 수 있다. 그러나 『송남잡지』는 『지봉유설』을 단순 전재하지 않고 나름의 편찬 의식에 따라 가공하고 분류하였다. 이는 『지봉유설』이 『송남잡지』의 형성에 큰 영향을 미친 것이 사실이지만, 조재삼은 『송남잡지』를 편찬할 때 『지봉유설』과의 변별성을 분명히 하였음을 의미한다.

다음은 『송남잡지』가 『지봉유설』과 『성호사설』을 인용한 양상에 대한 분석이다.

1-3-4-2-1. 축약 인용의 유형

다음은 기술(記述)의 목적에 부합되지 않는 글자나 구절을 생략하는 기계적 축약의 예이다.

癸巳元日, 白氣三道, 自西北亘天, 橫貫太陽, 傍有雙虹圍暈二匝, 識者, 以爲勝敵之象, 越七日, 天兵克平壤. [계사년 정월 초하루에 세 줄기 흰 기운이 서북쪽에서부터 하늘에 뻗쳐 가로로 태양을 관통하였으며, 곁에는 쌍무지개가 있는데, 해를 두른 무리가 두 겹이었다. 식견이 있는 사람들이, "이것은 적에게 이길 형상이다."라고 하였는데 7일이 지난 뒤에 명나라 군사가 평양에서 승리하였다.] (『芝峯類說』〈災異部〉「災眚」』)

→ 癸巳元日, 白氣亘天, 越七日, 天兵克平壤. [계사년 정월 초하루에 흰 기운이 하늘에 뻗치더니 7일이 지난 뒤에 명나라 군사가 평양에서 승리하였다.] (『松南雜識』〈天文類〉「白氣雄軍」)

하늘의 흰 기운[白氣]은 상서(祥瑞)를 상징하는 것으로 이수광은 이를 『지봉유설』〈재이부(災異部)〉「재생(災眚)」에 편재하였다. 그러나 조재삼은 이를 『송남잡지』〈천문류(天文類)〉에 편재하였으니, 기이한 현상이 아니라 자연의 한 현상이라는 견해이다. 『송남잡지』에서는 백기(白氣)의 신비로운 모습을 형용한 것이 불필요하다고 생각하고 과감히 축약을 한 것이다.

다음은 수사적 축약의 예이다.

佛祖龍樹少時, 與同志三人學隱身術, 入王宮數月, 宮中美人懷妊者衆, 後悔入山成道云. [불조(佛祖) 용수(龍樹)가 젊을 때 친구 3명과 은신술을 배워 왕궁에 몇 달간 잠입하였더니 궁중의 미인 중에 임신한 사람이 많았다. 뒤에는 뉘우치고 산으로 들어가 도를 이루었다고 한다.] (『芝峯類說』〈外道部〉「禪門」)

→ 佛祖龍樹, 學隱身術, 入王宮數月, 宮中多孕, 後悔入山云. [불조 용수가 은신술을 배워 왕궁에 몇 달간 잠입하여 궁중에서 많은 사람을 임신시켰는데, 뒤에는 뉘우치고 산으로 들어갔다고 한다.] (『松南雜識』〈技術類〉「龍樹隱身」)

『송남잡지』는『지봉유설』의 원문을 부분적으로 축약을 하는 동시에
'懷妊者衆'을 '多孕'으로 간략하게 만들었다. 이수광은 이 이야기를『지
봉유설』〈외도부(外道部)〉「선문(禪門)」에 편재하였지만, 조재삼은『송
남잡지』〈기술류(技術類)〉에 편재하고 「용수은신(龍樹隱身)」이라고 제
목을 붙였다. 따라서『지봉유설』에서는 불조(佛祖) 용수(龍樹)의 '成道'
가 중요한 내용이지만『송남잡지』는 은신술(隱身術)이라는 술법(術法)
에 서술목적을 맞추고 있으므로 '成道'를 불필요하다고 생각하고 삭제
한 것으로 보인다.

1-3-4-2-2. 부연 인용의 유형

다음은 다른 문헌에서 인용을 하면서 의미를 선명히 하기 위하여 자
구를 보강한 부연의 일례이다.

> 草木無情而何首烏石楠有雌雄之感. 禽獸有偶而靈狸自爲牝牡, 蓋物
> 異也. [초목은 무정물(無情物)이지만 하수오(何首烏)나 석남(石楠)은 암
> 수가 교감(交感)을 한다. 짐승은 짝을 짓게 마련이지만 영리(靈狸)는 혼자
> 서 암수가 되니, 이상한 동물인 듯하다.] (『芝峯類說』〈災異部〉「物異」)
> → 草木無情而何首烏石楠有雌雄之感. 禽獸有偶而靈狸自爲牝牡, 又
> 類自爲雌雄, 蓋物異也 . [초목은 무정물이지만 하수오나 석남은 암수가
> 교감을 한다. 짐승은 짝을 짓게 마련이지만 영리는 혼자서 암수가 된다.
> 또 유(類)도 혼자서 암수가 되니 이상한 동물인 듯하다.] (『松南雜識』
> 〈祥異類〉「草木雌雄」)

『송남잡지』는 암수 한 몸인 동물에 대한 내용을『지봉유설』에서 인
용하면서 중간에 암수 한 몸인 유(類)라는 동물을 하나 더 추가함으로써
내용을 더욱 풍부하게 만들었다.

1-3-4-2-3. 도치 인용의 유형

다음은 다른 문헌에서 필요한 부분을 인용할 때, 내용은 적절하지만 구성 형식은 그렇지 못하다고 판단하여 구절·자구·문장의 순서를 뒤바꾸고 수사적 변개를 가한 도치의 일례이다.

> 陽先於陰, 而不曰陽陰, 必曰陰陽者, 蓋往來交合之義, 如雌雄牝牡云耳. [양이 음보다 우선인데 '양음'이라고 말하지 않고 반드시 '음양'이라고 말하는 것은 왕래교합(往來交合)의 의미인 듯하니, '자웅(雌雄)'·'빈모(牝牡)'라고 말하는 것과 같다.] (『芝峯類說』〈文字部〉「文義」)
> → 陽先於陰, 而不曰陽陰, 必曰陰陽者, 如雌雄牝牡, 蓋往來交合之義. [양이 음보다 우선인데 '양음'이라고 말하지 않고 반드시 '음양'이라고 말하는 것은 '자웅(雌雄)'·'빈모(牝牡)'라고 말하는 것과 같다. 왕래교합의 의미인 듯하다.] (『松南雜識』〈稽古類〉「陰陽」)

조재삼은 『지봉유설』과 달리 '음양(陰陽)'과 같은 짜임의 어휘인 '자웅(雌雄)·빈모(牝牡)'를 먼저 예시하고 그들 어휘의 짜임 이유를 뒤로 돌려 총괄하는 것이 바람직하겠다고 판단하여 위와 같이 구절의 순서를 바꾸었다.

다음은 다소 복잡한 도치의 일례이다.

> ①東晉時, 地生白毛, 孫盛以爲人勞之異. ②宋高宗時, 地生白毛, 童謠曰: "地上白毛生, 老少一齊行." ③姜沆言在倭中, 目見天雨毛連日不止. ④頃在戊申己酉年間, 天雨木實者屢矣. [동진 때 땅에서 흰털이 났다. 손성(孫盛)은 '사람들이 피로할 변이'라고 하였다. 송나라 고종 때에는 땅에서 흰털이 나니 동요에서 "땅에서 흰털이 나니 늙은이나 어린애나 모두 간다."라고 하였다. 강항(姜沆)이 말하기를 "왜에 있을 때 여러 날 하늘에서 털이 비로 내리는 것을 보았다."라고 하였다. 무신년과 기유년

사이에 여러 차례 과일이 비로 내렸다.] (『芝峯類說』,〈災異部〉「災眚」)

→ ④戊申己酉年間, 天雨木實者屢矣. ③姜沆言在倭中, 天雨毛連日不止, 按武帝時, 雨白氅. ①東晉時, 地生白毛, 孫盛以爲人勞之異, ②宋高宗時, 有謠云: "地生白毛, 老少一齊行."[무신년과 기유년 사이에 여러 차례 과일이 비로 내렸다. 강항이 말하기를 "왜에 있을 때 여러 날 하늘에서 털이 비로 내렸다."고 하였다. 고찰해보건대, 한 무제 때에 흰털이 비로 내렸다.(이수광이 말하기를) 동진 때 땅에서 흰털이 났다. 손성은 '사람들이 피로할 변이'라고 하였다. 송나라 고종 때에는 '땅에서 흰털이 나니 늙은이나 어린애나 모두 간다.'는 참요(讖謠)가 있었다.] (『松南雜識』,〈天文類〉「雨實雨毛」)

위에서 예시한 글에서 『송남잡지』는 『지봉유설』을 인용하면서 문장 4개의 순서를 모두 바꾸었다. 『지봉유설』〈재이부〉에 편재되어 있던 것을 『송남잡지』에서는 자연의 일 현상으로 보고 〈천문류〉에 편재하였다. 따라서 조재삼은 '우실우모(雨實雨毛)'가 우리나라에서 발생했다는 사실이 가장 중요하고 그 다음은 우리나라 사람이 직접 보았다는 증언이 중요하다고 판단했기에 이들 문장을 앞으로 끌어낸 것으로 보인다.

1-3-4-2-4. 축약·부연·도치 인용의 유형

유서에서 인용을 할 때 불필요한 부분을 축약한 후에 보충할 필요가 있는 내용을 덧붙이고 구절의 순서를 뒤바꾼 복합적 변개의 유형이 있다.

다음은 그 일례이다.

①千金木能辟邪. 今俗截而爲佩, 以爲辟瘟. 其脂曰安息香. 又其實曰五倍子, 有蚊子滿其中, 一名蚊蛤. ②我國所在有之. 按稗史云, 安息香

樹出波斯國, 呼爲辟邪樹, ③豈中國所無耶. [천금목(千金木)은 사기(邪氣)를 물리칠 수 있다. 지금 민간에서 이것을 잘라서 몸에 지니니 돌림병을 막기 위함이다. 그 기름을 안식향(安息香)이라 한다. 또 그 열매를 오배자(五倍子)라고 하는데, 모기가 그 속에 가득하기 때문에 문합(蚊蛤)이라도 한다. 우리나라에는 어디에나 이것이 있다. 패사(稗史)를 살펴보니 "안식향 나무는 파사국(波斯國)에서 나는데, 이것을 벽사수(辟邪樹)라고 부른다."라고 하니 어찌 중국에 없는 것이랴?] (『芝峯類說』〈卉木部〉「木」)

　　→ ③中國所無, ②我國所有者, ①能辟邪, 今俗截爲佩辟瘟, 其脂曰安息香. 醫書曰: "其色黃黑, 燒之鬼懼神散." 其實曰五倍子, 有蚊滿其中, 故名蚊蛤. [중국에는 없고 우리나라에 있는 것이다. 사기(邪氣)를 물리칠 수 있다. 지금 민간에서 이것을 잘라서 몸에 지녀 돌림병을 막는다. 그 기름을 안식향이라 한다. 의서에서 "그 색깔은 황흑색인데, 태우면 귀신이 두려워 흩어진다."라고 하였다. 그 열매를 오배자(五倍子)라고 하는데, 모기가 그 속에 가득하기 때문에 문합(蚊蛤)이라 한다.] (『松南雜識』〈花藥類〉「安息香」)

위의 글에서 『송남잡지』는 『지봉유설』을 인용하면서, 그 내용 중 일부를 상반되게 변형하였다. 이수광은 "중국의 패사(稗史)에 안식향(安息香) 나무에 대한 기록이 있으니 이 나무가 중국에 있을 것."이라고 주장하였다. 그러나 조재삼은 "안식향 나무는 중국에 없고 우리나라에만 있다."고 생각하였다. 그렇기 때문에 조재삼은 안식향 나무의 유무에 대한 사항을 가장 앞으로 돌렸으니, 이는 『송남잡지』가 인용한 『지봉유설』의 내용과 상반되기 때문에 우선적으로 거론할 필요가 있다고 여긴 것으로 보인다. 그렇기 때문에 이수광이 중국에도 안식향 나무가 있다는 근거로 제시한 패사의 인용은 삭제하였다. 대신 안식향의 의약적(醫藥的) 정보를 보강하기 위하여 의서의 기록을 부연하였다.

또 다른 하나의 예를 보도록 한다.

①謂燕云: "知之謂知之, 不知謂不知, 是知也." 劉貢父對以鵓鴣云: "觚不觚, 觚哉, 觚哉?" ②余謂蛙鳴云: "獨樂樂, 與衆樂樂, 孰樂." 以此作對則出於語孟, 似爲尤好. [(왕안석이) 제비소리라고 하여 "지지위지지, 부지위부지, 시지야.(知之謂知之, 不知謂不知, 是知也.)"라고 하였다. 유반(劉攽)이 이것에 대를 맞추어 집비둘기의 소리라고 하면서 "고부고, 고재, 고재?(觚不觚, 觚哉, 觚哉?)"라고 하였다. 나는 개구리의 울음소리라고 하여, "독악락, 여중악락, 숙락?(獨樂樂, 與衆樂樂, 孰樂?)"이라고 하였다. 이것으로 대(對)를 만들면『논어』와『맹자』에서 나온 말이기에 더욱 좋을 것 같다.] (『芝峯類說』〈語言部〉「諧謔」)

→ ②世傳, 其鳴似獨樂樂, 孰如與人樂樂, 與人樂樂, 孰如與衆樂樂, 謂讀孟子, 亦似①燕語, 知之謂知之, 不知謂不知, 是乃知也, 謂讀論語. [세상에 전하기를 "그 우는 소리가 마치 '독악락, 숙여여인악락, 여인악락, 숙여여중악락.(獨樂樂, 孰如與人樂樂, 與人樂樂, 孰如與衆樂樂.)'이라고 말하는 듯하니『맹자』를 읽었다고 할 만하다."라고 하였다. 또 "제비의 지저귐은 '지지위지지, 부지위부지, 시내지야.(知之謂知之, 不知謂不知, 是乃知也.)'라고 말하는 듯하니『논어』를 읽었다고 할 만하다."라고 하였다.] (『松南雜識』〈蟲獸類〉「螻蟈蝌蚪」)

동물의 울음소리와 비슷하게 소리 나는 경전의 문구를『지봉유설』에서는 재미난 이야기로 간주하여 〈어언부〉「해학」에 편재하였던 것을 『송남잡지』에서는 동물에 대한 지식의 기록인 〈충수류〉「누괵과두(螻蟈蝌蚪)」에 편재하였다. 『송남잡지』에서는 '개구리'에 대한 항목이므로 개구리 울음소리와 유사하다는『맹자』의 구절을 가장 앞으로 끌어왔다. 그리고 그것과 대우가 되는『논어』로 짝을 맞추었다. 따라서 유반(劉攽)과 관련된 구절은 불필요하다고 판단하여 삭제 축약하였다.

1-3-4-2-5. 자구 변개 인용의 유형

다음은 내용상 큰 차이는 없지만 수사적 측면에서 볼 때 인용이라고 보기 힘들 정도로 변개가 이루어진 유형의 일례이다.

> 眞臘美人酒, 美人口中含而造之, 一宿而成. [진랍(眞臘)의 미인주(美人酒)는 아름다운 여인이 입 속에 넣고 만드는데, 하룻밤이 지나면 완성된다.] (『芝峯類說』〈食物部〉「酒」)
>
> → 眞臘國, 一宿酒, 衆人夜坐, 一口爵米爲酒, 一夜, 爲天下美味云. [진랍국(眞臘國)의 일숙주(一宿酒)는 여러 사람들이 밤에 앉아 한 입씩 쌀을 씹어서 술을 만드는데, 하룻밤이 지나면 천하의 훌륭한 맛이 된다고 한다.] (『松南雜識』〈衣食類〉「一宿酒」)

『지봉유설』에서 '미인주(美人酒)'라고 한 것을 『송남잡지』에서는 '일숙주(一宿酒)'로 이름을 바꾸었다. 따라서 『송남잡지』는 『지봉유설』에서 그 내용을 인용하면서도 '일숙주'라는 이름의 유래를 설명하기 위해서 내용을 상당한 수준으로 변개하였다.

이외에도 『송남잡지』〈세시류〉「육갑(六甲)」은 『지봉유설』〈시령부〉「세시(歲時)」를 변개하여 인용한 것이지만, 그 변개의 정도가 매우 크다. 또 『송남잡지』〈계고류〉「정야포로(政也蒲蘆)」는 『지봉유설』의 〈문장부〉「당시」를 변개 인용한 것으로 보이지만, 인용과 피인용의 관계가 성립되지 않을 정도로 양자의 내용이 상이하다.

1-3-4-2-6. 오류 정정 인용의 유형

유서가 다른 서적에서 글을 인용할 때 원출전의 오류를 그대로 답습할 때도 있지만, 반대로 그 오류를 정정하여 인용할 때도 있다.

다음은 『송남잡지』가 『지봉유설』을 인용하면서 오류를 정정한 일례이다.

　　俗謂父曰阿父, 謂母曰阿孆. 疾痛則呼阿爺, 驚恐則呼阿母, 此卽屈原
　所謂疾痛慘怛, 未嘗不呼父母之義也. [우리나라에서 아버지를 '아부(阿
　父)'라 하고 어머니를 '아미(阿孆)'라고 한다. 아프고 고통스러우면 '아야
　(阿爺)'를 부르고 놀라고 두려우면 '아모(阿母)'를 부르니 이것이 바로
　굴원(屈原)이 이른바 "아프고 고통스러우며 처참하고 슬프면 일찍이 부
　모를 부르지 않음이 없다."라고 한 의미이다.] (『芝峯類說』〈語言部〉「俗
　諺」)
　　→ 俗謂父曰阿父, 謂母曰阿孆. 疾痛則呼阿爺, 驚恐則呼阿母. 卽馬
　史所謂疾痛慘怛, 未嘗不呼父母之義也. [우리나라에서 아버지를 '아부
　(阿父)'라 하고 어머니를 '아미(阿孆)'라고 한다. 아프고 고통스러우면
　'아야(阿爺)'를 부르고 놀라고 두려우면 '아모(阿母)'를 부르니 사마천
　의 『사기』에서 이른바 "아프고 고통스러우며 처참하고 슬프면 일찍이
　부모를 부르지 않음이 없다."[534]라고 한 의미이다.] (『松南雜識』〈方言
　類〉「阿爺阿母」)

　『지봉유설』에서는 "疾痛慘怛, 未嘗不呼父母."를 굴원의 말이라고 하
였지만, 이것은 『사기』「굴원열전(屈原列傳)」에 나오는 말일 뿐이다. 이
처럼 『지봉유설』에서 범한 오류를 『송남잡지』에서 바로잡아서 인용하
였다.
　다음에서 동일한 유형 하나를 더 들어 보도록 한다.

　　『이아』에서 "새가 왼쪽 날개로 오른쪽을 덮으면 수컷이고, 오른쪽 날
　개로 왼쪽을 덮으면 암컷이다."라고 했다. [爾雅云: "鳥翼左掩右爲雄,
　右掩左爲雌."] (『芝峯類說』〈禽蟲部〉「鳥」)

---
534 疾痛慘怛, 未嘗不呼父母也.(『史記』「屈原賈生列傳」)

→ 爾雅曰: "鳥翼右掩左爲雄, 左掩右爲雌." [『이아』에서 "새가 오른쪽 날개로 왼쪽을 덮으면 수컷이고, 왼쪽 날개로 오른쪽을 덮으면 암컷이다."라고 했다.] (『松南雜識』 〈魚鳥類〉 「鳥翼雌雄」)

『지봉유설』에서 인용한 『이아』의 내용은 "鳥之雌雄不可別者, 以翼右掩左雄, 左掩右雌."이다. 따라서 『지봉유설』은 『이아』의 내용을 정반대로 기술하여 심각한 오류를 범하고 있다. 그런데 『송남잡지』에서는 『이아』의 원문대로 기술하여 『지봉유설』의 오류를 정정하여 인용하였다.

1-3-4-2-7. 분류 범주의 변경

위에서 살펴본 바와 같이 조재삼은 『지봉유설』에서 많은 내용을 인용을 하였지만, 단순 전재를 하지 않고 대부분 상당한 가공을 하였다. 그와 같이 가공을 가한 이유는 사물과 현상에 대한 가치관과 시각의 상이함에 있다. 다음에 제시한 조견표를 보면 『송남잡지』는 『지봉유설』과 동일한 내용에 대하여 범주를 달리하여 편재하였음을 알 수 있다.

번호	『지봉유설』		『송남잡지』	
	부(部)	칙(則)	유(類)	칙(則)
1	災異部	災眚	天文類	歲星守我
2	天文部	星	天文類	歲星守我
3	天文部	日月	天文類	月體本黑
4	災異部	災眚	天文類	白氣雄軍
5	災異部	災眚	天文類	雹大如卵
6	文字部	字義	天文類	投壺爲嚼
7	天文部	雨雪	天文類	男女雲雨
8	災異部	災眚	天文類	雨實雨毛

9	時令部	節序	歲時類	怛忉樂遊
10	語言部	謬誤	歲時類	頒曆
11	文字部	文義	歲時類	二十念
12	天文部	日月	歲時類	初更人定
13	禽蟲部	鳥	歲時類	驢午鷄晨
14	時令部	歲時	歲時類	六甲
15	天文部	雨雪	歲時類	日月雨旱
16	語言部	俗諺	歲時類	强鐵
17	災異部	饑荒	歲時類	東方盛衰
18	地理部	山	地理類	扶蘇王氣
19	諸國部	國都	地理類	負兒巖
20	諸國部	國都	地理類	種李村
21	諸國部	北虜	地理類	西水羅
22	地理部	山	地理類	白山黑水
23	地理部	水	地理類	北河東江
24	地理部	海	地理類	東海無潮
25	地理部	水	地理類	鳴川
26	地理部	山	地理類	風穴氷穴
27	地理部	水	地理類	溫泉硫黃
28	地理部	水	地理類	椒井白礬
29	地理部	井	地理類	御井
30	地理部	井	地理類	泉達坊
31	地理部	井	地理類	平壤井
32	地理部	井	地理類	高麗井
33	文章部 一	古文	地理類	冷山
34	地理部	山	地理類	智異山
35	語言部	謬誤	地理類	斷髮嶺
36	地理部	島	地理類	鬱陵島
37	地理部	島	地理類	海浪島
38	諸國部	本國	地理類	海浪島

39	諸國部	外國	外國類	東鯷人
40	諸國部	北虜	外國類	色目人
41	諸國部	外國	外國類	日本
42	語言部	諧謔	外國類	女人國
43	諸國部	外國	外國類	眞臘國
44	諸國部	外國	外國類	天方國
45	諸國部	外國	外國類	永結利國
46	諸國部	外國	外國類	佛狼機國
47	兵政部	兵器	外國類	呂宋國
48	諸國部	外國	外國類	土魯番國
49	諸國部	外國	外國類	黑婁國
50	身形部	毛髮	嫁娶類	假髻
51	人事部	昏娶	嫁娶類	不娶同姓
52	語言部	謬誤	喪祭類	
53	語言部	謬誤	喪祭類	行者
54	服用部	器用	喪祭類	焚香
55	諸國部	風俗	喪祭類	魚菜
56	宮室部	祠廟	喪祭類	關王廟
57	宮室部	祠廟	喪祭類	生祠
58	宮室部	陵墓	喪祭類	盤古氏墓
59	宮室部	陵墓	喪祭類	盤古氏墓
60	雜事部	姓族	姓名類	孔氏隨魯
61	雜事部	姓族	姓名類	車姓棹名
62	雜事部	姓族	姓名類	張俁避亂
63	雜事部	姓族	姓名類	曺姓一柱
64	語言部	諧謔	姓名類	六畜賜姓
65	宮室部	陵墓	姓名類	盤古左丘
66	文章部　一	古文	姓名類	登第歸姓
67	雜事部	名號	姓名類	三世一名
68	語言部	方言	姓名類	畏疫不花

69	文章部 三	唐詩	姓名類	諱淵爲泉
70	語言部	方言	姓名類	諱淵爲泉
71	官職部	科目	文房類	高麗繭紙
72	服用部	器用	文房類	高麗繭紙
73	服用部	器用	文房類	雪花麥藁
74	服用部	器用	文房類	書畫黃紙
75	服用部	器用	文房類	烏絲欄
76	服用部	器用	文房類	烏絲欄
77	文字部	字義	文房類	金泥玉檢
78	文字部	字音	文房類	合口聲
79	語言部	方言	文房類	華韻俗音
80	經書部 三	書籍	文房類	三韻通考
81	技藝部	畫	文房類	語指聽拱
82	文字部	字義	文房類	四字一錢
83	文章部 一	文體	文房類	四六
84	文章部 一	文體	文房類	四六
85	經書部 二	諸史	文房類	文有史體
86	文章部 一	文體	文房類	毀繫訛孟
87	經書部 三	著述	文房類	毀繫訛孟
88	經書部 三	著述	文房類	毀繫訛孟
89	經書部 三	著述	文房類	碧雲騢
90	兵政部	兵器	武備類	鳥銃
91	諸國部	外國	武備類	佛狼機
92	技藝部	雜技	武備類	高麗箭
93	技藝部	雜技	武備類	一箭却萬騎
94	經書部 三	書籍	武備類	尉繚子
95	地理部	田	農政類	井田
96	地理部	田	農政類	畠田火畑
97	地理部	田	農政類	五畝一雙
98	服用部	器用	農政類	水車

99	禽蟲部	鳥	漁獵類	海東靑
100	宮室部	宮殿	室屋類	瓦室
101	雜事部	故實	室屋類	閉門孺兒
102	宮室部	宮殿	室屋類	鐘樓
103	服用部	冠巾	衣食類	羅濟笠
104	服用部	冠巾	衣食類	耳掩
105	服用部	冠巾	衣食類	鰻裙
106	禽蟲部	鱗介	衣食類	鶴頂金帶
107	服用部	冠巾	衣食類	羅兀
108	文章部 三	古詩	衣食類	被池
109	諸國部	外國	衣食類	西洋布
110	語言部	方言	衣食類	一宿酒
111	卉木部	木	衣食類	燒酒
112	文章部 三	古樂府	衣食類	酌先主人
113	文章部 四	唐詩	衣食類	刺蜜
114	禽蟲部	獸	衣食類	蘇甘
115	諸國部	北虜	衣食類	木石鹽
116	地理部	水	財寶類	金生麗水
117	服用部	金寶	財寶類	磁石
118	服用部	寶	財寶類	夜明簾
119	服用部	器用	財寶類	眼鏡
120	服用部	金寶	財寶類	要地鏡
121	服用部	金寶	財寶類	朝鮮通寶
122	服用部	器用	什物類	什物
123	經書部	著述	什物類	酒經
124	文字部	字義	什物類	酒經
125	文章部 五	宋詩	什物類	簾箔
126	服用部	器用	什物類	梳函
127	文字部	文義	什物類	靑燈
128	服用部	器用	什物類	箕子杖

129	諸國部	外國	什物類	土薪
130	技藝部	音樂	音樂類	玄琴
131	技藝部	音樂	音樂類	譙樓畫角
132	技藝部	音樂	音樂類	太平簫
133	文章部 五	唐詩	音樂類	杖鼓曲
134	經書部 一	書經	音樂類	女樂
135	諸國部	風俗	音樂類	迎郎送郎曲
136	諸國部	本國	音樂類	歌哭同音
137	技藝部	雜技	技術類	打毬
138	技藝部	雜技	技術類	石戰
139	技藝部	雜技	技術類	呈才人
140	技藝部	方術	技術類	改窆讖詩
141	技藝部	巫覡	技術類	醫意巫誣
142	身形部	毛髮	技術類	胎髮必剃
143	時令部	歲時	拘忌類	擧事避晦
144	時令部	歲時	拘忌類	破日
145	技藝部	方術	拘忌類	營宅犯土
146	諸國部	外國	拘忌類	白堊塗門
147	外道部	修養	拘忌類	月蝕不飮
148	語言部	俗諺	拘忌類	震死不葬
149	災異部	物異	拘忌類	夜行遊女
150	人事部	祭祀	拘忌類	附君堂
151	地理部	水	拘忌類	賽神
152	外道部	仙道	仙佛類	老氏聖圖
153	外道部	仙道	仙佛類	素女
154	外道部	仙道	仙佛類	茅濛昇天
155	外道部	修養	仙佛類	竇公·墨翟
156	外道部	仙道	仙佛類	南趎玉碁
157	外道部	仙道	仙佛類	曇陽鍊形
158	諸國部	外國	仙佛類	利瑪竇

159	外道部	禪門	仙佛類	禪統
160	外道部	禪門	仙佛類	黑頭陀
161	人事部	壽夭	仙佛類	甲寅生聖
162	外道部	禪門	仙佛類	甲寅生聖
163	宮室部	寺刹	仙佛類	八萬大藏
164	外道部	禪門	仙佛類	僧科
165	外道部	禪門	仙佛類	僧統摠攝
166	技藝部	書	仙佛類	雪庵薦朝
167	文字部	字義	仙佛類	寺刹
168	文字部	字義	仙佛類	北楡寺
169	諸國部	外國	仙佛類	天堂
170	災異部	災眚	祥異類	馬生人
171	經書部 二	諸子	祥異類	程生馬
172	諸國部	外國	祥異類	尸頭夜飛
173	災異部	物異	祥異類	斬頭更生
174	災異部	物異	祥異類	羽化鱗化
175	災異部	物異	祥異類	角聽鐵飽
176	災異部	物異	祥異類	草木雌雄
177	災異部	物異	祥異類	鶴胎蟾吐
178	災異部	物異	祥異類	鶴胎蟾吐
179	災異部	物異	祥異類	鳥蚊果蛤
180	人事部	生産	祥異類	不夫而孕
181	人事部	生産	祥異類	男子無鬚
182	災異部	人異	祥異類	水族化人
183	災異部	人異	祥異類	人物大小
184	地理部	山	祥異類	死血漬巖
185	災異部	人異	祥異類	變蟬化蛾
186	災異部	人異	祥異類	食性之異
187	經書部 二	諸史	稽古類	羅紂
188	文章部 一	辭賦	稽古類	歲星

189	文章部 一	辭賦	稽古類	西王母
190	經書部 一	易	稽古類	損益
191	文字部	字音	稽古類	周禮奇字
192	經書部 一	周禮	稽古類	彞舟淺臺
193	經書部 二	孟子	稽古類	鷄豚狗彘
194	文章部 四	唐詩	稽古類	政也蒲蘆
195	經書部 二	諸子	稽古類	心小智圓
196	文章部 三	唐詩	稽古類	越甲鳴君
197	官職部	史官	稽古類	史筆可畏
198	文章部 一	東文	稽古類	敎諭衆泣
199	文章部 一	東文	稽古類	敎諭衆泣
200	文字部	文義	稽古類	鰥寡孤獨
201	文字部	文義	稽古類	陰陽
202	文字部	文義	稽古類	晨光趣塗
203	文章部 四	唐詩	稽古類	勝常
204	文章部 一	辭賦	稽古類	不土無言
205	經書部 三	書籍	稽古類	絜潔
206	文章部 一	古文	稽古類	靑萍結綠
207	文章部 五	宋詩	稽古類	綠陰芳草
208	文章部 一	辭賦	稽古類	出塞望鄕
209	文章部 一	文評	稽古類	出塞望鄕
210	文章部 三	唐詩	稽古類	鐵爐步
211	文章部 三	唐詩	稽古類	雨別
212	文字部	字義	稽古類	雷覽
213	文字部	字義	稽古類	字音
214	文章部 一	文藝	稽古類	文集刊行
215	宮室部	宮殿	朝市類	玉堂
216	語言部	謬誤	朝市類	湖堂
217	諸國部	風俗	朝市類	香徒
218	語言部	雜說	朝市類	書吏

219	諸國部	風俗	朝市類	鄕所
220	文章部 四	唐詩	朝市類	望闕禮
221	官職部	使臣	朝市類	朝聘
222	諸國部	外國	朝市類	倭將食邑
223	諸國部	風俗	朝市類	何樓鬼
224	語言部	方言	方言類	尼音今君
225	語言部	俗諺	方言類	阿爺阿母
226	語言部	方言	方言類	水剌薛里
227	語言部	俗諺	方言類	小人
228	雜事部	名號	方言類	所由
229	諸國部	外國	方言類	曳皇帝
230	語言部	方言	方言類	奴婢謂種
231	語言部	方言	方言類	達苦
232	語言部	諧謔	方言類	國幹
233	技藝部	妓樂	方言類	王八
234	語言部	諧謔	方言類	膝甲賊
235	文章部 五	唐詩	方言類	方頭
236	語言部	雜說	方言類	坐客
237	語言部	俗諺	方言類	徐鬱柴谷
238	語言部	俗諺	方言類	業寃
239	服用部	器用	方言類	僧梳
240	語言部	方言	方言類	中朝謂唐
241	文字部	字義	方言類	畓辻迲頉
242	語言部	方言	方言類	謂酒爲酥
243	語言部	諧謔	方言類	釣龍臺
244	文字部	字義	方言類	黎明
245	語言部	俗諺	方言類	春寒老健
246	人事部	祭祀	方言類	僧齋
247	文字部	字義	方言類	抹摋
248	卉木部	花	花藥類	蔓生牧丹

249	卉木部	草	花藥類	菱芡
250	食物部	藥	花藥類	芍藥
251	卉木部	草	花藥類	墨應耳
252	食物部.	藥	花藥類	補骨脂
253	諸國部	外國	花藥類	不死藥
254	卉木部	草	花藥類	薤露
255	食物部	藥	花藥類	薏苡
256	食物部	藥	花藥類	膃肭臍
257	文章部 三	古樂府	花藥類	蕪
258	卉木部	木	花藥類	白檀香
259	卉木部	木	花藥類	安息香
260	卉木部	木	草木類	無患木
261	卉木部	木	草木類	蘇鐵木
262	服用部	器用	草木類	龍鞭
263	文章部 三	古詩	草木類	合浦葉
264	卉木部	竹	草木類	立竹
265	食物部	果	草木類	蒟醬
266	災異部	物異	草木類	棗
267	食物部	果	草木類	醲梨
268	卉木部	竹	草木類	竹實
269	卉木部	木	草木類	南蠻椒
270	文章部 三	唐詩	蟲獸類	青牛
271	語言部	諧謔	蟲獸類	螻蟈蝌蚪
272	禽蟲部	蟲豸	蟲獸類	蚤蝨
273	禽蟲部	獸	蟲獸類	駮
274	禽蟲部	獸	蟲獸類	虎豹
275	禽蟲部	獸	蟲獸類	猳玃
276	文章部 一	古文	蟲獸類	爲郎母猴
277	經書部 二	諸史	蟲獸類	視肉
278	禽蟲部	獸	蟲獸類	水牛曰魚

279	卉木部	草	蟲獸類	飛天走地
280	禽蟲部	鱗介	蟲獸類	龍鱗
281	禽蟲部	鱗介	魚鳥類	鯽墨龜尿
282	禽蟲部	鱗介	魚鳥類	靑魚貫目
283	禽蟲部	鱗介	魚鳥類	袈裟魚
284	禽蟲部	鱗介	魚鳥類	鮹鮐
285	禽蟲部	鳥	魚鳥類	鳥翼雌雄
286	技藝部	方術	魚鳥類	解鳥獸語
287	禽蟲部	鳥	魚鳥類	天鵝
288	禽蟲部	鳥	魚鳥類	鸛雀
289	文字部	文義	魚鳥類	鴉鵲
290	災異部	物異	魚鳥類	白雉
291	禽蟲部	鳥	魚鳥類	家畜不飛

*『송남잡지』에서 출전을 『지봉유설』로 밝힌 인용문은 모두 323개인데, 그중 상호 대조가 가능한 것은 위의 조견표에 제시한 291개이다.

이상의 조견표를 통해 볼 때, 조재삼은 『지봉유설』에서 인용한 상당한 내용을 『송남잡지』의 다른 유(類)에 편재하였다는 사실을 알 수 있다. 그중에서 몇 가지 두드러진 양상을 살펴보면 다음과 같다.

『송남잡지』의 〈천문류〉에 편재되어 있는 「세성수아(歲星守我)」·「백기웅군(白氣雄軍)」·「박대여란(雹大如卵)」·「우실우모(雨實雨毛)」는 『지봉유설』의 〈재이부〉에 편재되어 있던 것이다. 또 『송남잡지』〈세시류〉의 「동방성쇠(東方盛衰)」와 〈초목류〉의 「조(棗)」, 〈어조류〉의 「가축불비(家畜不飛)」도 『지봉유설』에는 〈재이부(災異部)〉에 편재되어 있던 것이다. 『지봉유설』에서 괴이한 현상과 존재로 분류하였던 것을 『송남잡지』에서는 자연의 현상과 존재로 분류하였음을 알 수 있다. 또 이와 반대로 『송남잡지』〈상이류(祥異類)〉의 「불부이잉(不夫而孕)」과 「남자무수(男子無鬚)」는 『지봉유설』에서 〈재이부〉에 편재시키지 않고 〈인사부(人事

部)〉에 편재시켰던 것이다.

『송남잡지』의 〈무비류(武備類)〉「고려전(高麗箭)」과 「일전각만기(一箭却萬騎)」는 『지봉유설』의 〈기예부(技藝部)〉「잡기(雜技)」에 편재되어 있던 것이다. 『송남잡지』에는 〈기술류(技術類)〉가 있고 『지봉유설』에는 〈병정부(兵政部)〉가 있다. 그럼에도 불구하고 서로 범주를 달리하고 있으니, 『지봉유설』에서는 고려전(高麗箭)의 '신묘한 기술'이라는 측면에 초점을 두고 있다면, 『송남잡지』는 '무기'라는 측면에 초점을 두고 있다. 「일전각만기(一箭却萬騎)」 역시 『지봉유설』에서는 유붕수(柳鵬壽)가 편전(片箭)을 신묘하게 잘 쏘았다는 일화의 기술에 초점을 맞추고 있다면 『송남잡지』는 무기로서 편전(片箭)의 효용에 대한 실례(實例)에 기술의 초점을 맞추고 있다. 이와 같은 조재삼의 효용론적 관점은 「작약(芍藥)」·「묵응이(墨應耳)」·「백단향(白檀香)」·「안식향(安息香)」을 『송남잡지』〈화약류(花藥類)〉에 편재시킨 것에서도 볼 수 있다. 이것들은 원래 이수광이 『지봉유설』〈훼목부(卉木部)〉에 편재시켰다.

1-3-4-3. 『송남잡지』와 『성호사설』의 관계 양상

다음에서 『송남잡지』가 『성호사설』을 인용하는 양상을 살펴보기로 한다.

1-3-4-3-1. 축약 인용의 유형

『송남잡지』는 『성호사설』을 그대로 인용한 경우는 드물고 대부분 변개를 하였는데, 가장 일반적인 변개는 축약이다.

다음은 축약의 일례이다.

• 新溪·谷山之間, 以醲梨名, 早熟易醲, 爲朝貢之所珍賞, 文化以海

松子名, 與江原之淮陽等. [신계(新溪)와 곡산(谷山) 사이는 잘 익은 배로 유명한데, 일찍 익고 맛이 좋아서 조공으로 진귀하게 여기는 것이다. 문화(文化)는 잣으로 유명한데 강원도 회양(淮陽)의 잣과 맞먹는다.] (『星湖僿說』〈人事門〉「生財」)

→ 新溪·谷山之釀梨, 文化之海松子, 與淮陽等. [신계(新溪)와 곡산(谷山)의 잘 익은 배가 유명하고 문화(文化)의 잣은 회양(淮陽)의 잣과 맞먹는다.] (『松南雜識』〈草木類〉「釀梨」)

• 麗史: "忠肅王五十六年, 盜發金馬郡馬韓祖虎康王墓." 此不但有其名, 亦有諡矣. 輿地勝覽云: "世傳, 武康王, 旣得人心, 立國馬韓, 與善花夫人, 幸獅子寺." 又云: "雙陵, 在五金寺峯西數百步, 後朝鮮武康王及妃陵也." 或云: "百濟武王, 俗號永通大王陵." 其說不根. 高麗惠宗名武, 麗人諱武爲虎, 如武帝爲虎帝, 是也. [『고려사』에서 "충숙왕 16년에 도둑이 금마군(金馬郡)에 있는 마한(馬韓)의 조종(祖宗) 무강왕(武康王)의 무덤을 도굴했다."라고 하였으니 이는 다만 그 이름이 있을 뿐 아니라 시호까지 있는 것이다. 『동국여지승람』에서 "세상에서 '무강왕(武康王)이 이미 인심을 얻고 마한국을 세우고 선화부인(善花夫人)과 사자사(獅子寺)에 행차했다'고 전한다."라고 하였다. 또 "쌍릉(雙陵)이 오금사(五金寺) 봉우리 서쪽 수백 보 거리에 있으니, 후조선 무강왕과 왕비의 무덤이다."라고 하였다. 어떤 사람은 "백제 무왕(武王)의 무덤을 세상에서 영통대왕릉(永通大王陵)이라 부른다."고 하는데, 이 말은 근거가 없다. 고려 혜종의 이름이 '무(武)'였기 때문에 고려 사람들이 '무(武)'자를 기휘하여 '호(虎)'라고 하였으니, 무제(武帝)를 호제(虎帝)라 한 것과 같다.] (『星湖僿說』〈經史門〉「虎康王」)

→ 麗史: "忠肅王五十六年, 盜發金馬郡, 韓祖武康王墓." 輿覽云: "虎康王, 旣得人心, 立國馬韓, 與善花夫人, 幸獅子寺." 又云: "雙陵, 在五金寺峯西, 王及妃陵也." 或云: "百濟武王, 俗號永通大王陵." 其說不根. 高麗惠宗名武, 麗人諱武爲虎, 如武帝爲虎帝. [『고려사』에서 "충숙왕 16년에 도둑이 금마군(金馬郡)에 있는 마한(馬韓)의 조종(祖宗) 무강왕

(武康王)의 무덤을 도굴했다."라고 하였다. 『동국여지승람』에서 "호강왕(虎康王)이 이미 인심을 얻고 마한국을 세우고 선화부인(善花夫人)과 사자사(獅子寺)에 행차했다."라고 하였다. 또 "쌍릉(雙陵)이 오금사(五金寺) 봉우리 서쪽에 있으니, 왕과 왕비의 무덤이다."라고 하였다. 어떤 사람은 "백제 무왕(武王)의 무덤을 세상에서 영통대왕릉(永通大王陵)이라 부른다."고 하는데, 이 말은 근거가 없다. 고려 혜종의 이름이 '무(武)'였기 때문에 고려 사람들이 '무(武)'자를 기휘하여 '호(虎)'라고 하였으니, 무제(武帝)를 호제(虎帝)라 한 것과 같다.] (『松南雜識』〈喪祭類〉「虎康王陵」)

『성호사설』은 『지봉유설』에 비해 대부분 항목의 편폭이 길다. 따라서 『송남잡지』에서 『성호사설』의 장문을 인용할 수밖에 없지만, 불필요하다고 판단되는 부분은 위의 예에서 보듯이 과감하게 삭제 축약하였다.

1-3-4-3-2. 축약·부연 인용의 유형

다음은 『송남잡지』가 『지봉유설』을 인용하면서 축약과 부연을 동시에 가한 유형의 일례이다.

我東六鎭, 卽古肅愼之域, 有石砮可驗. 後稱女眞. 新羅末, 渤海統合五千里之地, 則西盡全遼東傅海耳. 女眞有生熟之別. 舊有粟末黑水二部, 黑水爲生, 粟末爲熟, 粟末者, 混同江之一名, 源出白頭北流, 與出塞外一支, 合折而東流, 與黑龍江合入海. 意者, 近黑龍者爲生, 近粟末者熟. 粟末後爲渤海役, 屬黑水而以混同爲界, 近南者爲熟, 近北者爲生, 故稱南北, 又其中, 有東西之別, 故麗史所謂東西女眞, 是也. [우리나라의 육진(六鎭)은 바로 옛날 숙신씨(肅愼氏)의 지역이니 석노(石砮)가 있는 것으로 증거 삼을 수 있다. 뒤에 여진(女眞)이라고 칭하였다. 신라 말기에 발해가 5천 리의 땅을 통합하니, 서쪽으로 전 요동을 모두 차지하고 동쪽으로 바다에까지 이르렀다. 여진은 생여진(生女眞)과 숙

여진(熟女眞)의 구별이 있다. 옛날에 속말(粟末)과 흑수(黑水) 두 부족이 있었으니 흑수가 생여진이고 속말이 숙여진이다. 속말은 혼동강(混同江)의 다른 이름이니 원류가 백두산에서 나와서 북쪽으로 흐르다가 새외(塞外)에서 나오는 한 지류와 합치고 꺾여 동쪽으로 흐르고 다시 흑룡강(黑龍江)과 합류하여 바다로 들어간다. 내 생각으로는 흑룡강에 가까운 것이 생여진이고, 속말에 가까운 것이 숙여진이다. 속말은 뒤에 발해(渤海)를 도와 전쟁을 하여 흑수를 복속시키고 혼동강을 경계로 삼았다. 남쪽에 가까운 것이 숙여진이고 북쪽에 가까운 것이 생여진인 까닭에 남여진·북여진으로 칭한다. 또 그 가운데 동서의 구분이 있으니 『고려사』에서 이른바 동여진·서여진이 이것이다.] (『星湖僿說』〈天地門〉「生熟女眞」)

→ 我東六鎭, 卽肅愼之域, 有石可驗. 女眞有生熟之別, 舊有粟末黑水二部, 黑水爲生, 粟末爲熟, 粟末者, 混同江之一名, 黑水者, 黑龍江之謂也. 粟末爲渤海役, 屬黑水而以混同爲界. 近南者爲熟, 近北者爲生, 故稱南北. 又其中, 有東西之別, 故麗史所謂東西女眞, 是也. [우리나라의 육진은 바로 숙신씨의 지역이니 석노(石砮)가 있는 것으로 증거 삼을 수 있다. 여진은 생여진과 숙여진의 구분이 있다. 옛날에 속말과 흑수 두 부족이 있었으니 흑수가 생여진이고 속말이 숙여진이다. 속말은 혼동강의 다른 이름이고, 흑수는 흑룡강을 이른다. 속말은 발해를 도와 전쟁을 하여 흑수를 복속시키고 혼동강을 경계로 삼았다. 남쪽에 가까운 것이 숙여진이고 북쪽에 가까운 것이 생여진인 까닭에 남여진·북여진으로 칭한다. 또 그 가운데 동서의 구분이 있으니 『고려사』에서 이른바 동여진·서여진이 이것이다.] (『松南雜識』〈外國類〉「生女眞熟女眞」)

위의 예와 같이 『송남잡지』에서는 『성호사설』을 인용하면서 불필요한 부분은 과감히 축약하되, 내용의 전개상 부가 설명이 필요한 경우에는 부연을 하였다.

1-3-4-3-3. 축약·부연·도치 인용의 유형

다음은 『송남잡지』가 『성호사설』을 인용하면서 축약·부연·도치를
동시에 사용한 일례이다.

①我國朴晉, 永川之捷, 用震天雷, ②軍器匠李長孫所創, 以鐵菱鐵片,
同引火之具, 裝成圓球, 用大碗口載之, 投火而發之, 能飛五六百步, 射
入城中. 倭爭聚推轉, 而諦觀之, 砲自中發聲, 鐵片星碎, 中死者, 三十餘
人, 以此取勝. …… 元之攻汴, 金人有火炮, 名震天雷. 用鐵罐, 盛藥,
砲起火, 發聲聞百里外. 所蓺圍半畝以上, 火點著, 鐵甲皆透, 此卽其遺
制也. [우리나라의 박진(朴晉)이 영천(永川)에서 대승을 거두었을 때 진
천뢰(震天雷)를 사용하였는데, 진천뢰는 군기장(軍器匠) 이장손(李長
孫)이 처음으로 만든 것이다. 철릉(鐵菱)과 철편(鐵片)과 불을 당기는
기구를 같이 둥근 공 모양으로 만들어 대완구(大碗口)에 넣어 불을 붙여
발사하자 오륙 백 보를 날아 성안으로 들어갔다. 왜인들이 다투어 모여
들어 밀고 굴리며 자세히 보는데 포탄이 그 안에서 소리가 나고 철편이
별처럼 부서졌다. 이것에 맞아서 30여 명이 죽었으니, 이것으로써 승리
를 거두었다고 한다. …… 원나라가 변경(汴京)을 공격할 때, 금나라 사
람에게 진천뢰라는 화포가 있었다. 철관(鐵罐)에 화약을 담아서 포에
불을 붙여 쏘면 그 소리가 1백 리 밖까지 들렸다. 주위 반 묘(畝) 이상이
불타고, 불티가 붙으면 쇠갑옷도 모두 뚫리니, 이것이 바로 그 전해진
제도이다.] (『星湖僿說』〈經史門〉「劉綎東征」)
→ ②震天雷, 軍器匠李長孫所創, 以鐵菱片, 同引火之具, 裝成圓球.
用大碗口載之, 投火而發之, 飛五六百步, 射入城中, 倭奴爭聚, 推轉而
諦觀之, 砲自中發, 鐵片星碎, 死者三十餘人. ①朴晉 永川之捷, 以此也.
本元之攻汴, 金人用火炮, 名震天雷, 用鐵罐, 所蓺圍半畝以上, 火點着,
鐵甲皆透, 此其遺制. [진천뢰는 군기장 이장손이 처음 만든 것이다. 철
릉, 철편과 불을 댕기는 기구를 같이 둥근 공 모양으로 만들어 대완구에
넣어 불을 붙여 발사하자 오륙 백 보를 날아 성안으로 들어갔다. 왜놈들

이 다투어 모여들어 밀고 굴리며 자세히 보는데 포탄이 그 안에서 터지고
철편이 별처럼 부서지니 이것에 맞아서 30여 명이 죽었다. 박진이 영천
에서 대승을 거둔 것도 이 때문이다. 원나라가 변경을 공격할 때, 금나라
사람들이 진천뢰라는 화포를 사용하였다. 철관을 사용하면 주위 반 묘
이상이 불타고, 불티가 붙으면 쇠갑옷도 모두 뚫리니, 이것이 그 전해
내려온 제도이다.] (『松南雜識』〈武備類〉「震天雷」)

위의 글에서 『송남잡지』에서는 진천뢰(震天雷)의 발명자가 가장 중요
하다고 생각하였기에, 이장손이 진천뢰를 발명하였다는 문장을 앞으로
끌어냈다. 그리고 '倭'에 '奴'자를 덧붙여 '倭奴(왜노)'라고 씀으로써 의
미를 선명하게 만드는 등 부연이 이루어졌으며 불필요한 구절은 삭제
축약하였다.

1-3-4-3-4. 자구 변개 인용의 유형

『송남잡지』에는 그 내용은 큰 차이가 없는 범위에서 『성호사설』을
인용하면서 내용적·수사적 측면에서 상당한 변개를 가한 것이 있다.
다음은 그 일례이다.

• 地寒, 多畜犬衣皮, 其雛犬之裘, 亦京貴所重也. [(함경도는) 기후가
차므로 대부분 개를 길러 그 가죽으로 옷을 만들어 입는데, 어린 개의
가죽으로 만든 갖옷은 또한 서울의 귀인들도 귀중하게 여기는 물건이
다.] (『星湖僿說』〈人事門〉「生財」)
→ 今京城, 以北道兒狗皮爲珍, 且北人無綿, 故養犬衣其皮云. [지금
서울에서는 함경도의 강아지 가죽을 진귀한 물건으로 취급한다. 또 북도
사람들은 솜이 없는 까닭에 개를 길러 그 가죽으로 옷을 만들어 입는다고
한다.] (『松南雜識』〈衣食類〉「兒狗皮」)

• 北邊有自帝者, 一曰皇太極, 二曰靑太極, 中國嫌其名, 謂之黃台吉

清台吉. [북쪽 변방에 황제라 일컫는 자가 있으니, 하나는 '황태극(皇太極)'이라 하고 또 하나는 '청태극(淸太極)'이라 하는데, 중국에서 그 이름을 혐의스럽게 여겨 '황태길(黃太吉)·청태길(靑台吉)'이라고 부른다.] (『星湖僿說』〈人事門〉「台吉」)

　→ 蒙古帝, 有皇太極淸太極之號, 中原惡之, 改呼爲黃台吉靑台吉云. [몽고의 황제 중에 황태극(皇太極)·청태극(淸太極)이라는 연호가 있었는데, 중국에서 그것을 싫어하여 '황태길(黃太吉)·청태길(靑台吉)'이라고 바꾸어 불렀다.] (『松南雜識』〈技術類〉「天書」)

『송남잡지』가 『성호사설』을 인용하면서 변개를 가하였으나, 양자의 내용을 비교해 보면, 인용과 피인용의 관계가 성립되는지 의아한 것이 있다. 다음은 그 일례이다.

　　山多鹿, 盖海魚所化也. 取皮取茸, 皆價重. [산에는 사슴이 많은데, 바다의 고기가 화(化)하여 된 것인 듯하다. 그 가죽과 녹용은 모두 값이 비싸다.] (『星湖僿說』〈人事門〉「生財」)

　　→ 海邊鹿, 多魚所化故, 不及北茸. [바닷가의 사슴은 물고기가 변한 것이 많다. 그래서 북쪽 녹용만 못하다.] (『松南雜識』〈花藥類〉「鹿茸」)

　이상에서 살펴본 바와 같이 『송남잡지』는 『지봉유설』과 『성호사설』을 인용할 때도 상당수는 다양한 변개를 가하였다. 조재삼이 기존의 유서를 인용하면서 『송남잡지』의 완성도를 높이기 위하여 단순 전재라는 손쉬운 방법을 과감히 버리고 수준 높은 변개를 위하여 고심하였다는 것을 알 수 있다.

1-3-4-3-5. 분류 범주의 변경
　조재삼이 『성호사설』을 인용하는 양상을 살펴본다면, 상당수의 경우 불필요한 것은 과감히 삭제하고 부족한 것은 보충하고 중요한 것은 앞으로 돌리는 등의 가공을 하였다. 이는 조재삼의 『송남잡지』가 『성호사설』의 내용을 인용하되 이익의 가치관까지 그대로 수용하지 않았다는 것을 의미한다. 따라서 『성호사설』과 『송남잡지』는 같은 내용이라도 편재된 범주가 동일하지 않은 것이 상당수 있다. 이와 같은 사실은 다음의 조견표를 통해서 확인할 수 있다.

번호	『성호사설』		『송남잡지』	
	문(門)	칙(則)	유(類)	칙(則)
1	天地門	三韓金馬	地理類	三韓八道
2	天地門	朝鮮四郡	地理類	四郡二府
3	人事門	海運	地理類	四郡二府
4	天地門	西道關阨	地理類	西道關阨
5	天地門	北道路徑	地理類	北道路徑
6	天地門	沃沮邑婁	地理類	沃沮肅愼
7	天地門	生熟女眞	地理類	長白不咸
8	人事門	車漢日記	地理類	車漢記
9	天地門	浿瀄	地理類	浿瀄
10	人事門	航海	地理類	水路朝天
11	天地門	鬱陵島	地理類	鬱陵島
12	天地門	椵島	地理類	椵島
13	天地門	海浪島	地理類	海浪島
14	經史門	逃亂之窟	地理類	逃亂之窟
15	天地門	東國地圖	地理類	東國地圖
16	天地門	渤海黃龍	國號類	高麗
17	天地門	生熟女眞	外國類	生女眞熟女眞
18	人事門	生財	嫁娶類	假髻
19	經史門	玄蘇善偵	喪祭類	橘祠
20	經史門	虎康王	喪祭類	虎康王陵

21	經史門	劉綎東征	武備類	震天雷
22	經史門	劉綎東征	武備類	飛火鎗
23	人事門	生財	漁獵類	雪馬
24	天地門	水根木幹	衣食類	尙白殷制
25	人事門	生財	衣食類	兒狗皮
26	人事門	生財	衣食類	吉貝
27	經史門	幹東避兵	技術類	雙六
28	人事門	林居正	技術類	筋斗
29	天地門	高麗秘記	技術類	秘記
30	經史門	石星	技術類	禾女人
31	人事門	台吉	技術類	天書
32	人事門	生財	朝市類	亥市同日
33	人事門	生財	花藥類	鹿茸
34	天地門	鬱陵島	魚鳥類	嘉支魚

*『송남잡지』에서 출전을 『성호사설』로 밝힌 인용문은 모두 48개인데 그중 상호 대조가 가능한 것은 위의 조견표에 제시한 34개이다.

이상의 조견표에서 보듯이 『송남잡지』의 〈지리류〉 중에서 『성호사설』에서 인용된 내용은 『성호사설』의 〈천지문〉·〈인사문〉·〈경사문〉에 편재되어 있던 것들이다. 또 『송남잡지』의 〈기술류〉 중에서 『성호사설』에서 인용된 내용도 『성호사설』의 〈천지문〉·〈인사문〉·〈경사문〉에 편재되어 있던 것들이다. 『성호사설』은 총3,057칙이 5문에 분류 편재되어 있으며, 『송남잡지』는 총4,432칙이 33류에 분류 편재되어 있기 때문에 수평적으로 범주의 동이(同異)를 논하기 어려운 점이 있다. 즉 『성호사설』의 5문을 『송남잡지』의 33류에 대응시킬 수는 없다는 말이다. 그럼에도 불구하고 『송남잡지』는 『성호사설』에서 인용하였다고 밝힌 내용을 『성호사설』의 범주와 달리 분류하고 있으니, 이는 조재삼이 이익과 가치관과 세계관을 달리하고 있다는 증표라고 하겠다.

　조선의 유서가 담고 있는 지식이 형성되는 과정과 내적 질서를 규명하기 위하여 조선의 대표적 유서인『지봉유설』·『성호사설』·『송남잡지』의 실증적 분석을 통하여 다음과 같은 결론을 도출하였다.

　조선의 대표적 유서인『지봉유설』·『성호사설』·『송남잡지』의 형성과정에서 영향의 수수관계를 도식적으로 말해서는 안 된다. 현재 '『성호사설』은『지봉유설』의 영향을 받아 만들어졌다.', '『성호사설』이『지봉유설』을 많이 인용하였다'는 주장이 무리 없이 받아들여지고 있지만, 이는 사실에 부합되지 않는다.

　이익의 저작을 검토해본 결과 이익은 이수광의 저서를 소장하고 있었을 뿐만 아니라 그의 속세를 초탈한 면모를 진심으로 흠모하였으며, 그의 문학적 성취를 높이 평가하였다. 그러나 정작 기존 학계에서 매우 밀접한 친연성이 있다고 생각하였던『성호사설』과『지봉유설』의 관련성은 그다지 높지 않았다.『성호사설』에서 언급된『지봉유설』관련 내용은 총7건에 불과하였다.『성호사설』에서는『지봉유설』에서 2건의 문장만을 인용하였을 뿐이다. 나머지 5건에서는 오히려 이수광의 오류를 비판하고 있다. 이익은 이수광이 어휘의 사용에 정확하지 못하며, 전고(典故)를 분명히 알지 못하며, 산술(算術)에 밝지 못하다고 비판하였다.

　『송남잡지』는『지봉유설』을 인용하였다고 밝힌 것이 321건이고『성호사설』을 인용하였다고 밝힌 것이 48건이다. 그중 상호 대조가 가능한 것은『지봉유설』이 291건,『성호사설』이 34건이다. 물론 출전을 명기 하지 않은 것까지 더한다면 그 수는 훨씬 더 많을 것이다. 우선 출전을 밝힌 인용의 횟수만 놓고 본다면『송남잡지』의 형성에 가장 큰 영향을 준 우리나라의 문헌은『지봉유설』이다. 그러나 조재삼은 가급적 단순 전재를 하지 않고 축약·부연·도치·자구의 변개, 혹은 이상의 여러 변개를 동시에 복합적으로 가하였다. 심지어 인용으로 볼 수 없을 정도로 상당한 변개가 이루어진 것도 있다. 이와 같은 변개 인용의 양상은 『송남잡지』와 『성호사설』 간에도 동일하게 나타난다.

『송남잡지』는 『지봉유설』·『성호사설』에서 인용한 내용을 『지봉유설』·『성호사설』과 다른 유(類)에 귀속시킨 것도 많았다. 이는 조재삼이 『송남잡지』를 편찬할 때, 『지봉유설』·『성호사설』을 중요한 지식원으로 사용하였지만, 이수광이나 이익의 가치관과 의식의 측면에서는 차별성을 확보한 것이라고 할 수 있다. 조선 3종 유서의 찬자들은 중국 유서의 조선 version을 만들려는 생각이 없었을 뿐만 아니라 앞서 출현한 유서의 증보판을 만들려는 생각도 없었던 것이다.

2. 전문지식(傳聞知識)의 수집과 대응의 양상

본 장에서는 '유서는 문헌 지식의 인용으로만 이루어진 것일까?'라는 근본적 문제를 제기하고자 한다. 기존의 연구에서는 이 점이 유난히 강조되고 상대적으로 지식 형성의 여타 경로는 간과되었다. 따라서 본 장에서는 '유서의 지식은 찬자가 문헌과 전문(傳聞) 지식을 수집하고, 사물과 현상을 관찰하고 실험하는 과정을 통해 형성된다.'는 가설을 증명하려 한다.

유서가 담고 있는 지식의 형성 경로 중 하나는 전문(傳聞)이다. 근거 없이 천박한 학문을 '구이지학(口耳之學)'이라고 하지만, '견문(見聞)'을 구성하는 '문(聞)'이 지식을 형성하는 중요한 수단이라는 것은 부인할 수 없다. 다음에서 조선 3대 유서의 내용을 구성하는 전문지식의 수집 양상에 대하여 분석하도록 한다.

전문지식이 가장 풍부하게 보이는 것은 『지봉유설』이다. 이는 편찬

796 조선 3대 유서의 형성과 특성

자인 이수광이 다른 유서의 편찬자보다 사회활동이 활발하였던 것이
하나의 원인으로 보인다. 이수광은 명문벌열의 일원으로 16세에 초시
(初試)에 급제한 후, 비록 부침은 있으나, 23세에 승문원(承文院) 부정
자(副正字)를 시작으로 이조판서를 역임하기까지 평생 환로에 있었다.
그의 출신과 오랜 관료 생활은 당대의 명사들과 활발한 교유를 가능하
게 만들었다.[535] 그는 민간의 이야기뿐만 아니라 사대부와 그들 주변에
서 일어나는 많은 이야기를 들을 수 있었던 것이다. 이는 다른 유서들과
변별되는『지봉유설』만의 특징이라고 할 수 있다.

　『지봉유설』에 기재된 전문 지식의 특징은 무엇인가?

　이수광은 민간에 전파된 지식을 수집하여 기록하였다. 그러나 이수
광은 민간 지식의 수집과 기록의 차원에서 머물지 않고 그것을 증명할
수 있는 여타 자료를 대응시키고 있다. 이는 문헌 자료보다 신뢰도가
약한 전문 지식의 신뢰도를 제고하기 위한 것이다. 민간에서 수집한
전문 지식은 주로 전설이나 민담의 성격을 지닌다. 예를 들면『지봉유
설』에는 잉어를 먹으면 죽는다는 민간의 지식을 전문에 의거해 기록한
것이 있다. 이수광은 이것을 증명할 수 있는 사례로 전라감사 하아무개
의 일화를 기록하였다. 전라감사 하아무개가 자다가 한 늙은이가 나타
나 자신의 어린애를 살려 달라고 비는 꿈을 꾸었다. 그런데 깨어보니
그때 마침 부엌에서 커다란 잉어를 잡아 반찬으로 만들려고 하였다.
그래서 감사는 즉시 잉어를 놓아 주었다. 그래서 동리(洞里)에는 지금도
용연(龍淵)이라는 곳이 있다고 한다. 이수광은 여기에 덧붙여 앞의 이야
기와 전혀 다른 전문도 기록하고 있으니, 감사가 잉어를 위해 제문을

---

535 이수광이 교유하였던 인물에 대해서는 한영우(1992)의 「이수광의 학문과 사상」(『한국
　　문화』 13집)을 참조할 만하다.

지었는데 이때 잉어가 용으로 변한 것을 보고 감사가 놀라 죽었으며, 당시에 쓴 제문이 돌에 새겨져 있다는 것이다.[536] 황당한 이야기에 신뢰도를 높이기 위하여 관련 인물의 인적 사항과 지명 등을 명시하고 있는데, 이는 지식이라기보다는 오히려 민담의 특성에 가깝다고 할 수 있다. 이와 같은 유형으로 '자라를 즐겨 먹지 마라'는 기록이 있다. "옛날 한 고을 원이 자라를 잘 먹었는데, 어느 날 자라 한 마리를 기둥에 붙들어 맸더니 그 자라는 머리를 부딪치면서 눈물을 흘렸다고 한다. 자라가 잠깐 앞으로 나왔다가는 이내 물러서면서 무엇인가 애걸하는 듯한 짓을 하기에 놓아 주니, 몇 걸음 가다가 머리를 한 번 돌려 고맙다고 인사하는 것처럼 하고 갔다."는 이야기이다. 이수광은 이 이야기에 『사기』〈귀책전(龜策傳)〉을 대응시켜 신뢰도를 높였다.[537]

『지봉유설』에는 중요한 의약(醫藥) 지식이 비중 있게 다뤄지고 있다. 그런데 이 중에는 그 형성 경로가 견문에 의한 것이 다수 있다. 그중에는 민담의 성격이 농후한 것에서부터 의서의 내용을 검증하는 차원까지 다양하다.

> 옛날에 하서(河西)에 가던 사신이 길에서 16, 7세 쯤 되는 어떤 여자가 8, 90세 쯤 되는 백발노인을 때리는 광경을 보았다. 사신이 "너는 어린 여자인데 왜 노인을 때리느냐?"라고 물었다. 그러자 그 여자는 "이 아이는 내 셋째 아들인데 약을 먹을 줄을 몰라서 나보다 먼저 머리가 희어졌

---

536 鯉魚脊鱗從頭至尾, 皆三十六, 其爲龍者, 恐是別種. 聞鯉大者人有食之卽死. 昔全羅監司河某到南原, 夢一老翁爲兒乞命, 覺而問之廚人, 獲一大鯉, 將到以供具, 卽放于山洞, 洞今有龍淵, 乃其地也. 或言監司爲文祭之, 龍出現全體, 監司驚怖而死, 其祭文刻在石上云.(『芝峯類說』〈禽蟲部〉「鱗介」)

537 昔有一縣宰嗜食鼈, 嘗縛生鼈於柱, 鼈叩頭流涕, 乍進乍退, 爲乞憐之狀, 宰乃解縱之, 鼈數步輒一回叩, 若致謝而去. 此與史記龜策傳所言相同. 詩曰: "炮鼈膾鯉" 孟子曰: "魚鼈不可勝食" 則古人蓋皆食之. 然不宜嗜也.(『芝峯類說』〈禽蟲部〉「鱗介」)

지."라고 하였다. 여자의 나이를 물었더니 395세라고 하였다. 사신은 말에서 내려 그 여인에게 절한 다음 오래 살고 늙지 않는 약이 무엇이냐고 물었다. 그러자 그 여자는 구기주(枸杞酒) 만드는 법을 가르쳐 주었다. 사신이 돌아와서 들은 방법대로 만들어 먹었더니 3백 년을 살도록 늙지 않았다 한다.[538]

『지봉유설』에서는 위에 제시한 이야기에 이어서 구기주를 먹고 3백 년 이상 장수한 여인에게 사신이 절을 하고 들었다고 하는 구기주의 제조법과 복용 방법을 상세하게 기록하였다. 그 내용이 매우 상세하지만, 민담과 지식의 경계에 있다고 할 수 있다.

또 뱀에게 물린 상처를 치료하는 민간요법으로 "뱀에게 물린 상처에는 정월 첫 해일(亥日)에 짠 참기름을 저울추 구멍에 바른 후에 상처에 떨어뜨리면 즉시 나을 뿐 아니라, 물었던 뱀도 즉시 죽는다고 한다."라는 민간요법을 전해 듣고 기록하면서, 진사 김확(金矱)이 "시골에 있을 때 여러 번 첫 해일에 짠 참기름으로 시험해 보았다. 이것을 조금 먹이기도 하고 또 상처에 바르게도 했더니, 즉시 낫지 않는 적이 없었다."라고 한 전문을 부연하였다. 이것은 이수광 자신도 "역시 이상하도다."라고 말하였듯이 괴이한 치료법이 아닐 수 없다. 그런데 당시의 김확(金矱)[539]이라는 실존 인물이 이 민간요법을 직접 실험해 보고 검증했다는 전언(傳言)을 대응시켜서 이상하기는 하지만 믿지 않을 수 없다는 견해

---

538 昔河西使者路見一女年可十六七, 打一白髮老翁可八九十歲者. 使者問汝幼女, 如何打老翁, 女曰: "此吾第三子也, 不知服藥, 先我髮白." 問其年, 曰: "三百九十五歲." 使者下馬拜問長生不老之藥, 女授以枸杞酒法, 使者歸, 依法採服, 得三百年不老.(『芝峯類說』〈食物部〉「酒」)

539 김확(金矱): 1572~1633. 자는 정경(正卿), 호는 김사(金沙), 본관은 안동. 1589년 사마시에 합격하여 진사가 되었고, 1618년 증광문과에 을과로 급제하였다. 허봉(許篈)에게 수학하였으며, 문장이 뛰어나 사람들 사이에 명성이 높았다 한다.

를 밝히고 있다.⁵⁴⁰

또 이수광은 민간의 의원이 "홍시(紅柿)는 설사를 잘 막는다."라고 하는데 사람들은 이 말을 믿지 않지만 일리가 있는 것을 증명하기 위하여 사문(斯文) 남아무개가 신설증(腎泄症)을 앓았는데, 홍시를 먹고 효험이 있었다는 전문을 제시하였다. 여기에 『본초몽전(本草蒙筌)』에서 "감은 설사를 그치게 하고 열리(熱痢)를 막는다."는 문헌 지식을 대응시켜 신뢰도를 높였다.⁵⁴¹

이와 반대로 문헌 지식을 전문 지식에 대응시켜 사실 여부를 검증한 것도 있다.

예를 들면 의서에서 "사람의 오줌은 갈증과 기침을 그치게 하고, 심장과 폐를 윤택하게 한다. 또 어혈(瘀血)을 치료하고 기를 빨리 내린다.", "사내아이의 오줌이 좋다."라고 처방의 사실 여부를 몇 가지 민간의 사례를 제시함으로써 독자의 판단에 맡기고 있다. 이수광은 오줌이 약으로 효능이 있다는 민간의 경험으로 "옛날에 어떤 노부인이 나쁜 병을 앓고 있었는데, 사람의 오줌을 40년 동안 먹었더니 모습이 젊게 바뀌고 다른 병도 없어졌다고 한다."라는 이야기를 기록하였다. 그리고 이 전문에 주단계(朱丹溪=朱震亨)가 "오줌은 탈태환골(奪胎換骨)시키는 효능이 있다."라고 한 말을 대응시키고, 여기에 다시 정협(鄭協)⁵⁴²이 젊

---

540 俗傳蛇咬傷, 用正月上亥日所取生眞油, 於貼錘子孔中, 滴傷處, 則非唯立差, 所蛟蛇立死云. 此說怪矣. 金進士嫂言居鄕, 屢用上亥日生油試之, 或飮小許, 或塗傷處, 無不立愈云. 亦異哉!(『芝峯類說』〈食物部〉「蟲豸」)

541 俗醫言紅柿能止泄瀉, 人不信之. 有南斯文某平生患腎泄症, 服之良驗云. 按本草蒙筌曰: "柿, 澁腸, 禁熱痢." 此言信矣.(『芝峯類說』〈食物部〉「果」)

542 정협(鄭協): 1561~1611. 본관은 동래. 자는 화백(和伯), 호는 한천(寒泉) 문장에 능하여 임진왜란 때 소실된 역대 실록을 중간할 때에는 편수관으로 참여하였다. 시주(詩酒)를 즐기고, 노소현우(老少賢愚)를 가리지 않고 교유하였다.

었을 때 울화병을 앓았는데, 윤회주(輪回酒: 오줌)를 먹고 크게 효과를 보았다는 전문을 기록하였다. 그러나 곽지선(郭止善)[543]은 오줌을 여러 해 동안 먹었어도 효험을 보지 못하고 갑자기 죽어버렸다는 전문도 아울러 기록함으로써 의서의 지식도 신중히 받아들여야 한다는 견해를 보이고 있다.[544]

배의 효능에 대한 문헌 지식을 전문 지식으로 검증한 것도 동일한 유형이다. "의가(醫家)에서는 대추를 백익홍(百益紅)이라 하고 배를 백손황(百損黃)이라고 한다. 대추는 백 가지가 이롭고 한 가지가 해로우며, 배는 한 가지가 이롭고 백 가지가 해롭다는 말이다."라고 하는 의서의 기록이 꼭 옳은 것만은 아니라는 사실을 증명하기 위하여 김상용(金尙容)이 "나는 본래 담병(痰病)이 있었는데, 안변부사(安邊府使)가 되었을 때 날마다 배 40개씩을 먹었더니 그 병이 얼마 안 되어 나았다."라고 한 말을 인용하였다.[545]

이외에도 『지봉유설』에는 외국에 대한 지식 중 전문을 통해 수집한 것이 다수 있다. 예를 들면 "왜인의 풍속에는 패를 나누어 검술을 익혀서 승부를 내는데 죽는 자가 산더미 같다고 들었다."[546]와 같이 일본에

---

543 곽지선(郭止善): 1553~?. 본관은 현풍, 자는 거이(居易). 최영경과 허엽의 문하에서 수학하였다.

544 醫書曰: "人尿止渴嗽, 潤心肺, 療瘀血, 降火極速." 又曰: "須童男者良" 昔有一老婦有惡病, 服人尿四十年, 貌變少, 無他病云, 其飮自己尿者, 名輪回酒, 丹溪以爲有奪胎換骨之功, 鄭同知協少時患心熱, 喫輪回酒, 大有效, 郭正郞止善學服數年, 不效而遽殞. 按醫學入門曰: "脾胃虛及血氣弱者, 必補藥中量入以降火"云, 恐不可一槪言也.(『芝峯類說』〈食物部〉「藥」)

545 醫家謂棗爲百益紅, 謂梨爲百損黃, 蓋以棗百益一損, 梨一益百損也. 金知事尙容言素有痰病, 爲安邊府使, 日食梨四十, 其疾頓愈云. 然則梨亦有一益矣.(『芝峯類說』〈食物部〉「果」)

546 聞今倭俗分隊習劍, 以校勝負, 死者山積.(『芝峯類說』〈經書部〉「諸子」)

관련된 지식에서부터 아랍에 대한 지식[547]까지 볼 수 있다.

다음으로 『성호사설』의 경우로 보도록 한다.

『성호사설』은 『지봉유설』보다 전문 지식의 기록이 적다. 이는 편자인 이익이 이수광보다 사회활동이 적었고,[548] 전문 보다는 문헌 기록을 더 신뢰하였던 찬자의 성향 및 시대적 성향에게 기인하는 것으로 보인다. 『성호사설』에서 산견되는 전문의 기록은 주로 『지봉유설』과 같이 농경이나 의약과 관련된 것이다. 민간에서 장기간 축적된 농경이나 의료 경험은 결코 무시할 수 없는 것이기 때문이다.

이익은 어떤 손님으로부터 "오동 중에 벽오동(碧梧桐)이란 것이 있는데 오동과 다른 종류입니다. 또 가래나무 중에는 재동(梓桐)이란 것이 있는데 그 열매가 팥처럼 생겼습니다. 이 나무는 잘 썩지 않아서 관(棺)을 만들면 좋은데, 심은 지 40~50년이 지나면 재목이 됩니다."는 말을 들었다. 우연히 들은 이야기치고는 소상한 지식이다. 이익은 "『맹자』에서 말한 '오가(梧檟)'가 이것인 듯하다."라고 문헌 기록을 대응시켰다. 그리고 "남쪽 지방에 오동의 한 종류가 있는데 속칭 가오동(假梧桐)으로 열매로는 기름을 짤 수 있다고 들었다."는 유용한 전문 지식을 덧붙이고 있다.[549]

---

547 『芝峯類說』〈諸國部〉「外國」

548 이익은 선영이 있던 광주(廣州) 첨성리(瞻星里 : 지금의 안산시)에서 살았던 것으로 알려져 있다. 이익은 25살 되던 1705년[숙종 31] 증광문과에 응시하였으나 녹명(錄名)이 격식이 맞지 않는다 하여 회시(會試)에 나아가지 못하였으며 다음 해 9월 둘째 형 잠(潛)이 화를 입자 서쪽 해안으로 피신하여 과거를 포기하고 은둔하며 학문에만 몰두하였다.[한우근(1980), 『성호이익 연구』, 서울대학교출판부, 11~12쪽; 이성무(1987), 「성호이익의 생애와 사상」, 『조선시대사학보』 3집, 조선시대사학회, 113~114쪽.

549 客云 : "桐有碧桐, 與桐異種, 又檟亦稱梓桐, 其實似赤豆. 性不朽宜爲棺, 植之經四五十年成材." 孟子所謂梧檟之梧, 當是此物也. 又聞南洲一種, 俗名假梧桐, 實可醡油云.(『星湖僿說』〈萬物門〉「桐」)

『성호사설』에 실려 있는 유용한 전문 지식 중 하나는 의료에 관한 것이다. 그 대표적인 예가 배 밖으로 쏟아진 창자를 수술하는 전문 지식이다. 그는 "무인 중에 칼날에 상하여 창자가 나온 자가 뽕나무 껍질로 만든 실로 봉합하여 효과를 얻은 일이 있다."라고 하였다. 그리고 당나라의 안금장(安金藏)도 그러했다는 역사기록을 대응시켰다. 그런데 이익은 이러한 시술로도 효과가 없는 자를 보았으니, 비록 창자를 뱃속에 집어넣지만 창자가 깊이 들어가지 못해서 창자까지 합하여 꿰매버리기 때문이라고 판단하였다. 이익은 이와 같은 문제의 해결책을 전문 지식으로 해결하였다. "일찍이 어떤 자에게 들으니 이런 상처를 입은 사람은 반드시 물건으로 어깨와 볼기를 괴어 허리와 갈빗대가 살짝 구부러지게 한 뒤에 차츰차츰 창자를 거두어 넣으면, 반드시 창자가 저절로 들어가서 창자까지 합쳐 꿰매게 될 염려가 없다."라고 하였다.[550] 이것은 전문 지식과 직접 목도한 경험, 문헌 지식이 결합된 형태라고 하겠다. 이외에도 말의 사육과 조련에 관한 지식[551], 농사와 관련된 지식도 전문에 의한 것이다.

다음으로 『송남잡지』의 예를 보도록 한다. 『송남잡지』에 실린 전문 지식은 주로 의학·농경·서양 문화와 관련된 것이다. 의학 관련 전문 지식의 기록으로는 매독(梅毒)에 대한 것이 있다. 그는 『지봉유설』에서 이수광이 "지난해 듣자하니 달단(韃靼)의 병사가 암나귀와 교합하였다고 한다."[552]는 문헌 기록을 인용하면서, "세간에서 전하는 말로는 당창

---

550 有武人刃傷腸出者, 以桑皮線縫合之得差, 此於史有之, 唐安金藏, 是也. 然余曾見有試此而無效, 蓋雖納腸於腹而腸入不深, 與腸並線, 如何得生. 曾聞於人, 遇此者, 必物支肩臀, 使腰脊微屈然後, 稍稍收納腸, 必自入無並線之患.(『星湖僿說』〈人事門〉「飢寒刃傷」)
551 『星湖僿說』〈萬物門〉「耽羅牧場」
552 聞頃年㺚兵與牝驢交合.(『芝峯類說』〈災異部〉「災眚」)

(唐瘡: 매독)은 사람이 나귀와 교합한 데서 처음 발생하였다고 한다."[553]
는 자신의 전문 지식을 대응시켰다.

농경 관련 전문 지식으로는 경칩(驚蟄)에 대한 것이 있다. 조재삼은
"「월령(月令)」에서 '2월 경칩이라 하니 칩거(蟄居)했던 벌레들이 모두 깨
어나는 것을 의미한다.'는 말이 있다."고 하면서 "근래 늙은 농부에게
들으니, '칩(蟄)'이란 틀어 박혀 있다[蟄伏]는 의미의 '칩(蟄)'자가 아니라
바로 개구리의 이름이니 봄기운이 돌면 얼음과 눈이 있더라도 반드시
먼저 우는 놈이라고 한다."라고 늙은 농부에게 들은 말을 인용하였
다.[554] 이것은 경전의 기록에 농부의 전언을 대응시켜 경전의 내용을
부정하는 형태라고 하겠다. 또 우경(牛耕)의 효율성을 서술하면서 "내가
들으니, 10명의 사나이가 소 한 마리의 힘에 해당하기에 어떤 사람이
밭을 가는데 전에 파냈던 흙을 10명이 발로 밟아서 마당을 만들었다고
한다."[555]라는 전문 지식을 기록하고 있다.

다음은 『송남잡지』에서 서양의 문물, 특히 서양의 무기에 대한 전언
을 기록한 것이다.

> • 근래 들으니 영국에서는 소리 없는 총을 사용한다고 하는데 왜인의
> 총보다 더 묘하다.[556]
> • 근래에 들으니, 서양 사람들은 수박포[西瓜砲]를 사용한다고 한다.
> 그 제도는 큰 박속에 화약과 쇠 조각을 넣어서 강이나 바다에 띄워 적의

---

553 俗傳唐瘡始出於人交驢而生云.(『松南雜識』〈祥異類〉「馬生人」)

554 月令曰: "二月驚蟄百蟄虫皆驚." 故有'蟄虫附戶'之文. 近聞老農, 則蟄非蟄伏之蟄也. 乃
蛙名也, 春候主, 則雖氷雪, 必先鳴者.(『松南雜識』〈歲時類〉「驚蟄」)

555 余聞, 十夫當一牛之力, 嘗有人耕而二十足踏已撥之土爲場云.(『松南雜識』〈農政類〉「牛
耕」)

556 近聞, 英吉國, 用無聲銃云, 其妙於倭, 過矣.(『松南雜識』〈武備類〉「鳥銃」)

배가 부딪치면 포탄이 폭발해서 배를 파괴한다고 한다.[557]

조재삼은 서양의 문물에 대한 문헌 자료를 볼 수 없었기에, 그들에 대한 정보와 지식을 전문에 의지할 수밖에 없었다.

이상에서 살펴본 바와 같이 유서의 찬자들에게 전문 지식은 매우 소중한 자료가 되었다. 전문들은 대부분 우리나라의 현실과 현장성을 지니고 있기에 더욱 가치가 있었다. 그러나 그것의 가장 치명적인 문제는 신뢰도였기에 관련 문헌 기록과 대응시키는 등의 노력을 기울였다. 유서의 찬자들이 오랜 기간 민간에 축적된 지식을 적극적으로 수집하고 문헌 지식의 영역에 포함시켰다는 점에서 큰 의의가 있다고 하겠다.

3. 관찰과 실험에 의한 검증의 양상

지식의 형성에서 중요한 수단 중 하나는 관찰과 실험이다. 조선의 학문과 예술이 주로 방 안에서 형성되었기에 사변성(思辨性)이 뛰어난 반면 현장성과 실증성이 취약하다는 점을 감안한다면 유서의 찬자들이 관찰과 실험을 통해 얻은 지식을 기록하였다는 것은 특기할 만하다.

관찰과 실험에 의한 지식의 습득은 조선의 3대 유서 가운데 『성호사설』이 가장 풍부하다. 이는 이익 특유의 관찰력과 관물(觀物)에 대한 의식이 토대로 작용한 것이지만, 전야(田野)에서 자연과 사물을 관조할 수 있는 시간의 확보도 하나의 원인으로 작용하였을 것이다. 특히 그의 저술 중 〈관물편(觀物篇)〉은 특유의 관찰력의 결과물이라고 할 수 있다.

---

557 近聞, 洋人用西瓜砲, 其制用大鞄納火導鐵片, 浮之江海, 敵船觸之, 則砲發破船云.(『松南雜識』〈武備類〉「震天雷」)

먼저 『지봉유설』 중에서 관찰과 실험을 통하여 형성된 지식의 기록을 보도록 한다.

이수광은 "'정월 첫 인일(寅日)에 그 꼬리를 자르면 고양이가 유순해진다.'는 말을 들었다. 그 후에 중국에 갔을 때 집에서 기르는 고양이를 보았는데 모두 꼬리를 잘랐으며 성질이 매우 온순하여 병아리와 같이 거처하면서도 전혀 해칠 마음이 없었다."는 관찰의 경험을 기록하였다. 다만 그것이 꼭 그런지 알 수 없다고 판단을 유예하고 있지만 전문과 관찰을 결합하여 하나의 지식이 형성된 형태라고 하겠다.[558]

그리고 『지봉유설』에서 실험으로 형성된 지식의 일례로는 다음과 같은 것이 있다.

> 고어(古語)에 말하기를, "이[虱]는 음(陰)의 종류로서 감(坎)에 속한다. 그렇기 때문에 발이 여섯 개가 달렸고, 또 기어갈 때는 반드시 북쪽을 향한다."라고 하였다. 이것을 시험해 보니 과연 그러했다.[559]

위의 글에 의하면 이수광은 이가 음에 속하는 벌레이기에 반드시 북쪽으로 기어간다는 고어(古語)의 기록[560]이 맞는지 직접 실험해 보았다고 한다. 비록 사소한 실험이고 중세 생물학의 범주에서 벗어나지 못하였지만 문헌 기록을 그대로 수용하지 않고 실험을 통해 검증해보려는 인식의 전환이 특기할 만하다.

이수광은 자신이 직접 실험을 통하여 검증하지 못하였지만 신뢰하기

---

558 猫者, 害物之獸也, 而余赴京時, 見人家畜猫皆斷尾, 性甚順, 與雞雛共處, 而無害意. 聞正月上寅日, 截其尾, 故馴善如此云. 未知信否.(『芝峯類說』〈禽蟲部〉「獸」)

559 古語曰: "陰類屬坎, 故足有六, 且行必向北." 試之果驗.(『芝峯類說』〈禽蟲部〉「蟲豸」)

560 명나라 방이지(方以智, 1611~1671)가 편찬한 『물리소지(物理小識)』에 나오는 말이다. (虱. 兪琰席上腐談曰: "虱足六坎也. 行北首." 草木子曰: "虱行必向北.")

어려운 문헌 기록은 실험할 필요가 있다고 제안하였다. 그는 "자라의 오줌으로 먹을 갈아 나무 판에 글씨를 쓰면 먹물이 한 치나 스며들어간 다고 한다. 지렁이 즙(汁)을 청대(靑黛)에 섞어서 그릇에 그림을 그린 후에 구우면 그림이 없어지지 않는다고 한다."라는 믿기 어려운 말에 대해서 "이것을 시험해 보면 참과 거짓을 알 수가 있으리라."[561]라고 하였다.

『지봉유설』에는 관찰과 실험을 통하여 습득된 지식의 기록이 많지 않은 편이지만, 이수광이 지식의 형성에서 관찰과 실험이 중요한 수단 이라고 의식하고 있었으며, 문헌에서 습득한 지식을 실제로 검증해보 려고 하는 의식의 전환이 이루어졌다는 점을 주목할 필요가 있다.

『성호사설』은 유서들 중에서 관찰과 실험에 의해 습득한 지식의 결 과물이 가장 많이 보인다.

이익은 『이아』에서 "동방에 비목어(比目魚)가 있는데 이름은 가자미 라고 한다. 서로 나란히 하지 않고서는 다니지 못한다."[562]라고 한 말에 대해서 "옛사람이 일찍이 몸소 체험해보지도 않고 추측으로만 말한 것 이다."[563]라고 비판한 것에서 볼 수 있듯이 지식에서 관찰과 실험의 과 정을 중시하였다. 그의 관찰과 실험의 대상은 주로 곤충·동물·식물이 다. 예를 들면 자서(字書)에서 "말똥구리는 똥덩이를 둥글게 만들어, 암 컷과 수컷이 함께 굴려다가 땅을 파고 넣은 다음, 흙으로 덮고 간다. 며칠이 되지 않아 똥덩이는 저절로 움직이고 또 하루 이틀이 지나면

561 "鼈尿磨墨, 寫字於木板, 入寸許, 蚯蚓汁和靑黛, 作畫燔器則不減"云. 試之則可知眞妄 矣.(『芝峯類說』〈禽蟲部〉「鱗介」)

562 『이아』에는 "東方有比目魚焉, 不比不行, 其名謂之鰈."으로 되어 있다.

563 爾雅, 東方有比目魚, 名曰鰈, 不比不行.……古人不曾親驗, 意度爲說也.(『星湖僿說』 〈萬物門〉「鰈域」)

말똥구리가 그 속에서 나와 날아간다."[564]는 기록에 대하여 자신이 직접
관찰한 결과와 일치하지 않는다며 다음과 같이 반박하였다.

> 내가 일찍이 실험해 보니, 자못 그렇지가 않다. 처음에는 여러 벌레가
> 함께 더러운 똥 속에 있는데 벌레가 많고 똥이 적으면 다 빨아먹고, 그렇
> 지 않으면 서로 나눠서 갖는다. 두 벌레가 한 덩이를 굴리는데 어지러이
> 뒤섞여 구별이 없으니, 이는 우연히 서로 만난 것이지, 암컷과 수컷은
> 아니었다. 똥덩이를 흙 속에 묻어 두는 것은 두었다가 훗날 먹으려고
> 하는 짓이다. 까마귀와 까치가 먹을 것을 얻으면 반드시 남이 모르게
> 우거진 숲 속에 간직해 두었다가 조금 지나면 파헤쳐 먹는 것과 무엇이
> 다르겠는가? 사람들은 그 벌레가 땅 속에서 나오는 것만 보고 똥덩이가
> 변해서 벌레가 되었다고 하는데, 이런 이치는 없을 듯하다. …… 이는
> 내가 직접 눈으로 보고 알게 된 사실이다.[565]

위의 글에서 이익은 자서(字書)에서 "말똥구리는 암수가 함께 똥덩이
를 굴린다."고 한 말과 "똥덩어리가 벌레로 변한다."고 한 말이 잘못되
었다는 것을 관찰을 통하여 정정하고 있다. 또 갯가와 연안의 게를 관찰
하여 그것에는 10여 종이 있다는 사실을 알았다. 이러한 관찰의 결과
여항(呂亢)이 『해도기(蟹圖記)』에서 게는 12종이 있다고 분변한 것과 『해
보(蟹譜)』·『본초강목』·『본초도경(本草圖經)』·『자의(字義)』에 오류가 있
다는 것을 알게 되었다고 한다.[566] 이익은 이처럼 관찰을 통하여 문헌의

---

564 字書云, 蛣蜣轉糞丸, 雄雌相與還. 掘地納丸覆之去. 不數日丸自動, 又一二日有蜣螂自
　　中出飛云.(『星湖僿說』〈萬物門〉「蛣蜣」)

565 余曾驗之, 殆非也. 其始也, 衆蟲共在糞穢中, 蟲多而糞少則噉之盡, 不然則分而取之,
　　兩蟲轉一丸, 雜亂無別, 莫非偶相値者, 非其雄雌也. 其藏於沙土中, 卽將貯以待食, 如
　　烏鵲得食, 必密藏於草樹間, 俄而扣之, 何以異哉? 人見其蟲自沙土中出, 謂丸變所成,
　　恐無是理.……蓋目擊而認也.(『星湖僿說』〈萬物門〉「蛣蜣」)

오류를 발견하였을 뿐만 아니라, 상식에도 오류가 있음을 알게 되었다. 예를 들면 "세상에서 까마귀를 '반포조(反哺鳥)'라고 이야기 한다. 하지만 나는 일찍이 징험해 보니, 까치와 참새도 또한 이와 같은 것이 있는데 다만 많이 보지는 못했다."[567]라고 하여 까마귀만을 반포조라고 하는 상식이 잘못된 것임을 밝혔다. 또 거미가 자신보다 훨씬 큰 뱀을 잡아먹는다는 것도 상식을 벗어난다. 그러나 그 역시 있을 수 있는 일이라는 것을 자신의 관찰 경험을 통해 제시하였다.

> 나는 일찍이 정원을 지나다가 뱀이 거미줄에 매우 단단하게 붙어 있는데 거미가 와서 그 뱀을 빨아 먹는 광경을 보았다. 그때 나는 그것이 우연이라고 여겼다. 그 후에 어떤 시골 사람이 와서 "거미가 입으로 실을 내어서 뱀을 얽어매는 모습을 직접 보았습니다."라고 말을 하였다. 물성(物性)은 모두 궁구해 알 수가 없다. 또 뱀에게 물려서 중독이 된 사람이 있었는데 왕거미를 잡아 뱀에게 물린 곳에다 붙이니 왕거미가 뱀의 독을 능히 빨아냈다고 한다. 이렇게 여러 번 시험해 본 결과 모두 효험이 있었다고 한다. 이로 미루어 본다면 시골 사람의 말이 자못 미덥다.[568]

이익은 뱀이 거미줄에 걸려 거미에게 먹히는 광경을 직접 보았다. 그는 처음에는 이것이 예외적인 현상이라고 보았다. 예외적이고 특별한 현상은 지식이 될 수 없다는 것을 이익도 잘 알고 있었다. 그런데 그 뒤에 어떤 시골 사람이 거미가 뱀을 잡는 모습을 보았다고 증언을

---

566 浦海多蟹, 余所見者, 有十種, 與呂亢十二種辨及蟹譜·本草·圖經·字義等書校勘, 或物形隨地有別, 或察識有得失也.(『星湖僿說』〈萬物門〉「蟹」)
567 世言烏反哺, 余嘗驗之, 鵲與雀, 亦或有如此者.(『星湖僿說』〈萬物門〉「禽獸不知父」)
568 余嘗行園中, 見有蛇粘於蛛網, 甚牢蛛, 從而嚙食, 以爲偶然, 近有一鄕人來言, 親見蜘蛛以絲胃蛇. 物性有不可盡究也. 或有爲蛇所咬頗中毒, 以大蛛附於咬處, 蛛能吮毒. 試輒驗, 以此推之, 鄕人之言, 頗信.(『星湖僿說』〈萬物門〉「蛛胃蛇」)

하였다. 그리고 또 다른 사람에게 뱀에게 물렸을 때 왕거미로 하여금 그 독을 빨아내게 할 수 있다는 말도 들었다. 이익은 자신의 관찰과 사람들의 증언을 토대로 거미가 뱀을 잡아먹는다는 사실을 확신하게 되었다.

지식의 기술(記述)에서 중요한 것은 묘사인데, 정확한 묘사는 대상을 정확하고 자세하게 관찰하여야만 가능하다. 다음은 이익이 관찰한 동물을 세밀하게 묘사한 일례이다.

> 내가 바닷가를 지나다가 큰 새 한 마리가 방죽에 떠 있는 것을 보았다. 빛깔은 희고 생김새는 오리와 비슷하며 크기는 갑절이 되니, 우리나라에서 풍덕조(豊德鳥)라는 부르는 것이다. 사냥꾼이 총을 쏘아서 잡았기에, 내가 가서 살펴보니 주둥이는 길면서 뾰족하지 않고 아랫입술에는 다만 주곽(周郭)이 있고 아래로 턱살까지 이어졌다. 그 속에는 아무 물건도 담긴 것이 없었는데 모래주머니에까지 물을 넣으면 큰 사발로 하나쯤은 들어갈 만하였다. 뱃속에는 사충(沙蟲)이 있는데 피육(皮肉)을 씹어 먹었다. 이놈은 호중(胡中)에서 생장하는데 새라도 어쩔 수가 없나보다. 생각건대 이 새는 사다새 따위인 듯하다.[569]

위의 글은 사다새에 대한 묘사이다. 우리나라에는 서식하지 않는 새이기에 매우 희귀한 것이다. 그런데 이익은 이 새를 우연히 보게 되었고 주둥이 안쪽과 뱃속까지 자세히 관찰하여 뱃속에 사충이 들어 있는 것까지 보았다. 이익이 실험을 한 것은 주로 자연 현상·식물·동물과 관련된 지식이다.

---

[569] 余行海岸, 見一大鳥浮在陂澤. 色白形如鵝, 厥大倍之, 俗名豊德鳥. 獵者以銃丸中之逾獲焉. 余就以察之, 嘴長而不尖, 下唇只有周郭, 下連垂胡, 空實無物, 洞及膝臆, 可容水一大椀, 內有沙虫咬食皮肉, 卽生長於胡中者, 而鳥亦無奈何也. 意者, 鵜鶘之類, 是也. (『星湖僿說』〈萬物門〉「鵜鶘」)

다음은 이익이 직접 실험을 통하여 얻은 지식이다.

자연현상에 대한 실험

• 어떤 사람은 수개(樹介)라 하기도 하고 목개(木介)라고 부르기도 하는데, 개(介)는 갑옷이고 갑옷은 전쟁의 상징이라고 한다. …… 그러나 이 수가란 것이 종종 있었지만 환란이나 재난이 일어나는 것을 일찍이 경험한 적이 없다. 그리고 나무가 얼음으로 되는 것은 아주 드물지만 일찍이 눈으로 본 적이 있으며 그것은 재난이 되지는 않는다.[570]

농경과 식물에 대한 실험

• 지난 경신년 이래로 보리가 다 누렇게 말라죽기에 흙을 파고 실험해 보았다. 수없이 많은 굼벵이가 보리 뿌리를 파먹었는데 이루 다 제거할 수 없는 지경이었다. 그 해는 보리 흉년이 크게 들었다.[571]

• 시골 마을에 누가 과일 나무를 심는데 처음부터 아주 빽빽하게 심었다. 남들이 "과일 나무를 너무 빽빽하게 심으면 열매가 맺히지 않는다." 라고 하였지만 그는 "처음에 조밀하게 심으면 가지를 많이 치지 않고, 가지를 많이 치지 않으면 반드시 무성하게 잘 자란다. 이렇게 점점 자라기를 기다렸다가 그중 나쁜 것은 간격을 벌려서 솎아 버린다. 이와 같이 하면 나무가 오래 살고 열매도 많이 열릴 뿐만 아니라 또 재목으로 쓰는 이로움도 있다. 만약 이렇게 하지 않고 띄엄띄엄 심으면 가지가 많아지고 자라도 반드시 키가 크지 않는다. 이렇게 된 뒤에 곁가지를 쳐내면 이 때문에 병충해가 생겨 나무가 바로 말라 죽을 것이다."라고 하면서 과수를 처음부터 조밀하기 심기에 내가 직접 실험해 보니 과연 그의 말이 맞았다.[572]

---

570 或謂樹介, 亦謂木介, 介者甲也, 甲兵象也. ……此亦種種有之, 未曾見患害之符應也. 其成冰者甚稀, 而亦嘗目驗其不爲災矣.(『星湖僿說』〈萬物門〉「木氷」)

571 歲庚申來, 牟盡黃枯, 掘土驗之. 有無限蠐螬虫, 蝕其根, 不可勝除也, 其歲無麥.(『星湖僿說』〈萬物門〉「蠐螬」)

• 내가 시험 삼아 위로 치켜들며 열매를 맺는 천초(天椒)를 먹어보니 씨가 많고 매운 맛이 덜하였다.[573]

• 내가 일찍이 이 산삼을 시험해 보았는데 꺾으면 흰 진액이 나오고 오래 되면 그 진액이 옅은 핏빛으로 변하였다.[574]

• 신라 선덕여왕(善德女王)이 「목단도(牧丹圖)」를 보고 목단이 향기 없는 것을 알고서 "절등하게 고와도 벌과 나비는 찾아오지 않겠다."라고 말했지만 내가 시험해 보니 반드시 그렇지도 않다. 다만 꿀벌이 없는 것은, 꽃은 곱지만 냄새가 나쁘기 때문이었다.[575]

동물에 대한 실험

• "고양이는 서역 지방 추운 기후에서 태어난 짐승인 까닭에 코끝이 늘 차다가 오직 하지에만 잠깐 따뜻할 뿐이다."라고 말한다. 그러나 내가 실험해 보니, 하지에도 역시 여전히 차기만 하였다.[576]

• (심괄의 글에서) "악어는 타(鼉)와 흡사하나 생겼는데 주둥이가 몸의 길이만하고, 어금니는 톱니처럼 생겼다. 노란색·파란색·흰색 세 가지 색으로 되었으며, 꼬리에 3개의 갈고리가 있는데, 아주 날카로워서 사슴과 돼지 따위를 보면 이것으로 움켜잡아서 먹는다. 알은 아주 많이 낳는데, 어떤 것은 타(鼉)나 자라가 되며 그중에서 악어가 되는 것은 한두 마리에 지나지 않는다."라고 하였다. …… 내가 실험해보니, 자라는 씹는 힘이 아주 세고 또 알도 낳기는 하지만 꼬리에 갈고리는 없었다.[577]

---

572 鄕社有人種果樹, 始甚密. 人曰: "樹密則不實" 答云: "始密則枝不繁, 枝不繁則長必苗, 竢其漸長, 而別其劣者, 間去之. 如此, 樹壽而多實, 兼有用材之制也. 不然, 稈而多枝, 長必不高. 隨而刊旁柯, 則因此病蠹, 而樹便枯死矣." 余聞而驗之, 果然. (『星湖僿說』〈萬物門〉「披枝傷心」)

573 余試向上者, 實多而辛不及也. (『星湖僿說』〈萬物門〉「番椒」)

574 余嘗試之, 此物折之, 則有白液, 久則變淡血色. (『星湖僿說』〈萬物門〉「山葠」)

575 新羅善德女主, 見牧丹圖, 知其無香曰: "絶艶而無蜂蝶也." 余驗之, 未必然. 但無蜜蜂, 花艶而氣惡故也. (『星湖僿說』〈萬物門〉「牧丹無香」)

576 稟西域寒凉之氣, 故鼻端恒冷, 惟夏至日暫溫. 余驗之, 夏至亦依舊冷. (『星湖僿說』〈萬物門〉「家狸」)

　이외에도 이익은 사물에 대한 실험에도 관심을 가지고 있었다. 그는 "'구양통(歐陽通)은 구양순(歐陽詢)의 아들인데 이리 털로 심을 만들고 가을에 잡은 토끼 털로 겉에 싸서 붓을 만들었다."는 기록을 보고 "시험 삼아 만들어 봐야하겠다."라고 하였다.[578] 또 "총알이 종이 수십 겹을 뚫지 못할 것이라면서 실험해 볼 일이다."[579]라고 할 정도로 지식의 형성에서 실험을 중요하게 생각하였다.

　조선 3대 유서의 찬자들은 관찰과 실험을 통한 지식의 검증을 중시하였다. 이는 조선의 학문과 예술이 갖는 과도한 사변성과 관념성을 극복하려는 의식이 형성 발전되었다는 점에서 주목할 만한 가치가 있다. 조선의 3대 유서 중에서 『성호사설』이 관찰과 실험에 의한 지식의 형성이 가장 풍부하다. 이는 이익이 남다른 관찰력과 관물(觀物)에 대한 의식을 지녔고 전야(田野)에서 자연과 사물을 관찰하고 실험할 수 있는 조건을 확보할 수 있었던 것과 관련이 있다.

---

577 其形如鼉, 但喙長侔身, 牙如鉅齒, 有黃蒼白三色, 尾有三鉤, 極銛利, 遇鹿豕, 攫以食之. 生卵甚多, 或爲鼉鼈, 其爲鱷者, 不過一二.(『星湖僿說』〈萬物門〉「鱷魚」)

578 歐陽通, 詢之子, 狸毛爲心, 覆以秋兎毫, 此必妙品, 當試者也.(『星湖僿說』〈萬物門〉「筆妙」)

579 薄紙重重數十疊, 一過而又一至, 數十疊失力 …… 兵家之所當試.(『星湖僿說』〈萬物門〉「白甲」)

V.
결론

    조선의 유서는 조선이 축적한 지식의 총체적 모습과 지적 지향의 향방을 가늠해 볼 수 있는 자료일 뿐 아니라 지금까지도 훌륭한 독서물이라는 가치를 갖는다.

    1614년에 우리나라 유서의 효시인 이수광의 『지봉유설』이 편찬되었고 그로부터 106년 뒤에 이익의 『성호사설』이 나왔으며, 『성호사설』이 만들어진 때로부터 135년 만에 조재삼의 『송남잡지』가 나왔으니, 이들 3대 유서는 100여 년의 간격을 두고 저술된 셈이다. 그렇기 때문에 17세기부터 19세기까지 조선 사회에서 100년 단위로 축적된 지식이 '증보판'이나 '개정판'으로 수용되며 각 세기의 지식이 정리되었을 것이라고 생각하기 쉽다. 물론, 크게 잘못된 생각은 아니지만, 조선 3대 유서의 출현에 대한 설명으로는 적절하지 않다. 이들 유서의 저자는 그들이 입수한 최신의 도서를 활용하여 새로운 지식을 전달하려 하였다. 그러나 그에 못지않게 당대까지 축적된 지식을 정선하고 보존하려는 사명감도 강하였다. 따라서 이들 유서에는 가장 오래된 지식과 최근의 지식이 혼재할 뿐만 아니라 비현실적인 이야기와 공상까지 뒤섞여 다른 나라의 유서와는 다른 독특한 유서가 만들어지게 되었다. 그리고 이수광,

이익, 조재삼은 자신만의 독자적인 유서를 만들기 위하여 노력하였기 때문에, 큰 맥락에서는 3대 유서의 계승 관계를 논할 수도 있지만, 실제로는 각각의 유서가 지닌 독자성이 워낙 강하기 때문에 섣불리 계승의 관계를 논하는 것은 조선 유서의 본질을 흐리는 논리가 될 것이다.

조선의 3대 유서는 기존 문헌의 인용, 작가의 체험, 작가가 전해들은 이야기, 작가가 직접 행한 실험 결과 등 다양한 경로와 방법을 통하여 이루어졌다. 따라서 작가의 체험이나 전해들은 이야기, 직접 실험 등 주관적 요소가 철저히 배제되는 근대 사전과는 큰 차이가 있다.

조선의 3대 유서를 구성하는 가장 주요한 방법은 기존 문헌의 인용이다. 다른 문헌의 인용은 3대 유서가 공통적으로 사용하는 방법이며, 인용의 구체적인 방법과 양상에서도 공통점을 찾을 수 있다. 그러나 유서의 작가들은 다른 문헌을 인용할 때 최대한 자신의 것을 만들기 위하여 노력하였다. 그렇기 때문에 단순 전재를 가능한 회피하고 다양한 수사적 가공을 하였다. 그리고 무엇보다 중요한 것은 자신의 직접 체험, 전해들은 이야기, 실험에 대한 결과를 단독으로 기술하지 않고 문헌의 기록과 대응시키고 있다는 점이다. 이는 지식의 신뢰도를 확보하기 위한 노력이라고 할 수 있다. 한편 조선의 3대 유서는 부문의 분류부터 매우 상이하게 설정되어 있을 뿐만 아니라, 동일 내용에 대한 부문의 소속도 다르게 되어 있는 등 내용과 그것의 구성 방식에서 큰 차이를 보인다.

가장 이른 시기의 유서인『지봉유설』은 현장성이 강한 특성이 있으니, 다른 유서와 달리 당대 사대부들의 비화가 곁들어진 것이 다수 있다는 점이다. 이는 일면『지봉유설』이 야사나 패사적 속성을 지니고 있는 것으로 보이지만, 표방된 표제어의 구체적인 실제 사례의 소개라는 점에서 인물이나 사건 위주의 서술인 야사나 패사와 구별된다. 그러나

『지봉유설』에 실린 당대 사대부들의 일화는 대개 다른 곳에서 보지 못하는 것들로, 이수광은 다른 유서와 차별되는 것을 만들려고 하는 의식을 가지고 있었다고 할 수 있다. 『지봉유설』에 실린 일화 중에는 가십에 가까운 것도 있다. 이수광이 오랜 기간 동안 환로에 있었기에 흥미로운 가십을 수집할 수 있었으니, 이는 『지봉유설』이 다른 유서와 비교할 수 없는 재미를 독자에게 주는 특징적 면모라고 할 수 있다.

『지봉유설』과 『송남잡지』의 중간에 위치한 『성호사설』 역시 새로운 지식의 수용에 못지않게 당시에 배제될 위험에 처한 종래 지식의 보존을 위해 힘을 기울였다. 책의 이름이 표방하고 있는 바와 같이 『성호사설』은 어휘를 표제어로 표방하고 그 아래에 사회·정치·문화·풍속에 대한 자신의 견해를 전개하였다. 이는 마치 요즘의 신문칼럼과 매우 닮아 있다. 『성호사설』은 저자 이익의 직접 체험이나 실험 결과를 토대로 한 견해가 상당히 강하기 때문에 근대적 사전과는 거리가 있을 뿐만 아니라, 다른 문헌의 인용도가 현격하게 낮다는 점에서 다른 유서들과도 큰 차이가 있다.

3대 유서 중에서 근대의 백과사전에 가장 근접한 것은 『송남잡지』이다. 『송남잡지』는 다른 유서와 달리 〈방언류〉를 두었는데, 이것만 떼어내어 사전으로 만들 수 있을 정도로 분량도 많다. 『송남잡지』에서 〈방언류〉 다음으로 많은 양을 점하는 것은 〈계고류〉로, 문헌적 지식의 선별과 정리를 시도하였다. 그렇기 때문에 항목이 이전의 유서와는 비교할 수 없을 정도로 많아지게 되었다. 『송남잡지』가 『지봉유설』이나 『성호사설』과 달리 표제 어휘의 수를 늘리고 그 내용을 간략하게 기술하기 위하여 노력하였고, 자신의 체험이나, 실험 결과 등을 최대한 배제하고 그 대신 어휘의 독음·의미·어원·용법의 기술에 집중하고 있다는 점에서 근대사전에 많이 다가가고 있다고 평가할 수 있다.

　　조선의 3대 유서는 중국의 유서를 참고하고 충분히 활용하였음에도 불구하고 그것의 아류나 조선판이 되지는 않았다. 3대 유서의 작가들은 유서라는 커다란 틀을 사용하여 새로운 형식의 기록물을 만들고자 하는 의식을 가지고 있었다.

참고문헌

賈誼(漢), 『新書』

葛洪(晉), 『抱朴子』

季本(明), 『詩說解頤』

顧起元(明), 『說畧』

高承(宋), 『事物紀原』

顧炎武(淸), 『日知錄』

孔安國(漢), 『尙書注疏』

歐陽修(宋), 『詩本義』

歐陽修·宋祁(宋), 『舊唐書』

歐陽修·宋祁(宋), 『新唐書』

歐陽詢(唐), 『藝文類聚』

丘濬(明), 『大學衍義補』

羅泌(宋), 『路史』

段成式(唐), 『酉陽雜俎』

段昌武(宋), 『毛詩集解』

唐順之(明), 『稗編』

唐愼微(宋), 『證類本草』

戴溪(宋), 『續呂氏家塾讀詩記』

戴侗(宋), 『六書故』

陶穀(宋), 『淸異錄』

陶宗儀(元), 『說郛』

董斯張(明), 『廣博物志』

董越(明), 『朝鮮賦』

杜預(晉) 注, 孔穎達(唐) 疏, 『春秋左傳注疏』

羅大經(宋), 『鶴林玉露』

羅願(宋), 『爾雅翼』

酈道元(魏), 『水經注』

劉安(漢) 著, 高誘(漢) 注, 『淮南鴻烈解』

劉溫舒(宋), 『素問入式運氣論奧』

劉義慶(宋), 『世說新語』

劉歆(漢), 葛洪(晉) 輯, 『西京雜記』

陸璣(吳), 『陸氏詩疏廣要』

陸游(宋), 『老學庵筆記』

陸釴(明), 『通志』

陸佃(宋), 『埤雅』

李綱(宋), 『梁谿集』

李匡乂(唐), 『資暇集』

李夢陽(明), 『空同集』

李昉(宋) 等, 『太平廣記』

李昉(宋) 等, 『太平御覽』

李石(宋), 『續博物志』

李時珍(明), 『本草綱目』

李賢(明) 等, 『明一統志』

李華(唐), 『李遐叔文集』

林之奇(宋), 『尙書全解』

馬端臨(宋), 『文獻通考』

毛奇齡(淸), 『論語稽求篇』

班固(漢), 『前漢書』

方以智(明), 『通雅』

房玄齡(唐) 等, 『晉書』

裴駰(南朝 宋), 『史記集解』

白居易(唐), 『白孔六帖』

樊綽(唐), 『雲南志』

范曄(南朝 宋), 『後漢書』

范處義(宋), 『詩補傳』

司馬光(宋), 『類篇』

司馬光(宋), 『資治通鑑』

司馬遷(漢), 『史記』

謝維新(宋), 『古今合璧事類備要』

謝肇淛(明), 『五雜俎』

商濬(明), 『稗海』

徐堅(唐), 『初學記』

徐光啓(明), 『農政全書』

徐問(明), 『讀書箚記』

徐岳(淸), 『見聞錄』

徐應秋(明), 『玉芝堂談薈』

成伯璵(唐), 『毛詩指說』

邵博(宋), 『聞見後錄』

蘇軾(宋), 『書傳』

邵雍(宋), 『皇極經世書』

宋濂·王緯(明) 等, 『元史』

樂史(宋), 『太平寰宇記』

顔之推(隋), 『顔氏家訓』

艾儒畧(明), 『職方外紀』

楊萬里(宋), 『誠齋集』

楊愼(明), 『丹鉛續錄』

楊愼(明), 『丹鉛餘錄』

楊愼(明), 『丹鉛總錄』

楊愼(明), 『升菴集』

嚴粲(宋), 『詩緝』

余蕭客(淸), 『古經解鉤沈』

呂祖謙(宋), 『呂氏家塾讀詩記』

葉夢得(宋), 『避暑錄話』

葉子奇(明), 『太玄本旨』

吳任臣(淸) 注, 『山海經廣注』

吳曾(宋), 『能改齋漫錄』

玉摺(吳), 『別雅』

王嘉(後晉), 『拾遺記』

王逵(明), 『蠡海集』

王圻(明), 『三才圖會』

王黼(宋), 『重修宣和博古圖』

王冰(唐), 『黃帝內經素問』

王世貞(明), 『弇州四部稿』

王肅(魏), 『孔子家語』

王應麟(宋), 『詩地理攷』

王逸(東漢), 『楚辭章句』

袁仁(明), 『尙書砭蔡編』

韋昭(吳) 注, 『國語』

魏徵(唐) 等, 『隋書』

劉瑾(元), 『詩傳通釋』

陰勁弦(元), 『韻府羣玉』

任昉(梁), 『述異記』

張君房(宋), 『雲笈七籤』

張寧(明), 『方洲集』

張自烈(明), 『正字通』

張載(宋), 『張子全書』

張華(晉), 『博物志』

田汝成(明), 『西湖遊覽志餘』

程大中(淸), 『四書逸箋』

鄭方坤(淸), 『經稗』

鄭氏(漢)箋, 陸德明(唐)音義, 孔穎達
(唐)疏, 『毛詩注疏』

鄭若曾(明), 『江南經畧』

鄭玄(漢) 注, 賈公彦(唐) 疏, 『周禮注
疏』

程顥(宋), 『二程文集』

鄭曉(明), 『吾學編』

曹昭(明), 『格古要論』

周嘉冑(明), 『香乘』

周密(宋), 『癸辛雜識』

周嬰(明), 『卮林』

朱彝尊(淸), 『經義考』

朱鶴齡(淸), 『詩經通義』

朱熹(宋) 編, 『二程遺書』

朱熹(宋), 『論語集注』

朱熹(宋), 『四書或問』

朱熹(宋), 『資治通鑑綱目』

朱熹(宋), 『朱子語類』

曾慥(宋), 『類說』

陳啓源(淸), 『毛詩稽古編』

陳大章(淸), 『詩傳名物集覽』

陳耀文(明), 『正楊』

陳耀文(明), 『天中記』

陳元龍(淸), 『格致鏡原』

蔡沈(宋), 『書經集傳』

崔豹(晉), 『古今注』

祝穆(宋), 『古今事文類聚』

沈括(宋), 『夢溪筆談』

太祖(明), 『解攻乎異端章說』

彭大翼(明), 『山堂肆考』

馮復京(明), 『六家詩名物疏』

馮惟訥(明), 『古詩記』

何晏(魏)集解, 陸德明(唐)音義, 邢昺
    (宋) 疏, 『論語注疏』

何晏(魏)集解, 皇侃(梁)義疏, 『論語集
    解義疏』

何楷(明), 『詩經世本古義』

韓愈(唐)·李翶(唐), 『論語筆解』

許愼(漢), 『說文解字』

胡文煥(明), 『格致叢書』

胡仔(宋), 『漁隱叢話後集』

洪邁(宋), 『容齋續筆』

洪邁(宋), 『容齋五筆』

黃公紹(元)原編, 熊忠(元)擧要, 『古今
    韻會擧要』

黃宗羲(淸), 『明儒學案』

『康熙字典』

『管子』

『老子』

『論語』

『大戴禮記』

『列子』

『禮記』

『孟子』

『文選』

『書經』

『荀子』

『詩經』

『淵鑑類函』

『儀禮』

『爾雅』

『莊子』

『周禮』

『周易』

『中庸』

『楚辭』

『春秋左傳注疏』

『佩文韻府』

金富軾(高麗), 『三國史記』

金馹孫(朝鮮), 『濯纓集』

金祖淳(朝鮮), 『楓皐集』

金宗瑞(朝鮮) 等, 『高麗史節要』

奇宇萬(朝鮮), 『松沙集』

南九萬(朝鮮), 『藥泉集』

朴東亮(朝鮮), 『寄齋史草』

成大中(朝鮮), 『靑城集』

成海應(朝鮮), 『硏經齋全集』

成俔(朝鮮), 『虛白堂集』

申叔舟(朝鮮) 等, 『國朝五禮儀』

柳夢寅(朝鮮), 『於于野譚』

柳成龍(朝鮮), 『懲毖錄』

柳馨遠(朝鮮), 『磻溪隨錄』

尹拯(朝鮮), 『明齋集』

李奎報(高麗), 『東國李相國集』

李德懋(朝鮮), 『靑莊館全書』

李德泂(朝鮮), 『竹窓閑話』

李民宬(朝鮮), 『紫巖集』

李睟光(朝鮮), 『芝峯類說』

李時善(朝鮮), 『松月齋集』

李植(朝鮮), 『澤堂集』

李裕元(朝鮮), 『林下筆記』

李珥(朝鮮), 『栗谷集』

李瀷(朝鮮), 『星湖僿說』

李瀷(朝鮮), 『星湖全集』

李廷馨(朝鮮), 『東閣雜記』

李重煥(朝鮮), 『擇里志』

李學逵(朝鮮), 『洛下生集』

李荇(朝鮮) 等, 『新增東國輿地勝覽』

李滉(朝鮮), 『啓蒙傳疑』

李滉(朝鮮), 『退溪集』

一然(高麗), 『三國遺事』

張混(朝鮮), 『兒戲原覽』

正祖(朝鮮), 『弘齋全書』

曺伸(朝鮮), 『海東雜錄』

趙在三(朝鮮), 『松南雜識』

崔岦(朝鮮), 『簡易文集』

崔世珍(朝鮮), 『四聲通攷』

崔昌大(朝鮮), 『昆侖集』

崔致遠(新羅), 『桂苑筆耕集』

崔漢綺(朝鮮), 『氣測體義』

許筠(朝鮮), 『惺翁覆瓿稿』

洪大容(朝鮮), 『湛軒集』

洪萬選(朝鮮), 『山林經濟』

洪良浩(朝鮮), 『耳溪集』

『高麗史節要』

『高麗史』

『萬機要覽』

『新增東國輿地勝覽』

『日省錄』

『朝鮮王朝實錄』

『洪武正韻』

강민구(2007), 「『송남잡지』〈계고류〉에 대한 연구」, 『한문교육연구』 제28집, 한국
　　　한문교육학회.

_____(2008), 「조선 후기 유서의 『강희자전』과 『운부군옥』의 인용 양상」, 『한문교
　　　육연구』 제31집, 한국한문교육학회.

_____(2008), 「조선 후기 유서의 오류 양상」, 『한문학보』 제19집, 우리한문학회.

_____(2009), 「조선 후기 유서의 변개 양상」, 『동방한문학』 제38집, 동방한문학회.

_____(2010), 「조선 3대 유서의 편찬 의식에 대한 연구」, 『다산과 현대』 제3호,
　　　연세대학교 강진다산실학연구원.

_____(2011), 「조선 3대 유서의 형성 경로에 대한 연구」, 『동방한문학』 제47집, 동
　　　방한문학회.

_____(2011), 「『성호사설』의 『지봉유설』, 『송남잡지』의 『지봉유설』·『성호사설』

　　　　인용 양상에 대한 연구」, 『한문학보』 제24집, 우리한문학회.

_____(2013), 「類書에 나타난 조선 지식인의 화훼에 대한 인식」, 『동방한문학』 제56집, 동방한문학회.

_____(2014), 「유서를 통해 본 조선 사인의 의학에 대한 인식」, 『동방한문학』 제58집, 동방한문학회.

_____(2014), 「조선 유서의 무기·방어구에 대한 기록과 그 의미」, 『동방한문학』 제60집, 동방한문학회.

_____(2014), 「조선 지식인의 뱀에 대한 의식」, 『동방한문학』 제64집, 동방한문학회.

_____(2016), 「『성호사설』〈만물문〉의 문헌 인용 양상에 대한 실증적 분석」, 『동방한문학』 제67집, 동방한문학회.

구만옥(2000), 「성호 이익의 과학사상 – 과학적 자연인식」, 『민족과 문학』, 한양대학교 민족문학연구소.

김동진(2013), 「15~16세기 한국인의 일상생활과 뱀의 양면성」, 『역사민속학』, vol.41, 한국역사민속학회.

김영선(2003), 『한국 유서의 서지학적 연구』, 중앙대학교 문헌정보학과, 자료조직 전공, 박사학위논문.

박성래(1985), 「『성호사설』 속의 서양과학」, 『진단학보』 59집, 진단학회.

심경호(2007), 「한국유서의 종류와 발달」, 『민족문화연구』 47호, 민족문화연구원.

이성무(1987), 「성호 이익의 생애와 사상」, 『조선시대사학보』 3집, 조선시대사학회.

최환(2003), 「한국유서의 종합적 연구(Ⅰ)」, 『중어중문학』 32, 한국중어중문학회.

최은숙(1991), 『지봉유설의 서지학적 연구』, 이화여대 도서관학과 석사학위논문.

한영우(1992), 「이수광의 학문과 사상」, 『한국문화』 13집, 서울대학교 규장각 한국학연구원.

한우근(1979), 「성호사설」, 『민족문화』 3집, 민족문화추진회.

국립민속박물관(2003), 『조선 후기 무기 고증 재현』

백남극·심재한(1999), 『뱀-지성자연사박물관』, 지성사.

徐有富(1998), 『校讎廣義』, 齊魯書社.

심경호(2009), 『내면기행』, 이가서.

이종각(2013), 『일본 난학의 개척자 스기타 겐파쿠』, 서해문집.

존 쿨 등 저, 여인석 역(2010), 『의학, 놀라운 치유의 역사』, 네모북스.

한우근(1980), 『성호이익연구』, 서울대학교출판부.

北京愛如生數字化技術研究中心, 〈中國基本古籍庫〉

찾아보기

강민구

성균관대학교 및 동대학원 졸업. 한국한문학으로 박사학위 취득
연청 오대영 선생 사사
파리 13대학 초빙교수
주요 연구성과 : 「자아와의 소통」(2015), 「우리나라 중세 사대부의 기녀에 대한 판타
지」(2015), 『실학파의 산문과 비평』(2013), 『세계의 백과사전』 공저(2016), 『조
선후기 문학 비평의 이론』(2010), 『조선후기 문학 비평의 실제』(2010), 『국역
교감 송남잡지』(2008) 등
현재 경북대학교 인문대학 한문학과 교수

조선 3대 유서의 형성과 특성

2016년 7월 4일 초판 1쇄 펴냄

지은이 강민구
펴낸이 김흥국
펴낸곳 도서출판 보고사

책임편집 황효은
표지디자인 손정자

등록 1990년 12월 13일 제6-0429호
주소 경기도 파주시 회동길 337-15 보고사 2층
전화 031-955-9797(대표), 02-922-5120~1(편집), 02-922-2246(영업)
팩스 02-922-6990
메일 kanapub3@naver.com / bogosabooks@naver.com
http://www.bogosabooks.co.kr

ISBN 979-11-5516-572-0 93810
ⓒ 강민구, 2016

정가 42,000원